根 枝 叶

——黄宏作品选集

黄 宏◎著

中国戏剧出版社

图书在版编目（CIP）数据

根枝叶：黄宏作品选集 / 黄宏著． —北京：中国戏剧出版社，2019.4
ISBN 978-7-104-04782-7

I. ①根… II. ①黄… III. ①戏剧小品－作品集－中国－当代 IV. ① I238.8

中国版本图书馆 CIP 数据核字（2019）第 072374 号

根枝叶：黄宏作品选集

责任编辑：王松林
项目统筹：杨晨叶 刘 岳
责任印制：冯志强
特约编辑：李希萌 王 飞
资料收集：兆函工作室
资料整理：邳树顺 刘 玚 王青华
书名题写：管 峻

出版发行：中国戏剧出版社
出 版 人：樊国宾
社　　址：北京市西城区天宁寺前街 2 号国家音乐产业基地 L 座
邮　　编：100055
社　　址：www. theatrebook. cn
电　　话：010-63385980（总编室）
传　　真：010-63387810（发行部）

读者服务：010-63381560
邮购地址：北京市西城区天宁寺前街 2 号国家音乐产业基地 L 座

印　　刷：北京鑫海达印刷有限公司
开　　本：889mm×1194mm 1/16
印　　张：70. 25
字　　数：2100 千字
版　　次：2019 年 4 月 北京第 1 版第 1 次印刷
书　　号：ISBN 978-7-104-04782-7
定　　价：320. 00 元

1973 年入伍（13 岁）

1969 年跟随父亲黄枫学习山东快书

1974 年跟随沈阳军区曲艺学习班，第一次下部队演出，表演山东快书《红小兵送钱包》

1974 年珍宝岛前线慰问演出（前排左一）

1974 年内蒙古边防部队演出，表演唱《喜迎新政委》（后排右二）

1974 年曲艺学习班全体合影（后排右四）

1990 年央视元旦晚会与宋丹丹表演小品《超生游击队》

1992 年央视元旦晚会与宋丹丹表演小品《婚礼》

1990 年央视春节晚会与严顺开表演小品《难兄难弟》

1992 年央视春节晚会与宋丹丹
表演小品《秧歌情》

1993 年全军“双拥”晚会与
魏积安表演小品《小站》

1994 年央视春节晚会与侯耀文
表演小品《打扑克》

1996 年央视春节晚会与徐帆表演小品《今晚直播》

1997 年央视春节晚会与巩汉林表演小品《鞋钉》

1998 年全军抗洪抢险表彰晚会表演小品《巡堤》

2005 年央视春节晚会与巩汉林、林永健表演小品《装修》

2002 年编剧、导演、主演电影《二十五个孩子一个爹》

2000 年主演电视剧《党员金柱有点忙》，与演员斯琴高娃

2004 年编剧、导演、主演电影《阳光天井》与演员朱旭、江珊、黄兆函

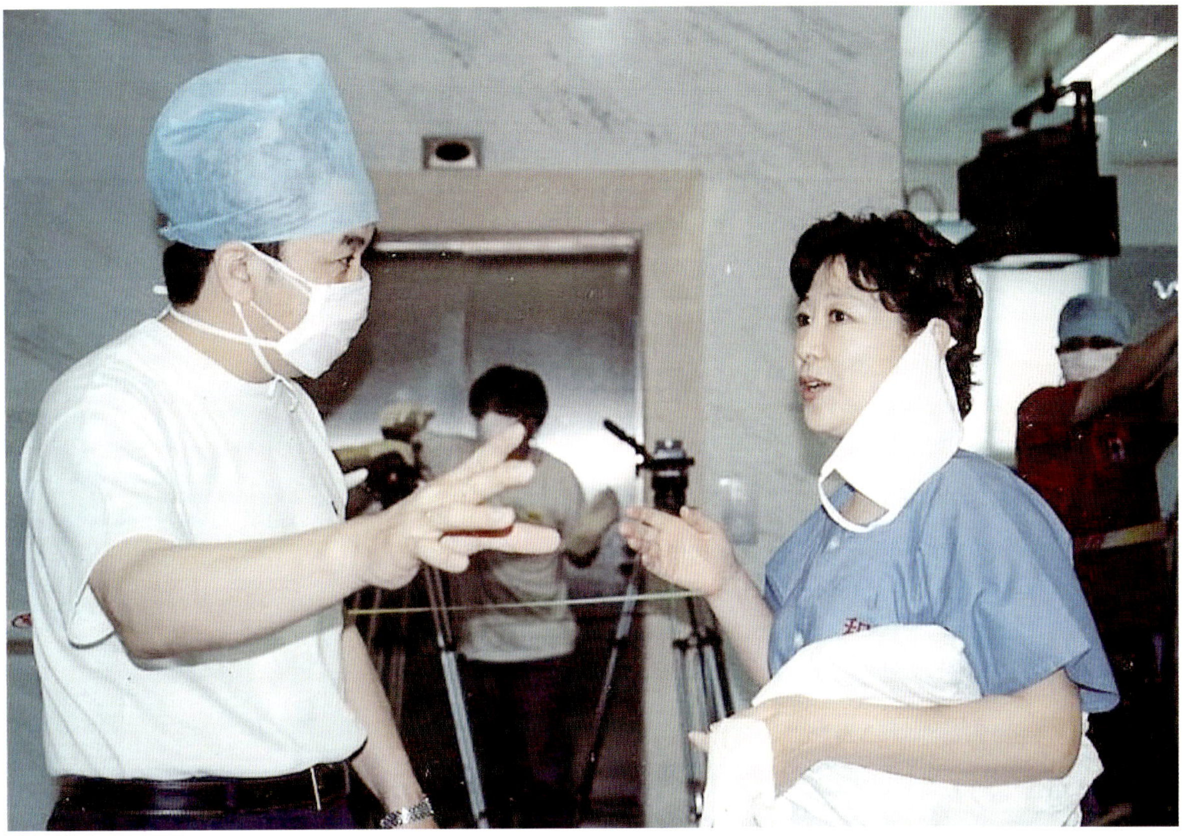

2003 年编剧、导演、主演抗“非典”主题电影《让我们记住》，与演员王馥荔

2008 年编剧、导演抗震主题电影《倾城》，与演员林心如

2015 年编剧抗战主题电影《战火中的芭蕾》，与导演米哈尔科夫、演员曹舒慈

2017 年编剧、导演敬老主题电影《一切如你》，与演员秦怡、奚美娟

2018 年编剧、导演环保主题电影《等儿的湿地》，与导演王金明

2002 年编剧、导演、主演电影《二十五个孩子一个爹》获“金鸡奖”导演处女作奖、“百花奖”最佳故事片奖、夏衍电影文学奖、伊朗国际儿童电影节“金蝴蝶奖”等

2015 年编剧、导演电影《倾城》获金鸡奖最佳原创编剧奖、夏衍电影文学奖

2017 年主演电影《血狼犬》获丝绸之路国际电影节最佳男演员提名；2018 年获美国洛杉矶国际电影节最佳男演员奖

目　　录

序言 …… 1

第一章　根·曲艺卷

姜大叔保猪场 …… 2
雨夜查棚 …… 3
战歌嘹亮 …… 5
新的起步 …… 9
铁窗烈火 …… 13
赶牛 …… 18
英雄坦克兵 …… 22
刘主席抚育红松苗 …… 28
刘柏林参军 …… 30
情满车厢 …… 33
孙县长开会 …… 37
高连长劝妻 …… 41
三排长探亲 …… 45
丁红军送信儿 …… 47
献嫁妆 …… 49
巧接连长 …… 54
信任 …… 59
子弹的对话 …… 64
立此存照 …… 67
站排 …… 68
夺旗 …… 68
不学无术 …… 69
傅科长 …… 70
考试 …… 71
约会 …… 72

智斗猴头 …… 73
洋呼噜 …… 76
大老高教子 …… 77
跳舞 …… 78
买茅台 …… 78
看电影 …… 79
抽烟“好” …… 80
算盘珠 …… 81
卡油 …… 84
拜年（一）…… 86
拜年（二）…… 88
拜年（三）…… 90
夸书记 …… 92
招聘 …… 95
六号包厢 …… 100
火的研究 …… 105
招聘 …… 108
祸从何来 …… 112
考女婿 …… 116
敬酒 …… 122
经理的中山装 …… 126
自来水的思考 …… 127
让贤 …… 128
吃请 …… 129
罚款 …… 130
死角 …… 131
五迷三道 …… 132

第二章　枝·小品卷

招聘 …… 148
超生游击队 …… 152
难兄难弟 …… 156
小保姆与小木匠 …… 159
手拉手 …… 163
演讲 …… 167
婚礼 …… 170

秧歌情 …… 173
农老板进城 …… 177
擦皮鞋 …… 180
小站 …… 184
打扑克 …… 188
夜练 …… 192
找焦点 …… 195
俺爹来特区 …… 199
今晚直播 …… 202
歪打正着 …… 206
鞋钉 …… 209
照相 …… 213
回家 …… 217
三峡情话 …… 222
坝上情 …… 226
巡堤 …… 228
送别 …… 232
打气儿 …… 235
找卓玛 …… 238
小站故事 …… 243
茶馆 …… 247
对手 …… 249
家有老爸 …… 253
种子 …… 257
花盆儿 …… 261
泄密 …… 265
西部西瓜 …… 267
足疗 …… 271
下棋 …… 275
为祖国干杯 …… 280
兄弟 …… 284
今夜“神舟”飞过 …… 288
保险 …… 292
情系小汤山 …… 297
装修 …… 301
背影 …… 306
邻居 …… 310

追星 …… 314
考验 …… 317
父女深情 …… 322
开锁 …… 326
甜水 …… 331
喜从天降 …… 336
黄豆黄 …… 339
俺是航天人 …… 344
两毛一脚 …… 349
美丽的尴尬 …… 353
山村喜事 …… 357
聪明丈夫 …… 361
“村晚”直播 …… 366
荆轲刺秦 …… 371
老街坊 新邻居 …… 376
卖挂历 …… 381
相逢在前线 …… 384
零点哨 …… 387
眼睛 …… 390
理发 …… 391
拍电视 …… 394
大学门前的鞋摊 …… 396
两把雨伞 …… 399
卖鱼 …… 401
赶集 …… 402
两尊雕像 …… 405
并非虚构的童话 …… 407
找对象 …… 409
“家庭杯”智力大奖赛 …… 412
卖猪 …… 415
夜审金瓶梅 …… 418
自闹洞房 …… 422
招生 …… 425
两个垃圾箱 …… 429
捐献 …… 432
请假 …… 434
等电 …… 436

提意见 …… 439
送金牌 …… 442
缘 …… 443
开饭店 …… 447
青海姑娘 …… 451
拍闹剧 …… 454
拐棍 …… 458
蒸桑拿 …… 461
化装旅游 …… 464
“朋友”多了路难走 …… 468
北京时间 …… 471
鸡毛蒜皮 …… 473
城里人 · 乡下人 …… 476
门神 …… 480
打长途 …… 484
老人与狗 …… 486
老房东 …… 488
审夫 …… 492
双喜临门 …… 494
买地卖瓜 …… 498
心明眼亮 …… 501
师傅与徒弟 …… 504
来电话了 …… 508
大过年的 …… 510
红色经典 …… 512
洗浴中心 …… 517
带着小偷见老婆 …… 520
对门 …… 524
一诺千金 …… 526
当啥别当爹 …… 530
志愿者 …… 534
家乡情 …… 536
都是一家人 …… 538
越来越好 …… 542
文体明星大串联 …… 546

第三章　叶·戏剧影视卷

钢盔里的兰花……552
哎哟呃，四合院……571
歌儿……589
路遥……614
红盖头……628
红旗照相馆……647
二十五个孩子一个爹……658
让我们记住……688
阳光天井……720
鸳鸯板……750
在那美丽的地方……783
倾城……810
玉秀……836
越来越好……868
母亲的抗战……916
天河……929
生死签证……969
战火中的芭蕾……975
墙……998
春天里……1024
一切如你……1057
等儿的湿地……1078

后记……1091
作品年表……1093

深厚的生活基础
不懈的美学追求

彭吉象

著名表演艺术家黄宏在他40多年创作生涯中，不仅为全国广大观众在舞台上、荧屏上、银幕上奉献了数量众多的曲艺、小品、电影、戏剧作品，而且最近还完成了这部一百多万字的《根枝叶——黄宏作品选集》。在这部鸿篇巨制的作品集中，收集了黄宏50多篇曲艺作品、100多篇小品、20多部电影与戏剧剧本以及宝贵的创作感言。

翻开洋洋洒洒百万余字的《根枝叶——黄宏作品选集》，首先第一个深刻印象就是“根枝叶茂、源于生活”！因为在这部作品选集中，所谓的“根”就是指50多篇曲艺作品，而这些曲艺作品基本上都是黄宏在调到总政歌舞团工作之前，在沈阳军区歌舞团甚至基层连队时创作的成果，可以说完全来自于火热的军营基层连队生活，例如1977年的《战歌嘹亮》、1980年的《英雄坦克兵》、1988年的《信任》、1989年的《子弹的对话》等曲艺作品都是反映部队基层，洋溢着浓郁的军营生活气息，深受广大官兵的喜爱。正是部队基层指战员们扎根边疆、保家卫国、乐于奉献、敢于牺牲的崇高精神激发了黄宏的创作灵感，火热的军营生活为他提供了无穷无尽的创作源泉。从这个意义上讲，黄宏作品的“根”深深扎根于生活的沃土，正如习近平总书记在文艺工作座谈会上的讲话中指出的那样：“文艺创作方法有一百条、一千条，但最根本、最关键、最牢靠的办法是扎根人民、扎根生活……我们要走进生活深处，在人民中体悟生活本质、吃透生活底蕴，只有把生活咀嚼透了，完全消化了，才能变成深刻的情节和动人的形象，创作出来的作品才能激荡人心。”

在这部作品选集中，所谓的“枝”，就是黄宏在24届春晚、20届“双拥”晚会，以及多次元旦晚会和八一建军节晚会上演出的100多个小品作品。尤其是自1983年中央电视台首次播出“春晚”以来，至今已经举办了30多届，其观众数量之多、影响之大、延续时间之长，在全国乃至全世界电视艺术史上都是绝无仅有的。在历届“春晚”中，最受全国广大观众欢迎的节目毫无疑问是小品。小品原来只是戏剧影视学院表演专业训练学生的一种方式，后来被搬上舞台形成一种艺术样式，尤其是通过央视“春晚”这个具有重大影响的传播平台，更是推出了一系列为广大观众喜闻乐见、雅俗共赏的小品节目，其中就包括黄宏本人创作并表演的24个“春晚”小品节目。其中既有嘲讽社会不良现象的小品如《打扑克》，也有反映职业道德与行业精神的小品《鞋钉》，既有关于邻里关系的小品《装修》，更有涉及家庭亲情的小品《家有老爸》，形式活泼生动、内容丰富多彩。特别需要指出的是，在中国改革开放40年的历史进程中，央视“春晚”正是以电视文艺的形式成为这个进程的艺术见证与历史写照。从这个意义上讲，黄宏创作的小品同样是植根于改革开放年代火热的生活，是改革开放春风中茂盛成长的树枝。

在这部作品选集中，所谓的“叶”，就是黄宏参与创作或者导演、主演的20余部影视戏剧作品。黄宏的影视戏剧作品一方面延续与弘扬他长期以来在舞台艺术上积累的丰富经验；另一方面又根据影视艺术的特点，发挥影视美学的长处，更加注重叙事方式与镜头语言。例如，由黄宏担任编剧、导演、主演的电影《二十五个孩子一个爹》曾荣获“金鸡奖”导演处女作奖、“百花奖”最佳故事片奖、夏衍电影文学奖、伊朗国际儿童电影节“金蝴蝶奖”等20多个电影节的重要奖项。这部电影同样是植根于改革开放年代火热的生活，是改革开放春风中茂盛成长的树叶。这部电影讲述了养鸡大户赵光，是个孤儿，在改革开放中富起来以后，在全县表彰会上冲动地说出“愿为所有孤儿当爹”的豪言壮语，结果引来周围乡村的二十五个孩子跑来“认爹”，搞得赵光骑虎难下，由此引发了一系列的笑话……这部电影通过“悲剧喜唱”的艺术手法，通过孤儿们不幸的命运遭遇和赵光舍己为人的毅然选择，在近乎喜剧的氛围中，热情歌颂了人间的真情与大爱，受到广大观众的喜爱与欢迎。由此可见，黄宏数十年创作表演生涯中，他的艺术大树的根、枝、叶都深深扎根于人民生活的土壤，正是人民生活的土壤成为黄宏艺术创作无穷无尽的源泉！

翻开这部《根枝叶——黄宏作品选集》的第二个深刻印象就是黄宏对于喜剧美学的不懈追求。在美学中，悲剧与悲剧性、喜剧与喜剧性是完全不同的两个概念或者范畴。悲剧与喜剧是人类历史上最早出现的两种戏剧类型，早在两千多年前的古希腊就已经有许多著名的悲剧与喜剧。但是，所谓“悲剧性”与“喜剧性”却并不仅仅局限于戏剧门类，作为两种重要的审美类型或者美学范畴，悲剧性与喜剧性具有更加广泛的美学意义，涉及文学艺术的许多门类和领域。从这部《根枝叶——黄宏作品选集》我们不难发现，不管是黄宏创作的曲艺作品，还是喜剧小品，甚至电影作品，其中都渗透着浓郁的喜剧性。喜剧性是中外古今各个门类喜剧文艺作品的共同特征，喜剧是笑的艺术，作为喜剧美感特征的笑，不同于纯粹生理反应的笑，喜剧美感的笑声中包含着机智的幽默与理性的顿悟。1990年中央电视台元旦联欢晚会黄宏的著名小品《超生游击队》就是以喜剧的方式反映了那个特定年代的特定事件。在要求“只生一个好”独生子女的特定年代里，这对农民工夫妇东躲西藏，走到哪儿生到哪儿，“海南岛”“吐鲁番”“少林寺”通过三个女儿的名字说出游击路线……可以说这个小品真正地体现出了喜剧性的特质，就是通过倒错的艺术形式来揭示社会生活的真实。

事实上，喜剧作品引起的美感就是喜剧感，喜剧感的主要特征就是笑，喜剧的笑也是多种多样的，有谴责丑恶现象的讽刺嘲笑，也有幽默诙谐的机智的笑，更有夹杂痛感的含泪的笑。喜剧性艺术之所以能使人产生多种多样的笑，是同喜剧艺术多种多样的类型分不开的。如果从表现形式上分类，喜剧有滑稽、幽默、诙谐、讽刺、嘲讽、闹剧，等等。如果从表现内容上分类，喜剧又可以分为“否定性喜剧”“肯定性喜剧”“含泪喜剧”这样几种类型。读完黄宏的作品不难发现，他的很多作品都在上述类型中充分体现。

关于喜剧性的本质，早在两千多年前古希腊时期就已经开始探讨，亚里士多德从他的摹仿论出发，在《诗学》中认为“喜剧是对于比较坏的人的摹仿，然而‘坏’不是指一切恶而言，而是指丑而言，其中一种是滑稽”。显然，亚里士多德把喜剧与生活中的丑联系起来考察，对于西方美学长期认为喜剧的主角是所谓丑角的理论产生了很大影响。比如黄宏的小品《超生游击队》《打扑克》等，都是在“丑”中求“美”，通过小人物说出大主题。从这个意义上讲，喜剧为什么会引人发笑呢？这是因为喜剧性艺术具有“寓庄于谐”的美学特征。

如果从中国美学的角度上讲，所谓“寓庄于谐”，就是指在喜剧性作品中，主题思想蕴含着庄严深刻的社会内容，但常常又是通过诙谐可笑的喜剧形式与艺术手法表现出来。显然，在喜剧性作品中，“庄”与“谐”处于辩证统一的关系，失去深刻的主题，喜剧就失去了灵魂；但是，如果没有诙谐可笑的形式，喜剧就不成其为喜剧！喜剧性艺术要想取得“寓庄于谐”的美学效果，常常采用以下两种艺术手法：其一，在倒错中显真实。毫无疑问，一切艺术都要真实地反映生活，但是喜剧性艺术恰恰是要在倒错（自相矛盾）的形式中来体现真实，并且取得喜剧性的审美效果。例如黄宏在“八一”晚会上演出的小品《巡堤》，讲述了在抗洪抢险中，一位老村长连日辛苦奋战，在大堤上睡着了，正在指挥抗洪抢险的一位将军脱下自己身上的将军服披在老村长身上。两位电视台的记者和摄影师误把老村长当成将军进行现场采访，在这种人物身份大错位的情况下进行采访必然是笑话百出，在自相矛盾的倒错形式中，在诙谐可笑的相互对话中，充分展现出军民一家齐心协力抗洪抢险的感人事迹。其二，喜剧性艺术要想取得“寓庄于谐”的美学效果，常常还可以采用以下另一种艺术手法，就是夸张或者变形，也能产生十分明显的喜剧效果。例如2001年“双拥”晚会上黄宏演出的《种子》荣获50年来唯一一个“解放军文艺大奖”的小品。这部作品就是通过军队一位老首长几十年来始终在寻找一对在革命战争年代把自己家种子拿出来作军粮支援部队的老乡，当找到后当面还钱时，这对农村老夫妻无论如何也不肯收下，一方坚决要还，一方坚决不收，通过夸张的语言和情节，以独特的方式歌颂了血浓于水的军民鱼水情。

翻开这部《根枝叶——黄宏作品选集》的第三个深刻印象就是黄宏在艺术上不断地追求与创新。正是这种艺术上孜孜以求的探索精神与创新精神，使得黄宏在40多年的创作表演生涯中，先后创作出曲艺、小品、影视、戏剧等数百部艺术作品与人物形象，而且其中相当一部分成为该领域的经典，应该说是十分难能可贵的。究竟什么是创新？艺术创新到底有没有标准？我认为艺术创新是有标准的，这就是我在《艺术学概论》里面提出来的“三个超越”，即“超越前人，超越同时代人，超越自己”。从这个意义上讲，在所谓大喜剧美学的概念上，黄宏确实做到了“三个超越”，不断追求艺术创新，尤其可贵的是他敢于超越自己，不断探索新的领域、不断创造新的作品、不断追求新的高度、不断攀登新的高峰。例如部队军事改革这样严肃的主题，本来是和喜剧小品这样的艺术形式风马牛不相及的，几乎很难通过喜剧小品的方式来表现如此宏大的军事改革主题，但是黄宏却知难而上，在2003年“双拥”晚会上，通过小品《下棋》中一位营长的父亲与一位团长的父亲，两位老人来军营探亲正好赶上部队军事演习，两人在部队招待所下军棋的经历，通过棋盘从侧面反映出军队改革的巨大变化。

翻开这部《根枝叶——黄宏作品选集》的第四个深刻印象就是黄宏的勤奋，以及他对于喜剧艺术和喜剧美学孜孜不倦的追求。一般来讲，艺术分工很细，编剧就是编剧，导演就是导演，演员就是演员，而黄宏由于他自己对于喜剧表演、喜剧创作和喜剧美学的热爱，他既热衷于喜剧的编导创作，更热衷于喜剧的舞台表演，几十年如一日地耕耘在大喜剧美学的各个领域，取得了令人瞩目的可喜成绩。尤其是黄宏擅长于兼收并蓄、融会贯通，他大胆提出“把春晚的娱乐性融入‘双拥’晚会，把‘双拥’晚会的主题性带入春晚”，这个颇有创意的举措收到了意想不到的效果，给春晚和“双拥”这两台中央电视台每年最重要的晚会注入了新的活力！总而言之，在中国当代喜剧艺术史上，毫无疑问黄宏已经记入史册。我们期待他今后把更多的时间与精力投身到喜剧美学的研究和喜剧艺术的教学中，我们盼望着他在这些领域奉献出更多新的业绩！

第一章

根

曲艺卷

·山东快书·

姜大叔保猪场

养猪场的姜大叔
最大的特点会养猪
他养的肥猪品种全
猪圈里大大小小都是猪
有黑猪　有白猪
不黑不白是花猪
公猪母猪巴克夏
大猪小猪四川猪
不管它是什么猪
全都是鼻子很突出
这一天晚饭过后七点半
姜大叔到猪场里面去看猪
姜大叔拿着手电这么一照
那小猪冲着大叔要态度
姜大叔一见心纳闷儿
觉得今天挺特殊
小东西，你吃了你喝了
你还有啥不舒服？
姜大叔话音没落地
就觉得地皮直突突
忽然间天边一道白光闪
轰隆隆地动山摇像敲鼓
站不稳也站不住
哗啦啦歪了房子倒了屋
尘土飞扬不见人
大猪小猪一起哭
（白）救命啊——姜大叔——
我的娘啊——房梁把俺腿压住
那声音比屠宰场里还邪乎
姜大叔站了几次没站起
连滚带爬去救猪……

（此作品已失佚，凭记忆写出开头一段）

海城地震灾区，在帐篷中慰问演出

附言：1975 年 2 月 4 日，辽宁海城发生地震，我第一次随文工团到灾区慰问采访，当时三人创作小组与连队同吃同住，条件非常艰苦。东北的二月天气严寒，所住的帐篷只能生火取暖。一天醒来，满屋烟尘，似乎凝固。连长的一句话让我记忆犹新“这空气拿刀能切成豆腐块儿”。就是在那里我创作出第一个作品——山东快书《姜大叔保猪场》，用喜剧手法表现抗灾主题，受到肯定、得到认可。每次演出，报幕员都会特意介绍“接下来上台的演员不满 15 岁，是我们慰问团中最小的演员，他表演的作品也是他的处女作”，这时台下总会爆发出鼓励的掌声。在沈阳军区抗震救灾总结大会上我被授予个人通令嘉奖，从此激发了我的创作热情。

·山东快书·

雨夜查棚

唐山人民骨头硬，
泰山压顶腰不弓。
军民并肩创奇迹，
抗震救灾见真情。
一天晚上十点钟，
呼呼啦啦起大风。
一道电闪天欲裂，
瓢泼的大雨来势凶。
豆大的雨点儿往下落，
砸得地下全是坑。
（白）全是坑啊！
于大娘儿媳在地震当中遇了难，
撇下了刚满月的孩子没照应。
他又是饿又是冷，
嗷哇嗷地哭不停。
于大娘抱着孙子在简易棚里直转磨，
屋里漏雨又漏风。
忽听外面有声响，
于大娘是竖起耳朵仔细听，
原来是王连长带着战士来抢险，
风雨中，战士们个顶个儿的很英勇。
扛着铁锹和铁镐，
抱着被子背着绳。
连长说，这场暴雨来得急，
于大娘家里的情况很严重，
我们要，抓紧时间来抢修，
不能耽误半分钟。
（白）是！
战士们脱下雨衣往上盖，
打开棉被往上蒙。
盖了一件又一件，
蒙了一层又一层。
转眼间，漏雨漏风都堵住，
简易棚蒙了个严严实实紧绷绷。
这时候，远处跑来司务长，
报告连长，你交代的任务已完成，
吃的喝的都凑齐，
满满当当装一桶，
有鸡蛋有挂面，
还有奶粉和奶瓶，
下面还有葱姜蒜，
支起火来就开工。
于大娘推开房门往外看，
嚯，门前站着一排兵。
红领章多么鲜艳，
头上的五星亮晶晶。
身材高大又魁梧，
好似那，风雨中坚贞不屈挺拔的松。
于大娘一时不知说啥好，
话未出口眼圈儿红。
拉着战士把屋进，
激动的心情难形容。
解放军风雨之夜解危难，
大娘铭记你们恩情。

连长说，恩情应该属于党。
毛主席才是咱们的大救星。
于大娘拉着连长的手，
满怀深情望北京：
毛主席啊毛主席，
您把灾区冷暖挂心中。
人民的军队爱人民，
您培养了多好的战士多好的兵！
于大娘话音儿还没落，
司务长冲好了奶粉一大瓶。
上前就把孩子喂，
嘿！小宝宝甭提多高兴！
两只小手直摇晃，
两条小腿儿使劲蹬。
小脑袋来回直逋棱，
咚咚咚，一气儿喝了多半瓶。
（白）这回可喝饱了。
战士们，看着孩子嘿嘿笑，
于大娘望着战士笑盈盈。
大娘说，小孙子还没上户口，
王连长请你给他起个名
战友们一听起名来了劲儿，
七嘴八舌往上冲。
这个说，我看就叫于抗震，
那个说，我说就叫于新生。
于胜利，于成功。
于幸福，于光荣。
连长说，咱们军民情谊深，
老百姓养育了人民子弟兵。
骨肉深情永不分，
我看就叫（于）鱼、水、情！
大娘说，这个名字起得好，
孩子就叫于水情，
鱼水情、情意浓，
代代相传万年红。
这就是《雨夜茶棚》一小段，
到后来重建家园立新功。

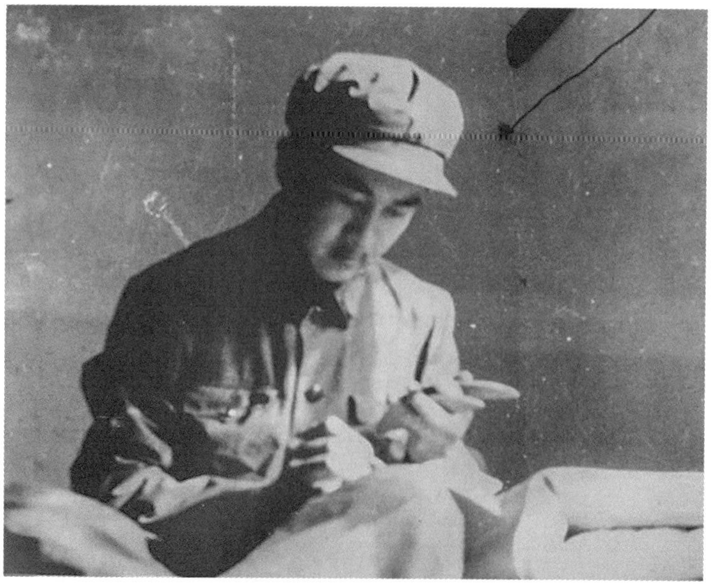

唐山地震灾区，在帐篷中创作

附言：1976 年 7 月 28 日，唐山发生 7.8 级强烈地震，10 天后我随沈阳军区 6 人创作组深入一线采访。后又随文工团大部队在灾区进行抢险救灾、创作演出，其间创作山东快书《雨夜查棚》。因 1976 年 9 月 9 日毛主席逝世，停止一切娱乐活动，此作品未能搬上舞台，后发表在《人民文学》出版的《抗震凯歌》专辑上。

·山东快书·

战歌嘹亮

红旗飘，军号鸣，
嘹亮的歌声震军营。
革命歌曲大家唱，
好似那，春风送暖万花红。
表的是五连司务长，
名字就叫王大龙。
干起工作赛猛虎，
一提唱歌就头疼。
完整的歌曲会两首，
《三大纪律》《东方红》。
连队里要是一学歌，
他就说："不如练练五大技术基本功。"
连队里组织赛歌会，
他就说："报告连长俺头痛。
俺向连长请个假，
有笔账俺还没算清。"
这一天早晨吃完了饭，
他准备买菜进县城。
来到连部找连长，
桌上响起了电话铃：
"喂，连长不在，你是哪儿？
我是五连王大龙。
师里派人来教歌，
通知全连要待命，
要学习革命歌曲十二首，
争取全团第一名。
好，我马上向连长来汇报，
对，把学歌的意义要弄清。再见！"
司务长放下电话心暗想，
我得赶快买菜进县城。
若不然，哼哼呀呀一上午，
这不是浪费时间白搭工。
一回身，把通知写在黑板上，
出连部套好驴车奔县城。
坐在车上心高兴，
拿着鞭子抽驴腚。
快点跑，快点跑，
别误了进城买大葱。
战友们吃了大葱嗓子冲，
俺这叫磨刀不误砍柴工。
说话间来到县城集市上，
嚯，市场的买卖真兴隆。
司务长掏出钱来要买菜，
就听见一阵叫卖声：
"卖磁带，卖磁带，
俺这个磁带最好听。"
司务长顺着声音细观看，
见一个小伙正年轻。
穿着打扮很奇特，
怪里怪气难形容。
男人留了个女人头，
那裤子，上紧下松喇叭形。
身上背着录音机，
怀里面还抱着个吉他直逋棱。

在身后跟了一群小朋友，
七嘴八舌直哄哄。
“他是叔叔”，“是阿姨”。
阿姨叔叔分不清。
“要我说，他叔叔阿姨都不是，
准是那业余华侨进县城。”
（白）“华侨？”
这小子一听心高兴，
美得他浑身肌肉都放松。
“小朋友掏钱买一盒，
拿回家去听一听。
男人的爱，女人的情，
甜甜蜜蜜很朦胧。
只有把爱情二字给弄懂，
就明白你们是怎么来出生的。”
“住口！”司务长上前来制止：
“你怎么说话脸不红？”
（白）“啊，解放军！
想给我上堂政治课？
少给我扯这个‘哩格儿楞’！
现在是提倡思想大解放，
你们纯属是思想僵化大头兵。”
“你不要把思想解放来歪曲，
你这是低级庸俗欠文明。”
（白）“欠文明？”
他回身按响录音机，
围观的群众往上拥。
“你听听这歌词唱得多么美，
年轻人哪个不爱听？
风流少年爱美女，
哪有小猫不吃腥。
人家这小曲就是好，
悠扬悦耳真动情。
这叫作，精神生活现代化，
情歌小调最流行。
当兵的也最好学学这些歌，
火药味不要那么浓。
杀杀杀，打打打！
拼拼拼来冲冲冲！
不是枪，就是炮，
一年到头学雷锋。
光知道为人做好事，
越学越像个傻大兵！”
在场的群众气炸肺，
站出来一个小学生。
看样子刚刚七八岁，
一说话，两个小辫直逋棱：
“住口！不许你把解放军叔叔来污辱，
解放军的歌曲俺爱听。
你那才是满嘴放毒气。
难听！难听！真难听！”
“小崽子，你懂个屁！
你再说，我一脚踢你个倒栽葱。”
群众一听高声喊：
“不许这个小子耍威风！”
（白）“滚！走！轰！”
这个小子溜之大吉往外走，
司务长气得脸发青。
小姑娘一看他生了气，
走上前去把他哄：
“解放军叔叔别生气了，
你们唱歌我爱听。
教教我革命歌曲十二首，
有一段《我爱领章红》。”
“小朋友！我教你一段《东方红》吧，”
“不！《东方红》我已早会唱啦，
我要学《我爱领章红》。”
“叔叔家里还有事，
有笔账等俺去算清。
明天叔叔来买菜，
再教你这段行不行？”
（白）“行！”

司务长出了菜场上驴车，
心急似火回军营。
暗暗把自己来责备，
王大龙啊，王大龙，
你当兵足有七八年，
怎么还不如小学生。
想到此，牙一咬，眼一瞪，
拿着鞭子抽驴腚。
小毛驴心里不高兴：
心里想，你手下怎么不留点情？
叫俺快走俺就快走，
你干吗抽得俺腚疼。
司务长扬鞭往前走，
小驴奋蹄往前行。
进了营房抬头看，
操场上歌声嘹亮人沸腾。
司务长一见不怠慢，
急忙跑进队伍中。
只见他，清了清嗓子放声唱，
一张嘴不会拐弯尽长声。
就是结尾那句唱得好，
别人停了他没停。
大伙 ·见哈哈笑，
司务长闹了个脸通红。
连长说：“王大龙虽然冒了炮，
但是他声音洪亮有激情。”
司务长唱歌受表扬，
战士们乐得肚子疼。
这个说：“司务长学歌真新鲜”，
那个说：“刚学就得了个第一名。”
“同志们！请别笑，
都怪我对唱歌的意义没认清。
今天我进城去买菜，
才使我思想受震动。”
大伙不知怎么回事，
都竖起耳朵仔细听。
司务长从头到尾说了一遍，
气得战士们把牙咬得咯嘣嘣。
连长说：“同志们！通过今天这件事，
我们看到了歌曲的力量和作用。
我们是无产阶级革命军队，
革命传统要继承。
我们是革命的战士革命的兵，
革命的本色不能扔。
不能让靡靡之音来泛滥，
不能让黄色歌曲再流行。
一首歌儿就是一堂政治课，
咱要让革命的歌永远回荡在军营。”
说着话连长一挥手，
像指挥着千军万马在进攻。
战士们雄壮的歌声多奔放，
就好像千匹战马在奔腾。
唱得那，祖国的群山青又翠，
八一军旗分外红。
战士们高歌猛进大步迈，
保卫那社会主义新长征。

在 39 军红军连五班当兵锻炼（前排左一）

站岗

刺杀训练

打靶

学习

第一次荣立三等功（18 岁）

附言：1977 年，沈阳军区文工团派我到 39 军 116 师 346 团，全训师、全训团下连当兵锻炼，那是我第一次真正接触部队。当时我作为一个 17 岁、已入伍 4 年的老兵，团领导让我负责带领一位 14 岁和一位 24 岁的新兵与部队同吃同住同训练同学习。作为文艺兵生怕部队另眼看待，因此我们付出极大的努力，经过近半年的锤炼，我在学习、训练、勤务上勇夺第一，获得个人连嘉奖。年底在文工团总结大会上第一次荣立三等功，我把它视为 18 岁的成人礼。确切地说，下连队当兵锻炼的这段经历，使我对军队和军人有了真正的了解，对我日后创作部队题材的作品起到至关重要的作用。

·山东快书·

新的起步

三伏天连阴一星期，
黑洞洞天空像锅底。
又闷又热难喘气，
轰隆隆干打闷雷不下雨。
肖连长，一人在连部抽闷烟，
突然间电话铃声急。
(白)"喂，对，姓肖。噢！是李参谋，什么？
怎么不早点打招呼？
这不是突然搞袭击嘛！
先进连也得做准备呀，
现在时间也太急。
再者说我才从教导队学习回连队，
训练的情况不摸底。
(白)这……好吧。是！"
肖连长放下电话高声喊：
(白)"通讯员！""到！"
"军首长今晚来视察，
看咱连夜间射击三练习。
通知全连做准备，
靶子上电线灯泡都安齐。"
"连长，电线已经不够长了。"
(白)"怎么搞的？"
"'两用人才'搞研究，
王小力剪去几十米。"
"哎！赶快去找司务长，
拿钱到商店快买去。"
(白)"是！"
司务长打开抽屉要取钱，
不由得大汗珠子往下滴。
抽屉里现款都不见了，
一共是四十八元五角七。
连队发生了盗窃案，
司务长哪能不着急。
连首长立刻到现场，
气氛紧张得了不的。
指导员神情很严肃一旁站，
司务长望着连长倒吸气。
肖连长皱着眉，瞪着眼，
一道道青筋拱头皮。
屋里边鸦雀无声静悄悄，
能听见蚊子打喷嚏。
嘎啦啦一声惊雷响，
肖连长拳头往桌上猛一击：
(白)"胡闹！"
这一拳也不知用了多大劲，
噗！桌腿插进半截泥。
司务长上前忙检讨：
"怪我！怪我！都怪我！"
"你呀！你呀！你呀你！"
"都怪我缺乏警惕性。"
"你的思想太麻痹。
这屋钥匙有几把？"
(白)"三把。"
"三把都在谁手里？"

"上士一把我一把，
那把交给王小力。"
（白）"王小力？"
指导员上前说了话：
"这事是我决定的。
王小力是无线电组的小教员，
每天晚上都学习。
为了让他备好课，
我答应借他一星期。"
（白）"一星期……
指导员，这里说话不方便，
走！走！走！咱回连部谈谈去。
司务长，你把情况查清楚，
抓紧时间莫迟疑。"
（白）"是！"
连长出门进了连部，
指导员随后跟进去。
回身轻轻关上门，
肖连长呼啦啦脱下军上衣。
"指导员，我这个人你了解，
有啥说啥直脾气。"
"有啥意见尽管说，
直来直去我欢喜。"
"这些年我的工作你支持，
你的工作我帮你。
处处咱都争上游，
消灭第二夺第一。
咱们是军事技术'尖子连'，
全师上下有名气。
我教导队学习三个月，
咱们连怎么开始耍手艺了？！"
"连长啊，'两用人才'新事物，
咱连搞得有成绩。
全连上下一把火，
战士们，八仙过海比高低。
铁匠小刘做水桶，
木匠小王打桌椅。
农村战士搞副业，
起早贪黑争朝夕。
又养鸡，又养貂，
又养兔子，又养鱼。
最可乐机枪班的黑大个儿，
手指头就跟棒槌差不离。
没想到他飞针走线能刺绣，
绣完了牛郎绣织女。
笨乎乎的大个子，
绣出的东西还挺秀气。
样样产品受欢迎，
连队月月有盈余。
战士们个个热情高，
都夸咱培养人才有成绩。
师里在咱连召开了现场会，
经验介绍到军区。
首长给咱连题了字，
捧回了那些奖状那些旗。
王小力办的学习班，
战士们特别有兴趣。"
"指导员，我们这里是部队，
这样干，今后连队难管理。
我听说王小力最近很松散，
经常请假去街里。
也不知他搞的啥名堂，
把打靶的电线剪去几十米。"
"这件事情我知道，
他最近正在装仪器。"
"听说了，他研究仪器搞实验，
电死了兔子老母鸡。
今天连队丢了钱，
难道跟小力没关系？"
"连长啊，电兔子电鸡我知道，
都是经我同意的。"
（白）"你！"

“星期六要会餐，
炊事班里要杀鸡。
正巧小力搞试验，
一举两得挺好的。
他听说你在教导队犯了关节炎，
电兔子为了弄张兔子皮。
丢钱的事现在还没搞清楚，
可不能没有根据乱怀疑。
连长啊，小力同志是人才，
肯动脑筋爱学习。”
“指导员，部队终归是部队，
军人就是练武的。
要出英雄出将军，
咱不能穿着军装要手艺。”
“不！部队建设现代化，
就需要各种人才来汇集。
战士们有头脑敢实践，
更有强烈的求知欲。
像山洪，像岩浆，
蕴藏着不可阻挡的爆发力。
这样的兵怎么领、怎么带，
给我们提出新课题。
让他们投入建设是好汉，
冲向战场能杀敌。
文唱武打样样行，
才能够利军利民两相宜。”
一番话落地有声当当响，
肖连长紧皱眉头细思虑。
指导员还要往下说，
司务长满脸惊喜脚步急。
“报告连长……”
（白）“破案了？”“破了！”“谁干的？”“王小力……”“你看看！”
“是王小力给咱破案的。”
“哎！你怎么说话大喘气呀！”
（白）“怎么回事？”
“我的娘啊！今天这事太出奇了。
刚才我找到小力问情况，
小力说，这个案情他知底。
他又说这贼可能个儿不大，
我一想，就数连长个头低。”
（白）“你这是怎么说话？”
“他又说，这贼可能四条腿儿，
我一想，也许说的不是你。
他又说，这贼可能有尾巴，
我一想，这事和你没关系。”
（白）“什么乱七八糟的！”
“小力说，司务长你来看，
抽屉里边有痕迹。
这里经常丢食品，
再加上最近连阴雨。
按季节，耗子这时正下崽，
需要东西把窝絮。
依我看这贼没别人，
准是耗子它干的。
小力刚刚说到这，
就听见吱儿吱儿直唧唧。
小力他弯腰拽出个死耗子，
嘴角上还叼着一片儿人民币。
我俩立即动手找，
耗子洞里把赃起。
起出来丢的人民币，
总共是四十八元五角七。
这一角钱上边少了个角，
我估计吃到耗子肚子里了。”
（白）“什么？”
肖连长听得眼都直了。
“司务长，那个耗子咋死的？”
“王小力，搞革新，
发明了电子捕鼠器。”
（白）“电子捕鼠器？”
“对，只要通上交流电，

耗子一碰就咽气。
咱们连收到好多订货信，
小力还准备报专利哪！”
指导员一旁开了口：
“连长啊，我们的战士，了不得呀！”
肖连长当时很尴尬，
一个劲地搔头皮。
“不错，不错，真不错，
这小子脑袋还挺灵的。
这灵气如果用在训练上，
也许更能有意义。”
连长的话音还没落，
门外走来王小力。
（白）“报告！”“进来！”
王小力笑眯眯地走进来，
手里捧着一样东西。
“报告连长，指导员，
我听说要搞夜间打靶三练习。
这是我刚研制的闪光遥控报靶器，
经实验显示准确没问题。
今天晚上就能用，
再不用现接灯泡电话机。
今天就算交作业了，
感谢连队辛勤把俺来培育。
指导员，教材我已全背熟，
准备工作已做齐，
您看哪天能开课？”
（白）“连长，你看呢？”
“明天开课就可以。
也给我老肖报个名。
我保证按时到课不缺席。”
这正是，时代战鼓催征程，
军旅新人正崛起。
“两用人才”遍军营，
战士们，如同猛虎添双翼！

在部队食堂演出

在边防部队为一个值班战士演出，战友叶景林替其站岗

附言： 每当创作军事题材作品，我都会想起那段当兵的日子，该作品中的“电子报靶器”就出现在我们连的真实生活中，甚至连长和指导员的性格在作品中也有所体现。记得指导员高爱军非常严肃，从我下连当兵他就没跟我说过话。一次我利用节假日起猪圈，一人干了一整天，累病了。晚上指导员用报纸包着两个罐头塞进我的被窝里，说“好好休息”。那是他跟我说的第一句话，我落泪了。这就是我们基层连队的官兵关系。

·山东快书·

铁窗烈火

说的是一九七五年，
神州上空乌云翻。
在通往沈阳监狱的马路上，
开来了一辆小“丰田”。
车里面坐着人两个，
一前一后把话谈。
前排坐着的是监狱长，
后面是上头派来的审判员。
只见他专横自负眯缝着眼，
洋洋得意抽着烟：
“监狱长，你怎么低头不说话？
无精打采哭丧脸。”
“唉！我在想，张志新为什么这么顽固，
算起来她这是关押第六年了。
六年来大小提审几百次，
到如今你是第七任的审判员。”
“哎！世上无难事，
只要肯登攀嘛！
首长今天派我来，
目的是把我的真才实学来考验。
今天是最后一次提审张志新，
我相信张犯定服软！”
“嘀！嘀！”
小轿车顺着马路开得快，
转眼到了监狱前。
下车来到提审室，
说了一声：“带囚犯！”
“嘎啦啦！”阴森森的牢门被打开，
“哗啦啦！”走出来志新好党员。
只见她，神态自若很镇静，
绛紫色的囚服身上穿。
煞白的脸膛带着伤痕，
乌黑的短发似墨染；
高鼻梁多么俊秀，
两道柳眉浓又弯。
虽然是双镣锁住手和脚，
可锁不住她浩然正气大义凛然。
志新她冷静地四下看了看，
今天的气势不一般。
四十多米的审讯室，
被狱警看守给挤满。
有的蹲，有的靠，
有的坐来有的站，
左面站着一排人，
掐腰咬牙直瞪眼。
志新想：风来必有雨，
雪后天最寒；
今日众徒聚，
定把我刁难。
任凭风浪起，
稳坐钓鱼船！
我要做穿囚服的革命者，
为真理，我愿把牢底来坐穿！
（白）“张志新！你还认识我吗？”

“认识！打砸抢，属你猛，
攻打省委属你欢。”
“好汉不提当年勇，
现在我是你的审判员。
昨天我看见了林林和彤彤，
姐弟俩相依为命很可怜。
你爱人住院动手术，
俩孩子经常断油盐。
衣服破了无人补，
头痛脑热无人管。
红小兵组织不让他们去参加，
政治活动统统被关在门外边。
两个孩子有啥罪呀？
还不是因为你的问题受牵连。
难道你不爱自己的亲生女？
难道你不想母子早团圆？
难道你就甘心当个反革命？
在这大牢里面度晚年？”
张志新手捧镣铐瞪慧眼，
铿锵的话语震云天：
“我不是不爱我的儿和女，
七年来，多想能够见一面。
可一想到乱世奸雄来当道，
国家遭难，亿万人民受蒙冤。”
“住口！你要老实来认罪，
要不然，我让你皮肉受苦筋骨断。”
“让我认罪不可能，
想叫我低头难上难！”
“你说！你为什么反对打倒走资派？
为什么替‘牛鬼蛇神’把案翻？”
“千言万语一句话，
为革命先辈来喊冤。”
“你这是攻击无产阶级司令部，
妄图让资产阶级来掌权。”
“不！毛主席掌舵我拥护，
我绝不为一伙贼人来招幡。”
（白）“你指谁？”“江青！”
“江……你真是吃了豹子胆，
目无王法反了天啦！”
“对！她为什么一人凌驾党之上？
为什么党政财文她都管？
为什么她恨谁谁就倒？
为什么老干部打倒万万千？
老干部枪林弹雨几十载，
旧伤上面添新瘢。
为什么揪，为什么斗？
为什么关押作者斗演员？
为什么说“十七年”文艺是黑线？
为什么她一手能遮天？”
“这叫作破旧立新闹革命，
让文艺园地百花鲜。”
“百花鲜？不就是八个样板戏吗？
一年四季转着演。
我看她是让百花凋零一花放，
为自己树碑来立传。”
“江青是当代文艺旗手。
报纸上已经宣传好几年了。”
“不！文艺旗手是鲁迅，
江青是为蒋贼祝寿的下三滥。
蓝苹的丑态谁不知，
曾鬼混在灯红酒绿的上海滩。”
“栾平？不是上了威虎山吗？
好啊！你竟敢把江青栾平一起连。”
志新听罢哈哈笑，
“你真是知识贫乏得太可怜。”
“住嘴！你这个现行反革命！”
“不！我是光明磊落的共产党员。”
“你是反党反人民！”
“人民和党我深爱，
我在向党吐真言。”
“你仇恨人民仇恨党。”
“不！我爱党，忘不了党的恩情重如山。

党如同我的亲生母，
党救我一家把身翻；
党领我从小闹革命，
党送我报名把军参；
上了大学入了党，
党旗之下宣誓言。
我决心跟党至死心不变，
自觉接受党考验。
此时刻，我正按着自己的誓言走，
此时刻，我正按着党的章程办。"
监狱长一旁插了话：
"张志新！你现在已经不是党员了，
革命者不是自封的。
你不要转弯抹角把案翻。"
"监狱长！不要忘了六年前，
在干校，我们曾经编在一个连。
那时候，就因为你说了几句真话，
大会小会遭批判。
江青砸乱了公检法，
在座的哪位没有受屈冤？
有的弃职改了行，
有的插队六七年，
难道你们就没看法吗？
不！只是敢怒不敢言。
因为党内有窃权作恶的一小撮儿，
夺走了人民的民主权。
不让人民说真话，
不让人民吐真言。
他们最怕人民说真话，
说真话，他们阴谋就揭穿。
我劝你们，独立思考为真理，
不要助纣为虐罪滔天。"
志新她铿锵有力的一番话，
狱警看守把头点。
监狱长沉默不语装咳痰，
审判长气得直打战。
他急忙掏出笔记本，
一页一页紧着翻：
（白）"我问你，老干部的……说过了。
关于江青的……噢！这条也说完了。
你……"
忽听桌上电话响。
他抓起电话大声喊：
（白）"哪里！快说！噢！野心书记呀！是
我。什么？
张志新态度怎么样？
到现在她还不服软。"
"我们的会议刚结束，
判她死刑在明天。
准备工作要做好，
刑场上不能让她反宣传。明白吗？"
"首长同志你放心，
坚决按着指示办。
张志新你可听见了，
你的死期在明天。
你还有什么要说的吗？"
"我看完判决再发言！"
"不能看！"
"我谅你们也不敢！
你们是为非作歹乱国法，
草菅人命的杀人犯。
我的看法是起有因立有据。
誓死观点不改变！
愿洒热血染党旗，
让党旗变得更鲜艳。
为捍真理赴刑场，
到阴曹地府去申冤！"
"住口！监狱长，把你们医生叫出来，
有个任务和他谈。"
没多时叫来了王医生，
他五十多岁两鬓斑。
"王大夫！这是一把手术刀，

请把这反革命喉管给割断。”
“反革命？”王医生拿着手术刀，
不由得想起去年“七一”那一天。
志新她，劳动之中负了伤，
我上药来到她身边。
拿出来红汞棉球刚要上，
志新她，接过去这块红药棉。
从兜里掏出个白纸花，
红药水就往花上染。
药水太少花太大，
没染一半药水干。
她撸起袖子露出了伤，
拿花就往血上蘸。
她那滴滴鲜红的血，
终于把白花全染遍。
我问她做花干什么？
她说她把党的生日来纪念。
哪有这样的反革命，
她分明是个好党员。
王医生越想越激动，
握刀的双手直打战。
只听得铁镣拖地哗哗响，
张志新面对医生心坦然：
“王医生，我被捕入狱受审查，
屈指一算已六年。
六年来，皮鞭之下我没低头，
面对死亡信念不变意志坚。
明天就要赴刑场，
临刑前，我向你老求求援。”
（白）“说吧！”
“请你刀下留留情，
保住我最后一次发言权。
临死前，我要高呼共产党万岁！万万岁！
我要喊祖国繁荣富强万万年！”
志新她说到这里声嘶哑，
两行热泪挂腮边。
“当啷啷！”老医生扔下手术刀，
叫了一声审判员：
“环球五大洲，上下几千年，
从国民党到法西斯，
从集中营到白公馆；
各种刑法上百种，
从没见临刑之前割喉管。
救死扶伤我尽力，
割喉的旨意我不干！”
“老东西！你敢同情反革命，
丧失立场罪滔天。
来人哪！把这个老东西关起来，
我先表态判五年。”
审判官从地下捡起手术刀，
嗷嗷怪叫高声喊。
“立场坚定的快动手，
我立刻提拔你们升官。”
话音落，上来四个黑大汉，
横眉立目眼瞪圆。
强行把志新摁在地，
脖后垫上一块砖。
“扑！”的一声下了刀，
滴滴血染红了志新她的衣衫。
疼得她，浑身上下人汗流。
疼得她，牙把舌头都咬烂。
可是她忍住痛，咬牙关，
犀利的目光喷火焰。
这目光刺破层层遮天雾，
这目光浩然正气冲霄汉！
（白）同志们！一九七五年四月五日，
所谓的无产阶级专政的子弹，
打死了无产阶级战士优秀党员。
这位好党员，倒在了祖国的土地上，
至今的冤魂没有散。
她在听，她在看，
她仍在祖国天地间。

张志新你没有死，
你的英名万古传。
你的忠魂化作报春花，
祖国的江山红烂漫。
党中央率领人民除四害，
恢复了人民的民主权。
让我们呼！让我们唤！
全党上下，正在为你来申冤。
奇冤大案已昭雪，
血债要用血来还！
我们要化痛为力搞“四化”，
捷报飞去当纸钱。
我们要团结一心往前看，
告慰冤魂归九天！

（与刘锡安共同创作）

表演山东快书《铁窗烈火》

附言：1979 年沈阳军区文工团四团两队搞了一次青年演员业务考核，我创作演出的山东快书《铁窗烈火》获得了最高奖——红花奖。作品取材真实、风格独特，进行了山东快书这种艺术形式表达正剧、悲情的探索，演出中掌声多过笑声。

·山东快书·

赶 牛

战争贩子如疯狗，
到处侵略伸黑手。
在我边境搞挑衅，
激起了九亿人民敌忾同仇。
英雄的军队出关去，
自卫还击惩越寇。
我们打的是黎笋集团一小撮儿，
可中越人民仍然是兄弟和朋友。
说的是攻打谅山的前一天，
在通往镇同的山路口。
敌人们为了阻挡我军向前进，
把地雷布满了丛林和山沟。
为了进攻谅山镇，
必须要扫清外围把雷抠。
工兵连派出一个排雷组，
领队的是连长尤海娄。
他带领两个排雷手，
工兵老罗和小刘。
眼看着总攻时间就要到，
他们一字排开往前搜。
排雷的工具被炸坏，
急坏了连长尤海娄，
说："同志们，我们要认真观察细分辨，
小心谨慎用手抠。
轻轻剪断绊发线，
慢慢扒开碎石头。
为了总攻的胜利，
牢记住祖国的嘱托在肩头。"
（白）"干！""干！"
雷多加上天气热，
累得仨人直晃悠。
这时候，忽听草丛唰唰响，
见一人蹚着深草往这走。
（白）"有人！"
老罗小刘端起了枪，
连长迅速拔匕首。
（白）"连长！敌人来了，打吧！"
"慢！这草深叶茂他难发现，
先不要自我来暴露。"
脚步声越来越近到了跟前。
唉！这一脚踩着连长的手指头。
（白）呀哈！还不走了呢！
尤连长紧咬牙关双眉皱，
大老罗屏住呼吸把气收。
他们拨开草丛抬头看，
原来是六十多岁一个老头儿。
只见他右手提着个大砍刀，
左手拿着个大烟斗。
无精打采往前走，
面带愁容把烟抽。
抬起脚来磕烟斗，
怎么那么巧，炭火球正掉进老罗脊梁沟儿。
烫得老罗直咬牙，
就觉着吱啦吱啦直冒油，

小刘这里不怠慢，
一伸手就把老头儿大腿搂。
这个老头儿身子往旁猛一歪，
当时摔了个大跟头。
老罗他饿虎扑食往上冲，
抬起手刚要掐咽喉，
连长高喊：“慢动手！”
老罗听罢一回头。
就这一回头不要紧，
老头儿趁机还了手。
手中的砍刀猛一挥，
一道寒气奔了小刘。
小刘往后猛一闪，
“噗！”的一声，
砍刀插到了泥里头。
（白）真悬哪！
老头儿抽身撒腿跑，
动作快得像泥鳅。
老罗急忙放声喊：
“不能跑，前边的地雷还没抠哪。”
老头儿不懂中国话，
越跑越欢不回头。
连长他忙用越语把他叫，
一下稳住了这个老头儿。
（白）那位问，连长会说越南话吗？
不但会，而且发音准确数一流。
六六年，他抗美援越过江河，
在越南战斗四个春秋。
在这里流过汗、流过血，
留下情意在心头。
这老头儿看着连长直发愣，
尤连长也觉着老头儿很面熟。
（白）“是你？”“是你？”
“原来你是袁大爷！”
“你就是解放军战士尤海娄！”
“袁大爷你还记得我？”
“不记得，我看着你们就别扭。”
小刘说：“跟连长说话客气点，
小心我崩了你这个老滑头。”
连长说：“我们说话要礼貌，
他们和我们是朋友。”
“没关系，反正他也听不懂，
我这全当是逗猴啦。”
“住口！老罗，警戒四周围，
小刘不要把枪收。”
尤连长从地上捡起大砍刀。
走上前递到老头手里头。
“袁大爷！六六年我们部队来越南，
防空架桥把路修。
我们班住在你们家，
你全家把我们当朋友。
你常说，我们穿的是中国衣，点的是中国油；
吃的中国米，喝的中国酒。”
“当初的吃喝是不少，
可现在俺都喝不上粥啦！”
“是越南当局一小撮，
背叛了兄弟和朋友。
是他们把中越的友谊给割断，
是他们把友谊变成仇。
占了我国的南沙岛，
早就向中国伸霸手。
我们是一忍再忍顾大局，
可他们把克制当成了软骨头。
他们迫害华侨搞反华，
霸我边寨烧村头。
他们机枪扫，火炮轰，
我们无辜的边民血在流。
青山在，红河流，
红河积满了血和仇。
我们自卫反击伸正义，
可对越南人民决不动一个手指头。
我们不要越南一寸土，

可我们的寸土也不能丢。”
连长这里一番话，
说得老人直点头。
连长往腰里一伸手，
当时吓坏这个老头儿。
“噌！”从腰里掏出了手榴弹，
用手就把弹盖抠。
连长他沉着冷静走上前，
把一个手镯托在手。
老头儿一看这个手镯，
不由得往事涌心头：
十年前，美国飞机搞轰炸，
炸弹落在高脚楼。
就是这位中国兵，
救了我六岁的独苗小越秀。
他自己中弹负了伤，
回国时，弹片还留在肉里头。
为了不忘救命恩，
临别时我把这个手镯给他留。
大爷还在往下想，
老罗一旁开了口：
（白）“连长！有人！”
连长当时不怠慢，
侧身隐蔽仔细瞅。
原来是越军特工巡逻组，
无精打采下了山头。
隔着雷区大声喊：
（白）“干什么的？”
“给你们放牛的老袁头。”
“你一人在那干什么？”
“我给老牛把草搂。”
“搂草怎么不弯腰？
为什么盯着山头犯直勾？
是不是又想你姑娘了，
她山洞里陪着我们队长正喝酒哪！
我们根本没有份儿，
顶多是唆啦唆啦剩骨头。”
“混蛋！跟他说这些干什么，
问问他敌情有没有！”
“老头儿！那边有什么新情况？”
老头儿听罢一摆手，
袁大爷看了看连长、老罗和小刘。
心里想他们虽然是中国人，
可曾为我的亲人把血流。
那边虽说是同胞，
却在凌辱我的丫头。
（白）“有没有情况快说呀？”
“有情况啊！刚才来了……”
（白）“来什么啦？”
“刚才来了一阵风，
把云彩从东头吹到西头。”
（白）“这他妈废话，走！走！”
气得敌人回山洞，
乐坏了连长、老罗和小刘。
大爷收起了手榴弹，
连长他上前拉住了大爷的手。
叫了一声袁大爷：
“我们永远是朋友。
小越秀犯了什么罪？
凭什么把她关在山里头。”
“就因为越秀长得好，
招来了是非祸临头。
前几天山上下来四个兵，
说他们的队长要过寿。
说是让越秀上山去，
到山洞里面搞研究。
谁知一去就没回来，
我是白日愁来夜里愁。
有心上山把她找，
怎奈这雷太多路难走。
有心不去把她找，
可女儿是我心头肉。”

连长说："我们待会儿就上山，
救出妹妹小越秀。"
"这里雷多上不去，
我放牛都得绕着走。"
他俩说的是越南话，
小刘越听越别扭：
"连长！大爷跟你说的啥？"
"他说的是，他放牛都得绕着走。"
"连长！咱可以用牛群来蹚雷，
安全可靠不用抠了。"
"对！袁大爷你不是给敌人放的牛吗？
咱们用它蹚雷攻山头。"
大爷一听心高兴，
"我马上就到后山去赶牛。"
不多时，赶来了水牛一大群，
少说能有几十头。
忙把牛群排好队，
牛尾巴上面涂枪油。
"噗！"的一声点着火，
这群牛嗷嗷直叫来了劲头。
冲着雷区往前冲，
脚踩地雷往前搂。
"轰！轰！轰！"地雷爆炸震山谷，
半空中飞起了牛腿和牛头。
这时候，升起两颗信号弹，
冲锋号"嘀嘀嗒嗒"震山沟。
大部队越过雷区上了山，
掏完了山洞端炮楼。
洞内的敌人投了降，
救出姑娘小越秀。
红旗插上谅山镇，
军威赫赫震全球。
这就是，中越人民齐战斗，
我编了个小段叫《赶牛》。

（与刘锡安共同创作）

黑龙江边防林场演出

呼伦贝尔牧区演出

附言：1979 年自卫反击战开始，沈阳军区严防北疆，任务艰巨。备战时期文工团下部队给朱光斗团长配了一支"54 式"手枪，团长让我背着，为了关注南疆的消息，我们每天看报纸、听广播、搜寻着南疆的情况，边演出边创作。由于专心创作自卫反击战作品《赶牛》，不慎把枪丢在了火车上，历尽艰险终于找了回来。令我没有想到的是团长仍让我背着，他说："第一次丢，第二次一定不会。"从那之后，这只枪在整个演出过程中就没离开过我的肩。

·山东快书·

英雄坦克兵

越南当局怀鬼胎，
为称霸将侵华的战火烧起来。
中国人民愤怒还击侵略者，
反击炮打得越寇头难抬。
说的是，一天晚上十点钟，
繁星点点月色白。
在越寇一个步兵连的指挥所，
两个哨兵搂着大枪唠起来：
（白）“副班长，醒醒，醒醒！”
“啊！解放军来了吗？”
“没来，连长来了也没你好儿哇！
还想不想着要脑袋？”
“嗐！连长的脾气我摸得透，
这工夫早去哄他的姨太太。
他是吃得香来睡得好，
让咱们站岗放哨把饿挨！”
（白）“哎哟！我的班副，
你若不说倒还好，
一提吃字我饿劲来了。
（白）有什么好吃的没有？”
“好吃的，孬吃的也没有哇！”
“解放军坦克车，
被咱炮火给打坏，
停在山下竹林旁，
咱去一趟弄点吃的把肚塞。”
“要去你去我不去！
遇上活的回不来。
解放军那辆七〇一坦克了不得！
冷不防这手真厉害。
虽说只有四台车，
把一营的火炮全撞坏了。
见人就撵，见车就撞，
东西南北任它开。
弟兄们轧死四五十，
汽车撞坏了十八台。
我弟弟前天当的兵，
昨天肠子轧出来。”
“嗐！那坦克坏了已两天，
有活的早就跑出来啦！”
（白）“没人？”“没人！”
坦克里真的没人吗？不，有人！
有我们的英雄徐震凯。
震凯他在坦克连里把兵当，
七〇一号坦克他来开。
两天前，在七连连长的率领下，
四辆坦克穿插到敌人后方来。
任务是断敌后路搞合围，
为后续部队把路开。
他们勇猛插乱敌阵地，
把国威军威打出来。
完成任务要往回返，
增援的敌人把炮开。

为了掩护战友的坦克往回撤，
震凯的车被敌人的炮火给打坏。
车上的战友全牺牲，
徐震凯也负伤昏倒在驾驶台。
他的脸上血肉模糊看不清，
身子就在车内歪。
敌人上车来搜查，
死的活的没分开。
也不知时间过了有多久，
震凯慢慢醒过来。
唤战友，无声响，
回部队，车炸坏，
往回走，伤势重，
等着死，不应该。
有口气我就要战斗，
想到这，他拿出止血药水和绷带。
先把伤口包扎好，
饼干又吃好几块。
（白）耶！这身上劲还真来了呢！
对，我要和部队首长联络上，
抓紧时间修电台。
徐震凯说着要动手，
这时候那两个敌人正赶来。
（白）“走哇！”“这不是走着吗！”
“告诉你，有情况谁也别先跑，
谁先跑先死谁奶奶。”
（白）“死奶奶就死奶奶，反正我奶奶早死啦。”
他两个走到车跟前，
敌班副把工具箱子拍了拍：
（白）“这里边有东西，来，撬！”
说着就撬工具箱，
又是别，又是砸，
又是捅来又是掰，
嘎嘣嘣弄开箱子盖，
可把敌人给乐坏了。
见里边有罐头面包和汽水，
压缩饼干几十块。
美得敌人又是乐来又是蹦，
哈喇子全都淌出来。
（白）“揣，揣，快揣！”
这一喊一叫不要紧，
惊动了坦克里的英雄徐震凯，
震凯他潜望镜下仔细看，
一看心里就明白：
（白）噢！敌人是来抢食品，那哪儿行啊！
中国人再不能养活你们这群狗奴才啦！
想到这，复仇的怒火胸中烧，
轻轻地把驾驶座椅升起来。
看了看，敌人正在吃面包，
这两个小子可开了斋喽！
这时候，震凯把扳子拿在手，
对准了敌人后脑海。
忽听到嘎嘎啦啦马达响，
有一辆坦克开过来。
原来是越寇内部有规定，
战利品缴得越多越发财。
原来是敌坦克连来抢战利品，
黄连长亲自把队带。
抢战利品在越寇内部是常事，
两个哨兵一看就明白：
“副班长，他们是来拽坦克，
你看着！我去叫咱们连长来。”
那个敌人一气跑进敌连部，
进连部忘了把门拍。
谁知连长正忙着那，
屋里边正啃他的姨太太。
“报告连长，我没看着！”
（白）“你没看着？”

"看着我也不明白，
（白）我知道你们研究工作呢！"
"混蛋！出去！"
"报告连长有情况。"
"有情况你也别进来。
给我站在门外说，
我在屋里照样听明白。"
哨兵把情况说了一遍，
可把步兵连长给急坏了。
他知道这战利品要是归了谁，
谁就能论功领赏发大财。
他低头一计有有有，
眼珠一转计策来：
（白）"走！"
转眼间来到竹林旁，
坦克连正把坦克拽。
他假装热情走上前，
笑嘻嘻地把坦克连长的肩膀拍：
"哟！这不是连长黄老兄吗！
你不是去了柬埔寨吗？"
（白）"噢！李连长！
因为这面战局紧嘛，
又把我们调回来！"
"噢！老同学见面不容易，
通讯员，告诉厨房去炒菜，
弟兄们都到我连喝两盅，
酒后再甩上几把牌。"
姓黄的连长是个大酒鬼，
一听酒字腿难抬：
"好！三排长拽上破车先回连，
我去坐坐就回来。"
"哎！黄连长！你的军纪也太严了，
打仗的时候，对弟兄们可不能搞虐待呀！
好在人数不太多，
干脆让弟兄们拽着坦克一块来吧！"
"好！把车开到步兵连，
吃完了咱们一起往回开。"
放下敌人先不表，
再说说英雄徐震凯，
他心想：我头部负伤流血多，
鲁莽行事定失败。
敌人既然要拽车，
我何不如此这般巧安排……
你要问震凯他打的什么谱儿，
等一会儿同志们就明白啦！
震凯他正在细思索，
啪！驾驶舱盖被打开。
震凯一见不怠慢，
身子往旁猛一歪。
从外面跳进了人一个，
一屁股坐进了驾驶台。
震凯想：这敌人是来把方向，
怕的是把车拽歪。
既来了就别想走，
你自己来找不自在。
这时候坦克嘎嘎啦啦向前走，
那个敌人心里像把兔子揣。
心里想：车里什么也看不见，
有活的可别蹦出来。
他手划十字直祷告，
说的啥越南话咱们不明白。
震凯他胆大心细计谋多，
顺手解开武装带。
一伸手把敌人的脖子给套住，
他来了个转身背狗往后拽。
敌人憋得脸发紫，
四个蹄子直蹬踹。
一声没响咽了气，

舌头全都勒出来。
徐震凯双手把住操纵杆，
跟随着前车左右掰。
山路复杂不好走，
这个坦克，东边撞来西边歪。
震凯他头部负伤眼发花，
阵阵的伤痛难忍耐。
他心想：为祖国战斗到最后一口气，
此时刻祖国正把我期待。
不辜负祖国和人民，
让生命火花放光彩。
不多时来到敌连部，
有人就把仓盖拍：
“快走！快走！快快走！
去晚了吃不着热乎菜啦！”
这小子说罢进了连部，
嚯！敌连部就像油锅开。
吵的吵，闹的闹，
一个个喝得东倒又西歪。
俩连长眼睛全喝直啦，
晃着脑袋把拳猜：
（白）“输了！喝！喝！”
“这杯酒我一定喝，
可有件事要说明白。”
（白）“什么事？你说。”
“门口这辆坦克车，
你就别再往回拽了。”
坦克连长一听红了眼：
“你别把老黄当蠢材。
坦克就归坦克连，
这叫作，货归原主理应该！”
“你真他妈的不开面儿，
我白给你准备这桌好酒菜！”
“你主动请我来吃饭，
准备酒菜你活该！”
“你这个小子不讲理！”
“你这个小子耍无赖！”
“有种你去打解放军，
算你小子有能耐。”
“我们没你能耐大，
枪一响，顶属你们跑得快。”
“告诉你，我姓李的不好惹，
老子上面有后台。
你知道吗？总司令是我什么人，
他是我叔伯舅母三姑姨夫邻居弟弟他三伯。”
“呸！这算什么！告诉你，
老子的后台更厉害。
我妹妹是政府领导人身边的服务员，
经常是擦澡伴舞带打牌。
虽说不算正宗品吧，
这关系不说你明白。”
他俩一吵不要紧，
门外的哨兵把嘴歪：
（白）真他妈能吹，
他妹妹西贡当妓女，
是个头号“大破鞋”。
还在那里穷显摆哩。”
放下敌人先不表，
再说英雄徐震凯。
震凯他潜望镜下细观察，
敌坦克停在五米外。
左边看，探照灯光亮，
碉堡一排排，
这面是油库，
那面是电台。
他把敌情地形观察好，
作战的计划细安排。
他决定撕虎口拔虎牙，

捣敌心脏割动脉。
单身潜进敌坦克，
把那敌人坦克往回开。
他换上了敌人军装出了坦克，
准备把牵引钢索摘，
忽听身后一声喊：
（白）“唉！”
惊动了英雄徐震凯，
他心想：敌人哨兵发现了我，
我要跑敌人定会把枪开。
震凯他机智灵活胆子大，
身子一转直朝敌人走过来。
这哨兵一看是坦克手，
当时心里就明白啦。
噢！这坦克连长有脑瓜，
把开坦克的留在外。
不用说这是随时想拽坦克走，
那哪行啊，俺连长早就有安排。
特意让我来看车，
看不住坦克掉脑袋，
今天我说啥不能让你拽走车，
干脆我把牵引绳子摘。
这小子上前就动手，
一旁乐坏了徐震凯。
这个敌人，摘罢了钢索放下心，
嬉皮笑脸走过来：
“老兄没去喝两盅，
怎么一人在这儿找凉快？请！”
徐震凯虽然不懂越南话，
可这个手势他明白：
噢，这是让我进屋去！
那哪行啊！进去我就出不来啦。
可是“不去”二字怎么说呀？
一张嘴敌人就会听出来。
（白）怎么办呢？
不愧是英雄计谋多，
他吹着口哨把手摆。
这个敌人还以为叫他有好事呢！
就把脑袋凑过来，
震凯一见这个位置正合适，
抡圆了扳子砸过来。
就好像榔头开西瓜，
脑浆子全都迸出来啦！
徐震凯飞身跳进敌坦克，
动手就把电门掰。
步兵连一听坦克响，
立即拉出了两个排。
“姓黄的，你别敬酒不吃吃罚酒，
谁拽车，我就把谁扣起来！”
呼啦啦，敌人把坦克给围住，
可乐坏了坦克内的徐震凯，
他发动机器踩油门，
操纵杆往后猛一拽，
坦克当时打了个旋儿，
（白）“嘟……”
轧得敌人哭爹喊娘叫奶奶。
踩住油门猛起动，
坦克就像猛虎下山崖。
南边冲，北边撞，
东边轧来，西边开。
撞得油库起了火，
撞得电台垮了台，
哪有敌人哪里轧，
一转磨就轧一个排。
若问轧得多利索，
就好像农村场院轧小麦！
（白）他打场来啦！
敌坦克连的黄连长，

当时小脸全吓白：
（白）“坦克政变了！坦克政变了！”
震凯他咔嚓一声轧过去，
那个连长临死他都没明白。
坦克车，一挡起，二挡开，
三挡不如四挡快，
啪！啪！啪！徐震凯把五道大挡挂到底，
顺着大路往回开。
震凯他开着坦克回祖国，
甭提心里多痛快。
他为人民立了功，
不愧是祖国革命的新一代。
这就是虎胆铁骑捣敌阵，
下回说，战友们欢迎徐震凯。

（与刘锡安共同创作）

表演山东快书《英雄坦克兵》

附言：《解放军日报》发表了孤胆英雄徐振凯的事迹，令我震撼，连夜创作了本作品，三天后立到舞台上，为装甲部队演出，现场火爆。这个作品故事真实、情节惊险、极富感染力。后该作品发表于《曲艺》杂志，并被收入《中国新文艺大系·曲艺卷（1977—1982）》。这对我的创作是极大的鼓舞。那年我20岁。

·山东快书·

刘主席抚育红松苗

五中全会传喜报，
九亿人民齐欢笑，
寄深情，把刘少奇同志来怀念，
那幸福的情景难忘掉。
六一年，刘主席视察兴安岭，
叫来了小高当向导。
刘主席健步走到山顶上，
小高紧跟着在后面跑，
举目观，祖国的风光真美丽，
放眼看，兴安岭风光分外娇，
棵棵红松山头立，
朵朵白云脚下飘。
滚滚林涛犹如大海起波浪，
美丽的树冠好似小船浪中摇。
刘主席站在山巅微微笑：
“啊，祖国的森林宝库多富饶！”
忽听得有人放声高喊：
“顺——山——倒！”
骨碌碌，一棵大树倒下去，
咔喳喳，一溜小树被砸倒。
刘主席看罢心一动，
走上前，见有棵小树折断了腰。
人们一见围上去，
刘主席手扶着树苗叫小高。
“小高哇，这树苗几年能长这么大？”
“刘主席，这是两年多的小树苗。”
“小高，它本想自己长成材，
可惜的是，这样年轻就残废了。”
“刘主席，我们……”
“小高哇，这树苗就像是我们的下一代，
可知道，抚育下一代的任务最重要。
林业工人要爱森林，
更要爱这未成材的小树苗。”
刘主席亲切温暖一席话，
好似那春雨点点心头浇。
“刘主席，俺一定记住您的话。
爱护好这一草一木一根苗。”
刘主席掏出了一块白手帕，
给受伤的小树把伤包。
小高蹲下身子扶着树，
刘主席缠树弯着腰。
小树得救真高兴，
冲着主席把身摇，
好像说：谢谢您，好主席，
您把俺精心来治疗。
俺一定好好听话快快长，
长大好为祖国建设立功劳。
“小高哇，你看这棵小松树，
还摇头晃脑挺骄傲呢！”
在场的工人受感动，
又流眼泪又欢笑。
“呜——”一声汽笛送亲人，
刘主席您何时再来俺山坳。
日日盼哪，夜夜想，

红松苗一年比着一年高，
谁料想，一片乌云压山顶。
十年的浩劫起狂飙，
雪压青松松更翠，
雨打红松松更娇。
看如今，刘主席抚育的树苗长成材，
挺拔矗立入云霄，
就好像刘主席高大形象顶天立，
万古长青永不凋。

表演山东快书《刘主席抚育红松苗》

老铁山下部队演出

下部队演出途中

附言：1980 年曲艺队到黑龙江边防演出，在当地听说了刘主席抚育红松苗这段故事，创作作品并演出。当年下部队演出条件很艰苦，除了马车就是敞篷卡车，尘土飞扬，但我们一路欢歌。

·山东快书·

刘柏林参军

八〇年，刚入冬，
肇东县大地盖上雪一层。
气温零下三十度，
吐口唾沫就成冰。
（白）太冷了！
有伙社办工程队，
顶风冒雪正施工。
顺着我手抬头看，
跳板上有个小伙儿很年轻。
看样子不过二十岁，
宽宽的肩膀个头儿猛。
高鼻梁，丹凤眼，
五官长得很端正。
身穿青布小棉袄，
线围脖变成扎腰绳。
他手挥瓦刀把墙砌，
呼哧呼哧就一层。
呼哧呼哧就一层啊！
他就是德昌大队的刘柏林，
在工程队里当瓦工。
他这里干得正来劲儿，
忽听见有人喊他的名：
“柏林大哥，你的信！”
刘柏林听罢心里一激灵。
前几天家里刚来信，
怎么今天又一封？
想到此，他蹦下跳板去拿信，
可那位小兄弟手里拿信不放松：
“柏林哥，这准是你的‘那位’来的信，
小字写得真工整。
三天我送了两封信了，
这回你得请我喝两盅。
不然下回再来信，
可别怨我不留情。”
“好好好，请请请，
星期天请你看电影。”
柏林把信抢在手，
急急忙忙拆信封。
小兄弟一旁偷着笑：
“哎！看着看着脸就红了！”
柏林他，一目十行看完信，
就觉得浑身热血往上涌。
他双手拍腿猛一蹦，
撒腿就跑一溜风。
小兄弟这里光顾笑了：
“柏林哥，她一定……哎，人哪？”
刘柏林早就影无踪（啦）！
一气儿跑进办公室：
“王大叔，俺要请假回肇东，
我弟弟在家替我把名报，
俺要回家去当兵。”
大叔他，一时不知咋答复，
思考了半天才出声。
“柏林哪，你思一思，想一想，

办事不能太盲从。
要思前，要想后，
干啥事不要太冲动。
你今年毛岁都二十了，
在村里已经把亲订。
在这里，你每月工资一百多，
攒点钱将来把家成。
你当兵，家里老人能同意吗？
对象那里可赞成？
想没想，当兵练武要吃苦，
你这个身板怕不中。”
“王大叔，刚才你说的这些事，
俺这心里早想通。
自打幼小立下志，
长大一定去当兵。
当兵不是为挣钱，
当兵不是图安生。
也不是为了好听和好看，
更不是当兵镀金图虚荣。
俺当兵为的是保祖国，
让天下人民更安宁。
部队里，出王杰、出雷锋，
俺也要为国为民当英雄。
家属的工作靠说服，
他们会明白哪头重来哪头轻。
我相信，他们会支持我应征走，
他们肯定会亲自送我去当兵。”
这番话，一字一句像铁锤，
王大叔心肠被打动。
“柏林你说得有道理，
你的想法我赞成。”
“谢谢大叔你支持，
俺今天晚上就登程。”
刘柏林连夜搭车往回走，
谁料想拖拉机中途出毛病。
雪中打滑开不动，
转眼间，到了半夜两点钟。
柏林想，天亮前必须要赶到，
一磨蹭准误大事情。
（白）“走！”
你看他，不怕天黑风雪大，
几十里路靠步行。
一脚深，一脚浅，
一脚雪来一脚冰，
西北风刮在脸上似针扎，
火辣辣的钻心疼。
刘柏林顶风冒雪往前走，
这时候，东方发白天放晴。
他直接来到体检站，
屋里边报名的青年满登登。
大家一看柏林到，
全都鼓掌来欢迎。
走过来征兵的李参谋，
“柏林同志，欢迎你报名来应征。
连夜赶路辛苦啦！”
“哎，首长，你怎么知道我的名？”
“我不仅知道你的名字，
所有的情况都门儿清。
你上学读书是‘三好’，
队里生产是标兵。
诚实正直求上进，
最大的特点爱学雷锋。
嗓子洪亮唱歌美，
横笛吹得很动听。
篮球场上赛猛虎，
三步上篮有水平。
自幼立志决心大，
铁了个心眼儿要当兵。
我说的不知对不对？
漏掉的部分你补充。”
李参谋就这一番话，
说得柏林脸直红。

“不愧是部队的首长有本领，
情报准确真灵通！”
“王大叔刚才来电话，
特意替你来讲情。
我代表部队欢迎你，
体检合格就当兵。”
柏林别提多激动了，
自己能听见心跳声。
事情无巧不成书，
一体检内科出了毛病。
血压偏高出意外，
急得他冲着胳膊瞪眼睛：
“你怎么这么不争气！”
耶！他还跟自己胳膊耍威风啦！
李参谋一旁点头笑，
小伙子性格有特征。
柏林说：“老医生，这个胳膊血压高，
再看看这个胳膊中不中。”
医生闻听不住笑：
“一高一低不可能。”
“医生啊，前两年俺在学校把书念，
念书不能去当兵。
去年当兵把名报，
干活眼睛被迷肿。
二次当兵没当上，
医生请你留留情。”
医生说：“你夜间行路几十里，
有可能休息不好血压升。
你到门外换换气，
我再检查做鉴定。”
“医生同志谢谢你啦！”
说着话，给医生深深鞠一躬。
刘柏林急忙到院内，
脱掉棉衣冲着风。
就这样还怕通不过，
提桶井水把头冲。
供销社里买瓶醋，
张嘴就喝咚咚咚。
一瓶老醋全喝光，
售货员看着酸得牙根儿疼。
刘柏林土法治了高血压，
体检合格当上兵。
这就是柏林当兵一小段，
下回说，他在部队学雷锋。

·山东快书·

情满车厢

“呜——”
汽笛叫，车轮滚，
有一列火车离长春。
车厢内的旅客真不少，
靠窗户坐着两位老年人。
老头一直没说话，
老太看着挺兴奋。
年龄足有六十岁，
蓝裤蓝褂一身新。
花白的头发盘着髻儿，
清瘦的脸庞带皱纹。
慈眉善目精神好，
说话和蔼又可亲。
“他大嫂，你这个孩子长得乖，
又白又胖真爱人；
年轻人你们一对真般配，
是不是旅行去结婚？
老大哥，你今年能有八十岁呀？
能有八十岁呀？
什么？噢，您的耳聋听不真哪！”
大娘她从上车一路话不断，
看得出心情很兴奋。
她的老伴就在对面坐，
脸上的表情阴沉沉。
上车他就没有话，
瞅着窗外直愣神。
您要问这两位老人他是谁？
他们是刘柏林的父亲和母亲。
皆因为，刘柏林英勇救火车，
为国为民献青春。
部队里火速发电报，
通知柏林他的亲人。
这件事，全家大小都知道了，
唯独瞒着老母亲。
怕她一时受不了，
告诉她说是到部队去探亲。
因此上，俩老人心情不一样，
一个高兴，一个低沉。
刘大爷心里有话难开口，
暗地里埋怨柏林他母亲。
孩他娘，你只顾高兴只顾乐，
岂不知柏林他——唉！
“孩他爹，打上车你就不高兴，
唉声叹气像丢了魂。
是不是不常出门少坐车，
火车一动头就晕哪？”
“哎，你少说两句歇歇嘴吧，
合上眼睛养养神！”
“老头子，看儿子俺能不高兴吗？
马上就见到儿子小柏林啦！”
刘大娘话音没落地，
打那边站起一对年轻人。
那女同志黑色的纱巾头上围，
挨排挨座把糖分。

（白）“哥。”“啊。”
“你说他是个结婚的，
为什么表情不兴奋；
你说他不是结婚的，
为什么挨着个地把糖分？”
（白）“我哪知道啊！”
旁边一位旅客插了嘴，
他按着自己的推理发议论：
“这二位可能是糖果公司推销员，
那高级奶糖是样品。
广告做到列车上，
宣传方法又创新了。
这方法俺就学不了啦，
俺是推销“六六粉”的。”
（白）那没法学！
旅客们，交头接耳直议论，
刘大娘心里更纳闷儿：
“姑娘啊，你们这是办喜事？”
（白）“对！”
“看穿戴不像要结婚。
噢，大娘我是老眼光，
你们艰苦朴素是根本。
好好好，大娘给你们来道喜，
祝贺你们当新人。”
新娘给大娘剥开糖，
刘大娘吃在嘴里甜在心。
刘大爷这里一抬头，
新郎又把手来伸：
“老大爷您也吃一块。”
“不吃了，谢谢你们一片心。”
“老大爷您就吃一块吧！”
“小伙子，一块我也不能含。”
大娘她一旁生了气，
心说你这个老犟筋。
“常言道，吃块喜糖牙不疼，
抽支喜烟头不晕。”
“老大爷，你一定把糖吃下去，
这个喜糖有原因。”
大伙都问怎么回事？
小伙子开口叫声：“同志们！
我们俩是本次列车乘务员。
休班的日子来成亲。
有人问结婚为啥不穿红，
为什么围着黑纱巾。
列车员三天一趟跑丹东，
为什么偏到丹东去结婚？
各位同志们听我讲
如此结婚含义深。
三天前我俩值班在车上，
原打算到终点交班就成亲。
没想到列车刚过石桥站，
紧急刹车凶又狠。
列车前方有情况，
车道上发现一群人。
鸣笛人不走，
列车在飞奔；
鸣笛人不散，
列车更逼近。
原来是，修路的机器出故障，
抢险的是亲人解放军。
他们要清除路障救列车，
哪怕那火车贯顶压面门！”
老大爷闻听心一动，
不用问他说的准是小柏林。
“小伙子，这糖我吃你别讲了”，
“老头子，你别打岔别分神。”
（白）“小伙子，后来呢？”
“到后来机器掀到路基下，
铁轨上还卧着机座特别沉。
火车的前导轮子轧上它，
整个列车要翻滚。
眼看着就要出事故，

车上有旅客上千人哪！
就在这最后几秒钟，
冲上来一位解放军。
不顾自己生和死，
挺身使出力千钧。
双手把机座举过头，
用生命挽救了一车人。”
大娘问：“那位英雄牺牲了？
他家里都有什么人？”
“小伙子，这糖我吃你别讲了。”
“哎！你这个老头儿真烦人！”
“大娘啊，我听说那英雄刚满二十岁，
是今年年初才参军。
我听说他家里还有未婚妻，
是参军之前订的亲。
他家里也有姐和妹，
还有父亲和母亲。
这英雄生死全不顾，
甘为人民献青春！
为纪念英雄学英雄，
我们俩决定在此来结婚。
喜事新办情更浓，
为的是记住那位解放军。”
旅客们听了受感动，
这时候，站起柏林他母亲：
“小伙子，这把喜糖我收下了，
我是到部队去探亲。
我的儿和这位英雄一般大，
也是年初才参军。
这把喜糖带给他，
也让他做一名有出息的年轻人。”
旅客们听罢齐说好，
“我们要学习那位解放军。”
这时节，车厢里面广播响，
广播员话语很低沉：
“旅客们，往外看，
列车的右侧是青山，
列车的左侧是松林。
三天前，就在这青山松林下，
有一位年轻的解放军，
舍生忘死救列车，
为人民的利益献忠魂！
旅客们，让我们记住这个名字吧！
人民的功臣刘柏林。”
（白）“小伙子，广播里说的什么人？”
“大娘啊，这就是俺说的那位英雄刘柏林。”
“什么？孩他爹，
你到底听真没听真哪？”
刘大爷含泪点点头，
“就是咱儿小柏林。”
刘大娘如同响雷当头炸，
好似钢刀在剜心。
刹那间，两眼发花手发抖，
哆哆嗦嗦咬嘴唇：
“柏林哪，你怎么不能等等娘，
你娘我这就到部队去探亲啊！”
“什么？大娘您就是……”
刘大爷一旁开了口：
“这就是柏林他母亲。”
（白）“什么！那大爷您是？”
“我是柏林他的父亲。”
列车员上前拉住大娘的手，
“同志们，这就是我们英雄的母亲和父亲！”
呼啦啦，旅客们全都围上来，
争先恐后来慰问，
这个给大娘送手绢，
那个给大爷递毛巾。
新婚夫妇再也抑制不住悲痛情，
热泪滚滚湿前襟。
深深给两位老人鞠一躬，
开口叫声：“老母亲！
想哭您就放声哭吧！

别把悲痛压在心。”
“是啊，儿是娘的心头肉，
他在俺心里重千斤。”
“孩儿他娘，咱儿子一人救了千条命，
安慰了多少家庭多少人呐。”
“老头子，你坐下，
你老伴儿不是糊涂人。
咱送柏林去参军，
就是让他全心全意为人民。
年轻人，别难过，
你俩今天是新婚。
大喜的日子得高兴，快解下这块黑纱巾。”
“唰——”闪光灯一亮快门响，
记者们，这个镜头抢得准。
这正是，人间自有真情在，
萍水相逢胜亲人。
松辽大地唱英雄，
赞美那人民的儿子刘柏林！

（与赵德超共同创作）

采访英雄刘柏林父母（与赵德超）

在刘柏林家乡演出（黑龙江省肇东县）

附言：为了宣传刘柏林英雄事迹，我们特意采访了他的父母，创作了《刘柏林参军》和《情满车厢》两个作品。采访场景我记忆犹新：老父亲憨厚朴实，脸上没有更多的表情；母亲一直坐在床边低着头，眼角默默地流着泪水。演出现场非常感人，主办单位特别请来了英雄的父母，现场观众们将最热烈的掌声送给他们。

·山东快书·

孙县长开会

说得是某省某县某会场，
鞭炮齐鸣喇叭响。
原来是，正召开计划生育表彰会，
代表们满满登登坐了一堂。
台上看，有奖旗、有奖状，
各类奖品排成行。
计生办的王主任，
正在台上把话讲：
“同志们！今天大会很隆重，
到会的还有咱们孙县长。
孙县长现在忙得很，
正筹建咱们县的养鸡场。
工地吃、工地睡，
俩月没回家一趟。
今天特意来参加表彰会，
为的是把先进典型来宣扬。”
大伙听了受感动，
不约而同齐鼓掌。
孙县长冲着大家忙摆手：
“王主任，抓紧时间快开场吧！”
说罢拿过公文包，
“唰啦啦！”打开图纸一大张。
从兜儿里拿出圆珠笔，
趴在桌上又画圈来又画行。
代表们台下齐议论，
交头接耳直嘟囔：
“哎！孙县长趴在桌上干什么呢？
桌面全都贴鼻梁。
孙县长是高度近视眼，
出门经常碰门框。
只要离他两步远，
就分不清小伙和姑娘”。
（白）“这么严重？”
“那可不，有一次，我小孩楼下喊他妈，
（白）‘妈！妈！’
他硬说这是谁家牵来一头羊？”
（白）“这是什么眼神呀！”
“别看他眼神不太好，
抓工作一丝不苟很要强。”
“看见没，进门他就没闲手，
又抄又写一劲儿忙。”
代表们这里正议论，
王主任上前请县长：
“孙县长，下面请你讲讲话，”
“不必了，你讲我讲都一样。
养鸡场明天要加班，
我这里审查图纸很紧张。”
（白）“那你就少讲两句？”
“哎！说短话，开短会，
不要搞得那么长嘛！
再者说，计划生育这个问题，
讲太细了不便当。”
（白）“县长，对我们工作要支持。”
“哎！我这不是来了嘛！

来了就是捧你们场。”
（白）“这……”“好！我讲两句。
同志们，大会安排我讲话，
实际上，对计划生育我外行。
目前国家有困难，
人口多，必然经济就紧张。
这人口关系到国家贫与富，
关系到国家弱与强。
所以说，要把计划生育这个问题，
落实到我县养鸡上……
不！落实到每个人头上。
一对夫妻一个孩儿，
男孩女孩都一样。
就说我们县的三八妇女队吧，
这一次在鸡场干得响当当。
养鸡场前景很乐观，
是现代化的养鸡场。
占地面积二十亩，
鸡舍都是大楼房。
送食给水自动化，
喷雾清毒把病防。
投产后能养母鸡几十万，
那个鸡蛋一天能收几百箱。
到那时，咱县里每人每天一个蛋，
吃鸡蛋，再不会像现在这么紧张了。
鸡蛋鸡肉吃不了，
送到巴黎换法郎。
有了钱，先修路，
再建一个化肥厂。
所以说，养鸡场年底一定要竣工，
两个月，时间确实很紧张。
完不成计划怎么办？
从今天起，咱加班加点日夜忙。
（白）同志们！有没有决心哪？”
底下听得直愣神，
张口结舌难答腔。
（白）“哎！我说！今天开的什么会？”“不知道，大概是计划生育建鸡场吧！”“养鸡会？”
王主任一见跑了题，
轻轻叫了声孙县长：
（白）“县长！”“这个养鸡场……”“县长！计划生育！”
“你看看，我说不讲偏让讲。
一讲讲到养鸡场。”
是啊！心思没在这会上，
孙县长闹得挺尴尬，
一时不知咋收场。
王主任上前忙解围，
“进行大会第二项。
（白）发奖！
我把名单来宣读，
受奖者按照顺序来领奖。”
孙县长台上来办公，
又批条子又盖章。
王主任，赵钱孙李往下念，
第十名轮到王玉芳。
看年龄二十七八岁，
眉清目秀长得强。
只见她，上台走到话筒前，
冲着大伙把话讲：
“同志们！念我的名我上台，
上台不是为领奖。
这份奖应该奖给王主任，
他才是我们学习的好榜样。”
大伙听罢心纳闷儿，
一旁急坏了孙县长。
“王主任，会议的时间要掌握，
不要拖得那么长。
小同志，给你的奖你收下，
不要推辞别谦让。”
“不推辞，不谦让，
王主任的确该领奖。”

孙县长觉得话音很耳熟，
看不清对方啥模样。
他边改图纸边插话，
心不在焉两头忙：
“小同志，有什么事情尽管说，
养鸡场还缺四吨三角钢。”
“同志们，上月我临产住了院，
生了一个小姑娘。”
“姑娘好，二楼建个孵蛋房，
啊！还缺玻璃十四箱。”
“分娩后，我响应号召做了绝育。”
“所以说这花应该你戴上。”
“可这下惹怒了俺婆婆，
就如同八月酷暑下了霜。
说出话来没好气，
本来是圆脸也变长了。
三天后没人接出院，
我只好一步一步往回量。”
“你婆婆这样不对头，
你小心受风着了凉。
你丈夫为啥不接你？”
“他当兵服役在边疆。”
（白）“噢！是军属！”
“我无奈咬牙往家走，
这时候忽听背后有人嚷。
回头看，王主任推着手推车，
感动得我两眼泪汪汪。”
“王主任，这件事情办得好！
关心群众该表扬。
你家里只有你婆婆吗？”
“还有位公公工作忙。”
（白）“忙也不行啊！
小同志，你公公他在哪儿工作？”
“他在咱县当县长。”
（白）“当……什么？！”
孙县长擦擦眼睛仔细看，
“唉！闹了半天是玉芳啊！
我说哪，声音怪耳熟，
还以为话筒失真不正常哪！
你们从恋爱到结婚，
我成天都在外面忙。
转眼我都当爷爷了，
这老公公当得太够呛了。
脑子里边尽鸡蛋了，
把你产期全都忘了。
（白）你身体好吧！孩子好吧？吃鸡蛋了吗？
你妈妈封建思想太严重！
委屈你了小玉芳！
怪我怪我也怪我，
都怪我平时没有注意她这种旧思想。”
王主任一旁插了话，
开口叫了声孙县长：
“县长啊！咱县里男女老少谈起你，
无不敬佩和赞扬。
你抓建设搞生产，
勤勤恳恳为了党。
工农商学你都抓，
唯独不把计划生育放心上。
我们几次申请要经费，
你总说经费太紧张。
养鸡场，你抓得及时抓得对，
为的是丰富大市场。
把人民的生活来改善，
把咱县变得更富强。
可要知道计划生育抓不好，
人口会成倍往上长。
到那时，鸡场再多也不够用，
人多还是闹蛋荒。
贫穷的面貌难改变，
四化的进程要拖长。”
王主任语重心长一番话，
感动了一旁的孙县长。

“好！好！好！大家的批评很中肯，
句句叨在了点子上。
我看得的确没有这么远，
这说明头脑里也有旧思想。
别说全县计划生育我没抓好，
家里的问题也没摆在日程上。
我一定接受批评坚决改，
来！你念名单我颁奖。”
在场的代表齐沸腾，
那掌声似雨打芭蕉哗哗响！
这就是孙县长开会一小段，
下回说，他老伴改正错误受表扬。

（与刘锡安共同创作）

表演山东快书《孙县长开会》

· 山东快书 ·

高连长劝妻

营区响过熄灯号，
高连长翻来覆去睡不着。
惊动了对面的指导员，
扭过头来叫老高：
（白）“老高！”“啊。”
“怎么现在还没睡？
是不是白天施工太疲劳？”
（白）“不是。”
“噢！大嫂来队刚刚走，
一定是心里没抓又没挠？”
（白）“瞎扯！”
“两地生活真够难，
旱的旱来涝的涝。”
（白）“别胡闹！”
连长说着打开了灯，
顺手卷起了老烟炮：
“指导员，你大嫂今天来了信，
有件事不知咋办好。
信上说她已有身孕，
你说糟糕不糟糕。”
“大嫂不是不育症吗？”
“嗨，现在病情已治好。”
“病除有喜是好事，
这有什么可烦躁的？”
“指导员，你刚刚调到咱连队，
有些情况不知道。
我们婚后五年不生育，
你大嫂一直很苦恼。
到后来，领养了个孩子已五岁
起了个名字叫苗苗。”
“哎！这件事情没关系，
国家的政策我知道。
离婚、改嫁、不育症，
政策里边有关照。
你给大嫂写封信，
我向营里要指标。”
高连长掐灭手上的烟，
自言自语把头摇：
“这胎坚决不能生，
咱军人响应号召要自觉。
指导员，这几天工作不太忙，
我休假的时间也快到了。
我想提前走两天。
连里的工作你代劳。”
“连长你尽管放心走，
我明天给你订车票。”

高连长，归心似箭上了车，
那火车“呜！”地一声到了青岛。
下了火车往家走，
大门口碰上了爱人王丽娇：
（白）“丽娇！”
“老高！你怎么回来这么急，
也没给家里把信捎。”
高连长进屋就把爹娘喊，
老两口乐得满脸尽线条。
小苗苗上前搂着爸爸亲：
“爸爸，爸爸我长高了。”
一家人高高兴兴吃罢饭，
月亮已经上树梢。
小两口进屋插上门，
孩子床上已睡着了。
丽娇端来一盆水：
“来，临睡之前烫烫脚。”
连长上前忙接盆：
“小心别闪着你的腰。”
“真坏！当了连长还不正经，
说话让人脸发烧。”
“老夫老妻五六年了，
开句玩笑还害臊哇。”
“别嘻嘻哈哈没正经，
不说正事尽胡闹。
你快给孩子起个名。”
“哎！现在起名还太早。”
“早？你一年回不了两趟家，
到时候，孩子的户口没法报？”
“丽娇啊！一对夫妻一个孩儿，
这计划不能随便超。”
“这件事情你放心，
单位已经给指标了。”
“组织的照顾咱感谢，
可响应号召要自觉。
要替国家来分忧，
这孩子最好不能要。”
（白）“什么？”
小两口这里一番话，
惊动了隔壁的老人睡不着：
“孩儿他爹，我看今天要坏事，
咱得给媳妇撑撑腰。”
“孩子们屋里正说话，
这时候不能去打扰。”
（白）“那怕什么！”“回来！”“撒手！”
老妈妈穿上衣裳刚要走，
又听见丽娇喊老高：
“老高哇，自从俺身怀有了孕，
激动得几宿没睡着。
你要理解俺的心，
不能生育多么苦恼。
姐妹们只要说起孩子的事儿，
俺的脸上就发烧。
公婆虽然不说啥，
可他们的心情俺知道。
你越是用话安慰我，
我越觉得妻子的责任没尽到。
我甚至想到要离婚，
为的是让高家留下一根苗。”
高连长上前拉住爱人的手，
语重心长地叫丽娇：
“丽娇哇，咱俩全都是党员，
我们应当……”
（白）“别说了，
这孩子说啥我也要。
小苗苗虽然也可爱，
可孩子还是亲生的好。”
（白）“不！”

高连长闻听此言很激动，
如同钢刀把心绞：
“丽娇啊！有些话没有跟你说，
我内心纠结很困扰，
你知道苗苗的父亲他是谁吗？”
（白）“谁？”
“他就是我的上任连长大老陶！”
（白）“什么？陶连长！”
“自卫反击炮声响，
老连长，率俺冲过红河桥。
破防线，把雷刨，
掏山洞，炸碉堡；
穿插迂回到敌后，
就如同刺向敌人心脏的一把刀。
我指挥三排正搜索，
突然敌人放冷炮。
老连长奋不顾身将我救，
他头部中弹血直冒。
老连长紧紧拉着我的手。
微弱的声音把我叫。
‘三排长，我有一事托付你，
代我向组织来汇报，
上个月，我爱人难产去了世，
丢下了女儿独根苗，
这孩子今后没了爹娘
请组织代我来关照。’
连长说罢合上了眼，
安详的面容带微笑。
丽娇啊！老连长为了祖国献生命，
难道说，咱这点牺牲都做不到？”
高连长这里一席话，
丽娇心里掀波涛。
“老高！这事为什么不早说？”
“我怕你感情脆弱受不了。
沉重的心情一流露，
就会影响小苗苗。
咱不能让孩子的心灵受创伤，
要对得起连长大老陶。”
丽娇听罢满眼泪，
激动的心情难言表。
她慢步来到床跟前，
望着睡梦中的小苗苗：
“苗苗啊！原谅妈妈不知晓，
妈妈我已经怀上小宝宝。
连长说，苗苗就是咱亲生肉，
委屈你了我的丽娇。
两人紧紧抱一起，
忽听有人把门敲。
走进大爷和大娘，
（白）“爹！娘，我们……”
“别说了，我们刚才都听到啦。
你们两个做得对，
看得远来站得高。
爹妈不是糊涂人，
苗苗就是咱高家的苗。”
一家人知心的话儿说不尽，
这时候，东方发白天破晓。
小苗苗蒙眬之中睁开眼，
开口就把爸爸叫，
“爸爸总也不回家，
爸爸很少抱宝宝。”
高连长忙把苗苗来抱起，
心怀歉意叫苗苗。
苗苗呀，爸爸我是解放军，
为了人民把国保，
舍了小家为大家。
咱祖国才能繁荣富强万年牢。
爸爸送我去幼儿园。

我也要让小朋友们都知道。
我的爸爸是大英雄，
我要以爸爸为骄傲。
一家人都为苗苗来鼓掌。
掌声中含着眼泪面带笑，
这就是高连长劝妻一小段，
奉献精神一代娇。

表演山东快书《高连长劝妻》

附言：当年宣传计划生育专场演出很多，山东快书《孙县长开会》和《高连长劝妻》，一个讽刺、一个歌颂，后者来自真实的故事。

·山东快书·

三排长探亲

三排长，王大江，
春节探亲回沈阳。
下了火车出站台，
嗬！家乡变得更漂亮啦！
他顺着大道往前走，
忽听见身后车铃响。
再想躲闪已来不及，
“哧！”自行车撞在后腰上。
多亏排长有功夫，
摸爬滚打都在行。
借劲来了个前滚翻，
一点皮肉也没伤。
骑车的是个小伙子，
吧唧摔在马路旁。
小伙子起身忙道歉：
“解放军同志请原谅！”
说罢飞身骑上车，
那速度快得好似一道光。
排长想小伙子肯定有急事，
不然不会这么慌。
一低头，见地上掉了个小纸包，
打开看十元的票子有两张。
挂号单，病历本，
上写着心脏病患者刘桂香。
本当中夹着一张白纸条，
是医生开的中药方。
一定是，他的亲人住了院，
我要想法把他帮。
先不表排长怎么把他找，
再说说小伙为啥这样慌。
小伙子母亲犯了心脏病。
医院抢救去输氧。
为让老人好得快，
老医生又开中药方。
小伙子药房去抓药，
一慌撞上了王排长。
他来到药房一摸兜儿，
哟！怎么兜儿里的东西全丢光啦？
“请问同志你抓药吗？”
“我的药方不知丢在啥地方啦！”
小伙子掉头往回跑，
三排长紧追慢赶到了药房。
按着药方抓好药，
提着药找到了医院找病房。
按着床位对号找，
见床上躺着一位老大娘。
老大娘冲着排长点点头，
排长说：“大娘不要把话讲。
心脏病人要安静，
我马上为您煎药汤。”
大娘越看越纳闷儿，
心里有话口难张。

没多时排长煎好药，
一勺一勺喂大娘。
三排长这里帮大娘正吃药，
小伙子急忙进了病房。
见此情景愣住了神，
吃惊地望着王排长。
（白）“你是……”
“刚才在街上见过面儿，
你那车轱辘撞在我后腰上。”
小伙当时明白了，
感动得两眼泪汪汪。
“解放军同志感谢你，
感谢你助人为乐热心肠！”
排长说：“五讲四美遍全国，
做这点儿小事很平常。”
这就是，三排长探亲一小段，
俺编段快书来宣扬。

·山东快书·

丁红军送信儿

寒冬腊月天阴沉，
大雪纷纷不见人。
风雪中走来一位小战士。
他就是，学雷锋标兵丁红军。
只见他，手里拿着一封信，
走进了向阳大街“幸福村”。
“幸福村”是个新建住宅区，
美丽的环境很温馨。
丁红军对着信皮找门牌，
直奔二楼三号门。
小丁，他在火车站里做好事，
候车室，遇见一位老年人。
老人家，过年进城看儿子，
发封电报就动身，
年货带了不老少，
可到了车站不见人，
小丁他本想把大爷送到家，
可又怕，满天的大雪找不到门，
因此他，特意上门来送信儿，
冻得他，手脚冰凉腿抽筋，
他搓搓手跺跺脚，
举起手来要敲门，
忽听见，
小两口里面正吵架，
小媳妇连说带哭挺伤心，
“咱们刚刚搬新家，
你爹就要来探亲，
这真是，贫在闹市无人问，
富在深山有远亲。”
男的一听不高兴，
“我爹和我算远亲哪？
连亲爹你都不能容，
像你这样的女人心太狠。”
“你看我不好就分手，
明天就去打离婚。”
小两口越吵声越高，
丁红军觉得话语声声都扎心，
他举起手来把门敲，
小两口屋里愣了神，
（白）“爹！”
男的上前要开门，
小媳妇抓过了一条凉毛巾，
“万一要是你爹到，
就说我，感冒发烧头发晕。”
说着往床上猛一躺，
哼哼呀呀装病人，
男的越看越来气，
咣当当打开了防盗门，
出门一看愣了神，
见门口，站着一位解放军，
（白）“同志，你是？……”
“我是刚从车站来，
老人家，在那里有些不放心。”
小媳妇屋里一听忙站起，

急急火火出了门，
“我们刚要去车站，
没想到，来了位性急的解放军。”
男的急忙打圆场，
“感谢亲人解放军，
（白）我们刚要……”
“大哥大嫂别解释，
刚才的话我在门外听得真，
恕我直言说两句，
我是个爱管闲事的解放军，
人人全都有父母，
要将人心比自心，
养老送终理应当，
这也是儿女的义务和责任，
老人家千里迢迢来看望，
没想到，到了门口进不了门，
别说老人难接受，
旁观者看着也难忍，
如果你们不方便。
我就把老人家接到部队过新春。”
一句话说得俩人红了脸，
小媳妇态度别提多殷勤了，
“大兄弟越说话越远，
做儿女，哪能那么没良心，
孩他爹，你去车站接咱爹，
我在家做上一碗热馄饨，
让咱爹热乎乎地喝一碗，
解饥消乏洗风尘。”
打开屋门话语甜，
就不知对心不对心啦
这就是，丁红军送信一小段，
下回说，丁红军上门去谈心。

沈阳街头演出

附言：《三排长探亲》和《丁红军送信儿》这两个作品是为雷锋宣传日创作的。丁红军是军区的学雷锋典型。那些年文工团每到3月5日都会组织街头演出，在大街上、马路边，打开车厢板、拉上横幅。我们的口头语是：一个麦克风、两个点雾灯，天是幕布车是台，观众全靠大波儿轰。

·山东快书·

献 嫁 妆

铜板一打响叮当，
解放军宿营来到小王庄。
社员们欢天喜地迎亲人，
乐坏了王大爷的对象王大娘。
（白）老对象了。
老两口吃罢了午饭没闲手，
又擦玻璃又扫房。
东北有个老习惯，
全都是一南一北对面炕。
王大娘把南炕让出给亲人，
王大爷把那火炕烧到热头上。
“孩儿他爹，多加火！
别让亲人着了凉。”
“你还是好好看着锅吧，
瓜子儿炒煳就不香了！”
“哎！孩儿他爹，快来帮帮我，
把这张年画贴墙上。”
“孩儿他娘，你得让俺歇歇腿，
一上午光听你嚷嚷。”
“俺的心里太高兴了，
这叫做，人逢喜事精神爽。”
“呀！你啥时也会说名词了，
就像那文质彬彬大姑娘。”
（白）有这样的大姑娘吗？
这时候，门外来了解放军，
五人一队排成行。
进了屋子先敬礼，
叫完大爷叫大娘。
“大爷你老身体好？”
“好！好！好！”
“大娘身体可安康？”
“康！康！康！同志们快请屋里坐，
把背包放到南炕上。”
战士们进屋上了热炕头，
和大爷大娘唠家常。
大娘说：“听口音你们的家乡都不同，
是来自五大洲来四大洋吧！”
（白）都成华侨了。
大爷说：“那叫五湖四海到一起！”
“对！对！对！你的记性比我强。”
一句话说得大伙哈哈乐，
这时候门外进来个大姑娘。
看样子二十六七岁，
模样长得实在强。
生就一双杏核眼，
两道柳眉弯又长，
大高个儿，线条美，
身材丰满又健壮。
你若问长得有多俊，
比栗原小卷还漂亮。
大娘上前忙介绍：
“这是我姑娘叫玉芳，
这个月底要结婚，
马上就要当新娘。”

（白）“他对象是……”
玉芳上前忙拦住，
面带羞色叫了声娘：
“娘，解放军同志辛苦了，
何时到的俺王庄。
来到俺家别客气，
有啥事情俺帮忙。
这是新炒的葵花籽，
来，我给你们每人剥块糖。”
战士们一见玉芳没了话，
都坐在炕沿望鞋帮。
玉芳剥去糖上的纸，
把糖块放到战士手心上。
战士们捧着糖块低着头，
表情别提有多僵。
班长一见来了气，
捅了捅身旁的副班长。
冲着班副一瞪眼：
“没出息，怎么一见姑娘就紧张。”
副班长瞧了瞧班长没说话，
意思是，你也不比我们强。
班长一看要冷场，
清清嗓子开了腔。
“玉芳同志谢谢你，
我们做完工作再吃糖吧！
同志们，各负其责快动手，
副班长！整理内务快上炕。”
战士们一听心高兴，
这一下子可解放了。
拿起扁担和扫帚，
王大爷上前拉衣裳。
左挡右拦拦不住，
唰唰唰，扫净了院子，水满缸。
副班长炕上整内务，
热得满脸汗直淌。
他脱下棉衣一回身，
衬衣挂在钉子上。
就听见刺啦一声响，
露出来白花花的后脊梁。
大娘拿出针和线：
“脱下来，大娘帮你给缝上”。
（白）“不用了大娘。
正好我现在有点热，
挂个小口挺风凉。”
“这孩子真会开玩笑，
脱下来我三针两线就缝上了。”
副班长坐在炕上脸朝里，
王大娘眼花针线纫不上。
玉芳上前接过来，
飞针走线补衣裳。
副班长一点不知道，
背对着玉芳喊大娘。
（白）“谢谢你大娘！”
玉芳知道他认错了人，
不好意思再搭腔。
副班长一听后面没反应，
是一个劲儿地喊大娘。
“大娘，俺小的时候特别淘，
俺娘她也这样给俺补衣裳。
所以说，我现在觉得很亲切，
你就像俺亲娘在身旁。”
玉芳实在忍不住，
笑得她一屁股坐在炕沿上。
副班长回头这么一看，
我娘哎！不是大娘是姑娘。
当时闹了个大红脸，
豆大的汗珠顺脸淌。
玉芳说：“五尺高的个男子汉，
还扭扭捏捏不大方。
还有两针就缝完了，
你还是老老实实看着墙吧！”
玉芳这里一着急，

一针缝在肉皮上。
玉芳一点没感觉，
副班长就像挨了一枪。
心里说，咬紧牙关别吭声，
要不然一准说咱不刚强。
玉芳刚刚锁上针，
就听见班长院里直嚷嚷：
“副班长，马上来开班务会，
会上有事要商量。”
副班长来到院子里，
同志们把他围在正中央。
班长他也不管三七二十一，
把脸一绷就开了“枪”：
“副班长，留你在屋整内务，
不是让你陪姑娘。”
（白）“班长我……”
“你什么？别忘了这玻璃窗是透明的，
看着你那身子紧靠小玉芳。
说什么，我现在觉着很亲切，
你就像俺的新娘在身旁。”
（白）“俺说的是亲娘！”
“亲娘就更不像话了！
为了向姑娘讨个好，
就开了闸门去认娘？”
（白）“班长！你误会了，
俺以为大娘给我缝衬衣，
没想到穿针引线是玉芳。
你们看，衣服和肉皮缝一起了。
我都咬紧牙关没搭腔。”
大伙一看才明白：
“副班长实在太冤枉。”
班长说：“都怪我没看准目标瞎放炮了，
希望大伙多原谅。
不过嘛，男女有别要注意，
接触上不要太大方。
这个问题不深说了，
大家都要想一想。”
班长这里下禁令，
战士们草木皆兵很紧张。
日落西山要睡觉了
玉芳上炕铺好了床。
大娘说：“孩子们，孩子们南炕早休息吧，
俺仨睡在北炕上。”
战士们一听吓一跳，
我娘啊，怎么睡觉还在一个房啊？！
一个个全都傻了眼，
班长心里直发慌。
心里说，南北炕不到三米远。
中间也不隔道墙，
没遮没掩又没挡，
睡觉怎么脱衣裳？
他冲着战士使眼色，
意思是，咱到院里去商量。
战士们呼呼啦啦往外走，
大娘炕上开了腔。
“黑灯瞎火哪里去？”
（白）“啊……
我们讨论讨论明天的学习和大纲。”
“嗐！有啥话就在屋里说吧。”
“不！军事秘密不便当。”
战士们来到院子里，
班长严肃把话讲：
“同志们，我们睡觉遇到新问题，
大家来把办法想。
三大纪律八项注意不能忘，
我军传统要发扬。”
班长这里一番话，
惊动了大娘、大爷和玉芳。
班长说，“今晚情况很特殊，
我宣布几条新规章：
一、就寝动作要迅速，
二、睡觉不准脱衣裳，

三、起夜勤的要注意，

四、说梦话先把嘴闭上，

五、起床的动作要统一，

六、起床后，把脸一律冲着墙。

（白）记住了吗？”“记住了！”

大爷大娘着了急，

老两口屋里直商量。

“孩子们对面炕住着不习惯，

那咱们找个东西来遮挡。”

“供销社里扯块布。”

“时间太晚不赶趟了。”

玉芳一旁说了话：

“俺箱子里面有嫁妆。

为让亲人休息好，

俺拿被面作幔帐。”

玉芳把四块被面拿出来，

“嗒嗒嗒！”缝纫机一踩就轧上了。

战士们躺在炕上难入睡，

一大早就去找连长。

他们向连长做汇报，

连长说：“拥军爱兵理应当。”

（白）“理应当？”

连长还要往下说，

走进来大娘和玉芳。

班长刚要做介绍，

连长抢先开了腔：

“介绍一下，这是我的未婚妻，

这位是我丈母娘。

昨晚的情况我知道了，

到了家大家不必太紧张。

班长说，嗨，早知道连长你住这儿

我们大家正好闹洞房啦。

一句话，逗得大家哈哈乐，

羞坏了一旁的小玉芳

这就是拥军爱民一小段，

起名就叫《献嫁妆》。

（与刘锡安共同创作）

表演山东快书《献嫁妆》

下部队途中

拉练路上助民劳动

辽西拉练

附言：20 世纪 70 年代中，下部队演出非常频繁。1975 年参加沈阳军区机械化拉练，上到军区司令李德生、下至四团两队文体兵，浩浩荡荡大车百辆，白天行军，晚上借宿在百姓家中。印象最深的是在老百姓家住对面铺，我们住南炕、老百姓住北炕。队长呼噜打得特别响，他打一声，院里的狗叫一声，第二天我们醒了，狗睡了。住对面铺很不方便，起夜都不好意思，一直憋到天亮。当时想如果有个帘子就方便多了，因此作品中的幔帐是我想象出来的。

·山东快书·

巧接连长

火车进站鸣汽笛，
车停稳，旅客们下车有秩序。
三号车下来一位解放军，
英俊潇洒有朝气。
他就是陆军学校侦察专业的高才生，
刚刚毕业的王双喜。
今天他重返老连队，
激动的心情没法提。
出了站台抬头看，
后面过来位大闺女。
年纪二十五六岁，
身材苗条挺秀气：
“请问同志您贵姓？”
“免贵姓王，王双喜。”
（白）“就是你。”“你是？”
“我今天进城来送货，
你们连长让我代他来接你。”
（白）“谢谢。”“请吧！”
两个人刚刚走到汽车旁，
从远处跑来位警察很焦急！
（白）“同志，你们的汽车去部队吗？”
（白）“对！”
“太好了，我摩托坏了正着急呢！
我有紧急任务去部队，
能不能顺便把我带过去？”
（白）“上车吧。”
“谢谢！”
这辆车是日本产的半截美，
前面坐人后面还能拉东西。
双喜和警察并排坐，
车内的设施很高级。
女司机脚点油门跑得快，
那车速少说也有一百一。
出城来了个急拐弯，
梆！双喜和警察撞一起。
双喜说：“你腰中硬邦邦的揣的什么？”
“追捕逃犯带戒具。
有两个畏罪潜逃犯，
从广西流窜到咱这里。
至今案子还没破，
我今天，是到部队求援去。”
双喜说：“目前中央有号召，
法律知识要普及。
维护治安都有责，
这也是我们部队分内的。”
汽车开得快如飞，
转眼间离开县城十几里。
翻过山坡过小河，
女司机突然停车把火熄。
警察忙问咋回事，
司机说：“水温表已到九十七。”
警察说：“汽车需要加些水，

我帮你到河沟把水提。”
说罢下车提桶走，
紧接着下来司机和双喜。
上前打开水箱盖，
喔！水箱口呼呼直冒水蒸气。
女司机拧开水箱要加水，
也不知谁一脚踩着了发动机。
双喜司机吓一跳，
抬头看，有个小子坐车里。
双手把着方向盘，
两只眼睛冒凶气。
双喜一见有情况，
他的头脑机智手麻利。
顺手扯掉高压线，
汽车当时把火熄。
那小子跳下车来撒腿跑，
王双喜一个箭步冲上去。
一把拽住脖领子，
那小子回身抬腿用脚踢。
两人这里一交手，
一旁急坏了女司机。
“警察同志快回来！
你抓的那个逃犯在这里！”
双喜他沉着冷静来迎战，
显示了一身好武艺。
那小子上前出手就一拳，
王双喜把头一低闪过去。
那小子蹲身来了个扫堂腿，
王双喜旱地拔葱忙跃起。
上前使了个反关节，
那小子借劲猛一提。
回手来了个掏心拳，
噗！这一拳带着风声有力气。
双喜顿时猛一愣，
心里说，这拳打得有功底。
我必须用进攻的套路对付他，
想到此，他一拳一脚往前逼。
那小子招架不住换了招，
蹦蹦跳跳来拳击。
双喜想这拳击打得太一般，
脚下没根腿发虚。
想到此，他钩住两腿猛一推，
那小子当场摔了个嘴啃泥。
这时候警察跑过来，
上前抓住坏东西。
“你这个畏罪潜逃犯，
说！你的同伙在哪里？”
（白）“没有联系。”（广西话）
“你小子真能耍花招，
回答不能用外语。”
双喜说：“他说的这是广西话，
意思是同伴现在没联系。”
警察上前去搜身，
见有张纸条在兜里。
打开看，纸条上面没写字，
画了些数码和东西。
头一行六加六后有逗点，
第二行不是数字是画迷。
前面画了个小燕子，
紧接着有个胖小笑眯眯。
后面画了一个小王八，
警察越看越来气，
说：“这纸条上面啥意思？”
“不知道，我也在这正猜谜。”（广西话）
双喜接过纸条看，
边看心里边合计，
“大加六后面有逗点。”
警察说：“可能这是图吉利，

（白）六六大顺嘛！”“不，二六一十二，逗点？点？十二点，对。燕子？小胖小？小王八？”警察说：“我明白了，这燕子说明他同伙是女的，莺声燕语吗！小胖小？说明那个女的怀孕了。小王八？噢！孩子不是自己的？

他们接头地点在市场，

有个孕妇卖元鱼。”

双喜听罢摇摇头，

“这个推理欠逻辑。

（白）燕？雁。小胖小？男孩？南。小王八？元鱼？龟？归。雁南归？对。

‘雁南归’是座山，

离这只有五公里。

十二点雁南归，

这就是此条的内容和含义。

他们一定在此来联系，

还有一刻十二点，

咱们要抓紧时间接头去。”

警察说：“汽车已经出故障，

恐怕有些来不及。”

司机说：“汽车已经加满水，

现在起程没问题。”

罪犯在旁边一斜眼，

狠狠地瞪了一下女司机。

司机马上改了口：

“……啊！可就是这条线路不熟悉。”

双喜说：“司机让我来开车，

这个山头我认得。”

（白）“你？”

“放心吧，侦察兵开汽车，

家常便饭没问题。”

（白）“上车！”

说罢四人上了车，

双喜他挂挡起动真麻利。

嗖的一声来到了，

多快吧，四分钟跑了五公里。

哧！“雁南归”山下停下车，

双喜说：“警察同志要警惕。

这里地形很复杂，

山高林密路崎岖。

这个罪犯不老实，

应该给他上戒具。”

说着话在警察腰中摸一把，

拽出那副手铐子。

抓过罪犯一只手，

咔嚓！锁得紧紧的。

紧接着回手一抖腕，

叭！把罪犯警察锁一起了。

（白）“哎呀！扣错了！扣错了！”

“没错！你俩应当在一起。”

“你不要胡闹我是警察。”

“你这个警察是假的。”

那罪犯，一急冒出了普通话，

“同志，他不是假冒是真的。”

双喜说：“今天这事真新鲜，

罪犯给警察出证据。

你普通话说得挺标准呀。”

（白）“一点点啦。”（罪犯继续说广西话）

“算了吧，不要跟我再演戏了。”

（白）“走！”

双喜他押着二人前面走，

后面跟着女司机。

顺着小路把山上，

山头上背站一人面冲西。

王双喜他上前立正喊报告，

咔嚓敬了个举手礼：

（白）“报告连长！王双喜准时归队。”

"双喜！
果真没出我所料，
他们两个真成了你的网中鱼。
我来给你作介绍。"
（白）"不！"
双喜说："我们已经早熟悉。"
（白）"早熟悉？"
"这警察就是你信中说的一排长，
全连有名的侦察迷。"
（白）"你怎么知道？"
"你信中说，他去年救火负过伤，
手上被烧掉一块皮。"
（白）"对！这罪犯呢？"
"这罪犯，是你信中说的比武冠军'小老虎'，
广西入伍的何大奇。"
（白）"你怎么知道？"
"你信中说他勤学苦练有硬功，
入伍之前会拳击。"
（白）"好！
双喜呀！侦察连的同志都到了，
正隐蔽待命迎接你。"
于连长回身下命令：
（白）"起立！"
唰！草丛中站起一排真整齐。
"双喜你当着全连的面，
讲讲你怎么识破的。"
"我今天归队一路上，
遇到的情况很稀奇。
汽车缺水抛了锚，
突然闯出何大奇。
我和大奇交了手，
警察不理直回避。
我把大奇给擒住，
警察他不给罪犯上戒具。
识破便条来接头，
警察倒说来不及。
司机先说车修好，
又说路线不熟悉。
这些事接二连三太巧合，
一看就是人为的。
如果我要没猜错，
这准是连长出的测验题。"
战士们七嘴八舌直议论，
齐声称赞王双喜。
这个说："不愧是军校的高材生。"
那个讲："天衣无缝太严密了。"
连长说："双喜你一点没猜错，
这题目都是我出的，
我已经调到军里侦察处了，
连长的担子交给你。
用这特殊的方式来交班，
望你理解俺心意。
一来是让你验收我的工作；
二来是让全连同志了解你。
有你这样的干部我放心了，
迎接实战没问题。"
"老连长，你过奖了，
我心中还有一个不解的谜。
咱们连队搞训练，
怎么还请位女司机？"
战士们一听哈哈笑，
齐声说："请连长亲自来揭底。"
一时间，于连长军人风度全不见了，
羞羞答答像个闺女：
"她的名字叫玉秀，
汽车是她刚买的。
从家乡专程开车来看我，
她是俺的未婚妻。"

双喜上前忙握手，
一旁急坏何大奇：
“快给俺打开手铐子，
手脖子疼得了不的”。
一句话说得大家哈哈笑，
笑声中充满了欢乐和朝气。
这就是巧接连长一小段，
钢枪在手永无敌！

（与刘锡安共同创作）

1986 年《巧接连长》获全国首届山东快书大赛——“景阳冈杯”表演、创作双金奖

表演山东快书《巧接连长》

·山东快书·

信　任

老兵退伍要复员，三连长“噌”的一下起了“针眼”。

（白）什么叫“针眼”呢？“针眼”的学名叫“麦粒肿”。中医讲话火走一经，有的人一着急上火就起这个。三连长上什么火？这不是老兵复员明天要离队了，也不知谁给军长发邀请，请军长回老连队和退伍的老兵合个影。军里刚才来电话通知三连长，说军长马上就要到。三连长一听啊火“腾”就上来了，要在平时他早就集合全连“当、当、当”一阵连珠炮把火放出去再说。可是今天不行啊，他知道老兵们明天就要离队了，在这非常时期，一件问题处理不好就会引起一连串的矛盾。因此上，他把自己的心头火使劲往下压，一挤一压不要紧，那点火顺着眼角“滋儿”地拱出来了！

三连长放下电话捂着眼，
走出连部心挺烦。
抬头望荣誉室里灯光亮，
老兵们拿着相机正演练哪！
三连长走到门口瞧了瞧，
摆手叫来通信员：“通信员！”
（白）“什么事儿，连长？”“里边儿干什么呢？”
“老兵们明天要离队，
准备在这照照片。”
“外边有山又有水，
跑到这来添什么乱。”
“老兵们想照照咱连的传家宝，
拿回家里作纪念。
他们想照那面大锦旗，
想照那块光荣匾。
想照那支三八枪，
想照那八块大银元。”
“胡闹！照别的东西我不恼，
怎么能随便动银元呢！
那银元是军长留下的传家宝，
在连队放了多少年。
这些人明天就要走，
丢一块责任谁承担。”
“没关系，都是老兵出不了事”，
“老兵的思想最危险。
不请示竟敢请军长，
自作主张太大胆。
荣誉室分工你负责，
要看得紧来看得严。
抓紧时间锁上门儿，
多余的一句都别谈。”
（白）“是！”
通信员转身进了荣誉室。
冲着大伙高声喊：
“大家伙全都出去吧，
俺得上锁把门关。”
王大山说：“荣誉室规定不上锁呀，
让大伙看着都方便。”
“大山班长别多问了，

连长已经有意见了。”
（白）“什么意见？”
“什么意见不好说。
连长不让往外传。”
大山说：“意见正确俺接受，
这有什么可隐瞒的。”
通信员话到嘴边留半句，
一把拽过王大山。
“我就告诉你自己，
千万不能再扩散。
连长说明天老兵就要走，
这银元丢了就麻烦了。”
（白）“什么？这是对我们不信任！”
“哎，大山班长你别喊哪。
求求大伙儿帮帮忙，
不看僧面看佛面。
你们为我想一想，
我当兵一年还没入团哪。”
老兵们听到此处全明白了，
收住了笑容不开言。
闷闷不乐走出了门，
通信员刚要上锁把门关。
王大山猛地一回身，
照着门上就一拳。
“哗啦啦”门上的玻璃被打碎，
三连长心里猛一颤。
隔着窗户往外瞧，
嚯！见王大山满手是血攥着拳。
连长一见事不好，
心想今天要麻烦。
王大山生性刚强脾气大，
人送外号“王大胆”。
刚入伍，他听说老乡打架吃了亏，
顺手摸起了半块砖。
“嗖”的一声砸过去，
当时别提有多悬啦！
这几年虽说脾气有改进，
可今天，看样子毛病又要犯。
看那个眉，看那个眼，
看那个鼻子，看那个脸；
看那个劲，谁要在他脚下点把火，
“噌”的一下能上天。
指导员外出不在家，
军长马上要下连。
到了这个节骨眼儿，
千万可别出麻烦。
万一要是出点事儿，
涉及连队的荣誉首长的安全。
我必须把老兵的步枪收上来，
不行！那样做上级的规定要违反。
低头一想有有有，
对！我不收步枪卸枪栓。
（白）“通信员。”“到！”
“你马上到老兵班里去一趟，
带上两盒‘红塔山’。
你就说，让他们吃好，喝好，休息好，
离队前不再安排他们值班了。
把老兵的枪栓卸下来，
统一都由你保管。”
通信员脑子反应快。
皱着眉头眨眨眼：
（白）“噢！我知道了，是不是怕……”
“嘘，到那千万别多嘴，
不许给我惹麻烦。”
（白）“我明白。”
通信员接受任务转身走，
三连长走出房门喊大山。
“大山，你看看玻璃碰着你的手了吧？
改不了你那毛手毛脚的老习惯。
走！卫生箱正在我屋里，
我给你上点‘止痛散’。”
三连长拉着大山进了连部，

消毒上药把纱布缠。
“大山哪，到地方咱要学着稳当点，
没事别练铁砂拳了。
老母亲看你这样准心痛，
小对象看你这样准心酸。”
王大山梗着脖子不吭气儿，
这时候回来通信员。
隔着房门就咋呼：
“连长快来接枪栓。
八个枪栓全收来了，
我到那什么都没谈。”
通信员捧着枪栓走进屋，
三连长当时特别不自然。
“那……什么……卸下枪栓为上黄油，
过几天新兵要下连了……”
王大山腾的一下站起身，
浑身颤抖涨红了脸。
走出连部一挥手，
把门狠狠地猛一关。
三连长刚要张嘴喊：
“大……算了吧，离开部队不服管了。
别管他回去怎么闹，
卸下来枪栓就安全了。
唉！当官难，难当官，
最怕老兵要复员。
见谁都得赔笑脸，
这几天腮帮子笑得全都酸了。
咬牙挺过这一夜，
到明天，打发他们上车就算完了。”
想到此，三连长轻轻吐了口气，
“刺啦”点着了一根儿烟。
心里想，军长马上就要到，
我汇报情况抓重点。
想到此拿出了笔和纸，
拟好了提纲把词编。
三连长正写发言稿，
忽听院里一声喊：
（白）“连长——”
“咣当当”，推门走进来通信员。
（白）“连长，荣……”“怎么了，说话呀！”
“荣誉室，八块银元都不见了。”
“什么？”三连长听罢一激灵，
唰啦啦出了一身汗。
“我不是让你加上锁吗？”
“锁了，王大山刚才那么一拳。
一着急，光把锁头给锁上了，
就是门鼻儿忘了关。”
“唉！早知道就要出乱子，
今天的事情太突然。
通知全连都集合，
老兵新兵一块翻。”
“嘟………”紧急集合哨声急，
转眼间，全连队伍集合完。
三连长强压怒火面带笑，
说出话来很婉转：
（白）“同志们！请稍息。
咱连里今天出点小事情，
荣誉室八块银元都不见了，
我估计是个别同志喜欢它，
想拿在手里看一看。
细想这事好理解，
纪念品谁还不喜欢哪。
不过，我希望看完后最好送回去，
让大家看着都方便。
老兵们不是要和军长合个影吗？
依我看，手捧着银元才有特点。
这样吧，军长来到连队前，
荣誉室大门都不关。
这期间要是送回去，
就不算偷……偷着拿去看一看。
这期间要是没人送，
全连同志都麻烦了。

只好实行土办法，
老兵新兵都过关。
现如今社会上有些个别人，
把什么东西都看成钱。
有人说，银元能换录音机，
有人说，银元能够换彩电，
咱当兵人荣誉最重要，
我希望大伙不要受传染。
当然了，我们的同志是有觉悟的，
大部分都是党团员嘛！
尤其是，就要离队的老同志，
毕竟是受部队教育三四年了。
我希望个别同志主动点，
不要给大家找麻烦。解散！”
呼啦啦队伍全散开，
嗯？见一人站在排后不动弹。
黑灯瞎火看不清脸，
三连长心中暗喜欢。
银元八成有下落，
准是想找我个别谈。
三连长冲着那人走过去，
举起手来要拍肩：“小伙子……”
仔细一看是军长，
那心律，当时到了一百三：
(白)“军长您好！”“三连长，是不是找我来点验哪？
要点验先从我这儿翻。”
(白)“军长……这……”
军长往兜里一伸手，
“哗啦啦！”掏出八块大银元。
三连长又是惊来又是喜，
目瞪口呆傻了眼。
(白)“这……”
“三连长，你知道银元为啥丢吗？”
(白)“不清楚。”
“你知道它的意义和来源吗？”
“知道！四八年部队生活很艰苦，
咱们连，有八位老兵身负重伤把家还。
临走前发给他们每人一块银元安家费，
老兵们手捧银元泪涟涟。
依依不舍离连队，
把银元悄悄地留在连里边。
上面还附着一封信，
词句不多很简练，
俺的家永远在部队，
走得再远心相连。
八块银元八颗心，
留在这，俺永远是革命部队一成员。
这银元从此成了传家宝，
咱三连也成为官兵友谊的先进连。”
(白)“官兵友谊……”
三连长讲到此处犯了疑惑，
只觉得军长问话有内涵。
“你怎么不再往下说了？”
“我……银元的来历我讲完了。”
“是啊，事情过去了几十载，
我军的传统没有变。
现如今，老兵同志要离队，
可知道，他们一大早就悄悄地上山把柴捡。
柴火垛堆高一大截儿，
堆的是老兵对部队难舍难离的真情感。
可你不该对这样的同志不信任，
更不该关门上锁卸枪栓。
刚才我来到连队里，
直接到了老兵班。
老兵们手捧银元照完了相，
心中的委屈对我谈。
这银元是官兵友谊的传家宝，
这传家宝如今在三连要失传！”
(白)“军长……这……”
“三连长，官和兵、兵和官，
官兵上下同志间。

信任本是感情线，
感情全靠信任穿。
再高的位，再重的权，
再要的职，再大的官；
只要对下面的同志不信任，
难掌权来难做官。
领导者没有威信最痛苦，
群众们不被信任心最寒。”
三连长如梦初醒抬起头，
望着军长嘴打颤。
忽听见，身后有人喊报告，
三连长闻声回头把身转。
但只见，八位老兵排好了队，
队前面，有八个小包地上摊。
王大山端端正正行军礼，
一汪泪水眼中含：
（白）“报告连长，复转老兵全到齐，请点验。”
三连长，低头看，
包内的物品入眼帘；
旧单装，旧棉套，
洗白了的衬裤和衬衫。
掉瓷的茶缸和水壶，
断了头的皮带用线连。
给母亲买的老花镜，
给父亲带的大叶烟。
只有一样值钱的物，
刚买的西服没舍得穿。
三连长两眼模糊心激动，
老军长声音颤抖开了言：
“这就是我们士兵三年的苦和乐，
这就是我们八十年代的战士全部家当和财产。
他们空包来，空包去，
不希望背走误解和遗憾。”
（白）“别说了军长。通信员！”
（白）“到！”
“把老兵的步枪拿出来，
上上枪机和枪栓。
老兵要站末班岗，
今天由我来带班。”
（白）“是！”
叭！叭！叭！老兵们手接步枪精神抖，
唰！唰！唰！集体来了个枪上肩。
三连长昂首挺胸站排头，
声声口令很威严。
（白）“立正！向右转！”
看！月光下干部战士肩并着肩，
高唱战歌永向前！

（与张振彬共同创作）

表演山东快书《信任》

附言：老兵退伍时对部队总是恋恋不舍，我们欢送老兵，经历了很多感人的场面。为参加 1988 年全军文艺汇演，我创作了转业兵题材的山东快书《信任》，获得全军一等奖。

·山东快书·

子弹的对话

韵白 我是一颗子弹，出生在解放军某部军工厂。身穿铁甲铜装，生就的性格刚强。脑袋削得尖，敢顶敢撞；肚子装满了火，脾气倔犟。尤其是俺这腚，那真是老虎的屁股摸不得——一碰就响。

哎！自从俺组装成套出生后，
就打好了包装入了箱。
年纪轻轻待不住哇，
在箱子里面急得慌。
伙伴们成天发牢骚，
七嘴八舌直嚷嚷。
这个说："伙计们，左边这箱子可搬走了，
我听说送到前线上战场。"
那个说："右边这箱子也搬走了，
我听说拿到部队练神枪。"
人家在外面做贡献，
就咱们是袖手旁观耗时光。
"伙计们，咱这玩艺儿过期不用要作废呀！
真要是半路回炉可太窝囊。"
"你拉倒吧！现如今商品经济这么发展，
市场上搞得可开放了。
闹不好拿到市场一处理，
就卖给小孩当爆仗了。"
哥儿几个这里正议论呢，
就觉着身子一晃荡。
顺着板缝儿仔细看，
嚯！战士来了一大帮，
又是搬，又是扛，
喊拉咔嚓上了车箱。
咔呀咔的起箱盖，
唰呀唰的压弹仓。
子弹们一见高了兴，
弹仓里边开了腔：
"伙计们，进来啦！进来啦！
这弹仓里又黑又暗挺挤吧。"
"哎，现在的住房都紧张。
不像在家那个条件，
哥儿几个相互关照多体谅。"
"没关系，条件虽说有点差，
可咱的心里挺敞亮。
再者说，这困难也是暂时的，
一出门，'啪啪啪！'咱就自己找地方了。"
"伙计们，到时候地方要找准，
别培养你半天放了空枪。"
"空枪？到时候我见了一个打一个，
见了两个打一双。
万一要碰见五六七八个，
我拐拐弯把他们几个都捎上。"
"你别事先说大话，
闹不好你是个臭子儿出不了膛。"
"你这个说法嘴真损。"
"我看你吹牛吹得狂。"
（白）"我怎么吹牛了？"
"你怎么没吹牛，咱都是直来直去的东西，
拐拐弯儿？拐得了吗？"
他俩这里正争吵呢，
最上面的子弹开了腔：
"哎，你们两个小声点儿，
别咋咋呼呼炸了膛。

行进之中要安静，
有劲用在战场上。”
“你在上面比比画画批评俺，
谁给你授衔把官儿当？”
“咱枪的主人让我在这仓里当仓长，
管着你们一大帮。”
“你自己说仓长不好使，
拿出命令俺望望。”
“你没看我的位置在上面吗？
所以说，我是名副其实的上‘位’仓长。”
子弹们再也不吵吵了，
交头接耳直嘟囔，
别跟领导来作对，
别跟领导来顶撞。
它要看你不顺眼，
小鞋儿准给你穿上。
“仓长，你和咱的主人见过面吗？”
（白）“见过。”
“咱主人长得啥模样？”
“咱主人，大高个儿，宽肩膀，
浓眉大眼黑脸膛。
先入团，后入党，
头年又把标兵当。
二十多岁刚出头吧，
听说还没找对象哪！”
“哥儿几个，好好打，
咱给主人争争光。
让主人前线当英雄，
回到家来个织女配牛郎。”
“仓长，咱主人各方面条件都不错，
不知枪法怎么样？”
“枪法差了能当标兵吗？
别怀疑，要相信群众相信党。”
哥儿几个有说有笑往前走，
也不知过了几天几晚上。
突然间，听到外面有动静，
人喊鸡飞狗跳墙。
“仓长，咱现在这是到了哪儿了，
怎么外面的人群直嚷嚷？”
仓长说声：“别着急，
我顺着枪口来望望。”
这仓长顺着枪口仔细看，
不由得目瞪口呆把嘴张。
“伙计们，咱们到了老山前线。”
（白）“前线？”
“对，眼下就在中越边境线上。”
（白）“太好了，我们上前线了……”
“仓长你在上面看清楚，
抓住时机就开枪。
只要你前面说声冲，
我们几个叽里咕噜都跟上。”
“伙计们，越南兵在我边境挑事端，
他们要放火烧村庄。”
“哥儿们几个准备好，
全副武装快出膛。”
“伙计们，越南兵穷凶极恶动了手，
把汽油泼到了草房上。”
“仓长别光说不动手，
站在上面穷嚷嚷，
关键时刻打不响，
拉不出屎来占茅房。
让开让开快让开，
腾出位置我顶上。”
（白）“吵什么？咱们结构都一样，谁不了解谁呀！
火药在后边不推我，
我瞪着两眼出不了膛。”
火药一听不高兴，
“你这个说话欠思量。
我准备工作早做好了，
那底火在后面保持沉默不搭腔。”
“不搭腔？”底火说：“我撅着屁股等半天了，
那个撞针不往上面撞。”
撞针一听不高兴，
说：“冤枉，冤枉，太冤枉！
你们是一套一套来组合，
俺也是成龙配套来组装。
扳机在外面不动弹，

俺这里拔不开插销崩不开簧。”
扳机一听不高兴：
“你们别在里边瞎嘟囔。
井底之蛙目光窄，
我在外面一目了然看四方。”
（白）“都看见什么了？”
“眼看着敌人下毒手，
眼看着村民被打伤。”
仓长一听不高兴，
骂声扳机太窝囊。
“你看到这些还不动手，
害得我们出不了膛。”
“咱主人说上级领导有指示，
坚决不开第一枪……
坏了，越南兵给鼻子上脸冲过来，
他们手持凶器要抢枪，他……哎哟！”
（白）“怎么了扳机？”
“光顾跟你讲情况，
一砖头砸在咱身上。”
（白）“砸伤了没有？”
“我这里钢筋铁骨没啥事，
咱主人的头部受了伤。
（白）“坏了……咳、咳、咳！”
“扳机怎么又咳嗽了？”
“越南兵点火烧了咱村庄！”
啊！子弹们气得直咬牙，
跳着蹦着直骂娘。
“奶奶的，你烧吧！
我看你小子有多狂。”
烧扳机，烧撞针，
接着就烧在了底火上。
只要底火一烧响，
‘啪啪啪！’一个不留全崩光，全崩光！”
这时候，忽然听见有枪声响，
扳机在外边高声嚷：
“伙计们，越南兵抢先动了手，
对我们的村民开了枪。”
（白）打！
一声令下万炮鸣，
子弹们满枪热火出了膛。
打得敌人到处窜，
哭爹喊妈直叫娘。
自卫反击显神威，
伟大的战果多么辉煌！

1989 年参加全军调演，表演山东快书《子弹的对话》，获一等奖

1973 年向山东快书大师高元钧学习

附言：1989 年创作山东快书《子弹的对话》，参加全军调演，获得一等奖。这个作品的成功得益于两个字——角度。首场演出在北京政协礼堂。山东快书大师高元钧给予我肯定，“这个作品使你的快书登堂入室了。”

· 快书小段 ·

立此存照

说了个小伙儿本姓赵，
人送外号叫“洋闹”。
生活中尽学外国“范儿”，
穿着打扮很时髦。
这一天，他来到剧场看节目，
幕一开，又是喊来又是叫。
台上的节目演得好，
他在下面踢板凳、跺脚、吹口哨：
（白）“好哇！再来一个，噢！”
他这一喊一叫不要紧，
急坏了电视台的大老高。
老高正给节目在录像，
杂音太大受干扰。
大老高回身忙制止，
“洋闹”假装没看着。
旁边的观众把他劝，
这“洋闹”蛮横无理要霸道：
“怎么的？我看戏花钱买的票，
愿意咋着就咋着。”
大老高见此情景很气愤，
唰！忙把镜头往回调。
把他的丑态录下来，
这“洋闹”上了镜头还不知道呢！
几天后到对象家里去串门儿，
一家人正把电视瞧。
电视节目真不错，
相声、音乐和舞蹈。
可就是几个观众瞎起哄，
歌词全都听不着。
他的对象一看生了气，
冲着屏幕直叨叨：
“这种人简直不像话，
不讲文明和礼貌。
哎？小赵，有个尖声很像你呀？”
“不可能，我声音哪有那么高。
再者说，我平时最烦这种人，
看演出就怕有人瞎吵吵。”
“洋闹”的话音还没落，
那镜头，唰——从舞台就往观众摇，
给“洋闹”来了个大特写，
他吹着口哨正蹦高。
他岳父岳母愣了神儿，
他对象一见高声叫：
“啊？就是你！”
“洋闹”当时傻了眼，
大汗珠子往外冒。
你要问最后怎么样？
我不说大伙儿也知道。

·快书小段·

站　排

文明大道文明街，
每天早晨站大排。
全街道只有一个小厕所，
大家伙全得轮着来。
这边是小伙、老头儿、老爷们，
那边是姑娘、媳妇、老太太。
有个小伙儿捧本书，
一下子站到了女人排。
这个说：“他准是看书入了迷。”
“对！光看书啦头没抬。”
他听见只当没听见，
对议论根本不理睬。
这个小伙儿漫不经心往前走，
低着个脑袋头不抬。
眼看就要到门口啦，
有位大嫂把他拍：
“小伙子你站错了队，
看清楚这是女人排。”
大家一见哈哈笑，
小伙子这才把口开：
“我知道这是女人队，
我站的就是女人排。”
“你既然不傻也不呆，
怎么男女不分胡乱来呀！”
“我爱人在家正做早饭，
我是替她来站排。
（白）孩他妈到你了，快来！”

·快书小段·

夺　旗

一连连长大老郭，
站在队前把话说：
“请稍息！把今天的工作讲一讲，
各排排长要听着。
军里边要来卫生检查团，
看一看咱连的卫生合格不合格。
咱们连历次都是红旗连，
这一次也要把旗夺。

一排是打扫猪圈和操场；
二排是打扫饭堂擦饭桌；
三排任务最艰巨，
全排都去扫厕所。
这回厕所是重点，
丢了红旗你们负责。解散！”
连长把任务布置完，
战士们各负其责紧忙活，
擦的擦，扫的扫，
铲的铲来撮的撮。
三排干得最认真，
把厕所打扫得很利索。
连长看罢心高兴，
乐得直摸下巴颏：
“好！这厕所打扫得很干净，
比其他连队强得多。
卫生关键在保持，
这样才能把旗夺。
从现在起，你们饭少吃，水少喝，
这门口派个公差来看着。
上级没有检查前，
所有的来客全谢绝。”
（白）“连长……”“执行！”“是！”
一上午时间过得快，
一等等了半天多。
战士们都想上厕所呀，
一个个急得转磨磨。
无奈何来到厕所前，
冲着那把门的战士把揖作，
“还是让俺进去吧，
老乡的面子你能驳？”
“不行！没看现在什么形势，
走后门作风要不得。”
“好！就算我们走后门，
也不能不让上厕所呀！”
“咳！你们都是死心眼儿，
脑袋里面欠灵活。
咱一连的厕所不让用，
二连不是有厕所吗？”
对！大伙一听排好队，
到二连厕所去集合。
来到二连这么一看，
二连的厕所上了锁了！

·快书小段·

不学无术

说那个同志本姓于，
没有知识不学习。
家里边藏书倒不少，
他只是看看封面大标题。
内容根本不了解，
一说话张冠李戴瞎联系。
他在炼钢车间当主任，
这一天他在会上发脾气：

"我们的产量为啥上不去？
说明平时欠学习。
生活中书本是老师，
样样工作不能离。
我父亲今年六十多了，
他的工作在矿区，
因为看了《基度山》，
所以开矿有成绩。
我母亲工作在乳粉厂，
整天给奶牛把奶挤。
每天有空就看《牛虻》，
忙得简直了不的。
我的哥哥搞美术，
废寝忘食来学习。
天天研究《红与黑》，
不研究颜色凑不齐。
我弟弟工作在气象站，
专管预测报天气。
他更是书本不离手，
看完了《日出》看《雷雨》。
别看我妹妹是个体，
卖大碗茶照样能得好效益。
为啥能赢来回头客，
主要是天天都看《茶花女》！"
这时候工人们乐得受不了，
有个青年把话提：
"主任！那我们炼钢工人看什么书呢？"
"有啊！苏联小说，《钢铁是怎样炼成的》。"
（白）唉！

·快书小段·

傅 科 长

说了个科长本姓傅，
他在机关当干部。
当了十年副科长，
至今保持原职务。
他倒说："我十年当不上正科长，
最大的原因是我姓傅。
这个喊我副科长，
那个管我叫老傅。
整天副字不离口，
哪能熬上正职务。"
所以说，他一听"副"字心就烦，
打心眼儿觉着不舒服。
谁要是叫他一声副科长，
当时把脸一嘟噜。
谁要是叫他科长不带副，
一说话，底气显得特别足："这样好！这样好！
不叫姓名更近乎。"
他心想：不如我干脆改个姓，
省着天天净添堵。
可我改个什么姓呢？
一下子想到了他媳妇。
（白）他媳妇姓郑。

“对，我跟我媳妇姓郑吧！
人要问我为啥姓我媳妇的姓？
我就说我从小跟着我岳母。”
这一天，他在办公室里正办公，
有一个同志走进屋。
“哎！副科……”
“停，昨天我已经改姓郑了！”
“喔！那我该叫你郑副科长了。”
唉！这回叫得更清楚了！

·快书小段·

考　试

“四人帮”把国家搞得乱了套，
青年人不读书学习尽胡闹。
搞武斗，王小三右腿被打折，
他落了个毛病是跛脚。
他倒说我以后再跳“忠”字舞。
基本的步伐不用学啦。
他腿有毛病怕下乡，
找工作到处挖门道。
他听说歌舞团里要招生，
下定决心去报考。
小三来到歌舞团，
进门就往墙上靠（表演）。
“请问同志，你考试吗？”
“我想报名考舞蹈。”
“舞蹈练了有几年了？”
六六年我就开始学。
（白）“那好！你跳跳吧！”
“敬爱的毛主席，我们心中的红太阳……”
（唱着曲表演）
“哎！你怎么光用左边跳哇？”
“啊！我练的就是这只脚哇！”
老师说：“我们录取的名额特别少，
要求的水平也很高。”
“哦！你要不要就拉倒，
我再去想别的招儿。”
“我走了！我走了！”（跛脚下）。
（白）还跳哪！

·快书小段·

约 会

说那个小伙儿三十多，
到现在连个对象没找着。
要问为什么找不着，
只因为“四人帮”时代太缺德。
唆使青年“文攻武卫”打砸抢，
“武斗”中右腿被人给砸折。
从此落下了后遗症，
一走路，右腿画圈打磨磨。
（白）就这样。（学画圈走路）
怎么那么巧，怎么那么妙，
有个姑娘和他差不多，
也是个响当当的造反派，
闹派性，把她左腿给砸折，
也落下一个后遗症，
一走路左腿往前拖。
（白）就这样，（再学腿拖地）
单位里有个老刘心眼儿好，
把他（她）两个的亲事说。
定下这天要见面，
晚饭前在公园里边来会合。
这姑娘回到家里心暗想，
对着镜子细琢磨：
“今天头回去见面，
这条腿不能叫他给发觉。
要是发觉准坏事，
这门亲事定砸锅。
莫不如今天早点去，
坐在凳上不挪窝。”
这姑娘三点刚过就到了公园，
坐在那里等小伙。
小伙下班回家后，
心中暗暗想计策。
“我要是走去准坏事，
对！干脆借辆自行车，
见面后我跨着车子不下来，
这条腿想看她都看不着。”
话说间两人公园见了面，
这小伙右腿搭在车梁上边把话说：
（白）“你来了？”“啊！我来了。”“来多长时间了？”“来三……三分钟了。”
小伙口袋里边摸一把，
顺手掏出糖一盒。
盒上边写着人参糖，
他没文化不认得：
（白）“请你吃这人参（念餐）糖”，
“不！我这带着高粱饴（念台）呢！”
这两位文化差不多。
“请问同志你贵姓”？
姑娘说：“姓苏名叫苏菠萝。”
“你这名字真好听。”
“请问同志你姓么？”
“我这姓名不如你，
姓海名叫海棠果。”
（白）哎！都够酸的了。
两人说话时间快，
一转眼两个小时零一刻。
这小伙一条腿站着累得慌，
浑身一个劲儿直哆嗦。

见姑娘坐着个长板凳，
心里想，不如到那坐一坐。
可想什么办法走过去呢？
这条腿还不能让她有察觉。
（白）有了！
他想了个办法真可气，
冲着姑娘乐呵呵：
“啊！我这几年没在家，
出了趟远门去法国。
学了一种西班牙语，
不知你见过没见过。”
“我学的是欧不鲁语，
西班牙语没听说。”
“哎，西班牙语有特点，
一写字不用手来光用脚。”
（白）我给你写写！
“亲—爱—的”（用腿画圈）
（白）他坐下了。
姑娘一看心暗想：
这位跟我差不多，
她站起身来就要走，
眼珠儿一转有了对策：
“公园扫得这么干净，
你乱写乱画干什么。
（白）擦了吧！擦了吧！”
（腿拖地下场）

·快书小段·

智斗猴头

说那个小子本姓侯，
人送外号叫“猴头”，
模样不济尽臭美，
头发烫的全是勾儿。
整天不把好事干，
游手好闲拐、骗、偷。
这一天，在电影院里看《画皮》，
散场后，他骑着车子往回走，
夜静更深行人稀，
碰巧是个月黑头。
看完《画皮》心害怕，
脑子里不住过镜头。
心里说，那女人怎么变成鬼了，
还能够剖腹开膛把心抠？
我欺负的女人无计数，
哪一天可别找我来报仇。
越想心里越害怕，
就觉得凉气直钻脊梁沟。
转眼拐进黑胡同，
见前边有个黑影往这走。
猴头他跳下车子一边躲，
望着人影直发抖。
来者是个女同志，
名字就叫王月秋。
在话剧团里当演员，
喜剧表演最拿手。
人送外号“小机灵”，
走夜道从来不犯愁。

一边走来一边唱，
唱的是《妹妹找哥泪花流》。
猴头一看小姑娘，
色胆包天来了劲头。
心里说，什么“画皮”不“画皮”，
纯属他妈尽瞎诌，
我要是看着姑娘不动手，
哈喇子保准往外流。
想到此，他冲着姑娘走过来，
笑嘻嘻地开了口：
“阿妹呀，你的阿哥就是我，
我的阿妹泪别流了。”
姑娘转身刚要跑，
扑！匕首顶住腰后头。
“站住！如果你敢不听话，
连个小命儿别想留！”
姑娘不愧“小机灵”，
按住了心跳想计谋。
猴头见她不紧张了，
还以为是王八找鳖对了头（呢）。
借着灯光把姑娘看，
嚯，这姑娘五官端正真俊秀。
猴头他笑嘻嘻的没人样，
就往姑娘身边凑。
姑娘说声：“你别动，
还有一人在后头。”
“后面是你什么人？
是不是你的男朋友？”
“不，是我们的保卫科长下夜班，
正在后面上茅楼。”
猴头一听害了怕，
一把抓住姑娘手：
“你赶快跟我走一趟；
要不然，我叫你尝尝小匕首。”
姑娘想，这条胡同太偏僻，
又黑又静没人走。
出了胡同就好办，
碰着人我一喊他就别想溜。
想到这姑娘把头点，
使了个顺水来推舟。
猴头一见心高兴，
美得他心里乐悠悠。
心里话，这个姑娘真多情，
我一甩线就上了钩。
“好，我骑着车子带你走，
你就坐在我车后头。”
（白）“好！”
这猴头单手扶把骑着车，
这只手就把姑娘手腕揪。
姑娘心想你别美，
碰着人我一喊你就别想溜。
哪知道，这猴头经常晚上干坏事，
哪里没人他最熟。
穿胡同，越小巷，
左拐右拐像泥鳅。
转眼过了四条街，
连个人影都没有。
姑娘一看着了慌，
慢慢地想着把手抽。
猴头说：“阿妹呀，你别着急，
马上就到破门楼。”
姑娘一听害了怕，
想拿东西打猴头。
可又一想，我要动手准吃亏，
必须和他动计谋。
首先用话稳住他，
不能叫他得了手。
想到这里说了话，
那语气显得挺温柔：
“你慢点骑，慢点蹬，
离天亮还有几个钟头，
咱不如找个没人处，

今儿晚上，咱痛痛快快玩一宿。”
姑娘就这几句话，
美得他神魂颠倒都快抽了。
（白）“我这是怎么了，
怎么好像浑身过电流了。
哪里北来哪里南，
怎么找不到那条胡同口了？”
姑娘想，这小子不经夸呀，
我趁热打铁再加油：
“你家里父母可都好？
他二老身体健康可高寿？”
“高寿，高寿，可高寿了，
又高又瘦像老猴。”
（白）这小子什么也不懂。
“阿妹呀，你别说了，
美得我都找不到破门楼了。”
姑娘说：“你顺着马路往前骑吧。
咱们俩个把风兜。
你骑着车子真‘有派’，
在后面一看像杜丘。”
“杜丘！我这车子怎么不好使了，
怎么一个劲地要钻沟？
阿妹呀，你长得真像电影大明星，
比香港的朱虹还俊秀。
朱虹她长得漂亮演技高，
那女鬼演得真拿手。
我刚看完她演的电影叫《画皮》，
差一点把我真魂给吓丢。
要不是刚才碰到你呀，
我一人回来还犯愁呢。”
姑娘她一听《画皮》两个字，
心中暗说，有，有，有。
他既然疑神疑鬼胆子小，
这个机会千万不能丢。
我扮个女鬼把他吓.
一定把他给吓抽。
想到此，偷偷把辫子给解开，
那头发一绺一绺往前搂，
白色的发卡拿下来，
“咔嚓”叼在嘴里头。
两个月牙儿往外龇，
就好像两个大牙外边露。
姑娘刚刚演完出，
随身带着化装兜儿。
顺手掏出化妆盒，
化妆油抹到脸上头。
一把黑来一把红，
当中抹的是白油。
姑娘当时变了样，
怎么看怎么像个大骷髅。
猴头他一点没发现，
只盼着快点找到破门楼。
忽听见姑娘后边放声笑，
（白）“哈哈……”
那声音又尖又细直发抖。
这小子一听害了怕，
假装镇静开了口。
“阿妹呀，你笑什么？
是不是喜欢和我到白头哇？”
“你说我长得像朱虹，
说得我脸上害了羞。
我哪有朱虹长得好呀，
你回头好好瞅一瞅。”
“你比她……我娘哎！”
吓得他一头栽进烂泥沟。
嘴里不住吐白沫，
俩眼珠成了卫生球。
姑娘怕他醒过来，
嗷嗷地怪叫喊不休。
（白）“哇……嗷……”
她一喊一叫不要紧，
巡逻队听见动静到街头。

姑娘上前讲情况，
都忘了脸上的化装油。
巡逻的同志也吓一跳，
这人长了个什么头哇。
姑娘她，把前后经过讲一遍，
巡逻队当场把猴头给扣留。
这就是“智斗猴头”一小段，
姑娘有勇又有谋。
女同志晚上走夜道，
最好带上化装油儿。

·快书小段·

洋 呼 噜

有位同志本姓卢，
崇洋媚外怨气足，
成天到晚发牢骚，
东拉西扯瞎嘟嘟：
“中国要和外国比，
各个方面都不如。
别的问题先不说，
我最胆怵的是外出。
外出要住招待所呀，
免不了和生人住同屋。
中国人缺乏文明和礼貌，
晚上睡觉打呼噜。
当然啦，中国人睡觉打呼噜，
客观因素不排除，
天生鼻子长得小哇，
通风不良气儿难出。
外国人鼻子个儿多大呀，
从设计的时候就想到了避免打呼噜。”
这一天，老卢出差坐火车，
和外宾睡了对面铺。
外宾是个大高个儿，
大大的鼻子蓝眼珠儿。
老卢看罢心高兴，
别提心里多羡慕啦。
晚上关灯睡了觉，
就听见“呜——”
嗯？老卢想：“中国造的火车就是质量差，
内燃机叫得还这么粗。”
“呜——”
呀？他越听越觉不对劲儿，
就觉得声音很耳熟。
坐起身来仔细看，
见那外宾，仰着头儿，腆着肚儿，正在那里打呼噜呢！
老卢一见来了气，
坐在床上直嘟嘟：
“挺大的鼻子你白长啦，
外国人你还打呼噜！
哎，你别说，这外国的呼噜就是和中国不一样。
看人家嘀里嘟噜还带着音符（呢）。”
（白）“服务员，我换铺！”

·快书小段·

大老高教子

有位同志本姓高，
对孩子的教育太教条。
他望子成龙心迫切，
恨不得让三岁的儿子上大学。
不论孩子办啥事，
他都要把来龙去脉仔仔细细来解剖。
孩子要想吃块糖吧，
他要讲糖果怎么来制造。
孩子要想吃水果，
他要讲水果内有啥成分和养料。
孩子吵着要吃饭，
他要讲这饭食经过口腔和食道，
到胃口里面来消化，
然后才变成粪便往外抛。
大年三十要过年，
他带着孩子放鞭炮。
先摆上一个大“呲花”，
大老高上前给点着。
“呲花”这里刚冒火，
他又把“呲花”的原理来介绍。
“呲花”为啥能冒火呢？
就是因为里面有火药。
“火药的成分都有啥？”
“有硫黄、木炭还有硝。
这些原料一见火，
自然而然就燃烧。”
大老高“呲花”的原理没讲完，
一筒“呲花”全报销了。
十块钱买了个大“呲花”，
孩子一眼没看着，
大“呲花”刚放完，
接着又放“二踢脚”。
“二踢脚，有两响，
一响那个叫中炮。
二踢脚第一响它在下面响，
（白）你听，叮——
第二响是在半天腰
当——”
没想到第二响脚下开了花，
把孩子吓了一大跳：
（白）“爸爸，第二响怎么在下面响了？”
“这说明火药的坐力不够高。
啊，这是普遍性里的特殊性，
这个问题在哲学范畴存在着。
哲学有三大规律五大范畴，
对立统一不能少，
量变质变很重要，
否定之否定内部斗争你可知晓……”
“爸爸爸爸我明白了，
闹半天哲学就是‘二踢脚’哇！”

·快书小段·

跳　舞

说那个小伙儿本姓吴，
特别爱跳交谊舞。
探戈、伦巴、迪斯科，
各种舞姿全都熟。
他工作在商店卖电器，
录音机正好就在他们组。
只要听到音乐声，
他就在柜台里边扭屁股。
为这事领导经常批评他，
工作态度不严肃。
他倒说：“我这是搂草打兔子，
工作跳舞两不误。”
就这样，他一时一刻不停闲，
一会儿不跳不舒服。
上下班骑着车子还直扭，
嘴里边咕咕嘎嘎哼音符。
睡觉做梦也跳舞，
抱着枕头踹被褥。
有一次单位里正开追悼会，
灵堂里气氛很肃穆。
大家静默奏哀乐，
小吴他身上觉着不舒服。
站在那里直晃荡，
有人把他一捅咕：
（白）“干什么？”
“我听这哀乐是慢板，
试一试能不能够上慢三步。”

·快书小段·

买　茅　台

副食商店门一开，
有位顾客走进来。
看年纪就在五十岁，
他急急忙忙奔柜台。
“服务员同志我买酒，
请您给我拿茅台。”
“老大爷，买茅台准是为送礼吧！？
这社会风气实在坏。
买茅台没有自己喝的，
喝茅台用不着自己花钱买。”

老头闻听哈哈笑：
“小同志，现如今社会风气正在改。
我买茅台就是自己喝，
我喝茅台就是自己买。”
“你？”
“我承包了两个养殖场，
年底收入几万块。
需要买啥就买啥，
别提心里多痛块。
都说茅台酒好喝，
俺老伴特意让我进城来。”
老头儿越说越高兴，
“喷儿！”把茅台酒瓶盖打开。
咕咕咚咚喝一气，
“啊！还别说，这酒的味道是不赖。
（白）来一口！”“不来。”

·快书小段·

看　电　影

说那个小伙儿本姓田，
星期六去把电影看。
他急急忙忙检了票，
一进门，电影正好刚开演。
找了个空座就坐下，
正坐在一位姑娘身旁边。
只因为赶路太着急了，
累得他上气接着下气喘：
（白）“同……志！刚……刚开演吧？”
“对！”“太……好了！”
那姑娘从兜儿里掏出一块糖，
塞到小田手里边。
小田当时直纳闷儿，
心里话，这个举动太突然。
越想心里越高兴，
糖块就往嘴里填。
吃在嘴里甜在心，
表情开始不自然。
哪有心思看电影啊，
心里阵阵掀波澜。
电影演的是《笔中情》，
他硬说女主角名叫秦香莲。
两个小时过得快，
转眼电影就演完了。
散场后，姑娘起身往外走，
小田他紧跟在后边。
眼看着姑娘把车上，
他鼓足勇气迎上前：
“同志请你等一等，
我对你的印象有好感。
你待人好，心地善，
形象出众声音甜。
不知道对我的印象怎么样？
希望你有话能直言。”

姑娘她未曾说话开口笑，
说出话来很腼腆：
“希望你下次看电影，”
（白）“怎么样？”
“千万别再吃大蒜了。”

·快书小段·

抽烟“好”

抽烟“好”抽烟“好”，
抽烟的好处有三条。
一抽烟东西不能丢，
二抽烟不能被狗咬；
第三条，最重要，
抽烟的人全都不能老。
我说这话你不信，
听我慢慢对你学（xiáo）。
抽烟人大部分都有气管炎，
一咳嗽起来难睡着。
小偷刚要把门撬，
听见动静停住脚。
“不能轻易把手下。
这家警惕实在高。撤！”
气管炎慢慢变成肺气肿，
走起路来哈着腰，
只好手中拄拐棍儿，
小狗一见撒腿跑。
心里话：“这人手里有武器，
要拿着棍子把我敲。
（白）快跑！”
肺气肿恶化变癌症，
躺在床上直唉哟。
牙一咬，眼一瞪，
“哏儿”的一声报了销。
临咽气不到五十岁，
你想想没到五十能算老吗？
所以说抽烟的“好处”特别多，
千万别忘了这三条。

·快书小段·

算 盘 珠

说了个同志本姓吴，
他不占便宜不舒服。
成天为自己打算盘，
人送外号“算盘珠”。
这一天，又到了全民“文明月”，
“算盘珠”趁着机会捞好处。
推一辆又破又旧的自行车，
来到义务修车组。
“老师傅，我是向您来学习的，
感谢您免费修车尽义务。
我焊车架，修前叉，
里带外带全得补。
换车条，换车座，
另外再换俩轱辘。”
（白）“那也没什么啦？”
“‘文明月’里做好事，
谁让你是我师傅呢！”
（白）“好吧，我给你修。”“谢谢！”
“算盘珠”出了车摊往前走，
又来到一个服务组：
“小师傅，我是向你来学习的，
感谢你免费来服务。
我焊牙缸，焊脸盆，
焊锅、焊勺、焊水壶。
修理修理无线电，
再拾掇一下电丝炉。”
（白）“我这儿成了杂货铺啦！”
“‘文明月’里做好事，
谁让你是我师傅呢！”
就这样，他满载而归往家走，
自行车驮着电丝炉。
刚刚骑到楼门口，
忽听见身后叫小吴。
回头一看是厂长，
跳下车子打招呼。
（白）“什么事儿？卢厂长！”
“后架上谁的电炉子？
咱厂里禁止使用有制度。”
“‘文明月’修理图方便，
修好送给我二姑。”
“咱厂楼上人家多，
集体电表还没分户。
你要偷用电炉子，
电费全得大伙出。”
“不能！我家里生活再困难，
也不能那么没觉悟。
厂长，上月发的救济费，
为啥不给俺小吴啊？”
“你们两口刚刚提了级，
上个月又把工资补。
你家里买了立柜和沙发，
补助的理由不充足。”
“厂长啊，俺家实在有困难，
不是我跟您来叫苦。
我顿顿窝头就咸菜，
都舍不得花钱买豆腐。”
（白）“你补发的工资呢？”
“补的钱全都看了病，

我爱人正等做手术哪！”
（白）“啥手术？”
啥手术一时说不准，
起码要做胃切除。”
“嚯！这倒是个新情况，
我们研究一下再答复。”
（白）“补多少哇？”“别急！研究研究再说。”
两个人同时进了楼，
各自开门进了屋。
他爱人屋里正做饭，
见小吴甭提多热乎。
“亲爱的，今天给你过生日，
痛痛快快喝一壶吧。
清蒸丸子、熘肉段儿，
炒鱼、炸虾、烧排骨。
拌凉海蜇，摊鸡蛋，
还有个小鸡炖蘑菇。”
小吴上前忙捂嘴，
“别哪壶不开提哪壶。
厂长就住咱对门，
要听见甭想要补助啦！”
（白）“不是不给了吗？”
“给不给那是他们的事，
想吃奶就得经常哭。
电炉子今天也修好了，
这就是棵摇钱树。
咱以后烧水做饭就用它了，
煤气费再也不用付啦。
每月能省五六元，
日久天长也不是个小数目。
每个月等于给自己长一级，
这就叫堤外损失堤内补。”
他爱人点头说：“佩服！
难怪都叫你‘算盘珠’。
现在邻居都在家，
别疏忽大意出事故？”
“没事！你放心大胆来炒菜，
有人来问我掩护。”
“算盘珠”支好电炉子，
嗬！电阻丝能有这么粗。
他拽过电线和插销，
对准了电门往上杵。
嗬！电炉子红得像火盆，
一放锅烤得脸上麻酥酥。
（白）太热了！
他两口子煎、炒、烹、炸一通忙，
没想到厂长家里正看书。
就觉得灯光来回闪，
一黑一亮直扇忽。
心里想，这是谁家又偷电了？
可能又是“算盘珠”。
想到这，放下书本往外走，
举手敲门喊小吴：
（白）“小吴！”
“算盘珠”炒菜正要倒酱油，
一紧张“咚咚咚！”倒了半瓶醋。
（白）“谁呀？”“我！”
“有什么事就在门外说吧，
我今天有点儿不舒服。”
“请你开门，我是厂长，
你家里是不是用电炉了？”
（白）“什么？”
两口子一听是厂长，
惊慌失措紧忙乎。
“快！快把电炉藏起来，
别让厂长给抓住。
一被抓住就罚钱，
或多或少得支出，
你在屋里藏巴好，
我到门口做掩护。”
小吴开门一探头，
把厂长双手给握住。
“厂长同志，你辛苦，
感谢你到我家亲自送补助！”
“不是，我挨家挨户转一转，
做饭可不能用电炉哇！”

"厂长同志你放心，
这事找不着我小吴。"
"你屋里什么东西响，
这温度比我家里可热乎。"
小吴忙说："没什么，
我爱人……正在屋里抓老鼠。"
（白）"我看看。"
"别看！开门老鼠就抓不住了。"
他爱人一听着了急，
用手去端热电炉。
就听"滋啦"一声响，
一双手当时给烫煳了。
疼得她急忙用脚踢，
把电炉子就往床下一骨碌。
床下有堆破棉衣，
电炉子一烤全都煳了。
他爱人一点没发现，
假装没事出了屋。
回手用暗锁锁上了门，
"厂长同志，请进屋！"
厂长倒说："不客气，
我听说你要胃切除？"
"啊，对！说起来也没大危险，
就切这么一骨碌。"
厂长他刚要往下说，
就觉得味道很特殊。
"唉！小吴，你屋里是不是做着饭哪？
我闻着好像有点儿煳。"
"不！我们刚刚吃完饭，
刚才她正在把药煮。"
（白）"噢，好，我走了。""再见！"
厂长转身回了家，
小吴急忙问媳妇。
"屋里糊煳味哪来的？
快进屋看看别耽误。"
干拽房门拽不开，
没有钥匙进不了屋。
"算盘珠"一见着了急，
拽不开房门砸窗户。
再想救火来不及了，
大火直往脸上扑。
小吴忙说："拿扫帚打！"
"咱家没有大扫帚。"
"赶快脱下衣服抽！"
"可惜这身料子服啦！"
"接盆凉水往上浇！"
"到哪找脸盆和水壶啊！"
"算盘珠"急中生智有有有，
拿过炒菜往上糊。
扣上一盘摊鸡蛋，
扣上一盘熘排骨。
炸虾段，炒肉片，
又扣上小鸡炖蘑菇。
火上浇油火更旺，
大火还是没压住。
这时候，邻居们赶来忙救火，
他两口连熏带呛全迷糊啦！
邻居们，浇的浇，扑的扑，
踩的踩来，捂的捂。
厂长他抓起电话忙报警，
消防队才把大火给制伏。
"算盘珠"家没法看了，
所有的家当全烧煳。
立柜、沙发成了木炭，
他老婆坐在地下放声哭。
"算盘珠"冲厂长说了一句话：
"这回该给我补助了吧？"
（白）他还没忘哪！
这就是，占小便宜吃大亏，
烧毁了家庭遭报复。

·快书小段·

卡　油

月儿弯弯星儿稠，
马路上一辆中巴往前走。
炼油厂刚刚下夜班，
开车的司机本姓周。
车上边有车间主任工段长，
不大不小都是头。
他们心急总嫌车速慢，
七嘴八舌开了口：
“坐老周的班车最难受，
慢吞吞地像头牛。
顶多也就五十迈。”
“五十迈？我看四十都不够！”
“夜深人静车辆少，
加大油门使劲撸呗！”
“嗳，人家老周有算计，
这叫经济速度最省油。
每月车队都评比，
你没见人家都是红箭头。
照这样到了年底评劳模，
奖金全得归老周。”
“哎，如今时间是金钱，
周师傅，抓紧时间快点走！
到年底厂里选劳模，
我们准举你的手。”
大老周听着只当没听见，
笑眯眯地直摇头。
这时候前面的马路是上坡，
大老周脚点油门直轰油。
那油门全都踩到底了，
车轮子就是不转悠。
低头看油压表针指到了零，
原来是油箱里边没汽油了。
大家伙一见车不动了，
一个劲地怨老周。
“老周，你车速慢点俺不怪，
不能停下车不走。”
“老周，现在已经十二点了，
回家还能闹半宿。
刚才跟你开玩笑，
你怎么耍开犟杠头了？”
“同志们，今天我油箱刚加满，
肯定是有人把油偷。”
这时候一个车间主任说了话，
开口叫声大老周：
“老周，咱厂的汽油有的是，
谁还能到你车上来偷油？
你是不是把车开回了家，
我听说你儿子爱骑着摩托把风兜。”
一句话说得老周哑了口，
心里甭提多别扭。
“你放心，这事如果是他干的，
油钱从我工资扣！”
大老周急得团团转，
一磨蹭时间过去俩钟头。
大伙儿实在挺不住了，
有个主任一旁开了口：
“人到难处帮一把，
巧啦，我今天带了一瓶油。

老婆最近得了脚气，
讨了个偏方泡汽油。”
（白）“拿去使吧。”
工段长旁边一拍腿，
“寸啦，我也装了整一兜。
也不知这个偏方准不准，
有病乱把医来投。
（白）拿去用吧。”
旁边那人一撇嘴，
“说话也不怕闪舌头，
明明是把公家汽油往家拿，
拎在手里还不说偷。
照这个逻辑去推理，
卫生所不用酒精用汽油啦！”
只因为回家心急切，
有油的全都打开了兜儿。
转眼间拿出了七八份。
你看吧，什么家伙全都有。
这个拿出了一小瓶儿，
那个拿出一小篓儿。
这个拿出一小桶儿，
嚯！这么黏敢情是用塑料兜儿。
一递一地往前传，
忙乱中忽听有人开了口：
“大家伙最好写上名，
省得把家伙拿岔喽。”
“对，出点汽油无所谓，
盛油的家伙不能丢。”
老周说：“感谢大伙来帮忙。”
“没什么，你加点速度全都有了。”
大老周加满汽油把车启，
就觉得有人把他的衣服揪。
回过头来仔细看，
原来是收发室的老高头。
他冲着老周挤挤眼：
“老周，你的汽油没有丢。”
（白）“没丢？”
“现在存放在我屋里，
是我把你的汽油抽。”
（白）“什么？”
大老周听罢要刹车，
“哎，你别停车继续走。
我不是在搞恶作剧，
抽你的汽油有根由。
我在门卫工作七八年，
咱们厂经常有人把油偷。
管住工人管不住官儿，
眼看着公家的汽油往外流。
生产汽油多不易，
国家的油，哪能抗住这么偷？
为这事领导经常批评俺，
送我个外号叫‘漏斗’。
要想把这种现象来杜绝，
我觉得首先要管住这些头儿，
明儿一早我到了厂子里，
把真凭实据往外兜。
给他们来个大曝光，
看他们今后谁敢偷！”

·快书快板对唱·

拜 年

（一）

（快书、快板对唱 甲为快书演员、乙为快板演员）

快书 辽宁省曲艺演员大团圆，我首先向在座的诸位拜个年。

众 好！

快书 说拜年，就拜年，我今天演的这个节目叫《拜年》。

众 太好了。

快书 我一个人表演多没乐，还需要找位演员来合作。

众 你看我们几个谁适合，别客气。

快书 这个角色不好指定哪个人儿，因为是来演俺儿。

众 算了吧！

快书 这个角色不好找，得长得年轻个头小，这位同志过年好！

快板 （白）：好！

快书 你长得像个小胖小儿。

快板 （白）有什么话你就说吧！

快书 这演员坐了一大圈儿。就是你和这个角色贴点边儿。

快板 演员上台没大小，关键把角色塑造好。要演儿子可也不难，演一个儿给多少钱？

快书 如果你演得很逼真，
钱的问题别担心。
只要把这角色能演好，
你想要多少有多少。

快板 （白）真的？

快书 （白）当然了。

快板 （白）那我干了。

快书 （白）好，咱唱起来！

快板 虎年去，兔年来。

快书 祝愿大伙发大财！

快板 （白）我怎么听这么别扭呢？

快书 不别扭，现在有城乡接合，工农合作，咱这叫快书，快板大联唱。新生事物，来，接着唱。

快板 虎年去，兔年来，

快书 祝愿大伙发大财！

快板 （白）不行，太别扭。

快书 （白）那好，这回我唱上句，你唱下句。

快板 （白）试试吧。

快书 虎年去，兔年来，

快板 祝愿大伙发大财，（白）我这也成山东话了。你干脆别来开场白，要演什么赶快来。

快书 大年三十要过年，在这里教我儿子学拜年。

快板 这事不必麻烦爸，我知道拜年要说吉祥话。

快书 光说好话也没用，另外还要有行动。见了长辈先跪倒，磕头作揖再问好。如果你拜年他不理，你磕头就像鸡啄米。啥时掏出压岁钱，咱这个磕头才算完。

快板 这样拜年可不好，我这个脑袋受不了。

快书 爸爸这里也心疼，可这样拜年挣钱灵。

快板 好吧，我板着脸噘着嘴，
跪在地下蜷着腿。
一练就是一整天，
磕得我眼冒金星腰腿酸。

快书 大年初一去串门儿，
后面领着俺的儿。
来到了左邻右舍亲戚家，
让俺儿进来就往地下趴。
喜迎新春笑呵呵，
让后生来给各位把头磕。
（白）这是爷爷。

快板 爷爷、爷爷过年好，祝您老一年更比一年好！（爷爷白）好！（掏出十元钱）。

快书 （白）这位是奶奶。

快板 奶奶、奶奶过年好，祝您一年更比一年好！（奶奶掏出十元钱）

快书 （白）这位是大姑。

快板 大姑、大姑过年好，祝福你明年生个白胖小儿。（大姑掏十元钱）

快书 这是你爷爷，（爷爷白）：拜过了，拜过了。

快书 （白）拜过了，明年再拜。

快板 你别说，我爸这招儿还真行，没多会儿，我挣了一百还挂零。

快书 过年过节开销大，再加上有些东西又调价。俺儿他娘把钱严，我兜儿里没有零花钱。为抽烟，为喝酒，只好向儿来开口。好孩子，你把钱放在我这最可靠，想花你就找爹要。

快板 不行，这是我磕头挣的钱儿，我要买挂鞭炮放着玩儿。

快书 （白）给爸爸点儿。

快板 不，我磕头磕得脑袋疼，你想拿去可不行。

快书 （白）听话。

快板 你想要钱也不难，你得给我拜个年。

快书 （白）瞎说，哪有爸爸给儿拜年的？

快板 不拜你可别后悔，这钱说啥不能给。

快书 （白）好，好，好，我拜，我拜。（冲快板）过年好！

快板 不行，我这里拿着凳子先坐好，像我那样一个动作不能少。跪下，拜年！

快书 儿子儿子过年好，祝福你一年更比一年好！你兜儿里讹来的钱不少，要不给钱，从现在磕到明儿清早儿。

快板 哎，你演爸爸我演儿，怎么演着演着乱了伦儿。

快书 什么爸呀儿呀一旁撇，
谁有钱来谁是爹。

快板 看你磕得怪可怜，狠狠心给你一毛钱。

快书 （白）就一毛呀？！

·快书快板对唱·

拜 年

（二）

（快书、快板对唱 甲为快书演员；乙为快板演员）

甲 日月如梭似水流儿，
转眼一年又到头儿。

乙 （内喊）×××！

甲 （白）这孩子多不懂礼貌，去年春节我带他去拜年，大家都知道吧？！我是长辈，他是晚辈，这没几天，他现在跟我指名道姓的！

［乙上场。

乙 （白）×××过年好！

甲 ……（甲不理乙）

乙 哎，你不认识我啦？

甲 ……（甲还是不理乙）

乙 你忘了去年咱俩一起去拜年，我演儿子，你演爸爸。

甲 我演什么？

乙 你演我爸爸。

甲 你要早说我是你爸爸，我不早就想起来啦。

乙 他就爱占这便宜。爸！

甲 哎！

乙 告诉你一件大喜事儿，最近我要娶媳妇儿。

甲 去年我带你去拜年儿，当时你还是个小孩儿。

乙 对！去年你带我去拜年，还挣了不少压岁钱。回来后，你把我的小兜儿翻到底，压岁钱全都归了你。开春儿我就要做新郎，有件事儿，我想请您帮帮忙。

甲 有什么困难你就说，谁让我是老大哥哪！

乙 我想带你去拜年，结婚等着急用钱。

甲 好！我演爹来你演儿，咱俩继续去串门儿。把亲戚朋友都走遍，今年准能挣一万。

乙 不行，去年我的岁数小，
走到哪里都讨巧。
今年我像孩儿他爹，
闹不好还得往外贴。

甲 （白）那怎么办？

乙 您老最好矮一辈儿，
今年你演我媳妇儿。

甲 （白）胡说！

乙 你老千万别生气，咱俩这是在演戏。常言说，新媳妇儿拜年不走空，这也算个生意经。咱扮演夫妻成婚配，拜完年咱夫妻关系就作废。

甲 （白）长了我也不干哪！

乙 只要你演得好来演得真，挣多少咱俩对半儿分。

甲 这小子挣钱有新招，出这个主意比我高。只要把钱挣到手，我扮媳妇儿你别嫌丑。（白）我得化化妆。（甲简单地化妆，戴一花头巾……）

乙 （白）别说，他装得还挺像！待一会儿，我让你叫啥就叫啥。千万可别搭错茬儿。

甲 （白）你放心吧！这套还是去年我教给你的呢。走！

乙 大年初一去串门儿，后边领着个俏佳人儿。（白）哎呀，大哥！（观众甲从观众席站起，搭腔：“你别叫我大哥，我的生日比你还小呢！”）

乙 你说的那是阳历，我比你小；论阴历，你比我大。（冲甲）来，媳妇儿，给大哥拜个年。

甲 大哥大哥过年好，我俩的岁数比你小。俺俩马上要成亲，眼下就是缺资金。（观众甲：“别说啦，我表示表示，给，一百！”掏钱递给甲）

甲 （白）看来这女的挣钱就是比男的容易。

乙 告别大哥走出屋，转脸咱再看大叔。（白）大叔！（观众乙从观众席站起，搭腔：“你别叫我大叔，看年龄我得管你叫大叔。”）

乙 （白）我年龄再大没用，你辈儿在这摆着哪，怎么论你也是长辈。（冲甲）来，媳妇儿，给咱叔拜个年。

甲 大叔大叔过年好，我俩的辈份比你小。俺俩马上就成亲，眼下就是缺资金。（观众乙：“别说啦，你的意思我明白，给，二百！”掏钱递给甲）

甲 （白）人矮一辈，钱多了一倍。看来这拜年还得找辈儿大的！亲爱的，新春佳节喜临门，拜年要找老年人。（白）你家里就没有辈儿大的啦？

乙 （白）有！（指观众丙）这是俺爷爷！

甲 爷爷过年好！（观众丙从观众席站起，搭腔：“谁是你爷爷呀？！”）

甲 爷爷爷爷叫得甜，你的兜儿里准有钱。（观众丙：“有钱我也不是你爷爷。”）

甲 （白）现在有钱就是爷爷！爷爷爷爷过年好。俺俩的辈份比你小……（观众丙：“别说啦，你俩马上要成亲，眼下就是缺资金。我掏！给，五百！”掏钱递给甲）

甲 （一把抢过钱）你早拿过来不就完了吗？（跑上舞台）

乙 哎，刚才咱俩商量好，
你不能拿钱自己跑。

甲 口头协议没公证，你再说什么也没用。

乙 （白）你怎么不讲理呢？

甲 （白）谁不讲理呀？！我把你媳妇来装扮，连折腾带捂一身汗。男扮女装多遭罪，这点钱，就算我青春磨损费吧！（跑下）

乙 （白）我白忙活啦！

·快书快板对唱·

拜　年

（三）

（一山东农村大汉，肩背伞拉包，疾走上场询问主持人：）

快书　同志，俺来拜年来了。你看在哪拜好哇？

快板　您要给谁拜年啊？

快书　小人物。

快板　小人物？

快书　对，小人物。你像刚才那些大歌星、大舞星、大影星、大笑星，我都拜腻了。这一过年都通过电视跑我家去了，年年见面。今天我就是专门给小人物拜年来了。

快板　这小人物得有多小哇？

快书　这么说吧，你稍为疏忽一点，在这个社会上就看不着他了。

快板　这么小啊！

快书　要说小就是因为他们平平凡凡，默默无声；要说大，在座的哪位也离不开他们。

快板　你说得这到底是什么人物？

快书　我不能马上告诉你，我编了个小人物素写，我说完让大家猜。

快板　噢，猜谜啊！

快书　对！猜中者有奖，今天我是带着奖品来的。

快板　什么奖品啊？

快书　现在那些大奖赛啊，都是奖些个什么电冰箱、电子琴，没多大意思。俺山东人实在，来点实惠的。我带来了家乡的三件宝，一等奖——烤地瓜！

快板　嚯！

快书　二等奖——

快板　什么？

快书　大煎饼！

快板　好嘛！

快书　三等奖——山东大葱！

快板　嘿！都是山东特产。

快书　就一、二、三等奖，这次就不设荧屏奖和鼓励奖了。奖宁可少设，但一定要精。

快板　这三样奖品还精哪？

快书　这三样怎么了？常言说，物以稀为贵。我这是全国独一份，不信你打听打听，大年三十，谁家里的饭桌能有这三样？

快板　过年了都吃鸡、鸭、鱼、肉好东西。

快书　那些东西我们平时都吃腻了。过年了，俺这是吃口新鲜。

快板　你快来来那小素写吧！

快书　好，注意听，我这谜语可太难了，没有博士学位要想猜我的谜语可能要费点儿劲。都是带着文凭来的吧？

快板　你快来吧！

快书　扎围巾，戴手套儿，一年四季捂口罩儿；别人睡觉他工作，拿着扫把扫街道。

快板　清洁工！

快书　不算不算，观众同志们，刚才我来的时候看到清洁工人在扫马路，我心想，没有他们辛劳的三十，也就没有咱们清洁的初一呀！所以我想编个谜，给他们拜个年，可是刚才一激动，加上俺山东人直，一溜嘴把谜底说出来了，所以不算。

快板　那好，你再来一个。

快书　听着，人都说八十年代都为钱，我看这话有偏见。我们村有人耕耘桃李园，奉献出丰收的果实不为钱。

快板　我猜到了，教师！

快书　你有两下子，学问不浅哪！什么文凭呀？

快板　这算什么学问，你已经说得很明白了，教师像园丁一样把我们抚育成才，奉献给社会不是为了个人索取，太简单了。

快书　重赏之下必有勇夫！这地瓜给你了。

快板　这还重赏哪！

快书　你有老师吗？

快板　当然有啦，在座的哪位没有老师啊！

快书　太好了，这个奖别白拿，在这给电视机前的教师拜个年。

合　老师，过年好！

快书　注意，往下听！管冷管热管擦汗，管睡管起管锻炼；管喝水，管吃饭，另外还管大小便。

快板　母亲？

快书　不对！

观众甲　阿姨！

快书　也不对。

观众甲　医院护士！

快书　给你，大煎饼。小伙子太聪明了，你是卖煎饼果子的吧？全国各地值夜班的护士们，请注意，如果你们今晚还没吃夜餐，请马上到电视台演播厅，找他来领大煎饼。

快板　你跑这儿推销来啦！

快书　我还有一个最拿手的，这个谜语别说你猜不着，就是谜语协会的也得憋他三天。

快板　讲。

快书　听着：背靠沙发楼里坐，掌握方向抓党的工作。遇见问题及时揭盖子，深入基层经常到下边把底摸。

快板　唉！你说着说着小人物怎么又改说领导了？

快书　什么领导，汽车司机。

快板　司机？

快书　对。

快板　司机怎么背靠沙发楼里坐？

快书　驾驶楼啊！

快板　那掌握方向抓党的工作？

快书　挂挡啊！

快板　遇见问题及时揭盖子？

快书　出毛病了，不揭不行。

快板　深入基层经常到下边把底摸？

快书　修车，不钻进去修不了。

快板　这么个深入基层啊？！

快书　怎么样？没猜着吧？

快板　没猜着。

快书　大葱归你啦！

快板　没猜着怎么还给我大葱啊？

快书　吃完大葱你就聪明了。

快板　没听说过！

·对口快书·

夸书记

合 走上台喜洋洋，俺俩今天大改行。
男 不演小品。
女 不唱歌。
合 说一说，各条战线都辉煌。
男 我过去在工厂里面做过工。
女 我过去在农村老家种过粮。
男 俺书记是工业战线一块铁。
女 俺书记是农业战线一块钢。
男 俺书记是宾馆的电梯能上能下。
女 俺书记是吃着西餐涮羊肉能土能洋。
男 俺书记好比螺丝钉，拧在哪里都闪光。
女 俺书记好比螺丝帽，没有它螺丝钉拧上也晃荡。
男 俺书记改革进取救活了一个大工厂。
女 俺书记战天斗地改变了咱的穷家乡。
（唱）我们的家乡在希望的田野上……
男 （白）停！你怎么还唱上了。
别忘了咱俩今天大改行。
女 （白）哦，对！
男 俺书记解放战争扛过枪。
女 俺书记抗美援朝渡过江。
男 俺书记工作在生产第一线。
女 俺书记厚厚的老茧满巴掌。
男 俺书记身材魁梧似铁塔。
女 俺书记身体健壮赛桥梁。
男 俺书记……
身高足有一丈二，
两膀张开有力量，
脑袋瓜子赛柳斗，
两眼一瞪像铃铛，
胳膊一伸房上棱，
皮锤一攥向铁夯，
巴掌一伸簸箕大，
手指头逋逋棱棱棒槌长……
女 （白）哎！你说的这是你书记啊？
男 耶，说着说着走了嘴，说成武松武二郎了。

1978 年在东北乡村表演山东快书《张大发探家》

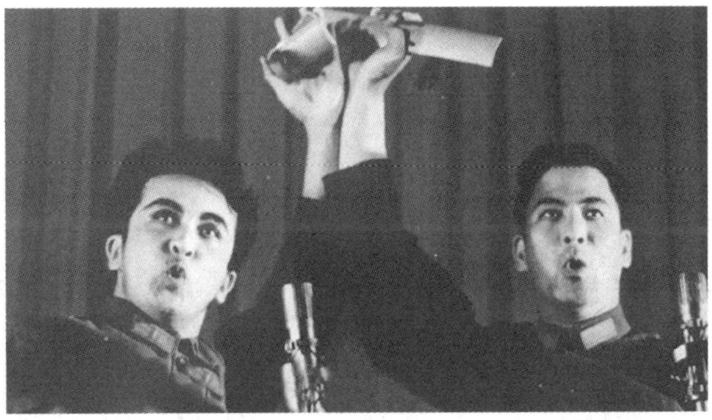

1979 年与黄战生表演对口快板《学雷锋》

1980 年在西沙群岛永兴岛表演山东快书《李三宝比武》

1980 年沈阳军区文工团赴西沙群岛慰问演出合影（三排左六）

1983 年在河南老区表演山东快书《打针》

1987 年在解放军艺术学院表演山东快书传统作品《武松打虎》

1988 年下部队时，表演山东快书《约会》

·故事·

招　聘

玻璃器皿总厂公共关系部的部长住院了。怎么回事？前不久该厂召开了一次大型订货会，邀请了十五家厂家代表来参加。在厂家代表没到来之前，厂长先做了个调查了解，通过摸底得知这十五家代表当中有十四家代表属于能喝的，厂里为此大摆宴席。

厂长心想，根据以往的规律，只要让厂家代表喝高兴了，货就能多卖出一倍的价钱来。

厂长知道自己酒量不行，特意找来总厂机关里的喝酒头把交椅，公共关系部部长来陪酒。可哪知道这位部长太冲了，一上桌“梆梆梆”连喝了几杯，“嗙儿”脑出血！赶紧送入医院……

“嚯”老婆哭孩子叫把订货会搅了个一塌糊涂！产品倒是都推出去了，可货发出去之后，人家提出产品的质量不合乎标准，下个星期一要来退货！可把厂长给急坏了！他想，人家要是真的一退货，我这厂子马上就要面临危机，到时候别说工人的资金发不出去，工资都不敢保证。看来还得好好的表示表示，给他喝个明白，这货说什么也不能让他退呀！不行，现在厂机关再也找不出像关系部部长那么能喝的了，来了人谁陪酒呢？

哎哟，你看把他急的，睡不着觉。牙疼耳鸣，尿黄尿，加上他是山东人性子急，脾气暴，一夜之间这嘴边起了一溜紫泡。

心细的李秘书，为了替厂长分忧，急中生智，想出了一个高招来，什么高招？

——招聘！

他连夜写了一个招聘通知：

总厂机关为了适应对外开放，对内搞活的新形势，准备临时聘用公共关系部部长一名。条件：年轻力壮，喝酒有量的，年龄在35岁以下，酒量在一斤半以上的。括号：只看实际工作能力，不参照任何文凭，括号完了，如有符合本文条件者，方可录取，如经中间人介绍推荐并入选，中间人可获“伯乐”奖，奖品是20吋“金星”牌彩电一台。

第二天早晨一上班，李秘书抄起电话给下属几个分厂来了个紧急电话通知。下属几个分厂的厂领导接到通知之后，马上开始紧急行动，也许是出于对总厂工作的责任专，也许是由于那台彩电的诱惑力，总而言之吧，他们在自己所管辖的范围内调查、摸底、筛选、评比。好家伙，说什么的都有。

“哎！咱哥们儿有希望，上回我在‘御膳’自己喝了半斤。”

“吹啥呀？上回是我跟你去的，咱俩喝半斤，你出门就拥交通岗上了。”

“哎，柱子，上回在咱妈家你喝多那次，能有多少？”

“七八两吧。”

“哎，你要再撒开量还能多喝点吗？”

“多喝啥呀？都怪你，今天让忌酒，明天让忌酒，两三个月没喝，虽扔了……”

你听吧，热闹极了。

几位分厂厂长选出了厂里的最佳阵容，当天下午，都起到了总厂二楼会议室，向厂长进行推举。

总厂厂长坐在沙发上，皱着眉头板着脸，像是在看报纸，又像是在思考问题，好一个没情绪。

李秘书先来了个开场白：“我来说两句啊，我们总厂机关公共关系部部长老张同志，前几天在订货会酒席上的失误，给我们厂带来了很大的损失。由此看来，关系部部长的位置是个很重要的位置。现在社会上对我们的干部不是有这么几句顺口溜吗：‘当干部别人送礼不须退，打一宿麻将也不累，三步四步要学会，七两八两喝不醉。’当然了，有些说法是错误的。但是，我认为喝酒这个问题总是很对，而且，现在看来七两八两的标准满足不了当今时代的要求了！

就拿我们总厂机关来说吧，爱喝的不少，能喝的不多，一些厂领导岁数大了身体又不好，我们这些年轻的又没有锻炼出来。我，大伙是了解的，一个南方人，平时吃一块糖都上脸，那么，今天就请各位厂长把你们所了解的人才推举上来，从我们玻璃器皿厂的整体利益出发，当然了，一旦入选，中间人还是有的实惠的啦！”

李秘书刚一讲完，酒杯分厂的厂长说话了。

“哎，我先说两句，先来个抛砖引玉吧。我们酒杯分厂接到电话通知之后，全厂也进行了讨论。普遍认为我们厂那个小孙，那小子挺能喝，这么说吧，他自己对付二斤白酒没问题。另外，他有一个外号，叫三三见九。”

李秘书边做着记录边插话：“厂长同志能不能把这个外号的内涵和来历简单地介绍一下？”

“好！这个三三见九是怎么个事呢，就是说他以往有个习惯，一般来说，他一上桌不吃菜，空着肚子先整三个，如果对方是个硬手的话，他还能整三个，这么说吧，他最多空着肚子一连气能整九个。用的都是我们厂的新产品——七钱的杯子。七钱的杯子整九个，这七九就是六两三，如果再垫补垫补菜呢，他还能整。

另外，还有一个特点，喝酒比较爱动感情。反正，他在我们厂来说算是佼佼者啦。但是，人多出韩信，矮子里拔将军，不知其他厂有没有这方面的人才，我们把他推举出来，希望总厂领导进行综合评比。”

情绪低落的总厂厂长听到此处，脑袋“腾”的一下就抬了起来。

“哎，你说这个小孙同志他今天来了没有？”

“他今天有这么个事儿，我们厂煤气管道有点跑气，煤气公司来两位同志，他去陪一陪，不过，我跟他说了，一会儿准来。”

酒杯分厂厂长刚刚说定，酒瓶分厂厂长站起来了——

“哎，我来说两句，我们酒瓶分厂有个小张。他的特点是整啤的。他是哈尔滨人，两地生活，后调我们厂的。这么说吧，他自己对付半箱啤酒不带上厕所的。他姓张，大伙给他起了个外号叫‘啤酒张’。他是大学专科学校毕业的，在我们技术科算是尖子了，发现他能喝之后，就把他调到接待科去了。他的特点是越喝越高兴，越高兴越能喝。我们酒瓶厂和啤酒厂不是配套生产挂钩单位吗？上回合资剪彩那天把他整去了。他吹‘喇叭’一连吹了六个，啤酒厂都吹傻了。啤酒厂领导看中了，想着把他整走，我们没放。”

总厂厂长急忙插话：“对！一定要控制人才外流，眼下，尤其是这方面人才。”

“是，我们也想到了，怕今后有个急茬什么的用上。但是，我们接到通知之后，多少有点顾虑，因为这个通知没说关于啤酒如何如何。所以说，也不知这啤酒算不算数。”

总厂厂长急忙叮嘱身旁的李秘书。

“把啤酒写上！啊——我们这个任务很急，另外这个通知写得很粗，啤酒当然算数，而且是很重要的一项酒。哎，你说的那个‘啤酒张’，他今天来了没有？”

“他有这么个事儿：我们厂子用电有点超负荷。电业局同志通知我们厂下星期四停电一天。怕影响生产，派他去疏通一下关系，不过我派人去找了，估计一会儿能来。”

酒瓶分厂厂长刚刚说完，在后面又站起一位厂长来。这位厂长个头不高，说出话来非常客气。

“那啥呀，我来说两句。老大哥厂都说完了，我们厂呢，是全厂里面最小、最薄弱、最不起眼的一个家属民办厂——瓶盖儿厂。我们瓶盖儿厂的生存呢，是依靠老大哥单位了，尤其是酒瓶厂，如果没有酒瓶厂，我们就是生产出再多的瓶盖儿，也是没有地方盖的。我说这话是什么意思呢？就是说，从生产上，我们和老大哥厂是没法儿相比的。但是，为什么我们的这个招聘也有点活心呢？原因就是我们厂办有个小高，她是这方面人才，她最突出的特点是位女同志。另外，这个人也不错，她属于‘三盅全会’型的。”

总厂厂长听到此处，那脸子一下子就撂了下来。

“哎，不要牵扯政治！咱们现在选这个公共关系部部长，说白了就是找个陪酒员。三中全会都扯进来了，太不严肃。另外，现在干什么工作都不要搞那个政治挂帅。”

“不，厂长，你听拧了。我说这个‘三盅全会’是一盅白酒，一盅啤酒，一盅果酒。她‘三盅全会’。”

“噢，掺着喝呀！？”

“对，她的特长就是掺着喝。刚一开始呢，我们也没发现这个人才。去年庆祝‘三八妇女节’的时候发现她能喝。从那以后，一有事儿就找她。时间长了，加上她个人挺专的，刚一开始也不行，一掺着喝就蒙。‘喝挺过’好几回，后来打针都抢救过来了。现在行了，现在厂里有个大事小情的，只要她一到场，加上她是女的，劝酒方便，不管办什么事都比较顺利。”

总厂厂长听完之后别提多高兴了。

“好！这个更有特点，她今天怎么也没来？”

“厂长啊，这不是开春了吗？一年之计在于春。每年打头的时候，这方面的人才比较忙的。她今天是税务局、工商局、环保局、卫生防疫站四‘悠’儿呢！不过，我跟她说了，这人心里有准儿，一会儿准来。”

总厂厂长听完之后别提多激动了，背着手在地上来回走了三圈。

“好！好！我非常高兴。我认为这三位同志都有基础，都是个苗子，都有培养价值！可是，我们选这个公共关系部的部长只需要一名。这样吧，李秘书你马上通知食堂，告诉他们搬来五箱啤酒，五瓶白酒，五瓶果酒，炒点花生米，拌个干豆腐，等会儿三位同志来了，咱们现场决赛！”

“是！我马上就去。”

李秘书站起来往外走，刚走到门口就听门外有人说话：

“厂长！”

大伙随声望去，见酒杯厂的小孙一步三摇，三摇九晃地踩着棉花团就走了进来，他走到酒杯分厂厂长身边——

“厂长，煤气管道换完了，那管道管子比从前的粗多了！（哭）煤气公司的同志真够意思，当场把咱厂煤气表的数字都回拨归零了，咱这半年等于白烧哇！”

“哎，厂长，我给你介绍一下，这是我们厂的小孙，他比较爱动感情。”

“小孙，这是咱们总厂厂长。”

“总厂——厂长——头回——见面，早闻大名，您是酒精考验的干部。”

说着他拿起桌上的茶杯：

“您得干了，感情深，一口闷！”

总厂厂长一看，这不是醉鬼吗？一时不知说什么好。就在这时候，门外又有人说话了。

“厂长！”

大伙随声望去，只见酒瓶厂小张跳着摇摆舞醉着走了进来，他走到酒瓶分厂厂长的身边——

“厂长，哈哈，厂长，电业局那几位全让我给‘干’到桌子底下去了。好使！我让他在桌底下当场拍板，星期四保证给咱停电一天。”

厂长一听：“咋地？你喝蒙了吧？应该不让他们停！”

“噢，厂长，我明白了，整岔劈了。你放心，下星期四我再给他喝回来。”

“哎呀，厂长，我给你介绍一下，这是我说的‘啤酒张’。”

“小张，这是咱总厂厂长。”

“总厂厂长，早闻大名，和你一比是小巫见大巫，咱服，看这岁数咱得说是哥们儿。”

小孙在旁边不高兴了。

“你是哪来的？说话太不礼貌了，有和厂长论哥们儿的？咱和厂长该论爷们儿！”

“对，爷们儿，不是外人，快给我找个痰桶！”

“啤酒喝多了，你想吐是不是？”

“什么话？厂长，啥时候喝啤酒也没掉过链子，我主要是想方便方便。”

“外边去！”

总厂厂长那脑袋瓜子“嗡”地就这么大了。想发火又发不出来，不发火心里还憋得慌，就在这时，又听门外一声高喊——

“厂长——”

大伙随望去，见瓶盖厂的小高走了进来。

要说还是人家女同志，喝完酒一点不失态，只见她脸上略带红润，稳稳当当，走到瓶盖分厂厂长身边，她猛一甩头，就像刚从战场上归来的女英雄——

“厂长，四‘悠儿’都挺过去了！”

“你辛苦了！”

“总厂厂长，我给你介绍一下，这就是那小高。”

“小高，这是总厂厂长。”

小高走到总厂厂长面前——

“总厂厂长，我不行了，我辜负了您的期望，这是我的病历！”

厂长接过病历一看：“酒精中毒，慢性肝坏死……”也不知是谁，在边上还写了一首打油诗：

你喝酒，我喝酒，共饮公用酒，关系盘中摆，原则酒中流。

总厂厂长拿着病历思量了半天……

李秘书急忙上前解释：“这也不是我们一个单位的问题，这样吧，我给对个下联：

你吃公，我吃公，社会一股风。谁都没办法，不吃行不通！”

厂长说：“好！一个上联，一个下联，我再来个横批。”他拿起大笔唰唰唰写了四个大字——“无可奈何”。

1988 年“东三省评书故事大赛”决赛现场，表演故事《招聘》

《招聘》获“东三省评书故事大赛”金奖

附言：1988 年我创作了第一个故事作品《招聘》，获得“东三省评书故事大赛”金奖。作品抓住东北方言的特点，我出生在东北、当兵在东北，觉得东北话又极富感染力，我把民间的一些俏皮话搜集起来，进行加工，如“整啤的”“三盅全会”“感情深一口闷，感情浅舔一舔”等，演出后这些台词广泛传播。该作品先后改成相声、小品，相继参加辽宁春晚和央视春晚。

·故事·

六号包厢

广州至北京的特快列车马上就要发车了。站台上走来一个人，看年纪五十上下，侧分头，金丝眼镜，手拎黑色老板包。他就是南国贸易开发公司总经理姚昆。姚昆刚刚走到软卧车厢前，忽听有人喊他“姚大叔！”回头一看，见身后跑过一个人来，二十多岁，大高个儿，膀阔腰圆，肩上搭着两个麻袋大小的网兜，一前一后，兜内塞的都是旅游鞋。姚昆一眼就认出来了，黄强。黄强是东北轧钢厂的工人，由于平时爱倒弄点儿小买卖，在厂里有个外号“倒鞋”，听清了是“倒鞋”，不是“倒爷”。“倒爷”是什么都倒，太杂，他倒的特别专一，专门倒鞋。倒到什么程度呢，这么跟你说吧，他们厂上万名职工基本上都穿过他倒来的鞋。黄强每次到广州来倒鞋的时候，都要给姚昆带点东北特产，因为姚昆的儿子是批发市场卖鞋的。

黄强一见到姚昆像见到救星似的：“姚大叔，我没来得及买票，上不去车了。你能给说说不？”“正好我订了一个包厢，你睡在我这里好啦。”“太感谢了！”

软卧车厢列车员一见姚昆来了，那热情劲儿就甭提了：“姚先生，您的包厢已经准备好了，在六号。请！”列车员怎么对姚昆这么热情？别说列车员了，就是车长见到姚昆都得欠屁股。因为姚昆是神通人物，朋友多，交际广，办事能力强，车上的服务员几乎都求他办过事。所以他在这趟车上一踩乱颤。别说火车了，据说他没买飞机票到了机场，飞机上都能临时给他加个板凳，就这么大能耐。

姚昆带着黄强走进六号包厢，见包厢内收拾得干干净净，四张床位两上两下都铺着洁白的床单。黄强有生以来第一次坐软卧，他是瞅哪哪新鲜：“哎呀，姚大叔，你也太干啥了……你自己住一个屋哇！”“到武汉还要上来一个朋友。”“那姚大叔你睡哪圪垯？”“我睡在下铺。”“那我睡你下边就中。”“下边怎么能睡人呢？”“没关系，以前在硬座底下都钻习惯了。”“那多难受哇，你睡到我对面的上铺好啦。”“中，中！”黄强爬到上铺之后把那两兜子鞋往对面铺上一放，“哎呀，姚大叔，要不是借你光，我就在硬座底下铺点报纸、塑料布什么的对付了，可遭罪了。有时候睡得正香呢，就被乘警揪出来补票，整得尽做噩梦可紧张了。”“今天你就放心地睡好啦。来！喝点啤酒。”说着话“梆梆”扔上两罐啤酒去。黄强没客气，“哧”打开一罐，“咚咚咚”啤酒进肚，晕晕乎乎，加上刚背鞋累了点儿，没多大工夫“呼呼”睡着了。

这觉睡得香极了，第二天早晨一睁眼九点了。心里想，还是软卧好，这比那硬座快多了。他这正琢磨呢，就听下面有人唠嗑儿。噢，准是武汉那位上来了，肯定也是位阔老板。我看看什么模样。想到这儿他懒洋洋、慢慢腾腾探头往下一看：“哎呀，我的妈呀！”可把黄强给吓坏了。怎么呢？因为下面坐的不是别人，正是他们轧钢厂的副厂长。黄强心里想：“我们副厂长什么时候上来的，这不是冤家路窄吗？前不久他当面给我下了道禁令，如果再次发现我旷工倒鞋，就开除我的公职。我这次是请病假出来的，这要是让他发现了还有好哇？不能让他看着我。在这藏着？不行啊，到终点还有二十多个小时呢，下去？下去公职没了，早知这样还不如钻地铺哪，姚大叔啊，你怎么把他勾上来了？！”

这位副厂长啊，是管销售的，他与姚昆是老朋友了。前不久，他批给武汉二六五工程一千吨优质钢，刚交完钱还没提货哪，姚昆就得知了这个消息，为了从中撬行，他急忙给厂长发了份请柬。上写：欢迎厂长来广州参加本公司成立五周年纪念大会。这是姚昆的一种外交手段，其实离纪念大会还差七个多月呢。厂长来到广州之后，受到盛情款待，住在四星级超豪华宾馆。只开了半个小时的见面会，然后就是参观旅游，什么珠海、深圳、沙头角、香港来了个一日游。嚯，这一个星期把厂长款待得晕晕乎乎。临走前，姚昆跟厂长提出来能否把武汉的一千吨钢材让给他们？厂长为难了，不答应吧，吃完了喝完了难以启齿；答应吧，武汉方面难以答复。后来厂长想了个折中的办法，他先到武汉协调一下关系，让姚昆今天坐车来，他在武汉上车，两人车上碰头。武汉要同意了，他带姚昆到东北去提钢材，武汉要不同意，他带姚昆到东北再想别的办法。

厂长在武汉上车之后不知道睡在上面的是自己的员工黄强，所以他一见到姚昆就单刀直入：“老姚，如果我把这一千吨钢材批给你，你是否能给我们厂解决点实际困难？”

“有什么问题尽管说话。”

“我想购买一百台遥控录放机，每个车间配发一台，改善一下工人的文化生活。”

“包到我的身上啦，我按平价给你，这样你回去也好向厂领导交代。”

“是呀，厂领导是好交代了，可家里领导不好交代了。不瞒你说，原来武汉答应给我十台原装的21吋彩电，我都和亲戚朋友打招呼了，这下可不好办了……”

厂长这拐弯抹角的几句话，姚昆早已心领神会。

“我们是老朋友了，说话要增强一点透明度嘛！放心，我会给你提点辛苦费。”

“辛苦费？你知道二十一吋在东北是什么价码吗？”

“不晓得，这十台要合计多少钱？”厂长没马上开口，黄强在上面一听，“嗯？”怎么厂长也倒弄，怪不得都说“十亿人民九亿商，还有一亿没开张”，我得好好听听。

想到这儿，他把身子轻轻往外一挪，惊动了斜下方的姚昆，姚昆见厂长没开口，一抬头看见黄强了，心想他肯定知道东北的电视行情：“小黄，你晓得多少钱一台吗？”

“唉！”黄强心想别介姚大叔，你这不是害我吗？！他冲着姚昆直摆手，意思是别跟我说话。姚昆误解了：“噢，你也不知道哇。”

厂长见姚昆跟上面说话，“噢”明白了上面那位是公司来的陪同，不能失礼呀，他掏出香烟，边起身边说话：“上面的同志请抽……”

“烟”字还没说出来呢，黄强来了个一百八十度大转身：“不会！”他动作快了点儿，说话急了点儿，一捂脸也不知怎么出来了那么个动静。

“不会！……嗯？”把厂长吓一跳，心里想不抽就不抽呗，干吗使这么大劲？也不是让你抽大烟。姚昆有些难为情，他直跟厂长解释：“不要见怪，他由于经常钻地铺，可能是让乘警吓出毛病来啦！”

“钻地铺？怎么姚经理公司的人员还钻地铺？”

“开玩笑啦！我们公司的人员怎么会钻地铺，他是我儿子的一位东北朋友，他的名字叫……”黄强的心“嗵”一下提到嗓子眼儿这来了。心里话可别说呀，你一说我公职没了。哪知道这广东话跟普通话一样，管黄念王：“他的名字叫王，王强”。

黄强的心“嗵”一下又归位了，哎呀，我的妈呀！怪不得现在歌星都学广东话，敢情这玩意儿有好处啊。把黄能说成王，一个字把我公职保住了。厂长一听这位是经常钻地铺的主，心里想没大气候，甭理他，还是琢磨我那辛苦费吧。

“扑！”一屁股又坐下了。黄强昨晚喝了一罐啤酒，加上刚才那么一吓，一紧张，就觉得小腹膨胀想上厕所。心里说，要来别这时来呀，这时来我下不去呀。人有个毛病，这尿哇越不想让它来，越来，越想憋越觉得憋不住。你看把他憋得，躺在那直来柔姿霹雳，还不敢大动，怕下面听见。就在这时候火车广播响了：中央人民广播电台，现在是新闻节目，首先播送内容提要，在贯彻党中央十三届三中全会提出的治理经济环节，整顿经济秩序，深化改革期间，新生化工厂厂长以权谋私，倒卖五十吨全国统购物资“聚乙烯”，被依法逮捕。厂长听到这，当时心里一激灵，他为了掩饰内心的恐慌，急忙掏出支香烟，点燃之后身子往后一靠，闭目细听。

姚昆见厂长的情绪有些不大对头，怕影响这笔交易，他一回手，“啐儿”地把广播关上了。姚昆关上广播之后哈哈大笑：“哈哈哈……怎么厂长真的有些紧张啦？我们都是经过运动的人，你怎么还这么幼稚。有一个渔民说过这样一句话：运动这个东西刚一开始是网大眼小，一个跑不了，整来整去就网小眼大，一个剩不下。它有政策咱有对策，再者说啦，你批给我一批货，我批给你一批货，这顶多算个‘官倒’，可你听说了吗？现在已经发展出来‘倒官’了。你给我儿子提个科长，我给你儿子提个处长，相比之下咱这又算得上什么呢？”

厂长心想，对！改革期间钱没腰，就看敢捞不敢捞，能捞着的是好汉，捞不着的是熊包。干！比起那大的，我是九牛一毛。

“老姚，直说了吧，现在是实行经济双轨制，尤其是钢材的价格浮动很大，你卖多少钱我不管，我半议价批给你，这一千吨钢材你究竟能拿出多少辛苦费？”

“三万块钱怎么样？”还没等厂长开口哪，黄强在上面实在憋不住了，他冲姚昆打哑语：我憋不住了。

姚昆又误解了：“噢，还打不住哇，我不了解东北的行情，四万块钱怎么样？如今办事都讲实惠。”

说着话，“咔吧！”打开老板包，包内都是一沓一沓的人民币。黄强正冲着姚昆打哑语哪，一看这钱惊呆了。怎么的？要来真的，他的注意力一集中，就觉得那泡尿没了。他顺着床边往下一看，见厂长不慌不忙地掐灭手中的香烟，一回手“叭”把包厢的房门插上了：“老姚，为了稳妥起见这么办，那一百台遥控录放机你平价买进来，议价卖给我。这样有两个好处：一，我让工人们知道，为了他们的文化生活我不惜议价；二，你可把这平价、议价之间的差额款打入辛苦费，减轻你们公司的负担。另外，账面也不会有什么麻烦。”

“那就这样谈定了。”“定了！”嚯，两人像鸡啄米似的，唰唰唰签字，咔咔咔盖章，咔吧咔吧点票子。黄强在上面都看傻了，心里话厂长胆儿真肥呀，过去光听说“官倒”，今天我是亲眼目睹，敢情这“官倒”比我这“倒鞋”狠多了。

两个人成交之后非常兴奋：“来！厂长，喝罐啤酒吧！”“喝！”黄强一听啤酒条件反射，那泡尿又来了。心里话，我得下去解决解决，要不然时间长了非尿裤子不可。也巧了，他刚想到这，火车“呜——”钻进山洞了。哎，这是个机会，趁着黑他看不着我赶紧下去，他刚伸下一条腿去，哪知道这山洞太短，那火车“呜——”又钻出来了。“哎呀！”他又把腿收回来了。一抬头看见那昨晚喝完的易拉罐空筒了，对，干脆我拿它处理处理吧。不行，这一筒容量太小，要说黄强还真聪明，一伸手又把那筒没喝的拿了过来，“哧！”打开盖，“咚咚咚”一筒啤酒落肚了，没等这筒啤酒运转下来哪，他就用两个空筒把下面的紧急情况处理了。

哎呀，舒服多了。我还得看看厂长干什么哪，以后他要是跟我过不去，我好对付他。往下一看，见姚昆又从包内拿出一瓶酒：“厂长，这是我特意给你带来的，世界名牌“大将军”来尝尝吧！说着拧开瓶盖，一抬头看见黄强了：“你也下来喝点吧。”

“不，不！”黄强往后一躲，胳膊肘一拐“咚——咚”那两个易拉罐碰倒了，“哗——”顺着厂长身后那墙就流下来了。厂长正在这盯着“大将军”哪，就觉得味道不大对头，他还以为是“大将军”发出来的味儿呢，但又不敢说什么，因为没喝过怕在姚昆面前露怯。

“老姚，这酒这味臊了吧唧。”姚昆抬头正看见墙上往下流哪，明白了：“黄强，你的啤酒是不是洒了？你看都流下来……这是什么味道哇？”厂长一听也站起来了，黄强一看两人都站起来了，“嗙儿！”把头一扭又冲墙了。姚昆有些不高兴了：“你怎么搞的，这么大人怎么还尿床啊？”厂长在旁边直说情：“别说了，你看都不好意思了。再者说成年人尿床不是人为的，可能是一种病态。”

“我去找列车员换个床单好了。”姚昆一走出包厢，厂长开始琢磨了，辛苦费提少了，如果我把这钢平价给他，弄不好还能多点。可谈生意最怕改口，这怎么办呢？他一回头看见黄强了，对，我问问他。刚才老姚先说了三万，抬头一看他提到了四万，看来他们关系不一般。

想到这，他冲着黄强就过去了：“王先生，跟你商量个事，你能不能跟老姚说说，那钢材我平价给他，辛苦费再加点，你放心，不让你白说，我给你回扣。”黄强心想，长这么大厂长第一次求我，我别让厂长失望啊，反正他那事我也看见了，不怕了！我逗逗他吧，想到这，他把皮夹克往上一拉“扑！”盖头上了：“我得流感了，我怕传染给你。不礼貌，只能这样跟你说话了。”“没关系，听出来你鼻子囔囔的。”是啊，黄强在里面捏着鼻子呢。

“咱们相互帮个忙，我正想求你办点事。”“有啥事你说？”“我有个兄弟在你们轧钢厂，他叫黄强，我这次就是给他送鞋去。”

“对，他是我们厂有名的‘倒鞋’。”“我听说你们领导对他有点看法，给点方便吧？”“王先生，不知道你们这关系，要知道是你兄弟，这样的人才我们就用起来啦。”“他能行吗？”“我是厂长，我说他行他就行，不行也行；说他不行就不行，行也不行。我把他调到销售科去。”“谢谢厂长，您就不用直接出面了，您批个条子我去办。”“没问题，你找主管人事的副厂长。”

厂长拿起笔来，“唰唰唰”写了个条子，“咔吧！”把自己的章也盖上了：“拿去吧，保证好使。”厂长刚把纸条放到黄强的身边，列车员挟了个床单进来了：“哪个床单湿了？来换一下。”列车员一拽床单，黄强顺着那劲儿“呼——”坐起来了。他一坐起来，差点没把厂长吓趴下。“啊！是你？”“厂长，这条子我收起来了，我兄弟那事谢谢了。”

厂长刚要翻脸，黄强说道：“刚才我在上面都听见了。”厂长不愧是久经沙场的老将，他面带微笑把六号包厢的门轻轻地拉上了。一场新的交易又开始了。列车在前进，交易在进行着……

1988年全国故事大赛决赛现场，表演故事《六号包厢》

《六号包厢》获全国故事大赛一等奖，与团领导合影

附言：改革开放初期，经济市场非常活跃。我抓住“倒爷”这一热点，创作了故事《六号包厢》，揭示了当时经济市场的无序乱象。此作品获全国故事大赛一等奖。

·相声剧·

火的研究

甲 哎！您上过学吗？

乙 怎么说话！我高中毕业，还有自修大学文凭。

甲 嗬！看不出来你有这么大的学问。

乙 看不出来，告诉你，这叫真人不露相。

甲 那我问你一个字，能认识吗？

乙 一个字啊，你把那《字典》拿来，我从头到尾背一遍都不带打嗙儿的。

甲 是啊！

乙 那可不。

甲 您看这念什么字？（两手下垂，叉开两腿）

乙 噢！就您往这一站？

甲 哎，一个字。

乙 “人”。

甲 哟！不愧是高才生啊！

乙 怎么样？

甲 错啦！

乙 错啦？那您这是？

甲 “火”！

乙 不对啊！火字有两点哪？

甲 我这不还有俩耳朵吗！？

乙 嘿！怎么琢磨的。

甲 我对火字非常有研究。

乙 这火有什么研究的？

甲 我认为：生活中“火”字重千斤，直接关系到每个人，人离不开火，火离不开人。

乙 还一套一套的。

甲 这叫学问。

乙 这是什么学问？

甲 人与火，确实是紧密相连的，尤其是你，跟火有直接关系。

乙 我跟火有什么关系呢？

甲 更准确地说，你的祖先跟火有直接的联系。

乙 火和我祖先有什么联系呢？

甲 通过我博览群书翻阅历史，我发现，这火是您老老老原始舅姥爷发现的。

乙 嘿！我这位祖先还是娘家人。哎，我原始舅姥爷什么模样？

甲 你原始舅姥爷是：小矮个，大嘴巴，屁股下边两疙瘩，会爬树，能掐架，浑身是毛有尾巴。

乙 猴啊！

甲 差不多。

乙 你祖先才是猴哪！

甲 我们的祖先确实被称为类人猿。

乙 哎！我原始舅姥爷是怎么发现火的呢？

甲 有一天，你原始舅姥爷和你原始舅姥姥共进午餐。

乙 噢，吃什么啦？

甲 活鸡。

乙 生吃啊！？能消化吗？

甲 那时都吃生食，老两口边吃边让：“老亲爱的，您夹这大腿。”“孩子他爹，还是你吃吧。”

乙 你等等吧，那阵有语言吗？

甲 当然有了，不过语言非常简单，说话全都这样的：“呲——呲——呲——”

乙 行啦，行啦！还是猴。

甲 他们正吃着呢，突然下起倾盆大雨，轰隆一声雷，咔嚓一道闪，那么粗的一棵大树，当时击断起火，风助火，火乘风，转眼之间森林变成一片火海，什么天上飞的，地下跑的，草丛里蹦的，都葬身于火海之中。你原始舅姥姥撒腿就跑，叫你原始舅姥爷一把就给抓住了，你原始舅姥爷还直比画：“呲——呲——呲——”

乙 这什么乱七八糟的！

甲 “呲——回来，呲——别怕，呲——走远点儿，呲——再瞧瞧。”

乙 嘿！

甲 你原始舅姥爷正比画着哪，从天上掉下来一只烧煳了的野鸡。

乙 噢！烧鸡啊！

甲 对啦！烧鸡，就是从那时传下来的。

乙 没听说过。

甲 老两口一闻，喷香。你一口我一口就吃上啦。

乙 这回还让吗？

甲 让？两人抢得直掐架。

乙 打起来了？

甲 那可不，你原始舅姥爷太不像话了。

乙 怎么啦？

甲 他不尊重妇女啊！把你原始舅姥姥掐得直叫。

乙 嗨！

甲 你原始舅姥姥也不含糊，直跟你原始舅姥爷打猴拳。

乙 至于吗？

甲 正打着，你原始舅姥爷打了一个雨伞手势。

乙 这什么意思？

甲 暂停！

乙 嘿！

甲 你原始舅姥爷又比画上啦，呲——呲——

乙 又来了。

甲 他比画的意思是，火这东西多好啊！又暖和，又亮堂，还能给咱烧东西吃。咱得想法留住。

乙 能留住吗？

甲 要不怎么说你原始舅姥爷聪明呢！只见他跳上山头，哇哇一叫，“哇哇哇——哇——哇哇哇哇”。

乙 冲锋号？

甲 这一叫不要紧，来了很多同伴。

乙 你别说，我原始舅姥爷还真有号召力。

甲 众人拾柴火焰高，在山洞里留下了火种，由此发明了长明火。

乙 嘿！这么说我还没见过面的舅姥爷对人类贡献不小啊！

甲 后来，奥运会留火种就是从你舅姥爷那学来的经验。

乙 没听说过。

甲 你舅姥爷是长明火的发明家。

乙 有奖金吗？

甲 没有。由于劳动和熟食，类人猿，直立行走，手脚分离，大脑发达，逐渐进化成人。所以才有了你，怎么样？你和火有没有关系？

乙 你说的是过去，现在我和火就没什么直接的关系。

甲 不！从那时到现在，几亿年过去了，人类进入文明世界，但是火在人们生活中仍然起着不可缺少的作用。

乙 没那事！

甲 就拿您来说吧！从生下来那天，就离不开火。

乙 怎么呢？

甲 您生下来的那天就睡的火炕。

乙 我不睡火炕，我睡床。

甲 噢！那您得吃奶吧？

乙 吃啊。

甲 您吃的奶得用火热吧？

乙 我吃我妈奶不用火热。

甲　那您得喝水吧？

乙　当然啦。

甲　您喝的水就得用火烧。

乙　我不喝水，吃奶解渴。

甲　那您得尿尿吧？

乙　这不废话吗。

甲　您尿湿的尿布得用火烤。

乙　嘿！看来我生下来还真离不开火。

甲　不仅生下来离不开火，而且您是生在火上，活在火中，死在火里。

乙　刚才你说了我生在火上，那活在火中怎么解释呢？

甲　这就是说你日常生活离不开火。

乙　怎么说呢？

甲　比如说人最起码要吃饭吧！

乙　那倒是。

甲　一日三餐都用火来做饭。

乙　我用电炉子做。

甲　那你上班工作也离不开火。

乙　我工作怎么离不开火啊？

甲　你在哪里工作？

乙　我工作……

甲　火柴厂？

乙　我不在火柴厂。

甲　火药厂？

乙　不！别往那支我，我离那火远远的。

甲　多远？

乙　我在新疆工作。

甲　噢！火焰山就在新疆。

乙　嘿！把我支火焰山去啦。

甲　这么远的路您得坐火车。

乙　坐啊。

甲　您坐上火车来到了火焰山，您下了火车走进伙房，右手拿起火铲子，左手抄起火钩子，上前打开火门子。

乙　我成伙夫啦。

甲　所以说您活在火中。

乙　那我怎么死在火里呢？

甲　您得病啦。

乙　什么病？

甲　霍乱！

乙　等会儿，霍乱，不是那个“火”。

甲　您是不用火做饭乱吃生东西，所以得了霍乱，您就得这病死的。

乙　那也没火啊？

甲　火葬！

乙　啊？看来还真离不开火。

甲　人们爱火，但爱火千万不能过火。

乙　这话怎么讲？

甲　这是事物的规律，任何真理超出范围就会走向反面变成谬误。

乙　有这么严重吗？

甲　当然啦，如不注意，火可以变成祸。如果您住的火炕，不注意防火，便烧煳了炕席，烧着了被窝，如果您吃火锅，火灰千万不要乱搁，如果您用的是电炉，电缆千万别超负荷。

乙　对！

甲　如果您坐在火车不注意防火，把易燃品带上火车，一旦要是起火，就会造成严重的后果。如果您坐的轮船、飞机不注意防火，飞机就会坠毁，轮船就会沉没，国家财产受到损失，一害自己，二害大伙儿。

乙　对！

甲　到那时，您的工作受到影响，您的爱情遭到挫折，您的理想化为灰烬，您的幸福会变成泡沫儿。

乙　这么严重？

甲　更严重的是，您五官挪位，少腿断胳膊，只好找您原始舅姥爷去讨老婆。

乙　去你的。

（与王铁虎共同创作）

· 相声 ·

招　聘

甲　我们玻璃器皿总厂的大门前，贴了张招聘启事。

乙　怎么写的？

甲　总厂机关为了适应对外开放、对内搞活的新形势，准备临时聘用公共关系部部长一名，条件是年轻力壮的，喝酒有量的，年龄在三十五岁以下，酒量在一斤半以上，括号，只看实际工作能力，不参照任何文凭，括号完了。如有符合本文条件者，方可报名应征，如经中间人介绍并入选，中间人可获“伯乐奖”，奖品是二十英寸彩电一台，外带一个青年女子……

乙　啊？

甲　“美发器”。

乙　吓我一跳！

甲　大门前围得是里三层外三层，七言八语，议论纷纷。

乙　怎么说的？

甲　哎，咱哥们儿有希望，上回我在饭店自己喝了一斤。

乙　还真不少。

甲　啥呀，上回是我跟你去的，咱俩才喝了半斤，你出门就拥交通岗上了，吹啥呀！

乙　好嘛！

甲　能喝的在这儿哪！我在我们那片是有名的“酒拔尖”。

乙　在“酒吧间”工作？

甲　喝酒拔尖——酒拔尖。

乙　这么个酒拔尖啊！

甲　“哎，我听说原来那位部长都喝出脑溢血了。”“可不是吗，这哪是招聘部长啊，这是挑敢死队哪！”

乙　我觉得这事也新鲜，你们招聘部长，干吗把喝酒当成首要条件呀？

甲　我们厂在上次订货会推销出一批产品，可是没过几天，厂家说质量不合乎标准，纷纷要求退货。

乙　那就给人退吧！

甲　退完货你给工人发工资呀？

乙　我发得着吗！

甲　所以说，厂领导决定货是绝对不能退。

乙　那人家同意吗？

甲　想办法。

乙　想什么办法呀？

甲　通过摸底得知，要退货这十五个厂家有十四家属于能喝的。

乙　都有点酒量。

甲　为此，厂领导召开紧急会议，研究方案，分析敌情，部署兵力，进行火力侦察。

乙　要搞世界大战。

甲　经过几天的反复研究，到后来统一在一个字上。

乙　什么字？

甲　喝！

乙 喝？

甲 宴请退货的厂家代表，让他们吃点儿、喝点儿，吃美了，喝晕了，揣够了，拿足了，退货那事也就不好意思说啦！

乙 用酒堵人家嘴呀？

甲 这叫工作方法。为了陪好客人，厂领导决定招聘一位喝酒海量的公关部长。

乙 原部长都喝出脑溢血了，谁还敢来呀？

甲 重赏之下必有勇夫。几个分厂的领导看完招聘启事，马上选出厂里的种子选手，当天下午就赶到总厂向厂长汇报。

乙 效率可真不低。

甲 招聘大会开始之前，总厂的李秘书先来了个开场白。

乙 他怎么说的？

甲 “各位厂长，各位同志！”

乙 这位是南方人。

甲 “我来说两句啊，我们总厂机关公共关系部部长老张同志，前几天在订货会酒宴上的失误，给我们厂带来了很大的损失。由此可见公关部部长的位置是个很重要的位置，现在社会上对我们当干部的不是有这么几句顺口溜嘛：‘当干部的别人送礼不回退，打一宿麻将也不累，三步四步全都会，七两八两喝不醉。’当然了，前三句的说法是错误的。但是，我认为喝酒这个问题说得很对，而且现在看来七两八两的标准已远远满足不了当今时代的要求。就拿我们总厂机关来说吧，爱喝的不少，能喝的不多，一些厂领导岁数大了，身体又不好，我们这些年轻的干部又没锻炼出来。我，大伙是了解的，一个南方人，平时吃一块酒糖都上脸，今天就请各位厂长把你们所了解的人推荐上来，不要保守，要从玻璃器皿总厂的整体利益出发，我这是抛砖引玉，谁想发言请说吧！”

乙 谁先说呀？

甲 “哎，我先说两句。”

乙 这是谁呀？

甲 这位是酒杯分厂的厂长。

乙 那就快说吧。

甲 “我们厂看完启事之后，全厂进行了讨论，普遍认为我们厂那个小孙行，那小子呢挺能喝，这么说吧，他自己对付二斤白酒没问题，另外呢，他有个外号叫‘三三见九’。”

乙 怎么个三三见九哇？

甲 “啊，这个三三见九是怎么回事呢？他喝酒有个习惯，一般来说他一上桌不吃菜，空着肚子先整三个。”

乙 整三个呀？！

甲 “如果对方遇见硬手呢，他还能整三个。”

乙 这就六杯啦！

甲 “这么说吧，他最多空着肚子一连气能整九个。”

乙 这么个三三见九啊？用的都是多大的酒杯哪？

甲 “那都是我们厂的新产品，三两的杯子。”

乙 三九就是二斤七两啦！

甲 “如果‘垫补垫补’菜他还能整，反正他在我们厂算是佼佼者了。但是，人多出韩信，矬子里拔将军，不知其他厂有没有这方面的人才，希望总厂领导综合评比吧！”

乙 总厂厂长怎么说的？

甲 “哎，你说的这个小孙同志他今天来了没有？”

乙 厂长想见见。

甲 “他今天是这么个事，我们厂煤气管道有点儿跑气，煤气站来两个同志，他去陪一陪，我跟他说了，一会儿准来。”

乙 那就等会儿吧。

甲 “我来说两句啊——”

乙 这位是谁呀？

甲 酒瓶分厂厂长。

乙 嚯！

甲 “我们酒瓶分厂呢，有个小张，他的特点是整啤的，他是哈尔滨人。两地生活，后调我们厂的。这么说吧，他自己对付半箱啤酒不带上厕所的，他姓张，大伙给他起了个外号叫‘啤酒张’。他是大学专科毕业的，在我们厂技术科那算是尖子了。发现他能喝之后呢，就把他从技术科调到接待科来了，目的就是一致对外。我们酒瓶厂不是和啤酒厂是配套生产挂钩单位吗，上回合资剪彩的时候把他整去了，吹喇叭他一连吹了八个，把啤酒厂都吹傻了，啤酒厂领导看中了，想商调把他整走，我们没放。”

乙 还挺注意人才外流。

甲 “是，我们就怕今后有个急茬什么的用上。但是，我们看完招聘启事多少有些顾虑，因为上面没说啤酒如何如何，所以也不知道这啤酒算不算数。”

乙 当然算数啦！啤酒是酒桌上很重要的一项啊！

甲 总厂厂长急忙叮嘱身旁的李秘书：“把啤酒写上，啊。我们这个任务很急，招聘启事搞得也很粗，哎，你说的那个‘啤酒张’，他今天来了没有？”

乙 是呀？

甲 “他今天是这么个事，我们厂子用电有点超负荷，电业部门的同志通知我们厂下个星期四停电一天，怕影响生产，派他去疏通一下关系。不过我派人去找了，估计一会儿能来。”

乙 那别人再接着说吧。

甲 “那啥吧，我来说两句，老大哥厂都说完了，我们是全厂里最小、最薄弱，最不起眼的一个家属民办厂——瓶盖儿厂。”

乙 瓶盖儿厂？

甲 “我们瓶盖儿厂的生存全靠老大哥单位了，尤其是酒瓶厂，如果说没有酒瓶厂，我们就是生产出再多的瓶盖儿也是没有地方盖，这个道理是比较简单的。我说这话什么意思呢，就是说从生产上我们跟老大哥厂是根本没法相比的。但是，为什么说我们对招聘这个事多少有些动心呢，就是因为我们厂办有个小高，她是这方面人才。她的特点是女的。另外人长得也不错，属于‘三盅全会型’的。”

乙 你先别说了。这喝酒跟三中全会有什么关系呀？

甲 “不，你听拧了。我说得这个‘三盅全会’是一盅白酒，一盅啤酒，一盅果酒，她三盅全会。”

乙 噢，掺着喝呀？

甲 “对，她的特点就是掺着喝。刚一开始也不行，一掺就蒙，喝挺过去好几回，后来打针都抢救过来了。经过天天练，加上她个人挺钻的，现在行了，厂子里有个大事小情，只要是她一到场，加上女的劝酒方便，不管办什么事都是比较顺利的。”

乙 说这么热闹，她来了没有？

甲 “现在这方面人才是比较忙的，厂子里供产销三个关键环节都需要疏通一下关系，她今天是管理所、检查所、联合会、计划办四悠儿呢！不过我跟她说了，这人办事有准儿，一会儿准来。”

乙 总厂厂长听完肯定高兴。

甲 “好，我认为三位同志都有基础，都是个苗子，都有培养价值。可是，我们选这个公共关系部部长只需要一名，这样吧，李秘书你马上通知食堂，搬来五箱啤酒，五瓶白酒，五瓶果酒，炸点花生米，拌个干豆腐，等三位同志到来之后咱们现场考核。”

乙 那就快布置吧。

甲 李秘书刚要往外走，就听门外有人说话了，

“厂长——”

乙 谁呀？

甲 酒杯分厂的小孙，这模样就进来了。

乙 这是喝多了。

甲 “厂长，煤气管道换完了，那管子比从前的粗多了！煤气站的同志够意思，当场把咱厂煤气表的数字都回拨归零了，咱这半年白烧哇。”

乙 你先见见总厂厂长吧！

甲 “总厂……厂长……头回见面”……他拿起桌上的水杯，“上菜，厂长，你干了，感情深……一口闷！”

乙 这不是醉鬼吗？

甲 小孙正说着哪，门外又喊上了“厂长——”

乙 又是谁来啦？

甲 酒瓶分厂的小张啊，他打着醉拳就进来了：“厂长，电业部门那几个同志都让我给干到桌底下去了，我让他当场拍板，下个星期四保证给咱厂停电一天。”

乙 应该不让他们停电，要让他们供电！

甲 “噢，对不起厂长，我喝反了！你放心，摆一点我再给他喝回来，让他停旁边灯泡厂的电。”

乙 还喝呀？快见见总厂厂长吧。

甲 “总厂厂长，早闻——大名，和你比我是小巫见大巫，你是官儿我是兵，你是太阳我是星星，你是主犯我是元凶，我要判无期，你得挨枪崩——”

乙 什么乱七八糟的！

甲 “厂长，你要够意思，先给哥们儿找个痰桶。”

乙 是不是啤酒喝多了想吐？

甲 “什么话？咱啥时候喝酒也没掉过链子。”

乙 那你要痰桶干吗？

甲 “我主要是想方便方便。”

乙 走！外边去。

甲 （女声）“厂长——”

乙 这怎么还叫板哪？

甲 这是瓶盖儿厂的小高来了。

乙 还真来啦？

甲 要说还是人家女同志，喝完酒一点不失态，你看她脸上略带红润，稳稳当当走到厂长身边，就像刚从战场归来的英雄，猛一甩头，说了声——

乙 厂长您好？

甲 “四悠儿都挺过去了！”

乙 咳！你也快见见总厂的厂长吧！

甲 “总厂厂长，我不行了，我辜负了领导的期望，这是我的——”

乙 党费？

甲 “病历。”

乙 都喝出毛病来啦！怎么发现的？

甲 我中午到幼儿园给孩子喂奶，结果孩子吃完了我的奶——上头。

乙 喝得太多了。

甲 “到了医院一验查，医生给我做血液化验一抽，抽出一管酒精，说我急性肝坏死。”

乙 快去住院吧！

甲 “目前没有床位。”

乙 那也得住哇！

甲 厂长当时可急了，“小高同志是一位好同志，从思想到业务都是部长的苗子。她为我们厂作出这么大的牺牲，我批准，只要能想法让她住医院，花多少钱全都报销！”

乙 谁有办法快说话呀！

甲 李秘书急忙上前：“我有一个办法，保证明天让她住进医院。”

乙 什么办法？

甲 “马上把医院领导请来。”

乙 干吗？

甲 “再开一桌。”

乙 还喝呀！

·相声·

祸从何来

甲 ××× 同志。

乙 是我。

甲 老没见您演出了。

乙 最近忙着搞创作写作品哪！

甲 结实吧？（拍乙）

乙 结实。

甲 怎么看着像等外品。

乙 你才不合格呢！怎么说话呢？

甲 我是说你这件衣服像等外品。

乙 我这件衣服是新买的。

甲 裤子呢？

乙 新买的。

甲 袜子？

乙 新买的。

甲 皮鞋？

乙 新买的。

甲 哎呀！

乙 你什么毛病？

甲 我劝你赶快去后台换一双。

乙 换一双？

甲 换完了再回来演出。

乙 我就带这一双鞋。

甲 那你把鞋脱了再演出。

乙 有光脚丫说相声的吗？

甲 你别不好意思，我知道你是汗脚，请观众同志们戴上口罩。

乙 什么乱七八糟的！

甲 我是怕你有个三长两短的不好交代。

乙 至于吗？

甲 不听老人言，吃亏在眼前。

乙 走！越说越不像话，穿双鞋我吃什么亏？

甲 俗话说得好，病从口中入，祸从鞋上来。

乙 我听着别扭。

甲 就因为一双鞋，我差点儿没当成新郎，差点儿没娶上新娘，差点儿吃上喜糖，差点儿上不了茅房。

乙 越说越悬乎。

甲 一点儿不悬，亲身经历。

乙 到底怎么回事儿？

甲 就在上个星期六，也就是我和我的未婚妻即将举行婚礼的头一天晚上，为了表达我对未婚妻的一片深情，我给她送了一份礼物。

乙 什么礼物？

甲 一双最新潮最流行的红色高跟儿皮鞋。

乙 新婚典礼是应当穿双新鞋。

甲 这鞋太漂亮了，牛皮底，牛皮面儿，细高跟儿，小鞋盖儿，远看像两只红色的小船儿，近看像两朵鲜艳的花瓣儿。

乙 样式美观。

甲 我未婚妻一穿上平添七分人才，增加三分光彩。

乙 人靠衣服马靠鞍嘛。

甲 身高就增加了五公分。

乙 嘿！

甲 “噌！”当时就达到一米五二了！

乙 瞧这两口子这个儿！

甲 我未婚妻决定，明天的婚礼就穿这双鞋。

乙 好极了。

甲 一高兴她穿着这双鞋在地上走了两圈儿，嗬！太美了，两只黑色的脚配上这双……

乙 等会儿，你未婚妻不讲卫生。

甲 怎么了？

乙 脚怎么是黑的。

甲 人家穿一双黑袜子。

乙 说明白了。

甲 这双脚配这双鞋，仿佛踏在五彩的祥云上，此时此刻她的脸上泛起朵朵红晕，双眼闪着喜悦的光亮，多少年的憧憬就要变成现实，幸福就要降临到我们头上……

乙 啊，这是一种正常现象。

甲 你跟着掺和什么？

乙 我有感而发。

甲 只见我和她的距离越来越近，我未婚妻微微地张开双臂，身体前倾，似乎在犹豫，似乎在彷徨，似乎在……

乙 （唱）“妹妹你大胆地往前走……”

甲 总打断情绪。

乙 我鼓励鼓励你。

甲 只见她张开双臂，身体前倾，勇敢而大胆地“叭！”的一声。

乙 吻了你一下。

甲 摔了个大跟头。

乙 嗨！我白跟着忙乎了。

甲 关键时刻出现了故障。

乙 怎么回事？

甲 红色高跟鞋的鞋跟儿，断了。

乙 新鞋就坏了？

甲 这鞋的质量也太差了。

乙 在哪儿买的找他们换去。

甲 商店下班了，找谁换去。

乙 那就明天换。

甲 明天举行婚礼等着这双鞋穿。

乙 这还真难办了。

甲 八十元一双的高跟儿皮鞋，我还了半天价花七十九元五角买的，刚穿不到十分钟跟儿就断，你说气人不气人？

乙 质量太差了。

甲 为了保证未婚妻明天婚礼能穿上鞋，我把鞋给她修好，明天照样穿。

乙 你行吗？

甲 赶巧我买了一管高强度黏合剂，据说这东西粘什么都成，一粘就妥，和新的一样，结实着哪！

乙 那就试试。

甲 我把未婚妻从地上扶起来，“亲爱的，你边学边看，看我是怎么粘的，那只不定哪天再断了，赶上我不在家你好自己粘。”

乙 这鞋穿着都不放心。

甲 我这手拿鞋，这手挤胶水，嗯，怎么挤不出来？

乙 你使点劲儿。

甲 劲不小哇，嗯，“扑哧！”，坏了。

乙 怎么了。

甲 这胶水缺德不缺德，放着前门不出，它偏走后门，“扑哧！”从后屁股蹿出来了。

乙 嚯！

甲 赶巧我未婚妻一伸头，这胶水一点没糟践“扑哧！”全蹿她眼睛上了。

乙 瞧这寸劲儿。

甲 我一看不好，赶紧用手给她往下扒拉，这一扒拉可就出了麻烦了。

乙 怎么呢？

甲 这是高强度黏合剂，逮啥粘啥，粘上就下不来，我这一扑拉“嗙儿！”把手粘她眼皮上了。

乙 嗨！

甲 我未婚妻急得直跺脚，我怎么拽也拽不下来。

乙 别拽了，再使劲儿，你未婚妻受得了吗？

甲 都怪她成天总说，夫妻恩爱，如胶似漆，这回想分也分不开了。

乙 赶快想办法上医院吧！

甲 赶快去医院？说得容易，快得了吗，我手粘在她眼皮上，她眼皮连着我的手，必须步调一致，步伐统一。

乙 这还真得练一会儿。

甲 注意，听我口令，先迈左脚，齐步走，一二一，一二一，左转弯一二一。

乙 注意口令，跑步走！

甲 起哄啊？

乙 我是替你们着急。

甲 我更着急，打小落下的毛病，一着急准来情况。

乙 什么情况？

甲 排泄频繁。

乙 瞧这毛病。

甲 真要是出现了情况可怎么处理呀？

乙 赶紧上厕所。

甲 两人粘在一块，是上男厕所，还是上女厕所？

乙 这是麻烦，那你不能远走，最好就近找个地方看看。

甲 正巧，我们楼下今天新开张一家“全来了”美容院。

乙 怎么叫这个名？

甲 服务项目全。

乙 都什么项目？

甲 挖酒窝儿，割眼皮儿，收肚子外带修肚脐儿。

乙 这什么美容院哪？！

甲 有病乱投医，咱不就图近便嘛。

乙 对，时间越长粘得越结实。

甲 一进门，美容师对我们特别热情，为了不耽误我们明天的婚礼，马上就要对我们进行紧急处置。

乙 怎么处置？

甲 美容师伸手拿出这么长一把——

乙 手术刀。

甲 钢锯条。

乙 够吓人的！

甲 这还是照顾你们，我挑小号的摸的，使这个使惯了，使别的不顺手啊。

乙 你是木匠吧？

甲 木匠算啥呀，我是伐木头的。现在干那行没啥油水，这不托人弄个许可证开美容院了。反正都是动刀动锯的，咱有这方面基础。

乙 听着够瘆人的。

甲 没事，你们这比那圆木好锯多了，几下子准整开，忍着点儿，顺山倒……

乙 别介，怎么还顺山倒啊，别拿命开玩笑。

甲 我未婚妻当时吓傻了：“亲爱的，咱不分开了，就这么粘着吧，我正愁结婚后两地生活不好往一块儿调呢，这回理由多充分，非调一块儿不可了。”

乙 对，找领导去！

甲 我刚进办公室。看见桌子上有一张报纸，头版写着：化工黏合技术交流会在我这市黏合宾馆召开。

乙 找他们想想办法，参会的都是专家，人家有能耐让它粘上，就一定能弄开。

甲 解铃还得系铃人。出了办公室就奔了黏合宾馆，到了宾馆一打听专家住在十四楼。

乙 够高的，坐电梯上。

甲 电梯出故障卡在九楼了。

乙 瞧你赶这时候。

甲 刚爬上十四楼，正赶上闭幕式。

乙 来得正是时候。

甲 代表们正在交流经验，电视台的记者现场采访。

乙 快请他们帮帮忙。

甲 我把情况一讲，全围上来了，一个劲儿直问这黏合剂是哪个厂家生产的。

乙 快告诉他们。

甲 我把装黏合剂的那个开了后屁股的塑料管给他们一看。巧了，厂家的代表就在这开会。

乙 赶快让他帮你。

甲 那位代表激动地拉住我的手。

乙 干吗呀？

甲 谢谢，谢谢啦，谢谢二位了。

乙 怎么回事儿？

甲 同志们，转一转，瞧一瞧，看一看，我们厂生产的胶多么黏！

乙 拿你做广告呢。

甲 电视台的同志请多拍些镜头，这是最有说服力的广告啊……

乙 你快帮人家分开呀！

甲 不要着急，再辛苦一下，我们可以付辛苦费的。

乙 什么辛苦费，你们厂包装容器不过关。

甲 这个问题可以理解吗，虽然包装差了一点儿，可里边装的是真货。不像有的产品，外边包装是真的，里边却是假的，假烟、假酒，就很多嘛！

乙 我们明天要新婚典礼，你快帮我们分开。

甲 明天结婚没问题。

乙 为什么？

甲 因为我们的胶水二十四小时以后就失效了。

乙 嗨！

（与张振彬共同创作）

·相声·

考 女 婿

乙 这回该我们俩表演了……

甲 （默默背题）

乙 我们这个节目……

甲 （背题）

乙 我们……

甲 （背题）

乙 你干什么呢？

甲 怎么了？

乙 该咱俩表演了。

甲 （唱）我想唱歌不敢唱。

乙 为什么？

甲 （唱）怕的是考试考不上。

乙 噢，你在补习文化呢？

甲 （唱）抓紧时间好好学习，马上要见丈母娘。

乙 丈母娘？你等会儿吧，这丈母娘是怎么回事？

甲 我未见面的丈母娘听说我在武警内卫部队看管监狱，说什么也不同意她姑娘跟我搞对象。

乙 这老太太就不对了，武警是建设“四化”的保卫者，是保护人民、爱护人民的和平使者。尤其是你们这些内勤部队，为了人民的安全，不怕风吹雨打，不分春夏秋冬，日日夜夜为人民站岗执勤，是应当受到人民爱戴的一种光荣的职业。

甲 可我丈母娘她不理解呀。

乙 别理她，就凭你这小伙儿什么好姑娘找不着。等有机会我给你介绍个好的。

甲 不行，我认为天下再也找不到像我对象那么可爱的姑娘了。

乙 你这么一说我明白了，她长的一定很美？

甲 （唱）“我的对象并不美，五大三粗皮肤黑，满手老茧爱劳动，人品好，心灵美，人品好，心灵美，心灵——美！”

乙 这样的姑娘是值得追求。

甲 可我丈母娘说，要想与她姑娘继续相处，必须到她家进行严格的考试。

乙 考试？

甲 考试合格方可录取，一旦落榜食宿自理。

乙 连饭都不管。那你对象是什么意见？

甲 她比我还着急哪，这不昨天背着她妈给我来了一封信。

乙 怎么写的？

甲 （读信）“刚。”

乙 感情到了份儿，都叫一个字儿。

甲 “刚，我妈妈自从有了考婿的念头，就开始与我爸爸分居了。”

乙 啊？

甲 她说只有与我爸爸分居，才能保证出题工作顺利安全进行。

乙 出题与分居有什么关系？

甲 她说我爸爸原则性不强，考题一但让他知道，他肯定向你出卖情报。

乙 老太太够有心计的了。

甲 她昨天卷起铺盖卷主动提出去看守西瓜地。

乙 为什么？

甲 她说到了西瓜地，出题才保密。

乙 你别说，老太太还真是个内行，一般出题老师全都是隔离起来。

甲 “刚，我和我爸爸前后研究了几种侦察方案，结果都让老太太给当场破获了。”

乙 这老太太赶上武警战士了。

甲 “刚，看来考题是透不出来啦，希望你抓紧时间进行广泛学习，为了我们的爱情努力吧，啊！啃你——”

乙 啃你？应该说吻你。

甲 “啃你的书本。”

乙 这位说话大喘气。

甲 看完这封信，把我给急坏了，你说这一点范围也没有，我可怎么复习呀？

乙 大海捞针不容易。

甲 急得我拿着这封信就找我们排长去了。

乙 找他干什么呀？

甲 我们排长是新婚，让他介绍一下成功的经验。

乙 对，过来的人都有一定的亲身体会。

甲 我们排长看完这封信，当时就笑了。

乙 怎么呢？

甲 “小刚，这事你找我算找对了，不瞒你说，我也是经过丈母娘考试之后才批准录取的。”

乙 怎么武警战士尽碰上这路丈母娘啊！

甲 你看这是我当时的复习大纲，你拿去参考，参考。

乙 快看看都有什么题。

甲 “一、简答题：白菜炖什么最出数？四斤棉花能絮几条棉裤？”

乙 嚯！

甲 “夏天为什么衬衣爱脏？春天为什么萝卜爱糠？”

乙 怎么尽这题呀？

甲 “二、名词解释：什么是闪电？什么是打雷？什么是木斧？什么是铁锤？什么是麻雀？什么是家贼？什么是尿素？什么是化肥？”

乙 还有化工产品。

甲 “三、简述题：论——”

乙 这个占分。

甲 “论，隔年的土豆为什么不好削皮？渍酸菜应注意哪些问题？马圈里是否能养驴？开水里为什么不能养鱼？”

乙 这不废话吗？！

甲 “老太太的服装为什么由大襟儿改成对襟儿？大姑娘的服装为什么由旗袍改成背心儿？”

乙 那叫马甲儿。

甲 “论述题。”

乙 这是必备的。

甲 “论，为什么有人喝了啤酒脸上上色？为什么有人喝了鸡汤能够下奶？”

乙 嚯！

甲 “论，黄皮子迷人到底是不是迷信谣传？小脚老太太能不能练习猴拳？”

乙 这老太太够闹腾的。

甲 拿着这些考题我这个气呀，这是找女婿呀，还是找保姆哇？

乙 是让人不痛快。

甲 你说我们武警战士难道比别人矮一头吗？

乙 不矮。

甲 我们武警战士难道比谁低一块吗？

乙 不低。

甲 那为什么别人能有的我们就不能有呢？马路上看一看，八十年代的小伙哪位胳膊上不挎着一个？同样是胳膊，难道我这胳膊只能挎枪吗？

乙 什么都能挎。

甲 当兵的时候我们都是高标准严要求，什么家庭出身、政治面貌、个头形象，说句不客气的话，能当上武警战士的都是上等小伙儿。

乙 对，我们应征的都是优秀青年。

甲 可我就是不明白，我们来到部队又学习又训练，又流血又流汗，怎么越来越回旋了呢？这是为什么呢？（唱）“我曾经问个不休，公平何处有，为何这样难为我，一点情感也不留。噢，你为何不开口，噢，你为何不开口？”

乙 （唱京剧）“让我讲来我就讲，这种考试不应当，这事别把别人怪，要怪就怪你丈母娘。”

甲 就冲这个丈母娘，这考试我不考……

乙 对！

甲 是不可能的。

乙 这是惦记着娶人家姑娘。

甲 我不是为了娶她那姑娘，我是为了给没对象的战友争气，我一定给他们娶个嫂子。

乙 还是一样。

甲 背题！武警战士没有学不会的东西，头上开砖都练出来了，别说你这点破题了。

乙 这才有我们武警战士的志气。

甲 我是起床背，吃饭背，施工背，晚上睡觉我都不闲着。

乙 真用心。

甲 有一天晚上，我背着背着睡着了，睡到了半夜“啊！”的一声我就惊醒了。

乙 怎么啦？

甲 我梦见我丈母娘了。

乙 梦见丈母娘有什么可怕的？

甲 你没听说吗？人世间有两大噩梦。

乙 哪两大噩梦？

甲 小孩儿梦见大灰狼，小伙儿梦见丈母娘。

乙 好嘛，有把丈母娘比成大灰狼的吗？

甲 我梦见我丈母娘个头不高，一头白发，裹着小脚，穿着警服。

乙 什么模样？

甲 她左手拿张考卷，右手拎个警棍。

乙 够吓人的。

甲 哈哈哈，你落榜了，啪！一警棍就把我打下了山涧，就在身落千丈的危难之时，一棵小树担住了我的腰，一挥手我抓住了半山腰的一把救命草。

乙 可别撒手。

甲 由于我使劲太猛，身子太沉，草根马上就要脱土了。

乙 危险！

甲 我使劲一拽，班长说话了：“撒手，把俺头发都拔掉了。”

乙 拿你们班长的头发当草了！

甲 功夫不负有心人，没到半个月的时间，这几十道题我都背下来了。

乙 那就赶紧去考吧，不然时间一长非忘了不可。

甲 对，利用休假的时间，我坐上火车奔向我对象家的所在地。

乙 什么地方？

甲 桃花庄。

乙 有“鲁智深”没有？

甲 “鲁智深”早让我丈母娘吓跑了。

乙 桃花庄一定很美吧？

甲 美极了，在车上我隔窗远眺，望着那影影绰绰的彩色桃林，激动得我想唱。

乙 那你就唱吧。

甲 （唱）“在那桃花盛开的地方，有我可爱的姑娘，桃树倒映我小脚丈母娘，今天我要和你较量一场，啊——咣当当。”

乙 怎么啦？

甲 火车到站了。

乙 那就快走吧。

甲 我站起身来往下走，带的礼品全忘在车上了。

乙 还背题哪！

甲 “临阵磨枪不快也光。为什么有人喝了啤酒脸上上色？为什么有人喝了鸡汤能够下奶？黄皮子迷人到底是不是迷信谣传？小脚老太太究竟能不能练习猴拳？”

乙　记得真扎实。

甲　我边走边背，边背边走，手拿着信封来查找门牌号。

乙　你对象怎么没来接你？

甲　她妈不让。

乙　为什么？

甲　怕跑题。

乙　这茬我给忘了。

甲　来到我对象家一瞧，嚯，新盖的小二层楼，房门、院门是四敞大开。

乙　那就进去吧。

甲　不敢。

乙　怕什么？

甲　我怕有狗。

乙　瞧这胆儿，还是武警战士哪。

甲　就在我想进又不敢进的时候，从楼上传来了我对象的歌声，（唱）“哥哥你大胆的往里走哇，往里走，没有狗……”

乙　快进吧，没狗。

甲　走进房门我愣住了。

乙　丈母娘正在屋里等你哪？

甲　屋里空无一人，什么东西都没有，只有一把椅子摆在屋子当中。

乙　那是给你预备的。

甲　抬头看，里屋悬挂着半截白门帘，小风一吹轻轻抖动，屋内鸦雀无声静悄悄的。

乙　够吓人的。

甲　我转身刚要往外走，就听有人在白门帘里面唱上了，（唱）“回来吧，回来吧，浪迹天涯的游子。”

乙　这是你丈母娘唱的？

甲　这是我对象在楼上放的广播。

乙　瞧这寸劲儿！

甲　丈母娘一听放广播急得她在白门帘里直摇铃铛：“场内安静！”

乙　赶上法庭了。

甲　“坐下”。

乙　她这垂帘听政哪！

甲　希望你认真回答我提出的问题，我们的政策你是知道的。

乙　知道，坦白从宽，抗拒从严。

甲　“姓名？”

乙　×××（甲的名字）

甲　“性别？”

乙　男。

甲　“废话，肯定是男的。”

乙　要是女的你姑娘也看不上啊。

甲　“报考科目？”

乙　娶您姑娘。

甲　“大胆，未入娶之前不承认你的恋爱关系。”

乙　老太太够原则的。

甲　是呀，当时我一听汗都下来了。我赶紧脱掉警服，摘掉帽子，坐在那全神贯注准备考试。

乙　是得留点儿神，老太太指不定问什么。

甲　“立正，下面宣布一下考场规则：一、不许左顾右盼，四下撒眸；二、头要正，颈要直，挺胸收腹，目视前方，脚跟靠拢，两脚向外分开六十度，五指并拢，中指靠紧裤缝，左右间隔……这个就算了。”

乙　老太太跟这军训呢！

甲　“一旦违犯考场规则，坚决取缔考生资格。”

乙　您快考吧！

甲　“问——”

乙　老太太究竟适不适合练习猴拳？

甲　“武警部队最初建于哪年？”

乙　老太太怎么蹦出这么一问？

甲　当时我也愣住了，我心里想看来排长给我压偏题了。

乙　我明白了，老太太要考你是不是一个合格的武警战士。

甲 “答：早在土地革命战争、抗日战争和解放战争时期，我们党和政府就先后建立了警卫营、警备团、保安团、保安大队、保卫队、警卫队、政治保卫队、除奸团等不同名称的武装力量。”

乙 好！回答得非常全面。

甲 武警战士回答这问题——小菜！

乙 小菜？

甲 “问，武装警察到底是武装还是警察？我姑娘嫁给武警战士我算军属还是武属？”

乙 五鼠闹东京啊？

甲 “答：武警部队是一支执行公安保卫任务的武装力量，它和解放军一样都是人民子弟兵，你娶我做姑爷，您就算军属。我要为国牺牲了，您就算烈属，等我复员回家了，您就算家属。”

乙 这五属剩三属。

甲 “假如你二大爷住进你看守的监狱，你是否能给他照顾来点猫腻？”

乙 这老太太问的题够邪性的。

甲 “我们看押犯人有铁的纪律，别说二大爷，就是丈母娘进去也照样吃窝头。”

乙 好样的，回答得干脆有力。

甲 “哎呀，这小子惦记把我整进去，你放心，我坚决不到你那儿串门儿。”

乙 是呀，去了您就回不来了。

甲 “问，你们执行任务时什么情况下可以使警棍？那手铐子、脚镣子最小能缩到多少公分？尤其是脚镣子，像我们这小脚戴上去后能不能秃噜扣？”

乙 嚯，这老太太问得也够细的。

甲 “我们对于不听管教故意闹事者，坚决采取武力治理，只要是戴上镣铐，脚就是再小也跑不了，不信你就伸出来试试。”

乙 不能这么说话。

甲 我这是心里琢磨的。

乙 我说呢！

甲 “问：部队里为什么开展培养警、地两用人才活动？效果如何？”

乙 老太太怎么这也知道。

甲 是呀，我也纳闷儿，心里话，这丈母娘快赶上我们中队长了。顺着门缝往里一瞧，我笑了。

乙 看见什么啦？

甲 只见我丈母娘盘坐在火炕上，戴着老花镜，手里捧着一本《武警部队简介》。

乙 照书考你啊！

甲 没关系，这本书咱们是倒背如流。

乙 真不简单。

甲 “答：培养两用人才是为了使我们成为更有用的人，通过学习我掌握了多种为社会服务的本领，大者能修理各种农具，小者能修理家用电器。”我刚刚说到这，打外边进来个老太太，边走还边叨唠。

乙 叨唠什么？

甲 电视里正演着便衣警察，那警察和那姑娘在公园里约会，两人手刚一搭上就在这节骨眼上电视就没影了。

乙 得，真来个要修电视的。

甲 我丈母娘一听说她家电视坏了，灵机一动，给我出了道难题，“请该考生利用半个小时的时间到隔壁李大娘家帮她把电视修好，以此考核一下两用人才效果。”

乙 这老太太要看看你是否有真本领。

甲 我心想去就去，也好让她看看咱们的手艺，我说：“大娘，电视没影小毛病，我手到病除。”

乙 大娘怎么说？

甲 “小伙子，你是修电视的？”

乙 他是武警战士，也就是武装警察。

甲 “警察？警察怎么不穿警服？噢，便衣警察。”

乙　老太太挺风趣的。

甲　我来到了大娘家，三下五除二把电视修好了。

乙　修好了？

甲　修好了，你看这是一频道（学播音员声音）。

乙　午间新闻。

甲　您瞧二频道（学外国电影）。

乙　译制片。

甲　您瞧三频道（学舞蹈）。

乙　国庆晚会。

甲　您瞧四频道（学便衣警察插曲）。

乙　太好了！小伙子，不愧是日本原件本国组装。

甲　谁日本原件？我纯属国产的。

乙　我说电视。

甲　大娘看看电视，看看我，她半天说了一句话。

乙　怎么说的？

甲　“小伙子！敢情你们不只光会抓坏人，电视坏了也能鼓捣？”

乙　这都是培养两用人才的结果。

甲　“小伙子，我跟你商量点儿事。”

乙　什么事呀？

甲　“我那老丫头自打一看‘便衣警察’就着了迷了，演几遍看几遍，电视一不清楚她就拍，三拍两拍给拍没影了。”

乙　噢，拍坏的。

甲　“当妈的早看出她的心思，她是一不想找有钱的；二不想找有权的，一心只想找你们便衣警察。”

乙　我们是武装警察。

甲　“别管武装的，还是便装的，是警察就行啊！反正打老太太我这儿是没啥啦，如果你们要没意见，就谈吧。”

乙　看上你啦！

甲　还没等我说话呢，我那丈母娘“嗷！”的一嗓子就进来了，“老李婆子，你太不仁义了，帮你修修电视，人还留下了，我们那儿考试都合格了，你撬什么杠？”

乙　真急了！

（与姚琨、安宁共同创作）

·相声·

敬　酒

甲　同志，你是二十三军六十九师二〇五团的吧？
乙　没错！
甲　（激动地握手）你好！你好！
乙　这位同志很热情。
甲　（激动地拥抱）谢谢！谢谢！
乙　还有西方礼节。
甲　（抱起乙转一圈）辛苦了！
乙　唉——你这……
甲　我瘦多了。
乙　是瘦了点。
甲　掂着也就七八十斤。
乙　他跑这儿给我过秤来了。
甲　你要是到我们农贸市场肉类部肯定受欢迎。
乙　为什么？
甲　因为现在瘦肉值钱哪！
乙　怎么说话哪！
甲　请原谅，首长，我说话有些不礼貌。
乙　没关系。
甲　我这是三句话不离本行。
乙　你是干什么的？
甲　自谋职业，在自由市场出了个小百货的床子，我是……
乙　个体经营。
甲　这是你对我的美称，我还有个小名。
乙　什么小名？
甲　二道贩子。
乙　哎，那是一种偏见。
甲　不，对我来说这种称呼绝对不是偏见，这两年我为了钱没少折腾，广州的香蕉，天津的梨，四川广柑甜蜜橘，深圳的手表牛仔裤，大连的海参上海的鱼，只要经过我的手，全都扒它一层皮。
乙　还一套一套的！
甲　广州倒过彩相片儿，新疆倒过羊肉串儿。
乙　哪都去过。
甲　祖国大地都跑遍，一心为了把钱赚，当着真人不说谎，现在存款有几万。
乙　靠自己劳动挣钱也不是坏事。
甲　别提了，首长，一说靠劳动挣钱我就惭愧，在我的摊儿上，一样的货根据不同的顾客我能卖出不同的价钱。
乙　见到小孩怎么卖？
甲　小孩老人都买不了大东西，一分两分的没多大赚头。
乙　见到青年人怎么卖？
甲　这得分男的还是女的。
乙　男的怎么卖？
甲　男同志心眼粗，商品价格随便出。
乙　见到女的怎么卖？
甲　女同志心眼细，卖货必须有耐力，要先把价格说得高高的，然后再一点一点地往下议，女的都爱占便宜，一看议价就掏钱。
乙　他研究得真细，那要是男女一起来买你怎么卖？

甲 男女要是一起来，价格你就使劲抬，尤其是男女搞对象的，女的一问价，傻小子马上就掏钱，多少钱都买，问啥价呀，不买对象黄啦。

乙 那你要见到我们当兵的怎么卖哪？

甲 当兵的最好办了，心眼儿实，一般说看上的货不会还价，上次有个当兵的到我那儿去买口罩，我愣要了个乳罩的价钱。

乙 那人家能买吗？

甲 这就得看买主需不需要了，只要需要，你就是要出大天来，他也得要。

乙 那你怎么要？

甲 这就得看行情了，就拿咱哈尔滨来讲吧，这次松花江一涨水，我到江边一看，江水还有两寸就漫过江堤了，我赶快跑到了百货公司。

乙 到百货公司干吗去？

甲 购买救生圈。

乙 买那干吗？

甲 你想啊，咱道里道外地势这么低，一旦决堤就要变成一片汪洋，到那时候人命关天，你想救生圈能便宜吗？

乙 你可真能算计。

甲 我来到百货商店一看，救生圈是一抢而空。

乙 早就没有了。

甲 还有比我下手早的。

乙 市里抗洪指挥部早就调走抢险去了。

甲 没有救生圈也没关系，我到日杂商店去买别的。

乙 日杂商店没有卖救生圈的。

甲 没救生圈我买了八十个大锅盖。

乙 锅盖？

甲 没有救生圈这也是好东西。

乙 你真有办法。

甲 这事让我女朋友知道了，他说什么也要跟我吹。

乙 她是怎么说的。

甲 “黄二。”

乙 还二黄呢！

甲 我在家不是排行老二吗，“黄二，给！”

乙 什么？

甲 这是毕业的时候你送给我的相片，这是你几年前的留影，相片的背面是你几年前写下的几句诗。

乙 念念！

甲 青年人要有崇高的理想，让我们展开腾飞的翅膀，去追求那闪光的方向。

乙 这诗写得还真有点意思。

甲 可现在你变了，你的眼睛只有金钱，眼下全市的青年人都去抗洪抢险，可你还在这里想着怎么挣钱，买了八十个大锅盖。

乙 全知道了。

甲 以后不要再来找我，去卖你的锅盖去吧。

乙 真生气了。

甲 她把相片往我手中一放转身就走。

乙 赶快认错。

甲 我说：“我去抗洪还不行吗，反正一天还发十元钱补助哪。”

乙 还想着钱哪。

甲 大灾之年也没啥生意，拿十块钱到江边玩去呗。

乙 好嘛！

甲 可我到了江北一看惊呆了，你们×××团全体官兵日夜奋战，长达十几个小时站在水中，为了保卫哈尔滨你们都玩儿了命了，啃着凉面包，顶着上百斤的麻包，十几岁的小战士在水里打晃啊。到了晚上，我手拿着这十元钱，心里不是个滋味，挣大钱挣惯了，这十块钱算个啥呀，可是眼下我，我拿着这十元钱我心里难受呀，解放军为保卫哈尔滨都拼了命了，可我还在那拼命挣钱，人解放

军同志到我那儿买口罩我愣要了个乳罩的价钱。（哭）

乙 都想起来了，有缺点改了就好，再者说这也是我们应该做的。

甲 应该做的，都是吃娘奶长大的谁该谁呀！

乙 爱护人民，保护人民是我们人民军队的责任，再者说了和友军相比堵决口救群众我们还差得远哪。

甲 不差，一点不差，堵决口固然英勇，但你们功高就在于没让大堤决口，保住了哈尔滨，一旦决口哈尔滨就变成了水城。停水断电，停工停产，损失就太大了。不过，我那锅盖也就值钱了，你们把哈尔滨保住了，我那锅盖也就黄了。

乙 还都联系上了。

甲 （从兜里拿出酒壶）来，为了感谢你们二〇五团咱俩喝一杯。

乙 这位怎么没喝就醉了。

甲 我有这毛病，一喝准醉。

乙 这是什么毛病，你是不是来之前就喝酒了？

甲 喝了。

乙 你这是后反劲，不能再喝了。

甲 不行，你们二〇五团抗洪死都不怕，我喝点酒怕啥。

乙 你不能再喝了。

甲 古人说："酒逢哥们儿千盅少。"

乙 那是"酒逢知己千杯少"。

甲 对！是这个词，你们是知己，也是好哥们儿。喝！这杯酒，我要敬给坐飞机救人的那八个哥们儿中的头儿。

乙 那是我们师王彦亭副参谋长。

甲 他是什么官？

乙 副参谋长。

甲 别逗了。

乙 这还有错。

甲 参谋长人家是指挥千军万马的大官，他才带了八个人，使大劲是个班长。别尽跟我扔大个了。

乙 真的。加格达旗地区，连日降雨加上山洪暴发，几百名群众被洪水围困在一个山头上，奉黑龙江省委的命令，王副参谋长带领八人抢险突击队，奋战二十小时，使群众安然脱险。王彦亭同志荣立二等功。

甲 真的？

乙 没错。

甲 那我不跟他喝了，我躲着他点儿。

乙 干吗躲着他？

甲 你不知道，我看他外表不像个大官，上次在水里堵决口，我还按着他脑袋呛水玩儿呢！

乙 你玩儿点什么不好！

甲 这杯酒你替我转敬副参谋长，向他赔个礼、道个歉。

乙 这倒用不着，不过你的心意我一定转达到。

甲 我还得喝一杯，我要跟那两个人……

乙 哪两个？

甲 两个肚脐眼儿的战士喝。

乙 俩肚脐眼儿？

甲 人家双胞胎。

乙 双胞胎也没俩肚脐眼儿呀。

甲 人家还缠着脐带呢。

乙 多大呀还有脐带？

甲 噢？是缠着绷带哪！你没看人家这长一个肚脐，这又长一个吗？

乙 我明白了，你说的是五连那个朝鲜族战士申东春，他患的是胸部结核，胸部开刀切开五公分长的刀口，每天把纱布塞到刀口里，伤口还没好，就积极请战上了抗洪第一线。那是伤口，不是肚脐眼儿。

甲 噢！不是肚脐眼儿，是肚脐口。

乙 什么叫肚脐口哇？

甲 我听说了，他那伤口还没长严哪，可是就这样，他还一口气扛了六十多个草袋子。

乙　不是当时情况紧急吗，他们连抢救的是江心水源地，水源一旦被洪水冲垮，哈尔滨百分之七十就没水吃了。所以全连当时只有一个念头，争分夺秒保住水源。

甲　断水可不是小事，家家户户、男女老少，一人拿个小盆到处找水吃，你说是不是乱套了，早知道要断水，我多进点汽水就好了。

乙　还算计哪！

甲　开个玩笑。我还得喝一杯，这杯我要敬给老赖。

乙　你说的是三机连赖排长。

甲　首长，我对你们有意见。

乙　什么意见？

甲　人家排长在抢救江北糖厂中干得多好哇，干吗总叫人老赖、老赖的。

乙　这不能怪我们。

甲　那怪我？

乙　谁也不怪，人家姓赖。

甲　噢！那就怪他父母，姓什么姓不好，非选这么个姓。

乙　姓什么没关系，全连一百多人姓什么的都有。

甲　对，赵钱孙李，周吴郑王……

乙　他背上百家姓了。

甲　你们一百多号人，百家姓上占了半本，可在抢救糖厂时，都是一个模样，满头大汗，满身是糖，一串一串跟糖葫芦似的。

乙　三机连，三炮连一百一十二名干部战士，奋战了十八个小时，在十八号洪峰到来之前，把价值一百万元的五百八十吨白糖运到江南。

甲　是呀，要不是你们抢救糖厂，市里的糕点厂、食品厂全得停产，过中秋节都吃不上月饼，就是吃上也没有馅，没馅的月饼那叫月饼吗？那叫桃酥。

乙　好嘛！

甲　我们哈尔滨能过上团圆的中秋节，要感谢二〇五团，来，喝！

乙　他这还带魔术的，这杯酒你准备敬给谁？

甲　这杯酒是代表我女朋友敬二〇五团的。

乙　你们又和好了。

甲　对！因为我在抢险中表现得不错。

乙　确实不错。

甲　事后，我还当上了全市的标兵，上了电视了，一上电视追求我的姑娘成排成排的，不过追求的再多咱也不能喜新厌旧哇。

乙　小伙还真不错。

甲　再者说，我的进步都是她帮助的结果。一帮一，一对红，咱得照顾老感情。

乙　对爱情是要专一。

甲　她不但与我和好了，而且我们结婚相都照了。

乙　祝贺你，小伙子！

甲　我一激动又在照片的后面写了一首诗。

乙　念念！

甲　青春的理想多豪迈，往日的恋人又相爱，新的生活要开始，今后不再卖锅盖。

乙　嘿！

（与张振彬共同创作）

·双簧·

经理的中山装

［舞台上放着一张办公桌，桌上放有电话等办公用品。桌后放着一把高靠背木椅，椅背上搭着一件中山装。

［音乐中，经理身穿西装上场。他脱下西装挂在衣架上，然后摘下椅背上的中山装，到大椅背后换装。突然从桌下一跃蹦上桌来，他变成一个短胳膊、短腿的大头人，开始演双簧。前面的人手当脚穿上两只鞋，后面的人两手从前人腋下伸出，拿出一支香烟欲抽，但没有火柴，他便伸手去到中山装的右下兜找火柴。也不知是谁，在他的兜内塞了一沓儿人民币和一张纸条，后面人念，前面人对口形："王经理，这是一点儿小意思，五千元，事情办成后我还要重谢，请你一定帮忙。"

［经理高兴地把钱揣入兜里，又伸手到左下兜里找火柴。也不知是谁，在他的左下兜里放了一沓儿彩色照片和一张纸条。打开纸条，背后又传来一个女人的声音："王经理，太感谢了，这是我去年在海滩照的相片，喜欢吗？真不知怎么谢你才好。今晚，我在宇宙宾馆租了个房间。九点半我在 311 房间等你喝茶，可一定来呀！"

［经理高兴地将照片揣入兜内，看了看手表急忙梳理打扮。刚要跳下写字台，又发现自己的手表戴反了，于是他又拿起那棵香烟，到左上兜找火柴。也不知谁在兜内塞了一封信，打开信封，有一个硬的东西掉在桌上。他一边看信，一边下意识地将那个东西捡在手中。背后传来了愤怒的吼声："王贵才，你这个骗子，这个流氓，那件事情，如果你在二十四小时之内还不给我答复，我就去告你，这就是你的下场。"他猛然发现手里拿的是一粒子弹。惊恐万分，抓起电话："喂，小马，有事好商量，那件事情不要太着急，我正在给你办着。请你再……这样吧，我这儿给你准备了五千块钱，你先拿去……要不，今晚上我帮你找个小姐，九点半到宇宙……

［对方挂上了电话。

经理在桌上来回踱步，他站定后狠狠地说到："一不做二不休！"他打开了中山装的最后一个兜，掏出一沓儿名片。后面传来了声音："有事找我，有事找我，有事找我"他抽出了一张名片，拨通了电话："张局长吗？我是老王。有一个人，犯有威胁罪，诬告罪，请你把他……事成之后我送你一件特制的中山装。"说完放下电话，在桌上来回踱步。这时，门外传来了警车声。他又高兴，又是惊恐，在桌上东张西望，一脚踩空掉到桌后。他再次蹦上桌来时，人形还原，双手戴上手铐。这时，椅子后面那位演员走到桌前，双手也戴上手铐。（他冲着台下）"钱全进他兜了，凭什么给我也戴上铐了？"

经理：我兜里的钱，全是他揣进来的。

［两人低头下场。

·相声剧·

自来水的思考

甲　×××同志，我发现您有一个大优点。

乙　我有什么优点？

甲　客气，一见面我就发现您平时一定非常注意节约。

乙　咱们头一回见面，您从哪儿看出我注意节约了？

甲　从您这个头就看得出来。

乙　是吗？

甲　您看人这个头长到一定尺寸就不往上长了，像这类人都聪明。个头矮的人一省布；二省粮；三省铺盖；四省床。个头嘛，够用就得呗！哎，您能够着锅台吧？

乙　讽刺我？

甲　这是跟您开个玩笑，其实一个人的节约与浪费是后天养成的一种习惯和思想上的问题。

乙　这话说得有道理。

甲　长言说得好，吃不穷，穿不穷，算计不到就受穷。

乙　对，老百姓常都这么说。

甲　这句普通的家常话阐述出一个深刻的道理。

乙　那可不，咱们国家目前还很贫穷，我们必须为国家着想，注意节约，精打细算。

甲　不知您算过没有，我们全国每人每天节约一分钱，全国全年就是四十五亿五千万元人民币。

乙　是呀！

甲　每人每天节约一两米，全国全年就是四百五十五亿五千万斤米。

乙　嚯！

甲　总而言之，我们要人人讲节约，处处讲节约。

乙　只有这样国家才能更早地富强起来。

甲　可有些人就意识不到这一点。

乙　有这样的人吗？

甲　我们单位集体宿舍那个楼一年三百六十五天天天常流水。

（转入剧情）

洗漱室。

［乙端着脸盆走进洗漱室，拧开自来水的水龙头，端盆接水，水满后没有关上水龙头就端盆而去。甲拿着牙具走进洗漱室，见自来水龙头在哗哗地流水，便不满地大声喊了起来。

甲　这是谁开的水龙头？怎么不关上就走了？这不是浪费吗，用水不花钱也不能这么用啊！我得找领导反映反映，太不像话了！”

［说罢转身走出洗漱室，自来水还在哗哗地流着，在水龙头上边的墙上写着“节约用水”。（画外音）是呀，这种只在口头上讲节约的人和浪费又有什么两样呢？

·相声剧·

让 贤

甲 同志！

乙 （不理甲）

甲 同志！

乙 （还是不理甲）

甲 老同志……

乙 走！管谁叫老同志，告诉你我不老。

甲 老……

乙 （瞪甲）

甲 观众同志们不要误会，我们个人之间并没有什么矛盾，是这么回事，我们团最近要重排一出老戏《棒打薄情郎》，导演让我来扮演戏中的主人公金玉奴，这金玉奴是一名十七八岁的年轻少女，所以导演看我演这角色比较合适。过去这个角色是我们这位老……师来扮演的，演得也比较成功。可是现在导演考虑他岁数大了，因而就换我来演这个角色，我……

乙 观众同志们别听他的，他是为自己争辩，他主要是跟导演关系好，要不然能把我给换下来吗？

甲 老同志。

乙 我不老，我告诉你呀，你要再称我老同志我可揍你。

甲 好好好，小同志，我劝你考虑问题应当实际一点，你这个年龄演这个角色不太合适。

乙 我比你合适，想当初我演这个角色唱红了全国。

甲 那是你的过去，可现在……

乙 现在怎么啦？告诉你好汉不减当年勇。

甲 那这样吧，我们今天让观众同志做个裁判。

乙 怎么做？

甲 咱俩都扮上，进入角色，让观众们看一看谁演这金玉奴合适。

乙 扮上就扮上。

（转入剧情）

[甲扮好，背向观众念道：

青春整二八，

生长在贫家。

绿窗春寂静，

（扭过身来冲着观众）

空负貌如花。

美丽少女的形象出现在屏幕上。

[乙扮好，背向观众念道：

青春整二八，

生长在贫家。

绿窗春寂静，

（转身冲着观众）

空负貌如花。

[一个老太太的形象出现在屏幕上。

（画外音）这位老同志如果去演金玉奴的妈妈的话也许更为合适。

·相声剧·

吃　请

甲　您常到饭店去吃饭吗？

乙　常去。

甲　那我问您一个问题。

乙　什么问题？

甲　您说现在的饭店里谈论什么的最多呀？

乙　谈论酒菜的最多。

甲　看来您在这方面还缺乏研究。

乙　那您说谈论什么的最多呢？

甲　谈论生意的最多。

乙　哎，您别说，他说得还真有道理，现在无论到哪个饭店去吃饭，只要你往那一坐准能听到有三三两两在谈买卖。

甲　对吧？

乙　哎，你说这些人为什么偏到饭店去谈生意？

甲　这您就不懂了，这是学问。

乙　学问？

甲　当然了，还有套口诀哪，烟卷一递，考虑考虑；筷子一拿，没啥没啥；酒盅一举，可以可以；吃完撤桌，再说再说。

乙　白吃呀？

甲　怎么白吃哪，我求你才请你吃饭对不对？

乙　对呀！

甲　事没办成。

乙　这不白吃吗？

甲　哥们儿大度不在乎，事没办成交个朋友，再者说我也跟着闹顿白吃呀。

乙　咱俩到底谁请谁？我怎么越听越糊涂啊！

甲　这脑子还做买卖哪！比猪脑子都笨，我和你说不清楚，干脆我请你吃一顿。

（转入剧情）

［某饭店，内，日。

［甲和乙坐在饭桌前，桌上摆满了丰盛的饭菜。

乙　老弟，实在对不起，现在风声紧了，让你白跑了一趟。

甲　没什么，交个朋友嘛。来日方长。（说着掏出一个名片递给乙）以后有事找我。

［这时服务员走过来算账。乙刚要交钱，甲摁住了乙的手。

乙　老兄，我来付。

甲　不能让你破费。

乙　哎，我能报销。（定格）

（画外音）他们记在公家账本上的钱，到底有多少呢？

·相声剧·

罚　款

甲　为了使人们严格遵守各项规章制度，许多部门都实行了罚款。

乙　这是一种经济制裁好方法。

甲　这个方法非常的好，尤其是对那些不自觉的人来说，这是一个有效的措施。

乙　对，谁都怕往外掏钱。

甲　可是同时又给我们那些掌握政策的同志提出一个问题。

乙　什么问题？

甲　有这么一句话您听说过吗？对于知错者，谅解比指责更为有利。

乙　这话有道理，批评同志是为了教育同志，当人认识到自身错误时就该原谅他，可不能得理不让人。

中　可是在这一点上我们有些具体部门的负责同志掌握得就不是那么太好，您就拿罚款来说，它的主要目的是为了对那些故意违章的人的惩罚，而对那些无意违章态度又非常好的同志就要另行处理。

乙　具体问题，具体对待。

甲　前几天，我在十字路口就碰到这么一件事。

［某十字路口。

（转入剧情）

［甲扮成值勤民警，乙自行车无意压线，警察急步地走了过来，掏出笔和罚款票。严厉地：

警　压线了，罚款五角。

乙　我……

警　一块！

乙　同志，你……

甲　一块五。

［乙无奈从兜里掏出钱递给警察，警察撕掉第一张罚款票团了团扔到了地上，刚要重开罚款票，乙从兜里掏出一个值勤袖标上写着“卫生执勤”严厉地冲着警察：

乙　乱扔废纸，罚款五角。

警　这……

乙　一块。

警　你听我……

乙　一块五。

警　这是？

乙　两块。警察把手里的一元五角钱退还给乙，乙严厉地：还缺五角。

［警察摸了摸自己的兜：我没带钱。乙又要开口提价，警察立即把手一挥，他冲着马路那侧喊道：压线那位，过来！

·相声剧·

死　角

甲　前些年由于“四人帮”的干扰和破坏，使我们党的优良传统受到严重的损伤，党在人民群众心目中的威信也大大地下降。

乙　那可不，有些个别党员干部利用职权大搞不正之风，吃吃喝喝走后门，不讲党性，有的还放纵自己，触犯了法律真是令人痛心。

甲　为了统一思想，整顿作风，加强纪律，纯洁组织，党中央率领全党从上至下进行了学习整顿，使党的风气大大地好转。

乙　这次整顿真是太及时、太必要了。

甲　可还有一些极个别的领导干部，没有端正对这次整顿的认识，从而也就没有从思想深处解决问题。

乙　还有这么糊涂的领导吗？

甲　有，胡主任就是一个典型的例子。

（转入剧情）

［某办公室内。

［乙扮成一个五十岁开外的干部，坐在办公桌前看着整党文件，电话铃声响了，他放下文件抓起话筒（画面一分为二）。

甲　请找一下胡主任。

乙　我就是呀！

甲　叔叔，我是小强，我工作调动的事怎么样啦？

乙　哎呀，目前正在整党，上面一再强调这次整党不能走过场，现在不行。

甲　那……

乙　整完党再说吧！（定格）

· 相声剧 ·

五迷三道

片头：

［餐桌前，人们举酒碰杯。

［舞厅内，人们跳着节奏强烈的现代舞。

［剧场里，人们在欣赏着文艺节目。

［足球场，万众欢腾，运动员奋力地拼搏着。

［在画面中推出片名

五迷三道

［画外音：何苦为迷？迷者狂也！痴也！

我们这里所讲的五迷三道，并不是改革浪潮中的开拓者，这里要讲的却是一些在当今社会进程中的散兵。

第一幕　球　迷

［画面上出现全国第六届运动会辽宁对广东的足球比赛。

（一）

［内：一个球迷家中。

［一对青年夫妇在电视机前聚精会神地看电视里足球比赛的实况转播。

［屏幕上：广东队一脚破门，在场的观众欢呼声震耳欲聋。

［电视机前的男青年大失所望，捶胸跺足，他搬起电视机狠狠地摔在地上。

（二）

［外，日，太原街邮局的报亭前。

［球迷们在谈论昨晚电视转播的足球比赛。

［男青年挤入人群。

男青年　人要不走字儿，干啥都憋气儿，六届全运会儿，足球那点事儿，整得也太没劲儿了。

［众笑。

［女青年挤入人群，冲着男青年。

女青年　你干啥干啥呀？昨晚摔了大彩电，今天早晨不吃饭，一睁开眼睛你就跑这来乱，咱那买卖你还想不想干了？

男青年　干啥呀？

女青年　出床子呗。

男青年　这老娘儿们就头发长，见识短，国家大事从来不管，这样下去非常危险！［众笑。

女青年　谁危险？你说谁危险？你摔彩电不危险？

男青年　电视节目我不爱看，因此我才摔彩电。

女青年　是，一个彩电才几个钱儿，摔就摔了，买个二踢脚不就是为听个响儿吗？关键咱得接着干，你看人老刘家一早就卖出六条牛仔裤了，可咱到现在床子还没出，货还没上呢。我听说广州又来快货了，快走，快走哇！你在这儿站着球就能赢啊？咋不动地方呢？你在这儿等着罚点球哪？［众笑。

男青年 我告诉你，我现在气儿可不顺，你再抖擞，我一个大脚给你开太原街去。

女青年 哎呀！哎呀！你吹啥呀，你要有那脚早进足球队了，我不是在大伙面前埋汰你，上回你就说一脚把我开太原街去，结果一脚把我整马路弯儿去了，偏哪儿去了，臭脚吧，还说角球呢！［众笑。

众　甲 角球？要不是那个角球我们能输吗？

众　乙 就是，你说咱们教练没说的，队员没说的，大门没说的，那……还有啥说的。

众　丙 可不是吗，小马、小唐、小傅、小……等等七八个国脚咋就输了呢？

众　丁 闹不好是那天阵容问题。

众　丙 啥阵容问题呀，咱踢的是四三三、他们踢的是四四二,四三三对四四二，这阵容进攻老硬了。

众　甲 我说输就输在那个角球上。

男青年 咱们应当到邮电局打电话，问问为什么判罚角球。

众 走！走！［这时一个广东打扮的中年男子挤入人群。

广东人 各位先生，各位球迷朋友们，不要在路上吵吵闹闹，这样有失大雅啦——［女青年急忙迎上前去。

女青年 我听出来了，您是广东人。不知关于服装方面有没有什么快货？［男青年一把将女青年推出人群然后走到广东人面前。

男青年 我告诉你，这没你什么事，该干什么就干什么去，要不然可别怪我不客气。

广东人 我到邮局来就是想给广东足球队发封贺电，祝贺他们荣获冠军啦——

众　甲 我看他是成心。

众　乙 我看他是在找茬儿。

男青年 你小子可太可气了。

广东人 不要这样吗，你们东北球迷的阵容是最强大的了，希望你们的度量也能相对的大一些啦，如果说输一个球就生气，输一个球就生气，那你们就不是足球球迷，那就是气球球迷啦。

众　甲 我看他是摩托车不起火——欠踹！

众　乙 我看他是大米饭不熟——欠焖！

众　丙 我看他是啤酒瓶子没盖——欠塞！

众　丁 我看他是灯泡不亮——欠电！［男青年脱下外衣，举手欲打。广东人突然吹响了手中的口笛。

广东人 你犯规啦！

男青年 我犯什么规了？

广东人 抬脚过高。

合　众 上！

［球迷们一拥而上。

广东人 耍哪！（东北土话）

［球迷们愣住了。

广东人 我是东北老球迷．是东北球迷协会的会长。你们其中不是有很多人写申请要求加入协会吗？我今天是对你们一个小小的测验，你们这种喜爱足球热爱家乡的精神是可贵的，但作为球迷要懂得球迷的道德，我们要把力量用在给运动员鼓劲儿上，不能用在惹事斗气儿上，国家队已冲出亚洲走向世界，我们要把全国的球迷联合起来，为中国队高呼：中国队——

合　众 加油！

第二幕　舞　迷

（一）

［外，黄昏，舞厅门前。

[一个中年男子刚刚下班骑着单车由远而来，车座上夹着饭盒，在舞厅售票处前停下，掏钱买票。

男　人　晚场的，两张。

（二）

[内，家中。

[妻子一边对着镜子化妆，一边随录音机放出的音乐扭着身子。

[不满十岁的孩子手拿着课本站在身后。

孩　子　妈妈，老师说周末的作文让家长辅导。

女　人　妈妈今天加班，等会儿爸爸就回来。

（三）

[外，黄昏，家门前。

[中年男子把单车支好，然后从外衣兜掏舞票，揣进衬衣兜内，按响门铃。

（四）

[听到门铃声，妻子急忙收起桌上的化妆品，关上录音机，打开房门。

女　人　回来了？我们今晚加班，贝贝的作文……

男　人　怎么都赶到一起了，我也……

女　人　加班？

男　人　啊！

孩　子　爸爸妈妈你们怎么总加班呀？那谁来辅导我？

男　人　没关系，等会儿给你送到业余补习班去，反正咱也给王老师钱了，等爸爸下班回来再去接你。

（五）

[内，王老师家。

[补习班已到了四五个孩子了。王老师没在家，老母陪着孩子们一起等候。

孩子甲　奶奶，王老师怎么还没回来呀？

王奶奶　加班。

[门铃响了。

王奶奶我说会回来嘛！

[王奶奶打开房门，见那对中年夫妇带着孩子站在门外。

男　人　王奶奶，我们今天加班又给您添麻烦了！

王奶奶　没关系。

[王奶奶把孩子领进房门。

（六）

[外，夜，十字路口。

女　人　我下班就回来，不会很晚。

男　人　我也是，再见！

（七）

[舞厅内。

[中年男子和一名女青年欢快地跳着舞。突然，像是看到了什么，他停止了旋转，仔细地寻望着。可是在这灯光暗淡的舞厅内，什么也看不清。于是又转了起来。

[中年女子和一名男青年开心地跳着舞，在旋转中她似乎也在人群中发现了什么，可当仔细观察时，目标又消失了。

[夫妻俩旋转到舞池中心撞到一起，两人同时愣住了，一时不知说什么才好。他们没有说话，那对青年男女却相互认出。

女青年　你不是说你今晚加班吗？

男青年　你不是也加班吗？

［四个人默默无语地随着乐曲相互找到自己的原配跳了起来。

（八）

［内，王老师家。

［挂钟的时针指到十点，王奶奶在桌前不停地打瞌睡，孩子们趴在桌上睡了，没有写完的作文放在一边。孩子的画外音：爸爸、妈妈，王老师周末都在加班，他们的工作多忙啊！……

第三幕　财　迷

（一）

［内，某剧场后台。

［报幕员扒开幕布向观众席窃望着，团长走了过来。

团　长　怎么样？

报幕员　观众都入场了。

团　长　怎么搞的，老刘还没把演员接来？

（二）

［内，飞机场候机厅。

［老刘焦急地看着手表。

［候机厅里传来广播员的声音："各位乘客请注意，608 次航班已经到达本站，希望接亲友的同志注意接机。"

（三）

［内，机场出口。

［旅客有顺序地走出，歌坛新秀汪飞飞走在人群中，他脸上化着重重的油彩妆，周围的旅客在小声地议论着。

众　甲　看，那个男的还化着妆。

众　乙　神经可能不太好。

［老刘在人流中发现了汪飞飞，他兴奋地。

老　刘　汪老师！

［上前接过汪飞飞的皮箱。

（四）

［轿车内。汪飞飞对着镜子修妆。

老　刘　汪老师，您这是……

汪飞飞　啊，刚在广州天鹅剧院演完一场。

老　刘　您很辛苦哇，咱家乡人一听说您回来，前三天票就卖完了。

（五）

［内，剧场后台。

［观众席上不断发出喊声。

众　一、二——到点了！一、二——到点了！

报幕员　团长，已经过了十七分钟了！

［团长急切地来回踱步。

［有人喊了一声："演员来了！"

［团长随声望去，见老刘和汪飞飞出现在后台。团长高兴地推了报幕员一把。

团　长　报幕！

（六）

［大幕前。

［报幕员走出。

报幕员　亲爱的观众同志们，您期待的时刻来到了。下面就请您非常喜爱的演员，歌坛新秀汪……

［团长在幕后一把将报幕员拽进幕内。

（七）

［后台。

报幕员 怎么啦？团长。

团　长 他不上台！

报幕员 为什么？

团　长 嫌钱少。

报幕员 不是说好一场给他二百吗？

团　长 他说昨天晚上开始涨到二百五了！老刘正和他谈哪。

［老刘气愤地走过来。

老　刘 团长，没办法，观众也都来了，咱就答应他了吧！

团　长 （气愤地）这种演员只能请他一次！报幕。

（八）

［大幕前。

［报幕员二次走出大幕。

报幕员 亲爱的观众同志们，很对不起，汪飞飞先生由于刚下飞机，所以刚才还没有化好妆，下面我们就以热烈的掌声欢迎汪……

［团长又把报幕员拽回。

（九）

［后台。

报幕员 又怎么啦？团长。

团　长 他要现钱，还缺十元，后边正凑哪。

［报幕员翻兜找钱。

报幕员 我这儿有五块。

团　长 好！好！

［这时台下观众喊声不止。

众 退票！退票！

［团长冲着报幕员。

团　长 你出去应付一下。

（十）

大幕前。

［报幕员第三次走到幕前，观众们不停地哄她。

报幕员 对不起，对不起，汪飞飞妆是化好了，但是还没换好服装，我用这个时间把他的演唱风格和生活习惯介绍一下。

众 不听！

报幕员 那我还是给诸位朗诵一首诗吧——理想。

［报幕员在幕前大声地朗诵着。

（十一）

［剧场后台。

［汪飞飞来到台口，老刘和团长跟在身后。

老　刘 就差三块钱了，我看就这样吧。

汪飞飞 北方的剧场好凉啊！我在台上打哆嗦，怎么能唱歌呀？

老　刘 那您的意思？

汪飞飞 你这件西服还可以呀。

老　刘 您拿去穿。

［汪飞飞穿上老刘的西装。

老　刘 就是小点儿。

汪飞飞 我弟弟穿着可以，说实话这外套要卖不一定能值三块钱。

［团长在一旁急忙把自己的鸭舌帽摘下来揣在怀里，冲着老刘耳语。

团　长　等会儿想起他爸来，我这个帽子就没了。

（十二）

［大幕前。

［报幕员已是满头大汗。

报幕员　观众朋友们，我们盼望已久的时刻来到了，让我们以热烈的掌声欢迎汪飞飞上场。

［大幕拉开，汪飞飞随着《让世界充满爱》的乐曲上场，灯光大亮，光彩照人。

第四幕　官　迷

（一）

［某医院病房内。

［一位年过半百的干部躺在病床上，奄奄一息，老伴和儿子哭着。

老　伴　老张！老张！孩子回来看你来了！

儿　子　爸爸！我是小宝！我是小宝啊！爸爸！

［医生和护士走进病房，把氧气管给病人插上。

［老伴拉着医生。

老　伴　医生，我们住进来一个月了，怎么还越来越重了？

医　生　大娘，像这样严重的脑出血，能维持一个多月已经是很少见了，请准备后事吧！

［医生走出病房，老伴发疯似的追了出去，在病房门口与提着慰问品的李秘书撞到一起。

李秘书　阿姨！

老　伴　小李，你们处长他……

［李秘书急忙走进病房。

李秘书　处长！处长！

［捧着慰问品。

李秘书　这是全处同志让我给你带来的东西。

［处长躺在那里似乎一点也没有听见。

［李秘书又拿出一沓人民币。

李秘书　处长，这是你全年的奖金。

［处长还是没有一点反应。

老　伴　小李，处长他跟着党辛辛苦苦干了一辈子，这回可真的要去见马克思去了。（哭）

李秘书　阿姨，我心里更不好受，我跟着处长干了半辈子，刚熬出头，昨天来通知说处长的副局级批下来了，可……

［处长猛坐起来，拔掉氧气管，两眼放光。

处　长　人到齐了吗？开会！

［没有一点思想准备的老伴、儿子和李秘书一起钻到床下。

合　　　医生！护士！

［医生、护士破门而入。

医　生　掐人中！医生护士强把处长按到床上。处长一边倒气一边用手比画着。

老　伴　快！他要留遗嘱。

［李秘书急忙把纸笔送上去。处长用最后一口气写完。笔：“请马上给我调入高干病房……”

（二）

火葬场骨灰存放室

［儿子捧着骨灰盒，老伴和李秘书跟在身后，刚要进门被值班员拦住。

值班员　什么职务？

儿　子　处长。

值班员　外边。［李秘书上前掏出证明。

李秘书　刚提的，副局级。

值班员　请。

第五幕　酒　迷

（一）

［某医院急救室。医生、护士在值班，一群人抬着担架闯进，担架上的病号昏迷不醒。

众　甲　医生，快救救他！

医　生　什么原因？

众　乙　喝酒喝的。

医　生　酒精中毒，（冲护士）把药准备好。

［护士拿来针药和酒精棉为他消毒准备打针，病号闻着酒精棉的味道清醒过来。

病　号　什么酒味这么冲，闻着不像酱香型。

［护士一针下去。

（二）

［病房，吊瓶中的药水不多了，对讲器中传来护士的声音。

护　士　五号病床，药水还剩多少？

病　号　也就二两吧！

第六幕　生财之道

（一）

［日，外，火车站前。

［一辆豪华摩托车由远而来，骑车人戴着头盔，车在站前停下。

（二）

［日，外，小件寄存处。

［一个男人的背影在寄存兜子。

（三）

［日，外，火车站前广场。

［在一个角落爬出一个重残的男青年，他在道边铺开一张纸，上写："我身有残缺，无法谋生，望父老乡亲舍赏。"

［来往的行人不停地投钱，他接连不断地把地上的钱收入包内。

（四）

［日，外，出站口旁。

［一片嘈杂声，男青年又换了一身衣服，两眼蒙着绷带，双手摸着慢慢地向前走着，来到台阶前坐下，冲着身边一位老大爷。

男青年　这儿有人吗？

大　爷　没人，坐吧，有事吗，小伙子？

男青年　大娘，啊……

大　爷　不！我是……

男青年　真对不起！我刚听出来。

大　爷　你的眼睛？

男青年　在前线受的伤，刚刚手术。

大　爷　那现在？

男青年　没关系，我心中充满光明。

大　爷　……

男青年　大爷，您在等车？

大　爷　不，刚下车，等儿子。

男青年　大爷，我想麻烦您老帮我买张去北京的车票。

大　爷　好，好！

［男青年摸着从兜里掏钱，突然他惊慌失措地。

男青年　不！不会！

大　爷　小伙子，是不是你的钱包？

男青年　大爷，我不去北京了。

［绷带下流下两行泪水。

大　爷　小伙子，别这样，这样对你的眼睛不好，大爷还有二十块钱，（将钱掏出）我替你买去。

［男青年激动地握着大爷的手。接过钱。

男青年　谢谢您！大爷。谢谢您给我这次去北京的机会，就是看不见天安门，我也会听到它的声音。大爷，留个姓名吧！

大　爷　你就叫我刘大爷吧！

男青年　谢谢刘大爷！

［男青年把钱接过，转身要走。

大　爷　小伙子我去给你买票，替我看着东西。

男青年　大爷，我是个盲人，我自己身上的东西都看不住，怎能为您照看哪！还是我自己去吧！

［男青年向售票处走去。老大爷目送他进了售票室，然后向远方望了望，还是不见儿子身影，他看了看手表，扛起提包向汽车站走去。

（五）

［日，外，汽车站。

［售票员在为排队等车的人售票，大爷突然想起什么，掏了掏兜，才知道身上空无一文。自我笑了笑，扛着包转身离去。

（六）

［日，外，十字路口。

［男青年着装入时，手提头盔，推着一辆豪华摩托车，他不停地冲行人打着招呼。

男青年　哪位去西郊？多少给俩钱就走。我是顺路，哪位坐？［大爷扛着包吃力地走来，是去西郊吗？

男青年　对，我这摩托车比小汽车还快哪！

［老大爷愣住了。他不敢相信自己的眼睛。

男青年　愣什么？没几个钱，你到底坐不坐？

大　爷　坐。

男青年　上车。

（七）

［日，外，路上。

［摩托车在行驶着。

大　爷　向右。

［摩托车在行驶着。

大　爷　向左。

男青年　你这路可不近哪，比西郊远多了。

大　爷　到了。

［车停下，男青年摘下头盔。

男青年　派出所？

大　爷　你眼睛受了伤，我眼睛可好使！

［男青年目瞪口呆。

第七幕　生意之道

（一）

［日，外，自由市场。

［一个倒爷打扮的男青年，拿着十几件羽绒大衣叫卖着。

倒　爷　大衣，大衣啊！美国新型羽绒大衣啊！看一看、瞧一瞧，式样美观绝对新潮啦！大衣、大衣，羽绒大衣领导世界大衣新潮流啊！价钱合理，多买少算，一百八十五一件，两件三百六啦！

［想买货的围观群众犹豫不定，相互地问着。

［一个男青年挤入人群。

男青年　卖大衣的，多少钱一件？

倒　爷　一百八十五一件，两件三百六。

男青年　太便宜了，来两件。

［交钱，拿货转身离去。在场的围观群众有几个人也随之掏钱买货，但更多的人还是走开了。

［一拨散去，一拨又来，人们围着卖大衣的，手拿着钱犹豫不定。

［刚才买大衣那男青年换了一身干部服挤入人群。

男青年　都闪开！

［他一把揪住倒爷的衣领。

男青年　好哇，你又跑这儿来卖了。

倒　爷　大哥，你认错人了吧？我这是头一次。

男青年　前天在火车站卖的是不是你？

倒　爷　……

男青年　事不过三，罚款！

倒　爷　我没钱，货还没出手哪！

男青年　没钱好办，处理大衣！

倒　爷　大哥，我求求你，这是别人的货。

男青年　噢，代卖的，既然能替人卖货，就应当替人做主。

［他冲着围观的群众。

男青年　他刚才卖多少钱一件？

众　甲　一百八十五！

男青年　一百五一件！

［围观的群众一拥而上。人群中一个人突然认出了那个男青年“哎，他好像是刚才买大衣的那个人。”

［人们用疑问的目光注视着那个男青年。

［人群外挤入一个中年男子，他来到男青年的面前。

中年男人　请出示你的证件。

男青年　我……

中年男人　同志们，别上他们的当。他们是一伙的，一个卖货，一个牵驴。一百五也是挣黑钱，根据我们工商条例规定，对这种商贩必须严肃处理，价格折半九十一件。

［大衣一购而空，只余下工商干部手中的一件，他冲着身边的一个女同志。

中年男人　就一件样品了，要吗？

［女同志接过大衣，“唰！”的一下把大衣面扯开，露出大衣里的乱线团。

女　人　这是羽绒吗？

［她掏出工商检察证。

女　人　你们三个都跟我走！

［三个人惊呆了。

第八幕　“生”灾之道

（一）

［一个农村家庭中。

［男主人穿着皮衣、皮裤，一边悠着摇篮，一边在炕上炕下找着什么。

（二）

［日，外，农贸市场。

［一个农村的中年妇女在卖菜。

众　甲　多少钱一斤？

中年妇女　都要了我就少算点，俺还等着回家呢。

众　甲　好！

（三）

［家中。

［丈夫还在翻找着，妻子走进家门。

妻　子　孩他爹，你找什么哪？

丈　夫　没……没找什么。

［妻似乎明白了丈夫的意图。

妻　子　孩他爹，你又想去赌？

丈　夫　看你说得多难听，就是想玩玩儿。

妻　子　玩玩儿？上次半天你就输了八千多。

丈　夫　你提那茬儿干啥呀，那不是刚会玩儿吗？咱就等于交学费了，今天你多少给两个子儿，我保证给你捞回来。

妻　子　孩他爹，咱也不赌那气，只要你能安安静静地过日子，咱再攒，将来准能过上好日子。

丈　夫　一年一年净种田，除了攒钱就攒钱，喂驴还得撒把草呢，人家想高兴高兴，你看你那别扭，这日子没法过了。

［把一个茶杯狠狠地摔在地上。妻子无奈。

妻　子　孩他爹，这是最后一次行不？

丈　夫　放心吧，长了我也不能干哪，哪有那么多闲心，有时间还得考虑点大事儿呢，快拿钱吧。

妻　子　你要多少？

丈　夫　那得看家里有多少啦！

妻　子　全算上三千零二十。

丈　夫　整的给我，零的留着花吧。

妻　子　啊？

丈　夫　我的意思，不整就不整，整就整个大的。玩这玩意儿有个规律，押得多赢得多，这里也有辨证法。快拿钱去，辨证法的问题以后再给你讲。

［妻子从摇篮的下面把钱取出来。

丈　夫　我真没想到你把钱放那儿了，孩他妈，你真行，都赶上地下党了。

［接过钱，转身欲走。

妻　子　孩他爹，咱家可就这点钱了，你要是有个不幸，咱一家三口可就没法过了，到那时干脆就找根绳儿……

［丈夫一把捂住妻子的嘴。

丈　夫　我上赌场前你说点好听的，放心，我会平安回来的。

妻　子　你要是万一有个三长两短，可别忘了捎个信儿回来。

［丈夫一步三回头。

丈　夫　放心吧！好好照看孩子。

［摇篮里的孩子哭了起来，妻子推动着摇篮唱起《摇篮曲》。

［宝贝，你爸爸正在过着那艰难的生活，他要一个人对付三个人哪我的宝贝。我和你一起等待着他的消息，睡吧，我的好宝贝。保佑！宝贝！

［丈夫穿着衬衣、衬裤光着脚走进屋门。妻子惊呆了。

妻　子　输啦？

丈　夫　啊！

妻　子　衣服呢？

丈　夫　押上了。

［妻子失声痛哭。

丈　夫　我越想捞越输，我越想捞越输，押了皮裤押皮袄，押了皮鞋押手表。别哭了，你洗洗脸，擦点粉儿，梳梳头、掸点水儿。

妻　子　干啥？

丈　夫　我把你也押上了。

妻　子　啊！

1980 年在沈阳军区八一剧场，与王刚、赵德超表演化妆相声《看电影》

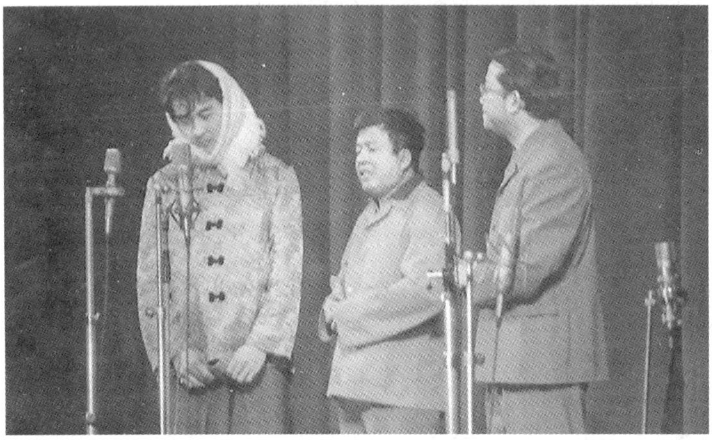

1982 年在佳木斯下部队演出，与王刚、赵德超表演化妆相声《相亲》

1979 年在沈阳红星剧场表演相声剧《照相馆》（二排左四）

1982 年，在沈阳文化宫与黄战生表演相声《绕口令》

1983 年，与范延东老师表演山东快书《打坦克》

1988 年，在牡丹江与朱光斗老师表演相声《招聘》

1987 年，参加解放军艺术学院轮训班学习（三排左十一）

1987 年，在解放军艺术学院课堂上（一排左三）

1987 年，解放军艺术学院毕业演讲

2011 年 10 月 23 日，于南京为父亲黄枫颁发“中国曲艺牡丹奖”终身成就奖

2019 年 7 月，于首都北京，主持庆祝中华人民共和国成立 70 周年、中国曲协成立 70 年周年，“向祖国和人民汇报”大型专题晚会（中）

第 二 章

枝

小 品 卷

·小 品·

招 聘

（1989年中央电视台春节联欢晚会）

时 间 当代。

人 物 李秘书：男，三十多岁。

小 孙：男，酒杯分厂工人。

小 张：男，酒瓶分厂工人。

小 高：女，瓶盖分厂工人。（小孙、小张、小高均由一人饰演）

景 置 会场主席台上设一讲台，上边放着话筒。

［幕启，李秘书手持一公文包上。

李秘书 请同志们静一静，后面的同志请坐下啦！各位同志，各位领导，招聘大会现在开始。首先宣布招聘规则：各位同志，各位领导，玻璃器皿总厂为了适应对外开放、对内搞活的新形势，决定招聘公共关系部部长一名。应聘的条件是：年轻力壮的，喝酒有量的，年龄在三十五岁以下，酒量在一斤半以上。括号：只看实际工作能力，不参照任何文凭，括号完了。如有符合本文条件应聘者，方可录取。如经中间人推荐并入选，中间人可获“伯乐奖”。奖品是：20吋彩电一台，外送一个青年女子——美发器。大会第二项请应聘者上台发言。根据事先抽签的顺序，首先请酒杯分厂的应聘者上台发言。大家欢迎。

［小孙上，向台下致意。

小 孙 我是酒杯分厂的，我姓孙……

李秘书 （与小孙握手）啊，小孙同志啊，请发言。

小 孙 我们酒杯分厂呢，看完这个招聘启事之后进行了热烈的讨论，普遍认为我能喝。这么说吧，我自个儿对付二斤白酒没问题，另外我喝酒有一个外号，叫“三三见九”。

李秘书 小孙同志，你能不能把“三三见九”的内容给介绍一下？

小 孙 “三三见九”是怎么个事呢？就说我吧，喝酒有个习惯，一般说，我一上桌不吃菜空着肚子先整三个。如果是遇见对方是硬手呢，还能整三个。反正这么说吧，我最多一连气整九个。

李秘书 噢！这么个“三三见九”哇。你用的是多大的杯？

小 孙 哎呀，那都是我们厂的新产品，七钱的杯子。

李秘书 这七九可就是六两三哪！

小 孙 如果是垫巴垫巴菜呢，还能整。反正我在我们厂呢，算佼佼者了。不过人多出韩信，矬子里拔将军，不知其他厂有没有这方面的人才？我们提出了，请总厂领导考虑考虑……

李秘书 小孙，这么的吧。我们总厂的煤气管道跑气了，我们请来了煤气站的两位同志，他们现在食堂的一号桌吃饭，你去那里陪他们。我们要通过实践检验，来考察一下你的实际工作能力如何。

小 孙 这没问题，不就是煤气站的吗？你放心，我三杯下去，别看他煤气站的，保证叫他们当场撒气。（下）

李秘书 小孙，你可要陪好他们。同志们，我认为这个小孙同志是一个很好的候选人，你们说是不是呀？好的，下面我们请酒瓶分厂的应聘者上台发言。大家欢迎。［小张上。

小　张　我们酒瓶厂也进行了热烈的讨论，大家一致认为我能喝，我的特点呢是整啤的。

李秘书　你是说喝啤酒？

小　张　啊，对，我生长在啤酒故乡哈尔滨，解决了两地生活后调到沈阳的。这么说吧，我自个儿对付三箱啤酒不带上厕所的。我姓张，所以大伙儿给我起了个外号叫“啤酒张”。

李秘书　啊，“啤酒张”！

小　张　啊，我的特点是越喝越高兴，越高兴越能喝。我们酒瓶厂不是跟啤酒厂是配合生产挂钩单位吗？上回剪彩的时候呢，把我整去了，我一仰脖吹喇叭，嗵、嗵一气吹了八个，把啤酒厂的都给吹傻了。啤酒厂的领导把我看中了，想商调，把我整去，我们领导没舍得放。

李秘书　你们领导是怕你这个人才外流呀！

小　张　反正是怕有个急茬啥的好用上，像我们这些玩意儿也不好掏弄，也是紧俏商品吧，不过看完招聘通知之后，我们有个顾虑。

李秘书　什么顾虑？

小　张　不知道这啤酒算不算数？上边没写。

李秘书　当然算数。啤酒也是很重要的一项。小张同志，这么的吧，我们的生产用电超负荷了，供电所通知我们厂下个星期四给我们停电一天。为了不影响生产，我们把供电所的同志请来了，他们就在食堂的二号桌，你到那里去招呼他们，我们要通过这次实践，来考察你的实际工作能力如何。

小　张　交给我了，你放心，不就是供电所的吗？我半箱下去，保证叫他们当时没电！（下）

李秘书　小张，就看你的了。同志们，我认为这啤酒也不可忽视，有时候，白酒喝到一定程度，就全靠啤酒占肚。同志们，你们说是不是啊？好的，下面请瓶盖分厂的应聘者上台发言。大家欢迎。［小高上场。

小　高　我是瓶盖厂的，姓高……

李秘书　啊，小高同志，请讲。

小　高　老大哥厂呢都说完了，我们厂是全厂最小最薄弱最不起眼的一个家属民办厂子——瓶盖厂。我们瓶盖厂生存呢，主要靠老大哥单位了。尤其是酒瓶厂，如果说没有酒瓶厂，我们就是生产出再多的瓶盖儿也是没地方盖的。这个道理比较简单了。我说这话是什么意思呢？就是说从生产上，我们跟老大哥单位是没法比的，但是为什么我们对招聘有点想法呢？这是因为吧，我的特点是个女的……

李秘书　女同志？在酒桌上也是顶重要的。

小　高　是。另外吧，我的特点是“三盅全会”型的……

李秘书　三中全会？

小　高　李秘书你可千万别误会，我说的是“三盅全会”呢，是“一盅白酒，一盅啤酒，一盅果酒——三盅全会”呀。

李秘书　啊，掺着喝啊！

小　高　对。我的特点呢，就是掺着喝，不过刚一开始也不习惯，一掺着喝就蒙。喝挺过去好几回，后来打针才抢救过来了。现在行了，现在厂子有个大事小情什么的，我到场劝酒特别方便。男同志劝酒，捏着鼻子掰着嘴地灌，多不文明啊！像我们女同志劝酒，有时候只要一个眼神过去，对方就得喝。

李秘书　小高哇，我看这样吧，这不是快过节了吗？我们厂的关系单位来了不少，他们现在就在食堂的三号、四号、五号桌上，你去陪他们，一定得陪好他们，这可是要考察你的实际工作能力的。

小　高　李秘书，我问一下，来宾是男的多，还是女的多？

李秘书　当然是男同志多了。

小　高　请组织放心，交给我啦！（下）

李秘书　好的。同志们哪，我认为三位候选人都是苗子，都是人才，都很有培养价值的呀！但是，我们选公关部部长只需要一名，我看这样吧，等他们三个喝酒回来之后，根据他们的实际表现和工作能力，来看一看谁来当部长最为合适……

［小孙醉态，端一杯白酒上。

小　孙　李秘书……

李秘书　啊，回来了！小孙呀。

小　孙　啊，李秘书，（打嗝）煤气站的同志喝好了，我跟他们说了，明天就换煤气管道，那管子比以前粗多了，而且说了，把咱们厂煤气表的数字当场就往回拨归零，前半年等于白烧了。李秘书，为了庆贺谈判成功，这杯酒你得干了……

李秘书 叫我干了啊？

小　孙 对，你喝多少，你看着办。感情浅你舔一舔，感情深你一口闷。（把酒倒进李秘书脖子里）

李秘书 哎！下去。（推小孙下）档次太低，都喝成什么样子了，这种人怎么能够当部长呢？怎么能够登大雅之堂呢？档次太低，档次太低。（边说边擦脖子）

［小张醉态，手握啤酒瓶上。

小　张 李秘书……

李秘书 啊，小张啊！

小　张 李秘书，供电所的几个同志都让我哥们儿干到桌子底下去了。我让他们在桌子底下当场拍板，下个星期四，保准给咱们厂停电一天……

李秘书 啊？应该叫他们给供电！

小　张 李秘书，你一说我明白了，喝反了是不是？这事整得太掉链子了。没关系，再摆一桌，我再喝回来，我让他停旁边灯泡厂的电……

李秘书 哎，可不要胡乱来呀！

小　张 啥胡乱来呀？啥时候了，你没听说现在有个说法吗？（摸着李秘书）叫羊毛出在狗身上。

李秘书 往哪儿摸呀！

小　张 对不起，李秘书，说话有些不太礼貌。你是官，我是兵；你是太阳，我是星；你是罪犯，我是帮凶；我判无期，你准枪崩。

李秘书 什么乱七八糟的。

小　张 你看你那样吧，你……李秘书，有痰盂没有，给我找一个来。

李秘书 啊，你啤酒喝多了想吐是不是呀？

小　张 我喝啤酒从来没吐过。

李秘书 那你要痰盂做什么？

小　张 我想方便方便嘛！

李秘书 （推小张下）下去。成何体统，有伤大雅，这怎么可以随便方便呢？要知道这是公共厕所，不，不，是公共场所，把我都给气糊涂了。看来这厂子是很难找出这个公关部的部长了……［小高上。

小　高 李秘书，李秘书！

李秘书 啊，小高回来了！

小　高 李秘书，三桌都挺过去了。

李秘书 到底是女同志！喝酒后一点都不失态。小高——

小　高 到。

李秘书 怎么了，看过医生没有哇？

小　高 刚才医生给我抽血化验，一抽抽出一管“二锅头”来……

李秘书 啊！马上住院。

小　高 不，为了工作我挺得住。

李秘书 好同志，多好的同志啊！小高哇，有什么困难可以向组织提出来。

小　高 没有什么困难，如果说有困难的话，那就是幼儿园阿姨对我点意见……

李秘书 她有什么意见啊？

小　高 她说，我那儿子一吃完我的奶，他就上头……

李秘书 上头？

小　高 没事在幼儿园耍酒疯。（醉态）

李秘书 下去！（推小高下）招聘大会到此结束，散会！

——剧终

1989 年中央电视台春节联欢晚会与笑林、师胜杰、方青卓表演小品《招聘》

附言： 1987 年我创作小品《卖挂历》，首次参加辽宁电视台春节晚会；1988 年准备进入央视春节晚会，创作小品《左邻右舍》，作品先是得到央视认可，不料，排练送审后未能入选。正是由于这种挫折激发了我的创作斗志，回沈阳后，在两个月的时间里，我创作了小品《找对象》《卖猪》《“家庭杯”智力大奖赛》等，那一年同时登上辽宁、沈阳、大连、吉林、黑龙江、哈尔滨六家电视台的春节晚会，被《沈阳晚报》评为“关东红花”。转年，创作了小品《招聘》，先是登上 1989 年辽宁电视台春节晚会，同年又被中央电视台春节晚会选中，为此《招聘》成为我参加央视春晚的第一个作品。从此，连续参加 24 届央视春晚。

·小品·

超生游击队

（1990年中央电视台元旦晚会）

时 间 当代。

人 物 孩儿她爹、孩儿她娘。

［爹背着一个婴儿，挂着弹棉花用的弓子和钉鞋的锤，手拎旅行袋，警惕地向四周观察着上场。然后向后台吹口哨，后台回应；拿起弓子弹出声，后台回应锤子声；向后台打手势，身怀有孕的妈，背着一个婴儿，手拿修鞋的拐子上场。

孩儿她妈 她爹呀！

孩儿她爹 嘘……

孩儿她妈 这地带安全不？

孩儿她爹 据我观察没发现敌情。

孩儿她妈 唉呀妈呀，累死我了。

孩儿她爹 小点声。

孩儿她妈 咋地啦？

孩儿她爹 你没看那边有个老太太，我看她那样像街道干部，现在对这事抓得可紧了。

孩儿她妈 哎呀，抓就抓，我豁出去了，整天价东躲西藏像做贼似的，干啥呀？

孩儿她爹 哎呀，再坚持几天生下来不就完了吗？

孩儿她妈 生、生，跟你结婚没消停，结婚四年生了三个丫头片子。整天是老大哭，老二叫的，哎呀妈呀，仨儿又尿了。（从旅行袋里抱出小仨儿）

孩儿她爹 来，接着。（摘下帽子）

孩儿她妈 那不漏哇？

孩儿她爹 这里面有个塑料袋，平时防雨，关键的时候接尿，两用。我跟你说城市这毛病可多了，吐痰就罚五角钱，这一泡尿还不滋出一张大团结去。

孩儿她妈 真的呀？

孩儿她爹 那可不咋的。（在地上捡起烟头，咳嗽）这片儿尽外国烟头，一个比一个冲，（又捡起一个）这个还行。

孩儿她妈 你说说这日子过得可真是，越过越穷，越穷越生，怀孕的时候想吃点什么都吃不上。

孩儿她爹 吃东西是次要的，生命在于运动，来，起来溜达溜达。

孩儿她妈 拉倒吧，溜达一天啦溜达个啥呀。

孩儿她爹 懒是丫头，来，起来溜达溜达。（搀着孩子她妈站起来溜达）

孩儿她妈 想吃点水果都没有。

孩儿她爹 我不给你整来两捆大葱嘛。

孩儿她妈 那个大葱和水果能比呀？

孩儿她爹 大葱和水果从科学的营养价值上讲是一样的。

孩儿她妈 拉倒吧，你吃大葱还敢和人家吃水果的比呀？你看人家吃水果的，脸个顶个，红扑扑的多水灵，你再看咱这几个都啥色啦，个顶个葱心绿。

孩儿她爹 这孩子更有特点，好认，现在国家不是有困难吗？等到2000年就能达到吃小康的水平了。

孩儿她妈 照你这么生啊，你糠都吃不上。

孩儿她爹 他吃上糠吃不上糠这和咱俩的关系都不大，你现在主要的任务就是吃，知道不？

孩儿她妈 你没看人家报纸上讲啊？

孩儿她爹 咋讲的？

孩儿她妈 时代不同了，男女都一样。

孩儿她爹 你听错了，人家是说实在不行了，男女才一样，那是指那些做绝育的说的。咱俩不是还行吗，趁着年轻多生几个，你知道哪个将来能培养成个乡长什么的。

孩儿她妈 拉倒吧，你那个熊样儿还能培养出乡长来，给孩子起个名儿都起不好。

孩儿她爹 我咋起不好啦？

孩儿她妈 咱就说大丫头吧，一个女孩子叫个啥名不好哇，什么珍呀，玲呀，凤呀的，听着也顺耳呀。你可倒好，憋三天憋个脸通红，起了个海南岛，那叫人名呀？

孩儿她爹 那不是在海南岛做民工的时候生的吗？

孩儿她妈 老大没经验，老二呢，你给起了个吐鲁番。

孩儿她爹 那不是在新疆捣腾葡萄干儿的时候生的吗？都有纪念意义，知道不？

孩儿她妈 老三更好啦，你给起个少林寺，一个姑娘家长大之后叫得出口哇？

孩儿她爹 名儿这个东西就是个记性，我叫狗剩子我找谁了？歪名好养活知道不？

孩儿她妈 这老四还没生呢，你把歪名就起好了，叫什么兴安岭。这回我死活不依你，到了北戴河就生。

孩儿她爹 那就叫北戴河，这回依你行不？咱们的特点就是走一道生一路，住一站生一户。

孩儿她妈 还有脸说呢，人家背后叫咱啥你知道不？

孩儿她爹 叫啥呀？

孩儿她妈 流动大军。

孩儿她爹 那就对了，我们的特点就是流动，弄不到护照，要是能弄到护照，小四出国去生，名儿我都想好了。

孩儿她妈 叫啥呀？

孩儿她爹 OK，撒优娜拉。

孩儿她妈 哎呀，妈呀，真没知识，还撒优娜拉呢。撒优娜拉啥意思你知道不？是再见的意思，你跟我撒优娜拉，这几个孩子归我一人养活呢？

孩儿她爹 你想得咋这么多，我这不是肚子里的词多，随便溜达出来一句，我也不知道是再见的意思。我要是知道是再见的意思我也不能说呀，我跟你再见谁给我生儿子。

孩儿她妈 你咋知道我怀的就是儿子呀，要是丫头呢？

孩儿她爹 我听说现在医院有个什么超，丫头、小子一超就准。

孩儿她妈 屁超。

孩儿她爹 对，屁超。咱去超一下，丫头、小子一超不就放心了吗？

孩儿她妈 人家医生看咱带这些个孩子，那不露馅了？

孩儿她爹 真笨，咱俩就说是二婚，海南岛和吐鲁番都是前窝带来的。

孩儿她妈 你家二婚三孩子呀，那少林寺呢？

孩儿她爹 那就说是三婚不就完了吗？

孩儿她妈 拉倒吧，年轻轻的结三次婚丢死人了。你自己去吧，我不去。

孩儿她爹 时髦的事，啥丢人哪，走、走、走！（拉孩儿她妈）

孩儿她妈 干啥呀？

孩儿她爹 你现在这脾气吧可爆了，特别任性，你自己有感觉没？你别着急，你看咱村那老王家，第一胎、第二胎、第三胎，呱叽一下生个小子。

孩儿她妈 你跟人家能比呀，人家生得起，罚得起，你行啊？

孩儿她爹 我不行，我罚得起我罚，罚不起我跑。我们的原则是：他进我退，他退我追，他驻我扰，他疲我生。我跟你说，我就不信保不住一个儿子。

孩儿她妈 照你这么说，打一枪换一个地方，你弹棉花，我掌鞋的，赶上二万五千里长征了。

孩儿她爹 咱这一道上叮叮当当地咱也没少挣钱呀！

孩儿她妈 还挣钱呢，你挣那点钱全捐给铁道部了。刚才在候车室那乘警指着我鼻子叫我啥，你知道不？

孩儿她爹　叫啥呀？

孩儿她妈　盲流。你听听还盲流呢，离流氓不远了。

孩儿她爹　管他盲流不盲流，不让做人流就行。咱们现在的任务就是生儿子，知道不？

孩儿她妈　我说生儿子就生儿子呀？

孩儿她爹　那咋的？

孩儿她妈　我要是说生儿子就生儿子，我要这几个孩子干啥呀？自从有了海南岛、吐鲁番和少林寺，你看你妈那个样儿，整天价嘟噜个脸拉老长，跟长白山似的。

孩儿她爹　你妈像长白山，我妈跟长白山有啥关系？

孩儿她妈　谁知道啥关系。

孩儿她爹　怪你自己不争气。

孩儿她妈　我不争气，人家科学上都讲了，生男生女老爷儿们是关键，你种的茄子能长出辣椒吗？

孩儿她爹　就你那破盐碱地，种什么都白扯。

孩儿她妈　白扯就白扯，我现在就上医院。

孩儿她爹　你站住，你要是把北戴河给流了，我跟你没完！你站住——（从地上捡起棉花弓子）

孩儿她妈　你干啥呀，你还想打我怎么的？（抢过弓子）

孩儿她爹　哎呀，你还想打我咋的？

孩儿她妈　我不打你，我打北戴河。（打自己肚子）

孩儿她爹　你可别打，算我错了。

［二人争抢弓子。

孩儿她爹　我错了我错了。（跪下）我求求你不行么？！我求求你不行么？！
……

孩儿她妈　他爹，起来吧，啊。起来。咱两人交交心。坐下。他爹，你还记得当年不？咱两人恩恩爱爱欢欢笑笑比翼双飞男才女貌。白天你下地干活我在家做饭，到了晚上一吹灯你就给我讲故事。

孩儿她爹　讲的啥都忘了。

孩儿她妈　啥吓人你讲啥，尽讲些鬼啊神啊的，吓得我直往你怀里钻。

孩儿她爹　那时候你也特别……特别……温柔。

孩儿她妈　可自打有了这几个孩子，咱的生活水准真是急转直下一日千里。你看城里人看咱的眼神都不对，说实在的，咱自个儿都觉得咱影响市容。白天还好说，到了晚上连个住的地方都没有，成天钻那个水泥管子，看到孩子们冻得直哆嗦，我这个心啊都碎了。他爹，咱回去吧，行不？

孩儿她爹　孩的妈，我有时候也想回去。可回了村咋整啊？自打小二小三把家里的东西都罚得差不多了，剩个小四罚啥呀？

孩儿她妈　那咱总算有个家呀！咱跟村长主动承认错误，这也算咱坦白交代投案自首他不总得给咱个宽大处理啊？他要是不给咱宽大处理还要罚咱，咱给小四打个借条。咱保证以后是男是女再不生了。往后咱好好干活多多挣钱把这几个孩子培养成人，咱两人幸幸福福快快乐乐地寻找咱两人从前的影子。他爹，这不好吗？

孩儿她爹　好！孩的妈。我也不止一次在想，你说在这人生地不熟的，给人抓到不就麻烦了吗？

孩儿她妈　可不咋的！

孩儿她爹　尤其城市人多，走到哪儿……（发现前方有老太太）孩儿她妈，小脚侦缉队上来了。

孩儿她妈　她爹呀，撤！

孩儿她爹　你先撤，我掩护。

［人拿着弓子、旅行袋下场。

——剧终

（与段小洁共同创作）

1990 年中央电视台元旦晚会与宋丹丹表演小品《超生游击队》

附言：1989 年我与妻子段小洁共同创作小品《超生游击队》，参加天津“南开杯”全国小品大赛获得大奖。之后报送中央电视台 1990 年春节晚会导演组，未能入选。同年，央视元旦晚会导演组选中该作品，第一次审查是在央视 14 层台长会议室，演出效果非常好，台领导征求我个人意见，是否考虑参加当年春节晚会。我再三考虑，还是放弃了。因为毕竟是元旦晚会先选中的，剧组在排练中也给了很多建议，结果那年元旦晚会的影响很大。节目播出后，我到王府井大街置办年货准备回家，竟被群众认出围住。接着，春节晚会导演组约我再写续篇，我创作了小品《难兄难弟》，与严顺开搭档，参加了 1990 年央视春节晚会。

·小 品·

难兄难弟

（1990 年中央电视台春节联欢晚会）

时　间　当代。

人　物　满堂孙：三十岁，北方人。

孙满堂：五十岁，南方人。

景　置　台上放着一个一米高二米长的水泥管，两人从不同的方向上场。孙满堂抱着一个孩子，背篓里背着两个孩子，提着旅行袋。满堂孙也背着两个孩子，抱着一个孩子，提着面袋子。

满堂孙　这个地方比较安全。

孙满堂　好地方。

［两人同时从不同的方向钻进水泥管，在管内吵了起来。

满堂孙　你往哪儿撞？

孙满堂　你走路怎么不抬头？

满堂孙　这是我的地方。

孙满堂　这是我的地方。

满堂孙　你给我出去。

孙满堂　出去。

［两人从水泥管的不同方向退了出来，坐在地上。

满堂孙　想打架啊？

孙满堂　打也不怕你。

满堂孙　把孩子放下。

孙满堂　放下就放下。

［两人同时把身上的孩子放入水泥管内。

满堂孙　分开点，这三个是我的，那三个是你的，放混了到时候不好挑。

孙满堂　没什么不好挑的，看你那长的样儿，跛子似的。

孙满堂　呼—哈！

孙满堂　不打了。

满堂孙　你怕了？

孙满堂　对，我怕把你打死，你那些孩子都交给我，我受不了。

满堂孙　哎呀，说话够乍古的了，你走不走？

孙满堂　不走！

满堂孙　你不走我给你扔了。（举起旅行袋欲扔）

孙满堂　放下！你要成杀人犯了。（抢过旅行袋，从中抱出一个婴儿，在满堂孙的面袋子上欲坐）

满堂孙　别坐！光顾你自己呀，我这里还有对双胞胎呢！（从面袋里抱出一对婴儿）［婴儿哭叫，满堂孙解开上衣，露出左胸前挂着的奶瓶，像妇女那样喂着孩子。

孙满堂　好办法。（指着满堂孙的右胸）这边有没有？

满堂孙　两边都有成啥了。

孙满堂　我是说如果有，借给我一个。

满堂孙　借给你？学去吧，一方便；二保温。

孙满堂　看来你是老游击队员了，男孩女孩？

满堂孙　“三八”连都是姑娘，你呢？

孙满堂　清一色，娘子军。

满堂孙　这几年走背字，抓的鸡崽子都是公鸡，生孩子全是丫头片子。

孙满堂　都叫什么名字？

满堂孙　老大“海南岛”，老二“吐鲁番”，老三“少林寺”，听见没有——少林寺，还想跟我动武？我是少林寺她爹。

孙满堂　看来地方没少走哇。

满堂孙　这么说吧，加起来能围着地球走一圈了。你那几个都叫啥呀？

孙满堂　老大“万宝路”，老二“大前门”，老三“大生产”，一个不如一个。

满堂孙　你要再生个老四，我看就叫捡烟头吧。

孙满堂　老弟，刚一开始我也是抽“万宝路”的，生一个降一级，生一个降一级。

满堂孙　这就叫舍不得孩子套不住狼，舍不出香烟得不到儿子。不瞒你说，我烟头都捡好几年了。

孙满堂　老弟，还想生吗？

满堂孙　生！不生，前面那几个不白生了吗？你呢？

孙满堂　不生儿子我死不瞑目。你爱人呢？

满堂孙　南上了，到南方她姐家生去了。你老婆呢？

孙满堂　北下了，到北边她妹家生去了。北边的情况怎么样？

满堂孙　形势不好，这几年也开抓了。你南边呢？

孙满堂　情况也吃紧，（说着把包孩子的包布翻过来，上面画着地图）现在全国的形势都是这样的。

满堂孙　哎呀，还带着地图呢，这上面咋尽是小红旗呢？

孙满堂　那是禁区，都是计划生育的模范地带。

满堂孙　他们越模范，咱不越麻烦吗？

孙满堂　过去我们经常在少数民族地区流动，现在我们只能在沿海地带穿梭徘徊。

满堂孙　哎，这边没有红旗看着挺宽阔。

孙满堂　那是外国了。

满堂孙　那咱到外国去吧，到——日本。

孙满堂　不行，太远了。

满堂孙　不远，（指地图）这不才一巴掌远吗？

孙满堂　地图上看着一巴掌，走路要好几天哪，而且都是山。

满堂孙　老哥你懂得真多，今后遇到困难你可得多帮助哇。

孙满堂　没关系，有事找我，这是我的名片。（从兜内掏出名片给满堂孙）

满堂孙　（念名片）香港有限……老哥你是香港人哪？

孙满堂　反面。捡了一张名片，把我的名字写在后面啦。

满堂孙　我说的嘛，（从兜内也掏出自己的名片给孙满堂）这是我的。

孙满堂　（念名片）日本……

满堂孙　也是反面，都是捡来的。

［两人各自看手中的名片。

满堂孙　孙满堂。

孙满堂　满堂孙。

满堂孙　姐夫？

孙满堂　妹夫！［两人紧紧地拥抱在一起。

孙满堂　我可找到你了！

满堂孙　姐夫，姐姐生了我给你带来了。

孙满堂　妹妹生了，我也给你捎来了。［孙满堂接过旅行袋，满堂孙接过面袋子，两人同时冲着对方急问。

孙满堂　男孩女孩儿？

满堂孙　姐夫你先说，我小，你得让着我。

孙满堂　好！妹夫，你可要挺住啊！

满堂孙　你说吧。

孙满堂　看来你还得努力呀，又是一个姑娘。

［满堂孙一屁股跌坐在地上。

孙满堂　妹夫，你姐姐生个什么？

满堂孙　姐夫恭喜你呀。

孙满堂　谢天谢地！

满堂孙　又生了一对丫头片子。［孙满堂晕了过去。

满堂孙　姐夫，姐夫，醒醒，咱还得接着干哪！

孙满堂　我怕是干不动啦！

满堂孙 姐夫，小脚侦缉队又来了。

孙满堂 我有办法，（把另一个孩子的尿布翻了过来，上面写着“儿童夏令营”，冲着满堂孙）满老师，快给同学们整队，咱们该出发了。

［满堂孙急忙来到水泥管处，冲里面——

满堂孙 同学们，出发。

［水泥管内，排好的女孩们，穿着破衣服，从管内手拉手走出。孙满堂举着夏令营的旗子吹着口哨，领队下场。

——剧终

1990年中央电视台春节联欢晚会与严顺开表演小品《难兄难弟》

·小 品·

小保姆与小木匠

（1991年中央电视台元旦晚会）

时　间　春节前夕。
地　点　王教授家中。
人　物　二　丫：小保姆。
　　　　　柱　子：小木匠。
景　置　屋内放有沙发、电话、桌子、文具等。二丫在清理着房间。电话铃声，她拿起电话听筒。

二　丫　喂，（故意拿不熟练的北京腔）对，这是王教授家。请问你找哪一位呀？哎呀妈呀，是你呀小云，（露出东北口音）你把我给唬蒙了。你怎知道我搬家了呢？哎呀妈呀，这房子条件可好了。我住单间，王教授今天就让木匠来给我打床，这一住单间才觉得过去那种生活特别不习惯。我有个建议，这不快过年了吗？我把咱们东北在北京的小保姆都请到我这来聚一聚。一切从简，就按团拜会那个形式，到时候定下来日子我再通知吧，现在不好定。我也不知王教授啥时外出哇，这个新地址我谁也没告诉，他我也没告诉。一告诉他，他就来信让我回去和他结婚，我认为咱们年轻人还是应当以事业为重，你说对不？

［小木匠背着工具上。敲门。

柱　子　王教授家在这儿住吗？

二　丫　来了。（对着电话筒）家里来人了，咱改天再唠吧。（放下电话来到门前）王教授不在家，你有事吗？

柱　子　（自语）这声音怎么这么像二丫呢？（在门上找缝儿）

二　丫　（自语）走了。（在门镜看）这新房质量真差，门镜都安反了。

柱　子　（看到门镜）这城里人真怪，门打得挺严实，上边还留个窟窿。（通过门镜往里看）哎呀，真是二丫。（故意放大声音）嘿！这房间布置得不错呀。

［二丫迅速用手堵住门镜。

二　丫　对不起，谢绝参观！

柱　子　大妹子，听口音好像是东北老乡啊。

二　丫　（拿着京腔）不，我是北京人儿。

柱　子　北京人说话咋有东北味呢？

二　丫　我生在东北，长在北京，家乡话一句都不会说了，特别苦恼。

柱　子　家乡还有啥人哪？

二　丫　没了，父母都在北京工作。

柱　子　家乡没有个对象什么的？

二　丫　谁在那瘩疙找对象啊，我对象是中国科学院的。

柱　子　（生气地）开门，我是柱子。

二　丫　（不知所措）哎呀！柱子哥来啦，（忙掏出口红抹嘴）柱子哥你等一会儿，我手里有点活儿马上就完。

柱　子　（看门镜）别抹了，都看见了，开门吧。

［二丫把门打开。

二　丫　柱子哥，进来，快进来。

［柱子不好意思地迈进屋。

二　丫　哎呀，地毯！［柱子急忙把鞋脱在门外。

二　丫　（捂住鼻子）柱子哥你还是穿上吧。

柱　子　对，汗脚。

［二丫拿过草垫子铺在地上，柱子踩着草垫子入座。

二　丫　柱子哥，你咋来了呢？

柱　子　王教授让我来打张床。

二　丫　那就是给我打的。

柱　子　二丫，刚才隔着门我没听清，那中国科学院是怎么回事？

二　丫　我那是跟你逗着玩呢，你还当真哪，等着我给你整点好喝的去。（下场）

柱　子　不用，我喝白开水就行。（拿压力瓶倒水）

［二丫抱着咖啡瓶上。

二　丫　土老帽儿，那是压力壶。（用力压水）

柱　子　这玩艺挺科学。

［二丫冲好咖啡。

二　丫　给，柱哥。

柱　子　你先喝。

二　丫　你喝吧。

［柱子喝了一口，表情苦涩，味道难咽。

二　丫　我天天都喝。这玩意儿吧，可怪了，晚上喝了睡不着觉，白天不喝没精神，都坐下病了。

柱　子　你啥病啊？

二　丫　没啥病啊。

柱　子　没病喝这中药汤子干啥？

二　丫　啥中药汤子？你土老帽儿去吧，这叫雀巢咖啡。雀就是麻雀的雀，巢就是巢穴的巢，也就是鸟窝的意思。

柱　子　怪不得一股鸟粪味呢。

二　丫　柱子哥，你看我变样没有？看这嘴——（噘起嘴唇）

柱　子　肿啦。

二　丫　这是口红，好看不？

柱　子　啥玩意儿，血糊拉的。

二　丫　来，吻我一下。

柱　子　闻你？

二　丫　就是亲的意思。

柱　子　别……

二　丫　你不爱我，是不是？

柱　子　不是，我……

二　丫　人家王教授每天上班都亲他媳妇一下，你就不亲一下？

柱　子　那我能亲吗？

二　丫　你咋不能亲呢？

柱　子　王教授的媳妇我也不认识。

二　丫　我让你亲我。

柱　子　一会儿人家回来人怎么办？

二　丫　那怕啥呀？你没看电影里呀，人家头回见面就亲嘴儿，完了还干那啥。

柱　子　咱那边电视没那么多频道。

二　丫　不管哪个频道，只要有电视节目就有谈恋爱的，只要有谈恋爱的就有亲嘴儿的。

柱　子　我看那节目就没有亲嘴的。

二　丫　什么节目？

柱　子　动物世界。

二　丫　柱哥，这边的电视节目可丰富了。我看哪个电视剧的男主角长得都有点像你，就说那个《情义无价》中的那个钟凯强，长得像你不？像你不？

柱　子　不像，人家那嘴多大呀。

二　丫　你看了？

柱　子　看了，那钟凯强不该跟慧芳离婚，那慧芳……

二　丫　你看哪儿去了，那慧芳是《渴望》里的。

柱　子　我都是边打木匠活边看，都给看混啦。

二　丫　柱子哥，你也进城干活来啦，这回你也想通了？

柱　子　我这次进城主要是找你，怕一时找不到，所以把工具也带来了。我想顺便……

［二丫不高兴地把身子一扭。

柱　子　二丫，快过年了，回家吧。

二　丫　回家，回家，人家外地人都想法往这跑你知不知道，这是啥地方你知不知道？北京，这是祖国的心脏！

柱　子　都往心脏跑，时间长了不得心脏病啊？我跟你说，整个国家就好比是人的身子，咱那边远地区就好像手指头脚趾头似的，心脏一旦缺血，神经末梢马上枯萎。

二　丫　哎呀，没看出来你还有点医学知识呢。

柱　子　我刚给刘医生家打完书柜。

［二丫从兜内掏出卡片。

二　丫　柱子哥，你看我都把临时户口弄到手了，熬到这步多不容易呀。

柱　子　这算啥呀，人家刘医生的儿子把美国绿色户口都熬到手啦，那不也照样回来寻根吗？寻根这个含义我不明白，但我们木匠都知道，根上的木头就比梢上的结实。

二　丫　我不回去。北京多好哇，要啥有啥。

柱　子　再好也不是咱自己家呀。再者说了，家乡这两年建设得也不错啦，北京有的家乡也基本都具备了。

二　丫　你拉倒吧。北京有“亚运村”，家乡有“亚运村”吗？

柱　子　没“亚运村”，不是有个“寡妇村”吗？

二　丫　你坐着，我该做饭去了。（欲走）

柱　子　站住，二丫同志！既然如此，咱今天就把话说清楚：自打见到你我心里就不踏实，我千里迢迢来看你，还没进门呢，你就整出一个中国科学院的来。进了门不脱鞋不是，脱了鞋还不是。人家迎接贵宾都是红毯铺地，你在红毯上面给铺了个草垫子。压力壶我就又不懂了？我跟你说，如果没咱村的压力井，可能还发展不出这个压力壶呢。我们不愿用它，是怕把壶底的水锈抽上来影响身体健康。又雀巢又鸟窝的，还喝不习惯，结婚之后你想天天让我供你鸟窝哪！最不能让我接受的就是，一见面你就直截了当地让我亲你。二丫你变了，以前你有这种想法的时候从来不说，都是用眼神把我一勾，咱俩就心有灵犀一点通了。二丫，现在摆在你面前只有两条路，要走哪条路由你自己选择——你回家我高兴，你要是不走……（从工具兜内拿出斧子）

二　丫　你……

柱　子　我给你打床。打个双人床，让你在这儿安度终身。（说完甩手就走）二丫一把抓住柱子手中的锯，两人来回拉拽。

柱　子　放开，放开。

二　丫　拉大锯，扯大锯，小木匠别生气。你走到哪儿，能找到我这样的媳妇，档次这么高！我还有话跟你说呢，你不想听了？

柱　子　那就快说。

［二人坐下。

二　丫　柱子哥，你真想让我回去呀？

柱　子　那还用说吗，养鸡场的执照都办下来了。

二　丫　养鸡厂？

柱　子　你忘了你跟我说的，只要自己能办个养鸡场，哪儿都不去了，就陪我在家待着。

二　丫　噢！前年八月十五的晚上。

柱　子　对！俺俩村东头草垛上赏月的时候，你穿着那件小红格上衣。

二　丫　你从你家拿出一包月饼。

柱　子　你偷出你爹半瓶酒，把我给灌醉了。

二　丫　你醉了说话真丢人。

柱　子　我那是酒后吐真言。

二　丫　一回想起在家的日子真松心。

柱　子　二丫，哪儿也不如家，咱把家乡好好建设建设，让外人都往咱那儿跑。到时候咱也请个保姆，从北京请。

二　丫　柱子哥你真好。（在柱子脸上重重地亲了一口，印上一块口红）

柱　子　太幸福了。

二　丫　柱子哥，我跟你走。

柱　子　真的？我这就去买火车票。（欲下）

二　丫　脸上有口红。

柱　子　没事儿，别人问我就说给人家油家具沾上红漆了。（跑下）

——剧终

1991 年中央电视台元旦晚会与宋丹丹表演小品《小保姆与小木匠》

·小品·

手 拉 手

（1991 年中央电视台春节联欢晚会）

时　间　当代。
人　物　男青年：卖鞋的。
　　　　女青年：买鞋的。

［女青年一手拿只鞋，一手拽着男青年的脖领子上场。

女青年　走！

男青年　你别拽我！

女青年　走！

男青年　有话说话，你别拽哇！

女青年　（撒手）我问你，这双鞋你给不给退？

男青年　你退给我，我退给谁去？再者说，好容易折腾出去一双，你一退我不白折腾了。

女青年　我找你们领导去。

男青年　我爸不在家！

女青年　我找领导跟你爸有什么关系？

男青年　我爸就是我们领导，我们领导就是我爸。我们公司就爷儿俩。

女青年　你爸干啥去了？

男青年　上货去了。这鞋比较畅销。

女青年　还畅销呢，这什么产品质量？我走出没有一百米跟儿就掉了。

男青年　多少米？

女青年　一百米！

男青年　不可能，根据我们质量跟踪考察证明掉跟基本都在一百一十米左右。

女青年　太可气了，我告你去！

男青年　快点去，回来我可能换地方了。（故意气人地喊）高跟鞋、高跟鞋，南方特产北方一绝，个儿小的穿上长个儿；腿不好的穿上治瘸。

女青年　（无奈）算我错了还不行吗？

男青年　你自己错在哪儿你清楚不？

女青年　我不该跟你耍态度。

男青年　哎！这话对了嘛。办事嘛就得和气，我说大姐呀！

女青年　你管谁叫大姐，瞧你那样，一脸褶子，还管我叫大姐！

男青年　这不是尊称嘛，依你那意思我管你叫表妹呀？

女青年　少废话，快给我退鞋。

男青年　退不可能，我给你修修吧！

女青年　怎么修？

男青年　我给你粘上，你知道你这跟儿为啥掉不？主要你缺东西，买我们的鞋一般都搭配一管胶。

女青年　我买鞋不买胶。

男青年　我们是配套来的，行啦，瞅你也不容易，我挤点给你粘上吧。（欲粘）

女青年　告诉你，给我粘结实点，要不然……

男青年　放心吧，这是进口胶，黏性可大啦，用轮船往中国运的时候，由于海上风大，咔嚓一个大浪就把船打断了。当时一看没办法了，赶紧拿出几管胶往两边碴口上一抹，嘎巴，粘上了，当时那船继续乘风破浪就来到中国了。穿上吧！

女青年　你再给我多挤点儿！

男青年　免费这就不少了。

女青年　我再挤点。

男青年　别抢啊！

女青年　再来点。[两人争执，胶管破裂，两人的手粘在一起。

女青年　松手哇你，再不松手我喊人了。

男青年　你喊啥人哪，粘上了。

女青年　哎呀，（焦急地）这怎么办哪？

男青年　拽！（二人表演）一、二、三，这胶大名“万年胶”，小名“死不开”，越拽越紧。

女青年　这怎么办哪，我怎么回家呀！这算怎么回事呀，出来时一个人，一回家领回去一个。

男青年　可不是咋的，这走哪儿还拖家带口的……

女青年　你说啥哪？我告诉你呀，你给我放规矩点儿，我手跟你粘在一起了，你心里可不能有啥想法。也就是说，客观上跟你粘在一起没有办法，你主观上不能有啥思想活动。

男青年　都啥时候了，哪有那心思呀。

女青年　这叫啥事呀，早知这样不如不来退鞋了！（抬腿就走，把男青年拽个趔趄）

男青年　咳——你打个招呼哇，现在是两个人的事，你咋这么主观呢，说走就走也不通知一声，你看外国那连体人办什么事相互都有个照应，姐姐谈恋爱妹妹都得坐陪，咱得向人家学习。

女青年　你可真会说，谁跟你连体呀，也不看看自己长得是啥质量。

男青年　咱不是先天的连体，也算是后天嫁接的吧。咱现在只有心往一处想，劲往一处使，志同道合才能……

女青年　谁跟你志同道合呀！

男青年　那好，既然你不想志同道合，咱现在就分道扬镳，（拽着女青年就走）我回家。

女青年　等会儿大哥。啥时候能开呀？

男青年　开不了。时间一长血脉一通就可能长在一起，你要有个长期的思想准备。我这人毛病可多。

女青年　那你快给想想办法呀。

男青年　没办法，前两天干活，我这两手指粘一起了，到后来硬用刀给豁开了。

[女青年哭，用两人粘在一起的手去抹泪，男青年把手拽回。

男青年　干啥呀，放着自己那边的手不用，尽用这公用的，那么自私呢。

[女青年哭声不止。

男青年　别哭，别哭哇，你看围这么多人，让人看着多不好……（冲着围观者）在家挺好的，一出来就耍娇。别哭了，你现在只好上医院吧。

女青年　上医院？

男青年　事到如今只好动刀。

女青年　不，我……

男青年　没关系，从我这边儿拉，保持你这个完美的人。

女青年　那我不成三只手了。

男青年　骗你一双鞋，搭赔我一只手，也算是对我的惩罚。

女青年　头回见面我哪能要你这么珍贵的东西哇。坐下大哥，别着急，咱商量商量，这手拉下去容易，今后你可怎么生活呀，你怎么向家里人交代呀？

男青年　我还没成家呢，主要是怕连累你。

女青年　大哥，我也是单身。

[二人都有些不好意思。

女青年　粘就粘上呗，反正不耽误右手干活。

男青年　我正好是左撇子。

女青年　啥破胶哇，还进口的呢，我捏前面它从后面出来了，这包装也太不结实了。

男青年　这胶粘别的根本粘不住，没想到粘肉皮儿这么结实。

女青年　现在的产品质量就这样，该结实的不结实，不该结实的反倒结实。

男青年　太对了。你就说那塑料袋吧，我买块粘膏从里一粘，塑料袋从口粘到脚。买袋烤鱼片，门牙都拽掉了愣没撕开。

女青年　你说我家那门铃，下班按它它不响，半夜睡着了，它自己在那儿唱。

男青年　俺家的电表平时用它它不转，只要一咳嗽就蹦字。前几天我家包饺子剁馅当当一剁，剁进好几十块去。

女青年　俺家那电视机不用手不出影，拿手一碰就出人，我妈说别总用手举着天线挺累的，实在不行切点儿肉挂上它中不？

男青年　我家那洗衣机的动静比拖拉机还大，洗衣机一转，“哐哐”直撞墙。不敢在屋里洗衣服，那天我刚把它搬出门口……

［二人的手已经分开，但双方都没察觉。

男青年　……就听有人撞门，打开门一看，它自己晃悠进屋了，我心想这破玩意儿挺懂事，自己认门。

［二人的手又下意识地合在一起。

女青年　就说北京这霓虹灯吧，又红又绿挺好看的，可那字不是缺胳膊就是少腿的，“烤鸭店”三字坏了俩，烤字坏了右半边，鸭字坏了左半边……

［二人的手又分开，双方还是没注意。

女青年　……我一看“火鸟店”。我心想这玩意儿咱没吃过，尝尝吧，结果服务员端上来吓了我一跳，我心想门口那字不咋样，这鸟可够大的。

［二人的手又下意识合在一起。

男青年　对，亚运会期间，北京大马路上到处都是霓虹灯的大字“北京欢迎您”。你听听多客气，欢迎您，过几天我一看，那您字下面的心字坏了，变成“北京欢迎你”了，我一想也通，外国人都走了，就咱自己人啦，不分你我，不用客气啦，你就你吧。可前两天我走到那儿再一看，你字又坏了个单立人，这回变成“北京欢迎尔”了，这就不通了。

［二人的手再次分开双方还没注意。

女青年　大哥这你就不懂了，文言文里，尔也是你的意思。

男青年　这么说，它坏得还挺科学……

［男青年突然发现两人的手分开了，急忙去抓女青年的手。

女青年　干啥呀大哥，都开了你咋还拽我手呢。

男青年　这是什么破胶哇，该开的时候不开，不该开的时候开啦！

——剧终

1991 年中央电视台春节联欢晚会与宋丹丹表演小品《手拉手》

附言：1991 年我接到了央视元旦和春晚两个导演组的邀请，按时间顺序，先完成了元旦晚会小品创作《小保姆与小木匠》，录完后，我并不满意，因为与上一年的《超生游击队》相比，现场效果没有那么火爆。当时给我最大的感受是，入晚会的门槛儿虽然降低了，但观众对作品的要求更高了。为此，我不敢怠慢，认真为春晚创作了小品《手拉手》，反复修改，精心排练，成为那一年春晚第一个通过的语言类节目。审查后，时任文艺部主任邹友开说："《手拉手》就是今年春节晚会节目的标杆。"听到这句话，我心里才踏实了一些。

·小品·

演　讲

（1991年全军“双拥”晚会）

时　间　当代。
地　点　演讲现场。
人　物　中年男子（个体户）。
景　置　场上放有演讲台，一个身穿西服头戴军帽的中年男子上场。向观众敬礼，然后从兜内取出演讲稿。

中年男子　心情激动上讲台，革命豪情满胸怀。今日上台来演讲，希望大家能喜欢。我没有更多的文化，也不能出口成章，但是，我有一颗赤诚的心。过去，我也看过许多演讲，我认为他们的成功不在那华丽的语言，关键在于真实。本着这个原则，我做了认真的思想准备，我今天所要讲的题目是——“谁是最可爱的人？”

当然了，不同的世界观对这个词有不同的理解。天真烂漫的儿童认为，最可爱的人是养育他们的父母；年迈苍苍的老人认为，最可爱的人是抚养他们的儿女；而我认为，最可爱的人就是——解放军。醋从哪儿酸，糖从哪儿甜，我还得深挖思想根基从头谈。

我与解放军的接触虽然不多，但是，每一次都给我留下了深刻的印象。记得第一次是在我少年时代，当时我还没有完全成人。那时候我就对解放军特别羡慕，尤其看见那身军装，一颗红星头上戴，革命红旗挂两边，穿上特别精神。由于对解放军特别羡慕吧，所以，我就开始抢军帽。大家别笑，我是怎么真实怎么谈。记得那是……个漆黑的夜晚，我躲在一个胡同的一端。这时．一个解放军骑着一个破自行车飞速向我驶来。根据我的观察，可以动手。因为这个解放军骑的车特别破，除了铃不响哪圪垯都晃荡，万一失手可以脱身。于是，我就做好了出击的准备。我心中在打鼓，脚下在生风，飞身一个箭步，上前一把没抓住军帽，一回手让解放军把我给抓住了。我一看难以脱身，回头一个猛击，当时就给解放军来了个封眼。捂眼睛那位解放军别看大膀大腰他没敢还手，他抓住我的脖领子非常文明地把我送进了派出所。警察叔叔对我进行了认真地教育，考虑我年龄太小，因此判个抢军帽未遂，拘留三天。三天之后我回到家门，没想到那位解放军主动找我来交朋友，他约我到军营里参观，去学习，去玩。到部队一看我才知他是特务连连长。一想起这事我就挺后怕的。你想啊，人家是特务连连长，摸爬滚打什么不会？那玩我还不跟玩似的，但是人家没有玩。这说明什么呢？这说明解放军有高尚的情操。通过这件事，我更加了解了解放军。解放军真正美丽的不是那身军装．而是他的心灵。这位解放军同志临复员之前又一次来到我的家，送给我这顶军帽，作为纪念。从此之后，我就不怕别人说我土老帽，穿什么衣服都戴军帽。

第二次与解放军接触，是我在煤矿当临时工的时候。有一天，我盲肠炎突发，痛苦万分，在昏迷中我被送进了医院。当我醒来的时候，见一位白衣少女站在我的面前，两面红旗在那白衣下显得格外鲜艳。她面带微笑特别温柔，就像是穿着军装的维纳斯。当时她手拿针头准备给我打针，我从小有个习惯，晕针。但在姑娘面前我不能掉价，别说针就是刺刀我也得挺着。她看出我有些紧张，用棉球边给我消毒也跟我唠嗑，她说："你多大了？"我说我十八。她说："你属啥？"我说我属猪。她说："属猪，属猪扎针不哭。"像哄小孩一样将药水注入我的肌肉，她面带微笑离开了病房，留给我的是一片空虚。不知为什么，从那天起，我就产生了一种特殊的感觉，天天盼望那位女兵来我病房让我多看她一眼。但是，不幸的是我年轻体壮，没等两天伤口就长上，第三天就能离炕，第四天就回到了煤矿。回到煤矿之后就特别闹心，于是就怀着一种不可告人的目的给这位女兵写信，记得当时我写了一首朦胧诗，在这里我念给大家："啊，女兵！啊，女兵！不知你长我几岁，还是小我几岁，不知你是我的姐姐，还是我的妹妹，不知是友情还是爱情，朦朦胧胧说不清的东西最珍贵。"没等几天我就接到女兵的回信，她在信中告诉我以后写诗一定要注意错别字。从那以后，她每封来信都教我俩生字，不但教我文化还教我知识。在通信中，我更加了解了女兵，她不但有男兵一样刚强的性格，而且还有慈母一样温暖的情怀。但是，应该说明的是，我们书信来往的内容非常健康，没有一点精神污染。因为，我们是正常的同志关系。当然作为我也不是不想改变关系，但是不大可能，因为咱跟人一比吧，咱知道自己半斤八两，用现代话讲，就是档次比较低。我没有找到一个女兵作为自己的生活伴侣认为是一件憾事，但是我今天还要非常高兴地告诉大家，我虽然没有找到女兵，到后来我却找了个民兵。我和那民兵生活非常美满、非常幸福，已经生儿育女了。尤其是现在开放搞活，我俩也做了点小买卖，倒弄点水果什么的，于是乎，第三次与解放军进行了接触。

记得那是前不久，我到广州上了一火车皮的香蕉，上的是青香蕉，本想运到沈阳正好变成黄香蕉，到市场上挣个差价什么的。结果没想到，火车还没进沈阳站就遇上暴风雨，一下就是三天，眼看着黄香蕉变成了黑香蕉，眼看着香蕉流水，眼瞅着香蕉发烂。当时把我急的，拿着钱去求人帮助，都没求到人。常言说得好，男儿有泪不轻弹，当时把我急得坐在火车道旁边开哭，我的哭声惊动了火车闷罐里的解放军，一开门下来个一角三——也就是一道杠三个星，用我们的话讲就是一角三——他问清情况之后，冲火车上一摆手，呼啦下来四五十新兵，他们连搬带扛，把我这一火车皮香蕉运到了避雨之处。当时把我感动得不知说啥好，我赶紧打开一筐香蕉，我说亲人吃香蕉吧，就没有一个吃的。当时我想起了伟大领袖毛主席的教导："锦州那地方出苹果，不吃是高尚的。"沈阳这地方有香蕉，不吃不也是高尚的吗？

首长，同志们，我虽说没有军人的身，但是却有一颗热爱军人的心。请允许我用一句最简短的语言结束我今天的演讲吧，那就是：我们军民团结紧紧的，暂看天能怎的。

[敬军礼，转身下场。

——剧终

1991 年全军“双拥”晚会，表演单人小品《演讲》

附言：在沈阳军区年度创作任务中，我创作了单人小品《演讲》。我的创作习惯是不考虑成熟不落笔，有时一个故事在脑子里要翻来覆去推演。记得那一年向军区领导作创作汇报时，我的作品还未成稿。为此，我把前面汇报人的稿子借了过来，看着别人的稿子，讲着自己的构思，这次即兴演讲打动了在座的人，作品顺利通过。同年，我带着这个作品参加了“双拥”晚会。“双拥”晚会以往是以歌舞为主的晚会，那一届也是首次接受语言类节目，演出效果很好，从此开始了我“双拥”晚会连续 20 年的创作生涯。

·小 品·

婚　礼

（1992年中央电视台元旦晚会）

时　间　1991年。

地　点　婚礼现场。

人　物　新郎：河南人；新娘：安徽人；乡长：五十多岁。

［乡长（节日主持人）风风火火地上。

乡　长　同志们，我们是从灾区来的。我们村一对儿年轻人，特意赶了上千里路，来到了元旦晚会的现场，准备在这一九九一年的最后一天，面对全国人民举行他们的婚礼。良辰已到，屋内掌灯，屋外鸣炮，欢迎新人入场。

［传递声不断，炮响灯明，数十名男女青年抬着喜字、喜糖、嫁妆，新郎新娘各自穿着不同颜色的肥大长袍，新郎用红绸牵着新娘，新娘头蒙红布，在欢快的乐曲中入场。三人在舞台上站定位置后，音乐止。

乡　长　天上的喜鹊叫喳喳，地上的新人佩红花，天地为媒结姻缘，一对灾民成了家。下面由新郎、新娘向大家进行自我介绍。

新　郎　俺老家是河南的，姓名田水牛，年龄二十八岁，家庭出身贫农，政治面貌群众。

新　娘　俺是……

新　郎　把这盖头摘下来说。

新　娘　俺不摘。

新　郎　同志们不要见怪，俺媳妇就是长得有点……不过她的心灵还是很美的。

新　娘　去你的。（自己把盖头摘去）我叫黄喜梅，家庭住址不好说，说河南算河南说安徽算安徽，在河南南，在安徽北，但总的来说还算安徽。

乡　长　同志们，我们请新郎、新娘给我们介绍恋爱经过，好不好？

新　郎　你先说。

新　娘　你先说。

新　郎　咱一起说。

新　娘　好。

新　郎　俺俩虽说是两个省。

新　娘　但是村挨着村。

新　郎　中间就隔了个小山包。

新　娘　过去俺俩根本不认识。

新　郎　洪水到来那天，俺俩就跑到那个小山包上去了。

新　娘　当时我在山西边。

新　郎　我在山东边。

新　娘　那水是越涨越高。

新　郎　山头就越来越小。

新　娘　最后就把俺俩逼到山尖上去了。

新　郎　这也属于逼上梁山。

新　娘　当时俺俩就肩并了肩了。

新　郎　那叫相依为命。眼看那水就没了脖子了。

新　娘　——脚脖子。

新　郎　一会儿那水就没了肚子了。

新　娘　——腿肚子。

新　郎　噢，一点一点地说。到最后那水就越涨越高，一下子就到她下巴颏儿这儿了，这时候“哗”地又来了一股浪。

新　娘　我一下就把他抱住了。

新　郎　对，特别突然，我一点思想准备也没有。

新　娘　啥思想准备？我抱住你是因为你个儿高。

新　郎　噢，你把我当成柱子啦。

新　娘　柱子也是一个傻柱子。

新　郎　当时我一看她这么主动，我也别客气啦，牙一咬眼一闭，就像那芭蕾舞，王子举小天鹅似的把她托起来了。我把她托到怀中之后，我就使劲控制自己感情。我当时的座右铭是：排除杂念，不能浮想联翩，只当是怀中抱了个救生圈。

新　娘　当时我一看完啦，没想到活了二十四岁最后“交代”在他的怀里了，这不是一朵鲜花插在牛粪上了么？

新　郎　啥叫牛粪，这是缘分。当时我一看她绝望了，我就安慰她：生命诚可贵，爱情价更高，要不是发大水，想抱也抱不着。

新　娘　这个人可损了，说着说着，呱唧给我一口。

新　郎　你知道什么，当时你脸上落了个大蚊子，我抱着你腾不出手来，我想拿嘴给它拱走。

新　娘　蚊子倒是拱走了，可你那口比蚊子叮得还厉害哪。

新　郎　君子动口不动手。

新　娘　就在我们危难之际，解放军来到我们身边。

新　郎　一看到我们这个姿势，就把我们当成两口子啦，就让俺俩上船。

新　娘　结果我就上了贼船了。

新　郎　救命船。

新　娘　解放军那是救命船，你那是贼船。

新　郎　俺不管什么船，反正上船之后，就顺水推舟，俺俩就奔向那爱情彼岸了。

新　娘　什么彼岸呢，奔向大坝了，上了大坝之后他就带着礼物来看俺。

新　郎　也算不上啥礼物，没花钱，就是俺在洪水中救了个孩子。

新　娘　他非让我给孩子当妈，俺也不能见死不救哇，俺就收下啦，可他又提一个要求。

新　郎　我就是要求给孩子当爸。

新　娘　俺在抚养过程中，就对这孩子产生了感情，就真给这孩子当妈了。就在这时候孩子的亲生父母找到了，孩子一抱走，俺这心中空落落的。

新　郎　我就安慰她，别难过，面包会有的，房子会有的，孩子也会有的，留得青山在不怕没柴烧。就这样一来二往，俺俩就生米做成了熟饭啦。

新　娘　你瞎说什么呀，咱们是结婚手续办了，没有条件办喜事，这叫等米下锅。

新　郎　就在我等米下锅的为难之际，全国人民从四面八方给俺们送来了嫁妆。［新郎、新娘同时脱下长袍，露出身上穿着的极不协调的百家衣。

新　郎　同志们，也许你们看俺们穿得不好看，但这是俺全村男女老少精心设计的结婚礼服，这可不是一般的结婚礼服，都是全国名牌。

新　娘　俺这围脖是包头的。

新　郎　俺这帽子是保定的，（一摘帽子露出里边的新疆帽）里边还有个新疆的。

新　娘　俺这大棉袄是北京的，小棉袄是天津的；坎肩是上海的，套在一起是直辖市。

新　郎　俺大棉袄是福州的，二棉袄是杭州的；三棉袄是广州的；再往里边就是特区了。

新　娘　俺这裙子是长沙的。（拎起大长裙）

新　郎　俺这裤子是合肥的。（一拽裤子现出宽宽的裤腿）

新　娘　俺这鞋垫是台湾的，这袜子是香港的。

新　郎　俺这鞋垫是温州的，棉鞋是武汉的。

新　娘　俺这手套是解放军的。

新　郎　俺这手套是内蒙古的，而且不是一副——左手是巴林左旗，右手是巴林右旗。

新　娘　俺这鞋也是一双，高跟的是西藏高原的，矮跟是四川盆地的，俺不是穿不上一双，而是想更多地展示一下全国人民对我们的支援。

新　郎　头顶保定府，手撑内蒙古。

新　娘　身穿直辖市，腿跨云贵川。

新　郎　总的说来，她穿的大部分是长江以南的；俺穿的大部分是长江以北的。

新　娘　俺俩往一块一站，就是个全国地图。

乡　长　让新郎新娘用家乡小调，给我们表演个节目好不好？

［台下掌声过后，新娘唱起凤阳花鼓。

新　娘　（唱）说凤阳，道凤阳，凤阳是个好地方。自从今年发大水，千顷粮田遭灾荒。多亏社会主义好，一方有难八方帮。不用卖儿和卖女，也不用身背花鼓走四方。

［新郎接唱河南豫剧。

新　郎　（唱）俺媳妇讲话理不偏，一方有难八方来支援。海外侨胞做贡献，全国上下齐动员。不分老和少，不分女和男。家家户户人人搞贡献，灾民们才能有这吃和穿。你要是不相信，请往这身上看。我们的鞋和袜，还有这衣和衫，千件万件都是他们献。

乡　长　同志们！良辰已到，新郎、新娘拜天地！

新　郎　不！俺不拜天，因为老天没有给俺们带来好的光景。

新　娘　俺也不拜地，因为大地没有给俺们带来好的收成。

新　娘　俺要拜全国人民和普天下炎黄子孙。（二人跪下）

新　郎　各位父老乡亲、叔叔大爷、老少爷儿们。

新　娘　各位兄弟姐妹、大娘大妈、海外侨胞们。

新　娘　俺夫妻这厢有礼了。

［在音乐声中二人礼拜四方。

乡　长　拿糖来！喜糖能给人们带来吉祥，我们要把吉祥撒给全国人民！

［喜糖撒满全场，结束。

——剧终

（与张子扬共同创作）

1991 年淮河水灾现场与倪萍采访

在淮河水灾现场与倪萍表演小品《找亲人》

1992 年中央电视台元旦晚会与宋丹丹表演小品《婚礼》

1993 年在中国台北“国父纪念馆”，表演小品《婚礼》（一排左二为张学良先生）

附言：1991 年淮河水灾，中央电视台《综艺大观》栏目要举办一期特别节目“风雨同舟”大型抗灾义演，剧组派我和倪萍赴淮河大坝采访。一路采访慰问，即兴创作表演小品《找亲人》，几乎三天三夜没合眼。在大坝采访救灾官兵和受灾民众时，遇到前来视察的国务院总理李鹏，我们把义演计划向总理汇报，得到肯定，这条新闻上了当晚中央电视台的新闻联播。这次灾区采访形成了我 1992 年元旦晚会的创作思路，准备以淮河水灾为主题创作小品，但从哪切入一直没想好。年底我进驻元旦剧组，一天梅地亚宾馆前厅，电视里正播放向灾区捐赠衣物的新闻，围观的服务员都希望能在电视里看到自己捐献的衣物。这个细节启发了我，激活了沉淀半年的思路。于是我以抗灾为主题，以一对新人特殊的婚礼服为切入点，表现来自全国各地的大爱，创作出小品《婚礼》。在小品的结尾处，当剧中人物叩拜华夏子孙时，现场气氛格外热烈。为感谢海外侨胞对这场灾难的援助，晚会结束后，我们带着这个小品随国务院侨办前往十几个国家慰问演出，每到一处都受到热烈欢迎。一九九三年我们又带着这个小品到台湾慰问，93 岁高龄的张学良将军亲临现场观看演出。次日家中见面，临别时我请他为家乡沈阳写句话，他说你写我签名。于是我在一张小卡片上写下这样四句话：“少帅不少两鬓白，乡音乡情依然在，遥问奉天大帅府，将军一去何时还。”，随后他签下名字，成为珍贵的纪念。

·小 品·

秧 歌 情

（1992年中央电视台春节联欢晚会）

时　间　春节前夕。
地　点　农家院落。
人　物　宋大娘、黄大爷、群众若干。

［在欢快的东北秧歌乐曲声中，秧歌队载歌载舞上。

众　人　宋大娘，黄大爷！

［宋大娘身穿彩服应声上。

众　人　宋大娘，你家黄大爷呢？

宋大娘　在屋里化妆呢。

众　人　我们青年秧歌队已全部到齐。

宋大娘　好，我以秧歌协会主席的身份给予你们口头表扬，请到西场院待命。

众　人　伙计们，走哇！宋大娘，你们快着点。

宋大娘　就来！［秧歌队扭下。

宋大娘　老伴啊，快着点！［无人应。

宋大娘　老东西，听见没，你个老不死的，非得让我进屋拽你去？

［宋大娘到侧幕拽黄大爷上。

黄大爷　你干啥呀？

宋大娘　我不拽你你能出来吗？喇叭呢？

黄大爷　光天化日之下，你这不是损害我的形象吗？我是村长你知道不？

宋大娘　我拿那玩意儿干啥？芝麻大的官还总提呢，再说你现在也不在位了。说实在的，你这村长还没我秧歌协会主席地位高呢。

黄大爷　你那协会是群众组织，我这怎么也算一级政府。从国家主席到村长中间就差四级——省长、市长、县长、我！村长是最基层的党的领导形象。

宋大娘　那李村长还现任村长呢，那不还归我调遣呢吗？

黄大爷　他能和我比吗？在城里，按资历我得算离休，要知道，我是在北戴河疗过养的干部，那北戴河……

宋大娘　（做出六的手势）……

黄大爷　我一提北戴河，你就跟我整这手势，啥意思？

宋大娘　六十多回了，不就是洗海澡，晒太阳，吃螃蟹，住楼房，你睡了几天沙发床，回来后，要在那火炕上面安弹簧。我告诉你，再不锻炼身体就完了，你看你低个头弯个腰，侧面一看跟问号似的，你什么时候抽巴成个句号，你这篇文章就算结束了。

黄大爷　大过年，你成心给我添堵？

宋大娘　你添堵啊，我心里也不痛快。

黄大爷　我说不去跳，你非让我去，这还没出门呢，就整个半红脸儿。

宋大娘　（端详）嘿！可不半红脸咋的，你不说我还给忘了，还没给你化完妆呢。来，接着化。

黄大爷　不化了。

宋大娘　快坐下。

黄大爷　不坐。

宋大娘　坐下，听我说！

［黄大爷坐下。

宋大娘　哎，真乖，别着急，一会儿就完。（给黄大爷接着化妆）

黄大爷　化化妆呗，你掐我干啥啊？

宋大娘　这叫掐吗？这叫拽。这老脸净褶子，都不着色啦，得抻着化。

黄大爷　我的皮肤弹性这么好，抻完一松手不又回去了吗？

宋大娘　可不是咋的？刚才化那边的时候，抻着看那老大一片，一松手，没啦，可费色啦。化了一个脸蛋儿，用了儿媳妇两管口红。来，画眉毛。

黄大爷　再化就成彩色气球啦。

宋大娘　画眉毛显着年轻，这是提神的东西。你没听说眉毛传情，眉毛传情吗？眉毛是心灵的窗户。

黄大爷　拉倒吧，眼睛才是心灵的窗户呢。

宋大娘　对，眼睛是心灵的窗户，眉毛是窗户桁，这不过手了吗？给窗框上加点油漆，来，仰脖儿！

黄大爷　你这是化妆呢，还是剃头呢？

宋大娘　上岁数了，眼不好使。

黄大爷　你眼不好使，别再把我拉瞎了。

宋大娘　放心，干这么多年文艺啦，手下有准。

黄大爷　你把我化这么漂亮，我出去你放心哪？

宋大娘　有啥不放心哪，我早想开啦，一旦出现第三者，我马上让位。

黄大爷　你快拉倒吧，我还不了解你？心眼儿跟针鼻儿似的，上回换鸡蛋那老太太多看我两眼，你三天没和我说话。

宋大娘　老鬼！［黄大爷起身，眉毛画在眼睛下。台下观众一阵哄笑。

宋大娘　看见没有，妙手回春，你还没上场呢，就赢得了观众的热烈掌声。

黄大爷　别说你还真有两把刷子。

宋大娘　当然啦，化完之后跟变个人儿似……哎，老头子，我咋觉你这么别扭呢？

黄大爷　冷不丁一化妆，你看着肯定不习惯，记得年轻时你第一次给我化妆，我对着镜子越看越觉着……（掏小镜子自照）哎？我啥时候戴个黑边眼镜呀？哎，你家眉毛长眼睛底下呀？

宋大娘　哎？我记得刚才画眼睛上边儿啦。

黄大爷　刚才？那不拿着大顶呢吗？多亏是眉毛，要是嘴，你还不在我脸上开口——我成二郎神啦。不去啦，把个村长糟践成三花脸儿啦！

宋大娘　哎哟，看来什么东西呀，位置都得摆正了。本来眉毛是眼睛上边儿的东西，放在下边它就瞅着别扭，跟人一样，该多高，是多高，一摆错位置呀，就让人瞅着不舒服。

黄大爷　哎呀，这话里有话呀？摆错位置？我就是不摆错位置，我也不能和那帮人同日而语。我们领导干部到哪儿都应该是这样的，（背手踱步）而不应该是这样的。（秧歌步）

宋大娘　那韩副县长在我们这不也这样吗？（秧歌步）过去，他一脸严肃，见谁都冷冰冰的，人送外号“西伯利亚寒流”。现在在我们这一蹦一跳，像变个人儿似的，那气氛，明显气温回升。

黄大爷　要说人这玩意儿也是，穿着衣服能分出三六九等，到了澡堂了，全都一个模样。

宋大娘　其实人都是一样的，你别自己把自己从人堆儿里往外摘。

黄大爷　谁摘呀？你寻思我就不想扭秧歌呀？我告诉你，戒烟戒酒容易，要想戒这秧歌呀，比什么都难。一听锣鼓响，我就犯瘾……

宋大娘　那你咋不去呢？人家都是一对对的，你知道我多么的想你，多么的爱你。

黄大爷　你爱我有多深？

黄大爷　你问我爱你有多深，月亮代表我的心，顶着星星去。背着月亮归，你从来就没去接过我。

黄大爷　你咋知道我没去呢？前天晚上你们在东场院跳到几点？

宋大娘　十二点。

黄大爷　我在柴火垛里看到十二点半。

宋大娘　我看见你啦，你那是看秧歌去啦？

黄大爷　废话！不看秧歌我遭那罪。

宋大娘　我还以为你盯梢儿去了呢？怀疑我和老李头有啥事……

黄大爷　我哪有那心思！我是去宏观地看看总体的艺术效果。

宋大娘　提提意见？

黄大爷　毛病太多，一时不知从哪儿下口！（掏出本子）第一，基本功太差，眼神还可以，但总的看来动作跟不上眼神，节奏太慢，明显地看出里面有太极拳的痕迹。第二，年龄偏高，队伍老化，最高年龄不能超过九十，超过九十就没啥欣赏价值。第三，要坚持民族性，说到这我得说你几句，你说你过去那小秧歌范儿多正，现在这范儿啊，里边有芭蕾舞的东西，没事儿你扶着个炕沿儿绷脚面，立脚尖儿。你那么大岁数，脚跟儿都走不稳，还立脚尖呢！

宋大娘　那怨我呀？你总犯喇叭瘾，还不好意思吹，一吹怕人听见，前边还堵块红布，小喇叭整出萨克斯味儿来，我这立脚尖儿是跟你萨克斯配套。既然你对秧歌这么在行，你咋就不去扭呢？

黄大爷　四十多年没扭喽，在理论上有一套，在实践上没多大把握，找不着感觉喽。

宋大娘　感觉丢了可以找回来。我现在就陪你练一段穆桂英和杨宗保初次见面的《穆柯寨》！（扔给黄大爷一小扫把，自己抄起一把长把扫把）看枪！

黄大爷　哎呀，动真的啦！

宋大娘　我就是穆桂英。

黄大爷　我就是杨宗保。

宋大娘　我泰山压顶。

黄大爷　我力举千钧。

宋大娘　我拦腰打狗。

黄大爷　我狗急跳墙。

宋大娘　我黑牛耕地，

黄大爷　我鬼子蹬鹰。

宋大娘　我穷追不舍。

黄大爷　我狼狈逃窜。

宋大娘　我再出长枪。

黄大爷　我急收短剑。住手，欺侮人是咋的？你这明显是以你之长，攻我之短，你也知道身段不是我的长项，我，我，取喇叭去！（下）

宋大娘　这太好啦。土改那年，他痛痛快快吹了一次；建国那年，他痛痛快快吹了一次；自打当了村长，就没见他摸过喇叭……

［黄大爷持唢呐上。

黄大爷　这牙也没啦，也不知能不能兜住风啦，这气儿短啦，也不知能不能鼓出声啦……

宋大娘　你鼓足了勇气吹，再不吹，你底气都没啦！

黄大爷　好，我吹！

［激越的唢呐声骤起，亦喜亦悲，钻天入地……

宋大娘　（泪下）老头子，四十年啦！我总算又听见你的味儿啦。想当年，你一曲多情的喇叭，吹开了我少女的心扉。我爱你有血，有肉，会哭，会笑，是个活生生的人！可自打你当了村长，这个人就没了。你整天板着个脸，端着个架子，我常常问自己呀，我是嫁给谁啦？我是嫁给人啦，还是嫁给组织啦？

黄大爷　老伴啊，我现在找着感觉啦，刚才吹喇叭，又回到咱年轻的时候啦……［远处飘起深深的唢呐声。

黄大爷　那时候你是个漂亮人，不说赶得上杨贵妃，也超过杨三姐儿啦。

宋大娘　你也不错呀，赶不上杨宗保，也赶上杨六郎了。

黄大爷　是，我打小就面老。

宋大娘　你说那么多人追求我，我咋瞎眼嫁你啦？

黄大爷　我要不娶你呀，你都不一定嫁得出去。

宋大娘　那是谁呀？跳秧歌的时候使劲儿拽着人手。

黄大爷　那是秧歌的规定动作。

宋大娘　那跳完秧歌你就撒开呗，回家的路上你拽了人一道儿。

黄大爷　我不是怕打锣的小子把你领走吗？

宋大娘　我能看得上他吗？挺大的锣净往帮子上敲，一点艺术细胞没有。

黄大爷　你秧歌扭得浪，我喇叭吹得棒，所以咱才对上象。

宋大娘　你说当年我那功夫，腿一抬就到这儿，（脱鞋比画）后来就到这儿，现在鞋儿去啦，腿是上不去啦。

黄大爷　当年我一口气儿能吹四个眼儿的发，现在我吹一个眼的发，我得换四口气儿！

宋大娘　不过我现在还能走小翻身……

黄大爷　快拉倒吧，晚上睡觉翻身都得靠我拥。

宋大娘　不信我给你翻翻，说翻就翻。（翻身动作，力不支，跌倒）

黄大爷　你不要命啦？（扶起宋大娘）

宋大娘 不服老是不行啦，真像人说得似的，有牙的时候没有花生米，现在有花生米啦，唉，牙又没啦……

黄大爷 当初咱演老头儿老太太，得戴头套，画皱纹，现在不用画啦，都自己出来啦。

宋大娘 来，我给你画眉毛，显着年轻……

黄大爷 不画啦，咱年轻时演老人画皱纹是假的，现在老了演年轻画眉毛也是假的，假的就是假的，还是真的好。

宋大娘 对，还是真的好！

［欢快的东北秧歌乐曲由远而近……

黄大爷 哎呀，秧歌队来啦！

宋大娘 老头子，咱们给他们来个当年的绝活。

［秧歌队扭上。

众　人 宋大娘、黄大爷，快出来呀！

［宋大娘、黄大爷内应："来啦！"二人男扮女，女扮男，脚蹬高跷上。

众　人 这回成了宋大爷，黄大娘啦！［众人大笑，齐扭下。

——剧终

（与崔凯、周保平共同创作）

1992年中央电视台春节联欢晚会与宋丹丹表演小品《秧歌情》

附言：20世纪90年代初，一次，我在沈阳的大街上，看见几个穿着彩服、画着浓妆的老太太聚在一起偷着扭秧歌。那时候与现在不同，人们比较保守，她们对待生活的态度吸引了我，也许她们就是广场舞的先驱吧！受她们的启发，我创作了小品《秧歌情》，说的是放下面子的问题。我爱人是学戏曲的，她曾给我讲过一个笑话，老师教她们踢腿的时候，从不动腿，只是把鞋脱下来比画，"前腿到这儿，旁腿到这儿"，鞋上去了，腿却没动。我把这些生动有趣的细节写进了作品，该小品获得1992年央视春节晚会二等奖。

·小品·

农老板进城

时　间　大年三十晚上。
地　点　中央电视台春节晚会现场。
人　物　老汉：农民企业家。

［幕启，老汉手执“大哥大”通着话上场。

老　汉　我已到达中央电视台春节晚会现场，你们电视里看见我没？什么？全村都看见啦？别唬我，我做个动作你们瞧瞧，这是什么？（一条腿抬起）劈叉。老外去吧，这叫金鸡独立。什么？你问这块地方有多大？等等，我量量宽，五十六米，长，六十五米，也就一亩三分地左右吧。设备没啥，整得挺花哨。有几台摄像机，跟咱村那肩上扛的不一样，下边两轱辘，上边两个垄……形似咱村那手扶拖拉机。灯不少，老鼻子了，一溜一溜的，我数数多少垄……数不清，比咱那葫芦结得多。好，就这样，有事打手机找我。

［关机，走向台口。

老　汉　在座的哪位是领导呀？（见观众甲）赵忠祥，您是领导吧？

［甲：“我不是领导。”

老　汉　您谦虚，就您这坨说不是领导谁信呀。

［甲：“你有什么事吧。”

老　汉　我们吧，有一想法，也不知道想法是不是有点儿大了，反正吧……我们已琢磨很长时间了。您看现在城里人都到咱农村去买地建楼，咱农村人也想往城里掺和掺和。别的地吧，我们也没看中，不知道这中央电视台能不能卖？大伙别笑，我们也不全买，其他的地方你们爱干啥干啥，就要这一间……［电话铃响。

老　汉　我是农老板……赵秘书，这刚开个头就被你打断了，什么事？现款别动，给中央电视台留着，这事有可能谈成。进出口贸易还是以货物交换为原则——海捕大虾往美国飞；速冻青刀豆往日本运；脱水大蒜片往非洲送；土豆、西红柿、洋葱这些球体菜往俄罗斯轱辘。（关机）哟，这不是经济半小时的主持人吗？你们这节目办得好，可就是时间太经济了，才半小时。你们帮个忙，我把这地买下来，让你随便谈，想说多少说多少……

［电话铃响。

老　汉　我是农老板……钱秘书，我刚托个人就让你打断了。什么，你再说一遍……啊！好！（向观众）大伙听见没？我在电视上刚一露面，咱村的红高粱股票就往上涨呀。我真要天天上电视，这股票还不打着滚往上翻呀！（向“大哥大”）好，停止发行，给我留着。（关机）诸位，拜托了，拜托了。大伙帮我农老板说说话，我保证不让大家白辛苦，真要能把这地买下来，在座的每人白送一百股，好不好？

［众喊：“好！”

老　汉　看来这经济杠杆就是起作用……

［电话铃响。

老　汉　孙秘书，我刚把大伙情绪挑起来，你就……嗯？孙秘书你怎么春节值班还喝酒呀？话都说不清楚了，舌头都……

嗯？是美国长途呀，接过来。哈罗！谷特一维宁、谷特一维宁谷，稻谷的谷，稻……你懂中文哪！那你费那劲干啥，说中国话。什么？你是汤姆先生，你也看见我啦！我胖啦？用咱中国人的话说，叫人逢喜事精神爽啊！你全知道啦？对，买电视台这事进展的还算顺利。什么？你感到我很有实力，准备重新考虑来我们村投资一千万元？可以接受。什么项目？做豆腐。汤姆先生，豆腐是中国的传统项目，我们是专家。另外，我建议：你五百万投到我们的豆腐厂，五百万投到我们的奶牛场。做豆腐，我们是专家。做奶豆腐，你们是专家。让大豆腐进入国际市场，奶豆腐打开国内市场。到时我们在电视台办一个全世界农业经济交流中心，占领地球每块市场。（关机）看来这电视的作用还真了不起的？我要真能把这地买下来……

[电话铃响。

老　汉　赵秘书、钱秘书、孙秘书、李秘书，你们听着，不要一个电话接一个电话催我。这么个大事，你也要让人家台领导研究研究嘛……什么？你是日本驻华拍卖公司，为了祝我买电视台成功，要转让我一个吉利电话号码。多少钱？九万一千八，你宰大头哪？什么？这价钱和这号码是配套的一个“九”、一个“一”、一个“八”意思是“就要发”，这不是瞎白话吗？你认为“九一八”是个吉利号码，我认为“九一八”就是个事变！别人记不住，咱中国人还记不住“九一八”吗？这两手它还值钱了，你自己留着吧，不要！

[关机。

老　汉　看我们农民没知识，就和我们来这一套。我们发起来不是靠着迷信，我们靠的是政策，靠科技，靠实干！过去城里人为咱编过一套嗑说：“农民进城，腰扎绳；两眼发直，大脑失灵；看见红灯，不知走停；车门夹腚，不敢叫疼；住不起旅店，澡堂就成；找不着厕所，旮旯也行。”那时我们是落后，不是我们落后，是政策落后，现在政策一变，我们不也就变了吗？过去城里人吓唬孩子说：你要不好好学习，长大了让你到乡下挑大粪去。现在我们那儿哄孩子说：你不好好念书，长大了让你到城里坐办公室去……

[电话铃响。

老　汉　什么？好，马上出发。（对观众）各位领导各位同志，电视台到底卖不卖，我们就听你们一个信儿啦。如果能卖，我们马上交钱。如果不能卖，我们就租；如果不能租，我们就借；如果不能借，就让咱多露几面也中。今天呢，这儿是第一站，我们还要跑几个旅游点；过去呢，我们是找不着厕所，旮旯也行。现在，我们准备在城里建一批现代化旮旯，大伙放心，免费供应。不过话又说回来了，肥水不流外人田，就算城里人为我们集资哪！再见！（下）

——剧终

（与徐小帆、陈亦兵共同创作）

1993 年《综艺大观》晚会，表演单人小品《农老板进城》

附言：1993 年春晚创作面临困境，老搭档临时宣布告别小品舞台，创作不知从何入手。于是我写出单人小品《农老板进城》，在春晚初审中顺利过关。结束后部领导却说：“这个串场很好，你还有小品吗？”这句话提醒了我，看来观众并不认为这是一个完整的小品作品。于是我找到总导演，提出更换节目，另行创作。导演不同意，因为春晚的节目一旦过关就算入库，如果另起炉灶风险太大。但我还是坚持放弃，最终创作出小品《擦皮鞋》，赶上了终审，登上春晚。这次经历对我是一次考验。

·小 品·

擦 皮 鞋

（1993年中央电视台春节晚会）

时　间　当代。

地　点　擦鞋匠家中。

人　物　擦鞋匠：男，三十多岁；男保姆：打工的，三十多岁。

［擦鞋匠穿着睡衣上。

擦鞋匠　腰包揣得很鼓，有钱就得享福。别管我是干啥的，我家能请起保姆。保姆，保姆，保姆！［男保姆扎着围裙上。

男保姆　来咧来咧，你有什么事呀？伙计——

擦鞋匠　你管谁叫伙计？你是打小时工的，你是伙计，明白没？

男保姆　明白了，伙计。

擦鞋匠　你不说伙计不会说话是不是？从今以后不准再说伙计，记住没？

男保姆　记住了伙……火上热着奶呢！

擦鞋匠　上早茶！

男保姆　茶叶放在哪儿？

擦鞋匠　要茶叶干啥？

男保姆　你不要喝茶吗？

擦鞋匠　早茶——早餐——早点——早饭！

男保姆　哦！我才明白！

擦鞋匠　非逼着我说粗话。

男保姆　早就给你预备好了，伙计。（下）

擦鞋匠　我在他跟前算翻不了身了。（把桌上的闹表往回拨了半个小时）家用小时工千万别放松，能多用一分钟就多用一分钟。［擦鞋匠从桌上拿起一块白布当餐巾系上，不想系反了。原来是一擦鞋匠广告，上写“欢迎惠顾擦皮鞋”。他猛然发觉，急忙解下。男保姆端餐盘上，擦鞋匠做出很有风度的样子，从男保姆手中一样样接东西。擦鞋匠把那块布翻过来系上。

擦鞋匠　餐刀、餐叉、餐勺、餐奶……

男保姆　餐奶？

擦鞋匠　这不是餐奶嘛！（伸手抓，被烫）哎哟，你这奶的温度烫脚合适！家里的活都让你干反个了。牛奶弄得挺烫，洗脚水整得冰凉！算了，不多用了！（擦嘴）

男保姆　你还没吃不用擦嘴。

擦鞋匠　去！（把餐巾扔在男保姆怀里，猛然惊悟，又一把抓回）更衣起驾。

男保姆　更衣？

擦鞋匠　什么都听不懂，我要去上班更更衣服——更。

男保姆　更夫，你是打更的。

擦鞋匠　谁是打更的，把我的衣服拿来！

男保姆　（下去取衣又上）给你。

擦鞋匠　公文包。

男保姆　你一块儿说了多省事呀？（下）

擦鞋匠　你省事我折腾谁去呀！［男保姆将擦鞋匠箱子拎上。

擦鞋匠　鞋！

男保姆　还得跑一趟，伙计——（下）［男保姆拎一双皮鞋上。

男保姆　请您更鞋。

擦鞋匠　等会儿，这鞋怎么搞的？

男保姆　刚才我给你擦了点油！

擦鞋匠　这皮鞋有这么擦吗？外行啊！记住，今后擦鞋要先去土后去泥，上油打蜡才不起皮。然后再……这都是学问，说你也弄不明白。（看表）时间不早了，（背箱）我得出去工作了。说清楚，你是小时工，我按点付款，下午四点半以前你都在我家干，归我领导。

男保姆　那没错。

擦鞋匠　一会儿上市场买点肉，买点菜，把中午的……

男保姆　午茶……我给你预备好！

擦鞋匠　行啊！有进步，这就叫近墨者黑，天天擦皮鞋没有不脏手的，擦皮……不能跟你说得太多，再说把底都漏出来了，我走了。（下）

男保姆　这个老伙计是真能摆谱。腆胸叠肚你还真就看不出他是个什么人物……其实他……［擦鞋匠复上。

擦鞋匠　你在那叨咕啥呢？

男保姆　你怎么回来了，伙计？

擦鞋匠　没看下雨了吗？

男保姆　天这么旱，下点雨好。

擦鞋匠　好个屁，这一下雨直接影响我的工作。

男保姆　你办公室在露天？

擦鞋匠　那可不，天天在外边……现场办公。

男保姆　那你搭个棚不就完了吗？

擦鞋匠　搭棚也没用，下雨天都穿水鞋。

男保姆　你是嫌他们脚太脏啊？

擦鞋匠　越脏越好，咔嗤泥加钱，上次雨后一放晴，我那围个风雨不透。我一鼓作气，刷刷——不大一会儿就擦了八十多双皮……批件！

男保姆　看你刚才姿势不像批文件？

擦鞋匠　我这基本上属于狂草。

男保姆　你还会书法呢？

擦鞋匠　天天挥毫泼墨！

男保姆　泼一回多少钱？

擦鞋匠　一双伍角……你咋那么多废话呢？下雨天打孩子闲着也是闲着，借此机会我得教育教育你。坐下！［男保姆坐椅上，擦鞋匠坐马扎上，一眼发现男保姆的鞋。

擦鞋匠　牛皮的呀？

男保姆　水牛皮。

擦鞋匠　水牛……（意识到坐错位，威严地与男保姆换座）哪儿你都敢坐！你在我们家不管是临时的也好，计时的也好，总而言之你是我的保姆，这一点你承认不？

男保姆　我承认。

擦鞋匠　我说姆儿哇……

男保姆　别，您最好是把保字加上，我总还是个男同志嘛。

擦鞋匠　我要不是个光棍儿，怕影响不好，绝对不雇你这男保姆。

男保姆　你不说男保姆是新生事物吗？

擦鞋匠　新生事物都有待于考察，上个星期六我通过一顿饭就发现你太能吃。

男保姆　我能吃我也能干哪，上周六我两个小时就给你挖了三个菜窖。

擦鞋匠　哪儿仨菜窖，不就挖一个吗？

男保姆　哎呀，伙计，左边一个洞，右边一个洞，中间一个方的，这不是仨吗？

擦鞋匠　这叫两室一厅，这叫一套，懂不？

男保姆　那你也别说我能吃呀。

擦鞋匠　过去的事咱不提了，你现在也很成问题。你看看你这打扮，我在这一带大小算个人物，你在我家出来进去，模样困难点，衣服脏一点，这都说得出去。关键你这双鞋，就你这鞋弄得皱皱巴巴，连灰带土的，你穿这双鞋在我家出去这不是直接影响我生意吗？

男保姆　这鞋怎么了？

擦鞋匠　你擦点油哇！

男保姆　我想擦哩，关键是擦完你那双鞋就没有油了。

擦鞋匠　寒碜我呢？埋汰我呢？你要别的，我家找不出来情有可原。这鞋油我闭着眼睛找出百八十盒来，你信不？

男保姆　我没找着。

擦鞋匠　那是你没找到正地方！［从公文包里往外掏，鞋油、鞋刷子拍在地上。

擦鞋匠　这是啥，这是啥，这是啥？

男保姆　你挺讲究哇！公文包里还带这东西呀？

擦鞋匠　这就跟旅游出差带牙具是一个道理。（看男保姆鞋）你这鞋要再不擦可就擦不出来了。

男保姆　是双旧鞋了，没关系……

擦鞋匠　下下功夫能整出来。（从男保姆的腰中解下围裙套袖戴在自己身上）

男保姆　你干什么？

擦鞋匠　你坐下。

男保姆　这可不行。

擦鞋匠　你是信不着我咋的？你坐下吧！（一把抓住男保姆的鞋疯狂地擦起来）哎呀妈呀，可算逮着一双，挣不挣钱无所谓，关键是下雨天闲得膀子难受哇！

男保姆　你这活干得挺熟练哪！

擦鞋匠　干不干七八年了。

男保姆　你是干什么的？

擦鞋匠　擦鞋匠！

男保姆　干这活让熟人看见多难为情啊？

擦鞋匠　我只管低头擦鞋，绝不抬头看脸儿。

男保姆　你不觉得干这个低贱吗？

擦鞋匠　有啥低不低贱的，我在外边给别人服务，回到家也有人给我服务，我雇了个男保姆，一米八大个，这傻老爷儿们让我给收拾得像耗子似的，见到我他就……（突然警觉）起来！

男保姆　（大笑）哈哈……

擦鞋匠　你敢让我给你擦鞋？

男保姆　是你非要给我擦呀！

擦鞋匠　敢让我给你擦鞋，我是啥人物你知道不？

男保姆　你是啥人物我清楚，你不就是个擦鞋匠吗？（指黄围裙）

擦鞋匠　啊……对！我就是擦鞋匠你能把我咋的？坐下！（又抱住另一只脚）平时都是擦一双，今天擦一只难受，我非给你擦完不可！（发疯似的擦鞋）

男保姆　别擦了！别擦了！

擦鞋匠　不行！

男保姆　是你这个擦法费油。

擦鞋匠　费……费油？你是？

男保姆　你要问我是干什么的，更衣。（男保姆从门后拿出和擦鞋匠一样的擦鞋箱子）

擦鞋匠　你也是擦鞋匠？

男保姆　咱俩是同行。

擦鞋匠　那你怎么还当小时工哪？

男保姆　今天不是下雨吗？

擦鞋匠　真有你的。

男保姆　伙计，工作没有贵贱之分，我的擦鞋匠前途不是越抹越黑，而是越擦越亮。

擦鞋匠　说得好哇，伙计。[桌上的闹表响了。

男保姆　时间到了，我该下班了。

擦鞋匠　你是该下班了，刚才我给你往前拨了半个小时。（从兜里掏出钱给男保姆）这是你今天的工资。

男保姆　算了，你还给我擦了双鞋哪。

擦鞋匠　天晴了，咱上工吧。

男保姆　走！

男保姆　擦皮鞋！（喊下）

——剧终

（与王振华共同创作）

1993年中央电视台春节联欢晚会与魏积安表演小品《擦皮鞋》

附言： 1993年春晚创作面临困难，老搭档临时宣布告别小品舞台，创作不知从何入手。于是我写出单人小品《农老板进城》，在初审中顺利过关。结束后部领导却说“这个串场很好，还有小品吗？”。这句话刺激了我，看来观众并不认为这是个小品。于是我找到总导演，提出另行创作、更换节目。导演认为风险太大，因为春晚的节目一旦过关就算“入库”，如做更改，一切都得重来。我还是坚持了，最终创作出小品《擦皮鞋》，登上1993年春晚。

·小 品·

小 站

（1993年全军“双拥”晚会）

时 间 当代。

地 点 边远小站候车室。

人 物 东北大哥、山东大哥。

景 置 舞台上挂着牌子，上书：“小站候车室”。牌下放有长椅、痰盂。

［幕启，长椅上睡着东北大哥，阵阵鼾声与火车声交融在一起。火车到站，鼾声渐止。

东北大哥 服吧，打不过你。（翻身又睡）

［火车候车室喇叭里传出播音员的声音：“各位旅客春节好，由山东开往本站的989次列车已到站，有接亲属的同志请注意接车。”

［山东大哥提着大包小包抱着孩子上。

山东大哥 注意接车？大年三十儿谁还出门儿，就我们爷儿俩一个半人儿，这也倒好，省得挤了。（闻孩子哭）又该把尿了。

［山东大哥对着痰盂把尿，不小心将尿溅在东北大哥头上。

［东北大哥坐起。

东北大哥 下雨了？

山东大哥 不是下雨。

东北大哥 那就是楼上滴的水，现在施工质量太差。（指着楼上）这位置——可能是厕所。

山东大哥 都不对，是我给孩子把尿，他滋高了。

东北大哥 啊……我说热乎乎的嘛，大过年刚换身新衣服你就用尿浇我呀！

山东大哥 可能这孩子看你厚厚道道的，比较可交。

东北大哥 要交交点忠情，别浇这玩意儿。

山东大哥 对不起，我给你擦擦。

东北大哥 拧了，小孩尿，问题不大，据说这玩意儿还能美容，很多化妆品里都含有童子尿的成分。

山东大哥 你懂得真多。

东北大哥 从哪儿来呀？

山东大哥 山东拥军县。你呢？

东北大哥 东北急水城的。大过年到这圪垯来干啥呀？

山东大哥 到部队探亲。

东北大哥 看你兄弟？

山东大哥 哪有抱着孩子来看兄弟的。

东北大哥 看你父母？

山东大哥 是俺爹催俺来的。

东北大哥 那你到底看谁？

山东大哥 俺……看俺媳妇。

东北大哥 看媳妇有啥不好意思的，都是合法夫妻。

山东大哥 到部队来探亲一般都是女的看男的，咱这大老爷儿们千里迢迢看媳妇，总觉着有点抹不开面子。

东北大哥 不瞒你说我也是到部队来探亲。

山东大哥 你看谁呀？

东北大哥 我们虽然是来自五湖四海，但是．都是为了一个共同的目标走到一起来了。

山东大哥 你也是看媳妇？

东北大哥 Yes！

山东大哥 太巧了，咱俩都是军属。

东北大哥 对，一对大老爷儿们，你那位在哪个部门？

山东大哥 测控连，上尉。你那位呢？

东北大哥 导弹团，中校。

山东大哥 （肃然起敬）哎哟，你是首长家属。（敬礼）

东北大哥 不在营房内，不用敬礼了！（看了看孩子）这小鬼多大了？

山东大哥 五个月了。

东北大哥 很年轻，这么大就抱出来要小心。

山东大哥 他妈来信说想孩子。

东北大哥 看来你对妇女的心理缺乏研究，一般嘴上说想孩子，心里都是想孩子他爹。

山东大哥 想有啥用，远水解不了近渴。

东北大哥 现在不是近水楼台了吗，你还不快去捞月亮？

山东大哥 （看表）啊……那……什么，不着急，反正走到那儿天也亮了，月亮也下去了。什么也捞不着了，先去再说吧。首长大哥你到得比我早，你怎么也不着急？

东北大哥 说实话，我根本就不想来，她左一封信、右一封信往死里催我，我一想没办法，两口子应付应付吧。这不，一到这儿又犯懒不愿意动弹。（偷着看表）

山东大哥 正好咱俩做个伴。

东北大哥 那咱喝点？

山东大哥 喝点就喝点，反正没到点呢。[两人同时从包里取东西。

山东大哥 吃，山东醉枣。

东北大哥 喝，东北茅台北大仓。[两人欲喝，孩子哭叫。

山东大哥 等会儿，我先给他垫块尿不湿。

东北大哥 现在生活水平是提高了，那时候哪有尿不湿呀，都用褯子。有一次我儿子褯子晾院里，让炊事班当屉布给收去了，结果蒸出一锅馒头，全是碱大。

山东大哥 首长大哥，孩子你带着呢？

东北大哥 我这身份，我能带那玩意儿吗？不是跟你吹，五六年了没着过边，再者说，那也不是大老爷们干的活呀。

山东大哥 你说得太对了，咱大老爷们从祖上就没传下来这个能力。看人家妇女喂孩子想上前学学吧，还怕人说俺不正经。你看，又吐奶了。

东北大哥 你倒是年轻，没经验，孩子能这么喂吗？记住喂孩子有三点：一、奶温要合适，装完瓶子拿脸试试以不烫脸为原则；二、奶嘴眼不能太大了，要不然就连风带水都过去了；三、姿势要对，喂完后不能马上放平，抱起来竖竖，拍拍后背，什么时候打上奶嗝了，什么时候才能放下。你看这不好了嘛。

山东大哥 首长大哥，你这套业务挺熟练。

东北大哥 带干不干五六年了。

山东大哥 你不是没带过孩子吗？

东北大哥 我……前几年带过，现在孩儿大了交给他姥姥啦。

山东大哥 你可真能吹牛哇。

东北大哥 （举杯）干！

山东大哥 干……找个当兵的媳妇也够受罪的，咱是又当爹又当妈呀。带孩子，咱认了，谁让俺是他爹，可前途完了，事业完了。我们那些同学，有当经理的，有当局长的，有当教授的，有当大款的。就凭俺这能力，转业到地方干什么不行呀？我说了多少回，她就是听不进去。

东北大哥 那说明你没本事，降不住媳妇那还叫老爷们呀？小树在砍，媳妇在管。我们那位，不管她在部队是中校还是什么校的，回到家一律无效。她不冲我微笑，我绝不冲她大笑，家里大事我说了算。前不久。我曾严厉地跟她说：两地生活的问题绝不能再继续下去了，我必须马上随军。我刚一建议，她马上就批准了。

山东大哥 你看还是人家媳妇听活，说随军就随……噢，你随过去哪儿？

东北大哥 你甭管谁随过去，我不拍板这事定不下来！

山东大哥 你真能吹牛。

东北大哥 啥叫吹牛？这叫威力——来喝！

山东大哥 （拿瓶子喝）两地生活千万苦，最难整的是想媳妇。别的苦再苦咱能克服。这想媳妇要想起来……它挠心。上回，我去看看她，她说要请示请示首长。我看媳妇请示什么首长呀？是我看媳妇，是首长看媳妇……这是哪家《婚姻法》规定的？你是首长，大哥就是首长，首长你给评评理。

东北大哥 你别着急，平时部队有任务，这次我们研究研究让你多待两天。

山东大哥 你不让我多待两天也不行，现在我正休产假呢！

东北大哥 喝点酒说话就走板儿，大老爷们休产假没听说过。

山东大哥 我问你，按规定，产假应当休一百天对不对？

东北大哥 那没错！

山东大哥 俺媳妇刚满月就回部队了，一百天减去一个月还剩多少天？

东北大哥 七十天。

山东大哥 俺单位领导看我带着孩子不容易，把俺媳妇剩下来的七十天产假补给我了。

东北大哥 也就是拥军县领导能想出这招来，这也真为咱军属排忧解难。

山东大哥 排忧解难，这种日子我再也不想过了。这次我就要跟她谈，要不就好好过，要不就离婚！（发现东北大哥不停地吃枣）大哥那是给我媳妇带的你别都给吃了。（喝酒）

东北大哥 少喝点，老弟！从喝酒可以看出你是个标准的山东大汉。

山东大哥 还山东大汉呢，整天缝缝补补，洗洗涮涮，烧火做饭带孩子，我还像个男人吗？我还是个大老爷们吗……（哭）三八妇女节妇女开大会，领导让我上台发言，我算大老爷们还算大老娘们儿？

东北大哥 别哭了，离部队这么远，你不怕影响不好吗？处在中校家属的位置上，我得说你几句，你难，你媳妇比你更难知道吗？你干的不是男人干的活，你媳妇干的就是女人干的活吗？（掏出没织完的毛衣）这不都在干吗！

山东大哥 大哥，这毛衣是给娘子织的？

东北大哥 对！

山东大哥 不能织平针，这儿风大。

东北大哥 女人比咱男人恋家呀！说句实心话，每次探亲我都不愿意来，来的时候高兴，走的时候不是个滋味呀！上次我拎着提包都要出门了，她硬是拽着我不让我走，一头扎在我怀里哭呀，哭呀。肩章上的星都要掉了，眼看着中校变成少校。我说这不是在家，是在军营你要注意自己的身份。她说我不怕，我一年三百六十天，天天都是女强人，今天我要当回媳妇。

山东大哥 大哥！你也哭了？

东北大哥 都是你勾的。

［午夜的钟声、鞭炮声齐鸣，广播喇叭里传来新年祝辞。

［两人同时放声高喊："过年了！……"

东北大哥 快！

山东大哥 快！［两人急速地收拾好行装。

山东大哥 大哥！你不是不着急吗？

东北大哥 你不是不着慌吗？

山东大哥 是不是大嫂对你有规定，十二点钟以前不能赶到部队。

东北大哥 那还用她规定，咱当军属的就应该有这觉悟，大过年的谁不想家，咱团聚了不能勾别人的心思吗？

山东大哥 现在该走了，

东北大哥 再见！明年这时候再聊呀！

——剧终

（与徐小帆、王铁虎共同创作）

1993 年全军“双拥”晚会与魏积安表演小品《小站》

附言：《小站》是多年构思的一个作品，故事和人物都很接地气，重要的是它符合“双拥”晚会的主题。“双拥”晚会播出时间是大年二十九，春节晚会播出时间是大年三十，每年同时上两台晚会，不仅在创作排练周期上有困难，在节目的内容、风格上也是一种挑战。春晚要求娱乐性更强，“双拥”晚会要求主题性更强，我每次都努力把“双拥”的主题性带入春晚，使春晚的创作更富作品感；把春晚的娱乐性融入“双拥”，让严肃的主题更富观赏性。从效果来看，《小站》算是一次成功的融合。

·小 品·

打 扑 克

（1994年中央电视台春节联欢晚会）

时 间 除夕夜。

地 点 列车上。

人 物 采购员、记者。

景 置 车窗连着茶几，一边一把高背靠椅子。茶几上摆着简单的酒菜，两双筷子，两个酒杯。采购员恭恭敬敬地等着什么人，自言自语地："这广播怎么还不广播？"

［列车广播声："各位旅客春节好，欢迎您在除夕之夜乘坐本次列车。由于今夜旅客少，八号车厢十六号座位，有名男性旅客为了解除旅途寂寞，欲寻一位能说善聊的已婚男性共度除夕。他已备好酒菜，有应征者请速前往。

采购员 让她这一播赶上征婚启事了。［记者拎提包上。

记 者 十三、十四、十五、十……

采购员 黑桃K！

记 者 红桃A！

采购员 老同学。

记 者 太巧了，是你写的征友启事？

采购员 没错。

记 者 这么多年了你脾气还是没改，好热闹。

采购员 我好热闹，你好凑热闹，那么多人听了广播都没动心，就你来了。

［二人大笑。

记 者 现在干吗呢？

采购员 还当采购员哪。［二人互递名片。

采购员 当记者了，老同学？

记 者 马马虎虎吧。一看见你我就想起咱们班同学来了，五十四个同学用五十四张扑克牌命的名。哎，我听说后来你和草花谈恋爱了？

采购员 她能看上我吗？让方片J给勾去了。哎，黑桃8有消息吗？

记 者 黑桃8发了，那小子真黑，把咱卖不出去的那些破胶鞋，粘上名牌商标整到苏联越南挣老了。红桃3干什么哪？

采购员 当兵了，真把那三红桃扛肩膀上了，上校。

记 者 大小王呢？

采购员 你说的那是正副班长，留校当教师了，现在教我儿子哪。［二人大笑。

采购员 咱再甩两把，寻找一下过去的感觉。

记 者 来，拿扑克。

采购员 我没带。

记 者 那怎么玩呀？

采购员 找个什么东西代替一下，（突然发觉手中的名片）用它玩。

记 者 用名片玩？

采购员 当初扑克买不着，咱用粮票还玩过呢，半斤管二两。

记 者 一斤管半斤。

采购员 全国管地方。

记 者 咱今天就用名片玩啦。

采购员 这样，我出一张，你出一张，翻过来比大管小，输者喝酒。

记 者 赢者吃菜。

采购员 我先出，股长。

记 者 管上，科长，喝酒。

采购员　哎呀，（喝酒）科长。
记　者　管上，处长，喝酒。
采购员　哎，不减当年啊，（喝酒）处长。
记　者　管上，局长，喝酒。
采购员　我不喝了，你当记者的接触层次肯定比我高，这样下去这一瓶酒全都得让我喝了。
记　者　不在接触人层次高低，关键是你水平差。
采购员　你要这么说咱俩换换牌你敢吗？
记　者　换牌你也不是对手。
采购员　那好，换牌。（两人相互交换名片）哎，这把牌多好，要啥有啥。
记　者　哎呀，这把牌是小点，一把科长。
采购员　出牌呀。
记　者　牌小不要紧，团结起来就是力量，四个科长。
采购员　管上，四个处长，这管得多痛快。
记　者　股长、科长、处长，同花一条顺。
采购员　管上，科长、处长、局长，三色一条龙。
记　者　我这是同花顺，人事股，组织科、干部处，你看我这行政关系理得多顺。
采购员　我这是真龙，生产科、销售处、外贸局，产销一条龙，直接打入国际市场。
记　者　行啊，老同学。
采购员　废话，没点现代意识敢用名片打牌吗？你喝吧！
记　者　等会儿，炸弹四个2。
采购员　你怎么还整出四个2来了。
记　者　副班长、副组长、副队长、副股长，都是二把手，四个2，喝酒。
采购员　等会儿，不就是四个2吗？管上，四个大王。
记　者　你哪来的四个大王哪？
采购员　这四位都是卖牛肉面的。
记　者　牛肉面大王啊！
采购员　满街都是，我们采购员吃这玩意儿实惠，你喝酒。
记　者　（喝酒）这样，你也别打我名片，我也别打你名片，把咱俩名片洗到一起抓着啥算啥。
采购员　公平竞争。
记　者　过去的这些不用了，拿新的。
采购员　这玩意儿有得是，一出门一把一把的。

［二人同时从各自的包里拿出名片，洗到一起。

采购员　抓牌。
记　者　这一洗就说不准谁挨着谁了，有的认识，有的还是头一次见面。
采购员　哎呀！老同学呀，你接触人挺广啊，各行各业啥人都有哇，（抽出一张让记者看），这人你认识呀？
记　者　啊，我采访过他，出牌。
采购员　这张舍不得出，我留着做纪念吧，（放进兜里）一个副经理。
记　者　管上，经理。
采购员　管上，董事长。
采购员　管上，秘书。
记　者　你秘书能管上我董事长吗？
采购员　这是女秘书，在某种程度上讲，女秘书能当董事长的家。
记　者　看清楚，我这董事长也是女的，不吃你那一套。你喝酒。
采购员　（喝酒）今天我算遇着对手了。我给你来个大的，光头衔就一溜，神州公关协会名誉会长、华夏广告中心名誉指导、国际美食协会名誉顾问、环球开发公司名誉董事。
记　者　到底哪个单位的？
采购员　没看明白。
记　者　有电话没有？
采购员　电话：6754833，请街道刘大妈叫一声。
记　者　公用电话呀，有印名片的钱，你安部电话好不好？这算废牌，（把名片扔到一边）出牌。
采购员　我给你来个绝的，一个和尚——副处级。
记　者　管上，日本和尚。
采购员　你日本和尚怎么就能管我这中国和尚呢？我这可是副处级呀。
记　者　没用，你就是正处级的和尚，也得归我这日本和尚管，这叫外来的和尚会念经。
采购员　你这是强词夺理。
记　者　这叫学问，谁让你小的时候不好好上学，一考试就抄我的。
采购员　你这人就是没良心，我也没白抄你的，哪一回你挨打不是我给你报仇。

记　者　是呀，你报完仇我还得领人家看病去。（出牌）两个医生。

采购员　管上，一个兽医。

记　者　你兽医能管我医生吗？

采购员　现在兽比人金贵。我家邻居养了个小狗，前几天腰上系了个红布条，我问他咋回事儿，他说今年是它的本命年。

记　者　你说话注意点，今年是我的本命年。

采购员　你是属狗的？它就是狗，两码事，你跟它争啥，再者说了，你比它大好几岁呢！

记　者　你把我俩分开说好不好？

采购员　就这条狗，做了个“CT”花了几千块。

记　者　真舍得花钱。

采购员　啥舍得花钱，写的是他老丈人名给报销了。他有招，在狗的后边儿添了个“皮癣”，说他老丈人得了狗皮癣。领导一看，就睁一只眼，闭一只眼，反正是公款报销。

记　者　把这张名片给我。

采购员　还想学习一下经验哪？喝酒吧。

记　者　（喝酒）像这样挥霍医药费的人，是大有人在。药厂厂长。

采购员　管上，假药厂厂长。

记　者　你假的能管我真的吗？

采购员　你的药再好，我用你的商标出两回假药，你的牌子马上就倒。

记　者　这张名片也给我。管上他摄像师。

采购员　你摄像师能管上我假药厂厂长吗？

记　者　正管，“质量万里行”摄像，我让你彻底曝光。喝酒。

采购员　（喝酒）来一张轻松点的，演员。

记　者　管上，著名演员。

采购员　管上，小报记者。谁有名就折腾谁，别管你多有名，给你编上两条花边新闻，马上让你臭名远扬。

记　者　管上，无名演员。我就不怕你折腾，你今天说我离婚，明天说我打官司，后天我就出名了。喝酒。

采购员　（喝酒）你出牌，我管你。

记　者　电影演员。

采购员　管上，电视演员。你再好的电影没电视观众多，别管演得好坏，先混个脸熟。

记　者　相声演员。

采购员　管上，小品演员，现在相声明显干不过小品。

记　者　京剧表演艺术家。

采购员　管上，通俗歌星，出场费三万。

记　者　这京剧是国粹，外国人看了都挑大拇指，这是中国的骄傲，人家那是真本事，一招一式……

采购员　没用，没听人说嘛，台下苦练十年功，不如歌星三分钟，出场费三万。

记　者　要这么说呀，管上，港台歌星。你再好的歌星也不如我港台的，哪怕是三流的也比你一流挣得多，出场费五十万。

采购员　五十万赶上我们半年的产值了。

记　者　这还得说是义演的价。你喝酒吧。

采购员　等会儿，那么多钱让他拿走我就不信管不上他，管上！税务局局长。新的税法已经公布，你就是挣得再多，也得到我这儿上税。喝酒。

记　者　（喝酒）出牌。

采购员　银行行长。

记　者　噢，这个行啊，管上，所长。

采购员　你玩赖，所长能管上行长吗？

记　者　看清楚，看守所所长，那行长进去了，（从兜里掏出报销医药费和假药厂的名片）像这样的如不警惕早晚也得归他管。喝酒！

采购员　（喝酒）这样的酒喝得痛快。运动员。

记　者　大球星。

采购员　教练。

记　者　外国教练。

采购员　外国教练就管我中国教练哪？

记　者　你得承认人家的水平。

采购员　有水平，（从兜里掏出刚才留作纪念那一张名片）管上，中国土生土长的马家军教练，连续打破世界纪录。管吧，我看你还拿什么管？

记　者　小管一下，外国记者，查查是否使用兴奋剂的问题。

采购员　住口，你一提这事我就来气，外国人得了冠军，啥说的没有，中国人得了冠军就兴奋剂。一次打破世界纪录，吃兴奋剂；两次打破世界纪录，吃兴奋剂；三次、四次连续打破世界纪录，其检查结果是什么？

结果是我们不仅打破了世界纪录，而且打破了他们的诽谤。告诉他们，不是马家军打兴奋剂，而是马家军给十二亿中国人和全世界华人打了一次兴奋剂。马家军只是百家姓里的一姓，赵钱孙李、周吴郑王，后备军多着呢。总有一天，整个中国会像马家军那样跑在世界的最前边。

记　者　我喝酒！（激动地将酒咽下）太好了，老同学，我文章的题目找到了：《小小一把牌，社会大舞台》。

采购员　生旦净末丑，是谁谁明白。［列车鸣笛，广播声："各位旅客，终点站——首都北京到了。"

［在音乐声中，落幕。

——剧终

（根据微型小说《新式扑克游戏》改编，与焦乃积共同创作）

1994 年中央电视台春节联欢晚会与侯耀文表演小品《打扑克》

附言：《打扑克》这个作品是基于一个微型小说改编而成，小说本身涉及一些话题比较敏感，搬到春晚是否合适，导演组有些担心，但我还是坚持。经过我们的不懈努力，作品在最后一次审查中顺利过关。我的体会是，敏感话题不是不能碰，关键是尺度，把严肃话题趣味化，通过喜剧的方式揭示深刻的主题。最后，这个作品在当年的春晚作品评选中获得了一等奖。当时所有的选票是观众自己从广播报上剪下来，填写后，邮寄给评奖组的。记得评奖组带我看了那些选票，整整好几麻袋，可见当时人们对春晚的热情有多么的高涨，这也是我们多年来参加春节晚会的最大动力。

·小 品·

夜 练

（1994年全军“双拥”晚会）

时 间 当代。

地 点 某部队操场。

人 物 老黄头、老魏头均为支前老模范。

景 置 凌晨，万籁俱寂，唧唧虫鸣。舞台当中有一训练用的独木桥。两老头摸索着从两侧上。

[黄老头击掌招呼魏老头，老魏头以击掌应答。

老黄头 口令？

老魏头 土豆。回令？

老黄头 地瓜！

老魏头 来啦！

老黄头 小点儿声，咱这口令是解放战争时期用的，现在部队用的口令可先进了，听说今晚问令“麦当劳”，回令“肯德基”。

老魏头 什么意思？

老黄头 英语，说了你也不懂，回到老部队真热情啊！

老魏头 可不是嘛，我住那一排，又给打洗脚水，又给挤牙膏。

老黄头 我那二排更热情，一口一个老前辈，怕我摔着，上厕所都跟着两士兵，往门口一站，把我在里边整得挺紧张。

老魏头 我紧张的是明天的传统报告会，再有四个小时就要登台了，到现在还不知怎么说哪。

老黄头 我这不是把你叫出来排练一下嘛。昨晚上我观察了一下地形，舞台不小，台口挺宽，我想了一下，给战士作报告，必须体现点儿人的素质，上台一律甩正步。

老魏头 那我会甩。（走出令人可笑的正步）

老黄头 立定！动作一点儿不规范，你胳膊要到位，抬腿要够高，时刻记住就好像横穿地瓜垄似的，脚稍低一点儿就蹚着地瓜秧。（说着自己走起来，他也紧张地顺拐）这多简单的事。

老魏头 我看你走得也不大顺眼。

老黄头 地太平，不如在地瓜地里发挥得好。

[二人走到独木桥后面。

老黄头 站在讲台之后，先敬礼，在这个时候，台下肯定给你掌声，等掌声下去之后才能说话，要不然前两句词儿就白编了。开说！

老魏头 百花盛开春来早。

老黄头 改革形势一片好。

老魏头 家家户户放鞭炮。

老黄头 送俺军营作报告。

老魏头 我们不是作报告。

老黄头 是到这儿来汇报。

老魏头 要问我俩说点儿啥？

老黄头 说说农村新面貌。好！开场就这样了。接下来讲讲咱农村的大好形势，取消白条子，大兴水利，粮食增产，发展乡镇企业，计划生育得到控制。

老魏头 养猪事业不断发展。

老黄头 咱不能说空话，多讲实例，多讲讲战士们高兴的事。

老魏头 对，咱县里办了好些工厂，军人分配绝对优先。

老黄头 咱乡里拥军服务一条龙，家属小孩全管着。

老魏头 咱村里还盖了饭店，军人就餐五折优惠。

老黄头 咱俩集资修了个厕所，现役军人一律免费。

老魏头 接着我就念县民政局的这封慰问信。（掏出大信封）

老黄头 你那口音念不清楚，尤其最后几句要亮开嗓门，叫出劲来。“军人同志们，你们放心地干吧，我们要尽最大努力，为你们解除一切后顾之忧。”

老魏头 对，小伙子们，放心吧！全县的姑娘给你们送来一副对联：“姑娘真心爱大兵，不爱彩礼要军功。”

老黄头 姑娘们别着急，我们县的小伙子们还有一副下联：“小伙儿标准在上升，心中偶像是女兵。”

［掌声。

老黄头 下面讲咱们参加革命的过程，讲讲咱们是怎么来到这个连队的。

老魏头 话说一九四八年，正是寒冬腊月天。

老黄头 天上下着鹅毛雪，地下刮着西北风。

老魏头 咱村百十号青年，冒着刺骨寒风，坐着马爬犁就出发了。

老黄头 到了区里报到，才发现他掉队了。

老魏头 我不是新婚吗？她舍不得让我走，她拉着我的手，一直把我送到村口，看看没人，就给了我一个……

老黄头 给战士你别讲这见不得人的事。

老魏头 有啥不能讲的，她给了我一个烟荷包。

老黄头 你是该掉队，给个烟荷包就磨叽那么半天。

老魏头 我后来不是跑着去了吗？前后就差一个钟头。

老黄头 就这一个钟头，我就穿上军装成了正规军了，你就穿个老羊皮袄，跟我们后头抬担架了。

老魏头 老哥，这事儿你就别说那么仔细了。

老黄头 我没别的意思，我想告诉战士们，作为军人时间观念的重要性。现在讲时间就是金钱，战争年代，时间就是生命。有一次，我单独执行任务，晚出发了几分钟，就和敌人遭遇了，那敌人可他妈的疯狂了，把我紧紧围住，我手持一把大刀，左冲右杀，一个连的敌人全让我给抹了。

老魏头 （拽拽老黄头的衣角）一个连？你上回不是讲一个排吗？

老黄头 那是给小学生讲的，说多了怕把孩子吓着。这事儿连队荣誉室里有记载，确实是一个连，不过当时那个连死得也差不多了，总共就剩下七八个人。

老魏头 多少人我不清楚，反正我看见你的时候，你躺在血泊中，生命垂危。我急中生智，乳汁救伤员……

老黄头 哎，什么乳汁，你说清楚。

老魏头 对，我是说，我抓了一只老奶羊，挤了一壶羊奶，把你救活了。

老黄头 他这是为了给战士增添点战地救护知识。（语重心长）同志们，那次负伤后我就离开了队伍，虽然我只当了三个月的兵，但这三个月，我骄傲了一辈子。（解开扣子，露出里边发白的军装）这身军装，我一直留着。今天我穿着它回老连队报到来了，我还是一名老兵。

老魏头 我遗憾的是一辈子没穿过军装，但是，我还留着支前队里拉车用过的麻绳。每次战斗胜利，我就在绳上打个结，它系满了人民群众和军队的情啊！

老黄头 老哥，你还记得咱当年拉车的那个小调吗？

老魏头 咋不记得呢！

老黄头 （唱）东北风啊刮呀刮呀，

老魏头 刮晴天那么晴了天，庄稼人翻身嘞……

［二人边唱边扭，做着推车拉车的动作走上独木桥，这时军营吹响了起床号。

老黄头 坏了，我把二排长的鞋穿来了。

老魏头 我穿的是三班长的裤子。

老黄头 快送给他们去，要不然他们起不了床。

老魏头 快走！

老黄头 慢！军营里要有军人姿态。立正，向右转，正步走。一，一，一二一。

［二人齐步下场。

——剧终

（与张振彬、陈亦兵、徐小帆共同创作）

1994 年全军“双拥”晚会与魏积安表演小品《夜练》

附言：《夜练》是“双拥”晚会命题的一个作品，老兵回老部队作报告，场面很难展现，也不具备小品的娱乐性。后来我们想了一个点子，让两位老兵在作报告的前夜，偷偷爬起来练习作报告，气氛一下子活跃起来。小品的游戏思维很重要，因为任何玩笑都有其含义。

·小品·

找焦点

（1995年中央电视台春节联欢晚会）

时间　春节前夕。
地点　天安门广场。
人物　丈夫：五十岁左右；妻子：五十岁左右。

［丈夫身着农民特点极强的服装上场。

丈夫　我说孩他妈呀，这天安门广场可比咱村那场院大多了。

［妻子身着农民特点极强的服装，肩扛摄像机上场。

妻子　你吵吵啥呀，怕别人不知道你是从农村来的呀。

丈夫　快，把这些景都录下来。前边、后边、左边、右边，一点别落下。

妻子　你到底录哪儿，有个准地方没有？

丈夫　你最好扛着机器给我横着划拉一圈儿。

妻子　还横着划拉，不就是转圈录吗？

丈夫　对，转，卧！卧！

［妻子转三圈儿后失去重心，一屁股坐在地上。

丈夫　吁！

妻子　你在赶驴来哪，快把我拉起来。（让丈夫拉起）这一转还挺迷糊。

丈夫　那当然了，要不然驴拉磨的时候为啥还戴个眼罩？

妻子　你说啥呢！

丈夫　别生气，我这不是打个比方嘛！

妻子　这回跟你出来遭老罪了。

丈夫　去年咱村书法比赛咱家就拿了个第一，今年这个家庭录像比赛也一定要争夺冠军。

妻子　你拉倒吧。电视里那么多节目，咱学哪个不好，你偏选个“焦点时刻”。

丈夫　这是老百姓爱看的热门节目，再者说，村里要求每家的节目不能重样。

妻子　你看人家老刘头多聪明，就拍自己的养鸡场、养鸭场、养猪场，起名叫“动物世界”。王会计多鬼道，都没离开自己的办公桌，坐那扒啦扒啦算盘，一会儿的工夫就整个“经济半小时”。

丈夫　参加比赛就得认真，为了出新，找焦点，就得到北京来找。

妻子　你快拉倒吧，那中央电视台的焦点都到咱们村去找！

丈夫　对，他到咱那找，咱到它这找。这说明北京人想了解农村，农村人想了解北京。换句话说是，中央关心地方，地方紧跟中央。

妻子　呀，这词整得挺硬，那我可开拍了。

丈夫　等会儿，这个节目由你来担任主持人？

妻子　快拉倒吧，就我这模样还当主持人哪。

丈夫　你这模样不比老孙婆子强多了，你看她那脸一层一层褶子堆得跟梯田似的，不还主持得挺来劲嘛。

妻子　你别看人跟梯田似的，人那脸跟主持那节目配套，叫“科学种田”。

丈　夫　在家不说好了你主持吗？

妻　子　我不主。

丈　夫　你不主我现在就拿录像机录你。（见妻子用手捂住脸）你捂脸干啥？

妻　子　你没看电视上演过吗？录像的到哪歌厅小包间一录像，坐沙发上的姑娘全这姿势。

丈　夫　你是三陪小姐呀！你主不主持？

妻　子　广场上这么多人我张不开嘴嘛。

丈　夫　这老娘们儿关键时候就松套，我来！不就是主持人嘛，赶不上倪萍，我还赶不上赵忠祥吗？开机。（从腰中掏出带有“焦点时刻”字样的话筒成播音状）各位女士、各位先生、各位父老乡亲：倭瓜乡、葫芦镇、山里红村“焦点时刻”终于和您见面了。我们“焦点时刻”摄制组一行两人，来到北京天安门广场，长安街上车水马龙，有一大溜车队呼呼啦啦开向中南海，想必是有外国总统访问北……

妻　子　停，串老罗家那“新闻联播”上去了。

丈　夫　对，在我身后的纪念碑直接伸向蓝天，天空上一群大雁正往南飞，一会儿排成个人字，一会儿排成个一字，一会儿……

妻　子　别转了，串老赵家那“人与自然”上去了。

丈　夫　还躲不开。人民大会堂，今天披上节日的盛装，人们载歌载舞，在放声歌唱……坏了，串老倪家那“综艺大观”上去了。我一到北京咋找不着焦点了呢？

妻　子　就你这水平还在北京找焦点呢！你看这两天张口焦点，闭嘴焦点，晚上说梦话都说焦点，扛个机器在街上见啥录啥。你说人家小青年在马路边谈恋爱你录啥，那也是焦点呢？

丈　夫　我让咱村的年轻人开开眼，谈恋爱你得大大方方的，别没事净整那假含蓄，动不动就钻高粱地。九十年代你得增强透明度。

妻　子　透明度太高了咱农村接受不了，挂历上那姑娘穿那衣服倒有透明度。

丈　夫　你说那是去年的事，今年挂历上的姑娘穿得严实多了。由光膀子到貂皮大衣，看出生活水平有明显提高。

妻　子　你找焦点总盯着人家那挂历干啥呀？你这焦点得录点北京人的精神面貌。

丈　夫　北京人确实热情，有时候也是盛情难却。一下火车七八家拽着请吃饭，吃完饭之后人家都不让你交钱，档次多高，一碗猪肉炖粉条，赶上半头猪的价钱了。

妻　子　那哪是北京人开的饭店，门口那不写着东北料理吗？

丈　夫　是呀，没想到在北京让东北老乡给撂里边了。

妻　子　也是，这北京除了川菜，就是粤菜，要不就是潮州菜。开饭店的都是外地人，这北京人都到哪儿去了？

丈　夫　北京人在纽约呀，跑美国开饭店去了。

妻　子　越说越没边，我看你今天是找不着焦点啦。（失望地坐在地上）

丈　夫　凉，（掏出报纸准备给老伴垫上，突然在报上发现了什么）老伴，这是焦点一“遗传基因又有新发现，一对爱偷东西的夫妇生下一个婴儿，婴儿手中握着一个金戒指，夫妇二人惊奇万分，不料婴儿开口说话：妈妈为了给你带个见面礼，我顺手把接生护士手上的戒指撸了下来。”

妻　子　这都是谁编的，我看乱出这些小报就是焦点。

丈　夫　电视上看焦点挺多，这一找还找不着了。

妻　子　我来！

丈　夫　你要早来我不就省劲了吗？（扛起摄像机为妻子摄像）

妻　子　（手持话筒做播音状）广场上面都是人，我爱北京天安门，来到北京感受深，真的焦点在农村……

丈　夫　停！怎么又说回去啦，说北京。

妻　子　孩儿他爹，要不就说说北京的变化，你看人北京，变化多大呀，咱农村种庄稼，北京种大楼。

丈　夫　种庄稼还分个季节，北京这楼房一年四季噌噌地往起蹿。

妻　子　听说老百姓住的大楼都有电梯。

丈　夫　嗯，头一回看见电梯就把我给蒙了，咱也不明白那玩意儿上下通着呀。明明看见进去个老太太，过一会儿一开门从里面出来个大姑娘。这是大变活人哪，当时我就后悔了。

妻　子　后悔啥呀？

丈　夫　后悔没带你来呗，像人家那样进去回回炉，出来得多年轻啊。

妻　子　拉倒吧，要回炉也该你先回，看你那老样儿吧，我比你年轻多了。

丈　夫　后来我就不后悔了。

妻　子　咋的？

丈　夫　看着进去个小伙子，再一开门出来一个老头，我一看这玩意儿变老变少没准！

妻　子　你个土老帽，前天你走迷路了，稀里糊涂上了立交桥，绕了三圈都没走下来，你去问人家站岗的警察，给人家鞠了三躬，警察都不理你。

丈　夫　可不是嘛，我一想北京警察真有功夫，板板正正，一个姿势，半个小时眼皮都不眨一下。我上去一摸那警察是塑料的，你说现在不但假货多，连警察都有假的。

妻　子　那是真警察下班了，假警察在那吓唬那些不好好开车的司机。

丈　夫　明白这道理，就跟庄稼地里扎的稻草人，吓唬家雀一个意思。

妻　子　一说稻草人我就想起咱农村了，你看人北京净引进先进的东西。

丈　夫　跟咱村不一样，咱村把外国整到咱村做豆腐去了，挺好的一块地，盖上合资大楼了。

妻　子　一个豆腐房盖了十八层，那得卖多少层豆腐才能挣回来成本哪？

丈　夫　尤其是那些小青年，在合资豆腐坊上了两天班，就觉得自己是半拉外国人了。问他是干啥的，他说是做“歪得歪”的，翻回中文还是豆腐。

妻　子　你别说年轻人哪，就连半大老婆子都受影响了。老孙婆子都五十多岁了，上回我见着她，涂着粉，抹着红，头上还插朵花，我还以为她是要娶儿媳妇呢。她告诉我说：今天是情人节。

丈　夫　她在外边整得挺潇洒，他老伴在家急得直唱《爱上一个不回家的人》。

妻　子　咱这“焦点时刻”拍点这个也不错。

丈　夫　那不成了“讲述老百姓自己的故事”了吗？你别总往回勾我呀，咱在北京就得拍点大事。

妻　子　大事？大事多了。日本首相轮流坐庄，白宫门前三次开枪，广播里说一九九四年世界在战火中喘息，都是大事，你懂吗？

丈　夫　喘息有啥不懂的，那就等于两人打架打累了，坐那歇一会儿，缓过乏倒过气来接着掐。

妻　子　还接着掐，人那叫战争。你比如说“摸黑战争”……

丈　夫　哎呀妈呀，还“摸黑战争”，我跟你说了多少遍了，是波黑战争，不是“摸黑战争”。播泼摸佛都没整明白，还觍着脸来找“焦点”呢。

妻　子　我再不明白也比你强啊。在火车上人家议论“俄罗斯车臣危急”，你凑过去了还说呢，车臣危急主要是因为车拉的东西太沉了，你要分成两车拉可能就轻快多了。把你赶车那点本事全整到人家战争上去了。

丈　夫　这有啥呀，一个农民要想跟世界接轨，你总得有段学习过程。

妻　子　坏了，孩他爹，这录像机一直没关。

丈　夫　都录上了？

妻　子　那可不。

丈　夫　坏了！让全村一看可丢老人了。

妻　子　我把它关上去。

丈　夫　等会儿！我看这些录得挺好，让全村看看这就是咱找的焦点。

妻　子　来整好衣装咱再说几句。［*夫妇二人对准镜头。*

全村的乡亲们，我们今天谈的唠的比较散，啥是焦点，你自己选——家事、国事、天下事，祝愿祖国大发展！

——剧终

（与张振彬、徐小帆共同创作）

1995年中央电视台春节联欢晚会与杨蕾表演小品《找焦点》

附言：《找焦点》是想从社会热点中揭露时弊，看上去也算热闹，但故事的内核还不够扎实。我认为艺术质量不仅是作品的生命，而且是作品的寿命，作品是需要时间检验的，这也是我多年之后的感悟。

·小 品·

俺爹来特区

（1995年全军“双拥”晚会）

时　间　现代，除夕。

地　点　特区前沿，驻军营房内。

人　物　老班长、新战士。

景　置　舞台正面有一堵墙，透过宽大的窗户可看见特区的高楼大厦。墙上挂着一面锦旗，上写有“特区卫士”。墙角上立一枪架，上面放两支冲锋枪。室内有桌椅。

［幕启，新兵与老兵用扁担抬着一筐慰问品上场，音乐放着《纤夫的爱》。

老班长　……人民的情人民的爱，在肩头上荡悠悠……

新战士　吁！

老班长　干啥呀？

新战士　我这不是叫你站住吗？

老班长　记住，你现在是军人，以后遇见这种情况要喊立定，别动不动就把赶车那点口头语溜达出来，记住没？

新战士　记住了。走吧！

老班长　驾！

新战士　班长，你……

老班长　这不是你勾的吗？

［二人乐，放筐。

新战士　班长，在部队过年真好，我还是大姑娘上轿头一遭。

老班长　那当然，在我们连队有个说法叫：“洞房花烛夜，新兵上哨时。”

新战士　那是两码事嘛！

老班长　那种激动和兴奋的心情基本是一样的。

新战士　等会儿一上哨可能就会体验到了。

老班长　（看筐里）嗬！今年好吃的东西真不少，接着！

［老班长一样样扔给新战士。

老班长　北京的果脯，天津的麻花，上海的五香豆，你们四川的麻辣牛肉，我们东北的黏豆包，新疆的、江苏的、河南的、广东的……

新战士　（摆在桌上）班长，这整个摆了个中国地图嘛！（捡起一样慰问品）班长，这是啥子哟？

老班长　你吹起来我看。［新战士吹起来一个嘴形的气球。

新战士　救生圈？气枕头？停，我看出来了，这是一个大嘴呀？弄不好跟爱情有点关系。这上面还有字。

老班长　念！

新战士　“送你一个吻，代表我的心。”

老班长　停！拿过来，这就是你来特区的第一课。这地方很开放，整个形势是大好的，但是也要注意那些不健康的东西。新战士下边还有。

老班长　（接过气球）“我吻过爸爸、妈妈，吻过爷爷、奶奶，过年了我要吻一下亲爱的解放军叔叔——五岁的童童。”是个小朋友。

新战士　这里的事情好新鲜呀！

老班长　小四川，你在这儿待长了，新鲜事还多着呢。远的不说，就说今年秋天……

［响起BP机的声音。

老班长　就说今年秋天……

［响起BP机声音。

老班长　今年秋……

［BP 机又响。

老班长 哪来的蛐蛐？

新战士 班长，它影响你对我的教育，我逮住它。（趴在地下逮蛐蛐，顺着声音奔筐而去）班长，这特区还有送蛐蛐的呀？（从筐中拿出一纸盒，打开一看。盒内有一个新的 BP 机）

老班长 BP 机？

新战士 还是汉字显示的。（按了一下 BP 机键子）“过年了送你一个 BP 机，祝王班长新年快乐！国际联合开发公司刘总经理。”班长你路子好宽哪，你还认识大老板哪。

老班长 搞军民共建，免不了和地方打些交道。（将 BP 机接过来）我们是……

［BP 机响起，老班长按了下 BP 机键子。

老班长 股票行情，近日股票行情出现牛市。

新战士 哎哟，班长，牛市就是看涨啊。

老班长 小四川你挺内行啊。

［BP 机又响，老班长按了下键子。

老班长 商贸指南：山东草垫畅销巴基斯坦，浙江发卡走俏斯里兰卡，安徽刷子风靡毛里求斯，四川榨菜威震尼加拉瓜。

新战士 要得，要得，我将来让我爸爸把榨菜运到这里来出口，换美元。

老班长 只要你在这里站好岗，放好哨，这一切都是有可能的。来，我给你介绍一下这里的地理环境。前方是波澜壮阔的大海，脚下是风景秀丽的花园，身后是繁花似锦的特区。今天是你第一次上哨，为了介绍环境，我破例让你看一看美丽神奇的特区。

新战士 真是黄金地带哟。

老班长 那当然寸土值千金啦。

新战士 寸土千金，我们连队四千八百五十平方米，值老钱了。

老班长 哎呀，小四川，你虽然来连队时间不长，对咱连基本情况了解得还挺全。

新战士 我琢磨好几天了，我有个不成熟的想法。

老班长 你说。

新战士 我想承包咱们连队。

老班长 啥！来坐下，你打算怎么包哇？

新战士 一包到底。

老班长 你像连长啊、指导员、排长，也打算包进去呀？

新战士 返聘回来。

老班长 看来你的魄力远远超过你的军龄，能具体谈谈不？

新战士 可以。（站起走向地图）首先，扩大院门，让八面来风吹进军营。

老班长 不如干脆拆掉围墙，这样能跟特区直接接轨。

新战士 班长，你的想法更大胆哪。

老班长 我是受你启发呀，接着说。

新战士 我想把饭堂改成舞厅。

老班长 对，把荣誉室改成卡拉 OK。

新战士 那没有 KTV 包间呀。

老班长 那不有连部吗？再说还有两个小仓库哪，连窗户都没有，关上门可严实了。

新战士 岗楼改酒吧，还能看风景。

老班长 猪圈改桑拿浴，那一间间的不用隔了。

新战士 那咱们还得培养一些按摩的。

老班长 不用，炊事班那几个山东兵，揣面揣得可好了，多胖的都能给你捏透。

新战士 班长那我们住哪儿呀？

老班长 那时候我们连队有得是钱了，都包五星级宾馆了。

新战士 班长，那听到起床号还起不起床啊？

老班长 你把“请勿打扰”往门上一挂，谁都不敢招呼你。

新战士 那我们还像当兵的吗？

老班长 都承包了你还管那么多干啥，该干啥干啥去吧。

新战士 我们当兵是为了来锻炼的嘛，这成了什么样子？

老班长 你还知道不像样子哇，我以为你转不回来了呢。

新战士 我也是触景生情嘛。

老班长 小四川，刚到特区，肯定会有这样那样的想法。班长我也是从新兵过来的，我刚当兵的时候，这里还是一个普通小镇。十二年来，我们看着它一天天在繁荣。记住了，每个人都有自己的位置，我们的位置就在特区的哨位上。

新战士 班长，都说你会带兵，今天我算是服了。在特区当兵和在边远地区当兵有不同的意义。

老班长　是呀，在艰苦的边远地区站岗，是对心灵的净化，那么在繁荣的特区放哨就是对意志的一种锤炼。

［BP机又响起。老班长拿出BP机按了一下键子。

老班长　小四川，过了春节我就要离开部队了。刘总经理想让我留在特区，可是我的家乡在呼唤我，我要把在这里学到的东西带回家乡去，建设家乡。总有一天我要把特区的朋友呼到我的家乡去做客。

［新年钟声响起。

新战士　班长，新年的钟声敲响了。

老班长　小四川，今天是我最后一班岗。

新战士　班长，今天是我的第一班岗。

老班长　来，在上岗之前，让我们给祖国拜年。

［音乐起。在音乐声中老兵、新兵走到台口向祖国的方向拜年。

——剧终

（与徐小帆、王铁虎、张振彬共同创作）

1995年全军“双拥”晚会与赵亮表演小品《俺爹来特区》

附言：“双拥”晚会给出命题，要求创作一个反映特区变化的作品，为此我们创作了小品《俺爹来特区》，通过一南一北的反差对比，表现出特区变化，歌颂改革开放前沿官兵的坚守和奉献精神。

·小 品·

今晚直播

（1996年中央电视台春节联欢晚会）

时　间　大年三十下午。

地　点　家中客厅。

人　物　丈夫：喜剧演员，三十多岁；妻子：美丽贤惠，二十多岁；记者：女，二十多岁。

景　置　长沙发、短沙发、茶几、电话机、录音机等，背景挂巨幅字画和一个倒计时日历，上写：距一九九六年春节晚会还有0天。

［开场：音乐（《春节序曲》）欢快，妻子穿着红袄上。

妻　子　（对观众）春节晚会家家乐，我们演员家里不好过。我们那口子，为了搞出个好小品，成天到晚瞎琢磨。他一心就盼节目火，做梦都在搞创作。这不，今天晚上要直播，那审查呀，还不知通过没通过哪……

［丈夫从观众席出现。

丈　夫　火啦！（从观众席后部沿中间通道朝前走）

［掌声，叫喊声：“节目通过啦！”

丈　夫　（至观众席前，灯光照耀，一边给学生签字）这么说吧，今天七八个小品一块审查，他们那些节目的掌声靠领导的往起煽呼，我那小品一演完掌声如雷，压都压不住！

［观众掌声。

丈　夫　比这热烈。（欲走）

［记者上，截住丈夫。

记　者　能不能给我们报纸透露一下今天晚会的消息？

丈　夫　保密，一看直播你就全清楚了。

记　者　那能不能谈谈这次创作成功的感受？

丈　夫　这么跟你说吧，过去我演的那些小品加在一块，充其量我算个笑星，今年春节晚会我这小品一演——艺术家！

［观众掌声激发起丈夫的讲演欲。

丈　夫　艺术家，他是属于人民的！

［妻子从舞台至观众席拉住丈夫。观众掌声更强，丈夫激动得忘乎所以。

丈　夫　（甩开妻子）我心中的上帝就是你们——观众！

［妻子将丈夫拉上舞台，进屋。

妻　子　你又吹！就你在家里生憋出来的小品能火成哪样？

丈　夫　你懂啥呀！春节节目贵在出新。

妻　子　你新在哪儿啦？

丈　夫　面具（示面具），绝对新面孔！今天审查，我把这面具往脸上一戴，我就玩了命的蹦呀跳呀，蹦呀跳呀，一直跳出观众掌声，我才顺利过关。来，给我捶捶腿。（把腿架在妻子腿上）

妻　子　（捶腿）这小品演员都累腿了，那舞蹈演员累啥呀？

丈　夫　累嘴呀，你没看这个（学）“今儿个老百姓呀，真哪真高兴……”啥叫春节晚会，不该累的地方全累。

妻　子　你净从外表上下功夫能打动观众呀？你演的小品叫啥？

丈　夫　《庆丰收》！

妻　子　戴个面具就成农民啦？你知道亩产多少

斤？你知道怎么打粮食？你知道怎么囤粮食？……

丈　夫　（打断）那有啥不知道，防霉通风灭老鼠！（忽喜）有啦，今晚直播我再加两句：（跳）猪年去，鼠年到，千万别忘耗子药，耗子药！火啦！

妻　子　你只知道在电视晚会里演小品，你根本不知道观众在电视机前对小品怎么说！

丈　夫　怎么说？

妻　子　现在这小品，甭管男女老少，上台就会连哭带笑，连蹦带跳，瞎编胡闹，粗制滥造，这样下去，小品这东西迟早毁掉！

［观众掌声。

丈　夫　（对观众）你们还鼓掌，我要是不闹你们要是不笑，就等于摘下我的艺术桂冠，对小品形式进行哀悼！

妻　子　我看这天马上来到。

丈　夫　（气急）你咒我呀？！我今天晚上就直播，你什么意思？打我一进家门你就泼我的冷水……

妻　子　（赶紧安慰，按丈夫坐下）我还不是为了你好呀，你在家里闭门造车憋小品，多伤神哪，（为其捏脖子）你看你都谢顶啦……

丈　夫　谢顶，说明创作艰辛，那是小品演员的光荣！郭达光荣一半儿了，陈佩斯彻底光荣，就剩个赵本山还不敢摘帽子。只要观众能笑，我宁可把脑袋憋成电灯泡。

妻　子　行啦，行啦，你把头发憋掉是你的事，不能搅得我跟你睡不着觉。

丈　夫　我怎么搅得你睡不着觉了？！

妻　子　自打家里挂上倒计时，你是天天梦话说小品！

丈　夫　伟大的作品都是在梦中产生！

妻　子　说梦话就说梦话呗，还非得让我给你接词。

丈　夫　废话，你不接话，我睡不踏实。

妻　子　最可气的是，你能睡着睡着，咣当就坐起来，迷迷瞪瞪就嚷嚷，人家邻居都说了，小品演员有毛病，半夜睡觉撒呓挣。

丈　夫　（气急）瞎说！大是大非问题得整清楚！我不是因为演小品才有撒呓挣的毛病，我是因为从小有撒呓挣的毛病，所以长大才演小品。

妻　子　别烧包啦，再烧包又该撒呓挣了。

丈　夫　大白天，我撒什么呓挣！没时间搭理你，我得睡会儿，待会儿去现场准备直播了。

［丈夫躺沙发上睡。

丈　夫　（喃喃）位置变啦……艺术家啦……（睡着，呼噜声）火啦……

妻　子　又来了。（为丈夫盖上衣服）

丈　夫　火啦……火……（醒来，对妻）给搭一句，要不睡不踏实。

妻　子　对，对，对，我还给忘了。

丈　夫　火啦……

妻　子　大火！

丈　夫　位置变啦……

妻　子　艺术家啦。

丈　夫　不容易呀……

妻　子　太不容易啦。

丈　夫　（突然坐起，指日历牌）那可不！自打挂上倒计时。

妻　子　（急制止）停！我替你说：（顺口溜般地）自打挂上倒计时，熬到今天不容易。节目审查过关了，观众也就满意。今天分别过除夕，明天咱俩过初一。对不？

丈　夫　对。（放心躺下，睡熟）

妻　子　（如释重负）天天如此，不说完这段睡不踏实。

［电话铃响，妻子接。

妻　子　喂，春节剧组？他正在休息，一会儿就去。……什么？不用去了，为什么？节目被拿下？不是说通过了吗？刚决定的……（呆呆地压话筒）节目……拿下……

丈　夫　（猛坐起）不！谁拿下的？谁拿下的？（对妻子）你拿下的？！

妻　子　（害怕地）不是我！

丈　夫　那是谁？

妻　子　春节剧组！

丈　夫　我找他去！（欲下）

妻　子　（冲前抱住丈夫）你不能去……

［丈夫从梦中醒来。

丈　夫　我做了个噩梦。

妻　子　（哭笑不得）你又撒吃挣！

丈　夫　我梦见剧组来电话，说节目被拿下。

妻　子　那不是梦！

丈　夫　对，梦是反的。（顿喜）火啦！（持面具欲走）

妻　子　（急切）那要是真的呢？

丈　夫　不可能，我跟你打个赌，他要是能把我拿下，我马上跳楼。（再走）

妻　子　别走！

丈　夫　（吓一跳）你有毛病呀？

妻　子　我要你陪我在家过年。

丈　夫　（安慰）好好好，演出完，我马上回来陪你过年。（又走）

妻　子　（拉丈夫）你不能走！

丈　夫　（生气地）别叽叽歪歪的，都什么时候了，你跟我撒娇耍赖的。

妻　子　（抢下面具，情绪突变）我不让你走！八年了，你年年参加春节晚会，把我撇在家里一个人过年，（突然伤心）你让人家开心，让我一个人孤独难受，这种滋味我跟你说过吗？今天你休想出这个家门。

丈　夫　（爆发）你疯啦？！二月份挂上倒计时，熬到今天为了什么？！眼瞅要直播了，你给人撂场？我告诉你，今晚小品就指着我呢！我要不去，今年春节晚会就得砸锅！

妻　子　我要你陪我在家过年……

丈　夫　谁稀罕你，我心中的上帝是观众！

［妻子哭，停顿，少顷，丈夫上前安慰。

丈　夫　对不起，话重了……（语重心长地）你老公何尝不想在家过年呢？可你老公……是属于人民的。谁让咱是个喜剧演员呢？谁让咱是个喜剧明星呢？（激动地）马上要成艺术家啦！（见妻子欲说急制止）我跟你说过，春节晚会是个啥？

妻　子　（泣声）一桌菜……

丈　夫　我是哪道菜？

妻　子　……猪肉炖粉条……

丈　夫　（急赤白脸）马上就成基围虾啦！（见妻子欲说又制止）你听我说，熬过今年，明年说啥也不干了，一来陪你好好在家过年；二来给他们个想头……急流勇退，与其让别人拿下，不如咱自己主动拿下。对不？

妻　子　（无奈，轻声地）你给剧组打个电话吧……

丈　夫　（轻松下来）好好好，我打个电话，多陪你一会儿。（打电话拨号）喂，导演，家里有点儿事，晚去一会儿……好好，（心不在焉地重复）节目被拿下……（压电话，对妻）你看，节目被拿下……（突然反应过来）拿下了？（急打电话）什么原因？观众认为肤浅？不可能，你听那掌声……什么？鼓倒掌？没听出来呀……没没关系，导演，你不用安慰我，这老演员啦，就这样（压电话，故作轻松，面对妻），这回彻底踏实了……

妻　子　（害怕地）不，你没踏实……

丈　夫　不不，我真踏实了，如果说没拿下之前我心里打鼓，这拿下我倒踏踏实实了。我年年都上有什么意思？得培养新演员，给他们让路，他们一上来，我……我更踏实了。

妻　子　你别这样说。

丈　夫　（强装振作）我陪你在家过年，你高兴吗？

妻　子　高兴。

丈　夫　（抱住妻子）平时我让大家开心，让你一个人孤独，今天我为你单独来一个现场直播！（按响录音机）

［丈夫戴面具，持红绸，在《春节序曲》旋律中狂舞。

［妻子高兴起来，欢笑，乐舞至高潮，丈夫抛出红绸，立地不动。

［妻子拾起红绸，发现丈夫沉默。

妻　子　（走近丈夫）你怎么了？

丈　夫　（摘下面具，潸然泪下）人生如戏，笑比哭难……位置一变，心里真不是滋味。

妻　子　谁也不可能永远在那个位置上，观众还是喜欢你的。

丈　夫　不怪别人，只怪自己，没有任何老本可吃，观众比你聪明。

妻　子　（依偎丈夫）别难受，走出家门，明年再来。

丈　夫　对，找准自己的位置，从零做起。

［夫妻走向倒计时日历，翻出新的一页，上写：距一九九七年春节晚会还有三百六十五天。

［音乐强，谢幕。

——剧终（与尚敬共同创作）

选春晚演员的故事。导演组很喜欢，参加晚会的演员也感同身受，可观众的回馈并不理想。结果在春晚优秀节目评选中此小品落榜，也是我参加春晚这么多年唯一一次与奖无缘。事后反思，不同的晚会需要不同的氛围，创新没有错，但春晚观众更需要喜庆气氛，若想达到思想性和娱乐性有机结合，需要更深刻的思考和更深厚的创作功力。

1996 年中央电视台春节联欢晚会与徐帆表演小品《今晚直播》

附言:《今晚直播》的创作是一次尝试，我不想仅依赖语言的讨巧和喜剧的优势赢得认同，而是想塑造人物内心的感受，写了一位落选春晚演员的故事。导演组很喜欢，参加晚会的演员也感同身受，可观众的回馈并不理想。结果在春晚优秀节目评选中此小品落榜，也是我参加春晚这么多年唯一一次与奖无缘。事后反思，不同的晚会需要不同的氛围，创新没有错，但春晚观众更需要喜庆气氛，若想达到思想性和娱乐性有机结合，需要更深刻的思考和更深厚的创作功力。

·小 品·

歪打正着

（1996年全军“双拥”晚会）

时　间　当代。

地　点　某军营所在地的一个路口。

人　物　摊主、摊主妻、战士。

［幕启，摊主骑着一辆“倒骑驴”三轮车，车上摆放着各种奖品和一个竹篮。车床的一侧支起的木板上挂满了五颜六色的小气球，木板上方用布帘挡着一条横幅标语，上边写着“解放军是个大学校”。

摊　主　（肩上交叉背着两枝气枪边骑边唱）朝花夕拾杯中酒，今年又多了一个星期六，寂寞的人儿哪里去呀，端起那个气枪就打气球。哎，瞧一瞧，看一看，打一打，练一练，五毛钱一枪，一块钱两枪。打中了气球可白拿奖品你就往家装，打不中气球不要紧，国防意识大增强，骑马挎枪保边疆……

［摊主妻急匆匆上场。

摊主妻　别吆喝了，可把你找着了。

摊　主　你跑这儿来干啥呀？

摊主妻　干啥你出来了，我让一帮学生家长堵屋里了。收摊，回公园儿去。

摊　主　你看这挺好的买卖让你搅和了。

摊主妻　办营业执照的时候，人家指定的地点是人民公园大门口，你可倒好，骑个车子到处乱窜。

摊　主　我这叫流动靶。

摊主妻　你往哪儿去不行，非到学校门口转悠。你说你从小学到中学，从普通中学到重点中学，哪个学校你没去过？

摊　主　有个学校我就没去过。

摊主妻　哪个学校？

摊　主　盲人学校。

摊主妻　少贫嘴，（继续收拾东西）你不但干扰学生学习，连学生买书买本儿的钱都交你这儿了。

摊　主　我也不白收他们的，我那是提高学生战斗力，让他们提前进入预备役。

摊主妻　你让人家打上两个气球也行啊，据家长和孩子们反映，到目前为止没打中一枪。

摊　主　废话，让他们打上我还赚谁钱去，拿我这枪要能打上那不成神童了？

摊主妻　我不跟你废话，收摊。

摊　主　我今天不到小学，也不到中学，还不行吗？

摊主妻　那你到哪儿？

摊　主　（掀开布帘露出“解放军是个大学校”字样）我这回到大学，档次提高了。

摊主妻　啊！你跑到军营门口摆摊了。

摊　主　今天是双休日，当兵的好不容易休息两天，能不出来玩玩吗？这里住着一两千人，一人打一枪钱就得拿筐装。

摊主妻　你装个屁，人家解放军天天练枪，你要把他们吆喝出来，不把你爹赔进去才怪呢。

摊　主　你以为现在当兵的还像你爹当兵那时候？那时候冬练三九，夏练三伏，个个都是神枪手。现在就很难说，咱对门老王家二小子，腰里别着BP机，手里拿着大哥大，脱下名牌穿军装，揣着名片扛起枪，我琢磨着像他那样的打台球肯定比打枪准。

摊主妻　你可别这么说，听说对面那大院里当兵的，个个都是神枪手。

摊　主　神枪手也打不上我这靶。

摊主妻　那人家要是打上呢？

摊　主　没那事儿，我可以跟你打个赌。

摊主妻　赌啥呀？

摊　主　他要真有打上的，我马上就回公园摆摊去。

摊主妻　真的？

摊　主　说话算数。

摊主妻　那我帮你吆喝。

摊　主　吆喝吧。

摊主妻　解放军快来打呀！快来呀解放军！

摊　主　去，你害我呢，就咱俩在这儿，让解放军听见还以为你碰上流氓了呢！

摊主妻　那咋吆喝呀？

摊　主　招揽顾客也得有技巧，在这个地方就得吆喝向解放军学习，向解放军致敬。这么一喊，他们以为是慰问团来了呢。说不定弄几个连，排着队敲锣打鼓就跑出来了。

摊主妻　美得你。

摊　主　听我的——“向解放军学习，向解放军致敬”。

［战士挑担青菜上场。

战　士　向人民学习，向人民致敬。

摊　主　管用吧，还真招来一个。

战　士　你们好，你们好。（挑担向前走）

摊主妻　解放军同志，先别走，在这打几枪吧。

战　士　谢谢，我不打。

摊　主　你拦他干啥呀，你以为当后勤兵的都会打枪啊，有的连枪都没摸过。

战　士　你怎么知道我没摸过枪啊？

摊　主　我咋不知道哇，部队上也是各行各业。开车的、驯狗的、做饭的、酿酒的。他们上哪儿摸枪去？还有像黄宏那种练嘴的，阎维文那种唱曲儿的，甭说打枪，把枪发给他们自个儿先哆嗦。赶紧让人家走吧，人家是炊事员。

战　士　炊事员怎么了？

摊　主　炊事员好哇，现在部队上讲究政治合格，军事过硬，作风优良，纪律严明，保障有力。一看你这个身份，跟军事过硬这四个字没关系，基本属于保障有力那部分的。

战　士　你怎么知道我就不过硬呢？

摊主妻　过硬，我看过硬，来打两枪。（递枪给战士）

摊　主　你拿着枪给你家炊事兵人家能要吗？不习惯，你要是给他烧火棍、擀面杖他马上就接着了。

战　士　嗬，我看你这位老板是跟我较劲呀！

摊　主　较劲不较劲的，你打两枪试试，省得人家说你是“装假兵”。

战　士　说错了，我是步兵，不是装甲兵。

摊　主　我说的“装假兵”，是怕有的当兵的跟市场上有些商品一样，外边包装挺好，里边装的是假货——“装假兵”。

战　士　你……看来我今天是非打两枪不可了。

摊主妻　这就对了，真的假的整两枪给他看看。

战　士　说吧，怎么个打法？

摊　主　五毛一枪，一块两枪。

战　士　我就打这些钱的。（掏出五元钱）

摊　主　好嘞，（向妻说）给他压子弹。

战　士　我让你看看炊事兵的枪法。（围裙一抖，扎上）

摊　主　对，扎上，这就要上灶点火。

战　士　我习惯了。（又戴套袖）

摊　主　对，套上，这就要炝锅儿炒菜了。

战　士　对，我就给你来个爆炒气球。

摊主妻　对，全给它打碎喽！

摊　主　这老娘们儿，咋胳膊肘往外拐呢，你和谁一家呀？

摊主妻　这叫军民一家。

战　士　上枪。

摊　主　我听着像上汤。

战　士　爱武习武，保卫祖国。（持枪跑步）

摊主妻　还是解放军正规。

战　士　你看靶吧，（立姿射击，枪响球没碎）嗯？

摊　主　第一枪没打着，心里不要太发毛。

战　士　我发什么毛哇，看靶，（跪姿，枪响气球还没碎）嗯？

摊　主　第二枪没打中，心里不要太悲痛。

战　士　我悲什么痛啊。（又举枪）

摊　主　第三枪打不上。

战　士　我还没打呢。

摊　主　这叫超前意识。［第三枪枪响，红色气球被打碎。

摊主妻　这回打上了！

战　士　不对，你这个枪有毛病。

摊　主　都打中了还有什么毛病？

战　士　我瞄的右边那个黄球，怎么左边那个红球碎了呢？

摊　主　你这叫声东击西，高哇！

战　士　不对，你这个枪有假呀，我让你明白明白，这枝枪的准星用锉刀锉歪了两毫米。今天的风力二到三级，射程十二米，铅弹重量一点三克。所以你这枪要这么打。（一口气把货架的气球全部打碎）

摊主妻　向解放军学习！

摊　主　向解放军致敬……这奖品你拿着。

战　士　老板，这奖品我不要，我就要你一句话，我还是不是“装假兵”啊？

摊　主　啥“装假兵”啊，神枪手！真神，有你们这样当兵的，咱老百姓心里就踏实了。

战　士　老板，那你记住，假烟假酒伤身体，假医假药害死人。当兵的功夫要是有假，这国门可就难守了，回去做饭了。（挑担边唱边下）说打就打，说干就干，练一练手中枪……

摊　主　还练呢，再练我就得改行了。

摊主妻　对！咱改套圈吧。

摊　主　套圈更不行了，对面就住着工兵团，工兵们天天在地上练套圈。

摊主妻　那叫探雷器。

摊　主　甭管叫啥，地下的东西都能套上，摆在地面上还不一套一个准儿呀。我还是收摊吧。

摊主妻　回公园。

摊　主　走！（唱）朝花夕拾杯中酒，当兵的个个都神枪手，打靶套圈的人们哪，见着那个当兵的赶快溜。

［摊主边唱边和摊主妻推车下。

——剧终（与张振彬、李文启共同创作）

1996 年全军“双拥”晚会与孙涛、谢联表演小品《歪打正着》

附言：一次，我带着孩子去公园打气球，一枪也没打中，原来是小贩儿把准心掰歪了。当时我想如果来个射击高手，一定能算出误差，于是我创作出小品《歪打正着》，通过打气球来展示军事过硬这一主题。

·小品·

鞋 钉

（1997年中央电视台春节联欢晚会）

时　间　当代。
地　点　街头。
人　物　老人：六十多岁，修鞋匠；青年：三十多岁。

［老人背修鞋箱从观众席上。

老　人　（冲观众）今天人来得不少哇，打扮得挺漂亮，都穿着鞋来的吧？我发现目前穿鞋几大特点：老年人讲究古板，年轻人追求新款，干部穿鞋注意检点，农民穿鞋喜欢扎眼。女士要穿高跟鞋，那是为把线条显；男的要穿双高跟鞋，肯定对自己的个头不满。（朝台上走）现在生活越来越好了，坐车的多了，修鞋的少了，我这个饭碗呀，也快拉倒了……（坐下，摆摊）［青年上，西装革履，手拿玻璃框装的营业执照，喜气洋洋。

青　年　（用手机通话）喂，夫人哪，给你道喜了！营业执照我已经拿到了，往墙上一钉就可以开张啦，我现在就顺路买几个钉子……不，不，一定要自己去买，心诚则灵，买卖兴隆啦。再见啦。（关机，看见老人惊喜地）哇！老师傅！老先生！老大爷！

老　人　一下给我整了三职称，看你这兴奋劲是要结婚哪？

青　年　今天我公司开业，给您道喜啦！

老　人　你公司开业给我道啥喜呀？你要是修鞋那是对我的关照。

青　年　这鞋还用修吗？

老　人　这鞋咋的？

青　年　一千多块。

老　人　一双？

青　年　一只。

老　人　哎呀，现在这鞋都论只卖啦。

青　年　外国名牌。

老　人　别看那个国产鞋便宜，经穿，开胶开粘的都是外国名牌。

青　年　这是鳄鱼的！

老　人　对，就这路鞋爱张嘴。

青　年　您真能开玩笑。

老　人　真的。昨天就有个小伙子到我这儿钉鞋，钉鞋我得把鞋垫拿出来。结果一看，鳄鱼牌的，那嘴张的，我直接从前边把舌头抽出来了。

青　年　大爷好幽默呀！

老　人　幽默？我这是寂寞。

青　年　我马上让您开张，我买你几个钉子。（拿钉子）

老　人　对不起，不卖。

青　年　您这不是有钉子吗？

老　人　我是修鞋的，不是卖钉子的。

青　年　修鞋的怎么就不能卖几个钉子呢？

老　人　你这个小伙子不懂规矩。

青　年　我怎么不懂规矩？

老　人　你能到澡堂里买拖鞋吗？

青　年　不能。

老　人　你能到饭馆里买大勺吗？

青　年　不能。

老　人　你能到公安局买手枪吗？

青　年　不能。

老　人　你能到鞋摊儿上买钉子吗？

青　年　（脱口）不能。

老　人　就是嘛。

青　年　哇！小题大作啦！照你这么说，所有修鞋的，都不卖钉子？

老　人　别人卖不卖，我不管，我不卖。祖传三代修鞋，没卖过一个钉子。修鞋的缝帮钉掌，卖的是手艺，不卖钉子，这是道。

青　年　道？（嘲笑地）都什么年代了，还认这老理？现在是什么挣钱就干什么，您看马路对面那个修脚铺，人家不是改成美容店了吗？

老　人　对，还是那把刀，不挖鸡眼了，改拉双眼皮啦。

青　年　挖一个鸡眼五块，拉一个双眼皮五百块，从下面挪到上面，不就涨价了吗？

老　人　价是涨了，那眼睛没法看啦，拉出的双眼皮，个顶个的像鸡眼。

青　年　您看人家挣钱，您眼气！

老　人　我眼气？我怕他眼上长脚气！

青　年　眼睛上怎么会长脚气？

老　人　我是说他这钱挣得不规矩！现在满街的发廊，我愣找不着正经剃头的；满街的桑拿，我愣找不着正经洗澡的；满街的婚纱摄影，我愣找不着正经照相的。好不容易照张相吧，还不给底版，说版权归他所有。我老头活了六十多岁，版权归了他了，我妈知道了，不气死？

青　年　不要强词夺理！

老　人　我是说这个道理！（按青年坐下）你听我说，医生的道，就是对症下药，不能为挣俩钱，得个感冒，让人作 CT 去；学校的道，是把学生教好，不能想法多收家长的入学费；农民的道，是把地种好，别为了那点儿小买卖，把庄稼荒了。三百六十行，行行有行行的道，我这修鞋的道就把鞋修好，决不卖钉子！

青　年　（忍无可忍）你的钉子多少钱一个？！

老　人　（被吓住）五块钱一斤……

青　年　我五十块钱买您三个钉子，您卖不卖？

老　人　（拿起鞋钉盒交给青年）你自个儿拿。

青　年　不就完了吗？我就不信现在还有用钱买不到的东西！人说有钱能使鬼推磨，我说有钱能使磨推鬼！只要有钱我能上买天，下买地，中间买空气。只要有钱，我能让活人闭嘴，让死人喘气。不卖钉子，不卖钉子，你是不便宜卖钉子。（递钱）拿着！

老　人　需要钉子拿走，钱我不要。

青　年　您什么意思？

老　人　钉子我可以给你，但我决不能卖。

青　年　今天我就要拿钱买您的钉子，您不要钱，我就不要钉子！

老　人　你这人怎么这么别扭呀？

青　年　是您给我找别扭嘛！

老　人　你要钉子干吗？

青　年　我往墙上挂执照。

老　人　你把钉子拿回去，把执照往墙上一钉不就完了吗？

青　年　钉执照我不白要钉子！

老　人　不是白要，你公司今天开业，这三个钉子就算我送你的贺礼。

青　年　（急）开业送礼有送钉子的吗？人家开业都是抬头见喜，您让我刚开张就碰钉子呀，而且是三个钉子。

老　人　你要不要？

青　年　不要！

老　人　你不要我还不给了呢！

青　年　您不给，您不给我也有办法！您不卖钉子，我！钉鞋。

老　人　对不起，新鞋不钉。

青　年　新鞋不钉，我加个前掌。

老　人　加掌可以。

青　年　我就不信整不走您几个钉子。

老　人　说清楚，新鞋加掌，不能用钉子钉，得用胶粘。（抄起锉）

青　年　（吓得抢鞋）老头，您成心跟我过不去！

老　人　该钉的不粘，该粘的不钉，这是行业规矩。

青　年　（讥讽地）您还行业呢，你也就是个修理破鞋的。

老　人　你别抬举我，我是修鞋的，不是修理破鞋的，扫黄不归我管。

青　年　（威胁地）我告诉您，我可是驴脾气，惹急了我把摊儿给您踢了！

老　人　你敢！再大的驴脾气我都见过，修鞋之前，我给驴钉过掌！

青　年　（气急）老头，我只问您一句，这鞋您给不给钉？

老　人　新鞋不钉！

青　年　新鞋不钉，我把它变旧鞋！（脱鞋，拿锤子，狠狠砸下）

［老人一颤，停顿。少顷，老人走过去将鞋捡起，套进鞋拐，开始钉鞋。

［青年歉意地走过去。

青　年　您不是说不钉吗？

老　人　小伙子，你坐下。［青年坐下。

老　人　我在这儿修了三十年鞋，今天是最后一天了。我没跟人说，明天这儿就变成汽车交易市场啦……让我挪地方，我这心里不是个滋味，对不起，大喜的日子给你找别扭了

青　年　不，是我给您找别扭！

老　人　不，是我给你找别扭！

青　年　是我给您找别扭！！

老　人　小伙子，不是你给我找别扭，也不是我给你找别扭，是因为汽车交易市场，我心里别扭。

青　年　大爷，那汽车交易市场……是我开的。

［老人无语，盯了青年片刻，又接着钉鞋。

青　年　大爷，您别难受，我这汽车交易市场一开张，我就聘请您到我这儿来给汽车补胎，这就等于给汽车修鞋。

老　人　这不胡扯吗？你那是往外拔钉子，我这是往里钉钉子，你把我弄去，等于给你撒气。

青　年　不用您老干活，您帮我守着摊，有您这样的人我心里踏实。

老　人　小伙子，别为我担心，坐车的再多，也有来修鞋的。来，穿上，你还得走道呢。

青　年　（穿上鞋）谢谢您大爷。再见。

老　人　等等，小伙子，（拿起钉子）我这个人也是太固执，这仨钉子我卖给你啦！

青　年　不，不，大爷，您还是送给我吧。

老　人　好！（把钉子交给青年）

青　年　老大爷，从这三个钉子，我看到了您老的职业道德。

老　人　德谈不上，我守的是这个道。小伙子，要

想守好你的摊，首先守好你的道呀！我走啦！

［老人下，青年若有所思，目送老人，向他深深鞠躬。

——剧终

（与王子华、尚敬共同创作）

1997 年中央电视台春节联欢晚会与巩汉林表演小品《鞋钉》

附言：1997 年，央视春晚创作小品《鞋钉》，坚持塑造人物、刻画内心、设置尖锐矛盾、挖掘犀利语言，最终得到了观众的认可，获得当年春晚评比一等奖。事后想起 1996 年春节晚会评奖失利后，导演尚敬对我说：世界杯足球赛，德国队改变打法后，当年出局，可坚持四年，拿下冠军。不无道理，其实 1997 年同台晚会的小品不乏火爆热闹，佳作繁多，《鞋钉》能获得一等奖，说明观众对春晚作品的要求，不仅是娱乐，也希望有内涵。

·小品·

照　相

（1997年全军“双拥”晚会）

时　间　某双休日的下午。

地　点　某连队炊事班。

人　物　班长：男，二十五岁；连长：男，二十八岁；战士：男，十八岁。

景　置　舞台中央摆放一张炊事班用的面案，案面上放着擀面杖、饭勺子、大勺、扣着面盆等。案下放着水桶，周围有四个小方凳。

［幕启，班长一只胳膊上搭着一件有上尉军衔的军上衣，手里拿着一个照相机，腰扎围裙，拽着战士上场。

班　长　牛小刚，你给我进来，别在外边给我丢人现眼。

战　士　我怎么丢人现眼了？

班　长　你个小新兵，还穿上连长的衣服照相，还有点组织纪律性没有？你不是爱照相吗？我今天让你照个够！把围裙扎上，把套袖戴上，把擀面杖拿起来，做擀面条动作，笑着点儿——

战　士　我笑不出来！

班　长　说茄子，你那嘴不就咧开了吗？

战　士　茄子！［照一张。

班　长　把大勺拿起来，做炒菜动作。说茄子。

战　士　茄子！［又照一张。

班　长　换上水勺子，做喂猪动作。说茄子。

战　士　说西葫芦我也笑不出来。

班　长　刚才穿着连长的衣服怎么笑得那么美呀。把坛子顶起来。

战　士　我是杂技团的呀？

班　长　你不是爱照相吗？各种动作都照一张，我在全班给你办个影展，让大家都看一看，你是怎么由一个炊事新兵“噌棱”一下当上连长的。

战　士　谁当连长了？

班　长　没当连长你穿连长的衣服照相？

战　士　连长的衣服干了，我帮他收起来。今天星期六，我就穿上连长的衣服照照相，怎么了？

班　长　噢，星期六就得穿连长的衣服照相，那要星期天，你还不把团长的衣服穿上啊？过年过节还不更麻烦了！别人的进步都是干出来的，你可倒好，随着节气往上长，大年初一过年，闹不好你就成了将军了！

战　士　你挖苦人！

班　长　挖苦人，我问你穿连长的衣服照相什么意思？

战　士　帅气！

班　长　帅气，我还不知道你是怎么想的，照张照片往家里一邮，街坊邻居一看，当连长了，成军官了，出风头！

战　士　反正你就看我别扭。

班　长　别人没你这么虚荣。

战　士　我虚荣，你才虚荣呢。

班　长　我怎么虚荣了？

战　士　上个月连里英语考试，我考了第一，你考了十八分，从那天开始你就看我别扭。

班　长　笑话，你不就英语考了个第一吗？我政治考第一，这叫政治合格；我军事考核优秀，这叫军事过硬；我从不穿连长的衣服照相，这叫作风优良；我遵守各种条令条例，这叫纪律严明；全炊事班我的饿面馒头蒸得最香，这叫保障有力。英语我是不细考，来是“卡母”去是“勾儿”，是是“也斯”不是“NO”，英语就是个顺口溜儿。把坛子顶起来——［连长穿着衬衣上场。

连　长　嗬，好热闹哇，学杂技呢。

班　长　连长，这是你的衣服。

连　长　是你帮我洗的？

班　长　不，是他洗的。

连　长　谢谢你小牛。

班　长　衣服是他洗的，晒干了之后他又穿上了。他穿着你的军装，拿个照相机在全连乱转。

战　士　谁乱转了，我不就去了趟猪圈嘛。

班　长　去了趟猪圈还不够吗？整得那些猪都不吃食了。

战　士　猪不吃食跟我有什么关系？

班　长　关系大了，每次连里杀猪都是连长亲自到猪圈去选，连长到猪圈一转，证明伙食改善，你穿着连长的衣服往那一站，整得猪心慌慌，还有心思吃饭。连长您不知道，他今天穿着你的衣服，掐着腰那么一站，从后边看我还以为是您咧，我咔嚓给他敬了个礼，他一挥手说了句：“同志们，辛苦了。”当时把我都整蒙了，那猪还能不毛吗？

战　士　你也太夸张了。

班　长　连长，我正要向您汇报……

连　长　刚才你们俩在屋里发生的事儿，我都看见了。

班　长　看见了更好，这要不处理，我这个班长没法当了。

连　长　你不当我干。

班　长　就是……你干？

连　长　今天我当一回炊事班长，你当连长。我看看这件事你怎么处理？

战　士　连长啊，你可别让他当啊，他当个班长就发这么大脾气，要当了连长还不处理我退伍哇。

连　长　那就得看这位连长的态度了。（拿起军装）连长穿上军装上任吧！

班　长　连长，这是组织的意思吗？

战　士　他还当真了。

连　长　今天不是周末，咱们搞个小活动，题目叫“假如你是连长”。

班　长　连长，我离组织的要求还差得很远。

战　士　你差着好几级呢。

班　长　闭嘴，怎么连长往队前一站，下面就嘀嘀咕咕的。

连　长　嗯，有点意思了。（一摸围裙，发现兜里的英语考试卷子）

战　士　这是我们班长的英语试卷。

连　长　先放这儿。

班　长　（双手掐腰）怎么一穿上干部服就爱抹腰呢。连长，你那腰风湿好了吗？

连　长　好多了。

战　士　连长，你得多注意点儿。

班　长　没你事儿，领导之间研究工作，插什么嘴呀。连长你请坐。

连　长　我现在是班长，你是连长！

班　长　下面——我讲几句。［连长和战士二人立正。

班　长　连长，你可以稍息。

战　士　有你这样的连长吗？

班　长　你立正，刚跟班长顶完，又跟连长顶啊？

连　长　报告连长，我们炊事班今天发生了一件事情。

班　长　请指示——不，请指出，是谁干的？

连　长　新兵牛小刚，穿连长的衣服照相，不按规定着装，我建议给予严肃处理。

班　长　太对了，咱俩想到一块了，听见没有，这就是连长的态度。

战　士　你现在是连长，连长是班长。

班　长　那你作为一名战士，对班长的批评有什么想法。

战　士　批评我接受，但不像他说得那么严重。穿军官服我觉得帅，再说了，你不是常说：不想当将军的士兵不是好士兵吗？

班　长　想想是可以的，但不能真干哪。你觉得平时穿穿连长的衣服没什么，可我们这里是部队，打起仗来那不乱套了吗？你说呢，连长？不，你说呢，班长？

连　长　所以，所以我刚才对他采取了严厉措施。我让他拿着擀面杖照相，端着大勺照相，拿着水勺子照相，顶着坛子照相……

班　长　对，给他办个全班影展。让大家看一看，他是怎么由一个炊事新兵“噌棱”一下子当上连长的。

连　长　连长，我吃不准，你说这样做算不算过分啦？

班　长　我——我也吃不准，再怎么也不能顶坛子呀。

连　长　那怎么办？

班　长　先做思想工作嘛。

连　长　怎么做？

班　长　态度和蔼点儿嘛。

连　长　怎么和蔼？

班　长　我教你：小牛哇，过来，过来，牛小刚同志今年多大了？牛小刚同志什么地方人啦？牛小刚同志，你叫什么名啊？

战　士　你不都知道吗？

连　长　你问这个干什么？

班　长　刚入伍的时候你不是就这么问我的吗？小牛哇，你知道军装是严肃的吗？

战　士　知道。

班　长　既然知道，班长批评为什么不接受哇？

战　士　他讽刺挖苦我。

连　长　讽刺挖苦是为了让你长记性。

班　长　他为什么讽刺挖苦你呀？

战　士　上个星期我英语考试考了第一，打那儿以后，我总觉得他看我别扭。

连　长　你不就英语考个第一吗？我政治考试第一，这叫政治合格；我军事考核优秀，这叫军事过硬；我不穿连长的衣服照相，这叫作风优良；我遵守条令条例，这叫纪律严明。全炊事班我的戗面馒头蒸得最香，这叫保障有力。英语有什么了不起的……

班　长　够了！有你这么做思想工作的吗，你英语考试就是不好嘛。

连　长　（掏出试卷）我怎么不好，英语81分。

班　长　还81分，你骗得了我吗？不用看，闭着眼我就知道是18分。

连　长　18分，他违犯纪律我就不能管了？

班　长　管是可以的，要讲究方法，要晓之以理，动之以情嘛。

连　长　还动之以情？我告诉你，这个事要不严肃处理，我这个班长就不干了。

班　长　还不干了，你这个班长就这么闹情绪？处理完他我就处理你，你看看你这个班长还像样吗？你这个班长称职吗？你——（醒悟地）我这个班长称职吗？

连　长　你说你称职吗？

战　士　连长，我们班长称职，我知道他是恨铁不成钢。我晚上睡觉不老实，他每天晚上给我掖被角，我都知道。我是汗脚，可每天早上的鞋垫都是干的，都是他替我烤的。连长，班长平时对我们可好了。

连　长　好也不能让你顶坛子。

战　士　他自己还顶坛子呢。上次连里腌咸菜，我们进城买东西，班长让我拎轻的，他自己把那么大个坛子顶回来的。

班　长　小牛说这些干什么，谁让我是班长呢。

连　长　哎，这就对了，我们是战友，大家要互相尊重，互相爱护，谁能没毛病呢？要是没毛病，还要我们这些班长、连长干什么？搞好官兵关系，关键在官。

班　长　我还什么官哪，说到家我也就算个兵头吧。

连　长　那你还是将尾呢。

班　长　小牛哇，今后在工作上我是你的班长，在学习英语上你是我的“蹄筋儿”。

战　士　什么？

班　长　蹄筋儿！

连　长　什么意思？

班　长　“蹄筋儿”英语就是老师的意思。

战　士　那叫“提车”。

连　长　你这个英语，英国人不懂，山东人也不明白。

班　长　连长啊，英语太难记了。做饭的时候，天天切蹄筋，我就念叨蹄筋、蹄筋。小牛姓牛，牛老师，就是我的牛蹄筋。

［连长、班长、战士大笑。歌声起：“战友战友亲如兄弟……”

战　士　连长，连长，还有最后一张，咱们来个合影我寄回家去吧。

班　长
连　长　好！
战　士　别动！

［闪光灯一闪，三人的投影照片呈现在天幕上，歌声渐强。

——剧终

（与尚敬、张振彬、王铁虎共同创作）

1997 年全军“双拥”晚会与魏积安、赵亮表演小品《照相》

附言：《照相》并不是当年“双拥”晚会指定的作品，在创作中我们发现它比指定的作品更为成熟，在汇报时本想给导演组一个惊喜，结果被否定，导演组坚持选定的作品。我们只好把两个作品都创作出来，供导演组筛选，最终他们还是选择了《照相》，我也认为这个作品更胜一筹。

·小 品·

回 家

（1998年中央电视台春节联欢晚会）

时　间　除夕之夜。
地　点　打工仔临时租住的房间内。
人　物　夫：三十多岁；妻：三十多岁。
景　置　舞台上摆放一张床，床脚糊着报纸，半边墙糊满了报纸。妻守着个整理好的旅行袋和糕点酒瓶等年货，手上摇着一块擦车的抹布，等着丈夫的归来——

妻　（得意地）进城打工整一年，擦车挣了不少钱。本应该今天回家过春节，可我老公一劲儿挣钱没个完。（朝外喊）哥，哥呀，哥擦完了没有？

［夫进屋。

夫　喊啥呢，喊啥呢，王老板还没走呢，让王老板听着多磕碜！

妻　这有啥磕碜的，城里人不都这样吗，王老板旁边那小秘，都管他叫哥。

夫　她叫行了，人家不是正经夫妻，你一叫就好像咱俩关系不正经似的。

妻　叫哥有啥不正经，你这人，女人的柔情你永远不懂。

［汽车声由近至远。夫朝远处毕恭毕敬地目送。

夫　再见了王老板，给家里人拜年了王老板，谢谢了王老板！

妻　谢啥呀，他在咱这擦了一年车还没给钱哪。

夫　给钱？（从兜里掏出一个“大哥大”摆在桌上）这是啥？见过没？

妻　大哥大！

夫　小名手机。

妻　王老板给的？

夫　顶一年擦车钱。

妻　王老板干啥生意的？出手那么大方！

夫　人家王老板新买了个翻盖儿的，因此就淘汰了这砖块儿的。

妻　噢，二手货呀，那就不值钱了。

夫　二手货咋不值钱呢？

妻　二手货相当于二婚，这玩意儿跟人一样，原配夫妻恩恩爱爱，一旦离婚马上歇菜。

夫　瞎说，你要跟我离婚了，我再找一个，这属于二锅头，闷着更香。

妻　你闷着吧，我回家。

夫　（欣喜地）我跟你说媳妇，这“大哥大”还是小事呢，王老板说来年一开春就给咱投资一个洗车棚儿，要跟咱合办个擦车公司。

妻　（欣喜地）真的？

夫　那当然了。

妻　这人真不可貌相啊！这王老板外表好像大烟鬼，其实是北京萝卜——心里美。

夫　好人！谁说城里人情差，大老板挥手就给个“大哥大”，别管它值钱不值钱，挎上它咱擦车族就算跨进现代化。（找打电话感觉）喂，擦车吗？

妻　别烧包了，赶紧拎包儿回家拜年去。

夫　你这不是捧个金碗要饭吃吗？有了它还用回家拜年？

妻 整个“大哥大”，就不回家啦？我跟你说，你记住我爹这个人没啥更高追求，只盼三十晚上孩子磕头。

夫 磕头不就是相互拜个年吗？今天咱就用它拜了。

妻 给我爹？

夫 还别说你爹啦，现在中央首长都讲究电话拜年，绝对时髦，有了它，你爹由小村长直接享受国家领导人待遇。

妻 （不悦地）小村长咋的？当时你要不看我家地位高，你能要死要活追我吗？

夫 你看你又急了！说翻脸就翻脸，你们这干部子弟都这毛病！

［妻生气地不理他。

夫 妮儿，别生气，听哥说。

妻 你少跟我哥呀哥的不正经，我告诉你，你变了。

夫 我咋变了？

妻 刚进城擦地板的时候你还比较朴实，后来给宾馆擦玻璃你就有点耍滑，咱一家一家擦油烟机的时候你就开始变油，刚刚擦上汽车就摆弄“大哥大”了，照这样发展，擦完手枪你就得进公安局。

夫 你说啥呢！大过年的你提啥公安局呀。来，传你爹。

妻 说啥呢！刚说完公安局就传我爹，你想把他整进去呀！

夫 看来这公安局和传字儿不能一块说，犯忌。呼你爹。

妻 啥！？

夫 噢！对，呼字也犯忌，咱家乡大过年都烀地瓜，烀猪爪，哪能烀你爹呢。传呼你爹。号码！

妻 0485，3724011。

夫 通了。呼多少？

妻 119。

夫 ……你爹够火的。（对电话）请呼119。回电话01090888888。（挂机，对妻）你听王老板这号码多牛。

［电话铃响。

夫 快不？快不？绝对现代化，这就叫不出院子不出屋，天涯海角任我呼。接电话！

妻 （接电话）爹呀！爹……哎，这声儿咋不像我爹呢？

夫 移动电话你得移动！我来！（拿起电话）喂！喂！（变换姿势，最后找了一个很别扭的姿势定住）有了。

妻 我来。（拿过电话）

夫 你爹这声音咋像鸟儿叫呢？

妻 你爹才鸟儿叫呢。（学夫样子接电话）喂，爹，什么，老板？

夫 （抢过电话）这是找王老板的电话。

妻 你赶紧把它挂上，等爹的电话。

夫 王老板说了，万一有电话找他，帮着应付应付。（对电话）对，我是老板，噢，刚才那位小姐，呀，那是我的小秘——

妻 啥？！

夫 ——书。

妻 刚拿“大哥大”就起花心。

夫 （对电话）什么？我们公司招不招工，目前我公司还没有打算招工，因为我们两个人擦一台车基本上够了，啊不，两个人坐一台车基本上够了。（自语）差点儿说漏了。（对电话）什么？别的公司招不招工啊？（突然想起问妻）上回我拿回来的那报纸呢？

妻 糊墙了。

夫 快找找。王总的朋友，（对电话）我让秘书帮你查阅一下文件。

妻 咋查呀，都糊天棚上了。

夫 来，上肩膀。（让妻骑上肩膀，对电话）你等会儿，文件放楼上了。（对妻）念哪！

妻 这么高我咋念哪？

夫 你念给我，我念给他，什么文件不得从上到下一级一级传达。念！

妻 （念）“香港回归，大振国威。”

夫 不是这篇！

妻 那你往前走走。

夫 （往前走走）念！

妻 （念）“三峡合龙，万众欢腾。”

夫 又错了。

妻 那你再往前走走！（念）“江主席访美，克林顿倒水。”

夫 （生气地）你看清楚再念行不。累傻小子呢！

妻 腿长在你身上，你走哪儿我看哪儿，这叫骑驴看唱本儿——走着瞧。

夫 你下来吧！（把妻放下）你说话文明点行不，你自己骑的啥你不清楚呀？！还骑驴！

妻 你还怪我说你，你看你的脾气，比驴还驴呢。

夫 咱帮人找工作，你咋净念大事呢？

妻 这边儿贴的都是大报，当然都是大事儿啦。

夫 那小报儿呢？

妻 贴床底下了。

夫 你钻下去看看！

妻 你钻下去看看！

夫 你钻！

妻 你钻！

夫 你钻！

妻 平时擦车底都是谁钻？

夫 ……我钻。（把手机交给妻，钻到床下念）“名人出书，一塌糊涂”。

妻 瞎说，有些书写的多好哇。书店里绝对畅销。

夫 好看，人那爱情描写得多曲折，谁被谁爱，谁被谁踹，谁被谁爱了又踹，谁被谁踹了又爱。名人的爱情用两字可以概括。

妻 哪俩字？

夫 小孩子被窝——抗踹。

妻 （踢夫）我看你抗踹，赶紧帮人找报纸。

夫 对了，我把这茬给忘了。（念）“克隆绵羊，没爹没娘”。

妻 你说现在人这科学研究太可怕了，得亏克隆个羊啊，要是克隆个人那不乱套了？

夫 那乱啥套哇，好事！等你老了，再给我克隆个年轻的，一模一样，你俩可以用一个身份证。

妻 少废话，找报纸！

夫 （念）“中国足球，何日出头？”

妻 说啥呢！大过年的提它干啥？你这不是给人添堵吗！

夫 （从床底爬出来）这一年让足球把咱折腾的，看完甲B看甲A，最可气的是世界杯。天天喊着要出线，到后来是狗戴嚼子——瞎胡勒，太可气了。

妻 （欣喜地指墙）在这儿呢！

夫 （对电话）注意听好。（对妻）念！

妻 （念）我们公司……

夫 （重复）我们公司……

妻 大量招工……

夫 大量招工……

妻 联系电话……

夫 联系电话……

妻 糊上了。

夫 糊上了。糊上了？！［夫关手机，妻拎包就走。

夫 （拦住妻子，苦求）你听我说，妮儿，大过年的谁不想回家呀，刚才我在街上一看，过年擦一辆车是平时三倍的价钱。从初一到十五这得挣多少钱哪。为了明年的擦车棚咱得多挣钱哪！

妻 钱，钱，钱，你的灵魂迟早被金钱玷污！［电话铃声，夫接电话。

夫 喂，爹呀！（自语）又错了。（见妻又要走急拉住妻不放，一边接电话）啥事？快说！……什么？送货？（对妻）你听见没，好事来了，送货！

妻 送啥货呀！

夫 大过年的能给老板送啥货？年货！（对电话）喂，过年了，你们准备给老板送点儿什么货呀？噢，“海洛因”，（对妻）听见没有？“海洛因”？（猛然醒悟过来）“海洛因”？（吓得把电话扔到地上）哎呀妈，贩毒团伙。（扛起包就走）走，咱赶紧回家躲躲。

妻 躲？你躲过初一躲不过十五，这玩意儿全球通，你跑哪儿都把你逮着！

夫 那怎么办哪，妮儿？

妻 向110报警！

夫 人家王老板对咱这么好，咱不能把他供出来呀，再说他一进去，咱那洗车棚不就完了吗？

妻 还洗车棚呢，（指墙上）你看这报纸上写的；贩卖毒品国法难容。报警！

夫 好！报警！对不起了王老板，我今天只能大义灭亲……我先稳住他。（对电话）喂，请问“海洛因”具体在哪接货？什么？听岔了？不是海洛因，洁尔阴哪！你差哪儿去啦！

妻 你赶紧把它关了。

夫 关了！我这就给他送回去，我管他要擦车钱去！（闻电话铃又响）要不再接一次？

妻 没脸哪？你还接！

夫 万一要是你爹呢？

妻 你接可以，问清楚再叫，别拿个大哥大逮住谁都叫爹！

夫 你放心，没弄清身份决不叫爹。（对电话，恼怒地）喂，什么事儿？说！（突然兴奋地）哎呀，您终于来电话啦，爹！

妻 真是爹？！

夫 你听。（电话交妻子）

妻 （对电话）喂，是爹吗？哎呀，真是爹。

夫 （拉妻子）快，给爹拜年哪。（把电话放在床上）

［二人面对面跪在床上对着电话磕头。

夫 爹，您老过年好哇！

妻 爹，别忘了穿新袄呀！

夫 爹，我们给你拜年了！

妻 爹，别忘了压岁钱哪！

夫 爹，我们给你磕头了！

妻 爹，饺子一定煮熟了！

夫 （抄起电话）爹呀，听见没有这头磕得砰砰的，爹，我们这一年没白干，今年不回家了，现在拿上大哥大了，明年就有洗车棚啦爹。啥？大爹？……什么大爹？（对妻）坏了，不是你爹。

妻 那是谁爹？

夫 人家向王老板汇报，说股票大跌。

［妻木然地坐在床上。

夫 妮儿，咋的了？你说两句，你骂两句，你打我两下，你哭两声，你不能不出声啊。

妻 此时无声胜有声。

夫 我这汗毛都立起来了。

妻 哥呀，咱俩结婚整一年，从没认真谈一谈。

夫 可不吗，这一年净忙事业了。

妻 过去咱那日子过得多安稳，自打进城擦汽车，整天拿块破抹布在街上摇哇摇哇，养成习惯之后一上街手就画圈儿，人都说我半身不遂。（哭）

夫 现在人们不都这样吗，不都在奔波吗！大家都拼命挣钱，不就是为了过好日子吗！

妻 光拼命挣钱就是好日子呀？大年三十回家过个团圆年，这不就是好日子吗。

［停顿。

夫 对！妮儿，今天哥听你的，该挣钱的时候咱玩命挣钱。该回家的时候立马回家，这才是好日子。［电话铃响。

夫 不接了。

妻 那要是咱爹呢？

夫 那也不接了。这就回家给爹当面磕头去。

妻 对。

合 回家！［音乐（秧歌调）起，夫妻拎包下，夫下意识摇起抹布……

妻 咱都回家了，你还摇它干啥？

夫 这叫搂草打兔子，万一碰上生意，咱就顺路擦擦。

——剧终

（与尚敬、张振彬共同创作）

1998 年中央电视台春节联欢晚会与宋丹丹表演小品《回家》

附言：中国的春运堪称世界之最，这个小品抓住这一现象，写了两个小人物过年回家的情形，其中的关键道具是捡来的一个手机“大哥大”。当年的手机并不普及，在某种程度上说是一种身份的象征。抓住小人物的虚荣心，通过手机把外边的世界引进来，尤其是那句话“移动电话就得移动着接”，事后流传很久。这也是春节小品的一大特点，我们在小品创作时总希望能有经典语句在社会上流传，它也标志着作品的影响较广。

·小 品·

三峡情话

（首演于1998年全军“双拥”晚会）

时　间　迁移前夜。

地　点　三峡坝区某村。

人　物　村长：六十多岁；村长妻：五十多岁；新郎：二十八岁，运输连连长；新　娘：二十六岁，水利工程师；群众甲、乙、丙、丁等。

景　置　舞台上分室内、外两个演区，中间用门隔开。室内有床、被褥、小柜等用品，柜上置一对红蜡烛，舞台上方悬挂一个大红“囍”字，显出洞房气氛。室外有一树墩，天幕上是一轮明月。

［开始时，舞台上静场。村长、村长妻分别从观众席左右太平门探出头来——

村　长　（喊）老伴儿呀！

村长妻　哎！老头子！

村　长　你们女方那边准备好了没有？

村长妻　准备好了！你们男方那边准备好没有？

村　长　准备好了。好，良辰已到，奏乐鸣炮，起轿！

［顿时鼓乐大作。上场门：村长鸣锣开道，新郎身着作训服，十字披红，紧随其后，众战士和村民簇拥他入场。下场门：村长妻舞动红绸带路，身后四个小伙抬一个树枝编成的花轿，轿上披红挂绿，后面是吹喇叭的、穿彩服的、戴大头娃娃的，好不热闹……

［在欢快的乐曲声中，两队会合，众围着花轿欢闹。

众　新娘子，下轿！新娘子，下轿！……

村长妻　新郎官必须敬礼喊报告，否则新娘不下轿。

众　对，敬礼，报告！

新　郎　（对着花轿敬礼，大声喊道）报告！

村　长　解放军同志真谦虚，刚过门就给自己降一级。

［新娘子蒙着红盖头，从轿内走出。在群众的欢闹下，连长为新娘子揭下红盖头，新娘子头戴安全帽，新郎新娘并排站好。

村　长　我来给大家做个介绍，新郎官是运输连长管掌舵的，新娘子是水利工程搞勘测的，具体讲都是来到三峡搞建设的！

村长妻　为咱三峡建设推迟婚期整一年，今天我们全村为他们办喜事。这也是咱们村的大喜事！［众欢呼……

新　郎　我们来到三峡库区一年多了，每天在工地搞运输的时候，乡亲们总为我们送茶送水，在此我代表全连指战员感谢全村父老乡亲对我们的厚爱。

新　娘　乡亲们，明天一早你们就要搬迁离开这个地方了！在这最后一个夜晚，为我们举行了这样隆重的婚礼，我们真是感激不尽！

村　长　别客气了！新婚典礼现在开始。（鼓乐齐鸣）长江三峡披彩虹，咱们上下齐沸腾，军民团结如长城，结婚就像坝合龙。首先请欣赏对口词——（对妻）开始！

村长妻　看！一轮明月挂夜空。

村　长　就好像三峡发电点电灯！

村长妻　月光下面办喜事。

村　长　人间美景胜月宫。

村长妻　请看舞蹈，嫦娥欢乐舒广袖！

［乐声中，杂技、歌舞穿插表演，众乡亲、

战士饮酒助兴……随着村长一声锣响，结束。

村　长　散了散了，早点休息！新郎新娘要进洞房啦！我宣布一条纪律，平时咱村闹洞房，又爬窗户又钻床，从天黑闹到大天亮，把新郎新娘累够呛。但是考虑到连长明天还要掌舵，工程师明天还要勘测，为了不影响明天正常工作，我宣布闹洞房一项，撤！

［众喊：“不行！我们要闹洞房！”

村　长　（敲锣）谁吵吵的？我在门前把岗站，我看谁敢来扯淡！撤！撤！

［众被轰下……

［村长妻推一对新人进屋。

村长妻　天不早了，快休息吧！

新　娘　大娘，您的心意我们领了，别再添麻烦了。

新　郎　对，我们还是回工地吧。

村长妻　不行，不行，快进屋！

村　长　等会儿，我先到屋里侦察侦察。（进屋）

村长妻　你侦察啥？（跟进）

村　长　我到屋里抓抓贼，（挥舞锣槌）探雷器在叽里旮旯儿扫扫雷，（往床下扫）出来！（用锣槌打一下床，拽出一个儿童）出来、出来、出来！（连续赶出几个儿童）

新　郎　大叔，让他们在这儿玩玩吧。

村　长　玩？这帮孩子瞎胡闹，关键时刻吓一跳。我和你大妈结婚的时候，全村老少折腾我们一宿哇！不信问你大妈。

村长妻　说这话你不害臊！

村　长　我不放心，我钻下去看看。（钻进床下）老伴哪，这回床下彻底没人了，关门吧。

村长妻　关门？你给我出来！（拿锣槌砸村长）

村　长　对了，喝点酒就发蒙，屋里屋外分不清。（一边往外走一连顺手打开柜门），这里可能还有埋伏，（从柜内又揪出一个儿童）走！

［村长、村长妻出屋。

村长妻　天凉，我给你拿件大衣去。（下）

［村长守在门外，屋内新郎、新娘稍拘谨，低声交谈。

新　娘　大爷走了吗？

新　郎　我到门口听听……（到门口探听）

村　长　（指远处）去！（把新郎、新娘吓一哆嗦）你在那儿偷听啥呢！

新　郎　他说谁呢？（开门出屋）大爷，我们还是回去吧。

村　长　（推新郎进屋）不行，进去，进去！

［新郎、新娘又被村长推进屋里。

新　郎　小云，推迟婚期你不怪我吧？

新　娘　为了三峡工程咱们不是都在忙吗……

新　郎　你真好……

［新娘羞涩，两人拉起手。

村　长　（指着远处大喊）去！（把新娘吓得松开手）你俩还拉着手往这儿摸，大半夜不睡觉干啥！回去！

新　郎　（门开出屋）大爷，你回去休息吧。

村　长　（推新郎进屋，关门）不行，进去、进去！

［新郎、新娘又被村长关进屋内。

新　娘　明天搬迁，你指挥车队，一定要注意安全哪。

新　郎　你放心吧，等完成任务，我一定回家好好陪你。

［两人甜蜜欲拥抱……

村　长　（指着远处大喊）去！（把新人吓得马上又分开）你还抱着他往上蹿，也不怕把孩子摔着！……

新　郎　（开门）大爷，您干脆进来歇会儿吧。

村　长　瞎扯！我在这儿维持秩序，就是怕打搅你们休息。

新　娘　您还是进来吧，反正我们也睡不着。

村　长　（恍然大悟）哦，我这一惊一乍的影响你们俩休息了吧，放心，这回我准不喊了，有啥情况我也不出声，（关上门）我到房后巡逻巡逻。（走到景片后）

［室内新郎、新娘听着……

新　郎　忙乎一天，他也够累的。来！（拥新娘刚刚坐到床边）

［突然传出一声锣响，把新人吓得跌坐在地上。

新　娘　他还不如喊呢，这铜锣一敲更吓人。

新　郎　（尴尬地）你瞧大爷多好，……

新　娘　（解嘲地）是，有点太好了……

村　长　（揪耳朵扯出一个半大孩子）小兔崽子，你还跑到房后折腾。（自语）我衣兜里边

有壶酒，困了我就喝一口。（和衣倚门，喝酒入睡）

新　娘　这么晚了，乡亲们还没睡，他们真兴奋哪。

新　郎　你觉得他们只是兴奋吗？明天他们就要离开故土了，他们心里舍不得呀。［村长睡着，呼噜声起。

新　郎　听，大爷在门口睡着了。

新　娘　江风太凉，咱们快把他让进来。

［新郎、新娘刚一开门，村长顺门倒进屋里，醒来后辨错方向，将二位新人向屋外推去。

村　长　不行，进去、进去！

［村长把门关死，倒地又睡，新郎、新娘进屋把他抬上床，盖好被子。

新　娘　大爷睡得真香啊！

新　郎　你知道为什么吗？这是他的床……

村　长　（梦话）喝点酒就是不一样，身上马上就暖和了……

新　郎　天快亮了，我去检查一下车辆情况。

新　娘　我陪你去。

［新郎、新娘轻轻出屋，关死门，下。

［追光：村长呼噜声大作。

［村长妻子，抱着大衣。四下寻找……

村长妻　怪了，老头子说在门前站岗，人跑哪儿去了？（听见呼噜声）新郎太累，刚结婚早早就睡了。（又听）这呼噜声耳熟呀，（细听）两长一短，肯定是他这老东西！（欲进屋再想想）不对呀，新郎新娘跑哪儿去了……？我再听听。（凑近门听）

村　长　（梦话）去！你在那儿听啥呢？

村长妻　（吓得要跑，又返身回来）就是他！（进屋掀开花被）老头子，真是你？

村　长　（懵懂起身）老伴呀，我做了个梦。

村长妻　你梦见啥了？

村　长　我梦见当年家乡闹水灾，咱们逃荒从下游来到上游，我在路上认识了你，咱们在这儿成了家……

村长妻　老头子，我知道你舍不得离开这儿。

村　长　有啥舍不得的，人往高处走，当年因为水患咱们来到这儿，如今为了治水咱们离开这儿，值得！

［众人悄悄围上：“老村长不在了，快闹洞房哪！”

村长妻　坏了，老头子，闹洞房的又来了。

村　长　（猛醒）哎，新郎新娘跑哪儿去了？（四处找）

村长妻　跑哪儿去了，让你给看跑了！

村　长　快，把门关上，不然大家知道我把新郎新娘放跑了，我这老脸往哪儿搁哪！

［村长妻刚要关门，众人拥入。村长急忙扯过花被蒙头盖上。

众　闹洞房啊，闹洞房！咱们大家来看新娘，看、新、郎！

村　长　（掀开被子）新郎？老郎！

［众人被逗大笑。

群众甲　大爷，新郎，新娘呢？

［门外传来汽车马达声。

村长妻　老头子，天亮了。

众　村长，接人的车子来了……咱们该走啦……

［众人心潮涌动，沉默有顷……

村　长　孩他妈，我的锣呢？（起身，下床）

村长妻　在这儿呢！（忙把锣交给村长）

村　长　（感慨地）我老罗头，在这块土地上度过了六十八个春秋，是长江水哺育了我们祖祖辈辈。大江有耳，铜锣有声——当年解放大西南，我就是敲着这面锣，喊着：“咱们解放啦！”三中全会以后，我又敲着这面锣挨家挨户奔走相告：“咱们要致富啦……”今天我们就要告别故土搬进新家园了，让我再一次敲响这面铜锣，告诉咱们的祖先：“咱们梦想成真啦——！”

［众人肃穆。村长奋力敲锣三声。

［天幕随之变亮，直至呈现金色晨光……

［新郎，新娘上。

新　郎　大爷，车队已到，出发吧！

［音乐声中：村长双手高擎铜锣，村长妻将红盖头蒙在锣上。村长庄重地将锣放在地上，众人从四面八方围上……

［传来车队的喇叭声，人潮鼎沸、气氛热烈，动人心魄。

——剧终

（1997年根据仲跻敏、许平小说《春风花烛》与尚敬、张振彬共同改编）

1998 年全军“双拥”晚会与刘劲、寻健健、张秀岩表演小品《三峡情话》

附言：三峡工程轰动全国，移民问题全民关注。1997 年为“双拥”晚会创作小品《三峡情话》，表现移民主题。我进入“双拥”晚会曾经演过单人小品和多人小品，但像这次参与者多达三十余位的规模前所未有。场面大、人员多，排练和演出都是一种挑战。

·小品·

坝上情

解放军同志们你们好！你们辛苦了！我代表九江的父老乡亲们来看你们了！我先自我介绍一下，我姓黄名宏。刚才一上大堤一个战士把我截住了，问我，你叫啥？我说，我叫黄宏。他说是黄泥的黄、洪水的洪吗？不能进！我们领导说了凡是和洪水有关的全部截住。我要说得是，亲爱的解放军战友们，我们惦记着你们，我们现在每天最关注的就是新闻联播之后的天气预报，一看下雨我们就着急，一着急我们就想起了大堤，一想起了大堤就想起了你们一身水呀一身泥，不容易呀，你说这老天也是，没啥难心的事你总哭啥呀，哎呀 我跟老伴商量，我得去看看解放军去。你说拿点啥呢？老伴儿说拿瓶酒、拿兜姜，正好代表咱九江。特意选了瓶封缸酒，封完缸咱就封江，我琢磨了半天，千万不能带口子酒，大堤最怕开口子。

（冲观众）小伙子，我看就你乐的好，拿着，咱握握手。看着面熟呢，过去在新闻联播和焦点访谈都见过面你，简直是大明星啊！没想到今天看到真的了，我在电视上看到对咱部队的报道，太辛苦了，你们这个又中暑又受伤，又烂脚又烂裆，现在都好了吗？

（众）：好了！

那我们就放心了，坐下小伙子。我不瞒大家说，我五六十岁了，什么都没怕过，但是有一点，这几天江水拼命地往上涨，我这心里就没底了，可自打这一看到咱解放军的车，也不知为啥这心里呱嗒一下就落地了。解放军是我们人民群众的主心骨，我们代表九江的父老乡亲感谢你们！我要说得是，我那儿媳妇就要临产了，是解放军用橡皮舟把她接上来的，我那孙子顺利地出生了，我们全家老少开了一个会，琢磨给我这孙子起一个什么名，我儿媳妇第一个发言，咱家姓黄，又在洪水中诞生，我看就叫黄洪吧。我说不行，你这名字起得挺深情，不跟他爷爷一个名儿。我儿子说了，爸你看咱这孩子姓黄，又是在坝上生的，不然就叫黄坝……我说更不行了，以后你叫孩子我还以为你叫我呢。我说这样，我孙子姓黄，又是在九江生的，就叫黄酒吧，馋了我还可以来两口。最后我老伴说，拉倒吧，你就惦记喝，这孩子姓黄，又是解放军给救的，我看就叫黄军吧。我说打住，刚闹完洪水你再把鬼子招来！今天我们来到现场，就是想让在场的解放军给我们的孩子起个名儿。你们说叫啥好？

（对观众）你说

啥？黄泥？别逗了，本来就够黏的，还黄泥？

啥？黄豆？不行，都是土特产。

啥？黄世仁？越说越离谱了。

啥？黄平安？一看就是个干部，一级是一级的水平。你们祝我们平安，我们也祝你们平安！

（女儿上）女儿：爹 爹 爹

亲爱的战友们，这就是我老闺女儿。你给大家带来啥啊？

女儿唱：祝你平安 祝你平安

就这一句啊

女儿：虽然就这一句，里边包含着千言万语的祝福。

对，祝愿我们的解放军战士平安，祝愿我们的人民平安，祝愿我们的祖国平平安安！

1998 年，在九江洪水决堤现场表演单人小品《坝上情》

附言： 1998 年 8 月九江决口，总政派出小分队连夜前往，我们的任务是到前线去为抢险战士鼓舞士气。当我们来到大坝上时，看到的场景是战士们肩扛麻包、喊着口号、往上冲。在抢堵决口时倾尽所有的力量，累得战士们在解手时都能睡着，吃饭的时候手都没有力气捏住筷子，他们跳到水里让饭盒儿漂在水面上，用手扒拉着往里吃……我们所有人无不落泪。有一个小战士来找大家签名，我见他胳膊上缝了一个红布条，问他为什么，他说我是党员，大堤一旦出现决口，戴红布条的要先往下跳。我心中一震，我的党龄也许超过他的年龄，可是看着这位瘦小的战友，我心中无限感慨。我在他的本子上写下四句话：18 岁的肩膀你扛起一道梁，18 岁的胸膛你挡住一条江，我是你的兄长你是我的榜样，我愿意一辈子为你歌唱。晚上回到住地怎么也睡不着，总觉得必须要创作出节目为他们鼓舞士气，于是连夜创作单人小品《坝上情》。我在食堂里找到了一瓶酒，又拎了一兜姜，用酒和姜代表九江。第二天带着新作品，出现在大坝上。

·小品·

巡　堤

时　间　抗洪期间。

地　点　大堤上。

人　物　村长：六十多岁；电视台女记者：二十多岁；摄像男：二十多岁；将军：五十多岁；战士：十八岁。

［幕启，蛐蛐声。村长手提灯上，向上台口。

村　长　二娃子，你那段大堤一定要看好，解放军把决口堵住了，咱们一定要严防死守。

二娃子　（话外）村长，放心吧。

村　长　（向下台口）睡不醒，我抽根烟过半个小时我再来换你，你千万别睡觉啊！

睡不醒　（话外）村长，我怎么睡呀，这么多蚊子。

村　长　有蚊子也好，省得我盯着了……（说着坐在沙包上，刚刚点着火，困得一下就睡着了。）

［将军带着战士手拿电筒匆匆上场。（从上场口）

将　军　是谁在那儿睡觉呢？

战　士　（军人急跑过去）这就是老村长。（欲叫，被制止）

将　军　不要叫醒他，老人家这么大年纪了不容易呀。

［战士举手要打村长脸上的蚊子，被将军抓住手，上前轻轻赶走蚊子，并将自己带有少将肩章的迷彩服披在老村长身上。

将　军　让他多休息一会儿吧。

［将军、战士走下，电视台女记者和摄像，手持话筒，提摄像机匆匆上。

摄　像　这可真怪了，听说前线有一百多位将军，怎么到采访时一个都找不着了。

女记者　就是呀，第一次执行任务，采访不到将军，回去怎么交代呀。（欲走，忽然村长的呼噜声大作，惊动了两位记者，二人同时回头，惊喜的……）

合　将军！

女记者　快！（手持话筒，开始播音）观众朋友们，当我们看到这位将军的时候，他已经累得在大堤上睡着了。（欲接着说，村长呼噜声起）听！将军的呼噜响起来了！［鼾声。

女记者　铿锵有力。

［鼾声。

女记者　惊天动地。

［一声变调的呼噜。

女记者　当然刚强之中也有丝丝柔情。［向摄像示意。

女记者　我们的将军多么朴实呀！还穿着露脚趾头的布鞋。（往上摇，动情地）他那没有时间修理的胡须，已经掩盖了他真实的年龄，看上去更像一位农村的老大爷。推，推胡子特写。推。

［把熟睡的村长惊醒，下意识地穿好衣服。

村　长　不好，有情况，哎呀，还扛着干啥，快往下扔啊！（抢过摄像机要扔）

摄　像　不能扔，那不是麻包，是摄像机。

女记者　（拦在村长面前）我们是电视台的。

村　长　啊？！你那机器上红灯一闪一闪的，我还以为是洪峰警报呢！

女记者　哎呀首长，我们是电视台的记者，想采访一下您。

村　长　采访我干啥，你们应当去采访战士。
摄　像　首长，您就给我们一点儿时间吧。
女记者　首长，只给一点点儿。
村　长　你别总首长首长的，哪能这么叫我呀，叫大爷。
合　哎！大爷！！
村　长　不习惯哪，那叫同志，老同志。
女记者　老同志，这么晚了，您还在这儿亲自坐镇哪！
村　长　还坐镇呢！我一坐就困。[两人大乐。
村　长　真的！刚坐一会儿这不就睡着了。
女记者　老同志，您跟着部队一定吃了不少苦吧！
村　长　我吃啥苦呀，部队那点好吃的，都让我吃了，不吃不行，战士们掰着嘴往里塞，他们塞得挺累，我吃得挺饱。[大家笑。
女记者　您说话真幽默。（示意摄像录）老同志，您贵姓。
村　长　我看谁呀！
女记者　（记者跑到摄像机的一边，笑）老同志，您贵姓。
村　长　姓管。名字就不说了，现在说不吉利。
合　不，您一定告诉我名字。
摄　像　我们要做字幕的。
村　长　想当年，打仗的时候为了突出英勇，起名管勇，当时谁听谁说好，可现在，谁听谁烦，看见没有，这满大堤的沙袋都是预备堵我的。
女记者　您说话太有意思了，您是哪年参加革命的？
村　长　四八年。
女记者　（向摄像）老资格呀！
摄　像　四八年才是少将，进步够慢的。
摄　像　（女记者欲制止，摄像阻）那您在这个位置上干了多少年了？
村　长　四五十年吧！
摄　像　一直没动。
村　长　没动，我都不想干啦，岁数太大了，不行啊！这不，今年又选上了！
合　选！？
摄　像　这将军还有选的吗？
女记者　哎！很可能是部队内部，干部制度有改革呗！咱不了解。（向村长）那您一定打过不少仗吧。
村　长　这可不是跟你吹，想当初，从四八年辽沈战役开始，我就推着小车一溜烟，一气推到长江边，到后来，他们打过去了，我就留这边儿。
女记者　想当年，百万雄师过大江，是为了解放全中国，今天，百万大军手挽手，也是为了保护国家和人民的利益，哎！老同志！您能不能从宏观上概括一下，这次胜利的决定因素。
村　长　宏观，啊！就是洪风到来之前那关……
（两人笑，摄像师从肩上拿下摄像机）
村　长　（看）那，……我还说吗？
女记者　说说（示意摄像拿起摄像机）。老同志，您还挺内行。
村　长　自打一发洪水，在大堤上见过这个。宏观！？
女记者　就是从大的方面。
村　长　我想主要原因有这么几点，一是咱们党领导得好！军队玩儿命干战斗力强，咱们中国人抱团，咱国家富了，好家伙，这出现一个管涌就得几十吨的沙石往里填，沙石不够就填粮食，大米、黄豆、多少钱呢！这要不是改革开放咱国家有点儿存货，早完了！
女记者　您说得太好了！那您是怎样指挥千军万马挡住洪峰的。
村　长　（笑）这丫头，多会说话呀！还千军万马哪！我家里的骡子都是战士救出来的。
摄　像　（拉女记者）听这话，不像是将军啊！将军家里还有骡子？
女记者　那很可能是将军的家乡也遭受了水灾，别打岔。
摄　像　你歇会儿吧，老同志，像您这个级别的干部，在前线算是最高领导了吧。
村　长　这我得批评你几句，还是搞电视的，哪能连电视都不看哪！好家伙，江主席和中央领导全都亲临前线，和他们一比，我算啥呀，也就是个基层干部吧。
摄　像　这话听着像将军。
女记者　就是将军。（欲询问被村长打断）
村　长　这次在前线，将军和群众没有两样，整个部队都玩儿了命，尤其是解放军战士，刚开始是一个人扛一两个麻包，到后来三个人拉不动一个，他们泡在水里一干就是两个月，他们烂腿，烂裆，烂肩膀，战士们扛完了麻包累得连筷子都拿不住，站在水里的战士，把饭盒漂在水面上，用手扒拉着往里吃，战士累到什么份上，上着厕所都能睡着了。（难过地低下头）

女记者　老同志，您别太难过。

村　长　谁家没有儿和女呀，哪个身体也不是铁打的，堵决口的时候，战士、干部一起跳，有位将军堵在决口处，我们大家往上拉他，说：将军，你不能跳啊！万一有个闪失，谁来指挥部队。他说：我站在这儿和战士站在一起，就是以实际行动指挥部队。

女记者　（激动地）太好了，拍下来了吗！（顺手拿下摄像脖子上的毛巾）

女记者　老同志，您坐。（扶村长坐在沙包上）老同志，我想统计一下，像您这样级别的领导，在咱们前线有多少？

村　长　那可老鼻子了。

女记者　有没有具体数字！

村　长　你算呗！全县200多个村，像我这样级别的干部，一个村一个。

女记者　（自言自语）噢！一个村一个。

摄　像　（正在喝水）

合　啊！？村长啊！

摄　像　（急得在村长前转）咋的了，烫着了。

女记者　没有。（苦笑）

摄　像　您是村长啊。

村　长　啊！

摄　像　我还以为是军长呢！

村　长　这小伙子，这军长的肩膀上有牌牌，我这……（摸自己肩膀，惊呆了……音乐起）

村　长　这军装？

女记者　不是您的？

摄　像　大爷，我全明白了，肯定是在您睡着的时候，一位将军给您披上的。（村长手摸肩牌，激动地……）将军的肩牌也被沙包磨烂了。过去，光知道将军的肩牌又威武又好看，今天才知道，你们肩上的担子重啊！你们用肩膀扛起了一道梁；你们用胸膛挡住了一条江。你们这是堵完了决口，又来巡堤了，你们太累了。［摄像拿起摄像机准备拍。

村　长　你老拍我干啥呀！还不去找将军去。

合　对。

村　长　哎呀这边，我刚从那边过来。

摄　像　大爷，我带头，我年轻，眼神好。

［两人下。

村　长　还眼神好呢！还吹啥呀！看见个披军装的就以为是将军。

［下。

——剧终

1998 年全军抗洪抢险表彰晚会与林永健、任春虹表演小品《巡堤》

附言： 1998 年，我们从九江决堤现场带着一身的泥土回到北京，接到紧急任务，“八一”要搞全军抗洪抢险庆功晚会。当时空军文工团创作了一个小品——《好大一棵树》，描写一个指导员在树上为战士做思想工作的故事，我很想演那位指导员，得到的回复是：英雄的形象要严肃，身为一位喜剧演员不大适合。我只有另起炉灶，心想如果拿不出像样的作品，就愧于九江之行。半夜凌晨难以入睡，突然在电视上看到灾区的报道，一位村长到大坝上巡堤，我找到了灵感，演不了指导员，演个村长总行吧。于是《巡堤》的构思形成了。汇报后，领导认为将军的衣服是严肃的，穿在村长身上不大合适。我希望领导允许我把作品创作出来。当这个作品立到舞台上的时候，全场一片掌声、笑声和泪水，台上台下都被打动了。我认为，这是我多年军旅生涯创作中难得的一个作品。该作品获得解放军文艺大奖，那年我被评为全军抗洪抢险先进个人。

·小品·

送　别

时　间　抗洪胜利的某天深夜。

地　点　某地通往市区的岔路口。

人　物　村长：六十岁（巡堤主人翁）；村民甲、村民乙、村民丙、村民丁、小女孩、众村民（30人）、指导员（好大一棵树主人翁）、一排长、二排长、副连长、小战士、大嫂、女青年、大娘、众战士（50人）。

［幕启，夜幕中一村民上场，学布谷鸟叫。

村甲　咕，咕，咕。

［村民乙也学布谷叫“咕咕——”从相反方向上场。

村甲　口令。

村乙　严防，回令。

村甲　死守，自己人。

村丙　（学蛐蛐叫，村民丁也学蛐蛐叫，从不同方向上场。

村丙　口令

村丁　万众，回令。

村丙　一心，一伙的。

［四人汇集到一起。

村甲　村长呢？

村乙　在那边。

村丙　赶紧叫他。

村丁　村长的暗号是什么？

村乙　蛤蟆。

［四人一起学蛤蟆叫，哇——村长大声地由蛤蟆叫变成鸭子叫，上场——

村长　哇，哇，哇。

合　你这成鸭子了。

村长　你别管是啥，暗号准确就行，各监视哨有什么迹象没有？

村甲　报。

村长　说！

村甲　抗洪部队住的各家各户，全都是缸满院净。

村乙　报。

村长　说！

村乙　部队向老百姓借的东西，已经全部归还。

村丙　报！

村长　说！

村丙　希望小学的桌椅板凳，解放军连夜都修好了。

村丁　根据以上迹象，我认为抗洪部队早饭过后肯定开拔。

村长　净瞎扯。还早饭过后，你没看那锅台都扒了吗，根据我在乡里得来的信息，部队在凌晨四点出发！

众　啊！

村长　回去准备，抓紧。

村甲　监视哨怎么办？

村长　撤！

［各自学着“布谷”“蛐蛐”“蛤蟆”“鸭子”从不同方向各自下场。

［连长和众干部上场。

一排　连长，这水一退怎么又是蛤蟆叫，又是鸭子叫哇。

连长　据观察，老百姓的监视哨已经撤了，一排长。

一排　到！

连长　给老百姓留的药品，送去了没有？

一排　不但把药品送去了，把防疫宣传画全部贴到了墙上。

连长　二排长。

二排　到！

连长　给孤寡老人李大娘的捐款送去了没有？

二排　报告连长，全连捐款一千三百六十五块，全部放到了大娘的枕头底下。

连长　副连长。

副　到！

连长　还有什么收尾工作没有完成？

副　一切准备完毕，部队随时可以出发。

连长　我宣布。我们原定凌晨四点出发，为了不惊动人民群众，我们提前三小时马上出发。

一排　这几天又是杀猪，又是宰羊，群众可能发现我们出发的迹象了。

排长　二点到四点是人们睡得最熟的时候，部队行动要轻，不要发出响声。没关系为了不打扰群众，原定凌晨四点钟出发，现在我们提前三小时出发。

二排　马上就走。

一排　是！

［众战士做打背包状——

连长　集合！（众战士上场列队）立正、向后转，我们向在这次抗洪中英勇牺牲、长眠在这块土地上的战友敬礼。

［众敬礼。

连长　向和我们一起锁住这一江洪水的大坝敬礼。

［众敬礼。

连长　向热爱支持我们的人民群众敬礼。

［众敬礼。

连长　乡亲们，我们走了，祝你们早日重建家园，永远幸福。向右转，出发！

［随着连长口令的发出，舞台灯光突然亮起，二幕急促上升，若干面大鼓和打击乐音乐浑然一体，狮子舞、龙舞和欢送的群众交织在舞台上，各种大小横幅各处打出“欢送子弟兵”“难忘军民情”“真的好想你”“万众一心，众志成城”“我爱兵哥哥”。一条长长的红绸纵贯舞台，挡住了部队出发的道路，各界群众的情绪沸腾了——老村长挥了挥手，鼓乐停了下来——

村长　（激昂的）是谁帮我们挡住了洪水？

众　解放军！

村长　是谁帮我们保住了家园？

众　解放军！

村长　（转向部队一方）孩子，你们不对呀。

连长　大爷！

村长　大伙都看到了，洪水最凶的时候解放军来了，洪水退下去了；解放军就要走了，就这么就走了。

连长　我们刚刚接到命令，部队马上出发。

村长　你们在水里泥里滚了几十天，临走了连个招呼也不打？

连长　我们是怕打扰乡亲们。

村长　几十天你们没吃上一顿热乎饭，听说你们要走，乡亲们忙活了好几天。这点心意你们不收下，谁也别想走出去。［众人一拥而上，将篮子里、筐子里的各种食品塞给众战士，战士们在推脱着——

村甲　小王，这是我拿手绝活手抻面，一根足有两米长，我们这讲究迎客饺子送客面，这叫常来常往。吃一口—— ［战士推托——

村乙　张班长，我这是独特风味，大饼卷驴肉，尝一尝——

村民　昨天他把他们家驴给杀了。

［战士推脱——

女村民　（送上一筐梨）司务长，洪水挡住了，果园保住了，还是个丰收年。你看这梨多大个，把这筐都带上，这叫永不分离。

［战士推托——

［一位老大娘和一位老大爷，手捧一碗鸡汤走到连长面前，向连长送去——

连长　大娘，谢谢你，我不喝。

［大娘还是往前送。

连长　大娘我真的不喝。

［大娘还是往前送。

连长　大娘，我们有纪律。

村长　连长，这碗鸡汤，她凉了又热，热了又凉，她等了你们大半宿。老两口都是聋哑人，你不喝下去，她心里能好受吗？

连长　（震惊地，接过鸡汤）好，我喝。我代表全连喝下去（将鸡汤喝下）。

［小女孩扑向连长——

孩　叔叔。

连长　小朋友。

孩　叔叔，洪水退了。我找到了那棵大树，昨天我们全班同学去给大树培土了。

连长 好，好。

孩 叔叔，我带来了我们全班同学的心愿。你看——（展开一个小横幅，上写“长大我也去当兵”）

连长 什么？

［连长一下把孩子抱在怀里。

连长 好孩子，好孩子。

［一战士在寻找——突然发现一大嫂。

战士 大嫂！

嫂 小李，被马蜂蜇的地方好了吗？

战士 大嫂多亏了你，我一辈子也忘不了你。

嫂 别这么说。

战士 大嫂，你就是长江边儿上的红嫂，敬礼。

村长 （手托一件迷彩将军服，动情地）给我披上这件衣服的那位将军。我始终没有找到他。

男记 我们也一直在找。

村长 他肩章上那颗被麻包磨破的金星，我老伴用金线一针一针地给绣好了，请你把它带给那位没见过面的将军。

连长 （接过将军服）乡亲们，洪水退了，我们要走了。可人民群众的深情厚谊我们永远记在心里——

女记 连长同志，能谈谈此时此刻的心情吗？

连长 （看了看欢送的场面，心情激动，声音哽咽地）我，受不了。

村长 乡亲们，万众一心，抗洪胜利，张灯结彩，红毯铺地，鼓乐齐鸣，欢送子弟兵凯旋而归，重上征程。

［鼓乐大作，龙舞、狮子舞，舞起。部队走下舞台，在剧场过道通过，群众呈夹道欢送状。

——剧终

1998年全军抗洪抢险表彰晚会与魏积安、郭达、李文启等表演小品《送别》

·小品·

打　气　儿

（1999年中央电视台春节联欢晚会）

时　间　某日上午。

地　点　街头。

人　物　修车人：男，五十岁，乐观热情的下岗者；骑车人，男，三十岁，心气儿不顺心的街道干部。

［修车人兴冲冲上，手拿气管子和修车工具袋。

修　我买好了工具选好了地儿，摆个摊修车打气儿。办事处三天还没批下这个字儿，憋得我浑身都是劲儿。（发现自行车）正好这有辆自行车，给它整两下，我痛快一会儿是一会儿。别说这车子还真亏气儿，这丫头拿车子真不当回事儿，我就算开张了，打一个车两毛，一分、二分、三分、四分、五分……

［骑车人上场。

骑　（大喊）干什么呢？！

修　（吓趴在地）你喊啥呀？

骑　你干什么？！

修　我摔跟头玩呢我干什么，没见我打气吗？

骑　是你的车吗？你打气儿。

修　不是我的车，是你的车呀？你是女的呀，管闲事呀，一分、二分、三分、四分、五分……

［骑车人拿出钥匙，叭的一声打开车锁。

修　（尴尬赔笑地）真没想到，这么大老爷们儿骑坤车呀，够秀气的。

骑　我愿意！讨厌！

修　哎呀妈呀，还讨厌，你别说这性格跟这车子还挺配套。

修　对不起，我刚才打这儿路过，正好看你这车亏气儿。

骑　噢，你这是做好事呢。

修　对，对，对，做好事。

骑　那你是雷锋啊。

修　我哪是雷锋呢。

骑　不是雷锋，就是疯子。

修　你怎么这么说话？！

骑　你凭什么鼓捣我的车？！看你刚才那个样子。一看就不像正经人，（学修车人）还一分、两分、三分、四分、五分，你神经病呀？你脑子有毛病啊。

修　我……我那不是高兴嘛。

骑　高兴就拿人家车撒欢呀，你要是不高兴是不是就拿人家车撒气呀？

修　我是修车的，能干那缺德事儿吗。

骑　噢，修车的呀？

修　是呀。

骑　那就对了，你在给自己找生意呀？

修　你啥意思？

骑　你偷偷拔了我的气门芯儿，我到你那里修车，你再安个气门芯儿，你拿着我的气门芯儿，给我安上气门芯儿，一个气门芯你挣两份钱。

修　哎呀，你气死我了。（气得转来转去）。

骑　你看，你看，这才像神经病呢。（欲走）

修　站住！（指自行车），你给我看清楚，我要拔了你的气门芯儿，这车胎能那么鼓吗？

骑　气门芯儿可能没拔，但是你可以在上面扎个小眼，让它慢撒气。

［修车人生气地把车锁上。

骑　你要干什么？

修　干什么，（拔下气门芯儿）这里啥玩意儿知道不，气门芯儿，完整无损的气门芯儿。哎呀，这上边咋真有个小眼呢。（尴尬愣住）

骑 哈，哈，哈，这回看你还怎么说？

修 这不是我干的。

骑 少废话，给我换个新的。

修 我，我这不没事找事吗（换气门芯）。

骑 “扑哧”——我总算出口气，好舒服哇。

修 消气了？

骑 消气了。

修 这车子也没气了，拜拜（欲走）。

骑 回来。

修 干啥？

骑 打气！

修 我凭什么给你打气？！

骑 你凭什么拔掉我的气门芯？

修 是你逼我拔掉气门芯！

骑 车子没气我怎么骑呀。

修 你没法骑它，它可以骑你呀。

骑 我扛着呀。

修 谁骑谁不是骑呀，你欺负它那么长时间，它欺负你一会儿还不行啊。

骑 好，好，好，打一次气多少钱？

修 一分、二分、三分、四分、五分。

骑 我打气儿！

修 一分钱一分气儿。

骑 你打气，我给你钱。

修 给钱我也不打。

骑 那你借我气管子。

修 我不借。

骑 那我怎么打呀。

修 你爱咋打咋打，用嘴吹，吹炸了我也不管。

骑 我告诉你，别耽误了我的正经事儿。

修 别逗了，还正经事，一看就不像正经人。

骑 就算你做点好事还不行吗？

修 我凭什么做好事？我雷锋啊，我疯子啊；我神经病啊，我脑子有毛病啊？

骑 哎哟，你气死我啦。（气得乱转）

修 大伙看看，谁像神经病。哆嗦这两下，比我刚才还厉害。

骑 （气呼呼地）好！你不打气，我也能骑！

［骑车人骑上车走。

修 站住！（骑车人吓得掉下来，被车压住）

修 真应了我的话，真把你骑上了。

骑 你管不着。

修 这么骑不就把车子糟践了吗？下来！

骑 干什么？

修 打气儿！

［骑车人顺从地让修车人打气。

修 （边打气）我跟你说吧，小伙子，我本来高高兴兴的，让你惹了一肚子气。

骑 我本来一肚子气，现在——多少好一点了。

修 年轻轻的，你哪来那么大气？

骑 你要在原单位干得好好的，突然把你调离，你来不来气？

修 那要看你往哪儿调了，（诙谐逗趣地）你要从街道办调到国务院，那你多灿烂。

骑 我灿烂，我惨了！正好相反。我大学毕业后分到省文联，可是不久就从省文联调到市妇联。

修 好哇。妇女工作很高尚，你不愁找个好对象。方便。

骑 市妇联干了没两年，又调到区里幼儿园。

修 好哇，不管大人管小孩儿，没事跟他们逗着玩嘛。省心。

骑 幼儿园待了一年半，又把我调到街道办，别人都是人往高处走，偏偏我是水往低处流。

修 水往低处流就对了，水要老往高处走，长江大堤就决口了。

骑 我怎么那么苦啊。

修 常言说得好，苦不苦——

骑 （不耐烦地）知道，知道，苦不苦想想长征两万五。

修 你那是老词，苦不苦，想想人家萨达姆。顺不顺，看看人家克林顿，都不容易，谁还没点坎坷呀。

骑 我哪能跟他们比？

修 你不也是个官吗？

骑 那倒是。

修 当干部的，首先要有正气，对咱老百姓要和气，如果你往上升，不能傲气；如果你往下降，你别丧气。

骑 你是站着说话不腰疼！

修 你是身在福中不知福！谁能一帆风顺？！一辈子总得遇上点事儿呀。就拿我来说吧。大小也是个干部。

骑 没看出来。

修　我十八岁进了自行车厂。三年当上小组长。后来在车间当主任。眼瞅要提副厂长。上级找我一谈话。说单位减员要并厂，当时我就表了态，咱工人要替国家想，我不下岗谁下岗！

［“咣”的一声车胎打爆。二人惊坐在地。静场——

修　（起身惊慌地）我给你补胎……（翻过自行车）

骑　（制止地）老同志，你下岗了……

修　下岗了。可是我又上岗了。

骑　修自行车？

修　我摆弄了它半辈子，对它有感情。

骑　大哥，对不起，其实我今天是出门修车的，我的车一直慢撒气。没想到碰上你，拿你出气……

修　（解嘲一笑）我也没给你好气，这不，彻底给你撒了气了。

骑　其实，人跟这车胎似的，气太足了就撒撒气儿；气要少了就打打气儿，这样才有好心气儿。

修　对，（拨拉一下车轱辘）这车轱辘往前转，咱要朝前看，别看我这车摊还没开业，不出三年我把它干成一个大修车行！

骑　你怎么还不开业？

修　没有，办事处没给签字儿。

骑　你找我呀，这事归我管，我一句话的事儿。

修　太谢谢你了，说实话我这两天也有点儿不顺气儿。往街道办事处跑了几趟，办开业证那小子就是不照面，心里有啥气儿，不能跟工作较劲儿。你得好好批评他，哪能身在福中不知……（修车人突然发觉说走嘴）哎呀妈呀。（扛起自行车就跑）

骑　你干什么？

修　我给你换个新胎去！

骑　大哥，气管子。（拿气管子追下）

——剧终

（与张振彬、尚敬共同创作）

1999年中央电视台春节联欢晚会与句号表演小品《打气儿》

附言： 1999年春晚创作小品《打气儿》，当时克林顿丑闻、萨达姆危机，小品中写了这样两句台词，“苦不苦想想萨达姆，顺不顺看看克林顿”，现场效果非常好。直播前三天接到晚会导演组通知：克林顿可以说，萨达姆不能提。小品的台词讲对丈，删掉一句就失色不少。导演说这是外交部的意见，要想捡回只有外交部同意才行。于是我去了外交部找到了一位熟悉的老部长，他说他不分管中东，于是又请来了另一位部长。我向两位部长介绍情况，他们认为并无大碍，我说不然就在“苦不苦，顺不顺”后面再加一句台词“都能过去”。他们认为折中一下比较合适，台词就这样保住了。春节后，我们随侨办到美国慰问演出，没想到大使馆外交人员对这两句台词印象深刻，脱口而出。创作就是这样，有时就为了一句台词，也要付出很大努力。

· **歌舞小品** ·

找 卓 玛

时　间　一九九九年七月十四日。

地　点　布达拉宫广场，中央电视台“心连心”艺术团的演出现场。

人　物　黄牛——黄宏饰，邢台农民，五十多岁，以下简称黄。

顿珠——扎西顿珠饰，西藏接待办工作人员，三十多岁，以下简称珠。

卓玛A（宗庸卓玛），卓玛B（泽娜卓玛），卓玛C（格桑卓玛），卓玛D（益西卓玛），卓玛E（次仁卓玛），卓玛F（××卓玛）。

［顿珠上。

珠　父老乡亲们，报告大家一个好消息，河北省邢台市的父老乡亲们听说我们西藏部分地区，去年遭受严重雪灾的消息后，自动捐款，为我们送来了60台拖拉机，大家用热烈的掌声欢迎他们！

（锣鼓齐鸣，藏族同胞载歌载舞，欢迎邢台进藏车队……

（黄开一辆手扶拖拉机上，拖拉机前面绑着一朵大红花，黄身前背后背着两个氧气袋……

黄　西藏的父老乡亲们，来到西藏心情爽，碧蓝的天空多晴朗，登上高原放眼望。你们好啊！

（众观众答：“好！”

黄　我祝大家扎西打播……对啦，不是打播，是扎西德勒！对不起，刚学的，语言不太熟。从邢台到拉萨，就像回到自个儿的家。铁牛送到布达拉，藏汉人民是一家！来到西藏心高兴，笑我的头发晕来眼发花，我的心里乐开花。哈哈哈……我得吸点氧。（吸氧）

［顿珠上。

珠　哎呀，可把你们盼来啦，你好，你好！欢迎你，来自邢台的朋友。我代表240万藏族同胞对你们的到来表示热烈的欢迎和衷心的感谢！

黄　客气啥呀，咱们都是一家人！想当年老天父兴奋了，土地爷来劲了，我们邢台地区咔嚓一声，就地震了。正当我们关键上火的时候，是亲爱的藏族同胞伸出了援助之手，给我们送来了革命的种子——240匹来自雪域高原最好的良种马。你不知道，地震以后，我们邢台的马都震没啦！是你们送来的骏马，帮助我们恢复了生产、重建了家园。现在我们邢台所有能下地干活的马，一查祖宗三代，都是打西藏过来的。为了防止近亲结婚，我们这批马进行了电脑管理，填履历表的时候，我们写得都是：藏族种马，身强体壮，现居邢台，老家西藏。不瞒您说，我们邢台的马，现在90%都是藏马的后代，一打喷嚏都是酥油味儿。我给你学学。（学马打喷嚏）

珠　嗨！这酥油有点儿变味儿啦！

黄　不管怎么说，滴水之恩，当涌泉相报。前不久听说你们西藏发生了雪灾，我们邢台人民心里特别着急。当年我们有困难，你们给我们送马，现在你们有困难，我们应当给你们送牛。本想送黄牛，又怕平原地区的牛到这不适应，干脆，送铁牛吧！铁牛这玩意儿特别是不用吃草，加油就跑。到了拉萨，照样有劲儿，就是开铁牛的有点上不来气儿……我还得吸点氧。（吸氧）

珠　感谢汉族同胞的深情厚谊。请你问尊姓大名？

黄　我姓黄，我叫黄牛，家住邢台市东南瓜镇西葫芦村儿，是村里运输队的队长。

珠　噢，您是牛队长……不……黄队长。

黄　别老提我这官衔儿，叫长了容易脱离群众，你就直接叫我黄牛吧。

珠　好。黄牛同志，您这是第几次到西藏来呀？

黄　开天辟地头一回。

珠　那您有什么感受啊？

黄　我的感受就是……头重脚轻。刚听说到这儿来特有劲儿，现在感觉喘不上来气儿，平常我说话能成句儿，如今我说话，半天才能往外崩一个字儿。

珠　没错，刚来的朋友都有这种感受，咱们这里海拔高，空气稀薄。

黄　虽然我身体有点不舒服，可心情非常好，我现在的感觉可以用四个字来形容。

珠　哪四个字？

黄　气短情长。

珠　气短情长？

黄　对。我看到了唐古拉山，布达拉宫，我看到了雪山，青草，喇嘛庙，看见了美丽的雪莲花，喝到了飘香的酥油茶。热情好客的藏族同胞载歌载舞欢迎我，说实话，在邢台我都没受过这么高的待遇啊！这西藏可太好啦，打今天起，我黄牛决定不走啦，扎根西藏！西藏的朋友们，你们欢迎不欢迎啊？

［众观众答：“欢迎！”

珠　太好啦，黄牛同志，欢迎你把家建在西藏，我一定帮你找一个美丽的藏族姑娘，你说好不好？

黄　好是好，可我有点顾虑。

珠　什么顾虑？

黄　我怕我媳妇儿不同意。

珠　哎呀，婚姻大事应该自己做……噢，你已经结婚啦？！

黄　结婚归结婚，为了民族团结，这藏族姑娘该找还得找。

珠　啊？！

黄　您别误会，我没别的意思，情况是这样：当年藏族同胞给我们邢台送马的时候，我家也领了一匹马，这马背上还刻着两个字叫：“卓玛”，我开始以为西藏人管马都叫卓玛呢，后来一打听才知道，这卓玛是个人名，是给我家送马的那位藏族大爷的女儿。这匹马是人家卓玛姑娘的坐骑。把自己骑的马都给我们送来啦，这是多么深的情分啊！所以我这次来，最大的心愿就是想找到这位卓玛姑娘，向这位恩人当面表达一下我这个汉族大叔的感激之情。

珠　噢，我明白了，你是想找卓玛姑娘啊？

黄　对！

珠　那你算找对人了，行了，这事儿你就交给我吧。

黄　你认识卓玛？

珠　认识。

黄　说了半天，你是干什么的？

珠　我就是这次专门负责接待邢台进藏车队的。我叫扎西顿珠。

黄　我要找“马”，不找“猪”。

珠　什么叫找猪啊？！我的名字叫顿珠。

黄　炖猪不爱熟，这地方缺氧。再说了，我不爱吃炖的，我爱吃红烧的。

珠　他跑这儿会餐来啦！

黄　你赶快帮我找卓玛吧。

珠　请问你要找的这位卓玛姑娘有什么特征？

黄　有，她最大的特征是女的。

珠　废话！男的没有叫卓玛的。

黄　我虽然没有见过这位卓玛姑娘，但我听我爸爸说，我爸听卓玛她爸爸说，这卓玛姑娘长得非常漂亮。

珠　我们藏族姑娘都非常漂亮。

黄　能歌善舞。

珠　我们藏族姑娘个个能歌善舞。

黄　最大的特点就是爱喝酒。

珠　爱喝酒？

黄　手里端着个银酒壶，见面就请你喝酒。

珠　我们藏族人好客。

黄　我估计见着手里拿酒壶的准是卓玛姑娘。

珠　走！我领你到那边转转，那边好像有个姑娘手里拿着个酒壶。

黄　快，咱到那边看看。上车。

［黄开着拖拉机绕场，扎西顿珠站在车上……

［走到一处，拖拉机停下。

珠　这有叫卓玛的姑娘吗？

［宗庸卓玛从观众席中站起，答腔："有！"

宗　黄牛大叔，你好！

黄　你好！

宗　扎西德勒！

黄　德勒德勒。（发得啦得啦音）

宗　祝您吉祥如意！（为黄献哈达）

黄　还是西藏好，见面就发围脖。

珠　这不是围脖，这叫哈达。

黄　谢谢，谢谢。（问珠）哎，藏语谢谢怎么说？

珠　托节弃。

黄　噢，托进去。托进去，托进去！

珠　什么叫托进去呀！托节弃！

黄　反正就是这意思吧。姑娘，你叫什么名字？

宗　我叫卓玛。

黄　你叫卓玛？

宗　对。

黄　你叫什么卓玛？

宗　我叫宗庸卓玛。感谢黄牛大叔，为我们送来了铁牛，我要唱一首我们藏族的《酒歌》表达我的感激之情。

黄　你也会唱歌？

珠　我们藏族姑娘都会唱歌。

宗　（唱）"雪山升起红太阳，卓玛姑娘把歌儿唱，把歌儿唱，把歌儿唱，献上一杯青稞美酒哟，感谢您，藏汉人民情谊长，情谊长……"（敬酒）下大！下大！

黄　下大？

珠　就是干杯。

黄　这藏语挺有意思，干杯叫下大。也对，你都干了，可不就下大了吗？！好，我下大！（端起杯一饮而尽）

珠　这是不是你要找的那个卓玛？

黄　不太像！我要找那个卓玛没她这么高。

珠　那咱到那边再转转。

宗　大叔，那我呢？

黄　上车，咱一块找！

［黄开着拖拉机绕场，珠和宗庸卓玛站在车上……

［车开到另一处，停下。

珠　这有叫卓玛的姑娘吗？

［泽娜卓玛与格桑卓玛在观众席中答腔："有！"

黄　嚯！一找找了俩！

合　黄牛大叔，你好！

黄　你好！你好！

合　扎西德勒！

黄　德勒德勒。

合　祝您吉祥如意！（向黄献哈达）

黄　我又弄俩围脖！拖进去，拖进去！

珠　不是拖进去，是拖节弃。

黄　拖节弃，拖节弃。姑娘，你叫什么名字？

泽　我叫泽娜卓玛。

格　我叫格桑卓玛。

黄　噢，你俩都叫卓玛？

合　感谢黄牛大叔，给我们送来的铁牛。我们要唱一首藏族的《酒歌》来表达我们的感激之情。

黄　好！

合　（唱）“雪山升起红太阳，卓玛姑娘把歌儿唱，把歌儿唱，把歌儿唱，献上一杯青稞美酒哟，感谢你，藏汉人民情谊长，哎，情谊长！”（献酒）下大！下大！

黄　好！我下大！（端起杯一饮而尽）

珠　这俩是不是你要找的那个卓玛？

黄　不太像！我要找的那个卓玛比她俩胖。

珠　那咱到那边再转转。

合　大叔，那我们呢？

黄　上车，咱一块找！

［黄开着拖拉机绕场，珠与宗庸卓玛、泽娜卓玛、格桑卓玛站在车上……

［车开到另一处，停下。

珠　这有叫卓玛的姑娘吗？

［益西卓玛、次仁卓玛、×× 卓玛在观众席中答腔：“有！”

黄　好嘛！越找越多！

合　黄牛大叔，您好！

黄　你好！你好！

合　扎西德勒！

黄　德勒德勒！

合　祝您吉祥如意！（向黄献哈达）

黄　好嘛！我成自由市场批发哈达的啦！拖进去，拖进去。

珠　还是拖进去！（纠正黄）是“拖节弃！”

黄　姑娘，你叫什么名啊？

益　我叫益西卓玛。

次　我叫次仁卓玛。

×　我叫 ×× 卓玛。

合　感谢黄牛大叔给我们送来的铁牛，我们唱一首藏族的《酒歌》表达我们的感激之情。

黄　好！

合　（唱）“雪山升起红太阳，卓玛姑娘把歌儿唱，把歌儿唱，把歌儿唱，献上一杯青稞美酒哟，感谢你，藏汉人民情谊长，哎，情谊长！”（献酒）下大！

黄　好！我把它都下大啦！

合　大叔，您再喝一点。

黄　我不行啦，我已经大啦！我现在看眼前的卓玛不是三个。

合　那是几个？

黄　六个。

珠　那是看重影啦！黄牛大叔，你看这几个卓玛哪个是你要找的？

黄　这几个卓玛都是我要找的卓玛，又都不是我要找的卓玛。

珠　是你要找的卓玛怎么回事？

黄　一代一代的藏族同胞对我们汉族同胞的感情像雅鲁藏布江的流水一样，源远流长。这几个卓玛都是好姑娘。

珠　那不是你要找的卓玛怎么回事？

黄　岁数不对。

合　岁数不对？

黄　对呀，你想啊，三十多年前，人家卓玛姑娘给我们邢台送马的时候，都十七八岁啦，现在最起码也得跟我这岁数差不多。这几个姑娘都不是我要找的那个老卓玛。

宗　噢，你要找老卓玛呀？

黄　对。

宗　那我阿妈就叫卓玛。

合　（七嘴八舌）我阿妈也叫卓玛。

黄　是吗？那赶快上车，我挨家挨户地转一转，开着铁牛看一看。

合　干吗呀？

黄　接茬找卓玛！

珠　好！黄牛大叔，你快开车呀！

黄　我开不了啦！再说能开我也不开。

合　为什么呀？

黄　再开我这就属于酒后驾驶了。我说珠同志啊……不，顿珠同志，这车你来开！

珠　好！我开就我开。

合　大叔，请上车吧！（扶黄上拖拉机）

珠 大家坐好啦，咱们找卓玛去！

［顿珠开车绕场……

［黄与众卓玛站在车上向观众挥舞哈达致意……

［黄与众卓玛站在车上高唱《酒歌》……

合 （唱）“雪山升起红太阳，卓玛姑娘把歌儿唱，把歌儿唱，把歌儿唱，献上一杯青稞美酒哟，感谢你，藏汉人民情谊长，哎，情谊长！……”

［众人在车上挥舞哈达，招手，拖拉机开出场外……

——剧终

（与全维润共同创作）

1999 年中央电视台“心连心艺术团”在拉萨慰问演出，与故事原型卓玛

附言：1999 年为迎接西藏自治区成立 35 周年，我随中央电视台“心连心艺术团”去拉萨慰问演出，我带去了小品《找卓玛》。作品是根据真实故事创作的，1966 年邢台地震时 18 岁的藏族姑娘卓玛代表西藏自治区送去 20 匹藏马作为援助。30 年后西藏发生地震时，邢台政府为了感恩，送来了 200 台拖拉机。我在演出现场见到了故事原型卓玛姑娘，如今她已年过半百，看完演出非常激动。第二天早晨我们返程时，没想到卓玛从家中匆匆赶来特意为我们送来一包奶豆腐，她仍然是那样善良朴实。

·小 品·

小站故事

（2000 年中央电视台春节联欢晚会）

时间 一九九九年秋天某夜。

地点 一个小火车站候车室。

人物 广播员女，二十多岁（简称“广”）。

打工者男，三十多岁（简称“工”）。

台胞男，五十多岁（简称“台”）。

［幕启，舞台上一条长椅，女广播员身穿铁路制服，头戴檐帽，手提便携喇叭上场——

广 观众朋友们，我们这是一个小火车站，它小得不能再小，许多快车都不在这里停留。但是，车速再快也带不走那动人的故事，这个故事发生在去年秋天，那天晚上是我值班——（列车呼啸而过的声音）旅客同志们请注意，旅客同志们请注意，开往省城去的 1999 次列车晚点运行，请旅客们在候车室候车。（广播员下）［打工者兴冲冲扛着行李上。

工 打工修路时间长，经常做梦想俺娘，工钱挣了三千块，回到家，给俺娘添点衣服修修房。（从怀里掏出钱来数钱）一五、一十、十五、二十、二十五、二十六、二十七、二十八、二十九、三十、三千，一张没少。挣点钱不容易。别让猫叼去，（将钱放在行李卷内）我有个毛病太可怕，一睡着了说梦话，只要别人一搭腔，人家问啥我说啥，我贴个封条挡上点（拽出一张报纸盖在脸上，躺在长椅上，睡着）。［台胞拉着皮箱上场。

台 投资修路离开家，从台湾来到大山洼，听说台中闹地震，心中牵挂我妈妈。（嘟囔着）一点消息都没有，这三更半夜的，哪里有卖报纸的呀，谁有报纸呀？

工 （呼噜声）

台 （发现打工者脸上盖的报纸）报纸。（凑了过去，念报）台湾地震消息详见第四版……老乡。

工 （梦语）什么事？

台 借报纸看看。

工 （梦语）别客……

台 谢谢（拿起报纸）。

工 （猛然惊醒，一把抱住行李卷）你干什么？

台 没事，看看报。

工 看报，你掀我被窝干什么？（把报纸抢过）

台 这哪是被窝，不就是张报纸吗？

工 拿在手里是报纸，盖在我身上就是被窝。

台 刚才你不是同意了吗？

工 刚才那是梦话，醒了就不算数了。

台 对不起，对不起，打扰你休息了。

工 （挟起行李卷，离开长椅，叨咕着）刚在梦里见着娘，就看见一个贼上房。

台 （不满地看了打工者一眼）

工 修路民工无所谓，铺上报纸就能睡。（往地上铺报，从行李里拿出钱往裤腰带里塞，嘟囔着）转移个地方，放在哪里都显眼，裤腰带里最保险，到家之前我就不上厕所了（倒身睡下，呼噜声响）。

台 睡了，（快步走到打工者面前，用手轻轻搬动打工者的身子看报）阅兵村有个战士一个月踢坏六双皮鞋，不少；女足姑娘个个都是铜头铁腿，厉害；两弹一星，发射成功。台湾……（胆怯地）老弟，我就想看这条消息，正好被你压住了，翻翻身行不行。

工 （呼噜声）

台 对不起你醒醒，（呼噜声）老弟醒醒，醒醒（打工者呼噜声越来越大）他怎么睡得那么死呀。（台搬动打工者身子，念）台湾……

工 抬不动。

台 台湾……

工 抬不动。

台 台，台……我怎么光抬他不弯呢？

工 （梦语）大丈夫宁折不弯。

台 嘿！我就不信我整不起来你（吹口哨，打工者站起身就走，报纸贴在他的背后，台胞跟着他走）

工 （梦语）厕所在哪儿？

台 （台胞在他身后看报）前边。

工 还有多远？

台 快到了。

工 （迷迷糊糊走向观众席女广播员身边，被台阶绊醒）哎，我怎么跑这儿来了。

广 夜深人静了，请看好您自己的物品。

工 （急忙跑回自己刚才放行李处，台胞闭眼装睡）这是怎么回事儿？（不解地自语）刚才我在这铺报，然后躺下睡觉，接着有人抬腿，然后有人吹哨……（打工者冲着观众大声地）刚才是谁吹哨？是谁吹哨？是谁吹哨？！

台 别喊，别喊，是我吹的。

工 我做梦正找厕所呢，你吹口哨，你损不损哪。你总跟着我干什么？

台 我想看报！（从打工者背后取下报纸）

工 你看报？我看你不像正经人。

台 是是，我老婆也这么说我。

工 你严肃点，别跟我嬉皮笑脸的。你是干什么的？

台 我是个台胞。

工 什么，呆包？

台 台胞，这边人叫我台湾人，那边人叫我大陆人，还有人叫我台把子，官称台湾同胞，简称台胞！

工 你怎么那么多名，真能吹，你还台胞？我看你那个样像个胎儿，一攥拳一闭眼往福尔马林瓶子里一泡，整个一个胎儿标本。

台 怎么这么说话？（辩解地掏）（护照）这是我的台胞证。

工 现在，什么东西都有假冒，什么证件都能伪造，贴着名牌其实土造。说是桑拿进去胡泡。骗子行医为卖假药。名为练功其实邪教。

台 对对对，没多少文化，还揣着张破报。

工 谁没文化，不是跟你吹，我过目不忘，看完报纸都在我肚子里呢。（台跑躲打工者，打工者追着台胞念报）第一版，神舟飞船上太空，干啥去呀？要看十一大阅兵。第二版，WTO要OK，澳门同胞要归队。第三版……第四版……

台 你累不累。

工 不累。

台 那你睡吧。

工 不睡。

台 你不睡我睡。

工 你不能睡觉，你必须听我念报。

台 你不要跟我胡闹！

工 谁跟谁胡闹哇？人家这儿睡觉，你就搬着大腿看报哇，人家这儿睡觉，你就在旁边吹哨哇。我告诉你，我为了加班修这条路，我三天没合眼了你知不知道，你要的这篇文章——（将报纸撕成两半，往地上一拍）我给你。

台 我不要！

工 你爱要不要，我告诉你，你要再影响我睡觉，可别怪我脾气太暴。（用手中另一半报纸包钱，揣入怀内下）

台 我！

工 你怎么的？

台 我走！

工 扭脸就回来。（回到长椅上躺下）

台 我还扭脸就回来，你是不了解我的脾气，我不是跟你吹，我老婆把我赶出门，不让我回家，我说不回家就不回家，我还扭脸就回来。还扭脸……（路过地下的报纸，无意扫视一眼，被吸引，念报）继9月21日台中地震后，宝岛同胞积极抗灾，共渡难关。昨天又发生强烈余震，大量房屋倒塌，受灾最严重的地方是……哎呀俺的娘啊，关键的地方他给撕掉了，（急切地）受灾最严重的地方到底是哪啊？到底在哪啊？！

工 （梦语）草屯。

台 草屯就是俺家呀！（走向前去）老弟呀，你醒醒，我看看草屯的消息。

工　（呼噜声）

台　老弟呀，请醒醒。

工　（呼噜声）

台　老弟呀，醒醒！

工　（呼噜声）

工
台　醒醒！他睡觉怎么这么死呀？（吹口哨）

工　娘，水开了灌壶。

台　哎呀，我都急得要上厕所了，他还是不醒，（自语壮着胆）管他哪，反正他睡觉死，掏出来看后我再给他放回去。老弟呀，对不起，我下手了。

［台胞刚把手伸进打工者的怀里，打工者一把把他抓住——

工　我抓你个现行！

台　你怎么醒了？

工　我压根就没睡！走。上派出所。

台　我什么都没干。

工　你掏我的钱包。

台　我是掏报纸。

工　报纸包上钱就是钱包。

台　（挥舞着手中的报纸）我不就是为了看看这张报纸吗。

工　（抢过台胞手中的报纸撕碎）我让你看！看！看！（撕碎报纸扔在地上）［台胞看着地上的碎报纸，伤心地哭泣起来——女广播员上。

广　旅客同志们，开往省城的1999次列车马上进站，请大家准备上车。（下场）

工　你，你哭什么？

台　我真是台湾人。我回到家乡来就是为修这条路的。

工　胡说，这条路是我修的！

台　是我投资的。

工　你就是老板啊？

台　俺要不是急着回家看娘，你怎么能回家看娘呢？俺80岁老娘到现在还没有消息呀！要是你，你急不急呀。

工　（突然醒悟）哎呀俺的娘哎。对不起我不知道，（他急忙捡地上的碎报纸住一块拼凑）还缺一块，还缺一块，（从椅子下捡出一块报纸）就缺台湾这块了。

［火车一声鸣笛——

台　老弟，我该走了。

工　（迅速捡起地上的报纸）路上看，你放心，一方有难八方支援。大陆很多报纸都做了报道，（慌忙地从包里、兜里掏出报纸）这有，这有，这还有。（下意识地把怀中包钱的报纸包也掏出来，塞到台胞的怀里）都带着。

台　谢谢！（台胞捧着报纸下）

工　（望着台胞的背影）儿子走到哪都惦记着娘啊。（下意识摸钱，突然发现自己把怀中的钱也给了台胞）我的娘哎！哎——老板！

台　什么事？老弟。

工　那个钱，钱……

台　钱？

工　前边火车进站了。

台　知道了，知道了。（返身走）

工　老板！

台　什么事？

二　那个报纸包——

台　包？

工　保管好哇。

台　放心，放心！（返身去）

工　老板啊！

台　啊？

工　给台湾人民带好啊，给老娘带好啊。

台　谢谢了，老弟！（返身下）

工　（难受地）他给老娘带好，我给老娘带什么呀？［打工者拿起行李卷欲走，台胞手里捧着三千元钱跑上。

台　老弟，钱！［音乐起，打工者回过头来——

工　大哥，拿着吧。

台　不行，我知道你们挣点儿钱不容易。

工　我知道你们不缺钱，可多少是我的一点心意。我们受灾的时候，你们不是也捐助过我们吗。

台　应该的。

工　拿着。

台　不行，不行。

工　你听我说，别人的钱你们都能接受，咱们是一奶同胞，你怎么就不能收下呢？这钱就算是我借给你的行吧！

台　好，我一定回来。

合　再见！

工　等等。（打工者从台胞手中的钱里抽出一张）路上用，这一张就够了。

［打工者和台胞在火车的轰鸣和音乐声中分别从两侧下场——

［广播员上场，目送着他们——

广　观众朋友们，后来的故事是，小站迁走了，因为那条高速公路开通了，我们愿这条路不停地向前延伸，愿它像一座桥梁飞架海峡两岸。

——剧终

（与张振彬、尚敬共同创作）

2000 年中央电视台春节联欢晚会与凌峰、赵薇表演小品《小站故事》

附言：每当大陆发生地震时，海外侨胞总是慷慨解囊献爱心。当 1999 年台湾发生强烈地震，大陆也是给予人力物力的全力支持。2000 年春晚我创作小品《小站故事》就是反映这一主题，特意请来台湾籍演员凌峰作为搭档共同表演。两岸演员共同表演小品还是第一次，没想到沟通起来毫无障碍，他开口就是山东腔，管爸叫爹管妈叫娘，一下子拉近了距离，经过我们的努力，小品达到了预期效果。那年，我还创作了小品《茶馆》，两个作品同时登上当年春节晚会。

·小品·

茶　馆

（2000年中央电视台春节联欢晚会）

时　间　除夕夜。

地　点　茶馆。

人　物　老赵忠祥（年龄九十八岁）、老倪萍（年龄八十九岁）、老黄宏（年龄八十八岁）。

[舞台提示：大屏幕上呈现出年画等过年气氛，屏幕前挂着灯笼，飘着白雪，年迈的赵、倪拄着拐棍从两侧上场，赵戴着口罩、墨镜，倪用围巾把脸遮住，二人擦肩而过，顿时停下脚步。

倪　如果我没认错的话，你就是赵忠祥同志吧？

赵　倪萍同志（二人热情地握手）。

倪　老赵咱多年不见了，今年高寿啊？

赵　98，你呢？

倪　89，这大过年的你到哪儿去啊？

赵　躲春节晚会。

倪　我也是，自不上晚会我是一看这春节晚会就烦，都99届了，还折腾呢！

赵　他们也快跨世纪了，前面有个小茶馆，咱们坐会儿。

倪　坐会儿。（二人走入大屏幕，屏幕上呈现出茶馆的场面。两人同时摘去口罩和围巾，露出饱经沧桑的脸。二人入座，茶座后写着一副对联。

赵　（念）苦辣酸甜尽在品。

倪　（念）喜怒哀乐都是情。

合　（念）茶。

赵　还有点品味。

倪　掌柜的。

黄　来啦！

倪　这不是黄宏吗？

赵　你也下来啦？

黄　过去小品，现在品茶，基本上属于老本行，来点什么茶。

赵　先把门关上。

倪　对，省得又签名又照相的，闹得慌。

黄　没事，别说你们坐一会儿啦，我在这都八年了，没人认识。（下）

赵　多年不见了，一点儿没变，你还是那小模样。

倪　你也没变，还是那老模样。

赵　要说现在的女主持人没一个赶上你的，当年你那天气预报（倒口），西北风今儿刮，明儿到，后儿个还刮，说得多生动啊，你在看现在播天气预报，拿个小棍往那一杵，连点表情都没有，说哪儿晴天哪儿下雨，说哪儿下雨哪儿晴天。

倪　老赵不是我夸你，想当年你那节目，无论是人与自然，还是动物世界，真是没说的，你就是出个声音都没出画面，就搞得那么热闹。你再看看现在这演员，折腾得都跟动物似的，还没啥意思。

黄　（上来倒茶）二位别总相互吹捧，挑点毛病。（下场）

赵　小倪，要说毛病你还真有，你主持节目哪点都好，就是太爱煽情。见着老头煽情，见着小孩也煽情，见着老太太煽情，见着大姑娘还煽情，见着有病的煽情，见着没病的更煽情。

倪　我是太爱煽情，我现在一看当年的录像，恨不得都扇自己几下。我爱煽情固然不假，你主持节目总是一个腔，动物世界一个腔，人与自然一个腔，正大综艺一个腔，春节晚会还是一个腔。

赵　我这叫一腔热血。咱们老了，怎么宋祖英还是那么年轻漂亮。

倪　那是化妆师偏心眼儿，给宋祖英是怎么漂亮怎么化，给我是怎么难看怎么抹。

赵　唉，现在生活作风有问题的演员也能上晚会！宋丹丹一开始跟黄宏是两口子，现在又跟赵本山扯上了，昨天还约我呢！

倪　老赵，你可要保持晚节啊。

赵　我没理她。

倪　你说冯巩那相声，想当年就逗不乐观众了。

赵　对，拿着话筒到观众席去胳肢人，听说今年又把快板、弦子都折腾上去了，这不是闹吗！？

［话铃声响，倪接电话。

倪　喂，哪里，春节晚会导演赵小安。

赵　赵安他儿子。

倪　张老海。

赵　张小海他爸。

倪　（冲赵）他们这不也是老少结合吗，（冲电话）什么，让我们参加春节晚会。

赵　不去。

倪　不去！不去！

赵　你也别把话说得太死！

倪　什么？观众还想着我们呢？（回头冲赵带有哭腔的）观众还想着咱们呢？

赵　你又要煽情！

倪　只要观众还想着我们，我们马上就动身。（挂上电话）

赵　（得意地）掌柜的，买单。

黄　（上）这喝点茶就来精神了。

倪　春节晚会有约请。

黄　真的！

赵　那还有错。

黄　你们问问导演，如果需要小品的话，帮我说说，今天这茶钱免单了。

赵　（打着官腔）我们研究研究再说！

倪　（边走边冲赵）黄宏真比以前大方多了。

黄　（自语）免单，这壶茶我给他记在春节晚会账上……

——剧终

（与尚敬共同创作）

2000年中央电视台春节联欢晚会与赵忠祥、倪萍表演小品《茶馆》

·小 品·

对 手

（2000 年全军“双拥”晚会）

时　间　当代。
地　点　经理办公室。
人　物　总经理、退伍连长、退伍班长。
景　置　舞台中间一张经理桌，一把老板椅，两把普通折叠椅，办公桌上有一个写有“副总经理”的桌牌，一部无绳电话。

［幕启，总经理拿着扫把在扫地，班长上。
班　长　人逢喜事心欢喜，应聘竞争副总经理！哎呀，好家伙，这还没人呀？我先练练……（掏出稿子）山笑水笑人欢笑，新来的副总经理来报道，来报道，来报道，还不知道人家要不要……
总经理　（从后面拍了一下班）哎！
班　长　（吓一跳）这还有人哪！这还……
总经理　哎哟，你是干什么的？
班　长　我……我是竞争副总理……
总经理　哦，竞争副总理呀……不对呀？
班　长　哦，不是副总理，是副总经理。
总经理　我说嘛，你别看差一个字呀，那差着不少事儿呢。
班　长　对，国务院也不干啊。
总经理　哦。
班　长　你是？
总经理　打扫卫生，哎呀，未来的副总经理呀？欢迎欢迎，来来来，坐下，我给你倒水喝。
班　长　好好，谢谢啊！好家伙，这还没当副总经理呢，对我就这么客气。（坐在老板椅上）
［退伍连长雄赳赳上。
连　长　人逢喜事心欢喜，应聘竞争副总经理！
总经理　你也是来应聘的？
连　长　是。
总经理　哎呀，又一个未来的副总经理呀！来来来，坐下！
班　长　（看了一眼对方）看来，我今天的对手来了！
连　长　同志！您是？
班　长　我和你一样！（指副总经理的桌牌）冲它来的！
总经理　（拿起牌子）冲它。
连　长　您就是我今天的竞争对手？
班　长　对，我就是你今天的克星！
连　长　请！
班　长　请！
［俩人同时坐，班长不知道身后没椅子，一屁股坐到了地上。
班　长　哎哟！这拿走凳子怎么不告诉我一声啊？
总经理　对不起，对不起呀……
班　长　没事！
连　长　没事吧？
班　长　没事！我练过！
［连长看老板椅被总经理拿走，拿起了两把折叠椅。
班　长　慢点！这还没当副总经理呢就多吃多占？廉洁点！
总经理　我说呀，二位未来的副总经理，先互相认识认识吧？来吧！
［俩人握手。

连　长　我是当过兵的！

班　长　我是扛过枪的！

总经理　哎呀，都不好对付啊！

连　长　战场上只有第一，没有第二！

班　长　战场上的第二就预示着失败！

总经理　嗯，有戏了！（冲班长）哪年当兵？

班　长　八八年！

连　长　八七年！

总经理　早你一年！（对班长）哪年入党？

班　长　九二年！

连　长　九一年！

总经理　（对班长）又早你一年！什么职务？

班　长　班长。

连　长　连长。

总经理　哎哟……（对班长）又大你四级！什么学历呀？

连　长　大专。

总经理　哎呀，（对班长）大专哪！

班　长　我也是大专！函授的。

总经理　哦，哎呀，国家承认呐！

班　长　对呀，国家承认呐！你哪年结婚？

连　长　九二年。

班　长　我九一年，早他一年！

总经理　哦，（对连长）早你一年！

班　长　有小孩吗？

连　长　有一个！

班　长　我有俩，我还多他一个！

总经理　哦，不对呀？你这叫不计划生育啊！

班　长　我是双胞胎！

总经理　哦，双胞胎是没法计划，我看出来了，你们两个是棋逢对手啊！我跟你们说呀，这副总经理不是那么好干的……

连　长
班　长　（同时把椅子搬到面对面）好干就不来了！

连　长　（对班长）早就听说了，在一百多个应聘者当中，你“鹤立鸡群”。

班　长　（对连长）您太客气了，我也听说了，你是羊群里找出的骆驼！

连　长　（英语）

总经理　哦，（对班长）他说他这个副总经理啊，他是当定了！

班　长　（英语）

总经理　哦，（对连长）他说他这个副总经理啊，他是当仁不让啊！

连　长　（英语）

总经理　（对班长）他说你说的英语啊，有点大葱味儿！

班　长　（英语）

总经理　（对连长）他说你说的英语啊，有点洋葱味儿！

连　长
班　长　哼……（冲总经理）您也懂英语？

总经理　别看俺们这个公司小啊，常跟外商打交道，连伙房大师傅都会说两句外语啊，开饭不叫开饭，他叫……（英语）

连　长
班　长　够牛的！

总经理　当然了，眼下俺们这个公司呀，是技术达标，产品走俏，前景良好，市场可靠啊！别的老总站着发愁，俺们老总他躺着睡觉啊！

连　长　哎，大叔，这可不行啊！

总经理　怎么不行？好日子啊！

连　长　俗话说：“人无远虑，必有近忧。”

班　长　对，俗话说：“不先下米，喝不着热粥。”

总经理　哪有这俗话呀？

连　长　眼下，WTO 谈判进展顺利，中国入关在即，如果满足现有成绩，到时候，不是经不起冲击，就是抓不住机遇！

班　长　不够全面！二十一世纪的经济是知识经济、信息经济、数字经济，不更新观念改变体制，今天牛气没准明天就……完了！

总经理　那依你们说……

连　长　面对这种形势，我们不能等，不能靠，不能停，不能绕！

班　长　不能急，不能躁，不能退，不能耗！

总经理　那到底怎么办呀？

班　长　超前动作，掌握信息。

连　长　拓展空间，壮大科技！

班　长　攒足后劲，留有余地！

连　长　永远领先一步！

班　长　提前进入无竞争领域！舒服！

总经理　哎呀，你说说俺们这个老总他怎么就没有想到呢？

连　长　这就叫当局者迷！

班　长　没准儿他压根儿就是个棒槌！

总经理　棒槌？嘿嘿，这棒槌就棒槌呗！

连　长　大叔，你们这个总经理什么时候到啊？

总经理　（对连长）小伙子，你干什么这么紧张啊？

连　长　我压根儿就不知道什么叫作紧张！

总经理　那就挺好的呗！哎呀（冲班长）我说你也放松点吧，啊！

班　长　嘿嘿，我压根儿就不知道什么叫放松！

总经理　那还是紧张呗？你看看，你哆嗦什么呀？

班　长　我……我和别人不一样，我一放松就哆嗦！

总经理　什么毛病啊！我说二位，咱们先喝口水吧？

连　长
班　长　谢谢！

总经理　我给你们拿杯子。

连　长　我这有！（从包里拿出印有“钢一连”的缸子）

班　长　你这个缸子哪儿来的？

连　长　连里发的！

班　长　有这个缸子的人可为数不多！

连　长　“钢一连”出来的兵，为数也不少！

班　长　你是“钢一连”的兵？

连　长　原装的！

班　长　“钢一连”有三件宝？

连　长　延安的草鞋。

班　长　抗战的棉袄。

连　长
班　长　解放战争的“马蹄表”！

连　长　“钢一连”有新三宝！

班　长　抗洪抢险的锦旗。

连　长　抗震救灾的铁镐。

连　长
班　长　科技练兵奖励的电脑。

班　长　你是？

连　长　“钢一连”第二十一任上尉连长——李小丁！

班　长　李连长。

连　长　你是？

班　长　“钢一连”一排一班第三十六任班长——王大虎！

连　长　王班长！

班　长　李连长！

连　长
班　长　哎呀，王班长是你呀？李连长，没想到啊……

连　长　哎呀，山不转水转哪，转来转去，没想到把咱们没见过面的老战友又转到一块儿来了！

班　长　这有什么稀奇的啊？神舟飞船能上天，WTO 要入关，三峡大坝都合龙了！咱哥俩就不能见个面？

连　长　哎呀，复员六年了，性格还是没变！

班　长　你是我退伍第二年来咱们连上任的。

连　长　哎呀，老同志可没少提你。

班　长　他们老写信说起你……快来，坐！

连　长
班　长　（同时面对面坐）哎呀，我说老班长，李连长……

总经理　（打断）哎，哎，听我说，过去是战友，今天成了对手了，不管今天谁输谁赢都要请我喝酒！

班　长　没问题，我说大叔，俺们战友见战友，一唠好几宿，让我们哥俩好好唠唠。

连　长　让我们好好唠唠。

总经理　我说……

班　长　你把那边扫扫。

总经理　哎，好，好。

连　长　哎呀，老班长啊，你还记得你复员的那天，在火车站送行的那个场面吗？

总经理　哎，那个我听说过呀，那是人山人海呀……

连　长　大叔，你把那边也扫扫。

总经理　哎，好。

班　长　哎呀，要说我退伍那个场面可太感人了，好家伙，人山人海，都来送呀！俺指导员爱唱那首歌……（唱）一把拉住老兵的手，怎么舍得让你走，舍不得让你走……

连　长　（接唱）

班　长　不行……一听这歌，鼻子发酸……

连　长　当时，你搂着指导员哭啊，指导员说，行了，王大虎，你别哭了，赶快上车吧，结果你跟指导员说了一句话，把他给逗乐了，你还想得起来吗？

班　长　我怎么想不起来呀！我说，指导员，我这一退伍不要紧，再也见不着咱嫂子了！

总经理　你说说，你说说……哈哈……你说的这都是……

班　长　你笑什么？这都是真事，那嫂子对咱们多好呀，给咱们洗衣服……

总经理　（打断）我知道你说的都是真的，我问问你，今天是干什么来了？

连　长
班　长　应聘副总经理呀？

总经理　对呀，战友归战友，别忘了，一个留下，一个得走啊！

班　长　连长……你是干部，转业，国家应该给你安排工作呀？

连　长　与其捧个铁饭碗，不如趁年轻出来闯一闯，也是做个自我检验吧。

班　长　行，像咱“钢一连”的连长！

连　长　哎，老班长，你不是在化肥厂当业务员吗？

班　长　足球运动员都能转会，我就不能换换地方？这叫体现自我价值。

连　长　成，像“钢一连”的兵！

总经理　哎，你夸他，他夸你，别忘了今天总得见高低哦……

连　长　（同时站起）

班　长　（同时站起）

班　长　连长，我看出来了，你的素质比俺高！

连　长　不，你的经验比我丰富！

班　长　你是连长，你比我高！

连　长　不对，你是老兵你不比我低呀！

班　长　不，连长……

连　长　不，老班长，咱们“钢一连”历来有个传统，在荣誉和利益面前，都是干部让给战士。

班　长　不！我今天就把这个规矩改一改，让我这个老兵让你这个干部一回……再见！

连　长　老班长！

班　长　嘿嘿……

连　长　老班长，你复员已经六年了，这个位置对你来说太重要了！

班　长　连长，你别说了！

连　长　你今天能够站在这里，是一步一个脚印走过来的，你不容易啊！

班　长　连长，你别说了！

连　长　你为什么让着我？不就是因为我们战友之间的这份情谊嘛！

班　长　连长你别说了！不管你今天说什么，俺是走定了！

连　长　好，你走，我也走！

总经理　站住！（拿起桌上电话）通知各部门负责人，马上到会议室开会，欢迎新上任的两位副总经理！

班　长　大叔，您是扫地的吗？

总经理　啊，除了扫地，我还干点儿别的。

连　长　您干什么？

总经理　总经理呗。

连　长
班　长　啊？

总经理　就是你说的那个棒槌。

班　长　（尴尬）大叔……

总经理　你们两个都别走了，知识可以不断增长，观念可以不断更新！我最看重的就是你们的素质高、有远见和你们身上那股子重情义、不服输的劲头啊！我还从来没有见过像你们俩这样的对手啊！

班　长　棒槌……不是……大叔……不，老总，你才是我们今天……

连　长
班　长　真正的对手！

总经理　说对了，这就叫兵不厌诈嘛，我转业二十多年了，今天又练了一回老科目！

连　长　你也当过兵？

总经理　你往这儿看。（一扯衣服，露出里面印有“侦察连”三字的圆领衫）

连　长
班　长　侦察兵！

总经理　都有了！立正！向左转，目标会议室，跑步走！一、二、一……

［三人跑下。

——剧终（与张振彬、王宏、王铁虎共同创作）

·小 品·

家有老爸

（2001年中央电视台春节联欢晚会）

时　间　当代。

地　点　普通家庭。

人　物　老人（黄宏扮演）、儿子（林永健扮演）、儿媳（黑妹扮演）。

景　置　普通人家，一应用具。

［幕启，黄宏抱小狗上。

黄　宏　现如今这日子越过越富有，我儿子是为做生意到处走，怕我一人太孤单，给我整只小巴儿狗，来，大大，我抱抱你，别总想你妈，你妈是我儿媳妇，她管我叫爸爸，我管你叫大大，这叫啥辈儿啊？大大，外面遛得差不多了，咱到屋里听听广播，行不？

［小狗：呜……

黄　宏　这是同意了，就是不会说话，心里啥都明白，来来来，你到屋里趴一会儿，我看这广播里有没有好听的节目。（掏出小收音机，打开，收音机里播放足球比赛实况）

［小狗：汪汪……

黄　宏　不想听？咱再换一个。（换台，收音机里播放着歌曲：常回家看看，回家看看……）

［小狗：呜……

黄　宏　它喜欢这口，见着歌星追着走，扑到身上就一口，比那少女还疯狂，人送外号“追星狗”！

［林永健和黑妹扮演的儿子、儿媳拎着大包小裹上。

林永健　你快点儿……

黑　妹　你急什么，急什么？你没看见我拎着这么多东西吗？

林永健　我公司今天签合同，你非得今天来。

黑　妹　这不是来看你爸吗？

林永健　什么看我爸呀，你看你这大包小包买的全是狗罐头，哪盒我爸能吃啊？

黑　妹　呀！光想狗把你爸给忘了。（欲走）

林永健　站住！回来。（掏出钱递给媳妇儿）一会儿给爸。

黑　妹　哎！

林永健　坐一会儿就走啊。

黑　妹　你别跟火烧屁股似的行不行？上回咱爸就不高兴了，和你没待够。

林永健　是咱爸和我没待够呀？还是你跟小狗没待够呀？没时间了……（按门铃）

黄　宏　谁啊？

林永健　爸！

黑　妹　爸！

黄　宏　哎，来啦！这俩孩子多孝顺，三天来看我两回了。（开门）

林永健　老爸！

黑　妹　爸爸！

黄　宏　哎，来就来呗，又给我买这么些吃的。（把林永健和黑妹手中的狗食品接了过来，林永健、黑妹不知如何是好）还愣着干啥呢？快到屋里说说话。

［黑妹赶忙进屋去看小狗。

黑　妹　（对着小狗说话）哎哟，大大！

黄　宏　（以为黑妹是在对自己说话）你看这儿媳妇跟我多亲啊，还爸爸……

黑　妹　（把狗抱起来）我想死你了！

黄　宏　我也想你们啊！

黑　妹　（对小狗）感冒好了吗？

黄　宏　好了，没看不咳嗽了吗？

黑　妹　（对小狗）天凉了，别老蹲地下！

黄　宏　没事，我坐沙发上。

黑　妹　（对小狗）对了，我还给你织了件毛衣呢。（从手袋里拿出一件给狗穿的毛衣）

黄　宏　想得多周到，还给我织了件毛……（黄宏看到了黑妹手上的那件“毛衣”，拿过来套在脖子上）喔，脖套啊？知道我这气管炎，特意让我把这挡上是吧？

黑　妹　不是！那是给大……

林永健　（打圆场）大啥呀？不大！你看咱爸戴着多合适啊！呵呵……

黄　宏　我总觉着色艳点儿，跟老华侨似的。

黑　妹　爸，这是给您老的钱。

黄　宏　又给我拿钱，说多少回了，不缺钱，你们要缺钱我都能帮助你们！

黑　妹　哎呀，这不快过节了吗，我们两手空空的来了，又没给你买点啥吃的……

黄　宏　还没买吃的？（指着给小狗买的那堆狗罐头）这不是吃的？这大包小包的我得吃多少日子啊？

黑　妹　哎呀，爸！

黄　宏　好了好了，这钱我收下，这点吃的给你妈拎过去。

黑　妹　这……

黄　宏　拿着！

［小狗疯狂地叫着……

黄　宏　别叫了，有你啥事，跟着掺和。

林永健　爸！那罐头是它的！

黄　宏　嗯？

黑　妹　爸！那不写着……宠物食品吗？

黄　宏　宠……（仔细看）你看我这眼神儿，幸亏你俩说清楚，要不然这玩意儿当礼物给领导拎去，我估计啥事也办不成，万一再碰见个腐败分子，吃完这玩意儿回头能咬死你，哈哈哈哈……来来来，坐下，说说话。

［黑妹和林永健刚刚坐下，林永健的手机响了。

林永健　（接电话）喂，好好好，我马上下楼，你让公司派车，八点二十准时来接我，好的，好的，好的……爸，八点二十我……

黄　宏　我发现你这经理比总理还忙，你是来看我的，一进门你就看表，那表是你爹啊？

林永健　哎呀，表爹啊……

黄　宏　哎，嗯？几天没来改表亲了？

林永健　哎呀，老爸！你有事儿啊？

黄　宏　没事儿，我就想和你们说说话。

黑　妹　对，坐那说说话。

黄　宏　你咋没给我把孙子带来呢？

黑　妹　哦，他上学去了。

黄　宏　他学习好吗？

林永健　好！

黄　宏　吃饭好吗？

黑　妹　好！

黄　宏　身体好吗？

林永健　好！

黄　宏　长多高了？

林永健　（看表，心不在焉地）八点二十。

黄　宏　哎呀，真快，一晃的工夫就长到八点二……你跟我说话心不在焉啊？啥叫八点二十？那是多高啊？你要拨浪鼓呢你啊？还八点二十，看你那点儿定的，跟你那眉毛似的。

林永健　爸！我公司等着我谈判签合同，我惦记着我那笔生意啊。

黄　宏　你惦记你生意，我惦记我孙子！

黑　妹　差不多该放学了，我来给小涛打个电话。（打电话）喂，小涛啊，放学啦？爷爷想你，跟爷爷说两句话，爸……（把手机递给黄宏）

黄　宏　涛啊，想爷爷没有？好孙子，爷爷也想你啊！

林永健　爸！

黄　宏　催啥呀？好了，你爸这还有事，不……什么？你还想听大大给你叫两声？

林永健　哎哟，急死我了！

黄　宏　好好好好！来，我这就让大大给你叫两声，来来来，大大，给我孙子叫两声。

［小狗不叫。

黄　宏　平时不让你叫你瞎叫，一让你叫没本事了是不是？（对着手机说）你别着急，我启发启发它。（对小狗说）广告……中国足球……都他妈麻木了……你别着急啊，我这就让它叫。（学狗叫）嗷！

［狗：嗷！

黄　宏　嗷！

［狗：嗷！

黄　宏　嗷！

［狗：嗷！

黄　宏　嗷！

［狗：嗷！

黄　宏　哈哈哈哈，孙子，听见没有？什么俩狗啊？那是我和它，我们俩人！

林永健　哎呀，行了！

黄　宏　你干啥啊？

林永健　（踢狗）叫什么啊！

黄　宏　你说谁啊？

林永健　没说你。

黄　宏　打狗你还得看主人呢！

林永健　我也是它主人。

黄　宏　我是你爸爸！

林永健　它是我大大！

黄　宏　你的意思我俩是哥儿俩是咋的呀？

林永健　没时间了，你啰嗦什么呀！

黄　宏　你干什么你呀？干什么！你没时间听我啰唆，我还不能跟孙子啰唆几句吗？我要你有什么用啊我？没时间，没时间，今后你没时间，你别来看我！

林永健　（手机响）喂，催什么催？拍板你们拍不了，谈判还不会谈吗？我要你们有什么用啊！谈不了谈不了，今天要是谈不成就别来见我！

［狗：呜……

黑　妹　大大，大大，大大不怕，不怕，不是吵架，是爷爷跟爸爸说话，爸，爸！其实，他挺惦记您的，可就是工作太忙了，他总是说，天下有做不完的生意赚不完的钱，可是爹就一个呀！

林永健　爸……今天的事都是我不好，你老别生气了，我今天什么都不干了，我好好陪你在家聊天儿行吗？爸！

［音乐起。

黄　宏　……儿子，爸不该怪你，其实我年轻的时候啊，和你一样，一下班回来呀，你爷爷奶奶就围着我，是又问这又问那的，我呢？往床上一躺，也是啥都不想说了，你奶奶拿着扇子摇啊……摇……这日子过得真快，我老了，你妈……我这心里一阵一阵总空落落的，就盼着你们回来能说说话……

林永健
黑　妹　爸！

黄　宏　行了……我想明白了，总盼着你们回来看看，倒不如我出去转转，其实天下所有做父母的都一样，越看着儿女在外面忙活，自己在家里待着就越踏实。

林永健　爸，我这就把小涛接来，咱们高高兴兴地团聚团聚。

黑　妹　对！咱们好好说说话。

黄　宏　拉倒吧，有正事你们忙去吧，我去接孙子！来，大大，外面天凉，咱拿这玩意儿套上！哎，小芳，我发现你给我织这玩意儿套它身上挺合适！

黑　妹　爸……你别说了，行吗……

黄　宏　我早就知道不是我的。

黑　妹　我这还有毛线呢，回家给你织个坎肩！

黄　宏　行！它背心我坎肩，穿上一对情侣衫！

三　人　哈哈哈……

[三个人开怀地笑着，林永健悄然拭泪。

——剧终

（与王宏、王铁虎共同创作）

2001 年中央电视台春节联欢晚会与林永健、黑妹表演小品《家有老爸》

附言：2001 年春晚小品《家有老爸》是由我的一个单人小品《老人与狗》改编的，主要表现老人的孤独。在彩排的时候有段插曲，剧中孙子给爷爷打电话说想听狗的叫声，狗不配合，爷爷想尽办法启发狗叫，说到中国足球时，狗愤怒地叫了；说到春节晚会，狗又叫了。导演组建议把“春晚”两个字拿掉，怕有损春晚形象，最终我还是把它加上了，效果出乎意料的好，观众理解了这种幽默和调侃。

·小品·

种　子

（2001 年全军“双拥”晚会）

时　间　冬季。

地　点　东北农家。

人　物　老头：七十多岁，农村庄稼汉；老太：七十多岁，老头的老伴；老班长：七十多岁，离休干部，战争中曾任侦察班班长。

景　置　东北农村老房子内景，窗上贴着窗花，墙上挂着蒜辫，一盘土炕，炕后面放着一个大箱子，炕的右侧有一组炕柜，中间是炕桌，远处，白雪覆盖着一栋栋黑色的房舍，家家门前高悬的大红灯笼显得格外喜庆、吉祥。

［幕启，老太着急忙慌地冲上来喊着老伴。

老　太　老头子……（差点儿摔倒）

老　头　来了来了！（搀扶老伴）你跑啥呀？自己血压高不知道呀？万一摔个脑溢血，看病得花多少钱哪？

老　太　你个老抠门儿，就知道钱！（神秘的）村里来外人了！

老　头　来外人咋了？咱这高速公路修通了，农贸市场竣工了，投资的那都一窝蜂了，外国人都来当股东了，来个外人能咋的？

老　太　那个人可是专门来找你的！

老　头　那我得看看我有没有时间接见。

老　太　那人说找你来还种子！

老　头　不管他还啥……还啥？

老　太　还种子！

老　头　……莫非是当年的老班长来啦？

老　太　肯定是他！

老　头　（张望）他在哪儿呢？

老　太　在村口呢！我去把他迎进来！（欲出门）

老　头　等会儿！他说他来还种子？

老　太　（比画）拉了一大车呀！

老　头　他这人咋这样呢？不就是十斤种子吗？他还没完没了……

老　太　土改那年他就给咱家寄过钱……

老　头　被我给退回去了！

老　太　60 年发大水他又给咱家汇过款……

老　头　也让我给退回去了！而且我告诉邮递员说我不在了。

老　太　说你不在了，他又打听我。

老　头　让我给挡下了！

老　太　咋挡的？

老　头　说你改嫁了！

老　太　（拍老头）你个没正形的！后来咱又搬了好几回家，他咋又找上门儿了呢？

老　头　找上门儿也不认！这还没完没了了 ！

［俩人在炕上坐下。

老　太　这么多年，你一直念叨他，他这找上门儿来你咋又不见了呢？

老　头　一认不就得还种子吗？再说了，这么多年没见，你知道人变没变啊？

老　太　不能变吧？

老　头　不能变？你都割双眼皮了，你知道他变成啥人了？

老　太　人家是老革命！

老　头　老革命也能遇上新问题。

老　太　那咋整？

老　头　这样，等会儿他来之后，先装不认识他，摸清情况再说，记住，一不能热情，二不能主动，见机行事，说话留缝儿！

老　太　留缝儿？

老　头　不管他问啥，全用两个字儿对付他！

老　太　哪两字儿？

老　头　那还……

老　太　（学老头比画）那还……

老　头　不行就装糊涂，不准说别的，记住没？

老　太　（继续学老头比画）那还……

老　头　你跟我装什么糊涂！

［老班长风尘仆仆上。

老班长　老哥哥……

［老太急忙迎接。

老班长　老嫂子……

老　太　（比画）那还……

老班长　（学老太比画）那还……

老　头　（比画）那还用说，我肯定是你老哥。

老班长　（热情地握住老头的手）老哥哥，我可想死你了！

老　头　我也想你呀！我想你想的……都想不起来了，你是谁呀？

老班长　你瞅着我不眼熟吗？

老　头　熟！说熟吧……还有点儿生，说生吧……还有点儿熟，咋说呢？半生不熟吧。

老　太　（一把拉过老头）你做饭呢？

老班长　对，做饭，就是做饭的事儿！老哥哥，1948年1月10号，还记得不？

老　头　1948年1月10号……记不起来了！

老班长　那天晚上漫天的大雪啊，有五个追赶解放军大部队的伤员，连冻带饿就躺在你的屋檐下，你是二话没说就把他们拉到了屋里……想起来了吗？

老　头　有这事儿？

老班长　有一个班长求你给弄点吃的，你是二话没说就给同志们弄了一大锅饭，之后大家才知道，那是你准备开春种地的种子，老哥哥，咱农民有句老话，卖啥不能卖土地，吃啥不能吃种子，所以临走的时候，那个班长还给你留下了一张欠条，记得不？

老　头　（学着班长的语气）记得不？

老班长　问你呢！

老　头　（转身看着老太）问你呢！

老　太　（激动）问我呀？记得！老头子常给我说……

老班长　他咋说的！

［老头咳嗽，提醒老太。

老　太　他……（比画）那还……

老班长　那还……

老　头　（急忙接过话茬）那还……站着干啥呀？就你嘴快……

老班长　老哥哥你就别再装了，土改那年我给你汇过款，你又给寄回去了，60年发大水，我给你寄过钱，你也给我退回去了……

老　头　不可能的，你肯定是认错人了！我是全村有名的抠门儿呀！不信你问她……（指老太）

老　太　抠！他可抠门儿了！你就说刚才吧，我差点摔了个跟头，他不怕我摔出脑溢血，他怕我进医院花钱！

老　头　得了病好赖是自己的，钱花出去就回不来了。

老　太　听听，他有多抠！

老　头　所以你肯定认错人了！我这些年有个习惯，就是别人不管给我啥我都不往回退！土改那年，柱子给我牵回一头牛……

老　太　那是村公所给的！

老　头　没退！到后来铁蛋给我拉了一挂车……

老　太　那是乡政府给的！

老　头　没退！乡亲们给我腾出一套房……

老　太　那是共产党给的！

老　头　没退！妇女主任给我介绍的媳妇……

老　太　那是毛主席给的！

老　头　没退！到现在还对付着呢！

老　太　你说啥呢？

老　头　我是说你怎么也比十斤种子值钱！

老　太　（拍老头）嘿……

［老班长听出端倪，打断老头老太。

老班长　老哥哥，你怎么知道是十斤种子呀？

老　头　十斤？

老　头　（齐声打哈哈）那还……

老　太　（齐声打哈哈）那还……

老班长　老哥哥，我今天到这来不光是为了还东西，还跟你要东西呢！

老　头　要东西？

老班长　我们老部队要建一个军史馆，我是专门到这里来征集革命历史文物的。

老　头　（激动地拍手）你咋不早说呢！老婆子，倒茶！

老　太　那还……

老　头　（握着老班长的手）老班长，我可想死你了！

老班长　（学老头）哎呀！我想你想的呀，都快想不起来啦！

［老头拉老班长坐在炕上。

老　头　老班长，这么多年没见，得叫老军长了吧？

老班长　哎呀，我已经离休了。

老　头　哈哈，咱俩差不多，我也离休了！

老班长　（惊讶）村长也离休？

老　头　犁休！犁完地我就休息了，哈哈！

老班长　哈哈，犁休，犁休！

老　头　老班长，咱这别的没有，革命文物有得是，样样都是珍品。

老　太　瞎掰，都是破烂儿。

老　头　破烂儿？你个败家娘们儿，日子好了就啥也不讲啦？过去的事儿那就不想啦？哼！（看着老班长）我跟你说，我这些文物样样都有说头，（下炕）把我的水壶拿出来。

老　太　哪儿呢？

老　头　（指着箱子）你不压箱底了吗？

［老太从箱底翻出一个旧军用水壶递给老头。

老　头　你看它眼熟不？（把水壶递给老班长）这是你们班张小狗，把我那个瓷壶打碎了，把自己的水壶给我留下了。

［老班长颤颤巍巍地接过军用水壶。

［老太拿出军大衣。

老　头　（捧着军大衣）这是你那天晚上偷偷给我留下的。

老班长　（动情地看着）那可是三九天啊，你就穿着一件夹袄……

老　头　这辈子，我从来没有穿过那么暖和的棉袄啊！第二天早上一看把我乐坏了，我穿着军棉袄，挎着军水壶，昂首阔步我就进城了，刚到城门口，就让敌人把我给抓住了。

老班长　那正是拉锯战的时候……

老　头　愣说我是解放军，好家伙，摁在地上噼里啪啦一顿打呀！我咬住牙根啥也没说，对付他们就用俩字儿……

老班长　哪俩字儿？

老　头　（比画）那还……

老　太　老头子，没想到你这“那还”还有传统啊？

老班长　我说老哥哥，你把当年对付敌人的那套来对付我了？

老　头　那我也没对付过你这侦察兵呀。

老班长　老哥哥，我当年给你留的那个欠条你还保存着吗？

老　头　保存着呢！那是珍品中的珍品啊！

［老头拉开抽屉，从里面拿出用红布一层层包裹着的欠条。

［《三大纪律八项注意》的音乐声传来，老头充满感情地念着欠条的内容。

老　头　今借，黄老狗家十斤麦种，等革命胜利后加倍偿还，侦察连三排九班班长——王大成。

老　太　战士刘喜贵——

老　头　李来福——

老　太　郭玉柱——

老　头　（激动地）张小狗……这小狗呀不会写这个狗字，在张字旁边画了一个小狗，有字有画，名副其实的字画啊！

［老班长双手颤抖，接过欠条。

老　太　县政府管他要他都没舍得给！

老　头　就想留个念想，老班长，他们几个也都离休了吧？

老班长　（点点头）离休了，就是张小狗他……老哥哥，那天晚上，从你这出去我们就和敌人遭遇了，那可是一场恶战啊……张小狗他……永远地埋在这片土地上了。

老　头　啥？

老　太　啥？

老班长　老哥哥，这账我不还上我这心里一辈子都不得安宁啊！我是他们的班长，这些年，我总觉得他们时时刻刻都在看着我，看着我是怎么样对待老百姓的。

老　头　说得好！看着……前几天电视上有几个干部被判了刑，可惜了，他们辜负了党的培养，辜负了咱老百姓的期望……老班长，庄稼人知道这个理儿，地养种，种靠地，忘了这老理儿不吉利呀！

老班长 老哥哥，你说得对呀！咱们军民可是血肉关系呀！老百姓养育了我们，我们是靠着老百姓才打胜仗的！老哥哥，当年没有你的十斤种子，恐怕我这条命也就不在了，更谈不上子孙后代了，可是如今，我孙子都农大毕业了，他们研制了一种优良麦种，我给你拉来了一车，送给你，还有老区的乡亲们！这你可得收下啊！

老　头 你这也算父债子还啊！

老班长 老哥哥，我找了你大半辈子，今天，总算又见到你了，我还想……当面给你敬一个军礼。（敬礼）［《父老乡亲》的音乐在小村里缓缓飘荡……

老　头 老班长，没有你们当年的浴血奋战，就没有我们今天的好日子，在这里，我们老两口儿，也向你，向张小狗，柱子，来福……向在座的首长和子弟兵，鞠上一躬！

［三人走向台前，鞠躬……

——剧终

（与张振彬、王铁虎、王宏共同创作）

2001 年全军“双拥”晚会与魏积安、王丽云表演小品《种子》

附言：《种子》是为“双拥”晚会创作的，不料 2001 年“双拥”晚会没有设置语言类节目，只好把《种子》安排到当年老干部新春晚会中演出。老干部晚会与“双拥”晚会的节目一般不重叠，因为演出时间只隔一周，而且两场演出军委领导都将出席。没想到《种子》在老干部晚会演出效果极佳，感动了全场观众。演出结束后，军委领导做了批示，并亲自推荐到“双拥”晚会再演一次。值得一提的是《种子》在唯一一届全军文艺 50 周年大选中获得小品类唯一一个“解放军文艺大奖”。

·小 品·

花 盆 儿

（2002年中央电视台春节联欢晚会）

时　间　当代。

地　点　市场一角。

人　物　卖花盆的老大爷，简称：老；买花盆的新郎官，简称：郎；大爷的老伴，简称：娘。

［幕启，大爷、大娘骑着装满花盆的三轮车上，车上挂着横幅“新春大酬宾，花盆五毛一个”。二人叫卖。

娘　卖花盆喽。

老　卖花盆喽。

娘　花盆里边种鲜花。

老　鲜花装点千万家。

娘　今年国家喜事多。

老　这花盆卖了一车又一车。

娘　手脚一会儿都不闲。

老　一天到晚净点钱。［娘从车上取下装土的红塑料桶，铺上坐垫，坐在桶上。

娘　把今天卖的钱拿出来。

老　这不都在这摆着呢吗？（掏出钱）

娘　一到你手，你又偷着买烟去了。

老　抽了一辈子了，能说改就改吗？

娘　那不改你身体还要不要？我去买点东西，一会儿就回来。（娘下）

老　现在的老婆太各路，天天都得查收入，为了家庭能和睦，老爷们儿必须要有小金库。（从鞋里往外掏钱）咱农民总跟土地打交道，我埋在土里最可靠。这盆里埋5块，留着抽烟的；这盆埋10块，留着喝酒的，这50块钱埋在她坐的装土的桶里，这是留后手的。［郎手捧一束玫瑰花上。

郎　老同志这盆儿怎么卖的？

老　5毛钱一个。

郎　真不贵！

老　土是自家地里的，白送！

郎　还是农民做生意实惠。

老　（发现玫瑰花）这花真漂亮！

郎　我刚刚结婚。

老　看出来了，买玫瑰花是为了向爱情表白的。买野玫瑰那就是为了胡来的！

郎　你还一套一套的。

老　胡咧咧呗！

郎　这花盆的价钱都一样吗？

老　一个窑烧出来的，都5毛。

郎　（发现地下的花盆）这还有几个。

老　这个不卖。

郎　摆这儿为什么不卖？

老　这是留着自己用的。

郎　自己用的为啥摆这儿。

老　我怎么能跟你说呢？

郎 一个花盆有啥不能说的！

老 我跟你说，主要是为了我老婆……

娘 （娘上）啥事为了我呀？

老 坏了，回来了，啊，这小伙子要买花盆。

郎 我就要这个。（指地上的花盆）

老 你实在要买这个盆，那得给5块。

郎 写着5毛，为什么要5块？

娘 干啥呀，老头子？你也太黑了。

老 价格放开了，自由浮动嘛！

娘 那你浮动得也太大了。哪能那么财迷呢。

老 我财迷你财迷呀，挣那点钱都让你给抠去了。

娘 我不是怕你抽烟喝酒伤身体吗！（二人抢盆）

郎 好了，好了，大过年的，不要因为几块钱，影响了夫妻关系。不就是5块钱吗，其实买东西就是个心理作用，对我来说哪盆儿都一样。（抱起埋10块钱的盆儿欲走）

老 等等！大兄弟这盆10块。

郎 你什么意思？

老 这盆确实值10块。

郎 这花盆儿我不买了，（把盆儿放下，冲娘）把钱给我。

娘 老东西，你干啥玩意儿？到手的钱让你给搅黄了，不能看人家老实就往死里捏咕。

老 谁捏咕谁呀，大兄弟，我没捏咕你，这盆儿确实是10块，这盆儿5块，要不你买这盆儿，这盆便宜。

郎 便宜没好货，好货不便宜，为了我这棵发财树，10块就10块。（欲走）

老 对不起呀大兄弟……

郎 算了算了。

老 你还得给5毛盆钱。

郎 （狠狠地把盆儿放下）奸商，十足的奸商。

娘 大兄弟……

郎 托儿，你是他的托儿，大过年的我不愿意跟你们动气。一个破花盆从5毛涨到5块，从5块涨到10块，还要涨，你以为你是什么盆！是金盆哪？

老 那不是。

耶 银盆呀？

娘 那不是。

郎 你这盆里能长出钱来呀？

老 那倒是。

郎 什么！

老 不是不是。

娘 大兄弟，你别听他的。

郎 大家都听见了吧！他说他这盆里能种出钱来。

老 大兄弟，你别喊哪！

郎 刚才充其量你是个奸商，现在你就是诈骗。

老 我骗啥了！

郎 你说你花盆里能长出钱来。

娘 他那是胡说八道。

郎 那我不管！你给我长！长不出钱来我送你上市场管理所。吊销你的营业执照。

娘 老头子快服个软吧……

老 大兄弟，我要是能种出钱来，还用在这儿卖花盆吗？

娘 就是，土里要能长出钱来，那我们就开银行了。

郎 那我不管，种不出钱来，你别想走。（锁车锁）

娘 咧咧吧，我看你咋种！

郎 种！

老 那我要种出来你就放我走。

郎 你要种不出来你就跟我走。

老 （无奈地）挖个坑儿，埋点儿土，数个一、二、三、四、五，种5块翻一翻，其实这事儿也简单。（从花盆土里双手各拿出5块钱）

郎 （吃惊地）哎呀！

老 这5块是你的种儿，这5块算收成。［娘欲翻花盆里的土。

郎 别动。（翻土）

娘 老头子你是咋鼓秋出来的？

老 收拾收拾赶紧走哇！（往车上搬花盆）

郎 等会儿，你身上有钱！

老 没有！她翻过了。（把口袋掏出）

娘 我做证。

郎 （对娘说）把你那10块钱给我。［老头趁郎不注意迅速调换花盆。

郎 你再给我种10块。

老 说好了种出来让我走，你咋说话不算话呢。

郎 再种10块我就让你走。（扔下10块钱）种！

老 我种，挖个坑儿，埋点儿土，数个一、二、三、四、五，种10块长1倍，心里觉得很惭愧。［老双手离开花盆，各拿出10元。

郎 哎呀！哎呀！

老 这10块是你的种，这10块是我的收成。

郎 大爷！

老 咋的，看见钱叫大爷了。

郎 你就是大爷。

老 小伙子，以后别这样，哪能得理不让人呢！社会在发展科学在进步，土里到底能长出啥，谁也保不住。人能克隆了，庄稼基因了，土地里可能就长出现金了。我们农民多年的口号就是向土地要钱！如今终于实现了！

娘 （自语）不对，这里肯定有鬼。（在装土的桶里翻找）

郎 不可能呀，这是物理反应还是化学反应？

娘 （从土里拽出50元人民币，冲观众）人的反应。

老 你别管啥反应，反正我种出来了。不是跟你吹，刚才你是拿个10块的，你要拿出50来，照种！

郎 真的。

老 不信你拿呀！

郎 那你给我种50——

老 没问题。

郎 美元。

老 （坐在地下）我这不是没事儿找事儿吗，把他美元还勾出来了。

娘 美国大豆还照种呢！美元怕啥呀！（坐在桶上）

老 你跟着掺和啥呀。小伙子，你是人民吗。

郎 当然是人民啦。

老 是人民咱就得种人民币！

娘 让你种啥你种啥呗。

老 外国这玩意儿在咱的土地上不一定长出啥来。

郎 长出英镑更好呀。

老 要长出卢布来，你不亏了吗。

娘 长啥都是钱哪！

郎 你可以试一试！

老 好！我试试。人有多大胆，地有多大产。

娘 盆有多大号，能种多大票。（把桶搬到老头面前）

老 你快学会了。挖个坑儿，埋点土儿，数个一、二、三、四、五，自己的土自己的地，种啥都长人民币……

娘 长啊。

老 自己的土自己的地，种啥都长人民币……

娘 长啊。

郎 哎呀，你不要催吗，这不是拔苗助长吗？

老 自己的土自己的地。

娘 （举起手里的50块钱）种啥都长人民币。

老 看见没有！人民币是坚挺的，这阵子长得挺猛的。亚洲经济不萧条，都是靠它带领的。

郎 我不明白，你种的钱怎么跑到她手里去了？

老 小伙子，你刚刚结婚，感受不深，过上几年，你就开始藏钱。

娘 老头子，真有点对不起你了，今天这事弄得我挺心酸，我把钱把着紧点，还不是怕你抽烟喝酒伤身体吗？现在咱还缺钱花吗，（拿出一瓶蜂蜜）这蜂蜜不比烟香，不比酒甜吗？

老 给我买的？

娘 戒了烟常喝点蜂蜜水。

老 小伙子，老话说得对呀，吃在肚里的才是饭，穿在身上的才是衣，栽在盆里的才是花，最疼你的才是妻。

郎 大爷大娘，你们的爱情才叫浪漫，这束玫瑰花就送给你们了。

娘 好！我也送给你个花盆。

老 买束百合花，给你爱人带回去。

郎 谢谢。

娘 走了。

老 （骑上车）好盆配好花。

娘 好人配好家。

郎 生活一定比蜜甜。

老 对，千万别藏私房钱。

——剧终

（与张振彬、王宏共同创作）

2002 年中央电视台春节联欢晚会与凯丽、巩汉林表演小品《花盆儿》

附言：《花盆儿》写的是一对老小孩藏私房钱的故事。播出后，倪萍打来电话，说正在季羡林季老家拜年，季老很喜欢《花盆儿》这个节目。看来老人和孩子的心理都一样纯真。记得那年我走到哪儿都有孩子学着说“挖个坑、埋点儿土，数个 12345；自己的土、自己的地，种啥都长人民币……”

·小品·

泄　密

喂，总机吗？
请接外线，市图书馆。
喂，市图书馆吗？
我是城西西港的驻军，
就是五六七八部队，
过去七六八五部队改的，
为了保密，我们这是对外的番号，
对内就是陆军 45 团。
我们上回要的 1851 本书怎么样啊？
哦，太多了，
我跟你说，
这 1851 本书，主要是保证全团人手一册？
哦，才能解决一百多册啊，
那才能保证一个班一册，
这样，你再帮我增加 75 套，
我把连排以上的干部都给解决啰！
中吧？谢谢，谢谢！
我们什么时间去取呀，
哎呀，现在正搞演习呢！
海陆空联合作战，
军委都来人了。
整个营房全部走空，就剩一个排值班。
哦，你们能送货上门哪，那太好了！
我们这特别好找，
出了新华书店往西，
一直地往西走，
走到城西有一片营房，
打头有四排迷彩房子，
那是导弹仓库，
穿过导弹仓库，
有一排红砖房，
那是特务连，
往后一拐，
一个小黄楼，
一楼作训股，
二楼指挥部，
三楼就是保密室了。
不过我们这大门把得特别紧，
如果问你口令的话，
你就说“团结奋斗”。
哦，明天来，
明天就变成“斗志昂扬”了！
你看他拿枪不要害怕，
一般站岗枪里不放子弹，
直接找我就行了，
保密室谢干事，
我叫谢密啊！

——剧终

表演单人小品《泄密》

附言：《泄密》是一个单人小品，讲述的是一个保密员在说保密制度的时候却一连串的泄密。每次演出之前，我都会说上这样一段话：现场观众朋友如果听出来我哪句话泄密，就用掌声和笑声羞臊我一下。为此，观众开始警惕，听到泄密就鼓掌，掌声笑声越来越密。其实观众都很聪明，艺术创作就是和观众“斗智斗勇”，喜剧艺术总是把自己的姿态放低，让观众有俯视感，这样他们会更加开心。

·小品·

西部西瓜

（2002年全军“双拥”晚会）

时 间 八月十五中秋节。

地 点 西部的一个瓜摊。

人 物 卖瓜老汉：七十多岁，简称“老”。

解放军战士：二十多岁，简称“战”。

台湾青年：四十多岁，简称“台”。

［幕启，舞台右侧置一个小方桌，桌旁摆着数十个西瓜，三个马扎，一把大太阳伞和一堆西瓜。一个红塑料桶，一个写着“西部西瓜”的牌子，卖瓜老汉把一个最大的西瓜祭奠式地放到高处。又拿起西瓜刀和一个西瓜，来到方桌前。

老 圆圆的西瓜像地球儿，咱西部就在最西头儿，这西瓜熟了才好吃（切西瓜），这叫“杀熟儿”。［解放军小战士上场。

战 张大爷。

老 来熟人了。

战 张大爷，你又在“杀熟儿”啊。

老 咱这西部西瓜一到八月十五，该熟的都熟了。

战 （拿出一袋瓜籽）大爷这是瓜籽儿。

老 这解放军心多细啊，西瓜吃完了，还把籽送回来。

战 明年再种。

老 对。

掌 “八一”节您给我们送去了一车西瓜，大伙都说那是“拥军瓜”。

老 你又还给了我一袋子瓜籽，这就得叫“爱民籽”了。（两人乐）来，吃瓜。

战 不吃了，我走了。

老 不行，八月十五吃西瓜，走到哪里都不想家，吃。（把战士按在座位上）

战 不吃。

老 必须吃。

战 不收钱，绝对不吃。

老 你吃了，我就收钱。

战 收！

老 收，不收钱不赔了吗，平时对军人打八折，这不刚过“八一”节就打一折。

战 “八一”节早过去了，今天是八月十五。

老 那就打十五折。

战 好，十五折。（掏出十块钱）

老 对……那不越打越多吗？你这小脑袋瓜，我是算不过你。

战 （起身）大爷，我还是先把西瓜皮给您倒了吧。（下场）［台湾青年手拿自制地图上场。

台 跨越千山和万水，从台湾来到大西北，和爷爷说得不一样，这地图怎么也对不上。（举手看坐标，奔西瓜摊走去）

老 吃……瓜，（台绕过西瓜摊走到另一侧）一上来就比比画画的，不是勘探就是开发的，这模样不像吃瓜的。

［战士上场。

战 大爷，我回连队了。

老 （拉住战士）不行，你免费给我干活，今天就得免费吃西瓜。（把战士按在座位上）吃。

战 不吃。

老 吃。

战 真不吃。

老 不吃不行。

战 大爷。

台 （拉住战士）小兄弟，你听我说。

老 你听他说。

台 老先生既然这么热情。

老 是呀。

台 就不要客气了。

老 不要客气，坐。

台 吃。

老 你是干啥的？

台 和他一样吃西瓜的。（欲拿西瓜）

老 你是谁，你能跟他比呀，他是当兵的。

战 张大爷是拥军模范。

台 我也是当兵的嘛。

老 当兵的咋不穿军装呢。

台 退役了嘛。

战 你是复员兵啊。

台 是地，是地，我们叫退役兵。

老 早说呀。复员退役的和现役的一个待遇。吃！

台 哇！

老 不好好吃西瓜，你喊啥？

台 这西部的西瓜确实是甜呐！

老 那当然啦！西瓜西瓜，就得数咱西边的瓜。

台 那我们南边……

老 南瓜呀！那是跟红米饭配套的。

战 那我们东边呢？

老 东瓜呀！包饺子合适。

［三人乐。

台 老先生知识面很广啊！

老 一小般吧。

台 看来地方没少走啊！

老 不是跟你吹呀，想当年出生在东北，逃荒要饭到西北，当兵之后到华北，支援边疆又回到了大西北，这一辈子没走南光闯北了。

台 老先生啊，这个地方好像和以前不一样了。

老 这不西部开发了吗？还别说这，现在全国都变样了。

战 到处都是喜事。

老 申奥成功了，中国威风了，足球胜利了，中国提气了，W 就要 TO 了，那西瓜哗啦一下丰收了。

台 这 WTO 跟西瓜丰收有什么关系啊？

老 咋没关系呢？你想想啊，WTO 西瓜丰收……它俩前后脚的事……

战 有关系。（解围地）

老 有关系吧。

战 西瓜是圆的。

老 圆的。

战 O 也是圆的。

老 圆的嘛！那 O 是圆的？

台 哎呀，老先生你很幽默啊！我听说原来这里是一片黄土坡。

老 早就铲平通火车了。

台 那边有片沙土沟。

老 已经填平变绿洲了。（指着解放军战士）都是他们帮着干的。

战 军民共建，都是我们应当做的。

老 啥应该做的，这就叫代表人民群众的根本利益。吃瓜！

台 不比不知道，一比吓一跳，这边当兵的比我们那边当兵的对老百姓好多了。

老 你哪儿能那么说呢，现在全国一盘棋，走到哪儿都一样。

战 对，“双拥”城、“双拥”县已经遍布全国了。

台 我们那边确实不如这边。

老 那肯定是你们没处理好关系。

台 是的，是的。

老 你什么兵种啊？

台 侦察兵。

老 哦，特务连的。

战 没看人家手里拿地图。

老　哪年当兵啊？

台　用这边的话说是80年。

老　也得算是老兵了。

战　那我得叫你首长。

台　不敢当，不敢当。

战　不是首长也是领导。

台　不敢当，不敢当。

战　不是领导也是老同志。

台　不敢当，不敢当。

老　你这个人就瞎客气，一个同志有啥不敢当的。同志就是有共同志向的人。

台　所以，就更不敢当了。

老　在哪儿当兵啊？

台　台湾。

老　在哪儿？

台　台湾啊。

老　（站起身生气的）不许动！举起手来！（抢下西瓜）一个台湾兵我给你免啥费啊。

台　你不是说拥军吗？

老　我拥的是中国人民解放军。

台　那我们国军……

老　小样吧！你还国军。

台　那我买你的还不行吗？

老　我怕你买不起。

台　多少钱一个？

老　一百万。

台　啊！

老　美元。

战　那也太贵了。

老　不贵，有钱买军火，没钱吃西瓜呀。

台　那也不是我干的嘛。

老　甭管谁干的，你给我捎个信儿，告诉他们少奓刺儿，要是把我惹火喽，收拾你们还多大个事儿咋的。

战　大爷别动手。

老　我们绝不承诺放弃武力解决台湾问题。

台　老先生，我是来考察的，

老　考察？我看你像侦察的。（抢下地图欲撕）

台　不能撕啊，你的心情我理解，我也是个中国人哪，我们台湾老百姓也是盼望祖国早日统一啊！这地图就是我爷爷靠着回忆画下来的。

老　（打开地图看）

战　张村……还有咱李庄。

老　你爷爷也是西北人？

台　是土生土长的西北人，当年他也在这块土地上种过西瓜，是赫赫有名的瓜王。

老　他叫啥？

台　大号王天龙，人称王大瓜。

老　（动情地）孩子。

台　您是？

老　大号张天顺，人称张二瓜。

台　爷爷！（跪在地下，音乐起）我可找到您啦！

老　孩子。

台　爷爷，我们找你找了好多年啊！

老　孩子，快起来。

战　（搀起大爷）大爷，坐下说。

老　和你爷爷长得真像，50多年啦！想当初我逃荒来到大西北，是大瓜哥一家收留了我。（音乐中）那天也是八月十五，我和大瓜哥种的西瓜熟了，大瓜哥拉了一车的西瓜到城里去卖，说好了回来给我带月饼。

台　爷爷遇上了国民党的军队，他们把爷爷和西瓜一起抢走了。

老　那天晚上我坐在瓜棚里等啊等，谁知道这一等就是50多年哪！

台　这50多年爷爷在台湾一直操着老本行。

老　还种西瓜哪。

台　种，每年中秋节他都要冲着家乡的方向摆上一个又圆又大的西瓜。

老　他还没忘了咱家乡瓜农的老规矩啊，这叫“祭瓜”，今年祭瓜是为了明年的好收成。［三人望着瓜摊高处祭奠的那个西瓜。

台　独在异乡为异客。

老　每逢佳节倍思亲。

台　爷爷说全世界的瓜果都比不上咱家乡的西瓜

甜。这次西部开发，我准备把家乡的西瓜引进宝岛，让它穿越海峡，走向全世界。

老 把这袋瓜籽给你爷爷带回去，改良后的新品种比过去更甜了，告诉大瓜哥，只要是咱中国的土，中国的水，不管在哪儿，都能种出咱家乡的味，别忘了，咱们是一根藤上的瓜呀！

战 到时候给西瓜起个名字，就叫“兄弟瓜”。

老 不，叫“团圆瓜”。

合 团圆瓜。

[在《我爱你中国》乐曲中，三人遥望着远方。

——剧终

（与张振彬、王铁虎共同创作）

2002 年全军“双拥”晚会与林永健、毛孩儿表演小品《西部西瓜》

附言：《西部西瓜》写的是一个西北卖瓜老汉与台湾游客的故事，核心台词：“你们有钱买武器，没钱买西瓜？！”表达的是两岸老百姓渴望祖国统一的情感。这里有个插曲，为了演出效果，道具组特意准备了真瓜真刀。老汉上场刀落瓜开，每场演出都是满堂彩。可正式演出那天出了意外，剧组为了效果更好准备了一个大瓜，一刀下去没切开，我赶紧补刀，不慎切伤了手指，血流不止，我拽下肩上的白毛巾，瞬间染红了。舞台上出现任何事故都不能影响演出，为了不让观众发觉，我将手搭在饰演战士的演员身上，因为军装的颜色深不易被发觉，我一直坚持把小品演完，血在舞台上滴成了一片。每次“双拥”晚会演出都会为首长准备医护保障车，据说那天是首次用上。我在医护人员的陪同下，迅速到了 301 医院缝合，最后赶回谢幕。

·小品·

足　疗

（2003年中央电视台春节联欢晚会）

时　间　当代。

地　点　足疗馆。

人　物　黄宏饰司机；牛莉饰妻子；沈畅饰足疗技师。

景　置　背景是一张招贴画，画上是一个巨大的脚丫子图案，招贴画的前面有一张专业的足疗榻。

［幕启，牛莉急匆匆上。

牛　莉　老公，你把车停好了，赶快过来，（发现一家足疗店）足疗？今天呀，就这儿了！哎，洗脚店里有人吗？

［沈畅应声上场。

沈　畅　来啦……欢迎光临，请问是做足疗吗？

牛　莉　对，两位。

沈　畅　好，我马上准备水，请稍等。

牛　莉　好的，哎，等等……（用床单把招贴画遮住）

沈　畅　啊？

牛　莉　不好意思啊。

沈　畅　这个不能蒙……

牛　莉　我老公啊没做过足疗，我怕他一下子接受不了。

沈　畅　嘿嘿，真逗。（下）

牛　莉　老公，你快点儿啊！

［黄宏上。

黄　宏　来啦，来啦来啦……来啦……现在这老婆真够呛，是吃喝玩乐讲高档，一上街，她买东西我买单，我这丈夫不叫丈夫，我叫付账！乐啥呀？所有男人都一样。

牛　莉　老公，今天真是太高兴了。

黄　宏　我也高兴啊。

牛　莉　大过年的，咱俩应该好好地休闲休闲。

黄　宏　别人休闲，咱得挣钱啊，我这出租车一天光拉你了，就没拉个正经人。

牛　莉　我说你啥意思啊你？

黄　宏　不是……

牛　莉　你媳妇儿坐你的车你还打着计价器，你打算收多少钱啊？

黄　宏　我不打算收多少钱，我得知道我赔多少钱啊，你这一天跑了多少地方了？（扯出一长串单子）

牛　莉　你排面条呀啊你。

黄　宏　一说面条我还真饿了，说吧，想吃点儿啥？

牛　莉　进来。

黄　宏　哎，咱在哪儿交钱啊？

牛　莉　（拿拖鞋）来，老公啊，把它换上。

黄　宏　我不是跟你吹，一看这拖鞋我就知道吃啥。

牛　莉　吃啥？

黄　宏　日本料理呗。

牛　莉　哈哈哈……

黄　宏　我拉过日本客人，我知道这玩意儿可麻烦了，只要鞋一脱，马上就上桌。

［沈畅端洗脚水上。

沈　畅　二位老板请。

黄　宏　看见没有？人家日本人讲究营养和健康，点菜之前先送汤。

牛　莉　啊？哈哈哈……老公，你听我跟你说……

黄　宏　说啥呀？喝，先整个水饱，少要点儿菜，省钱。

牛　莉　哎哟，哈哈哈……

黄　宏　来来来，坐坐坐。

牛　莉　我坐哪儿啊？

黄　宏　明白了，在日本女人根本没地位，一吃饭男人入座，女人下跪，在咱中国，换位！你坐，我跪！（跪下）

牛　莉　哈哈哈……

黄　宏　哎呀，吃顿洋餐乐成这模样？我跟你说，这盆汤，咱俩根本喝不了，小姐，勺呢？我先尝尝咸淡。

牛　莉　哎！别喝！这是洗脚水。

黄　宏　啥玩意儿？

牛　莉　我今天请你洗脚……

黄　宏　疯了，疯了！现在这女的都疯了，过去两口子上街充其量吃顿水饺，现在改洗脚了，快回家，大过年的洗什么脚啊？

牛　莉　哎呀，老公！现在洗脚是时尚！

黄　宏　如今真是不一样，洗脚丫子变时尚了，我奶奶那辈儿时尚是裹脚，我妈那辈儿时尚是放脚，到她这辈儿时尚是洗脚，要再往上那脚非长脑袋上不可。

牛　莉　那叫犄角。

黄　宏　我看你就是狗长犄角——净整羊（洋）事儿，咱们普通老百姓能这么折腾吗？

牛　莉　我不寻思着你没洗过脚，带你来尝试尝试吗。

黄　宏　我多大岁数我没洗过脚？我在家不天天拿热水秃噜吗？

沈　畅　老板，在家洗脚是为了卫生，在这儿洗脚是为了放松。

黄　宏　我说你知道我是干啥的你就让我放松啊？每天我方向盘一把，安全带一绷，只要一放松，肯定闯红灯，警察一敬礼，我挣多少钱都得交公，我还放松我还……

沈　畅　哎呀老板，您得学会休息，现如今生活水平提高了……

黄　宏　提高了，鸡爪子都叫凤爪了，如果我没记错的话，你这洗脚店过去是卖猪蹄儿的吧？

沈　畅　对！这是新的创意。

黄　宏　净新词儿，还创意？过去叫老妈，现在叫妈咪；过去叫老爹，现在叫爹地；过去叫损招儿，现在叫创意。

牛　莉　少废话啊，你不洗我洗，拿钱！

黄　宏　哎呀，说那么白干啥？拿钱，你一叫丈夫我不就付账了吗？来来来来，洗一位多少钱？

沈　畅　八十。

黄　宏　多少钱？

沈　畅　八十啊。

黄　宏　洗个破脚八十啊？

沈　畅　哎呀，老板，八字儿不是吉利吗！

黄　宏　八字儿吉利？你给我洗成八字脚我找谁去？有内部价吗？

沈　畅　没有。

黄　宏　有我也不洗，你整成内八字儿更磕碜，走走走，回家！

牛　莉　走啥呀走！小姐，开票。

黄　宏　这个败家的玩意儿……

沈　畅　谢谢。（下）

黄　宏　你洗啊，我到门口擦车去。

牛　莉　放下！我说你离开出租车你活不了是咋的？

黄　宏　这水不是方便吗？一会儿你再整一盆儿呗，外边擦辆车十块钱，我省十块钱，你那脚不就七十了吗？

牛　莉　一点儿不懂生活。

黄　宏　哎，我问你啥叫生活啊？

牛　莉　你说啥叫生活？

黄　宏　生活生活，生下来就得干活，我一脚刹车一脚油门儿的我容易吗？八十块钱机场我能跑个来回。

牛　莉　你不容易我容易啊？每天天不亮你就走了，深更半夜你才回来，一头扎进被窝儿，有时候连衣服都不脱，隔着好几层你让我怎么跟你唠唠知心嗑儿啊？

黄　宏　哎呀，唠啥呀？两口子过日子讲的是实实在在、真真切切，虽然现在青春火花没有完全泯灭，都四十来岁的人了，哪有那么多激情燃烧的岁月？

牛　莉　那你也不能让我一个人在家守空房啊？

黄　宏　你守啥空房啊？你不天天都看电视剧《空镜子》吗？再说了，我不是忙吗？

牛　莉　你再忙有我们老板忙吗？

黄　宏　你跟我别总提你们老板好不好？

牛　莉　提我们老板怎么了？人家放长假时常带着老婆去国外休闲。

黄　宏　你要羡慕他休闲，你把我休了，你跟他闲去。

牛　莉　越来越俗气！

黄　宏　我知道你现在看不上我了。

牛　莉　看不上你？看不上你我带你去染头啊？看不上你我带你去吃饭啊？带你去打保龄球啊？

黄　宏　你带我去染头那是嫌我长得难看；你带我去吃饭也许是最后的晚宴；你带我去打保龄球，很明显你想一撒手让我滚蛋。

牛　莉　讨厌！

黄　宏　实话说出来了吧？没啥了不起的，过不了一块儿咱就散。

牛　莉　散就散！

黄　宏　散就散！

［沈畅上。

沈　畅　老板，票。

黄　宏　别这么叫我，我不是老板。

牛　莉　你别介意啊，他是我老公。

沈　畅　没关系，老公慢慢发展也能成为老板。

黄　宏　对，老板慢慢发展也能成为老公。

牛　莉　你这话我是越听越不顺耳了！

黄　宏　主要是越看越不顺眼了。

沈　畅　一张票，二位谁洗啊？

黄　宏　她洗！

牛　莉　他洗！

黄　宏　你洗吧，八十块钱洗脚，洗完你就成贵足（贵族）了。

牛　莉　你不洗我今天就不走了。

黄　宏　你爱走不走，我们出租司机还怕等人啊？

牛　莉　你……

沈　畅　别吵了，别吵，我看，还是二位一块儿洗吧。

黄　宏　你啥意思啊小老同志？我明白你的意思，你无非让我多开张票，这么多年我最烦的就是这一套，你这就等于出租司机故意给人绕道儿，都是老中医，你不用给我配这个药。

沈　畅　我不是为了让你们一块儿洗吗？

黄　宏　一张票就不能一块儿洗吗？

沈　畅　一张票怎么一块儿洗啊？

黄　宏　我……一人洗一只！能洗不？

牛　莉　一人一只算怎么回事啊？

黄　宏　说明咱俩人之间没有第三者插足啊。

沈　畅　嘿嘿，一人一只我们确实没洗过。

黄　宏　没洗过你可以尝试嘛，我问你，一个盆儿里几只脚？

沈　畅　两只啊。

黄　宏　这不就完了吗，这叫加人不加脚，数量也正好，和我们出租司机是一个道理，一个人也是拉，两个人也是跑，我们是看表，你们是算脚，这还……

沈　畅　那……我们就照顾照顾你。

黄　宏　谁照顾谁啊，我这脚是四十三号的，她是三十七号的，没让你打个三七折就算照顾你了。

牛　莉　满脑子计价器。

黄　宏　你算说对了！今天洗洗脚，明天接着跑。

沈　畅　老板，洗哪只啊？

黄　宏　洗油门这只，明天使使劲儿把这八十块钱再拉回来。

牛　莉　小姐听我的，洗刹车那只。

黄　宏　我的脚听我的，洗油门那只。

牛　莉　洗刹车那只。

黄　宏　洗油门那只。

牛　莉　洗刹车那只！

黄　宏　油门那只。

牛　莉　刹车那只！

黄　宏　油门……

沈　畅　哎呀，别吵了，刹车油门是一只。

黄　宏　洗踩离合器这只！

牛　莉　我跟你说啊，要是真离了，你就别想合！

黄　宏　哎呀，谁怕谁啊？金盆洗手是不干啦，木盆洗脚是要散啦，（沈畅为黄宏捏脚）哎呀，你看看……整，哎哟……

沈　畅　老板你最近很劳累吧？

黄　宏　还行……

牛　莉　能调理调理吗？

沈　畅　能，你看啊，这儿管心、这儿管肺、这儿管肝、这儿管胃。

黄　宏　哈哈哈哈……哎呀小姐，这只脚经常在黑暗中度过，冷丁儿的一见生人它还有点儿羞涩，我自己来，我自己来……

沈　畅　老板，足疗还是有好处吧？

黄　宏　有好处，有好处……

沈　畅　老板，一进门就看您生气，现在终于看见笑模样了。

黄　宏　笑了，笑了……

沈　畅　老板，比看相声小品还高兴吧？

黄　宏　高兴！都说春节晚会难搞，主要是导演缺乏技巧，每个观众发上一个脚盆儿洗脚，所有的节目效果保准都好！哈哈哈……

牛　莉　小姐，我来洗，我来。

黄　宏　对对，你轻点儿还行，你重了我受不了，还是你了解我……

［温馨的音乐响起……

牛　莉　还痒吗？

黄　宏　不痒了，媳妇儿一上手就啥感觉都没有了。

牛　莉　讨厌。

黄　宏　我这跟你开玩笑呢。

牛　莉　老公啊，这一年多你太累了，脚都肿了。

黄　宏　没事儿，破脚。

牛　莉　你是咱家的顶梁柱，你要垮了，挣再多的钱有啥用啊？今天带你来，就想让你好好的歇歇脚，享受享受。

黄　宏　咱们普通老百姓享受得了吗？

牛　莉　谁家过年还不吃顿饺子啊？

黄　宏　吃饺子行，洗脚我舍不得。

牛　莉　实话跟你说吧，我今天来就是想学学手艺，以后回家了，我天天给你捏。

黄　宏　还是老婆疼我呀……小的时候，我妈给我洗过脚，现在是老婆给我洗……

牛　莉　等老了，咱孩子给你洗……

黄　宏　好……

［俩人聊着天，黄宏渐渐睡着了，均匀的鼾声中。

——剧终

（与张振彬、王宏共同创作）

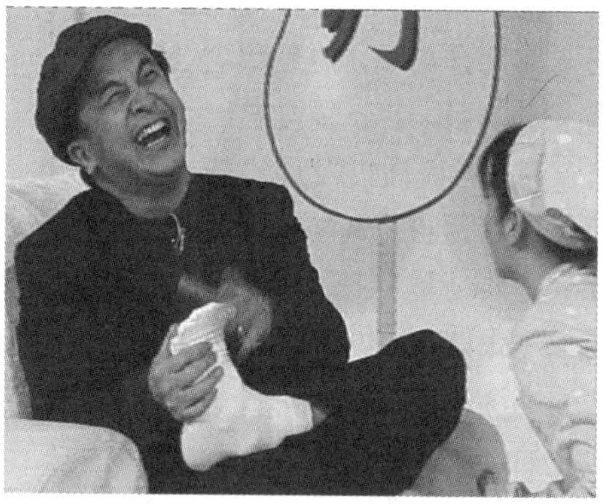

2003年中央电视台春节联欢晚会与牛莉、沈畅表演小品《足疗》

附言：《足疗》讲述了一对恩爱夫妻因为消费观念的不同产生了矛盾，通过沟通丈夫理解了妻子的良苦用心。结尾处身着小红袄的媳妇儿抱着老公的脚，老公幸福地在躺椅上睡着了，这个画面很温馨。播出后，有人跟我说，一家足疗店把你们的剧照作为招牌，上写“温暖足疗”。我心想“温暖”这词儿加得不错。

·小品·

下　棋

（2003年全军“双拥”晚会）

时　间　当代。

地　点　某部队招待所客房。

人　物　营长爹：六十岁左右，营长的父亲；团长爹：六十岁左右，团长的父亲；公务员：男，二十岁左右，战士。

景　置　客房里摆放着一张桌子两把椅子，桌子上放着一盘军棋和一个电视遥控器，桌子左侧的小茶几上放着一个红色的电话。

［幕启，远处隐隐地传来军营里训练的口号声。

［营长爹上。

营长爹　来到部队把儿子看，赶上部队搞演练，想到前面凑热闹，没想到拉了警戒线，有心要钻铁丝网，说实话——怕有电。

［电话铃声响起。

营长爹　来电了，（接电话）哎，我是营长——他爹，什么？给我房间还要安排一位来队家属？来吧，反正闲着没事干！男家属女家属啊？男的还行，否则住着不方便，好，就这样，再见！［放下电话，回身拿起遥控器打开电视。

［公务员领团长爹拖着行李上场。

公务员　团长大爷！

团长爹　什么团长大爷，就叫大爷。

公务员　哎！团大爷！（拦住团长爹）我还是单独给您安排一个屋吧！

团长爹　两个人住一块好，一个人住闷得慌。

公务员　不是，营长他爹那脾气啊，逮谁管谁，我怕您受不了哦。

团长爹　我跟司令员他爹都住过一个屋，没关系！

公务员　（暗自琢磨）也好，让团长他爹管管营长他爹，团长大爷……

团长爹　（拉过公务员）记住哦，跟任何人都不能说我是团长他爹！

公务员　是！（拖着团长爹的行李进屋）

团长爹　走！

营长爹　（摁遥控器）走！

［团长爹进屋正好挡住营长爹看电视。

营长爹　别挡着我呀！走！

团长爹　哎呀！老哥哥，看电视呢？

营长爹　看，想看的东西看不到！相声不笑，小品太闹，唱歌的一真唱还跑调，我就想看军事频道，你看，还广告！

公务员　大爷……大爷他昨天晚上在电视里看见我们营长了……

营长爹　看见啦！带着战士真刀真枪搞演练呢！就是时间短点，我想看看今天还能续上不。（拿遥控器搜台）

团长爹　你当那是电视连续剧呢？天天都有你儿子啊！

营长爹　那倒是，昨天我儿子一走，播音员出来了，告诉我：（学播音员）“别走开，广告之后马上回来！”就她一句话，等得我一宿没敢上厕所，等到了天亮都没回来。

团长爹　哈哈，老哥哥，我要是没猜错的话，你就是导弹营长他爹。

营长爹 对，那小子从小就捣蛋，没成想捣出名堂，成营长了。

公务员 我介绍一下，这位是团长（被团长爹摁住）……团长派我送来的……

营长爹 （握着团长爹的手）家属！

公务员 是！

营长爹 这孩子嘴笨。

团长爹 哈哈！（坐）老哥哥，不瞒你说，昨天晚上我也看电视了……

营长爹 你儿子也上电视了？

团长爹 镜头里没他……

营长爹 没上镜头准是兵，跟在后头打冲锋，一波一波看不清……小刘啊，给这位大爷倒水！

公务员 是！

团长爹 先给你倒！

营长爹 客气啥呀！在我们部队，对待战士家属和我们干部家属那都是一个待遇，倒上！

公务员 是！（倒水）

营长爹 小刘啊……（低头看茶杯）这茶叶都是一样的吧？

公务员 你那是红茶！

营长爹 他呢？

团长爹 我喜欢喝绿茶。

营长爹 红茶绿茶……你说前面演习到底是红军胜了还是绿军胜了？

团长爹 哎呀老哥哥，那叫红军、蓝军。

营长爹 你别管啥军，谁输谁赢你来个电话呀！（起身）想当年打仗的时候那还得向总部汇报呢，不能让我干着急呀！

公务员 大爷，您就是再急，那也得等演习结束才知道输赢。

营长爹 （不服）我儿子肯定赢！

公务员 哦？

营长爹 哦啥呀哦？昨天下军旗我还赢你三盘！

公务员 （找团长爹诉苦）大爷，他根本就不会下，还非得赢！

营长爹 废话，我营长爹还不得赢啊？

团长爹 哈哈，老哥哥，我陪你下两盘？

营长爹 来吧！

公务员 （拉过团长爹悄声道）大爷，你敢跟他下棋呀？

团长爹 没关系，他怎么下我怎么下。

营长爹 小刘，摆棋！

公务员 是！

团长爹 前方演习，咱后方下棋……

营长爹 争取跟我儿子一起，锁定胜局！

团长爹 下！

营长爹 下！

［俩人走到桌前坐下，摆开架势。

营长爹 说吧，你想怎么下？

团长爹 （谦让）你想怎么下？

营长爹 我不是和你吹，我随便摸个子我就知道它是啥官儿！（伸手摸棋）呃，司……司机……

公务员 司令！（对团长爹）昨天晚上就拿工兵吃我的司令，他愣说是吃司机！

营长爹 哈哈，我那是逗你玩的，我还不知道这个，一级管一级，司令管军长……

团长爹 军长管师长。

营长爹 师长管旅长。

团长爹 旅长管团长。

营长爹 团长管我儿子，剩下的都归我儿子管，我还不知道这个。

团长爹 老哥哥，你儿子的权力不小啊？

营长爹 我问问你，你现在待的这个地方叫啥呀？

团长爹 军营啊？

营长爹 那不就完了吗？学校归校长管，银行归行长管，军营就归营长管！

［公务员在桌子后面听着俩人的谈话忍俊不禁，哈哈大笑。

营长爹 笑啥啊笑？管你不？

公务员 管！

营长爹 摆上！

［公务员继续摆棋。

团长爹 老哥哥，从你身上我还真能看出点儿军人气质。

营长爹 那当然，老底子在这儿摆着嘛，你当过军人没有啊？

团长爹 抗美援朝的时候当过三年。

营长爹 哦……那基本属于建国以后了！

团长爹 你是建国前的啊？

营长爹 我这么跟你说吧，小时候当过儿童团，后来调到民兵连，前几年下来不干了，也不算离休，基本属于解甲种田！

团长爹　哈哈哈，你就没当过兵啊？

营长爹　民兵也是兵！

公务员　两位大爷，棋摆好了。

团长爹　开始？

营长爹　马上进入阵地！

公务员　大爷，今天可说好了，必须得按照规矩来，谁先翻到什么颜色的子，谁就是什么军……

团长爹　扛到军旗那才算胜利！

营长爹　我肯定先扛军旗，你先翻！

团长爹　还是你先翻！

营长爹　我就不该暴露我的身份，啥玩意都按照级别来，服从命令，你先翻！

团长爹　（翻开棋子）我是蓝军！

营长爹　（翻开棋子）红军！我赢了！（哈哈大笑起身）

公务员　（慌忙喊住营长爹）还没下你怎么就先赢了？

营长爹　哈哈哈，红军不怕远征难，有这精神我就赢了！

团长爹　老哥哥，这是两码事儿。

营长爹　（回到桌前）不信你接着翻呀！

团长爹　红军工兵，你的！

营长爹　我进行营！

团长爹　红军排长，你的！

营长爹　我进行营！

团长爹　红军连长，你的！

营长爹　我进行营！

公务员　（看不下去了）大爷！一个行营只能进一个子！

团长爹　你怎么把子儿都摞起来了？

营长爹　（拿起一摞棋子）过去部队都住平房，现在都改楼了！

公务员　楼算什么呀？现如今咱部队都是机械化、信息化、数字化！

营长爹　（瞪眼）还有呢？

公务员　您接着下……

营长爹　好！我下，我翻！（翻棋子）营长，我儿子！（把棋子拿到自己面前）

团长爹　这回你怎么不把它摞上去了？

营长爹　现在干部都住经济适用房，（在桌上比画）这算生活区，你翻你翻。

团长爹　（翻棋子）团长，我儿子……

营长爹　（扑哧一口水喷出）你说啥玩意啊？

［公务员慌忙给营长爹捋背。

团长爹　我儿子是团长的兵……

营长爹　哈哈哈，吓我一跳，我还以为团长是他儿子呢！

公务员　我实话跟您说吧，他就是团长……

团长爹　（制止）小刘！到点了，该复习功课去了！

公务员　是！（欲下）

营长爹　小刘！好好复习！

公务员　是！

［公务员下。

团长爹　老哥哥，这孩子今年要考军校。

营长爹　现在带兵你得有点真本事，我不是跟你吹，我儿子，博士！

团长爹　（骄傲）我儿子，博士后！

营长爹　那你别着急，让孩子努努力，使使劲儿，早晚整到博士前。

［团长爹忍俊不禁，俩人继续下棋。

团长爹　旅长！

营长爹　师长！吃了！

团长爹　军长！

营长爹　军嫂！吃了！

团长爹　这棋里哪有军嫂这个棋子啊？

营长爹　昨晚上我就发现这棋子不对劲儿，一桌子官兵都是光棍儿！

团长爹　你还别说，这从士兵到将军，不能个个都单身呀？

营长爹　军人扛枪把国保，军嫂的贡献不能少，上有老下有小，洗衣服做饭带辅导，从边关到海岛，天涯何处无军嫂，她们就是好媳妇的代表！

团长爹　老哥哥，说得好！军嫂这个子儿必须加上！

营长爹　对！解决两地分居问题嘛。

［俩人回到桌前继续下棋，结果坐反位置了。

营长爹　反了，人家两地分居刚解决，结果咱俩整个对调……

［俩人又坐回原位。

营长爹 你翻你翻。

团长爹 （翻棋子）地雷。

营长爹 你拿一边去！（丢棋子）

团长爹 你怎么给我扔了？

营长爹 我国已经加入国际废除地雷公约，你这地雷已经废了！

团长爹 我说你这还带减子儿的？

营长爹 有加有减，走中国特色社会精兵之路。

团长爹 你翻你翻。

营长爹 哈哈，炸弹！（起身围着桌子看）哎呀，我炸你哪儿好呢？我炸你哪儿好啊……我炸你大本营！

团长爹 我说你这老头儿也太赖了，这炸弹只能直来直去，你这怎么还带拐弯的呢？

营长爹 不仅能拐弯，而且能画圈，这边儿一摁钮，（点烟）那边儿就冒烟，导弹！

团长爹 老哥哥，你连导弹都见过？

营长爹 不仅我见过，五十年大阅兵的时候全世界都见过，过去咱是小米加步枪，现在是卫星加导弹，我整不了你？

团长爹 你要是这个整法，那我也给你玩个新鲜的！（翻棋子）导弹驱逐舰！

营长爹 陆战棋你怎么下出海军来了？

团长爹 老哥哥，我军发展很全面，陆海空天都能战，“神舟”飞船上了天，海军围着地球转，看清楚了，深圳号！

营长爹 你深我比你还深，核潜艇，整你到底下去了……（吃团长爹棋子）

团长爹 （愣住）你核潜艇？我把刚才扔的地雷找回来。

营长爹 等会儿，这地雷都废了你咋还往回找呢？

团长爹 这不是地雷，改水雷了，专门对付你这核潜艇的。

营长爹 这老头也太赖了，我吃完的子你还悔棋呀？（拿起棋子绕桌跑开）这子我已经吃完了，我还能给你？

团长爹 吃完了你也得给我吐出来！

［俩人在桌前追逐起来，营长爹眼看要被抓住，把棋子塞进嘴里，公务员冲上。

公务员 大爷！我说不能在一个房间吧，这非要打起来了吧？

团长爹 哎呀，这老头也太赖了！

［营长爹咬着棋子含含糊糊给公务员解释。

公务员 不下了，下楼，吃水饺！

［营长爹一激动，把棋子给咽下去了。

营长爹 （拉着公务员）吃……吃啥玩意儿呀？

公务员 水饺啊。

营长爹 水雷进肚了！

团长爹 啊？老哥哥，这水雷你可消化不了。

公务员 那是棋子！（赶紧给营长爹顺气）

营长爹 兵不厌诈，（朝手里吹口气，拿出棋子）不相信我还整不了你，哈哈！

公务员 下楼吃饭！

团长爹 （推开公务员）不！战斗不能停，一切为打赢！

营长爹 我的性子急，非得打军旗！

团长爹 下！

营长爹 下！

［俩人回到桌前继续下棋。

团长爹 （翻棋子）快速反应营……

营长爹 电子对抗团……

团长爹 空降旅……

营长爹 装甲师……

团长爹 军旗！

营长爹 军旗！

团长爹 我先翻出来的！

营长爹 我也翻出来了！

［俩人争执起来，公务员连忙拦下。

公务员 你们别争了，算平棋。

团长爹 老哥哥，我什么都可以让，就是军棋不能让！

营长爹 我也不能让！

团长爹 我当过兵我知道……

营长爹 我没当过兵我也知道……

合 军旗是军人的命根子……

［音乐起。

团长爹 老哥哥，有件事情我一辈子都忘不了……当年我的一个战友，冒着敌人的枪林弹雨，把军旗插在了山顶上……身上都让子弹打成筛子了，可是他手中的军旗愣是没倒啊！

营长爹 抗洪抢险的时候，大堤上军旗一片啊，老百姓看到军旗心里就踏实了，它是咱老百姓的主心骨啊！

团长爹 老哥哥，你说得对啊，咱国家发展了，军队强大了……

营长爹 可是咱军队的本色没变！

团长爹 没变！

公务员 没变！打得赢，不变质，党对军队的绝对领导，那是我军永远不变的军魂！

合 说得好！

［电话铃声响起，公务员赶忙去接电话。

营长爹 我儿子！

团长爹 我儿子！

营长爹 你看看是谁儿子！

［俩人坐下听公务员接电话。

公务员 团长……

营长爹 谁儿子都不是……

公务员 ……是，演习结束了？想跟大爷说两句？

营长爹 你看看这孩子，还要跟我说两句……（起身准备接电话）

公务员 是……（把电话递给团长爹）

营长爹 （意外）谁的电话你给他啊？

团长爹 （接过电话）儿子……［营长爹大吃一惊，拉着公务员悄声问情况。

团长爹 ……我和导弹营长他爹正等着你们胜利的消息呢，啥？导弹营出奇制胜，好……回来给你们庆功……（放电话）老哥哥，这回你儿子可立了头功了！

营长爹 （拍着团长爹的手）那也是你儿子领导得好呀！

团长爹 你儿子……

营长爹 你儿子……

公务员 俩儿子……不对，俩大爷！下楼吃饭！

营长爹 哈哈哈，你先走！

团长爹 你是老哥你先走！

营长爹 那也对，我是博士前你是博士后吗。

公务员 两位大爷都有了，立正——向右转——齐步走——

［雄壮的音乐声中，三人下。

——剧终

（与张振彬、耿连忠共同创作）

2003年全军“双拥”晚会与魏积安、吴军表演小品《下棋》

附言：《下棋》与《打扑克》是姊妹篇，营长他爹和团长他爹相互较劲，通过下一盘军棋来展示军队的发展和变化。小小一盘棋，军改大格局，这个作品看似舞台动作性不强，内在张力却很大。演员在表演时既省力还过瘾，四两拨千斤。

·小品·

为祖国干杯

（2003 年全军“双拥”晚会）

时　间　当代。

地　点　某高原哨所。

人　物　哨长，二十多岁，三级士官；嫂子，二十多岁，哨长媳妇；北大荒，十九岁，哨所战士，上等兵；小上海，十八岁，哨所战士，列兵。

景　置　高原哨所，舞台正面有堵墙，墙上有扇窗户，窗户两旁有一副对联，上联是：大戈壁人烟少；下联是：小哨所笑声多。横批是：报效祖国（横批被红纸贴住），主演区有一张小桌子，四个凳子，桌上有菜肴。

［幕启，小上海、哨长、嫂子、北大荒四人踩着京剧锣鼓点上……哨长与嫂子手拿酒瓶，北大荒拿着录音机。

小上海　（唱）“天上掉下个林妹妹……”

北大荒　小上海！

小上海　干什么？

北大荒　你干啥呀？叭、嗒、仓呢？

小上海　洗掉了。

北大荒　我录的那段二人转呢？

小上海　洗掉了。

北大荒　你干啥呀？

小上海　你干啥呀？

北大荒　你干啥呀！

小上海　你干啥呀！

哨　长　你俩干啥呀？洗了就洗了呗，你吵吵什么？大过年的。

北大荒　哨长啊……

哨　长　你多大他多大？你哪年兵他哪年兵？没个老兵样子！（对小上海）我那段山东吕剧呢？

小上海　也洗掉了。

哨　长　（发火）你干啥呢！

嫂　子　你干啥呢？你多大他多大？你哪年兵他哪年兵？没个老兵的样子！北大荒！

北大荒　到！

嫂　子　你不是要听二人转吗？嫂子给你唱。

北大荒　谢谢嫂子！

嫂　子　小上海！

小上海　到！

嫂　子　你不是要听沪剧吗？嫂子给你演。

小上海　谢谢嫂子！

哨　长　那我那段山东吕剧呢？

嫂　子　干活去！

北大荒　小上海，嫂子长得那么漂亮，咋还化妆呢？

小上海　你懂什么？嫂子化妆是为国争光！

北大荒　哨长化妆？

合　雪上加霜。

哨　长　你们说谁呢？集合！小娟，你也坐。

小上海　嫂子坐我这儿。

北大荒　嫂子坐我这儿！

哨　长　抢，抢，抢什么？她，你们也抢啊？能抢得过我吗？小娟儿，来，坐我这儿。

嫂　子　坐哪儿不一样啊。

哨　长　坐下！讲一下！（众起立，冲嫂）你坐下，请坐下！（众坐）今天是过年，放松，端起酒杯。

小上海　部队规定不许喝酒。

北大荒　部队规定不许喝酒。

哨　长　你们两个闻闻这是酒吗 ？

嫂　子　这是嫂子从家里带来的果茶。

小上海　谢谢嫂子！

北大荒　谢谢嫂子！

嫂　子　这是我们全体公司员工的心意！

小上海　谢谢公司！

哨　长　谢谢公司！

哨　长　今天是十六大召开以来，全国人民过的第二个年！（放杯子，鼓掌）我祝你们二位和你们二位的爷爷、奶奶、姥爷、姥姥、爸爸、妈妈、全体家人，身体健康，阖家欢乐，美美满满、团团圆圆！干！

小上海　哎！

北大荒　哎！

小上海　这个时候我们家肯定围坐在一起吃着我们上海的本帮菜。

北大荒　这时候俺们家那肯定是猪肉炖粉条，小鸡炖蘑菇正可劲地造呢。

哨　长　要说这个时候俺家呀，家家挂红灯，村村鞭炮声，那个二踢脚，叮——当！叮——（被嫂子踢了一下）哎哟！

小上海　……炸手了？

北大荒　……炸手了？

嫂　子　（把哨长拉到一旁）你让我上山干什么来了？

哨　长　用实际行动拥军来了？

嫂　子　怎么拥军？

哨　长　让他们俩高高兴兴过年啊！

嫂　子　（指着无精打采的小上海与北大荒）你看这是高兴吗？

哨　长　哎哟……同志们，咱们做个游戏怎么样呀？

合　（兴奋起来）做游戏啊？

小上海　实话告诉你们，从小到大，做游戏我就没输过。

北大荒　我实话告诉你，我做游戏，打遍天下无敌手！

小上海　我有个外号叫东方不败！

北大荒　我也有个外号叫独孤求败！

小上海　（伸手）两只小蜜蜂啊，飞到花丛中啊……

北大荒　（伸手）两只小蜜蜂啊，飞到花丛中啊……

哨　长　停！我说你们两个飞什么飞？往哪儿飞啊？咱这是哨所，又不是幼儿园。

嫂　子　（看门口的对联）这副对联写得好啊！大戈壁人烟少……

小上海　嫂子，上联是我写的。

嫂　子　写得好，小哨所笑声多……

北大荒　嫂子，下联我写的。

嫂　子　写得不错，怎么没有横批啊？

哨　长　我还没想好呢。

嫂　子　好，我提议，咱们就用这副对联里的大小多少来做个游戏怎么样？

哨　长　好好好，咱们就说说什么大？什么小？什么多？什么少？

嫂　子　我来说多，你们来说少，谁先拍到他的肩膀谁先说，怎么样？

北大荒　拍肩膀？耶！

哨　长　哦，我明白了，我就是那个抢答器啊。

北大荒　抢答器请坐。

哨　长　预备……［二人使劲拍哨长的肩膀。

嫂　子　我还没说开始呢。

小上海　试试抢答器。

北大荒　试试抢答器。

哨　长　好使，好使。

嫂　子　注意听好，我说咱们这个小哨所，常年冰雪覆盖，白色多。

小上海　（拍哨长）绿色少！

嫂　子　风天多。

小上海　（拍哨长）晴天少！

嫂　子　娱乐设备多。

小上海　（拍哨长）氧气有点少！

哨　长　这边打得多，这边打得少。

嫂　子　小上海赢了。

哨　长　奖励一杯。

小上海　谢谢大家！（乐滋滋喝饮料）

哨　长　（对北大荒）你怎么这么笨呢？

北大荒　说的都是咱们哨所的事吗？这我都知道。

哨　长　知道你就打呀？

北大荒　我不是下不了手吗？

哨　长　该出手时就出手啊 ！

北大荒　哦！（用力打哨长）

哨　长　嗬！你真打啊？

北大荒　你早说啊 ！

小上海　（喝完）舒服，接着来！

嫂　子　接着来。
北大荒　不就是哨所这点事儿吗？
嫂　子　说哨所外边的事儿也可以。
北大荒　那说点俺们家的事儿行不？
嫂　子　当然行啦！现在城市、农村变化太大了，听好，花园多了。
小上海　（猛拍哨长）
北大荒　（猛拍哨长）
哨　长　（指北大荒）他先说。
小上海　我先打的！
哨　长　他打得比你狠啊！
嫂　子　开始，花园多啦！
北大荒　（拍哨长）烟尘少了。
嫂　子　广场多了。
北大荒　（拍哨长）噪音少了！
嫂　子　喷泉雕塑多了。
北大荒　（拍哨长）垃圾污水少了！
嫂　子　天上的小鸟多了。
北大荒　（拍哨长）地上的耗子少了！
哨　长　（疼得直咧嘴）我有点儿受不了了。
北大荒　嫂子……
嫂　子　你喝。
北大荒　嘿嘿……（举杯欲喝）
小上海　等等！北大荒，你说得太没有水准了，你这几句话就能代表家乡的变化吗？我们大上海的变化，那是摸得着，看得见，一说就是一大串儿。
北大荒　那你说呀！
小上海　（不断拍打哨长）路灯多了，彩灯多了，电线杆子少了！高架桥多了，立交桥多了，红绿灯少了！轻轨地铁磁悬浮，交通工具多了，等车挤车的少了！私人轿车多了，停车场显得少了，出去旅游的多了，在家闷着的少了！
哨　长　（咧嘴）抢答器打坏了。
嫂　子　（对哨长）你坐好！小上海说得好！现在不但在国内旅游的多了，去国外旅游的也不少。
小上海　没错，嫂子，前几天我爸爸妈妈还去了一趟加拿大。
北大荒　加拿大？没“多”啊？
小上海　加拿大的多伦多！俩多！
哨　长　俩多，你喝。
小上海　谢谢大家！（喝饮料）舒服。（打饱嗝）
北大荒　小上海，给我整两口儿行不？
小上海　我就是把肚皮撑破了，也不让你喝。
哨　长　小上海，你这个话说得是不是有点儿过分呀？
嫂　子　这有什么过分的？人家赢了，凭的是本事。
哨　长　（对北大荒）好，一会儿我替你喝。
北大荒　你还替我喝？我一口都没喝呢。
哨　长　我替你说！
小上海　嫂子！
嫂　子　别急，嫂子替你说。
小上海　谢谢嫂子！
哨小北　来！
嫂　子　现在生活水平提高了，咱们就说说吃。
哨　长　哎呀，要说吃这不桌子上明摆着吗？现在是饭菜花样多了，营养成分多了。
嫂　子　吃几口就饱，饭量少了。
北大荒　现在拿窝头当点心的多了。
小上海　把点心当礼物的少了！
北大荒　过去，吃不了浪费了那叫烧包儿。
小上海　现在，吃不了兜着走那叫打包！
嫂　子　我宣布，小上海赢了。
哨　长　我宣布，北大荒赢了。
嫂　子　小上海赢了。
哨　长　北大荒赢了。
嫂　子　小上海赢了！（瞪哨长）
哨　长　……小上海赢了。
嫂　子　喝！
北大荒　（对哨长）你咋说变就变呢？
小上海　谢谢嫂子！
北大荒　喝！都喝了！
小上海　（难受的）这东西呀喝少了肚子舒服，喝多了肚子咕噜。
北大荒　哨长，换大杯子不？
哨　长　换大的！
小上海　嫂子，换小杯子吧？
嫂　子　什么大杯小杯的，咱们接着说大小。
北大荒　来！
小上海　来！
北大荒　俺们家住在大兴安岭。

小上海　小呢？
北大荒　小蘑菇屯儿！
小上海　大？
北大荒　俺们那儿冬天都能吃上新鲜的蔬菜……
小上海　没大。
北大荒　塑料大棚！
小上海　小！
北大荒　俺们家养的羊都是新品种……
小上海　没小。
北大荒　小尾寒羊！
小上海　大！
北大荒　高新技术种出来的西瓜那是越来越大。
小上海　小！
北大荒　生物工程种出的西红柿，那是越来越小。
小上海　大。
北大荒　西瓜越大越甜，西红柿越小越值钱，鼓掌！
嫂　子　说的真是这个理儿。
小上海　你听听，小西红柿，一点儿都不大气。
哨　长　哦，要说大呀，我这儿有啊，现在的农民胆子大了，气魄大了，投入大了，规模大了，大市场大事业大步伐大丰收大阔步大把赚钱！
北大荒　大气！
嫂　子　最重要的是农民负担小了。
小上海　你听听，哨长说了蛮多的，嫂子一句话就说到点子上去了。
北大荒　跨世纪工程咱们有三峡大坝。
哨　长　跨世纪工程还有小浪底水利枢纽。
嫂　子　新世纪我们申奥成功，还加入了 WTO。
小上海　2010 年的世博会被我们大上海拿下。
北大荒　科教兴国咱们党考虑的是百年大计！
小上海　菜篮子工程，人民政府关心老百姓的生活，细微到了一碟小菜，一棵小葱。
嫂　子　13 年的大步跨越，咱们国家综合国力大大提升！
哨　长　无论在经济、政治、文化、军事、外交等各个领域，我国已跻身于大国行列。
北大荒　大得漂亮！
嫂　子　十六大确立大目标，我们即将全面进入小康社会。
小上海　小得精彩！
哨　长　无论大小多少，我们的生活——
合　越变越好！
小上海　嫂子，我喝得不是酒啊？我怎么觉得晕乎乎、热乎乎的，好舒服啊。
北大荒　哨长，我是一口都没喝啊！我咋觉得有点儿醉了呢？
嫂　子　这就叫酒不醉人人自醉啊……
小上海　……爸、妈，守卫大西北，我当兵不后悔。
北大荒　……爹、娘，相隔千山万水，我看得见咱家乡越变越美！
嫂　子　说实话，刚才我还怕你们想家，现在我明白了，其实你们心里装的是大家，是国家，现在我只想说一句话，为老百姓的好日子站岗放哨的兄弟们，我爱你们！
北大荒　嫂子！（与嫂子拥抱）
小上海　嫂子！（与嫂子拥抱）
哨　长　同志们，我实话告诉你们吧，这个横批我早就有了，同志们，你们看。（揭开红纸，露出横批）
合　报效祖国！
哨　长　来，同志们，过年了，让我们一起……
合　为祖国干杯！
［音乐起。

——剧终

（与张振彬、王宏、王铁虎共同创作）

·小 品·

兄 弟

（2004年中央电视台春节联欢晚会）

时 间 当代。

地 点 餐馆。

人 物 甲：农民，四十岁；乙：老板，四十岁。

景 置 舞台上一个屏风，一张餐桌，两把高背椅，餐桌上有两双筷子，一本菜谱。

［幕启，甲从屏风一侧上。

甲 这城里人越来越离谱了！我干好事还给人添堵了，这下可把我治苦了，我是谁自己都做不了主啦！把我整来抽血化验又掰嘴，我成了萨达姆了！（蹲在地上）

［乙从另一侧端两盘凉菜上。

乙 （冲观众）看见没有，这乡下人啊，走哪儿都蹲着。吃饭也蹲着？

甲 习惯了。

乙 （把盘子放在地上）吃吧。

甲 你喂猪哪！

乙 你们乡下人也怪，人家吃饭应该坐着吧，你们非蹲着。

甲 你们城里人更怪，人家上厕所都蹲着，你们非坐着。我说，这爹的结果啥时候能出来呀？

乙 那叫DNA！

甲 爹A！

乙 DNA

甲 爹A！

乙 DNA

甲 爹A！

乙 你别爹A、爹A的，一个字一个字地跟我说。爹！

甲 A！

乙 你要是我爹，咱俩就抱不错了。

甲 也不可能是这岁数呀。

乙 你怎么可能是我呢？

甲 我也不想是你呀，你别把脸拉那么长。兄弟，别着急，兴许化验结果一出来，咱俩还没抱错呢！

乙 就你这智商，连个DNA都说不清楚。

甲 啥说不清，我不愿意说。本来中国名挺好的，非把外国名整一堆。化验不叫化验，叫DNA；厕所不叫厕所，叫WC；挺好个中央电视台，非叫CCTV！［甲拿起筷子。

乙 等等，把你外衣脱了。

甲 人家这么高级的地方，我不好意思脱。

乙 你穿这身，我不好意思！脱了。［甲脱掉棉大衣，露出对襟汗褟。

乙 你这里边还不如外边呢！

甲 （打一喷嚏）啊嚏！

乙 你往哪儿喷呢？

甲 兄弟，再脱没玩意儿了！

乙 你把我这衣服穿上。

［乙递西服上衣给甲

乙 穿上！别冻着！

甲 老板服穿上，我不得老板着嘛。［甲穿上乙的西装，拿起筷子。

乙 往哪儿蹭呢？［甲拿起筷子欲吃。

乙 等等，这还能吃吗？都让你喷上佐料了。

甲 那不白瞎了？

乙 行了，想吃啥，你再点点儿可口的吧！［乙把菜谱扔给甲。

甲 哎。我最不会点菜。（翻看菜谱念出声）燕窝、鱼翅、鲍鱼、非洲鲍、澳洲鲍、美洲鲍……
乙　往哪儿看呢，后面那页！
甲　（翻一页）扒猪脸儿、烧羊脸、烤鸭脸儿，这不扯吗，鸭子才多大个脸呀，去了嘴没玩意儿了！要说吃脸还是吃驴脸。那玩意儿多长呀，实惠！
乙　给你脸了是不？
甲　比驴脸还长，那我就来两碗大米饭吧。
乙　我不吃！
甲　我一个人能吃两碗。
乙　胃口不小。
甲　为了今早抽血，昨晚就开始空着肚子。你不也空肚子抽的血嘛！你啥也不吃啊？
乙　我吃得下去吗！装啥呀，不都叫你闹腾的嘛！
甲　我闹腾啥啦？
乙　没事你到城里瞎转悠啥呀！
甲　我着急呀！这不到年底了，我寻思进城倒腾点钱嘛！
乙　倒腾钱你就捡钱包呀！
甲　那看着了，你还能不捡呀！
乙　捡了钱包送到派出所你就走人呗！你留姓名干啥，非见我妈干啥？
甲　那能怪我嘛，派出所要见失主，你妈一看我就愣住了，说我长得像她，一看身份证，咱俩是同年同月同日生，细一打听还是同一个产房，仔细一唠才知道，你6号，我9号，当时我跟你妈开了个玩笑，只要9、6一看倒，兴许两人就错抱！
乙　就你这一句话，就你这一句话，整得我们全家到现在不得安宁！我妈越来越觉得你像她。
甲　是，看完照片我妈还说你像她呢。
乙　你妈也是，四十年前，跑城里生什么孩子呢？
甲　那时候产院少，不到城里，到哪生呀！
乙　你也不劝劝你妈换个地方！
甲　你咋不劝你妈换个地方呢？
乙　你傻呀！当时我不在我妈肚子里吗？
甲　你不傻，你在你妈肚子里，我当时不也和我妈没见面吗？（略顿）
乙　行了，快吃吧！
甲　谁傻呀，我妈在哪儿生孩子你也管。我就不明白了，咱俩要真抱错了，我就是你，你就是我了？
乙　你寻思哪！
甲　你家就是我家了？
乙　嗯。
甲　你妈就是我妈了？
乙　嗯。
甲　你媳妇……还是你媳妇呗！
乙　废话！不是我媳妇是你媳妇呀！
甲　那我就放心了，我是怕我媳妇成你媳妇。
乙　想啥呢？
甲　这就没啥了。咱们做这个化验，就是给老人个安慰呗！咱们谁是谁都无所谓！
乙　你无所谓，我可有所谓。我妈是董事长，谁是她亲儿子，有个财产继承权的问题！你懂吗？
甲　是这么回事呀！兄弟，我冒昧地问一句，咱妈的企业有多大规模呢？
乙　你别一听财产继承权就咱妈咱妈的，我妈！
甲　行，化验结果没出来你还这么叫，你妈的企业规模？
乙　一个公司，两个餐饮，三个洗浴，四个仓买。
甲　这么说我倒不过来，你就直接说大约能合多少钱吧。
乙　千八百万吧！
甲　千八百万哪！这么多我也用不了哇！
乙　想啥呢？
甲　兄弟，我用不了那么多呀，真的，你不了解我，我最打怵就是理财。别说自己有多少钱，我摆弄不明白，就是欠别人多少钱我心里都不清楚啊。
乙　你还欠钱呀。
甲　不，就是贷款！
乙　啊，啊，啊嚏！［乙打一喷嚏。
甲　（拿过自己的棉大衣）你看看，着凉了吧？心里有火最容易着凉，披上，十层单不如一层棉，再破的衣服也挡风寒。［甲为乙披上棉大衣，戴上帽子。
乙　别说，你这破玩意儿还真挺暖和。
甲　你看，衣服就是一层皮，打扮打扮就是乡下人儿，他也蹲下了，这哪儿像有钱的老板，典型的车老板儿嘛！
乙　去去去，别闹了。你们家那边怎么个情况啊？
甲　啊，咱们家的情况啊。

乙　你家。

甲　你家吧，你爸哥儿八个，但他排行最小。你们家特点呢，企业不多，大爷多，你大爷吧……

乙　你大爷！

甲　是呀，你大爷嘛！

乙　我大爷那边儿都指啥生活呀？

甲　种水稻呀。挑水沟，灌粪汤，最较劲的是插秧。

乙　哎呀，我腰不行呀！

甲　你是缺乏锻炼！起来！我跟你说，咱那大米，纯绿色食品，只要找个投资商，给咱好好一包装，我不是吹，保你一年奔小康。

乙　真的？

甲　现在教你插秧。（把筷子交给乙）你拿的是什么？

乙　秧苗吧？

甲　就这智商，绝对适合插秧。猫着腰，弓着背，好，插秧有三个步骤，先栽秧苗，腿跟上，抬头看看直不直。栽秧苗，腿跟上，抬头看看；栽秧苗，腿跟上，抬头看看，下一垄。栽，跟，抬头；栽，跟，抬头；栽，跟，头。［乙摔在地上。

乙　你耍我？

甲　真栽跟头啊？

乙　大过年的，让我给你磕头啊？

甲　真要磕头，我还得给你掏红包哪。咱那有规矩，有啥都得掏。［甲从衣兜里掏出信用卡。

甲　啥玩意儿。

乙　信用卡。

甲　你放好。

乙　你揣起来！

甲　你揣起来。

乙　你揣兜里！

甲　你揣兜里！

乙　揣你兜里！

甲　啥我兜里，我兜里的。化验结果没出来之前，所有的财产该你的还是你的。

乙　本来就是我的！

甲　我也没说是我的。

乙　我看你是想钱想疯了！

甲　我是想钱，没钱这大米打不出去呀！

乙　你这么缺钱，捡了钱包，你咋还往回送呢？

甲　这不拾金不昧嘛。

乙　你昧下多好啊，兜里有钱还种啥大米呀！

甲　（激动地）不，你这话啥意思呀？我知道你有钱，但你不能侮辱我的人格。是，有钱能改变生活，有钱能赢得尊重，有钱人点菜不吃可以倒掉，满桌山珍海味可以一筷子不动。兄弟，你别忘了，粮食是一粒粒的收，钱是一分分的挣，咱都是63年出生的，在娘胎里就开始艰苦奋斗，生下来就赶上学雷锋运动。日子再富也要勤俭，粮食是咱老百姓的命啊！［电话铃同时响起，二人接听。

合　来了。

乙　喂。什么，我妈是谁？

甲　我是谁的儿子？

乙　不对。

甲　不可能！

乙　错了，错了！

甲　肯定是错了！［甲乙二人，突然发现，互相拿着对方的手机。二人互换手机

乙　她是我妈。

甲　我是她儿子。

乙　没抱错！

甲　真的！

乙　谢谢！

甲　谢谢！

甲　兄弟，祝贺你呀！

乙　我也祝贺你。

甲　咱们祝贺自己。

乙　还是自己。

甲　哈哈哈。

乙　哈哈哈。

［二人互换衣服。

甲　（从衣兜里掏出信用卡）你的信用卡还在我兜里呢。

乙　这卡里面有二十万，你拿着。

甲　这不行，这钱我不能要。

乙　听我说，我觉得你们的大米前景非常可观，就冲着你的人品，这个资我投了。

甲　（惊喜的）真的！

乙　而且名字我都想好了，就叫兄弟牌大米。［音乐起

甲　太好了，兄弟，为了寻找投资对象，我找得好苦啊。回去告诉你妈。

乙　咱妈。

甲 对，咱妈。从今天开始咱俩都多了位妈妈。

乙 对，从今往后，咱两家都当亲戚走。

甲 春天，你带着咱妈到我那儿踏青。

乙 冬天，你带咱妈来我那儿猫冬。

甲 定了！

乙 兄弟！

［二人紧紧拥抱在一起。

乙 哎，卡的密码是：63……

甲 1211。

乙 你怎么知道我的密码呢？

甲 这是咱俩的生日呀！

乙 你小子智商不低呀！

甲 还不低呢，纯属四大傻。拿着生日当成密码号，拿着手机乱拍照，网上恋爱找不着人，四十多岁抱没抱错不知道。

［二人哈哈大笑，甲拎起垃圾桶。

甲 小姐，打包！

乙 那还能吃嘛！

甲 回去喂猪！

［欢笑中二人下场。

——剧终

（与张振彬、王承友共同创作）

2004 年中央电视台春节联欢晚会与程煜表演小品《兄弟》

附言：当年 DNA 这个词儿很是热火，小品《兄弟》写的就是一穷一富两个人，因怀疑他们小时候被错抱而去做 DNA 检测的故事。我想通过这个故事，尤其是两人在等候 DNA 结果时内心的变化像过山车一样忽起忽落来剖析人性的患得患失，最终还是回到原点。

·小品·

今夜“神舟”飞过

（2004年全军“双拥”晚会）

时　间　当代。
地　点　山顶。
人　物　老黄头：男，七十多岁，农民；老魏头：男，七十多岁，农民；老郭头：男，七十多岁，农民。
景　置　山顶，一块卧龙石。

［幕启，老黄头蹲在巨石上，手拿一老式望远镜望天。

老黄头　飞船围着地球绕，报上说今晚能看到，我望天望了多半宿，两眼瞪得像灯泡，满天星星乱了套，哪是五号不知道。耶，来了，“神舟”五号！不对呀？咋落树枝儿上了？报上写只是路过，没说降落呀？噢，萤火虫，小样，腚上有点光环，就敢冒充飞船？进不了大气层就得玩儿完！

［老魏头抽烟斗上，老黄头拿望远镜追踪。

老黄头　来了，来了，这才是飞船呢！肚子溜圆，尾巴带弯儿，头上有火，腚上冒烟儿，胡子挺长，门牙挺尖儿，门牙？

老魏头　老黄头，你疯了？

老黄头　妈呀，老魏头，我说这飞船屁股上咋还长牙呢？

老魏头　什么？

老黄头　你咋才上山呀？报上说这飞船今晚打咱这天上过。

老魏头　没错，在这山顶上用肉眼就能瞅见。

老黄头　那你还不盯着点儿，也就一秒钟，兴许一眨眼就过去。

老魏头　老郭头没来？

老黄头　没通知他，就他那能耐劲儿，天上知道一半儿，地下知道一串儿，拣个石头都敢说全世界就这一块儿！他还用我通知？

老魏头　那你也该言语一声。

老黄头　甭言语，酒菜带了没有？

老魏头　全齐了。

老黄头　那他准来，倒上，我先来口儿，要不一会儿不够他造的。

老魏头　（摆食盒、酒具，倒满两杯酒）我说你不戒酒了吗？

老黄头　戒了，有本事戒，就有本事喝，今天是啥日子？老哥哥，千年等一回呀！（拿起望远镜）

老魏头　这玩意儿借我瞅瞅行不？

老黄头　那不行，就一秒钟，赶你发现了飞船，倒不过手来。

老魏头　这不双筒的吗，咱俩一人看一个眼儿？

老黄头　那行，不过你得上这边来。

老魏头　那为啥？

老黄头　我这只眼看不见。

老魏头　哎，换！

［老黄头、老魏头换位，脑袋挤在一起同看一个望远镜，老郭头抱一大座钟上，郭乘俩人不注意喝干了两杯烧酒。

老黄头　（端空杯子）你没倒呀？

老魏头　倒了？

老黄头　倒啥了？年轻轻的一点儿记性没有。

老魏头　那你先吃口烧鸡。（打开食盒，乘机拿过黄的望远镜向天上望着）

［老郭头伸手去拿烧鸡，黄老头眼睛盯着

天上，也伸手去拿烧鸡，老黄头抓住老郭头的手欲往嘴里送。

老郭头　哎！别咬！

老黄头　（吓了一跳）老郭头？吓我一跳，我说这鸡爪子也太大了。

老魏头　哎，你啥时候来的？

老郭头　刚到，也就两杯酒的工夫。

老黄头　说吧，又有什么小道消息？

老郭头　大道消息，准确无误，官方确认，独家发布。

老黄头　得了，上回你也这么说，什么航天员都特别胖，体重在两百斤以上，天上有失重现象，太瘦了压不住炕，闹不好偏离航向，这不全你说的吗？

老魏头　对呀，今天发射场，航天员亮相，咱一看杨利伟，不高也不胖，跟你说的，完全两样。

老郭头　这回我这消息可是大报上登的。

老黄头　啥消息？

老郭头　航天员杨立伟，是辽宁省绥中县人，咱们老乡。

老黄头　你才知道？利伟是咱绥中县城中心小学毕业的，起小我就瞅这孩子有出息。

老魏头　你认识他？

老郭头　你认识他？

老黄头　可熟了，他爹妈都是老师，当年我们在一个学校，都属于教育工作者。

老郭头　你是教育工作者？

老黄头　对，他爹上课我开灯，他妈下课我打钟。

老魏头　临时工呀。

老黄头　要说起来杨立伟上天有我一半功劳。

老郭头　你？

老黄头　昂，怕他晕高受不了，我带他爬树偷过枣儿。

老魏头　哎呀，这事儿你可别往外捅。

老黄头　怕啥？小孩儿戏，早该解密了。

老郭头　吹呗，吹破了咱再补。

老黄头　吹啥呀？一会儿飞船路过老家，他没准还拿手电筒给家乡的老少爷们发信号呢。

老魏头　对呀，可这飞船啥时候到呀？

老郭头　县广播站报的，“神舟”五号经过本地区的准确时间是23点11分52秒，（指座钟）我已经定好了，到时候它就打点。

老黄头　我说你这破钟不会走慢了吧？

老郭头　放心，一秒不慢。

老魏头　那就好。

老郭头　快三分钟。

老黄头　快三分钟？

老郭头　我特意调快的，这叫提醒注意，留有余地。

老魏头　对，老郭，那广播上没说飞船从哪边过来呀？

老郭头　说了，从西北飞向东南，相当于三等星的亮度。

老魏头　三等星是啥意思？

老黄头　这你都不知道？三等星就是最亮的星。

老郭头　不对，我听说一等星最亮。

老黄头　瞎掰，数目字越大星星越亮，跟咱旅游住店一样，一星级屋里就一炕，三星级房间里还能打麻将。

老郭头　哎呀，这是两码事儿，你不懂天文！

老黄头　你懂，不提这事我还忘了，小时候哪天下雨你哪天尿炕，那褥子跟卫星云图一个样。

老郭头　你，就是一等星最亮！

老黄头　三等星最亮！

老郭头　一等星最亮！

老黄头　三等星最亮！

老黄头　老魏，你说，到底谁最亮？

老郭头　老魏，你说，到底谁最亮？

老魏头　嘿嘿，都亮。

老黄头　有骨头没魂儿，你整个一老好人儿，啥叫都亮呀？咱看啥来了？飞船！咱中国人自己造的飞船！六十年代，咱勒紧裤腰带搞出了“两弹一星”，九十年代，咱打破封锁发射了一箭三星，到今天，综合国力大提升，载人飞船上太空，就凭这点，谁也别争，这“神舟”五号就是今天世界上空最亮的星！

老魏头　说得好！

老黄头　小样，不懂历史，你敢跟我争？

老郭头　我不跟你抬这杠。

老黄头　那你跟我抬啥杠？

老郭头　我跟你抬……我抬杠干吗？

老黄头　还一等星最亮？那航天员杨利伟，肩牌牌上就两颗星，可人家扛的是五颗星，五星红旗！什么星比他亮？

老郭头　我不和你争，你厉害，地下装不下你，有本事你也上天呀？

老黄头　咋的？不服呀？跟你说我也就是上岁数了，要是早上十年，我也报名上飞船。

老郭头　你算了吧，人家那是载人飞船，不拉货。

老黄头　你那狗嘴里吐不出象牙来。

老郭头　我不如你，你那象嘴里全是狗牙。

老魏头　行了，二位老哥哥，都抬了一辈子了，你俩呀，不见面还想，一见面就崩，屁股上面全带刺，就像两只老马蜂。

老黄头　这叫坚持真理。

老郭头　这叫敢于斗争。

老魏头　行了，今天是中国人的喜日子，来，咱老哥儿仨，整一杯。

老黄头　整一杯！（对郭）跟你说，也就看"神舟"五号的面子吧。

老魏头　好，为了咱们的"神舟"五号，为了从咱这黑土地飞上太空的航天兵——

三人合　干！

［三人干杯。

老魏头　痛快，老黄，要说咱老哥们儿，有福呀……

老黄头　可不，临老临老，啥好事都让咱赶上了。

老郭头　那是，港澳回归，申奥成功，三峡蓄水，飞船腾空，一样没落。

老魏头　打小就听说，月亮上有嫦娥，敦煌那儿有飞天，谁见过？

老黄头　那是神话，现在咱经历的可都是看得见，摸得着的。

老郭头　哎，你这话不对，等会儿那飞船能看见，你摸不着。

老黄头　咋摸不着？发射飞船，你得有钱，如今咱老百姓的腰包鼓了，摸得着吧？

老魏头　摸得着。

老黄头　证明咱国家兴旺有基础了，对不？

老郭头　对。

老黄头　党中央执政兴国办实事儿，才有这蒸蒸日上的热腾劲儿，没错吧？

老郭头　没错。

老黄头　还是呀，看得见，摸得着，你少给我鸭蛋里头找鸡毛。

老魏头　哎，老黄，你说，造这么个飞船得花多少钱？

老黄头　那可不少花，得个几万。

老郭头　瞎说，要这么便宜，咱村里就能造它百八十个。

老黄头　钱算啥？钱买不来的东西多了，这叫实力、能力、竞争力，国际上说话的权力！有了这权力，咱一辈子面朝黄土背朝天的庄稼汉，才能像今天这样挺直了腰板抬头看天，扬眉吐气！

老郭头　好！

老魏头　说的有水平。

老黄头　这不是吹，也就是70多岁不能提了，不然也进政治局了。

老郭头　呸！

老魏头　呸！

［座钟打点声。

老黄头　哎，来了！

老魏头　哎，来了！

老郭头　别慌，还有三分钟。

老黄头　把酒都倒满，"神舟"五号一出现，咱一块敬它三大碗！

老魏头　哎呀，我真恨我这双眼，这要看不见，我一辈子都遗憾。

老郭头　对了，今天电台现场直播，咱边听边看。（掏出收音机）

老黄头　打开。［郭打开收音机，收音机里传出音乐及人群欢呼声。电台主持人话外音：听众朋友们，就在刚刚过去的几秒里，"神舟"五号飞船，在人们的阵阵欢呼声中，缓缓飞过了我省上空……

老郭头　你们听，你们听！"神舟"五号，飞过我省上空！飞过……

老黄头　飞过去了？

老郭头　飞过去了……

老魏头　看不上了？

老黄头　看不上了……

老郭头　奶奶的……都怪这个破钟！我，我砸了它！（举钟欲摔）

老黄头　放下！它没准你也没准呀？

老郭头　都怪我，都怪我！

老魏头　怪你有什么用！为了这几秒钟，我准备了一整天，我老伴儿瘫痪在床上，她还等着我回去告诉她，飞船在天上是啥样呢，可我没看着，你让我跟她怎么说？说我瞪着两眼没看着？

老黄头　不，跟她说，你看见了……其实咱都看见了，咱是用心看见的，不光咱，今天，全世界的人都看见了！（音乐）你就跟老伴儿说，那飞船又大又亮，一个劲儿地往高处飞呀，赶上了星星，赶上了月亮，就像一颗红红的太阳一样，永远不落，光芒万丈！

老魏头　我看见了……那飞船又大又亮，一个劲儿地往高处飞呀，赶上了星星，赶上了月亮，就像一颗红红的太阳一样，永远不落，光芒万丈！

老黄头　来，伙计们，让我们为这轮太阳，干杯！

老魏头　干！

老郭头　干！

［三人用双手将酒杯高高举过头顶，音乐扬起。

——剧终

（与张振彬、王宏共同创作）

2004 年全军“双拥”晚会与郭达、魏积安、航天英雄杨利伟表演小品《今夜“神舟”飞过》

附言：《今夜“神舟”飞过》是一个具有报道性质的小品。当年载人航天首飞成功，举国上下一片欢腾，那是中华民族自豪的时刻。这个小品的任务就是把航天英雄杨利伟请出来，我还记得当他身着蓝色航天服从舞台高处走下时，全场轰动、掌声雷鸣。那一刻，我们台上的演员也成为了观众。

·小品·

保 险

时 间 当代。

地 点 库尔班家。

人 物 库尔班：男，养牛的；阿依古丽：女，养羊的；曲干事：男，部队群工干事。

景 置 库尔班家，屋里有前后两个门，室内摆放着具有维吾尔族特色的家具，杂物。

［幕启，库尔班在弹琴，欢快的维吾尔族音乐声中，阿依古丽风风火火上。

阿依古丽 库尔班！

库 尔 班 阿依古丽，你这是干什么呢？我正在这个地方给我的奶牛音乐催奶嘛，这个奶嘛，刚刚的要下了，你一嗓子又给吓回去了！

阿依古丽 你的奶牛不下奶了吗？

库 尔 班 阿依古丽，解放军嘛，这几天在咱们这个地方搞军事演习……

阿依古丽 我知道。

库 尔 班 这个大炮一响嘛，这个奶牛惊着了，不下奶了，内分泌紊乱了……

阿依古丽 内分泌紊乱了？哈哈……你怎么不说它更年期提前了呢？

库 尔 班 更年期？喂喂喂，阿依古丽你这是什么意思啊？

阿依古丽 我不相信。

库 尔 班 怎么不相信呢？解放军嘛有个曲干事，这个曲干事嘛天天给我打电话，说要到我的家里来，说是要赔偿损失。

阿依古丽 库尔班，你在我这儿买的羊奶是一块钱一斤，卖给解放军多少？

库 尔 班 一块六。

阿依古丽 你已经赚钱了嘛？为什么还让解放军赔你钱呢？

库 尔 班 一块六一公斤，两斤！卖给解放军的奶嘛，打得都是八折。

阿依古丽 喂喂喂，你库尔班就不是这样的人嘛。

库 尔 班 我是个什么样的人吗？

阿依古丽 你这个人我太知道了，别人掏烟你伸手，别人请客你喝酒，买单的时候嘛，你拔腿就走，桌上还剩下一只羊腿，你说要带回家去喂狗，到你家去一看，狗嘛没有，你在啃着呢！

库 尔 班 喂喂喂喂，阿依古丽你说这个话到底是什么意思嘛？

阿依古丽 什么意思？我告诉你，这是你买羊奶给我打的三千块钱欠条子，钱拿来，一分都不能少。

库 尔 班 唉，你不就是想要回你那三千块钱嘛？

阿依古丽 对呀！

库 尔 班 好好好，来来来，这是我们家的银行卡，拿去拿去。

阿依古丽 哦……（接过银行卡，欲下又回）密码是多少？

库 尔 班 我不知道。

阿依古丽 你怎么不知道呢？

库 尔 班 我管银行卡，我老婆子管密码，我老婆子不在家。

阿依古丽　想起来了，他怕老婆嘛，欠条子拿回来！

［曲干事画外音：库尔班大哥！

库 尔 班　别别别，阿依古丽，阿依古丽，曲干事他已经来啦。

阿依古丽　来了就来了嘛！

库 尔 班　这个解放军要赔偿我的损失，我库尔班怎么能要解放军的钱呢？

阿依古丽　当然不能要。

库 尔 班　所以嘛，这次你要帮我个忙嘛。

阿依古丽　你说！

库 尔 班　你要对曲干事讲嘛，这个钱嘛，保险公司已经赔了。

阿依古丽　保险公司在哪儿呢？

库 尔 班　你就是保险公司嘛。

阿依古丽　我不是保险公司的嘛。

库 尔 班　哎呀，你就说你是保险公司的嘛！

阿依古丽　噢，明白啦。

库 尔 班　一会儿嘛，你从这个后门出去，我先对付他，要是对付不了嘛，你再从前门进来。

阿依古丽　明白啦！

库 尔 班　明白啦？快去快去。

阿依古丽　知道啦。（下）

库 尔 班　一会儿别忘啦……

［曲干事上。

曲 干 事　库尔班大哥！

库 尔 班　来啦？曲干事你请坐。

曲 干 事　库尔班大哥你也坐。

库 尔 班　好。

曲 干 事　库尔班大哥，我们的演习结束了……

库 尔 班　曲干事，解放军要走了嘛？

曲 干 事　对呀。

库 尔 班　我们真是舍不得呀。

曲 干 事　哎呀，库尔班大哥，你看真是对不起了，我们这三天实弹演习，这大炮一响啊，把你的牛全给惊着了，它不下奶了……

库 尔 班　哎，曲干事，这个解放军的大炮响得好得很呀，我这个奶牛高兴得很呀，咣的响一炮，哗的一桶奶；咣得响一炮，哗哗两桶奶，这个牛奶多得很呀！

曲 干 事　牛奶多得很？那这三天你给我们部队送的怎么都是羊奶呢？

库 尔 班　送的就是羊奶嘛！

曲 干 事　羊奶哪儿来的？

库 尔 班　我的奶牛下的嘛！

曲 干 事　啊！

库 尔 班　这个奶牛怎么能下羊奶呢？

曲 干 事　对呀！

库 尔 班　对呀？这个曲干事你不要着急……

曲 干 事　我没着急。

库 尔 班　这个奶牛怎么会下羊奶呢？

曲 干 事　对呀！

库 尔 班　曲干事你养过牛吗？

曲 干 事　没有。

库 尔 班　那就好办了……

曲 干 事　啊？

库 尔 班　哎哎……不是不是……曲干事，这个奶牛下什么样的奶呀，关键嘛是看你给它喂什么样的饲料，你给它喂点进口的洋饲料……

曲 干 事　啊？

库 尔 班　哗——羊奶，你给它喂点水果，哗——果奶！你给它喂点大豆，哗——豆奶！

曲 干 事　你给它喂点醋，哗——酸奶！

库 尔 班　对嘛！

曲 干 事　哈哈，我说库尔班大哥，你就别编了，我早调查过了，这大炮一响把你的奶牛全给惊着了，百十头奶牛每天的产量比以前最少少了1000斤，按市场价计算，你这三天最少损失了三千元。（曲干事边说边掏出账本）

库 尔 班　哎，曲干事，你还记着呢？

曲 干 事　记着呢。

库 尔 班　还有账本呢？

曲 干 事　那当然了。

库 尔 班　哎，拿来我看看。（抢过账本撕碎）

曲 干 事　你怎么给撕了？

库尔班 哎，撕了嘛，没有了嘛。

曲干事 哎呀，库尔班大哥，你撕了也没有用，我跟你说呀，这三千块钱我是一定要赔的。

库尔班 喂喂喂喂……曲干事，曲干事，这个钱嘛，不用解放军赔了，已经有人赔了。

曲干事 谁给你赔呀？

库尔班 保险公司嘛！

曲干事 保险公司？

库尔班 对！这个保险公司的人马上就到，这个保险公司的人就在门口，（左顾右盼）保险公司在哪个门口呢？哎，我去看一下啊！保险公司……保险公司……（从前门出去寻找）

［阿依古丽应声从后门上。

阿依古丽 哎！库尔班呢？

曲干事 啊……（指前门）那！

［阿依古丽奔前门。

库尔班 （从后门转回）哎！保险公司呢？

曲干事 啊……（指前门）那！

库尔班 啊……这边！噢！（奔前门）

阿依古丽 （从后门上，俩人撞在一起）哎！库尔班！

库尔班 哎！

阿依古丽 哎！哈哈哈……

库尔班 （示意阿依古丽）说话……

阿依古丽 哎！你是保险公司的吗？

库尔班 对！我是保险公司的！

阿依古丽 哈……

库尔班 错了！你是保险公司的，我是库尔班！

阿依古丽 对！我是保险公司的嘛！

库尔班 曲干事，你看，保险公司的来了。

曲干事 噢……

库尔班 保险公司，你请坐！

阿依古丽 谢谢！

库尔班 曲干事，你也请坐！

曲干事 好！

库尔班 我也请坐！开始吧！

阿依古丽 库尔班，保险公司听说你惊着了？不下奶了？

库尔班 对……哎呀！我下什么奶嘛！我没惊着，牛惊着了！不下奶了！

阿依古丽 对嘛！保险公司要赔给牛多少钱呢？

库尔班 赔给牛三千……赔给牛什么钱嘛，赔给我库尔班三千块钱！

阿依古丽 对嘛，来！（递上刚才的那张欠条）你签字，我付款嘛！

库尔班 （对曲干事）你看看，保险公司赔钱了嘛！我签字！

阿依古丽 （夺回欠条）这是欠条子嘛，不用签了，直接付款吧！

库尔班 你看看，保险公司多大方！来来来！三千块钱拿来！

阿依古丽 我没带钱！

库尔班 你怎么不带钱呢？

阿依古丽 我是来要钱的我带什么钱嘛？

库尔班 你是保险公司的嘛！

阿依古丽 噢，对！我是保险公司的嘛……我怎么没有带钱呢？

曲干事 大姐，你是哪个保险公司的？

阿依古丽 啊？是……

库尔班 乌……

阿依古丽 乌鲁木齐！

曲干事 噢，乌鲁木齐，那大哥保的是什么险种呢？

阿依古丽 他保的是……人寿保险嘛。

曲干事 人寿保险？

库尔班 啊……对嘛对嘛，我库尔班是人，奶牛是兽，人兽保险嘛！

曲干事 哈哈，那大哥的保额是多少呢？

阿依古丽 保鹅？他保的是牛不是鹅，他家不养鹅嘛！

曲干事 哈哈……大姐，要是我没说错的话，你根本就不是保险公司的，你是个养羊的。

阿依古丽 你告诉他的？

库尔班 我没告诉他。

曲干事 是你自己告诉我的。

阿依古丽　我什么时候告诉你的？

库 尔 班　喂喂……（指阿依古丽的布包）羊奶场，你这包上写着呢，哎！你脑子进奶了吗？

阿依古丽　你脑子才进奶了呢！

曲 干 事　大姐，别说你不是保险公司的，你就是保险公司的，这种情况也不能保！

阿依古丽　为什么不能保呢？

曲 干 事　家财万贯，带毛的不算，人家保险公司就没有这项业务。

阿依古丽　我这有！

曲 干 事　有你也不能替他赔！

阿依古丽　我就替他赔！

曲 干 事　大姐，这件事情跟你没有关系！

阿依古丽　没关系？我让你看看跟我有没有关系，库尔班，这是你给我打的三千块钱的欠条子吧？

库 尔 班　哎呀！你怎么又拿出来了？这个三千块钱的欠条子，是我……

阿依古丽　不要说了！（对曲干事）你要赔他三千块钱？

曲 干 事　对呀！大炮一响把牛全惊着了……

阿依古丽　你也不用说了！（对库尔班）你欠我三千块钱！

库 尔 班　哎！

阿依古丽　（对曲干事）你要赔他三千块钱！看着，（撕欠条）你不用还我了，你也不用赔他了，这个账——平了！

库 尔 班　阿依古丽，这件事跟你没有关系！

曲 干 事　阿依古丽，这件事跟你没有关系！

阿依古丽　怎么没有关系？我们是军民关系！

曲 干 事　哎呀大姐……大姐，我们部队上有纪律！

阿依古丽　我们老百姓有规矩！

库 尔 班　曲干事，不就是为了这一点点儿的小事情吗？

曲 干 事　老百姓的事儿就没有小事儿，我们首长说的！

阿依古丽　部队的事儿都是大事儿……

库 尔 班　她爸爸说的！

阿依古丽　对！

曲 干 事　库尔班大哥，不管怎么说，这三千块钱我们是非赔不可！

库 尔 班　曲干事，军民一家人嘛！

曲 干 事　库尔班大哥，亲兄弟还得明算账呢！

库 尔 班　你今天非得要跟我算账吗？

曲 干 事　啊！

库 尔 班　曲干事你请坐，阿依古丽你也坐，曲干事，你拿出笔拿出纸来记一下。

曲 干 事　好！

阿依古丽　你和解放军算什么账嘛！

库 尔 班　不要讲话！今天嘛，我们好好的算一下这笔账……（音乐起）前段时间我们这个地方闹地震，我库尔班是解放军从土堆里扒出来的，我库尔班这条命值多少钱呢？还有阿依古丽，她也是解放军从土堆里扒出来的，当时嘛，她的肚子里面还怀着一个小娃娃，两条命！两条命值多少钱呢？解放军豁出性命把我们老百姓救出来，又去救我们的牛和羊，手指头都扒烂了，满手都是血呀，解放军为我们老百姓流的血值多少钱呢？地震过后，解放军又帮我们盖起了房子，修通了公路，你说，我们应该给解放军多少钱呢？共产党和人民政府让我们老百姓过上了好日子，不管哪个地方有灾有难的时候，只要解放军一出现，我们老百姓的心里嘛就觉得踏实了，安全了，保险了！保险公司保的是我们的财产，可解放军保的是我们老百姓的命啊！

曲 干 事　库尔班大哥，这是我们的职责呀，军队打胜仗，人民是靠山，解放军和老百姓心连着心呐！

库 尔 班　哎！

阿依古丽　这就对了嘛！

库 尔 班　曲干事，你这个话说得太好了嘛！来来来，曲干事，这个钱你一定要拿回去。（推着曲干事往门外走）曲干事，去干别的事儿吧。

曲 干 事 那就太谢谢你们了，哎呀……我归队的时间已经到了，我跑着回去都来不及了！

库 尔 班 不要着急，曲干事不要着急，我马上去套上我的牛车送你，我的这个牛跑得快得很啊！阿依古丽过来帮忙！

阿依古丽 来了来了！

[库尔班下。

曲 干 事 （曲干事拉住阿依古丽）大姐，库尔班大哥给我们送的羊奶是不是在你这买的？

阿依古丽 对呀？

曲 干 事 那我以后直接从你这订奶行吗？

阿依古丽 太好了嘛！按库尔班的规矩，给你们打八折！

曲 干 事 好！这三千块钱你拿着，这是订金！

阿依古丽 三十六桶嘛！

曲 干 事 没问题，再见！

阿依古丽 哎……他去给你套牛去了！

曲 干 事 嘘！我开着吉普车来的！

阿依古丽 噢？

曲 干 事 再见！

阿依古丽 再见！

[曲干事跑下，库尔班跑上。

库 尔 班 来了！来了！牛车已经套好了！来……喂喂……人呢？

阿依古丽 走了！人家是开着吉普车来的！

库 尔 班 （发现钱）咦？这个钱怎么会在你的手上呢？

阿依古丽 曲干事直接从我这个地方订的羊奶，我和你一样，给他们打的八折！（高兴地唱：阿拉木汗住在哪里……）

库 尔 班 （着急的）阿依古丽！解放军的演习已经结束了！解放军都已经走了！

阿依古丽 什么？

[音乐起，阿依古丽与库尔班追到门前，望着曲干事远去的方向……

阿依古丽 （动情的）解放军！亚克西！

库 尔 班 （动情的）解放军！亚克西！

[音乐扬起。

——剧终

（与张振彬、王宏、耿连忠共同创作）

·小品·

情系小汤山

时　间　2003年“非典”期间。
地　点　北京小汤山“非典”专科医院门前。
人　物　大爷、战士、护士。

［幕启。

［着装整齐的小战士警惕地站在哨位上。

［大爷身穿特制防护服，戴防护帽、口罩、手套，扛一编织袋匆匆上。

大爷　闯过一关又一关，从东北来到小汤山，一咳嗽怕别人怀疑我“非典”，憋得我一路没抽烟。哎呀，妈呀，憋死我了。（放下编织袋，掏出烟和火，准备点烟）

战士　同志，这儿禁止吸烟！

大爷　对不起！不抽了。［大爷背起编织袋往院内走，被小战士拦住。

战士　站住！请您过来。

大爷　这还有条线呢。

战士　您这穿的什么衣服？

大爷　袋服。

战士　大夫？您是哪个区的？

大爷　不是大夫，是袋服，用化肥袋子做的防护服。你看这不都写着吗？（转身露出背后“化肥”字样）

战士　净重80公斤，……

大爷　含氮30%。

战士　还真是化肥袋子做的防护服。

大爷　连这都看不出来，这眼神还站岗呢。（欲走）

战士　站住！没有证件不准进去。

大爷　小同志，电视上都说了，在这非常时期内科、外科、骨科连牙科的医生都上来了。大敌当前，不分内外，我们万众一心对付病毒萨克斯。

战士　萨克斯还双簧管儿哪，那叫SARS。

大爷　叫啥？

战士　SARS。

大爷　SARS？中间没克啊？

战士　没克！非典型肺炎，简称“非典”，学名SARS。

大爷　小样，还俩名呢。一个中国名，一个外国名，怪不得要中西医结合治疗呢。（欲进）

战士　站住！没看这牌子上写着呢——凭证入内。

大爷　小同志，我是来送药的，你知道不？我已经两天两宿没睡觉了，你知道不？

战士　三天三宿也不行，“非典”时期认证不认人，这是铁的纪律。

大爷　哎呀，你真是要急死我呀！（大爷伸手摸兜，掏出香烟和打火机点烟）

战士　不能点！

大爷　你不让我进，我就点。

战士　不让进，你也不能点。

大爷　你不让我进，我肯定点。

战士　在这儿你绝对不能点。

大爷　我非点！我非点！我非点！［护士上。

护士　谁非典？

大爷　我非点！

护士　你非典？

大爷　我非点……烟。

护士　吓我一跳，我还以为有疫情呢。现在是非常时期，这“非典”能乱喊吗？

大爷　他逼我喊的。

战士　我什么时候逼你喊了？

护士 （冲战士）小刘，在医院门口“我非典，我非典”的乱喊，非出事不可。

大爷 已经出事了。

护士 出啥事儿了？

大爷 在火车上我就要点烟，我老伴不让点，我打开窗户点，她还不让点，我跑车厢过道上去点，她还不让点，气得我一边点一边跟她嚷嚷，“我非点！我非点！”结果左右一看，两车厢人全吓跑了，值班员当时就把我隔离了，还以为我是疑似病人呢。（护士、战士大笑，大爷冲战士）笑啥？严肃点！

战士 是！

大爷 好好站岗！

战士 是！

大爷 （冲护士）走，你陪我进去。

护士 好！

战士 ……站住！没有证件绝对不能进去。

大爷 这医生可以给我证明啊。

护士 （莫名其妙）大爷，您先在这儿等会儿。（转身冲战士）这到底怎么回事？

战士 这位老乡，说是来送药，非要进去不可。

护士 送药？

大爷 （急忙上前）：姑娘，首长，首长姑娘！我带的这是样品，我老伴还在火车站等着呢。只要领导一认可，我们就大批往这儿运。

护士 您是哪个单位的？

大爷 东北，大盘岭乡，蒜苔村。

护士 我问您这药是哪儿生产的？

大爷 还哪儿生产的？咱自家产的，（说着打开编织袋，拎出一辫大蒜）我们家乡的特产——独头蒜。

战士 嗐，闹了半天，您装的是蒜！

大爷 你才装蒜呢！姑娘，你可别小看这大蒜。我们村从群众到村干，家家户户吃大蒜，熏得苍蝇往外跑，熏得蚊子团团转，医务人员来检查，呼啦熏倒一大片。SARS病毒全熏死，我们村一个非典病人没出现。

护士 大爷，SARS病毒很顽固，光吃大蒜是没有用的。

大爷 姑娘。我们村的大蒜和别处的可不一样，真正的绿色食品。再说了，这是我们老百姓的一片心呢。

护士 大爷，谢谢您的好意！可现在隔离区里太危险了。

大爷 啥？危险？解放军就不怕危险吗？建筑小汤山医院是个奇迹，解放军进驻小汤山医院更是奇迹，一夜之间神兵天降。电视上我们都看见了，新婚刚三天的解放军上来啦！孩子不满周岁的解放军上来啦！家中有父母病重卧床的解放军也上来啦！今天站着抢救别人，明天没准儿自己就会倒下。唐山抗震，你们冲上去了；九江抗洪，你们冲上去了；小汤山抗非典，你们又冲上来了。二十多岁的姑娘都不怕，我个糟老头子怕啥呀？

护士 大爷，您的心意我们都领了，可真是不行，您绝对不能进去！

战士 就是啊，就是进去也得严格检查身体。

大爷 明白，不就是量体温吗？（说着，掏出体温计）我带着呢！

护士 大爷，您还随身带着体温计呢？

大爷 这就叫随身带着随时量，非典时刻要提防。（说着把体温计夹到腋下，又从兜内掏出一张纸递给护士）对了，这是我一路上的体温记录，请医生同志过目。

战士 大爷，看不出您自我防护意识还挺强。

大爷 放心！我们是给北京献热情来的，不是给北京献病情来的。

护士 哈尔滨36.1度，长春36.2度，沈阳36.3度，山海关36.4度……

大爷 别看了，一站长零点一度，东北方面情况良好。

护士 哎，大爷，您这体温怎么越往南走越高啊？

大爷 这就叫体温随着气温变，不过最高天津也没超过36.6度，基本不属于被控制对象。

战士 嘿，大爷，没看出来，您还是个行家呢。

大爷 还行家？体温35度，心里别打鼓，体温36度，啥病都不够，体温37度，不能坐飞机，到了38度，赶紧待在家，一到39度，马上去自首，要不然，发现你也别想走，逮着你一隔离就是十几宿。（护士、战士乐。大爷说着，掏出腋下的体温计）到点儿了。不是跟你吹，咱这体温绝对正常，39.6度。（把护士和战士吓了一跳，马上戴口罩）

战士、护士 多少？

大爷 39.6度……哎呀，妈呀，咋这么高呀。可能

是穿得太多捂的。（说完就脱防护服）

护士 小刘！

战士 到！

护士 马上进隔离区！

战士 是！（冲大爷）大爷。

大爷 到！

战士 请进！

大爷 不是要证件吗？

战士 不用了，您体温就是证件。

大爷 （冲观众）看来这招儿挺好使。那我进去了啊？

护士 等会儿。（接过大爷的体温计看）哎，这不36.9度吗？

大爷 刚才可是39.6度啊。

护士 您甩了吧？

大爷 甩了，我刚才甩了好几下呢！

战士 没甩，我没看见您甩啊。

大爷 我自己甩没甩我还不知道啊？我甩甩打打就过来了。

护士 （掏出本子边问边记）大爷，您是坐火车来的吗？

大爷 对。

护士 多少次列车？

大爷 39次。就这次数不吉利，要坐36次，体温就肯定正常。

护士 您坐在几号车厢？

大爷 从车头找到车尾，没座啊。

护士 坏了，看来全火车的人员都要一一排查。

大爷 我这不成祸害了吗？

护士 中途下车了没有？

大爷 下了。

护士 在哪儿下的车？

大爷 唐山。

护士 哎呀，您到唐山干什么去了？

大爷 光听电视上说小汤山小汤山，我还以为这医院在唐山呢。

护士 这下麻烦了。

大爷 我在站台上一打听在北京，我又上来了。

护士 （拿起体温表）再试一遍。

大爷 不用了，这表挺准的。

护士 试！

大爷 是！

护士 （冲战士）看着他，我打个电话，向里面汇报一下情况。

大爷 坏了，这下非露馅儿不可。

护士 （打电话）护士长，大门口发现一个疑似病人，正在试体温，过一会儿有了结果再向您汇报。

大爷 （冲战士打喷嚏）你老盯着我干啥？

战士 我怕您乱动。

大爷 你总盯着我，我能不紧张吗？一紧张，一受惊，体温肯定往上升。

战士 大爷，您的心情要舒畅，体温才会往下降。

［大爷打喷嚏，战士躲。

大爷 往下降，真要降下来我还能进去吗？

战士 你说什么？

护士 到点了。

［大爷取出体温计欲甩。

护士 别甩！

大爷 我自己会看。

护士 给我36.9度。

大爷 （一屁股坐在编织袋上）我说这大蒜好使嘛，往这儿一坐，体温下落了。

战士 哈……我早就知道您骗我们呢，刚才您就没往下甩。

护士 您体温正常。

大爷 坏了！这体温一正常，我又进不去了！

护士 大爷，您为什么非要进去呢？

大爷 姑娘啊，除了送大蒜我还有个心愿，临来之前，全村老少给我做了这套防护服，就是为了让我走进隔离区，像中央首长和军委首长那样，亲自和第一线的医务人员握握手，给他们打打气呀！

［音乐起。

护士 大爷，我代表解放军的医务人员谢谢您啦。

战士 大爷，谢谢您！

大爷 应该谢谢你们呀！好，我马上就去火车站。

护士 大爷，您慢走！

战士 慢走！

大爷 我走啥呀。火车站还有一大堆蒜呢，一会儿我还回来呢。（冲观众）就看老伴体温怎么样了，她要是高，兴许我还能混进去。（下）

［护士、战士目送着这位老人。

［音乐起。

——剧终（与王承友共同创作）

2003 年"非典"期间与梅丽萍在小汤山医院表演小品《情系小汤山》

附言：《情系小汤山》非典期间，我们到小汤山慰问，那是一场十分特别的演出，为了防止病菌传染，舞台搭在护栏外的上风口几十米处，观众是站在院内和楼顶上观看演出。当我穿着特制防护服，背着一麻袋大蒜上场，全场欢呼。谢幕时隔离区内的一位老汉隔着栅栏拉住了我，要求合影。院长说，你一定要满足他的要求，全院重症病人的垃圾都是他清理的。听后很敬佩他，但也有些紧张。没想到回家真的发烧了，几日不退。我把小汤山的经历创作成电视电影《让我们记住》。

·小品·

装　修

（2005年中央电视台春节联欢晚会）

时　间　当代。
地　点　新房装修现场。
人　物　黄宏（黄大锤），巩汉林（房主），林永健（分别饰邻家女、装修工、业主）。
景　置　房门，门上有房间号，背景是一面待装修的墙壁。

［幕启，欢快的音乐声中，巩汉林捧油漆桶上。

巩汉林　嘿！亲爱的观众朋友们，过年好啊！鸡年大吉我买了新房，买了新房我装修忙，装修的程序都一样，家家户户先砸墙！（走到门前）哎，九层！我的新房到了，等装修完了请你们来串门啊！（放下油漆桶，拿出钥匙）看看，新房的门就是漂亮！（开门）哎哟，看看这个门板，看看这个门锁（使劲）你看看……你看……你……（拔出钥匙）哎呀，现在这个防盗门质量真不赖，自己家的钥匙都捅不开呀！（喊）黄大锤！

［黄宏拎大锤上。

黄　宏　哎，我来了！东风吹，战鼓擂，装修离不开黄大锤，砸了这家砸那家，让我砸谁我砸谁！大哥！

巩汉林　哎！

黄　宏　砸谁啊？

巩汉林　砸门！

黄　宏　砸……大哥，挺好的门砸了不可惜了吗？

巩汉林　哎哟，反正装修完房子都是要换门的。

黄　宏　为啥都得换门呢？

巩汉林　你想啊，我要你来装修，这个钥匙我要交给你吧？

黄　宏　嗯。

巩汉林　你拿这钥匙就天天来吧？

黄　宏　那我们得来呀！

巩汉林　一两个月你就走顺腿啦，等房子装修好了，趁着我们家没人的时候，你可能还来呀。

黄　宏　……你这啥意思？

巩汉林　哎哟，你怎么还不明白呀？说白啦，换门不是为了防小偷，主要是为了防你们装修的。

黄　宏　你怎么能这么说话呢？呃？（抡起锤子，威慑状）你这不是侮辱人格吗？还防装修的，真要进这个门我还用钥匙吗？

巩汉林　（恐惧地）你、你……

黄　宏　还用钥匙吗我？（抡锤砸开房门）这不进来了吗？

［黄宏进门，巩汉林抱起油漆桶尾随进屋。

巩汉林　对不起啊。

黄　宏　没你那么说话的！

巩汉林　不不不，你看这样好不好？这个门拆下来我送给你。

黄　宏　对不起，我们农村最不需要的就是防盗门。

巩汉林　为什么？

黄　宏　家家户户都养狗，不是跟你吹，我那儿一条好狗等于你这儿五个保安……

巩汉林　啊？

黄　宏　手里的警棍。

巩汉林　吓我一跳啊！（巩汉林放下油漆桶）快看看我们的新房怎么样？

黄　宏　还挺宽敞。

巩汉林　啊呀，过去不行哪，过去俺只住四平米啊，冬天漏风，夏天漏雨，三口人住在一张床上，这孩子老往中间挤，晚上想跟老婆亲热，条件根本不允许，（害羞地）呵呵……

黄　宏　（笑）那还用说吗？看你这身条，就知道过去住得挺窄吧。

巩汉林　（生气地）嗐！你的意思我这个身材是夹出来的？

黄　宏　有关系，你住房子跟我们农村养牲口一样……

巩汉林　什么？

黄　宏　棚矮了不长个儿，圈小的不长膘，现在房子住得大了，儿女全比父母高嘛。

巩汉林　胡说八道！

黄　宏　怎么呢？

巩汉林　个子高矮跟房子高低没关系。

黄　宏　怎么能没关系呢？

巩汉林　那我问问你……

黄　宏　你说。

巩汉林　姚明的个子高不高？

黄　宏　高。

巩汉林　和他们家房子有关系吗？

黄　宏　网上都说了，篮球巨星姚明家里的房子没顶棚，小品明星潘长江家里的房子像水缸，你看把孩子憋成啥样了？

巩汉林　（大笑）哈哈哈！你可真幽默哟！（掀油漆桶盖）

黄　宏　我发现你更有意思。

巩汉林　咋啦？

黄　宏　你说买桶油漆还用自己去啊？

巩汉林　那当然啦！装修嘛，就是要发扬“四不怕”的精神。

黄　宏　四不怕？

巩汉林　不怕麻烦，不怕出力，不怕返工，不怕生气！为了防止包工头给你作弊，就是买一颗小小的螺丝钉，我都要打的亲自去，便宜！

黄　宏　螺丝钉多少钱一个呀？

巩汉林　（认真地）一毛一呀！

黄　宏　打的费呢？

巩汉林　七十七呀！

黄　宏　（对观众）这脑袋在咱们农村说就是让驴给踢了！我告诉你，照你这么说，还有“四大基本结果”。

巩汉林　怎么讲？

黄　宏　那就是，家底基本搞光，身体基本搞伤，生活基本搞乱，夫妻基本搞僵。

巩汉林　哎呀，深有同感啊！（与黄握手）

黄　宏　对吗？！

巩汉林　自从我开始装修啊，我老婆是天天跟我闹别扭，白天，跟你们小工吵，晚上，跟我这个老公吵啊！

黄　宏　那你得跟大嫂说清楚，白天可以把老公当小工使唤，到了晚上，千万可不能把我们小工当老公使唤哪！

巩汉林　明白了……你占我便宜是不是？

黄　宏　我们晚上不加班。

巩汉林　对，不能扰民！（走向墙壁）你过来看啊，我准备在这个地方装一台五十六英寸的背投，这个距离就是有点儿近。

黄　宏　是有点儿近。

巩汉林　先把这面墙……（在墙上做标记）砸掉！

黄　宏　大哥，没问题！不就这面墙吗，可别说……（观看墙的背面）大哥，这墙不能砸呀。

巩汉林　为什么？

黄　宏　这后面是厕所呀！

巩汉林　厕所怎么不能砸？

黄　宏　你想一下，前面是电视，后面是厕所，你要一方便，那不现场直播了吗？

巩汉林　你怎么一点儿浪漫都不懂？

黄　宏　我怎么不懂浪漫呢？

巩汉林　你以为这个厕所就是为了方便用的吗？

黄　宏　这厕所不方便还能干啥玩意儿？我不明白。

巩汉林　你可以冲冲凉啊，你可以泡泡澡啊，你想想一下（按黄坐在油漆桶上），如果你坐在这里看电视，（将黄的脑袋扭向墙的方向）我的老婆站在那里洗澡……

黄　宏　那我哪有心思看电视啊我……

巩汉林　（推开黄）我坐在这里看！

黄　宏　那我干啥呀？

巩汉林　砸墙！

黄　宏　砸墙！大哥，（热身）我上大锤了啊！

巩汉林　快一点！（黄宏正要开砸）停！

黄　宏　（急停）大哥，你说。

巩汉林　工钱还没有谈呢。

黄　宏　哦？那个……锤子不同价钱不等，小锤四十，大锤八十。

巩汉林　（诧异地）这就翻了一番啊？

黄　宏　大哥，大锤就相当于大腕儿嘛，这分量出场费肯定高啊。

巩汉林　呵呵，八十就八十！

黄　宏　谢谢大哥，八十了啊！谢谢大哥！（走向墙）砸了啊？

巩汉林　砸！

黄　宏　（边砸边喊）八！十！八！十……

巩汉林　（急切地）停！

黄　宏　（急停，扭了腰）哎哟……大哥！抡锤的时候最忌讳喊停，容易腰间盘突出啊！

巩汉林　对不起，我是想问问清楚啊，你是砸一天要八十，还是砸一锤要八十？

黄　宏　（不耐烦地）一天八十！一锤子八十那不是一锤子买卖了吗？

巩汉林　那你干吗砸一锤喊一句？

黄　宏　我这么喊心里不是有劲儿吗？

巩汉林　可我心里没底哟！

黄　宏　那你连定金都不给，我不喊你忘了呢？

巩汉林　好好好，好吧！

黄　宏　这个人毛病太大了吧！

巩汉林　小心眼儿！

黄　宏　喊喊都不行……（准备砸墙）我喊了啊！（边砸边喊）八！十！八！十……（墙破）大哥，搞定！

巩汉林　好！

［墙里喷出水来。

黄　宏　大哥，水管砸裂了！

巩汉林　哎哟，太好了！就在这个地方给我搞一个喷泉。

黄　宏　大哥，恐怕不行。

巩汉林　为什么？

黄　宏　（用手抹脸）下水管儿！

巩汉林　哟哟哟！（在墙上另一处作标记）那边不行，砸这边。

黄　宏　砸这边啊？（边砸边喊）八！十！八！十！（墙破）大哥，搞定！

巩汉林　（走近）嘿哟，这边好！啥也没有啊！（伸手摸墙）哎呀！（拽着一根电线，触电状）电电电电……

黄　宏　（拎油漆桶）垫什么？

巩汉林　砸砸……

黄　宏　（放下油漆桶，拿起大锤）砸什么？

巩汉林　砸我！

黄　宏　大哥，砸！（砸向巩汉林，电线脱落）

巩汉林　哎哟！（僵硬地）砸砸砸砸……

黄　宏　（走近巩汉林）大哥，没事儿吧？

巩汉林　（虚弱地）我要跟你讲清楚，砸墙给钱，砸我就不给钱了吧？

黄　宏　大哥呀，这锤算我送你的，春节大酬宾，砸一送一！

巩汉林　谢谢……哎哟，太危险了……（站起，走向中间的墙。在墙上作标记）

黄　宏　大哥，你得有装修图啊，要不然这一锤子水一锤子电的，真要砸出煤气来咱俩全没气儿了，大哥，你画啥玩意儿这是？

巩汉林　图，按照这个图给我在墙上砸一个……

黄　宏　（打断）不行，大哥，承重墙，一砸梁下来了。

巩汉林　不要砸透，砸一半留一半，掏一个壁橱出来。

黄　宏　这玩意儿要技术。

巩汉林　哦？

黄　宏　（放下大锤）大锤不能轻举妄动，（取出小锤）先得用小锤抠缝儿，然后再大锤搞定。

巩汉林　小锤好，小锤便宜！（黄宏砸墙，巩汉林数数）四十、四十、四十！

黄　宏　你喊啥啊你？

巩汉林　你不是讲大锤八十小锤四十吗？

黄　宏　如果再加这四十就一百二了你知不知道？

巩汉林　再打个折，六十吧？

黄　宏　不干！（收拾东西）都买一送一了你还要

求券啊你？

巩汉林　八十……八十……

黄　宏　（提起大锤）没那耐性，直接上大锤。（边砸边喊）八！十！八！十……（墙破）大哥，搞定！

巩汉林　好！［林永健扮邻家女持扫把从墙窟窿中钻出。

巩、黄　（惊恐地）哇！

林永健　干吗呢？干吗呢？干吗呢！

巩汉林　大嫂，没干吗，我只是想拓展一下空间。

林永健　你拓展空间，到我们家来干吗呢？

黄　宏　（对巩）大哥，那不是你家里屋啊？

林永健　那是我家里屋！

黄　宏　砸过界了？

巩汉林　大嫂，我本来不想过界，只是想掏一个壁橱。

林永健　你掏壁橱啊？我们家壁橱刚做好，我正扫灰呢，好啊，一个大锤抡过来了！幸亏我躲得急呀，要不我这个脸啊，可就破了相了！知道吗！（哭）

黄　宏　（对巩汉林）大哥，就这模样破相等于整容啊！

林永健　说嘛了？说嘛了！我跟你讲，我买个房子容易吗？一天没住啊，让你们就砸成破房子了！（唾沫飞溅）

黄　宏　（抹脸）大哥，比下水管还味儿呢！

巩汉林　大嫂，别生气，常言说得好，有了这堵墙，我们是两家，拆了这堵墙……

林永健　也是两家！

黄　宏　对！各家和各家不能私通嘛！

林永健　说嘛了？说嘛了！

黄　宏　不能私自打通嘛。

林永健　行了，少废话，你们说怎么办吧？

巩汉林　马上给你砌墙。

林永健　砌！

黄　宏　能拆就能砌，能破就能立！（取出砌墙工具）瓦工我也会！

林永健　（打断）等会儿……我先过去。（走进墙窟窿）

黄　宏　大嫂啊，来串门儿哪！我要砌了，再来走正门！

巩汉林　黄大锤！我看你就是一个黄棒槌！

黄　宏　我也不知道她抠了一半儿了？我往整个墙上使劲儿呢！

巩汉林　你给我砌墙！

黄　宏　砌墙行，砖呢？

巩汉林　（反问）砖呢？

黄　宏　砸她家去了。

巩汉林　搬去！

黄　宏　大……大哥，我不敢……我一看她那模样，我也怕破相啊！

巩汉林　那我怎么办呐？你看看这墙……（另一侧的墙传来响声）

黄　宏　大哥，隔壁有动静。（巩汉林、黄宏将耳朵贴在墙上）听见没有？程序都是一样的，先是小锤抠缝儿，然后大锤搞定。（回过神来，惊叫）搞定！（俩人迅速离开，墙塌）［林永健扮装修工，从墙窟窿里露出脑袋。

巩汉林　干什么哪？

林永健　哎呀，大哥对不起呀！我想掏个壁橱，砸过界了！（林永健下，巩汉林欲追）

黄　宏　大哥，咱有砖啦！砖啊！

巩汉林　那这面墙怎么办？

黄　宏　你还管那么多？咱先拆了东墙补西墙呗！（砌墙）

巩汉林　哎呀，我怎么那么倒霉呀！这东一锤西一锤，把我好好一间房给砸成蜂窝煤啦！

［林永健饰业主上。

林永健　喂喂喂！谁砸的？谁砸的？谁砸的？

黄　宏　我……我砸的。

林永健　谁让你砸的？

巩汉林　（暴躁地）我让他砸的！怎么样？

黄　宏　（拉巩汉林）别太横了，可能是物业的……

巩汉林　物业有什么了不起？装修保证金我已经交过了！我告诉你，我想怎么砸，我就怎么砸，因为这是我的家！

林永健　你们家住几层啊？

巩汉林　9层。

林永健　（生气地）这儿是几层？

巩汉林　9层！

黄　宏　大哥没错，（拉林永健至门外）你看这门口写了吗，你看这门上的牌子，明明写着9层吗。

林永健　你知道什么呀你？我告诉你，这是昨天对门那家砸墙，把这个钉子给震掉了，（转回门牌号）这不是9层，是6层！你们砸的是我家！

黄　宏　大哥，把人家的房子给砸了……

巩汉林　找物业，找物业去……（林永健拉巩汉林急下）

黄　宏　（喊）大哥！大哥！没给钱呐！八十啊！大哥，农民工工资不能拖欠！你跑？你跑……我让你跑！我告诉你！（进屋）你跑得了和尚跑不了庙！今天我坐这儿死等！（坐台阶上）我……（一个大钻头从黄宏的屁股下钻出）哎呀！楼下往上打电钻了！打漏啦……上医院啊！

［黄大锤捂着屁股一瘸一拐跑下……

——剧终

（与张振彬、王宏共同创作）

2005年中央电视台春节联欢晚会与巩汉林、林永健表演小品《装修》

附言：《装修》这个小品抓住了当下装修的一个特点“砸”。为了扩大空间，砸出水、砸出电、又砸出人，我砸透你家、你砸穿我家、9楼的标识牌砸成了6楼标识牌、楼下的钻头钻到楼上。这个小品之所以能够产生共鸣，就是因为真实。记得当时我家装修时，工人问我，这是你家吧？把我问愣了，了解后才知道，他们上一次装修就把三单元一家当成一单元装了，结果闹出纠纷。我觉得这事儿很有意思，开始了构思。小品播出后我得了个外号“黄大锤”，装修工人只要见着我，他们就会喊“大锤八十、小锤四十”。

·小 品·

背 影

（2005 年全军“双拥”晚会）

时　间　当代。

地　点　长江边上某渔村村口。

人　物　赵记者：男，七十多岁，离休军旅摄影家；蒋大爷：男，七十多岁，1949 年划船送亲人过大江的支前模范；鲁大娘：女，七十多岁，四十九年划船送亲人过大江的支前模范。

［幕启，舞台上方居中挂着一块银幕，似影集又像镜框……

［满头白发的赵记者穿着摄影背心，手里拿着相机，从观众席中边拍照边往台上走……

赵　哎，那位小同志，往我这儿看，好！（拍照，同时小战士的照片显现在舞台中间的银幕上）那位姑娘，乐一点儿，好！（拍照，同时女兵的照片显现在银幕上）这位老同志，请把头转过来点，好！（拍照，同时将军的照片显现在银幕上）我当了一辈子的兵，拍了一辈子的照；拍过军营，拍过战场，相机就是我手中的钢枪大炮。都知道照相要照清人的正脸，可是那个背影却让我一辈子魂牵梦绕。（银幕上呈现出《我送亲人过大江》的照片，片中最引人注的是那个留着长辫子的划船姑娘）这幅照片是 49 年百万雄师过大江时，我拍下的。我始终没有看到这个姑娘的正脸，也不知道她的名字。今天我在长江边上搞这次特殊的影展，一定要找到这位当年的大辫子姑娘。

［蒋大爷扛着一根大擀面杖上场。

蒋　我来了。来了个记者要照相，把我们折腾得好够呛，还让带上划船的桨，扛不动了，我只好整根儿擀面杖。（冲幕后）老婆子，你倒是快点儿啊！

鲁　（幕后喊）来啦！（鲁大娘挎着包上）老头子，你看我这模样儿好看不？

蒋　好看，好看，都这把年纪了能好看到哪儿去。

赵　（迎上前去）大哥大嫂，你们好啊！

蒋　（冲赵）噢，你就是从北京来的照相的？

赵　对。

蒋　贵姓啊？

赵　姓赵。

蒋　哦，干啥姓啥呀！

赵　您二位贵姓啊？

蒋　我是划船的，姓蒋；她是摇船的，姓鲁。

赵　划船和摇船有什么区别？

鲁　那区别可大了。

蒋　摇船的两面摆，划船的往后拽，基本是南北两大派。

赵　大哥大嫂，我这次来主要是想找个人。

蒋　知道，寻人启事里都说了。

赵　寻人启事？

鲁　我们村儿里天天广播，不就那几个条件吗：会划船的，支过前的……

蒋　家住这一片儿的，梳过辫儿的……

赵　没错！大嫂，您年轻的时候是不是也留过辫子？

鲁　留过。

蒋　（自语）啥记者呀，见着辫子就往上上！

赵　当年您的辫子有多长？

蒋　（欲上前，被大爷拉住）这事我能替她回答，小时候短，长大了长。结婚的时候让她妈给绞了。

赵 完了，刚有点线索又断了。

蒋 你要是按照辫子找线索，我估计你是一时半会儿找不到了。

赵 为什么？

鲁 哪有一把辫子留到现在的，那不成缆绳啦！

蒋 再说了，结婚时不把辫子截了，那还能叫结（截）发夫妻吗！

赵 当年咱这留辫子的姑娘多吗？

蒋 我告诉你，想当年，咱长江边儿上的姑娘一色儿的大辫子！不像现在染黄毛，染红毛，挺大个姑娘还剃秃瓢。连个姑娘样儿都没有！

赵 是啊，现在这姑娘都爱梳短发。

蒋 对，小伙子开始留辫子啦。那天我正上厕所呢，进来了一个留大辫子的，冷不丁地吓我一跳。我说：姑娘，错了，这是男厕所！他说：爷们儿，咱俩都一样，我也是雄性！熊样儿！还雄性呢！

赵 哈哈哈……这男人留辫子，审美是有问题。

鲁 你还别说，以前他就留过辫子。

赵 啊！你还留过辫子？

蒋 没留过辫子村长能让我来吗！

鲁 小时候他妈怕他命短，给他留了个长寿辫儿。

蒋 别说，长寿辫这玩意儿挺管用，送亲人过大江，枪林弹雨，好几个来回，啥事儿没有！

鲁 你净瞎说，当时我就在你后面看着呢，一个炮弹落在船边，要不是解放军你早没命了。

赵 大哥大嫂，送亲人过大江之前你们认识吗？

蒋 不认识，她住江之头，我住江之尾，她的老家在江南，我的老家在东北。

赵 相隔这么远，你们怎么碰一块儿啦？

鲁 我们是在支前路上认识的，过江那阵儿他划一条船，我划一条船。

蒋 后来她那条船让炮弹炸飞了，回来的时候，没办法啦，她就上了我的船啦。

鲁 是，上去我就下不来了。

赵 那后来呢？

鲁 后来他就让我坐船头了。

蒋 再后来她就让我亲个够了……

鲁 你这个老东西，跟记者说话小心点！

蒋 没事儿，就咱这点隐私曝光了，也没人炒作。

［记者举起相机抢下这个镜头。

蒋 你看曝光了吧。

赵 哈哈哈……大哥大嫂，你们当年有没有印象当时在你们身边有个手里拿相机的？

蒋 相机没注意，当时光注意敌人的飞机了。

鲁 你别天上一脚地上一脚的，那相机和飞机能扯到一块儿吗？

蒋 咋不能呢？相机对准你，一按，留个影儿；飞机对准你，一按，影儿都没了！我无所谓，关键这还有一船战士呢！

赵 大哥大嫂，（指着大屏幕）这张照片就是49年过大江的时候，我拍下来的。我看到的始终是她的背影，我多想看看她的正脸儿。

蒋 城里人就是死心眼儿，前面看是背影，到后面儿一看不就是正脸儿了吗！

赵 后面儿？

鲁 对，以前村儿里放露天电影的时候，正面人多，我和老头子总到那银幕后面去看。

蒋 后面人少，看得又清楚，就一样，所有的战士都是左手打枪（边说边往照片后面走），我估计从这边儿看，这姑娘也得是用左手划……噢，死葫芦的呀！

赵 大哥，这是照片，不是电影！

蒋 （欣赏地看着照片）当年，你的辫子差不多也有这么长！

鲁 可我没这么好看的身条儿。

蒋 后边看还行。

鲁 看看这张照片，我就想起了当年；看看这条大江，我就想去划船（边说边做起优美的划船动作）……

蒋 （冲赵）这是悠她孙子悠多了！你这软绵绵的，是划船吗？（拿起擀面杖）划船你得这样儿：握住桨，挺起胸，前腿弓，后腿绷，一圈儿一圈儿不放松，一圈儿一圈儿不放松……（推着擀面杖原地转圈儿）

赵 老哥，你这船遇着漩涡了？

蒋 不是，我们村儿现在不生产小磨香油了吗？

鲁 他这是拉磨拉多了。

赵 （看着数码相机）这张照片抓得真不错。遗憾的是手里拿了根擀面杖。

蒋 擀面杖咋了？这擀面杖是革命文物！解放军过江的时候，咱给亲人包过饺子，回来的时候，煮过面条儿，都是用它擀出来的！

鲁 对，庆祝胜利那会儿，咱还用它擀过团圆饼哪！

赵 是呀，人民军队的成长，是人民用小米喂大的。

蒋 现在用不着了，部队都现代化了，咱想赶都赶不上了。

鲁 就是啊，咱孙子都当上驱逐舰长了。

蒋 用不着咱去划船啦。

赵 不，如果现在打起仗来，那一定会是一场现代化的人民战争！军队打胜仗，人民是靠山，想当年正是有了千千万万的人民群众，我解放大军才能横扫千军如卷席，打过了长江。

鲁 把敌人赶出了南京。

蒋 一直赶到了台湾岛！

鲁 有人还想搞分裂。

蒋 敢！（举起擀面杖）我擀不扁他！

赵 大哥，你往船头一站，我又看到了当年的一条好汉。

蒋 老婆子！

鲁 老头子！

蒋 解缆！

鲁 解缆！

蒋 升帆！

鲁 升帆！

蒋 准备好了吗？

鲁 准备好了。

合 开船！

蒋 撑稳舵呀！握住桨啊，万众一心，奔前方啊，军民团结，打胜仗啊，勇往直前，过大江啊，嘿……嘿！［舞台灯光频闪，枪炮声大声，《解放军进行曲》的乐曲声响起，银幕上，《我送亲人过大江》的照片，幻化成一组百万雄师过大江的短镜头……老两口在银幕下，喊着号子，做着当年送亲人过大江时的划船动作，直至高潮。银幕又定格在《我送亲人过大江》的照片上。

赵 （激动地）大哥大嫂，就是你们！这照片上的大辫子姑娘就是大嫂！

鲁 赵记者，这个姑娘真不是我！我当年是留着条大辫子，如果是我的话，她的头上还少了样东西。

赵 少了样东西？

鲁 （从随身的包袱里，取出一个钢盔）那天，我刚上船，有个解放军哥哥摘下头上的钢盔对我说：小妹妹，你年纪太小，把它戴上。后来我就再也没见到过那位战士。

蒋 是啊，当时一发炮弹落在我的船边，是一位解放军兄弟把我压在身下，我脱险了，可那位解放军兄弟再也没有起来，到现在我都不知道救我的恩人叫什么名字。船一靠岸，所有的战士拼着命地往前冲，我看到的全是他们的背影！赵记者，今天，我们也是来找人的，我们俩就是想通过你，寻找那些不知名的好兄弟呀！

赵 大哥大嫂，为了这背影，我苦苦寻找了五十多年，今天我终于找到了，她就是你，是你，是她！是千千万万个老百姓和子弟兵，是那些永远不知姓名的背影，为我们换来了一个欣欣向荣的共和国！来！（举起照相机）大哥大嫂，我今天给你们照一张合影。

蒋 照？

鲁 照！

合 一、二、三。（二人一起转身造型，把背影留给赵）

赵 嗐！今天咱不照背影，照正脸儿！

鲁 现在正脸儿没法看了。

蒋 满脸皱纹，都是年轮！

赵 大哥大嫂，你们的正脸儿更好看、更美！

合 不照，不照……

赵 别动！

［在推让过程中，赵按下了快门儿，银幕上显现出蒋大爷、鲁大娘的特写照片，虽说他们已经没了门牙，但笑得十分灿烂……

［电视剧《江山》的主题歌音乐响起：“老百姓是地，老百姓是天，老百姓是共产党力量的源泉……”

［赵搀扶着蒋和鲁，向舞台的纵深走去，留给观众的是三个人亲密无间的背影……

——剧终

（与全维润共同创作）

2005 年全军“双拥”晚会与王丽云、翟万臣表演小品《背影》

附言：《背影》这个作品是从一张照片开始构思的。渡江战役中留下一张少女为解放军摇橹的背影照片，很著名，她的美吸引了很多人。她是谁呢？现在还在吗？本小品是通过摄影记者寻找当年照片上的原型展开的故事。在小品表现形式上有一些探索，将激光打到船帆上呈现出当年百万雄师过大江的壮观场面，在当时是很新颖的。

·小 品·

邻 居

（2006 年中央电视台春节联欢晚会）

时　间　当代。

地　点　小区住宅。

人　物　民工：黄宏；邻居甲：巩汉林；邻居乙：刘亚津；大姐：林永健。

景　置　背景为一面大落地窗。室内有沙发、茶几等。

［幕启，黄宏上。

黄　宏　去年给人砸墙，今年给人看房，房主大姐把钥匙亲手交给我，让我一人住她的双人床，照这样下去很危险，弄不好她有意让我当新郎，没门儿！我想好了，她要实在强迫我，两字——投降！到了，大姐说了，进屋打开推拉窗，把屋里的甲醛都放光，这一年，城里人竟整新名词儿，给我们村里出难题儿，我大嫂名叫苏丹红，想开饭店没开成；我大舅，姓秦名叫秦流感，整了个鸡场破了产；最可气，我们装修的工头叫贾全，给谁装修谁都烦，现在城里人真讲究，不怕假货怕甲醛！哎呀，大过年的一个人喝酒有点儿孤单啊，摆上几个杯子，就等于有了伴了，举杯邀明月，我就对影成三人。（从外面的窗户里扔进一个扳子）有人！

［黄宏拿起地上的扳子，躲起来，巩汉林从窗外跳进来。

黄　宏　小偷？

巩汉林　哎哟……我敲他家六遍门，屋里果然没有人，朋友们，买房子千万要注意，我买了一楼真受气，他二楼装修一漏水，我家天天洗淋浴，可开发商还说买一楼接地气，我呸！纯属狗年放狗屁！（找扳子）我的扳子呢？

黄　宏　在这儿呢。

［俩人一惊。

黄　宏　干什么的？

巩汉林　大哥你别误会，我是你家邻居。

黄　宏　小偷！

巩汉林　我就住在楼下“110”。

黄　宏　胆儿挺肥呀，小偷还敢住在警察的地方？站好了！看见没有，动作绝对熟练，一看就是惯犯，别动……腰里什么东西？

巩汉林　裤腰带。

黄　宏　（解下巩汉林身上的红腰带）本命年？

巩汉林　对，36，属狗的。

黄　宏　别说，挺像，看这身材绝对腊肠。

巩汉林　大哥，我没有那么纯，他们说我是“串儿”。

黄　宏　串儿家了，挨家串？说！有同伙吗？

巩汉林　没有。

黄　宏　没同伙儿就好办。（外面又有一个扳子扔进来）又来一个？同伙儿！（把巩汉林推进窗帘后躲起来）

［刘亚津翻窗入室。

刘亚津　（拿起地上的扳子）哎呀，我今天敲了他家八次门，这屋里果然没有人，哎哟，冷啊！朋友们，二楼这家装修乱改暖气，我们家三楼可断了气儿了，我老婆生完孩子刚出院，本来身体就不行，回到家暖气全都停，孩子吃奶裹不住，奶水都变成冰激凌了，梆梆地！（找扳子）哎，我扳子呢？

黄　宏　（拿出两扳子）这俩哪个是你的？（俩人对视吓了一跳）俩小偷！

刘亚津　大哥你误会了，我是你家邻居。

黄　宏　撒谎！

刘亚津　我就住在你家楼上315。

黄　宏　这骗子敢住在打假的地方？

巩汉林　（冲刘亚津）站好了！

黄　宏　你喊啥呀？吓我一跳。

［刘亚津举起手露出红腰带。

黄　宏　今年也本命年？

刘亚津　36了，属狗的。

黄　宏　也属狗的，看你这一脸褶子，沙皮啊？

刘亚津　来到北京以后他们叫我京巴。

黄　宏　经常扒别人窗户是不是？

刘亚津　不是……

黄、巩　站好了！

黄　宏　（对巩汉林）有你啥事，站一边去！大过年的没啥事儿，审俩小偷解解闷儿，你俩姓啥叫啥？

巩汉林　大哥，你别误会，咱们是邻居。

刘亚津　大哥，咱们真是邻居。

黄　宏　（指着刘亚津问巩汉林）是邻居你认识他吗？

巩汉林　不认识。

黄　宏　（指着巩汉林问刘亚津）你认识他吗？

刘亚津　不认识。

黄　宏　邻居有不认识的吗？

巩汉林　哎呀，现在这个邻居楼上楼下互相都不认识。

刘亚津　我们之间都不来往，都通过门镜观察对方。

黄　宏　去！看你俩这造型吧，过去讲门缝里看人把人看扁了，你们这不是门镜里看人把人看远了吗？

刘亚津　大哥，我真的住在你家楼上，我姓尚。

巩汉林　我真的住在你家楼下，我姓夏。

黄　宏　编，接着编！住在楼上就姓上啊？住在楼下就姓下啊？我在当中我姓当啊？

巩汉林　哈哈，我说当大哥呀……

黄　宏　谁当大哥呀？

刘亚津　就是啊，什么叫当大哥呀？人家是哥大当！

黄　宏　你大当！说话那么不干净呢？

刘亚津　不是，大哥，我就住在你家楼上，我真姓尚。

黄　宏　你叫什么名字啊？

刘亚津　尚步渠。

黄　宏　叫啥？

刘亚津　尚步渠啊！

黄　宏　哈哈……他姓上叫上不去。

巩汉林　哎哟，这个名字太俗气了。

黄　宏　你姓下，那你叫啥呀？

巩汉林　夏部莱。

黄　宏　哈哈……你还不如他呢！（巩汉林、刘亚津二人相互辩解）我告诉你们，今天把话说清楚了，为什么到这来，要不然我让你上不去，我让你下不来，你们信不信！

巩汉林　哎呀，没有什么不清楚的大哥，我真住这儿，我知道这里的物业费交多少。

刘亚津　大哥我也真住这儿，这物业费我也知道。

黄　宏　多少？

二　人　头一年2块7；第二年3块7；今年交了4块7；明年就交5块7；6块7，7块7……（像玩石头、剪刀、布）

黄　宏　行了！我说你们划拳来了是不是？哪有自己往上抬价的？

巩汉林　物业公司要求我们这样交的。

刘亚津　他们说了，这是高档次小区。

黄　宏　高档高档，说白了就是让你高高兴兴上当。

巩汉林　他们说我们这里是豪宅。

黄　宏　拉倒吧，卖房子的都这么忽悠，有个包就说山，有个坑就说水，撒泡尿都说有温泉，真的，只要你一入住，所有的好事儿全都玩儿完，有些开发商就是骗咱兜里这点儿钱，现在有很多物业就跟你俩这名儿似的，服务上不去，价钱下不来。

巩汉林　大哥，那你说我们交多少合适？

黄　宏　我哪儿知道啊？我又不住这儿。

巩汉林　你不住这儿？

黄　宏　不住这儿。

刘亚津　那你住哪儿？

黄　宏　天天转悠呗，谁家没人到谁家呗。

二　人　大哥，你过年也不回家？

黄　宏　回啥家啊，钱没到手呢，干我们这一行，钱没到手，绝不走空。（露出了红腰带）

巩汉林　（与刘亚津对视）看来咱俩是邻居。

刘亚津　他是小偷。

黄　宏　看来这么审不行，要上点儿手段，喝点儿酒就说实话了，哎，我说，大过年的咱们碰到一块儿不容易，喝两杯咋样啊？

二　人　好，喝两杯。

巩汉林　过年的时候，东北大哥贼能喝。

黄　宏　对！今年过年和贼喝。（喝酒）

刘亚津　大哥这样子一看就是海量啊。

黄　宏　不是吹，我还没放开呢，解开腰带我喝死你俩信不信？

二　人　大哥，今年也是你的本命年？

巩汉林　大哥，你也属狗啊？

黄　宏　废话，要不然能给人看门儿吗？

刘亚津　哎呀，咱大哥给人家看门儿也是条好狗啊。

巩汉林　绝对的好狗！你看这身材，藏獒啊！

黄　宏　藏不藏獒我不敢说，门儿我得给人家看好了。

刘亚津　大哥，你这个狗也36啊？

黄　宏　怎么说话呢？怎么那么不文明啊？什么叫我这个狗啊？

巩汉林　对，他这只狗。

黄　宏　行了！你还不如他呢……我这条狗啊……今年48了。

巩汉林　哎呀，本命年啊。

黄　宏　本命年。

巩汉林　这样扎腰带可不吉利啊。

刘亚津　不吉利啊。

黄　宏　那应该怎样扎？

刘亚津　人家网上都说了吗。

黄　宏　怎么说的？

二　人　（拿过黄宏的腰带，边说边捆）12岁往前搭，24岁绾个花，36岁打个叉，48岁你这么一拉，（把黄宏绑了起来）你是小偷！

黄　宏　干什么！

巩汉林　我们俩是邻居。

刘亚津　你是小偷！

黄　宏　谁小偷啊？

二　人　你！

黄　宏　谁小偷啊？

二　人　你！

黄　宏　我是看房的。

巩汉林　房东呢？

黄　宏　房东出国了。（二人拉起黄宏就要走）

［林永健饰演的大姐上。

大　姐　干吗呢？干吗呢？干吗呢！

二　人　你是……

大　姐　房主，大长今！

黄　宏　大姐，你不是出国上飞机了吗？

大　姐　嗐！别提了，去年砸墙不是破了相了嘛，我呀做了个整容手术，没想到过海关的时候，人家说本人太漂亮了，与护照上的照片不符，拒签！

黄　宏　这原来得是啥模样啊？

巩汉林　大姐，他可是小偷啊。

大　姐　嘛小偷啊？咱们都是朋友啊，这是兄弟黄大锤，这是邻居老尚，邻居老夏。

黄　宏　大姐，你认识吗？

大　姐　认识，门镜儿里见过，每次来都提着个扳子，我没敢开门，我害怕呀。

巩汉林　大姐，你们家装修漏水了，我们不拿个扳子怎么修啊？

刘亚津　对啊，我修那个暖气不拿扳子行吗？

大　姐　大锤，给修修啊。

黄　宏　那不简单吗，窗帘后边两管，一个水管，一个气管，（拧水管）拧一下就行了吗！

众　人　还是你厉害啊。

黄　宏　哎呀，我发现这城里的邻居可真怪啊，不漏水不交流，不断气不通气儿。（众乐）

巩汉林　行了，我家里不漏水了。

刘亚津　我家里这个气儿也通了。

大　姐　我说兄弟们，对不起了，I'm sorry!

巩汉林　你看，大姐也戴一条红围巾啊？

大　姐　这不属狗嘛。

刘亚津　你看，巧了，我们都是属狗的。

巩汉林　我是腊肠。

刘亚津　我是京巴。

黄　宏　我是藏獒。

大　姐　我是——贵妇人！

黄　宏　这哪是贵妇人啊，这脸型典型的——

众　人　牧羊犬！

刘亚津　行了行了，啥也别说了，以后邻居之间有啥事说话。

巩汉林　今天给你拜年了啊。

黄　宏　我说拜年串门儿别走窗户啊，省得你上不去，下不来。

［众人相互告别，巩汉林、刘亚津下。

大　姐　大锤！

黄　宏　哎。

大　姐　时候不早了，洗洗睡吧。

黄　宏　你回来了，就一张双人床我睡哪儿啊？

大　姐　睡屋里啊！

黄　宏　姐，你给我解开啊！姐！

大　姐　解嘛解啊？我未婚女子正青春，给你解开了，我睡到屋里不放心，绑着吧！

黄　宏　哎呀姐啊，你还是给我解开吧，你半夜起来我不放心啊！

［怪异的音乐声中，林永健下，黄宏追下。

——剧终

（与张振彬、王宏共同创作）

2006年中央电视台春节联欢晚会与巩汉林、刘亚津、林永健表演小品《邻居》

附言： 中国经济快速发展，物质水平不断提高，人们的居住环境大大地改善了，但与从前大杂院儿相比，邻里之间的情义却淡漠许多。其实在很多人心里，都有一份怀旧感和淡淡的忧伤。我常说，农村的孩子最想家，因为家大，一个村子就是一个家；而我们现在的家变小了，小得似乎没有邻居。这个作品表现的是邻里陌生疏远，其实更是一种呼唤。

·小 品·

追 星

（2006年全军“双拥”晚会）

［在观众热烈的掌声中，一位农村老大爷挎着一个篮子，由观众席入场——

爷 各位领导，老少爷们儿们你们好哇！给你们拜年了！热热闹闹迎新春，党政军民心连心，千山万水隔不断，看见你们格外亲，我想死你们了！大老远的从我们村儿跑到北京来，就是给大伙添麻烦来了，麻烦大伙……

［突然大爷的手机响起，大爷接电话——

爷 对不起，我接一下，“喂，到了，到了，下了火车没吃饭，直接赶到中国剧院。你放心，这事我一定办成，没问题，军民心连心，再大的困难就找亲人解放军。你想啊，那么大的洪水他们都给咱挡住了，这点事保证能给咱解决。放心，拜拜！”（关电话）说心里话，如今党的“三农”政策好，不愁吃，不愁穿。党中央还给咱免了税、免了捐。加大了对咱农村的投资力度，咱农村处处都变样了，充分体现了科学发展观，腰包有了钱，脸上露笑颜，都琢磨着怎么过好这个年。这几年全村家家都富裕，一到过年就唱大戏。“三贴近”“三下乡”咱农民沾了不少光。“心连心”来过两遍，“同一首歌”经常看。“文化快车”挨个村串，二人转没意思了，现在我们全村几百口子一起转。啥节目都看过，帕瓦罗蒂的音乐会，演艺明星贺岁，天鹅湖、天仙配、舟舟指挥乐队。名人凑一块儿，专门请大腕，欣赏的口味越来越高，对节目的品味越来越挑，相声不笑，小品太闹，舞蹈乱跳，唱歌的演出对口型，偶尔有个真唱的，一张嘴还跑调，全村认真研究，今年谁最火？今年谁最棒？今年哪颗星最亮？

［大爷的电话又响起，大爷接电话——

爷 喂，谁啊？别乱抢，一个一个说，二愣子，你说，请姚明？他最高，请不来姚明刘翔也行，他最快。喂，三彪子你说，请施瓦辛格！瞎扯，人家都改行当州长了，出不来，喂喂喂，你看又换人了，谁呀，你慢点说，别跟鸟叫似的，孙女啊，请谁？超女？别扯了，计划生育抓的严，不能超女，也不能超男！（关电话）这孩子净瞎闹，最后我们村民主投票，得出结论，今年过年，意识超前，不请名家，不请剧团，就请最亮的那颗星，我们的英雄航天员！航天员在太空围着地球转，回来之后呢又围着全国转。在电视上看见航天报告团做报告，香港、澳门，然后到各个省，再到地、市、县。这样往后算一算，等到我们村最少还得一年半。乡亲们着急呀，所以年前让我来一定把航天英雄请回去。急三火四赶到北京，高楼大厦直转向，东西分不清，但是有一条我牢记在心中。不管什么时候只要遇到困难，就得依靠咱人民子弟兵！听说今天这儿当兵的多，下了车就直奔这儿了，不瞒大伙说，为了迎接英雄航天员，我们把日程都排好了。（拿出一张纸，念起来）迎接仪式是这样的，请大家指正并审定，全村夹道欢迎。小学生打鼓吹号，放气球，响鞭炮，车队迎接，拖拉机开道，为了避免太吵太闹，拖拉机外面我们扣了个罩。挂红灯，搭彩门，十里之外迎亲人！

［电话响起，接电话——

爷 喂，村长啊，什么？活动日程都安排好了？好好，我知道了。你放心，咱中央首长都到农民家做客，航天员也一定能去！（关电话）你看，我们那具体日程都安排好了，因为航天员工作非常繁忙，我们活动安排得比较紧凑，大年初一是庆功宴；初二是副村级以上领导接见。

初三为村里科技馆剪彩，初四和全体村民见面，初五到我们村少儿航天培训中心参观，初六是报告会，地点在本村场院，括弧，如遇风天雪天时间往后顺延，初七航天英雄返回，本着七上八下的说法，我们选的是最吉利的时间。住处一人一栋小楼，学习室、健身房、又暖和又朝阳，火炕上边安弹簧，一色儿新式沙发床。伙食标准基本没有上限。早晨猪肉炖粉条子，大米干饭。中午鸡鸭鱼肉蛋。晚间全村各家轮流设宴。夜餐一码炸酱面，所有食品一律严格安检，坚决消灭禽流感。我们村跟其他村不一样，我们与航天事业有着特殊的关系。首先，我们有远见，想为祖国的航天事业做点贡献。其他村儿的孩子一下生先学走路，我们村的孩子先学爬树，为了适应太空失重，而且是大头冲下往上蹭，没关系，从小吃点苦，以人为本，为将来登月打好基础。我们村的姑娘择偶观也发生了变化，不找有钱的，不找当官的，一心就找搞航天的，他们振奋了民族精神，就是新时代最可爱的人！我四个儿子，就是没姑娘，要不我也能当上航天“老丈人”。在“神舟”六号飞天的那些日子里，电视直播我们全村天天看，为了方便看电视，我们家把房间都重新装修了，客厅叫推进舱，大伙在一块推进感情；卧室叫返回舱，睡得踏实；饭厅叫轨道仓，吃着顺溜；连厕所都叫逃逸塔；我老伴愣把茶壶叫回收器。大伙谁都不用它喝水了，不管咋说，这个做法在我们村，也算自主创新，航天员在飞船里做啥动作，我们在电视旁就跟着学。看见费俊龙在太空里翻跟头，我小孙子也跟着翻。人家费俊龙都翻过去了，我小孙子在被垛那窝着呢。看见航天员在太空把食品扔起来再用嘴接。我老伴炒了一盘花生米，她扔起来愣让我拿嘴接。瞎瓣，我哪有那功夫，扔一个接不着，扔一个接不着。“哧”把假牙都甩出去了。我低头一看，花生米一个没糟践，桌子下边趴个小花狗都让它给接住了。一盘花生米我一个没吃着，倒把它喂饱了。聂海胜在太空上过生日。我老伴可难过了，说海胜这孩子过生日也没吃上蛋糕也没点上蜡烛，我说你尽瞎说。“神六”上天全中国人民都祝福，地球就是一个大蛋糕，那冉冉升起的火箭就是最大的生日大蜡烛！看见海胜和女儿通完话眼角有泪花，我老伴想起一首歌，说这是，《谁的眼泪在飞》。我说你拉倒吧，那叫男儿有泪不轻弹。最激动人心的就是胡总书记和航天员天地通话，当时我就纳闷儿，打电话的时候，人家胡总书记都站着，你们航天员咋还躺着呢。太不礼貌了，后来一想明白了，人家在太空上失重啊。躺着也是站着，站着也是躺着呀。村里人都说“神五”上去一个人，是独生子，“神六”上去两个人是双胞胎，等“神七”再上去个女的那就是龙凤胎，用不了多久太空上就是一个“超生游击队”。全村的老少爷们儿想啊、盼哪，就想和英雄航天员见见面，和他们说说咱农民的心里话呀！费俊龙和聂海胜都是咱农民的儿子。过去咱农民的儿子连学都上不起，如今咱农民的儿子上天了！

［在激越的音乐中，英雄航天员从舞台后区高台上走下来，老大爷激动地迎上前去——

爷　俊龙，海胜，我可把你们盼来了。我想你们呀！全村人想你们哪！

费　我也想念你们哪！

聂　想念父老乡亲们哪！

爷　盼着你们到我们村去，和乡亲们一起过年呐！

费　感谢全国人民对航天事业的厚爱。

聂　感谢全军广大官兵对我们的关怀。

费　在这里我们代表全体航天科技工作者。

聂　代表航天员大队全体人员。

费　向首长和全国各族人民拜年！

聂　向全军广大官兵拜年！（二人敬礼）

［大爷从篮子里拿出两个系着红绸子的大地瓜。

爷　俊龙、海胜，这是乡亲们让我给你们带来的礼物，说你们总吃太空食品，嘴里没味儿，吃点土里长的地瓜，接接地气儿。来！咱照张合影，拿回村里这就是一道风景。

［大爷手捧大地瓜和费俊龙、聂海胜合影。

爷　有了这张照片，来年我们村的地瓜就好卖了。俊龙、海胜走，咱们回村过年去！

［在欢快的音乐中三人下场。

——剧终（与张振彬、王宏共同创作）

2006 年全军“双拥”晚会与魏积安表演小品《追星》

2006 年全军“双拥”晚会与航天英雄费俊龙、聂海胜

附言：小时候常听老人讲《嫦娥奔月》的故事，多少孩子都怀着一个飞天的梦想。继“神五”发射成功后，2005 年 10 月 13 日“神舟”六号飞船发射成功，“双拥”晚会再次创作航天题材的作品。我到航天城采访，问航天员在太空看地球是什么感觉？他们说地球是彩色的，也是我们所看到的最美的一个星球。我很震撼，这句话在我脑海里停留了很久，其实他们在看地球的那一刻，我们也在注视着他们。我认为“追星族”这个词放在这里最合适，为此创作小品《追星》。

·小品·

考　验

（2007年中央电视台春节联欢晚会）

时　间　当代。
地　点　郊外，水塘边。
人　物　某男、某女、老汉。
景　置　河边，大树下有一排联椅。

［幕启，某女上。

某　女　进城来找未婚夫，结婚登记领证书，2007啥时尚？猪年生个小金猪！哎呀，怎么还没来呀？

［老汉上。

老　汉　来啦，哎呀，来啦，来啦，来啦！

某　女　爸，户口本拿来了？

老　汉　（拿出户口本）拿来了，可我不能给你。

某　女　为什么？

老　汉　不为什么，我还是不放心，（把户口本揣在怀里）你听着，一会儿他来了，咱们按原计划，再对他进行一次考验。

某　女　爸，你俩第一次见面，这么做合适吗？

老　汉　怎么不合适啊？我就是要看看他，结婚以后能不能听你的话，他要是……听着，我一咳嗽你就开始，我不发话，你绝不能跟他去登记去。（躲到一边，假装钓鱼）

［某男上。

某　男　大家好！各行各业传喜讯，两目标让我最兴奋，2008北京奥运，2007让媳妇儿怀孕，这就叫小家大家都走运！

某　男　亲爱的……

某　女　亲爱的，你想我吗？

某　男　那还用说么？我这么跟你说吧，前两天我们工头结婚，让我去当伴郎，一想你我就看那新娘，一想你我就看那新娘，加上那天喝点酒，差点跟人入了洞房。

某　女　讨厌！

某　男　开玩笑。我可听说今天结婚登记的人特别多，去晚了就赶不上了，快走！

某　女　你等等。

某　男　啊？

某　女　我爸……

某　男　你爸？

某　女　哦……我吧……想跟你谈谈。

某　男　这快结婚了还谈啥呀？入洞房再说呗！

某　女　我爸说了，你的岁数比我大，结婚后一定要听媳妇话。

某　男　那还用说吗？这俩耳朵就是为了你长的嘛，要不长这破玩意儿干啥？逋逋棱棱多碍事啊。

某　女　我爸还说了，老话讲是嫁鸡随鸡嫁狗随狗，现如今啊，这话得反过来，你娶鸡随鸡……

某　男　停！停，我娶什么鸡呀我呀？我娶妻！

某　女　那你娶狗随狗……

某　男　什么叫娶狗随狗啊？你属猪，我娶你，准确地说是娶你——随猪嘛。

某　女　……那结婚后，你不许再想你那个初恋女友。

某　男　早忘了，结婚后，不管别的女人有多美，在我面前全白给，我让她插不进足，伸不进腿，一辈子情感不会出轨，结过婚的男人全明白吗，在家里，媳妇就是纪检委。

某　女　说得太好了。

某　男　走，登记去！

某　女　登记去！

老　汉　（咳嗽）咳……

某　女　哦……等等。

某　男　啊？

某　女　我……我还想跟你谈谈。

某　男　还谈啥玩意啊？

某　女　啊……咱们谈点眼前的吧……

某　男　行，谈眼前的，你让我谈啥我谈啥。

某　女　我让你弹啥你弹啥？

某　男　你让我谈啥我谈啥。

某　女　真的？

某　男　真的！

某　女　（指老汉）你弹那老头一个脑瓜镚儿。

某　男　弹什么玩意儿？

某　女　脑瓜镚儿？

某　男　我凭什么弹人家脑瓜镚儿啊？

某　女　什么也不凭，就看我的话你听不听。

某　男　你的话我肯定听，但我也不能弹人家脑瓜镚儿啊？

某　女　你今天不弹脑瓜镚儿，就证明我的话你不听，弹不弹？

某　男　不能弹啊……

某　女　不弹？好，我也不谈了。（转身欲走）

某　男　等会儿！

某　女　哎呀，你不知道，你今天不弹脑瓜崩……就别想去登记。

某　男　这登记和弹脑瓜镚儿有什么关系呢？

某　女　这是登记之前对你的考验。

某　男　这是什么考验啊；这是？

某　女　这种考验很简单吗，不就是弹指一挥间嘛，弹不弹？

某　男　弹！这哪是谈恋爱啊，这成了“弹”恋爱了，（对手指头哈气）你说我又不认识人家，弹完之后我怎么说呀？

某　女　我不管你说什么，就看我的话你听不听。

某　男　你的话我肯定听，但是我不能弹人家脑瓜镚儿啊。

某　女　你不弹脑瓜镚儿，就证明我的话你不听！

某　男　什么逻辑啊这是？

某　女　弹不弹？（欲走）

某　男　弹！没说不弹啊……这大龄青年谈个恋爱太不容易了，比六方会谈还艰难呢。（看老汉，老汉假装打盹儿）大爷睡着了，你看他睡得多香啊，我这一弹他肯定醒，一醒他肯定骂我。

某　女　你是怕挨骂啊？

某　男　我不是怕挨骂，我是怕挨揍啊。

某　女　哼，人家外国人，为了爱情能决斗，你就不能为了我挨顿揍？

某　男　能，跟国际接轨嘛，今天我这顿揍算是挨定了，等着……（走到老汉背后）大爷，对不起了，就在你酣酣入睡的时候，没想到用这种方式把你惊醒，大过年的，就等于给你拜年了。（弹脑瓜崩其他儿）

老　汉　（疼得跳起来）你，你干什么你？

某　男　（指着老汉）呵呵呵呵……老谭！

老　汉　老谭？

某　女　老谭？

某　男　老谭吗，外号，谭鱼头！老谭啊，这么多年没见了，你一点儿都没变，不在市场卖鱼了？跑这钓鱼来了？

老　汉　谁是老谭？俺姓王，叫王 Biang Dang。

某　男　（看老汉脑袋）别动，哎呀呀，呀呀呀呀，什么老谭，（对女）你认错人了，什么眼神呀，出门又没戴博士伦吧？嘿嘿嘿，大爷，对不起，认错人了，还以为老谭呢，你跟老谭长得一模一样。

老　汉　小伙子。

某　男　啊……

老　汉　往后啊，瞅准了人再弹！

某　男　对对。

老　汉　（摸自己脑袋）手劲还挺大。

某　男　对不起了，大爷。

老　汉　哎呀……（换个地方，继续坐下钓鱼）

某　男　对不起了，大爷，我认错人了。

某　女　（冲老人）弹疼了吧？

某　男　能不疼吗？我手都震麻了。

某　女　（推开男）哎呀，你使那么大劲儿干什么？

某　男　实在嘛，我在工地上就是拧钢筋的，一出手就是劲儿！

某　女　讨厌！（冲老人）可以了……爸？

某　男　可以了，不弹了。

某　女　（冲老汉）满意了……爸？

某　男　你满意我就满意。

某　女　（冲老汉）通过了……爸？

某　男　你别总爸爸的，叫的我都不好意思，你管我叫爸，你管你爸叫啥呀？一家出现两爸，我俩在一块儿，肯定掐架。

某　女　讨厌！（推开男）

某　男　登记去？

某　女　（冲老汉）登记去……爸？

某　男　走！

［老汉又咳嗽。

某　女　你……你再弹他一个。

某　男　脑瓜镚儿啊？

某　女　嗯。

某　男　我凭什么弹人家两个脑瓜镚儿啊？

某　女　你凭什么谈两次恋爱啊？

某　男　我谈两次恋爱就得弹人家两个脑瓜镚儿啊？

某　女　谈两次恋爱，就要用两个脑瓜镚儿来考验。

某　男　再一不能再二啊，再弹，我说什么呀？

某　女　我不管你说啥，你必须再弹一个，弹不弹？

某　男　不弹！

某　女　不弹？（转身又要走）

某　男　弹！弹吗，没说不弹吗！这不住那走吗……（走到老汉背后）大爷，对不起了，还得麻烦您老人家。（又弹一下，跑回去）

老　汉　（老汉跳起来，拿鱼竿欲打男）有完没完你！

某　男　老谭！

老　汉　谁是老谭？

某　男　你就是老谭，老谭啊，不能因为你欠我几个钱，你就装作不认识我呀？对不对啊？那点钱我不要了，行不行啊？

老　汉　谁欠你钱了？

某　男　我不要了。

老　汉　谁欠你钱了？

某　男　老谭！

老　汉　（掏出身份证等）你看看这是什么？身份证，王 Biang Dang，医疗证，王 Biang Dang，退休证，王 Biang Dang！

某　男　你可拉倒吧，还 Biang Dang 呢，哪有这俩字啊？

老　汉　怎么没有？当了个当，Biang 了个 Biang，当了个当，Biang 了个 Biang，王 Biang Dang！

某　男　大爷，对不起，你跟老谭长得太像了，就跟复印的似的。

老　汉　小伙子，别说俺不是老谭，俺就真是老谭，俺都这么大岁数了，你也不能弹我啊？

某　男　打扑克吗，谁输了弹谁，我一看老谭那大秃头，我的手就痒痒。

老　汉　哎！行了行了行了。

某　男　我就想弹……

老　汉　走了走了走了。

某　男　一弹我就收不住……走了？

老　汉　什么事儿啊！（下场）

某　男　对不起了大爷，你长得太像老谭了！

某　女　人呢？

某　男　弹走了。

某　女　啊？

某　男　怎么样，我听不听你话？我听不听你话？

某　女　太危险了。

某　男　危险？那是对别人，对我来讲，那是小菜儿！这叫智商你知不知道，我不是跟你吹，他这是走了，他要是不走，我还敢弹。老生常……弹……

［老汉复上，男吃惊地站起身来，老汉大声咳嗽。

某　女　（对老汉）哎呀，有完没完啊？不弹了，坚决不弹了，就是不弹了！我走了。

某　男　站住！

某　女　不弹了。

某　男　什么不谈了呀？这都要结婚了，说不谈就不谈了么？你拿爱情当儿戏呢？

某　女　哎呀，不是这个谈，是那个弹。（指老汉）

某　男　不就是他么？我再弹一次不就完了么？再一、再二、再三吗。（走向老汉，女没拉住，窜到老汉背后在他脑袋上来了个双响）

某　女　啊……

老　汉　哎呀！你怎么还来个双响的呢！

某　男　哈哈哈哈……（抱住老汉，在脑袋上亲了一下）哎呀，老谭啊老谭，刚才那边有个钓鱼的老头，跟你长得太像了，我还以为是你呢，我弹人家两个脑瓜锛儿啊。

老　汉　什么两个？四个！刚才那个老头就是俺，俺就是刚才那个老头！

某　男　不可能啊？

老　汉　什么不可能，来来，你看看，你看看……（低头）

某　男　哎呀妈呀，都弹成骰子了，我数一数啊，你别动，一、二、三、四……那咋五个印呢？

老　汉　你还咬我一口呢。

某　男　对不起了大爷，你跟老谭长得太像了，我给你赔礼大爷，对不起了，老人家……

老　汉　嘿嘿嘿嘿……弹得好！

某　男　完了，弹出毛病来了。

老　汉　小伙子，过来我问问你。

某　男　不用，你就在这儿说吧。

老　汉　刚才，是她让你弹的吧？

某　男　跟她没关系。

老　汉　刚才是她命令你弹的？

某　男　完全是我自己自愿弹的。

老　汉　你还能有我了解她呀？

某　男　我当然比你了解她了，我是她老公啊。

老　汉　俺是她老爹！

某　男　完了……劲使大了，（对女）给你弹出个爹来。

某　女　啥弹出个爹呀？他本来就是我爹。

老　汉　闺女！

某　女　爸！

老　汉　过来过来。

某　男　哎哟完了，大过年的没磕头，弹了老丈人四个脑瓜锛儿啊……

某　女　爹，你受委屈了。

老　汉　没事，没事，为了找个好姑爷，在老丈人头上进行点破坏性的实验，值了，值了。

某　女　弹一个不就得了么，你干吗没完没了的啊？

老　汉　弹得越多，了解得越全面啊，从我这四个疙瘩，俺总结出四点，这小伙子，一听话；二胆大；三机灵；四有劲儿。

某　女　爸，结婚后他肯定听我的话？

老　汉　嗯！（拿出户口本交给女）登记去吧。

某　女　哎！亲爱的，我爸同意了。

某　男　你爸同意啊？

某　女　对！

某　男　我不同意！

某　女　为什么？

某　男　你们俩这不是合着一块儿耍我吗？

老　汉　哎哎……小伙子，你别生气啊，刚才俺就是想看看，结婚以后你能不能听媳妇的话。

某　男　听媳妇的话也得讲原则！什么话都听吗？我们村长听媳妇的，媳妇让他干啥他干啥，让他把公家的地卖了，他把公家的地卖了；让他把公家的钱花了，他把公家的钱花了；让他把公家的驴牵回家，他把公家的驴牵回家了；他媳妇骑上驴，他下马了！记住了，坏媳妇就是身边的炸弹，好媳妇才是身边的防线！

某　女　亲爱的，我就是你身边的碉堡！

某　男　好！堡儿，千万别做炸弹，搂着炸弹睡觉，俩人都没好。

老　汉　嗯，很好，很好！小伙子！

某　男　嗯？

老　汉　刚才你这番话呀，比弹我四个脑瓜锛儿震动还大，俺明白了，小两口过日子，谁对听谁的，从今天起，俺把闺女就交给你了！

某　女　爸！

某　男　谢谢您了，老谭！（给老汉鞠躬，老人趁机给了男一个脑瓜锛儿）嗬！你爸的手劲儿比我大，他这一下顶四下。

老　汉　走！

某　女　登记去！

某　男　在座的老丈人请注意啊，考核女婿很重要，最好戴上安全帽！

［众笑。

——剧终

（与王宏、张振彬共同创作）

2007 年中央电视台春节联欢晚会与雷恪生、牛莉表演小品《考验》

附言：《考验》是由民间笑话改编的小品，笑料多效果也不错，播出后网友对作品的格调略有微词。我接受，其实在这个问题上我一直很注意，喜剧通俗不能低俗，这也是我多年创作的标准。有时宁可在效果上弱一点，也不能在品位上掉格。

·小品·

父女深情

（2007年全军“双拥”晚会）

时　间　当代。

地　点　老功臣幸福院。

人　物　院长：女，四十多岁，公司老板，幸福院院长。

高老伯：七十八岁，抗战老军人。

大妈：六十一岁，拥军模范。

景　置　幸福院一角，一桌三椅。

［幕启，院长拿着热水壶上。

院　长　树上喜鹊叫喳喳，幸福院里开新花，为老功臣有个完整的家，我给老爸找大妈！高老爸……

［大妈上场。

大　妈　院长，你跑了十几里路把俺接来相亲，感谢对俺的一片真心，那老头跟我不见面。我觉得有点伤自尊，闺女，我回去了。（欲走）

院　长　大妈，你可不能走，我们幸福院搞的这个“幸福工程”，就是关注老功臣的情感，给他们每一个人都找到自己的另一半，高老爸是头一个，他要是不通，别人的工作就更不好做。

大　妈　这跟我有啥关系？

院　长　大妈，你俩的事成不成的咱们回头再说，您一定得跟他见见面，就是算帮我做工作了。

大　妈　那行，做工作没问题，多难收拾的老头，我一谈就通。

院　长　太好了，大妈，您一会儿拿着这壶水，给他送进去，他要问你是干啥的，你就说是新来的服务员。

大　妈　行。

院　长　不过你得装得像点，高老爸在部队的时候是特务连的。

大　妈　那怕啥，我在村里演过女特务。

院　长　太好了，你主动点。

［院长下，大妈冲屋内喊着。

大　妈　老同志，老高同志！

［高老伯端个水杯上。

高老伯　从小报名参军，为革命奉献青春，七十多还是老单身，院长为我包办婚姻，对待她的做法，两字，逃婚！我坚决不能失身……份，有事儿啊？

大　妈　送水。

高老伯　新来的服务员吧？

大　妈　你咋知道呢？

高老伯　我咋知道？我特务连的！

大　妈　还特务连的，特务都到身边了，还当是服务员呢。

高老伯　这一天把我憋坏了，电视机让我调乱了，半导体听得没电了，想要上网还掉线了。

大　妈　你还会上网啊？

高老伯　都是院长教的，小到网络游戏，大到市场经济、博览世界风云、英语ABCD。

大　妈　你还学英语呀？

高老伯　刚考完试，英语四级。

大　妈　啊？

高老伯　没过！卡在初级上了！

大　妈　那院长平时对你们生活上照顾得咋样啊？

高老伯　那还咋样？平常细心周到，病了端屎端尿，这么跟你说吧，自己的亲生闺女也不一定能够做到。

大　妈　这么好的院长，你还总躲着她干啥？

高老伯　我哪是躲她呀？我是躲着新来的老太太。

大　妈　老太太？

高老伯　院长要给我介绍个对象。

大　妈　那你不想找哇？

高老伯　我傻呀我不想找？我是不能找！

大　妈　为啥呀？

高老伯　问那么多干啥？没事总爱探听一个单身男人的隐私。（拿出水杯）来，帮我把水倒上，别哆嗦！

大　妈　你说不哆嗦就不哆嗦啦？

高老伯　别倒了，一点儿都不和谐，就这样还当服务员啊？赶紧找个人伺候你吧。

大　妈　那我回去了。（欲走）

高老伯　等会儿！

大　妈　干啥呀？

高老伯　帮我干点儿不哆嗦的事儿。

大　妈　啥事呀？

高老伯　帮我……扮演一次我的对象。

大　妈　那我更哆嗦！

高老伯　哎呀，我求你了，你要不演我的对象，我就没法推掉院长给我介绍的那个对象……

大　妈　那你不愿意就说不愿意呗，再说人家还不一定看上你呢。

高老伯　哪能直说呢？都是有身份的人，院长介绍的也是个老功臣。

大　妈　院长给你介绍个老功臣？

高老伯　啊，老功臣配老革命，门当户对嘛。

大　妈　（自语）这院长咋回事？跑了几十里山路，把我接来相亲，又给他介绍个老功臣，我还以为能一步到位，结果还得参加海选，跟人家 PK。

高老伯　怎么样啊？

大　妈　行，没问题！（自语）我倒要看看这院长葫芦里卖的什么药。

高老伯　等会儿她来了之后，你不用说多少话，我来对付她，她要问你的话，你就俩字——是地。

大　妈　是地？

高老伯　记住了吗？

大　妈　是地。

［院长上场。

院　长　高老爸！

高老伯　来了！抓紧时间，过来，坐我身边儿。

院　长　高老爸……

高老伯　来得正好，我给介绍介绍，这位是……

院　长　新来的服务员。

大　妈　是地。

高老伯　对，你说的是她的工作职称，我介绍的是我俩的个人关系，她就是我的相好……对象……就算是未婚妻吧。

大　妈　是地。

院　长　（惊讶地）大妈，这么快就拿下了？

大　妈　是地。（自语）不拿下，老功臣就介入了。

院　长　这才几分钟啊？

高老伯　啥几分钟啊？我俩几十年了。

院　长　几十年了？那我怎么从来没听您说过呀？

高老伯　爱情是藏在心里边琢磨地，这事儿能说吗？

大　妈　是地。

院　长　这么说，你对大妈的情况很了解啦？

高老伯　不是很了解，那是太了解了，我们可以说是……朋友、密友加战友。

院　长　大妈没当过兵啊？怎么还是战友呢？

高老伯　战友吗？她想占有我，我想占有她，占有嘛。

大　妈　是地。

院　长　大妈，你们俩是怎么认识的？

大　妈　是地，（对高老伯）咋认识的？

高老伯　忘了？记性不好，小脑萎缩了……那个……我俩认识早了，话说 1948 年，她的故事到处传，都知道红嫂乳汁救伤员，她就是那位红嫂，我就是那位伤员。

大　妈　是地。

院　长　乳汁救伤员？大妈今年 61 岁，1948 年，大妈才 3 岁呀？

高老伯　不是她，是她母亲乳汁救伤员，她母亲是个伟大的母亲，我们人民战士是吃着人民的乳汁长大的嘛！

大　妈　不是地……你，你干啥非说乳汁救伤员呢？
高老伯　我要说刘胡兰英勇就义，你不就牺牲了吗？
院　长　那后来呢？
高老伯　后来的故事就好编了……
院　长　啊？
高老伯　不是……后来的故事就简单了。我随革命大军走了，她就下嫁给村里刘大有了，后来刘大有因病去世注销户口了，我们俩也就第二次握手啦。
大　妈　是地。
高老伯　（对大妈）来，拉拉手。
大　妈　干啥呀？
高老伯　这样才像。
院　长　别说，你们俩还真有点夫妻相。
高老伯　啥叫夫妻相啊？那叫像夫妻。往这儿一站，身高、腰围都差不多，你三尺二吧？
大　妈　是地。
高老伯　我二尺三嘛。
院　长　老爸，这么说你对大妈的个人情况也很了解嘛？
高老伯　个人？一个人嘛。
院　长　大妈有几个孩子？
高老伯　一个，（估量着伸出食指，又伸出拇指，大妈点头）八个嘛。
大　妈　啥八个呀，两个！
高老伯　那你点啥头呀？
大　妈　你不是从一发展成二了吗？
高老伯　那我误解了。
大　妈　那也不对，人家是一二往里收，你咋往外翻呢？
高老伯　我手受过伤，收不回来嘛。接着问吧……
院　长　是男孩还是女孩啊？
大　妈　（指指高老伯，又指指自己）
高老伯　一个老头一个老太太嘛。
院　长　啊？
高老伯　一个男孩一个女孩嘛。
院　长　行了，那我问问大妈。
高老伯　别问了，她小脑萎缩，说不对还以为她糊弄你呢。
院　长　那我也得问，你不糊弄我就行了。
高老伯　那你问吧。
院　长　（对大妈）大妈，我高老爸身体不好，胃做过手术。他一天吃几顿饭？
高老伯　（冲大妈伸出一个拇指、一个食指）
大　妈　两顿。
高老伯　八顿嘛。
大　妈　你刚不说这是二吗？
高老伯　二和八是通用的。
院　长　对，他每天起几次夜？
高老伯　（又伸出食指和拇指）
大　妈　八次。
高老伯　两次！一宿起八次夜，我还睡不睡了？
大　妈　这咋又两次了？
高老伯　翻过来是二，扣过来是八。
大　妈　那三咋比画呀？
高老伯　三嘛。（伸食指、拇指、小指）
大　妈　这不是非常六加一吗？
高老伯　他是六加一，我是五减二，等于三嘛。
院　长　大妈，我再问问你，他受过几次伤？
高老伯　等会儿，你问问题可以，不能间接考算数啊，她算数不好。
大　妈　没事儿，我告诉你，（边说边按高老伯的方式比画）你高老爸立过一次特等功，受过两次伤，身上有三块弹片。
高老伯　呀！看见没有，绝对夫妻相，手势都一样。你咋蒙上的？
大　妈　不是蒙上的，院长把我接到幸福院，首先把我接到荣誉室。
院　长　大妈在你的照片前站了半天，从她的眼神里我看出，大妈看中你了。
大　妈　是地，那是一种崇拜。
高老伯　你不是新来的服务员吗？
大　妈　是地，院长让我打入内部的。
院　长　这就是我给你介绍的那位大妈。
高老伯　你不是说给介绍个老功臣吗？
院　长　她是位拥军模范，战士们都叫她兵妈妈，老功臣啊！
高老伯　停，停！上当了，不演了，我们的关系就此结束了，爱情到此谢幕了。
院　长　老爸，这不是谢幕，是开幕，刚才你们虽然是在演戏，可我看得出你们俩是那么默契，那么温馨，你们要是每天这样开心多好啊，有些欢乐是做儿女的无法给予的，老爸，新房我都准备好了，只要你和大妈同意，咱就把大妈接过来，在幸福院里永远安家！

高老伯 不行！绝对不行！院长，这些年你口口声声喊我们老爸，我们也把你当成了自己的亲闺女。幸福院里一家亲，你致富不忘报党恩。五十斤黄豆起家，挣点钱不容易，为了这个幸福院你投资了几百万……现在社会上有个别人，连自己的亲生父母都不孝敬，可是十几年来，你赡养了一百多位老同志，吃喝拉撒，生老病死，不容易啊！当父母的哪有不为儿女着想的？我们每天掐着指头算呐，为了我们，你每天得花多少钱呀？再给我们找个老伴，那不是给你增添双倍的负担嘛？现在是市场经济，你是企业家，你得计算计算成本吧？你得计算计算利润啊？

院　长 老爸，别说了，你们这些老功臣把一辈子都奉献给祖国和人民了，你们跟谁讲过成本，跟谁要过利润啊？当年，我们唐山大地震的时候，我被埋在漆黑的废墟下，就在我觉得我的生命将要结束的时候，我突然看见了满天的星星，满天红色的星星，那是解放军头上的帽徽呀！是解放军救了我，是解放军给了我第二次生命！没有共产党，没有解放军，没有各级政府和民政部门的关怀，哪有我的今天？哪有咱们的幸福院呐？（拉住老爸的手）高老爸，地震后我就成了孤儿，再没有叫过爸爸、妈妈，你不是常说，幸福院就是家吗？有妈有爸那才是个完整的家啊！大妈，给老爸倒杯水吧。

大　妈 不行，我哆嗦。（提壶倒水）

高老伯 （打开杯盖）没事儿，我也哆嗦，根据我侦察兵射击的经验推断，一方哆嗦容易出误差，双人都哆嗦兴许就能哆嗦到一块了，倒！［音乐声中，大爷端着水杯，大妈为他倒水。

院　长 倒上了。［开饭号声响起。

院　长 开饭了，老爸、大妈，今天是个喜日子，咱幸福院为你们喝上一杯定婚酒。

高老伯 （悄悄拉住大妈的手）走！

大　妈 还拉啥手啊？

高老伯 没事儿，刚才拉着没感觉，现在拉着挺和谐。

院　长 走！［欢快喜庆的音乐中。

——剧终

（与张振彬、王宏共同创作）

2007 年全军“双拥”晚会与黄晓娟、唐静表演小品《父女情深》

附言：每年的“双拥”晚会也是年度的表彰会，《父女情深》这个故事就是根据那年受表彰的拥军代表的真人真事改编的。

·小 品·

开 锁

（2008 年中央电视台春节联欢晚会）

时 间 当代。

地 点 丈夫家。

人 物 丈夫：四十多岁；妻子：三十多岁；林锁匠：男，三十多岁；巩物业：男，三十多岁。

景 置 舞台中间有一个沙发，一个木箱子，后边是一面装饰墙。

［幕启，丈夫兴冲冲上。

丈 夫 观众朋友们过年好！人逢喜事心欢笑，老夫妻补拍新婚照，穿上婚纱服，就等于新被面裹着老被套。哎呀，现在这个照相的技术简直是太高了，你说我媳妇那体型长得跟肥肥似的，照出照片愣像董卿！看见没有，就这小腰也就一尺八，实际情况三尺六，全靠腹带勒的，照完相一解腹带那肚子跟折叠椅似的，夸嚓就出去了。今天是乔迁之喜，加上新婚 20 周年纪念，我要订上一桌烛光晚餐，给我媳妇一个惊喜，好不好？就是兜里没钱！（指着箱子）搬家的时候，媳妇把钱全锁在箱子里了，就一把钥匙在她手上，要不怎么叫一把手呢，就这么来的。现在这女同志啊，是怎么实惠怎么来，婚前婚后两张牌，结婚之前要彩礼，结婚之后要理财……有了！楼下就有一家开锁公司。（拨电话）喂，开锁公司吗？我是 110 啊，对面小区 110 房间！我要开锁，谢谢啊！（挂电话）现在这个社区服务太方便了，想开锁找开锁公司，想搬家找搬家公司，不过小偷也方便了，不用动手自己干了，打俩电话全都办了。

［林锁匠上场。

林锁匠 朋友们过年好啊！自从有了防盗门，忙坏了我们开锁人，开了东家开西家，撬门破锁为人民，耶！（按门铃）

丈 夫 来了。

林锁匠 大哥，开锁啊？

丈 夫 开锁。

林锁匠 （指着门）哎，你这个锁不是开了吗？

丈 夫 我开那个箱子。

林锁匠 这把锁啊？

丈 夫 是。

林锁匠 没问题。请出示身份证、房产证、户口本等有效证件。

丈 夫 啊，这个……证件都有，全都锁在这个箱子里了，这样，你给我打开箱子，我给你出示证件。

林锁匠 你给我出示证件，我就帮你打开箱子。

丈 夫 你要不给我打开箱子，我就没法给你出示证件。

林锁匠 你要不给我出示证件，我就没法给你打开箱子。

丈 夫 你先给我打开箱子，我后给你出示证件。

林锁匠 你先给我出示证件，我后给你打开箱子。

丈 夫 我先给你出示证件，你后给我打开箱子嘛。

林锁匠　我先给你打开箱子，你后给我出示证件嘛。

丈　夫　对了。

林锁匠　嗯？不对，程序有点乱，你必须先给我出示证件，我才能给你打开箱子。

丈　夫　我说你这个人怎么这么犟呢？

林锁匠　我说大哥，这是行规，万一你要不是这家的主人，那我不就找麻烦了吗？

丈　夫　我怎么能不是这家主人呢？你看照片，这是我吧。

林锁匠　是你。

丈　夫　这是我老婆吧？

林锁匠　不一定。

丈　夫　不是我老婆我能这么照相吗？我俩能这么亲密吗？

林锁匠　哎呀大哥，这说明不了什么，现如今科技日益崛起，在网上你的脑袋拼凑给我，我的屁股拼凑给你，比尔·盖茨能和杨贵妃接吻，秦始皇能和布莱尼小甜甜搂在一起。

丈　夫　好好好，你可以不给我开锁，但不能让你不信任我，请坐！

林锁匠　谢谢！

丈　夫　我给你证明，（夫拿起电话，林拿出坐垫）带着尿不湿来的？喂，物业吗？我是110房间，有点事请你们帮忙，对，上来一趟，好，谢谢！（挂电话）哎呀，非常理解你们，干你们这行，有点儿疑心也是正常的，你们整天撬门压锁的……

林锁匠　大哥，我们是职业的。

丈　夫　对，你们是职业的，非职业那帮子都进去了嘛。

林锁匠　不，大哥，我们在公安局是有备案的。

丈　夫　绝对得备案啊，说实话你这小模样长得就有点儿犯法，哎呀，这小眼睛给你长得，今年本命年吧？

林锁匠　大哥，我不属鼠。

丈　夫　不可能啊，脸上都写着嘛，贼眉鼠眼，贼眉鼠眼嘛。

林锁匠　不是，大哥……

丈　夫　我给你开个玩笑，实际上，你也是为我们负责嘛。

林锁匠　对，准确地说是为这家主人负责。

丈　夫　我就是主人，一会儿你就知道了嘛。

［巩物业上场。

巩物业　嗨……亲爱的朋友们大家过年好啊！拜年了！哎呦，都说我们物业公司服务差，总和业主来吵架，可我和他们不一样，见谁都把招呼打，我是多打招呼少挨骂！嗨！（按门铃）

丈　夫　来了！

巩物业　嗨！（与丈夫打招呼，然后穿鞋套）

丈　夫　哎呀，真是太专业了，过去进门脱鞋，现在进门戴套。

巩物业　这是为你们业主着想，穿上鞋套踩不脏。

丈　夫　哎呀，你看看人家，你是尿不湿，他是踩不脏，一个护着脚，一个护着裆。

巩物业　啊？

丈　夫　不是，档次不一样。我来介绍一下，这位就是物业公司的。

巩物业　嗨！

丈　夫　这是开锁公司的。

林锁匠　耶！

丈　夫　是这么回事，我想给我老婆一个惊喜，但是钱呢锁在箱子里了，我想让他帮我打开箱子，他对我有点儿不信任，你来帮我证明一下，我是这家主人。

巩物业　没问题。请出示身份证、房产证、户口本等有效证件。

丈　夫　证件都有，全锁在箱子里了。

巩物业　他不是开锁的吗？很简单，请你把箱子打开不就完了吗？

林锁匠　你说的太简单了，你不给他证明，我怎么给他打开啊。

巩物业　你不给他打开，我怎么给他证明啊？

丈　夫　没那么复杂，很简单，就是你证明一下我是我不就完了吗？

巩物业　不可以啊，我们是有制度的，看不到你的证件，我没有办法证明你是你啊。

丈　夫　那我自己是我自己我还不了解吗？

巩物业　你既然了解你自己那干吗还要我来证明呢？

丈　夫　你不是认识我吗？

巩物业　不认识啊？

丈　夫　不认识我你天天跟我嗨、嗨的打招呼？

巩物业　我们是搞物业的，见谁都要打招呼，这是礼貌，嗨！（与林相互打招呼）

丈　夫　好好好，来，你看这个，（拿照片）看见没有，这是我吗？

巩物业　是。

丈　夫　这是我媳妇吗？

巩物业　不一定。

丈　夫　不是我老婆能这么照相吗？不是两口子我俩能住在一起吗？

巩物业　哎呦，现如今两口子不一定住在一起，住在一起的不一定是两口子。

丈　夫　你什么意思？啊……

林锁匠　大哥，你听我说，他的意思是两口子的关系，好比是钥匙跟锁头的关系。

巩物业　对！

林锁匠　过去是一把钥匙配一把锁。

巩物业　原配。

林锁匠　现在是一把锁配好几把钥匙。

巩物业　乱配。

丈　夫　谁乱配啊？

林锁匠　大哥，他不认识你是肯定了吧？那你认识他吗？

丈　夫　物业的。

林锁匠　他姓什么？

丈　夫　姓嗨！

林锁匠　那他叫什么？

丈　夫　欠嗨！

巩物业　哎，你这个先生怎么这么讲话？

丈　夫　那我怎么讲话？

巩物业　什么叫欠嗨啊？

丈　夫　你不叫欠嗨你叫什么啊？

巩物业　（掏出名片）我谦扁，这是我的证件，谦虚的谦，扁鹊的扁，我谦扁！

丈　夫　哎呀，你要不掏出证件谁知道你谦扁啊？

巩物业　好好看一看。

丈　夫　哎呀，这小模样，确实欠扁。（递给林锁匠看，林锁匠接过证件）

林锁匠　你看，有了证件就可以开了嘛！

巩物业　停！

丈　夫　干什么啊这是？

巩物业　你不能押着我的证件来开你的箱子！（冲林锁匠）万一他不是这家的主人我就成同案犯了。

林锁匠　呀！团伙儿呀？

丈　夫　说什么呢？说什么呢！你们把我当什么人了？把我当成坏人了是不是？我告诉你，我从小到大任何坏事我都没干过！我孝敬父母，我善待儿女，我爱我老婆，这么多年了我都没有过一次外遇，我冤不冤啊……

巩物业　哎呀，你真是个好同志啊，但这只是你的隐私。

林锁匠　对，这证明不了什么。

丈　夫　我给你证明，我马上就给你们证明！（打电话）喂亲爱的，在哪儿呢？哎呀美什么容啊，赶紧回家，家里有事，越快越好，就这样！（挂电话）二位请坐，我老婆马上回来，钥匙就在她手里，她打开这个箱子我看看你们还怎么说？我让你们看一看，这房子是不是我的房子，这箱子是不是我的箱子，我是不是我，我老婆是不是我老婆！

［妻子上场。

妻　子　女人有空常美容，老公准像跟屁虫，二十年了还黏糊，离开一会儿都不行，烦人……催催催，你催什么催！

丈　夫　哎呀，你终于回来了！（拉住老婆冲林锁匠和巩物业）你们看，我是不是我？

众　人　是。

丈　夫　这是不是我老婆？

众　人　不一定。

妻　子　啊？

丈　夫　别急，你让大伙儿说说，如果不是两口子敢这么拉手吗？不是两口子敢这么搂吗？我还敢来个更亲密的动作你们信不信？哈哈，我不上你们这个当！我告诉你们，中年夫妻亲一口，噩梦能做好几宿！

妻　子　你说什么呢你？

丈　夫　亲爱的，我不是这个意思，你听我给你说，你赶紧把箱子的锁头打开。

妻　子　开箱子干吗呀？

丈　夫　哎呀，我让你开你就开。

妻　子　你怎么这么多事啊？（找钥匙）哎呀，我把钥匙给丢了。

丈　夫　哎呀，你怎么能把钥匙丢了呢？你丢钱、丢物、丢人都行，你怎么能把钥匙给丢了呢？

妻　子　至于吗？那楼下不是有开锁公司吗？

丈　夫　他们不是不给开吗。

妻　子　有钱不挣他傻子呀？

丈　夫　他比傻子还傻子。

妻　子　那找物业公司。

丈　夫　物业比他还傻。

妻　子　那你把他俩找一块儿不就行了吗？

丈　夫　这不俩傻子都在这儿站着呢。

巩物业　嗨！我是物业公司的。

林锁匠　耶！我是开锁公司的。

妻　子　那好呀，你给证明，你给开锁，不就完了吗？

众　人　没问题，请出示您的身份证、房产证、户口本等有效证件。

丈　夫　够了！我看你们在这成心的！我不用你来开锁，也不用你来证明！不就是一把锁吗？说破天就是一锤子的事，我自己开，我让你看看箱子里有没有证件！（砸开箱子拿出一摞证书）从小到大，我所有的证件我全在这儿存着呢，出生证，学生证，毕业证，工作证，结婚证，独生子女证，计划生育证，粮油证，副食证，购煤证，购油证，购物证，自行车证，摩托车证，汽车驾驶证，下岗待业证，上岗培训证，公费医疗证，养老保险证，房产证，股权证，身份证！这一辈子怎么这么多的证啊，我不相信这么多的证，证明不了我的身份！

林锁匠　大哥，我现在可以给你开锁了。

巩物业　先生，我现在可以为你证明了。

丈　夫　晚了！汽车撞墙了你知道拐了？股票涨起来了你知道买了？犯错误判刑了你知道改了？大鼻涕流到嘴里你知道甩了？你还以为酸奶呢，你啊！

巩物业　哎呀，先生不要生气，我主要是为你们业主着想嘛。

丈　夫　你怎么不为我着想呢？

巩物业　不要这么说嘛，我们是一个小区的。

妻　子　一个小区的怎么不替我们证明？

巩物业　哎呦，我们可是一家人啊！

丈　夫　一家人你不认识我？

巩物业　我一直拿你们当我的衣食父母……

妻　子　我们都父母了你还气我们？

丈　夫　看你把你母亲气成啥样了？

妻　子　这孩子不孝顺啊。

丈　夫　别跟他们一般见识……（巩、林俩人连忙开始干活）想想钥匙丢哪儿了？一把锁就带来那么大的麻烦，一串钥匙丢了咱们家……（发现林锁匠在卸锁）等会儿！干什么？你干什么！物业公司，你看着没有，我要开锁他要证明，没经过我的允许就卸我们家门锁……

林锁匠　大哥，你们家的钥匙丢了，这把锁就不安全了，我给你们换了个锁芯，这是钥匙。

丈　夫　换锁芯……

［温馨的音乐起。

巩物业　先生啊，刚才我们是闹了一场小误会，现在我们要祝福你们二位，幸福美满。

妻　子　谢谢，谢谢！

丈　夫　一把钥匙打开一把锁，换了个锁芯打开了心锁。

妻　子　（伸手）钥匙……

丈　夫　（递钥匙）还得交给一把手啊，谢谢啊！喜怒哀乐百家事儿。

妻　子　酸甜苦辣都有趣儿。

林锁匠　共享和谐多美好，

合　人　好日子，咱要过出好滋味儿。

［音乐起。

——剧终

（与张振彬、王宏共同创作）

2008年中央电视台春节联欢晚会与巩汉林、林永健、董卿表演小品《开锁》

附言：《开锁》这个小品实际上讲的不是“锁”，而是陪伴我们一生诸多的“证”，以及刻板的办事流程。有趣的是，在排练期间，剧组工作人员家门钥匙真就锁屋里了，后叫来开锁公司，没要任何证件就给打开了。

·小 品·

甜　水

（2008 年全军“双拥”晚会）

时　间　当代。

地　点　宁夏回族自治区彭阳县陡坡村。

人　物　盼水：男，陡坡村党支部书记；盼妻：女，盼水的妻子；水灵：女，盼水的女儿；等水：男，村民；喊水：男，村民；水牛：男，小学生；陡坡村回、汉村民若干。

景　置　苍凉古塬上，一片光秃秃的山坡。

［幕启，水牛于高坡上显现……

［童谣声：山是和尚头，沟深坡又陡，老天不下雨，滴水贵如油……

［盼水及众男女村民相继显现……

盼　水　……俺陡坡村是在宁夏回族自治区彭阳县的山坡坡上，俺是陡坡村的党支部书记，俺叫个盼水。

众　人　嘿嘿嘿……

盼　水　为甚叫个盼水哩？俺这个地方缺水呀！

众　人　缺水呀！

盼　水　陡坡村的人命里就缺水，所以生了娃取名字都带个水字儿。

众　人　对着哩！

盼　水　生个女娃叫个水月、水灵、水花，生个男娃叫个等水、盼水、喊水……可是天天喊水，年年喊水，辈辈喊水，把个嗓子都喊哑啦，就是喊不出这个水来！

众　人　没水呀！

盼　水　我这辈子最揪心的，就是我女儿水灵出嫁的那天……

［唢呐声起……

［水灵穿上红袄，盖着红盖头，端坐在大缸上，众人抱着电视机、录音机、被子等嫁妆站在后面，瞬间形成“嫁女”场面……

喊　水　起轿！

［几个小伙抬起大缸组成的“轿子”，盼水妻冲出……

盼　妻　站住！不能走！

众　人　为甚？

盼　水　水灵她娘，迎亲的队伍都等着呢，为甚不走了呢？

众　人　为甚不走了呢？

盼　妻　按咱村老辈的规矩，闺女出门子娘家得陪嫁满满一缸甜水！

众　人　对着哩！

盼　水　可这缸里只有半缸水……

众　人　嗯？

盼　水　……他娘，就差一巴掌！

众　人　就差一巴掌！

盼　妻　差一指头也不行！

盼　水　……哎呀，咱这儿不是没水吗！

众　人　没水呀！

等　水　婶子，咱村的情况你也知道……

众　人　你知道！

等　水　自古就是借油不借水，借水不能给……

众　人　对着哩！

盼　水　就这点甜水还是乡亲们一家一碗、一户一瓢凑的份子，她娘啊，让闺女走吧！

众　人　让闺女走吧！

盼　妻　不走！老辈的规矩不能改，缸不满，缘分浅，不是守寡就是命短，我不能把闺女往火坑里推。

盼　水　哎呀，差一巴掌那就算满了。

众　人　就算满了！

盼　妻　不行！缸不满，宁肯不嫁！

众　人　咋办吗？

盼　水　……她娘！

等　水　婶子！

众　人　婶子！

水　灵　娘，别再难为俺爹了，（从缸上下来，掀开缸盖，看了看）缸里的水不少了，这都是乡亲们凑的，娘，咱的日子会好的……娘……

［见娘不语，水灵从地下搬起一块石头，沉入水缸……

水　灵　娘，缸满了。

［众人俯身探望……

众　人　满了……

盼　妻　闺女……走了……

［水灵再次端坐在水缸上……

盼　水　……闺女，爹欠你的！

等　水　起轿！

众　人　起轿！

［唢呐声扬起……嫁女的队伍行进，定格。

盼　水　闺女就这样走了，带着半缸水，走了，这是俺的一块心病啊……今年四月十二号，也就是农历二月二十五，听说上面来人了，北京来人了，俺万万没想到中央领导到俺陡坡村来了……

众　人　来了！

盼　水　头一个接见的就是俺这个党支部书记！

众　人　对着哩。

盼　水　……俺说……挺好，现在农民种地不交税了……

众　人　不交税了！

盼　水　学生上学不收费了……

众　人　不收费了！

盼　水　老百姓看病不太贵了。

众　人　不太贵了……

盼　水　领导打断俺的话，问，缺水喝吧？（众人惊异）俺愣了一下说……我这个党支部支书带领乡亲们打过井。

众　人　打过！

盼　水　乡上、县上都派人来打过井。

众　人　打过！

盼　水　可塬上的黄土地渴透了，愣是打不出一滴水呀！

众　人　没水呀……

盼　水　政府给家家都建了水窖……（众人点头）可水窖建好了，老天爷它不长眼啊！

众　人　不下雨呀……

盼　水　几年没下一场透雨呀！

众　人　几年啦！

盼　水　领导紧紧握了握我的手，没有说话……他和在场的村民都紧紧地握了　握手……

众　人　没说话……

盼　水　没过几天，宁夏军区给水团给俺们打井来了！

众　人　来啦！

盼　水　解放军说，哪怕把地球钻个窟窿，也要给乡亲们打出水来！

众　人　对着哩！

［钻井机的轰鸣声响起，众人倾听。

［喊水冲上。

喊　水　盼水叔，解放军把他们带的干净水都分给乡亲们了，他们现在没有干净水喝了！

众　人　咋办吗？

［水灵挺着大肚子冲出……

水　灵　爹！解放军都舀咱们水窖里的水喝，好多战士都病倒了！

众　人　咋办吗？

盼　水　是呀，战士们喝不惯咱这水窖里的水呀！喝一口，拉一天！

众　人　咋办吗？

盼　水　咋办？……你娘她们已经带人给解放军送水去啦！

众　人　对着哩！

［盼水妻带一群妇女抱着各种塑料桶、矿泉水冲上……

盼　妻　水灵他爹，解放军不收！

盼　水　为甚？

众　人　为甚？

盼　妻　人家说心意领了，水不收。

众　人　咋办吗？

盼　水　哎呀，咱不能让打水的人喝不上干净的水呀！

众　人　对着哩！

盼　水　战士们干的那活儿，是人和铁叫板，铁和石头较劲啊，没日没夜连轴转啊！

众　人　就是的……

盼　水　二排长的脚让钻杆砸伤了，那脚肿得，最大号的雨靴子也穿不进去呀！他把那脚包起来，在钻塔上握着刹把子一站就是一宿啊……

众　人　就是的！

盼　水　等早上换班的时候，他那脚和铁板都粘一块了，拽都拽不下来呀！

众　人　就是的……

盼　水　乡亲们，咱别管用什么办法，一定要把水送上去，不能让战士们再喝窖水了！

众　人　对着哩！

盼　水　等水，喊水，把缸抬上来。

众　人　嗯？

盼　妻　你抬缸干什么啊？

盼　水　我说抬就抬！

众　人　抬！

［众人将水缸抬上。

盼　水　解放军不是喝窖水吗？那咱们就给他们送窖水。

众　人　送窖水？

盼　妻　你这个脑子……

众　人　进水了吧？

盼　水　你懂甚？把纯净水、矿泉水都倒进缸里，咱就说这是窖水。

众　人　噢！

盼　水　解放军打井为咱老百姓，咱老百姓为解放军凑一缸百家水！百家水，水长流，喝了它，钢筋铁骨鬼见愁。来，倒水！

众　人　倒水！

［众人纷纷掏出矿泉水倒入缸内……

［倒水的声音汇成喷涌的水流声……

［喊水冲上……

喊　水　出水啦！

众　人　出水啦？

喊　水　水是甜的！

众　人　甜的？

盼　水　我亲口尝过了，井里的水真是甜的！

众　人　甜的！

［众人欢呼雀跃……定格。

［一个婴儿清脆的啼哭声传来……

盼　水　就这么巧，解放军给我们打出第一口甜水井的时候，我的外孙子降生了！

［水灵怀抱婴儿出……

水　灵　这孩子有福啊，一落地就有甜水喝！

盼　水　我给孩子起名叫——甜水！

水　灵　甜水！

众　人　甜水！哎呀，这个名字起得好……

盼　水　嘘！

［清泉流淌的声音……

［众人蹑手蹑脚围坐一片……水牛跑上。

水　牛　盼水爷爷……

盼　水　嘘……小点儿声。

水　牛　盼水爷爷，我们学校里的同学们天不亮就准备好了，就等着给解放军送行哩。

盼　水　好！解放军打井都累坏了，叫他们多睡会儿！我先说两句啊，乡亲们……

众　人　嘘……

盼　水　哦，（压低音量）乡亲们啊，今天，为咱们村打井的恩人们就要走了，咱们陡坡村全体回、汉村民，要用最隆重的仪式给亲人们送行……

众　人　对着哩！

水　牛　盼水爷爷，我有个礼物想送给解放军叔叔。

盼　水　什么礼物？

众　人　甚礼物？

水　牛　（掏出一张画）我画的，我们村的明天。

［众人围拢过来，将画展开……

众　人　哎呀，两只鹅嘛！

盼　水　你这孩子，咱村的明天就是两只鹅吗？

水　牛　爷爷，你见过鹅吗？

盼　水　电视里经常出现嘛，头上长个包，爪子不分瓣！它还有个晚辈叫鸭子嘛！（众笑）

等　水　爷爷，你见过活鹅吗？

盼　水　……咱这儿它不长这东西啊，我没见过？

众　人　没见过。

水　牛　解放军叔叔说，咱们村有水后就能养鹅了！今天我给解放军叔叔们送我画的鹅，明年我给叔叔们送我自己养的鹅。

盼　水　好！

等　水　盼水叔，我也准备礼物了。你看！（拿出一大一小两只鞋）

喊　水　一大一小咋穿吗？（众笑）

等　水　哎呀，井打完了嘛，水出来了嘛，可是二排长的脚现在还肿呢嘛，我媳妇亲手做的！

盼　水　好，想得周到！等一下就让二排长穿上。

众　人　穿上！

喊　水　盼水叔，人家给咱打出来的是以前拿命都换不来的甜水啊！我想来想去还是送锦旗合适。（拿出锦旗）

等　水　拉倒吧……你那个字拿得出手哇？歪歪扭扭的写得跟蝎子爬一样。

众　人　嘿嘿嘿嘿……

喊　水　这是写的吗？这是绣的！

等　水　你绣的？

喊　水　我娘绣的！这是俺娘用我们家舍不得用的被面子，一针一线绣了好几晚上啊，俺娘说，她绣得不好，可这全是心里话啊。（抖开锦旗）

盼　水　（读）渴了几辈子，今天喝饱了，苦了几代人，今天过好了！

众　人　渴了几辈子，今天喝饱了；苦了几代人，今天过好了！

盼　水　叫人！

众　人　叫！

等　水　我叫……

喊　水　我叫……

［等水、喊水争执不下……盼水妻跑上……

盼水妻　她爹！没人！

众　人　嗯？

盼水妻　只有一封信。

众　人　写的甚？

等　水　（夺信，念信）陡坡村的父老乡亲们，当你们看到这封信的时候，我们已经出发了……

众　人　啊？

等　水　西边的沙沟村是我们的下一个战场，我们一定会再接再厉，做出更大的成绩，感谢乡亲们对我们的关心和照顾，我们明年还会再来，再给乡亲们多打几口井，祝乡亲们的日子越过越好！致军礼，宁夏军区给水团一营三连全体官兵。

［滴水声渐渐形成清新的音符，流淌着……

盼　水　二排长啊，乡亲们都等着给你们送行呢，你们怎么就这么悄悄地走了？我们陡坡村的父老乡亲们祖祖辈辈都不会忘记你们的！

众　人　忘不了哇！

盼　水　敬爱的中央首长，解放军给我们村打了三口甜水井，有人说是救命井，有人说是致富井，有人说是小康井、爱民井……俺贫困山区的百姓能在家门口喝上甜水，这是村里人从来不敢想的事儿啊！乡亲们喝在嘴里，甜在心里，打心眼里感谢党中央，感谢共产党！感谢亲人解放军呐！

众　人　（各自重复着以上内容）……

［音乐响起："从小爷爷对我说，吃水不忘挖井人……"

［众人相继随盼水前行，向台下深深鞠躬……

［幕落。

——剧终

（与王宏、李文绪、王宏坤共同创作）

2008 年全军"双拥"晚会与王晓娟、尚大庆、李文绪等表演小品《甜水》

在陡坡村采风

附言：在缺水干旱地区，人们把水视为血一样珍贵。为创作这个作品，我们到了宁夏陡坡村进行采访，了解到在旧社会，女儿出嫁时要陪送一缸水，才显示出娘家的富裕。听起来就像编的一样，由此可见水在那里是多么稀缺。2007 年北京军区给水团为陡坡村打了三眼井，村民们欢欣鼓舞。《甜水》这个小品更像一个独幕话剧。为塑造人物，我把擅长的东北话改成了西北方言。

·小品·

喜从天降

时　间　“神七”太空飞行的日子里。
地　点　妇产医院产房外。
人　物　大爷：六十多岁；大娘：六十多岁；女护士：二十多岁。
景　置　舞台上有一块白色景片，一条白色长椅，女护士兴高采烈上场。

护　航天工作者们，你们好！你们辛苦了！高兴高兴真高兴，举国上下齐欢庆，喜看“神七”上太空，盼望归来更激动，大家说对不对？嘘……小点声，我们这里需要安静。（翻过景片，露出“产房”两字）

［大娘急匆匆上……

娘　姑爷在酒泉来当兵，姑娘在产房就要生，这姑爷关键时刻指不上，还得让老丈人替他姑爷当老公，老头子，快走啊！

［大爷抱着一堆婴儿衣服和用品，挎着一个小摇篮，手拿报纸，上场。

爷　看见了吗？2008年，大事儿一桩接一桩，好事赖事都成双，众志成城化冰雪，八级地震心不慌，北京奥运创辉煌，“神七”太空谱新章。概括起来说，2008上半年多难，下半年兴邦！我来介绍一下，这是我老伴嫦娥，我是她老公吴刚。（又要看报纸）

娘　你别尽说那没用的，姑娘就要生了，你还看啥报纸啊！

爷　我得关心国家大事！

娘　你关心国家大事，家里的事怎么不关心啊？

爷　我怎么不关心，这不在超市给外孙子买了一堆东西嘛！

娘　都买啥了？

爷　奶粉。

娘　三鹿的？

爷　啥三鹿的！那玩意早就下架了，飞天的，航天员指定奶粉，相当于太空食品。

娘　你别跟我太空太空的，还买啥了？

爷　出舱服。

娘　什么出舱，孩子还没出生呢！

爷　别着急，医生说了马上出舱。

娘　你……

爷　我告诉你，这出舱服便宜，“神七”那出舱服3000多万一套，咱这出舱服30块钱两套。

娘　两套！一套国产的，一套俄罗斯的？

爷　啥俄罗斯的？两套全是国产的。你看这不是写着呢吗，没了China！

娘　还有呢？

爷　返回舱。（拎出一个小摇篮）

娘　摇篮就说摇篮呗，还返回舱！

爷　这是一般的摇篮吗？这是航天员的摇篮，我总觉得这摇篮跟返回舱差不多。你看咱外孙子出生得躺着，航天员在舱里也得躺着，航天员在空中飘着，咱这摇篮也在空中飘着，从小适应太空失重，长大上天兴许有用。

娘　你能不能说点人话！

爷　我怎么不说人话了？

娘　你哪句是人话？

爷　我哪句不是人话？

娘　你一上来就太空食品、出舱服，这又整出个返回舱，这跟生孩子有啥关系？

爷　咋没关系呢！［女护士上。

护　大爷、大娘请安静！你们是产妇家属吧？

娘　对。

护　几号床？

爷　“神七”。

娘　七床就七床呗，你还“神七”！

护　七床的产妇正在待产！

娘　啥叫待产？

爷　这还不明白，待产吗，就等于火箭发射前的倒计时，五、四、三、二、一，一按电钮，唰，孩子就出生了。（发现大娘在看着他，不出声了）

护　大爷说得太形象了，其实待产就跟出舱一样，走出舱门就是一个神奇的世界。这是我国航天里程上迈出的历史性一步。

爷　哎呀，姑娘，这话说得太严谨了，跟报纸上一模一样，一个字都不差呀。

护　大爷，我是个航天迷。

爷　那我是个老迷啊！她叫嫦娥，我叫吴刚。我俩是在农村草垛上看星星认识的，她说我是牛郎星，我说她是织女星，后来我俩跨过银河就走到一块了。（拉住女护士的手）

娘　你跟我走到一块拉人家手干啥呀？

爷　我这不想起年轻时候了吗。我俩结婚那天，正赶上咱们国家第一颗人造卫星发射，我俩是踩着《东方红》的乐曲步入婚姻殿堂的。

护　太浪漫了！不瞒你们说，“神五”发射那天，我们接生的全是独生子；“神六”发射那天，我们接生的基本上是双胞胎。

爷　老伴呀，兴许咱姑娘今天能生仨呀！

娘　行了，行了，你张口“神七”，闭口太空，这跟你有啥关系啊？

爷　怎么没关系啊！要没有咱姑爷“神七”能上天吗？

护　你姑爷？

爷　那当然，要不是他忙“神七”的大事，我们能替他来伺候月子吗？

护　噢……怪不得，东北口音。你姑爷是翟志刚。

娘　人家孩子都上高中了。

护　刘伯明？

娘　人家孩子快考大学了。

护　景海鹏？

爷　越整越远，又跑山西去了。

护　您老肯定是谦虚，你姑爷一定是航天员。

爷　瞎说，要给航天员当岳父，我不成航天之父了吗？

护　你姑爷到底干啥的？

娘　警卫连连长，给发射场站岗的。

爷　站岗的咋的，如果没有我姑爷给火箭和飞船站岗，我们的“神七”发射能万无一失吗？报纸上都说了，航天员光荣，航天工作者也光荣，为航天事业服务保障、默默无闻、甘愿奉献的人更光荣，航天员代表祖国登上太空，那是无数双手在托举着他们！

护　大爷说得太好了，我先到里边看看，等会我把您的外孙子托举出来。

爷　你忙，你忙。（看报纸）

娘　（抢过报纸）别看了。

爷　不看就不看，我看电视。（拿起遥控器选台）看见没有，航天员出舱精彩回放，你看这航天员在舱里跟咱看B超，孩子在娘胎里一样，出舱的时候，身上那根绳子，就像婴儿的脐带连着自己的母亲一样啊。

娘　都放了多少遍了，你还看。

爷　我就是看不够，看不够胡主席和航天员天地通话，看不够五星红旗在太空高高飘扬。［女护士急上。

护　大爷、大娘，产妇难产。

娘　难产？

护　您二老千万不要着急，为了航天工作者的后代，我们的医护人员一定会全力以赴的，有事我会及时通知你们。（返回产房）

娘　我姑娘她怎么就难产呢？

爷　别着急，这就跟飞船着陆通过黑障区一样，过了那一阵就好了。

娘　你别瞎联系，咱姑娘这是难产！

爷　我知道，可难产也得产啊。

娘　那得多难呀。

爷　谁不难呢，（音乐起）家有家的难，国有国的难，当初航天人在荒原上，平地建起一座航天城，难不难？白手起家造出自己的火箭和飞船难不难？从无人飞行到太空出舱，一步一个脚印难不难？从零点起步到一个航天大国，这过程难不难？远的不说，八级地震突然袭来的时候，我们的国家难不难？我们的人民难不难？只要挺直腰板，什么事也难不倒中国人！［音乐声中，传来出生婴儿的啼哭声，护士抱着婴儿上场。

护　生了，生了！又一代航天人出生了。

娘　（接过婴儿）孩子，这我心里就踏实了。

［突然传来“神七”着陆的轰鸣声和解说声，“神舟”七号完成太空飞行和出舱任务，凯旋归来，胜利着陆！

爷 好啊，这回我这颗心才算落地了。我为伟大的祖国骄傲啊，我为你们这些航天人骄傲啊！［强劲的音乐中，三位航天员出场，二位老人迎上前去。

爷 孩子们你们辛苦了！我们谢谢你们，祖国人民谢谢你们！

翟 感谢全国人民对我们的支持！

刘 感谢党和军队对我们的培养！

景 我们要不辱使命，向着更高更远的目标一往无前！

合 永远进发！

翟 敬礼！

［三人敬军礼，音乐推向高潮。

——剧终

（与张振彬共同创作）

“神七”发射，在航天城与牛莉、王丽云表演小品《喜从天降》

与航天英雄翟志刚、刘伯明、景海鹏

在酒泉卫星发射中心为航天英雄送行

附言：从载人航天到太空出舱，我国航天事业又是一次突破。为了创作这个作品，在“神七”升空时，我赶到了酒泉，目送三位航天英雄穿着沉重的铝甲入仓，六个小时后升空。那一刻，火箭发动机发出巨大的轰鸣，大地抖动，箭体缓缓地离开地面，所有人目送着英雄。当他们归来之时，如同喜从天降。为了给航天员们庆功，我创作了《喜从天降》这个作品。

·小品·

黄　豆　黄

（2009年中央电视台春节联欢晚会）

时　间　2008年北京奥运会期间。

地　点　黄豆黄家中。

人　物　黄豆黄：男，六十多岁，种粮大户。

大娘：六十多岁，黄豆黄未来的老伴。

村长：四十多岁，大娘的儿子。

由总：男，四十多岁，粮油公司总经理。

景　置　一个双人沙发，一个雕漆木箱。

［幕启，欢快的音乐声中，大娘端一大盆面条，手拿擀面杖兴冲冲上场。

大　娘　北京奥运顶呱呱，我村有人去参加，黄豆黄现场看完开幕式，今天早上刚回家！黄豆黄！黄豆黄！老黄头！［黄豆黄上。

黄豆黄　来了！黄昏恋，恋夕阳，老年恋爱更疯狂。年轻人谈情说爱太磨叽，我们老年人直截了当——更快、更高、更强！

大　娘　回来了？（伸手欲跟黄握手）

黄豆黄　别握手，拥抱更有力量！（欲抱）

大　娘　去你的！咱俩的事还没公开，连我儿子都不知道，他还一口一个大哥地叫着你，让人知道这算是啥呀？

黄豆黄　他现在叫我大哥，当村长之前他叫我大爷！人家当官干事儿，他当官长辈儿。

大　娘　别贫了！这手擀面可筋道了，赶紧煮了快吃吧，欢迎你的大会马上开始。（欲走）

黄豆黄　别走！（拽住娘）

大　娘　咋的了？

黄豆黄　我跟你说实话吧，这次去北京，鸟巢没进去，开幕式没看着，我把票丢了！

大　娘　啊？（坐在了地上）全村人都等着欢迎你这奥运第一人呢！这可咋整呀！

黄豆黄　窝囊啊！太窝囊了！这就等于买个新车刚一上路让人追尾了；投资股票一分没挣全毁了，要洗澡刚打完肥皂停水了；想接吻没想到假牙刮了人家嘴了！丢人啊！［村长画外音：“黄豆黄！”

黄豆黄　坏了！村长来了！

大　娘　千万别让我儿子发现咱俩的事！

黄豆黄　你到里屋躲躲，实在不行蒙被窝。

大　娘　那不更说不清了吗！

黄豆黄　藏沙发后边，不行！你坨太大了！

［村长画外音：黄豆黄！

黄豆黄　来不及了，进箱子！

［娘进到箱子里，黄盖上箱盖，村长上。

村　长　老大哥，你好啊！

黄豆黄　村长大兄弟你好呀！差辈了吧？我早晚让他改口。

村　长　为了欢迎你，昨晚我是全村上下总动员呀。

黄豆黄　听说了，你在喇叭里喊到半夜，狗叫了一宿，今天早晨你起来了，狗都睡了。

村　长　也不光为了你，在开幕式现场你给由总的豆油做广告了吗？

黄豆黄　做了！黄豆牌食用油，为中国加油！（敞开怀，露出胸前“加油”二字）请记住，黄盖儿的！（造型）

村　长　好！好！

黄豆黄　村长，你这创意太经典了，遵照你的指示到哪儿都没摘，睡觉我都戴着这顶黄帽子，幸亏是给黄豆油做广告，要给绿豆做广告还麻烦了呢！

村　长　你个老光棍你还在乎这个吗？

黄豆黄　我倒不在乎，怕影响你妈的名誉。

村　长　和我妈有什么关系？

黄豆黄　咋没关系呢，乡里乡亲的！（拍箱子）

村　长　挨不着，粮油公司的由总马上就到，一会儿你把开幕式的盛况向由总做个汇报。

黄豆黄　汇报就算了吧。

村　长　那不行，你那张开幕式的门票谁给的？

黄豆黄　由总啊。

村　长　你得让人家高兴啊！今天他要跟咱签订一千吨大豆的订购合同，你可别把这事给我整黄了，好好准备，我去接由总。

［村长下，黄豆黄坐在箱子上。

黄豆黄　完了，完了！［拍箱子，娘在里边推开箱盖，黄差点儿趴在地上。

大　娘　你想憋死我呀？

黄豆黄　对不起，我忘了里边有活的了，事大了……我干脆跟村长实话实说吧！（欲走）

大　娘　千万别说！你看我儿子那劲头，你要实话实说了还不要了他的命呀！

黄豆黄　我要不实话实说还不要我命啊？再说啥也没看着我说啥呀？

大　娘　没进现场你还没看电视呀！

黄豆黄　没有！围着鸟巢跑了半宿，我上哪儿看去？

大　娘　我倒是看了，没用呀。

黄豆黄　你从头到尾都看了？

大　娘　看了，为了在电视上找你，我看得可仔细了，镜头上有个老头特别像你，仔细一看，萨马兰奇！这我都看清楚了。

黄豆黄　有了！一会儿由总来了你替我汇报，单身女人好攻关……

大　娘　拉倒吧！你是咱村儿奥运第一人，我算啥呀？

黄豆黄　我是奥运第一人，你就是未来的第一夫人啊！

大　娘　还第一夫人呢！别不识数了，咱俩结了婚，也是二婚……

黄豆黄　有了！你把在电视上看的告诉我，我就说我在现场看的不就完了吗！

大　娘　是个办法。开幕式我印象深的有那么几点，第一，就是场中间那个画轴。

黄豆黄　画轴？

大　娘　（举起擀面杖）就像擀面杖一样，一擀一张画儿，一擀一张画儿！

黄豆黄　还有呢？

大　娘　姚明！运动员入场的时候，姚明举旗，还带个孩子。

黄豆黄　还有呢？

大　娘　击缶，那场面，上千人击缶，大家都说好，你就说“缶”！

黄豆黄　拉倒吧！我是谁呀？那么多人都说好，我说否就给否了哇？

大　娘　击缶……其实就是敲鼓。

黄豆黄　哦……还有呢？

大　娘　最后你就说铺天盖地都是祥云。

黄豆黄　祥云？

大　娘　奥运图案！我叫啥？

黄豆黄　李祥云啊！

大　娘　记住我不就记住祥云了吗！

黄豆黄　记住了！一擀、二举、三敲、四……

大　娘　我呀！

黄豆黄　对！李祥云。

大　娘　我撤了！

黄豆黄　别走，我万一忘了你在旁边提醒我。

大　娘　我这身份在这不合适！

黄豆黄　帮帮忙，打架亲兄弟，上阵父子兵，恋人就如同战友嘛！

大　娘　我也没当过兵，啥战友呀？

黄豆黄　你想占有我，我想占有你，占有嘛！相互的！为了占有，你就受点委屈吧！进箱子！（黄豆黄把大娘扣在箱子里）这才叫相亲相爱嘛！来，演习一遍！第一点。

大　娘　（开箱盖做擀面的动作）

黄豆黄　太好了……

［村长画外音：黄豆黄！

黄豆黄　来了！（一屁股坐在箱子上）

［村长陪由总上。

村　长　黄豆黄大哥，由总看你来了！

由　总　黄大爷，你好啊！

黄豆黄　（坐在箱子上）你好！你好！

村　长　站起来！汇报！

黄豆黄　由总啊，谢谢你给我的这张票啊！开幕式太壮观了，太精彩了，太好看了！归纳起来就四点，第一点……（发现村长坐在箱子上）

村　长　说！

黄豆黄　村长你别坐箱子上，不礼貌。

村　长　坐箱子有什么不礼貌的？

黄豆黄　你得有老有少呀！你是领导，得坐沙发。

［黄豆黄把村长拉到沙发上。

黄豆黄　第一点！（大娘打开箱盖儿做擀面状）擀面杖！

村　长　擀面杖？

黄豆黄　场中间那个擀来擀去的……

由　总　画轴儿！

黄豆黄　对呀！画轴儿像擀面杖一样，一擀一张画儿，一擀一张画儿，跟手擀面似的，可筋道了。

由　总　哎呀，农民的语言太形象了！

村　长　不到现场还真没有这种感觉，说得不错！（又坐在箱子上）

黄豆黄　第二点……

村　长　接着说！

黄豆黄　……村长，你咋老坐箱子呢？你想当乡长啊？

村　长　我坐箱子和当乡长有啥关系呀？

黄豆黄　你是领导，你坐沙发。

村　长　太客气了。

［黄豆黄再次把村长拉到沙发上。

黄豆黄　第二点……（大娘打开箱盖儿做“举”状）举旗！运动员入场的时候，姚明举旗，还带着他儿子！

村　长　儿子？

由　总　姚明刚结婚哪有那么大的儿子？

黄豆黄　……现在社会进步了，火车都提速了，姚明个儿大，生下来儿子就会走路了！

村　长　瞎说，那是灾区孩子的代表！

黄豆黄　灾区的孩子不就是我们的儿子吗？难道我说得不对吗？

由　总　黄大爷，你说得太好了！

黄豆黄　他没去现场他不知道，（对村长）不了解情况别发言，说错了让人笑话，第三点……（看见村长又坐在箱子上）乡长……

村　长　谁乡长啊？坐箱子就乡长啊？你给我提的级呀？

黄豆黄　你当了乡长我还得矮一辈。

由　总　你是领导，你坐箱子大爷心里不踏实。

黄豆黄　是！你坐那你妈心里更不踏实，第三点……

［黄豆黄回头发现由总坐在箱子上。

黄豆黄　不能谁逮着谁坐呀！由总，你坐着我更不踏实！（把由总拉到沙发上）第三点……（大娘打开箱子盖儿做“敲”状）……敲鼓！

村　长　敲鼓？

由　总　击缶！

黄豆黄　对，上千人在那儿击缶呀！

村　长　那个节目太壮观了，上千人，一边击缶一边喊，啊——

村　长　哇！有朋自远方来，不亦乐乎！

由　总　哇！有朋自远方来，不亦乐乎！

黄豆黄　就是呀，你看人这个创意，直接反映地震灾区，当时缺的就是棚子呀！

由　总　棚子？

村　长　棚子？

黄豆黄　帐篷啊！全国、全世界的帐篷都运地震灾区去了！乡亲们高兴地欢呼哇——有篷子！远方来的！不亦乐乎哇！

村　长　什么乱七八糟的！

由　总　黄大爷的想象力太丰富了。（坐在箱子上）

黄豆黄　第四点……好像是什么图案。

由　总　祥云？（由总站起，大娘打开箱子盖指自己）

黄豆黄　没错，李祥云嘛！

村　长　李祥云？

黄豆黄　那还有错吗？那场上，铺天盖地都是你妈。

由　总　（坐在箱子上）我的妈呀！

［大娘一脚蹬开箱子，由总滚落箱后。

大　娘　说啥呢！铺天盖地都是我那还有法看呀？

村　长　妈！

黄豆黄　你出来干啥？

村　长　妈！你怎么在这儿呢？

黄豆黄　兄弟呀，这事事先没敢说，我和你妈早拍拖了。

村　长　你说啥呢？

大　娘　儿子，啥也别说了，他把票丢了……

村　长　什么票丢了？

黄豆黄　门票丢了，鸟巢没进去，开幕式没看着。

村　长　黄豆黄！全村就这么一张门票，奖给你这种粮大户了，你愣给丢了！你真是我爹呀！

黄豆黄　哎呀！关系终于捋顺了，孩子总算承认了，当时我想拿钱再买一张，（从包里掏出一摞现金）两万块钱愣没买着！

村　长　等会儿！你这是买票的钱呀？还是卖票的钱呀？

黄豆黄　你什么意思？

村　长　这么金贵的东西说丢就丢了？

黄豆黄　咱子一辈父一辈，这么多年你还不了解我吗？

村　长　我太了解你了，听我妈说，年轻的时候我爸有张电影票给你了，你高兴的呀，一出门儿就给卖了！

黄豆黄　我也后悔呀！我不知道你妈那天也去看电影了呀，要不卖这张票，我早跟你妈好上了，还能让你爸钻空子！

大　娘　说啥呢！

黄豆黄　可我这张票确实没卖！

村　长　谁证明！谁证明！

由　总　我证明！

合　　　由总？

由　总　（顶着一头面条从箱子后面站起来，拽着手擀面）手擀面确实筋道啊！（众人把由总搀扶到沙发上，由总拉住村长的手）你冤枉他了，你爸爸的票确实没卖。

村　长　哎呀……他……

由　总　我在网上订了两张票，号是挨着的，昨晚我也去了，可我旁边的座位一直是空的。

黄豆黄　对不起由总，说票丢了，我怕伤了你的一片心。

大　娘　是！这张票太珍贵了，去北京之前我让他把票缝在身上。

黄豆黄　可缝在哪儿都不放心！

大　娘　我让他缝在左边！

黄豆黄　我说右边安全。

大　娘　我让他缝在里边。

黄豆黄　我说外边安全。

大　娘　我让他缝在下边。

黄豆黄　我说上边安全，上边！（摸脑袋，顿足捶胸）哎呀……

由　总　你爸爸怎么了？

黄豆黄　我把票缝帽子里啦！

村　长　你怎么不摘下帽子找找呀！

黄豆黄　为了做广告，你不是不让我摘吗！

大　娘　你傻呀！

黄豆黄　我冤呐！我他妈太冤啦！我顶着一张票，围着鸟巢跑了十六圈愣没进去，路边的人又鼓掌又送饮料，还说呢，这老头真不容易呀，这么大岁数还跑马拉松……这么好的开幕式我愣没看着！

由　总　大爷别难过！你人没进去，但心到了……（掏出礼包）昨晚的开幕式，现场每个观众的座位上都有一份奥运礼包，我给你带回来了。

黄豆黄　谢谢！

［黄豆黄看着礼包里的东西。

黄豆黄　祥云丝巾！（递给大娘）你的，拨浪鼓！（递给村长）给孩子玩儿吧。［舒缓的音乐声中，黄豆黄拿出了一面国旗。

黄豆黄　（激动地）国旗！不知为啥，现在我一看到这五星红旗就激动得想流泪。

由　总　是啊，昨晚，当五星红旗在鸟巢上空升起的时候，在场的九万多观众一同挥动起手中的国旗……

黄豆黄　不，不止九万，马路上，车停下了，人站住了，鸟巢外人山人海，红旗一片啊，全北京，全中国，在同一个时间，唱响了同一首歌——国歌！［国歌的变奏音乐响起。

村　长　心醉了，梦圆了。

大　娘　好日子越过越甜了。

由　总　你是豆，我是油，中国一步一层楼。

黄豆黄　我是爹，她是妈，咱们永远是一家。

村　总　爹！

黄豆黄　兄弟！

合　　　差辈了！

由　总　签合同！

众　人　走！

［音乐声扬起。

——剧终

（与张振彬、王宏共同创作）

2008 年与杨澜主持北京奥运会开幕式

2008 年北京奥运会火炬手

2009 年中央电视台春节联欢晚会与黄晓娟、魏积安、巩汉林表演奥运题材小品《黄豆黄》

附言：2008 年北京举办奥运会，我荣幸地担当了奥运火炬手，还幸运地担任了开幕式的开场主持。记得排练时第一次走进鸟巢，第一眼看到奥运五环标志的那种感受，激动难忘。开幕式那天，观众入场后，我们与来自世界各地的 9 万多名观众进行互动，教他们手势、教他们使用礼品袋里的各种小道具，现场气势恢宏、整齐热烈。2009 年春节联欢晚会创作的小品《黄豆黄》是对 2008 年北京奥运会的致敬。

·小品·

俺是航天人

（2009年全军“双拥”晚会）

时 间 “神七”成功发射的第三天。

地 点 航天城餐厅。

人 物 二妞爹：男，六十多岁，农民。

高工：男，三十岁，厨师。

二妞：女，二十五岁，服务员。

景 置 餐厅，一张铺着餐布的方桌，四把椅子。

［幕启，高工上。

高 工 咱农民工进城很自豪，我在航天城里数得着，我想炒谁就炒谁，具体工作——掂大勺！

［二妞上。

二 妞 小高！

高 工 二妞！（抱起妞）飞船发射！

二 妞 听指令，马上降落！（高放下妞）我爹要来了，马上就到，我到大门口接他，我把他安排到招待所，一会儿你过来跟我爹见面。

高 工 那行，我马上点火给他做点饭。

二 妞 点什么火呀？一会儿去的时候千万别说你是厨师，把这身衣服也换了。

高 工 为什么？

二 妞 我没跟我爹说你是厨师。

高 工 你为什么不说？

二 妞 我怕我找个厨师我爹不同意。

高 工 他为什么不同意呢？

二 妞 我爹就是厨师，我大姐找了个厨师，我二姐找了个厨师，我再找个厨师，逢年过节我们家做饭的比吃饭的多。

高 工 那你怎么不说你妈是服务员，你大姐是服务员，你二姐是服务员，你又是个服务员呢？你们家，不是炒菜的就是端菜的，谁吃呢？

二 妞 所以我没敢说呀。

高 工 那你跟你爹说我是干什么的？

二 妞 我说你是航天城里的高工，具体工作，点火的。

高 工 我是在航天城里工作，我名字是叫高工，我做饭是要点火的，可你别连一块说呀，你连在一块儿说那意思可就变啦。

二 妞 我不连一块说我怕我爹的主意变了，先见面，完了再慢慢说吧！（急匆匆下）

［爹拎蛇皮袋子上。

二妞爹 “神舟”七号升太空，我家人气也飙升，俺闺女在航天城里是个服务员，找了个对象是高工，在发射基地管点火，这工作要多威风多威风，我这个没过门的老丈人，紧跟着身价就大增，厨师之家添新人，知识结构有变更，我在电视里面有了影，广播喇叭有了声，从此不敢乱出门，那帮老太太，跟着屁股来追星，谢谢你，停一停，那感觉就是谢霆锋！我风光啊！

高　工　大爷，您怎么从后厨进来了？

二妞爹　职业习惯，一进航天城闻着味我就来了。

高　工　大爷，你也是厨师？

二妞爹　是厨师！

高　工　厨师？你来看闺女？

二妞爹　对！看闺女！

高　工　你是二妞他爹？

二妞爹　你别管我闺女是谁，我是高工的老丈人！

高　工　啊……听说您来了。

二妞爹　瞧这知名度，在航天城里都躲不过！都是媒体惹的祸，我风光啊！

高　工　您请坐，二妞到大门口接你去啦。

二妞爹　这孩子太张扬，接什么接？做人要低调，我来的时候全村到车站欢送，风光啊！到了这就别搞欢迎仪式了，今天“神七”要返回，告诉大家，要把主要精力放在迎接航天员上。

高　工　您老还没吃饭吧？我给你炒俩菜去。

二妞爹　整几个家常菜就行，该多少钱就多少钱，别一听高工的老丈人就高标准低付账！

高　工　好，我点火去！

二妞爹　（发现桌上的菜）等会儿，这不有吗？做厨师要精打细算，绝不能看见剩菜剩饭！我把它打扫了！（狼吞虎咽地吃饭）鲁菜吧？

高　工　哎哟，老爷子，你太厉害了，一口就吃出来是鲁菜了？

二妞爹　盐多色重，严重好色嘛！

高　工　鲁菜的特点就是重油重色！

二妞爹　给我整点水。

高　工　这是刚沏的茶，是不是口有点重呀？

二妞爹　不是，我一天没吃饭没喝水了，那欢送仪式把我折腾坏了，再见，再见，你得跟着喊呢，太隆重了，风光啊！

高　工　我这菜也咸了点儿，我口重。

二妞爹　不咸！东北人口也重，其实山东菜和东北菜有着千丝万缕的关系，闯关东的时候带过去的嘛，后来就串了，再后来就乱了，要不后来就出了一道名菜——乱炖！

高　工　对对！山东人和东北人不仅口味相同，性格也差不多。

二妞爹　厨师干了几年了？

高　工　学了 8 年了。

二妞爹　我干了 38 年了，你几级啊？

高　工　一级。

二妞爹　我二级。你师傅是……

高　工　王一刀。

二妞爹　我师父是刘一勺啊！

高　工　那我得叫你师哥！

二妞爹　我应该叫你师弟！

高　工　师哥！

二妞爹　师弟！

高　工　久旱逢甘雨。

二妞爹　他乡遇厨师。（拥抱）

［二妞进。

二　妞　爹！

二妞爹　来，二妞，我给你介绍介绍，这位是……

二　妞　我认识，小高！

二妞爹　什么小高！这是你师叔！叫师叔！

二　妞　我……

二妞爹　叫！

二　妞　我……

二妞爹　这孩子，找了个高工，眼眶子高了？

高　工　师哥，别难为她了，我们都是同事。

二妞爹　什么同事？干咱们这行的不能乱辈！别管位置有多高，到什么时候都要有老有少，从今天开始，二妞就是你侄女，高工就是侄女女婿，当着我的面必须改口，叫师叔！

二　妞　……师……叔！

高　工　哎！

二　妞　（踢高）你哎什么？

二妞爹　这孩子没礼貌，跟你师叔还动手动脚的？坐下！（冲高）你侄女有出息，（冲妞）再有出息，以后也要跟你师叔多学点手艺！将来成家了，你不得给人高工做饭吗？

高　工　不用，到时候我做就行。

二妞爹　瞎扯！人家高级工程师要请也请个保姆，哪能在家里雇个男厨子呀？

二　妞　爹，我们是朋友！

高　工　对，我们不是一般的朋友！

二妞爹　太不一般了，你们既是朋友又是叔侄，说白了就是一家人啊！

高　工　老爷子，我做梦都想成为一家人呐！

二妞爹　不是做梦，这就是现实，今天就算个简单仪式，确定你们的叔侄关系。

二　妞　爹！

二妞爹　做晚辈的别说话！好人交好友，好菜配好酒，好像缺点儿啥？

高　工　我拿酒去。（欲走）

二妞爹　你别亲自动手，让你侄女干。（冲女儿）拿酒去！

二　妞　不拿！

高　工　（喊）拿去！

二妞爹　哎！你这才有个长辈的样！自己的孩子该说就说，该打就打，平时我不在身边，说白了你就是她爹。

高　工　那我彻底没戏了！

二　妞　爹……

高　工　哎！

二　妞　你答应什么！

高　工　（小声）拿酒去，酒壮𡸣人胆，用酒盖着脸我好把关系给你爹挑明了。

［二妞下。

二妞爹　今天咱哥儿俩得好好喝一盅。

高　工　好，我陪你。

二妞爹　08年大事一桩接一桩，好事坏事都成双，万众一心抗冰雪，八级地震心不慌，北京奥运点圣火，“神七”又写新篇章，总的来说，上半年多难，下半年兴邦，我女婿高工点火，咱全家人跟着沾光！

高　工　“神七”发射你看了吗？

二妞爹　看了，前天嘛，我跟中央首长一起观看的。

高　工　中央首长是在我们酒泉观看的。

二妞爹　是！中央首长在酒泉看的，我在酒桌上看的，村长陪着我，风光啊！一边喝着酒，一边看直播，航天员一出舱，我就失重了。

高　工　你那是喝醉了。

二妞爹　我高兴啊！今天“神七”就要回来了，今天你侄女就要定亲了，我实话给你说，我心里不落底，你说咱闺女就是个服务员，你找个厨师那是门当户对，咱找个高工是不是有点儿太空漫步的意思？

［二妞拿酒上。

二　妞　什么太空漫步呀，高工也是个普通人。

二妞爹　再普通人家也是高工，我想了解下，这高工到底有多高呢？

二妞妞　一米五六。

高　工　就我这样。

二妞爹　啊，（看高）外型差点儿没关系，我是想问他的级别有多高？

二　妞　一级。

二妞爹　（冲高）高工的一级和咱厨子的一级有啥区别呢？

高　工　完全一样。

二妞爹　哦，那我就放心了，这里没有高低问题，那这高工一个月能挣多少钱啊？

二　妞　一千五。

高　工　加上奖金一千八。

二妞爹　那你一个月多少钱啊？

高　工　一千五。

二　妞　加上奖金一千八。

二妞爹　哎呀，这是我没有想到的，这就是奉献呐！我还想问点儿具体的，这“神七”点火怎么点啊？

二　妞　你点了一辈子火你不知道怎么点啊？

二妞爹　我点火能和人家点火一样吗？

二　妞　完全一样，不信你问他。

二妞爹　问他？他资历还不如我呢，我们是先点火，后坐锅，油热了咔咔咔磕五个鸡蛋，大勺一抖出锅。

高　工　完全一样！我点火也是这程序。

二妞爹　拉倒吧，那不成了做饭了？我明白，你们俩这是给我保密，理解，你别说航天事业了，干咱这行一样都得保密，有些配方都是家传的，我们门口那卖烧鸡的，秘方传给他女婿了，后来他老丈人倒闭了嘛。

高　工　（喝酒，对二妞）这个密我保不住了。

二　妞　干什么？我爹心脏不好，有些话得慢慢说。

高　工　师哥，帮帮我吧。

二妞爹　你说，什么事儿？

高　工　我找了个对象是个服务员，我爱她，她也爱我，可她爹到现在没表态。

二妞爹　为什么？

高　工　我对象没敢对他说我是个厨师。

二妞爹　为什么？

高　工　怕她爹不同意。

二妞爹　混蛋！这是什么老丈人！厨师怎么了？我告诉你，我老伴找我，我是厨师吧？我大闺女找的是厨师吧？我二闺女找的是厨师吧？我三闺女……当然，她现在改变我家知识结构了，说实话她要是没找高工，我建议她找个厨师。

二　妞　爹！我就想找个厨师。

二妞爹　胡说！你不能把人家高工给甩了！（冲高工）你告诉你那老丈人，他要认你，你就叫他爹，他要不认你，你就不叫他爹。

高　工　他不让我叫他爹。

二妞爹　让你叫什么？

高　工　让我叫他师哥。

二妞爹　那你就叫他师哥。

高　工　师哥！

二　妞　爹，他就是我对象。

二妞爹　啊……哎呀！我怎么又有太空漫步的感觉了？二妞，你不说你对象是航天城里的高工，点火的吗？

高　工　我就是在航天城工作，我的名字就叫高工，我不点火怎么做饭呢？

二　妞　爹，我没给你说瞎话，高工参与研制的航天食品已经上天了，他真的相当于高工，这是航天报上登的他的事迹。

［爹接过报纸，音乐起。

高　工　大叔，和航天人比起来我们差远了，咱们当厨师的就希望别人吃饱吃好，可在航天城里经常是我做饭有点儿，他们吃饭没点儿，我做得再丰盛，他们吃得也是那么简单，一顿饭往往是凉了热，热了凉，有时候根本顾不上吃啊。

二　妞　在这航天城里，大人们在现场加班加点，孩子们在家也经常是没人管，吃不上饭，小高主动给孩子们做饭，我送饭，让孩子们能吃上可口的，在这个院里，我的家就是你的家，你的家就是我的家，所有女人都是孩子的妈，我是个服务员，上班就守着餐厅这一扇门，可下了班我拿着家家户户的钥匙。（说着解开外衣，露出胸前的一串钥匙）

二妞爹　（看钥匙）闺女，这是天底下最美的项链，比钻石都珍贵啊，一把钥匙就是一个家，一个家就是一份儿奉献。你把爹想低了，你不用编瞎话，其实你们就是航天人，咱们都是航天人，十三亿中国人不可能人人都在太空上出舱，但人人都在地面上出力了！这个女婿我同意了，高工，争取早一天在这上面再加一把自己家的钥匙！

二　妞　爹！（冲高工）叫啊！

高　工　师哥！

二　妞　叫爹！

高　工　师爹……爹！

二妞爹　哎——你们两个航天人要是结了婚，我就是航天之父，你妈就是航母啊。

二　妞　航母？

二妞爹　你妈那吨位，差不多，（众人乐）行了，孩子，还有一个重要任务，（打开蛇皮袋拎出两只兔子）咱村正在发展养殖业，村长说等“神八”上天的时候，把这两只兔子带上去，人们都说兔子到天上转一遭，下来就能变熊猫。

二　妞　爹，太空里能养兔子吗？

二妞爹　咋不能啊，那玉兔在月亮上待多少年了？

二　妞　那就是个神话！

二妞爹　神话咋了？改革开放三十年，咱们国家富裕了，国力增强了，经济翻身了，过去飞天是神话，现在神话成真了！

［画外音：“神舟”七号圆满完成太空飞行任务，胜利返航。激昂的音乐声中，大屏幕上，巨型降落伞徐徐降落。舞台深处，三名航天员身穿航天服向前台健步走来，三人上前跟航天员握手拥抱。

——剧终

（与张振彬、王宏共同创作）

2009年全军“双拥”晚会与牛莉、邵峰表演小品《俺是航天人》

附言： 多次创作航天题材的作品，与航天员们成了朋友，了解到他们生活的另一面，在光环背后有许多付出和艰辛，尤其是与家人聚少离多。记得一次七位家属手捧鲜花迎接丈夫归来的场面，令人感动！战友们亲切地称她们为七仙女。我即兴创作打油诗：天上有个七仙女，地上有个女七仙，人人都说天宫美，真正美丽在人间。

·小品·

两毛一脚

时　间　秋季。

地　点　东北山区一条公路旁。

人　物　农家大爷，六十多岁；青年司机，三十多岁。

景　置　舞台深处的大屏幕上，是一条蜿蜒的山区公路。表演区有两棵枣树，一大一小，一粗一细。枝头上结满了红枣，大树上的红枣更多、更大一些。农家大爷手提木牌上，牌上写着一个醒目的大字——“枣”。

大爷　房后一条公路，房前两棵枣树，只要买卖公平，干啥都能致富。（放下牌子）

司机　（幕后）大爷。

大爷　来生意了。（坐在箱子上）

［年轻司机提着水桶急匆匆地上。

司机　大爷，车开锅了，附近有水吗？

大爷　过路财神，坡下就有水沟。

司机　谢谢。（突然发现牌子）枣？怎么卖啊？

大爷　两毛一脚。（翻过牌子，上写两毛一脚）

司机　两毛一脚？什么意思？

大爷　就是两毛钱一脚。

司机　怎么个两毛钱一脚啊？

大爷　枣，在树上呢，你交两毛钱，照着树上踹一脚，掉下来多少是多少，全都归你，两毛一脚嘛。

司机　哎！有点意思。（放下水桶）也就是说我交给你两毛钱，我照树上踹一脚，掉下来的枣都是我的？

大爷　对！就这意思。两毛一脚。

司机　好玩！两毛一脚，我试试。（掏出两毛钱递给大爷）两毛。（看了看两棵树）大爷踹哪棵树都行吧？

大爷　爱踹哪棵踹哪棵？

司机　（冲着那棵大树）这棵树上的枣多，（把水桶放在树下接着）接着点，这要来一脚，全家吃不了。大爷，我踹了。

大爷　踹。付完钱就可以上脚。

［司机抬腿照着树上踹了一脚，迅速把自己的头捂住，大树纹丝没动，一个枣也没落，大爷把一颗黄豆“当啷”一声扔进茶缸里。

大爷　一脚。

司机　哎？（抬腿刚要踹第二脚）

大爷　停！两毛一脚，你要还想再踹再给两毛。

司机　不是，刚才那脚没踹下来枣。

大爷　枣下没下来我不管，我只算脚不看枣。

司机　啊……不管掉不掉枣都是两毛钱一脚？

大爷　对，就这意思。

司机　行行行！（掏钱递给大爷）两毛。（抬起腿来照着树上又是一脚，大树仍然纹丝没动，一枣未掉）

大爷　（又把一颗黄豆“当啷”一声扔进茶缸）两脚！［司机有些急躁，没再说话，掏出两毛钱递给大爷，又换了个角度照树上用力踹了一脚，树还是没动。

大爷 （继续把黄豆仍进茶缸）三脚！

司机 哎！我就不信了！（解开衣服）

大爷 行了！别较劲了，有人踹得下来，有人踹不下来，别耽误正事，打水去吧。

司机 不行！我非给它踹下来不可，（掏出两块钱递给大爷）我踹两块钱的！

大爷 （抓起一把黄豆）两块钱十脚。［随着司机踹树节奏大爷不停地把黄豆扔进茶缸，他前三脚是用单脚踹的，见树不动，后三脚是用双脚踹的，树还不动，他正要再踹，大爷叫停。

大爷 停！我提醒你一下，我这用黄豆给你记着呢，你给了我两块钱，应该是十脚。你前三脚踹的是单脚，两毛一脚，后三脚踹的是双脚，一脚四毛！单脚和双脚加到一块，已经踹了九脚。现在你只剩下两毛，也就是说接下来你只能再踹一次单脚，不能再踹双脚。

司机 （气愤的）你算得还挺细。一棵破树多一脚少一脚能怎么的？又不是踹你。

大爷 你怎么说话呢？做生意就要公平合理。

司机 你合什么理啊？我踹了十多脚一个枣都没掉。

大爷 那你不能怪我啊？这说明你力度不够啊。

司机 我正要使劲呢你喊停了，差点把我腰闪了！

大爷 我要不喊停你踹冒了呢？

司机 踹冒了怎么了，十几脚的钱都给你了，多个一脚半脚的能怎么的，你怎么那么较真呢！你怎么那么算计呢！还单脚双脚，现在到商店买东西还打个折呢！

大爷 好好，消消气儿，踹吧，单脚双脚都行，就算我买一送一了。

司机 不踹了！你以为我稀罕你这破枣啊，白给都不要，找钱！你还差我两毛。

大爷 行！那是找给你钱呢，还是找给你脚哇？

司机 找脚？

大爷 不是，我是说找你钱呢，还是找你枣哇，我寻思着你一个枣也没踹下来，要是找你点儿枣，不也算没白忙活吗？

司机 我得踹得下来啊！我都怀疑你这枣是拿焊条焊上去的。

大爷 你要想要枣，我就替你踹一脚，踹下来的枣全都归你。

司机 你替我踹？

大爷 啊！

司机 好——啊！你踹，你踹，我就不相信了，我踹不下来，你能踹下来，（一屁股坐在箱子上）踹！我可告诉你，你要踹下来啥事没有，你要踹不下来，就证明你这是托，我告你去，告你欺诈！

大爷 （气愤的）对不起，我还不伺候了。（把两毛钱塞给司机）走人！你爱上哪儿告上哪儿告。走！

司机 你凭什么让我走啊？心虚了？你踹不下来我再走，我要证据。看见没有，（掏出一把零钱，往箱子上一拍）你要踹下来全都给你，你要踹不下来，我跟你没完！

大爷 让开！［大爷冲树上抬腿一脚，树上的枣哗啦落了下来，砸在司机的头上，傻了。

大爷 是托嘛？是欺诈嘛？是用焊条焊上去的吗？（把桶往地上一蹲）捡枣去，至少半斤。

司机 半斤？你怎么连分量都知道呢。

大爷 脚下有准，做生意要认真，货真价实不贪心，我们这一斤四毛是收购价，两毛一脚是半斤。偷着乐去吧，按批发价踹给你的。（把箱子上的那把零钱塞给司机）收起你的糟钱，早知道你这脾气，都不带你玩。该干啥干啥去。

司机 凭什么？你这是生意，花钱踹枣这是我的权利。既然开饭店你就别怕大肚汉。

大爷 关键是你肚量太小。小体格吧，还玩力量呢，整不好再栽到这。回去没事练练身体，手不能提，肩不能扛，往着一站，整个一根火腿肠。

司机　你像猪屁股！我还就不信了，我三十多岁正当年踹不过你个糟老头子！

大爷　我糟树不糟，枣木硬。

司机　硬？你要把我惹急了我给你踹断了！

大爷　吹吧，真要较上劲我怕受伤的是你。

司机　我的身体我做主。我就是M—ZONG人。让开！［司机又一次把那把零钱拍在箱子上，接着朝那棵大树发起了猛烈地攻击，雷声大，雨点小，还是不见枣落下，一不小心皮鞋踢开。

司机　哎呀妈呀，鞋开了！

大爷　（从箱子里拿出一双大号的旅游鞋）换上，免费的？

司机　你怎么还预备这玩意儿呢？

大爷　方便顾客吗，像你这样的脾气也不止一个了。

司机　闪开！（司机一把推开大爷，自己不小心撞在那棵小枣树上，树上的枣哗啦掉了下来）下来了！看见没有！枣下来了！我就不信了我治不了它！

大爷　两毛一脚，撞下来的不算。

司机　你凭什么不算！

大爷　游戏规则嘛！打篮球用脚踢那是捣乱，踢足球用手扒拉人家不干，说好了两毛一脚，用身体冲撞下来的不算。

司机　我让你不算！（歇斯底里地脱下那只破皮鞋，光着脚冲那棵大树冲去）啊——

大爷　危险！

司机　（飞身一脚，应声倒地）哎呀我的妈呀！

大爷　（迅速上前将他搀起）猛了，猛了，整得太猛了。

司机　我的脚啊！

大爷　幸亏用脚，这要用头就完了。

司机　有你这么卖枣的吗？

大爷　有你那么买枣的，你这叫光脚不怕穿鞋的！（说着从箱子里拿出绷带）来，我给你包包。

司机　你这箱子里怎么什么都有啊？

大爷　我在村里干过兽医。

司机　你卖枣怎么不预备个秤呀？

大爷　小本经营，就两棵树。用不着破费。

司机　你太抠门了。一个秤能有多少钱啊？

大爷　秤就公平吗？有多少黑心秤啊，还是脚靠谱，除了中国足球以外，你哪还听过黑心脚啊！

司机　你把枣摘下来卖不就完了吗。

大爷　这不省事嘛。

司机　你太懒了。

大爷　儿子媳妇都进城了，我这岁数爬不上去。

司机　那你踹枣咋那么大劲呢？

大爷　经验吗，踹多少年了，踹树得掌握要领。首先找到重心，踹树要用脚跟，脚掌一般踹不下来几个。

司机　你咋不早说呢？

大爷　早说我不赔了吗！

司机　这是谁想的招啊，太损了。

大爷　你可别那么说，踹枣是我们村的传统，用脚踹枣、效果最好，不伤枝叶、利于环保，掉的不生，生的不掉，瓜熟蒂落，省劲讨巧。

司机　关键是不省劲啊。

大爷　你太死心眼了，大树踹不动，你踹小树啊。

司机　我看着大树比小树枣多。

大爷　太贪了，爷们儿一定记住，做事必须量力，否则前功尽弃。做人不能太贪，不然路就走偏了。来，我背你上车。

司机　等会儿，咱先把价格讲好，踹枣一脚两毛，背我一步多少钱啊？

大爷　不能把什么都当成生意。（大爷把地上的枣装进桶里）来，（背起司机）哎，这小体格太轻了，也就160多脚吧。

司机　我体重80斤。

大爷　对嘛，一脚半斤，160多脚吗。

司机　你这个买卖不错，你干脆把那片枣园都包下来，两毛一脚挣老钱了。

大爷 你看，白说了，做人不能太贪了，量力而行，我这岁数，伺候两棵枣树没问题，要是把那片枣园包下来就得跟你一样，受伤。

司机 老爷子，我替你吆喝吆喝生意。

大爷 好，喊！

司机 两毛一脚！

大爷 一脚两毛，东北大枣！（下场）

——剧终

（根据同名小说改编，与张振彬合作）

与巩汉林表演小品《两毛一脚》

·小品·

美丽的尴尬

（2010年中央电视台春节联欢晚会）

时　间　春节前夕。
地　点　家中。
人　物　丈夫：四十多岁。　妻子：四十多岁。　朋友：四十多岁。
经理：五十多岁。　丈母娘：七十多岁。　副导演：三十多岁。
景　置　普通人家的客厅，五斗橱上放有一帧丈夫和妻子的合影（照片中的妻子为林永健反串）。

［幕启，零星的鞭炮声中，丈夫兴冲冲上。

丈　夫　日子好了心气儿高，老娘们想起一招是一招，我媳妇儿非要到韩国去整容，没病没灾儿去挨刀，俩字儿——发飙！（走到照片前边，指着照片冲观众）这也不完全怪她，有个导演要拍电影续集《四枪拍案》，不知怎么就选上她了，她就是挨第四枪的那个，哎呀，这下她烧包得就不得了了，其实她这模样不用整，长得还可以，看没，不说可以接受，起码可以忍受，就这形象，为家庭为社会都做了很大贡献，自打挂上这张照片，我们小区就没进过贼，家里都没闹过耗子，看这小眼睛，耗子都认亲，甭管是牛年还是虎年，我们家挂上它，永远是鼠年！（门铃声）是不是回来了？整成啥样心里真没底啊？见证奇迹的时刻就要来到了！

［丈夫开门，漂亮的妻子用韩语打招呼。

妻　子　@# ￥%……&*！
丈　夫　你找谁？
妻　子　@# ￥%……&*！
丈　夫　你有事儿吗？
妻　子　@# ￥%……&*！（扑向丈夫）
丈　夫　别别！我告诉你，我老婆可不在家，我的意志也不太坚强，你这种举动让我感到很迷茫。
妻　子　嘛迷茫呀？我就是你老婆！
丈　夫　鼠儿？
妻　子　就是我！
丈　夫　哎史老婆，你咋变化这么大呢？
妻　子　好看吗？
丈　夫　太好看了！下巴也削了，鼻子也高了，眼睛也大了，也种了眉梢了，这么一整，不像老鼠，倒像猫了。
妻　子　这我就放心了，为这张脸我挨了一千多刀呢。
丈　夫　这才叫千刀万剐嘛。
妻　子　值吗？
丈　夫　值！有钱花在刀刃上嘛！
妻　子　和以前比呢？
丈　夫　简直判若两人，现在整得多经典啊，原来长得多惊险啊……
妻　子　讨厌！抱抱。
丈　夫　等会儿，我把门关上。
妻　子　关门干啥呀？
丈　夫　以前抱着你心情很平静，现在看着你心情很激动，有一种负罪感，太神奇了，总感觉像抱着别人的老婆……
妻　子　哈哈哈……（两手撑着眼角）
丈　夫　怎么还拿手撑着呢？
妻　子　医生说不能有太多表情，我这刚长好容易崩开。

丈　夫　来！祝贺祝贺！

妻　子　我给你做好吃的去。（下）

丈　夫　我今天终于焕发青春了，不破坏家庭也能享受到二婚了。

［门铃声。丈夫开门，朋友上。

丈　夫　猴子来了？

朋　友　黄大哥，马总后天结婚，让我来给你送个请柬。

丈　夫　啊……下午办啊？

朋　友　二婚，他本来想和这女的随便玩玩儿，没想到砸手里了。

丈　夫　男人绝对不能整这个，夫妻还是原配好，感觉就看你怎么找。

朋　友　大哥，这点儿我最佩服你了，就说嫂子长得那样，要换我都离八次了……

丈　夫　说啥呢？

朋　友　我的意思是说嫂子这面相，看着就本分，长得多安全啊。

丈　夫　安全啥呀？现在也相当危险了。（喊妻子）鼠儿……

［妻子上。

妻　子　你好！

朋　友　（吓了一跳）大哥，有人呀？那我告辞了。

丈　夫　别走，别走，我给你介绍一下，叫嫂子。

朋　友　二嫂。

丈　夫　什么二嫂？嫂子！（冲妻子）热情点。

妻　子　挺热情的。

丈　夫　笑点儿。

妻　子　我已经笑了。

丈　夫　再笑点儿。

妻　子　我心里已经哈哈大笑了。

丈　夫　笑出声来。

妻　子　（突然大笑）哈哈哈……我现在不能有太多表情。

丈　夫　怕崩开。

妻　子　（冲客人）我给你倒茶去。（下）

朋　友　大哥，换了？

丈　夫　换什么换？这就是你嫂子！

朋　友　瞎扯，嫂子我见过，去年来送苹果，她在阳台上冲我一乐，吓得我撂下苹果就跑了。

丈　夫　现在怎么样？

朋　友　更可怕了，（学妻子，两手撑着眼角大笑）哈哈哈……大哥，办事儿的时候告诉我一声。

丈　夫　办什么事儿呀？

朋　友　哈哈哈……

丈　夫　别出去乱说去啊。

朋　友　（学妻子，两手撑着眼角大笑）哈哈哈……（下）

丈　夫　愣没认出来？（看照片），行了，这一页算是翻过去了……（把照片翻了过去）鼠儿！他没认出来……

［老婆上。

妻　子　什么没认出来？

丈　夫　他没认出你来，把你好顿夸啊！

妻　子　真的？

丈　夫　可不是吗，我终于在朋友面前扬眉吐气了，我现在可以跟你说实话了，以前跟你上街，不拉你的手吧，伤你自尊；拉你的手吧，伤我自尊。

妻　子　为什么呢？

丈　夫　好几个同事跟我说，昨天看见你了，你妈挺年轻的。

妻　子　谁说的？

丈　夫　这话都传到领导那儿去了，在大会上表扬我，说情人节别人都带着老婆，带着情人，人家老黄带他妈玩儿。

妻　子　哪个领导？

丈　夫　我们经理，对我印象可好了，要不然能提我当副经理吗？

［门铃声。

丈　夫　来，拉着手给他们看看。（开门，发现是自己的经理）经理！你怎么来了？

经　理　你那个述职报告有几处需要修改。

丈　夫　快请坐。

妻　子　请坐。

经　理　这是你女儿啊？

丈　夫　不不！我老婆。

经　理　哎呀！弟妹，长得挺年轻啊！

妻　子　女儿？哈哈哈……

丈　夫　别把经理吓着，快倒茶去。

妻　子　哈哈哈……女儿……（下）

经　理　俩人蛮恩爱的啊……（说着话把照片翻过来，愣住）这怎么回事儿？

丈　夫　哎呀，经理，这么点儿小事打个电话就行了，你还亲自来了。

经　理　来的很有必要，老黄啊，你可马上要提副经理了，现在我要提醒你，在生活作风方面你要检点儿啊！

丈　夫　经理，这方面你放心，花花事儿咱不干，漂亮妞咱不看，我这么跟你说吧，美女坐怀咱都不乱，可领导往这里一坐，我心里有点打颤。

经　理　还是心里有事儿。

丈　夫　没事儿。

经　理　你个人简历里婚否这一栏写的可是已婚啊。

丈　夫　没错，已了多少年了。

经　理　那你刚才怎么介绍那女的是你老婆呢？

丈　夫　她就是我老婆呀！

经　理　（指着照片）那这是谁的老婆呀？

丈　夫　这也是我的老婆啊！

经　理　你有几个老婆呀？

丈　夫　俩老婆呀……不！俩老婆一个人，不是，一个老婆两个人！（发现照片）哎呀！谁他妈又给翻过来了……

经　理　我翻的，好事儿不背人。（欲走）

丈　夫　经理，她整容了……

经　理　什么整容？我看你在给我整事儿！

丈　夫　经理你误会了，你听我给你解释……

经　理　不用解释了，私人的事情我无权干涉，告辞了！

丈　夫　哎，经理，你还没说呢，那我那述职报告哪条需要改啊？

经　理　全都改！（关门，下）

妻　子　（兴奋地上）整容之前说我像你妈，整容之后说我像你闺女，哈哈哈……

丈　夫　别笑了！哎呀……

［门铃声。

妻　子　我开门去。

丈　夫　亲爱的，我给你商量点事儿，你先到屋里躲躲。

妻　子　躲啥呀？我见不得人啊？

丈　夫　不是你见不得人，是人见不得你，要是生人还行，熟人你总得给人家个精神准备吧？（门铃不断地响，丈夫看门镜）开吧，你妈。

妻　子　太好了，我给她个惊喜。（躲进里屋）

丈　夫　你别藏了，她这么大岁数了，你再把她吓着，（门铃不断地响，开门）妈！

［丈母娘风风火火上。

丈母娘　干吗呢？干吗呢？干吗呢？

丈　夫　哎呀妈呀，今天咋没扭秧歌去呢？

丈母娘　敲了半天不开门，屋里有人吧？

丈　夫　没人。

丈母娘　谁呀？

丈　夫　没有。

丈母娘　到底谁呀？

丈　夫　真没有。

丈母娘　到底是谁？

妻　子　（拿腔拿势地出现在里屋门口）朋友！哈哈哈……

丈母娘　怪不得不开门啊？屋里藏着个小三儿啊！（脱下鞋上前就打）

丈　夫　妈，你听我解释！

丈母娘　（追打着丈夫）解释嘛呀？你小子表面上道貌岸然，一肚子男盗女娼啊！

［妻子阻拦。

妻　子　妈！我是你闺女！

丈母娘　呸！你是我闺女那她是谁啊？这才是我闺女！（指着照片）大伙看看，我们俩长得多像呀，这两张脸就跟复印的似的。

妻　子　妈，我真是你闺女，鼠儿！

［丈母娘听到女儿的声音住手，仔细端详，这才认清女儿。

丈母娘　你怎么变这样了？

丈　夫　这不刚整完容嘛。

丈母娘　我的天呀，闺女，你这哪是整容呀，跟她一比，你这脸就是破了相了！

［门铃声，副导演上。

丈　夫　（开门）导演来了。

副导演　大哥，今天俺们《四枪拍案》开机，导演让我接你老婆过去。

丈　夫　在这儿呢。

妻　子　导演，#@ ￥%&*。

副导演　大哥这是谁呀？

丈　夫　这不就是我老婆吗？

副导演　咋变成这样了呢？

丈　夫　为你们拍电影整的容啊？

副导演 哎呀大哥，我们张导选他当谋女郎就是冲她那双鼠眼，这整完咋变成猫眼了呢？

丈母娘 嘛鼠眼？嘛鼠眼？那叫母眼！随我。

副导演 大哥，这是谁啊？

丈　夫 我丈母娘。

丈母娘 她妈！

副导演 哎，大哥跟你商量个事儿呗？

丈　夫 啥事儿呀？

副导演 你丈母娘能借俺用用拍两天戏吗？

丈　夫 还借啥呀？赶紧整走！

副导演 谢谢啊，大娘，你现在就是我们寻找的《四枪拍案》里的谋女郎了！

丈母娘 嘛玩意儿？

副导演 谋女郎！

丈母娘 没想到我这岁数还能当谋女郎？哈哈哈……

副导演 走吧大娘。（二人下）

妻　子 妈，妈！老公，我妈拍《四枪》去了，我咋办啊？

丈　夫 别着急，还有机会，拍完四枪拍五枪，五枪拍完了拍六枪，闹不好还拍机关枪呢。

妻　子 不行！我按我妈的模样，再改回来！（下）

丈　夫 哎呀！你……看见没有，追求美丽没有错，什么事情都不能过，一旦折腾过了头，就不知是福还是祸！老婆，千万别改，万一改不好就不像你妈了，该像你姥姥了……［追下，一片笑声中。

——剧终

（与张振彬、王宏共同创作）

2010 年中央电视台春节联欢晚会与巩汉林、林永健、金玉婷表演小品《美丽的尴尬》

附言：《两毛一脚》与《美丽的尴尬》。《两毛一脚》是根据微型小说改编的，创作过程非常顺利，审查过关，就等春节直播了。不料小说版权出了问题，央视要求重新创作节目，这时离春晚不到一周的时间，我的第一反应就是放弃。最终勇气来自信任，同剧组的伙伴也劝我不要放弃，我从晚上 11 点坐到凌晨 3 点，决定拼搏一把，一个通宵就把初稿拉了出来，创作出新作品《美丽的尴尬》。迅速请来新搭档一起对词，又干了一个通宵，第三天晚上请导演组审查，结果顺利通过。因为整台春节晚会备播带已经录完，总导演在现场动员所有参加排练的演员当观众，我们的备播带就是这样完成的。这个作品在 2010 年春节与观众见面了，我们完成了一个几乎不可能完成的任务。

·小品·

山村喜事

（2010年全军“双拥”晚会）

时　间　当代。

地　点　蘑菇屯村村民黄河家院内。

人　物　黄　河：男，六十多岁，蘑菇屯村村民。
村　长：男，五十多岁，蘑菇屯村村委会主任。
张营长：男，二十八岁，某部工兵营营长。
朱前友：男，四十多岁，蘑菇屯村村民。
杨发奋：男，四十多岁，蘑菇屯村村民。
新娘、蘑菇屯村男女村民及部队官兵若干。

景　置　三个巨大的粮仓，呈品字形排列，上面都贴着巨大的“丰”字。台前的石桌上，放着一本大红色礼账簿。

［幕启，欢快的音乐声中黄老汉兴冲冲上。

黄　河　蘑菇屯儿又是艳阳天，我老黄的地位要升迁，虽然名字叫黄河，今天闺女要出嫁，我这黄河成了老泰山。（唱）我们就是黄河泰山……听见没，那就是唱我呢。（拿礼账簿）哎呀！姑娘出嫁，随礼的不少，写满了，该送的都送了，就差村长了。

［村长上。

村　长　老黄！

黄　河　来了，兔子叫门——送肉来了。

村　长　老哥，恭喜恭喜。

黄　河　别来虚的，礼账在这呢，该送多少自己填。

村　长　见面就要礼啊？

黄　河　不仅要，而且要多要，你是长辈吗，你得长一倍。

村　长　我长十倍。

黄　河　那我宁可当你晚辈。

村　长　你姑娘是乡卫生院的院长，嫁的又是工兵营的营长，今天往军营送嫁妆你打算怎么送啊？

黄　河　怎么送？咱们村送嫁妆过去是肩扛手提，后来是骑马赶驴，现在我要来个跨越式发展，向部队学习，信息化主导，机械化开进，创新发展是时代的主题，不是跟你吹啊，建国六十周年天安门广场的大阅兵看了吗？

村　长　你还打算给你闺女陪送两枚导弹啊？

黄　河　那玩意儿咱买不起，阅兵后边的彩车巡游你看了吧？

村　长　看了。

黄　河　跟那一个规格，今天我要给我姑娘扎个彩车。

村　长　人家那彩车展示的是国家的建设成就。

黄　河　我展示的是我们家的建设成就，大家小家都是家，小处生根，大处开花。我那彩车上，冰箱是海尔，空调是雪花，光彩电我就买了仨，家电下乡政府补贴，投桃报李，种豆得瓜。

村　长　说得好！你扎彩车的事全村都知道了，这不过年了吗，大家想趁这个机会，把送给部队的年货装到彩车上当嫁妆，直接送进军营。

黄　河　那不行，公是公私是私，你不能放到一块儿搅和。

村　长　老哥你想想，这些年要没有政府投入和解放军帮助，就没有咱这条公路，如果没有路，信息进不来，山货出不去，咱能有今天的好日子吗？往年春节，咱们打算给工兵营送点土特产，人家死活不收，可是今年八一，人家派人偷偷来买了。

黄　河　明白了，这是看到国际上经济危机了，战士们自己掏钱来帮咱拉动内需了。

村　长　经济问题你也懂啊？

黄　河　懂，华尔街一场金融海啸，国际市场有点乱套，外国大亨嗷嗷直叫，油表指针上下乱跳，咱村经济也受影响，有些产品不太走俏，党中央的经济政策是灵丹妙药，下半年经济形势趋稳向好出乎意料，GDP超八奔九绝对保靠！

村　长　老哥，了不起啊！

黄　河　别崇拜哥，哥就是个传说。

村　长　别吹了，咱说点正事儿吧，送东西他们不是不要吗，咱把年货装到彩车上，按嫁妆送，他想退都没法退！

黄　河　他敢退嫁妆我就敢把闺女领回来。

村　长　所以你得帮忙呀。

黄　河　明白，这叫明修栈道，暗度陈仓，对付解放军必须用军事手段。

村　长　太好了，上货！

［众乡亲拿着各种年货上。

黄　河　等会儿，咱得说清楚，这是嫁妆，送的东西可得吉祥。

村　长　放心，都是咱村的老品牌。

王二嫂　我准备的大枣。

李大妈　我准备的栗子。

黄　河　有讲，早立子！上！

二柱子　我送的是大棚里的甜瓜。

三顺子　我送的是野生的蜂蜜。

黄　河　有讲，甜甜蜜蜜！上！

建　军　这是我们养殖场养的山鸡。

建　国　这是我们鱼塘里的鲤鱼。

黄　河　有讲，吉庆有余，上！

楞　子　我送的是梨！

黄　河　停！结婚有送梨的吗？太不吉利了，我看你小子没安好心，走！（冲另一村民）你送什么？

铁　蛋　蚕蛹。

黄　河　蚕蛹？二愣子回来吧！

二愣子　又要了？

黄　河　你俩放一块儿就有讲了，这叫永不分离，上！

村　长　好！差不多了，再装车上就全是货了，娘家人根本就没地方坐了。

黄　河　出发！［朱前友、杨发奋二人各赶一群猪和一群羊从上场门、下场门分别上。猪羊分别由孩子扮演，卡通装束，活泼可爱。

朱前友　唠……卧倒。

杨发奋　咩……趴下。

朱前友　原地休息。

杨发奋　躺马路上。

黄　河　啥意思？整事儿呀？

朱前友　村长，我们养猪场在咱村也算是支柱企业吧？

杨发奋　我们养羊场在咱村也能顶起半拉天吧？

村　长　也可以这么说。

朱前友　那村里办这么大的事儿，咋没我们的事啊？

黄　河　我说朱前友……

朱前有　你别叫我老名，我现在叫朱有钱了。

黄　河　我说杨发奋……

杨发奋　我现在叫杨奋发了。

黄　河　行，你就发吧，粪发大发了还能做沼气呢，我这办喜事呢，你们干吗这么大气儿啊！

朱前友　（对黄）跟你没关系！拥军这么大的事儿为什么不通知我们呀？我是比别人矮一头呀还是矬半截呀？

杨发奋　我是比别人挣钱少呀还是家底薄呀？

二人合　这不是看不起人吗？

村　长　谁看不起你们了？送这玩意儿不合适。

朱前友　不合适？别忘了我们拥军是有传统的。

村　长　啥传统？

朱、杨　（边唱边跳）猪啊羊啊，送到哪里去啊，送给那亲人八路军……

村　长　有讲，上车！

黄　河　等会儿！这玩意儿能上婚车吗？我闺女

往车上一坐，这边一头猪，这边一只羊，那是什么模样？那不成猪八戒背媳妇了吗？那不出洋相吗？

朱前友 啊呀，就算伴郎伴娘还不行吗？

杨发奋 找个丑点的当伴娘显你闺女更突出。

黄　河 滚！越说越不像话了！

杨发奋 不管怎么样，我俩必须上，要不然彩车就别想走。我们俩都是养活物的，解放军帮咱们修通了这条路，我们俩是最大的受益者，过去每次进城卖羊，我赶着羊得走三天三夜。

黄　河 听说了，把你累得够呛，羊也累瘦了，一进城一帮孩子就围上来了，说快来看啊，耍猴的来了！小兔崽子，你见过猴长犄角啊？

朱前友 羊好歹还能走山路呢，我那猪多笨啊，在悬崖上走一段，摔死一头，走一段，摔死一头，本来三天的路，我扛着死的赶着活的走了一个礼拜，给人家送了一堆死猪！

黄　河 你没摔着就不错，你比猪还笨呢。

朱前友 自从工兵营帮咱修通了这条路，我上午开车进城送猪，下午就能回家数票子了，要不你姑娘办喜事我能随那么大份子？

杨发奋 我能给你这么厚的红包？

黄　河 （翻账本）啥也别说了，装车！

村　长 哈……出发！［村姑们簇拥着新娘上。

［张营长和战士们上。

张营长 等等！

村　长 张营长？不是说好我们去送吗？你们怎么还过来迎了？

张营长 不矛盾，你们是送亲，我们是迎亲。

村　长 好！一条大路心连心，军民关系根连根，蘑菇村的姑娘嫁军营，咱们从此亲上亲！老哥，办交接吧。

黄　河 哎，（拉过女儿）给！

村　长 说话！

黄　河 父亲和女儿格外亲，牵着骨头连着筋，交给别人不放心，嫁给亲人解放军！

村　长 鼓掌！

黄　河 张营长，从今天开始，孩子就交给你了！

张营长 放心吧大叔！

黄　河 叫啥呢？

张营长 爸！（敬礼）

黄　河 别客气首长。（还礼）

村　长 嗨，你敬啥礼呀？

黄　河 给营长当爸，总觉得应该有点儿军事化。

村　长 送嫁妆！

黄　河 对，差点儿把正事忘了，营长啊，按照我们村里的老习惯，新郎一叫爸，先请看陪嫁。

张营长 等等！（接过村长手中的礼单）爸，所有的东西都在这儿呢？

黄　河 都在这儿呢！

张营长 哎呀……这么点儿呀？

黄　河 嗯？

张营长 不太够！

黄　河 不太够？

张营长 不是不太够，是太不够了！

黄　河 那你还想要多少？

张营长 有多少要多少！

黄　河 啊？村长啊，我有点儿晕，我姑娘嫁的是解放军吗？

女　儿 爸！大虎没让我给你说，今天，他要代表全营官兵送给咱全村一份儿大礼。

张营长 乡亲们！今年八一节我们从村里买了不少土特产，咱们村生态环境好，咱们的特产那是真正的绿色食品，好东西还应该有好销路，好市场，好价格，我们的战士来自五湖四海，那些土特产我都分发给探家的战士和复员的老兵了，战友们说回去为咱蘑菇屯儿的特产作广告，找销路，他们把自己的亲戚朋友全动员起来了，你看，这是五份儿订货合同，这是要山鸡蛋的，这是要木耳的，这是要蔬菜的，人家还说，过了年就来，准备和你们建立长期的供求关系，还有的想到咱们这儿来实地考察，就在这里办工厂搞深加工，杨大哥、朱大哥，到时候你们就不用把猪羊运出去销售了，咱们在这直接就可以把猪羊变成罐头、火腿、红肠……到那时候，咱这些土特产的身价会打着滚地往上翻，那才叫富得流油啊！

村　长 张营长，谢谢！

众　人 谢谢！

黄　河 谢谢！孩子啊，我真没想到你们为我们想得这么周到呀，过去老兵复员的时候都在这黑土地上捧一把土带回去，没想到今天他们把土特产带回家了，解放军不仅帮我们打通了致富的公路，接通了电路，还帮我们找到了产品的销路，提供了发展的思路……当年打隧道的时候，咱东北多冷啊，战士们的手上冻得全是口子，滴滴答答往下流血呀。那次排哑炮，张营长第一个冲上去，一块石头砸在他腰上，差点要了他的命啊……

张营长　要不是乡亲们和小芳精心护理，我也恢复不了那么快呀。

村　长　要不是你那次受伤，也成不了这门亲事。

黄　河　乡亲们！大家可要记住，共产党、解放军是咱蘑菇屯儿世世代代的恩人！

众　人　谢谢！

张营长　乡亲们！乡亲们！千万别说这个谢字，当年为了掩护抗联将士，你们村有15位村民献出了生命，他们的墓就在这山上，他们当年可不是为这个谢字才去捐躯的！军民心连心，高山托长城，大山越稳定，长城才越坚固！

众　人　对！

黄　河　上车！

［欢快的音乐声中，中间的粮仓升起，显现出装饰一新的彩车，车头上挂着一个大红喜字。身穿节日盛装的村民和各种扮成农作物的卡通人站在车上，伴随着音乐的节奏做行进状。与此同时，两边的粮仓缓缓转动，显现出军营的楼房和一群敲锣打鼓的战士。村长从车上走下，胸前佩戴着写有“司仪”两字的绶带。

村　长　婚礼开始！

黄　河　奏乐！

［欢快的音乐声中，彩带飘舞，花雨纷飞，众人簇拥新郎、新娘及黄大爷、村长走向台前，把手中的喜糖撒向观众。

——剧终

（与张振彬、王宏共同创作）

2010年全军“双拥”晚会与魏积安、邵峰、尚大庆等表演小品《乡村喜事》

附言： 2010年“双拥”晚会由中国剧院改在人民大会堂举办。舞台大了几倍，小品怎么演、如何把舞台撑起来，这对于创作和表演都是个难题。小品的载体很难支撑那么大的舞台。我们决定把小品大做，道具放大、人员增多，参演的群众演员近百人。这时排练又出现问题，大会堂只给三天时间根本不够。为此，我们提前到北京军区体育馆，按1:1的尺寸画出舞台进行排练。最后《乡村喜事》顺利登上人民大会堂的“双拥”晚会。

·小品·

聪明丈夫

（2011年中央电视台春节联欢晚会）

时　间　当代。
地　点　筒子楼中的一个简易房间。
人　物　丈夫：四十多岁；妻子：三十多岁；孙大喇叭：四十多岁；小芳：四十多岁。
景　置　筒子楼单身宿舍，墙上挂着“衣架”，桌上摆着酒菜。

［幕启，欢快的音乐中，丈夫身披写有“销售状元”的大红绶带兴冲冲上。

丈　夫　观众朋友们过年好吗！（众人：好）耶！这手势大家常用，知道这是什么标志吗？（众人：二）英语，二怎么说？（众人：兔）答对了，兔！两只大耳朵多可爱啊，这就是兔年的标志。朋友们记住了，全世界的人只要亮出这手势就是对咱中国兔年的祝福！明天咱拜年就这手势了，不说耶，说兔！现场的朋友们跟我一起来，一二三！兔！（众人：兔）兔年要到了，我好运也来了，三喜临门。第一喜，我被公司评为年度销售状元。第二喜，公司老板要奖给销售状元一套90平米的房子。第三喜，我跟我亲爱的媳妇儿就要离婚了！朋友们，请祝福我吧！什么？我精神病？对，自从得了神经病，我整个人精神多了。跟大家说实话吧，我们公司今年评出了两个销售状元，我和老王，可就一套房子，到底奖给谁老板为难了，我听老板司机孙大喇叭说老板仁义啊，说他要把房子奖给我们两个人当中最需要的那个，我现在的住房比老王的住房大几平米，按这个逻辑肯定不奖给我啊，咱多聪明啊，立马跟媳妇儿策划了一个假离婚，原有的房子让媳妇儿住，我在筒子楼临时租了间小房，这就叫下不了血本争不过老王，舍不出媳妇儿换不来房！

［妻子上，按门铃。

丈　夫　谁？
妻　子　我！
丈　夫　媳妇儿来啦！我跟我媳妇儿好几天没见了，我媳妇年轻温柔又顾家，模样儿赛过铁梨花！

［丈夫开门。

妻　子　老公！
丈　夫　媳妇儿！
丈　夫　（关门）媳妇儿！你进门的时候没人看见吧？
妻　了　没有。
丈　夫　太好啦！（拿起拴红绳的梨）媳妇儿，明天就要办手续了，今天咱俩热热闹闹地举行个离婚仪式，进行第一项：咬梨！
妻　子　怎么咬梨呀？
丈　夫　离婚你不咬梨咬啥呀？不同婚姻不同的符号，咬什么东西要跟婚姻性质配套！
妻　子　什么婚都能咬？
丈　夫　你只要说出什么婚来，我就告诉你咬什么东西！
妻　子　试婚的咬啥？
丈　夫　试婚咬柿子！试试嘛！
妻　子　闪婚？
丈　夫　闪婚咬雷！先打闪后打雷嘛！你看那些闪婚的，婚后哪家过的不是电闪雷鸣的！

妻　子　那隐婚的咬啥呀？

丈　夫　啥叫隐婚呀？

妻　子　就是现在有些明星，偷偷摸摸结婚，不想让人知道，隐婚！咬啥？

丈　夫　……那就咬牙啦！咬着牙打死不说结婚！家里都仨孩子了还在外面愣装单身！（学）小妹妹！目前为止我还是单身啦……

妻　子　讨厌！我告诉你啊，这梨不能咬，咱又不是真离婚！

丈　夫　对！房子到手咱马上复婚。

妻　子　我告诉你呀，办完了手续你一个人可得老实点儿，遇见年轻漂亮的小姑娘不许看！

丈　夫　你也不许看帅哥。

妻　子　我没事，你眼睛带钩儿。

丈　夫　我眼睛带钩？你眼睛放电，打过鱼的都知道，不怕下钩就怕放电，下钩顶多钓上一条，放电一电，电死一片！

妻　子　别贫了！

丈　夫　媳妇儿，这两天睡不着我就想啊，咱太合算啦！我都问了，办个离婚手续费才9块钱，一转手就得了个90平米的房子，咱就等于花9块钱买了个90平米的房子，你算了没有？才合多少钱一平米呀？一毛钱一平米！

妻　子　太便宜了！

丈　夫　别说是四环以里了，就是六环以外，七环八环有这价吗？

妻　子　通州也没这价啊！

丈　夫　德州也没这价啊！

妻　子　徐州也没这价啊！

丈　夫　非洲也没这价啊！啥也别说了，媳妇儿，为了即将到手的房子。干杯！（二人碰杯）

妻　子　老公，你说咱俩过得好好的，说离就离了，人家能信吗？

丈　夫　那就得看你咋说了，这两天我是把舆论给你造足了。

妻　子　你怎么造的？

丈　夫　你别管我咋造的，反正全公司上上下下没有不信的。

妻　子　老公，咱就俩人，住两套房子合适吗？

丈　夫　有啥不合适的！今天是兔年，狡兔三窟，咱还少一套呢。

妻　子　老公，你说这大过年的，人家都是回家团聚，咱们是夫妻分离呀……

丈　夫　你放心！我不会让你孤独的，三十儿晚上，我在你照片前边摆上饺子摆上菜，我给你倒上酒，再摆上一双筷子……好像不太吉利吧？

妻　子　你咒我呀？

丈　夫　我逗你玩儿呢。

［孙大喇叭上，按门铃。

丈　夫　谁？

孙大喇叭　哥呀！

丈　夫　坏了，老板的司机孙大喇叭来了，他要知道底儿就麻烦了。（孙大喇叭：哥呀！）赶紧藏起来！

妻　子　我藏哪儿呀？这屁大点儿的地方，我往哪儿藏啊？

［丈夫把挂着大衣的衣架递给妻子。

丈　夫　你过来！举着别动！这身材典型的衣服架子。

妻　子　你可快点儿呀！

丈　夫　我马上把他打发走。

［孙大喇叭：哥呀，开门呀！

［丈夫开门，孙大喇叭醉醺醺地摔进门来。

孙大喇叭　哥！

丈　夫　兄弟！这大过年的，免礼免礼！

孙大喇叭　哥呀，你开门怎么不告诉我一声呀？

丈　夫　我也不知道你喝这么大呀！

孙大喇叭　哥呀！你的事我都听说了！（摘围脖挂在“衣架”上，一个趔趄，丈夫上前扶住）

孙大喇叭　我听说嫂子把你踹了？（坐下）

［丈夫看了一眼妻子，使劲儿点头。

孙大喇叭　哥，我听说是嫂子外边有人了？

［丈夫竖起食指，做“嘘”的动作。

孙大喇叭　一个呀？

［丈夫看了一眼妻子，冲孙摆手。

孙大喇叭　五个？嫂子太给力啦！哥呀，你受得伤害不小呀！

丈　夫　常在江湖漂，哪能不挨刀啊，中国足球去参赛，哪能不被别人踹。

孙大喇叭　哥呀，你得想开啊……

丈　　夫　行了兄弟，你不用劝了，我想得开，离婚不算丢人，精神不会消沉，一切都会过去，神马都是浮云！

孙大喇叭　汉子！男子汉！这我就放心了，我走了。（顺手戴上拴梨的绳子）这围脖怎么这么细呀……这是什么？

丈　　夫　绳子。

［孙大喇叭把绳套撑开。

孙大喇叭　绳子怎么还拴个套儿？

丈　　夫　我闲着没事拴着玩儿的。

孙大喇叭　你想玩儿什么呀？

丈　　夫　我想玩点儿刺激的。

孙大喇叭　哥呀，你这是玩儿命啊！

丈　　夫　你别一惊一乍的，我把它解开不玩儿了行了吧？

孙大喇叭　不行！我走了你再接着玩呢？我一叫门儿，没人开啦，哥呀，我以后找谁玩儿去？

丈　　夫　（打开窗户把绳子扔下去）我把它扔了！行了吧！

孙大喇叭　更不行啦！这可是八层楼哇，我走了，你跳下去找绳子，怎么办？

丈　　夫　你傻呀？我都跳下去了我就不用那根儿绳子了。

孙大喇叭　你看看！让我说准了吧！哥呀，你可得往好处想啊。

丈　　夫　行行，我跟你说实话吧，我那绳子是拴梨的，我们是幸福离婚，快乐分手！你看我这梨上还贴了个喜字儿，我们这是喜梨嘛！我们准备把它挂起来，两个人嘴对嘴地咬，你一口，我一口，幸福离婚，快乐分手，你想多有意思啊！

孙大喇叭　疯啦，疯啦！还是幻想型的，哥，我不能走了，我今天不能走，明天不能走，你什么时候好了我什么时候走，今天晚上我就陪你睡了！

妻　　子　（惊叫）什么？

孙大喇叭　谁啊？

丈　　夫　我！我！

孙大喇叭　哎呀哥呀，上火了，这嗓子都整出太监动静来了。

丈　　夫　是啊，能不上火吗！

孙大喇叭　哥呀，人在一块儿的时候就多想她的好处，一旦分开了就多想她的坏处，既然她外边儿有了人啦，她就不是什么好玩意儿，别以为她长个翅膀就是天使，她就是个鸟人！（妻子踹孙大喇叭）谁踹我？

丈　　夫　我！

孙大喇叭　你踹我干什么？

丈　　夫　你该踹！你别在这胡说八道。

孙大喇叭　我怎么胡说八道了？你说的嫂子外边有人了……

丈　　夫　谁说她外边有人了？

孙大喇叭　她外边没人你为什么跟她离婚啊？

丈　　夫　因为我们过不下去了！

孙大喇叭　你们为什么过不下去了？

丈　　夫　因为我们感情不和！

孙大喇叭　你们为什么感情不和呀？

丈　　夫　因为我们婚姻破裂了！

孙大喇叭　为什么你们婚姻破裂了？

丈　　夫　因为她外边有人了……

孙大喇叭　你看看！我说对了吧？

［妻子踹丈夫。

丈　　夫　你踹我干什么？

孙大喇叭　我没踹你！

丈　　夫　你踹我干什么？

孙大喇叭　哥，我真没踹你！

［嫂子上前。

丈　　夫　（看到妻子）我明白了，我踹的我！

孙大喇叭　不可能吧？

丈　　夫　怎么不可能，就是我踹的我嘛！你看看，你看看！我再踹一下……（自己反踹自己）

孙大喇叭　哥呀，你现在太不正常了。

丈　　夫　走！你走不走？你要不从门出去我就从窗户出去。（边说边走向窗户）

孙大喇叭　哥呀，求求你了！（跪）

丈　　夫　兄弟，我求求你了！（跪）

孙大喇叭　哥呀，你要多往好处想啊！

丈　　夫　我想得是挺好，都让你给搅了，我求求你兄弟，你走吧。

孙大喇叭　哥，我走，我走！（出门又进）哥！我的围脖……

丈　　夫　（把围脖扔给了孙大喇叭）走！

孙大喇叭　疯了，还是狂躁型的……

［丈夫关上门，冲妻子做了个胜利的手势。

丈　　夫　耶！老婆，这手势代表啥你知道吗？

妻　　子　代表啥？代表你二，你凭什么说我外边儿有人啦？

丈　　夫　媳妇儿，咱不是为了那套奖励房吗，我……

妻　　子　你怎么不说你外边儿有人呢？

丈　　夫　谁信呐？你让大伙儿看看，咱俩往这一站，一看你就像外边儿有人的，一看我就像外边儿有债的。

妻　　子　那你也不能往我头上泼脏水啊？

丈　　夫　老婆，为了房子泼点脏水也值啊，全当是喷发胶了，完事儿咱再洗了，不就完了吗？

妻　　子　你胡说八道！　［门铃声。

丈　　夫　又来人了，你快藏起来！

妻　　子　我不藏！

丈　　夫　我求求你啦！万一让人发现了，不但房子得不到，连饭碗都得砸了。

［丈夫把妻子推到门后，开门，孙大喇叭上。

孙大喇叭　哥呀！

丈　　夫　你怎么又回来了？

孙大喇叭　哥，我知道我劝不了你。

丈　　夫　你劝不了我。

孙大喇叭　我找了个女的来劝你。

丈　　夫　女的？

孙大喇叭　这个女的可不是外人啊。

丈　　夫　谁呀？

孙大喇叭　你的初恋女友，小芳！

丈　　夫　你……你千万不能让她上来呀！

孙大喇叭　她已经上来啦！

［《渴望》主题音乐起。

［音乐声中，小芳走了进来。

丈　　夫　小芳？

小　　芳　大黄！

丈　　夫　你怎么来了？

小　　芳　我一直在楼下。

丈　　夫　小芳，你不应该上来啊！

小　　芳　（掏出丈夫扔的那根绳子）我不放心呀！

丈　　夫　我的妈呀！

小　　芳　还记得当时我跟你说过的那句话吗？你幸福的时候我会转身离开；你不幸的时候我会随时出现。

丈　　夫　你出现的不是时候。

小　　芳　嫂子的事我听说了。

丈　　夫　你听我说……

小　　芳　你不能拿别人的错误来惩罚自己。

丈　　夫　你听我说……

小　　芳　你听我说！大黄，自从咱俩分手以后我一直在默默地为你祝福，我养了一条狗也叫大黄，想你的时候我就摸摸它的头，想你的时候我就摸摸它的头，时间一长，它头上都没毛了。

丈　　夫　我说我头发怎么掉的那么快呢？

小　　芳　唉！家里没个女人真不行，你看这屋里乱的。（动手叠被子）

孙大喇叭　哥呀，你看看，还是那么贤惠，善良！

丈　　夫　是啊，一点儿没变……

［妻子踹门而出。

妻　　子　够了！

孙大喇叭　怎么个情况？

小　　芳　嫂子？

妻　　子　别客气，你是嫂子了！

丈　　夫　媳妇儿……

妻　　子　你还知道我是你媳妇儿？有你这样做丈夫的吗？我跟你结婚那么多年了，踏踏实实守着家，一心一意跟你过日子！为了占点便宜，你宁愿办个假离婚！你到处说假话，编瞎话！为了那套奖励房，你脸都不要了！

孙大喇叭　哥，你是为了那套房子离婚啊？

丈　　夫　兄弟，这是我这辈子干的最蠢的一件事……

孙大喇叭　你这不是蠢啊，你这是脑残啊！老板说了，你说离就离，对家庭都不负责任，这种人不可靠！我看不起你！（下）

小　　芳　（走到丈夫身边）大黄，我看不起你！（下）

［妻子走到丈夫跟前……

妻　子　……

丈　夫　媳妇儿，别说了……我知道你也看不起我……都是这梨闹得！（把梨从窗口扔出）

妻　子　……其实这事儿我也有责任，做人真的不能太贪。

丈　夫　是啊，有人说过，这人哪，眼睛是黑的，心是红的，一旦眼睛红了，心就黑了，媳妇儿你放心，我一定努力工作，明年再拿个销售状元。

妻　子　老公，我还会像以前那样爱你……老公！有了好房子不等于就有好日子。

丈　夫　有个好房子，不如有个好妻子。

夫　妻　家和万事兴啊！

［孙大喇叭举着梨，捂着脑袋上。

孙大喇叭　哥呀！

丈　夫　你怎么又来了？

孙大喇叭　你也太狠了，我就说了一句我看不起你，你也不能拿梨砸我啊！

［众笑。

——剧终

（与张振彬、王宏共同创作）

2011 年中央电视台春节联欢晚会与凯丽、陈数、孙涛表演小品《聪明丈夫》

附言：《聪明丈夫》这个故事源自于当下的一些社会现象，物欲追求让人们的心理越来越变形，为了多分到一套房子宁可假离婚。聪明丈夫自作聪明，没想到自欺欺人。

·小 品·

“村晚”直播

（2011 年全军“双拥”晚会）

时 间 当代。
地 点 中国北方幸福村场院。
人 物 父 亲：男，六十岁，幸福村村民。
儿 子：男，三十多岁，农民企业家。
老伴儿：女，五十多岁，幸福村村民。
王 导：男，四十多岁，乡文化站辅导员。
男女老少众村民。
景 置 远山近水，幸福新村，一棵大树繁茂的枝叶覆盖着村头的场院。

［幕启，老伴儿背着大包小裹，端着导演椅上。

老伴儿 今年粮食大增产，我村也要办春晚，儿子投资搞晚会，他爹非当总导演，有请总导演上场！［父亲穿马甲上。

父 亲 来了！倒过葱，倒过姜，倒过篓，倒过筐，倒过花椒面，倒过十三香，猪马牛羊都倒过，才知道，当导演导人最风光！放凳子！［老伴儿不情愿地放凳子。

父 亲 水杯！［老伴儿递水杯子。

父 亲 毛巾！［老伴儿递毛巾。

父 亲 喇叭！［老伴儿递喇叭。

父 亲 掐掐脖子！

老伴儿 我掐死你，我是你老伴儿，不是你老妈子。

父 亲 你现在是剧务！剧务、剧务就是具体服务。

老伴儿 我不干了！给你当剧务比给儿媳妇伺候月子还累呢，你这谱也太大了。

父 亲 你什么意思？我谱大，这事儿更大，让你当剧务是照顾你，说实话，比你年轻漂亮的女同志有得是，我都没起用，选你到身边最大的目的就是为了回避绯闻，知道不？

老伴儿 还回避绯闻呢，就你这模样绯闻回避你。

父 亲 好，你不想干马上走，孙老太太等着呢，她到我身边你就知道什么叫难受了。

老伴儿 还难受呢，老孙头整不死你。

父 亲 别跟总导演顶嘴！总导演和剧务的关系还用我重复吗？总导演喝茶你倒水；总导演说话你闭嘴；总导演休息你捶腿，伺候总导演要比伺候老公还要美 ！

老伴儿 你……

父 亲 别忘了晚会是你儿子投资，用自己人是为了节约成本！知道不？

老伴儿 知道了。

父 亲 续水！

老伴儿 哎！（倒水）

父 亲 通知演员集合！

老伴儿 报告总导演，早集合好了，就等你下令了。

父 亲 好！全场注意，预备……

［儿子带王导上。

儿 子 爸，妈！

合 哎呀，儿子回来了……

儿 子 爸，我给你介绍一下，这位是咱乡文化站的王老师。

父 亲 王老师。

儿　子　是咱们乡村文化的大名人。

父　亲　大名人。

儿　子　是我为这台晚会请来的总导演。

父　亲　总……总导演？

老伴儿　（对父）你不是说总导演是你吗？

父　亲　别急，我问问，儿子，一台晚会有几个总导演啊？

儿　子　当然一个总导演啊。

父　亲　那他是总导演，我呢？

儿　子　你就是带着排练的秧歌头儿。

老伴儿　好啊，闹了半天你不是总导演啊？你太能装了，边去！（把导演椅搬到王导身边）总导演，请坐。

王　导　你是？

老伴儿　我是本晚会的剧务。

王　导　哎呀，你们村儿搞得挺专业啊。

老伴儿　我们都训练过了，剧务、剧务就是具体的服务，总导演喝茶我倒水；总导演说话我闭嘴；总导演休息我捶腿；伺候总导演比伺候老公还要美。

父　亲　哎呀，我的妈呀！

儿　子　妈，这是怎么回事儿啊？

老伴儿　你别管，总导演，喝水！

父　亲　（拉过老伴儿）你傻啊你啊，我不是跟你说过了吗，外请导演得你儿子掏钱知道不？我当总导演不是为了给你儿子省钱吗？你怎么里外不分呢？

老伴儿　妈呀，我把这茬儿给忘了，老头子，还是你当。用句网络语言，我顶你。

父　亲　对，咱俩一块儿，踩他！（对儿子）儿啊，爸给你商量商量，我带着全村排练了好几天，这总导演我当行不？

儿　子　哈……爸，你还导演呢，你捣乱吧，种地你是把好手，到啥时候也是个农民。

父　亲　农民咋的啦？新时期农民不平凡，想的干的都超前，飞机潜艇都敢造，当导演对我来讲算休闲，放凳子！

老伴儿　是，（对儿子）你就让他当吧！你看这派头多像导演啊。

父　亲　那当然，过去穿棉袄，现在穿马甲；过去抽烟袋，现在抽烟斗，马上准备留胡子了，上烟。（老太太递上烟斗）

儿　子　爸，你就别跟着掺和了。

父　亲　什么叫掺和呀？大发展大繁荣，农民也要来加盟，如果这次晚会成功，借此我就成立一个文化公司，名字我都想好了，叫想想象力有限公司。

老伴儿　听见没有，这名字多豁亮，想象力！

儿　子　哈……想象力——有限！

父　亲　我想象力有限？守着电视和电脑，天下大事全知晓，我告诉你，文化体制改革了知道不？过去咱种粮食叫产业，搞艺术叫事业，现在艺术也产业化了，咱农民连续七年大增产，搞产业它产得过咱吗？

王　导　哈……老爷子的思维挺有意思，（对儿子）既然老爷子有这个愿望，我还真的挺忙，我先撤了。

儿　子　别，爸，你就别捣乱了？人家王老师晚会方案都做好了。

父　亲　我方案也做好了，

老伴儿　哎！既然都有方案，咱就和春节晚会一样，来一个现场竞标，你俩PK。

王　导　我跟他PK？

父　亲　咋的？嫌掉价啊？

王　导　我不是这意思。

父　亲　要的好，大敬小，你K我P。

儿　子　好！王导，先把你的方案给他说说，

王　导　我们这台晚会准备在电视上直播……

父　亲　落后了，我们这台晚会准备在电脑上直播……

老伴儿　网络直播！

父　亲　说网我怕他不懂。

儿　子　你懂网络啊？

老伴儿　懂！你爸一直在网上倒农产品，倒鸡蛋，对网络太熟悉了，他还在网上给晚会发了个帖子呢。

王　导　噢？怎么写的？

父　亲　本晚会网上直播大年初五，各大网站，沙发版主，及时点击，防止拥堵，网址是，达不留达不留达不留，幸福村，圈诶，点炕母。

王　导　哎呀，挺专业啊。

父　亲　不是跟你吹，自从我发布了办晚会的帖子，网上反响非常强烈，尤其是听说我当

总导演的消息，跟帖的太多了，有赞的，有顶的，献花的特别多。

儿　子　拍砖的也不少吧？

老伴儿　对，拍他的可多了，为了上晚会，都拍他的马屁。

儿　子　我说的是拍砖，往下拍他！

父　亲　拍砖怕啥啊？拍得越狠，知名度越高，小树是栽出来的，大腕是拍出来的，王老师，你这么高的知名度，拍你的肯定也很多吧？

王　导　哈……对对对。

儿　子　爸，谁跟你说大年初五直播啊？我出钱办晚会这里面还有广告效应，我们定的播出时间是大年三十儿，只有黄金时段，收视率才能上去。

父　亲　拉倒吧，大年三十儿，你能干过中央电视台春节晚会啊？和它比收视率你不是以卵击石吗？

儿　子　那就放年前，大年二十九。

父　亲　“双拥”晚会档次更高。

王　导　我看大年初五网上直播可以，咱办自己的晚会不和别人抢收视率，要办咱就办个独特的晚会，就在这场院上，到时候在这后面挂上一块大画幕，上面画上咱们社会主义新农村的壮丽美景。

父　亲　挡住了！大画幕一撤，后面全是壮丽美景。

儿　子　你再美那也是真景啊！

父　亲　难道艺术非要假的吗？你看，食品加工厂，医疗卫生站，五保户敬老院，三个地方连一起，啥意思你知道吧？食、医、五！这就是我们村的“十一五”工程。

导　演　“十一五”工程？

父　亲　对！镜头一调，对面就是“十二五”，正建着呢。

儿　子　行，就算你景有了，有作品吗？

父　亲　他有吗？

王　导　现在还没有，我们准备请一批作家，来咱们村体验生活，写农民的事，写农民的情，写农民的变化。

父　亲　费事儿了！我们农民的事儿我们农民最熟悉，我们不仅写出来了，而且都排完了。

儿　子　排完了？

父　亲　老伴儿，上！（大爷掏出竹板，老伴拿出手绢，边舞边唱）农村变化真不小，幸福指数在攀升，公路修到大门口儿，有线电视频道多，新型合作医疗好，农民也有了退休金，城乡统筹结硕果，农民兄弟勇向前！勇向前！

王　导　哈哈哈，太有意思了……

儿　子　有什么意思啊？天上一脚，地上一脚，一点都不合辙，都是村里的玩意儿，上了网谁看啊？

老伴儿　只有民族的才是世界的。

父　亲　只有村里的才是全国的！

王　导　好，没问题，作品是靠演员来表现的，到时候我请专业演员来演咱农民。

父　亲　绕远了，农民演农民最专业，演员演农民那才叫业余呢。

儿　子　胡闹，呜呜嚷嚷瞎起哄，台上一帮老百姓，这还能称得上春晚吗？

父　亲　谁说叫春晚？我们叫村晚！

王　导　村晚？

父　亲　村民的晚会，简称村晚！过去是演员演我们看，那叫被娱乐，被联欢，现在老百姓的需求不一样了，农民的晚会农民办，农民演出农民看，庄户话，庄户说，庄户人唱庄户歌！这就是老百姓的需求，村晚就是咱中国农民的品牌！

王　导　说得好！（对儿子）老人家的观念很新啊！

父　亲　那当然了，创新型社会嘛，别看我年龄大，按辈份我在中国也就算第九代导演吧。

老伴儿　老头子，再抽一袋。

老　头　那就第十代了。

王　导　哈……我看演员还真可以不请了。

儿　子　行！一般演员可以不请，但晚会上明星大腕绝对不能少。

父　亲　不能少，晚会能缺明星吗？那是亮点呀！我手里有几个明星，你审查一下看够不够档次。

儿　子　你手里有明星？

父　亲　剧务！

老　伴　到！

父　亲　有请全体演员和明星上场！

老伴儿　是，上场！

［众村民：来了——

［音乐起，全体村民上场。狮子、旱船、高跷、跑驴、大头娃娃、兔儿爷等一应俱全。勾脸的，打旗的，举灯的，戴花的，五彩缤纷。抱南瓜的，扛冬瓜的，身上戴蒜瓣儿的，脖子上挂辣椒串儿的……五花八门。

父　亲　生旦净末丑，神仙老虎狗，唱念做打扭，样样全都有！

王　导　哎呀，阵容不小呀。

儿　子　爸！这都是村的乡亲，哪有明星啊？

父　亲　儿啊，你过来，（拉儿子走到一村民前，摘下对方的大头娃娃，露出一个憨厚的农民）认识吧，刘小刚。

儿　子　他，我能不认识吗？小时候一块儿掏鸟窝儿的。

父　亲　后来人家建鸟巢了。

儿　子　（小声地）爸，不就是个农民工吗？

父　亲　农民工怎么了？南水北调，西气东输，深圳特区，上海浦东，世博会馆，亚运施工，哪里也少不了咱农民工啊，大伙说，他是不是明星？

众　人　是！

父　亲　（走到一村民前，摘下对方的大头娃娃，露出一个漂亮的姑娘）认识她吗？

儿　子　这不嫦娥他妹妹吗？

父　亲　对了，嫦娥他妹妹嫦娥二号，她是咱村走出去的大学生，现在都参加探月工程了，你说，她是不是明星？

众　人　是！

父　亲　（走到一村民前，摘下对方的大头娃娃，露出一个中年汉子）这是咱们的村支书，咱村是基层党组织建设的先进单位，这五年咱村变化这么大，就靠有一个坚强的班子，你说咱支书是不是明星？

众　人　是！

［一个穿作训服装、背背包的复员战士跑上。

小战士　乡亲们好，复员战士马小宝向家乡父老报到！［众鼓掌。

父　亲　（上前拉住小宝的手）还有他，马小宝，玉树地震，舟曲特大泥石流，他和部队的战友第一时间赶赴灾区，就这小身板，一个人在废墟里救出了五条人命，五条人命呀，大伙儿说，他是不是明星？

众　人　是！

父　亲　孩子，明星是什么？明星就是咱老百姓啊！这些年我就想啊，咱这个地球上怎么这么不消停啊，一会儿金融危机，一会儿局部战争，这边台风海啸，那边地裂山崩，同样的大灾大难，为什么咱中国这块儿地儿经过了大灾大难，大风大浪，照样是人寿年丰，照样是安定繁荣！为啥呀？就因为咱中国人奋力拼搏、艰难抗争、众志成城，就因为咱前面有颗最亮的星！就因为这颗星的周围有咱十三亿颗星，十三亿明星照亮了中国的天空！

王　导　大叔，你说得太好了，我相信这台晚会会引起强烈共鸣。

儿　子　既然这样我把钱投在拍摄设备上，租最好的机器，摇臂、轨道，彩虹机，烟雾器，把这台晚会打造成精品……

父　亲　不用，设备都有了，全是我们土造的。

众　人　土造的！（亮出手中的各种农具）

父　亲　又省油，又省电，又环保，又低碳，拍出片来准好看！

众　人　准好看！

王　导　（感动的）黄大叔，你不仅是个好导演，而且是个好父亲，老总，按你爸这个计划连投资都省了。

父　亲　不，该省的不能花，该花的不能省！剧务！

老伴儿　到！

父　亲　把儿子给的现金拿出来！（老伴从兜里拿出红包）儿子，爸替你做主了，咱把晚会的资金变成奖金，奖给我们的明星，奖给为咱村做出贡献的父老乡亲！

儿　子　爸，妈！我同意！

父　亲　（与老伴儿做出胜利的手势）耶！

王　导　总导演，下令开始吧？

父　亲　好！阳光普照惠民生，和谐盛世舞春风，九州同乐合家欢，政通人和万事兴！我宣布，幸福村村晚现在开始！

［音乐起，三个主要演员演唱《好日子》，表演中，各种农具流动而过，两村民拿扁担代替摇臂摄像机；一村民推小车，车上有一村民拿DV拍摄，代替轨道车；

一村民拿农药喷雾器喷出白烟代替干冰机……人们尽情舞蹈，欢歌，高潮处，两个脱粒机喷出稻谷化作道道彩虹。

——剧终

（与王宏、王宏坤共同创作）

2011 年全军“双拥”晚会与黄晓娟、孙涛、郭笑表演小品《“村晚”直播》

附言：一位企业家朋友自从汶川地震后，每年都带上自己的员工到灾区过年，坚持十年之久。那年春节他约我和家人同去，当地的风俗是三十儿晚上全村一起过年，在广场上摆 100 张桌子、上千人一起吃火锅。女儿刚开始很不适应，后来吃得非常开心。我们去看望一个残疾人，没想到女儿把自己的压岁钱全部拿出来，为他买了电视、床垫、被褥、新衣服等，使那个小家焕然一新。我想这对女儿是一次难忘的经历，而我的收获是受到启发，创作出小品《“村晚”直播》。

·小 品·

荆轲刺秦

（2012年中央电视台春节联欢晚会）

时　间　当代。

地　点　剧组拍摄现场。

人　物　黄大爷：六十多岁，送盒饭的，兼演“秦始皇”；儿子：三十多岁，剧组副导演，兼演“太监”；导演：男，三十多岁，剧组导演，兼演“荆轲”；宫女若干。

景　置　剧组片场门外及秦代皇宫内景。

［幕启，黄大爷蹬着送盒饭的三轮车上。

黄大爷　我是送盒饭的，给剧组送盒饭的！这剧组不得了，历史戏，《荆轲刺秦》，这戏拍出来肯定好看！这段历史我了解，想当初，秦国金銮殿，图穷匕首现！那荆轲拔出短剑刺向秦始皇，秦始皇几经躲闪欲拔剑还击，但秦剑过长，难以出鞘，有大臣喝道：“大王把剑背在背上”，秦始皇这才拔出宝剑顺势砍伤荆轲，众武士蜂拥而上，那荆轲死于乱剑，秦始皇这才保住性命！到后来，他横扫六国，一统天下！

［儿子穿着太监的服装从门后闪出。

儿　子　喊什么喊啊？喊什么喊啊？里边儿拍着戏呢！

黄大爷　哎呀！儿子，你不是副导演吗？咋还扮上了呢？

儿　子　群众演员不够，工作人员就得凑！真是的。

黄大爷　你说话咋这动静了呢？

儿　子　我演太监。

黄大爷　太像了，吃饭！

儿　子　吃什么吃？就知道吃呀！真是的。

黄大爷　咋的？拍摄不顺利呀？

儿　子　演皇上的群众演员到现在没来，导演说了，皇上这场戏拍不完谁也别想吃饭。

黄大爷　这不皇上不急太监急吗？该吃饭了，我去跟他们说说去……

儿　子　站住！导演正发火呢，你非往枪口上撞啊？

黄大爷　天冷，再不吃就凉啦！

儿　子　凉了你也等着！你一送盒饭的多什么嘴呀？真是的。

［黄脱下大衣盖住盒饭。

儿　子　你干吗呢？

黄大爷　保温！

儿　子　保什么温啊？把你那破大衣拿下来！导演都说啦，吃你的盒饭一股大衣味儿。

黄大爷　那我的大衣上还一股盒饭味儿呢。

儿　子　你那大衣有点盒饭味儿就等于喷香水了。

黄大爷　去你爹的！（一脚把儿子踹倒）

儿　子　哎呀！爹！

黄大爷　你还知道你有爹呀？太监没儿子，还没爹呀？

儿　子　爹！皇上不来是我副导演的责任。

黄大爷　你皇上不来我不能在这冻着啊？

儿　子　你先把这个穿上，（把皇上的衣服扔给黄，黄穿上）你说这演皇上的群众演员怎么还不到啊……（盯着黄）爹，你帮我个忙呗！帮我演个皇上吧。

黄大爷　秦始皇？

儿　子　对啊！

黄大爷　你拉倒吧！

儿　子　《荆轲刺秦》这个故事你不从小就给我们讲吗？

黄大爷 故事我能讲，这演戏我可演不了。

儿 子 我们这部戏荆轲是主角，秦始皇就是个配角，就一场戏，三句话。

黄大爷 一句话我也来不了啊。

儿 子 你到底演不演？

黄大爷 不演！

儿 子 那以后盒饭你也别送了！

黄大爷 这跟送盒饭有啥关系？

儿 子 当然有关系啦！因为我是副导演，剧组才用你来送盒饭！咱家盒饭 12 块钱一盒，人家有 10 块钱一盒的我都没订！

黄大爷 12 块钱我货真价实呀！每盒里多两个笨鸡蛋，全是你妈新下的。

儿 子 啊？

黄大爷 全是你妈和我养的笨鸡新下的！

儿 子 你俩笨蛋有啥用？

黄大爷 谁俩笨蛋啊？

儿 子 我是说你多俩笨鸡蛋没有用，导演一发火把我炒啦，你还送什么盒饭哪？

黄大爷 不送拉倒，剧组有得是！

儿 子 爹，你听我说，特别简单，只要你在导演面前别说你是送盒饭的，别说你是我爹，我保证你过关！

黄大爷 好，我不说我是你爹，我就说我是你儿子。

儿 子 行。

黄大爷 行个屁！到底谁是爹啊？

儿 子 在剧组里导演说了算，导演才是爹呢！记住了没有？

黄大爷 记住了……我能行吗？

儿 子 肯定行！（对大门内）导演——秦始皇到了！请—— ［音乐声中，两扇大门轰然开启，里边显现出富丽堂皇的宫廷景象，二人进入片场。

导 演 好，演秦始皇的演员到了，我再重申一遍，皇上这场戏拍不完，谁也别想吃饭！

黄大爷 导演脾气是挺大！

儿 子 要不怎么他是爹呢，导演，这位就是演秦始皇的演员，（对黄）这就是我们导演！

黄大爷 爹！

导 演 ……啥玩意儿？

儿 子 跨着戏呢，上个戏里演儿子，见了谁都叫爹。

导 演 哎呀！入戏了？

黄大爷 对，入戏啦！

导 演 好，剧情了解了吧？

黄大爷 我儿子都告诉我了。

导 演 ……啥玩意儿？

黄大爷 又入戏了，我另一部演爹，见谁都喊儿子，导演。

导 演 哎呀，跨仨戏呢？腕儿呀！价儿谈好了吗？

儿 子 谈好啦。

黄大爷 12 块钱一盒！

导 演 ……啥玩意儿？

儿 子 12 块钱一天！

导 演 这么便宜呀？哪个单位的？

儿 子 省话剧团的。

导 演 哦，省话的。

黄大爷 对，省化的！你咋知道我单位呢？退休好几年啦！

导 演 演过皇上吗？

黄大爷 我……（看儿子）演过没有？

儿 子 演过！

黄大爷 我都忘了。

儿 子 演过好多呢！康熙皇上、雍正皇上、乾隆皇上、道济皇上……

导 演 道济？

黄大爷 济公！

儿 子 对！

导 演 对个屁！那不是皇上，那是和尚。

黄大爷 演得太多，都串啦！

导 演 老师挺幽默呀！好，各部门注意，这位老师是老演员啦！咱争取一条过！

黄大爷 拍完了吃饭！

导 演 副导演，给他说说调度，抓紧时间扮上，我也该扮上啦。

［众宫女簇拥着导演走入景片后。

儿 子 宫女们，给皇上更衣！

众宫女 喏！（鱼贯而出）

黄大爷 等会儿！哎呀，咋还有宫女的戏呀？

儿 子 你是皇上！有后宫三千佳丽呢！

黄导演 我还有后宫的戏啊？

儿 子 你想什么呢？你就这一场！

黄大爷 那我就放心了！演无所谓，我怕对不起你妈！

儿 子 姐妹们！给他扮上！你听着，你演皇上，导演演荆轲，我演太监！我先说：“使臣觐见——”然后荆轲上场，站定，你说第一句话：“下站者何人？”

黄大爷　下站者何人？

儿　子　荆轲说：“燕国使臣荆轲拜见大王！”你说第二句：“燕国来降可有诚意？”

黄大爷　燕国来降可有诚意？

儿　子　荆轲说：“有燕国地图在此！”你说第三句：“请荆轲呈上来！”

黄大爷　请荆轲呈上来！

儿　子　耶！

黄大爷　耶！

儿　子　嘿——你别说，你扮上还挺像！我刚才说的你再重复一遍！第一句——

黄导演　下站者何人？

儿　子　第二句——

黄大爷　燕国来降可有诚意？

儿　子　第三句——

黄大爷　请荆轲呈上来，耶！

儿　子　没有耶！

黄大爷　没有耶！

儿　子　再来一遍！第一句——

黄大爷　下站者何人？

儿　子　第二句——

黄大爷　燕国来降可有诚意？

儿　子　第三句——

黄大爷　请荆轲呈上来，没有耶！

儿　子　没有耶！

黄大爷　是没有耶！

儿　子　没有耶！

黄大爷　到底有没有耶呀？

儿　子　不用说没有耶！

黄大爷　你说的没有耶呀！

儿　子　没……就这样吧！

黄大爷　拍完咱就可以开饭了吧？

儿　子　对！拍完就开饭！

［导演幕后：“各部门注意啊！马上开始！皇上好了吗？饭来了没有？”

黄大爷　来了来了！早来了！端上来就能吃！今天的盒饭非常好！两个笨鸡蛋，都是新下的！

儿　子　拍戏呢！

导　演　预备……

黄大爷　（冲着身后众宫女）姑娘们饿了吧？拍完就吃！两个笨鸡蛋，都是新下的！

导　演　——开始！

儿　子　使者晋见——

［音乐中，荆轲手捧地图出场。

黄大爷　下蛋者何人？

［荆轲大惊，手中地图落地。

儿　子　什么下蛋啊？下站！

黄大爷　下站！

导　演　停！老师，别紧张，第一条就当没走带！站！

黄大爷　站！

导　演　站！

黄大爷　站！

导　演　再来一遍！准备！开始！

儿　子　使者晋见——［音乐中，荆轲再次出场。

黄大爷　站！站着下蛋者何人？［荆轲惊得跪在地下。

黄大爷　跪着下蛋者何人？［荆轲趴下。

黄大爷　趴着下蛋者何人？

导　演　停！

儿　子　你错了！

导　演　老师，我很像一只鸡吗？

黄大爷　你不像鸡，你肯定养过鸡！趴着下蛋就对了！你要站着下，啪嚓，蛋就碎了！

导　演　（指儿）你！过来！你找来的？省话的？

儿　子　啊！省话的！

导　演　多少钱一天？

儿　子　12 块钱一盒……不是，12 块钱一天，也就是一盒盒饭的钱！

导　演　你玩儿我呢？

儿　子　对不起……导演，我再跟他说说戏！

［导演示意，儿子拾起地图，递给导演，导演下。

儿　子　爹呀，咱演的是荆轲刺秦，不是荆轲下蛋。

黄大爷　我说我来不了嘛，满脑子都是盒饭。

儿　子　爹，你别想盒饭！别想盒饭！这段历史你熟悉，你只要不想着盒饭就一定能演好！

黄大爷　好！我不想盒饭！来吧！

［导演幕后：“准备！开始！”

儿　子　使者晋见——［音乐中，荆轲再一次出场。

黄大爷　下站者何人？

导　演　燕国使臣荆轲，叩见大王。

黄大爷 燕国来降可有诚意？

导 演 有燕国地图在此。

黄大爷 好！只要燕国归降，朕就可以扫平六国，一统天下！

儿 子 停！错了！

导 演 你错了！

儿 子 他乱加词。

导 演 这句词加的好！（冲黄）不愧是省话的，一看就有文化！副导演，劳务费加倍！两盒盒饭钱，24块！

黄大爷 加不加钱无所谓，盒饭再不端上来就凉了。

儿 子 又想盒饭，又想盒饭，端、端、端、端什么端？

黄大爷 不端，不端啦！

导 演 老师，咱前边的戏过了！我给你搭一句："有燕国地图在此"你说："请荆轲呈上来！"准备，开始！（进人物）有燕国地图在此！

黄大爷 请把荆轲端上来。

儿 子 把荆轲端上来？是呈上来！

黄大爷 请荆轲盛好了端上来！

导 演 停！老师，我明白了，我不是一只鸡，我是一送盒饭的！这戏没法拍了！还让我盛好了端上来？

黄大爷 导演，对不起！我错了，我是送盒饭的……不是……就算我是送盒饭的行吗？对不起，耽误大家吃饭了，（对宫女）姑娘，对不起，拍完马上就吃。（对儿）你快坐下！（抓过云帚）把这个给我！预备，开始——使者晋见！

［儿子坐在龙椅上，所有人盯着黄看。

黄大爷 起来！这是你坐的地儿吗？（坐上龙椅）请荆轲呈上来！

导 演 过！就这么地吧！

黄大爷 太好了，开饭！

导 演 老师，老师，还有两句话，拍完了再开饭。

黄大爷 不就三句吗？

儿 子 有有有，这两句特别简单，第一句：啊……第二句：啊……

黄大爷 啊……啊……怎么这秦始皇变乌鸦了？

导 演 图穷匕首现，我展开地图拔出匕首，你一惊讶："啊！"

儿 子 他刺向你，你：啊……

黄大爷 啊？到这段儿啦！那我得佩上宝剑啊！

儿 子 不用，不用！

黄大爷 行行行，开始！

导 演 开始！［音乐中，荆轲拔出匕首，众宫女慌乱逃散。

黄大爷 啊……［荆轲持刀刺向黄大爷。

黄大爷 啊……（闪开）［荆轲持刀刺向黄大爷。

黄大爷 啊……［黄大爷不断躲闪，最后抱起儿子当盾牌，嘴里还不断地"啊"着。

导 演 （扔下匕首）停！你怎么老躲呢？

黄大爷 不躲？不躲你不扎上我了吗？

导 演 我不仅要扎上你，我还得扎死你呢。

黄大爷 演个戏还有生命危险？

导 演 我不是扎死你，我是扎死秦始皇。

黄大爷 等会儿！（冲儿）把秦始皇扎死了？

儿 子 扎死了。

黄大爷 秦始皇死了那后来谁统一的天下呀？

儿 子 荆轲啊！

黄大爷 他？你这不胡说八道吗？（冲导演）导演，你年轻，这段历史你可能不熟悉，你这么拍可让人笑话，可不能把秦始皇刺死，想当初，穷图匕首见，荆轲拔出匕首刺向秦始皇，秦始皇几经躲闪欲拔剑还击，但秦剑过长难以出鞘……

儿 子 你说的那是《荆轲刺秦王》，我们这个戏叫《荆轲刺情郎》。

黄大爷 情郎？

儿 子 对，秦始皇和荆轲为争一个女人结下仇怨。荆轲将你刺死，属于情杀。

黄大爷 这不胡说八道嘛！

导 演 老师，我们这戏新就新在穿越，荆轲刺死秦王以后……

儿 子 得到了秦皇后。

导 演 后来他又穿越到了宋朝，参与了当时的重大事件五鼠闹东京！

儿 子 接回了李师师！

导 演 再后来，荆轲又从宋朝穿越到了清朝，随乾隆微服私访……

儿 子 迎娶了还珠格格。

导 演 最后荆轲穿越到了民国，血战上海滩。

儿 子 征服了冯程程！

二人合 穿越穿越，征服一切！

黄大爷　你这哪儿是穿越啊？我看你是脑子进水了，得穿刺！现在老百姓的文化品位都提高了，你这么弄谁看呀？谁给你播呀？

导　演　拍出来就有人看。

黄大爷　那你拍吧，我不演了！

导　演　站住！作为一个职业演员你不能这么干啊？

黄大爷　谁职业演员？我是送盒饭的！

导　演　你不省话的吗？

黄大爷　我省化肥厂的，退休好几年啦！

导　演　副导演！

黄大爷　你别问他，他是我儿子。

儿　子　爹！

黄大爷　儿子，这个故事我过去给你讲，现在我给我孙子讲，你们这么折腾，我孙子看完了还以为我撒谎呢！盒饭不干净，吃了顶多拉几天肚子，你们这玩意儿要是不干净，影响的可是几代人啊！走了！

儿　子　爹，那你得把盒饭留下。

黄大爷　俩笨蛋还好意思吃饭啊？

儿　子　爹，你把服装留下……

黄大爷　我冷！［黄大爷蹬车下，儿子追下。

导　演　收工！改剧本！

众宫女　喏！

——剧终

（与张振彬、王宏共同创作）

2012 年中央电视台春节联欢晚会与邵峰、沙溢表演小品《荆轲刺秦》

附言：《荆轲刺秦》是我参加 24 年春节晚会的最后一个作品，此时我已调入八一电影制片厂任厂长，没有更多的时间和精力完成春晚长达半年的创作和排练周期。在这个舞台上我度过了 24 个春节，有太多难忘的经历，有太多难以割舍的情感……在这里向观众致敬、向搭档致敬、向春晚致敬！

·小 品·

老街坊 新邻居

（2012 年全军“双拥”晚会）

时　间　除夕夜。

地　点　安居小区幸福广场。

人　物　黄大爷：七十多岁，小区“区长”。

刘大叔：六十多岁，小区居民，南楼楼长。

张大婶：六十多岁，小区居民，北楼楼长。

小区居民若干。

景　置　舞台上挂有安居小区饺子宴的横幅，左右各有一张圆桌。

［幕启，鞭炮声中，黄大爷推着由红布遮盖的奖品上。

黄大爷　老街坊新邻居大家过年好啊！我先自我介绍一下，本人是安居小区的区长，过去在棚户区也是区长，基本属于平调重用，位置提高了，上楼了嘛，过去咱是鼻子对鼻子，眼对眼，平面生活，现在是一家顶一家，立体生活，咱不但要享受立体的幸福，也要找回平面的和谐。

众　人　对！

黄大爷　大发展大繁荣，群众文化在基层，小区今天要搞饺子宴，赛一赛谁家的饺子有内容。

众　人　对！赛一赛谁家的饺子有内容！

黄大爷　除夕年年过，今年更欢乐！

众　人　饺子年年包，今年心气儿高！

黄大爷　南楼到齐了么？

众　人　我们南楼齐了，就差队长刘大叔没来。

黄大爷　北楼齐了么？

众　人　齐啦，就差队长张大婶没到！

黄大爷　哎呀这俩人，一个单身，一个光棍，同时迟到，一定有事儿，猫腻儿！

众　人　对，肯定有事儿！

［张大婶、刘大叔跑上。

张大婶　来啦……来啦……

刘大叔　到了……到了……

黄大爷　俩人约好了一个点儿来啊？

刘大叔　啊？

张大婶　啊？

黄大爷　啊啥呀？约会都没那么准点儿的，过去在棚户区，你俩人住对门，你离不了他，他离不了你，你帮他遮风，他帮你挡雨。自打搬进新小区，一个宅男，一个剩女，现在咋还相互不理了呢？

刘大叔　都忙。

张大婶　都忙。

黄大爷　啥都忙啊？你俩啥关系我心里有底。

众　人　啥底啊？

黄大爷　保密！

刘大叔　说我俩干啥啊？比赛赶紧开始吧。

黄大爷　好！乐队准备好了吗？

众　人　好啦！

黄大爷　锅碗瓢盆擀面杖，各种家什儿一起上，幸福民生交响曲，安居小区……

众　人 大合唱！

刘大叔 区长啊，咱们比赢了给啥奖啊？

黄大爷 你眼睛小，这么大奖品看不见啊？

刘队众 我看像冰柜，我看像冰箱！

张队众 我看像彩电，我看像音响！

黄大爷 大家别喊也别叫，我这一揭幕，大家一定吓一跳！二位队长，对比赛有没有信心？

张大婶 有！

刘大叔 有！

张大婶 我必须和他决出雌雄。

黄大爷 大妹子，雌雄就不用比了，男女大家都很清楚。兄弟你呢？

刘大叔 我一定和他比出高低！

黄大爷 你傻啊，还高低呢，就你这个头没比就败了，而且是惨败。

刘大叔 哎，过去在棚户区她高我低，那是在一个地平线上，现在上楼了，她住七楼，我住八楼，我高她一个层次。

黄大爷 就你这个头还层次？住在顶层也就算个阁楼。

刘大叔 （歪头看黄大爷）

黄大爷 这阁楼还是个斜顶的，不算面积。

刘大叔 别废话，上饺子！

刘队甲 （端上饺子）黄大爷，我包的饺子是素馅的。

张大婶 素馅的太平常了。

刘大叔 我们有讲，这叫由荤变素，生活进步！

张队甲 我们家的饺子只放酱油没放盐！

刘大叔 那能好吃吗？

张大婶 这叫由咸变淡，转变观念！

黄大爷 好，现在生活水平提高了，咱都得预防三高了。这两样饺子都是健康食品，我宣布，南楼北楼 1∶1 平局，继续！

张队乙 我们家饺子是荞麦面做皮儿，四喜丸子做馅的！

黄大爷 怎么讲啊？

张大婶 这叫乔迁之喜。

刘大叔 拉倒吧，太牵强了，你包的是四喜丸子，乔迁之喜这才一喜，你得说出四个喜来，说说。

张大婶 喜……喜……

刘队众 洗洗睡吧！哦——

黄大爷 起什么哄啊？怎么没有四喜啊？一喜告别棚户区；二喜搬进安居房；三喜楼里有电梯；四喜家里有澡堂，包括茅房！

刘大叔 哎，说过了，这是五喜！

黄大爷 五喜都说少了，咱安居小区配套设施多全啊，幼儿园、图书室、健身区……下次你该包个石榴馅的，说十六喜都不为过。

刘大叔 哎，老黄头你是裁判，可别偏向女同志。

黄大爷 谁对我向谁！

刘大叔 咱这是饺子宴，你说什么茅房啊？要注意文明，那叫卫生间。

黄大爷 现在讲文明了，咱当初住棚户区的时候，厕所都在外面，尤其是大冬天，半夜出来上趟厕所那得下多大决心啊，记得那年 12 月 24 号晚上，天上下着大雪，你出去上厕所，一阵风把你家门关上了，你又没带钥匙，你光棍一个家里没人，在外边溜溜站了一宿，第二天早上我一开门吓我一跳，门口站了个圣诞老人。

刘大叔 那是我！

黄大爷 是，要不你个儿怎么没长起来呢，就那一晚上冻的。

刘大叔 冻还能影响长个儿吗？

黄大爷 这点儿常识你都没有吗？热胀冷缩嘛！要说你得感谢人家张大婶，要是没人家张大婶那碗鸡汤，你光棍早变冰棍了，为了给你熬鸡汤，张大婶半宿没合眼啊。

众　人 （唱）蒙山高，沂水长，我为亲人熬鸡汤……

张大婶 （害羞地）哎呀老黄，饺子比赛你说我干吗啊？快说饺子吧。

黄大爷 是，咱饺子比赛，别的事儿就不能往里搅，好，刚才四喜丸子这馅儿比较有创意，你们队什么馅儿？

刘大叔 他们有创意，我们有创新！

刘队丙 我包的是什锦饺子，里面有芹菜韭菜黄花菜，芥菜蕨菜卷心菜，酸菜紫菜山野菜，白菜菠菜油麦菜。

刘大叔　十二种蔬菜包的全，基本概括这一年！

张大婶　十二个月有什么创新啊？哪年不是十二个月啊？

黄大爷　不，过去的十二个月是不平凡的十二个月，这是我国保障性住房建设规模最大、建设进度最快的一年，为了安居工程，为了让老百姓住有所居，在过去的一年里，党中央为咱们操了多大的心啊。

张大婶　你一个小区的区长连党中央的事儿你也知道啊？

黄大爷　区长虽然官不大，我站在楼上看天下！现在政治透明度多高啊，我不仅知道国家发生的大事喜事，我还知道党中央为了安居工程每个月都干了啥。

张大婶　我不信。

黄大爷　你听着！党中央经济会议做部署，为安居工程绘蓝图。一月份，国务院提出扩大覆盖面，给各级政府下任务。二月份，安居房写进十二五，各省市签下责任书。三月份，人大把规划纲要来通过，政协提案智谋足。四月份，针对工程建设来督查，国务院派出八个督查组。五月份，中央的补助资金全到位，建设进程加速度。六月份，三个确保齐推进，兑现承诺底气足。七月份，确保开工千万套，科学管理大投入。八月份，金融服务做支撑，为安居工程铺平路。九月份，中纪委深入工地做监察，四万公顷建设用地落实处。十月份，提出了阳光工程生命线，增加分配透明度。十一月，咱眼含热泪拿钥匙，欢天喜地来入住。十二月，全国又开工作会，党中央又把明年的任务来部署！

众　人　好！

刘大叔　说得好！

张大婶　好也不是你说的。

刘大叔　他替我说的。

张大婶　他替你说得不算！

黄大爷　停，争什么争！太拿区长不当干部了！我宣布，南楼、北楼2∶2平！

张大婶　哎，就一份大奖，你这总判平，赛不出结果来，这个大奖是不是归你了？

刘大叔　不，我判断，闹不好是两个奖，最后一家一个，大家欢乐，那就别比了，你直接给我们发了得了！

黄大爷　不！总共就是一份大奖，（对张大婶、刘大叔）一定是你的期盼，你的梦想！

刘大叔　那我们接着比。

张大婶　那我们接着赛！

刘大叔　那这回我们先来，我们这个饺子是花生馅儿的，上！

张大婶　饺子还有花生馅儿的？

刘大叔　对，王二嫂在棚户区里住的时候一直怀不上孕，搬到新家就怀上了，老中医一号脉是个龙凤胎，二嫂，你来！

［刘队丁挺大肚子上。

黄大爷　二嫂，孩子准备叫个啥名呀？

刘队丁　区长，我们这俩孩子，闺女起名叫小花，儿子起名叫小生！

刘大叔　花生馅儿的嘛。

黄大爷　二嫂啊，幸亏你这饺子是花生馅儿的，要是跟月饼一样整个五仁馅儿的，你非生个五胞胎不可，人家这饺子有意思，你们还有啥绝招？

张大婶　他们是花生，我们是大学生，上。（女孩端饺子上）

张队丁　黄爷爷，我这馅儿可特别，我姥爷是老中医，我用两味中药拌的馅儿，壮骨草和桂圆，这叫状元饺子，是专门送给你的，你不是有关节炎吗？

黄大爷　你看这孩子多懂事啊，不愧是名牌大学的高材生，不容易啊，当年多艰苦啊，咱们房挨房不隔音，你一个人背题我们大家都跟着受教育，你哪是复习啊？你那是辅导啊。

张队丁　辅导？

黄大爷　可不辅导吗？记得那天她在隔壁背题，我和我老伴儿在我家收拾饭桌，吃剩了条鱼，她说扔了，我说不扔，老伴儿说你没听隔壁孩子说吗，剩余价值，剩余价值，一条剩鱼也是有价值的。后来我才知道这话是马克思说的，跟我这条鱼一点儿关系没有。[众人乐。

黄大爷 哈哈……继续！

刘队戊 （穿军装，端饺子上）区长，我这是栗子面的饺子，宫廷风味儿的馅儿。

黄大爷 我知道了，你这叫立功饺子，连你的立功喜报我们都看到了。

刘队戊 黄爷爷，当兵这三年我经常在梦里回家，可这次探家回来我却找不到家了，咱们的城市变了，街道变了，家也变了，人的精神面貌变化更大！爷爷，回到部队我一定苦练本领，保卫咱们的新生活！（敬礼）

黄大爷 好孩子，有出息！

张队戊 （端饺子上，哑语）啊吧……

张大婶 这是咱们小区的哑嫂。

张队戊 啊吧……

张大婶 她想告诉大家，她包的饺子是韭菜叶馅儿的。

刘大叔 韭菜叶馅儿的？

张队戊 啊吧……

张大婶 她想告诉大家，搬进小区以后，政府安排她当上了保洁员，她就业了！

张队戊 啊吧，啊吧……（不断鞠躬）

[全体鼓掌。

黄大爷 好啊！这饺子比赛比得咱心里热乎乎的，别管谁家的饺子，包的都是一份情感，那就是"民心"！今天的比赛，比出的是幸福指数，赛出的是真情实感！我宣布比赛结果，北楼获得一等奖。[众欢呼。

刘大叔 我们南楼呢？

黄大爷 南楼获得一等奖！

张大婶 都是一等奖啊？那奖品怎么分啊？

刘大叔 都是一等奖啊？那奖品怎么分啊？

黄大爷 都是一等奖，奖品给队长！

众　人 （大眼瞪小眼）怎么归队长呢？

黄大爷 别急，马上揭晓，请二位队长到幕后候场，本区长现在开奖！

[黄揭开奖品上蒙着的红绸，俩队长镶在绘有婚纱和礼服的挡板后边，构成一幅婚纱照，结婚进行曲音乐起……在场的邻居们激动得鼓起掌来，刘、张站在景片后边，一脸茫然。

张大叔 区长，这是什么奖品啊？

黄大爷 婚纱照！

众　人 到底怎么回事啊？

黄大爷 我现在把这张底牌亮给大家！刘叔、张婶在棚户区就相爱了，当时房子紧张，他们为了各自的儿女始终没有走到一起，搬到安居房的第一天，他俩就偷偷地登了记。

刘大叔 你怎么知道？

黄大爷 给你们盖章的是我那没过门的儿媳妇。我给大家介绍一下，敲鼓的就是我没过门的儿媳妇！章就是她盖的。

[鼓手敲鼓。

刘大叔 啊？登记处你还有卧底啊？

黄大爷 我知道，你们俩觉得自己岁数大了，不想惊动大家，不想让大家破费，可咱是多少年的老街坊，这是你俩的喜事，更是咱安居小区的喜事，其实办这个饺子宴，就是想给你们俩办个婚礼，红红火火的日子咱就得红红火火的过！

众　人 对！

黄大爷 我宣布，婚礼现在开始！

[音乐声中，挡板转出已穿好中国式结婚礼服的两位老人。

黄大爷 下面请老新娘和老新郎入场！

刘大叔 你这太啰嗦了，简化说。

黄大爷 好！下面有请老狼和老娘……差辈了！（众起哄）下面请新娘新郎交换信物。

刘大叔 老张，你的医疗保障卡我给你办好了，从现在开始，你看病查体打针吃药一卡全通！

张大婶 老伴儿啊，这是我的养老金证，我凭着它月月都能从政府那领取养老金！而且一年比一年多！连续七年增长！今天大权交给你了！

黄大爷 无论是贫穷还是富有，你们能坚守一生吗？

张大婶 我能。

黄大爷 无论是疾病还是健康，你们能白头偕老吗？

刘大叔 我能。

黄大爷 好！下面进行第三项——

众　人 拜天地！

黄大爷 不！黄昏之恋，新事新办！今天咱不拜天，不拜地，用咱老百姓自己的方式来表达心中的谢意，一鞠躬，感谢党的好政策！二鞠躬，感谢各级好领导！三鞠躬，感谢咱们伟大的党！

众　人 感谢咱们伟大的党。

黄大爷 下饺子！［众人纷纷把包好的饺子倒入沸腾的大锅中。载歌载舞。

众　人 （唱）百家的馅儿，百家的皮儿，百家的大碗儿，百家的盆儿，盛的都是新生活，包的都是好日子儿……

［音乐中，众人鞠躬谢幕，幕落。

——剧终

（与王宏共同创作）

2012 年全军“双拥”晚会与黄晓娟、邵峰表演小品《老街坊 新邻居》

附言：2012 年，“双拥”晚会小品初稿创作并不顺利，审查后导演组对作品不满意。一位老同志说，今年的小品是晚会的短板。这是我没有想到的，不能为晚会添彩也就罢了，但绝不能给晚会拖后腿。当时给我们留下的时间不多了，如果另起炉灶必须在规定的时间内拿出新作，于是我们在影视之家宾馆开始重新创作，三天三夜没合眼。最终拿出新作，审查后导演组非常满意。我问那位老同志：我们这回算不上短板了吧？他的回答是：“你们的节目上来了，晚会新的短板又形成了。”想想这些同志都是很可爱的，给每一个创作者施压，为的是把晚会搞好。

·小 品·

卖 挂 历

时　间　当代。

地　点　自由市场。

人　物　男青年：二十多岁；女青年：二十多岁；老汉：农村人，六十多岁。

［台上放着简易售货亭，亭上挂着大幅的挂历，女青年手拿挂历叫卖着。

女青年　挂历，挂历，八十年代最新的挂历，一本三块，十块钱四本啦。

［男青年扛着一大包箱，背后还背着一个样本上场。

男青年　亲爱的，快来接我一把。

女青年　这是什么呀？

男青年　一千本挂历。

女青年　这一百本还卖不出去呢，你又整来一千本。

［男青年放下箱子，女青年翻开了他背后的挂历，见挂历的人头像处已被剪去变成大窟窿，窟窿内露出男青年屁股。

女青年　你这是什么挂历，怎么都是窟窿啊？

男青年　这是我给你设计的镜框。（说着取下身上的挂历，挂在货亭上）

女青年　镜框？

男青年　刚才我到印刷厂，见那废品堆上堆的全是这大幅挂历。（说着从兜内取出挂历上剪下的人头像，头像模糊不清）我仔细一看才知道，都印跑油了。我上了两条好烟，这一千本挂历就全归咱哥儿们了。

女青年　你要这破玩意儿有啥用？

男青年　有啥用，剪下来的这个留着戳门帘子，剩下这框照卖不误。

女青年　谁要这破玩意儿？

男青年　牛士乡那万元户上百呀，有个老头订了一千本挂历，咱就卖他这个。

女青年　人家能要吗？

男青年　就得靠你了。

女青年　靠我？你……

男青年　他来看货的时候你就站这儿。［男青年示范地站在挂历后，从窟窿中露出头部与女青年耳语。

女青年　那万一要看出来，不就完了吗？

男青年　没关系，他老眉咯嚓眼的看不清楚，再说还有我哪。万一要看出来我给你兜着，一本挂历十块钱，这一千本就上万哪。

女青年　真的？

男青年　那可不。

女青年　哎呀太好了，亲爱的。（高兴地吻了男青年一下）

男青年　老头儿来了，快到后面去，换好衣服不要紧张。（忙把挂历的封页放下，挡住窟窿）见机行事，听我指挥。［老汉上场。

老　汉　小伙子，我要的那一千本山水画的挂历，给我准备出来没有？

男青年　大爷，你说那是老皇历了，我为您准备了一批八十年代最新产品“美人牌”挂历。

老　汉　美人牌？就是露着大膀子那个？

男青年　对，露着大膀子。

老　汉　不行，那露着大膀子咱乡下人看着不合适。我那小孙子断奶都半年多了，一看那挂历就想吃儿。

男青年　大爷，我这美人牌和一般的挂历和一般的美人不一样。许你不买，不许你不看，大爷您上眼了。

［男青年掀开封页，露出挂历后面着薄纱的女青年，她做出媚人的姿态，框入挂历，形成了完美的画面。

老　汉　哎，你别说，这挂历跟别的挂历是不一样，看着跟真人似的。

［老汉说着上前用手去摸，男青年连忙拦住。

男青年　大爷，这是立体挂历。

老　汉　立体挂历？

男青年　对呀，立体电影您看过吗？

老　汉　看过。

男青年　看立体电影得戴副眼镜，这是一个道理，越远看效果越好，不然伤眼睛。您看这布感，您看这肉感。（说着将封页放下）

老　汉　看着像彩电似的。

男青年　对，彩电，现在这乡下人什么都懂。

老　汉　你别小看俺老农，我是早开眼了。现在全是电器化，老母猪不听音乐不吃食，老母鸡不听歌曲不下蛋。

男青年　还是音乐世家。大爷，您看这挂历怎么样？

老　汉　嗯哪，可好了，就是穿得太少……

男青年　没关系，您看二月份穿得就多了。［男青年掀开二月份，女青年穿着羽绒服，戴着大口罩，只露出一双眼睛。

老　汉　哎呀妈呀，这穿得也太多了，也看不着啥了，捂个溜严，光露两大眼珠子跟女特务似的。［男青年又将封页放下。

男青年　您又嫌穿多了是不是，那您看三月份，准不多不少。（冲着挂历后）换好了没有。

老　汉　什么？

男青年　啊，我是说您看好了没有，一月份、二月份、三月份……［男青年掀开三月份，女青年换件羊毛衫，手托下巴颏儿，含情脉脉。

老　汉　哎！这回还差不……她这脸蛋都一个模样。

男青年　那当然了，这叫个人专辑挂历，日本有个电影演员叫山口百惠。

老　汉　幸子。

男青年　对，幸子。

老　汉　《血疑》。

男青年　对，《血疑》。人家那女主角大幅挂历十二张，咔、咔、咔全是她自己，上这挂历要是没点本事也上不去呀！

老　汉　小伙子你可真能说，死人也能让你说活了。这立体挂历比那山水的贵多了吧？

男青年　当然了，就凭人家精心设计和制作这功夫，才贵个三五块钱。一年三五块，一年三百六十五天，一天也就一二分。

［老汉犹豫不定，女青年冻得在挂历后边打个喷嚏，把老头吓了一跳。男青年急忙学京剧旦角念白："青春整二八。"

老　汉　小伙子你这声音像女人似的。小伙子，你让我合计合计。

男青年　你合计你的。

［女青年趁老汉不注意，把手举到嘴前哈气暖手，当老汉回头时，手又马上归位，反复几次。男青年与她打哑语让她再坚持一会儿，老汉无意中一回头，吓了一跳。

老　汉　啊！

［女青年看到被发觉，随机将手在嘴前定位。

老　汉　哎，她怎么动弹呢，刚才手不是在下巴这儿吗？现在怎么跑嘴那儿去了？

男青年　她那什么，那个……（急忙从兜内掏一个立体画片，在老汉眼前晃）变、变、变！大爷，不是她动弹了，是您动弹了，您变个角度观察，画片上图像就变个姿态，您刚才站哪儿了？

老　汉　站在那边。

男青年　那您站回原位，好的，手也马上归位。

老　汉　真的？

男青年　不信您试试呀。

［老汉站回原位，女青年的手也随之归位。老汉好奇地变换角度观察，女青年的手也随着节奏频繁移动，老汉定位，女青年手定位于嘴前。

老　汉　小伙子这画我见过，我小孙子的铅笔盒就是这式的，左看变小猫，右看变小狗。

男青年　他跑这变狗来啦，为了钱变啥都行呀。

老　汉　啥？

男青年　我是说变什么姿态都行，您刚才是左右移动，您要上下移动画面还能变呢。

老　汉　是吗？

男青年　您试试呀。

［老汉又蹲下身子，女青年的手向前送去；老汉站起，女青年的手又回到嘴前。

男青年　这叫飞吻。

［老汉连续蹲起，女的手随着节奏飞吻，由慢到快，老汉一屁股坐在地上，男青年忙上前合上挂历。

男青年　大爷，您看这挂历……

老　汉　我全包了。

［老汉从兜内拿出一叠人民币递给男青年，男青年急忙接钱揣起。

男青年　亲爱的，撤！

［男、女青年从挂历后跑下。老汉觉着奇怪，忙上前翻开挂历大吃一惊。

老　汉　啊！站住、站住！（追下）

——剧终

1987 年辽宁电视台春节联欢晚会与叶景林、袁凯表演小品《卖挂历》

附言：1983 年央视首次举办春节晚会后，在地方台也掀起春晚热。当时我正就读于沈阳军区干部进修大学。1986 年毕业后，我创作的第一部作品是山东快书《巧接连长》，获得全国金奖，于是打算以此作品参加辽宁电视台 1987 年春节晚会，导演组担心山东快书地方性强，不易被观众接受。于是我创作了我的第一个小品《卖挂历》。记得当年晚会有五个小品，最终只有《卖挂历》一个小品参与报送了“星光奖”，并获得一等奖，从此开启了我的小品创作和表演道路。

·小 品·

相逢在前线

时　间　一九八八年。

地　点　云南老山前线。

人　物　主持人；虎子：解放军某部连长；艾燕燕：连长妻子。

［幕启，主持人上场。

主持人　同志们，告诉大家一个好消息，我们很荣幸地请到了沈阳军区赴老山前线慰问团的家属代表、某部侦察连连长的爱人艾燕燕同志。下面请她和大家见见面。［艾燕燕一露头，边说边缩回幕里。

艾燕燕　哎呀，我出来早了吧？［主持人上前把她让出。

主持人　不早，不早，艾燕燕同志，你能不能和大家说点什么呢？

艾燕燕　我说不好。

主持人　同志们，艾燕燕在丈夫赴老山前线期间，一人挑起了家庭的全部重担。为此，地方政府授予她“支前模范”的光荣称号。艾燕燕同志，还是你自己谈谈吧。

艾燕燕　我真说不好，那这样吧，下面我就把来老山前线前，写给战士们的一首小诗，在这里给大家朗诵一下。

主持人　还有诗呢，好！大家热烈欢迎。

艾燕燕　“东北老虎上老山，战斗打得真壮观。你们在前方打胜仗，我们在后方腰杆直！”完了。

主持人　完了？好，这首诗我怎么听着没有辙呀。

主持人　同志，这么着吧，你能不能和大家谈一谈，你到老山前线后，最想见到的是谁呀？

艾燕燕　广大官兵呗。

主持人　她倒是会说，我是说你最想见到的是谁？

艾燕燕　干啥呀，×× 同志，同志们，他们这些当演员的最能开玩笑了，走一道，问一道，老问我最想见到的是谁，我说了能咋的，反正咱们都是合法夫妻了，我最想见到的就是……

［人群中随着一声激动人心的呼喊，幕后蹦出了虎子。

虎　子　燕子！

艾燕燕　虎子！［二人拥抱。主持人走到台前。

主持人　请看小品《相逢在前线》，表演者 ××、××。（下）

虎　子　（故意大声地）我的伤。

艾燕燕　（一惊，忙松手）伤？

虎　子　哎呀我的妈呀，你也太勇猛了，赶上第一捕俘手啦。

艾燕燕　伤哪儿啦，虎子，快让我看看！

虎　子　没事！走，进屋。［主持人上场。

主持人　艾燕燕同志，

艾燕燕　虎子，这就是军区文工团的 ×× 同志。

虎　子　×× 同志，你好！

主持人　张连长，嗯，慰问团再有三十分钟又要出发了。你们小两口有什么事呀，抓紧时间办。

虎　子　三十分钟？这时间是紧了点儿啊。［二人进屋，主持人下。

虎　子　哎，你别动，让我好好看一看，喝！真漂亮呀！

艾燕燕　虎子，让我看看你伤哪儿啦？

虎　子　没有！哪儿也没伤！你看。（做动作）

艾燕燕　哎呀！行啦，行啦。

虎　子　（拿椅子）来，你坐这儿。[二人坐下，对视……笑。

艾燕燕　来，让俺好好看看俺的大英雄。哎呀，黑啦！

虎　子　这个地方的紫外线照得厉害。

艾燕燕　瘦啦。

虎　子　可结实啦。哎！你给我带什么好东西啦？

艾燕燕　你等着啊！（打开皮箱）

虎　子　人参烟！

艾燕燕　抽了有营养。

虎　子　老龙口。

艾燕燕　我还给你放了二两鹿茸，一根人参呢，喝了之后补补身子。

虎　子　在这个地方也用不上啊。

艾燕燕　虎子，你把眼睛闭上。

虎　子　干啥呀？

艾燕燕　你闭上嘛！

虎　子　好，闭上。

艾燕燕　（从皮箱里拿出一块叠得方方正正的红色尿布）你嗅嗅。

虎　子　什么呀？这么香？

艾燕燕　你猜呀。

虎　子　我也猜不出来呀。

艾燕燕　你那没见面的儿子用的第一块尿布！

虎　子　啊！我儿子的尿布？真香啊！

艾燕燕　废话，来前洒的花露水。

虎　子　我儿子的尿布，不洒花露水也香！

艾燕燕　虎子，你再看这个。（取出录音机）

虎　子　录音机，[录音机里传出儿子的哭声。

虎　子　我儿子的哭？！哎呀，哭得真好听呀！[接着又传出喊爸爸的声音。

虎　子　我当爸爸啦，我当爸爸啦，真牛 × 呀！

艾燕燕　哎！

虎　子　啊！对对，在儿子面前说话要注意语言文明。

[录音机里传出一老人的说话声音："虎子啊，上前线可要注意安全啊……"

虎　子　这是谁说的？

艾燕燕　孩子他爷爷。

虎　子　咳！你怎么都录到一块儿啦。

[录音机声继续："孩子，你走了以后，可苦了燕子啦，白天她带孩子上班，晚上还要照顾我这老人，叫俺这当爹的不忍心哪！"

虎　子　燕子，让你吃苦啦！（抱住艾燕燕）

艾燕燕　哎呀，看你那脏样？

虎　子　我这是工作需要。

艾燕燕　工作需要？

虎　子　对！这些敌人哪，买不起牙膏和香皂，我们化装侦察呢，也就得是不洗脸，不刷牙，学习他们那种不要脸的精神。燕子，我们侦察兵够有意思的吧！

艾燕燕　虎子，家乡的人把你们侦察兵作战的故事都传神了。有一次，收音机里正广播你们侦察兵作战的故事，咱爹耳朵背，听不清，咔嗒一下就给关上了。他说："这戏匣子里也不播送点侦察兵作战的故事，净是什么'拔牙''锁喉'，老歌颂那些医院五官科的事。"

虎　子　你别说，咱爹这个岔打得还真有点水平。

艾燕燕　虎子，有时候我就想，等你凯旋的时候，身着一身儿新式军装，胸前佩带军功章，咔，咔，咔，咔。

虎　子　哎呀，走错啦。

艾燕燕　哎呀，虎子，你过来，你坐这儿别动！

虎　子　干啥呀？

艾燕燕　戴上军功章，我给你照张相，好拿回去给咱爹，给咱厂职工看看。

虎　子　等等，燕子，我的胸前要是没有军功章，你还给我照不？

艾燕燕　咋的啦？你犯错误啦？

虎　子　哎呀，你想到哪儿去啦！

艾燕燕　那咋会呢，人家报纸上都说你是英雄啦，要不然这次首长能让我来吗？

虎　子　燕子，在战场上有这么句话：要是把军功章看成是自己的，军功章一点儿光彩都没有。也就是说，军功章后面，还有千千万万个英雄！

艾燕燕　啥？军功章后面还有英雄？那"十五的月亮"唱得好，军功章上有你的一半，也有我的一半，那也没有不戴军功章的英雄。

虎　子　燕子，你看看这个。

艾燕燕　这是啥呀？

虎　子　弹片！

艾燕燕　弹片？

虎　子　对！有一次我排了一颗地雷。

艾燕燕　你排雷啦？

虎　子　是呀，因为我想，我们连的战士很年轻，他们才十八九岁呀。可在回来的骨干会上，一个工兵班长哭着骂我："连长，难道我们都他妈的死绝了吗？要你亲自去排雷？你的价值不是排雷的！"就是这个工兵班长一次执行排雷任务，我嫌太慢，闯到了前头，他一把拉住我，就地一滚，滚下了坡。这个弹片就是从他身上取出来的。（沉默片刻）燕子，走后门儿这个字眼儿你不陌生吧？可你听说过在战场上走后门儿吗？就是这个工兵班长，他母亲病重，还带着年轻的妹妹，来连里照顾他，让他回家看一看，可他找到我跟我套老乡，坚决要求参加捕俘组，去流血、去牺牲，他图个啥呀！我他妈都不理解。

艾燕燕　虎子！

虎　子　这就是我们的战士。可是，评军功是有一定比例的，你能说没佩戴军功章的同志，就不是英雄吗？

艾燕燕　虎子，你别说了，只要你能够打胜仗，能够把战士们安全地带回来，你就是不立功，我也从心眼里为你高兴，为你自豪。

虎　子　燕子！

艾燕燕　（拿出红腰带）来！把这个扎上！

虎　子　这干啥呀？

艾燕燕　红衣大佛……

虎　子　哎呀！燕子，这……

艾燕燕　虎子，祛邪免灾。

虎　子　（从胸中拿出国旗）燕子，你看，我们有这个！

艾燕燕　国旗？

虎　子　国旗。

艾燕燕　名字？

虎　子　名字。

艾燕燕　（念国旗上的名字）×××、×××、×××。

虎　子　我们的战士，在每一次出征前，都会在国旗上留下他们的名字。他们没有遗憾，没有遗言，只要求祖国能记住他们。他们有的不是英雄，却已长眠在南疆的大地上。但是，他们都是黑土地上成长起来的共和国的军人！

艾燕燕　虎子，我能在这上面签上字吗？

虎　子　能！因为你是军人的妻子，又是来前线的军人家属代表，当然有这个资格。来，留下你的美好祝愿吧！

［艾燕燕庄重地在国旗上写了一个"爱"字。

虎　子　爱？！

艾燕燕　爱。我爱你，我爱英雄，我爱所有前线的将士们！

虎　子　好！就让你的爱，伴随着我的全连勇猛地战斗吧！燕子，拿出家乡的烟，端起家乡的酒，去看看我们的英雄！

艾燕燕　哎！［二人跑向观众席，发烟，发糖。

——剧终

（与李新华共同创作）

1988年在老山前线"猫儿洞"创作小品《相逢在前线》

附言： 1988年，我随沈阳军区创作组赴老山前线慰问，我在坑道里创作出小品《相逢在前线》，这个作品使我荣立了二等功。小品在前线演出反响非常强烈，结尾处当演员大声念出写在国旗上牺牲的战士们名字时，台上台下哭成一片。记得创作期间还发生了一个意外，我们在405高地采访时，连长的手枪走火，子弹从我的眉梢飞过，枪口喷出的火星把我的眼睫毛都烫焦了，在前线这种危险无处不在。

·小品·

零点哨

时　间　一九九二年春节除夕夜。

地　点　北疆某哨所。

人　物　班长：老东北；新兵：小四川。

［小四川高兴地将大红灯挂在了门前，然后进屋用毛笔在红纸上写了个“福”字，哼着歌把“福”字倒贴在房门上，仔细地端详着。

［班长身背冲锋枪，高声地唱着“好一派北国风光”的京剧片段兴冲冲上。

班　长　红灯挂门前，瑞雪兆丰年。小四川，干啥呢？

新　兵　班长，下岗啦？

班　长　这福字咋整的，贴倒啦？

新　兵　我说班长，这你就不晓得喽，福倒，福倒，福倒，这就是说让福来到我们哨所。

班　长　噢，把福倒在这儿，全国就这么一个福字。哗啦一下全到咱这圪垯，别人咋整？咱们的口号是以苦为乐！

［班长拿起了笔写了个苦字，然后把苦字倒贴在福字上，将福字盖满。

新　兵　哎，班长……

班　长　要倒呢，把苦倒在咱这圪垯，把福留给全国人民。来吧，吃点东西，增添点热量，过会儿你还要上零点哨呢。（拿出方便面）

新　兵　热量，热量，人家的热量是靠高蛋白，咱们的热量是靠热乎气。

班　长　热乎气也顶一阵儿。来，吃点。

新　兵　不吃。

班　长　来来，吃点嘛。

新　兵　我不吃。长这么大，过春节，还从来没有在大年三十晚上吃过这个东西。

班　长　那你们那儿过年都吃啥呀？

新　兵　好东西多得很。

班　长　你可别吹了，你寻思我不了解四川呀？你们四川除了年糕就是辣椒，剩下的还有那山包……

新　兵　你小瞧人！

班　长　小瞧人，你们那儿有啥东西给我叨咕叨咕？

新　兵　我们四川一过年，好东西都吃不完，辣元鱼、熘黄鳝、麻婆豆腐、担担面。过了腊月二十三，人人都把新衣穿，挂红灯，放洋鞭，贴福字，贴对联，听川戏，看彩电，总而言之，那是好一派过年气氛。

班　长　你说这些都没用，你说说大年三十晚上怎么过？

新　兵　三十晚上家家户户包饺子，包完饺子，下饺子，下完饺子吃饺子，吃完饺了……

班　长　咳！小四川，一个饺子有啥了不起的。常言说得好，过年了谁家还不吃顿饺……咱不提这饺子了，啊！

［小四川拿出一张照片。

班　长　全家福！哎呀，你瞧这一家子！哎，这是你爸？

新　兵　我哥。

班　长　你哥长得够老的，哎，这是你姐呀？

新　兵　是的。

班　长　你姐长得挺漂亮，有姐夫吗？

新　兵　没得。

班　长　那也没啥希望，人家也看不上咱大兵，是不是？

新　兵　你胡闹！

班　长　对你姐夫就这态度？

新　兵　个老子涮坛子！

班　长　我这不是逗你玩呢嘛。哎呀！你瞧这一家子，过年还挺热闹。

新　兵　当然喽。吃完饺子，我们就磕头。

班　长　还磕头，怎么磕？

新　兵　那太讲究喽，是得有一番程序的。

班　长　都有啥程序？

新　兵　首先得有一个棉垫子。

班　长　噢，棉垫子？（把棉手套解下来）这棉垫子放到啥子地方？

新　兵　放到地下。

班　长　噢，垫在地下。（将手套垫到地上）这垫子放好之后呢？

新　兵　摆上椅子。

班　长　噢，摆上椅子。（将椅子放好）这椅子放好之后呢？

新　兵　请老人入座。

班　长　请老人……我先替他一会儿吧，（坐在椅子上）这老人坐好之后呢？

新　兵　我们就一字站好，整理衣服，站好位置，集体跪下，一叩首……（做磕头状）你占我的便宜吗？

班　长　我哪占你的便宜了，我虽然坐在这圪垯，我这不恭恭敬敬举着你爸的相片了吗？

新　兵　啥子班长！

班　长　我这不为让你高兴吗？小四川，我跟你说，刚才你形容四川过年的情景比起我们东北那差多了。我们东北是过腊月二十三就送那灶王爷灶王奶奶上天……

新　兵　啥子，你爷爷奶奶还要上天？

班　长　也就是说，上天上去把天下一年发生的什么事，都得跟天上说道说道。

新　兵　噢。

班　长　就跟咱连通信员到营部汇报那个意思。

新　兵　哎，有意思。

班　长　大年三十晚上请财神见过没有？

新　兵　见过。

班　长　哎哟，请财神那场面之大，首先摆上供桌，然后摆上供果，请神的那位身穿长袍，迈着小步“嗖”地一下上去了。站到桌子上以后，往下这么一看，你知道看啥不？

新　兵　不晓得。

班　长　看谁腰包带了多少钱，心里得有个数，看完之后开始发功，钱……不行！

新　兵　咋个啰？

班　长　咱革命战士都是无神论者，对这迷信的东西应加以批判。

新　兵　噢，对头。班长再讲讲别的有意思的。

班　长　要说最值得提的就是咱东北的年货。

新　兵　年货？

班　长　啊，简直是堆积如山。分三大系列，首先是冻的系列：有冻饺子、冻豆腐、冻梨、冻柿子……

新　兵　哎，班长，听起来就冷得很。

班　长　冷没关系，咱有热乎的。炖的系列有：炖酸菜、炖白菜、炖土豆、炖豆腐、炖冻豆腐、炖血豆腐、炖肠子、炖血肠子、炖狍子、炖跳子……

新　兵　啥子？炖跳子不炖臭虫呀？

班　长　啥叫炖臭虫呀？跳子就是兔子，在我们东北管兔子就叫跳子。

新　兵　明白了。

班　长　要说最拿手的就是猪肉炖粉条子。我告诉你，过去有些文艺作品中，对咱东北的猪肉炖粉条子加以贬义，他那是不了解，那玩意儿吃起来才过瘾呢。大肉块子四方方，最短的粉条两寸长，从炕头拉到炕梢。小孩在上面跳猴皮筋，吃的时候挑起一根，找到头，放到嘴里“踢拉秃噜”地往里嘬那才香呢。说完炖的系列，我再跟你说黏的系列：有黏米饭、黏切糕、黏面糖饼……

新　兵　黏豆包。

班　长　都老黄历了，还黏豆包呢，现在不吃黏豆包了，都改成窝窝头了。

新　兵　啥子，过年还吃窝窝头？

班　长　我不是窝头翻个跟你显大眼儿，过去窝头在我们这圪垯那是主食，现在那是点心，平时吃不着，过年尝个新鲜。我告诉你最值得一提的是，最热闹的就是正月十五闹花灯，老头老太太全发疯，八十多岁的老太太戴着大粉花，抹两大红脸蛋，成群结队地上街扭秧歌，那小眼神比那小媳妇看着还舒服。

新　兵　班长，太有意思啦！

班　长　小四川，刚才你说的磕头得情节那都不对，我没好意思纠正你，怕伤了你的自尊心。

新　兵　咋个啰？

班　长　以后当着外人可不能那么说，那不让人笑话吗？哪有吃完饺子磕头的，那不把饺子“撅”出来了吗？应该是饺子一下锅就开始把头磕。

新　兵　噢，饺子一下锅，开始把头磕……

班　长　哎，这里面有个顺口溜，叫“先把凳子摆好，然后请上二老，（让新兵站到座位上）晚辈人在下面跪好，脑袋往下一叩……”我差点给你磕一个。

新　兵　哎，班长，一比一…… ［爆竹声突然响起。

新　兵　到了放鞭炮的时候了，就要到磕头的时候喽。可是，我现在呢，就要上岗喽，冰天雪地尿泡尿都得用棒棒敲，还说潇洒，我看是去了个潇字，光剩个“傻”喽！

［《爱的奉献》音乐响起。

班　长　小四川，我理解你，远离爸爸妈妈，在外边过第一个春节肯定有些不习惯。是啊，在家里可以全家团聚，可以跟小伙伴们去放鞭炮，可那是每个青年人都可以做到，都可以拥有的。你想过没有，在除夕夜的晚上，能够拿着这杆枪去站零点哨的青年又有几个？这是祖国给我们的信任和荣誉。记得三年前，我刚来部队的时候，站的也是这班零点哨，当时我站在山上，望着山下张灯结彩，鞭炮齐鸣的情景，我的心里也不是滋味。我把打靶时留下的十发子弹全部压入枪膛，扣动扳机，对天长鸣，我要用我的枪声压倒整个山下的爆竹声……

新　兵　后来呢？

班　长　后来我挨了处分，不过从那天起我才知道什么是一个真正的军人。小四川，你知道军人意味着什么吗？

［二人走到贴有苦字的门前。

班　长　吃苦！苦在前，福在后，只有我们的苦，才能给人民带来福啊。（将苦字撕下，露出后边的福字）我们的苦是有价值的！……

新　兵　班长，我去接岗。

班　长　好，我陪你去。

［二人拿枪，浑厚的零点钟声响起。

班　长　（深情地）小四川，来，给你的你父母拜年！

新　兵　哎！［歌声起：“人海茫茫，你不会见到我，我在遥远的路上，风雨兼程……”

新　兵　爸爸妈妈，我们上岗喽，孩儿在遥远的北国的给你们拜年喽！！

［二人向远方敬军礼，歌声渐强。

——剧终

（与梁巨才共同创作）

与孙磊岩表演小品《零点哨》

附言：《零点哨》这个作品对于我有特殊的意义。我 13 岁入伍，在沈阳军区文工团任学员、演员、曲艺队队长兼支部书记。1992 年，调入总政歌舞团，调离前，沈阳军区领导希望我带领队伍参加全军文艺汇演，我留下了。因为我知道为军区争得荣誉的机会不多了，我带领全队创作了七个作品，表演、创作共获九个一等奖。我创作、表演的小品《零点哨》是晚会最后一个节目，快结束时，我用眼睛余光看到，在沈阳军区共同战斗过十九年的战友们全部拥在侧幕。因为他们知道，我也知道，那是我代表沈阳军区的最后一场演出。

·小品·

眼　睛

时　间　20世纪80年代。
地　点　某部医院病房。
人　物　苗青：护士，二十三岁；小　王：伤员，二十五岁。

［舞台上小王双眼蒙着一层厚厚的纱布，手中拿着一封已拆开的信，呆呆地坐在床前。一旁站着护士苗青。

苗　青　（悔恨地）我怎么这么傻，我怎么能把信如实地念给他呢？我……

小　王　丽丽，你说出了我要对你说的话，我理解你，祝你幸福！（突然站起身来，急切地）我的眼睛，我的眼睛，啊，我的眼睛再也看不见了！

苗　青　不，会看见的！

小　王　苗护士，你没有走哇？

苗　青　你会重见光明。

小　王　我什么也看不见了！

［苗青掩面跑出病房。

小　王　苗护士！苗护士！（狠狠地抓住蒙在眼上的纱布）我的眼睛！我的眼睛！

［幕后传来悠扬的琴声《小草》，小王被琴声吸引，他静静地听着琴声越来越近，苗青弹着吉他缓缓上场。

小　王　苗护士。

［苗青把吉他送到小王的怀里。

小　王　吉他？（拨响了一根琴弦）

苗　青　弹吧，不要着急，当你弹断一百根琴弦的时候，你就会看到光明的。弹哪。

小　王　一百根。

［小王拨响了怀中的吉他，琴声回荡，小王安详地陶醉在乐曲之中。

苗　青　（望着眼前这位战友）我没有骗他，没有骗他。

［两人在音乐中起舞。突然，一声琴弦断裂声，把苗青从痛苦中惊醒，琴声节奏加快，又是一声断弦声，苗青随之牵动。琴声越来越快，两人的舞蹈也越跳越激动，琴声戛然而止。二人动作定格。小王，怎么不弹了？

小　王　弹断九十九根了，我有些累了。

［苗青上前接过吉他。

苗　青　来，我弹给你听。

［苗青小心翼翼地拨动着琴弦，小王突然紧紧地抓住了吉他。

小　王　不！我谢谢你！

［苗青再也控制不住自己的感情，失声扑向小王。

苗　青　我没有骗你，我没有骗你，你会看到的，你什么都会看到的。

［音乐中苗青搀扶着小王。

苗　青　你看太阳。

小　王　红色的，好耀眼哪。

苗　青　你看森林。

小　王　绿色的，绿得让人心醉。

［苗青拉过小王的双手，轻轻地放到自己的面颊上。

苗　青　我。

小　王　啊，我的护士。

苗　青　不，你的眼睛。

［音乐在病房中回荡着。幕落。

——剧终

·小品·

理 发

时　间　当代。
地　点　理发店。
人　物　理发员，秃头顾客，卖假药的。

［舞台上摆放着椅子、镜子、推子、剃刀等理发工具。一位留着披肩发的女理发员在鐾着剃刀，秃头顾客身穿一套西装，头戴军帽上场。

秃头顾客　同志，请问这是理发店吗？

理发员　对，请进。

［秃头顾客进店，对店内环境很新奇，这儿瞧瞧、那儿看看、这儿拍拍、那儿摸摸，无意中把电推子弄响，吓了一跳。

秃头顾客　快，快，跑了，跑了。

理 发 员　（接过电推子）请不要乱动理发工具。

秃头顾客　这就是理发用的推子吧？

理 发 员　对。

秃头顾客　这就是理发用的剪子吧？

理 发 员　对。

秃头顾客　这就是理发用的刀子吧？

理 发 员　（有些不耐烦）对。

秃头顾客　这是理发用的椅子，这是理发用的镜子，这是理发用的梳子，你看我都认识。

理 发 员　你跑这儿看图识字来了，你理发吗？

秃头顾客　对，理发，理发。

理 发 员　请坐。

秃头顾客　好，好。（坐下，让理发员为他围好围巾）同志，麻烦您给我好好理理，只要您能给我理个好头型，要多少钱都可以。

理 发 员　不。我们这儿有价格表，不能随便乱收费。（拿出一本新潮发型书，作介绍）这是分头，看上去潇洒，这是平头，看上去精干，这是背头，看上去庄重。还有最流行的冷烫爆炸式，飞机式，您喜欢哪一种？

秃头顾客　一样来一个……

理 发 员　你长几个脑袋？

秃头顾客　不是，我是说一样来一个是不行的因为脑袋有限对不对？

理 发 员　你问谁哪？

秃头顾客　一个脑袋这么多发型，当然我要好好选择一下了。

理 发 员　您要哪种？

秃头顾客　您看着理吧。（摘下军帽，露出光秃秃的脑袋）理发员大吃一惊。

理 发 员　这，让我怎么理呀？

秃头顾客　您给我扫扫边。

理 发 员　您这也没边呀。

秃头顾客　谁说没有。（从兜内掏出放大镜，照在自己的头上）您看看，好好看看这是什么？这是什么？

理 发 员　（仔细地看着）别说，这还真有几根儿。

秃头顾客　废话，一根没有那不成秃瓢儿了吗？

理 发 员　这还不秃哇？

秃头顾客　有毛不算秃！

理 发 员　您就这几根头发让我怎么给您理呀？

秃头顾客　理发、理发，顾名思义整理头发。你们不能光拿个推子往下剪，想法给我往上栽两根儿。

理 发 员　栽两根儿？

秃头顾客　对，栽两根儿，你没听说吗？脑袋像地球，上有五大洲，有山川、有河流，头发就像大森林，可我这森林变沙丘了，现在戈壁滩上都能植树造林，为了生态平衡，您就给我往上栽两根吧。

理 发 员　（严肃地）同志，我们这是理发店，不是治秃院，您走错门了，请出去。

秃头顾客　（急切地央求着）我没有走错，千万别让我出去。一年多啦，我几乎每天都想走进理发店，可多次来到门前，说什么也迈不进这个门槛儿，因为我知道这儿不属于我的位置，我没有这个资格。

理 发 员　同志，别难过。

秃头顾客　怎么能不难过呢，因为是光头打了光棍，到现在还没娶上媳妇。

理 发 员　（感动地）同志，您请坐。

秃头顾客　我长这么大从来没理过头，今天就是想在这儿坐一会儿。围一围理发用的清洁巾，听一听理发用的工具的响声。

理 发 员　好，我满足您的要求。（打开了电推子的开关，在秃头顾客的头上晃来晃去）

秃头顾客　谢谢您，谢谢您的理解，理解万岁。今天就是想过过这个瘾。刚才您给我看那么多发型，还问我要哪种，当时我没敢具体的点，怕给你为难。

理 发 员　其实也不为难，最后一页的发型是秃头，你要点那种我也就省劲了。

秃头顾客　别拿我开心了同志，推子的声音我听到了，麻烦您再给我吹吹风。

理 发 员　吹风？

秃头顾客　对，吹风。

理 发 员　不行，我怕……

秃头顾客　怕什么？

理 发 员　怕给您烤煳了。

秃头顾客　你烤地瓜呢。

理 发 员　我是说你没头发，拿吹风机吹怕你受不了。

秃头顾客　没关系，别说你这吹风机呀，我到医院去烤电用的都是大灯泡，连烤了三个小时，保险丝都烤爆了，我皮儿都没红，它是经得住考验。

理 发 员　那好，我给你吹。［理发员为秃头顾客吹风，秃头顾客突然惊叫起来。

秃头顾客　哎呀。

理 发 员　烫着了？

秃头顾客　我不怕烫，可我那几根头发。

理 发 员　实在对不起，我没注意。

秃头顾客　仅有的几根你都给吹焦了，这是重大损失。

理 发 员　几根头发能有多大损失？

秃头顾客　几根头发？你是饱汉子不知饿汉子饥呀。俗话说得好，有毛不算秃，物以稀为贵，你知道这几根头发在我头上的价值吗？这是昆仑山上的一根草，万顷粮田的一根苗，如果你不赔偿我的损失，我就控告你在光天化日之下迫害一个光头公民。

理 发 员　够了，不就一个光头吗？有什么了不起的，就你自己秃哇，我比你还秃！（说着拽下假头套，露出光秃秃的脑袋）

秃头顾客　你……

理 发 员　你觉得在理发店门前徘徊是种折磨，你知道我每天为别人理发、吹风、烫发心里是什么滋味吗？我不止一次梦到我头上长出了乌发、金发、银发……

秃头顾客　那不成杂毛了。

理 发 员　可醒来一摸还是滑溜溜的。

秃头顾客　这流线更美。

理 发 员　谁能理解女人无发的痛苦。

秃头顾客　我理解，别难过其实这样了挺好，省事。洗脸的时候往上使劲连头都洗了。有对象没有？

理 发 员　头发都没了，哪还有那心思。

秃头顾客　头发是头发，心思是心思。你没听说吗，结发夫妻感情深，秃发夫妻根更深。

理 发 员　还根更深呢，有根就长出来啦！

秃头顾客　请坐。（与她坐到一起）你是怎么秃的？

理 发 员　染发，本想染黄了，没想到连根拔。你呢？

秃头顾客　治疗谢顶抹药，越抹越少，越抹越少……一瓶下去就这模样啦。

理 发 员　抹的啥药？

秃头顾客　一二一。

理 发 员　一二一！是不是在这条街上那个胖子手上买的？

秃头顾客　那染发水也是在他那买的？

理 发 员　没错。[卖假药的上场，三十多岁，身穿西装头戴鸭舌帽。

卖假药的　昨天在这儿卖完药，今天秃子炸了庙。七八十个秃子把我找，追得我是到处跑，只好理发店里去隐蔽，秃子决不爱到那儿去。（理发员、秃头顾客二人看见卖假药的，不约而同地“就是他”！）

卖假药的　这怎么还埋伏俩。

理 发 员　正想找你呢。

秃头顾客　（一把拽住卖假药的）我正想抓你呢。

理 发 员　还我头发！

秃头顾客　还我青春！

卖假药的　唉！伙计们想开点，俗话说得好，药能医假病，酒不解真愁，那药真要是好使，我能这模样吗？（摘下鸭舌帽，露出光秃秃的脑袋）

理 发 员　啊！

卖假药的　不瞒你说，我卖给你们那些假药哇，都是别人推销给我的。

理 发 员
秃头顾客　假药害死人哪！

——剧终

·小品·

拍电视

时　间　当代。
地　点　片场。
人　物　导演；一号演员；二号演员；三号演员；四号演员；五号演员；六号演员。

［舞台上摆着两条长椅，导演手拿剧本上场。

导　演　这部电视剧，故事发生在火车上。这就是旅客的座席，第一场戏就在这里开始。根据剧本的需要，我们要临时找几位演员，请一号演员上场。

［一号演员上。

一号演员　导演我来了。

导　演　请你坐在这里。

［一号演员坐下。

一号演员　导演，我扮演什么角色？

导　演　过会儿你就知道了。二号演员上场。

［二号演员上。

导　演　你坐在这儿。三号，四号，五号，六号上场。

［六个群众演员全部坐好。

导　演　在没分配角色之前，我先向各位介绍一下剧情，这个剧的名字叫“雷锋又回来了”。

一号演员　导演，我演雷锋。

二号演员　我演雷锋，我个儿小。

导　演　看看你们这风格，演雷锋首先要有雷锋精神。都想演雷锋，哪有那么多雷锋。下面我具体讲一下每个人物。（指着一号演员）镜头从你这儿开始，也就是说你是全剧的第一个镜头。

一号演员　那我肯定是雷锋了。

导　演　又来了，你到底想不想演！

一号演员　我忘了，雷锋精神。

导　演　夜深了，火车在行进着，车厢内的旅客大部分都进入了梦乡。突然，（指一号演员）你身边这位年轻姑娘（指二号演员）头靠在了你的肩上。于是，你轻轻睁开这双小眼睛，环视一下四周无人注意，便用脚尖点了点你的同伙。（指着三号演员）

三号演员　得，我这人物也好不了。

导　演　然后小声地说道，她睡了，包内有货。（指着三号演员）你就一句台词“交给我了”。然后你轻轻拉开姑娘的手提包拉链，这时惊醒正在似睡非睡的你，（指四号演员）你下意识地吼了一声“啊”！这时，（指五号演员）你便迅速掏出尖刀，顶在四号的背上说“别动！动我就扎死你”！

五号演员　我这更邪乎。

四号演员　导演，可不能真扎呀。

导　演　没关系，刀是胶皮的。于是，四号就好像什么事情也没发生一样打了个哈欠，“啊”……这个哈欠一定得打出那个胆小怕事的味道。

众　合　闹了半天我们没一个好人哪，这也没有雷锋啊？

六号演员　别急呀，导演这不给大伙讲戏呢。导演抽烟，导演，我演什么角色？

众　合　就他会献殷勤。

导　演　（指六号演员）你被这哈欠惊醒之后，发现眼前有人正在作案，你便不顾自身安危的大声喝道“抓小偷哇”。

合　众　他成主要人物了。

六号演员　这是本人气质所决定的，生来就是正面人物。

导　演　当你们几位发现他大声呼喊时，便一起向他扑去，拳打脚踢越真实越好。

合　众　请导演放心。

六号演员　导演，我这……

导　演　演英雄人物嘛，没有点奉献精神怎么能行啊！记住，结尾有个主题歌《雷锋回来了》，我现在教给唱一遍。［导演教唱主题歌。

导　演　好，看我手势，到结尾时我一说唱，咱们一起唱主题歌，记住没有？

合　众　记住了。

导　演　预备……

六号演员　导演，我挨打那段戏是不是得换换？

导　演　你不愿演这个角色，那你演小偷。

六号演员　别，别，那我还演吧，诸位手下留情。

导　演　摄像师准备，镜头对准一号演员，开始。

一号演员　她睡着了，包内有货。

三号演员　交给我了。

四号演员　“啊！”

五号演员　别动，动我就扎死你。

六号演员　抓小偷。［众演员拳打脚踢。

六号演员　来人哪！

导　演　（戴着一顶警帽上场）住手，我来了！

五号演员　导演，你……

导　演　不要管我，匕首向我刺。

六号演员　导演我是正面人物，不能向你刺。

导　演　快刺！

［五号演员一刀向导演刺去，导演手捂伤口，摇晃着身体。

导　演　主——题——歌——！

［众齐唱主题歌。

导　演　镜头向我推进，再推，近景，特写。好，感谢大家配合。

众　合　闹了半天都给他捧场啊。

六号演员　我白挨顿打。

众　合　我们还演坏人呢。

导　演　别急，这是上集。刚才你们也看到我牺牲了，下集你们就是重头戏。

众　合　我还演坏人哇。

导　演　不。都是正面人物，经过十年的改造都走了正路。

五号演员　我呢？

导　演　我牺牲啦。你判死刑。

五号演员　我死了，你也死了，咱俩都不能上了？

导　演　对呀，上就不合理了。你们几位坐的还是这顺序，镜头还是从你开始。（指着一号演员）她靠在你肩上，你硬说“她发烧了，包内有药”。（指三号演员）你还是那句话“交给我了”。（指四号演员）你说，“我们不能袖手旁观”。（指五号演员）你去打灯光。（指六号演员）你说：“我送她去找医务人员。”

众　合　唉，这场戏还不错。

六号演员　导演，我说完这句话就唱主题歌呗。

导　演　让你们唱的时候你们再唱。预备——开始。

一号演员　她发烧了，包内有药。

三号演员　交给我了。

四号演员　我们不能袖手旁观。

六号演员　我送她去找医务人员。

导　演　（戴着警帽再次上场）交给我吧。

六号演员　你怎么又上来了？

众　合　你不是牺牲了吗？

导　演　你们认错人了，牺牲的是我哥哥。是党和人民让我接过哥哥的枪，来完成他没有完成的任务。（扶着二号演员下场）主题歌。

［众唱主题歌。

——剧终

·小 品·

大学门前的鞋摊

时　间　当代。
地　点　街头，某大学门前。
人　物　女青年；男青年；女学生。

［闹市一片嘈杂声，女青年坐在鞋摊前向幕后打着招呼。

女青年　大姐，你才来呀，今天的黄瓜新鲜吗？

［幕后声，“新鲜，来小四川你尝尝。”

女青年　不要，不要。

［从后台扔出一根黄瓜，被女青年接住。

女青年　（向后台）谢谢了。

［一位男青年上场，他戴着眼镜，背着书包，学生打扮。

男青年　师傅，这儿有人吗？

女青年　你要修鞋？

男青年　对，我是来修鞋的。

女青年　（高兴地）请坐。

［男青年坐下，从书包内拿出板凳、修鞋拐子，放好。

女青年　哎，你说你来修鞋，结果你来修鞋。

男青年　是呀，我是来修鞋。

［女青年把板凳撤回，男青年摔倒。

女青年　这是我的地盘。

男青年　你的地盘？

女青年　是的，我的地盘！不信，你问问他们。

男青年　师傅。

女青年　什么师傅，男女有别。我从来不认识你是老几，上来就坐别人的凳子，没有礼貌。

男青年　那不是你让我坐的吗？

女青年　走开，不然我就叫警察来，流氓！

男青年　哎，你怎么这么说话。

女青年　怎么？没人和你多说话，我怕传染上甲肝。

男青年　那我在这边修行不行？

女青年　再往那边两米。

男青年　哎呀，再往外两米就到马路牙子了，我知道你怕我影响你的生意，这样吧，你让我在这修，我给你五角钱。

女青年　一块。

男青年　太多了，我还没开张呢。

女青年　八角。

男青年　五角吧。

女青年　七角。

男青年　五角。

女青年　六角再也不能少了。

男青年　好，好，六角，六角。

［男青年把钱交女青年之后开始摆摊。

女青年　修鞋跟儿，修鞋跟儿，一个一块零五分儿。

男青年　修鞋跟儿，修鞋跟儿，一个五角。

女青年　（恼怒）走开，给你这六角钱。

男青年　别别别，别生气，我这不是刚来吗，手艺不行。

女青年　我们这儿有统一的标准，你来了就乱开价。一个五角？现在买个猪蹄儿吃，还得好几块钱呢，难道说人的一双鞋还不如个猪蹄子？

男青年　好，好，我不喊了行不行。

［一个鞋跟由后台滚到男、女青年面前。

女青年　鞋跟！（一把抓在手中）

[女学生一瘸一拐走上。

女学生 哎，你们看见一个鞋跟没有？

女青年 我刚刚捡到一个。

女学生 是我掉的，你看。（她将掉跟的鞋抬起）

男青年 你给人家吧，好让人家配上套。

女青年 那好．我给你修。来来来，坐下。

女学生 你这修个后跟多少钱？

女青年 一块零五分。

女学生 太贵了，能不能便宜点。

女青年 不行。

女学生 （转向男青年）你这儿修后跟多少钱？

男青年 我是业余干这个的，修的不好便宜点儿可以。[女学生去拿女青年手里的鞋跟儿。

女青年 （躲闪）哎，好货不便宜，便宜没好货。

女学生 那你这也太贵了。

女青年 一块零四分。

女学生 就便宜一分呀。

女青年 零三分。

女学生 哟，你一分一分地降啊。

女青年 最少不能低于一块钱。

女学生 （抢过鞋跟，给男青年）你给我修。

[男青年接过鞋跟和鞋刚要修。

女学生 哎，别用手摸。你没看这是白色的鞋吗？你钉就行了。

女青年 你不要说白色鞋呀，就是灰色鞋叫他钉完也成黑的了。

男青年 （不小心钉手了）哎呀！

女青年 （解气地）活该。

女学生 你真不会修鞋？

男青年 你放心，修不好我不要你的钱，请坐。（脱下上衣）

女学生 （发现他背心上的校徽）你还是大学生哪？

女青年 （嘲讽地）大学生？是“蒙”牌的吧？

男青年 （没听清女青年的话，解释）不是什么名牌。

女青年 我说的是“蒙”牌，就是用拳头把你打蒙的蒙。

男青年 “蒙”牌呀。

女青年 连蒙都不认识，肯定是蒙牌！哎，你这个牌牌是不是捡来的？

女学生 就是呀，大学是出诸葛亮的地方，可不是出臭皮匠的地方。（从书包内拿出外语书）

女青年 说话礼貌一点，啥叫臭皮匠啊，三百六十行，行行出状元。修鞋也得有真本事，不像有些人是挂着羊头卖狗肉。（哼着小调气男青年）

男青年 哎，同学你的鞋开线了，我给你缝缝好吗？ [女学生读着英语没听见。

男青年 （用英语说）这位同学，我在跟你说话。

女学生 （惊奇地用英语问）你真是大学生？

男青年 （用英语）我是大学三年级的学生。

女学生 （用英语）那你怎么在这儿修鞋？

女青年 （冲女学生）哎！他嘟噜些什么？

女学生 他说他是大学三年级的学生。

男青年 师傅，锥子借我用一下好吗？

女青年 不借。

男青年 不白借。

女青年 那也不行。[男青年无奈，用手针缝着。

女学生 你是大学生，怎么干这个？

男青年 这有什么？我们出国的留学生，在国外不照样给人家刷盘子吗，能为外国人干，就不能为中国人干？干点儿活自己有收入，还可以给家减轻点负担，这不很好吗？

女学生 那你和修鞋的在一起，同学们和老师怎么看你呀？

女青年 修鞋的怎么了？修鞋的也不比你矮一截，你不穿高跟鞋你才矮一截呢。

女学生 我……

男青年 哎，同学……（示意女学生坐下）我觉得你不要总想别人看你干什么，应当想想为什么去干。就拿你学英语来说，是为了考进大学深造自己对吧？

女学生 对，我考了两年大学都没考上，今年我还想考一次。哎，同学，你刚才听我读的英语是不是不标准？

男青年 是，有几处不准，你听我给你读一遍。[男青年和女学生交流学习，女青年感到有些被冷落，拿出锥子。

女青年 哎，你用吧，这个快。

男青年 不用了，我已经缝完了，谢谢你。（把鞋给女学生）你穿上，试试怎么样？

女学生 真好，谢谢你。（给钱）再见！ [女学生下场。突然下起雨。

女青年 哎哟，这个鬼天气，一会儿就变脸。

［男、女青年都在收拾各自的东西，男青年拿出伞。

男青年 师傅，我这儿有伞你用吧。

女青年 你用，你用。

男青年 你用吧。

女青年 咱们俩用吧。

［男青年被雨水淋着，擦了把脸。女青年忙把雨伞挪向男青年，男青年不好意思又往旁边挪动一步。女青年又跟了一步。男青年看看表。

男青年 师傅，我得回去上课了，晚饭后我再来，这几样东西你先帮我看一下。（欲走）

女青年 哎，（从兜里掏出那六角钱，不好意思的）这是你的钱。

男青年 这……

女青年 我是和你开玩笑。

男青年 好，我收下。（欲走）

女青年 哎同学，你能不能也教我说两句嘟噜话？

男青年 好啊，你想学什么单词？

女青年 修皮鞋。

男青年 好，修皮鞋这样说。（用英语说着，女青年学着）你发音挺准的，好了，我走了。以后有时间我教你英语，你教我修鞋，再见！

女青年 拜拜！

男青年 哎，你这不是也会说吗？

女青年 这句话三岁的孩子也会说呀。

男青年 好，拜拜！（下）

女青年 （重复着修皮鞋的单词）这回好了，我就是遇上个老外也能对付一阵子了。［女学生跑上场。

女学生 哎，刚才修鞋的那个同学呢？

女青年 你找他，（用英语）修皮鞋？

女学生 你也会说英语？

女青年 刚刚学了一句。

女学生 对，我找他修鞋。

女青年 你刚修完鞋，还要修鞋？

女学生 （不好意思）啊，我刚才修后跟，这会儿，我修前掌。

女青年 我看你醉翁之意不在酒。

女学生 你……

女青年 那好，你脱下来，我给你修。

女学生 我一会儿再来。（下场）

女青年 咳！我应该是先去上学，再来修鞋，那样生意会更好。

——剧终

·小 品·

两把雨伞

时　间　当代。

地　点　街头。

人　物　男人；妇女；少女。

［舞台上为街道背景。

［效果：雨声。

少女　背向外抱着孩子上。至台间蹲下脱下上衣给孩子罩上，并弯身护着怀中的孩子。

男人　撑着一把花伞同一方向顶着风雨走上。少女急忙跑至男人伞下。

少女　您不会见怪吧？

男人　当然不会，不会……

少女　主要为了孩子……

男人　对对，明白（见少女身冷略抖）哟，你穿得太单薄了……（脱上衣）

少女　没关系，你别感冒了。

男人　不会，我这身体，从来就没感……（喷嚏）冒过！

少女　嘻嘻，你看，说着说着就——阿嚏！

男人　阿嚏！

少女　阿嚏！

男人　嘿，这玩意儿也传染。（给少女披上衣）

［男人将伞向右举，斜顶着风雨。

［妇女持一伞匆匆走过。

男人　（指孩子）感冒了吧？

少女　刚从医院回来。

男人　这雨来得也太快啦。

妇女　（闻声止步，自语地）咦？听声儿好像是我们那位。（妇女看伞下二人脚）鞋是他的，那个是谁？（再走近看，脚下一滑，蹬在男人脚上，男人的伞抬起，妇女速将伞向后一背，遮住男人视线）是他！

［男人又将伞放下挡雨，妇女侧身向后倒退一步，拿顶伞偷听。

男人　你胳膊酸了吧？我抱抱。

妇女　抱抱？！

少女　不，我怀里已经焐热了。

妇女　啊，都抱在怀里啦？！

［妇女转身想看到对方，男人随之持伞转动——转一圈。

男人　今天的风向还不定。

［妇女又回原来位置，咳嗽一声，突然喊出男人名字。

妇女　刘春才！

男人　（突然应声）啊！哟。（将伞递给少女，奔妇女）你怎么来啦……（往妇女伞下站）

妇女　一边去。（将男蹬出）

少女　同志……

男人　哎。（进少女伞下）

妇女　回来！

男人　哎。［又回到妇女身边，妇女将伞移开，男人抱头在雨中。

妇女　干啥哪？干啥哪？干啥哪？

男人　没干啥啊。

妇女　没干啥，那干啥哪？

男人　我干啥啦？

妇女　那是谁？

男人　不认识。

妇女　不认识咋站一块儿去啦！

少女　不，您误会了，他是助人为乐！

妇女 啥？助人为乐，你乐了，我呢？

男人 哎呀，你听我说——

妇女 说啥？事实都摆在这儿，还有啥好说的！

男人 你不知道——

妇女 是啊，干这种事能让人知道吗？

男人 不，是因为下雨——

妇女 下雨天不容易被人发现，对不？你也不怕作病。

男人 你，你——啊嚏！

妇女 该！

少女 同志，快披上衣服。（递衣服）

妇女 哎呀，恶心！（抢衣服）别脏了我的衣服！（雨伞顺势被抢掉）哎呀哎呀，都有孩子啦！（将上衣铺在地上号啕）我的个天哪——

男人 衣服，衣服，新买的夹克，你干啥啊你！

少女 大姐！

妇女 嘴还挺甜的，大姐，情愿当二房啊？

少女 ……

男人 你，你说这话也不怕丢人！

妇女 怕丢人就别干那丢人的事儿！

男人 我干啥丢人事啦？

妇女 好哇！到现在你还跟我装蒜！说！她是谁？这孩子是谁的？

男人 我哪儿知道是谁的？

少女 大姐，这孩子不是我的。

妇女 要说是你的，那就没法上户口了，呸！第三者！我今天跟你没完！（将伞合拢像一只木棒拎在手里）

男人 你要干啥……（阻挠）

妇女 你破坏我的家庭，破坏我的幸福……

男人 （又去劝说少女）同志，你别生气……

妇女 我生气你管不管！

男人 我管！（将伞合拢拎在手里）今天你要敢动她一下，我削你！

妇女 哎呀，你还护着她！你个陈世美！走，上法院，找政府。

男人 上哪儿我也不怕。

妇女 还有你，带着你们第三者爱情的结晶，走！

少女 我，我不去！

妇女 害怕啦！当初你那胆儿哪去啦？你哪个单位的？我找你们领导去！

少女 我是红霞幼儿园的？

妇女 红霞幼儿园的？你撒谎都到家门口了，我天天去那儿接孩子，怎么没见过你！

少女 我刚刚从幼师毕业分配来的。

妇女 胡扯！

少女 今天丹丹病了，我送到医院打了针……

妇女 你别……

男人
妇女 丹丹？

（妇女愣住。

男人 （揭开衣服看了孩子）“丹丹”。

［将孩子抱过。

妇女 （速将伞支开给孩子打上）我的孩子！（将孩子抱过）

男人 同志……

少女 （含着泪水）人和人之间为什么这么不信任和理解。（跑下）

男人 （欲追）同志……

妇女 他爹……你看孩子……

［男人拎着那把雨伞一步一步逼近妇女，妇女一步步后退。

妇女 要打打我后边，别碰着孩子。

男人 （指着妇女）我说你什么好呀……

妇女 骂我两句吧，求求你！

男人 你——

妇女 （发现孩子身上的衣服）衣服？（速将孩子给男人抓起衣服，追喊着）“妹子！”（追下）

［效果，雨声强。

［男人一手抱着孩子打着雨伞，一手将另一把伞支开，音乐中慢步走下。

——剧终

·微型小品·

卖 鱼

甲 最近我在研究一个问题。

乙 什么问题?

甲 去年是牛年，今年是虎年，您说这牛年和虎年为什么紧挨着?

乙 挨着就挨着呗，这有什么可研究的。

甲 不，我认为牛年和虎年挨在一起决非偶然，它给我们提出一个深刻的道理。

乙 什么道理?

甲 这是在告诉我们，在建设四化的今天要有老牛拉车的力气，猛虎下山的劲头。更重要的是干实事，说实话，干什么事情都不可言过其实，更不能吹大牛连蒙带唬。

乙 有道理。

甲 随着时代的发展，我们进入了文明的社会。对那些自吹自擂，连蒙带唬不文明的东西要彻底取缔。

乙 说得太对了，前些年有的人就靠着说假话、说空话往上爬，现在时代变了，说空话说假话只能欺骗自己，遭到社会的谴责。

甲 上个星期我就在农贸市场看到了一个吹牛的小伙子。

（转入剧情）

［某农贸市场。

甲 手拿秤在他的前面摆着一堆鲜鱼。他大声喊道:“卖鱼了，卖鱼了！最新鲜的大鲤鱼，营养丰富，鱼肉肥，鲤鱼有头又有尾，老太太吃了能长牙，老头吃了能百岁，小伙子吃了身体好，大姑娘越吃人越美。现在减价到两块八了，刚才我三块钱一斤卖了两堆，谁买？快买！”

乙 走了过来拍了拍小伙子肩膀:“同志，这鱼多少钱一斤？”

甲 两块八，刚才我三块钱一斤卖了两堆。

乙 从兜里掏税务局的工作证（严厉地）:“那两堆等一会儿再说，你先把这堆的税上完了再说！”

甲 啊?（甲目瞪口呆）。（定格）

（画外音）自古吹牛不上税呀!

——剧终

·小品·

赶　集

时　间　当代。

地　点　家中。

人　物　男青年；女青年。

［舞台上，一男青年农民手拿刀坐着剁肉，女手拿毛线上，将男手中刀拿下，将钱递给男，坐在男对面两人缠线，女的戴副高度近视镜。

女　臭虫哥，看你妈起这名，今儿咱俩做点啥有意义的事呢？

男　我听你的，虫。

女　呀，你咋又叫我虫呢？

男　那不比你妈叫你蚂蚱好听啊，那不就是虫啊，我这臭虫，两字还浪费，分给你一个，我臭你虫正好一对。

女　中，那我就叫你臭哥，今儿可是集日，咱俩人赶集去呗，中不？

男　中啊，虫，那你可打扮漂亮点，给我壮脸，记得那阵子你打我家门前一过，那穿着，那小眼珠给你整的，黑是黑，白是白……

女　拉倒吧，你家那叫眼珠哇，那是眼神。

男　对，是眼神，那眼神啊，毕死了。

女　那要闭死了你还能看见啥呀。

男　哎呀，说你不如我吧，我说的那毕是全毕的毕。

女　是全毕呀，那还能睁一只眼呀？

男　哎呀，我说的不是全闭死眼睛，我说的是毕死了眼神，是说……得得得，我用的是形容词你听。

女　咋不懂呢，差啥呀，不就说我眼睛贼闭吗？

男　对贼闭，你是贼闭。

女　是呢，臭哥，我也想，你看人城里人一出门打扮得红红绿绿，绝对心情，咱也得差不多呀，可你说我穿啥呢？

男　当然穿最好看的，那你说我穿啥呢？

女　你要穿我最爱看的。

男　你最爱看……那我能出得去吗？

女　咋的了？

男　你忘了，那天，我干活时你跟我说：臭哥，我最看你光着膀子干活……

女　那我也没说要看你光着膀子出去呀。

男　哎，我说这样吧，咱俩呢，你在屋里换衣服，我在屋外换，等换好喊一、二、三一起出来，你看我第一眼，我看你第一眼，要是好看，那肯定好看，人不都说第一感觉最准，要是不好看呢，咱俩再重换，直到满意为止。

女　中啊，臭哥，现在就开始。

男　慢着，（大喊一声二人定住）你把我衣服给我拿出来呀，要不我换啥呀。

［女的下，上来时怀抱一大红包袱。

女　给，你的衣服全在这儿呢，我进去了。

男　等等，还有我的鞋和帽子呢。

女　这也要哇？

男　你不知道这叫配套吗？

女　中，你等着。

［女两次下，上来时手提一装满鞋和帽子的网兜。

女　这回齐了吧。

男　行了，进去吧，你可快点啊，你们女的出门最麻烦。

［女的下，男的边说边走到台侧一板子后，然后伸出头来。

男　你换好了没有哇，你再没换好，我可先出来了，不给你看第一眼。

女　（也伸出头）我换好啦，你喊一、二、三吧，哎，等等，臭哥咱就这么走出来呀。

男　那不走出来还抬出来呀。

女　不是，我是说你还像从前那样，咱们见面前你先奏乐，然后一点点走出来，中不？

男　忠，你想听哪个曲子？

女　就奏你常奏的那个就中，那个你熟不容易跑调。

［男的奏出国际歌的旋律，在音乐中二人缓缓走出，女的穿一蓝色旗袍，外套红毛线开衫，男的也身穿蓝色长袍，脖上围一长围巾，头上戴一军帽，二人走到台中同时定住，然后围对方绕一圈。

男　哎呀，虫啊，你啥时整这么套衣服，咋没看你穿过呢？

女　（严肃地）臭哥，这衣服是俺娘留给俺的传家宝，俺娘说了：蚂蚱，非到关键时刻不能穿，臭哥，我咋也没看你穿过这衣服呀？

男　（严肃地）不瞒你说虫啊，这事我一直没告诉你这是俺爹当翻译时穿的，他可是好人，我怕你不信，还以为俺爹是汉奸呢。（轻松地）这回好了，原来你娘也有一套翻译服哇。

女　那当然了，臭虫，你看俺好看不？别忘了第一眼。

男　虫，你简直贼毕，你说咱俩怎么想的呢。

女　这才是，不像不进一家门，心有灵犀一点通。

男　走！

［女的手挽男的臂二人向前走。

男　慢着，咱俩这样我怎么好像在哪儿见过。

女　臭哥，你见谁穿过俺这衣服。

男　让我想想（边比画着自语）女的挽着男的，两个人向前走，突然男的大喊“打倒日本帝国主义，中国共……”然后砰砰两声……

女　对呀，我也想起来了，然后……

男　行了，别往下说了，你说咱俩这样出去，别人看见万一也想起这事，不行，不行，不能穿这身，一定得换，哎呀，咱俩真傻，不能只穿最好看的，还得穿最流行的，这身哪是最流行的，哪能领导流行，快换。

女　中，臭哥，我听你的。

［男、女分别走进刚才换衣服的地方。

男　（伸出头）我说虫啊，换支曲子行不行，我咋听着不大舒服呢，这回我给你换支我最拿手的，当今最流行的，你知道不，这曲子和衣服也得配套。

女　（伸出头）中啊，臭哥，只要不走调哪支都中，我换好了，你奏乐吧。

［男的唱出“宝贝”歌词：宝贝，你爸爸正在过着动荡的生活，他参加游击队东躲西藏，我的宝贝……男、女踏音乐的节奏，迈着时装步缓缓走上，女的不戴眼镜脚穿皮鞋，红袜子、白色裤子，上身是一块大方红布四边红色非子，布的中央掏个大洞套在女的身上，男的光脚黑布鞋、白裤子，上穿红色T恤衫，脖上扎一黑领花，二人走到台中，女的眼神不好，撞着男的，才知对面有人，慌忙后退站住，男的围对方绕一圈。

男　（欣喜地）哎呀我的虫啊，你说咱俩咋这配套呢。

女　（羞涩地）你看我俊不？

男　毕死了，简直是中国的卡尔•皮丹。

女 他不叫皮丹，叫皮蛋，傻样。

男 看俺这媳妇，瞧这眼光。咱俩走之前你可描一描不。

女 那还用说，你给俺看着啊。

［女的拿出口红面对男的，手拿口红使劲在嘴上绕数圈，男的边欣赏女的边绕到女的另一侧。

女 中不？

男 我在这面呢。

女 啥时跑这面来了，咋样？

男 中了。

［很自然地从兜内拿火柴递给女的，女的看不见手在空中划一大圈接过火柴，用力在眼眉上划数下。又用手指头在嘴上抹两下，然后抹在脸上。

男 商量点事。

女 啥事呀？

男 今儿出去你别叫我臭哥，我也不叫你虫。

女 我也听着不太动听，那叫啥呀。

男 叫咱俩大名呗，我大名长寿，你的大名来福。

女 我咋听着也不太好听呢。

男 干脆这么着吧，咱俩重新起名，快想想，你喜欢啥名？

女 （自言自语）啥名呢？叫灿烂？不行，叫五彩？不行，哎呀，我有点眼花缭乱了，呀，就叫眼花儿呗，对眼花儿，眼花儿咋样，中不？

男 不行，不行，谁眼花呀，太难听，看你这费劲儿，还是我起吧，这名和人和衣服都得配套，你知道不，咱得起流行名，让我好好想想，（自语）叫啥呢，狗剩？（打自己一个嘴巴）怎么叫回去了，叫缭乱？你看看让你搅和的我直顺撇，叫什么呢？（看女的那身打扮围女的转一圈）哎，有了，亲爱的名有了，我就叫卡尔，你就叫皮蛋，正好又是一对，这名叫的让他们气死，就这么定了。

女 卡尔哥。

男 皮蛋妻。咱们走！

［女的两次迈着时装步又撞到男的，慌忙后退，男的上前挽起女的大步走下，女的用另一只手在胸前试探着，仿佛领一个盲人。

——剧终

·小 品·

两尊雕像

时　间　当代。

地　点　雕塑室。

人　物　老雕塑家：六十多岁；五四青年："五四"时期的学生；现代学生：女，十七八岁。

景　置　舞台上布置成雕塑室，两块白布蒙着两块石膏。

［年过半百的雕塑家手拿烟斗，随着抒情的钢琴曲上场。

老雕塑家　有人说雕塑家是个苦行当，一堆泥巴，一把刻刀，整整伴随了我大半生；有人说绿色已不属于我，在我的额角挂满了橙红。"五四"的乐曲激起了我心头的绿波，荡起了我青春的激情。听，那是历史的旋律，时代的心声，让我的追求和向往，在这刀下诞生。［激昂的钢琴曲。雕塑家来到一块石膏前，做着雕刻的动作。激昂的钢琴曲渐转"五四"时期的代表乐曲。他扯下石膏上的白布，露出一座身穿白色"五四"学生服的雕像。他头上沾满白粉，动作造型成雕塑状。雕塑家又来到另一块蒙着白布的石膏前，"五四"乐曲转成节奏强烈的迪斯科乐曲。他扯下石膏上的白布，露出布下穿白色紧身服的现代学生雕像。她头上沾满白粉，动作造型成雕塑状。迪斯科舞曲停止；钢琴曲《献给爱丽丝》渐起。

五四青年　你从哪儿来？

现代学生　一九八八。你从哪儿来？

五四青年　一九一九。

现代学生　我们相隔这么遥远。

五四青年　六十九年的风风雨雨。

现代学生　六十九年的风风雨雨。

老雕塑家　噢，六十九年了！六十九年的道路坎坷不平！（来到五四青年跟前）是你点燃了旧中国第一颗革命的火种，你交给了我……（又来到现代学生跟前）我又将它传给了后代，它没有灭。看！它把天地照得通明。

现代学生　我看见了！［老雕刻家又来到五四青年前，做雕刻的动作。五四青年由站着的动作变成呼喊造型。

现代学生　看见了，你在那黑云压城万众丧生的血泪中呐喊。我看见了！看见了，你冲破军阀的兵马与封建的势力进行抗争。

五四青年　我看见了！［老雕刻家来到现代学生面前，做雕刻的动作。现代学生由站立动作变成半卧看书的动作。

五四青年　看见了，你在那阳光明媚的草坪上学习、用功。看见了，你在阳光下歌唱，在阳光下起舞。［现代学生随"圆舞曲"旋转，起舞，定格造型。

老雕塑家　我看见了你，也看见了我。历史、现实、理想、憧憬，我看见了两个时代，我看见了两个时代的主人。他们一样的正义、赤诚，一样的勤奋、年轻。

五四青年 我们是两个时代，一个年龄。

现代学生 我们是两个时代，一个心声。

五四青年 让华夏崛起。

现代学生 让中华腾飞。

五四青年 让祖国昌盛。这个坚定的信念，支撑了我们六十九年的里程。

现代学生 让祖国昌盛。这个坚定的信念，支撑了我们六十九年的里程。

老雕塑家 六十九年的风风雨雨，将我吹打成熟。由一棵幼小的苗，长成一棵挺拔的松。历史的理想，变成了当今的现实。美好的憧憬，化成彩色的人生！［乐曲渐弱。

现代学生 也许是条件越优越，生活越感到平庸。有时一觉醒来，觉得什么都没有，脑子里很空，很空。一会儿想去学习，攻读硕士、研究生。一会儿想去挣钱，争当新潮富翁。哎，乱死了，两种想法总是在脑子里交替上升。

五四青年 条件越好，越不能满足，更要去奋起。一觉醒来，不要徬徨，因为那是黎明。单单是钱的索取不能代表富有，只有积累知识，才能真正地摆脱贫穷。努力吧！为了祖国去拼搏竞争。

现代学生 想让祖国腾飞，又恨报国无能。

五四青年 要使祖国腾飞，首先你要做。

现代学生 你们当年创业，有宽阔施展的环境。你们的口号是……

五四青年 对外反侵略，对内反封建！

现代学生 可我们的口号是：对外开放，对内搞活。瞧，火药味一点不浓。

五四青年 改革就是青年人创业的土壤，它是一场十分艰难的革命！

老雕塑家 革命、改革！改革、革命！如果说，当年的斗争是劈天盖地的浪，那么如今的奋斗，就是四海翻腾的涌。第三次浪潮已冲开我华夏大门，青年人走到前面去，去做那风口浪尖上的龙！

五四青年 我们是两个时代，一个年龄。

现代学生 我们是两个时代，一个心声。

老雕塑家 携起手来——（把两尊雕像雕在一起）身后面的是影，前面者是光明。青年人只要明天，让明天的太阳在他们的手上升腾。

［三人造型。

——剧终

·小品·

并非虚构的童话

时　间　当代。

地　点　虚拟空间。

人　物　儿　童：男，十岁左右。
课　本：中年男子。
爱情书：男、女青年。
武侠书：中年男子。
倒　爷：卖报人，青年男子。

［音乐中，儿童推着一本房门大小的课本上场。定位后，儿童用力将书的封皮掀开，露出后面的演员。他外表装束近似教师，此人物是“课本”。

课　本　鹅、鹅、鹅，曲项朝天歌。白毛浮绿水，红掌拨清波。

［书皮合上，儿童轻声复诵着。一声长铃，课本的封皮又掀开。课本轻唱儿童英语歌《A，B，C》。

课　本　A，B，C…

［《A，B，C》音乐起，儿童随着音乐唱着。突然，音乐由《A，B，C》转变成《梁祝》。又一本爱情小说随着乐曲上场，儿童将课本合上。他突然把爱情书封皮掀开，露出一对男女青年演员。身着民族古典服装，（此人物定名“爱情书”）他们随着音乐翩翩起舞。儿童聚精会神地看着，直至目送两人回到书中。儿童的余兴未消，再次将爱情书翻开。这时，课本自动地掀开了。

课　本　同学们，这回我给你们讲一个梦的童话。从前有一个小朋友……

［没等课本说完，儿童就把此书合上，奔向爱情书。突然，身后传来一阵节奏强烈的拼打声。随声望去，一本封皮画着斧钺钩叉的武侠小说上场。封面一开，从中蹦出一个身着和服的秃头和尚。（此人物定名“武侠书”）

武侠书　呼！哈！（亮相）

［爱情书掀开一点小缝，男女青年向外窥探，示意一下把书合上。

武侠书　上回书说到，英雄巧破八卦阵，铁臂王一掌定乾坤。书接上回，再表英雄夜闯那官府，铁臂王痛打醉八仙。

［儿童目不转睛地看着，下意识地跟和尚比画。这时爱情书又一次掀开，男女青年身着紧身服翩翩起舞，动作更加柔情。儿童看得目瞪口呆，和尚一看自己的观众被争夺走，急忙取出重量级的拳击手套戴上，做出拳动作。还是不行，只好回到书中将书合上。这时课本又一次自己掀开，没等书中人开口，就被儿童深深合上。几开几合，儿童从书包里掏出一把特制大锁，将此书锁上。然后，端着凳子学

男青年跳舞的样子。一声枪响，武侠书封皮重新掀开，书中的和尚变成外国西部侠客，手持双枪一跃而出，立即把儿童吸引过来。男青年向女青年示意一下，回到书中将书皮合上。侠客正有声有色地表演着，爱情书又一次掀开，男女青年身着短衣短裤出场。女青年腰中稀稀拉拉插着几根鹅毛与大侠争艳，儿童眼花缭乱。爱情书拉着他看爱情；武侠书拉着他看武侠，儿童无奈蹲身抱头。爱情书、武侠书随之停住了手脚，侠客走到男青年女青年身边耳语。

侠　客　看来我们各自的力量都有些单薄，要想吸引读者，必须把武侠和爱情进行横向联合。

男青年　对！合作成功，对半分成！

侠　客　一言为定。

男青年　签订合同。

［大侠用手拔下女青年腰间的鹅毛当笔写字，三人做着奇形怪状的动作。女青年与男青年接吻，同时她把手偷偷伸向大侠；大侠蹲身吻着女青年的手背，突然被男青年发现，两男搏斗；大侠被打倒在地，男青年继续与女青年接吻；大侠从地上爬起，掏出手枪瞄向男青年……儿童胆战心惊。一声枪响，儿童尖叫，四人动作静止定型。

［倒爷上，回身拉出一张特大的报纸。报纸剪好的窗口把台上的四人框入画面，形成报上的照片。报纸的左上面写着：《街头小巷报》。

倒　爷　看报，看报！街头小巷报啊！本报刊登彩色照片——恩恩爱爱的小两口，由于第三者的插足，导致男青年不幸身亡，使孩子流落街头，无家可归。看报！看报啊！如果你肯花高价，我这儿还有内部的小报。（展开双臂，腋下的报纸上画着两条大腿）

［旁白：“工商局的来了。”

［爱情书，武侠书，倒爷一跑而光。只有儿童一人，茫然地在那里呆望着，他惊恐地拿出钥匙打开课本。

儿　童　老师，我怕我是在做噩梦吧？

课　本　同学们，这个童话，不是虚构的……

［音乐声中课本在无声讲着，儿童在静静地听着……

——剧终

·小品·

找对象

时　间　当代。

地　点　公园一角。

人　物　女青年；老教授、山东大哥、外国人（均由一人扮演）。

［一个穿着入时的女青年跑上场。远处是结婚喜庆的音乐。

女青年　最近结婚的可真多呀，什么？你问我什么时候结婚哪？人生大事我可不能草率从事，我可不能像个萝卜似的，给个坑就蹲进去，我有我的理想，我有我的追求，我有我的梦。时间到了，他该来啦。说是在第三根电线杆子底下见面，一根，两根，三根。（站那儿化妆）［老教授上。

老教授　一根、两根、三……

［老教授摸到了女青年的头，二人都吓一跳。

老教授　你是……

女青年　梦外外。［两人同时自语："就是她（他）。"

女青年　这就是给我介绍的对象？

老教授　这就是给我介绍的配偶？

女青年　这也太老了！

老教授　这也太年轻了！

女青年　您是刘教授吧？

老教授　刘达夫，我单位的老王让我来……

女青年　见见面。

老教授　是的，可是来之前我们彼此并不了解，我是再婚。

女青年　我不在乎。

老教授　另外我妻子病故后还留下一个孩子。

女青年　我可以抚养他。

老教授　她今年已经二十八啦。所以，我认为我们在一起不太合适。

女青年　那有什么？当代青年有把青春献给英雄，献给残疾人，我为什么不能把青春献给老年人？［女青年扑向老教授，老教授急忙阻止。

老教授　理智，理智，心脏不太好！（自语）太危险啦，这个举动三十年前我还是可以的，现在确实有些力不从心啦。小梦同志，我不明白你这是为什么啦？

女青年　因为您有知识、有文化，用现代话说叫高档次。和您在一起我可以变成一个高尚的人，另外还有……

老教授　什么？

女青年　我……

老教授　你什么？

女青年　我不告诉你。

老教授　有什么不好开口的，只有说出来才能加强相互的了解嘛。

女青年　我听说您要出国讲学啦，我可以跟您去陪读，我可以为您洗衣服，为您做饭，为您砍柴打水换煤气罐，还可以为您生儿育女在那里安家，在那里扎根。永远离开这贫穷落后的土地，在那异国他乡来实现我们梦寐以求的生活……

老教授　好啦，我认为我们的谈话该终止了。

女青年　什么时候再见？

老教授　没有这个必要。（转身下场）

女青年　哎！大爷……老杂毛！要不是为了出国我理您？老帮子，娶了我怕您咬不动。（从兜内掏出电话本）跟这个联系。（打电话）张姐吗？我是外外。你手头有合适的没有？什么？那个早吹了，岁数太大了，当然是我不同意了。什么？你手头有一个，个人条件不太好。哎呀，不管他个人条件怎么样，只要是亲属有在外面的就行。什么？他父母都在外面工作，什么地方？你大点声！“波兰拉基”，（自语）可能是欧洲那边的。你别说啦就是他啦，什么条件不条件的咱就看人呗，明天五点，老地方见面。［公园一角，女青年在焦急地等待着。这时，着装近似于农民打扮的男青年双目直勾勾地走上场。

山东大哥　（自语）第三根电线杆子。一根、两根、三……哎呀！大姐，你贵姓啊？

女青年　姓梦。

山东大哥　哎呀，我自我介绍一下，我免贵姓张，张柱，小名柱子，二十四周岁，属龙的。今年是我的本命年，你看我还扎着红裤腰带呢，里边还穿着红裤……哎呀，不太雅观啦哈。

女青年　（自语）这也太“屯”了。噢！张柱哇，坐。［两人坐下。

山东大哥　谢谢大姐。

女青年　张柱今后咱就是那什么关系啦，别总姐、姐的叫着怪难为情的。

山东大哥　行，行，那你叫啥呀？

女青年　梦外外。

山东大哥　小名呢？

女青年　外外。

山东大哥　哎呀，这名一听就挺那啥的，跟你这个人挺配套的。

女青年　你父母在外边工作呀？

山东大哥　啊，王姐都跟你说啦哈，也就挣那俩钱儿呗。［女青年挎上他的胳膊。

女青年　那我要是和你结婚之后，想出去的话你父母能当“保人”吗？

山东大哥　你也太瞧不起人啦。你要是真和我结婚，我一点罪也让你受不着，我就是砸锅卖铁也得让你吃饱了。再者说，你这要求水平也太低了，不但让你吃饱了，而且让你吃得胖胖的，半年之后保准让你那肚子……哎呀，这么比喻女同志不太好吧。

女青年　（自语）他父母在外面怎么连“保人”都不懂呀？哎，张柱，你父母是在外边吗？

山东大哥　是成天在外边。

女青年　是在“波兰拉基”？

山东大哥　啥？

女青年　“波兰拉基”呀！

山东大哥　啊，你连一块儿说啦，我妈是收破烂，我爸是捡垃圾的，你这么连着一说，“波兰拉基”我还以为是外国名呢。

女青年　（恼怒地站起来）滚！一个捡破烂的还想来占我的便宜。

山东大哥　干什么？噢！你嫌我父母职业不好哇！早知道你是这样的人，我还不理你呢，有什么了不起的。

女青年　滚！滚！

［山东大哥气愤地下场。女青年失声地哭叫着——

女青年　王姐，你戏弄我，你戏弄我的感情，我不活了！我死给你们看！人世间没有人能给我一点安慰。（痛哭起来）我谁也不靠，自己找！（下场）［舞曲起。一个假扮外国人的男青年，戴着金发套随着舞曲跳着上场。

外国人　（东北口音）笑啥笑啥？少见多怪，哥们儿这套姑娘崇拜，舞厅里一走绝对老外。你们想干啥，你没有那派呀。

［女青年跳舞上场，惊喜：“外国人。”

外国人　（自语）这姑娘长得真靓。（用笨拙的腔调念着中文课本）中国，公园，买票，卖票。［女青年被“外国人”吸引。

女青年　（自语）外国人，留学生！我要设法接近他。先生 Are you studying chinese?

外国人　你说的是什么意思？

女青年　我是用英语问您，您是在学汉语吗？您是外国人怎么连英语都听不懂？

外国人　我是外国人，一学汉语把英语就忘了。

女青年　（自语）外国人，真正的正宗货。先生，我可以帮你学习汉语吗？

外国人　谢谢！

女青年　卖票。

外国人　卖票。

女青年　买票。

外国人　买票。

女青年　出国？你有办法？

外国人　我哪有办法呀？（露出东北腔）你要……

女青年　你……

外国人　小姐，你听我这东北话学得怎么样？

女青年　说得比我还干啥呢。

外国人　我这次到中国来，一是学习汉语；二是想找一个东方女郎作为伴侣。

女青年　找到了没有？

外国人　很不理想。中国的姑娘不会拥抱、不敢接吻，太封建啦。

女青年　不！我们八十年代的青年是解放的青年，在爱情面前是敢于追求的。

外国人　小姐，我发现你长得非常漂亮，我一定把你带到国外去。

女青年　亲爱的……

［两人拥抱，女青年无意拽下男青年的假发套。

女青年　啊！你……

外国人　（失口露出东北话）干啥呀，你别使劲薅哇！（转身跑下）

女青年　骗子！骗子！（追下）

——剧终

与栾淑梅表演小品《找对象》

与刘丽丽、徐敏表演小品《找对象》

·小 品·

“家庭杯”智力大奖赛

时　间　当代。

地　点　比赛现场。

人　物　主持人；丈夫；妻子；儿童。

［舞台上横摆着三个赛台，台上写着丈夫台、妻子台、儿童台。

主持人　亲爱的观众朋友们：我们献给大家一个特别节目：《“家庭杯”智力大奖赛》。这个节目需要在座的观众和我们合作，现在我们请一名已婚的先生、一名已婚的女士和一名儿童上场参赛，哪位朋友有兴趣请举手报名。

［主持人在观众席中选出事先安排好的三位演员。

主持人　好，这里有一位先生举手报名。

［坐在男演员身边的一位化装成观众的女演员拉了男演员一把。

妻　子　臭显啥呀，别献丑了。

主持人　没关系，过年了咱大家一起乐呵乐呵，要不然请您也一块儿来。

妻　子　哎呀，我可不行。

［坐在女演员身边的一位化装成观众的小演员拉着女演员。

儿　童　妈妈去吧。

主持人　好！今天我们就请这一家三口作为今天参赛的代表怎么样？大家鼓掌欢迎。

［在掌声中主持人把三位请到各自的赛台上。

主持人　观众朋友们，参赛的选手已经产生了。下面我把竞赛的形式和规则向大家介绍一下；我们所提出的问题都是家庭中的生活小事，也没有标准的答案。那么，怎样来区分选手的得分高低和胜败呢？请看，我这里装了一个声音分贝器，通过观众，来判断选手回答的问题的得分数。所以您赞同那位选手回答的问题就热烈鼓掌。如果丈夫选手获胜，我们将发给今天在场的所有已婚男士每人一样奖品；如果妻子选手获胜，在场的所有女士将获得一份奖品；如果儿童选手获胜，所有在座的小朋友都会得到一份奖品。下面我们的竞赛就要开始了，比赛之前请允许我采访一下选手，请问这位女士您贵姓？

妻　子　姓×。

主持人　您的业余爱好是什么。

妻　子　看电影。

主持人　请问您最喜欢哪部影片？

妻　子　《模范丈夫》。［台下掌声。

主持人　从观众的掌声中可以看出，她完全可以代表在场的女观众。请问这位男士您贵姓？

丈　夫　姓×。

主持人　你的爱好是？

丈　夫　看电影。

主持人　不是一家人，不进一家门。请问您最喜欢哪部影片？

丈　夫　《良家妇女》。[台下掌声。

主持人　掌声太热烈了，看来我们这位男选手，完全可以做今天在座的男士代表。小朋友请问你姓什么呀？

儿　童　我和我爸爸一个姓。

主持人　真聪明，那么你最爱看什么电影？

儿　童　我喜欢看电视。

主持人　喜欢电视什么节目？

儿　童　《米老鼠和唐老鸭》。

主持人　好。现在比赛正式开始。第一个问题：请问，在一个家庭组织中，哪一个成员负担的家务活最多？请回答。[抢答器灯亮。

主持人　请男士回答。

丈　夫　我认为男同志在家干活最多，一些脏活、累活都由我们来完成。像什么买粮、买煤、洗个被里，清个被面儿，换个煤气罐啥的。休个星期天比上班还累，不知在座的先生们是否有这个体会？

主持人　看来你很会煽动。[抢答器灯亮。

主持人　请女士回答。

妻　子　我认为他说得不对，在一个家庭中还是女人劳动量最大。缝缝补补、洗洗涮涮你看这活不起眼儿，其实挺累人的。不说别的，就说如果家里女人外出一段时间，家里造得就像猪圈似的，我不知道在座的女士有没有这种体会？

主持人　看来你也很有群众基础。[抢答器灯亮。

主持人　好，请小朋友回答：在家里是你爸爸干活多呀，还是你妈妈干活多呀？

儿　童　我奶奶。

主持人　从观众的掌声中可以看出，这个问题小朋友的得分最高。确实有很多老人为了减轻儿女负担，把很繁重的家务活承担起来，在这里让我们以热烈的掌声向这些老人表示感谢！下面请回答第二个问题：在家庭的范围内，您最喜欢什么？请男士回答。

丈　夫　在家庭的范围内呀，那我当然最喜欢我爱人了。她这人有时嘴不让人，可她刀子嘴豆腐心。尤其在咱东北，大冬天的寒风刺骨，一进家门爱人给做好了饭菜，砂锅炖豆腐什么的往桌子上一端，不吃也觉着挺热乎。

主持人　好，下面请女选手回答。

妻　子　在家庭范围内我最喜欢孩子，因为她是祖国的花朵，父母的希望。

主持人　好，小朋友你最喜欢什么？

儿　童　我最喜欢过年的时候和大人一块儿去拜年。

主持人　为什么呢？

儿　童　给钱。

主持人　好，看来这位小朋友说的都是大实话。小朋友记住，拜年是好事，但拜年的目的可不是为了要钱呀。第三个问题：请问，在家庭范围内你最讨厌什么？请回答。[抢答器灯亮。

主持人　好，小朋友回答。

儿　童　我最讨厌爸爸、妈妈。

主持人　怎么能讨厌爸爸、妈妈？

儿　童　他们没完没了总安排我学习。爸爸让我学钢琴，妈妈让我学画画；爸爸让我学英语，妈妈让我学日语，整得我日语和英语的单词老串。

主持人　看来在孩子的学习问题上，当家长的应该科学安排呀。好，小朋友得分。[抢答器灯亮。

主持人　女选手回答。

妻　子　在家里我最讨厌男的抽烟、喝酒。钱儿不钱儿的先不说，咱得为他身体吧，他一天最少两盒，你看抽那脸色跟人烟鬼似的。还有喝酒，每天二两，尤其是过年更凶，走哪喝哪，喝哪醉哪。前天从我大姑家回来，都半夜一点了在大马路上还唱。后来把警察都唱出来了，跟他一起老丢人了。

丈　夫　（冲妻）你少说两句吧。主持人同志，我说，在家庭中我最讨厌女的叨叨，有事说事，一遇到点赌气事儿，叨叨起没完，叨叨咕咕烦死人了，真不如打我两下痛快。

妻　子　叨叨咋的，叨叨你还不改呢！

主持人　好了，这个问题就告一段落。下面请回答，当家庭发生矛盾时，一般来说矛盾的根源是什么？

妻　子　我说，我认为主要的问题是在钱上，就说他家那些穷亲戚，富的不来，来的不富，来看看就得呗，住下就不走，连吃带喝走的时候还得给掏路费。不怕您笑话，今天来之前到火车站刚把他四大爷送走。

丈　夫　你说这话就昧良心，俺家那些亲戚来，哪回空手了？就说我四大爷吧，来的时候没给你带一袋子黏豆包，扛个半拉半了（半个猪的意思），人家六十来岁的人了，你还让人家背一火车呀，你这人就是一见东西就高兴，住两天就变脸，你变什么脸你变脸。

妻　子　变脸咋的，告诉你，要不看孩子的面上，早跟你打离婚了。

丈　夫　不看孩子面儿，我早就不要你了。

主持人　别，别，别，这多不好。[抢答器灯亮。

儿　童　叔叔，我认为家庭矛盾的根源是我，爸爸、妈妈一吵架就说要不是看孩子面子，早就跟你打离婚了。

主持人　这对孩子影响多不好，摄影师同志快把镜头调一下。

妻　子　镜头别调，人家省长、市长还坐在镜头前让下面给提意见呢，咱家丑不怕外扬。

丈　夫　对，我也不怕，让大家给评评这个理。

主持人　冷静，冷静，千万不要感情用事。

儿　童　叔叔别劝了，就是再劝我们这个家也得分手。

主持人　为什么呢？

儿　童　因为我们这个节目演完了。

主持人　噢，你们是在演戏呀。

丈　夫　你也别演戏了。

妻　子　这场戏都是你安排的。

主持人　亲爱的观众朋友们，这场“家庭杯”智力大奖赛到现在就结束了。从记分牌上可以看出这是一个不合格的家庭，在场的观众不要向他们学习，不要让这些鸡毛蒜皮的小事，而影响彼此的感情和家庭幸福。前面我们已经说过，赛后有奖，根据竞赛的情况，奖给今天在座的已婚男士，每人一袋戒烟茶，希望你们尊重妻子的意见，爱护自己的身体。奖给今天在座的女士们，每人一袋厨房用的清洁剂，男同志做饭，女同志刷碗。奖给在座的小朋友们，每人一把“老头乐”。希望你们给爷爷、奶奶、姥爷、姥姥挠痒痒，从小学会孝敬老人。奏乐、发奖。在乐曲声中丈夫、妻子、儿童拿着各自的奖品下场。

——剧终

·小品·

卖　猪

时　间　当代。

地　点　农贸市场一角。

人　物　公平秤；买猪者；卖猪者；拟人化的猪（简称猪）。

［台上一台台形大秤，公平秤戴着袖标，上写“公平秤”。

公平秤　我这叫公平秤，如果你做买卖怕个缺斤少两的请到我这儿来，保证让你买者不亏，卖者不赔，秤杆儿不撅，秤砣不低，绝对公平。说这话我自己都不好意思，真公平我吃谁去！我这个中间环节……［买猪者、卖猪者双方抬着猪上场。一前一后用扁担抬着猪。猪四脚朝天攀在扁担上，尖叫着。

买猪者　我买他猪，怕他分量不足。

卖猪者　我卖他猪，怕他少算斤数。

卖猪者　这才来找公平秤。

卖猪者　这才来找公平秤。

猪　（敞开前胸，标有二百五十斤）其实我心中有数。

［买猪者、卖猪者二人放下猪，殷勤地上前和公平秤打招呼。

卖猪者　师傅，抽烟，大生产。

买猪者　抽我的，万宝路。

公平秤　（庄重地）别来这个，也不看看这是什么地方？都啥年月啦，还上烟呢！？［买猪者、卖猪者尴尬地把烟收回。

公平秤　过秤啊？

买猪者　对。

卖猪者　对。

公平秤　谁是买方？

买猪者　我是。

公平秤　谁是卖方？

卖猪者　我是。

公平秤　买的卖的搞清楚就好办啦，把猪担上来。

猪　该折腾我了，我的体重就是金钱。我可遭罪了！

［买猪者、卖猪者把猪装进筐里挂好，用肩抬起，二目圆睁，各自盯住秤杆儿秤砣。

公平秤　公平秤不能偏着一个向着一个，我这一手端两家的事也不易，谢谢对我工作的支持。二位必须把脸转向外侧，背对背站好，立正，向左向右转。

［买猪者、卖猪者同时向外转身站好。

猪　这就要闹事儿。

公平秤　（自语）手中抓杆秤，有权要会用。这头猪去筐去皮，去土去泥净重一百五十……

卖猪者　什么？一百五？师傅，您是不是看错了？

买猪者　错不了，人家这是公平秤。

卖猪者　不对呀，这猪秧好，尖嘴巴细腰身，一抓来的时候就三四百斤，不……三四十斤。（拍着公平秤说）又能吃又能睡，肥头大耳不干活儿……

公平秤　你说谁呢？

买猪者　我听着好像说您哪！

卖猪者 不，我是说这头猪……

公平秤 转过去！我们公平秤是站在买卖人中间立场说话的，是站在公平的立场上发言的。再者说了，我又没有收过你们双方任何好处，我何必偏着一个，向着一个。

卖猪者 对呀，看秤看斤儿，听话听音儿，看这意思我还真得表示表示……（边说边掏出十元钱，背手递给公平秤）师傅，这个。

公平秤 （接过钱，速收入兜里）哪个？

卖猪者 这个……这个能不能再给我好好看看。

买猪者 还是个结巴。

公平秤 好吧，顾客至上嘛，再给你看一遍。

买猪者 再看也那样，我早跟你说明白的，可你小子非上这来。

公平秤 不要多说话，这头猪去筐、去皮，去土去泥净重一百五十……

买猪者 没错。

公平秤 ……公斤。

买猪者 啊，公斤？

公平秤 对呀，公斤，一百五十公斤合三百市斤。

卖猪者 师傅，你太公平啦。

买猪者 师傅，这头猪哪有三百斤？看它又黑又瘦去了骨头那有肉哇，这哪是猪哇，整个一个猪八戒和孙猴子杂交的后代。

公平秤 你说谁呢？啊？看这意思你是怀疑我……

卖猪者 他是怀疑你收了我什么好处。

公平秤 （怒）我收他的好处了吗？你刚才看见了吗？

买猪者 没没没没看见，就是看见了也不能说，这步棋我看透了。

公平秤 我是人民的公仆，我的职责就是全心全意为人民泡好猪。

买猪者 这哪是泡猪，这成心泡我呀。

公平秤 既然没有什么问题，我看是不是可以下秤了。

卖猪者 可以……（欲蹲身放下）

买猪者 等等！（自语）一百五十公斤，一斤一块钱，合起来就是四五百块，我得多花多少冤枉钱哪，常言说得好有钢使到刀刃上，我宁可出点血，不受这委屈。（从兜里掏出二十元钱，背手递公平秤）师傅，这个。

公平秤 （接过钱）哪个？

买猪者 这个……这个能不能再给好好看一看？

卖猪者 还说我结巴呢，他那嘴也不太利索。

公平秤 好，公平秤吗，不偏不向，既然给他看一遍就再给你看一遍。

卖猪者 再看那公斤也不能变成市斤。

公平秤 这头猪去筐去皮去土去泥净重……哎呀！都怪你们俩，总说话总回头，这一摇一晃，刚才我把怀里星看成背里星了，这背里星十斤开头，一十，二十……这头猪净重……一百公斤二百市斤。

卖猪者 啊？又下来啦。

买猪者 师傅，你太公正了。

公平秤 这话别跟我嘀咕，你可以向我的上级反映去嘛。

卖猪者 看来他这就比我上的厚，我再加点（掏十元钱，递给公平秤）师傅，这个，麻烦你再给看看。

买猪者 你这猪本来就不肥，再看还这样。

公平秤 （接过钱）太？啰唆。像你们这么磨磨蹭蹭，耽误我多少买卖！

卖猪者 啊？

公平秤 不，耽误多少人到我这做买卖。最后一次，这头猪去筐去皮，去土去泥净重……哟！

买猪者 又怎么啦？

公平秤 哎呀，我刚看出来，不是那杆新秤啊。

买猪者 这老秤和新秤有什么区别？

公平秤 当然有区别啦，老秤斤大，十六两一斤，新秤斤小十两一斤。既然是老秤就要按秦始皇统一度量衡来计算，这头猪净重二百七十斤。

买猪者 少算点行不行二百三十斤。

卖猪者 不行二百七就是二百七。

买猪者 二百三！

卖猪者 二百七！

公平秤 （从左兜里掏出二十元钱，从右兜里也掏出二十元钱，自语）一样。

卖猪者　卖猪者（转过身来）什么一样多？

公平秤　（急忙把钱揣好）我是说，你说二百七，你说二百三，你要加二十斤，你要减二十斤，都是二十元钱嘛！不……不都是二十斤吗？不偏不向，取你们的中间数，相互增减二十斤，这头猪净重二百五。

［买猪者、卖猪者双方全都目瞪口呆。

公平秤　公平秤绝对公平，双方如果没什么意见的话，我看就可以下秤了。

［买猪者、卖猪者刚要放下扁担，猪取下猪脸说话。

猪　慢着，我可半天没说话了。（指着买猪者）你既然打算买我，就别再这挑肥拣瘦，什么叫又黑又瘦，什么叫猪八戒和孙猴子杂交的后代呀，你这是贬低我的身价，污辱我的猪格。

卖猪者　说得对。

猪　（指着卖者）还有你，既然打算卖我就别临别之前买我的好，平时给我吃糠咽菜，今天早晨你可豁上了，光咸盐就喂了我五斤，害得我喝了八桶凉水，到现在我这尿还没尿利索。

买猪者　喝那么多水再过秤那不是水膘吗？

公平秤　太不像话了，做人要诚实嘛。人家老猪平时不哼不哈，从不多言，你们把这么老实的都逼得开口说话了，可见这个问题非常严重。

猪　住口！你更不是个东西。告诉你，你背着人干那么点儿事我可都看在眼里了。

公平秤　老猪你别……

猪　你喝我的血，嘬我的油，你让大家看看咱俩谁肥？

卖猪者　他肥。

猪　既然他肥，那咱今天应当拿谁开刀？

卖猪者　他！

卖猪者　他！

猪　左右弟兄。

买猪者　在。

卖猪者　在。

猪　把我身上的绳子解下来，给他绳之以法！

买猪者　是！（将公平秤绑上）

卖猪者　是！（将公平秤绑上）

猪　走！［三人将公平秤押下，公平秤像猪一样发出尖叫声。

——剧终

·小品·

夜审金瓶梅

时　间　当代。

地　点　某乡村兽医站。

人　物　来一刀：兽医站站长；高则清：兽医站新分来的大学生；金瓶梅：拟人化的书。

［音乐中幕启，台正中一桌两椅，桌上有酒具、餐具。来一刀幕内声："小高今天晚饭我请客。"高则清应声："好，就来。"来一刀上，戴着花镜，胸前挂着放大镜，一手端着整只熏兔，一手拿把劁猪刀。

来一刀　（放下盘子，开始吃兔子，边吃、边喝、边念）好鼓不用重锤敲，好马不用鞭子削。方圆百里谁不知道？（嚼兔子肉）千万……（接唱）响当当的，硬梆梆的，祖辈传留的名兽医，俺这来一刀。（用刀像劁猪一样割兔子肉。唱）想当年谁不夸我有两套，创牌子就凭这把劁猪刀。叹只叹如今成了现世报，年过花甲，蜡头也不高。眼睛看不着出门直绊跤，马也不敢骟猪也不敢劁。咳嗽都怕闪了腰……（白）不行了，快完犊子了。（接唱）眼看就得把班交啊，把班交。（喝酒，白）交班，交给谁？这驴种马好找，兽医站站长一般人可干不了，手艺得过硬，思想还得好。这不，上边给我分来个大学生，叫什么来着……（用放大镜看笔记本）高则清，三十六岁"牙口"挺嫩，"四柱"也不错，专业成绩还可以，可就是听说呀，平时尽爱整一些新潮小说写些新潮东西。评论什么性解放，这性解放是什么玩意儿？刚一开始我也没整明白，我寻思这赵、钱、孙、李这姓还能怎么解放，闹半天性解放就是说这小子有花花肠子，有花花肠子能当兽医站站长？他能接我老来的班？我不给他割下去，他能老老实实、规规矩矩地干活吗？有人向我反映他这些日子迷上了一个姓金的……叫什么梅的，刚来两天就扯这个。哼，老来好驴好马骗了多少，他一个人学生我就骗……我就管不了？为了对他进行更好的教育，我特意给他整来只兔子做个比喻。［高则清上。

高则清　站长。

来一刀　我今天请你这个兔子吃。

高则清　什么？

来一刀　啊，我今天请你吃这个兔子。

高则清　熏兔。（刚要去拿）

来一刀　慢，这个兔子不能白吃，关键是你要引以为戒，自我深思。

高则清　深思？

来一刀　啊，它是这么回事，前堡子老石家买了一只比利时种兔，本打算重用它一下，让它改良一下品种，就像你调到我们这圪垯似的，改变一下知识结构。

高则清 我怎么听着这么别扭。

来一刀 可哪知道外来的玩意儿都生性。

高则清 什么？

来一刀 啊不，外国那玩意儿都生性，那母兔子揣上崽子，它不追人家。

高则清 那是饲养方法不对。

来一刀 对，思想方法不对，它就是这类种。老石家让我给想个办法，我一想这事得管，我寻思把它劁了不就老实了，没成想手下重了，连腰子都给拽出来了。

高则清 （极有兴致地）噢，太棒了，绝妙精伦的喜剧素材。（掏出卡片记着什么）

来一刀 （发现高则清记卡片）嗯，你干啥呢，记我黑材料呢？（夺过卡片吃力地看着，读）透明的树枝，透明的树枝上挂着两颗火红……

高则清 （夺回卡片）什么呀，我给你读吧，一颗叫祟方，一颗叫淫情，割断吧，那风流的根，唤醒那绿色的梦，从此天下太平。

来一刀 这是什么乱七八糟的。

高则清 不过一种游戏，也可能比骟兔子要好玩一些。

来一刀 嗯，你笑话我。

高则清 哪里、哪里，没有你老来这断子绝孙的刀，我哪有口福尝这兔子肉啊。

来一刀 你小子把那些滑了吧唧、粉不拉唧的花……

高则清 花什么？

来一刀 花花思想都给我……（用劁猪刀示意割了）

高则清 花花思想？

来一刀 你少跟我打马虎眼，有人反映你最近迷上了一个姑娘。

高则清 姑娘？

来一刀 姓金。

高则清 这故事挺浪漫，可惜我迷上的姑娘里没有姓金的。

来一刀 没错，姓金，叫金什么梅？

高则清 《金瓶梅》？

来一刀 对，就是她，老金家那小梅子。

高则清 她不是姑娘。

来一刀 不是姑娘就是媳妇，你第三者插足错更大。

高则清 妙哉！妙哉！又是上好的素材。（掏出卡片记）

来一刀 你等会儿再写检查，先口头向我交代、交代。

高则清 我交代什么呀！那《金瓶梅》不是姑娘也不是媳妇，而是一部古典名著。

来一刀 古……（旁白）对呀，我听说过，有这么一本书，飞眼吊棒，脱鞋上炕，和黄色录像没啥两样。这本书要看不上，死了眼睛都闭不上。（冲着高则清一本正经的）我知道它是本书，你不是喜爱文学吗？我那是给你来个比喻，这本书你看了？

高则清 看了。

来一刀 那是本黄色小说。

高则清 黄色小说？我看的那是节本。

来一刀 不管姐本妹本，你把它拿来领导审查审查。

高则清 那是我为了搞创作，从图书馆借来的材料。再说了，这本书至少审过百八十遍，你就不必过目了。

来一刀 小高同志，我是你的站长，你是我的儿子一样的干活儿，党把你交给了我，我得对你负责，对不？既然有人反映你看黄色小说，我要是不管管，你说对不？

高则清 好吧，要看你就看，何必废话。（下场）

来一刀 （笑）真格的了……管不了你这个小老九？

［金瓶梅幕内叫板：“哎，来了。”

［音乐起，高则清领金瓶梅上场。

高则清 站长，书拿来了，你请看！［来一刀一下盯上了金瓶梅。金瓶梅走圆场，来一刀跟在后面走矮子步；金瓶梅亮相，来一刀撞在金瓶梅身上，就势来个后滚翻，眼镜掉在了地上。

来一刀 这书皮设计得也太美了，奇怪，奇怪。（唱）真奇怪呀！看一眼就把我的兴头勾起来。怪不得小青年都把她爱，全不顾她红黄粉绿青与白。

高则清 （拾起眼镜递给来一刀）站长，眼镜。

来一刀 我有，（摸眼镜）哎，怎没了呢？

高则清 这就是你的。

来一刀 小高——（唱）我今天要摸一摸她……

高则清 什么？

来一刀 （唱）她的毒脉。

高则清 站长，你也要早点休息，当心身体。

来一刀 （唱）为保护年轻人，我吃苦受累也应该。

高则清 站长，这书你什么时候还我？

来一刀 我审查完就还你。

高则清 我这个人有个毛病，没有书看睡不着觉。

来一刀 （顺手拿起一本小人书）你先看我这本。

高则清 啊，小人书《孙悟空大战红孩妖》，这书倒是没毛病。（下场）

［来一刀关门，静场。

［来一刀用放大镜看金瓶梅，先看后面从上而下，又将金瓶梅转过来看前面，自上而下，又自下而上，看到面部，突然停住。

来一刀 哎呀，我的亲妈活祖宗，看这本书要不把党性运足，进去就得中毒。（练气功似的运气，在桌子后面坐定）喂，你就是那个金瓶梅吗？

金瓶梅 （戏曲念白）正是金瓶梅。

来一刀 这小味就够燎烧人的。（上前拍了拍金瓶梅的肩膀，贱声贱气地）瓶梅……

金瓶梅 有话说话，别动手动脚的。

来一刀 （遭到回绝把脸一绷）早听说过你，风流人物和我装啥呀，把你那点事抖落抖落吧。

金瓶梅 （戏曲念白）你想问问什么？

来一刀 你生在何年，家住何方？出溜到俺这圪垯干啥来了？

金瓶梅 （戏曲念白）你问我吗？

来一刀 问的就是你。

金瓶梅 （戏曲念白）上面写着，自己看来。

来一刀 我不认古字，讲！

金瓶梅 （叫板）看官，你听啊。

来一刀 我听呢，一个字也漏不掉。

金瓶梅 （唱）五百年前我生在兰陵。

来一刀 五百多岁了还这么年轻。

金瓶梅 （唱）几回生死叹飘零。

来一刀 你还挺苦的。

金瓶梅 （唱）也不知谁是我的生身母。

来一刀 什么根出什么苗，“肥”葫芦开歪瓢，连自己亲妈都找不着。你想，她还能学好。

金瓶梅 （唱）多少人给我手术又整容。

来一刀 要不她能长这么好。

金瓶梅 （唱）从海外到香港洒下多少思乡泪。

来一刀 这位还是爱国华侨。

金瓶梅 （唱）叹只叹在故乡没有好名声。

来一刀 人就是这么回事，吃不着枣说枣酸。

金瓶梅 （唱）有人赞美有人骂，有人恨来有人疼。我自身美丑难言尽，是非曲直分也分不清。

来一刀 分不清你就别分，这人心隔肚皮，谁对谁还没点说法呢。你就别咧咧他们那套胡子，（亲热地拉过金瓶梅的手）你看谁对你不错，你就……

［高则清上场，敲门。

来一刀 （慌忙离开金瓶梅，没好气地）谁呀？

高则清 （被吓了一跳）站长，还你的小人书。

来一刀 睡了。

高则清 睡了还说话？（俯耳听）

来一刀 （冲着金瓶梅）梅……

高则清 站长，啥没了？

来一刀 没你啥事，该干啥干啥去。

高则清 （欲去）……

来一刀 （小声地）梅，接着说。捞点干的，就咱俩哪说哪了。

金瓶梅 （唱）提从前，想往事，心酸难忍。（慢板）

来一刀 这点儿没啥意思，快进。［金瓶梅加快动作，听不清词，向录音机快转一样。

来一刀 停，这圪垯有点儿意思，慢点儿。

金瓶梅 （唱）西门庆见潘金莲有几分姿色，恨不得马上要成双。他二人……（突然没声进入哑剧表演）

来一刀 （围着金瓶梅看，只见金瓶梅嘴动可没有声，急得团团乱转）梅，梅……

高则清 站长，啥又没了？

来一刀 没声了。（打开门，让高则清进屋）［高则清来到金瓶梅面前。

来一刀 想办法把她整响。［高则清一扶金瓶梅的肩膀。

金瓶梅 要问下文如何？

来一刀 怎么样？

金瓶梅 以下删掉九十六字。

来一刀 什么？谁删的？怎么尽挑赶劲的删呢？

高则清 我不是跟你说过这是节本吗，我们继承传统文化，就是要去其糟粕，取其精华。这种节本既能了解历史又能防止像您这种层次的读者中毒。

来一刀 我中毒了？胡说，我老来最有抵抗力。那死驴、死马、长虫肉……我啥没吃过，从来没中过毒，顶多拉两天肚子。

高则清 （乐）站长你看这书有什么问题没有？

来一刀 有，当然有，但是没看完全本不好表态。你就拿这种节本对付领导，想蒙混过关哪？我告诉你，这件事情不说清，直接影响你评职称，你想官了、私了吧？

高则清 官了怎么样？

来一刀 评定职称降低一级。

高则清 私了呢？

来一刀 你再给我整本全的，抓紧时间越快越好。看完拉倒，不让你写检查。（下场）

高则清 我上哪整全本的去呀？对，我给他填词（冲金瓶梅耳语，金瓶梅点头。向内喊）站长。［来一刀上场。

高则清 请站长过目。

来一刀 你小子有招，这人才当站长没挑。

高则清 站长，这书里有些都是难以言传的，咱还是缩小点范围好。

来一刀 放心，我带设备来了。（拿出为牲口治病的听诊器当耳机，插在金瓶梅手上）［音乐起，金瓶梅随着音乐起舞，来一刀在后面紧跟。时而两眼发直，时而手舞足蹈，一会儿又双手捂脸。

来一刀 哎呀妈呀，太寒碜了，这要不批判还得了。

高则清 （拔下来一刀耳机）你是为了想看？还是为了批判？

来一刀 小高，我跟你说点实在的吧，当领导就得有方法，有时候得假里有真，真里有假，他们是他们，咱俩是咱俩。

高则清 （旁白）把他这点儿老底全交出来了。

来一刀 你给我看着点门，我再听会儿。

金瓶梅 别听了。

来一刀 咋的？

金瓶梅 你这是审《金瓶梅》吗？

来一刀 可说是呢，今晚多喝了两盅酒，也闹不清谁审谁了。

金瓶梅 这正是：不怕书中百怪千奇——

高则清 最怕人心表里不一。

来一刀 我审她来，她审我。

金瓶梅
高则清 谁来评判上下高低。

［幕落。

——剧终

（与崔凯共同创作）

·小 品·

自闹洞房

时 间 深夜。

地 点 新房外。

人 物 新郎：男，二十八岁；新娘：女，二十四岁。

［新娘搀着醉态的新郎上。

新 郎 过去只看别人结婚，自己感受一点不深，今天我当了新郎官，喝得我是浑身上下脑袋发晕。

新 娘 天不早了，咱快回家吧。

新 郎 回家，（唱）“你比春天温柔，你比夏日鲜艳，只要人人都献……”

新 娘 别唱了，再唱警察出来了。

新 娘 警察，快跑！

新 娘 哎，到家了。

新 郎 哎呀，这是谁把“席梦思”铺门口了。（迈不动步）

新 娘 什么“席梦思”呀，你喝多了，腿发软。哎，你抱着这电线杆子，我开门去。（下）

［新郎抱着电线杆子。

新 郎 哎，你这多好，稳稳当当的，来个……这脸咋冰凉，这个咋长这么高，拉我一把，拉我一……（坐在地）

［新娘上。

新 娘 哎呀，怎么坐地下了。

新 郎 啥时候跑后面去了，真快！

新 娘 快起来，快起来！（把新郎抱到门口的石凳上）

新 郎 呕！

新 娘 等着。（从身后拿出个痰盂）

新 郎 下去了。

新 娘 要吐你快吐哇，可别吐新房里。

新 郎 我知道，有准备，你没看我喝完酒之后拿个四喜丸子把盖儿塞上了，不信你摸这嗉子。

新 娘 你真不吐？

新 郎 为了预防万一，你给我拿瓶酒来。

新 娘 你还喝呀！

新 郎 往下压压呀。

新 娘 那不越喝越厉害呀？

新 郎 你不会喝酒，你不懂，不知道喝多了，拿酒往下压就好，这叫以毒攻毒，知道不？

新 娘 不知道！

新 郎 拿不？

新 娘 不拿！

新 郎 不拿我进新房吐去。

新 娘 （无奈地）好好，我给你拿。（下）

新 郎 治不了她可完了，叫她拿她就得给我拿。

［新娘拿着一瓶醋上。

新　娘　（冲观众）都说醋能解酒——给你酒。

新　郎　哎呀，拿的色酒哇，色酒没劲。（喝一口）现在这酒质量太次，都酸了。

新　娘　再喝一点儿。

新　郎　哎呀！亲爱的，我发现你今天特别温柔，我这人不是顺毛驴，不让我喝偏喝，让我喝就不喝了。

新　娘　再喝一口。

新　郎　不喝。喝啥呀，明天吃饺子还得蘸呢，想唬我呀。这小媳妇够狠的，结婚第一天就让我吃醋呀，我说孩儿他妈。

新　娘　什么？

新　郎　啊，对了，还没孩儿呢，叫早了，哪有刚结婚就有孩儿的，怎么也得个三天五天的。

新　娘　结婚三五天就想要孩儿呀？

新　郎　咋的，九十年代了，要以最快速度给我生，实在不行吃点速效，那玩意儿好使。

新　娘　你呀，喝多了满嘴胡说。

新　郎　胡说？脑子里明白。你过来，我问你点儿事，刚才一下车你管我妈叫妈，我妈给你多少改口钱？

新　娘　你问这干啥呀？

新　郎　干啥，我得比，我管你妈叫妈，你妈当时给我一叠。（掏出一个厚厚的红纸包）

新　娘　那是我妈向着你。

新　郎　我上车打开一看，里边包个笔记本，老太太太能泡了，上面还写着好好学习。

新　娘　拿来我看看，（把笔记本接过来）这不是钱是啥呀，是钱，都是百元大票。

新　郎　啊，就是四个老头排队的那个。

新　娘　对呀！

新　郎　（拿着笔记本）我看怎么还像笔记本呢？

新　娘　你喝多了，眼发花，谁让你喝那么多酒了。

新　郎　谁让我喝，不喝能行吗？你家那娘家客也太能造了，赶上日本鬼子进庄扫荡了。男的跟我整白的，女的跟我整啤的，连小崽子都跟我整橙汁。咱不说别人就说你妈吧，那老娘儿们……

新　娘　什么？

新　郎　你妈那老娘。

新　娘　你刚才说什么？

新　郎　喝多了，舌头不好使，多一个字，少一个字你多原谅。

新　娘　喝点酒就没人样。

新　郎　别生气，新媳妇儿我跟你商量点儿事，咱俩认识这么多年了，你今天结婚得给我点根烟抽。

新　娘　我给你点烟？

新　郎　给我点咋的，刚才喝酒我给你挡多少杯，不够意思不讲感情啊。（欲哭）

新　娘　好好，我给你点。

新　郎　新媳妇不逗白不逗。

［新娘划根火柴被新郎偷偷吹灭。

新　娘　哪来的风呀？

新　郎　小媳妇眼神不好，哪来的风没看着，风源来自舌口。

新　娘　（又划着一根火柴，又被新郎吹灭）你干什么？

新　郎　啊，对不起，大伯哥不该跟你开玩笑。

新　娘　你是谁的大伯哥？

新　郎　啊，错了，我不是你大伯哥，我是你小舅子。

新　娘　我是你二大妈。

新　郎　大妈，你好！

新　娘　你浑蛋。（气得把火柴扔在地下转身跑下）

新　郎　哎，你回来，还没有到十二点就入洞房啊，这一开放了是不一样了，女的比男的性子还急呢。你给我出来！

新　娘　（幕后）你给我进来！

新　郎　你出来！

新　娘　（幕后）你进来！我告诉你，再不进来我插门啦！

新　郎　我告诉你，再不出来，我就进去了，男子汉大丈夫说进来就进来，你能把我怎的。

（醉着下场）

——剧终

与段小洁、吕晓禾表演小品《自闹洞房》

·小品·

招　生

时　间　当代。

地　点　招生现场。

人　物　啤酒张；李秘书。

［舞台上放有桌椅，挂着“招生启事”的牌子。啤酒张站在桌前。

啤酒张　各位领导，各位来宾，为了适应对外开放、对内搞活的新形势，我公司开办喝酒一日短训班，专为各大厂矿，党政机关、企事业单位输送喝酒特殊人才。招收条件是：不分男女老幼，不分老弱病残，不分智商高低，只要具备吃、喝、拉、撒、睡五种功能便可录取。学制一天，实行三包，包教啤酒、白酒、果酒……［李秘书上场。

李秘书　同志，请问这是喝酒一日短训班吗？

啤酒张　没错……是你！

李秘书　是你！

啤酒张　这不是招聘我的那个李秘书吗？

李秘书　是的是的，你不是到我们那里应聘的啤酒张吗？你好，你好！［二人握手。

啤酒张　哎呀我说，你又跑这儿招聘来啦。

李秘书　是的，上次招聘失败之后，领导说，光靠招聘解决不了根本问题，要在我们内部挖掘潜力，并要我在短期内掌握喝酒本领，否则就要免我的职。看了招生启事之后，今天是特意来学习的。

啤酒张　好，里边请！这买卖还真开张了。［二人进屋。

李秘书　讲课的老师在哪里？

啤酒张　这不在这圪垯摆着的嘛。

李秘书　什么？你就是老师啊？

啤酒张　Yes！

李秘书　我不要学了，不要学了。（往外走）

啤酒张　你咋不学了呢？

李秘书　你的这个啤酒水平我是知道的，本来是叫供电，结果你给喝成了停电……

啤酒张　我跟你说，那是春节那两天比较忙，比较疲劳，没发挥好。我从理论到实践还是有一套的，要不能办学习班吗？放心，只要你在这儿学一天，保证发你毕业文凭。（拿出证书）

李秘书　这个文凭有效吗？

啤酒张　这不盖着章呢？

李秘书　是真的，上面盖有大红印章呢！

啤酒张　（自语）大萝卜刻的。

李秘书　那好，请抓紧时间。

啤酒张　请坐！下面就开始授课。

李秘书　好的。

啤酒张　首先说这酒，酒是世界通用的，英国管酒叫 ydy，日本人管酒呢叫 damk，中国人实惠，实实惠惠地管酒就叫酒，你首先要从理论上掌握一下。

李秘书　啊！这个我明白。

啤酒张　下面我宣布一下教学大纲，题目叫《论三盅全会的新发展》……

李秘书　这个三盅全会我知道，就是一盅白酒，一盅啤酒、一盅果酒，三盅全会……

啤酒张 看来在理论上你还是有一定基础的。

李秘书 老师过奖了。

啤酒张 下面开始讲第一课吃菜。吃……哎，我说你的教学用品带来没有？

李秘书 教学用品？

啤酒张 啊！

李秘书 那个招生启事上不是说免费进修学习吗？

啤酒张 是啊，可那后面写的教学用品自理嘛！

李秘书 什么教学用品？

啤酒张 你想啊，吃菜那用什么教学用品，菜呀！

李秘书 哎呀，老师啊，我大老远来学习，怎么能够带着菜来呀？

啤酒张 你没带没关系，我给你预备好了。这菜分高、中、低三档，你要哪档吧？

李秘书 这个怎么个分法啊？

啤酒张 这高档是山珍海味；中档是鸡鸭鱼肉；低档是狗宝咸菜、蒜茄子、臭豆腐啥的，来哪档次的？你是什么级别？

李秘书 副科级。

啤酒张 噢！狗宝咸菜那级别的，不过没关系，咱们是关系单位，加上你是公费，可以通融通融，我给你来高档的吧。

李秘书 哎，老师不行啊，我们开发票超过三百块钱是要上宴席税的！

啤酒张 老黄历了。怎么开票？

李秘书 撕票根？

啤酒张 我们根据三档分别撕不同的票根，低档的撕汽车票，中档的撕火车票，高档的撕飞机票，你拿钱吧你。

李秘书 好。（掏钱给啤酒张）

啤酒张 （给李秘书票根）好，下面接着讲，一上桌不能先喝酒，得先点补菜，春节晚会上的那个“三三见九”你还记得不？

李秘书 记得。

啤酒张 他说他空着肚子整九杯，那是愣小子、傻瓜蛋，你知道他为啥没来不？

李秘书 不知道哇。

啤酒张 喝偏瘫了。

李秘书 太可怕啦！

啤酒张 所以说，上桌必须先点补菜，菜是酒的基础，这吃菜有个口诀……

李秘书 什么口诀？

啤酒张 入席先吃桌中央……

李秘书 为什么先吃桌中间的菜呢？

啤酒张 一般那大菜、好菜全往桌子中间放。

李秘书 是的，是的。

啤酒张 所以说入席先吃桌当央，吃完了中央扫四方，那毛菜啥的，也得划拉划拉，人多千万莫啃骨……

李秘书 啃骨头要耽误时间？

啤酒张 对，菜少一定先泡汤。解决个咸淡问题。

李秘书 好的，要记下来的。

啤酒张 关于这盛汤也有个口诀，拿起勺子之后，一定要记住这个口诀：轻捞慢起勺子沉底。

李秘书 为什么？要沉底呢？

啤酒张 要不然捞不着干的。另外现在的桌子都安了块玻璃，一推能转，根据这转桌我又研究出一个口诀，那就是看得要准，转得要稳，动作要快，下手要狠。

李秘书 啊，好的。老师啊，你刚才说的这些跟喝酒也没什么直接的关系啊？

啤酒张 咋没关系呢？我不教你这些，你上桌能抢上槽儿吗？

李秘书 抢槽？我成猪啦！用词不当！

啤酒张 下面讲第二课，这第二课白酒。白酒，是酒桌上首当其冲的，这白……教学用品带没有？

李秘书 这白酒也得带哪？

啤酒张 我这给你预备一瓶茅台。

李秘书 这……老师啊，这茅台我可是从来也没有喝过的呀！

啤酒张 没喝过不见得不买吧？买茅台哪有自个儿喝的，喝茅台哪有自己买的。你买一瓶我好教你……

李秘书 老师啊，不行，这价钱太贵，报不了销哇。

啤酒张 报不了销？那来这中档的，（拿出白酒）你来“杜康”吧。

李秘书 好的，好的。（掏钱给啤酒张）

啤酒张 给你火车票，（欲给票根）我跟你说，你可占了便宜了。

李秘书 怎么？

啤酒张 过两天火车票一涨价，这价钱你可买不着

“杜康”了，也就买个“小金斗”什么的吧。

李秘书　是的，是的，谢谢老师了。

啤酒张　（拿出一个酒杯）这白酒喝得要稳，不能……

李秘书　老师啊，还有没有酒杯？

啤酒张　干啥呀？

李秘书　（用手做喝酒状）我陪陪你呀！

啤酒张　（放下酒杯）你理论还没掌握就想实践呐？那在实践当中能不摔跟头吗？你现在要多学，多看，多动脑子，知道不？

李秘书　是的，是的。（给啤酒张斟酒）

啤酒张　（端起酒杯）古人云：屈原以酒当赞歌，李白斗酒诗百篇，武松醉打蒋门神，浑身是胆雄赳赳儿。（一饮而尽）从历史上看，我国酒坛上确实有不少的名将和大师……

李秘书　（为啤酒张斟酒）老师啊，现在呢？

啤酒张　现在也有不少的后起之秀，他们曾经也留下这样的格言：喝坏了党风喝坏了胃，喝得夫妻感情直倒退，晚上睡觉背靠背，计划生育指标全作废。

李秘书　全作废？老师啊，这是什么意思？

啤酒张　这意思就是说吧，这两口子喝完酒之后吧，他就不……都是过来人了，你啥不明白呀！

李秘书　噢，明白了，明白了。老师啊，我的酒量也不行，到了酒桌上怎么够应付得了哇？

啤酒张　有一种叫抿手绢。

李秘书　抿手绢？

啤酒张　你要是喝不了，先别咽下去，拿手绢一抿，你看这样还挺有派的。（喝一口酒，抿进手绢，然后用手拧手绢酒又流了出来）

李秘书　哎，太好了！太好了！像变魔术一样。

啤酒张　我说你白酒掌握得怎样？

李秘书　基本掌握。

啤酒张　那咱白酒就先讲到这儿，下面就讲第三课果酒，这果……教学用品带来没？

李秘书　老师啊，我看这果酒就可以省略了。

啤酒张　省略？

李秘书　这果酒是女同志喝的酒，酒桌上……

啤酒张　反正我这圪垯给你预备好了，要不打封你就交十块钱，要打封就再交十……（欲开酒瓶盖）。

李秘书　哎，老师啊，不要打啦，我交十元钱，（交啤酒张钱）票根。

啤酒张　这十块钱得给汽车票根了，给“招手停”。下面讲第四课啤酒。这……教学用品？

李秘书　老师啊，你那么能喝得多少教学用品哪？

啤酒张　反正你自己张罗办，要是不想学，你就半途而废吧，这文凭你也别要了。

李秘书　不！老师啊，我要学的，不然，回去没法交代呀。可手里的钱……恐怕不够啦。（拿出钱来）

啤酒张　（接过钱）就这么点儿了？

李秘书　是的。

啤酒张　没有了？

李秘书　没有了。

啤酒张　真的没有了？

李秘书　真的没有了。

啤酒张　来，我帮你划拉划拉。（从李秘书口袋中掏粮票）这几十斤全国粮票是怎么回事？（放入自己口袋里）

李秘书　这粮票也要哇！

啤酒张　废话！谁不知道粮票能换鸡蛋哪。摸摸这兜，（摸李秘书裤兜）这是什么？

李秘书　这个不是。

啤酒张　不是，你们南方人最不实在……（掏出一条手纸）啊！手纸，看来你是真没有了。说实在的，这啤酒我也整不了三箱，喝三箱不上厕所那得是啥人哪，其实我喝过一次三箱没上厕所你知道我是咋喝的不？

李秘书　不晓得啊。

啤酒张　我那是坐着马桶喝的。

李秘书　坐着马桶上喝啊！

啤酒张　（急捂李秘书嘴）别吵吵，传出去不泄密了吗？以后你要有个急事，把凳子挖个窟窿也能紧急处理一下子。

李秘书　好的，好的。

啤酒张　下面还讲这啤酒，帮我搬上来。（搬上一箱）现在啤酒讲究的是易拉罐，注意，打

开前千万不能晃，这晃时间长了，里面形成压力，形成压力一打开……（喷了李秘书一脸）

李秘书 老师你到底能喝多少？

啤酒张 你看，喝多少都没事。（连喝几罐）

李秘书 好！太好了！老师可是太能喝了，快把这个绝招教给我吧！

啤酒张 其实这个绝招很简单，你花一角钱买个塑料袋往这一挂——（打开外衣露出胸前装满啤酒的塑料袋）

李秘书 塑料袋呀！

啤酒张 这就叫吃不了兜着走。（下）

李秘书 老师，给我票根，票根。（追下）

——剧终

与靳宏健表演小品《招生》

·小品·

两个垃圾箱

时　间　当代。

地　点　街头。

人　物　男子；妇女。

［舞台上摆着两个垃圾箱，一个写着“干部居住区”；一个写着“群众居住区”。男子手持二尺刨钩，肩背麻袋，哼着《破烂王》的曲子上场。

男　子　垃圾箱里装垃圾，垃圾的档次有高低，为了不相互来争抢，个人有个人的分担区。（将麻袋放在“干部区”箱前便在箱内翻找）我这里面的东西是越来越少了，没啥干头了，我看那边有啥好货，（走近“群众”箱）比我那边丰富多了。（低头翻找）

［妇女背个竹筐，手持二尺刨钩上场。她发现男子正在“群众”箱内翻找，气愤地站在他身后。男子不停地向身后扔出易拉罐，妇女在后面端着筐把易拉罐一一地接入筐内。男子发现妇女站在身后不好意思。

男　子　来啦，大妹子。

妇　女　（举起筐）谢谢你了，大哥。

男　子　没什么，相互帮助嘛。（欲走）

妇　女　站住，请问你刚才在这儿干啥呢？

男　子　没干啥呀。

妇　女　没干啥你那是干啥呢？

男　子　我干啥啦？

妇　女　你自己干啥自己知道，都分工承包的事咋那么不自觉呢？上我这边划拉啥呀？

男　子　我这不是帮你划拉呢吗？划拉半天不都进你筐了？

妇　女　我在这圪垯你帮助我，我感谢你，我不在这圪垯你总背后帮助我，这是什么性质的问题？

男　子　这不很好解释吗，干好事非得当面呀，就不许当个无名英……得了，话一说白了就没劲了。

妇　女　少废话，请你马上回到自己的工作岗位。

男　子　回去就回去呗，至于你这种态度。

妇　女　对你这种缺乏职业道德的人只好如此。

男　子　别乱扣帽子，啥叫缺乏职业道德呀？顶多算个行业不正之风。（回到“干部”箱前用二尺刨钩撒气地刨着）

妇　女　大哥，自打开始搞承包，两个箱子尽你挑，既然是自己选择的路，就不要这山望着那山高——气大伤肝。

男　子　你还别来这套，有啥了不起的，不就是这两年你那边才有点干货吗？前两年你不是总到我这边来划拉呀。不是跟你吹，前两年我这边啥没有哇，高档酒、进口烟，飞禽走兽带海鲜，说实在的，门口的小卖部都靠我上货。

妇　女　当初那么丰盛，现在咋那么干净了呢？

男　子　自打开始搞廉政，这里是越来越干净。

妇　女　只有你那边干净了，我这边才能丰盛，这是哲学里否定与否定的正辩关系。

男　子　哎呀我的妈呀，政变关系还起义关系呢，连词还没整通呢，就敢在关公面前耍大刀。纠正一下，那叫辩证关系。

妇　女　我懂的没你多，这两年你捡啥东西，我捡啥东西。我捡的东西都是实用的，你捡那东西都是识字的，除了旧书就是破报。怎么样，这两年快把大学攻下来了吧？

男　子　你还别不服气，这叫近朱者赤。这两年我虽说在东西上与你相比确实有些疲软，但是文化水平就是比你高。

妇　女　哎呀，说你胖你还喘上了，不行就说不行呗，还整个疲软，一个捡破烂的尽用政治嗑。

男　子　啥政治嗑呀，我说的是皮儿软，不是疲软。就说饮料吧，你那边是铁听的，我这边是塑料的，这不是皮儿软吗？要记住，疲软和皮儿软是两个完全不同的概念，知道不？

妇　女　疲软我不懂，我知道皮鞋，（从箱内拿出一只运动鞋）这鞋叫啥知道不？阿迪达斯一双二百五。见过没？

男　子　别说，我真还头一回见这“二百五”。

妇　女　拿去见识见识吧。二百五一双你要穿上正好配套。（把鞋扔了过去）

男　子　（急忙拾起）就一只呀？

妇　女　废话，两只我送你呀。

男　子　我看我这边有没。（在箱内找出一只黄胶鞋，左脚穿上黄胶鞋，右脚穿上阿迪达斯）哎呀，现在这群众比干部豪华多了，一比之下，我们的干部显得多么朴素。

妇　女　你别眼气，这说明人民的生活水平有提高。

男　子　废话，要没党的政策你提高得了吗？你得知趣，我给你念段听听。（从箱内捡出一张旧报纸念）“目前，艾滋病在我国……”啊，不是这篇。（又捡出一张旧报纸像读社论一样念着）［妇女根本没听，一边唱歌一边从箱内捡东西，捡出一个只有一片镜片的眼镜戴上，又捡出一个玩具手枪挎上，又捡出个腰带扎在腰上。

妇　女　再配个钢盔就赶上敌后武工队了。（又捡块表戴上，把自己的表取下，扔在地上）

男　子　大妹子，那个不要了？

妇　女　拿去玩吧。

男　子　谢谢。（捡起来）没针呀？

妇　女　你别得便宜还卖乖，那不有个秒针吗？

男　子　光一个秒针能看点儿吗？

妇　女　这叫太阳能的。

男　子　什么太阳能啊？

妇　女　也就是说看这个表，就得看看表再看看太阳的位置，看看太阳的位置再看看表，大约一估儿，就准啦。

男　子　有这样太阳能的吗？戴这表还不耽误事呀。

妇　女　废话，不耽误事儿我今天能来晚吗？不耽误事儿我能让你在这划拉呀？

男　子　别生气了大妹子，你划拉得也差不多了，来，抽根烟歇会儿。

妇　女　条件不错呀，“万宝路”。

男　子　许你那儿有“阿迪达斯”，不许我这有“万宝路”哇，现在生活水平是普遍提高。

妇　女　家里条件这么好还干这干啥呀？

男　子　这你就不懂了，马克思曾经说过：“人到了一定的程度，劳动就成了一种正常的社会活动。”再者说，咱这也算是第二职业呀。干这行，一不用执照；二不用上税；三锻炼身体；四减少浪费；五能学点儿东西；六不用缴纳学费。

妇　女　对，连毛主席都说过：“贪污浪费是极大的犯罪。”

男　子　我说大妹子，跟你商量点儿事儿。你这物质文明都差不多了，应当加强点精神文明建设。我这里要啥有啥，（从箱内拿出一本书）你看英语教材，这都得接触，要不然今后你捡点儿外国东西你不知怎么用。你看，A、B、C、D……

妇　女　拉倒吧，那是b、p、m、f。

男　子　看来你还是有一定基础的，这样吧，咱俩换换班，你在我这圪垯旮旯学习学习，我到你那圪垯划拉划拉。

妇　女　那咱得说清楚，临时换换还中，明天还得上正常班。

男　子　中，中。［两人交换位置，突然从空中飞下一只寿桃，落在干部箱前。

妇　女　寿桃。

男　子　你说倒霉不，平时没啥玩意儿，刚一换位来东西了，就好像让我给放的似的。[中年妇女打开寿桃发现里面有纸条。

妇　女　（念）“局长，请吃第五朵小红花。”

男　子　第五朵小红花？

妇　女　金戒指！

男　子　放下，这是我的位置。

妇　女　你的位置？咱俩换班了。

男　子　换班了东西也不能归你。

妇　女　谁捡的归谁，这是咱俩的规矩。

男　子　放下！

妇　女　不放。[两人抢在一起，男子放声大喊。

男　子　楼上的，寿桃里有金子……

妇　女　大哥别喊，咱一人一半中不？

男　子　一人一半，从中间掰开。

妇　女　好！[两人手对手掰戒指。

男　子　别说，这还是真金的。

妇　女　那可不，轻易遇不上一回，明天可不能来了，要不然非找咱不可。

男　子　哎，大妹子，我怎么觉着咱这么做，性质有点不对。

妇　女　是，我也挺闹心。

男　子　古人云：君子不取不义之财。咱是捡破烂的，不能要人家金子。

妇　女　对，拿这玩意儿遭灾。[二人同时将戒指扔下。

男　子　我在这儿看着，你上去问问谁家扔的。

妇　女　好！（背起竹筐欲下）

男　子　把筐放下我给你看着。

[妇女下，男子将妇女的竹筐拉到自己身边。

男　子　（自语）人真怪，前段时间我这边没东西我闹心，这有东西我更闹心，这不是又回生了吗？（边说不由自主地将妇女筐内的易拉罐捡到自己的麻袋中）

[妇女上。

妇　女　大哥，两口子吵起来了，我没敢进屋。

男　子　怎么回事？

妇　女　听那话头，局长没在家，媳妇把礼给收下了，局长一生气，媳妇又把寿桃给扔下来了。

男　子　真的？

妇　女　真的。

男　子　走，咱俩一块儿给局长送去，告诉他里边有金子。

[两人背起各自的东西欲走。

妇　女　大哥，你又拿我几个易拉罐。

男　子　我不能白替你看半天呀。（上前拉着妇女）快走哇！

妇　女　（边走边嘟囔着）真不像话，好几回了，总拿别人东西。

男　子　（喊）楼上的，寿桃里有金子……（下）

——剧终

·小 品·

捐　献

时　间 一九九一年。

地　点 赈灾现场。

人　物 若干。

黄、杨： 朝这儿看，朝这儿看，这儿是抗灾捐献站。
为什么搞捐献，我们的同胞在受难。
一根线一根针，十亿同胞心连心。
一分钱一粒米，连着祖国我和你。
你和我，我和你，紧紧把手拉一起。
党和祖国做靠山，一定能闯过险滩渡难关。

赵： 这是捐款站啊？

杨： 对。

黄： 听着说话一开腔，好像俺们是老乡。是从东北来的吗？

赵： 不对。告诉你兴许把你吓一跳。我来的地方确实挺妙，内靠大陆外靠港澳，中间就隔一条小道。

黄： 沙头角！

赵： 错！那是香港，郊区。

杨： 哎，您老不是去深圳度蜜月去了吗？

赵： 是啊，前两天结婚到深圳，路遇这个蜜月过的正来劲，听说这边涨大水，我急急忙忙往回奔。说实话咱老年人兜里不算太陈。献上个信用卡咱灾区人民也能借上劲。

杨： 信用卡？

赵： 啊，这是在深圳办的信用卡，上面人民币港币两混的，一共一万八，拿去给灾区人花。

杨： 怎么花呀？

赵： 你知道不？

黄： 你给大伙儿做个介绍。

赵： 老外了不是？信用卡信用卡上面有密码，拿着身份证到银行有个小缝儿往上一卡，立马人民币港币出来一把，如果钱没了就不要再卡，再卡就容易违法，那叫弄虚作假。

杨： 好嘞，那您给我吧。

赵： 我有点相信不着你俩，我还是到隔壁去办去吧，因为你办不明白这事儿。

黄、杨： 好！
信用卡情谊深，代表人民一片心。
信用卡情谊重，送给灾区老百姓。
为灾区百姓来着想，我们为他鼓鼓掌！

郭： 送大米，送大米！

杨： 这位同志我认识你，两年前在我们剧团门口换大米。

黄： 换大米，你最好到别处转一转，这是抗洪捐献站。

郭： 同志同志，弄错啦！我今天不是来换大米的，你听我慢慢跟你说。
换大米，当歌星，那是过去的事情。
听说江南发大水，我的心里不安宁。
东方不亮西方亮，我们山西今年可是好收成。
不换大米送大米，为灾区人民唱几声！
送大米，送大米，送大米哟，送大啊米……
(《妹妹你大胆地往前走》旋律)

黄、杨： 换大米送大米，情谊连着我和你。
为灾区人民来着想，咱们为他鼓鼓掌！

吴、蔡、孙、鞠：叔叔阿姨好！

黄、杨：小朋友好！你们这是？

蔡：我们在电视上，看见大水淹没了江南。

鞠：灾区的小朋友失去了家园。

吴：我们要像爸爸妈妈一样，

孙：向灾区人民捐钱！

蔡：这是我爷爷给我的压岁钱。

鞠：这是我妈妈给我买雪糕的钱。

吴：这是我上学省下的车票钱。

孙：这是我玩电子游戏机的钱。

蔡：让它变成一把雨伞。

鞠：愿它变成一块饼干。

吴：让它变成一个小小的板凳。

孙：让它变成一支铅笔，一块黑板。

蔡：让灾区的小朋友早早把书念。

合：这就是我们共同的心愿。

黄：听罢之后受感动，小朋友快写下你们的名和姓！

合：名和姓？

鞠：我叫海南岛。

吴：我叫长白山。

孙：我叫少林寺。

蔡：我叫吐鲁番。

杨：她们不留姓名多可贵，还冒充你超生游击队。

黄：时代确实在变化，转眼孩子们都长大啦。小朋友为灾区人民来着想，让我们为他们鼓鼓掌！

黄：同志们，前不久我们在抗灾第一线，看到了英雄解放军和不屈的灾民们无数可歌可泣的事迹。

杨：咆哮的洪水吓不倒他们，饥渴炎热和一切令人难以想象的困难难不倒他们。

黄：但是，他们也需要各方的援助和支持，帮助他们渡过难关。

杨：同志们、朋友们，让我们献上一颗颗赤诚的爱心，伸出友谊的手、奉献的手、援助的手！

黄：为他们！

合：捐献吧！

——剧终

1991 年“风雨同舟 · 情暖人间”抗洪义演，与赵本山、郭达、杨蕾、蔡明、鞠萍等表演小品《捐献》

·小 品·

请 假

时 间 大年三十早晨。
地 点 某连连部。
人 物 黄大宝（炊事班长）：男，二十四岁（宝）；连长：男，三十岁（连）；连长妻：女，二十九岁（妻）。

［幕启，舞台上是一个部队常见的连部，门上挂着“连部”的牌子，屋内一张桌子两把椅子，一张单人床，桌上放着一个奶瓶，大衣架上挂着连长爱人的红风衣和花头巾——

［起床号响起，连长、连长妻抱着孩子上场。

连 秀英，真对不起，你刚来队探亲就抓你公差。

妻 谁让我嫁给你这个连长了呢。

连 眼下炊事班正在进行野炊训练，所以黄大宝这个假我是绝对不能给。他家里的猪场发生瘟疫，你正巧是兽医，我不抓你抓谁。

妻 那孩子呢？

连 他家路途不远，两天就能打个来回，正好借此机会我也和儿子加深点儿父子感情。

妻 说得轻巧，到时他闹你，你可别后悔。

连 那好，一言为定，我可给你买票去了啊。

妻 正好孩子睡了，我也到门口小药店买点儿应急药品。

合 走。

［妻子放下孩子，同连长一起下。

［炊事班长黄大宝腰系围裙、戴着套袖急匆匆上场。

宝 你说这大过年的，俺家是猪也病了，爹也病了，我知道要想治好俺爹的病，首先得治好母猪的病。可连长也太不近人情了，不仅不给假，到现在连个回音都没有，我还得找他！

［站在连部门口。

宝 报告！

［屋内没有反应——

宝 报告！

［屋内还是没有反应——

宝 看见没有，平常喊一声“报告”，里边就说“进来！”今天喊一两声了，里边没动静。好一个连长，平时你对我们要求那么严，可你自己搞特殊化，是军人就得服从起床号，媳妇来也不能偷着睡懒觉，我今天非搅和搅和他不可。“报——告！”

［屋内突然传出婴儿急促的哭声，把黄大宝吓了一跳——

宝 呀嗬，这媳妇一来动静都变了。不对，我得看看。

［黄大宝隔着门缝往里一看，又吓了一跳。见床上的婴儿还在哭——

宝 我的娘哎，那孩子马上要掉下来了。我也不报告了。

［黄大宝破门而入，冲到床边抱起婴儿，婴儿不停地哭，黄大宝哄着婴儿——

宝 不哭，不哭，家里瘟猪。这两口子真是的，把这么点儿孩子自己放在屋里，你们也放心。不哭，不哭，家里瘟猪，猪……对了，这玩艺跟小猪一样，肚子一饿就叫喊。

［黄大宝看到桌上的奶瓶。

宝 别着急，我来喂喂你，来，往里嘬，哎呀，你找这奶头还挺费劲的。小猪这点儿就比你强多了，就是闭着眼睛瞎拱，也能找着奶头在哪儿。不过老母猪的奶头反正也多点儿，那真是将军的大衣——两排扣啊，咱这是刚提的少尉一个豆啊。

［孩子吃上奶后不哭了。

宝　哎，吃饱了就不饿了。

［刚刚拔下奶瓶，孩子又哭了起来。

宝　你怎么吃饱了还哭啊。

［抱着孩子在屋里走来走去——

宝　噢，噢，不哭，不哭。

［他刚走到衣架前，孩子突然不哭了。

宝　嗯，好了。

［刚一离开衣架前，孩子突然又哭起来。

宝　又来了。

［他又迅速地回到衣架旁，孩子又不哭了。

宝　嗯？怪了。

［再离开衣架，孩子又哭，他又回到衣架边，孩子又不哭了。

宝　敢情这玩意儿跟手机电话一样，还有个信号接触问题，这片属于盲区，今天不是我哄你呀，是你在这儿训练我队列呢，我是非立正不可啊，你比你爸爸都严格啊，我一动弹你就叫唤。

［他回头看到衣架上红色的风衣和头巾——

宝　噢？我明白了，闹了半天你是看见你妈的衣服就不哭了，有了。

［黄大宝迅速把孩子放到床上，自己穿上红风衣、系上花头巾，重新抱起孩子，孩子果然不哭了。

宝　你这个小东西啊，看来你是不爱武装爱红妆，光知道穿花衣服的是妈妈呀，要记住，穿军装的就是爸爸，当然，也包括叔叔。嘿，你还知道乐呢。（唱）一棵呀小白杨，长得像爹又像娘，胳膊粗腿又长，长大也能当连长——哎嗬，别把连长摔着。

［黄大宝抱着婴儿坐在椅子上。

宝　你这个孩子就是不会说话，要不你替我说说你爹。你爹太不近人情了，我家里有急事，他都不给假，我告诉你，别看他是连长，今天他要是真的不给我假，我见了他，我也不理他。

［突然门外传来连长的喊声。

连　秀英！

宝　你爹回来了，我说话算话，就是不理他。

［连长进屋。

连　秀英啊，车票买来了。还有一个多小时开车，把孩子交给我，收拾收拾快走吧。

［黄大宝气得身子扭向另一边。

连　唉，不是说好了吗，怎么你又后悔了？

［黄大宝把身子又扭向另一边。

连　黄大宝家里不富裕，猪一病了，把他爹都急病了。你是兽医，咱哪能看着人家有困难不伸把手呢。

［黄大宝突然站起。

连　我知道，你不放心孩子，没关系，只要你把这风衣和头巾留下，我照样能带他。

［黄大宝默默无语。

连　就算我求你了，还不行吗。

［黄大宝突然转过身来，激动地——

宝　连长！［连长吓了一跳。

连　大宝？

宝　连长，（他刚刚摘下头巾，孩子又哭了起来）不行，我还得戴上。

连　大宝！

宝　连长。（俩人刚刚拥抱一起，妻子拎着药从外面走了进来。）

妻　哎呀，妈呀！（迅速把脸捂上）

连　秀英，你别误会，我们是战友。

宝　不，比战友感情更深。

连　对，老战友。

宝　我们相处多年了。

连　是，他是全连最老的兵。

宝　就是复员了，我也舍不得离开你呀。

妻　（气得）这光天化日之下你们要干什么呀！

连　（一把将妻拉住）秀英，他就是黄大宝。

［妻子愣住了，黄大宝摘下头巾和风衣，戴上军帽，恭敬地给连长妻子敬了个军礼。

宝　嫂子！

［音乐起。

——剧终

·小 品·

等 电

时 间 除夕夜。
地 点 新疆于田劳改农场武警看押部队一个执勤点的宿舍里。
人 物 老班长：以下简称“老”；新兵甲：以下简称“甲”；新兵乙：以下简称“乙”。

［幕启，舞台右侧放一电视柜，柜里放一电视机。台后放一张桌子，两把椅子。桌上放一盏油灯，一部电话。漆黑的舞台上，三个兵正坐在椅子上，准备收看电视。

甲 老班长。

老 干啥？

甲 啥时候来电呀？

老 不是说了嘛，八点整，春节晚会开始前肯定来电。

乙 现在都七点五十啦。

老 那就快来啦，别着急，耐心等待。

甲 老班长，你多长时间没看过电视啦？

老 时间不长，大概有五年了吧。

合 五年啦！

老 从我到咱这哨位那天起，就再没看过电视。唉！咱这地方水到头、路到头、电到头，要啥没啥呀！

合 就是，太惨啦！

老 惨啥呀，你们两个多有福气呀，刚当兵就赶上地方政府拥军，给咱们送电啦，还能看上春节联欢晚会，那今天还有很多同志在上哨，他们不比你们惨吗？

甲 我们的任务也不轻呀，我们今天晚上不光是看电视。

乙 更重要是晚会结束后还要挨个儿给大伙儿讲解今天晚会的节目内容。

老 是啊，作为一名文艺骨干是多么不容易呀！

乙 老班长，时间到啦！

老 好，打开电视，开始倒计时。

［打开电视机。

合 十、九、八、七、六、五、四、三、二、一……

老 0.5.0.4.0.3.0.2.0.1…

甲 0.05…

乙 0.04.0.03.0.02…

老 别数啦！（对乙）我说你这个表到底准不准呀？

乙 当然准啦，你看，北京时间二十点整。

老 那咋还不来电呀？！

甲 老班长，这可咋办呀？

老 打个电话给队部，问问咋回事？

乙 我来打。（拨电话）喂，队部吗？我是五号哨位值班室。不是说好今天晚上八点钟给我们送电了吗？现在咋还没来电呀？啥？线路有毛病，正在检修。那啥时候能修好呀？耐心等待？好，我们耐心等待。我说春节晚会开始了吗？噢，刚开始，别着急？我们不着急。不着急……（放下电话）

［三人沉默。

老 你们咋不说话呀？我跟你们说，这晚会刚开始没啥看头，真正的大腕儿都在后头呢！

甲 那咱不看怎么跟大伙儿讲呢？

老 这还不简单吗？根据我的经验，每年春节晚会的开场都是一个样。

合 一个样？

老 不就是主持人往那儿一站。（学主持人）观众朋友们，春节好！今天我们是在中央电视台一号演播厅向您现场直播春节联欢晚会。还有两个小时，新的一年就要到了。

甲 在这里，我们向全国人民拜年，向台湾同胞、港澳同胞、向全世界的炎黄子孙拜年。

乙 祝愿我们伟大的祖国繁荣昌盛，祝愿祖国的统一大业早日实现。

老 我们还要向中国人民解放军和武警官兵拜年，向此时此刻仍然坚守在边防一线值勤的战友们拜年。

甲 特别向驻守在海拔3000多米高，在新疆于田劳改农场执行看押任务的战友们拜年。

乙 此时此刻，你们一定也坐在电视机前正在收看我们的晚会，在这里我们衷心地祝愿你们新年快乐，心想事成，身体健康，万事如意！

合 耶！

［三人激动地伸出手做胜利状

老 今晚，我们的艺术家们准备了精彩的文艺节目奉献给观众朋友们，首先请欣赏……哎，现在演啥节目哪？

甲 我哪儿知道呀？

乙 打个电话问问。

老 对，打个电话问问。（拨电话）喂，队部吗？我是五号哨值班室。请问现在春节晚会演啥节目哪？啥？歌曲联唱。

甲 是哪个演员唱的？

老 对，是哪个演员唱的？八个歌手一起唱，谁也不认识。我们不着急，大腕不是都在后头了吗？再见！

乙 对，前边这些演员都是垫场的。

老 没错，这叫推新人，全都是年轻演员，表演水平有待提高。没啥看头。要看还得看那些大腕儿。像什么彭丽媛呀、董文华呀……

甲 我跟你们的眼光不一样，我就喜欢宋祖英，那歌唱得太好听啦！那模样长得……简直就是我的偶像呀！我将来要是找对象就找宋祖英……

合 啊？！

甲 ……那样的。

老 吓我一跳，既然你这么喜欢宋祖英，我就为你演唱一首宋祖英唱的《好日子》。

乙 还好日子呢，啥破日子呀？！连个春节晚会都看不上！

老 那我换一首《辣妹子》咋样？

乙 行行行，就你这模样还辣妹子哪？！我看你像傻妹子！

老 我可以化装嘛！（化装，头上扎手绢）这一化不就行了吗。怎么样？像不像宋祖英？

乙 宋祖英你倒不像。萝卜缨还差不多。

老 你这是咋说话哪？！

甲 老班长，你别生气，他这个人就爱实话实说，别跟他一般见识。

老 我……我真拿你们两个没办法。算啦，我就不侵犯宋祖英的肖像权啦！

甲 老班长，谢谢您对我偶像的尊重。

乙 看来这人的欣赏水平就是有差距，我觉得宋祖英也不是多好看呀！

甲 那你说谁好看？

乙 我就喜欢彭丽媛。你看人家长得多那个呀，这才是我的偶像呢。

老 看来我的偶像和你们都不一样。

合 那您的偶像是？

老 赵丽蓉。

合 啊？！您这是什么追求呀？

老 怎么啦？赵丽蓉虽然岁数大了点儿，可人家多慈祥呀！我一看见赵丽蓉就想起我妈来啦，再说了，人家赵丽蓉小品演得多好啊！

甲 对，我也喜欢看小品，也不知道现在那晚会上正演什么小品呢？

乙 要不再打电话问问。

老 对，再问问。

［乙拨电话。

乙 喂，队部吗？我是五号哨，现在演到哪儿啦？有小品吗？什么？黄宏正演哪？我说我们这电还能来吗？快帮我们催催呀，好，谢谢。（放电话）班长，黄宏正演小品哪。看来咱又看不上啦。

老 嗨！不就是黄宏吗？就他那两下子我也会。你们听着（学黄宏）“各位领导、各位来宾，守卫在塔克拉玛干沙漠深处的武警战友们，你们好。听说你们那里没有电，我急得脑袋直冒汗。北京新疆太遥远，这事我也不好管。希望你们多多担待，耐心等待。如果待会儿这电还不来，我就派俩人去，虽然解决不了看电视的问题，但其码能给你们添点儿亮。我先派陈佩斯，再派葛优，实在不行，再搭一个台湾的凌峰。最后，祝大家能度过一个美好的除夕之夜”。

甲 美好啥呀？！都十一点多啦。电还没来哪。这是什么破地方呀，连个春节晚会都看不上。早知道这样，我不来啦。

老 你不来他不来，谁来呀？！你不就想看春节晚会吗？说心里话，我也想看。可咱这儿就这条件。咱不能因为这地方条件艰苦就打退堂鼓。你们一年没看就急成这样，我都五年没看啦，这不也过来了吗？谁让咱穿这身衣裳哪！穿上这身衣裳就意味着什么苦都得吃，什么罪都得受。不看电视就不活啦，不看电视就不过啦？我就不信这个邪！李小毛！

乙 到！

老 把电视关了！

乙 是！（关电视）

［电话铃响，甲接电话。

甲 喂，我是五号哨。什么？马上送电？太好啦！（放电话）班长，来电啦，咱这电视还看吗？

老 少废话，集合！

［甲、乙列队。

老 同志们，在上级领导的亲切关怀和地方政府的大力支持下，我们盼望已久的电终于来了。下面我宣布五号哨位集体收看中央电视台春节联欢晚会活动正式开始！李小毛！

乙 到！

老 开电视！

乙 是！

［乙一按电视开关，灯光大亮，随之，电视里传来主持人的声音：“难忘今宵，今宵难忘，让我们记住这美好的夜晚吧。今年的春节晚会到此结束，我们明年再见！”

［《难忘今宵》音乐起……

［战士们互相凝望，然后随着音乐忘情的大声唱了起来……

合 （唱）“共祝愿祖国好，祖国好！”……

［三人互相拥抱，握手……

［音乐大作，花雨纷飞，光渐弱……

——剧终

· 单人小品 ·

提意见

时　间　当代。

地　点　中央电视台。

人　物　农民。

大家好：

祝贺中央电视台建台三十五周年，

正赶上今天是我三十五岁生日。

论年龄咱是一般大，

既然差不多说话就不客气了。

别人唱的都是喜歌，

我今天想以一个普通电视观众的身份给电视台提点意见。

电视是我们每个家庭不可缺少的东西，

每天吃完晚饭首先看新闻联播。

嗑着瓜子喝着茶水，

二三十分钟全世界当天的事能了解个底儿透。

特别好特别全但就有一点，

我认为新闻联播的主持人，

罗京那表情有点严肃。

罗老师播新闻联播已有好些年了，

这些年基本上没看他笑过。

因此我们村以中央电视台的栏目名给罗老师授了个称号叫“难得一笑”

今天特意到现场来看看罗京老师到底会不会笑。

哎呀妈呀，太不习惯了，说实话，这一笑明显不如不笑。

我们有个建议：

新闻联播最好是根据内容来决定表情，

该哭就哭，该笑就笑。

把新闻联播办的跟综艺大观似的那多热闹，

肯定增加收视率。

你看综艺大观的主持人倪萍，

人家笑得多好。

综艺大观四个字刚出现，

还没说话呢，

拿着话筒冲着观众就这样（做着微笑的表情），

满面春风的档次特别高，

就跟那五星级宾馆服务员在门口迎宾似的。

说实话你都不好意思不进。

不过倪萍有时候笑得有点多，

古人云女子千金难买一笑。

还有一句话，行不露足，笑不露齿，

有时候倪萍一大笑连牙花子都露出来了。

有一次采访倪萍把麦克交给观众后，

那观众拽着麦克不撒手，

抢了两三次那麦克就是不还她。

这说明什么？

倪萍老实脾气好。

人善被人欺马善被人骑。

这点你就该向罗京老师学习，

那脸一绷。

谁敢动他的麦克？

罗老师您的新闻联播我看了好几年了，

话筒往前一放，你都不用把着，没人敢上前。

主持人就要以我为主，以我为中心。

你看那么大奥运会现场，

宋世雄一个人说了算。

宋老师解说得特别好，

但是介绍比赛的时候有点墙头草，

哪边风硬往哪边倒。

中国队和外国队踢球，

刚一上来就替中国队说，

中国足球队是个有希望的足球队，是个年轻的足球队，是个势不可挡的足球队。

咈

外国人一脚把球踢进去了，话风马上就变，

但是和外国队相比我们是相差甚远的。

在这点我就有意见，

我们毕竟是炎黄子孙一家人，

他们踢的再好也不能替他们说话。

对不对 人言可畏呀，舆论很重要，

有时候 好的能说坏了 坏了能说好了。

那天我刚一打开电视，

电视上有个小球在草地上骨碌，

我还以为是足球呢。

镜头拉开一看 原来是一个屎壳螂拱个粪蛋。

当时把我气坏了，心想中央电视台录这玩意儿干啥。

我刚要换频道赵忠祥说话了：

这个东西叫蜣螂俗称屎壳螂。

你听听，赵忠祥老师多客气，

对屎壳螂都一视同仁，

那口气就像正大综艺里介绍嘉宾似的。

赵忠祥老师我跟你说，看你节目太长知识。

你一说屎壳螂是药材，当时我就觉得屎壳螂滚的粪蛋就是中药丸子。

所以说广告的力量是不可忽视的。

提起广告我说两句，

现在我们老百姓有个说法：

叫站着换频道不如坐着看广告。

现在广告拍得不错。

轰隆一声雷，咔嚓一道闪，

整得挺惊险。

但是有些个别广告吧，

有点儿文不对题。

前几天看到一个广告，

刚开始镜头里是一个姑娘的大腿。

紧接着往腿上套了一双袜子，

那姑娘站起身来就往海边跑。

一踢腿，一撩腿，一个猛子扎海里了。

紧接着一个浪花翻了起来，推出字幕：

美女牌火腿肠味道好极了。

我不瞒大家说啊，

自从看完这个广告，

火腿肠我都不敢吃了。

所以说像这样的广告，

你不如不播，

腾出好的时间播点新栏目，

什么东方时空。焦点时刻。

这名字起得多好。

但是有些个别新栏目，

名字起得欠妥当，

你比如东西南北中这个栏目，

起的明显有点麻将色彩。

现在农村都戒赌了，

这个名字很容易把我们麻瘾勾起来，

那天刚播个东西南……停电了，

那家伙把我急的，跟三缺一似的。

最后我想给春节晚会提点意见：

有人说，春节晚会年年办，还有人说一年不如一年，

我认为站着说话不腰疼，

应该说不是办的水平下降了，

是老百姓欣赏水平提高了。

你看人春节晚会多卖力，你别说演员了，就说

带头鼓掌的，站着一晚上，屁股都没挨过座，那两胳膊挥的，一看就是个苦孩子出身。说实话，没在农村扬过场，这活儿就拿不下来。

最后我给本场晚会导演提点意见：

以后安排节目的时候要符合规律，好戏压轴，

你看把我放这么靠前，那后面的节目咋演呢？

行了，管不了那么多了，爱咋演咋演吧！

——剧终

中央电视台建台 35 周年纪念晚会，与赵忠祥、倪萍、罗京互动表演小品《提意见》

·小品·

送金牌

时　间　当代。

地　点　表彰会现场。

人　物　村长。

村　长　奥运健儿们：你们辛苦啦！我代表我们村的父老乡亲来看望大家来了。顺便带来点土特产，没啥好玩意儿。我们村是开金矿的，所以带了点儿黄金。我们用黄金打了几块金牌，今天就是送金牌来了。我还带来一封信在这里念给大家：奥运健儿顶呱呱，用汗水报效咱国家。自打你们一出发，我们就在家倒时差。为了收看奥运电视节目，自打奥运会开幕式那天起，就晚上看电视，白天睡觉，过上了颠倒黑白的美国时间。奥运节目连轴看，俺农民目光有远见。怪不得都把奥运来申办，闹半天奥运要在哪国办，哪个国家说了算。奥运会总的来说算成功，但成功当中有遗憾。我遗憾——运动员吃不上中国饭，
我遗憾——警察半夜搞检验。
我遗憾——乒乓球比赛还停电，
我遗憾——在主办城市响炸弹。
真担心运动员身上着弹片，
你们出国参赛像参战。
千遗憾，万遗憾，
最遗憾的是裁判。
他们的女足越位也不算越位，
他们的女垒界外也算界内。
观众席上还喊 OK，
裁判对我们的成绩一卡一拉，
他们就 OK。
为了对这种行为来反对，
我们村从此不唱卡拉 OK。
男女老少齐参战，
对着电视当裁判。
据统计金牌不仅十六块，
金牌的总数应当是二十一块半。
前十六块我们村的裁判打分是一致的，
我今天就是来补发有争论的那五块半。
王军霞跑完了五千跑一万，
他们明明安排的是疲劳战——补发一块。
李小双自由体操没得冠，
竞争的对手是裁判——补发一块。
王义夫射击场上晕倒不能战，
张祥森举重把胳膊折断。
虽说他们有遗憾，
可为国拼搏到了极限——一人一块。
女足精神最可赞，
场场踢得很震撼。
我建议下次要办世界杯，
你们代表男足去征战——补发一块。
最后的半块金牌送给谁呢？
要送给运动员的家属和教练。
“十五的月亮”说得好，
这金牌有运动员一半也有你们一半。
我听说咱们跳水队后继无人很吃惊，
因此上我村挖了个大水坑。
孩子们在那扑通通天天都练倒栽葱，
需要人才你们就去挑去，
要怕不够你们就用网捞去。
孩子们个个都有小虎牙，
长得特像伏明霞。
最后我要说明一下，这金牌我们没拴绳，你们就不用往脖子上挂了，因为扒开纸含在嘴里一会儿就化了。今天吃块巧克力，下次取得好成绩。再见！

——剧终

·小品·

缘

时　间　现代。

地　点　北方某农村村委会。

人　物　马小哈：男，四十多岁，贫困村村长；牛大炮：男，四十多岁，富裕村村长。

景　置　比较豪华的村委办公室，台侧有沙发、茶几，台中放一老板台，上放着两部电话，背景屏风上赫然书写着两行大字：脚踏黄土岗，放眼大市场。

［幕启，电话铃声叠起，牛大炮忙乱地接电话。

牛大炮　喂，老六，我可告诉你，这次绿豆节，你一定要把我们村绿豆生产、加工、储运、营销这四大金刚的牌子打出去。对，不许搞大吃大喝，不许玩花架子。什么？这届绿豆节什么主题？脚踏黄土岗，放跟大市场，绿豆一枝花，开遍亚非拉！明白不？（另一部电话铃声又响，抓起）什么，我大爷来了？让他进……不对，我爹是独生子，去年才去世。告诉他，我没大爷。什么，他要跟我谈合作的事？（旁白）那还真是大爷，请他进来。［马小哈拎着一网兜王八风尘仆仆上。

马小哈　二狗子！哎哟，你可想煞我了。二狗子……

牛大炮　（疑惑地）二狗子？您是？

马小哈　我是你大爷。

牛大炮　（打量马小哈）我大爷？

马小哈　哎哟，找着你真不容易。你娘挺好的？

牛大炮　挺好。

马小哈　我就说呢，前天碰见你爹啦，没曾想还这么壮实。

牛大炮　什么，你碰见我爹了？不对吧。

马小哈　怎么不对呀，俺哥儿俩还喝了几盅呢。

牛大炮　那就更不对了。

马小哈　怎么啦？

牛大炮　我爹去年就走了。

马小哈　上哪儿去了？

牛大炮　死了。

马小哈　死了？那我碰见的谁呢？

牛大炮　我哪儿知道？我说同志你贵姓呀？

马小哈　怎么还我贵姓呢？咱是一家人呀！咱马家河子出来的人都一个姓呀，咱姓马呀！

牛大炮　噢，我姓牛。

马小哈　姓牛？那就更对了，牛马是一家呀！

牛大炮　我老辈是在马家河子住过。哎，你怎么称呼？

马小哈　马小哈。

牛大炮　马小哈？那马大哈……

马小哈　那是俺爹呀！

牛大炮　这我倒有点印象。

马小哈　有印象吧。我说大侄，我这次是来求你办点事的。

牛大炮　什么事？

马小哈　长话短说吧，这些年别的村都富了，也不知怎么回事，就咱马家河子，那是躺着的老鳖，愣没翻过身来。这不，今年你那些大爷大婶非选我当了咱村的头了。

牛大炮　那你很荣幸。

马小哈　是啊，也很不幸啊，乡亲们说你能说会道的得给咱村找个路呀。

牛大炮　没错。

马小哈　我说没问题，揣上点儿干粮我就进城了，进城找了家策划中心。

牛大炮　对，让人家帮忙想想辙。哎，你找的哪家呀？

马小哈　就那个现代宇宙、宏观调控策划中心。老板是个南方人，姓贾，叫贾瑜。

牛大炮　甲鱼？

马小哈　人家贾老师有学问，听说是美国哈……哈拉勺大学毕业的。人家一听我这情况，当时给我出了个主意。

牛大炮　什么主意？

马小哈　叫我办个节。

牛大炮　办节？

马小哈　啊。你看人家大蒜节、小枣节、黄瓜节、绿豆节哪个不红火。

牛大炮　你们村有什么就办节？

马小哈　是啊，我也琢磨，俺村里有么呢？要山没山，要树没树，庄稼种不好，养殖搞不了，就村后有个王八湾。

牛大炮　那顶什么用啊？

马小哈　你看，咱觉着没用，可人家贾瑜老师一听王八湾那眼珠噌地一下就亮了，脖子伸老长。

牛大炮　他找到老家了。

马小哈　当时人家就说，有了，咱们村有救了。

牛大炮　怎么就有救了？

马小哈　有王八就有救了。人家贾老师说王八浑身都是宝，发家致富离不了。

牛大炮　你别说要真搞个鼋鱼养殖场倒也不错。

马小哈　太慢。

牛大炮　慢？

马小哈　人家贾老师说了，想搞个大型国际鼋鱼节，招商引资，来钱快呀。

牛大炮　鼋鱼节？没听说过。

马小哈　没听说过就对了，那证明咱是国际头一份呀！

牛大炮　这叫出去也不好听啊。

马小哈　怎么不好听呀？人家贾老师说了，我们就是要借这个鼋鱼节为王八翻案，要让全世界的人都知道，鼋鱼是人类最好的朋友。我们的口号是：鼋鱼鼋鱼，请让我来帮助你，就像帮助我自己。

牛大炮　这越说越没边了。

马小哈　怎么没边呢？人家说得有道理。首先，鼋鱼是长寿的象征，有诗为证：千年王八万年龟，死不了的老刺猬。

牛大炮　这什么诗呀？

马小哈　这里面有科学道理，鼋鱼为什么活得长啊？因为它好静不好动，这一点俺村的人就是最好的证明。俺村人人好静不好动，所以成为远近闻名的长寿村。

牛大炮　成了最穷的村。

马小哈　所以我们鼋鱼节的第一条口号就叫：鼋鱼鼋鱼，长寿伴侣；要想长寿，保存自己。

牛大炮　行了行了，就算你这条有理，可……

马小哈　第二条贾老师说了，鼋鱼还是团圆的象征。

牛大炮　团圆？

马小哈　鼋鱼长得什么样？

牛大炮　团团的，圆圆的。

马小哈　这不团圆吗。

牛大炮　这么个团圆啊！

马小哈　所以我们鼋鱼节的第二个口号是：鼋鱼鼋鱼，团圆有余；伸头望明月，看完缩回去。

牛大炮　胡折腾。

马小哈　第三条，鼋鱼还是爱情的象征。

牛大炮　这可挨不上。

马小哈　俗话说得好，“王八吃秤砣，铁了心了。”你听听，铁了心了，它象征着人们对爱情的忠诚。

牛大炮　这叫胡联系。

马小哈　所以我们的第三个口号是：鼋鱼虽小礼不轻，常为爱情敲警钟。多情女子买一个，带回家去送老公。

牛大炮　呸！这是什么玩意儿呀！

马小哈　人家贾老师说了，这就叫猎奇。从古到今无奇不传，我们就是要想方设法制造奇观，把人引来，让他掏钱。

牛大炮　人家凭什么就给你掏钱呀？

马小哈　贾老师给我们策划了三大步：第一步，首先要大造声势，连文章题目人家都写出来了。你听听：马家河子，王八翻湾，千年巨鳖，突然上崖，足蹬朝靴，头戴王冠。据专家分析，它这次上崖是因为王妃之间争风吃醋，一怒之下，离家出走。

牛大炮　咳！这个没人信。

马小哈　这你应当懂了。现在社会上闲人有的是，只要有炒的，他就有吃的。

牛大炮　那你那第二步——

马小哈　在村头兴建一座高达五十米的大型鼋鱼雕塑，特点是：伸脖子，舞爪子，做凌空欲飞状。（动作）

牛大炮　它飞不了。

马小哈　第三步是迅速建立旅游商品制造基地，生产各种带有鼋鱼图案的吉祥物——文化衫、纪念章。对了，连纪念章小样人家贾老师都给设计好了。（拿出一纸剪的小王八）你看看，凡来的客人随门票赠送一枚，挂在胸前多显眼啊，你戴上试试。

牛大炮　没人戴这个！

马小哈　这是虚的，还有实的。我们要腾出村委会办一个鼋鱼大酒店，主营鼋鱼宴，兼营王八蛋。让客人自己钓，自己吃……

牛大炮　你们那湾里没几只鼋鱼……

马小哈　买呀，买了养里面。

牛大炮　你这造塑像、办工厂、买王八都得花钱。

马小哈　对呀，我就是为这事来的。人家贾老师说了，要办鼋鱼节我得找个合作伙伴，和我合作的首选对象就是你们绿豆村。

牛大炮　那为什么？

马小哈　刨去我是你大爷不说，还有两个原因。

牛大炮　什么原因？

马小哈　第一，你要分析王八和绿豆之间的亲密关系。

牛大炮　它们有什么关系？

马小哈　俗话说得好，王八看绿豆——对眼，说明咱俩有缘分。

牛大炮　你这叫什么话？

马小哈　二狗子，我就看你顺眼哪。

牛大炮　你这叫骂人。

马小哈　你别着急，这第二条，吃鼋鱼吃多了怎么着？

牛大炮　上火。

马小哈　绿豆是败火的。

马小哈　我上火，你败火，咱是一条龙服务呀。

牛大炮　行了行了，这回我可真喊你大爷了。我呀没工夫听你贾老师胡说八道，更不会跟你合作办什么鼋鱼节。

马小哈　哎，大侄子，咱这是互利互惠，互相帮忙的事。

牛大炮　你能给我帮什么忙？

马小哈　我帮你宣传呀。人家贾老师说了，将来鼋鱼雕塑落成后，可以给你做广告呀。你拿点钱，俺在鼋鱼那四个爪写上你那四大金刚，多显眼呀。

牛大炮　你替我想得挺周到！

马小哈　俺也落实惠，你想想，有你那四个爪撑着，我也有出头之日了。

牛大炮　哎，请走！

马小哈　哎，大侄子，你怎么赶俺走呢，俺大老远从马家河子……

牛大炮　你就是从马来西亚来，我也不跟你合作！

马小哈　你……

牛大炮　你别盯着我。

马小哈　我就看你顺眼。

牛大炮　（气恼地）出去！

马小哈　（伤心地）好，我走，我走！（突然回头，咆哮地）老牛同志！

牛大炮　（吓了一跳）你，你干什么？

马小哈　干什么？好歹你也在马家河子住过，人不亲那把黄土亲。不错，现在你这里富了，你也成人物了。可你回马家河子看看，都这年月了，大姑娘还是往外嫁，小伙子还是难成家。可是你这个老乡，有难不帮，见死不救！你，你真吃秤砣了！

牛大炮　这，老马，你不想想，贾老师说的那一套听着热闹，可你一件也办不成！就是我帮你办成了，靠行骗你能吃几天！你，你让人家骗了。

马小哈　人家没骗俺，人家还收了俺两千元钱呢。

牛大炮　这还不骗呀！

马小哈　那是我准备娶儿媳妇的钱呀！可为官一任，造福一方，我总得干点儿什么。

牛大炮　要干，就干点实的，你们呀太富于幻想。

马小哈　是呀，幻想呀，村委换了好几届，还是光想呀。

牛大炮　老马，我，我帮不了你，你……走吧。

马小哈　走？我怎么走啊？两千块给了那个王八蛋了，带的干粮也吃完了……

牛大炮　那好，您先住下，明天我派车送你回去。

马小哈　那也不行啊？你想想，我俩肩膀扛个头回去，你那些大爷大娘他们不揍我呀。

牛大炮　这……

马小哈　我马小哈是什么村头呀，我是浑球啊，马家河子没救了！（哭）

牛大炮　（突然大喝一声）哎，有了！

马小哈　（吓了一跳）有了病了？

牛大炮　老马同志我答应跟你们合作了。

马小哈　办王八节？

牛大炮　不，大爷，马家河子的地理环境我了解，那里特别适合种绿豆。（从桌下拿出一袋绿豆）这是十公斤优质豆种，我送给你，等秋天收成了我再收购。对了，（写支票）这是张十万元的支票，你先拿回去，整地、改水，明年我再帮你建立起自己的四大金刚。马家河子三年不脱贫，你揍我牛大炮。

马小哈　这……这兜王八你先留下，给来的客人做点汤喝。

牛大炮　这鼋鱼的种不错，就让它在我的村扎根吧。到了明年我收购你的绿豆，你收购我的鼋鱼。

马小哈　好办法，就这么定了。

［两人紧握手。

——剧终

（与王宏共同创作）

·小 品·

开 饭 店

时　间　当代。
地　点　某乡镇。
人　物　老　范：饭店老板，四十岁左右。
王经理：县某公司总经理，四十岁左右。
服务员两人。

［舞台上有饭店房间景片，一张圆桌，两把椅子，景片上有通往后厨的门，门框上有一副醒目的对联。上联“吃出文化”，下联“喝出精神”。横批被一幅红绸蒙盖着。舞台上两位女服务员手捧红绸一字排开，在欢乐的乐曲中老范、王经理上场。胸前佩戴红花，一个写有“经理”，一个写着“嘉宾”。音乐渐弱……

老　范　煎炒烹炸几千年，古老的菜谱在流传。我店招牌又更改，饭店不叫饭店，叫啥呢？“文化乐园”。［扯下蒙在匾上的红绸，露出：“文化乐园”。

老　范　下面让我们用热烈的掌声，欢迎我县国际联合开发公司的王总经理为我们饭店第三次更名剪彩。［音乐声中，服务员小姐托出用红绸蒙着的菜墩，上面放着两把菜刀，老板拿起一把菜刀，将另一把递给王总经理。

老　范　来，下手。

王经理　用菜刀剪彩我还是头一回。

老　范　你不是要求我们饭店创新吗？现在不管哪行哪业剪彩都用剪子，其实不对。人家服装厂剪彩才应该用剪子，饭店剪彩就得用刀，你赶上家具厂剪彩就得用斧子或是锯，这叫干啥招呼啥。请下手！

［二人把长绸切成三截，服务员小姐端下。

王经理　饭店用菜刀剪彩可有宰人之嫌。

老　范　我宰谁也不敢宰你呀，你们是我县最有实力的大公司。俗话说大河有水小河满，大河无水小河干，今后我们就靠您了。

王经理　常言说得好，酒香不怕巷子深！只要你的饭店不断地推陈出新，我们各种活动都可以专门安排到你这里来。

老　范　不愧是老同学的情谊，里边请！

王经理　不坐了，今天中午还有接待任务。

老　范　你今天无论如何不能走。我们饭菜进行了大的改革，你是全县有名的美食家，就等着你亲口鉴定了。

王经理　你们由饭店变成“文化乐园”已经是个飞跃了。

老　范　这只是表面现象，真正的内容在饭菜里呢。

王经理　饭菜能有啥内容？

老　范　有啥内容？服务员，先上个“一不怕苦，二不怕死”。［后厨传来“一不怕苦，二不怕死”的喊声，随声菜到。

王经理　一不怕苦，二不怕死？

老　范　具体说就是苦瓜拌丝瓜，这里简单地运用了一个谐音，主要是想表现像您这样的干部，为了工作在酒桌上不怕苦，不怕死的奉献精神。

王经理　噢！（坐在椅子上）

老　范　说实话，像你这样的天天有饭局，顿顿有应酬，想吃也得吃，不想吃也得吃，你苦不苦？

王经理　苦。吃累了这滋味谁也不会理解。

老　范　像我这小饭店，一天就得喝趴下几个，没点献身精神盯得下来吗？

王经理　酒逢知己千杯少，老同学就冲你这句话，今天在你这儿喝了，满上。

［二人干杯。

王经理　有时候在酒桌上就是玩命呀！

老　范　酒杯一响，就如同战场。服务员，来盘“手榴弹”。

［服务员将菜端上：“请用！”

王经理　鸡大腿呀？毛儿都没择净，还手榴弹呢？应该叫“飞毛腿”。

老　范　哎呀！一级是一级水平，“飞毛腿”正好跟我后边的菜配套。服务员上盆“波黑战争”。［服务员将菜端上。

王经理　“波黑战争”都吃出来了，什么原料？

老　范　菠菜炖木耳。

王经理　瞎扯，菠菜、木耳它俩能往一块儿整吗？不用吃看着就别扭。

老　范　是啊，不别扭能打起来吗？

王经理　你火药味不能太浓了，真要有相互别扭的顾客在这儿喝酒，非让你给勾得打起来不可。

老　范　打起来不要紧，后厨派出“维和部队”。

王经理　维和部队？［服务员将菜端上。

老　范　海蜇、土豆、家雀，象征着海、陆、空三军，绝对王牌。

王经理　维和部队，有时候也是无能为力。

老　范　对，我在电视里看见了，整到现在还没结果。其实他们这事好解决，依我看找个像样的饭店，好好摆几桌，双方坐下来只要吃好喝透，就没有办不成的事。实在不行请我这儿来，肯定给他整明白。

王经理　越说越离谱，算了，算了。（起身欲走）

老　范　别走哇！

王经理　你把这饭店整得跟战场似的，谁敢来呀！你看人家卡拉 OK，苹果论块，橘子论瓣，冰激凌都打着小伞。有灯不用，人家点着蜡头，钱花得再多，吃的就是这情趣。

老　范　要吃情趣你早说呀！咱这啥都有。服务员，来个娱乐套餐“综艺大观”。［两服务员将娱乐套餐“综艺大观”端上。

王经理　嗬！综艺大观？

老　范　第一道菜是我们饭店白送的，叫“送你一只鸽”。

王经理　什么歌？

老　范　清蒸乳鸽。

王经理　就一只鸽呀？

老　范　一台“综艺大观”哪能就一支歌呢？接下来就是“明明白白我的心”！

王经理　你的心？

老　范　酱猪心。［服务员将一盆热汁浇在一盘锅巴上，一股热雾升起。

老　范　“像雾像雨又像风”。

王经理　（忙用餐巾挡住自己的脸）我看更像“谁的眼泪在飞”。

老　范　一看你就常去卡拉 OK。

王经理　这比卡拉 OK 有意思，不能都是通俗的，我更喜欢民歌。

老　范　接下来就是民族的。［服务员将一龙虾船端上。

王经理　噢！龙虾船。

老　范　现名“龙船调”。

王经理　这首歌好听。

老　范　在学校咱俩唱过。（唱）妹娃子要过河，哪个来推我嘛？

王经理 （唱）我来推你嘛！

老　范 慢，你要推可以，这一船可是两千八百八十八块。

王经理 （从兜里掏出一张支票）那算啥呀，我这张旧船票是否能登上你的客船？

老　范 空白支票。

王经理 压你这儿。

老　范 哎呀，干杯。［二人举杯喝酒。

王经理 我说你这些菜名都是怎么琢磨的呢？

老　范 这个关键在于日常积累，处处留心皆学问。通过饭桌了解社会，要把社会搬上饭桌。服务员，上盘咸鸭蛋。［服务员将一盘切好的咸鸭蛋端上。

老　范 这盘咸鸭蛋你说该叫啥名？

王经理 叫……一分为二？

老　范 牵强。

王经理 分久必合。

老　范 瞎扯，都切开了你不能再粘上啊！

王经理 那你说该叫啥呀？

老　范 你看这蛋黄像眼珠不？你看这蛋清像眼白不？拿两半鸭蛋，你往这一比画像瞪着的两只大眼睛不？

王经理 像！

老　范 所以说，这道菜叫“提高警惕”。

王经理 在饭桌上有啥提高警惕的？

老　范 有啥提高警惕的？把那些社会渣滓押上来。

［两名服务员将一托盘“押”上，放到桌上。

王经理 甲鱼、螃蟹、蝎子。

老　范 在我们这吃这三道菜，必须有动作要求。吃甲鱼之前必须拿这筷子，在甲鱼盖上狠狠打几下，这叫“打假”；吃螃蟹先把盖揭了，拿筷子在里边使劲“格勒”，这叫“扫黄”；吃蝎子必须一口吃六个，这叫“除六害”。吃完之后三个盘子必须摞在一起往下端，这叫“取缔三陪”。

王经理 看来你们乡打假、扫黄、除六害搞得成效很大呀！

老　范 你别管成效有多大，反正饭桌上决心不小。为了“打假”我们这儿光甲鱼就吃了两吨；为了“扫黄”，附近基本找不到母螃蟹；为了“除六害”，别说我们这儿，连山东那边都逮不着蝎子了！这么跟你说吧，那帮倒腾蝎子的人都在家歇着了。你说能吃不？

王经理 你还觉得不错呢？上回我们公司那日本客户，带着钱要到我们公司投资，我把接待任务交给你了。你可逮着了，山珍海味越造越猛，连造半个月你刹不住闸了，愣把那日本人吃得夹着钱吓跑了。

老　范 那能怪我吗？我也不知道日本人没见过这场面哪！越有钱越抠，他请咱吃的那叫啥呀？能对得起朋友吗？服务员都跪着服务，背后背个包，除了生鱼片，就是生肉片，都舍不得做熟了。

王经理 他们国家能源紧张。

老　范 不就是点火儿吗？服务员，来个炖的“火烧炮楼”！

［服务员将一点燃火锅端上。

王经理 炮楼里是什么东西？

老　范 猪头小队长。

王经理 炖猪头哇，撤！越吃档次越低，我早说过多少次，随着我们城乡的经济发展，食文化一定要跟上。坚决杜绝炖猪头等现象，要不然我的客户还不得让你吃跑了。算了，我看你这接待不了什么高规格的客人。（转身欲走）

老　范 站住！你说走就走哇！上回你就是吃得不满意，摔下筷子就走，为你我关张整顿半个月，这是第三次更改店名。你口口声声要我们吃出文化，我有多少文化够你们吃呀，我那点底儿你还不知道吗？为了使你们满意，我和我老婆翻报纸查字典，通读了两遍《十万个为什么》，找了那么多新鲜词往菜里堆，我们容易吗？哪儿不行你们提出来，我改还不行吗？你摔下筷子就走哇！一打进门你就腆着个肚子撇吃拉跑，横挑鼻子竖挑眼，你有啥了不起。你不就是兜里揣了俩公家的钱吗？你挑啥呀！

王经理　我挑？是人家挑我！你不容易，你不知道吗，现在办点事就得请，管点事就得吃，一顿饭说小就小说大就大，你这不行了可以关张停业，一年能改三次店名，我那儿要不行了整个企业就得停产，我容易吗？今天中午总公司可就来检查组，闹不好就得撤我的职！

老　范　这话你怎么就不说哪，服务员给他来盘“炒鱿鱼”。

——剧终

（与张振彬共同创作）

与侯耀文表演小品《开饭店》

·小品·

青海姑娘

时　间　某日上午。
地　点　会议室。
人　物　老胡：编剧，四十岁；郭主任：电视中心编导室主任，四十多岁。
景　置　某电视制作单位的会议室。茶几、电话、长短沙发各一个。

［幕启，郭主任正在打电话。

郭主任　喂，老胡啊，我从早上就呼你，现在才呼通。你太忙了！传呼台小姐说你的呼机一直占线。你马上到编导室来一趟，新的创作任务。（挂断电话）哎呀，总算逮着一个！我这个编导室主任当的，手下七八个编剧，可一有创作任务，就是布置不下去，也不知道都在干什么呢？［老胡打着手机从一侧上。

老　胡　喂！我是老胡，老胡！（大声）胡编！（埋怨）非得说出职称来才清楚。你们新华书店的广告词我已经编好了。你听怎么样，题目是：月月书，又有新创意。月月书，月月书，我书店月月来新书。好，你来取稿子的时候，别忘了把稿费带来。（挂断）

郭主任　老胡，你真忙呀！

老　胡　再忙主任一叫，马上就到，这是正事。

郭主任　你今年电视剧的创作计划做了吗？

老　胡　做了。（拿出一叠纸交给郭主任）

郭主任　我看看。（念）晚会撰稿，（翻页）商品广告，（翻页）顾客须知，（翻页）产品介绍……老胡啊，你是堂堂剧作家，怎么净整这些鸡零狗碎的玩意儿。

老　胡　主任，我这是利用业余时间，挣点儿零花钱，正经的东西在后面呢。

郭主任　（翻页）寻人启事？老胡啊。挣点儿钱我不反对，这寻人启事能有几个钱？

老　胡　主任，不瞒你说，就这个钱多。我寻的这个人不是一般的人，（说着来气）他就是我们上个电视剧的投资老板。八十集呢！稿费一分没给我就携款潜逃到国外去了。我不得不去寻人，而且不得不动用国际巡警。抓不住他杨大侃，我死不瞑目。

郭主任　我早就跟你说过，不要跟那些草台班子瞎掺和，要搞点力作，搞点精品。

老　胡　主任，我何尝不想搞点好东西，可是现在要找点好素材太难了！

郭主任　（拿出报告）这篇报告文学《青海姑娘》，写得非常生动。这故事说的是，青海高原上的一个农家姑娘，在荒原上捡到了两只绵羊，为了找到失主，她整天周旋在两只绵羊之间……不知道走了多少路。走哇走哇，两只羊变成四只羊；走哇走，四只羊变成八只羊，走哇走……（被打断）

老　胡　（激动地）好故事，可以编电视连续剧！八只变成了十六只羊，到后来变成一群羊，最后办起一个养殖场，使贫穷的家乡变富强。

郭主任　（也激动）上级要求我们搞好这个作品，用它竞争明年“五个一工程奖”！我有个要求，你得把手里其他活儿都放下，在家关死门，憋一个月给我拿出初稿！

老　胡　在家憋？主任，我得批评你几句了，正因为有你这种创作指导思想，才产生一批胡编乱造、脱离生活的作品。你看看，现在那些作者到哪儿去，都是一流的宾馆，一流的饭菜、一流的照顾、一流的接待，最后还得揣走一流的外快！作品还没出笼，“五个一”就到手了。

郭主任　是呀，这宾馆文学、火锅文学害人不浅呀。我听说几个人围着火锅就侃出一部电视剧本。

老　胡　一点不假，我亲身经历，杨大侃那八十集电视剧就是涮羊肉涮出来的。我们仨作者谁都不想开头，后来打赌，拿筷子捞，谁要捞出羊头肉来就写开头。

郭主任　那要捞出羊尾巴呢？

老　胡　写结尾呀。

郭主任　那要捞起羊腰子呢？

老　胡　写当间儿呀。我告诉你，捞出啥来都有说头！

郭主任　那要捞出菜叶来呢？

老　胡　写主题歌，不是羊身上的东西属于插曲。

郭主任　涮来涮去，涮的是观众！

老　胡　所以主任搞创作，不能靠间接生活，我们为什么……（突然地）叫什么名？

郭主任　青海姑娘。

老　胡　我们为什么不到青海去体验生活？作品要上去，作家要下去，作家不下去，作品怎么能上去！

郭主任　（感动地）老胡，你这些话真让我感动，你不愧是国家二级编剧，没有丧失作家的良心。咱们创作经费再紧张，我也给你创造机会！

老　胡　订票。

郭主任　（打电话）总务科吗？给老胡订一张明天飞青海的机票。什么？机票紧张。

老　胡　没有飞机坐火车！

郭主任　（赶紧）没有飞机坐火车！什么火车也……

老　胡　没有火车坐汽车！

郭主任　听见没有，老胡的决心很大，没有火车坐汽车！……什么？马上送钱。（欣喜）太好了！（挂断电话）老胡，他们都被感动了，我这就给你取票去。（下）

老　胡　（着急冲动）快去！你告诉他们，没有汽车骑骆驼；没有骆驼我走着去！就是爬，我也要爬上青海高原！（激动得撕掉稿子）拜拜吧，杨大侃！真正的作家决不被金钱所诱惑！（手机响）喂，珠海长途？什么，你们要写电视剧？不接！我们编导室现在有任务！别说你们在珠海，就是去巴黎我也不接！条件再好，我也不接！稿费从优我也不接！稿费……（压低）多少钱一集？一万？你等会儿（小声计算）一万……那你们打算写多少集？四十集。你等会儿（小声）一万一集，四十集四十万。喂，八十集以下我不接！现在电视剧好坏是次要的，关键在长短，只要占住好时间，哪怕天天膈应观众，也能留下深刻印象。得到观众骂也是不容易的！中国有句老话，好事不出门，坏事传千里。有的时候质量差的电视剧反而知名度更高！（兴奋）好！把故事梗概说一下。故事说的是一个漂亮的珠海姑娘为了找到爱情，整天价周旋在两个男人之间，两个男人争风吃醋。结果，姑娘受害，人被毁容，完了。你这太简单！八十集，你故事得编够长度。你别让她一上来就毁容，故事不一定就局限两个男人，争啊争；两个男人变成四个男人，争啊争；四个男人变成八个男人……到第七十九集再给她毁容。虽然人被毁容，但是事业有成，她开起一家美容院，把美丽送给他人。

［郭主任持机票上，在老胡身后听。

老　胡　我们创作室的任务我可以推掉，明天就可以动身去珠海。（挂断，回身看主任，主任无言盯着他）主任……我考虑咱们创作室的经费紧张，我就是不去青海，在家憋，也给你憋出个精品来。

郭主任　哎，你不是说作品要上去，作家要下去吗？

老　胡　是呀，作家下去……要往下走，可是青海是高原啊，我这一上去，作品还不下去呀？

郭主任　又接了个大活儿吧？

老　胡　那就跟你说实话吧，珠海一家影视公司出重金约我写八十集电视剧——《珠海姑娘》。

郭主任　现在摆在你面前的一个《青海姑娘》，一个《珠海姑娘》，你到底选择哪个姑娘？

老　胡　这两姑娘我都想要。

郭主任　什么？

老　胡　不是，我是说，青海姑娘获奖倒是重要，可是没有珠海姑娘实惠。

郭主任　实惠，到现在杨大侃的钱一分也没给你！

老　胡　一分不给没门儿，他别让我知道他在哪儿，我要是找着他，一分少不了。

郭主任　青海，你不去，我去。（欲下）

老　胡　（拉住郭主任）我有个好主意，这俩姑娘，我能给她编成一个姑娘。

郭主任　青海姑娘！

老　胡　对，这位青海姑娘为了找到失主，整天周旋在两个男人之间……

郭主任　两只绵羊之间。

老　胡　对不起，两个绵羊之间，这个姑娘赶着两只羊，走啊走啊，两只羊变成了四只羊，走啊走啊，四只羊变成了八只羊，走啊走啊，八只羊变成十六只羊，走啊走……青海根本没有海。

郭主任　是啊，姑娘也纳闷，青海没海，可眼前是什么海呢？仔细一问才知……

老　胡　太好了。

郭主任　这我也会编。

老　胡　姑娘就这样来到珠海，到了珠海遇见了两个男人，两个男人变成四个男人，四个男人变成一群男人，于是办起养殖场。

郭主任　什么？！

老　胡　后来姑娘被毁容，羊圈变成美容院，她把美送给人间。［手机响。

老　胡　喂？

郭主任　（哭笑不得）戏是得编，可是不能全编？生活的故事真多，可是故事里怎么就没有生活呢！青海，我去！（下）

老　胡　（捂着手机）什么？老板对故事情节不感兴趣不扩大投资？不写《珠海姑娘》了？写《巴黎姑娘》？那就是说我可以去巴黎体验生活啦？好改！出国最好改了，我让她碰上的不是两只羊，也不是两个人，而是两个洋人，不就出国了吗？请老板回来签个合同吧。什么？目前不能回来？有个死皮赖脸的作者现在正在找他麻烦？（一惊）你们老板叫什么名儿？杨大侃？（气得跳起来）我正找他呢！我是谁？我是胡编！我问你杨大侃现在在哪儿？青海？主任，我要去青海！（跑下）

——剧终

（与尚敬共同创作）

·小 品·

拍 闹 剧

时 间 当代。

地 点 街头。

人 物 石锁：男，二十五岁左右，崩玉米花的。

阿祥：男，二十五岁左右，照相的。

大娘：六十多岁；大爷：六十多岁。

［舞台上，石锁和阿祥各自在叫喊着。

石 锁 崩玉米花。

阿 祥 照相。

石 锁 崩玉米花。

阿 祥 我说你那玩意儿也不行，这一上午也没看你开张。

石 锁 你也不咋样，一上午不也没来人嘛。

阿 祥 本以为你锅一响能给我招来点人呢。

石 锁 我还盼望你那灯一亮我能沾点光呢。

阿 祥 不在这儿等了，送货上门我进村照去。（下）

石 锁 进村别忘了帮我做做广告。（继续叫喊）

石 锁 崩玉米花，崩玉米花，又香又脆又经济又实惠，拿来一把抱回一包的玉米花喽。

［大娘拿着一小兜儿玉米粒上场。

大 娘 小伙子，崩点玉米花。

石 锁 好。

大 娘 上了岁数了，没事嚼点磨磨牙……

石 锁 对。

大 娘 床子。

石 锁 磨牙床子？

大 娘 没牙啦！

石 锁 没牙了？说话也别大喘气呀！

大 娘 不是大喘气是大撒气。

石 锁 一个都没了？

大 娘 还有俩。

石 锁 那也能顶点儿事。

大 娘 都在上面不配套。

石 锁 那您就更应当吃我崩的玉米花了，我的玉米花不但好吃，而且对牙齿有保护治疗作用。有位七十多岁的老太太，吃完我崩的玉米花愣长出一口新牙来。

大 娘 小伙子，气搂着点，我身体太弱，你口气要是再大点，非把我吹个跟头不可。

石 锁 您这是什么话呀，不是我口气大，我这是气功玉米花，祖传秘方。崩的时候边加火边运气，然后一发功就能把阀门顶开，运的那些气都进玉米花里，吃完之后三月长牙。

大 娘 真这么灵？

石 锁 当然了。

大 娘 那快给我崩一锅。

石 锁 对，我就是惦念着“崩”您点儿。

大 娘 什么？

石 锁 不，我就是惦念着给您崩点儿。

大 娘 崩一锅多少钱？

石　锁　普通的三块，气功的六块。

大　娘　你这玉米花怎么比熘腰花还贵哪？

石　锁　多新鲜呀，镶口牙多少钱哪？

大　娘　这么算倒是便宜。你这给我崩着，我回家给你取钱去，现在这事，不能全信也不能不信，让这些功夫弄得也说不上什么好使。（下场）

石　锁　崩点儿是点儿。（把玉米花倒入锅内，加火）［这时，阿祥从大娘下场的方向退上场。边退边向远方望着什么，差一点碰到崩玉米花的锅上。

石　锁　小心烫着。

阿　祥　你还没走哪，哥儿们？

石　锁　你怎么又回来了？

阿　祥　我背着相机进村，有个老头把我当成电视台导演了。

石　锁　有你这模样的导演吗！

阿　祥　仔细一打听，这老头是给亚运会捐款的西瓜专业户。电视台刚来电话说要给他拍个专题，老头不明白呀，所以把我这照相的当成拍电视的了。

石　锁　噢，真把你当成导演啦。

阿　祥　真的，一个劲往屋里让我。我说这里地方太小人太多，我到外面找一个大点的地方去。你把西瓜都带上，因为一围观，我们就无法工作了。就这样，我把老头一个人从家里弄出来了。

石　锁　你是怕在家里让电视台的给抓住。

阿　祥　你给哥们儿帮帮忙，崩来钱咱俩对分。等会儿老头来了，我装导演，你来摄影师。

石　锁　摄影师？这也没有摄像机呀？

阿　祥　（一指崩玉米花的崩锅）用它呀。

石　锁　用它哪行啊，根本不像。

阿　祥　我给它改改型。

石　锁　别动，里面还有给老太太崩的玉米花哪。

阿　祥　老太太没油水，咱还是“崩”那老头吧。（把拔火用的烟筒套在崩锅的前边，又把爆锅用的布袋子盖在崩锅上）别说真像！

石　锁　等会儿电视台的来了，还不把咱俩一块儿抓住。

阿　祥　顾不了那么多了，快！时间就是金钱。

［两人正忙活着，大爷拎着菜刀，抱着西瓜上场。

大　爷　导演，我来……

阿　祥　站住！［石锁吓得将头钻到布袋下。

大　爷　（盯着烟筒）这……

阿　祥　不要看镜头，往上看。

［大爷举着刀，抬着头一动不动。

［阿祥画外音：“这段动人的故事，就让我们从这位老瓜农说起吧。”

阿　祥　（回头冲着石锁小声地）把麻袋盖好。

［阿祥画外音“噢！你看见了吗？”

大　爷　我啥也没看见。

阿　祥　您老别说话，我这是画外音。（冲石锁）把机器扛起来。

石　锁　太热。

阿　祥　你坚持一下嘛。

大　爷　导演还坚持多久，我可有点顶不住了。

阿　祥　马上就完，现在是片头定格，您千万别动，一动就出双影了。

［阿祥画外音：“那是在很久很久以前，有一个老大伯的故事。”

石　锁　别说你还真有两下子。

阿　祥　废话，没吃过猪肉还没看过猪跑哇。

［阿祥画外音：“这位大猪，不！这位大叔拿刀在追大猪。”

石　锁　跑题啦，应该说西瓜。

阿　祥　都是你搅的。

［阿祥画外音：“他为什么要追猪呢？因为猪要偷吃西瓜。”

石　锁　他又找回来了。

阿　祥　推，西瓜特写；摇，刀的特写，再摇。

石　锁　导演，不能再摇了，再摇就崩出去了。

阿　祥　停！

大　爷　脖子！脖子！

［阿祥为大爷揉脖子。

阿　祥　大爷，你这个镜头演得很成功。

大　爷　导演，这是什么呀？

阿　祥　摄像机呀。

石　锁　玉米花牌摄像机。

大　爷　玉米花？

阿　祥　一比八大镜头摄像机。

大　爷　这镜头是不小，跟筒子似的。导演，它怎么还能崩啊？（要掀起锅上的布袋）

阿　祥　别动，这是紫外线摄像机，怕光。阳光一照就容易崩。所以说，在阳光下拍摄时机身要蒙上布，镜头要戴上一个长长的遮光罩。

大　爷　吓我一跳，刚才我一听能崩我还以为……导演，这机器拍完了，电视里能播吗？

阿　祥　当然能播了，怎么不能播呢？

石　锁　播啥呀，能播种，里边一锅玉米粒儿。

阿　祥　下面拍第二个镜头，吃西瓜。把西瓜打开，这个镜头是这样的，吃西瓜的人吃完之后，竖起大拇指……

大　爷　（边切西瓜边说）导演，这回你拍之前可要告诉我一声。

阿　祥　这个镜头就不用你来演了。

大　爷　为什么？

阿　祥　因为，不能老王卖瓜自卖自夸呀。这个镜头由我来演，你去准备下一个镜头的道具。

大　爷　什么道具？

阿　祥　钱！

大　爷　钱？

阿　祥　您不是给亚运会捐款两万元吗？

大　爷　我已经捐完了。

阿　祥　知道你捐完了，我们现在是拍电视，需要真实，所以说你必须再拿来点现金。我们把它录下来之后，好在电视里宣传你。

大　爷　都是应该做的事，有啥好宣传的。算了，算了。

阿　祥　大爷你一定去取，我们就是为钱来的。

大　爷　啊！

阿　祥　不，我们就是为了拍你捐钱来的，这是我们这个片子的重场戏，拍完了之后钱再还给你。

大　爷　那我去取。（下场）

阿　祥　出来凉快凉快，老头取钱去了。

石　锁　（从布袋下钻出）哎，热死我啦。

［老大娘上。发现人和锅不见了。

大　娘　这气功玉米花神了，炉子还在，人和锅都没了。

石　锁　坏了，老太太来了。（急忙钻到布袋下，浑身发抖）

［大娘走到石锁跟前一愣。

大　娘　哟，在这发功哪，劲还不小把锅都顶起来了。别说这六块钱值啦，我还是第一次看见这种崩法。小伙子，阀门顶开没有？

石　锁　（在布袋下喊）哥们儿，把她引开。

大　娘　噢，还没顶开，铁家伙不好顶着哪。

［阿祥刚要上前制止大娘，突然听到幕后大爷的声音："导演，钱我拿来了。"阿祥一听急忙跑回原位，冲着镜头吃西瓜，大爷拿着红包提着菜刀上场。

大　爷　导……（一眼看见大娘）

大　娘　小伙子，你怎么不理我呀？（说着要掀布袋）

大　爷　老伴儿别动，那玩意儿一见光就崩。

大　娘　也该崩了，我取钱这工夫不短了。

大　爷　下个镜头才拍钱哪。

［大娘突然发现大爷拿着的红包。

大　娘　你怎么拿这么多钱，打算崩多少？

大　爷　你别在这儿捣乱。

［大娘又发现大爷手中的菜刀。

大　娘　老头子，你这是打算跟谁玩命啊？

大　爷　我不是跟你说了吗，这正在拍电视，这是摄像师，那是导演。

大　娘　噢！导演！［阿祥急忙竖起大拇指冲着镜头说。

阿　祥　这西瓜滴滴香浓，意犹未尽，味道好极了。

大　爷　这是夸西瓜吗？

大　娘　听着耳熟。

阿　祥　好！下面还有最后一个镜头，捐款。大爷，这刀就不用总拿着了。（说着把刀接过来）哎！这就没事了。

大　爷　什么？

阿　祥　这就对劲了。

石　锁　（在布袋下喊）哥们儿里边太热了，给我拿两块西瓜解解渴。

［阿祥递进去一块西瓜，石锁在布袋下吃着。

大　娘　导演，他怎么不出来吃呀？

阿　祥　刚才我不是在外面拍完吃西瓜的画面了吗，他现在在里边配吃西瓜的声音。

大　娘　拍电视也不容易呀，是个力气活。刚才我差点把他当成崩玉米花的了，可细一看，不是。这还多了个烟筒。（说着又要去掀布袋）

阿　祥　别动！

大　娘　我知道怕光。

阿　祥　大爷，大娘，这个镜头是这样的，你老两口拿着这沉甸甸的人民币，来到一位体委干部面前。

大　爷　这也没有什么体委干部哇？

阿　祥　我来演他的替身，你们把钱交给我，然后我激动地说："大爷大娘，太感谢你们了，请留下名字吧。"你们就说："留什么名字呀，为了亚运会嘛。"说完你们把钱往我手里一放转身就走。我越喊你们越走，头也不回，后边发生什么事你们也不要回头，迎着太阳一直往前走，因为我这是个长镜头。

大　爷　多长？

阿　祥　二里地。

大　娘　就这么干走二里地？

阿　祥　到时候我给你加点效果烘托一下气氛。

石　锁　哥们儿快点，我顶不住了。

阿　祥　预备，开始！（进戏）大爷，大娘太感谢你们了，请留下名字吧。

大　爷　还留什么名字。

大　娘　为了亚运会嘛。

［两个人把红布钱包一递转身就走。

阿　祥　大爷，大娘！大爷，大娘——

石　锁　（从布袋下钻出头来）走啦！

阿　祥　喊！

石　锁　唉——（唱）妹妹你大胆地往前走哇。

阿　祥　（唱）往前走！

石　锁　（合唱）莫回呀头——

阿　祥　（合唱）莫回呀头——

［"嘣"的一声，崩锅响了，崩了满台玉米花。二人急忙打开红布钱包，愣住了，见包内包着几本书。

石　锁　这也不是钱哪！

阿　祥　这道具做得比真的还像，把我这导演都给蒙啦！

——剧终

·小品·

拐　棍

时　间　大年三十下午。
地　点　敬老院。
人　物　大刚：理发师；院　长：女，敬老院院长；五大爷：盲人，五保户。

［幕启，大刚带理发工具上。

大　刚　院长、院长！

［院长上。

院　长　大刚同志，给那几个老人都理完发了？

大　刚　全都理了。就是那个盲人五大爷说啥也不让我给他理发。我又不要钱，不知是咋回事？

院　长　真对不起，忘了告诉你了。五大爷的头发不能理。

大　刚　不能理？五大爷戴着头套呢？

院　长　不是。五大爷进我们敬老院三年多了，每年过年都是他孙子来给他理发。

大　刚　老人们可有说道，年前必须剃头，这都大年三十了，他孙子咋还不来呀？

院　长　我打电话与部队联系过了，他昨天已经从部队出来了，今天上午就应当到这儿。可到现在还没来。

大　刚　是不是中途有啥耽误了？

院　长　也可能。去年他就是因为送一个病号去医院，晚到了半天。

大　刚　也许一会儿他就到。

院　长　今天不可能了，已经没车了。

大　刚　天都快黑了，眼看大年三十就过了。要么编个瞎话，就说他孙子有任务，来不了，我给他理理发。

院　长　不行。他见不到孙子，不但不理发，这个年也过不好。

大　刚　五大爷不是啥也看不见吗？你就说我是他孙子，给他理完发，就说部队有紧急任务，我就走。五大爷这个年不就过好了？

院　长　这个主意倒是行，不过你说话口音不对。

大　刚　他孙子是啥口音？

院　长　跟爷爷一样，都是山东口音。

大　刚　我姑姑就是山东人，我从小在姑姑家待过。我能学山东话，你听听："爷爷，俺给你剃头！"

院　长　还行。

大　刚　五大爷的孙子还有啥特点？

院　长　他说话总带个口头语：好家伙！

大　刚　好家伙！记住了，还有啥？

院　长　他对爷爷特别好，想方设法哄爷爷开心，一边理发，一边给爷爷唱歌。

大　刚　这些都没问题。

院　长　刘护士的爱人是解放军，他来了，就在后院，你去把他的军装换上。五大爷看不见，他能摸。

大　刚　好，我去换军装。（下）

院　长　一会就在这儿给五大爷理发，省得人多嘴杂，露了馅。（准备椅子）

［五大爷拄拐棍上。

五大爷　院长。

院　长　五大爷，我正说去找您呢，快坐下。

五大爷　我孙子怎么还不来呀？

院　长　快来了，正换军装呢。

五大爷　什么？换军装？你怎么知道的？

院　长　我……猜的，他到爷爷这儿来不得穿套新军装吗？

五大爷　现在才换军装？再坐车赶到这儿，就过了年啦。

院　长　也许一会儿就来，您别着急，听会儿收音机，大年三十尽是好节目。

五大爷　我听听天气预报吧，千万别下大雪。（掏出半导体，戴上耳塞）

［大刚穿军装上。

大　刚　穿上军服就是漂亮。可惜我媳妇没在身边，她要是见到我这么英俊，那准是傻小子摔跤——抱住就不松手。哟，五大爷已经来了。（与院长打手势）

院　长　说吧，他戴着耳塞听收音机呢，听不到咱说话。

大　刚　看我像不像？

院　长　还真有点像，注意口音。（走近五大爷，替他摘下耳塞）大爷，你孙子来啦。

五大爷　（大喜）我孙子来了！在哪里？

大　刚　爷爷！

院　长　（提醒大刚）口头语。

大　刚　好家伙！

五大爷　是我孙子，快过来。

大　刚　爷爷，俺刚下车，给你理发吧，好家伙！

五大爷　俺孙子这口头语越来越密了，好家伙！

院　长　这才是你的孙子呢，好家伙！我也说上啦。

五大爷　大保，快让爷爷看看你。（摸大刚）你可胖多啦。

大　刚　俺吃得多呀，好家伙。一顿吃半锅，好家伙！

五大爷　你这手怎么长大了？手指头也长了？

大　刚　我还长个呢。

五大爷　你都二十四咧。

大　刚　是这么个事，俺爱吃鸡爪子，吃啥长啥，手就长咧。

五大爷　你说，吃鸡爪子长手，那手不就落下毛病了？

大　刚　不是咋的？我现在一见土就想往后刨。

五大爷　别跟我打哈哈。

院　长　这可能就是平常锻炼的。

大　刚　对，天天给人理发，又用推子，又用剪子，把手指头练长了。

五大爷　天天理发？

大　刚　从早晨到天黑，哪天也不闲着。尤其过年这几天，理发的特别多，我那个理发店坐得满满的。

五大爷　理发店？你小子当兵当得好好的不当了？开起理发店来了？

院　长　是不是部队的理发室呀？

大　刚　是，我不是会理发吗？连队弄了间屋子，专门理发。同志们说它是理发店，明白了不？

五大爷　明白了，又糊涂了。

大　刚　咋又糊涂了？

五大爷　我听着你不像俺孙子，怎么有东北味呢？

院　长　他在部队搞文艺活动，演小品，学东北口音，是这么学的。

五大爷　我说听着不对呢。

大　刚　别光说咧，俺给爷爷理发吧，你这头发太长了，好家伙！（为五大爷扎围布）

五大爷　这就对咧。

院　长　五大爷，让孙子给你理发吧，我不陪你们了。（下）

五大爷　你去忙吧，俺跟俺孙子说会儿话。

大　刚　爷爷，俺给你唱个歌吧。

五大爷　快唱，爷爷就爱听你唱歌。

大　刚　（唱）走啊走啊……走到九月九……

五大爷　不听这个，唱我最爱听的那个歌。

大　刚　你最爱听啥歌呀？

五大爷　你小时候，爷爷教的你那首歌。

大　刚　爷爷教我啥歌呀？

五大爷　臭小子，怎么会忘了呢？

大　刚　没忘，就是想不起来了。

五大爷　还是忘了！你今年这是怎么了？

大　刚　爷爷，俺跟你闹着玩哩。不就是咱老家那小调吗？

五大爷　对呀。你小的时候，爷爷领着你在河边上玩，我一句一句地教你。你光着个小屁股，一边唱一边往水里撒尿，你可淘气啦。

大　刚　（旁白）我还有这么光荣的历史呢？

五大爷 想起来了吧？

大　刚 想起来了。小时候爷爷领着我在松花江边上玩，教我唱二人转。

五大爷 怎么又跑东北去了？咱老家是山东。

大　刚 我姥姥家是东北，咱家是山东。不就是那山东小调吗？（唱）“高城的山，高城的水……”这是山西的。（又唱）“刘大哥讲话，理太偏……”还不对，这是河南的。

五大爷 怎么回事呀？老挂在嘴边上怎么一唱就忘了？

大　刚 挂嘴边上？噢，好家伙，好家伙，好家伙！

五大爷 这是唱歌吗？

大　刚 爷爷，俺这是逗你乐哩。

五大爷 这哪是逗俺乐呀？是逗俺生气哩。

大　刚 爷爷别生气，俺先给你理发，理完了咱再唱。

五大爷 俺不听你唱歌浑身不舒服。

大　刚 俺给爷爷捶捶背，俺学会按摩啦。

五大爷 这倒行。俺孙子又学了一招。［院长急上。

院　长 大刚同志……不，大保。

大　刚 院长，有事？

院　长 我跟你说点事。五大爷，你先听听收音机，我们说几句话。（给五大爷戴耳塞）

五大爷 你们说吧。不忙。

院　长 （将大刚拉到一旁）大刚同志，不好了！

大　刚 咋啦？

院　长 我刚得到消息。五大爷的孙子昨天到这儿来的路上，遇上歹徒抢劫。他为了保护乘客，与歹徒搏斗……他牺牲了！

大　刚 啊！这可咋办呀？

五大爷 （忽然一惊，收音机滑落，耳塞也掉下来）啊，大保……（惊呆）

院　长 五大爷！（捡起收音机）

［收音机广播声：“王大保同志不愧是人民的好战士，他见义勇为，奋不顾身，为了保护人民群众的生命财产献出了年轻的生命……”

五大爷 （悲痛爆发）大保！我的好孙子！

大　刚 爷爷！（扑向老人）

［悲泣。沉默。大刚的脑际中隐约传来音乐的旋律，单调、质朴、深情，唤起了他的记忆。

大　刚 爷爷，我想起来了，小时候姥姥教过我。不，是爷爷教过我。我唱给爷爷听。（唱儿歌）“小小子儿，好宝贝儿。我是爷爷的小拐棍……”

五大爷 （悲伤地与大刚合唱）小拐棍，长大了，爷爷走道不怕了。小拐棍要走了，爷爷的拐棍没有了……

大　刚 爷爷爷爷别松手，孙子长大也不走。扶着我，拄着我，我是爷爷的……

［歌声渐隐。温柔的灯光抚慰着他们，五大爷将大刚拢在怀里……

——剧终

（与崔砚君共同创作）

·小品·

蒸桑拿

时　间　当代。
地　点　某桑拿浴接待厅。
人　物　黄老板：男，三十多岁（甲），某餐饮娱乐公司董事长。
　　　　经　理：男，四十多岁，餐饮娱乐公司下属桑拿浴经理（乙）。

［幕启，台口处有一霓虹灯招牌，上写：“男女桑拿，美容按摩”。

［台上是某桑拿浴的休息厅，左边有几张躺椅，右边是一吧台，内有酒水架，中间是一对儿沙发和茶几上有电话……

［幕启时，黄老板正在吧台打电话。

甲　喂！请接销售处常处长。喂！是常来兄吗？什么？连我的声音都听不出来啦？那就是因为你不常来的缘故。我是皇朝餐饮娱乐公司的老黄啊。你好你好！没什么大事儿，最近怎么老没过来洗澡啊？什么？费用太高？那是以前，现在我给你优惠，把你的客户都拉来，每位连蒸带洗，外带按摩，一人一百块钱，什么？还贵？那就五十！再减点，二十！十块！什么？三块？你要哪？！烤地瓜还三块五呢！（生气地放下电话）虎落平阳被犬欺，落地的凤凰不如鸡。反腐倡廉抓得细，没人来洗桑拿浴，眼看公司要黄铺，老板也受窝囊气！这个姓常的，太不够意思啦！三块钱还想洗桑拿浴，这纯粹是癞蛤蟆想喝波罗蜜，聋子想听黄梅戏，猪八戒想跟七仙女拜天地，横路敬二想娶张曼玉！你等这阵风过去的，姓常的，你再来洗澡，我宰死你！

［乙上场。

乙　老板，银行的同志来啦。

甲　好啊，银行的同志来洗澡，咱们一定招待好。来的是男的女的？

乙　男女都有。

甲　那更好啦，男女搭配，洗澡不累，八折优惠，不收小费。

乙　什么乱七八糟的？！老板，人家不是来洗澡的。

甲　那上桑拿浴来干吗？

乙　人家是来催要贷款的。

甲　就说我不在，上医院啦。

乙　您上医院干吗呀？

甲　我侍候月子。

乙　老板，上个月我跟银行说一回啦，您怎么又侍候月子啊？

甲　废话！上回我说的是这个媳妇儿吗？！

乙　哦，那是前妻。行，那我再跟银行的同志解释解释。（欲下）

甲　回来！你跟银行的怎么说，跟我学一遍。

乙　我就说：“上次你们来的不是日子，正赶上老板媳妇儿坐月子。这回你们来得还不是日子，又赶上老板第二个媳妇儿坐月子。老板说：只要他媳妇儿不坐月子，那就是他还款的日子。”

甲　就这么说。

乙　是！（下）

甲　这银行也是的，老催啥呀？！不就三百来万吗？照我以前那阵儿每天的营业点破钱儿我半年就能堵上。这一反腐败可倒好，我这桑拿浴要多清静有多清静！一个星期就接待了三个，一个收水费的，俩收电费的。

［乙上场。

乙　老板，有人找你。

甲　告诉他我不在，上医院啦！

乙　老板，这不是银行的。

甲　哪儿的？

乙　装修公司的。

甲　又是来要钱的是不？

乙　对。

甲　告诉他我不在；上医院啦。

乙　那这回是哪个媳妇儿坐月子呀？

甲　老坐月子我有那么多指标吗？这回你就跟他说，我妈病啦。

乙　上次都跟他说一回啦。

甲　那你就说我爸病啦。

乙　人家知道老爷子去世好几年啦。

甲　我妈最近不又找了个后老伴儿吗？

乙　我还忘了这茬儿啦！那我跟装修公司的再说说。（欲下）

甲　回来！知道怎么说吗？

乙　知道。

甲　跟我学一遍！

乙　我就说："你妈找个后老头儿，老头儿肚里长了个瘤，医院手术割了瘤，你妈心里不犯愁。老板说，只要他后爹割完瘤，他保证把装修的欠款送到您的家里头。"

甲　就这么说！

乙　是。（下）

甲　这装修公司也太不像话啦，装得不咋样，要价还挺高。尤其是那王经理最不是东西啦，一打给我装完这桑拿浴三天两头儿到这来洗澡。一来就带十多个！有一次他把他老丈人都领来啦。他老丈人那么大岁数不着调，眉来眼去，一个劲儿跟服务小姐穷泡。按摩完了，还喝了我半箱饮料，临走还给了我三包壮阳药。这老头儿也太花花啦！

［乙上场。

乙　老板！

甲　又谁来啦？

乙　谁也没来？

甲　吓我一跳！没来就好，再来我就得说你媳妇儿坐月子啦。快坐下歇会儿吧。

乙　哎！（拿起茶壶给甲倒上，然后自己再倒……）老板，你说想当初，咱家这桑拿浴多火呀！

甲　那还用说！我是全市第一家，开始有人还不了解它。结果是不洗不知道，一洗真奇妙。我这里是设施先进，服务配套；连蒸带洗，又搓又泡；小姐按摩，连说再笑；各路款爷，纷纷来到；天天爆满，根本排不上号。小姐不够用啦，急得我到劳务市场现做广告，只要长得差不多的，甭管是本地小姐，外地民工，贱不拉唆的我全要。哪成想，有一个小姐不会做，把客人按得嗷嗷直叫，后来一问才清楚，这女的原来在家练过柔道。

乙　那时候别的不说，就说门口停的那汽车吧，一辆赛一辆。凯迪拉克带超长，奔驰宝马公爵王。来的都是官儿，净座四个圈儿。有的是经理，有的是老板。有的拿现金，有的拿支票，拿现金的是兜里有钱，拿支票的回去能报。

甲　都是公家钱，进门随便造。洗完桑拿一结账，有的让我开饭费，有的让我开中药，有的让我开成宣传材料。最可气的是有一个总经理洗完桑拿又开造，白酒啤酒随便要，总共花销一万八，临走让我开发票。

乙　写的什么呀？

甲　购买三十吨猪饲料。

乙　嗐！要说现在这事儿啊，变化可太快啦！过去朋友见面是请吃饭，请喝酒，跳完舞，再带点礼品走。现在改啦，现在是请桑拿，请洗澡，小姐按摩得陪好。你说放着好吃好喝不去，干吗非来洗这桑拿浴呢？

甲　这你就不懂啦，桑拿浴有秘密，关键看小姐有没有魅力！你要弄一群老太太，条件再好，这桑拿浴也得关闭！

乙　这些人胆子够大的！

甲　大啥呀？！刚开始也都心有余悸，再后来是眉来眼去，再后来是砍价交易，再后来是把灯一闭——

乙 再后来呢？

甲 再后来……你小子比我还明白呢！差点让他诳出去！

乙 过去是公款旅游、公款出国、公款跳舞、公款上学。现在是公款桑拿、公款按摩。这一年下来，国家还不得掏出个几千万哪！

甲 几千万可不给你！按全国一万家桑拿浴计算，全国每年光桑拿就得拿掉一百个亿。

乙 好嘛！公款吃喝100个亿，公款桑拿100个亿，这就是200个亿。真够国家戗的！

甲 这就叫东西南北中，一齐来吃公。你也洗，我也洗，大款大官儿互相比。一年洗掉100个亿，要不怎么说咱们国家最难当的就是国务院管钱儿的副总理呢！

乙 老板，您真是忧国忧民之士啊！

甲 别给我戴高帽啦，我哪有那境界呀？！其实我心里也很矛盾，有的时候看那些人拿着国家的钱胡造，我也挺痛恨，真想上去揍他们一顿。可又一想，干我们这行的，挣的不就是这笔钱吗？这钱我不挣也得叫别人挣去。这叫不挣白不挣，挣了也白挣，白挣谁不挣。不花白不花，花了也白花，白花谁不花！

乙 你说的那是以前，现在可不行啦！

甲 那可不。现在是反腐倡廉攻坚战，一下子干倒了桑拿酒吧一大片。谁还敢来呀？！李处长公款吃喝十几万，上个月已经被撤职查办。马总经理正跟按摩小姐发贱呢，他媳妇突然出现。纪委给他个留党察看，就放回家还不错——

乙 怎么啦？

甲 叫他媳妇把脸挠了个稀烂！

乙 听说赵厂长也出事儿啦？

甲 赵厂长那人更损，到这儿来老想跟小姐接吻，连买裤衩都公家报销，发票还得写成劳保用品！

乙 哎，那搞个体的胡老板怎么也不来啦？

甲 别提啦，过去胡老板三天两头在这儿出现，一出手就是好几万。

乙 那小子可真有钱！

甲 有个屁钱！那小子到处坑蒙拐骗，表面看着挺赚钱，其实欠人家好几千万。这不，最近也进了检察院啦！

乙 唉，咱这桑拿过去净靠这些人挣钱哪，这回算完了，谁也来不了啦！

甲 别着急，俗话说：锯响就有末，天下没有不开张的买卖。做生意，你得有耐心。

［幕后汽车喇叭响……

甲 （站起，向外看）怎么样？你看来人了不是？！

乙 （也向外看）哎呀，来了两辆面包车。估计这是集体来的。

甲 到啥时都有肥大的！甭问，这伙儿人都是来给咱们送钱的。你马上去门口接待，我传几个小姐过来！

乙 好！（下）

甲 （拨电话）喂，桑小姐吗？告诉你一个好消息，又有一伙儿人到我这来洗桑拿浴来啦。赶紧叫几个小姐过来，越快越好！要大高个儿的，红嘴唇的，白脸蛋儿的，双眼皮儿的！脸上有雀斑的那个这次就别让她来啦！

［乙匆匆上。

乙 老板，老板，先别叫小姐啦！

甲 怎么啦？

乙 这伙儿人不是来洗澡的。

甲 那是哪儿的？

乙 中央电视台的，都带着摄像机呢！

甲 啊？（往外一看，冲电话）喂！桑小姐，告诉她们都别来啦，晚上在家看电视吧。中央台第一套节目19点38分，那节目里有我。你问什么节目啊？天天看还不知道吗？《焦点访谈》！！

——剧终

·小品·

化装旅游

时　间　现代。
地　点　乌龙山半山腰。
人　物　二嘎：农民，二十五岁；老汉：二嘎未婚妻的爹，五十五岁；脚夫若干。

［幕启，场上立一木牌（可以转动），写“老鹰沟”三字，并画有旅游线路图。笔触粗糙，一看就是二嘎子自制的。木牌一旁台右侧，有一小茶桌，搁茶壶，茶碗，桌旁有两个小马扎。台左侧有一条粗绳，从上面垂直吊下，好像是让人攀援用的。

［二嘎子着旧西装，穿旅游鞋，戴太阳帽，执小旗，拿喇叭，身挎旧相机，从木牌后出场。

二　嘎　各位游客请注意，各位游客请注意，欢迎大家到乌龙山区来旅游，欢迎大家到乌龙山区来旅游。大家为什么到乌龙山来旅游呢？因为解放军当年在这儿剿匪美名留。此处名叫老鹰沟，再往上就是鬼见愁，这段线路我承包了，给您提供化妆游。化妆游可不是往脸上抹的化妆油，而是化妆打扮来旅游。（翻过牌来，上写：“化妆旅游，深入虎穴救民女”，牌边并挂有各种服装）你穿上服装就出发，从老鹰沟直上鬼见愁，深入虎穴救民女，捣毁匪巢占山头！（小声）我这儿又有枪又有刀，您要当好人坏人随便挑。（大声）漂漂亮亮军装穿在身，马上就成解放军；扎上毛巾刀一佩，马上就是游击队。（突然发现）哟，来了一位。（赶紧又把牌转过去）［老汉着游击队服装，头扎毛巾，手持大刀，疲惫不堪上，坐地，喘息……

二　嘎　老同志，过来歇会儿吧。

老　汉　（看牌子）鹰沟……（激动不已）同志，我可找到你了！

二　嘎　（迎上前去，似自己人重逢，与老汉激动握手）老队长！

老　汉　（还沉浸在角色中）同志！

二　嘎　赶紧过来喝口水。（引老汉到桌旁）

老　汉　（欲喝）这水多少钱一碗？

二　嘎　您虽然是游击队，那也是咱队伍上的人，鱼水情嘛，您随便喝。

老　汉　（掏钱）不拿群众一针一线。

二　嘎　大爷，这一路玩得高兴吧？

老　汉　呸！（把二嘎吓得一激灵）他们搞得这叫什么！

二　嘎　大爷，您别生气，有话慢慢说。

老　汉　我和我老伴儿刚走到山脚下，就碰上一个设点的，非要我化装旅游。我说，我们不是旅游的，是来探亲的。

二　嘎　探亲？

老　汉　我是来看女儿的，顺便相相姑爷，可那小子就说不行。只要走这条道，就得化装。没法子，我只好交给他二十块钱。那小子给我们老两口扎上毛巾，打上绑腿，戴上袖标，给我一把大片刀，给我老伴儿腰上别了两把盒子枪，愣说她条件好，让她装成双枪老太婆！就这么着参加了游击队。没想到，这游击队服装便宜，他不让走正道，非要让我们从小毛道迂回。我老伴哪走得了那道呢，没走两步，就掉队啦。我跟她商定，她在山下待命坚守，我到山上跟女儿接头。这一路把我折腾得心虚腿软，口吐白沫，只想找个地方趴着，你说我这模样怎么能见姑娘！（生气地脱去游击队衣服，把衣服朝远扔，碰动一边的粗绳）

老　汉　那粗绳是干吗的？

二　嘎　旅游热线。

老　汉　旅游热线？弄个绳子就是热线？

二　嘎　关键时候就有用了。老大爷，您去哪儿看女儿？

老　汉　鬼见愁。

二　嘎　要说最近的路，就属我这老鹰沟了，从这走，要不了三里路就到鬼见愁了。

老　汉　谢谢你的茶，我走了。（起身欲走）

二　嘎　大爷，您这么走，可上不了山。

老　汉　（停下）怎么呢？

［二嘎转过木牌。

二　嘎　您瞧，这不写着化装旅游吗？

老　汉　闹了半天，你这儿也是一个点儿？

二　嘎　后山所有的路都分段承包了。

老　汉　你收多少钱？

二　嘎　那看你穿啥服装了。

老　汉　我……我……我不上你当，我还穿这身游击队的服装！

二　嘎　你这自备服装，就不用花钱了。

老　汉　废话！我花过了！

二　嘎　你穿上游击队的服装，就还得走游击路线。

老　汉　游击路线？

二　嘎　顺着那条小毛道，穿过蝙蝠洞，蹚过蝎子沟，绕过马峰岭，再走十八公里路的毛刺林，就到了。

老　汉　毛刺林？

二　嘎　（帮大爷围头巾）就是一大片毛草棵子，树上挂满了带刺的毛毛虫。

老　汉　啊！

二　嘎　没事，您把头巾捂严实了！我再白送你一块毛巾，你连脖子也围上。

老　汉　那叫路吗？

二　嘎　你这大片刀派上用场啦，砍哪。

老　汉　砍荒哪？

二　嘎　当年游击队进山剿匪时候比这艰苦！

［老汉脱掉游击队服，思忖着打量挂着的服装。

老　汉　穿这套解放军衣服，能走近道吗？

二　嘎　那近多了？

老　汉　有多远？

二　嘎　也就二百来米吧。

老　汉　（欣喜）二百来米，多少钱一套？

二　嘎　三十。

老　汉　（急切地）来一套！（急忙抓套军装）

二　嘎　大爷，解放军您来不了。（抢大爷手中的服装）

老　汉　我怎么来不了？我打小就想当解放军！

二　嘎　您不像。

老　汉　我怎么不像？

二　嘎　您岁数大了。

老　汉　岁数大了怕啥？多少人半路参军；战争年代没那么多讲究。（往身上套军装）

二　嘎　（着急地）解放军的路难走！

老　汉　难不要紧，只要近就行！

二　嘎　大爷！您身子骨肯定上不去！

老　汉　（穿好军装后，不自觉地进入角色）老乡，时间紧迫，快给我指路，我要上鬼见愁，我心里着急呀！

二　嘎　（哀求地）大爷不行！您累了一路了。再说，我这是为您的安全负责，真的危险！您想想，鬼见愁啊！

老　汉　穿上这身军装就没有战胜不了的魔鬼！快说！穿这身军装从哪儿上山？

二　嘎　（指着粗绳）从这根绳子爬上去。

老　汉　啊？！（跌坐在地）［老汉一口气上不来，二嘎冲上去为他揉胸顺气。

二　嘎　大爷，大爷……大大爷，不瞒您说，自打开辟旅游热线，除了猴子，没人上去过？

老　汉　（缓过气来）我不让你们当猴耍了，我，我下山！（脱掉解放军的衣服，欲走）

二　嘎　大爷！（拉住老汉）既然都走到这儿了，哪能没见着女儿就走哇？

老　汉　绕，绕不通；爬，爬不动。我怎么上山？

二　嘎　我有个办法，保证你舒舒服服上去。

老　汉　什么办法？

二　嘎　（朝内）滑竿！［两个脚夫抬滑竿上。

老　汉　（欣喜，激动）哎哟，小伙子，这就对了！滑竿，是上山的最好工具！

二　嘎　那是。旅游嘛，就得让游客舒舒服服。

老　汉　不管多少钱，我坐！

二　嘎　滑竿钱四十。

老　汉　我给！（付钱，上滑竿，冲两脚夫）走！

二　嘎　慢着，大爷，坐滑竿可以，但您得穿上配套的服装。（出示马褂、礼帽）

老　汉　（警觉地）你又打算把我鼓捣成什么人？

二　嘎　（轻松地）没事，让您坐滑竿。

老　汉　我坐着呢！

二　嘎　大爷，您是过来人了。

老　汉　那是。

二　嘎　旧社会您坐过滑竿吗？

老　汉　旧社会？旧社会人上哪儿坐滑竿去！那能坐滑竿的都是土豪、劣绅、大地主呀！

二　嘎　那这乌龙山上呢？

老　汉　土匪，（猛醒）我成土匪啦？！（气得跳下滑竿）

二　嘎　这不就是好玩，游戏，找刺激吗？

老　汉　找刺激我也不当土匪！

二　嘎　大爷，您听我说。

老　汉　你别说了，你不就想赚那份钱吗？钱我照付，衣服我不穿，你把我抬上去行不？

二　嘎　那不行，要都这么干，还叫什么化装旅游呀，那不成了敲竹杠了吗？那不砸牌子坏信誉了吗？

老　汉　（坚决地）我走！姑娘我不看了，我赶紧下山，找老伴儿回家！

二　嘎　（慌了）大爷，您误会了！穿上这身服装，不一定是土匪！

老　汉　怎么可能不是土匪？

二　嘎　你肯定不是土匪！

老　汉　我肯定是土匪！

二　嘎　对，那你就是土匪了！

老　汉　（幡然）你才是土匪呢！

二　嘎　大爷！你刚才来的时候穿的是什么衣服？

老　汉　（自豪地）游击队！

二　嘎　对呀，脱下游击队服装，换上土匪服装这说明什么？这说明你是打入敌人内部的假土匪呀！

老　汉　假土匪？

二　嘎　（激动）您就是孤胆英雄侦察员哪！

老　汉　这么说是正面人物？

二　嘎　（生气地）不是正面人物，怎么能叫深入虎穴救民女呢？

老　汉　（被说服）救民女？

二　嘎　（启发地）想想看，鬼见愁上，有一个孤苦伶仃的农家姑娘，等着你去营救呢！

老　汉　该不是我女儿吧？

二　嘎　虽然不是你女儿，但是就得把她当作你女儿，才会产生阶级感情呀！

老　汉　（顿时冲动）给我穿上！

［二嘎和两脚夫迅速帮老汉穿上服装，披挂停当，使老汉看上去颇有匪气。

二　嘎　（夸张）大爷，您活脱脱一个土匪……

老　汉　什么？

二　嘎　侦察员哪！

老　汉　（进入土匪角色）兔崽子，快说，怎么营救？！

二　嘎　老大爷，您天生演员的坯子，穿什么像什么。

老　汉　少废话！再磨蹭，我他妈毙了你！（自嘲）一穿上这身衣服脾气见长。快说！

二　嘎　滑竿把你抬上鬼见愁，你下了滑竿，叭叭两脚，把两脚夫踹进草棵子里去。

老　汉　我哪能随便打人呢？

二　嘎　您交了钱的。四十块钱里有二十块钱是挨打的。

老　汉　那人家不跟我急呀？

二　嘎　不是外人，他俩是我外甥！

老　汉　瞧你们这一家子人！

二　嘎　这时，你转身冲进西边那间茅草屋。

老　汉　西边那间？

二　嘎　你可千万别走错呀，东边那间是老刘家开的抗日热线，里边藏了一屋东洋鬼子。

老　汉　我冲进屋去怎么着？

二　嘎　一进屋，你看见房梁上绑着一个姑娘，蒙着眼，堵着嘴，你——
老　汉　（打断）这个还用踢吗？
二　嘎　你可别动她啊，她是我的未婚妻。
老　汉　跟了你算倒了血霉了。
二　嘎　对呀，她浑身是血，遍体是伤。这时候，扑过来一个可怜的孩子，抱着妈妈的大腿，哭着说：“妈妈，我饿，我饿。”
老　汉　你们还没结婚，就有了孩子了？
二　嘎　从幼儿园里借来的。这些你都别管，你走过去，拔出她嘴里塞着的抹布，就问：你男人呢？
老　汉　在山下坑人呢。
二　嘎　大爷，你别打岔呀。
老　汉　你说。
二　嘎　你问：你男人呢？她说：不知道！你说不知道？我就不信找不着活的！你踹开里屋一看，一屋子活鸡，这时候你就练土匪抓鸡。我这一群鸡里，只有一只是有奖鸡。
老　汉　有奖鸡？
二　嘎　对，这只鸡翅膀底下夹着一封鸡毛信，上写着一个字：“吃。”你逮着了，我媳妇就会给你来一段“我为亲人熬鸡汤”，放着音乐，喝着酒，反正你也折腾饿了，吃饱以后，你爱干啥干啥去。
老　汉　我要是逮不着这只鸡呢？
二　嘎　逮不着你就救民女呀！
老　汉　我怎么救？
二　嘎　对暗号呀！
老　汉　对暗号，怎么对？
二　嘎　你说我叫钻山豹。
老　汉　我叫钻山豹，呸！我叫那名，我真成土匪了！
二　嘎　行行，你按自己的真名说。
老　汉　我叫张大山！
二　嘎　对，你说我叫张大山。哎，耳熟呀……
老　汉　快说！
二　嘎　你说我叫张大山。
老　汉　我说我叫张大山。
二　嘎　她说：我叫张小娟！
老　汉　她说：我叫张小娟！张小娟？
二　嘎　是呀。
老　汉　绑在房梁上那个叫张小娟？
二　嘎　对呀。
老　汉　那是她的真名？
二　嘎　没错，她就是我未婚妻。
老　汉　她是我女儿！
二　嘎　对，她是你女儿。
老　汉　她是我的亲女儿！
二　嘎　对！玩这游戏，感情越投入越好。
老　汉　我是张小娟她爹！
二　嘎　（一惊）哎呀！妈呀！老丈人来啦？！
老　汉　呸！谁是你老丈人，我打你个兔崽子！
二　嘎　住手！要打可以，您老先把衣服脱了，老丈人打姑爷没错，您这么打扮就是土匪欺负老百姓！
老　汉　好一个乌龙山，让你们糟蹋成什么了？！
二　嘎　我这是利用旅游搞点传统教育。
老　汉　你这也叫传统教育？纯粹是糟蹋传统。
二　嘎　我怎么糟蹋传统啦？
老　汉　玩闹游戏找刺激，拿着革命历史开玩笑，你们是一点儿正经的没有！
二　嘎　刘文彩都上了宾馆了，南霸天都开了饭店了，威虎厅装成卡拉 OK 了！我这算什么，开放搞活，讲究的是经济效益！
老　汉　经济效益？你们光知道赚钱，怎么就不想想社会效益！
二　嘎　我挣点钱还不是想和你女儿一起过好日子！
老　汉　我女儿跟你这号人就过不了好日子！（走）
二　嘎　大爷，您干什么去？
老　汉　接女儿回家！（下）
二　嘎　大爷！（自白）我得抢在老丈人前头！（看绳子）抄近路，蹬上鬼见愁。
［二嘎飞身上绳。

——剧终

（与尚敬共同创作）

·小 品·

“朋友”多了路难走

时　间　现代。
地　点　街头十字路口。
人　物　老　路：违章者，四十多岁。
　　　　警　察：三十多岁。
　　　　王主任、李经理，孙小姐（均由警察一人饰演）。
　　　　售货员：二十多岁。

违章者　（骑自行车上，边走边唱）千里来寻是朋友，朋友多了路好走……

警　察　同志，站住。同志——（拉住自行车货架）

违章者　哎呀妈呀，人倒霉喝口凉水都塞牙，出门保准碰警察。

警　察　（向违章者敬礼）你好。

违章者　有事说话别这么客气，警察敬个礼我心里就没底。

警　察　这自行车是怎么走的？

违章者　骑着走的。

警　察　你上哪儿去？

违章者　回家。

警　察　回家不能这么走。

违章者　警察同志你真逗，我还不知道我自己家在哪儿吗？这么走最近，前边那小道一拐就到了，有空到家喝茶去。

警　察　你这是逆行。

违章者　自行车不是自己怎么行都行吗？

警　察　别说自行车，就是行人都得走过街天桥。

违章者　我知道，就这么一点路，要不然我得绕多大圈呀！这么多年都走过来了，咱不能舍近求远哪。

警　察　看来你不是首次违章了，而且是明知故犯，必须接受处罚。把自行车停好，（撕下罚款单交违章者）请到中队接受罚款十元整。

违章者　哎哟，警察同志，这就十块钱呐，这可是十块钱哪。

［警察敬礼下。

违章者　十块……十块钱算啥呀，你罚我一百我都不眨眼。但是，我就是有点心疼。我心里别扭，钱不在多少我丢不起这人。我是谁呀，我是老路。你不就管这一条路口吗，我老路路子老了，我就不信捅不开你这条，让你罚走这十块钱我就不姓路。我找朋友去……对，找朋友不能空手。（走向小卖部）

违章者　同志，来条万宝路。

售货员　二百。

违章者　哎，这咋这么贵呢？

售货员　有便宜的。

违章者　多少钱。

售货员　二十。

违章者　怎么这么便宜呀？

售货员　假的。

违章者　来条假的。

售货员　假的不好抽。

违章者　送人……二十。（递钱）

［违章者拿烟转身走向舞台另一侧的办公室。

［王主任上。

违章者　王主任！

王主任　老路，好久没见了。

违章者　王主任，给您整条烟抽，别送别人啊，自己留着抽，这可是真的。

王主任　（接过烟看）啊，就一条。

违章者　事不大。

王主任　看出来了。

违章者　我下班回家，自行车让警察扣了，说啥要罚我十块钱。

王主任　就十块钱，给他不就完了吗！

违章者　现在不是十块钱了，那烟……烟、严、眼、咽，我咽不下这口气。钱不在多少我丢不起这人，我丢面子你也跟着丢面子。

王主任　谁干的，还想不想干了。这个事情包在我身上，哪个区的。

违章者　东城区的。

王主任　东城……差一点儿，西城区我熟。

违章者　那我那十块钱……

王主任　没关系，我给你写个条，你到东城区找李经理，东城区没有他摆不平的事。（把条子交给违章）

违章者　谢谢王主任。看见没有，这叫朋友，绝对好使，让你罚走这十块钱我就不姓路。我找人去，找朋友去……找朋友不能空手。（走向小卖部）同志，来两瓶洋酒。

售货员　还要假的？

违章者　等会儿吧，刚才拿条假烟办事就不顺。

售货员　那要真的呀？

违章者　真的要办不成事不就白花钱了吗？

售货员　你到底要什么？

违章者　一瓶真，一瓶假。

售货员　二百。［违章者交钱拿酒，走向舞台一侧的经理办公室。李经理上。

违章者　李经理，王主任让我来看你……

李经理　哎呀，看来你这事不小哇。

违章者　没多大事。我下班回家，自行车让警察扣了，非要罚我十块钱。

李经理　十块钱，给他不就完了吗！

违章者　现在就不是十块钱了，那酒……酒、九……就是九块钱也不能给他，钱不在多少，我丢不起人。我丢面子，我的朋友都跟着我丢面子。

李经理　说得对，他居然敢扣你的车。别说自行车，就是扣你辆火车我也能给你要出来。哪条街呀？

违章者　王府井。

李经理　我太熟了……是南头这个岗，还是北头那个岗？

违章者　南头岗。

李经理　南头……差点儿．北头我熟。

违章者　那我这十块钱——

李经理　没关系，我给你写个条子，去找公关协会的孙大姐，这孙大姐没有她攻不下的难关。（把条子交给违章者）

违章者　谢谢李经理。（偏白）看见没有，朋友嘛，多个朋友多条路。我让你罚走这十块钱。我就不姓路。我找人去。找朋友去。（退出李经理办公室）找朋友．不能空手。（跑向小卖部）同志，给我来盒高档化妆品。

售货员　还要假的呀？

违章者　打住，一条假烟来了个东城西城来回跑；一瓶真一瓶假，弄了个街头街尾来回窜。看来，托人办事就得动真格的。化妆品是脸上抹的东西，假的能行吗？咱是要面子的人，哪能不要脸呢，来真的！

售货员　八百。

违章者　哎呀，八百块钱比警察还狠。别说自行车，这价钱都能买台摩托车了。

售货员　这儿不卖摩托车。

违章者　我没说你，拿货。（交钱拿货）我就不信，我办不成这事。

［违章者向舞台一侧公关部办公室走去，孙小姐正在桌前化妆。

违章者　孙姐，李经理让我来的，这化妆品是我的一点意思。

孙小姐　什么事呀？

违章者　我下班回家，自行车让警察扣了，说罚我十块钱。

孙小姐　十块钱给他不就完了吗！

违章者 现在可不是十块钱的事了，这化……这话，可不能这么说。钱不在多少我丢不起这人，我丢人，我这一圈朋友不都跟着丢人吗？

孙小姐 说得好，不就是北头那个岗吗？

违章者 对。

孙小姐 没问题，包在我身上了。北头岗是上午班还是下午班呀？

违章者 下午班。

孙小姐 下午……差点，上午班我熟。

违章者 哎呀，我那十块钱？

孙小姐 没关系，条子我都给你写好了。岗周围那几个单位你挨家找，我就不信能让他罚走你十块钱。

违章者 谢谢孙大姐。（接条子）这都不能空手去吧？

孙小姐 千万可别买东西，这不是快过年了吗？拿点压岁钱就行了。

违章者 哎。（奔向观众席）赵钱孙李、周吴郑王、冯陈褚魏，大叔大娘，写个条子吧，多多帮忙。（送一个红包接一张条子）谢谢、谢谢……（回到舞台上握了一大把条子）看见没有，朋友大把！我就不信攻不下你这个小路口，让你罚了我这十块钱，我就不姓路。警察……警察。

警　察 （穿皮夹克上，敬礼）您好。

违章者 不用敬礼，你不要罚款吗？请看看这把条子。

警　察 这十块钱我们不罚了。

违章者 看见没有，一见条子他就软了，好使。

警　察 同志你误会了。根据新的规定我们不罚款了。（拿出小红旗）到街头站岗去，抓住下一个违章者方可离开。

违章者 （抓住警察）警察同志你别走，我认罚还不行吗？我交十块钱还不行吗？

警　察 不，我们以教育为主。（敬礼，下）

违章者 哎呀，我丢不起这人，我……我找朋友去！

［跑下。

——剧终

（与张振彬共同改编）

与巩汉林、刘纳表演小品《“朋友”多了路难走》

·小品·

北京时间

时　间　当代。

地　点　武警守时兵故乡的家中。

人　物　爷爷：以下简称“爷”，六十多岁。
妈妈：以下简称“妈”，三十多岁。
孙子：以下简称“孙”，十岁左右。

［幕启，舞台后有一屏风，台上放一张餐桌，两把椅子。

［报时声响起：“嘀、嘀、嘀、嗒！北京时间六点整……”

［场灯渐亮，妈妈端早点从屏风后出。

妈　小军，小军，快起床，吃早饭啦。［孙从屏风后出。

孙　妈妈，我早就起来啦。您看，（龇牙）我都刷完牙、洗完脸啦。

妈　乖，快吃早饭吧！

［二人吃饭。

妈　小军，怎么今天起这么早啊？

孙　妈妈，我今天有特殊任务。

妈　什么特殊任务啊？

孙　老师说我上学从来不迟到，是最遵守时间的好学生，所以提议让我当升旗手，从今天起每天七点准时到学校升国旗。

妈　这可是件光荣的任务，你可千万不能迟到啊！

孙　嗯。老师说了，一寸光阴一寸金，寸金难买寸光阴。不遵守时间的孩子不是好孩子。

妈　老师说得对，时间是最宝贵的，浪费时间就是浪费生命。

孙　妈妈，我懂，时间到了，我得上学去啦。

妈　放学早点回来。

孙　知道啦。

［孙子欲下，爷爷手拿一把宝剑，两袋牛奶，哼着京剧上……

孙　爷爷，我上学去啦，再见！（跑下）

爷　再见！再见！路上小心点。

妈　爸，快吃早饭吧，一会儿该凉了。

爷　别管了，时间不早啦，你快上班去吧。

妈　不着急，我收拾完桌子再走。

爷　还是我来收拾吧，反正我在家，有得是时间。

妈　那您慢慢收拾吧，我上班去啦。

爷　好，早点走，省得外面堵车，别迟到了。

妈　爸，您还不知道我吗，上班这么多年我也没迟到过，年年都是先进生产者。今个儿工厂里停工开表彰会，九点开会，来得及。

爷　那你也早点儿吧，你不是常说争分夺秒吗？

妈　爸，那我走了，中午见！

爷　中午见！

［妈妈拿包下，爷爷收拾桌子，拿起报纸看……

［报时声响起：“嘀、嘀、嘀、嗒！北京时间十二点整……”

爷　（放下报纸）哟，我得做午饭啦。

［扎上围裙进屏风，妈手拿荣誉证书和一对包装好的情侣表上。

妈　爸，我回来了。

［爷从屏风后端菜上。

爷　回来啦？饭做好啦，快趁热吃吧！（妈吃饭，爷看见妈放在桌上的东西）这里什么好东西呀？

妈 情侣表。

爷 晴雨表？

妈 还温度计呢！？爸，头五个月，我就完成了全年的工作量。被厂里评为劳动模范，这是上午单位发的奖品。

爷 （打开盒看）哎，怎么这里头是两块呀？是不是有我一块呀？

妈 爸，这表你可不能戴，这是情侣表，两块是一对儿。只有两口子才能戴。

爷 真是时代变了。这东西越研究越高级了，哎，你们单位怎么发奖还发表啊？

妈 厂里说发表有意义，让我们珍惜时间，只争朝夕。

爷 对！活一分钟，就要珍惜，六十秒。你别看我岁数大了，可我正准备报考老年人大学呢。

妈 爸，您这么大岁数啦，还上什么大学呀？

爷 唉，老有所为，老有所学嘛！战争年代打仗，没赶上学习的好时候，现在退下来啦得抓紧学，把失去的时间补回来。

妈 爸，没想到您这时间观念还这么强！

爷 唉，快要到马克思那里去报到了，不抓紧时间学习不行啊。

妈 爸，我来刷碗，您眯一会儿吧。

爷 眯不了。下午给小学生讲传统的稿子，我还得整理整理呢。

［爷进屏风，妈端盘碗也进屏风。

［报时声响起："嘀、嘀、嘀、嗒！北京时间二十一点整……"

［孙拿药瓶从屏风后跑出。

孙 爷爷，爷爷，九点啦，您该吃药啦！

［爷从屏风后出。

爷 好好好，爷爷吃药，爷爷吃药。

［孙倒好水，选好药给爷爷。

孙 给！爷爷，您怎么吃药也这么准时啊？

爷 我的好孙子，干什么都得准时，吃药不准时就起不到作用，等于白吃。

［爷接过药吃下去……

孙 爷爷，您怎么每天都吃药呀？

爷 爷爷老啦，人一老这身体就不像从前啦，爷爷年轻时跟你一样，身体好着哪，从来都不吃药。唉，岁月不饶人哪！

［妈背包上。

妈 小军。

孙 爷爷，妈妈回来啦！

爷 怎么这么晚才回来呀？

妈 噢，今天在单位加了个班儿，小军，作业做完了吗？

孙 做完啦！

妈 对啦，今天你爸爸又来信啦，说想你啦。

孙 真的？妈妈，爸爸什么时候回来呀？

妈 （无奈地）我也不知道，他老说他工作忙，没时间，哎，咱们一起给你爸爸写封信好不好？

孙 好。

爷 咱们祖孙三代一起写，小军，拿笔和纸去。

孙 哎。

［孙进屏风后取出纸笔。

孙 妈妈，怎么写呢？

妈 跟爸爸说我们都很想他，问他什么时间能回来。

爷 还有，告诉你爸爸，说我身体非常好，每天按时起床，按时锻炼，按时吃药，每天还到老年大学去上课，叫他别惦记我。

孙 （想）那我说什么呢？

合 对呀，你跟爸爸说些什么呢？

孙 我就说……等我写完了你们再看吧。

［孙低头写、妈妈和爷爷凑过来看……

［画外音配着音乐起："亲爱的爸爸，我好想您呀，不知你什么时候才能回来，好多同学都问我您是干什么的？我就骄傲地告诉他们，我的爸爸是一名穿橄榄绿的武警，他在很远很远的大山里站岗，他守卫着我们国家的报时中心，也就是我们每天都离不开的北京时间……"

［演员定格。优美动听的报时声响起"嘀、嘀、嘀、嗒！北京时间零点整……"

［音乐大作，光渐弱……

——剧终

·小 品·

鸡毛蒜皮

时　间　某一天。

地　点　某一个家庭。

人　物　丈夫：五十岁左右；妻子：五十岁左右。

景　置　表演区中央是一张家庭用的饭桌和两把椅子，妻子端着饺子和其他食品上场。

妻　老头子，饺子好了。

［夫端着沙锅鸡上场。

夫　老婆子，我这边鸡也好了。

妻　说好了吃饺子，你炖的哪份鸡呀，你这不吃饱了撑的吗？

夫　（欲急）你说啥呢？

妻　我说你就不该买这只鸡。

夫　你今天说啥我也不跟你生气，你越气我越让你吃鸡，因为这叫“气锅鸡”。

［夫打开锅盖。

妻　你这是鸡呀还是鸽子。

夫　这是正宗的童子鸡，你看面多嫩哪。

妻　还面嫩呢，小老样吧，下巴颏上都长胡子了。

夫　你家鸡还长胡子呀。

妻　你看看，这不是胡子是啥。

夫　那是鸡毛。

妻　是呀，鸡毛不择干净你就炖哪，汤能干净吗？

夫　择毛的时候，我不是没戴花镜吗。

妻　没戴花镜，那你今早晨自己那胡子咋刮得溜光，一根儿没剩呢。

夫　你咋这么别扭，不就是一根儿鸡毛吗。

妻　谁跟你别扭了，我不也说是一根儿鸡毛吗？

夫　（盖上锅盖）吃饺子。［妻倒上醋。

夫　蒜。

妻　（把蒜泥推过去）蒜泥。

夫　谁让你捣成蒜泥的？

妻　咋的了。

夫　咱结婚30年了，我什么时候吃过蒜泥，不都是吃蒜瓣儿吗。

妻　蒜泥蒜瓣儿不一样吗，吃到肚里还不都成蒜泥了吗？

夫　不一样，我自己去着皮嚼着吃香。

妻　你发那么大火干啥，我不就是给你剥了个蒜皮儿吗？

夫　我用得着你给我剥蒜皮儿吗？

妻　（打自己的手）我贱，我贱，我给你拿带皮的蒜去。（妻下场）

夫　我给你拔鸡毛儿。

［从锅里拿出鸡，拿打火机燎鸡毛——

［妻拿两头大蒜上场——

妻　吃吧，蒜瓣儿。

夫　啃吧，烧鸡。

妻　这饭没法吃了。

夫　我就不想吃。

妻 自打结婚到你们家，30年了我上侍候老、下侍候小，就没落过好。

夫 我今天不是请你吃鸡吗？

妻 还请，我干什么都是应该的，你不感恩不道谢，结婚这么多年，我就没听你说过一个请字。

夫 还请字，我把你请到我们家就后老悔了。恨不能把你请出去。

妻 咋的，娶我还后悔了。

夫 后悔谈不上，可能日子没选好，刚到我们家就下雨，还脸上还化着小淡妆，邻居们都围着，谁知让雨一浇你跟落汤鸡似的。

妻 下雨是我妨的呀。那今年发大水也是我闹的？我还落汤鸡，那你还给我献殷勤，没啥文化还愣摔词儿，抓着我两条大辫子，愣说像两辫大蒜。

夫 本来就像吗？

妻 气得我当天晚上就把辫子铰了，给你来个"截"发夫妻。

夫 还结发夫妻，你那等于把蒜瓣儿饺成蒜泥儿了。

妻 我把蒜瓣捣成蒜泥儿是为你好，你该谢我才对。夫妻之间也需要尊重的。

夫 一家人还整那虚的干啥。

妻 啥叫虚的，那叫风度，人家美国总统身份比你高不，下飞机的时候还知道搀自己的媳妇一把呢。

夫 你跟人家比呀，人家那叫第一夫人，人那心胸那么宽广，莱温斯基那么大个事都原谅了，你连根儿鸡毛都容不下。

妻 还鸡毛儿呢，我跟你说，这只鸡和莱温斯基的性质是一样的。

夫 哎嗬！买只鸡还整出桃色新闻来了。

妻 你当你不是呀。

夫 你给我说清楚。

妻 咱上个礼拜是不就说好了今天吃饺子。

夫 是。

妻 说好了，我剁馅儿，你和面。

夫 对。

妻 我看你是"闲饥难忍"，刚退下来就在家待不住了，你从来不上菜市场。今天打扮得跟新郎官似的，一早晨就往外跑。

夫 我不是出去买鸡吗？

妻 买个鸡就转悠一上午哇。

夫 那你买的蒜不也挨个儿地扒拉吗？

妻 我在凉台上看着你呢，楼下市场那么多卖鸡的，你咋非绕一大圈到那48号床子上去买呢。

夫 不就她那有童子鸡吗？

妻 你是看那鸡年轻啊，还是看那人水灵啊。

夫 你要对你说的话负责任。

妻 当然负责任。

夫 这么多年我的行为是端正的，我的人品是有口皆碑的；从年轻到现在保持一个好习惯，一天三顿必须吃蒜，为的是设置一边警戒线，防止有些轻浮女人向你发贱。只要我一张嘴她们全都没电。

妻 你吹吧。

夫 你别说人了，那天有仨"饺子"围着我转。我打了个喷嚏立马全都完蛋，我熏不死她。

妻 你看你那样吧，还自觉不错围着你转。脑袋上没几根毛儿，跟秃尾巴鸡似的。

夫 你那样好，整天耷拉个老脸跟紫皮蒜似的。

妻 看见你我就不烦别人了。

夫 进这个家我就犯堵。

妻 这日子没法过了。

夫 我也真是，我买这鸡干啥，好心当成驴肝肺。

妻 你好心，我看你是花心。

夫 我花心，我还不喂你了，我把它喂花。

［把鸡汤倒进花盆……

妻 我让你吃饺子！

［把饺子扣上。

夫 你还不让我吃饭了。

妻 这饺子是我一个人包的，我就不让你吃。

夫 你，你不让我吃饺子，我，我吃蒜——

［一个一个往嘴里扔蒜瓣吃。吃着吃着，难受

得咳嗽起来，妻子在一旁哭出声来，捶打着丈夫——

妻 老头子，你别折磨自己了，我错了，都怪我我不该把蒜瓣捣成蒜泥。你这不刚退休，我怕你心情不好，想让你吃舒服点。

夫 老伴呀，也怪我，其实给你炖这只鸡呀，我早就该告诉你，只不过想给你个意外惊喜。你知道今天是啥日子吗？

妻 啥日子？

夫 咱们结婚30周年的纪念日啊。

妻 （愣住了）

夫 结婚第一天我给你炖过一次鸡汤。

妻 是，你还加了几瓣生蒜。

夫 你没舍得喝，给我妈端去了。

妻 从那天起，我就想做个好媳妇。

夫 生大小儿的时候满街没有卖鸡的；生二小儿的时候又赶上我不在家。总觉得欠你这一顿鸡汤。

妻 可我也没怪过你啊。

夫 30年了，咱这日子越过越红火。

妻 可咱尽为些鸡毛蒜皮的小事磕磕碰碰。

夫 可要没这些鸡毛蒜皮的小事，这日子还真就没滋味了。

妻 老头子不说了，吃饺子，我给你剥蒜，看来这蒜瓣还是嚼着吃有滋味儿。

夫 我给你重炖鸡汤。生活这盆老汤。炖的时候越长，它的味道越香。

［音乐起，夫妻二人端饺子和鸡汤下场。

——剧终

·小 品·

城里人·乡下人

时 间 深秋。
地 点 某学校墙外。
人 物 乡下人：五十多岁。
城里人：三十来岁。
景 置 台上设一面墙，墙上爬满牵牛花。

［在孩子们朗诵英语声音中，城里人背画夹、拎板凳，听着耳塞机上。他穿着那种故意撕破的裤子，毛边水茬的衣服，懒散地坐在墙下。脚前放一个牌子，写有“家教——音乐、美术、英语”字样。他边听音乐边写生。

［乡下人穿一身皮装，戴一顶毡帽，背着个编织袋上。

乡下人 （唱）茫茫人海到处找人才……（看城里人）呀！这都啥年头了，城里咋还有要饭的呢？乡下都没有干这行的了。（掏钱）遇上了就送他点儿温暖，献他点儿爱心吧！（将一把零钱扔在城里人的面前）

城里人 （一愣，冲乡下人大喊）你回来！

乡下人 （吓一跳）怎的了？

城里人 把你的钱捡起来！

乡下人 发这大脾气干啥呀？嫌少我再加点儿。

城里人 你凭什么污辱我的人格？

乡下人 我的妈呀！这城里人可了不得！连要饭的都讲人格。

城里人 谁是要饭的？

乡下人 你这裤子露肉了，衣服毛边了，头发擀毡了，胡子长弯了，蹲马路边上立个小牌牌儿，不是要饭的，你是干啥的？

城里人 你认识字儿不？

乡下人 认识……不多。

城里人 （拿起牌子）这几个字认识不？

乡下人 （看）我认识那几个字你这上面没有。

城里人 你认识哪几个字？

乡下人 人、民、币，仨字我认识。还有壹元、贰元、五元、十元、伍拾元、壹佰元，我全认识。

城里人 就认识钱！（抓起钱还给乡下人）

乡下人 那你这牌子上写的是啥呀！

城里人 家教。懂吗？

乡下人 家教我不懂，我知道……

城里人 我是家庭教师。

乡下人 啥学校毕业的？

城里人 艺术大学。

乡下人 好家伙！这城里和乡下就是不一样，大学毕业的人才都挤到马路边儿上蹲着。俺堡子小学没毕业的二狗子就混个村长当。（看城里人，自语）我还上哪儿找人才去，就是他了！看他这困难样，多给点儿报酬，说不定他就能跟我去！［城里人画下乡下人的素描像。

乡下人　他画啥玩意儿呢？（探头看）画我呢！费那劲干啥？我给他来个现代化的。（掏出一次成像的相机，瞄准城里人迅速拍照）

城里人　哎，哎！你干什么？

乡下人　你那是干啥呢？

城里人　我这是素描。

乡下人　你那叫素描，我这叫速度。你那得一笔一笔地整，我这一甩哒你就出来了！

城里人　我这是创作，你那是侵权！

乡下人　你讲不讲理？城里人就不讲理呀？

城里人　我怎么不讲理？

乡下人　你讲啥理？兴你在那创我，就不兴我创你？你让大伙看看，你画就画呗，还画我个半拉脸，黑得乎的像话吗？我这不管咋地，照下来的你，可是全须全尾啥也不缺。

城里人　你没经我允许随便拍照，侵犯我的肖像权。

乡下人　我给你就得了呗！侵啥权哪！照片不叫照片——小样儿。（将照片给城里人）没花钱白得张照片，还是带色的，你偷着乐吧！

城里人　（看照片）抓拍得还不错呢！行了，没事了。

乡下人　你没事儿了，我还有事儿呢！把你画那玩意儿给我。你有权，我没权哪！

城里人　大爷，我看你这老爷子挺有意思。这样吧，麻烦你在这稍坐一会儿，我给你画完了再送给你。

乡下人　行啊！正好我要和你唠唠。

城里人　（拿自己的凳子给乡下人）你老坐这个。

乡下人　不用，我这儿自带着坐位呢，怕是上车捞不着座。（从袋子里拿出一个有四条腿的树根）这玩意儿寒碜点儿，你别见笑。

［城里人看见树根，两眼发直……

乡下人　（误以为城里人看他的两腿中间，忙用手捂上）你看啥呢？

城里人　我看你那个……

乡下人　你画我上边儿，看我下边儿干啥？我可告诉你，拿我寻开心可不行。我虽然是乡下人，可我也是有身份……证的人！

城里人　大爷，你站起来。

乡下人　我站起来？你怎不站起来呢？

城里人　大爷，你坐着的这个……

乡下人　这是树根。

城里人　不！这是个艺术品哪！

乡下人　你可别逗了！这是我临上车从路边拣的。

城里人　大爷，亲爱的大爷，请你高抬贵臀，千万不能坐在它上面！

乡下人　我还没听说呢！我自个带来的，我怎就不能坐？（坐得树根咔咔响）

城里人　大爷，咱商量商量，行不？你把这个树根卖给我，多少钱都行。

乡下人　就这玩意儿？卖给你？

城里人　你开个价。

乡下人　贵贱不卖！

城里人　你为啥不卖？

乡下人　这样吧，咱爷儿俩先商量件事儿，要是谈成了，这玩意儿我送你一汽车。

城里人　和我商量啥事儿？你说吧！

乡下人　你有工作没有？

城里人　有。

乡下人　一个月开多少饷？

城里人　单位效益不好正在放假。

乡下人　我要是一个月给你开这个数，（摸城里人的手指头）请你到我那儿干去，你同意不？

城里人　你那是什么地方？干啥工作？

乡下人　我是十八里沟大狼洞村的，我自己有个饲养场，猪牛羊，鸡鸭鹅，要啥有啥，就缺你了！

城里人　你什么意思？

乡下人　我是专门儿进城来找人才的，高价招聘。

城里人　我到你那儿没用，我是学艺术的。

乡下人　学啥的到我那都有用啊！我那儿也有果树。

城里人　艺术不是果树，比如音乐，你懂不？

乡下人　音乐我懂啊！我那饲养场就像个音乐学校似的，老热闹了。对，我给你听听。（从袋子里拿出录音机）我这盘音乐走哪儿都得带着，听不着我就睡不了觉。（放录音）［录音机里传出鸡叫、猪叫、牛羊叫。

乡下人　你听！女高音儿、男低音、沙哑派都有。怎么样？

城里人　（关掉录音机）不怎么样，你这不叫音乐。

乡下人　那你是搞啥音乐的？

城里人　通俗音乐你懂不？

乡下人　通俗音乐？我这猪叫唤还不通俗吗？

城里人　怎么跟你解释呢！《纤夫的爱》你听过没有？

乡下人　《纤夫的爱》我不爱听，我就爱听那个“妹妹你坐船头”，那个歌作得好。在我那饲养场一放，你就看吧，那红公鸡、白公鸡、芦花公鸡、黑公鸡，都梗着小脖往母鸡跟前凑，就是亲不够！小伙子，你要能整出这样的歌来，我再给你加二百！

城里人　我整不出来！

乡下人　那也没关系，你说说还会啥？

城里人　我还会弹琴。

乡下人　好！好哇！会弹琴我再给你加二百！

城里人　我上你们那儿给谁弹琴？

乡下人　给牛啊！听说，人家外国人早就发明出了给牛听的音乐了。

城里人　没听说过！

乡下人　你上哪儿听说去！咱们竟花好多钱进口人家的旧设备了，好玩意儿他不愿卖给咱们！要不毛主席总告诉咱们要长志气，自力更生呢！你到我那好好研究研究，咱们就不兴发明一套给中国牛听的音乐？

城里人　给牛听的音乐还分中国、外国？

乡下人　那可不！这里有老大学问了，有一回，我在商店买了一盘儿外国音乐，就是那个“邦邦邦—邦”那个……

城里人　那叫《命运》交响曲。

乡下人　我拿回去给牛一放，可坏菜了！这牛都不吃食儿了，都瞪着大眼睛琢磨上自己的命运了。可能是怕吃肥了以后挨宰！打那以后我才明白，咱中国牛得听咱们中国音乐呀！

城里人　你别说了，我对牛的音乐没研究。

乡下人　那也没关系，你还学过啥？

城里人　我学过配器，在你那儿没用。

乡下人　有用！有大用了！你去吧，我再给你加二百。

城里人　配器在你那儿也有用？

乡下人　哎呀！人都知道，这配种站可坑老人了，他们对牲口的发情期……

城里人　（急忙）你打住，别说了！

乡下人　我还没说完呢，你到我那以后就专管配种……

城里人　（气恼地）你别说了！再说我跟你急！

乡下人　又怎的了？

城里人　我是搞艺术的，和你说不到一块儿！

乡下人　这我理解，你们搞艺术的一般精神都不大正常。

城里人　谁精神不正常啊？

乡下人　俺堡子唱二人转，那个马老丫就总魔魔怔怔的。

城里人　你才是魔怔呢！去吧！去吧！别在这气我了！

乡下人　我跟你说正经的呢，怎么是气你呢？你也太过分了吧！小伙子，你别以为你们城里人就总比乡下人高贵多少！现在是市场经济了，城乡差别缩小了，我们生活水平提高了。说实话，俺们农村除了缺文化、缺人才，别的啥也不缺。楼房俺们盖了，三口人住四层楼。自来水接上了，没有污染，矿泉的。瓷砖镶上了，坐桶安上了，坐着不习惯，俺们放个板凳蹲上头，要的是这个劲儿！吃的、穿的、用的，你说还差哪样儿吧？只要是再有一些人才，几年以后你们城里请我都不去！小伙子，你要信我的就跟我来，保证亏待不了你！

城里人　大爷！我明白你的意思了。你要是真想改变你们山沟的面貌，最好把你多余的钱拿出来，把你们的学校办好。

乡下人　办学校是政府的事儿，我管得着吗？

城里人　你可以赞助啊，办个希望小学，还可以用人的名字给学校起名！

乡下人　那能行吗？

城里人　怎么不行，你叫啥名就叫什么学校。

乡下人　我小时候，爹妈图好养活，给我起个小名儿叫黄狗崽儿，长大了也没改，我要把学校改成黄狗崽学校，人家还以为是养狗的呢！再说了，等他们那学校培养出人才来，他能归我用吗？

城里人　你这是农民意识。

乡下人　废话！我本来就是农民嘛！我要有省长意识，还能花钱雇你吗！说痛快话，你去还是不去？

城里人　说实在话，我真想跟你去一趟……

乡下人　那太好啦，咱们爷儿俩成交了！

城里人　去找几个这样的树根。

乡下人　啥？找树根？你们城里人真让我琢磨不透。（拿起树根）我那遍地的金银财宝，不过这条腿是弯的，瘸马干不了活呀。（掰掉一个腿）这条腿不能要！

城里人　哎呀！你干什么？你这是毁灭艺术啊！

乡下人　这城里人有病，愣把这糟树根当艺术。

城里人　（夺过树根）还好，这回它成了袋鼠了。

乡下人　我再把这条腿掰下去，就成猴子了。

城里人　你别动，这个树根归我了，你要多少钱？

乡下人　（笑）你拉倒吧！我哪能忍心冲你要钱，留个纪念给我写几个字吧。

城里人　写字？写啥字？

乡下人　你不上我那儿去，我还得找别人，你就写‘招聘人才’吧，就写这上。（指那张素描像）

城里人　好吧！你有了这种人才意识，还是难能可贵的。（写好四个字）

乡下人　（掏出四百块钱）四个字，我给你四张大票。

城里人　你干什么？

乡下人　没什么，小伙子我对你说句话，你别寻思你是有文化的城里人，你看不上我，我还看不上你呢。就你这样破衣烂衫的，马路边上一蹲，说你是男的吧，你还扎个小辫子；说你是女的你还有胡子。你不给咱们有中国特色的社会主义抹黑吗？你用这钱去买条裤子，再剃剃头！实在找不着工作，你再来找我。（将钱扔给城里人，举着“招聘人才”的纸下）

城里人　（拿着钱发愣，片刻）哎，大爷，你等等！（追下）

——剧终

（与崔凯共同创作）

·小品·

门 神

时 间 当代。

地 点 某检察院家属宿舍收发室。

人 物 大爷：六十多岁，农民。

保安：男，三十多岁，临时工。

科长：男，二十多岁，大爷的儿子，检察院新提升的科长。

儿媳：二十多岁，检察官，科长的爱人。

［幕启，保安上。

保 安 我是谁？连这都看不出来？保安！我这个保安可不是一般的保安，看见了吗？这个小区住的都是检察官，我是他们的保安，检察官把的是公平正义的大门，我守的是检察官家属宿舍的小门儿，天天站岗执勤，人送外号门神！

科 长 保安同志！

保 安 黄检察官，听说你当科长了？祝贺。

科 长 哎呀，这有什么呀，这是工作，我爱人外出没带钥匙，她马上就回来，我手头有个案子现在就要出发，等会儿她回来，麻烦你把我家的钥匙交给她。

保 安 你放心黄科长，我一定亲自交到她手里。

科 长 还有，春节马上就要到了，有些人想借节日送礼行贿。

保 安 你看看。

科 长 上回你帮我代收的那包土特产里边就裹着10万块钱。

保 安 你看看，你看看。

科 长 幸亏发现得早啊，不然就出大事了。

保 安 你看看，你看看，你看看……

科 长 你别总你看看你看看的，这事你得看好了。

保 安 你放心科长，我今后一定提高警惕。

科 长 好，谢谢了！（下）

保 安 看见没有，科长家的钥匙都放在我手里，这是对我多么大的信任啊？我一定要为他们把好这个门儿。

［大爷背着大包小裹上。

大 爷 儿子提升传喜报，全村跟着放鞭炮，临来前村长再三嘱咐我，进城不要太骄傲，当着单位的人千万别提是科长他爹，做人一定要低调，儿子和儿媳妇都是检察官，忙啊！结婚的时候也没回家，也没办个像样的婚礼，我们老两口儿也没给儿媳妇送个戒指，这不，老伴儿让我拿来十万块钱，还给儿媳妇买了个戒指，不来看看，这个年都过不踏实。

保 安 大爷，你是干什么的？

大 爷 我找人。

保 安 你找谁呀？

大 爷 我找黄小利。

保 安 哦，黄检察官啊，他是你什么人呀？

大 爷 他是我儿……

保 安 啊？

大 爷 是我儿……时的朋友。

保 安 你儿时的朋友？黄检察官今年多大呀？

大 爷 他 26 岁。

保 安 你今年多大？

大 爷 62 岁。

保 安 那你俩小时候咋玩儿一块儿的？

大 爷 我俩……是忘年之交，准确地说，他妈是我儿时的朋友。

保 安 哦，那你是他妈的朋友。

大 爷 对，后来我就成他爸了。

保 安 啊？

大 爷 不对！后来就成了他爸的朋友了，小时候男女小孩在一起玩，长大了才知道男女有别，只有通过他爸才能接触他妈。

保 安 哦，我明白了，你是黄检察官的老乡。

大 爷 对，老乡。

保 安 太不巧了，黄检察官刚刚出去办案了，你到屋里坐会儿吧。

大 爷 你看儿子这威信，一说和他是同乡，接待规格都高了。

保 安 大爷，告诉你个好消息，黄检察官当科长了。

大 爷 科长也是为人民服务的。

保 安 要不说人家黄检察官能当科长呢，家乡人都那么有觉悟，是你们培养的好啊。

大 爷 不是我培养的，是党和人民培养的，是检察院领导培养的。

保 安 大爷你挺讲政治啊。

大 爷 讲不讲政治得先办正事儿，你是守门员啊？

保 安 什么守门员啊？还前锋呢，我是保安。

大 爷 我能看看你的证件吗？

保 安 看证件？

大 爷 你检察院也得接受群众检查呀？

保 安 行行行，你看，（递证件）看了没有，持证上岗，责任上墙，我都在这干了十几年了，保安队长都换了好几任了我都没换。

大 爷 换了好几任你都没当上队长啊？

保 安 我是副队长。

大 爷 那也不错。

保 安 我们保安队就俩人。

大 爷 ……啊，那你等于自己管自己啊？

保 安 对，管自己。

大 爷 能管好自己也不错了，（看证件）行了，小保安，我给你交代点事儿……

保 安 您说。

大 爷 我很少来北京，想出去转转，这些东西你先帮我看着行不？

保 安 行！

大 爷 谢谢！（欲走）

保 安 站住！大爷，你这包里是什么东西？

大 爷 不值钱，土特产。

保 安 土……听见没有，就怕土特产，里边最危险！（对大爷）你背着它转不就完了吗？干吗搁这儿呀？

大 爷 太沉，再说也不安全，他家要是回来人你就替我转交一下。

保 安 不行！看见了吗，这就是阴谋诡计，你老要上哪里去转转呀？

大 爷 啊……故宫。

保 安 第一次去故宫啊？

大 爷 前几年进去过一次。

保 安 那你这属于二进宫啊？

大 爷 对，二进宫，头一次进去没受啥教育就出来了。

保 安 一般第一次教育不好的都得二进宫。

大 爷 我听你这话咋这么别扭呢？

保 安 别扭不别扭的你先回来吧，你这个包里都是什么东西啊？

大 爷 不是告诉你了吗？土特产。

保 安 土特产里边是什么东西啊？

大 爷 土特产里边还是土特产。

保 安 老实说，什么东西？

大　爷　真是土特产，绝对没有钱。

保　安　你这里边有钱。

大　爷　你怎么知道的呢？

保　安　我怎么知道的？我不光知道里边儿有钱，我还知道有多少钱。

大　爷　没多少钱，要是有十万块钱我也不能藏在这里边儿啊？

保　安　你这里边儿有十万块钱！

大　爷　我的妈呀！检察院的保安太厉害了，一路上小偷都没发现我包里有钱，他愣看出来了，这屋里有啥设备吧？

保　安　有啥设备？（指头项）看见没有，摄像头。

大　爷　摄像头不是管交通的吗？

保　安　交警的摄像头管交通，检察院的摄像头是管检查的。

大　爷　这玩意儿啥都能看出来呀？

保　安　什么都能看出来。

大　爷　里边儿有金戒指看不着吧？

保　安　这里边儿还有一个金戒指。

大　爷　哎呀妈呀，真看出来了？（求饶）别喊，你别喊，我老伴说了，万一这钱让人发现了事儿就大了……

保　安　你这个事儿就不小，说！（说着把刚才倒的那碗水泼到地上）这钱你是送给谁的？

大　爷　送给我儿……儿时的朋友黄科长。

保　安　编，你对着摄像头接着编，黄科长那么年轻，你那么大岁数，黄科长都能当你儿子，你都能当他爹了。

大　爷　哎呀妈呀，这玩意儿还能看出 DNA 啊，还能看出父子关系？

保　安　所以说你老实点，全给你录下来了，不要搞阴谋诡计。

大　爷　那我就实话实说吧，他确实是我儿子，我确实是他爹。

保　安　住口！我不准你玷污检察官的名誉。这十万块钱你想干什么？

大　爷　这十万……

保　安　对着摄像头！

大　爷　这十万块钱我想给儿子办事。

保　安　你儿子犯事儿了？

大　爷　他不是犯事儿了，他是办事儿了。

保　安　不犯事儿你能来办事儿吗？行了，你儿子的事儿另案处理，先说说你行贿的事儿。

大　爷　我给儿子送钱还算行贿吗？

保　安　你这是给黄科长送钱！

大　爷　我确实是他爹。

保　安　住口！我再一次警告你，不许玷污我们青年检察官的名誉。

大　爷　我确实是他爹。

保　安　你对着摄像头说。

大　爷　对着谁说我都是他爹！他当了科长我也是他爹，他当了处长我也是他爹，他当了局长我还是他爹！（冲着摄像头）我就是他爹，我就是他原装的亲爹！

保　安　疯了，疯了，这个老头疯了，（冲大爷）蹲下！

大　爷　我不蹲……

保　安　摄像头！（大爷立即蹲下）［儿媳上。

儿　媳　保安同志，我爱人说钥匙放在你这儿了？

保　安　哎呀你回来得太好了！（冲大爷）抬起头来！（冲儿媳）你认识他吗？

儿　媳　不认识。

保　安　太好了！（对老人）这个女同志你认识吗？

大　爷　不认识。

保　安　太好了！

儿　媳　什么太好了？

保　安　这证明我的判断是正确的，（对大爷）我告诉你，这位女同志就是黄科长的爱人，你说你是黄科长他爹，你能不认识你的儿媳妇吗？

大　爷　我真不认识……他们结婚的时候就给我寄了一张婚纱照。

［黄科长上。

儿　媳　哎，你怎么回来了？

科　长　我回来取材料。

保　安　黄科长，你回来的正好，这个老头愣敢冒充你爹，他连你老婆都不认得。

科　长　爹，你怎么来了？

大　爷　你别说那没用的，快扶我起来。

保　安　（抢先一步，搀扶大爷）我来，大爷啊，让你坐着你非蹲着，你是真爱锻炼身体啊，坐下吧。

［大爷索性蹲到椅子上。

科　长　爹，你就坐下吧。

大　爷　摄像头。

科　长　什么情况？爹，我给你介绍一下，这就是我爱人，您没见过面的儿媳妇。

大　爷　（大爷掏出照片）这本人跟照片咋差别这么大呢？

儿　媳　照相的时候化妆了，本人没那么好看。

大　爷　本人比照片更漂亮。

儿　媳　爸，我和小利对不起你和妈妈，工作太忙，结婚的时候都没回家看看。

大　爷　孩子，我们对不起你，（掏出钱）你们结婚这么大的事儿，我和你妈都没给你们操办操办，（把钱递给儿媳，转身对黄科长）你妈还特意买了个金戒指，让你当着我的面儿给你媳妇戴上……［儿子接过戒指给媳妇戴上。

大　爷　你妈还让我代表她问你们几句话。

科　长　爸，你说吧。

大　爷　无论是疾病还是健康，你能始终守在她身边儿吗？

科　长　爸，我能！

大　爷　无论是贫穷还是富有，你能始终与他相依相伴吗？

儿　媳　爸，我能！

大　爷　你们俩可都是检察官，无论是面对糖衣炮弹还是威逼利诱，你们能始终坚守公平正义吗？

科　长　我能！

儿　媳　我能！

保　安　我也能！

大　爷　好！有了这样的检察官，咱老百姓就放心了！

保　安　对！

大　爷　放心了！

保　安　放心了！

——剧终

·小品·

打长途

时　间　当代。
地　点　长途电话台。
人　物　老汉：农民，五十多岁；话务员：女，二十多岁。

［舞台上一台先进的座式电视电话机，话务员在工作。

话务员　您好，请问你要哪里，请听好，不客气……

［老汉上。

老　汉　（东北口音）同志，请问打电话是在这旮旯吗？

话务员　对。这是国际长途台。

老　汉　可找到这儿了。今天一出门儿，首先坐毛驴儿，进城换汽车，下车换三轮儿，找了好几处问了几十人儿。咱是不识字，办事费嘴唇儿，好在学雷锋把我送上门。我建议，请你给根线甩到我们屯儿，挂长途不是为了长行军，挂长途就是为了不出门儿。

话务员　大爷您的想法会实现的，请问您老要哪里？

老　汉　是这么回事，我和我哥是双伴儿。

话务员　双伴儿？

老　汉　用你们的话说就是双胞胎，俺哥儿俩是从小分离，失散多年了，他一直漂流在祖国的宝岛台湾。身无影形无踪，相思四十载，全家望断肠。为这事“文化大革命”中还给我打成了个特嫌，前不久在组织的帮助下，终于找到了他的接头暗号。

话务员　什么？

老　汉　不，这是和他联系的电话号。那几年特嫌当得说话总犯职业病。

话务员　台北，电话号码4866371。

老　汉　别提这号啦，我是一得到这个号码抓起电话就拨啦，三拨啦两拨啦，拨到公安局去了。

话务员　这得挂长途。

老　汉　对，他们也说了，得挂长的，因为台湾太远短的够不着，是不？

话务员　您老说话蛮幽默。

老　汉　同志，我和我哥四十多年没见面了，麻烦你一定给好好拨啦拨啦。我要听听亲人的声音。

话务员　放心，我一定给您接通，请问您是只想听到您哥的声音呢，还是想既听声又看人呢？

老　汉　看人？

话务员　就是说在这里通过电视的屏幕就可以看到您台湾的哥哥。

老　汉　别逗了，台湾多么遥远哪，在这里能看到那不成了千里眼了吗？

话务员　大爷，您看这电视屏幕，只要电话一接通，它马上显示对方的图像，跟在眼前一样。

老　汉　真的？

话务员　当然是真的啦，不过挂这种电话要比普通电话贵一些。

老　汉　贵怕啥的，只要能看着我哥我豁出来把猪卖了。挂！

话务员　那好。我马上给您接通，请问要讲多长时间。

老　汉　赶着唠呗，俺哥儿俩四十多年没见面，有说不尽的心里话，怎么也得说个小半天呀！

话务员　那可不行，我们是有时间限制的，超过时间要加钱的。

老　汉　还有时间限制，那你得让我算算，一共三个人让我代表说话——我爹，我娘和我们村长。我爹娘说了，村长是领导，要放到前面先说。（从兜里掏出事先写好的纸条）村长的话是："兄弟，祖国人民思念你呀！海外赤子，亲骨肉。"其实这话该娘说，那才是亲骨肉呢。第二是我爹说："孩子在有生之年看上你一眼，这是我和你娘的共同心愿。"第三是俺娘说："孩子，我从小把你哥儿俩拉巴大不容易呀，小的时候我左奶喂你，右奶喂你兄弟。"反正就这么多话，你得想法都给我装进去。

话务员　好，我先给你要十分钟吧。

老　汉　十分钟够紧巴的，我得背背词，到时候别忘了一句半句的。第一村长说："兄弟，祖国人民思念你呀，海外赤子亲骨肉。"第二我爹说："孩子，在有生之年看上你一眼，这是我和你娘的共同心愿。"第三我娘说："孩子，我把你哥儿俩拉巴大不容易呀，小的时候，我左奶喂你右奶喂你兄弟。"［屏幕上出现台北画面。

话务员　台北吗？您好，请接48663710，好，谢谢。

［屏幕上一个白色电话响着铃了，老汉紧张地接过听筒。

老　汉　这心里怎像有个小兔子似的呢。

话务员　别紧张，把要说的话想好。

老　汉　忘不了，忘不了，村长第一说；俺爹第二说，俺娘第三说。

［屏幕上一位五十岁左右的华侨拿起电话听筒，他与老汉是同一个演员。

老　汉　……哥！（老汉扔下听筒围着电视直转）哥，哥，在哪儿进去的呢？

［女话务员将听筒塞入老汉手中。

话务员　大爷这是电视电话。［老汉把听筒拿倒。

老　汉　哥！哥！哥！这也没声啊？

话务员　反了。

老　汉　（将听筒翻过来）哥，我是小柱子，哥！是呀，四十年了，你也变多了，哥！（失声扑向电视）

话务员　大爷别太激动了，小心电着，抓紧时间讲话，别忘了是有时间限制的。

老　汉　对了，哥，咱娘说了："兄弟，祖国人民思念你，海外赤子亲骨肉。"村长说："孩子，在有生之年能看你一眼，这是我和你娘的共同心愿。"咱爹说了："孩子，我把你哥儿俩拉大不容易呀，小的时候，我左奶喂你，右奶喂你兄弟。"

话务员　啊？

老　汉　哎呀！一着急给说串了。

话务员　大爷别激动，坐下慢慢说。［音乐起。

老　汉　哥，现在的日子好了，生活幸福了，咱家天天吃细粮，全村户户有电灯，啊，哥，可亮了。咱爹咱娘的身体别提多硬棒了，都七十多岁了，还经常踢足球呢，不，经常看足球呢。哥，村里变化可大了，村东头那小狗子当上乡长了。他说："如果你要能回来探亲，全村就大摆宴席欢迎你。"他说了，不管你在外吃过多少山珍海味，回来的第一顿饭，还是煮家乡名菜猪肉炖粉条子。什么，你很快就要和嫂子一起回来探亲了？太好了，我和嫂子还没有见过面呢。［屏幕上出现台湾话务员：讲话的时间到了。

老　汉　（冲着屏幕有礼的）哎呀，嫂子。

话务员　（抢过话筒）错了，这是对方话务员。

老　汉　我说嘛，台湾再省事我嫂子也不能这么年轻啊！那我和我哥说话她出来干啥呀？

话务员　时间到了不能再讲了。

老　汉　那可不行，我还没说完呢？

话务员　下次再说吧。

老　汉　好！（抱起电视要走）

话务员　别抱电视呀！

老　汉　里边有我哥。

话务员　这是公用电话。

老　汉　我给俺娘看看去，一会儿给你送来。（跑下）

话务员　站住。（追下）

——剧终

·单人小品·

老人与狗

时　间　当代。
地　点　小区一角。
人　物　老头（七十岁左右，简称老）；狗（电动道具狗）；播音员（幕后为半导体配音的演员）。

［幕启，场上有绿色的草坪，草坪上方有白色的长椅，老人拄着拐棍牵着小狗上场。

老　现如今日子越过越富有，我儿子为做生意到处走，怕我一人太孤单，给我弄只小巴儿狗。就这么个玩意儿一万多块，你说是它伺候我还是我伺候它呀。（冲着狗）白雪！我儿媳妇给它起了个人名。（用商量的口吻冲狗）白雪，　咱歇会儿行不？

狗　“汪”。（不满意的叫声）

老　好，走走走！这是不高兴了。（又冲狗）白雪，你四条腿，我三天腿，差一条腿差不少事儿，咱歇会儿行不？

狗　“汪”（不满意的叫声）

老　好，走走走！这玩意儿比我儿子脾气还拧呢！（蹲下身来冲狗劝说）你感冒刚好，不能到那面扎堆儿去，你得学着耐住寂寞，咱坐着听会儿广播行不？

狗　“嗯嗯嗯”——（满意的叫声，高兴地在地上转圈）

老　这是同意了。这玩意儿就是不会说话，心里啥都明白。（老头把狗放在长椅上，掏出半导体）来，咱听听有啥节目——

播　下面请听——京剧……

狗　“汪”（不满意的叫声）

老　好，换换换！我爱听的它不爱听，啥也不差就是年轻，对传统艺术它也不懂呀！（继续换台）

播　下面请听——相声……

狗　“汪”。（不满意的叫声）

老　好，换换换！这也不怪它，现在的相声确实不如从前了，整个感觉一年不如一年了。咱看看还有啥节目？

播　现在我们为您直播——春节晚会……

狗　“汪汪汪”。（极不满意的叫声）

老　现在的春节晚会，快赶上天津的包子——“狗不理”啦！（继续换台，这是广播里传出流行歌曲的声音）

狗　“嗯嗯嗯”。（发出非常满意的叫声，高兴地在坐椅上来回转圈）

老　就爱听流行歌儿，所有的歌星全都熟，人送外号“追星族”。跟那帮儿小姑娘一样，追上去就吭哧一口，不过让它亲一口，你就得打破疯针……（手机电话响，老头掏出手机）我儿子和儿媳妇来电话。（接电话）喂！我挺好，你们在外面忙生意别总惦记我，我身体挺好，精神挺好，腿脚灵活，特别欢实儿。欢实儿！？啊！你是问它呀！它也挺好，感冒好了，啥我传染的它呀！医生说刚一开始时我传染的它到后来是它传染的我，属于交叉传染。它用的比我还贵呢，医生说它是外国种用国产药不好使。我俩这不散步呢嘛！记住了，每天三千步。我知道按我这步儿算，我这是两位数好算，它那是四位数想算我也倒腾不过来呀！啊！我好！（冲观众）儿媳妇。我吃了，它也吃了，我吃的肉它啃的骨头。我的牙没事，不是刚换完吗！什么？它也换牙，（掰开小狗嘴，看了看，乐了）小东西和人一样。啊！它换牙不能啃太硬的东西呀！那晚饭我俩调个个儿，它吃肉我啃骨头。我这牙没事，反正也是假的，不行再换呗！啊！它正减肥呢！晚饭最好喝点稀的，那好，我把你给我订的半斤奶给它喝了。没事儿，我这么大岁数能跟它争嘴吗？星期六我去幼儿园接孙子，知道了。戴帽子、戴围脖、戴口罩。别啰嗦了！长途电话特别贵，手机两头都收费。（挂上电话）儿媳妇的心特别细，厨房里给我添了不少新电器，整得我会闭不会开一会开不会闭，少了壶开水，打不开锅，蒸了锅馒头下不了屉。最近又买了个电子笔记本，让我给狗记日记，说把它的生活安排好，我的生活也能规律。

狗 “汪”。

岂 把你还忘了，再听听还有什么好节目。

播 现在是广告时间……

狗 “汪”。（不满意的叫声）

老 好，换换换！现在这广告没个完了，铺天盖地狗都烦了。缺钙、缺钙，我看他是欠踹。（继续换台）

播 腐败分子……

狗 “江”。（不满意的叫声）

老 我的小宝贝儿，这声叫得特别对，这帮腐败分子是狼心狗肺……

狗 “汪汪汪”。（极不满意的叫声）

老 对不起！没想到，一说腐败分子侵犯你的版权了，他们还不如你呢！你还懂得人情味。（继续换台）

播 现在是体育节目——

狗 “嗯嗯嗯”。（高兴地在坐椅上来回转圈）

老 喜欢运动，咱奥运会获得28块金牌，它也跟着欢呼。

播 下面请听中国足球队……

狗 “汪汪汪”。（极不满意的叫声）

老 换换换！这玩意儿一到晚上不睡觉，床上床上到处跳，就爱在电视看足球，一看到中国足球就撒尿，它急的。你看又来了。（抱起小狗来到长椅后撒尿）为了中国足球队，不知道我牺牲多少褥子，多少被子。（手机铃响，接手机）喂！孙子，想爷爷没？好孙子，啊！你也想它呀！让它给你叫几声，你等会儿。（把手机放在小狗身边）来，给我孙子叫两声（狗不理睬）孙子，刚才它叫得挺欢，这一让它叫它还没有动静了，你别急我再和它商量商量。（把手机又放在小狗身边）来叫两声！京剧！——（狗不理睬）相声！——（狗不理睬）春节晚会！——（狗不理睬）广告！——（狗不理睬）腐败分子！——（狗不理睬）中国足球！——（狗不理睬）孙子你别哭呀！你听它叫了。（老头自己冲着话筒学着狗叫，他一叫狗也叫了）汪汪汪！

狗 “汪汪汪”。

老 汪汪汪！

狗 “汪汪汪”。

老 汪！

狗 “汪”。

老 听见没孙子？什么俩狗呀！是爷爷狗，不，是狗爷爷，嗨！是狗和爷爷。不冷，它皮衣皮裤的挺暖和，就是我有点哆嗦。什么，抱着它可以相互取暖，我孙子一上幼儿园真是聪明多了。星期六爷爷来接你。（挂上电话，抱起小狗摇晃着，广播里传出《常回家看看》。手机铃又响，接电话）

老 喂！老李头，（激动的）好久没见了你挺好啊！我挺好。不孤单，我儿子给我买了个大别墅，二百多平米我一人住，几个房间没记住，自打住进大别墅，一到晚上就打怵。住在楼上觉得楼下有动静，住在楼下觉得楼上有动静，到最后索性搬到白雪身边。管它大小是个活物，白雪，是我儿子给我新找了个伴儿，啥老伴儿，小伴儿，狗，不是属狗的就是狗，你这个老东西你想哪儿去了（大笑）。我就知道你耐不住寂寞，你把棋摆上我在电话里杀你一盘（他激动地站起身来，把白雪放在地上）平卒进二——横炮进三——（白雪朝着下场的方向自己跑去，老头发现后急忙追赶）白雪——你要耐住寂寞——（追下）

·小品·

老 房 东

时　间　当代。

地　点　二班长新居。

人　物　老房东（七十多岁，农民）；二班长（七十多岁，退休干部）；老伴儿（六十多岁，二班长妻子）。

［老伴儿扎着围裙，兴致勃勃地捧着一束鲜花上。

老伴儿　新年之前住新家，新桌新椅新沙发，老头子机场去接人，我赶个时髦买束花。

［她把鲜花插在花瓶里，接着又拿起微型吸尘器吸着沙发上的灰尘。门铃响了。

老伴儿　来了！老伴儿上前开门。二班长扛着面袋子带着老房东上。老房东身穿皮袄，背着蘑菇，拎着两只野鸡。

二班长　老伴儿，我给你介绍一下，这就是五十多年前……

老伴儿　（抢着说）你打仗的时候，负伤后精心照料你的救命恩人——老房东。

二班长　对！（冲老房东）老房东，这是我老伴儿。

老房东　（用力地握着老伴儿的手）老伴儿好！

二班长　你得叫弟妹。

老房东　对！弟妹。我没敢叫。这弟妹长得太年轻了，（冲着二班长）跟你都不像一辈人，刚一进门我还以为是你闺女呢？

老伴儿　哎呀，老房东多会说话啊。听我们家老头儿说你家大嫂长得可漂亮了。

老房东　当年还凑合事儿，现在没法看了。我俩站在一起也像两代人似的。

老伴儿　不至于吧。

老房东　啥不至于？上次她住院我去侍候她，人家大夫说："大娘，人都说久病床前无孝子，我看你这儿子够孝顺的。"

二班长　旧社会讲娶大媳妇，老房东他媳妇比他大三岁。

老伴儿　女大三抱金砖嘛。

老房东　别扯了，还女大三抱金砖？这是旧社会的老理儿。现在能找着小媳妇的全是大款。

［三人乐。二班长自己换上拖鞋，又拿起一双拖鞋准备给老房东换上。老房东并未理会，在屋里转来转去，老伴儿跪在地上跟着他后面擦脚印。

老房东　哎呀妈呀，你这房子也太气派了。

二班长　（拿着拖鞋）这是单位分的福利房。

老房东　（边走边说）你这房间收拾得太干净了。

二班长　老伴儿是护士，职业特点，洁癖。

老房东　洁……（一回头看见老伴儿跟在他后面）接屁？

二班长　洁癖就是爱干净。

老房东　弟妹，你这也太干净了，整得我都不敢动了。（一屁股坐在沙发上，顺手把手上拎着的年货也放在沙发上。）

老伴儿　（尖叫起来）哎呀！

老房东　咋着了？

老伴儿　野鸡！

老房东　对，过年了，我给你带了点儿家乡特产。

［二班长急忙打圆场。

二班长　她看着山珍野味觉得新鲜。（冲老伴儿）快拿厨房去吧。（把东西递给老伴儿）

老伴儿　哎呀，我刚拆的塑料布。

二班长　快去吧。

老伴儿　让他换鞋。（下）

二班长　老房东，屋里穿这个太热了，把拖鞋换上。

老房东　不用，我这儿带着呢。（从兜里掏出两只袜子）飞机上发的。这飞机上净是新鲜事，70多岁我头口见，刚坐好就让我系上裤腰带。

二班长　安全带。

老房东　对，跟腰带差不多。紧接着每人发了一双袜子。当时我还纳闷呢，这飞机上不冷啊，咋还发上棉袜子了。我一看旁边那小伙子把鞋脱了，他脱我也脱呗。我就学着他把袜子往上一套，别说，比穿鞋舒服多了。（二班长为老房东沏茶。老房东脱下鞋，换上袜子。老房东拿着两只鞋，不知放哪儿才好，最后把两鞋扣上塞到沙发的下面。）

老房东　（自言自语）哎呀看我这身土，这不给人家里整脏了吗？（说着摘下帽子抽打身上的土，屋里尘土飞扬。老伴儿手拿毛巾上。）

老伴儿　别，别拍！（说着拿起微型吸尘器在老房东身上吸来吸去，老房东将两手高高举起。）

老房东　现在人安全意识也太强了，上飞机前已经出溜一遍了。

二班长　他是给你吸吸尘。

老房东　吸尘？

老伴儿　就是给你大衣吸吸土，等于给你洗洗衣服，干洗。

老房东　停！这破衣服值得这么费电吗？再说了，几十年都没洗过，这出溜出溜就能干净了？（说完把大衣脱下，反搭在椅背上。）二班长，这件大衣你还记得不？

二班长　记得，一到晚上睡觉的时候你就跟我争着抢着盖。

老房东　对，那时候日子穷，我结婚的时候就一床被子。弟妹，不怕你笑话，我跟你嫂子天天钻一个被窝。

老伴儿　日子不穷也钻一个被窝。

老房东　可二班长来了就不好办了。对面炕，三人两被子，你说咋睡吧？虽然是新婚，我也抹不开啊。没办法我就和二班长争着盖这件大衣，最后我俩钻一个被窝了。

二班长　老房东爱说梦话。

老房东　我一说梦话，他就搭碴儿，结果把我那点儿隐私全都勾出来了。

二班长　有一次他说，二班长，我就盼着你早点儿把伤养好啊。我说，我知道，你是盼着我养好伤打鬼子去？他说，不是，你走了，我好跟我媳妇睡一被窝。

老房东　哈哈哈！那时候年轻，没出息。

老伴儿　这点儿事，他说了一辈子。

二班长　一辈子都忘不了啊。那天中午我正躺在床上养伤，鬼子进村搜查来了。老大嫂急中生智，为了骗过鬼子，她掀开被子就钻进我的被窝了。

老房东　（一屁股坐在地上）有这事儿？那当时我在哪儿呢？

二班长 你进城给我买药去了。

老房东 脱衣服没?

二班长 大被一盖脱啥衣服?

老房东 哦,那我就放心了。

二班长 老房东,你想哪儿去了?

老房东 我是说把鬼子骗走我就放心了。

[三人哈哈大乐。

二班长 现在有条件了,今晚咱俩一人睡一屋。

老房东 如今咱农民的日子也越来越好了,有机会你带着弟妹到我那儿去,不是跟你吹,家里七八床被褥,你盖都盖不过来。

老伴儿 电视上看你们家乡变化挺大的。

老房东 大!前几天中央首长还去视察了呢。当时,我正在地里干活呢,两手脏乎乎都是泥,那领导一点儿都不嫌乎我,拉过去就握。握完之后,你猜咋着?我到现在都没舍得洗手。

[三人大乐。

二班长 来,老房东喝茶。

老伴儿 老房东擦把脸吧。(递过毛巾)

老房东 哎呀,你家真跟飞机上差不多。那服务员一会儿发饮料,一会儿发毛巾,这人一进城,脸还值钱了。(拿着毛巾擦手、擦脸,撩开衣服擦前胸。)来,二班长,再帮我擦擦后背。

二班长 (接过毛巾帮老房东擦背)哈哈,老房东,你这习惯一点儿没改啊。

老房东 没改,一辈子就这老毛病,穷干净。

老伴儿 (自语)我这毛巾是没法要了。(坐在沙发上,突然觉得味道不对。从沙发底下拽出那双老房东的鞋。)这还爱干净呢?(一手捏着鼻子,一手挑着鞋下。)

老房东 二班长,你还记得当年我帮你搓澡不?

二班长 记得。拆下纱布那天,你烧了一大锅水,你那一次搓下了我身上一年的泥。

老房东 我每次给你洗伤口的时候,你都说我穷干净。对了,你那腰咋样了?

二班长 还好,就是阴天下雨还有点儿感觉。

老房东 来,我再给你拔拔罐子。

二班长 算了,上哪儿找罐子去?

老房东 就我这技术,还用找罐子?不是跟你吹,当年我拿着我家的大花碗在你后背嘬出个馒头来。(发现花瓶,把花拿出,点着一张纸,扔到花瓶里)今天我用它给你嘬出个罗锅来。真腰,别动,走!麻不麻?

二班长 麻!

老房东 我这一拉能受得了吗?

二班长 拉。

老房东 烫不烫?

二班长 烫。

老房东 这就叫“麻辣烫”。

二班长 哎哟,太舒服了。

老房东 人家都说现在桑拿浴里拔罐子是新事物。啥新事物,老传统。

二班长 是啊,五十年前咱早就享受过。

老房东 等着吧。几分钟就管用。屋里有茅房没?

二班长 有,那边。(指左边。老房东往下走,老伴儿上,两人差点儿撞个满怀。)

老房东 我上个茅房。

老伴儿 这边我正用着呢。(指右)您用那边的吧。

老房东 哎呀妈呀,太讲究了。家里的茅房还分男女呢?(老房东下。)[二班长乐。老伴儿发现二班长身后的罐子。

老伴儿 你这是干什么呢?

二班长 老房东给我拔了个罐子。

老伴儿 放着好好的理疗你不做,你拔的哪门子罐子?

二班长 我们这也算是寻找一下过去的感觉吧。

老伴儿 这个老房东太能闹了……(话音未落,老房东和脸盆一起从卫生间内滚了出来。)

二班长 怎么了老房东?

老伴儿 老房东怎么了？［两人把老房东扶到沙发上。

老房东 你家厕所蹲坑太高。

二班长 那是坐便。

老房东 蹲了七十来年了，坐着不习惯。

二班长 摔着没有？

老房东 腰。

二班长 我也给你拔一罐子？

老房东 不用，庄稼人摔摔打打经常事儿，我趴会儿就好了。［老房东趴在那儿，用遥控器把电视打开。老伴儿把二班长拽到一旁，拿下他背后的罐子。

老伴儿 人家的腰没咋着，你倒成罗锅了。

二班长 你别说，拔拔还真舒服。

老伴儿 你算了吧。对面的宾馆我已经联系好了，我看今晚上还是让老房东住宾馆吧。

二班长 为什么？

老伴儿 我……我怕他在这儿不习惯。

二班长 我看是你不习惯吧。

老伴儿 我不习惯怎么了？咱这是新家，这也太折腾人了。

二班长 折腾人？想当年人家是新婚，我住到他家，折不折腾人啊？

老伴儿 你那不是战争年代吗？你看看现在，谁家还没事儿往家里招人啊？你别忘了家是私人空间。

二班长 我看你是自私。日子好了，我们就什么都容不下了，是不是？日子好了，我们就只想自己，就可以忘本了？是不是？

［老房东在沙发上发出深深的鼾声，电视中传出《父老乡亲》的歌声。

二班长 当年，我回部队的时候，老房东让老伴儿陪着我闯过了敌人的封锁线。

老房东 （梦话）敌人一旦发现了，你就说陪着媳妇回娘家。

二班长 老房东，一旦被敌人发现了，你知道意味着什么？意味着你让媳妇跟我一起去送命啊！

老房东 没有当年的艰苦奋战就没有现在的好日子。

二班长 我有新家了，你是我新家的第一个客人。

老房东 你家太舒服了，我在这儿有点儿放不开。

二班长 放开了，这也是你的家。这么多年我只有一个心愿，我想给你当一次房东。

［音乐渐强，老伴儿拿出一床崭新的被子盖到老房东的身上。

——剧终

·小品·

审　夫

时　间　现代。
地　点　家中。
人　物　夫：中年男子；妻：中年妇女。

［台上沙发、脸盆、毛巾等。
［妻上场。

妻　我那老公，自打开公司就没有正点回过家，天天都是后半夜。这不，都后半夜三点半了，你说这点儿他能干啥去？能干啥好事去？今儿我等他回来，非问个究竟不可。他要是说不清楚，我就跟他离婚。［夫醉态上场。

夫　现在办点事儿可真难，得陪人吃，陪人喝，陪着跳舞，陪着唱歌，陪着洗澡，陪着按摩，回到家里还不能说。（敲门）

妻　（开门）回来了！

夫　（进屋）回来了！

妻　干啥去啦？

夫　会！

妻　开什么会？

夫　夜总会！

妻　夜总会？

夫　不，叶总带我们开会……差点儿把实话说出来。

妻　你看看你的表，几点了？

夫　九点半了！

妻　九点半？你再好好看看！

夫　对不起，刚洗完澡把表戴反了。

妻　洗澡？

夫　起得早，戴反了。早起早睡快点睡觉吧。（和衣倒在床上）

妻　等等，我问问你，嘻！醒醒，看着没有，天天这样，嘻！算了，别折腾他了，把他折腾病了，我还得伺候。（递毛巾）来，擦擦脸再睡！

夫　（半睡半醒地接过毛巾）谢谢小姐！

妻　小姐？

夫　给你的小费。（递钱）

妻　大家看见没有，我伺候他半辈子一分没有。这刚递个毛巾就十块钱小费啊！

夫　咋不接呢？嫌少哇！没了，一天都掏没了。万水千山总是情，少给十元行不行？

妻　人间哪有真情在，收回来十块是十块。（接过）

夫　谢谢你的理解。（拉妻手）

妻　你干什么？

夫　对不起，我知道你们这里的价，一百块钱拉拉手；二百块钱陪喝酒；三百块钱来一宿……

妻　什么？！

夫　麻将！

妻　原形毕露了，趁着酒劲，我得给他套出来。（绕到沙发后为夫按摩）大哥，天天来呀？

夫　一天一趟。

妻　那你回家咋说呀？

夫　就说开会。

妻　我叫你开会。（在夫的肩膀上狠狠地掐了一把）

夫　小姐手法太重。

妻　噢，那我轻点。大哥你天天说开会，你媳妇能相信吗？

夫　我告诉你一条经验：老婆怎么审讯你也不能说，宁可受审遭罪咬牙就说开会，坚决不能改口，再问也是白费。

妻　我让你白费！（使劲掐夫一下）

夫　小姐，手法太重！

妻　好，我再轻点啊！（故作温柔）时间长了你媳妇要是知道怎么办哪？

夫　你说对了，现在媳妇特别鬼，个顶个的像纪委，所以大事不敢干，小姐给我捶捶腿。

妻　捶腿？

夫　脚脖子以下，脚脖子往上是禁区。

妻　脚脖子以下是腿吗？

夫　用你们的学名叫足底按摩。

妻　怪不得最近这脚不臭了，以前进门儿一脱鞋是臭气熏天啊，现在这双脚，比那猪爪都香。

夫　废话，天天抹油。

妻　你除了足底按摩就没干过别的？

夫　不干，现在我想明白了，找情人太累，找小姐太贵，和自己老婆等于遭罪。

妻　我叫你遭罪。（气极，一脚踩在夫的身上）

夫　（呓语地）小姐，今天不踩背。

妻　不踩背，你到这儿干啥？

夫　我这不是为了陪隔壁老板吗？

妻　你陪他干啥呀！

夫　干啥？你不把人家陪好能干成事儿吗？现在你想办成事，就得陪人吃，陪人喝，陪着洗澡，陪着按摩，要不人家不给你盖（戳）。

妻　那咱就不干呗！

夫　不干行吗？你说得轻松，我下面还有好几十口人呢？我不干了他们谁管，我就是咬着牙闭着眼昧着良心也得往下干。我是为了集体牺牲自己，我心里这委屈对谁说呀！

妻　那你为什么不跟你媳妇说明白？

夫　我不能说，我不能伤她的心，我老婆对我可好了，在生活上关心我，在事业上支持我，每天不管多晚回家，都忙前忙后地伺候我，给我烫脚，为我铺被，帮我捶腿，哄我入睡……这一切一切全都免费，不像你们这么贵，其实合计来合计去，还是跟着自己老婆实惠。说心里话，我在外面这么做总觉得有点犯罪。

妻　（不免动容）别说了，老公！！！

夫　谁是你老公，钱是你老公。

妻　你好好看看我是谁？我是你媳妇！

夫　你是我媳妇？我知道你见谁都这么说，大哥，大哥我爱你，就像小熊掰苞米。今天掰个老张，明天掰个老李，到最后兜里这俩钱全都归你。

妻　老公啊，你喝得太多了，快脱衣服睡吧！

夫　干啥呀……（一激灵，瞪开眼，蹦起）警察，这家有色情服务！（跑下）

妻　回来……（追下）

——剧终

与凯丽表演小品《审夫》

·小 品·

双喜临门

时 间 申办2008年奥运投票的时候。

地 点 妇产医院走廊。

人 物 黄国兴：男，工人，四十岁。

巩兴华：男，知识分子，三十多岁。

刘喜荣：女，孕妇，黄国兴的媳妇，三十多岁。

护 士：女，医院护士，二十多岁。

［幕启，黄国兴提着包，搀着刘喜荣上。刘喜荣拿着北京申奥的小旗。

黄 申办奥运今天投票。

刘 咱们的孩子要来报到。

黄 申奥成功，孩子降临。

刘 今天来个双喜临门。

黄 我们俩去不了莫斯科，坐在家里看电视直播。各城市轮流陈述刚轮到大阪，我媳妇情况紧急就要临产。大概是咱们的孩子着了急，他也要提早见见萨马兰奇。

刘 老公啊，咱们在家里多看会电视多好啊，非得催着我来医院。

黄 咱们俩已经是晚婚晚育了，看样子咱的孩子个儿小不了，我怕你不好生。走吧，护士催你进产房呢。

刘 嗯。

［电视里传来播音员的声音：各位观众，我们是在莫斯科向您做奥委会大会的实况转播……

黄 哎，这有电视，正直播呢！

刘 好，好，我再看一会儿。

黄 你就别看了。

刘 看到投票结果我再生孩子，心里就踏实了。

黄 那可不行，万一要是咱们北京没成功，这孩子一生气，他不出来了，你不能挺着大肚子再等八年呀！

刘 不许你说不吉利的话！这回北京一定成功，我多看一会儿是一会。

［坐下看电视，俩人的注意力全部集中到电视上。

［护士上。

护 刘喜荣，你怎么还不进产房呀？

刘 （眼盯着电视）你问何振梁呀？在现场呢。

黄 谁问何振梁啊？（指着电视说）人家问她是不是姓杨？她是姓杨，这不是杨澜吗？

护 你们怎么老打岔呀？

刘 说外国话呀？杨澜讲的是英语。

护 这俩人看电视入迷了。

黄 你问奥委会主席呀？在主席台上呢。

护 你可不能再拖啦。

刘 是在莫斯科呢。

护 你可是马上就要生啦！

黄、刘 （惊喜）啊，北京申奥成功啦！

黄 不会呀，这儿还没投票呢。

护 （搀起刘喜荣）快走吧。

刘 老公，咱们一起去。

护 他又不生孩子，让他干吗去呀？

刘 我以为让我们去莫斯科呢。

黄 哎呀，尽顾看电视了，把生孩子的事儿忘了，咱们快去吧。

护 你就别去啦。

黄 你是说让我在这儿看电视？那太好了。不过我又不放心我媳妇，你们要是能插播点产房的镜头就好了，我一边看申奥，一边看我媳妇生孩子，两不耽误。

护 我们接生不搞现场直播。走吧。（搀着刘喜荣进产房）

刘 老公，把投票结果告诉我。（下）

黄 放心吧，我随时向你报告情况。

［巩兴华穿着带北京申奥标志的衬衫，拿着食品和酒上。

巩 来晚了，来晚了！我爱人一定生了。（对黄）请问，你听到了吗？

黄 听到啥了？

巩 一个新生婴儿呱呱坠地的哭声。

黄 你就问听没听到孩子哭？

巩 你听到了吗？

黄 没听到。

巩 你大概只注意看电视，不关心生孩子。

黄 废话，我媳妇生孩子我能不关心吗？

巩 不对，是我媳妇生孩子！

黄 是我媳妇生孩子！

巩 你这人很无聊啊，对人家的妻子是不能这么开玩笑的。

黄 谁跟你开玩笑呀？明明是我媳妇进产房了，怎么会是你媳妇生孩子呢？

巩 你说你媳妇进产房了？

黄 是啊，刚刚进去。

巩 我媳妇已经进去半天了。

黄 噢，这是两回事儿。

巩 对，我媳妇和你媳妇不是一个媳妇。我媳妇……（听到电视里的声音：刚才是杨澜向大会做陈述……）你看到没有？

黄 废话，我媳妇在产房里我都看不见，你媳妇在产房里我怎么能看得见呢？

巩 谁说我媳妇呢？我说杨澜做陈述，你看到没有？

黄 看到了，那英语说得是真棒，每句话都那么动听，可惜我不懂英语。

巩 不懂英语你怎么知道动听呢？

黄 有字幕啊。

巩 我建议你学点英语，北京申奥成功了，很有用的。

黄 你说得对，我听你的，是得学学英语。

巩 咱们认识一下吧，本人姓巩，巩兴华。

黄 我叫黄国兴。

巩 哎呀，咱们两个人的名字有异曲同工之妙啊！我叫兴华，振兴中华。你叫国兴，国家兴旺啊！

黄 振兴中华，国家兴旺了，咱北京申奥才能成功啊！

巩 你说得很好啊！我儿子生下来我就给他起名叫国兴。

黄 我儿子生下来就叫兴华。

巩 你儿子怎么能叫我的名字？

黄 你儿子还叫我的名字呢。只要名字好，就叫呗，放心，我儿子和你不是一个人。

巩 那是自然的，不过重名太多还是不好。我要是生个女儿呢？就叫五环。

黄 好，奥运标志。为了不重名，我不管是生儿子还是生女儿，干脆都叫 2008。

［护士上。

护 正好，你们都在呢。

黄、巩 （同时）我媳妇生了吗？

护 还没有，开始投票了吗？

黄、巩　还没有。

巩　我媳妇进去半天了，怎么还没生呀？

护　别着急，耐心等待。你媳妇问，你媳妇也问，开始投票没有？

黄　看来要是不投票，我媳妇就不生啊。

巩　这要老不投票，他们都得难产啊！

黄　咱们的孩子都是掐算着日子来的，不听到好消息，他们不出来。

巩　（对护士）你去对她们说，北京这次肯定成功。让她们快把孩子生下来，我还要和我儿子共同喝杯庆功酒呢。

黄　庆功酒你儿子喝不了，你喝酒，你儿子吃奶，你们爷儿俩也是共同举杯。

护　我去对她们说一声，她们躺到产床上都不踏实，老是问申奥的情况。

黄　她们是身在产床上，心在莫斯科。

巩　她们是肚里装着孩子，心里想着国家呀！

黄　还是你这知识分子说得好。

护　你们耐心等待吧，我去照顾产妇。（下）

黄　说实话，我这心里有点紧张。

巩　我这心里也不轻松。

黄　我是又关心投票，又惦记媳妇。

巩　咱们心情是一样的。

黄　怎么还不投票呀？

巩　五个申办城市都做完陈述了，马上就要投票了。

黄　你看，这五个城市哪个最强？

巩　要说是各有千秋，不过跟北京比我觉得还是北京希望最大。

黄　我已经算出来了。

巩　你会算卦？

黄　不是算卦，这五个城市的名字都显示出来了。你听，大阪，大阪，比咱差得远。伊斯坦布尔，申奥没啥准儿。

巩　巴黎，巴黎，和咱有距离。

黄　多伦多，多伦多，要想成功不好说。

巩　北京，北京——

黄、巩　肯定成功！

巩　你看，该投票啦！

黄　（紧张地）我的妈呀，关键时刻到啦，都投北京的票吧！

巩　告诉她们吧。

黄　好。（对产房喊）喂，投北京的票！

巩　不对！

黄　（急了）你敢说不对！不投北京投谁？你说！

巩　你别急呀。

黄　我能不急吗？你这人看着挺爱国的，敢情你吃里扒外。

巩　我问你，你喊谁呢？

黄　奥委会委员。

巩　你媳妇也是奥委会委员？

黄　我媳妇要是奥委会委员就到莫斯科生孩子去了……噢，是不对，我冲着生孩子的喊啥呀？

巩　你太紧张啦，放松，放松。

黄　（看看电视）正在投票。（喘了一口气）好，我放松了。

巩　你应当告诉她们，现在开始投票了，让她们努力生孩子。

黄　（对电视）喂，你们努力生孩子吧！

巩　谁努力生孩子呀？你还是紧张，我告诉她们吧。（对产房）喂，产房里的女士们听着，现在开始投票啦……

［护士匆匆上。

护　别喊啦，别喊了！她们马上就生了。（下）

巩　咱们听着孩子的哭声吧。

黄　听孩子哭还怎么看电视呀？

巩　可也是，顾此失彼呀。

黄　早不生，晚不生，偏偏投票的时候生！（对产房）喂，先别生呢！

巩　对，等出来结果再生吧！

［护士上。

护　你们怎么还喊呀？

黄　让她们再坚持一下，等宣布了结果再把孩子生下来。

护　想生就生，不想生就不生？你们以为她们是机器呀，一拉闸就停产？

巩 好吧，咱们也管不了那么多了，让她们酌情处理吧。

护 不要再喊了。（下）

黄 投票已经结束了。

巩 结果出来没有？

黄 正在统计选票。

巩 那还得过一会儿。

黄 乘这个机会，咱们也该准备准备了。（取出两只小喇叭）给我们孩子准备的。

巩 你们孩子刚出生就会吹喇叭？

黄 到 2008 年孩子就八岁了，能当啦啦队了。

巩 （取出一件小衣服，上边绣着五环图案）这是为我们孩子准备的小衣服。

黄 让你看看我们孩子的衣服。（取出一件国家队的小服装）

巩 这是国家队的服装。

黄 生下来我就让他当国家队预备队员。

巩 这是我准备的奶瓶。

黄 这是我准备的奶瓶。（取出一只特大的奶瓶）

巩 你们孩子饭量可不小。

黄 这是给他妈准备的，他妈饭量大。

巩 快看，快看！

黄 （看电视）噢！该宣布结果了。

巩 萨马兰奇走到中间去了。

黄 听着！

［两人屏住呼吸静听。

［萨马兰奇的声音……北京。

黄、巩 （欢呼）噢！

［传来孩子的哭声。

黄 这是哪个城市没选上，哭啦。

巩 可能是多伦多。

［又是一个孩子的哭声。

黄 又有人哭了。

巩 像是巴黎。

黄 哭啥呀？下回再争取嘛。

［护士一手抱着一个婴儿上。

护 好消息，都生啦！

黄 啊，生啦！

巩 好，快让我看看！

护 （对黄）男孩是你们的。（交给黄）女孩是你们的。（交给巩）

巩 瞧我们孩子长得，真像王军霞。

黄 我们孩子长得，特像范志毅。

巩 庆祝申奥成功！

黄 我们双喜临门！

——剧终

·小品·

买地卖瓜

时　间　当代。

地　点　某村农民杨大爷家。

人　物　杨大爷：种地瓜的专业户，六十多岁。

杨大发：杨大爷之子，三十多岁。

查　总：某土地开发公司总经理。

［幕启，杨大发一身半农半城的打扮上。

杨大发　本人姓杨，叫杨大发，家住郊区杨家洼。我妈养兔子，我爹种地瓜。我在城里做点小买卖，倒腾点苹果、鸭梨和山楂。赚不了大钱，对付点零钱花。到多会儿，这农民也不吃香。老是土里刨食，那能挣多少钱哪？你看人城里那些大老板，手拿大哥大，身穿皮尔卡，搂着小姐进舞厅，老喝人头马，那才叫潇洒。跟人家一比咱是把潇字去了，光剩下傻（洒）啦！要想发财，就得想办法。我听说城里现在炒地皮挺挣钱，下决心也小打小闹地整一把。我城里有个朋友姓查，哪个查呀？就是检查的查，搁在姓里念查（音扎）。是搞房地产的，看中了我爹那块瓜地，说是要买下搞开发。这可是个来钱道，可就怕我爹不同意，舍不得那几十亩耕地和地瓜。我呀，回家做做工作。只要我爹一吐口，在合同书上签个字、画个押，这一笔钱我可就全拿下啦。对，就这么办！（冲幕内）爹！（见无人答应）我爹耳朵有点背，我得大点儿声，爹！

［杨大爷一身农民打扮上。

杨大爷　哎！你张牙舞爪地喊什么呀？

杨大发　我告诉你一个好消息。

杨大爷　什么？

杨大发　好消息！

杨大爷　什么好消息？

杨大发　咱家那片地瓜地，有人要买去搞开发。

杨大爷　好啊，只要有人要买地瓜，咱家就不愁没钱花。你爹我是有名的地瓜专业户，十里八村谁不知道我老杨头种的地瓜顶呱呱！贼甜稀面，一咬就起沙。要拿炉子一烤，那味道绝对胜过北京烤鸭。

杨大发　一个破地瓜能跟烤鸭比吗？

杨大爷　我种的地瓜绝对不次于北京烤鸭。咱家承包的这块地是沙土地，种出地瓜来就是不一样。你没听人家说吗：吃西瓜要吃庞各庄的，吃地瓜要吃杨家洼的！大发，你联系的那个主儿要买多少地瓜呀？

杨大发　人家不买地瓜，要买咱家那块地瓜地，盖别墅。

杨大爷　要栽树？栽树我可不懂，种地瓜我还凑合。

杨大发　我爹这叫什么耳朵哪！人家不是要栽树，人家是买地盖别墅。

杨大爷　哦，要买塑料布。让他上供销社呀，那儿有卖塑料布的。

杨大发　唉！他全听拧啦！（大声地）爹，有人要买咱家的地瓜地，那买主儿已经上地里实地勘察去啦！马上就回来，你快准备点茶水，可别慢待了人家。

杨大爷　只要人家买我种的地瓜，我保证让他高兴而来，满意而去。他要买多少？

杨大发　那片地人家全要！

杨大爷　好！这回我算碰上识货的啦！我去烧水。（下）

［幕后汽车喇叭响，查总一身名牌，手拿大哥大，拎皮包上。

查　总　（广东口音）杨老板，刚才我看了你家那块地，我是非常满意的。它前有河，后有山，风景秀丽。将来开发出来，一定会销路不错。这件事我看就这样搞定啦！至于钱的问题好商量嘛，这点钱对我来说是毛毛雨啦！

杨大发　那是，那是，谁不知道您是大老板哪。这块地我非常愿意卖给你，可就怕我爹不同意。

查　总　你再做做工作嘛。

杨大发　你能不能换一块地？

查　总　不可以的啦！我已经找风水先生看过啦，我要的就是这块地瓜地。

杨大发　好，我再跟我爹商量商量。您请坐！（冲内喊）爹！客人来啦！

［杨大爷内应："哎！"提着暖瓶上。

杨大发　爹，这就是我跟您说的要买咱家地瓜地的查老板。

杨大爷　哦，老板儿，你是赶车的。

杨大发　什么赶车的！人家是开汽车来的。这是土地开发公司的查总经理，大家都管他叫查总。

杨大爷　哎呀，杂种你好啊！（伸左手与查总握手）

查　总　你好，你好！（握手）

杨大爷　快请坐吧，杂种。

杨大发　爹，人家姓查，不姓杂。他是房地产开发公司的总经理，按城里人的叫法，姓什么就叫什么总。他姓查，大伙儿都管他叫查总。

杨大爷　哦，这回我明白啦。我说杂种啊……

杨大发　还是杂种！

查　总　没有关系啦，名字就是一个人的代号，叫什么没有关系啦！

杨大爷　杂种啊，这次你想买多少地瓜呀？

查　总　我不买地瓜，我光买地。

杨大爷　买地？

杨大发　不，查总说他保证让你满意。

杨大爷　好，你让我满意，我也让你满意。原来我这地瓜都卖一块七一斤，看你这么热情，买得又这么多。干脆，我便宜点卖你，你一斤给一块一怎么样？

查　总　哦，一平方米土地一块一？

杨大发　什么一平方米一块一呀！一斤地瓜一块一。

查　总　我不想买地瓜。

杨大爷　哦，你要雇车往回拉呀？不用雇车，我派车给你送家去。我卖地瓜实行"三包"。

杨大发　爹，人家不买地瓜。

杨大爷　不买地瓜，上咱家干什么来啦？

查　总　我想买你这块地瓜地。

杨大爷　哦，你不买地瓜光买地？

查　总　"Yes"。（英语：是）

杨大爷　你别噎死、噎死的！中国人说中国话！

查　总　我非常希望这次我们能合作成功，只要你把这块地卖给我，至于给钱好商量嘛。这点钱，对我来说是毛毛雨啦！

杨大爷　（问大发）毛毛雨是什么意思？

杨大发　就是小意思的意思。

杨大爷 小意思干吗要说成毛毛雨呀？

杨大发 这是粤语。

杨大爷 哦，你还会说越南语？

杨大发 粤语不是越南语。

杨大爷 你就是说柬埔寨语，我也不能把地卖给你。

查　总 这块地不是你承包了吗？

杨大爷 是我承包了，可这地是集体所有。我只有使用权，没有买卖权。

杨大发 爹，你就卖给查总得啦，让他多给点儿钱。

杨大爷 他就是给我座金山，我也不能卖给他。土地是农民的命根子，好好的土地都卖了，那以后大家伙儿吃什么呢？咱国家十二亿人，谁来养活啊？你别小看这几十亩地瓜地，要真赶上大灾之年，这些地瓜能救多少人的命啊！

查　总 老伯，听你这么一说我明白啦，这土地我不买了。

杨大爷 这就对啦！民以食为天，吃饭是大事情。你说对不对，杂种？

查　总 对对对！

杨大爷 （*冲杨大发*）还有你！要想发财，就得好好劳动，别净想些歪门儿邪道！再这么下去，你也快成杂种了。

查　总 杨老伯，那我就回去啦。（*欲走*）

杨大爷 慢着，快过年了，我送一副对联给你。上联是：有地不愁吃穿。

杨大发 下联？

杨大爷 无土怎能生存。

查　总 横批？

杨大爷 献给杂种！

查　总 杨老伯，纠正一下，我不姓杂，我姓查！

杨大爷 对，献给查总！

——剧终

（与全维润、王铁虎共同创作）

·小品·

心明眼亮

时　间　当代。

地　点　经理办公室。

人　物　经理：乡镇企业经理（简称经）；司机：经理的小舅子（简称司）；拉赞助者甲、乙（一个人扮演）。

［司机匆匆上，擦桌子、倒茶……电话响。

司　喂，老白呀，我是二驴子，什么事？你们要搞美术比赛，想拉点赞助。有提成没有？百分之三十太低了，人家现在都给百分之五十了，那好，你马上过来，放心。我姐夫听我的，他要不办，我告我姐收拾他！

经　（身缠红绿绸条上）收拾谁呀？

司　你不让我收拾屋子吗？

经　快给我收拾收拾吧。（司机替经理取下绸带）现在办企业，挣不着钱着急，挣着钱遭罪，我这酱豆腐厂刚盈利，就让我赞助秧歌队，回报条件是给我找个舞伴，到那儿一看才知道老太太70多岁……

司　太年轻了，我姐该不高兴了。

经　那这么大岁数我还不高兴呢。

司　你权当锻炼身体了。

经　拉倒吧，还锻炼身体呢，一路上光搀那老太太啦。

司　那就算你扶老携幼了。

经　上午那事更可气，幼儿园足球比赛，凭啥让我给亚军颁奖，让大脑袋给冠军颁奖？

司　他拿钱多呀，谁让他是大脑袋了呢。

经　是，跟足球似的。欠闷。

司　姐夫，这有件好事。县群艺馆搞美术比赛，请你当评委主任。

经　拉倒吧，我当美术比赛评委主任？我连颜色都分不清。

司　不能啊姐夫。你怎么能分不清颜色呢？

经　我要能分清颜色，看清红绿灯，还用得着你给我开车呀？我色盲。

司　我怎么没听我姐说过呢？

经　她不好意思跟你说。

司　那咱们厂生产的酱豆腐是红色的，臭豆腐是绿色的，每次装车你怎么都分得那么清啊？

经　我那不是靠闻味吗？不怕你笑话，咱农村盖被讲究红男绿女，我跟你姐刚结婚的时候，我总钻错被窝。

司　那你不是色盲，是色迷呀……

经　没错，一遇到带色儿的就迷糊。我再参加美术比赛就更迷糊了。不去不去。

司　别别，姐夫，这儿正好有两块绸子一红一绿，你看看哪是红的，哪是绿的。（拿起红绸带）

经　你不用忙活，我试过多少次了，没用。（转过去）

司　您看哪个红的，哪个绿的？

经　（指红）这个是绿的，（指绿）这是红的……错了吧，肯定错了，我分不清……

司　……没错呀，姐夫。

经　什么玩意儿？（指绿绸）我说这个是红的。（指红绸）这个是绿的。

司　（指绿绸子）这就是红的，（指红绸子）这就是绿的！

经　我蒙对了。

司　你这哪儿是蒙对了，你是看对了。

经　你再给我倒腾倒腾……

司　（司手中的红绸没有调换）好了姐夫。

经　你没换，这个还是红的，这个还是绿的。

司　哎呀姐夫！

经　又对了？

司　谁要说你是色盲，他就是色盲！

经　哎，我这眼睛说好就好了！

司　没问题呀姐夫。

经　怪了，怎么说好就好了呢。（兴奋）

［甲上（甲戴红帽子）。

甲　二驴子。

司　别说咱俩认识，我姐夫在呢……

甲　哦，这就是姐夫呀，姐夫。

经　别客气，看你这年龄，叫妹夫就行了。

司　叫经理！

甲　经理。我是县群艺馆的……

经　坐坐。

甲　我们要搞一个群众性的美术比赛。

经　听说了，听说了……

甲　想请你们企业赞助点儿……

司　你不是请经理当评委主任吗？

甲　对对，想请你当评委主任。这是您的聘书。（递上红色聘书）

经　整得挺正规，哎呀，现在聘书都改绿皮儿的了。

甲　啊？

司　这颜色看着多靓啊。

甲　我听说经理对美术很内行啊。

经　哎，不敢这么说，就是最近对颜色有一种独特的感觉。和以前不一样了。

甲　看来我们找对人了。

经　说吧，你们需要多少钱？

甲　怎么也得五百，（司伸五个手指头示意）五十也太少了。

司　五千。

经　人家没说话呢，你急啥呀。

司　他要一万，我给压到五千，太多了吧。

甲　太多了吧？

经　不多！支援文化事业也是我们乡镇企业家应该做的，我们审核一下，明天给你一个满意的答复。

甲　谢谢经理……

经　这位大哥姓啥？

甲　免贵姓白。

经　我免黄姓贵，不，免贵姓黄。

司　一说美术比赛把颜色都弄到一块了。

经　这位大哥，有个事，从你一进来我就纳闷，没好意思说。

甲　您说您说！

经　你们搞美术的咋都喜欢戴个绿帽子呢？

甲　厂长真幽默……有这样人吗？

经　……你、你不就戴着吗？

甲　我这是红的。

经　二驴子，这……

司　这是绿的呀！典型的葱心儿绿。（冲甲示意）

甲　哦……绿的，绿的，我一兴奋吧，颜色分不清了。

经　谁送的？

甲　我爱人。

经　啊？

甲　不！我们搞美术的，对绿色特别喜欢。

经　噢，那你就没办法，也就是说你喜欢戴绿帽子。

甲　啊……对对……

司　行了就这样吧，经理都答应你了，明天我把钱给你送去。

甲　谢谢，哎呀，俺的娘啊。拉点钱不容易，连帽子色儿都改了。（甲下）

经　哎呀，这个人有意思……我这眼睛还说好就好了……？

司　姐夫，你这叫心明眼亮嘛。

经　不我这叫眼亮心明，这眼睛一亮，心里别提多痛快了。

乙　（戴绿帽子上）黄经理在吗？

经　你是……

乙　自我介绍一下，我是绿色植物俱乐部的，我们最近准备搞一次爱护绿色的植树活动，绿色代表生命，绿色代表和平。让绿色充满生活，让生活充满绿色。

经　好好，请坐请坐。

司　坏了，他怎么戴这么顶帽子呢。（倒水）想要钱就直说，你总提颜色干啥。

经　颜色有什么不好，生活本身就是丰富多彩的。尤其我现在喜欢听颜色，这钱我愿意拿。你说要多少钱。

司　来，喝水，这屋里热，把帽子戴上，（装乙兜里）这我就放心了。

乙　我们经过认真研究，仔细核算，准备让你们企业出这个数。（伸三个手指头）

经　好，三千就三千。

乙　三千是不可以的。

经　你还想要三万哪！

乙　三百，多一分不要，少一分不可以。

经　可以可以，二驴子，你兜里有钱，现在就给他。（司机掏钱）

乙　谢谢经理，这三百块钱我们也不会白收的。

经　三百不多。

乙　我们有个小小的纪念品。

经　不用客气。

乙　很不成敬意。

经　谢谢谢谢。

乙　请笑讷。（掏出一顶绿帽，送给经理）

司　（抢过帽子）干啥玩意儿，送这帽子你不糟践人吗。（往包里塞帽子）

经　（抢回帽子）你干啥玩意儿，这帽子我挺喜欢的，色儿多正呀，比那绿帽子强多了。

乙　绿帽子咋了？

经　不是……我是说绿帽子好看不好听。

乙　你这个说法太俗气了，我要批评你的。

经　我说的不是你，我说的是刚才戴绿帽子那小子。

乙　我戴的就是绿帽子。

经　你这是红的，是吧，二驴子。

司　对，红的，典型灯笼红。

乙　（摘下帽子看）这怎么能是红的呢。

司　你肯定是色盲。

经　你怎么这么说话呢。人家心里多难受，老同志别生气，你肯定不是色盲，可能有点色弱。

乙　谁色弱呀，它本来就是绿色的嘛！

经　你这人不能这样，你要嫌我们给钱少，你直说，你不能昧着良心把红的说成绿的呀。

乙　你不能给了俩钱儿就把绿的说成红的。

司　行了行了，你快走吧，就算它是绿的行了吧。

乙　什么算绿的。你打死我它也是绿的！（乙下）

经　二驴子，这帽子到底是红的还是绿的。

司　红的。

经　我再问你一句，到底是红的还是绿的。

司　你打死我它也是红的。

经　人家说的对呀，只要是任人唯亲用错了人儿，丧失原则开错了门儿，假公济私打错了旗儿，违法乱纪搅乱了局儿，再大的买卖也得关门儿。

司　姐夫你啥意思？

经　啥意思，你给我走人儿。把汽车钥匙给我，以后这车我自己开。

司　姐夫，大街上尽是红绿灯，你开危险。

经　你开更危险。

司　别忘了你是色盲呀。

经　我要真是色盲能考上驾驶本吗？（掏出驾驶证）今天刚领的。

司　姐夫，我色盲还不行吗？我色盲，我色盲。

经　你该忙啥忙啥去。

司　我告诉我姐去。

经　去吧，这招就是他姐教我的。

——剧终

（与李铁、张振彬共同创作）

与巩汉林、李文启表演小品《心明眼亮》

·小品·

师傅与徒弟

时　间　当代。

地　点　著名相声演员×××（谁演就是谁）的家中。

人　物　著名相声演员×××，以下称师傅；在南方的徒弟，以下称甲；师傅在北方的徒弟，以下称乙。

［台上有沙发、茶几、电话、暖瓶、水杯等物品。

［舞台正中的布景墙上挂着一把大扇子，扇子上写着："吃葡萄不吐葡萄皮"。扇子下面的小柜上摆着一盘儿葡萄，有点像庙里的供品，其实那葡萄是塑料的……

［师傅端着一大号不锈钢的保温杯，手里摇着扇子上……

师　（念念有词地）吃葡萄不吐葡萄皮儿，不吃葡萄倒吐葡萄皮儿，吃葡萄不吐葡萄皮儿，不吃葡萄倒吐葡萄皮……［桌上的电话铃响……

师　（抓起电话）喂！哪位啊？啊，我是×××。您好您好！您是哪里呀？什么？语大？什么雨大？噢，语言大学呀！对不起，电话串线儿，我没听清。什么？要请我去讲课？没问题，可以去。只要是对相声艺术发展有好处的事儿，有钱没钱我都去。什么？没钱？……没钱没关系，我义讲。您别有负担，义讲就是白讲。别的大学请我，我可以不去，语言大学请我，我是一定要去的。相声就是一门语言的艺术嘛！什么？问我讲什么呀？啊，我主要给同学们讲一讲中国相声的起源及发展。另外，在会上我还要宣读我新写的一篇论文《论吃葡萄不吐葡萄皮儿的美学价值》。你们时间定在几号啦？什么？下月五号？行，北京到你们那的航班天天都有。啊？坐飞机报不了？那就坐火车。不过火车你得给我买快车票。什么？快车报不了？那就慢车，软卧硬卧都行。啊？卧铺也报不了？那我坐什么去呀？硬板儿？硬……为了振兴相声，硬板儿就硬板儿吧。好，五号我准到。再见！（放下电话）唉，虎落平阳被犬欺，落配的凤凰不如鸡。想当初，咱相声火的时候那还了得？！演员坐着飞机赶场，一天好几场演出，推都推不掉。现在可好，在家憋俩月啦，一场穴也没有，好容易来个请讲课的，还得坐硬板儿去。现在这相声是老太太过生日——一年不如一年。我这当师傅的混得比徒弟还惨哪！我听说我那大徒弟在南方火的不得了，人送外号"小×××"（师傅的名），看来人家南方搞得就是比北京活。

［门铃响……

师　谁呀？［甲内应："师傅，是我呀！

［甲上，穿一套廉价的西服，扎一条很劣的领带，背一破兜子……

甲　师傅！

师　哟，是×××（甲的名）哪！快进来，快进来。

甲　师傅好！

师　好。说曹操曹操就到，快坐下歇会儿。什么时候来的？

甲　刚下火车。

师　哪天上的车？

甲　大前天。

师　怎么走这么多日子？

甲　我坐的是硬板儿。

师　硬……不愧是我徒弟，也是硬板儿。

甲 您说什么？

师 我说你来的真是……节骨眼儿！××（甲的名）哪，喝点茶水？

甲 不不不，您别客气。

师 那就喝点凉白开？

甲 （一眼看见了那盘塑料葡萄）师傅，我来点那葡萄得啦！

师 那可不行，那是供品，不能吃。再说啦，说相声的吃葡萄犯忌。

甲 犯忌？

师 没瞧见我墙上那书法吗？

甲 （念扇子上那字儿）吃葡萄不吐葡萄皮儿……对不起，师傅，我不懂相声行里这规矩。

师 快喝点水吧。

甲 哎。对啦，师傅，我还从南方特意给您带了点儿礼物。（从破兜子里往外拿礼物）

甲 这是给您带的干豆腐，这是给师娘带的豆腐干儿，这是给师妹的酱豆腐……

师 我徒弟掉豆腐坊里啦！大老远的你带这个干嘛呀？

甲 多少是点心儿意，师傅，您最近演出多吗？

师 啊……不……不少。哪都来请，一大早都推不开门儿啊。光演出还不算，关键是讲课，各大学都来请。这不，语言大学还要请我去呢吗！你要不来，我就买飞机票去啦。

甲 师傅，您到语大给他们讲什么呀？

师 相声是我国传统的一种艺术形式，讲究说学逗唱，吃葡萄不吐葡萄皮儿，不吃葡萄倒吐葡萄皮儿……哎，你那相声说得怎么样啦？

甲 不怎么样。以前在我们那只要一听说有相声，剧场当时就满。现在你两个话筒刚往上一摆，观众就上厕所，比吃泻药都快。

师 那是你的艺术不到家，抓不住观众。你现在使什么活儿哪？

甲 还是你教我的那段儿："吃葡萄不吐葡萄皮儿，不吃葡萄倒吐葡萄皮儿。"

师 这是我教给你的看家活儿，怎么会不受欢迎呢？

甲 观众说吃葡萄不吐葡萄皮儿不讲卫生，不吃葡萄倒吐葡萄皮儿是污染环境。

师 嗐！

甲 我跟你刚开始学相声的时候，你让我重点学习普通话，我刚把普通话说差不多啦，人家那些原来说普通话的演员，现在到我们那演出全改粤语啦。

师 适当用点"倒口"也允许。

甲 你还说学会了说学逗唱，就吃穿不愁啦。现在可倒好，我连驴叫都学啦，观众还是不买账。

师 那是你学的不像。

甲 团里同志都说我是你的关门弟子。

师 不对。你是我的大徒弟，你东北那师弟才是我的关门弟子哪！

甲 我是你的关门弟子。

师 怎么个关门弟子？

甲 我一上场说相声，剧场就关门。

师 剧场老关门干嘛？

甲 怕观众提前退场。

师 我记得以前南方观众挺喜欢相声的嘛！

甲 现在都叫那伙唱通俗歌儿的给搅啦。弄些漂亮的靓妞儿，穿着短裙子，露着大腿，一上台嗲声嗲气：（学）"各位先生，各位朋友，接下来我为大家献上一首歌，希望大家能喜欢，谢谢！"轻轻松松把钱就挣啦，比咱们说相声的强多啦。

师 这么说你不想说相声啦？

甲 是的。这次来我就是想跟您商量一下，我想改行唱通俗歌儿。

师 （一拍桌子）大胆！见异思迁，吃着碗儿里看着盆儿里，这山望着那山高。我白培养了你这么多年。看见唱歌儿的火，就想改唱歌儿，一点儿敬业爱岗的精神都没有！弘扬民族文化就要付出点儿代价，振兴相声艺术就要从我做起。相声是我国传统的一种艺术形式，讲究说学逗唱。吃葡萄不吐葡萄皮儿，不吃葡萄倒吐葡萄皮儿……现在跟你说这些也没用啦。你刚学会了吃葡萄不吐葡萄皮儿就想改行，你要学会了打南边儿来了一个喇嘛，你还不得出家呀！太叫我伤心啦，看来我这一身的本事只能带着去见马克思啦。

甲 师傅，您别生气。我这不也是被逼的吗！不改不行啊，不改就没饭吃啦。

师 谁说的？我不信相声会灭亡。相声有二百多年的历史，有丰富的艺术遗产，光传统活儿就好几百段儿，产生过七代相声艺人。虽然现在相声走入低谷，但我相信这只是暂时的。这一点你得学你的师弟。你师弟在东北扎根基层，面向农村，为繁荣相声艺术兢兢业业，任劳任怨，不计报酬，被誉为“关东笑星”，连乡长都接见过他。你得好好向他学习。

甲 对对对，我一定向他学习。［乙内喊：“师傅，师傅！”

师 谁呀？［乙上，穿一套不合时宜的旧中山装，背一破兜子……

乙 师傅好！

师 哟，是××（乙的名）哪！

乙 师傅，我是专程到北京来看你的。

师 好小子！××（乙的名），你看谁来啦？

乙 （见甲）哟，师哥！

甲 师弟！（二人拥抱）

乙 好长时间不见啦。

甲 可不嘛！好几年啦。

师 ××（乙的名）哪，快坐下喝点茶水。

乙 师傅，您别忙。我不习惯喝茶。

师 那就喝点凉白开。

乙 （一眼看见了那盘塑料葡萄）师傅，我来点那葡萄得啦！

师 那可不行，那是供品，不能吃。再说啦，说相声的吃葡萄犯忌。

乙 犯忌？

师 没瞧见我墙上那书法吗？

乙 （念扇子上那字儿）吃葡萄不吐葡萄皮儿……对不起师傅，我忘这茬儿啦！

师 快坐下喝点水吧。

甲 （为乙倒水）师弟，喝水。

乙 谢谢！哎，师傅，我还给您带了点儿礼物呢！（从破兜子里往外拿礼物）

师 哎呀，来就来呗，老买东西干吗呀？！咱们的关系，不仅仅是师徒关系，更重要的是革命同志……你给我带的什么呀？

乙 这是我给你带的老玉米，这是给师娘带的玉米面儿，这是给师妹带的玉米糙子。

师 我这徒弟刚打玉米地里出来！××（乙的名）哪，你坐什么车来的？

乙 砖车。

师 （冲甲）听听，你师弟都坐上专车啦。谁说说相声的没出息?!徒弟，你那专车是什么牌子的？

乙 解放。

甲 解放？

乙 啊，长春产的。

师 大卡车呀？！

乙 对！他们往北京运砖，我就搭砖车来啦。

师 嗐！你倒说清楚啊！

乙 （冲甲）师哥，现在南方的相声好使吗？

甲 别提啦，我刚叫师傅臭骂了一顿。

乙 为什么呀？

师 他不说相声啦，要改行。

乙 改行好啊！不改不行啦，墨守成规，上台还是：“吃葡萄不吐葡萄皮儿，不吃葡萄倒吐葡萄皮儿……”还甭说城里，就是农村，观众也不认哪！

师 哎，你怎么也跟他一个腔调儿啊？

乙 这就是现实。以前我上去说相声，观众热烈鼓掌。现在一上去，观众就大声欢呼。

师 欢呼好啊！他怎么欢呼的？

乙 “下去吧！”

甲 哦，喝倒彩呀？！

乙 有时连橘子皮都上来啦。

师 那是你活儿没选对。你最近使什么活儿呢？

乙 还是你教我的那段儿：“吃葡萄不吐葡萄皮儿。”

师 怪不得，现在绕口令不好使，你得换节目，改“子母哏”。

乙 我换啦，那天我俩台上正说着哪，打台下上来一天津观众：（学）“这你妈你俩呼和浩特架怎么跑台上吵来啦？！”

甲 嗐！他把“子母哏”当吵架啦！

师 我记着你以前在东北说相声挺受欢迎的嘛！

乙 现在都让那帮演小品的给搅啦，尤其是俺们那圪垯的小品，一嘴的东北话，用得全是相声的包袱，就加个破凳子，观众就爱看，你说气人不？

甲 太可气啦！

乙 那天我和我那搭档在台上正说相声呢，说着说着，台上那灯泡坏啦。

师 那赶紧修啊！

乙 我们团电工就上去了，刚把凳子往台上一摆，底下观众就热烈鼓掌。

师 为什么呀！

乙　以为是小品啊！

师　嗐！

乙　那电工站在凳子上修了十多分钟的灯泡，一声没言语，下场之后，观众愣说这哑剧比我那相声演得好。

师　那是观众误会啦。

乙　我刚跟您学相声的时候你跟我说，学会了说学逗唱，就吃穿不愁啦。可我现在仨月没开工资啦。他们都说我是曲艺团的“下岗职工”。

师　不，你是我的关门弟子。

乙　哎哟，师傅，关门弟子这话可不准确啦。

师　怎么不准确？你确实是我的关门弟子！

乙　不对，现在我一上场，人家把窗户都堵上啦。

师　嗐！

乙　你说这相声还能说下去吗？

师　那你打算怎么办？

乙　这次来我就是想和师傅商量一下。

师　商量什么呀？

乙　我想改行演小品。

师　演小品？

乙　我把破帽子都准备好了！（掏出一顶赵本山戴得那种帽子戴上）

师　这么说你不想说相声啦？

乙　啊。

师　（问甲）你也不想说相声啦？

甲　对。

师　（大怒）出去！你们俩都给我出去！我没有你们俩这样的师傅，你俩也没我这个徒弟……不是，我没你们俩这样的徒弟，你俩也没我这个师傅。我都让你们俩气糊涂啦！相声是我国传统的一种艺术形式，讲究说学逗唱。你们刚学会了吃葡萄不吐葡萄皮儿就想改行，你们这么做对得起我吗？啊？对得起你师娘吗？啊？对得起广大热爱相声的观众吗？啊？对得起……啊？

合　师傅，您别生气。

师　我到处跟人家说：我桃李满天下，我那俩徒弟如何敬业、如何热爱相声艺术。这回好，你俩一块儿改行啦！改吧！捆绑不成夫妻，强扭的瓜不甜。你们不爱相声，有人爱，语大爱！语言大学爱！

［电话铃响……

师　（抓起电话）“喂！哪里呀？语大？”听见没有？语大！语言大学都请我去讲课。“喂！咱那相声讲座还是下月五号没变化吧？什么？改交响乐讲座啦？那这相声往后串串不行吗？串到夏天……夏天也不行？那串到秋天……秋天也不行？串到明年开春……什么？开春这帮学生就毕业啦？那这相声讲座到底安排到什么时候啊？等通知？太不像话啦！你们出尔反尔，这不是拿我们说相声的开涮吗？！还甭说你们不请我啦，下回就是给我报飞机票我也不去啦！（生气地放下电话）

甲　师傅，您嘴怎么都哆嗦啦？

乙　都是叫那语言大学气的！

师　打这以后，当我别提语言俩字儿！也许你们的选择是对的。看来这相声确实得改改啦，不改确实不行啦！×××（甲的名）哪，你看我要改行干点什么好呢？

甲　你改唱歌儿。

师　我嗓子不好。

乙　你改小品。

师　舞台上多个凳子我眼晕。

合　那你改什么呀？

师　我改行搞舞蹈。

合　就你这体型搞舞蹈？

师　那怎么着？我就不信扭不过街上那帮老太太。（拿扇子）我这有现成的扇子！

甲　师傅，您别扭秧歌啦。

乙　我们俩给你出个主意。

师　什么主意？

乙　（从小柜上取下那盘葡萄）你卖葡萄啊！

师　我不会吆喝。

合　您用老词儿啊！

师　什么老词儿？

合　吃葡萄不吐葡萄皮儿，不吃葡萄倒吐葡萄皮儿！

师　不过我这葡萄吐不了皮儿。

合　怎么？

师　它是塑料的。

合　哦，塑料的呀？！

师　废话！要是真的我早就吃啦！

合　嗐！！

——剧终

（与全维润共同创作）

·单人小品·

来电话了

时　间　2004年春节晚会现场。
地　点　演播大厅。
人　物　电视台收发室黄大爷（简称黄）。

［掌声中黄宏，推着挂满手机的小型手推车，喜气洋洋地上场——

黄　电视台里我大拿，台长靠走好几茬儿。三十多年没挪窝儿，收发室里管传达。大伙注意了，为了让大伙看好节目，演播现场不能打手机，不能发信息。如果不愿意关机的，可以把手机放我这寄存。［指着小车上挂好电话——

黄　看见没有，为避免各自的手机给拿串，男女分开各占一半，这边花的是女人的，那边黑的是男人的，其实现在的男人比女人花，女人比男人黑，话又说回来了，对那些在外边花的男人，女人对他们就得黑点。我发现现在有人拿手机当呼机用，有用的人回电，没用的人再见。有人拿手机当座机用，有事没事非把电池打到没电。有人拿手机当打字机用，一天到晚黄色信息不断，有人把手机当游戏机用，那铃声、放屁、咬牙、吧嗒嘴一会儿一换。［嘟、嘟地手机铃声响。

黄　你听这什么动静，当时我还以为谁闹肚子呢，听得心里纳闷，找了半天没味儿，打开电话一问，没啥正经事。这电话你说我接不接。［众：接。

黄　喂，找谁？找《今日话题》。今日话题就是春节晚会。晚会唱歌是不是对口型儿？小品相声啥内容？晚会花了多少钱？前面坐着的脸上为啥没笑容？（冲观众）你看他啥事都还管。（冲电话）为了保证播出质量，口型该对还得对，小品内容告诉你，整个笑料全白费。为了大伙儿过好年，晚会花钱不怕贵，前面那几位为啥不乐呀，那是赞助单位，今天在这看晚会，明天就得掏经费，他乐得出来吗？（关机）我发现，平时手机轻易不开机，不是大款就是当官的，随时打随时能找到人，那是安分守己上班的，打电话不在服务区，基本是外面撒欢儿的。回到家里就关机，准是外面有人，在老婆跟前打蔫儿的。［电话响起，“宝贝接电话，宝贝接电话”。

黄　不接吧，怕耽误人家的事儿，接吧，一下掉了好几辈儿。喂，我不是宝贝，我是保安兼收发。什么？找《新闻夜航》什么事？萨达姆最近判不判？小布什和拉登啥时候见面，你问的这都是“安理会”管的事，《新闻夜航》说了不算。我们管的都是国内的。什么？台湾宝岛何时回归？“神舟”六号何时起飞？（冲观众）这是大事得告诉人家，（对电话）台湾回归雷打不动，三军将士随时待命。“神舟”六号整装待发，啥时起飞中央决定，快了，听信儿吧。［“鬼子进庄”电话铃响起。

黄　这啥动静？［“大刀向鬼子们头上砍去”电话铃响起。

黄　别说，他俩还挺配套的。喂，找谁？找《沟通》栏目，想沟通一个男朋友。

［接另一部电话。

黄　喂，你找谁，你也找《沟通》栏目，想沟通一个女朋友，哎呀，那还沟通啥呀，你俩直接谈谈吧。［将两个电话扣在一起，并掏出手绢捆上。

黄　我用手绢把它一捆，让他俩没见面就知道啥叫接吻。［又一电话响起。

黄　喂，找“开心擂台”，什么事？开心擂台尽请大明星，×××的歌声你爱听，你爱听我也爱听。你们想请他演出啊，什么钱不钱的，她参加我们电视台“心连心”活动，从来不要钱。什么？不要钱就多安排几场啊。没问题到时候我跟她说。［打开捆着的电话听。

黄　我看看，他俩谈得怎么样了，你们俩谈得差不多了吧？有什么进展跟我说说，什么，你给你妈找男朋友哇。早说呀，你妈多大岁数？五十六，我六十五，你妈多高？一米六七，我一米七六。［听另一个电话。

黄　你喊啥呀，我什么第三者插足哇，你小子说话有点离谱，人家给她妈找对象，我这正好没主。这不俩好成一好吗，双方正好互补吗？什么，你是给你爸找对象，那你俩接着谈吧，别说，这俩孩子还挺孝顺。［关手机，×××演员上场。

黄　哎，×××，刚才有人约你演出，我替你答应了。对方出的价码还挺贵，我跟他说你艺德好，一切免费，就是路程远点，不通火车有点儿遭罪，贴近群众，我想这些对你也无所谓。×××到底在哪儿呀？

黄　西藏两场，新疆三场，你可受欢迎了，云南那边还等着排队，有一点得自己报销路费。

［下场。

——剧终

表演单人小品《来电话了》

·小品·

大过年的

时　间　除夕之夜。

地　点　某小区楼下。

人　物　出租车司机：男四十岁，简称司；乘客：男四十岁，简称乘。

［幕启，一辆出租车停在了楼群下，乘客扛一箱水果下车——司机追上。

司　大哥，大哥，你坐这车还没给钱呢。

乘　我忘了跟你说了，把水果送上楼，我还要坐你车去妇产医院，我老婆就要生孩子啦。

司　那我等你。

乘　把计价器打开，等时我是要付钱的。

司　没关，一直开着呢。

乘　劳驾师傅，车上还有一包药，帮我拿一下。

司　你一会儿不还去医院吗？

乘　那是我老婆下奶和补钙的药。很贵的，还是拿着好。

司　啊（回去拿药）大哥，那你把刚才坐的那段车钱先给了吧。也不多就十块。

乘　我一会儿还要接着坐的啊。

司　是，我知道，你结了之后照样坐，我等你。

乘　这里是新区车很难打的，我把钱结了，你走了我怎么办。

司　这里偏僻人少，活又难拉，你不回来，我找谁去。

乘　不用结账，我肯定回来。

司　你先结了，我肯定等你。

乘　好，好，不就十块钱吗。（掏钱）给二十。

司　那好，我找你十块。哎呀，哎呀。（从身上几个兜里找钱）

乘　快一点，我还有事。

司　我还真没零钱。大哥，要不你先上楼办事，反正你还接着坐吗。

乘　那就等于你欠我十块。

司　要不我到那边小卖部给你把钱破开。

乘　回来，我就不信，你连十块钱都没有。

司　真没有，不信你看。（手里拿着油票）

乘　这是什么？

司　油票。

乘　那好，先把它放在我这里。

司　那可是五十公升。值一百多块钱哪。

乘　值一千块钱也没有用嘛，也不是豆油，也不是香油。谁家用汽油炒菜吃呀。

司　那你也不能说拿走就拿走啊，你留下点啥呀。

乘　好，好，拿你油票，给你留下一张彩票。

司　这玩意儿才两块钱一张。

乘　中了头奖就是五百万啊。

司　不中奖一分钱不值呀，你唬谁呢。

乘　那你说怎么办。

司　把你那药留下。

乘　那是给我老婆下奶的。

司　所以我要它也没用，就是压这儿，我大老爷们也不用它下奶。（把药抢过来）

乘　同志，你贵姓？

司　咋地还查户口哇，你贵姓？

乘　我姓马。

司　我也姓马。

乘　看着不像。

司　说啥呢，这姓还有像不像的。

乘 怎么证明你姓马。
司 怎么证明你也姓马。
乘 我这有身份证。（掏身份证）
司 我有驾驶证。（拿驾驶证）
乘 这样，把你的驾驶证放我这儿。
司 那把你的身份证放我这儿。
乘 这就不好了吗，随便扣身份证是犯法的，我们家小保姆我都不扣她身份证嘛。
司 那你就更不懂事了，现在警察都扣分不扣车了，你比警察还邪乎。
乘 请你相信我，我是有身份的人。
司 身份没用，身份证好使。
乘 师傅，咱们这样下去是不解决问题的，咱们商量一下。
司 哎，有话好好说。
乘 你把汽车钥匙给我。
司 干啥呀。
乘 你在这里看着车，我拿着你的车钥匙，把水果搬上17楼，然后我下来还给你车钥匙，你拉我一起上医院。
司 有电梯吗？
乘 有，还没开呢。
司 哎呀，你这体格要扛上17楼，那得啥时候哇，我有个主意更好。
乘 说说看。
司 我把车钥匙给你，你把你家门钥匙给我。
乘 什么意思。
司 你替我守着车，我扛着这箱水果，噔噔噔上17楼，我放下水果，唰唰唰下17楼，我把门钥匙还给你，你把车钥匙给我，然后咱俩一起上医院。
乘 哎哟，好主意，车钥匙。
司 车上插着哪，门钥匙。
乘 在门框上放着呢，拿的时候小心点，别让别人看见。
司 你放心，我不能跟别人说。（二人各自走去，突然都回身）
合 站住！
司 油票、驾驶本与钥匙，你都配齐了，什么意思。
乘 你拿着我的身份证，又要门钥匙，你什么意思。
司 你还我车钥匙。
乘 车上插着呢，你还我门钥匙。
司 门框上放着呢。
乘 你别喊哪。
司 我开了这么多年出租，就没见过你这样的乘客。
乘 我坐了这么多年出租，就没赶上你这种司机，你还我身份证。
司 你还我驾驶本。
乘 你还我下奶药。
司 你还我汽油票。
乘 你还我二十块钱。
司 凭啥还你二十，前一段路我白拉了。
乘 那你还我十块。
司 对不起，请看计价器，正好蹦到二十。
乘 你……
司 别你了，再多说就蹦到二十一了。
乘 这二十块钱你必须还我。
司 我凭啥还你？
乘 你不讲理。
司 你不讲理。
乘 你一点不讲职业道德。
司 你一点不懂乘车文明。
乘 我就不该坐你的车。
司 我就不该拉你这人儿。
乘 那你把我再拉回去。
司 大过年的，我不嫌麻烦，我把你送回原地。
［春节钟声响起。
司 大哥，给你拜年了。
乘 老弟，新年好。
司 咱这点事吵了一年了。
乘 除旧迎新，把不愉快的事忘了吧。
司 其实我应该相信你。
乘 我也应该相信你。
司 我该先相信你。
乘 我该先相信你。
司 不说了，我把苹果给你扛上去，然后我拉你上医院。（扛起水果走）
乘 17楼左边第一个门。
司 知道，钥匙在门框上放着呢。
乘 小点声，小点声。（追下）

——剧终

（与张振彬共同创作）

·小 品·

红色经典

时 间 当代。

地 点 经典房地产开发公司总经理办公室。

人 物 黄 总：男，四十多岁，房屋开发公司总经理，文化不高但偏爱艺术，简称“黄”。

陶莉莉：女，二十多岁，黄总的秘书，艺术院校毕业，但却从事了企业，简称“陶”。

牛文章：男，四十 多岁，一个文质彬彬，良心未泯的但又经不起金钱利诱的著名编剧，简称“牛”。

［幕启，台上是那种常见的总经理办公室，老板台、皮转椅、沙发、茶几应有尽有，气势豪华，但又处处透着俗气……

［黄西装革履，脖子上戴着粗粗地金链子，手上戴着金戒指，边打手机边上……

黄 “喂！是田局长吗？哈哈哈……我是小黄啊，经典房地产的。对，那天洗桑拿的时候，咱俩不聊了半天了吗？对，那块地无论如何也得批给我，谁让咱们是东北老乡呢！给谁都是给，是不？那地方没开盘就火，保证赚钱。您放心，我这人你在道儿上打听打听，绝对够意思。田局长，你把那块地批给我，剩下的事你就甭管了，我肯定整明白。晚上我请你吃饭，顺风！房间我都订好啦。就这样，晚上见！这个老滑头，不见兔子不撒鹰。”

［陶莉莉上，身上都是名牌儿，但穿在她的身上，显得很低档，陶悄悄走到黄的身后，蒙住黄的眼睛……

黄 （立刻能感觉出来）陶莉莉！

陶 把陶字去掉，就叫莉莉。

黄 莉莉！

陶 亲爱的！想我了吧？

黄 想！想你想得都想不起来啦。

陶 啊？把我忘啦？！这次去南方，你肯定又在外边拈花惹草了吧？

黄 哪能呢，我家里有老婆，公司有“小蜜”。

陶 小蜜？

黄 不，公司有小莉，咱能上外边瞎扯吗？再说了，现在这艾滋病发展多快呀，咱不能因小失大，你说对不对？

陶 对。来，亲一个。

黄 亲啥呀，公司里人多眼杂，影响多不好啊！

陶 知道影响不好，当初你跟我黏黏乎乎的！说，你到底喜欢我哪圪垯？

黄 我就喜欢你这体型儿，你往这儿一站，打一东北水电站的名字。

陶 啥呀？

黄 小丰满。

陶 咱这叫气质。从小我就想当演员，那时候我那体型儿可好啦，远看像巩俐，近看像张曼玉。妈的，这几年也不知咋整的，喝凉水都长肉。

黄 可不是吗！你现在这体型儿远看像吴孟达，近看像沈殿霞。

陶 拉倒吧！我看你是照相馆的药水儿——泡人儿呢！说，这次去南方谈成了几笔生意？

黄 不瞒你说，一笔都没谈成。不过，我得到了一个重要的信息。

陶 啥信息？

黄 靠炒地皮，盖大楼挣钱的时代已经过去了，现在房地产市场是泡沫经济，好比俩近视打麻将——一翻一瞪眼！不好干啦。要想挣大钱，你就得跟国际接轨，投资文化产业。

陶　啥叫文化产业？

黄　一听就没文化，连啥叫文化产业都不知道。文化产业就是拿钱拍电影，拍电视剧。

陶　那太好了！这回我可以上电视了。

黄　光上电视啊，咱还得上银幕呢！

陶　你要投资拍电影、拍电视，得让我演一号。

黄　演啥？

陶　一号。

黄　你这要求也太低了，好容易演了一回电影，你演个厕所干吗？

陶　我说我演一号人物。

黄　一号不就是厕所吗？

陶　什么呀？！一号是主要演员。

黄　那得找一个人根据你的情况写剧本，要不然瞎写你拍不了。

陶　怎么拍不了？

黄　要整个芭蕾舞的题材，这不是难为你吗？哎，你手头儿有没有写剧本的？

陶　（略加思索）哎，有一个！上次土地局田局长不介绍一个他的亲戚找你拉赞助吗？

黄　对呀，这叫踏破铁鞋找不着，得来全不费功夫。该着我发财，我给田局长的亲戚投点儿资，他把那块二环边儿上的地批给我，这不两全其美吗！

陶　没错，让那个写剧本儿的照我写个剧本儿，我演一号。

黄　咱能不能不提这个厕所？！你赶快给那个写剧本儿的打个电话，让他上我这儿来一趟。

陶　好！

［桌上的电话响……

陶　（接电话）喂！你好！经典房地产公司。什么？你在哪儿？大门口？你把电话给保安。喂！门卫吗？赶快让那个人上来，那是黄总请来的客人，对，直接到总经理办公室来。想啥来啥，这就是田局长那亲戚，市戏剧创作室的。

黄　你快出去接一下。

［牛文章戴着副眼镜，夹着个皮包上……

陶　牛老师，您还认识我吗？

牛　认识，你不是陶秘书吗！

陶　对。牛老师，我给你介绍一下，这位是我们经典房地产开发公司的总经理黄连素先生。

牛　黄连素？

陶　黄总。

牛　你好你好！黄总，我是市戏剧创作室的编剧牛文章。这是我的名片（递名片）。

黄　久闻大名，早就听说你挺能编的。

牛　对，我是国家一级编剧。

黄　请坐请坐。莉莉，上茶！好啊，我就爱跟你们这些文化人打交道。你别看我中学五年毕业，学的那点儿东西早就饭吃了。

牛　黄总，中学应该是三年毕业呀！

陶　他留了两年级。

黄　你一边儿去！亏着牛老师不是外人，啥话你都敢胡咧咧。五年怎么啦？那说明我对母校有感情。

牛　对对对，多学两年，功底更扎实。

黄　你看人家牛老师，不愧是牛编！

牛　是牛编剧。

黄　对，牛编剧。您这次来找我有什么事吗？

牛　实在不好意思，上次我跟陶秘书说了，我最近写了一个20集电视连续剧的本子，叫《豪情燃烧的岁月》。

黄　我记得电视里演过一个电视剧叫《激情燃烧的岁月》。

牛　这是它的姊妹篇。

陶　你这戏的女主角多大岁数儿？

牛　是一个70多岁的部队女文工团员，过去是跳舞蹈的。

黄　（指陶）她能演吗？

牛　（看了看陶）啊……从外型儿上看稍微有点儿差距，不过化化妆，也可以。

陶　我不想演老太太，我想演韩剧。

黄　你这本子能改成韩国的吗？

牛　哎哟，这可改不了，这是一个革命传统教育题材，属于红色经典的范围。经典是不能乱改的。

黄　你刚才说红色经典？好，有经典就好。我这公司就叫经典房地产开发公司，我那几个楼盘都有经典的字样。什么城市经典，名流经典，山水经典，豪宅经典……现在就缺一个红色经典啦！二环边上那块地要是能拿下来，我就叫红色经典。哎，你跟田局长是什么关系？

牛 他是我外甥。

黄 哎呀，你怎么不早说呢？您是田局长的舅舅，就是我的舅舅。莉莉，快给舅舅倒水。舅舅，您这次来找我到底有什么事啊？

牛 哎呀，实在是不好意思开口。我这个本子写出来之后，有关领导也审查过了，导演也定了，主要演员也找好啦，可就是拍摄资金迟迟到不了位，我想看看黄总这边儿能不能投点儿资？

黄 没问题，冲你外甥……不，冲您老人家，这事儿我也得办！你说多少钱吧？

牛 起码得250万。

黄 干吗250万哪？这数儿不吉利，不差那20万、30万的，我给你凑280万怎么样？莉莉，去，把那支票拿过来，我先给舅舅划过去280万。

牛 谢谢黄总！

陶 （不高兴地）那女主角是个跳舞的，我也演不了，再说了，头一回上电视，就演个老太太，没劲！你这不是拿钱打水漂呢吗？280万，那不是个小数儿！

黄 （把陶拉到一边）你懂个屁！二环边上那块地价值几千万，田局长是他舅舅，他一高兴，大笔一挥，地归咱们了，还别说把楼盖好，就是你一开盘，就那地儿，钱就成倍地回来了！你会算账吗？高中三年，还不如我这中学五年的。快拿去！

陶 （不情愿地）好吧。

黄 舅舅，咱就这么说定了，我先给你280万。这支票我都签好啦。你先用着，花了了再说（递支票）。

牛 （接过支票）哎呀，这可太谢谢你啦。

黄 谢啥呀，我跟田局长是多少年的哥们儿，您是他的舅舅，也就是我的舅舅。莉莉，给舅舅倒水！

陶 （没好气地倒水）舅舅，您喝水！（旁白）我灌不死你！

牛 （不解地）她这是？

黄 别搭咕她！没演上电视剧，来气了！舅舅，你手里有没有现成的剧本儿，适合她演的角色？

牛 暂时没有。不过，前几天有几家文化传播公司找过我，让我给他们改编几部红色经典。

黄 那里面有没有适合她演的年轻一点儿的角色？

牛 有！《红灯记》里的李铁梅；《沙家浜》里的阿庆嫂；《红色娘子军》里的吴琼花。

黄 好啊，你改呀，我给你投资，你怎么不改呀？

牛 改不了。红色经典是中国共产党领导下的中国革命斗争历史在艺术上的结晶，那里面的英雄已经在全国人民心中留下了不可磨灭的印象。那些作品可不能乱动啊，那是经典啊！

黄 经典也要与时俱进，观众爱看什么咱就给他来什么。你帮我先改《红灯记》，你要让她演李铁梅，我再给你投280万。

牛 你就是再投500万，我也不敢改，那都是有历史定论的。再说啦，李铁梅所处的时代是旧社会，穷人家的孩子哪有这么胖的？

陶 你会说话不？这叫胖吗？这叫富态！再说了，我也不愿意演李铁梅，上电视还穿打补丁的衣服，没意思！你把那280万支票拿回来，你那《豪情燃烧的岁月》也别拍了。

牛 陶秘书，你别生气，有事好商量，你说怎么改，咱可以研究吗！

黄 我给你出点儿主意吧。这《红灯记》里几个主要人物？

牛 祖孙三代，三个主要人物。

黄 都谁呀？

牛 有李玉和，李铁梅，李奶奶。

黄 李玉和有没有媳妇儿？

牛 没有。

黄 李铁梅也没有男朋友？

牛 铁梅才17岁。

黄 17岁还小啊？我14岁就开始给女同学写条儿啦！那李奶奶也没老伴儿？

牛 没有，他们祖孙三代本不是一家人。

黄 铁梅不是李玉和的亲生女儿？

陶 不是。

黄 那就好办啦。现在韩国电视剧不是挺受欢迎的吗？咱就按韩国那么整。她演李铁梅不是胖吗？你可以根据她的自身条件设计剧情。你想啊，李玉和正值中年，李铁梅情窦初开，家里住房条件又那么差，赶上李奶奶不在家，那李玉和能不动心吗？

牛　李铁梅是他女儿！

黄　反正不是亲生的！一来二去，铁梅怀孕了，女人一怀孕就胖，她显怀呀！（冲陶）你就演铁梅吧！

陶　你爸爸才这样呢！我第一次上电视就演这种角色，你这不是成心毁我吗！我不演！（冲牛）你把那280万拿回来！

牛　给你！我就是饿死了，也不能编这种伤天害理的剧本。这是对红色经典的亵渎！我那戏也不拍了，（欲走）这支票还给你！

黄　（拦住牛）你看，你还真生气呀？我这不是跟你商量呢吗！倒腾房地产我是内行，鼓捣剧本儿你是专家。《红灯记》改不了，咱换别的。这支票你先拿着。

牛　秀才遇见兵，有理讲不清。照你这么改，这戏不能叫《红灯记》了。

陶　应该叫红灯区。

黄　那可不行，我本来就姓黄，现在正属于被扫对象，头一次投资文化产业就整出个“红灯区”来，这不是找死吗！咱不改《红灯记》了，咱改《沙家浜》。

牛　这戏是反映抗日战争题材的。

黄　对呀，它原来是一个多小时的京剧，小青年都不爱看京剧，这回咱把它改成电视连续剧，整个30集、40集的。

牛　你这不是往里兑水吗？

黄　兑点儿水就对了，那沙家浜就在水边儿上，阿庆嫂就是开茶馆儿的，开茶馆儿能离得开水吗？哎，里边那阿庆嫂她演行不？

牛　阿庆嫂还稍微胖一点儿。

黄　你把这戏改改，这阿庆嫂就让莉莉演了。不过这剧情得加点儿，现在阿庆嫂光以“春来茶馆”老板娘的身份儿，掩护以郭建光为首的十八个伤病员不行，这没戏呀！

牛　那这《沙家浜》怎么改？

黄　郭建光受伤以后，住在沙家浜养伤，阿庆嫂对伤病员照顾得很周到，一来二去的，这郭建光就爱上了阿庆嫂。

陶　人家阿庆嫂有丈夫。

黄　她丈夫谁呀？

牛　阿庆啊！

黄　阿庆呢？

陶　在上海跑单帮呢！

黄　什么跑单帮啊？！阿庆早就在外边“包二奶”啦！要不说人家阿庆嫂会办事儿呢，知道阿庆在外边胡作非为，人家不吵不闹，找了一帮朋友去上海把阿庆爆打了一顿。你知道这帮朋友谁是头儿吗？

牛　谁呀？

黄　胡传魁。从此以后，胡传魁就跟阿庆嫂好上啦。有一次，胡传魁叫日本鬼子撵的没处跑了，阿庆嫂就把胡传魁藏水缸里啦，你知道为什么阿庆嫂把胡传魁藏水缸里呢？

陶　为什么？

黄　胡传魁没穿衣服。郭建光知道这事儿以后，就跟阿庆嫂打起来啦！你说你郭建光还是个指导员呢，连这点儿事儿都处理不了。人家阿庆嫂也是人哪，也得过正常的夫妻生活呀！

牛　黄总，你怎么把一个革命故事改成三角恋爱啦？

黄　什么三角恋爱？这叫深入敌人内部。

陶　深入敌人内部？

黄　身子先打入敌人内部。牛编剧，按我说的，把这《沙家浜》改改，让莉莉演这阿庆嫂。

陶　我不演，要演让你老婆演吧。

黄　你咋说话呢？！我媳妇儿要能演得了阿庆嫂，我还找你呀？她那体型儿不像开茶馆儿的，像开饭馆儿的！怎么样？舅舅，您把这《沙家浜》改改？

牛　我改不了！你这么改，人家沙家浜的老百姓都不能让。

黄　又不让你投资，你怕啥呀？

牛　谁投资我不管，你让我这么糟践红色经典我不干！

黄　这怎么是糟践呢？这是改编。

牛　你这叫瞎编！支票你拿回去，这种戏我改不了。我走！

黄　你看，又来劲儿啦！我这不是跟你商量呢吗？！哎，《沙家浜》改不了，咱改《红色娘子军》怎么样？

牛　《红色娘子军》也是红色经典！

黄　对呀，不是红色经典我还不投资呢！就这“红色”的招牌就能吸引观众，咱就改《红色娘子军》吧！

陶 又是芭蕾舞！没告诉你我演不了吗！

黄 这戏原来是芭蕾舞，这回咱改成电视连续剧。

陶 我要演青春偶像剧！

黄 咱请牛老师给改改，洪常青咱请韩国影星安在旭来演。

牛 洪常青让韩国影星演？

黄 这也算中外合资嘛！

牛 那吴琼花谁演？

黄 让莉莉演！

陶 哇！我好好开心哪！我要和安在旭配对儿啦！

牛 那叫配戏！

陶 这不就差一个字儿吗？

黄 是啊，差一个字儿差不少事儿呢！我这汗都快下来啦。

陶 牛老师，你最好给我和安在旭多加点儿戏。你可以设计成洪常青家里有老婆，是个黄脸婆。

黄 你怎么能这么设计呢？

陶 跟你学的！你家里不也有老婆吗？！洪常青到娘子军连当党代表之后，又看上年轻的女战士吴琼花，他想和吴琼花上床。牛老师，您最好给我和安在旭加点儿“床上戏”。

黄 不行，你顶多能拍个接吻戏，上床坚决不行！我不能投资拍戏，再搭上自己的“小蜜”。

陶 谁是你的“小蜜”？我的偶像是安在旭！牛老师，这《红色娘子军》你就这么改。

牛 像你们俩的这种改法，我可来不了！

陶 来不了，你把支票拿回来。

牛 拿回来就拿回来。给！（递支票）这戏我不拍了！

黄 舅舅，您别生气。你外甥就跟我外甥一样……不，我就跟你外甥一样。你把支票拿回去，好好拍你那《豪情燃烧的岁月》。这红色经典我找别人接着改。

牛 那这支票？

黄 您拿走。

牛 那我就不客气啦！

黄 别客气，谁让你是我外甥了呢……不，谁让我是您外甥啦！这不都是冲着田局长吗！晚上我们还要见面呢！莉莉，送客！

陶 牛老师，您慢走！

牛 再见！

陶 再见！

［牛文章下场……

陶 你这可倒好，我戏没拍成，你280万没啦！

黄 头发长，见识短。他外甥是管地皮的，搞房地产能惹得起他吗？！地皮一到手，你一转手就赚好几倍！这叫吃小亏，占大便宜。明白吗？

［黄的手机响……

黄 “喂！我是黄总！哦，刘总啊！什么？田局长被双规啦？什么时候的事儿？啊？那晚上就别顺风啦！弄碗炸酱面对付一下吧！莉莉，快去把支票追回来！”

陶 （嘲讽地）280万追它干吗？！这叫吃小亏占大便宜！

黄 咳！这回我是吃大亏，连小便宜也没占着啊！追！

［切光……

——剧终

·小 品·

洗浴中心

时　间　春节前后的一个晚间。

地　点　沈浴中心休息大厅。

人　物　男人甲：三十多岁；男人乙：三十多岁。

景　置　舞台上一道屏风，屏风前是洗浴中心常见的两把躺椅，中间有一个茶几，茶几上放着两杯水躺椅上铺着白色毛巾被。乙的手机放在茶几上，身穿长浴袍，躺在椅子上睡得很香，呼噜声大作。甲带有醉意地身穿长浴袍肩搭手巾，从浴室里出来——

甲　今天晚上没少喝，蒸了蒸桑拿又搓了搓，真舒服哇。啥叫幸福，请记住了，那就是喝完了搓，搓完了再接着喝。人呢！平时洗浴中心人挺多，今天都找不着个人唠嗑儿。［乙的呼噜声起、一声一声像动物叫。

甲　这洗浴中心太可恨，宠物也能随便进。服务员！谁把狗牵进来了。咬着人你负责呀。［乙一声巨响的呼噜，甲吓了一跳，发现了乙。

甲　这还有人呢？（推乙）喂，醒醒，醒醒，大过年的睡啥觉哇。（推乙）醒醒，我就不信我整不醒你。［甲挠乙的脚心。乙突然坐了起来。

甲　这招儿最好使了。

乙　谁这么讨厌。

甲　醒了。

乙　是你挠我脚心了吗？

甲　那不是挠，平时见面俩人握手，在这见面握握脚，同样表示友好。

乙　行了，行了，我太困了，别动我了。（倒头又睡下）

甲　一个人闷得慌，没人说话，没人唠嗑儿，看来只能唱唱歌儿。洗刷刷！洗刷刷！

乙　（突然坐起）你干什么？

甲　我这回没动你。

乙　你捣什么乱呐？

甲　我唱歌儿呀。

乙　唱歌儿你上歌厅唱去。

甲　你说的那是第一个程序，连唱带唱，去过了。现在是第二步连洗带搓。第三步就是连果带嘬。

乙　什么？（跳起）

甲　你想哪儿去了，洗完澡，上酒吧要杯咖啡。插上吸管，连裹带嘬呀，别看喝了一瓶酒，神态清醒，一点没多。

乙　累了一天了，想洗个澡睡一觉，晚上还……

甲　知道，还接着喝。

乙　我也不睡了。

甲　对了吗，正好咱俩唠唠嗑儿。

乙　我又不认识你，和你唠什么？

甲　这你就不懂了，酒桌的交情那是相互利用，牌桌上的交情有败有胜。澡堂子里的交情那是绝对纯净。谁都知道谁咋回事。来握握手。

乙　（伸脚）在这里就得握脚，同样表示友好。

甲　这啥人哪，吃点儿亏总想找回来。

乙　做什么工作的。

甲　猜猜。

乙　做买卖的？

甲 会看人。
乙 当老板？
甲 有眼力。
乙 贵姓啊？
甲 姓崔，叫崔大牛。
乙 买卖不错？
甲 不算太好，挣个百八十万是小利，进个二三十万算赔钱。
乙 大生意呀！
甲 用不着这么惊讶。你干啥工作？
乙 一般工作人员。
甲 工作人员又没房又没车，就跟打工差不多，不要自卑，在外边我是富人。其实脱了衣服都一样。就说我们公司我是老总，下边三千多员工。固定资产十个亿，（看见桌子上的手机）兄弟把你手机借我用一下，我那小灵通没信号。
乙 用吧，用吧。
甲 （拨了一串号码）喂，胡总，我崔大牛。我想问一下，萨达姆那老头儿啥时候判哪。噢，家里支上门子了，一直拖着不判——
乙 （发现不对，拉甲）哎，哎
甲 你等会儿，我说，萨达姆托谁的门子……
乙 你往哪儿打电话呢？
甲 美国。
乙 （从椅子上摔下来）停！你这一个电话，我半月工资没了。
甲 我能亏待了你吗？我十个亿的资产，手指缝喇喇的也能把你喂肥了。
乙 我肥瘦没关系，你先把那个小灵通换了。
甲 这一阵太忙，你等我这个大工程完了之后就换。
乙 又有什么工程了？
甲 想听吗？
乙 说说。
甲 给根烟抽。
乙 （拿烟给甲）
甲 点上啊。
乙 （给甲点烟）
甲 咱哥儿俩不白认识一回。这个工程可大了。
乙 什么工程？
甲 我炒地皮，而且这地皮的位置好。
乙 什么位置。
甲 太空。
乙 （一口水喷出来）
甲 比里边喷头劲儿还大呢。
乙 你炒太空地皮？
甲 我们公司开发的。我可以打折给你一块，你早下决心，要不阳面的就没了，阴面冬天太冷。
乙 崔大牛，你越说越悬呐。
甲 你看你不信，我给你打个电话。（甲拿乙电话）
乙 等会儿。
甲 问一问你不就信了吗？
乙 往哪打？
甲 太空，我们办事处。
乙 放下！越整越远，干地球外边去了。
甲 让你占点便宜，你还不占。
乙 我说崔大牛，你喝多了，天不早了，大过年的，赶快回家。
甲 现在过年谁还回家呀？
乙 那去哪儿呀？
甲 俺家带媳妇十多个，从初一到十五一家一天抢着过。
乙 那你老婆能干吗？
甲 别提老婆，提老婆我跟你急。
乙 你跟我急什么？
甲 要不是老婆，大过年的我能到这儿来吗？
乙 别急，慢慢说。
甲 再来根烟（乙给甲烟），没老婆想老婆，娶了老婆怕老婆，一天到晚就看我不顺眼，就说我没能耐。
乙 你都十亿资产了，能耐还小哇。
甲 我那不是远大理想嘛，现在还没起步呢。
乙 这理想也太大了。
甲 我叫崔大牛，理想不得大点儿。她就说我爸给我起名起得不好。为啥非崔大牛，她家那名好哇。
乙 她家姓什么？
甲 她妈姓苏叫苏丹红，她爸姓秦叫秦流感。
乙 她们家这名是有点儿怪。
甲 大过年的把我赶出来了，这女人多狠呐。
乙 因为什么？
甲 就因为做买卖赔了吗？
乙 做买卖总得有赔有赚。

甲 前几年，做服装生意，刚进了一批乳罩，突然闹“非典”，我一看口罩走俏，把三千多乳罩全部改成口罩。才卖了三天“非典”就被战胜了。

乙 那你再把口罩改回来呀，两个改一个。

甲 你说得容易，大改小好改，小改大就难了。

乙 你没抓住商机。

甲 抓，我抓了一千只鸡，这回卖烧鸡，一只鸡还没烧呢，禽流感来了。我把鸡全宰了。我一看鸡毛不能扔，我做鸡毛掸子也能赚钱，可人家不让做，说鸡毛比鸡肉还传染呢。

乙 您得做点不赔本的。

甲 我进了设备，准备生产纯净水，那玩意儿利大。刚要投产，松花江水污染了，一着急我把设备处理了。没几天，水污染又好了。

乙 你不是干这生意的料。身体这么好，干点出力气的活，照样赚钱。

甲 年前她爸给我介绍了一个工程是给风景区堆一个十米高的假山，我组织工程队，苦干了二十多天，把假山给堆成了，可对方不给钱还打了我一顿。

乙 那可不行，这要告他们。

甲 我告了，人家说是我的错，还要罚我款。

乙 还罚你？

甲 我把图纸看倒了，人家是让我挖一个大坑，建养鱼池。

乙 你真是个二百五。

甲 这女人多狠哪，就因为这事非要跟我离婚。

乙 行了，是你的不对，回家好好过日子吧。

甲 你说得轻巧，你日子过的挺好，我就要离了。

乙 不是还没离吗？

甲 这不就要离吗。

乙 我都已经离了。

甲 你离了。

乙 离了，忙工作，成天不着家，互相都难理解。

甲 你一个打工仔离就离吧，跟着你生活也没保障。

乙 早点回家承认个错误，要珍惜一个家庭，失去了才知道他的宝贵，以后务点实，能干什么就干点什么。我得穿衣服了。

甲 我也穿。

［片刻二人一起进屏风后，甲穿羽绒服，乙穿警服上。甲见乙吓了一跳。

甲 你是警察。

乙 穿上衣服有区别，没穿衣服时还不都一样。还有一个小时我上夜班。走，我送你回家。

甲 那我老婆要骂我，你可给我救驾。

乙 放心，谁让我是警察呢。

甲 走。怎么样这个朋友没白交。我崔大牛绝不是吹牛，回家就跟老婆说，请了个警察给我当保镖。保镖走！

［二人下。

——剧终

·小 品·

带着小偷见老婆

时　间　春节前夕。

地　点　某饭店。

人　物　老巩：警察；黄三：小偷；蓉蓉：警察妻。

老巩　站住！

黄三　我这不就停住了嘛。

老巩　甭废话，把你偷的钱包给我掏出来！

黄三　我真不是小偷。

老巩　拿来！

黄三　（掏出一个钱包）

老巩　那边！

黄三　（又掏出一个钱包）

老巩　转过去！

黄三　（转身撩开衣服，老巩从黄三的后兜掏出一个钱包）没了……

老巩　行啊你啊，从我发现你到抓到你，不出一百米你偷了仨钱包。

黄三　我真不是小偷，电影里都讲了，“天下无贼”嘛！

老巩　天下无贼，这钱包怎么跑你手里去了？

黄三　我看他那钱包要掉出来了，我想拿手给他塞进去，他走得太快落我手里了……

老巩　别废话，进去！

黄三　大哥，这啥地方啊？

老巩　饭店。

黄三　到饭店干啥呀？

老巩　吃饭。

黄三　看到没有，社会天天都在变，警察作风有改善，抓住小偷不法办，人家请你吃顿饭！大哥，你先进。

老巩　（推了一把）进去！

［黄三被推了进去。

老巩　坐下！

黄三　大哥你先坐。

老巩　坐！

黄三　坐。（坐下）服务员！来壶菊花茶！

老巩　等会儿，你摆什么谱啊？

黄三　咱这不是败败火么不是。

老巩　丢钱包的人比你还上火呢，你败什么火。

黄三　不是……那咱们先点菜。

老巩　歇会儿吧你，我告诉你啊，我是没办法才把你带到这来的，本来今天是我轮休，我已经跟我媳妇约好了来这谈判。

黄三　大哥，家里出事了？

老巩　别提了，我跟我媳妇的婚姻已经开始亮红灯了。

黄三　红灯属于交通警管呢，不是，肯定是出现第三者插足了。

老巩　都是你们给搅和的！

黄三　大哥你太冤枉我了，跟你说，我们这行，只是往别人兜里插手，我们绝对不插足！

老巩　（拍案而起）你给我听着，如果没有你们这帮人在社会上捣乱，我们工作能那么忙吗！啊？就为了你们，我是要天天加班，现在害得我们警察家属也不得清闲。我本来今天已经答应，把我所有的时间都交给我媳妇，可没想到，又碰着你了！

黄三　大哥，我真不知道你有这么大的麻烦，我不

给你添麻烦了，你谈，我走！（起身）

老巩 站着！你走我更麻烦！回来坐着！坐着！（打电话）喂，高科长，我是老巩，这黄三儿今天又让我抓了个现形，对，我们俩就在这个……

黄三 东北虎饭店。

老巩 哪儿那么多话，在东北虎饭店……好，我等着！（对着黄三）我告诉你啊，如果我媳妇比警察先到，你可千万别暴露自己的身份，不能说你是小偷！

黄三 （态度一转）那哪行啊，做人嘛，你得诚实啊！我跟你说，大哥，好汉做事好汉当，不管谁来，我也是一个小偷，不管谁来，我也是顶天立地的一个小偷！（站在椅子上作大义凛然状）

老巩 坐下！你要是说你是小偷，我跟我媳妇，我们俩就完了！

黄三 我不说我是小偷，那我说我是啥啊？我还说我是警察呀？对不对，我怎么能说呢？（两手一摊）

老巩 好了，你就暂时算我的同事。

黄三 要我说我是警察我也不自信哪！那你把帽子借我戴戴……

老巩 歇会儿吧你！我告诉你啊，我媳妇来了之后，该说的说，不该说的一句也　别说！

黄三 这你放心，我只说好话，我给你们俩往合了说！

老巩 你会说什么呀你！

黄三 哎呀大哥，这你就不懂了，编瞎话是咱的强项啊！每一次审讯记录我都能让他不一样！

老巩 今天你不能乱说！行了，你给我记住了，只要我一咳嗽，你就不许说话。

黄三 你一咳嗽，我就不说话！

老巩 咱俩试试！

黄三 嗯！

老巩 哼！

黄三 不说！

老巩 哼！

黄三 不说！

老巩 哼！

黄三 打死都不说！

蓉蓉 （突然出现）咳哼！

黄三 这两口子一个毛病，你看着没有！

老巩 蓉蓉你来啦。

蓉蓉 这是谁啊？

老巩 ……哎呀，我们同事。

蓉蓉 你好。

黄三 你好你好。（上前握手）哎呀，嫂子够漂亮的。

老巩 咳哼！

黄三 （赶忙放开蓉蓉的手）

蓉蓉 你坐啊。

黄三 哎呀这么客气，你坐，嫂子。

蓉蓉 （对老巩）不是说好了就咱俩嘛。

老巩 啊对对对，本来是咱们俩，他非要跟着来。（干笑）没办法，推都推不掉。没关系，咱俩谈咱的，就当没他这个人！

蓉蓉 那怎么行啊？啊，您贵姓啊？

黄三 我是那个小……

老巩 咳哼！呃那个……小胡！

黄三 啊对对对，小胡！胡说那个胡！嫂子，其实我大哥挺在意你的，（老巩咳嗽了一下）经常把你挂在嘴上，（老巩咳嗽了一下）放在心上。（老巩又咳嗽了一下）你噎着了你啊？

蓉蓉 你说得挺好的，我怎么没看出来啊？

黄三 你没看出来？人家是警察呀，我这有时候都看不出来啊，要不然能让他给逮着吗！

老巩 咳哼！

黄三 不是，这这，要不然你这心，能让他给逮着吗？呵呵呵呵……

蓉蓉 你还挺会说的。

黄三 是。嫂子，男人嘛，你就得理解他，他有他的事业，他有他的追求，在外面泡个妞啊……

老巩 （吓一跳）

黄三 啊不是不是，在外面泡个脚……泡茶、泡茶！

老巩 坐下！

黄三 茶！服务员！茶！

老巩 泡什么茶！又胡说八道！（转身对蓉蓉）蓉蓉啊，别听他的，人家小胡，就能胡开玩笑。

蓉蓉 我可不是来开玩笑的。就你忙，就你有事业是吧，我还带着毕业班呢，凭什么你当甩手掌柜的什么都不管啊？

老巩 蓉蓉，最近这一阶段我确实忙，我们一直在大练兵嘛，练兵这事他们最知道（指着黄三）。

黄三 是，天天都练，太烦人了！

老巩 什么烦人？按照上级的要求我们就要练！一定要练，说得过，跑得过，打得过！

黄三 我们还过不过呀！

蓉蓉 你们也参加大练兵呀？

黄三 练！猫都练，耗子不练你不找死么你！

老巩 哎呀呀，呀，他……他外号叫耗子！

黄三 对对对，小耗子我叫。

老巩 我们经常这么开玩笑，我们跟他叫耗子。（对着黄三，推过菜单）你少说几句！点几个菜把你嘴堵上！

黄三 还我点菜？嫂子！你点！

蓉蓉 我可什么都吃不下。

黄三 嫂子！我替你点！呵呵，真是的。梅花三，澳洲豹，燕窝鱼翅各一套，简单点，行了。

老巩 就这还简单，你宰大头呢你！

黄三 什么宰大头啊。

老巩 你不是不知道我兜里没钱！

黄三 兜里有没有钱我还不知道嘛！光钱包就三个呀！

蓉蓉 啊？三个？

黄三 不是……那个，男人怎么着也得有点私房钱啊！

老巩 谁有私房钱！

蓉蓉 你有私房钱？

老巩 没没没。

蓉蓉 好了，今天看来什么也没法谈了，我还有事，我先走了。

老巩 哎哟哎哟，蓉蓉，蓉蓉，你可千万别听他胡说八道！咱俩还得好好地谈一谈，我跟你讲我确实是在大练兵，而且现在又教训合一，又赶上春季高峰，所以才没有时间回家嘛。

黄三 怎么没有时间回家呀？你就是不想回家！嫂子，你坐这儿！我得替你说几句！坐！（对老巩）这平时还可以，这过年过节的就不能回家陪陪家人吗？

蓉蓉 你听听，你听听。

黄三 就是啊。

蓉蓉 你结婚了吗？

黄三 我都离了三回了！

蓉蓉 那你离婚，是不是也因为老不着家啊？

黄三 是，天天在公安局派出所蹲着，家属不了解！

蓉蓉 那你还不赶紧吸取教训。

黄三 吸取教训。

蓉蓉 既然成家了，就得对家庭负责，你现在这个媳妇怎么样？是不是老抱怨你呢？

黄三 现在这个媳妇还行，对我工作挺支持的，就有一样，总嫌我带回去的钱太少。

老巩 咳哼！

蓉蓉 你哼什么呀？人家可不就这样嘛！就你唱高调，你看人家，人家说得多实在呀！

老巩 我说蓉蓉，你可别拿他跟我比呀。

蓉蓉 他什么呀？

黄三 我什么呀我？我什么呀我！你当着嫂子说我什么呀！？

老巩 我告诉你！只要你们一天不消停，我这工作就不能放松，我这是舍小家为大家，你说我唱高调也行，唱低调也罢，反正我就这样了！

蓉蓉 好，行，既然你是这个态度，那我没什么可谈的了！

黄三 嫂子！见面时间不长，我觉得咱俩谈得过来！

蓉蓉 小姐！买单！

黄三 嫂子！我请！男人能叫女人买单那还叫男人嘛？（又掏出一个钱包，掉出一张照片）

老巩 好小子！还一个钱包呢？

蓉蓉 （捡起照片）不是，这你爱人啊？

黄三 没有，我爱人没那么大岁数。

蓉蓉 这不是杨校长嘛。这，杨校长的钱包怎么在你手上呢？

黄三 那个，她是我丈母娘。

老巩 胡说，这是你偷的第四个钱包！

蓉蓉 这怎么回事啊？

老巩 他是我刚才抓到的小偷。（黄三蹲下）时间来不及了，我就把他带到这来了。

蓉蓉 好啊，好小子！今天，杨校长说她上班的路上钱包被偷了，她都急死了！

老巩　赶快打个电话。

蓉蓉　哎。

老巩　（对黄三）起来！

蓉蓉　喂，校长啊，你的钱包找着啦，啊，偷你钱包那个小偷也给抓着啦！谁抓的？还有谁啊，我老公呗。哈哈哈，这有什么呀，人民警察爱人民嘛，当然了，人民警察人民爱嘛。（挎着老巩的胳膊）

黄三　（向老巩偷偷的）我说，这事……

老巩　别废话！（指着远处）看见了吧，接你的专车来了！（警笛声响）

蓉蓉　把他带走！

黄三　这警察老婆一翻脸比警察还厉害呢！

老巩　走吧你！

蓉蓉　走！

——剧终

（与束焕、张振彬共同创作）

与巩汉林、唐静表演小品《带着小偷见老婆》

·小 品·

对 门

时　间　春节前夕。

地　点　一户住宅内。

人　物　男主人：四十多岁；女主人：三十多岁；小偷：三十多岁。

男　人要有了命说啥都没用，原来我家对门住的是处长，我借了不少光，这搬了新楼里，对门住着局长，跟领导住对门借老光了，（趴在门镜上）大过年的局长家怎么没人来呀？

女　（拿着擀面杖上）你不好好包饺子，趴那儿看啥呢？

男　你喊啥呀！你不知道对门住着我们领导吗？

女　住着领导怎的？你总盯着人家的门看什么！

男　我不盯着领导家门，我能提到副处吗？

女　听着就别扭。

男　你别扭啥呀！前年我们科里准备提拔一个正科级，论资历、论能力怎么也轮不到我呀。那天我正在家里泡病号，听见对门处长家里有人敲门，我趴门镜一看是一个老太太，我看老太太冻成那样，就把她领到咱家，给倒了杯白开水。没几天我提正科了，那老太太是处长他妈。

女　一杯白开水就正科了？

男　那去年呢！我又听见对门有人敲门，趴门镜一看是一个老头儿，我又把他让到咱家，倒了一杯白开水又加了点糖，不到一个星期由正科提到副处了。

女　一杯白糖水就提到副处了？

男　所以呀，今年咱搬进新楼对门又住着局长，而且今天家里还没人，万一来个亲戚，咱给好好招待一下，我就不能从副处变正处了吗。副处到正处可是个坎啊！

女　有那么容易吗？我可听说你们这个新局长是个廉政的好干部，人家送礼他都不收。

男　不收礼，他还不收感情吗？咱这属于感情投资，记住，凡是拎着东西到领导家送礼的，都是没啥本事的，别理他。凡是空手来的不是直亲就是表亲。

女　哦，我记住了。[一小偷上场，小声地打手机。

偷　喂，狗子，据我观察楼上这家可能没人，你把车发动着，我撬开门，就把东西搬下去。（关机，敲门）

男　有动静。（男女一起跑上前看门镜）

女　空着手呢。

男　肯定是局长家亲戚。

女　上！

合　（开门）你好，（小偷吓得坐在地上）。我们等你半天啦。

偷　别……别误会，我是……

合　局长家亲戚。

偷　啊！对对，亲戚。

女　串门空着手，肯定是亲友。

男　（扶起小偷）来，来，局长不在家，到我家坐会儿。

女　对，坐会儿。（将小偷拉进屋）倒白水还是白糖水。

男　不够劲，副处提正处上酒。

男　怎么称呼？

女　你是局长的什么人？

偷　（哆嗦着）就……就……就……

男　你是局长的舅哇！

女　娘家人呀！

男　哎呀呀，不是外人。你是局长的舅，也就是我们的舅。舅母没来呀？

偷　（不停地哆嗦）舅母？啊，我……我还没结婚呢。

男　舅真是年轻有为啊，比我们局长年纪还小呢，这么年轻，就坐在舅舅的位置上了。

女　舅，你是正舅哇，还是副舅哇…

男　瞎说啥呀！有正处、副处，哪有正舅、副舅。舅都是正的，是吧，舅？

偷　正舅，绝对正舅。也就是说局长他妈是我弟弟。

合　啊？

偷　啊不……不，我是……他妈的——弟弟。

女　我听着怎么好像骂人呢。

男　没有，咱舅能骂人吗，他妈的——弟弟，舅是天津人吧？

偷　对对，天津。

男　有口音。上饺子。

偷　别忙了，我还是赶紧溜了吧。

男　溜？

偷　不是，等会儿我外甥回来，看我在你这吃饭，该挑礼了。

男　不会，他看你在我这吃饭，就等于收礼了。舅哇，等见了局长，你替我多美言几句。我今年很关键，是副处提正处。

偷　（得意地）没问题，包在我身上。他要不给你解决，我就处理他。

男　那倒也不用。

偷　啥不用啊？我敢砸他家门你信不信。

男　信信，舅的脾气还不太好。

偷　我不仅敢砸他家门，我还敢把他家东西搬走，信不信。

男　信信，你是他舅嘛。

偷　你让开，我现在就搬。

男　别价，大过年的你干啥呀？

偷　大过年的他让我来搬东西，他家怎不留人哪？

男　他让你搬啥呀。

偷　电视。

男　我这有，你搬走不就完了吗。

偷　还有冰箱。

男　有，都有，你在我这搬。

女　（端饺子上）咱舅要啥呀？

男　电视、冰箱。

女　咱家不刚买的吗？还没开封呢。

男　走，咱给舅搬下去。

偷　下边有车，开着门呢。

男　你放心吃饺子吧，舅，一会儿我们就上来。（俩人搬冰箱、彩电下）

偷　（掏出手机）狗子，冰箱、彩电都送下去了，啥也别说，装车上就行了。

男　（男女上）舅，装车上了。

女　我让司机上来吃饺子，他说啥也不上。

偷　（拿起桌上的饺子）我给他带下去。（欲下）

男　谢谢舅！别忘了副处提正处。

偷　啥正处呀，直接提副局。（下）

合　耶，副局！［电话铃响，男接电话。

男　喂，门卫呀，什么？抓个小偷，正的副的？不是——真的假的？冰箱、彩电对是我家的，好好好。（放下电话，往下跑）

女　你干啥去呀？

男　小偷把咱冰箱、彩电都骗走了。（跑下）

女　还有一盘饺子。（追下）

——剧终

与姜妍表演小品《对门》

·小 品·

一诺千金

时　间　当代。

地　点　山野，打井队工地。

人　物　李建国：男，三十八岁，转业军人，某工兵团原政委。

黄　诚：男，三十四岁，转业军人，某工兵团原营长，现在饮料公司老总。

老算计：男，六十多岁，当地农民。

［幕启，老算计拎瓢担水上。

老算计　打井队山上开了钻，我上山送水表心愿，他们要是敢不喝，我就两字，硬灌！

［李建国从井架子上端爬下。

老算计　同志，渴了吧，喝口水吧！

李建国　（喝）谢谢大爷。

老算计　别客气，交钱。

李建国　交钱？大爷，你不是上山送水表心愿吗？

老算计　啊，我的心愿就是把钱赚，市场经济谁白干？

李建国　好好好，你这水怎么卖的？

老算计　便宜，五块钱一瓢。

李建国　啊？

老算计　啊啥呀？今天你算来着了，说不定明天论勺了。

李建国　你这也太贵了。

老算计　贵？这山上滴水贵如油，祖祖辈辈都发愁，你要是嫌这水太贵，（拍油桶）喝油！

李建国　我喝油干嘛？大爷，打个折行吗？

老算计　行！老幼病孕残，一律不要钱，亲人解放军，绝不收一分，你看你哪头都不占，全额收费你都赚了。

李建国　这……那好吧，（摸身上）大爷，我这身上没零钱了。要不……我给你打个条，明天一块算。

老算计　打条？拉倒吧，党中央让咱老百姓享受改革开放成果，连农业税都免了，你还想给我打白条啊？

李建国　（掏出一张百元大票）我真没零钱了。

老算计　整的也行啊。（拿过钱）哎呀，这找钱挺麻烦的，要不我给你办个卡吧。

李建国　办卡？

老算计　啊，VIP贵宾饮水卡啊，以后你再喝水就不用那么费事了，直接刷卡消费，不见现钱你还不觉着贵，哎，你喝一瓢了，刷，还剩九十五。

［黄诚抱一箱饮料上。

黄　诚　哎呀！我的妈啊，我可找着你了！

李建国　黄诚？你怎么来了？

黄　诚　打井队山上开了钻，我上山送水表心愿，给你送饮料来了。

老算计　打住！干啥呢？抢买卖是吧！

黄　诚　我送饮料……

老算计　小同志，你甭给我来这套，我送水你来送饮料，不懂得规矩你往后靠，恶性竞争我吊销你执照。同志，喝水。

黄　诚　喝饮料。

老算计　同志，你可看清楚了，这饮料，又是汽，又是泡，色素多了是毒药。

黄　诚　大爷，我这是绿色产品。

老算计　睁着眼说瞎话，你让大伙看看，这不是典型的黄色制品吗？扫黄了！（扔）

黄　诚　你……大哥，喝！

李建国　大爷的水我已经喝饱了。

黄　诚　大爷，您是来送水的？

老算计　打井队山上开了钻，我上山送水表心愿嘛。

黄　诚　哎哟，看来老乡还是亲啊，想得真周到，来，大爷，我给你俩拍个照，留个纪念。

老算计　照相是吧，别着急，我先摆个 POSE，（作给李建国递水状）照吧。

黄　诚　大爷挺时髦啊。

老算计　快点儿，时间就是金钱

黄　诚　好，笑笑，照。真不错。（舀水喝）

老算计　喝了？

黄　诚　喝了。

老算计　全喝了？

黄　诚　全喝了。

老算计　这瓢谁买单？

李建国　刷卡吧。

老算计　刷，卡上余额还有六十。

李建国　不对呀，他一瓢，我一瓢，还剩九十啊？

老算计　那相白照啊？肖像费三十。再来一瓢吧。

黄　诚　哦，你是来卖水的？我说你这大爷真好意思啊，人家是来给你们打井的，喝口水还要钱吗？

老算计　那是，经济要发展，土地要增产，头脑要灵活，挣钱要大胆。大干五十年，咱也是大款。

黄　诚　那时候还有你吗？

老算计　活着干，死了算呗。

黄　诚　钱钱钱，不就是这点儿钱吗，我给你，这两捅水我全包了，给，五百块，够了吗？

老算计　够了，给，小伙子，你喝得了吗？

黄　诚　喝不了，喝不了我倒了……（准备倒）

李建国　黄诚，把桶放下！

老算计　对！熊他。小伙子，你以为在我们这儿花钱就能买着水啊？不是，你喝，贱点贵点我可以卖给你，你糟蹋水，你就是给我个金元宝……你也没有啊。五百元你吓唬谁啊，你以为我没见过钱啊，你往山下边看，那一大片果园那是我包的，你往那边看，那座三层小楼就是我盖的，你在城里住多少平方啊？

黄　诚　一百二。

老算计　我家猪圈一百三。你开什么车？

黄　诚　桑塔纳。

老算计　你知道我什么车吗？

黄　诚　你什么车？

老算计　康拜音。

黄　诚　康拜音？

老算计　联合收割机。还跟我斗富呢。

黄　诚　大爷，你有钱了更不应该这样了。

老算计　我该咋样啊？又捡芝麻又捡瓜，大钱小钱都得抓啊。

黄　诚　好好好，大哥，你看看，你在这儿花钱受累，操心遭罪，你连口水都换不出来，走吧，该走啦。

老算计　对，该走了，相也照了，也挂上号了，就等着回去上报了，我早就看明白了。

黄　诚　你明白什么？

老算计　看这派头，你是企业家吧？

黄　诚　将来是大企业家。

老算计　你是来送温暖献爱心的吧？

李建国　大爷，你话儿里有话儿呀？

老算计　你事儿里有事儿啊。我明白，借着打井做个套，上上电视登登报，出不出水儿不重要，为了个人做广告，拿老百姓井坑笑，就为换顶乌纱帽！

黄　诚　说什么呢？

李建国　大爷说得有道理。大爷你接着说。

老算计　说完了，再说就不好听啊！

黄　诚　我说大哥，挨骂你还有瘾啊？

李建国　他又不是骂我。

黄　诚　听人劝吃饱饭，跟你说实话吧，我这次上山就是专程来请你出山的。您到我们饮料厂去，还当我的领导，我黄诚可是诚心诚意来请你的，年薪十二万，我都给你存卡上啦，你琢磨琢磨，你都多大了？我记得你的生日是六七年十一月十二日生人，四十了，该给自己干点儿事啦。拿着，密码是……

老算计 671112。

黄　诚 啊？

老算计 现代四大傻，生日当密码嘛。我那密码就是我的生日19……某某年某某月某某日。

黄　诚 （递卡）拿着，回去赶紧改。

李建国 （推）哎，你还命令我呀？

黄　诚 你是不是瞧不起我那饮料厂啊？我们那可是正规军啊，我告诉你，我们厂那是一水儿的军事化管理，管人事的叫干部股，管生产的叫作训股，会议室叫作战室，我办公室指挥所，刚刚发了新工装……

老算计 对，哪个部门看臂章，要问工龄有多少，看看胸前的资历表，重要场合更有派，一人一条黄绶带。你还新军装呢，盗版挺快呀。

黄　诚 谁说的？你能不能不说话呀？

老算计 不说话憋得慌。

李建国 黄诚，你这个厂长叫啥啊？

黄　诚 团长啊。

李建国 （笑）你小子还给自己提了个团长啊？

老算计 提小了！要我说你该当司令，你把厂区改成军区，你就是军区司令！

黄　诚 大爷，我们说正事呢！你回避一下行吗？

老算计 那行吧！（转到舞台另一侧）

黄　诚 大哥，你到咱们厂，我给你当副手……

老算计 大区副。

黄　诚 你怎么又上这边了？

老算计 让你说得我有点儿犯傻，我在这儿盯着准备打假。

黄　诚 那你等着吧。大哥，跟我走吧。

李建国 我决定了，跟你走。

黄　诚 真的？太好了。

李建国 但不是现在，等我打出水来，我立刻找你报到。

黄　诚 大哥，这地方根本没水。你都钻了多少米了？再钻就钻出石油来了！

老算计 钻出石油你功劳大了，咱这片就归中石化了，我农转非了。

黄　诚 大爷，你往那边飞飞行吗？

李建国 黄诚，我请专家论证过了，这地下绝对有水。

黄　诚 万一没水你怎么办？

李建国 换个地方再打。

黄　诚 你！你怎么这么犟呢？

李建国 哎，我外号叫犟驴。

黄　诚 你不是犟，是傻！

李建国 那我就是傻驴。我该工作了！（推电闸）

黄　诚 大哥！（拦）你听我说两句行不行啊？

李建国 那好，你说。简单点儿。

黄　诚 大哥，你以为就你一个人在打井吗？

老算计 对！村西有县委派来的打井队，村东有乡政府派来的打井队，我全都给人家送过水，免费！

黄　诚 听听，人家都在找水，就缺你这口井啊？说白了，你这不是雪中送炭，你这是锦上添花。

李建国 锦上添花有什么不好？

老算计 哎，人家那几个打井队那可不是锦上添花，人家特别能战斗，宁愿掉皮又掉肉，记者来没人往上凑，不像有些人还找个照相的来，作秀！

黄　诚 你说什么？你说谁作秀？你知道他是谁吗？他是我们工兵团的老政委，他是拿着自己的转业费来为老百姓打井，为了打井，他撇家舍业，这是作秀吗？他腿上有伤身上有病，在山上一住就是几个月，这是作秀吗？为了打井，他家都快没了，谁这样作秀！

李建国 黄诚！

黄　诚 大哥，你不就是惦记老百姓没水喝吗？你跟我回去，我保证月月给乡亲们送饮料。

李建国 黄诚，你这饮料能放多长时间？

黄　诚 这上面有保质期啊。（喝饮料）

李建国 那保质期过了呢？

老算计 过期的饮料，相当于马尿！

黄　诚 扑。

老算计 肥料。

李建国 大爷说得对，老百姓需要的不是你这些饮料，是子子孙孙活命的水。当年咱拉练路过这里的时候，村里规定，除了老人孩子谁也不能喝水，却给了咱们一人一茶缸子，黄诚，当时你怎么说的，你说今天喝了一缸子水，将来要还乡亲们一口井，你这饮料保质期是六个月，你这句话的保质期也是六个月吗？

黄　诚　我……

李建国　咱共产党员说话要掷地有声，落到地上就得砸个坑，这叫一诺千金，黄诚啊，全心全意为人民服务的保质期是一辈子！

老算计　这话说得好，你是个军人，是个共产党员，看来你不是作秀，真是给老百姓找水来的（撕卡，把钱塞给建国）

李建国　大爷，这账？

老算计　平了！你别说喝我几瓢水，要我的血我也给……

李建国　大爷……

老算计　我这辈子啥都不信，我就信共产党啊，想当年共产党领导我们土改，我们有了这片地，今天共产党给我们改土，咱才有了这片致富的果树。你刚才那句话说得好啊，共产党员全心全意为人民服务的保质期是一辈子！当年这个村的老支书，那是带着全村的党员打了一辈子的井啊，那是真正的党员啊，临终前，他哭了，大滴大滴的眼泪啊！我问他，老哥哥，你有什么伤心事儿吗？他说，我这一辈子就想给大家伙打口井，可到我死也没让乡亲们喝上自己地里的水啊，我有愧啊，我不是个真正的党员啊。我说，你是你是啊！他说，党员是什么，党员是一辈子为乡亲们谋幸福的人，我没给老百姓谋了幸福，你记住，我走了，让我儿子打，我儿子走了，让我孙子打，不打出水来，我死不瞑目，他是流着眼泪走的……

李建国　爹，我来了，你老放心，不打出水来，我决不走。

老算计　什么？你是？

李建国　我是他儿子李建国。

老算计　你是小国子？

李建国　您是？

老算计　我是小算计，哦，现在是老算计了。别想，你不认识我。你四岁的时候我就嫁到山下去了。倒插门。三十六年没见面了，今天一看，你跟你爹一模一样，老支书啊……代代相传啊！

黄　诚　老大哥！我也是个党员，我决定了，我留下来跟你一块打井，等有了水了，我在这儿建个分厂……

李建国　对！山沟里建起饮料城，产供销形成一条龙。

老算计　那就不是有水了，那叫有水平。

黄　诚　好！老政委，下命令吧。

李建国　好！咱们开钻！开钻！

三　人　开钻！［在音乐声中，钻机轰然启动。

［一股清泉，突然从地下喷薄而出！

［水声、音乐，众人的掌声中、喝彩声中，切光。

——剧终

（与张振彬共同创作）

与杨蕾、邵峰表演小品《一诺千金》

·小 品·

当啥别当爹

时　间　初冬。
地　点　某艺术学院女生宿舍。
人　物　父亲：五十多岁，煤炭运输业者。
　　　　梅梅：女，十九岁，女儿。
　　　　班长：女，十九岁。
　　　　同学：女，十九岁。

［幕启，远处浪漫的萨克斯音乐声中幕启，父亲跟着梅梅上，手里拎着个旅行袋，身上落满了雪花。

父　亲　哎呀，这艺术学院就是不一样，多热闹啊！

梅　梅　来之前你也不打个招呼。

父　亲　咋的？我看闺女还得提前预约啊？

梅　梅　学校有规定，不让家长来。

［幕后传来练声的声音：妈妈妈妈妈……

父　亲　（自语）他妈咋来了呢？

梅　梅　……［幕后传来练声的声音：爸爸爸爸爸……

父　亲　她妈她爸都来了？

梅　梅　人家那是练声呢！

［幕后传来练号的声音：叶！叶！

父　亲　不让家长来，驴都牵进来了。

梅　梅　哎呀人家那是练号呢！

父　亲　我逗你呢。［幕后传来声嘶力竭地叫喊声：你给我出去！

父　亲　说谁呢？［一女孩大声呼救着：救命啊！救命啊……

父　亲　谁！谁？（抄起椅子往外冲）

梅　梅　哎呀！人家排练说台词呢！

父　亲　我的妈呀，怪不得都说艺术是精神食粮呢，艺术学院跟精神病院没啥区别！（将手中的包递给女儿）天冷，你妈给你买了兜衣服。

梅　梅　（梅从床下拎出一兜脏衣服）这是换下来的，让我妈快点儿洗。

父　亲　（接过兜子拍打着身上的雪花）行！下次送煤的时候给你带来，今年的雪太大了，都说是人工的。

梅　梅　别在这抽哇，人家身上抽下来的是雪花，你抽下来的是煤渣。

父　亲　我这不押着煤车来的吗。

梅　梅　说话注意点，这是艺术学院，别总说你是倒腾煤的。

父　亲　我要是不倒煤，怎么养活你这倒霉孩子？

梅　梅　也别说你是我爸。

父　亲　咋的？刚上大学就嫌弃你爸了？

梅　梅　不是！今年新生多，家长都来看孩子，学校做了特殊规定，家长进宿舍楼我就得挨罚。

父　亲　罚呗，从小到大为了你罚得还少啊？你爸啥都怕，就不怕罚款，你记住了，拿钱能摆平的事儿就没大事儿，拿煤能摆平的事儿事儿就没了，罚点儿钱就等于给学校赞助了。

梅　梅　不是罚你钱，是罚我分！学分！

父　亲　哎呀妈呀，这事儿可大了，过去都说分是学生的命根，现在才有感受，这分也要家长的老命啊，今年你考这个学校差三分，爸给你费多大劲啊，搭了多少车煤呀。

梅　梅　你！

父　亲　放心吧，我记住了，不提煤，不说爸，打死我我都不说是你爸！来，给爸倒杯水去。

梅　梅　你看！

父　亲　给哥倒杯水去。

梅　梅　啊？

父　亲　不是，你倒杯水搁这儿，我喝了就走，多冷啊！

梅　梅　烦人，又喝酒了。（拎着暖瓶下场）

父　亲　唉，当啥别当爹，孩子这屋确实不暖和，（说着，拉开提包）暖水袋，电褥子，（把电褥子插上电，铺到女儿的床上）别漏电，电着还不如冻着呢，我试试，（躺在床上）这玩意儿是挺管用，刚插上就热乎了。（拉过被子睡着）

［俩同学提着新买的衣服，燕子般飞进屋里

同　学　梅梅！梅梅！这衣服买得太便宜了，大甩卖！

班　长　（看了看床上蒙头大睡的父亲没认出来，上前拍了下屁股）小懒虫大白天的还蒙头大睡。

［俩人兴奋地试着新衣服。

同　学　班长你看我穿这件衣服去见导演行吗？

班　长　大冬天的太暴露了，学生要有个学生的样。

同　学　班长，听说没有，有个女演员去见导演，导演是冒充的，说要包装她，差点儿让潜规则给潜了。

班　长　又八卦。

同　学　媒体上都报了。

［父亲呼噜声起。

班　长　梅梅今天这呼噜声够大的？

同　学　人家里有钱，财大气粗嘛。（俩人继续解衣服）［梅梅拎着暖壶进。

梅　梅　班长！（愣住）

班　长　梅梅，我们还以为你睡了呢。

同　学　就是啊，你听你这呼噜，多吓人啊……呼噜！［三人愣住。

父　亲　（被窝里突然伸出一只大脚）出去！

俩同学　谁？

父　亲　不提煤，不说爸，（忽地一声坐起来）没爸！［俩同学尖叫一声，迅速地钻进各自的幔帐。

父　亲　做了个梦，梦见你同学回来了。

梅　梅　不是做梦……

父　亲　放心！打死我都没说咱俩的关系。

梅　梅　真回来了！

［班长从幔帐里伸出脑袋。

梅　梅　（尴尬的）这……这是我们班长。

父　亲　你好！

班　长　（礼貌的）您好！

父　亲　别出来了，隔辈人就隔着被聊吧，太冷了。

梅　梅　班长不好意思，这……这是我爸。

父　亲　瞎扯，谁是你爸呀？朋友，就是一般的朋友。

梅　梅　（打断了父亲的话）啊……对！我跟我爸平时就像朋友一样。

父　亲　啥叫像朋友啊，就是朋友！跟爸不爸的没啥关系！（冲班长）忘年交。

梅　梅　爸，你别总插话。

父　亲　你别插话！我都摘挂清楚了，你还往上描啥啊？记住了，我不是你爸，你也不是我女儿，你家长没来，我也不是你家长，就是一般的朋友，记住没有？天冷，到屋里喝口水，暖和暖和，睡一觉，很正常嘛，你们忙吧，我走了！

班　长　等会儿！（下床冲父亲）你们是朋友关系？

父　亲　朋友！

班　长　（冲梅梅）他是不是你爸？

梅　梅　他……

父　亲　你问她干啥呀，一个孩子，我是不是她爸，她能说清楚吗？

［同学钻出幔帐。

同　学　看外表长得是不太像。

父　亲　这孩子有眼力，不是不太像，是太不像了，人家多高雅啊，我多简陋啊；人家多流畅啊，我多曲折啊，人家长得多经典啊，我这长得多惊险啊，看这鼻子看这嘴，看这胳膊看这腿儿，两张脸往这一放，典型的驴唇不对马嘴……

梅　梅　说啥呢！

班　长　（班长顺手摘下墙上的值日登记本）既然你不是他家长，进宿舍必须登记。

梅　梅　班长……

班　长　梅梅，这是学校的规定，出了事不仅你挨罚，我这当班长的要负主要责任，（冲父亲）单位？

父　亲　我是搞煤……煤，（看梅梅）怎么说呢？

同　学　搞媒体的？

父　亲　聪明，一点就透，搞媒体的，你该当班长。

同　学　谢谢叔叔！

梅　梅　（小声地）别瞎说，什么媒体的？

父　亲　煤炭工业联合体，简称煤体嘛，又不是小煤窑。

班　长　事由？

父　亲　只有煤，没有油。

同　学　叔叔，事由就是问你来干什么？

父　亲　送衣服！（说着把包拎了过来）

同　学　哇塞！梅梅，怪不得不去买衣服，闹了半天有赞助的。

父　亲　这孩子太聪明了，你应该当老师。

同　学　谢谢叔叔！

父　亲　赞助！这些年一直赞助，她是银行卡，我是提款机，她随时刷，我随时吐，这关系典型的赞助。

同　学　也就是说你过去一直在包装她？

父　亲　不仅过去，包括未来，这辈子都包了！我也看出来了，当今社会要想发展，一看个人努力；二看经济实力。她想唱歌，我把她培养成殷秀梅；她想主持，我把她培养成孙晓梅；她想演电影当导演，我把她培养成大导演——张艺煤。

同　学　张艺谋，不是张艺煤。

父　亲　我看那字跟煤差不多。

同　学　煤是火字旁，谋是言字旁，没有火。

父　亲　那说明他还没那么火嘛，我把它读成煤的意思是，等你们“90后”火了，他们就没了，自然规律嘛！

同　学　谢谢叔叔。

父　亲　哎呀这孩子聪明啊！长大之后能当校长，我包装完她我就包装你。

同　学　谢谢叔叔！

梅　梅　爸！你瞎说啥呀！白纸黑字，写上你得负责！

父　亲　只要不罚分，让我干啥都行。

班　长　如果你不是家长，就不单单是罚分的问题了。

同　学　弄不好就得开除！

［静场，班长合上登记本欲走，父亲上前拉住班长。

父　亲　等会儿！班长，关于是不是她爸的事儿咱俩再商量商量。

班　长　这有什么好商量的？

父　亲　啥不能商量啊，现在是商量社会嘛，不，商品社会！喝点儿酒我这嘴就没有把门儿的，我确实是她爸。

班　长　真是她爸？

父　亲　真是她爸！

同　学　干爸吧？

父　亲　去！别瞎掺和。

同　学　谢谢叔叔。

父　亲　怪不得当不了班长呢，你就没有班长这水平，真是班长太厉害了，一进门就看出我们是父女关系。

班　长　你怎么证明你是她爸？

父　亲　我……这事儿还用证明吗？

梅　梅　（抢着说）我姓梅。

父　亲　我也姓梅。

同　学　姓梅的多了，不一定就是一家。

梅　梅　我爸是开煤矿的。

父　亲　所以给她起名叫梅梅。

同　学　梅梅是梅花的梅，又不是煤炭的煤。

梅　梅　我妈叫王秀芬。

父　亲　王秀芬是我媳妇。

梅　梅　我妈是他爱人。

父　亲　她爱人是我妈！不是，我妈是他爱人，不是，我媳妇是她妈！

同　学　这说明不了什么，两个王秀芬重名是完全可能的！

梅　梅　（突然把爸爸的腰搂住）他要不是我爸，我敢当众这样吗？

父　亲　（突然把女儿的脖子搂住）她不是我女儿，我敢当众这样吗？

同　学　敢当众这样的不一定就是父女。

父　亲　去！（指着同学）你什么孩子你呀！我就纳闷儿了……就你这水平怎么考进大学的，后门儿吧？

班　长　您别急，您说话前后不符，所以我们必须搞清楚你这个爸爸是不是冒充的。

父　亲　班长啊！现在社会上有冒充大官的，有冒充大款的，有冒充警察的，连要饭的都有冒充的，你见过有冒充爹的吗？不信你上大街上试试，拉个不认识的你说我是你儿子，人家最多说你是傻子，你要拉个不认识的说我是你爹，人家回手就给你一巴掌，当爹意味着受累，当爹意味着遭罪，当爹意味着操心，当爹就意味着当孙子！

班　长　您别这样说。

父　亲　还别这样说，不信回去问问你爸你妈去，当父母的感受全都一样，孩子小时候不好好学习，咱怕她跟不上，长大了她拼命学，咱又怕她身体累垮了。小时候盼着她长胖点儿，长大了咱又帮她减肥。小时候她淘气咱训她两句还后悔，现在你不用惹她，她张嘴就训你。小时候领孩子出去别人说她长得像我，她高兴，当爹的也骄傲，现在跟她出去别人说她长的像我，她不爱听，咱也觉得臊得慌，尤其是考艺术学院，一会儿说脸宽了，一会儿说鼻子短了，听到这话当家长心里真不是个滋味儿。长得不好咱整，进行二度创作，鼻子短了咱垫，脸宽了咱磨，你看看都把孩子折腾成啥样了？整的越不像咱，咱越得说好，你说这不是贱吗？

同　学　哇塞，梅梅，你也是整的。

梅　梅　他胡说！他不是我爸！不是！（梅梅哭着钻进幔帐）

父　亲　（走到幔帐前）对不起女儿，爸不该当众说这些，可不说这些证明不了我是你爹啊！其实当个演员整整容也没啥丢人的，总得对得起观众吧？爸走了（说着拎起那兜脏衣服欲走）……班长，虽然她长得不像我，我确实是她爹，原装的，这事儿千万别跟别人说，就算大叔求你了！

同　学　放心吧叔叔，我绝不会说，因为我也是整的。

班　长　我相信您是梅梅的爸爸。

同　学　我也相信了。

父　亲　她电话里说冷，她妈让我给她送兜衣服来，我寻思着衣服治标不治本，听说暖气不热，我从矿上给你们拉了几车煤，自己的孩子暖和了也别让别的孩子冻着，车一进城就扣在四环了，十二点以后就能放行，放心吧，明天你们宿舍就暖和了。

班　长　您还是把煤拉回去吧。

父　亲　没事儿，矿上的煤便宜，烧完了我再送……

同　学　我们学校早就烧气不烧煤了。

父　亲　啊？（突然想起了什么，放下手中的包，打开暖水袋，拿起暖瓶灌水，把暖水袋拧好后，轻轻地塞进女儿的幔帐）梅梅，天冷，晚上睡觉抱上这个……［梅梅突然从幔帐里冲出来紧紧抱住爸爸。

梅　梅　爸！

父　亲　哎！

同　学　我想我爸了……

班　长　我也想我爸了……

父　亲　当爹感觉真好啊，当官当不好兴许就给免了，大款当不好兴许就破产了，当上爹这辈子就算上了保险了，再冷也觉得温暖了，再穷也有了自己的文化遗产了。

俩同学　爸！（拥上去，也把父亲紧紧地抱住）

父　亲　哎！当啥都不如当爹啊！

［音乐起。

——剧终

（与张振彬共同创作）

·单人小品·

志 愿 者

（2008年参加中央慰问团到汶川地震灾区演出）

时　间　二〇〇八年。
地　点　汶川地震灾区。
人　物　出租车司机。

亲爱的乡亲们、亲爱的解放军同志你们好！我来自东北，是一名出租司机，在我们家乡那叫“的哥”。5月12号那天，我正在家乡开着车拉活儿，刚上高速，就在广播里听见我们四川地震了，当时我心急如焚。因为我就是唐山地震的孤儿，想当年人家救我，我现在一定要去救别人，我要争当志愿者。想到这儿我车头一调往回开，也许速度太快也许车速太猛，所有的车停在路边给我让路，走出收费口才知道，我走得是逆行。警察同志走过来，恭恭敬敬地给我敬一个礼，请出示驾驶本，你违章了。我说你罚吧，罚多少都行，罚多了就当给灾区捐款了，因为我要上灾区，我要当志愿者。警察同志听后非常感动，又恭恭敬敬地给我敬了个礼说，一路保重，回来接受罚款。当时我给警察还了个礼，说理解万岁！我上车挂挡一路向西，来到灾区。到了救灾指挥部，我就进去了。推门一看有个将军在前边，所有的部队正向他报道，那气势我给你学学：报告总指挥，海军陆战队400人携带救灾装备奉命赶到；报告总指挥，空降兵500人携带救灾物资奉命赶到；报告总指挥，医疗队380人携带医疗器械奉命赶到……我一看我也上吧。报告总指挥，从东北来的志愿者一名，携带一颗感恩的心自愿赶到。就这样啊，在场的战友全给我鼓掌啊，将军过来拉着我的手说：谢谢你，志愿者报名在马路对面。我到马路对面报上名了，我就要求上前线啊。人家说报名可以，上前线还得等着，因为我前面排了2万多号呢。我就开始献血，我刚撸起胳膊就听后面有人喊：前面的同志排队啊。我说到哪排队？到队尾排队。队尾在什么地方？3公里之外。好嘛，为了献一管血，我整整排了一天一夜啊。到那一验血，AB型的，人家说缓收。我说为什么呀？我前面A型收、B型收，AB型的为什么不收呢？你们这不是血型歧视吗？医务人员就给我解释，说AB型是紧俏血型，前两天我们特意发了一个公告，结果没到一天AB型血库就装满了。我说装满了也不差我这一管，你就抽吧。就这样献完血，我到绵阳体育馆当志愿者去了。一进门我傻了，馆内上万的人秩序一片井然，地下连个烟头都没有。志愿者全是小姑娘，17、18岁的，哎呀，平时染着黄头发，染着指甲，看着那么别扭啊，今天看着怎么就那么顺眼啊。有一个小姑娘给一位大娘当心理辅导员，我说孩子啊，在家里都是大人辅导你，你怎么辅导老奶奶呢？她对我说，我们不用说，听她们说，就是对她们心理最大的安抚。听见没有，朋友们，“80后”“90后”不比我们差，咱们的孩子长大了。

10天之后，我光荣的上了前线，我从废墟里背起一位老大娘刚要走，大娘说：慢点孩子，我要看一眼我那破碎的家，家里什么都没有了，连那张全家福都埋在里面了。我听完心里一动，我说大娘你等着，我把照片给您扒出来。她说不行孩子，太危险了。我说值！唐山地震之后，我就是揣着一张全家福长大的，心里揣着全家福，走到哪里不孤独。我钻进了废墟，就在这时候余震开始了，一段半截墙壁倒塌下来压到了我的身上，大娘马山喊，快来救人那。解放军闻声赶到三下五除二就把我拽出来了，这下子可不得了了，我一出来，所有人都围上来了，尤其是电视台的记者。电视台记者一看把我救出来了，有个女记者对着摄像机就说啊，朋友们，告诉大家一个好消息，10天过后，我们在废墟中又发现了一名幸存者。我说不是！不是！她说大家看一看，这位幸存者被埋了300多个小时还有这样的体力啊。我还要解释。他们摁住我说，不要多说，你一定要保存体力！最后我说，我不是幸存者，我是志愿者。我解释清楚之后，医疗队的同志们非常感动。这时解放军同志给我扶到担架上，我拉住解放军的手说：解放军同志，能送我一件迷彩服吗？战友们就这样把这件迷彩服送给了我，我太喜欢这件迷彩服了，它在灾区就是最大的名牌。无论是抗震的时候，抗非典的时候，抗冰雪的时候，到处看见迷彩服，迷彩服就是咱老百姓的主心骨啊。谢谢解放军，今天你们来了，我们也来了，重建家园的时候，我们再来，一定把汶川建成美丽的家园。

——剧终

在汶川地震灾区表演单人小品《志愿者》

·单人小品·

家 乡 情

时 间 当代。
地 点 拥军大会。
人 物 山东大爷。

各位领导，各位来宾，各位亲爱的解放军你们好啊！

热热闹闹度新春，党和人民心连心，千山万水割不断，见到你们格外亲，我想死你们了我呀。

想当年啊，想当年我们带着儿女闯关东，现如今高高兴兴回山东。

想当年我们是挑着挑子走出去的，现如今是插着翅膀飞回来的。

好家伙，下了机场一看，咱现在的国际机场太漂亮了。

空中小姐会来事儿呀，一见面 HOW ARE YOU, HOW ARE YOU 啊。

那英语都带山东味儿啊，这就是乡音啊（电话响了）。

咱对象来电话了。唉，老伴儿啊，到了。下了飞机没吃饭，我要到老街道上转一转，寻找咱当年的感觉吗。对，想一想咱们当年啊，在那儿玩的，在那儿滚啊，在那儿第一次拉手呀，在那儿第一次口对口呀。

哎呀，跟你呀，跟谁？我这辈子就你一个人儿，我可亏死了。不是，我是说我亏了有你了，要不然这辈子惨了。

70 多岁了，虽然青春的火花早已泯灭，一回到家乡啊，我又回到激情燃烧的岁月啊。

对对对，哎呀，今天在场的可热闹了，人很多啊，有首长啊、有军人、还有好多奥运女冠军。

对，我看一看啊，有合适的给咱孙子相个亲。没事，没事，咱孙子虽说不如冠军，真要是娶了冠军，在家里排名第二也算亚军哪。

行了，知道了，电话里别指挥了。

（挂了电话）我这老太太，墨迹。

我给你说啊，这些年没在家乡。

但是家乡的变化 我们都看见了。

通过山东卫视天天看，看到家乡天天在变啊。

咱老伴儿年轻时长得也漂亮啊，那长得浑身很有山东特点。

瓜子脸，花生腰，枣核脸蛋地瓜脚，在后边一看“大长今”，前边一看大长脸啊。

现如今啊，不行了，当年是一朵花，如今变成豆腐渣了，整个休型像地瓜了。

人变老了，家乡年轻了。

好家伙，咱山东还了得吗？公路长、马路宽，高速公路在领先啊。对不对啊，山东重汽为咱提气，天天都有新专利。不仅是山东的骄傲，那是全国的自豪。

落实科学发展观，咱们山东在领先，自主创新不放松，咱山东就是排头兵。对不对啊？

唉，你看，绝对的排头兵了。

哎呀，我给你说，我有四个儿子，为了纪念家乡怀念家乡。

给四个儿子起了个名，都跟咱山东特产有关系。

大儿子名叫黄窝头，二儿子名叫黄煎饼，三儿子名叫黄鸭梨，小四到日本留学去了，起了个四字名，黄河鲤鱼。

我还有四个孙子，起的名儿啊也和家乡的名牌有关系啊。

大孙子名叫海尔，二孙子名叫海信，三孙子就算了，不好听。俺还真没有三孙子，三胎生了一对双儿，我生来爱抽烟，给他俩起名泰山、将军。

两个名牌都用上了。

我高兴啊。为了感谢各位领导，为了感谢各位老乡。为了感谢我们的子弟兵。

我特意写了一首诗，在发表之前我念给大家作为新春的祝福。给音乐。

啊，回到家乡杠着自儿了，
家乡的变化杠着赛了。
齐鲁大地楞厉害啊，
看看哪里都楞场面儿。
咱山东的文化很珍贵，
明年要召开文博会啊。
为建设文化强省去努力吧。
老乡们，明年再会啊。

——剧终

表演单人小品《家乡情》

·小 品·

都是一家人

时　间　亚运会开幕前夕。

地　点　居民刘大爷家。

人　物　李小聪：男，三十多岁，护工。

刘大爷：六十多岁，邻家大爷。

王警官：女，中年。

警嫂、志愿者若干。

［幕启，穿便装的王警官打电话上。

王警官　处长，家里都安排好了，我现在马上归队。（挂机，向远处张望，看表，自语）他也该来了……

［刘大爷提菜篮上。

王警官　刘大爷！

刘大爷　王警官？哎哟，不穿警服我差点儿没认出来，王警官，听我闺女说这亚运安保任务重，你老公俩月不着家了，你也要进住亚运村了？

王警官　没错，大爷，亚运会马上就要开幕了，安保任务是重中之重。

刘大爷　闺女，放心忙大事儿去吧，把家钥匙给我，我来照顾你爹。

王警官　刘大爷，不用了，您老人家身体也不好，你女儿还要请人照顾您呢。

刘大爷　她那是瞎操心，我这身体比你爹强多了，跟我你还客气啥？我住301，你住302，咱俩住对门儿，照顾起来也方便，警民一家亲吗，从现在开始，你家就是我家，你爹就是我爹。

王警官　啊？

刘大爷　你爹是我大兄弟。

王警官　刘大爷，我已经安排好了，有人照顾我爸，你就放心吧。

刘大爷　唉，两口子都干警察，哪个也顾不上家，不容易啊，得了，我先给你爹煲点儿汤去。（进门）

王警官　谢谢刘大爷！（看了看表，又走进自家房门）

［舞台另一侧，穿白大褂提密码箱的李小聪上。

李小聪　我姓李名叫李小聪，服务站里当护工，甭管是儿科骨科内科外科眼科妇科我全懂，人送外号全球通，啥时候都在服务区！（拨电话）喂，喂……

［女警官打电话出。

李小聪　喂……

王警官　喂……

［俩人背对背撞在一起。

王警官　李小聪？

李小聪　大妹子。

王警官　（关机）哎呀，你怎么才来呀？

李小聪　（关机）在家看亚运介绍，不小心误了报到，对不起！

王警官　没关系，李师傅，先进屋歇会儿吧。

李小聪　别客气。干我们这行不能歇，进门就得伺候爹，先说说你爹的情况。（拿出记录本记录）

王警官　噢，我爸叫王德顺。

李小聪　王德顺，哪个德啊？

王警官　你叫他王大爷就行。

李小聪　噢。

王警官　我爸今年得了脑溢血，行动不方便，脑子也糊涂了，我们两口子忙，这段时间顾不上他，前天他还走丢了一次……

李小聪　我听说了，派出所派出两个便衣找了一天才把他找回来，这说明你爹有一定的反侦察能力，大妹子，护理这种病人我有经验，你不能正常处理，那得软硬兼施，他不吃饭你得哄他，像哄爹一样，他不吃药，你得熊他，跟熊儿一样。

王警官　什么？

李小聪　这都是技巧。

王警官　好，那你先进去，（把钥匙交给李小聪）我去超市买点儿东西马上回来。

李小聪　你放心，我保证伺候好他，哎，你家住哪儿啊？

王警官　进单元门，左手。（匆匆下）

李小聪　左手，（举起左手）哦，这边儿。（绕了一圈，走进舞台右侧刘大爷家）

［刘大爷端汤盆出。

刘大爷　你是……

李小聪　（着急地大声）放下！（突然以对孩子的口吻）乖，这不是你玩儿的东西，烫伤了怎么办？（拿出拨浪鼓）来，要玩玩儿这个。

刘大爷　哎，我说你是干吗的啊？

李小聪　我是护工，你闺女请我来照顾你。

刘大爷　护工？护工提密码箱？

李小聪　这密码箱是专业和业余的区别，也是身份的象征，我们护工也分三六九等，初级的空手跑单帮，中级的提个塑料筐，高级的才发密码箱呢，（打开密码箱）看见没，体温表、血压计、按摩锤、尿不湿，对了，把裤子脱了。

刘大爷　我脱裤子干吗？

李小聪　你先把尿不湿垫上。

刘大爷　我垫它干吗？

李小聪　待会儿你万一绷不住，哗——你受罪我还得受累，垫上。

刘大爷　我说同志，我不糊涂……

李小聪　像你这种情况的都说自己不糊涂。

刘大爷　我就是不糊涂！

李小聪　那你说我这手有几个手指头？

刘大爷　五个。

李小聪　这个问题太简单了，五，乘以二十三减四等于多少？

刘大爷　五个乘以二十三……我还真算不出来。

李小聪　你看，你糊涂了吧。

刘大爷　我还真……你不糊涂，你算算！

李小聪　王大爷。

刘大爷　你叫我什么？王大爷？我姓刘！

李小聪　你看你还说你不糊涂，你连自己姓什么都不知道了。

刘大爷　我没忘，我姓刘，我一直姓刘，不但我姓刘，我爸爸也姓刘！

李小聪　那谁姓王啊？

刘大爷　我爷爷姓王。

李小聪　噢。

刘大爷　我爷爷也姓刘！

李小聪　好了好了，就算你姓刘行了吧？

刘大爷　什么叫就算呀？我就是姓刘！

李小聪　王大爷。

刘大爷　我不姓王！

李小聪　坐下，再不听话把你关小黑屋去。

刘大爷　俺闺女这是给我找了个什么人啊？不行，我打电话问问她。（欲打电话）

李小聪　放下！不能玩儿电话，上次有一个老头，和你一样，脑子不好使，看见别人打电话，他也学着打电话，把耳朵烫伤了。

刘大爷　怎么？打电话怎么能把耳朵烫伤呢？

李小聪　他儿媳妇刚熨完衣服，他把电熨斗放耳朵上了，他以为连着线的都是电话呢。

刘大爷　他这不是傻吗？

李小聪　他就是傻呀。

刘大爷　我不傻！

李小聪　你不傻！你就是脑子不清楚，想给你闺女打电话是吧？她一会儿就回来，你信不过我？看，这是我的身份证、暂住证、健康证、上岗证，看清了吧？我们对待客户的口号是，周六周日不歇，什么病号都接，热情周到体贴，你爹就是我爹。

刘大爷　俺爹就是你爹？呸，俺爹你得叫爷爷。

李小聪　也对，从现在开始你就归我了，你的生活我是这样安排的，晚上六点吃饭，七点到八点我推你去河边锻炼，九点到十点我给你洗澡按摩，十点到十点半是看电视时间，主要以少儿节目为主，十一点上床睡觉，十二点半第一次叫醒小便，两点半第二次叫醒小便，三点半第三次叫醒小便，五点半第四次叫醒小便，六点半起床吃饭，怎么样？

刘大爷　挺好啊，我还睡觉吗？

李小聪　我也不能睡啊。

刘大爷　我说兄弟？

李小聪　你看你糊涂吧，我叫你大爷，你怎么叫我兄弟呢？

刘大爷　大爷！

李小聪　你怎么叫我大爷呢？

刘大爷　那我叫你什么？

李小聪　叫小李。

刘大爷　小李啊，我什么都听你的，你先让我把饭给对门儿送去行吗？

李小聪　送什么饭，你该吃饭了，来，围嘴，张嘴，

刘大爷　我说……

李小聪　闭嘴！（拿勺子舀汤）张嘴！

刘大爷　我倒是张嘴还是闭嘴啊？

李小聪　我是说你别说话，来，乖，吃饭不讲话，不洒一粒米，粮食来得不容易，小朋友们要爱惜。

刘大爷　这汤不是让我吃的！

李小聪　让我吃是吧？好，咱俩一块儿吃，来，你一口，我一口，你一口，我一口……

刘大爷　不行！我这是给人家老王熬的！

李小聪　什么？老王？

刘大爷　对门儿的老王，他瘫痪了，脑子也糊涂了，我答应他闺女给老王送汤的。

李小聪　等等，对门儿老王？对门儿老王叫什么啊？

刘大爷　王德顺。

李小聪　那你叫什么？

刘大爷　刘德发。

李小聪　啊？坏了坏了，我是他家找的护工，你说你这个大爷，你脑子又不是不好使，你说你姓刘，你怎么说你姓王呢？

刘大爷　谁说我姓王的，你说我姓王啊！

李小聪　你怎么不说话啊？

刘大爷　你可得让我张嘴啊？

李小聪　大爷，对不起，我走了。

刘大爷　我带你去吧，你别再走错门儿了。

［带李小聪走到王家门前，开门。

刘大爷　看，这才是你要照顾的王大爷。

李小聪　啊？大爷，我还是照顾你吧。

［王警官提日用品上，听俩人谈话。

刘大爷　我不用你照顾。

李小聪　不是，他这个情况我……照顾不了。

刘大爷　怎么呢？

李小聪　刚才我以为我要照顾的是你，我还觉得我赚了，看见他，我觉得我真是赔了，就他家出的这点儿钱，照顾一个这么严重的病人，我干不了。

刘大爷　那你说得多少钱？

李小聪　这不是钱的事儿，是我确实干不了。

刘大爷　你们的口号不是什么病号都接，热情周到体贴，你爹就是我爹吗？

李小聪　那也得分什么爹，这个爹我伺候不了。

王警官　李师傅，你的意思是……

李小聪　大妹子，给，这是你给的定金，我走了。

王警官　大哥，别……要不，我再给你加点儿钱。

李小聪　大妹子，这真不是钱的事儿，你说要加钱那得加多少钱啊，两倍，干不着；三倍还可以商量。

王警官　大哥，我马上就要出发了，这个时候你走了，我到哪儿再去找人啊？大哥，帮帮忙吧……

刘大爷　别求他！让他走！用这样的人我还不放心呢，孩子你放心，有我呢，我照顾你爹！现在的人啊，光认钱不认爹了，钱才是他爹！

李小聪　大爷，你这是什么意思？钱是我爹，我不为挣钱我干这个干啥？可话说回来，这不是我亲爹，是她亲爹，她能走我为啥不

能走，再说了，她老公呢，她爹都这样了，她出门儿她老公不能回来照顾吗？

刘大爷　她要是能不走，她老公要是能回来，要你来干么？她们两口子都是警察，都是安保专家，为确保平安亚运，都两三个月不着家了！

李小聪　什么？

［李小聪愣住，众警嫂及社区志愿者上。

警　嫂　大爷，这儿是王警官家吧？

刘大爷　是，这就是王警官，你们……

警　嫂　王警官，我老公也是个干警察的，你们两口子的事迹我们都听说了，王警官巾帼不让须眉，和其他男民警一样，全副武装日夜坚守在工作岗位上，还有你老公，那是个多孝顺的人呀，可现在他只能拒绝领导的照顾，含泪把个病重的老爸舍在家里，他知道，忠孝不能两全呀，王警官，你放心上岗吧，从今天开始，我们这些警嫂来照顾你的父亲，我们保证二十四小时有人值班。

王警官　嫂子，你们……

警　嫂　啥也别说了，咱都是一家人，为的是同一个目标，你为国家尽忠，我们替你尽孝！

青年人　王警官，我们是社区的青年志愿者，你们家的事儿我们志愿者服务队全包了。

中年人　你们不能全包，我们是小区的居民，远亲不如近邻，怎么也得分给我们一半，我们值夜班。

警　嫂　不行！姐妹们，上岗！

李小聪　等等！干啥啊？都干啥呀你们？钥匙在我手里，谁也别争，抢活儿咋的？这家的老人我包了！

刘大爷　你不是干不了吗？

李小聪　那是我不了解情况！王警官，我是农村来的，我们农村有空巢老人，我没想到警官家也有空巢老人，我们出来打工是为了生活，警官们不顾家是为了我们更好的生活，是为了我们国家的荣誉！我是个体育迷，来广州打工就为能近一点感受亚运会，沾一点儿亚运的喜气儿，亚运会不光是你们广州人的亚运会，那是全国人民的，世界人民的，作为世界人民的一分子，我也有责任！平安亚运靠大伙，警察家的困难就靠我，我刚才还是农民工，现在变成了志愿者！为了王警官的老爹，分文不收我还倒贴！大爷，吃药！

刘大爷　对门儿！

李小聪　这回错不了了，（提进密码箱）王警官，你放心上岗吧，我也上岗了。

众　人　对，咱上岗！

王警官　（感动地）嫂子们、邻居们、李师傅，谢谢！我代表我老公，也代表所有奋战在亚运安保一线的公安干警们，谢谢你们了……（鞠躬）

刘大爷　王警官，我们也代表广州人民，向所有参加亚运安保的公安干警致敬！你们——

众　人　辛苦了！

［音乐起。

——剧终

（与王宏坤共同创作）

·小品·

越来越好

时　间　大年三十下午。
地　点　糯米村村长家。
人　物　村长：六十岁。
老伴：六十岁。
大康：三十岁，农民工推销保险的。
康妻：二十八岁，农民工推销保险的。
柱子：四十岁，包工队队长。
秀才：三十五岁，海外游子。
老会计：五十岁。
回村过年的人若干。

老伴　哈哈哈，不怕大伙笑话，我家那老头子比牛还笨，拿着手机光会打电话不会发短信，这一过年把我累得。

村长　（上场）说啥呢，你幸福去吧，像我这村长级别的干部能用自己老婆当秘书的不多了。

老伴　（高兴地）对，咱肥水不流外人田。

村长　哎呀妈呀还肥水呢，这情商，一辈子都没找对感觉。让你发的那些短信都发了吗？

老伴　发了。你就是没微信，你要有微信，我发得更快了。

村长　（急了）我没威信，我没威信我能当这么多年村长吗，我没威信我能管好几百号人吗？

老伴　我说得不是你的威信，是手机下载的微信。

村长　我就不信了，做人都没威信，它下出崽儿来还能有威信呐？

老伴　你啥也不懂。

村长　那些短信都咋发的，汇报汇报。

老伴　都是照你写的稿发的，（掏出一个纸条）给儿子是这样发的：现在生活好了，无论你是坐火车，坐高铁，坐飞机，往返路费全由我报销。一定回来吃顿年夜饭，我们想你。

村长　好，给在外打工的乡亲们咋发的？

老伴　（又掏出一张纸条）祝春节快乐，越来越好。

村长　在外边的七八十口子都发了？

老伴　都发了，用的是群发，我这一手指头下去，好几十条全发出去了。

村长　太好了。[强子拎着一堆年货兴冲冲上场。

强子　出门打工为挣钱，一去就是两三年。村长给俺发短信，约俺回家来团圆，还给报销路费钱。（冲屋里）村长，过年好哇！

村长　哎呀，这不是强子吗。

老伴　好几年没见了。

强子　都三年没回来过年了，谢谢村长。

村长　这孩子太会说话了。

老伴　强子可出息了，看着都跟城里人似的。

村长　听说在大饭店当厨子呢？

强子　你怎么知道的？

村长　电视上都演了，《舌尖上的中国》嘛。

老伴　一会儿露两手，让咱也尝尝。

村长　对，咱糯米村是你的根儿，你就给我们整个舌根儿上的中国。

强子　村长，也没给您带啥好东西，都是些小食品，知道您爱喝两口儿，到时候微波炉一转打开就能吃。

村长　谢谢。

老伴　坐了一路火车累了吧？

强子　不累，我坐卧铺回来的，不好意思，还是软卧。（说着把火车票掏出来）

村长　行啊，小子！都坐上软卧了。

强子　是，里边还带洗澡的呢，对不起村长，本来我想买个上铺，能便宜点儿，结果就剩下铺了，没办法，总共八百八。（将票递给村长）

村长　这孩子还是那么朴实，花点钱还不好意思，花！现在生活好了，能享受就享受就不要忍受，多花俩钱舒服。

强子　太谢谢了，村长。

村长　你看这孩子老谢我干啥呀。

强子　包厢里三个打呼噜的，整得我一宿没睡着。

村长　这就对了，人在囧途嘛。

强子　那呼噜太响了。

村长　理解，他太响了，你太囧了。

强子　大叔大婶，我先在你炕上眯一会儿，一会儿再给你们做菜。

老伴　好好好，你先睡会儿，我拾掇拾掇。

［强子躺在炕上休息。

老伴　（冲村长）这孩子，坐个软卧还把车票给咱看看。

村长　显摆呗，年轻人都有虚荣心。

［大康和媳妇拎着一堆年货上场。

大康　出门打工为挣钱。

康妻　一走就是两三年。

大康　村长给俺发短信。

康妻　约俺回家来过年，

大康　还给报销路费钱。（冲屋里）村长，大婶。

合　过年好。

老伴　哎呀你们也回来了？

村长　快进屋。

康与妻　村长，大婶，给您拜年了。

老伴　你们从海南回来得坐好几天火车吧？

大康　没坐火车，我俩坐飞机回来的。

康妻　还是头等舱。

老伴　一看就知道你们在外边比强子混得还好啊。

大康　头等舱太舒服啦，吃啥都不要钱。

康妻　我喝了六杯咖啡。

大康　我上了三次厕所。

康妻　我们得给他吃回来呀！

大康　我得给他拉回来呀！要不然太贵了。（掏出两张票递给村长）两张六千六，不好意思。

村长　这孩子变得斯文了。

老伴　你们俩还一个当保姆一个当保安呢？

大康　我不当保安，

康妻　我也不当保姆了。

合　我们推销保险啦。

村长　保安，保姆，保险，还都是保字辈的。搞保险推销挺好，就是别乱给人家打骚扰电话。动不动手机一响就：“大哥参加保险吗？”我最烦那玩意儿。（众乐）

大康　（拿出一张保险单）村长，大婶，过年也没啥给你们带的，知道你们年事已高，特意在我们公司为你们申请了一个内部保险指标，希望你们加入。

老伴　哎呀，这孩子想得太周到了。

村长　（小声地冲老伴）先别表态，弄不好就是杀熟。（冲大康）好好，回头我们研究研究。（接过保单）

老伴　我说大康啊……

村长　停，别叫大康，叫小名多吉利啊？

康妻　村长他小名叫啥？

村长　他小名叫小康，加上这孩子从小有点儿笨，大伙都叫他笨小康，笨小康。叫了那么多年火了，报纸上铺天盖地的都是奔小康，我带领村委会一读报纸的时候总想起他来！奔小康嘛！（众乐）

大康　哈哈哈，您太幽默了，村长，我们第一次坐飞机还有点晕。

康妻　我喝咖啡喝得一路没睡着……

村长　上炕！

大康　村长，说实话，头等舱也不如咱这热炕头啊。我们眯一会儿，团圆饭好了叫我们。

老伴　好好好。这些孩子都不外道。

［柱子带着几个民工上场。

柱子　春节回来过大年。

众　村长报销路费钱！

柱子　村长，大婶。

合　过年好！

村长　都回来了。

老伴　（边倒水边问）柱子，还在外边给人盖房子呢？

甲　柱子当施工队队长啦。

村长　又进步了。

柱子　村长，我把咱糯米村的施工队都给你带回来了，谢谢你啊。

村长　你们这么多人怎么回来的？

柱子　别提了村长，火车票，飞机票都买不着了，我们包了个车。哎呀，今年过年这高速公路不收费了，这家伙堵得，两天两夜，吃了几顿饭，买了点水果饮料，这是包车费，加起来一共七千七（递给村长）。

众　谢谢村长。

村长　你们总谢我干啥呀？

柱子　怎么能不谢呢，国家生活好了咱就得感谢党，村里生活好了咱就得感谢村长。

众　谢谢村长。

村长　怪不得你当队长呢，素质就是高啊。

柱子　村长，过年了，也没什么给您买的，知道你那块老怀表都揣了多少年了，我们几个给你买了一块新表，祝你新年走字。（说着掏出一块手表要给村长戴上）

村长　停，沙粒我都能收，就这玩意不能戴，网上一曝光，我不成"表叔"了吗。

老伴　那可不，我不成了"表婶"了吗？

柱子　您放心，这块表是国产的走的准还很便宜，如果网上真的给你曝了光，你不但不能成为表叔，你还能成为表率。

村长　你可别瞎扯了。

柱子　你给我们大家发的那条报销路费的短信已经在工地上传开了。工人们都说你太慷慨了，你太表率了。（冲大伙）到村长家过年就别让大叔大婶忙活了，咱们自己动手，好好地吃上一顿年夜饭。

众　好。（大家开始忙活）

［村长把老伴拉到一边。

村长　过来，你那短信是咋发的？

老伴　按你指示发的。（掏出手机）这不给儿子这么发的。现在生活好了，无论你是坐火车，坐高铁，坐飞机，往返路费全由我报销。一定回来吃顿团圆饭，我们想你。

村长　我问你给他们怎么发的？

老伴　给他们就是新年快乐，越来越……坏了。我把发给儿子的短信给他们群发了。

村长　哎呀妈呀，怪不得他们对我这么客气呢！发反了！

［老会计风风火火地上场。

会计　村长，告诉你个好消息，咱村失去多年联系的那个小秀才从非洲回来过年了。

村长　（问老伴）你发的短信哪！

老伴　没有哇！

村长　那他咋回来了呢？

［小秀才穿着一身洋装情绪有些低沉地上场，村长和小秀才面面相觑。

秀才　村长！

村长　你是？

秀才　我是小秀才。

村长　不是，我是问你坐火车还是坐飞机回来的？

秀才　别提了，我离家多年一路漂泊。还记得当年高中毕业，没有考上大学，您劝我留在村里教书，我总觉得有远大的抱负必须走向远方，走到市里，走到省城，走到首都。不知为啥，盲目地走得越高心里越没底，最后我漂泊到海外，这么多年还是一事无成。现在我才意识到，能养育我的，给我营养的还是家乡的这块土地。这么多年我愧对家乡父老啊。（鞠躬）

村长　不，孩子（将他扶起）我问你，你没接到你大婶短信吧？

秀才　没有，这些年我跟家乡没有任何联系，今年我是鼓足了勇气回来向你们认错的。希望你们能接纳我。

村长　不，孩子，能回来就好，家乡永远欢迎你。你还不知道吧，你的文章获了糯奖了。

秀才　糯奖？

村长　就是咱糯米村的大奖啊。

秀才　……（疑惑地望着村长）。

村长　你还记得你上初中时写的那篇作文吗？叫《我的梦》到现在我们还能背下来。

老伴　我梦见家乡的土地长出了楼房。

强子　（从睡梦中坐起）我梦见家乡的土路变成了公路。

康与妻　（从睡梦中坐起）我梦见村里的牛车变成了汽车。

众人　我梦见荒山野岭瓜果飘香。

村长　我们从冬走到春，我们从旧走到新，我们从梦走到真。孩子，你写的这一切如今都实现了。你比那玛雅预言准多了。

秀才　谢谢大家，村长，这次回来我就不走了，按您当年说的，我就留在村里给孩子们教书。

村长　（激动地拉住秀才的手）好！孩子就冲你这句话，不管你大娘给你发没发过信息，不管你从哪里回来，不管你坐火车还是坐飞机，路费全部报销。（众欢呼）当着明人不说暗话，你大娘报销路费那个信息发错了，那是发给我儿子的。可是大伙回来了我高兴，说出去的话泼出去的水，我说话从来不反悔。路费照报，你们都是我的晚辈，就等于今年过年给你们的压岁钱了。

［众欢呼，村长的电话铃响起，看电话。

村长　我儿子，该报销的终于来电话了，喂，儿子，今年过年回不来？什么，马上打开电视？老伴开电视！

［老伴拿起遥控器打开电视，大屏幕上出现了电视台记者。

记者　观众朋友们，我现在是在中国第一艘航空母舰辽宁号上和官兵们一起欢度除夕，下面请我们的第一代航母水兵通过电视屏幕向祖国和家乡的亲人说几句话。

［身穿水兵服的儿子出现在屏幕上。

儿子　爸爸，妈妈，糯米村的乡亲们。今年春节又不能回去和你们一起过年了，我想你们，给你们拜年了。作为第一代航母水兵，我为我们祖国自豪，为我们军队自豪，为我们家乡自豪。祝愿我的家乡和我们的祖国一样蒸蒸日上，越来越好，敬礼！（众欢呼）

村长　乡亲们，每年除夕咱都是扭着秧歌迎新春，今天咱不扭秧歌了，来个时髦的。

众　啥时髦的呀？

村长　跟我儿子一样，来个航母 style。

［音乐起，大家随着音乐翩翩起舞，众人在柱子的带领下从幕后推出一口大锅，大家动手煮饺子，边跳边唱……

雪花飘，春花俏，红灯高挂人欢笑。
你也好，我也好，家乡越来越好。
山也好，水也好，祖国越来越好。
春风吹，阳光照，好梦成真康庄道。
新朋好，老友好，生活越来越好。
天也好，地也好，人民越来越好，生活越来越美好。

众　（白）越来越好，大年初一电影院见，电影工作者给您拜年了。

——剧终

·单人小品·

文体明星大串联

（1995 年明星足球队成立一周年晚会）

时　间　当代。
地　点　庆典现场。
人　物　众明星。

大家好，今天是明星足球队成立一周年纪念日，我把在座体育明星和演艺明星的名字串联在一起，汇报一下这一年明星足球队活动的基本情况。

这一年，我们本着深入基层的原则，去过田震、到过张也、下过关牧村、爬过赵本山，基本都属于老、少、边、穷地区。为了慈善募资，我们明星足球队与香港明星足球队进行了一场大型义赛。广告栏刚刚贴出侯耀文，排队买票的观众就成龙了，所有的票当天就卖了个于荣光，挣了不少成方圆，装钱都用李金斗。开赛前，总教练张艺谋做了战前总动员，说虽然我们连续几场李福胜，但也要夹着曾志伟做人。开幕式上放飞了很多陈凯歌、梦鸽、方子鸽，后来鸽子不够了又放飞三只鹰，那英、宋祖英、李海鹰，好家伙，一起在天上王菲呀。随着裁判员一声陈道明，比赛正式拉开了克里木，那天天气不错，没有一丝娄云，我们头顶一轮李丹阳，晒得浑身瞿颖，起了一身毛阿敏。教练员每人发了一盒李小双，别说，抹完之后还真就倪萍啦。对方进攻如同牛群，没多时，我们就落后对方李谷一。这时天气又开始变化，先刮起一阵许海峰，紧接着下起了李金羽，所有的队员都在雨中谭咏麟，没多大功夫就林依轮啦。我们随队医生王义夫怕大家感冒了，每人发了一粒宋丹丹，可最后还是柯受良了。这一夏雨，球更难踢了，地上刘德华、董文华的，摔得满场陈招娣，蹭了一身熊倪，沾了一脸孔令辉。没想到香港明星足球队总在我们后面做小动作，不是毛宁就是李宁，拽着我们的裤衩陈佩斯呀。我队老将赵忠祥，如同锋线上的一把郁钧剑，球在脚下就戴娆，一步冲入禁区上前就是一个冯巩，那球当时就张伟进了，比分终于扳成了郎平，全场的观众刘欢啊。这时巡边员举起了杭天琪，说这球不算，事先有点李玲蔚，我当时就急了，上去就跟裁判员理论，裁判员掏出两张牌，我一看跟我有关系——黄、红，罚下了。

——剧终

1994 年中国明星足球队成立（二排左三）

1992 年在人民大会堂迎接奥运健儿归来，与奥运冠军邓亚萍、演员姜昆表演小品《3 比 0》

与著名画家范曾、演员郭达表演小品《卖画》

与郭达表演小品《获奖之后》

分别与范伟、段小洁、六小龄童表演小品《杨白劳与黄世仁》

1998 年在张北地震灾区创作、
表演小品《张北，你好》

2008 年赴广州军区慰问抗击冰雪部队，
创作、表演单人小品《暖情》

2010 年赴玉树地震灾区慰问，
创作、表演小品《一封家书》

1980 年曾随沈阳军区慰问团慰问西沙；1993 年曾随总政歌舞团慰问西沙。该图片为 2013 年三沙建市一周年，随中国文联慰问团慰问三沙市，创作单人小品《三上西沙》

1996 年总政小品喜剧艺术团成立（二排左二）

第 三 章

叶

戏剧影视卷

·话剧·

钢盔里的兰花

时 间 一九八一年盛夏。

地 点 前线阵地。

人 物 白 杰：女，二十二岁，某部队护士。

苏晓峰：男，二十二岁，某报社记者。

韩 宾：男，二十二岁，某贸易公司经理。

秋思阳：女，二十二岁，某机关职员。

肖志远：二十四岁，某部队连长。

全大成：二十三岁，战士。

小战士：十八岁。

团 长：三十五岁。

干 事：二十六岁。

干部、战士若干人。

序 幕

[整个会场是一种会议的布置，台上有讲台、麦克风和一排会议桌。

[舞台上方的横额上写着“热烈欢迎从前线归来的苏晓峰同志演讲大会”。

[剧场内播放着节奏欢快的《迎宾曲》。

[几位领导和有关人员陆续来到主席台的席位上就座。

[会议主持人来到麦克风前。

主持人 请同志们注意啦！下面，大会开始！首先，让我们以热烈的掌声欢迎刚从前线采访归来的苏晓峰同志为我们做报告，大家鼓掌欢迎！

[观众席内响起一片掌声。

[苏晓峰在掌声中，手捧着一个被子弹打穿的钢盔，钢盔里栽着一束盛开的兰花，走到麦克风前。

苏晓峰 （深沉地）同志们，我讲什么哪，你们可能从报纸上、电视上、广播里看到和听到了很多有关前线的报道，今天我是要讲讲我的一点亲身感受，我要向大家讲的就是……

[苏晓峰将手中的钢盔高高擎起，一道强烈的光柱射在钢盔上。

[两侧的字幕同时出现六个大字：钢盔里的兰花。

[激昂有力的主题曲骤然响起。

一

［一九八一年，盛夏。

［野外，飞流的瀑布。

［整个的环境充满耀眼的阳光，水声与清脆的鸟鸣交织在一起。

［地上的四个不同颜色的气袋摆成一个“十”字形。

［苏晓峰、白杰、秋思阳、韩宾身着游泳衣静静地仰卧在气袋上，他们心情地陶醉在明媚的阳光下，在这迷人的意境中，他们好似一朵盛开的花，展开了四叶花瓣。

［白杰和秋思阳慢慢地坐起，伸展着健美的手臂，轻轻地撩拂一下头上的乌发，像是花瓣在阳光下卷曲蠕动一样地站起身来，悄悄地向瀑布跑去，她们尽情地玩耍着，发出爽朗的笑声。

［远处传来的笑声惊动了正晒阳光浴的韩宾，他望着瀑布下的白杰和秋思阳，然后趴在气袋上，推了推仰卧闭目的苏晓峰。

韩　宾　哎，晓峰，你看多美呀！实际上万物之中最美的还是人体，尤其是女性的体态：鲜明的曲线，皮肤的光感，哎，你说她们俩谁的衣服颜色和自己的皮肤配得更好些？

苏晓峰　（厌烦地）你好像学过美术，脑子里除了金钱就是美女。

韩　宾　爱美之心人皆有之嘛，在高中时我就看出来了，你和白杰有意思，我们都上了几年大学没见面，我看你们的那种感情更加深了，说实话，这几年你们有没有偷偷接触过？

苏晓峰　没有。

韩　宾　真没有？

苏晓峰　你怎么对我的个人问题这么感兴趣？

韩　宾　晓峰啊！别看姑娘们这么崇拜你，我不客气地说，我并不服你！虽说你是大本，我是大专；你是报社记者，我是小门小户的商人，要说撰写文章我不如你，但小鸡鸡尿尿各有各的道，要谈起做生意来，你差得远啊！人的生活靠什么？钱！得有钱！没有经济基础别的都是扯淡，这不，刚刚又谈成了一笔买卖，光信息费就是五百块。

［说着韩宾从兜中掏出一沓人民币拿在手中。

韩　宾　几年后再看。几年后，我有可能就是某公司的大经理，有的是钱，到时候你晓峰得用笔来写我、吹我韩宾。

苏晓峰　你总是那么自信。

韩　宾　是啊！没有自信也就没有我韩宾啦。自信，自奋，自强嘛！晓峰，走，去看看她们干吗玩得那么高兴。

苏晓峰　你去吧，我在这儿看堆儿。

［韩宾向瀑布边跑去。苏晓峰拿着本英语书漫不经心地翻阅着。

［白杰从瀑布下跑来。

白　杰　晓峰，你还在生我的气呀？

苏晓峰　白杰，你难道不能重新考虑一下吗？

白　杰　晓峰，你别难为我了，我已经打完报告了。

苏晓峰　你没考虑，这是咱俩的事？你，你对我不尊重。

白　杰　我跟你商量过。

苏晓峰　是呀，商量过，可我没有同意，你就自己作主，而且你还撒谎说是都去，你违背我的意志和撒谎在同一事情上，你变了……

白　杰　我……

［这时，秋思阳从瀑布下跑来。白杰急忙走开，到树丛后去换衣服。

秋思阳　白杰哪？

［苏晓峰没有回答，躺在气袋上用书本遮上了脸。

秋思阳　（喃喃自语地）魅力？……实际上男人的魅力并不在于沉稳、冷静和无动于衷。

苏晓峰　怎么，听你的话比看英语书还难理解？

秋思阳　都是藤盘树，哪有树缠藤的。韩宾是真正的男子汉，他对白杰主动热情，相信他一定能成功。

苏晓峰　是的，他的性格决定他是进攻型的。

秋思阳　你呢？你在打冷战，实际上你的手段比他更高一些。

苏晓峰　不！我在同龄人之中，在这方面显得总是有些迟钝。

秋思阳　迟钝？你并非迟钝。你是成熟、自负、盛气凌人，晓峰，只要你努力的话你什么都会成功的！但你这个人总是不肯求别人的帮助，更准确地说，是不需要我的帮助。我舅舅来信了让我出国去继承遗产，你说我去不去？

苏晓峰　我怎么好说？你自己决定。

秋思阳　如果你是我呢？

苏晓峰　我不是你。

秋思阳　假如你是我，你该怎样去选择呢？

苏晓峰　国外当然有它好的一面，但也要因人而异，那种环境，不是所有的人都能适应得了的。

秋思阳　不！国外适合于我们每个人。在那个“世外桃源”的地方，欲望不受压抑，你可以尽情地去追求。

［苏晓峰有些心不在焉，秋思阳略有察觉。

秋思阳　其实，外国的男人也是很有特点的，听说犹太人非常的聪明，德国的商人是最典型的男性美，法国的男人是高雅的。

苏晓峰　那么说，在你的眼里中国的男人可能是最惨的了？

秋思阳　不，我不是那个意思。在我眼里的中国男人，比他们都强。拿你来说吧，如果我们一起出去，几年之后我们一定能出人头地。

苏晓峰　不行！不一定那么容易。再者说，我还要在国内搞我的事业。

秋思阳　事业？违心话，男人总是高谈事业，实际上追求事业和追求女人是画等号的。有时还可以为了女人放弃事业。我已感到了，你心目中早有一个偶像。

苏晓峰　谁？

［此刻，白杰换上了军装，从树丛中走了出来。

白　杰　思阳。

秋思阳　（尴尬地）白杰……

［这时韩宾从瀑布下兴奋地跑来。

韩　宾　哎！快来看，快来看呀！我捡了四块石子儿，它们有着四种不同的颜色，一块绿色的，一块红色的，一块黄色的，一块白色的合为春夏秋冬。闭上眼每人拿一块，我看看你们的运气！

［韩宾将手背到背后，每人选出一块，四声同时亮出。

秋思阳　哎！我是春。啊，春意盎然，它会给金秋带来希望！

韩　宾　我是夏。我是火热的、沸腾的，火热也许会使人讨厌，可我相信一旦他遭到了寒冷，他就会忏悔自己的厌烦，感到夏日的温暖。哎，晓峰来摸呀！

苏晓峰　（没精打采地）命里注定——秋风扫落叶！

白　杰　不！秋天是沉沉的，秋天是丰收的季节，果实累累。我是冬。

苏晓峰　冷酷无情。

韩　宾　不，冬天是洁白的，像你的名字一样。

［秋思阳内心有些不悦，转身躺倒在气袋上。

韩　宾　来！我们高兴高兴。跳段舞吧。

［韩宾打开了录音机，跳起了现代舞……白杰、苏晓峰默默无语地坐着，秋思阳躺在气袋上，不耐

烦地冲韩宾——

秋思阳 你真像夏天的太阳一样，热得闹人！

韩　宾 那是因为你没有经过冬天的严酷。

秋思阳 我宁可一年四季都是冬天。

［说完，秋思阳将手中石子投向远方。

韩　宾 哎，你怎么扔了？我热得闹人，可我却保存着它，而你却把它抛弃啦，那是青春。

［苏晓峰“咔”的一下将录音机关掉，愤慨地。

苏晓峰 是呀！有些人曾经被时代抛弃了青春，那是前几年社会混乱的恶果，如今时代变了，社会为我们青年人的追求开阔了天地，在我们的脚下有千条路可走，在我们的眼前有万条路可寻，可有的人，不考虑自己的价值，不珍惜自己的青春年华，（他怒视着白杰），为了虚荣而专心地选择了一条险路！

［韩宾、秋思阳不解地望着白杰。

白　杰 噢，两位老同志，我还没有告诉你们哪，我要上前线了。

韩　宾 （吃惊地）前线？！

秋思阳 （吃惊地）前线？！

白　杰 对——前线！

韩　宾 白杰，这是你自己决定的？还是组织上要求的？

白　杰 是我要求的！

韩　宾 哎呀！白杰，你怎么不事先和我们商量商量？当初你报考护校我们同意，为了文凭，图个学历，可读完就行了呗。你干吗一条道跑到黑。转业回来干啥不好，你有技术，就是干个卫生所也不错呀。你看晓峰大学毕业到报社当记者；思阳大学毕业还要出国留学；就我不成才，改行从商，可也图个自由哇。你怎么选中这么一条路，值得吗？

白　杰 我考虑过，可我想前边有那么多可歌可泣的战士，我应该去尽一点义务。再说，我不能和你们比呀：晓峰有一个好的工作，又聪明；思阳机遇天降，可以远走高飞；韩宾，你有搞经济的才能，可我有什么？我只是个普普通通的人，只能做点具体的事情，我最了解自己。因此，就要走自己的路，这样，生活就能坦然些，也能对得起自己的良心。

苏晓峰 是的，人各有志，韩宾，思阳明天到我家去，咱们为即将出征的勇士饯行。

二

［同前场相隔一日。

［苏晓峰的家中，桌上摆着丰盛的饭菜。

［白杰、苏晓峰、韩宾、秋思阳围坐在桌前。

［苏晓峰、韩宾手持酒杯，带有几分酒意，失常地大笑着。白杰气愤地低头坐在一旁，秋思阳惊疑地望着眼前的苏晓峰和韩宾。

苏晓峰 来，韩宾干！

韩　宾 干！

［两人将杯中的酒一饮而尽，又拿起酒瓶将杯斟满。

［秋思阳上前夺过酒瓶。

秋思阳 晓峰，你们别喝啦！

［苏晓峰举着酒杯对着秋思阳。

苏晓峰 思阳，你跟我说过“犹太人非常聪明，德国的男人是最典型的男性美；法国的男人是高雅的。可你知道中国的女人吗？花木兰替父从军，娘子军奋勇杀敌，眼前，还有我们即将出征的女中豪杰，来，韩宾，让我们为中国的女人干杯！”

［韩宾手持着酒杯。

韩　宾　对！女人比男人更伟大！来，干杯！！

［两人又将杯中的酒饮尽，韩宾把手中的酒杯猛地往桌上一摔。

韩　宾　白杰，你这是虚荣！不！是野心！你觉得现在这是最时髦的是不是？把战场当阶梯，图有功名。可你想过没有，那是会死人的，你缺钱了？你的抚恤金多少钱？我给你！

［把一沓人民币狠狠地摔在了白杰面前。白杰忍无可忍手往桌上猛地一击。

白　杰　够啦！谢谢你们，这是我个人的事情。

苏晓峰　好！有你这话就行了。

［苏晓峰借机把酒杯拿起走到秋思阳的面前。

苏晓峰　来，思阳，让我们干一杯红酒。

秋思阳　晓峰？

李晓峰　怎么？看在我们几年同窗的面子上，不能陪一杯吗？

秋思阳　不是，今天……

苏晓峰　我今天就跟你喝！

［秋思阳无奈，将酒饮尽，苏晓峰又斟满一杯。

苏晓峰　来，干！

秋思阳　我不想跟你喝了。

苏晓峰　难道，你不明白这红酒象征着什么吗？

秋思阳　晓峰，你是不是喝多了？

苏晓峰　我没有喝多。我头脑是清醒的，而是你在隐瞒自己的感情。思阳，今天我要真正地还愿，我答应你对我的追求，来！喝杯交杯酒！

［秋思阳欲走，苏晓峰拉住她，将手搭在她的胳膊上。

苏晓峰　来，干！

［秋思阳拒绝，放下手中的酒杯。苏晓峰拿过酒杯将酒倒入自己的嘴里。

秋思阳　（羞愧万分）对不起，我走啦！

［秋思阳转向离开屋内。

苏晓峰　等等，我去送你。

［苏晓峰疾步地跑了出去……

［屋内白杰、韩宾茫然不知所措，默默地坐在那里。

［院内，秋思阳伤感愤怒地冲着苏晓峰——

秋思阳　你嘲讽我，可耻！小人！你侮辱我的人格，你，你玩弄我们两个人的感情！你有什么了不起的，仗着你优异的条件？凭着你横溢的才华？借着你独有的魅力？你，你什么都不是！……我不否认我过去爱过你。可现在，我认为不值得，你不配！我走啦，我真的要走了，我是在今天晚上，在你的家里，甚至更准确地说，是在我们的酒桌上才下的决心。过去，我把你当成精神支柱，当成我顶礼膜拜的大卫，如今我要把我新的追求变成事实，我可以冲破一切阻力，可以抛弃我的家庭、我的朋友、我的同学，甚至抛弃这个祖国，再见啦！

［秋思阳仍要继续往下说……

苏晓峰　你走吧！那是你梦寐以求的。你可以得到一个“绿卡”，可以寻求异国的欢欣，可以发洋财、开洋荤，你走！你早就该走啦！

［秋思阳捂着脸失声痛哭地跑了下去。苏晓峰内心在绞痛，他目光呆滞倚在庭院中的一棵白杨树下……

［屋内，白杰站起身拿起军帽欲走，韩宾急忙上前拦住。

韩　宾　白杰，你听我说……

白　杰　够了，够了！讽刺、挖苦、出风头、图虚荣，韩宾，我是那样的人吗？如果说父母、兄弟、姐妹们责怪我，我还可以理解，我们是同学呀，是在一块儿生活了十二年的同学挚友呀，难道你们还不了解我？我只不过是想要用自己所掌握的一点本领，做一些自己应该做的事，现在我才明白，做一件事情要想获得同情、支持和理解，太难啦！

［韩宾灵机一动，转换了一下自己的情绪，然后拿起一杯白酒。

韩　宾　不！白杰，我理解你。这红酒代表不了男子汉，我今天专为你而干杯。

［说罢将一杯酒一饮而尽。

韩　宾　白杰，刚才我讽刺、挖苦了你，可你要明白，那并不是我的本意，你知道吗？你上去，却牵动着另一个人的心啊！白杰，我们同窗这么多年，我一直在默默地爱着你，可此前，我并没有向你表白，因为，我没有晓峰这样的才华。如今我敢啦！因为，我有一颗赤诚的心，这颗心，不会因你的举动而改变对你的炽情。白杰，你上去吧，理解是友谊的源泉，没有理解就没有爱的根基。假如你真的在战斗中有什么意外，我可以伺候你，并虔诚地为你祈祷未来……

［说罢，韩宾将胸前的十字架猛地拽下。

韩　宾　白杰，这是我送给你的礼物，让上帝保佑你！

［白杰抑制不住内心的激动，她失声痛哭地向韩宾扑去。

白　杰　韩宾！

［韩宾紧紧地拥抱着白杰，此刻苏晓峰推门而入，见此情景，不由得呆住了。

三

［与前场相隔数日。

［飞机场的候机厅内。

［秋思阳、苏晓峰、韩宾坐在长椅子上。

［候机厅的喇叭里传来播音员的声音："各位旅客请注意，国际航班110次马上就要起飞了，望各位旅客做好登机前的准备。"

［秋思阳站起身。

秋思阳　晓峰，谢谢你，谢谢你今天能来送我。很高兴在临别前还能见你一面。

苏晓峰　不，我一是来为你送行；二是来向你赔礼道歉的。

秋思阳　别这样说，晓峰，我就要走了，临别之前我想要向你说几句心里话。我们是同窗数年的同学，你是了解我的，我一生只有两个愿望；第一个愿望是在国内和你结合。第二个愿望就是出国。如果把这两种愿望放在天平上的话，那么，你是重于后者的。我曾多少次为了你准备放弃出国的机会。可是，现在看来第一个愿望是很难实现的，所以，我做了第二个选择。可是，我知道国外那种优越的物质生活难以弥补我思想的空虚，也代替不了我爱的寄托。因此，我希望你……

苏晓峰　什么？

秋思阳　出国。

苏晓峰　出国？

秋思阳　对，我可以为你办理一切出国手续，不要认为我的这种要求只是为了我自己想占有你，我觉得那里很适合你，那里更利于你才华的发挥。

苏晓峰　我？（秋思用手挡住苏晓峰的嘴。

秋思阳　别说，晓峰，不要打破我这一线希望，我希望你考虑成熟后再给我答复。这是我的国外地址。（秋思阳从兜中掏出明信片）只要你需要我，你可以随时来到我的身边……

［说着秋思阳猛然抱住苏晓峰，在他的脸上深深地吻了一下。

［秋思阳转身向机场跑去。苏晓峰凝望着秋思阳的背影，久久地站着。

韩　宾　（感慨地）是呀，女人的感情在男人面前总是那样脆弱！

苏晓峰　（深沉地）这也和男人酒后一样，对自己的感情将毫不掩饰。

［两人同时进入沉默。片刻，韩宾低声地问道——

韩　宾　晓峰，听说你已经给白杰写诀别信啦？

苏晓峰　是她告诉你的？

韩　宾　是。

［苏晓峰深深地点了点头。

韩　宾　晓峰，让我们握手言和吧！！

苏晓峰　我不认为我们之间有什么分歧？爱是属于我们每个人的，我并没有权利指责你的追求，希望你我不是那种庸俗的人。

［两人归于沉默，须臾，韩宾感慨地——

韩　宾　都走啦！一个到了出生入死的硝烟战场，一个到了纸醉金迷的异国他乡，现在，只剩下我们俩了，似乎如今真是女人的世界，不知你怎么样，我此时已感到孤独和茫然了。

苏晓峰　我，也要走了，也该走啦。

韩　宾　到哪儿去？

苏晓峰　和咱们的女豪杰一样。

韩　宾　前线？

苏晓峰　对。报社有一个到前线采访的名额。

韩　宾　是组织上派的？

苏晓峰　是我个人申请的，我是想借用这次采访机会，去解决一个公私兼顾的问题……好了，韩宾，时间不早了，让我们为我们自己的事各奔前程地去闯、去碰运气吧！

［苏晓峰大步地走出候机厅。韩宾略有所思，木然地站在那里用手自己的胸前画了个十字，嘴里并默念着——

韩　宾　上帝保佑——阿门！！

［前线营地，五连连部。

［帐篷内布置得清洁齐整。

［远处传来隐隐约约的炮声。

［连长肖志远臂膀上裹着纱布，手捧着一把盛开的兰花在精心地捆扎着，嘴里轻轻地哼着《兰花颂》的主题曲。

［白杰肩挎药箱走了进来。

白　杰　连长，你的伤势怎么样？

肖志远　（惊奇地走上前去）白护士，你不是住院了吗？

白　杰　哦，没关系，好多了。来，换药吧。

肖志远　白护士，我听说在我昏迷不醒时，是你用自己的血挽救了我，我真不知道该怎样感激你，我这条命是你给的！

白　杰　你呀……来，换药吧。

［白杰为肖志远换药。肖志远将手中的兰花放在胸前深情地闻了闻，然后羞怯地……

肖志远　白护士，我正要去看你哪，这是我为你采的兰花。

［白杰欣然地接过兰花。

白　杰　啊！兰花，思索花……

肖志远　对！

［肖志远从桌上拿起一张报纸念起《兰花颂》：

兰花，兰花，
你是万花丛中小小的一朵。
兰花，兰花，
你象征着美好，象征着思索。

你把笑脸掬向那明媚的阳光。
追溯着五彩缤纷的甜蜜生活。
鲜血、炮火又给你增添了几分蓝色，
使你的思索更加深刻。
啊！兰花，兰花，
你在思索着爱的选择。

白　杰　这首诗写得可真好！（白杰随手接过报纸）苏晓峰？是他写的！

肖志远　怎么，你熟悉他？

白　杰　何止是熟悉呢。（沉默）

肖志远　这首诗写到了战士的心坎上了，战士们都非常喜爱它，而且为它谱了曲子，我唱给你听听……

［肖志远唱起了《兰花颂》，白杰随着肖志远的歌声陷入了沉思。

［此时全大成从门外兴冲冲地跑进来。

全大成　报告连长！好消息，《兰花颂》的作者到咱前线了！

肖志远　真的吗？

全大成　真的。他是专来搞战地采访的。说要住在咱们连。

肖志远　好好，快收拾一下，咱们一定要招待好这位远方的来客。

［肖志远、全大成在忙碌着，白杰手拿报纸惊疑地——

白　杰　他？晓峰？他真的来了？

［这时，苏晓峰同团里的陪同人员一起走进了连部。

干　事　让我介绍一下，这是五连连长肖志远，这是《松江报》记者苏晓峰。

肖志远　欢迎，欢迎啊！

干　事　这是护士白杰同志。

苏晓峰　白杰！

白　杰　晓峰！

［白杰上前紧紧地握住了苏晓峰的手。

干　事　（惊奇地）你们这是……

白　杰　我们是小学、初中、高中的“三连贯”的同学。

干　事　哎呀，太好了！你们今天是同学相会，机会难得，要好好地谈谈吧，晓峰同志，我还得去布置会场，要马上召开誓师大会，领导还特意邀请你参加，我就不能奉陪了。

苏晓峰　你忙吧。

［干事转身走出连部。

苏晓峰　召开什么誓师大会？

肖志远　马上要攻打“三三〇”高地了，我们连准备上去，大成。告诉炊事班多搞几个菜，有远方的客人来。

苏晓峰　不必客气了。

全大成　你能上来就很不容易，你要是晚来一步，我们想欢迎还欢迎不到呢。你们这些秀才能写出我们的心声，理解我们，哎，我们就是死也死得痛快，死得高兴！（全大成跑了出去）

肖志远　晓峰，你有这么一个好同学应该感到骄傲，她为了救我们的性命出生入死，她这是刚从医院跑出来的，她呀，是个意志坚强、精神不垮的好姑娘。你们好好唠唠，我去准备一下。

［苏晓峰目送连长走出连部。白杰倒了一杯热茶送到苏晓峰面前。

苏晓峰　白杰，我为你祝贺！

白　杰　祝贺？为什么？

苏晓峰　战争是残酷的，你能在战斗中安全地下来，难道不值得庆幸？

白　杰　没什么。我来的时候你虽然没有为我祈祷，可死神却总是躲着我走。

苏晓峰　真没想到，你能经得住这样的磨难，而且还这样的乐观。

白　杰　我也没想到你能到这儿来。晓峰，你是随记者代表团来采访的吧。

苏晓峰　不！我是专为你来的。

白　杰　为我？

苏晓峰　报社里有一个到前线的名额。

白　杰　噢，是被逼上梁山。

苏晓峰　不！是我主动要求的，我上来，就是为了你。白杰你还上去吗？

［白杰点了点头。

苏晓峰　白杰，自从你到前线后，我天天挂念着你，肝肠断若得离情苦，我不止一次从噩梦中惊醒，也数不清有多少个不眠之夜了。白杰，你不要折磨我了，答应我，同我一块儿回去吧！

白　杰　晓峰，你上来仅仅为了这个？

苏晓峰　是的，为了你，我才借此机会。跟我回去吧！

白　杰　（摇了摇头）晓峰，别忘了这是战场，你面对的是一个军人！

苏晓峰　可你有理由，你身体虚弱，需要休息，应该去疗养。我向你们领导去谈，我……

［晓峰的话没止，全大成手捧一大串香蕉兴致勃勃地从远处跑来，和一名战士撞个满怀。

战　士　哎呀，大成今天你请客呀？来，先来两个。（说着战士上前要拿香蕉。）

全大成　哎，没你的份啊，这是我特意为记者买的。你呀，远点儿待着。

［全大成来到了门前推门欲进，忽听屋内的白杰在说着，他在门口止住了脚步。

白　杰　这不行。晓峰，我不能满足你的要求。再说，我离不开这儿，离不开需要我的战士，在这小小的世界里我得到了我所要得到的一切。

苏晓峰　白杰，你怎么这样固执，你不能再上去了，让别人上吧，我可以成宿带夜地给他写文章，我可以呕心沥血地歌颂他们，可是你不能，你是属于我的，你是我生命的一部分！白杰，我求求你啦！

［全大成听到此处，愤怒地将手中的香蕉狠狠地摔在门前。

全大成　他奶奶的，我送错了地方，应该拿它去喂狗！

［说罢转身跑了下去。苏晓峰和白杰被这种吼骂声惊住了，白杰急忙推开门拾起摔在地上的那串香蕉，望着全大成远去的背影，转过身冲着苏晓峰。

白　杰　晓峰，你不认为此时把我拉下去，比当初阻止我上来更难吗？

苏晓峰　正是因为难，我才上来。

白　杰　晓峰，我希望你能真正认识我，我还是以前的我。同时，我不希望你去损伤我们战士的心。也不希望你去损伤你自己在战士心目中的形象。

［这时门外传来一阵嘈杂声，韩宾和团里的一名陪同人员突然出现在连部门前。

韩　宾　白杰！晓峰！

白　杰
苏晓峰　（惊奇万分）韩宾，你……你是从哪里蹦出来的？

韩　宾　你们这是？……哈哈……没想到咱们能在这里相遇？走呀，我不是军人，也不是记者，但我是一个普通的公民啊。

干　事　（惊愕地）原来你们都认识？

韩　宾　对！我们是……

干　事　（恍然大悟）“三连贯”的同学！哎呀，你们今天是同窗好友大聚会呀？巧遇，巧遇。

韩　宾　我这次来，主要是被老同学的行动启发感化了，我是以一个普通公民的身份，来到前线以表达我一点小小的心意。（说着便从兜中拿出慰问品）薄礼一层，不成敬意，请首长代我转给战士们，千里送鹅毛，表达表达一个普通公民对战士们的敬意吧！

［干事激动地握着韩宾的手。

干　事　谢谢你！谢谢你能如此理解我们，我一定把后方人民的心意转达给战士们。你们谈着，我去准备一下，都不要走啊！

[韩宾寒暄着将干事送出连部，转身喊道——

韩　宾　老同学！哈哈——老同学万岁！

[韩宾上前一手拉住苏晓峰，一手拉住白杰。

白　杰　（激动地）我真高兴，没想到你能这样的理解和支持我们前线的战士。

苏晓峰　是啊！没想到我们的韩宾也变得如此伟大啦，啊？哈哈……

韩　宾　不！是伟大的白杰感化了一个伟大的我，这叫近朱者赤嘛！

白　杰　不，韩宾，是你帮助了我，你不知道，你的举动将会安慰多少战士的心哪！因此说八十年代最可爱的人不仅仅是我们军人，其中也包括像你这样的商人和晓峰这样的秀才。对了，韩宾，你知道不？我们的战士也是多面手，他们不但打仗勇敢顽强，而且还要和你们商人打交道。

韩　宾　我听说了，你们参战部队还要自己去购买作战物品，买什么编织袋？

白　杰　哎呀，你消息可真灵通啊！对，他们这么做是为了不给国家增加负担。

韩　宾　这种东西用来干什么哪？

白　杰　用它装上泥土构筑工事。

韩　宾　那得需要很多吧？

白　杰　当然。

韩　宾　如今怎么打仗也承包啦？

白　杰　刚来的时候，我跟你一样不理解，可现在我明白啦，这场战争是局部战争，局部战争就带有特殊性，因此，遇到困难就要尽量地去自己解决。

[韩宾似乎没有听到白杰的话，他自言自语地重复着……

韩　宾　编织袋……编织袋……

白　杰　（推了推韩宾）你在想什么哪？

韩　宾　（慌乱地）没……没想什么，我在想你能这样安全无恙，我真高兴，真高兴！

白　杰　这要感谢你十字架的保佑哇。（说着白杰将十字架拿出）哎呀！我戴着它都快成为前线的笑谈了，看来上帝并不能保佑我，实际上还得靠战友和老同学喽。我看还是完璧归赵吧。

韩　宾　不！不！留在你身边它会起作用的，留它在你身旁，就像我在你身边一样。

[此时，苏晓峰感到自己的存在有些多余，因此他便悄悄地走出屋内，来到院外欣赏着南国和景色。白杰突然发现苏晓峰不在，欲要出门去找，一把被韩宾拉住。

韩　宾　白杰，我要和你说几句话。

白　杰　说吧。

韩　宾　白杰，你答应我吧，我要跟你确定关系。

白　杰　世界大得很，我们都很年轻，将来会怎样，谁都难以预料，何必为此而带来苦恼哪。

韩　宾　可在这个大千世界里，我只喜欢你一个，为什么不能呢？

白　杰　不，我们目前只能是同学。但请记住，一切物质的发展都是从量变达到质变，你这次来到深深感动了我，我想，我们在友谊的阶梯上由此又迈进了一步。

韩　宾　白杰，有你这话我就满足了。我还要马上走，有个急事要去办，我们合张影吧！

白　杰　好。

[白杰跑出屋内。韩宾拿出照相机。这时，苏晓峰和白杰一同走了进来。

韩　宾　对啦，晓峰，我原打算和你一同来前线。因此，来之前到你们报社去了一趟，结果到了报社才知道你已出发了，你们对面桌的一位编辑同志让我把一封信带给你，（说着韩宾从提包里取出信）我一看地址才知道是思阳来的，怕有急事，所以我给你拆开了。

[韩宾将信递给苏晓峰。苏晓峰没有接，他带有几分不满地——

苏晓峰　既然打开了就念念吧。

[韩宾有些不知所措。白杰上前接过信将信纸拽出，不由得一惊。

白　杰　出国经济担保书！

［白杰展开信读了起来："晓峰，我为你办了一份出国经济担保书，只要你同意，再写一份退党申请就可以办理出国手续啦……"

白　杰　（急切地）晓峰，你不能这样做，你应当把思阳拽回来。

韩　宾　是啊，晓峰。你有说服她的能力，当时，她紧紧地抱着你泣不成声，她不顾一切当着我的面主动地吻了你，还祈求说……

苏晓峰　韩宾，我说过，我们都不要做那种庸俗的小人。白杰，谢谢你高看我啦，实际上我主宰不了任何人！

［说罢，苏晓峰掏出笔记本，坐在桌前挥笔写着什么。韩宾与白杰相视无语，沉默片刻。

韩　宾　晓峰，是给思阳回信吗？我回去时顺便代你发了吧？

［苏晓峰没有回答。白杰走到苏晓峰的跟前，吃惊地——

苏晓峰　怎么？我连主宰自己的权利没有了吗？

［白杰抢过苏晓峰手中的笔记本，苏晓峰摔笔而去。白杰用手捂住前额，身子一晃，险些摔倒，韩宾上前扶住白杰。

四

［同前场相隔一日。

［两山之间的一片开阔地搭起一个简易的台子。横幅上写着：表彰誓师大会。

［苏晓峰和团首长们一起坐在台子上。

［肖志远等十几名连队干部分别坐在每个连队的排头。

［团长热情地走到台前。

团　长　同志们！先让我来介绍一下，这位是报社的记者苏晓峰同志，他曾用自己的笔多次地宣传过我们，这次又亲自到前线，让我们热烈地欢迎！

［台下发出热烈的掌声。苏晓峰站起身向台下点头示意。

团　长　在这次的战斗中，同志们表现得都很勇敢、顽强，特别是五连表现得尤为突出。根据团党委决定，给五连记三等功一次，并决定：由五连代替四连完成重新攻打三三〇高地的任务。下面请五连全体同志到台前领奖！

［在激昂的乐曲中，五连的指战员来到主席台前，团首长们为他们一一戴花。

［五连的指战员们胸前戴着红花，走下场，又坐到自己座位上。

［这时，一个战士送给团长一个条子，团长打开条子看罢，激动地冲着台下——

团　长　同志们，我这里收到一个条子，下面我念一下："团首长，我是一名记者，我要求到第一线去，到真正的战场上去，用我的笔写出心中的战士。请团首长批准！——苏晓峰。"

［团长语音未落，台下掌声雷鸣。苏晓峰莫名其妙地站起身。

苏晓峰　我？！……

团　长　同志们！关于苏晓峰同志的请求，我们还需要研究一下，再给答复。

［团首长们在台上开着小会，台下的战士喧声不止。

众战士　欢迎！热烈欢迎……

［团长再一次走到台前。

团　长　同志们，经研究我们批准苏晓峰同志的请求，但只限三天。

［台下响起热烈的掌声，苏晓峰骑虎难下地坐了下来。

团　长　五连全体同志做好战前准备，——待命出发！

［肖志远冲台上举手宣誓——

肖志远　请首长放心！坚决完成任务！

战士们　坚决完成任务！

［五连指战员的口号声在山谷中回荡……

五

［同前场相隔数日。

［三三〇高地。

［敌人以猛烈的炮火向山下封锁着。五连的全体指战员艰难地冲到半山坡的工事下。

［敌人一阵阵炮火将土木构成的工事炸得破烂不堪。

［一位排长跑到肖志远的身旁。

排　长　报告连长，这里的工事都是土木构成的，经不住敌人的炮火，这样下去我们会伤亡惨重的！

［肖志远当机立断，猛地一挥手。

肖志远　命令全连，撤到立坡下！

排　长　是！

［在肖志远的指挥下，全体指战员迅速地撤到了山坡最低处一段高不到两米的石壁立坡下。这里阴暗潮湿，见不到一丝阳光。

［肖志远冲着身边的通讯员——

肖志远　接通指挥部！

通讯员　是！

［通讯员将对讲器递给肖志远，他手持对讲器。

肖志远　指挥部！我是五连！敌人居高临下炮火猛烈，暂时无法开进。我连现在是在三三〇高地下的立坡处隐蔽。这里的石壁陡峭、裂痕累累，又是敌人的炮火控制地区，急需编织袋加固工事！

［对讲机里传来指挥部首长声音："五连，我是指挥部！加固工事用的编织袋已全部用尽，后勤部队派人到地方去购买，可货源出现了问题，编织袋被一家公司一购而空，不能及时送到，请你们再坚持一下，我们马上派军工队给你们送去弹药和食品。"

［肖志远将对讲机狠狠地往地下一摔。

［全大成从地上一跃而起。

全大成　他奶奶的！买卖做到战场上来了！要我们的命，喝我们的血，这帮王八蛋！

肖志远　住口！你说话不带脏字就不行吗？

肖志远　注意影响！

全大成　注意影响！（全大成一眼看到了坐在一旁的苏晓峰）噢！这儿有报社的大记者对不对？（全大成一步跨到苏晓峰的面前）什么写心中真正的战士？你少来弄虚作假的那一套！我要你给我写！你给我写这帮吸人血的兔崽子！！

［苏晓峰缩了一下身子。

苏晓峰　你……

全大成　你害怕了是不是？你不敢写是不是？那你就来写我吧！写我这个战士是咋样骂你的，你写呀！

［说着全大成将枪口对向了苏晓峰，苏晓峰感到十分恐惧，他畏怯地向后退了几步。

苏晓峰　你……你……你疯啦？！

［全大成一把拽住苏晓峰的脖领。

全大成　你给我写呀！

［肖志远将钢盔狠狠地往地下一摔。

肖志远　岂有此理！你活够啦？再这样下去我缴你的枪！

［全大成的冲动收住了，他几步来到肖志远的身边，主动地将手中的枪擎到肖志远的面前。

肖志远　你怎么啦？

全大成　我不干了！我早就跟你说过打完这一仗我就走，你也曾经答应过我。

肖志远 为什么？

全大成 连长，你比我清楚。

肖志远 你？……是啊！清楚，我们每个人都很清楚，这是一种清醒的思索。不带个人利益的思索。我们这场战争是清醒的战争，它不同于以往的战争，那时每个人都面临着民族危亡，而今天的这场战争八十年代的特殊战争，是局部的。我们来到这小小的地方这是祖国的需要，国家政治的需要，需要我们这些当兵的去流血，你懂吗？

全大成 我懂！

肖志远 你懂你给我明知故犯？我给你处分！

全大成 （毫无顾忌地）你给吧！我不在乎！凭什么？凭什么都是同拨人，人家就可以进高级学府，就可以出国，就可以赚大钱，我们在前边流血，后边还有人吸我们的血，把钱装到自己的腰包里，你为什么不去指责他们？你只能管我这个小兵，我……我不干啦！

肖志远 那好，全连闪开！让他走，你走吧！

［全大成没有动。

肖志远 如果，你觉得这样下去对今后生活有利，你就走吧。我不给你处分。可是，你不要忘记了你是什么兵！你是义务兵，义务兵就是要尽你的义务和责任。难道说你让全国人民都来打这场仗吗？让你的父母、兄弟、姐妹都来流血那就公平啦？你总是喊理解万岁，你总让别人理解你，可你理解他人吗？你说后边他们在跳舞，在花天酒地，难道你的兄弟姐妹就不跳舞吗？他们此刻可能正在欢度他们的生日，庆贺他们的婚礼哪！为谁？这就是为了你的父母、你的小家、你的兄弟姐妹，难道你不高兴吗？我们当兵的拿枪杆子就得喜欢这带响的，这是我们的天职！

［全大成蹲下身子，肖志远走了过来。

肖志远 大成啊！就是为了我，在这个时候你也要提着你的脑袋往上上啊！

［全大成控制不住内心的激动，将枪突然举向空中。

全大成 连长！

［枪声在空间回荡。肖志远将全大成搀扶到立坡下，全大成坐到子弹箱子上，两眼含着泪水，慢慢地闭上眼睛靠在石壁上。

［苏晓峰被眼前发生的这一切惊呆了，肖志远来到苏晓峰身旁，手轻轻地扶着苏晓峰的肩。

肖志远 晓峰同志，多包涵。

苏晓峰 没……没什么。

肖志远 乍来到这里有些不习惯吧？

苏晓峰 是呀！感触很深，像来到了另一个世界，我仿佛刚刚知道人的生活还有如此节奏。

肖志远 战士们都很年轻，都渴望着过上八十年代的那种浪漫生活，所以免不了有的时候要发些牢骚。我有的时候批评他们几句，可我有的时候又觉得他们说的某些话正是我想说而又不能说的。

［苏晓峰深深地点了点头。

苏晓峰 都是人嘛。

肖志远 对，都是人！但更重要的是我们都是军人，既然选择了这碗军饭，你就要把脑袋别在裤腰带上。生活装到挎包里，去流血，去含着笑死，这是个人的志愿，没有任何人强迫我。

［苏晓峰看了看肖志远，自言自语地——

苏晓峰 含笑去死……

［说着苏晓峰进入了自己的思索。片刻，肖志远捅了捅苏晓峰。

肖志远 哎，你想什么呢？

苏晓峰 啊！我在想我的文章，我准备……下……去发一篇稿子，不知方便不方便？

肖志远 （迟疑了一下）哎呀，敌人炮火封锁得太紧，地雷又多，你一个人下去怕不安全。

苏晓峰 主要是报社等着急用稿子。

肖志远 这样吧，等后勤队伍上来以后，我派人送你下去。

苏晓峰　好吧。

［这时，从右山坡下爬上来一名瘦小的战士，他背着一箱罐头，军装已被磨破了，腿在流着血。

小战士　报告！

［立坡上的战士们喜出望外。

众战士　上来了！军工队长来了！

肖志远　（急步上前）小同志，辛苦了！

小战士　（两眼含泪）首长，我没有完成任务！敌人的炮火把我和战友们炸散了，我是从后山坡爬上来的，爬到半山腰的时候，我实在坚持不住了，就放弃了一箱。

只背上一箱……

［小战士突然跪在肖志远的面前。

小战士　连长，我求求你！给我打一张两箱的收条吧！不然我回去就没法交代了。

肖志远　（激动地）别说啦，小弟弟！我全收到了，全收到了！

［这时，十几名军工战士陆续地从立坡上爬了上来。白杰来到肖志远的面前。

白　杰　报告连长！军工队的十一名战士向你报到！

肖志远　你们辛苦了！谢谢同志们！（肖志远将白杰叫到一旁）白杰，你的身体还没有恢复健康怎么又……

［白杰从兜里掏出一张纸条。

白　杰　这是我的出院单。

肖志远　白杰，晓峰同志要求下去。

白　杰　（不由一怔）下去？

肖志远　（发脾气）啊！他准备给报社发篇稿子。这段地带你比较熟悉，护送的任务就交给你啦。

白　杰　发稿子？

肖志远　路上注意安全。

白　杰　是！……

六

［紧接前场。

［通往营区的小路。

［山高林密，小路曲曲，在小路两边的山坡上拉起一道道铁丝网，里面插着红色的小木牌做出危险的标志，上写着“雷区”。

［白杰头戴钢盔从小路的深处走了出来，苏晓峰小心地跟在白杰的身后，白杰在三岔路口停住了脚步，她摘下头上的钢盔冲着苏晓峰——

白　杰　前面没有雷区了，你放心大胆地走吧。顺着这条小道你可以安全地走到你自己想去的地方啦。

苏晓峰　白杰，你……

白　杰　（冷冷地）我们各自都有自己的事，再见！

［白杰转身欲走，苏晓峰上前将白杰抱住。

苏晓峰　白杰，你知道吗？我一直在爱你，不要再折磨我啦！就跟我下去吧。这是多好的机会呀，你可以名正言顺地离开这九死一生的战场。

白　杰　（挣扎着）别这样，放开我！

［白杰从苏晓峰的怀抱中挣脱出来，她平复了一下自己的情绪。

白　杰　晓峰，我希望这次下去是真为了发稿子，不要辜负了战士们对你的希望。你发表的《兰花颂》我看了，写得挺激奋人心。

［白杰从背包内取出那份报纸。

虽说你没有来过前线，但是可以看出，你是间接地了解了一些情况。这首诗战士们还是挺喜欢看的，你看都传碎了。

苏晓峰 这是我心中的呐喊，如果没有你，我就没有力量；如果没有你，我就没有这份激情，它是我对于前线的战士，更准确地说是对你的赞叹！我……

白　杰 够了！你不认为你这是违心的吗？

［说着，白杰从兜里掏出苏晓峰写的那份退党申请书，苏晓峰慢慢地低下了头，白杰拿着报纸和退党申请书。

白　杰 这两篇文章虽说是出于同一笔者，但是论调却有天地之差，从文章中除了看出笔者的文采外，还可以看出他的虚伪。

苏晓峰 我……

［白杰将退党申请书和报纸一同塞给了苏晓峰，转身欲走。这时，远处传来一声地雷的爆炸声，随后，几名战士抬着刚才背罐头的那位小战士疾步从小路的深处赶了上来。

众战士 白护士，他踩上地雷了！

［白杰上前抱过小战士，见他满身是血，奄奄一息。

小战士 白护士，我不行了吧？

白　杰 不！不！

小战士 人间多美好哇！阳光……鲜花……友谊……爱情……我就要和这一切告别了，白护士，我不想走，我才十八岁，还没有开始自己的生活。白护士，求求你别放下我，就让我死在你的怀抱里吧……

［白杰紧紧地抱着怀中的小战士，在山坡的草丛中慢慢地坐下来。苏晓峰和战士们坐在一旁，哼唱着优美的乐曲，白杰微微地悠动着怀中的小战士，小战士迷醉了。

小战士 小的时候，妈妈也这样的悠过我。你的怀抱似乎比妈妈的怀抱更温暖些，我要在这儿好好地睡上一觉。我有两个哥哥因为家里困难没有娶上媳妇，妈妈要是知道有个漂亮的姐姐抱过我，她该多高兴啊！白护士，你真美！

［白杰慢慢地伏下身，轻轻地吻着怀中的小战士。

七

［与前场相隔一日。

［三三〇高地立坡下。

［敌人的炮火渐渐地稀落下来。山坡上出现了明媚的阳光。见不到一丝阳光的立坡下。此时显得更加阴暗潮湿。战士们有的打着扑克，有的下着象棋。三人一堆儿，两人一伙儿，在立坡下一字排开。

［白杰把一个小镜子绑在长长的树枝上，伸到阳光处。为战士勾回一束阳光。光点在雀跃着，战士们在捕捉着。患有无名氏烂裆的战士们每动一动都要付出痛苦的代价。

［全大成和苏晓峰在弹药箱上用子弹壳下着“憋死牛”。全大成猛地一拍大腿。

全大成 哎呀！完了完了完了……

苏晓峰 （得意地）怎么样，又憋死你了吧？

［全大成丧气地把子弹壳往前一推。

全大成 不玩儿了。

苏晓峰 对不起！是不是我不该说这个死字？

全大成 咱哥们儿根本不在乎这些。（说着摸了摸领章）你知道这是什么意思吗？别人都把它比作是两面红旗，可我觉得它是危险的标志。要是怕死呀想当初就不来当这个兵啦。咱哥们儿要死得朝前死，得死出个汉子样来！那得对得起父母，对得起兄弟姐妹，可关键是让人心里不痛快。

苏晓峰 别急，等战斗结束后给你立功戴花的时候心里就痛快啦。

全大成 那算个××呀！

［肖志远狠狠地瞪了一眼全大成，全大成冲着苏晓峰吐了吐舌头，然后向苏晓峰悄悄地摆摆手。

全大成 （小声地）来来，大兵给你开导开导。都说我不要求进步，可我不明白要求进步怎么个进法。你就说想入党吧。除了论资排辈儿还有个比例数问题：想提干不进院校是门儿也没有，闹好了整个志愿兵。引鸡进窝还得撒把米哪，可是现在我连个米粒都没见着。你别讲，到前线打仗还真有点兴趣，青年人嘛。真枪真炮图个新鲜，谁叫咱当兵走这条路来着，这是应尽的义务吗？可到前线这么一看，他妈的满不是那么回事。你看人家报纸、小说中写的那个上前线，什么老百姓送吃送喝呀，什么最可爱的人哪，阿哥、阿妹相送十八里呀。这可倒好，你打听打听有多少是让对象给踹上来的。我告诉你，我们连长就是。听说呀那个白杰白护士也是，也是被踹上来的。

苏晓峰 （尴尬）是呀，缺乏理解。

［这时，白杰来到肖志远的面前。

白　杰 报告连长！战士们的无名氏烂裆十分严重，必须把军装脱掉，如不采取措施，就会影响战斗力。

肖志远 好，我命令马上脱掉。

白　杰 战士们顾面子，我说过几次他们也不肯，那就由你做起吧。

肖志远 我……我也没得病。

白　杰 （严厉地）这是命令！

［连长无奈地脱下上衣。

白　杰 裤子！

［连长脱下裤子露出大红裤衩，他不好意思地——

肖志远 今年是我的本命年。

［白杰不由得捂嘴一笑，连长站起身来冲着立坡的战士们。

肖志远 同志们！像我这样，把军装脱掉！

［战士们都立即脱下军装，立坡下露出了不同颜色的裤衩。

［白杰顺手拿起几片芭蕉叶冲着战士们。

白　杰 把腿叉开！

［战士们叉开了双腿，白杰、肖志远、苏晓峰为战士们扇着风。白杰来到立坡下一端的一块石头上。

白　杰 同志们！都起来活动活动！下面由我为大家唱一首歌——《迪斯克皇后》。

［随着歌声战士们在立坡下跳起了优美的迪斯科。肖志远边欣赏着白杰的歌声边悄悄地来到苏晓峰的身边。

肖志远 她唱得多好啊！你的这位老同学已成为我们前线战士心目中的爱神“维纳斯”。

苏晓峰 是啊，她以前不是这种性格。

肖志远 听说啦，她也有一段痛苦的生活经历。晓峰，我也是刚刚失恋的。不瞒你说，我现在已经爱上白杰了，她悄悄地占据了我的心，我爱她！哎，你说我对她的这种感情算是痛苦中的结合吗？

苏晓峰 怎么？你向她求爱啦？

肖志远 如果不讲战场道德的话，我马上向她去表白。可是，我发誓假如在这场战斗中我不死的话，我决心勇敢郑重地向她去求爱，无论遇到什么样的对手我也要和他竞争。

［肖志远的话音未落，敌人发出的一枚炮弹落到了立坡上，炮弹激起的碎石将白杰砸倒在地，鲜血顺着她的乌发滴落下来。战士们惊呆了！苏晓峰站起身疯狂地向白杰扑去。

苏晓峰 白杰！白杰！

［肖志远上前紧紧地将苏晓峰抱住。

肖志远 危险！

［这时，又一枚炮弹落到了立坡上，松动的石壁被炸塌了，像半座小山一样地倒了下来。白杰被深深地埋在南国红土下。

苏晓峰 放开我！放开我！我们相处了十几年，我不能没有她！

肖志远 （恍然大悟）你！

苏晓峰 （悲怆地）我，我不该伤她的心哪！

［立坡下的战士们一跃而上，赤着手拼命地扒着石土。这时，敌人三三〇高地的堡垒发出一阵机枪点射，一名战士中弹身亡。

肖志远 （高声大喝）我命令你们都给我过来！

［战士们含着泪水撤到了原处。全大成手持炸药包来到肖志远的面前。

全大成 报告连长！让我去把这个堡垒拿下来。

［肖志远犹豫不定。

全大成 （高声呼道）连长，我请求你是对你的尊重，我是在履行一个军人的职责，在分别之前再给我一次遵守纪律的机会吧。你就是不批准我也要上去，我要炸掉它！

［肖志远猛地一挥手。

肖志远 上！

全大成 他奶奶的，无非是死，老子豁出去了！

肖志远 胡说！我们流的是血不是水！

全大成 谢谢连长！我不是党员，不是团员，你记得我是一个好人就行了。

［说着从自己的兜里掏出一盒大重九香烟塞到连长的手中。

全大成 连长，留给你了，上面有我几句牢骚话，如果追认我党员的话，那就算是我的申请吧！

［说罢全大成一跃冲上了高地。

肖志远 火力掩护！

［立坡下的战士们用火力掩护着。敌人在堡垒内加强了火力，全大成中弹倒下，从山坡上滚了下来。战士们将他抬到立坡下。

［肖志远、苏晓峰围了过来。

全大成 连长，我不行了，如果白杰还在我也许还能……连长，我没完成任务……

肖志远 你表现得很好。

［全大成紧紧地握着苏晓峰的手。

全大成 记者……我对不起你，给团长的那张纸条是我写的。我真后悔！我希望这场战争能马上结束，你能安全地回去，不然我就是在九泉之下也难以安宁……

［苏晓峰抱着全大成的头失声地——

苏晓峰 不！不！（他掏出退党申请书撕个粉碎）我谢谢你，谢谢你把我领上了一条光明的路啊！

［肖志远接过全大成手中的炸药包，将自己的挎包交给了身旁的一名连干部。

肖志远 代我指挥！

［肖志远欲上，苏晓峰猛地拉住肖志远。

苏晓峰 连长！让我去炸掉它吧！

肖志远 不行！

苏晓峰 连长，我虽不是军人，可我有保卫祖国的权利！

肖志远 这是战场，要流血的！

苏晓峰 我知道要流血，可我不怕！

［肖志远激动地握着苏晓峰的手。

肖志远 谢谢你！晓峰，有你这话我就是死也心甘情愿啦！祖国建设更需要你这样的人，再见！

苏晓峰 （急切地呼喊着）连长！要活着回来！

［苏晓峰端起冲锋枪愤怒地向敌人的高地扫射着，肖志远在弹雨中腾跃穿梭着；他冲上高地，来到堡垒前，举起炸药包拉开导火索，高声呼道——

肖志远 再见吧！妈妈！

［一声巨响，硝烟荡荡，钢盔在山坡上滑落下来，传来一阵接连不断的响声。

［山坡上的堡垒不见了。舞台的深处呈现出一座秀丽的山岗。在《兰花颂》的主题歌声中，苏晓峰

和战士们手捧着栽满兰花的钢盔，折下山坡上的束束花柳向山岗投去。山岗变成了一片花的海洋。

八

［同前场相隔数日。

［列车内。

［一辆列车横拉在舞台上，在宁静的夜色中列车发出有节奏的声响，旅客们早已进入梦乡。只有一个包厢的台灯还亮着。茶几上摆放着一个被子弹打穿的钢盔，钢盔内栽满了盛开的兰花。

［苏晓峰在桌前写着。

画外音 ……思阳，也许你在等待着，等待着我的音信；也许你在责备着，责备着时间太长。我要告诉你，我到了一个很远很远的地方，那是一个用鲜花、热血构成的彩色世界，说那是战场，不如说那是人生路上的课堂。是啊，青年人谁不曾有着五彩斑斓的理想！我在那里终于冲出自己的迷惘，寻找到了我的方向！它使我懂得了，一个中国青年的神圣使命。它教会了我怎样地描绘黄河长江。我更坚定地在自己所选择的道路上走下去，走下去！因为，我看到了前方的闪光！

［韩宾手提皮箱，西服革履，从火车的过道走了过去，他走到包厢内。苏晓峰仍低头在写稿。

韩　宾 晓峰！

苏晓峰 韩宾！你还没回去哪？

韩　宾 （兴致勃勃地）啊，刚办了批货。

苏晓峰 办货？

韩　宾 对。挣钱要有招就看你捞不捞，捞着是好汉捞不着是熊包。内心撒网的太多，肥的大的都跑这边儿上来了。

苏晓峰 （关切地）韩宾，挣钱不为坏事，可要注意政策。

韩　宾 政策？共产党的政策，刚一开始是网大眼小一个跑不了，整来整去是网小眼大一个剩不了。

［苏晓峰厌烦地闭上了眼睛。韩宾捅了捅苏晓峰。

韩　宾 哎，白杰怎么样？

［苏晓峰抚摸着茶几上的兰花。

苏晓峰 她……

韩　宾 （惊愕地）不！不！

［韩宾盯视着茶几上的钢盔。这时，列车驶上大桥的响声急促强烈，片刻，又渐渐地减弱。

［韩宾一把拉住苏晓峰。

韩　宾 晓峰，你骗我！你在跟我开玩笑，你在跟我开玩笑！她还活着！你快说，你快说呀！我求求你！……（说着韩宾跪到了地上）你快说呀……

苏晓峰 （慢慢地摇着头）不！她真的不在了，我是亲眼看着她……

韩　宾 怎么能？怎么能啊？！

苏晓峰 本来她不该离开我们，可是，有一伙儿败类！为钱不择一切手段，大发国难财，控制了部队急需物品编织袋。

韩　宾 （惊呆地）什么？

韩　宾 啊！我？！……

苏晓峰 因为没有编织袋，工事无法加固，白杰才在工事下……

韩　宾 啊！我？！……

苏晓峰 你？……是你！（苏晓峰将跪在地上的韩宾拽起）凶手！我要控告你，我要控告你！（苏晓峰拽住韩宾的长发）还我白杰！还我白杰！我要把你送进牢房！送上刑场！

［韩宾异常地大笑起来，他打开自己的皮箱，拿出一沓一沓的人民币向空中抛去。

韩　宾 白杰！给你编织袋……别走！给你……等等我……白杰！

［钱在人群中滚落着。

尾　声

［回到现实。会场上。

［苏晓峰站在讲台上，手捧着栽满兰花的钢盔。随着缓慢乐曲敞开了男子汉的喉咙。

苏晓峰 白杰在南国的红土下长眠了，韩宾在铁窗内失去了正常人的神志。我……我又开始了自己新的生活，我虽然与他们告别了，可是，我又结识了更多更多的伙伴，他们就是前线的战士。也许有人会问，我的另一个同学秋思阳呢？我要告诉大伙儿，她今天也来了，就在台下，就坐在你们中间。

［歌声起——

啊……兰花，兰花
你是万花丛中的小小一朵。
啊……兰花，兰花，
你象征着青春，象征着思索。
你把笑脸掬向那明媚的阳光。
你在追溯着五彩缤纷的生活，
鲜血、炮火又为你增添了几分蓝色。
使你的青春更加壮丽，思索更加深刻。
啊……兰花，兰花，
你在思索着爱的选择。
我们正像一束束花朵，
把生命的颜色奉献给祖国。

——剧终

（与梁巨才共同创作）

·话剧·

哎哟呃，四合院

时　间　当代。

地　点　北京一座普通的四合院。

人　物　剧中的七个角色由四个演员扮演。

翟二爷：六十六岁，爱新觉罗氏族的后裔，他的父亲曾是清末皇宫里一位主管车辇的小官吏。辛亥革命后被革命军逐出皇宫从此破落，翟二爷从十六岁就拉起黄包车，解放后到了运输公司直至退休。他一直住守着父亲留下的小四合院，为人正直心地善良，是位乐天知命的本分人。四合院中，他是当然的首领，住在正房。

满山虎：四十岁，正宗的满族后代，辽宁新宾人，祖上是颠大勺的厨师，子承父业，他有着一手满汉烹饪的手艺活。如今在沈阳城里已有一块天地，可他并不满足，又来到北京寻找市场以求发展。他说话粗声大嗓，性格豪爽刚正，是典型的东北大汉。

江少慈：六十岁，瓷器商人，他号称是真正景德镇陶瓷集团的，实际是从乡镇发展起来的一位小款，到北京来想在京都开辟一番事业，以耀祖光宗，他是一个地道的手艺人，又是一位很会经营的小商人。

南海风：三十岁，中外合资海风集团公司的总经理。他是从国外归来的学子，他的竞争高度远在前几人之上，此次来北京还另有追根寻源的目的……

杨老师：中卑人，京都坐地户，历史教师，工作兢兢业业，没有别的挣钱本事，学校分房搬出了四合院。他住四合院门房，他可由满山虎串演。

柱　子：四十多岁，出租车司机，挣了些钱，买房搬进了新楼，正宗北京人，住四合院东厢房，他由江少慈串演。

安　春：北京某厂下岗青工，父亲是痴迷的玩鸟人，曾因“调教鸟儿十三套”著称京都鸟市，爹的爱好遗传到他身上，可由于待业把四合院他住的那套卖了，到农村买块地搞鸵鸟养殖，他住四合院的西厢房。他由海南风串演。

［这里展示的是九十年代北京四合院的生活。舞台需要营造一个具有象征意韵的情境，最好是写意的，原有舞台的表演可以通过制作一直延伸到观众席，观众将从这延伸的舞台获得最直观的感受。

一

［幕启，翟二爷正在听半导体收音机，他不停地拧着波段，传出北京电台的一篇报道：北京人到底干什么去了？……翟二爷一换台又传出京韵大鼓：

东西南北四间房，打个骰子谁坐庄，

今天你是杠二条，明天我是胡卡裆。

不是为了输和赢，只是图个精神爽……

［翟二爷关掉收音机，关上了大门，坐在了麻将桌前。

翟二爷　四合院，大门一插，难得这份清静。（对四邻喊）柱子，安春，哎！杨老师，礼拜六玩个够，大爷今儿又更好好陪着你们麻几圈儿。

［柱子先上。

柱　子　哎哟喻，大爷，是我们陪着您哪，您是咱四合院四家人的最高首脑，为陪您，哎，今儿少跑了一趟首都机场，提前把车交给小徒弟了。

翟二爷　小子，出息大了，成老师傅了，当年我跟你爹拉黄包车蹬三轮子没人叫师傅，都叫我们板儿爷。

柱　子　爷比我们大一辈哪，嘿嘿，翟二爷，实际我今儿开面的，跟您当年蹬三轮子没啥两样。来，我先码上。（洗牌）

［安春上，他心中烦闷，愤愤地拎着一只死鹦鹉。

翟二爷　哎哟喻，大鹦鹉……病死啦？

安　春　不，我把它摔死的。

翟二爷　安春，它可是你爹生前的心爱之物，你怎么好摔死它？

安　春　它，该死！是它……唉！

翟二爷　安春。你爹爱鸟一辈子，就你这名——鹌鹑，都是他照着鸟取的。叫你秃尾巴鹌鹑，乞望你皮实，只是你大了，人们才叫安春，你爹视鸟如命，我是亲眼看见你爹是怎么调教这大鹦鹉哨出的"十三套"，他那真叫京城一绝呀！哎，有人为你爹专编了一出戏，哎就叫《鸟人》，可你……你……

柱　子　（小声地）翟二爷，安春工厂不开支，下岗待业，心里烦着哪。

翟二爷　（善解人意）好，好，来，来坐下，大爷不是说你不对，是说你爹那养鸟人的心血……

安　春　瞿二爷，我知道摔鸟对不起爹，是这鸟它！它！唉，打牌，不说它，打牌。

翟二爷　都坐下，我把这死鸟扔到茅房粪坑去。（走至杨老师墙脚）杨老师，就等您来嘿。

［杨老师上。

杨老师　对不起，赶写一篇文章，您二位不是一直建议给翟二爷过六十六大寿时挂一块功德匾嘛，这事我正抓紧办……

柱　子　您在写匾？

杨老师　（摇头）那……

安　春　您在做寿幛锦旗？

杨老师　不，这都不太好，想来想去咱应该给《北京晚报》写篇文章，名叫《翟二爷与他的四合院》。

他二人　嘿，这倒是一份好厚礼。

翟二爷　（全听见了）别别，大爷不要名，当年我把这门房捐给国家都没要名，只图咱四家人四平八稳过个四至顺当，来来，打牌，老规矩，我先打骰。（打）嘿，四儿，过。

众　您坐庄。

［凡人平静地打牌。

翟二爷　要说咱院这规矩呀，真叫这个……呀，四六不靠，二条，打了。

柱　子　要说这还真是，在咱院守规矩惯了，开车不违章。哟，卡裆。

翟二爷　你看这多好，正吃你这道。

杨老师　一说卡裆，我想起来了，大爷，门房掉的那块砖又是您塞上的吧？

翟二爷　嗯。你说也不是哪儿来个臭小子，非得趴房檐往院瞧，这踩掉了块砖，简直像踩碎我的小茶壶，心疼得什么似的。

安　春　为这事翟二爷特意跑了趟八达岭，打长城外捡了块砖头把它堵上了。

杨老师　没那么容易吧？咱这老北京的建筑，是一色抹砖对缝的墙，掉一块砖那得磨，得把那个麻面都磨下去，费劲着哪。

柱　子　翟二爷磨了溜溜半天。

翟二爷　哎，这才哪儿到哪儿呀，那当年八国联军打掉的墙角，小日本子整摔的瓦片，哪块不是我亲手修的？

杨老师　是啊，您老爷子在这宅子里住一辈子了，精心维护四合院，就凭这，也该给您写篇文章，树碑立传。

柱　子　瞿二爷，您这叫精神。

翟二爷　大爷没那么高，我呀，老觉着四合院是我祖上的基业，想当初这四合院是王府里王爷赐给我爷的，爷在皇宫里面戴亮白顶子，主管车辇，什么皇上坐的龙驹，娘娘坐的凤辇都归他调度。

柱　子　就跟咱现在中南海的车队队长差不多。

安　春　老爷子你别讲了，这点事你总叨叨，耳朵都听出茧子来了。（翟二爷没有理他继续讲着。）

翟二爷　后来辛亥一革命，把他们撵出了皇宫，到了爹这辈子，八旗子弟，嘿，败家呀，把所有东西都卖了，就剩下这四合院和这把小茶壶。是我娘拉着我跪在爹的膝下，才留下这宅子。

杨老师　我给孩子们讲历史课，谈到八国联军进北京，总要讲到四合院，讲到您。哎，我手头的文章也写到了，您的言论精华，就是论述八旗子弟……

柱　子　（惊叫着站起来）啊！

翟二爷　你今天什么毛病？

柱　子　耗子，我看到一个大耗子。

翟二爷　你猴拿虱子——瞎掰。这院里有耗子那就不叫咱这四合院，有我老翟头，甭说耗子洞，就是蚂蚁窝全叫我堵得死死的。四合院要的就是一个严实。

柱　子　我真看着了，这么长。它噌地一下子跑过去了。（说着围着牌局跑一圈）

安　春　柱子哥是有意站起来看牌，这把……推倒重来。

杨老师　（站起）我把大门打开一会儿，咱透透风。

［开门，顿时传来吆喝声。京味的："破烂的卖……"，南方味的："补锅修雨伞……"，渐渐这些声音被一阵打桩声淹没。

翟二爷　来来，牌码好了，咱接着玩。哎，柱子把门关上，要不介太闹腾。

［柱子关门。吆喝声渐弱，但打桩声仍很强。

柱　子　街对面麦当劳饭店又扩建了。

杨老师　外国人这效率真叫高，昨天扒房拆迁，今天就打桩动土。

安　春　哎，别提他们那些鸟好不好，打牌，说咱的，红中！

柱　子　发财，我明白了，那只耗子准是从麦当劳跑过来的。

安　春　哎，别提它！！

翟二爷　安春，你是吃了枪药啦，说说有啥不好，幺鸡。杨老师，我就猜不透，外国人的买卖咋就这么火？嘿，你就说那天六一我溜溜在胡同上看了一天，外国人真能唬，他搞了一个奖品促销，孩子就为了得那气球全都到这儿来了，一家三口子呼地上，我不是悬呀，没这么火的生意：咱老北京的豆汁都没这么火，吃饭的当口火那没得说，过了晚上 11 点钟了还排着呢，那天晚上我没吃饭，活活气饱了。

安　春　（啪地一推牌）我今个还生它的气，这鸟为什么摔死了，就为这个。过去我要一下班呀，它就叫"小米小米"，喂它把小米图个快乐，让我爹九泉之下也安心，可这鹦鹉跟小孩学会了洋话，我再进门喂它小米不吃了，直叫"麦当劳！"姥姥！我下岗半年还没找着饭门，它妈的还要开洋荤。我一气摔杂种的，我把它摔成……饼！

翟二爷　摔得好，它不是好饼，崇洋媚外蔑视祖宗，摔它没商量。

柱　子　嗨，为个鸟语生气，划得来吗？快换个别的话题，六万。

杨老师　哎大爷，您的六十六大寿我们可都惦记着呢。要我说，咱提前过，这六月六号办了得了。

翟二爷　别介，早着哪。十月一才是我的生日。

柱　子　早过晚过早晚得过，别看您没儿没女，我们要给你过出个子孙满堂的劲来。

安　春　我还是主张挂寿匾，就您刚才对那鸟儿的态度，足能挂出个民族气节。

翟二爷　这是咱四合院的精神。

杨老师　要说翟爷，真称得上咱院的楷模，助人为乐没得说，就说生活作风更是这份，从根儿没娶妻抱子，一辈子愣不生邪念。

安　春　这可真是，大爷可不像我穷光蛋哪，这四合院卖哪间都能娶个好媳妇。

柱　子　您看现在，有点钱就想挂一小妍，我开"的"最明白，到了后半夜一男一女上车的，甭问……二条，啊幺鸡。人家还啥也不避人，说这叫……恋什么情结。

老　师　咱二爷一辈子都没摸过女人的东西，当代一柳下惠。哦，按照新潮说法这未必就对，反正在这四合院您很难找出一个翟二爷情结。

安　春　卡裆（突然惊叫）耗子！顺着二爷卡裆钻过去了，看，那儿。

众　打！打！打！

［杨老师从屋内拎出打成捆的书。

杨老师　毁了，这东西还咬文嚼字，全嗑坏了。

二　爷　杨老师，你怎么把书全打成捆了。

杨老师　二爷，这……

柱　子　（又喊）耗子，奔二爷屋里去了。

［翟二爷急进屋，片刻拿出一件衣裳。

翟二爷　糟了，糟了，扣鼻儿给嗑坏了。（他下意识地打开，原来这是一件女式旗袍。

［三人一看惊愕，齐说：哎哟喂。

翟二爷　（心疼地抱怨）麦当劳的耗子，我操你祖宗！

［切光，打桩声渐强。

二

［又一个周末傍晚，一切都平平静静，翟二爷手里端着那个非常精制的小陶瓷壶，在细心地听着半导体。收音机里传出京韵大鼓。

东西南北四面风，四合院里垒长城，

今天你叫他上挺，明天他给你炮打灯。

走入围城难清醒，站在城外看不明。

找破围城瞧究竟，原来是自己设的迷宫。

［翟二爷把麻将牌放在桌上，摆下小凳又张罗起来。

翟二爷　我说东屋的，西屋的前屋的怎么没言语呀？

安　春　哎，来了，来了！（与柱子从屋内走出）

翟二爷　今儿个又是礼拜六了，咱爷儿几个乐和乐和，瞧，我给你们换了一大把“钢镚儿”。

柱　子　老爷子，您今天是想稍稍的加点码，不老是一分二分的了？

安　春　哎，咱还是别动真格的，我这下岗的人可是罗锅上山——钱紧着呢。

翟二爷　老规矩不变，咱院的麻将主要是玩个感情。哎？这杨老师咋不出来呢？我上屋叫叫他。

柱　子　翟二爷，别叫了，杨老师昨晚儿搬走了。

翟二爷　（久久不语，悲伤地走动着）乔迁之喜，咋也该跟我言语一声啊。

柱　子　他就是怕您心里难过才……实际他的学校早就分楼了，就为陪伴您一直没搬家。

安　春　哦，怪不得他老早就把书都打成捆了。怪不得他总张罗给您提前过生日。

柱　子　昨晚是一个人逼上他了，才不得不搬，他只是把那几捆书悄悄地放在我的车上拉走了，屋的旧家具伍的一点没动，为的是不改您老四合院的模样。

翟二爷　（悄悄地）杨老师，您好人，大爷我还没跟您们住够呀。（偷偷擦泪）

安　春　（小声地对柱子）翟二爷自打叫耗子嗑了那旗袍，心情一直不顺，这又走了一个好邻居，他，怪可怜的，柱子哥，咱带他出去遛遛弯吧，顺便劝劝他。

柱　子　不好劝，那旗袍是大爷一急之下抻出来的，究竟咋回事，咱可难说，看那气色翟二爷好像对旗袍的女人有短处，咱能揭人短嘛！

安　春　这可咋办好？

柱　子　最叫大爷开心的是玩麻将。

翟二爷　（抚摸着杨老师的座位）三缺一，玩不成了。

［翟二爷缓缓收起麻将。

［初山虎匆匆急上。

初山虎　哎妈呀，门牌五号四合院，就是这圪垯了。哎麻将别散伙，不就三缺一嘛，替补队员，杨老师派我找上来了。

翟二爷　你？杨老师的亲戚？

初山虎　朋友。今儿他派我特意跟您来打麻将的。

柱　子　这么说他把翟二爷和这四合院都跟您介绍了？

初山虎　说个大荒儿，翟二爷，我知道您是旗人，先请接受我这东北来的满族傻侄子一拜。（行满族打千礼）

翟二爷　哎哟嗬，起来起来，您是满族？

初山虎　正宗满族。姓初名山虎，初山虎。

翟二爷　这杨老师想得可是真周到，他人搬走了，还不忘给我找个新牌友好好，坐坐，三缺一，后来的是赢家。［四人打色子，结果是初山虎坐庄，互相换座位，初山虎坐正位。

翟二爷　你们那儿怎么个玩法？

初山虎　以我玩呢，那就是东北玩法，三色穷和，二八做将，缺一断九不可和，一和门前清。

翟二爷　哎，那为啥？

初山虎　我们那圪垯就这么整，不为啥。到这四合院，得入乡随俗，老爷子你说咋整我就咋整，玩大的还是玩小的，今天陪你，这是两万。（初山虎从包中拿出放到桌上）

安　春　（惊愕地）哎哟喂，狼来了。

柱　子　遥院里打东北杀进一个爹来。

翟二爷　我说初山虎哇，你这是要破咱四合院的规矩，拿起来，拿起来，你要是在这设赌窝，我可不答应，谁赌博谁进局子。

初山虎　大爷，你别这么说，说这我害怕，我天生不爱赌，你说我嫖我都不冤枉，（装钱）我这就是表个态度，你要是玩一分二分的，我也能耐着性子，东北人讲义气，舍命陪君子，值！

柱　子　翟二爷，我看这院风水要破。

安　春　撤吧。

翟二爷　别介，杨老师的心意，撤了能落忍嘛，我说东北虎哇，咱不是为了赌，爷们儿之间为了个娱乐，看你来了加点码，5 分。

［几人又平静地打牌，分别叨咕着，“条，饼，万……”。

［柱子与安春有意挤对初山虎。

初山虎　风，啊东风。（哼唱）借东风，上北京……

柱　子　哼，北京，是有砖有瓦的地界，现在是人不是都要上北京，嘿，我见一外地票贩子，愣说在北京下海了。

安　春　难怪人说，王八兔子都下海了，把人挤到岸上来了。

翟二爷　（用眼神制止，劝解安春与柱子）合气。

初山虎　发财！（举牌欲摔，又强忍下来）大爷，杨老师说四合院最讲和字，叫我听你唠唠，您这就唠唠吧。

翟二爷　成，要我说四合院先是东西南北四邻和，细说每家每户要面和心和气和财和，四条。

初山虎　这话我爱听，咱大家庭叫共和国，我看这小家庭咱就叫共和院，不管先来后来都要和平共处，哎哟，开门了。

柱　子　听这话音，您不单是来玩牌，这门房您要接着住？

初山虎　不瞒各位，这房我已经买妥，就在沙家浜扎下来了。

安　春　（小声地）翟二爷，我怎么感觉像鬼子进村啊，咱应该端起土枪洋枪啊。

初山虎　嘿，你点炮，我“和”啦。

［几人洗牌。

翟二爷 我说东北虎哇，你来北京做啥买卖？

初山虎 大爷，我是满族，得琢磨咱满族的玩意儿，这回我来北京开一个满汉全席风味的饭店，你说中不？

翟二爷 你，能做满汉全席？

初山虎 咋？你以为我忽悠你哪？

柱　子 翟二爷当年拉车可是走遍了京城所有的饭店，嗨，可别当着圣人卖字画。

翟二爷 你说你开满汉全席，我听听，你都有什么拿手好菜。

初山虎 哎呀，这真要考我呀，好，老爷子您听着。有蒸羊羔，蒸熊掌，鹿眼，烧花鸭，烧子鹅，松花小肚，罐野鸡，炖酸菜，炖白菜，猪肉炖粉条子，炖豆腐，炖冻豆腐，炖血豆腐，红烧狍子肉，香酥傻斑鸡儿，炉熏跳儿子肉，知道啥叫跳儿子不？就是兔子，咱东北那圪垯管兔子叫跳。还有油煎乌苏里江大马哈，油炸鸭绿江的银鱼，清蒸兴海湖的白鱼，清炖松花江的鳌花，红烧黑龙江的鳇鱼，那鳇鱼大的一千多斤，最小的也有五六百斤，过去打上来那是给皇上进贡的，皇上吃了壮阳，娘娘吃了下奶。要说最拿手的就黑瞎子上炕，天下火锅这是一绝，一口大锅热气腾腾，猪牛羊肉大块大块地往里扔，鸡鸭鹅整只整只地往里放，往那大炕上一坐，外面冒烟的大雪，屋里吃起来冒汗，那玩意儿吃起来他妈的过瘾呢！满洲国时，关东人逛窑子，那得先造他一顿黑瞎子上炕。然后人才能上炕，这玩意儿养人，要不关东大汉能养得那么壮嘛！

翟二爷 别说，你小子还真有两下子。

初山虎 实话跟你说，动身之前我在祖坟上都发誓了，当年老祖宗们靠黄带子护身，八旗保驾，跑马占荒攻下北京，我今天是靠小围裙扎腰，擀面杖大勺开路，让咱这满汉全席黑瞎子上炕打它个一海呼通，名震京城，什么肯德基麦当劳，奶奶个孙子，全面！

安　春 他还真要耍八旗军的威风。

翟二爷 你真是满族？

初山虎 正宗正牌，浑身上下全是满族，你看身份证，满族，你看这衣裳……

柱　子 哼，市场上嚷得欢的都是假货。

初山虎 我们真正的满族有防伪标志，你们看。

［说着他脱掉鞋和袜，柱子，安春见此起腿欲跑。

初山虎 哎，二位别跑呀，老爷子，你懂这个给他们讲讲，真正的满族这小脚指头盖有个分叉，老爷子你看这儿有分叉没。

［初山虎说着把脚放在桌上。

翟二爷 得得，满族人脚不上桌子。

初山虎 我这名牌展销叫他俩看看防伪标志。

柱　子 （小声对爷）这是真的？您的脚也这样？奇了。

翟二爷 嗯，这个事我跟杨老师问过，他说这叫什么……民族遗传密码。

安　春 嗯……有道理，我爹在世，相鸟先看看爪子。

初山虎 来，接着整。

［四个人接着打起来。

柱　子 七饼。

安　春 二万。

初山虎 打二万吃二万，吃完二万吐五万，然后把蹲便改坐便。

翟二爷 你把嘴闭上行不，这院本来挺肃静，你老制造噪音。

初山虎 我是革命生产两不误，边打麻将边规划我的饭店。

翟二爷 我说你那个满汉全席风味饭店在北京哪个地界？

初山虎 呀，我说啥哪，就在这儿！

翟二爷 哎哟呃，说了半天您要用咱们四合院的门房开饭店？

初山虎 对，第一步先改造厕所，蹲便改坐便。

翟二爷　那这院不乱套了嘛，不行不行，你去叫杨老师来，我跟他说这房不能卖给你。

初山虎　咋着？看我哪儿不像啊？

翟二爷　把牌都扣下，听我说，你还不懂什么叫北京，你还住不了这四合院。

初山虎　四星级宾馆我都住了，这四合院我住不了？差哪儿呀。

翟二爷　四星级国际通用，四合院只属于北京，你肯定没来过北京。

初山虎　错了，我十五岁就来过北京，真就住过这个四合院。

翟二爷　你东北虎真敢唬。

初山虎　那年红卫兵大串联，我们几个等着主席接见睡在了大街上，可半夜下雨了，一个好心的蹬三轮的大叔把我们接到了这院，不瞒你说，这些天我就在这圪垯倒腾，越看越是这院。

安　春　噢，门房那砖头就是你给蹬掉的吧。

初山虎　是我，哎，当年那个蹬三轮的大叔就是您吧？是您！是您就是您，（见大爷看他）你一定也想起我来了吧。

翟二爷　没记得。

柱　子　翟二爷，过去冒认皇亲是不是犯杀头之罪呀。

初山虎　这啥话！防伪标志都给你们看了，我人能有假嘛。

翟二爷　你还能讲点别的事不？

初山虎　能，我还记得那天晚上北京的一伙红卫兵从这院里赶走了一个穿旗袍的女人。

［翟二爷如当头一棒，失神地坐在凳上。

［柱子与安春一惊。

初山虎　听说那个女人是逃避批斗躲进这院的，红卫兵说她海外女特务，硬扒掉她的旗袍，是那位大叔脱下工作服披在了那个女人的身上。

翟二爷　别说了，别说了。

初山虎　大爷，你说那好心的男人是不是您？

翟二爷　（违心地）不是我，不是我。这院根本没出那码事……柱子，你立马开车叫杨老师来，这房子不能卖给他。

［柱子迟迟不动。

［门外传来铁锤敲打声和电锯声。

安　春　哎，那些鸟儿在咱门口干什么？

初山虎　我的人，我叫他们先把门窗换成铝合金，开饭店嘛，要个亮堂的。

翟二爷　叫他们停，这四合院打祖宗住到今天，没人动过一砖一瓦，你这刚进门就换门窗改厕所，柱子，快叫杨老师来。去，去呀！麻将不玩了。（将麻将布四角兜起，拎在手中）

柱　子　（心事沉重，欲下又回）翟二爷，我不是恋着那半盘麻将，杨老师来了……也没用，您……认了吧。

［翟二爷双手颤抖，麻将牌一颗颗撒落在地上。

［光渐弱，几个人缓缓躲进屋。

［翟二爷故做镇静，掩饰地打开小录音机，里面传出广播声音：下面播送中学教师杨文轩写的文章《翟二爷与他的四合院》，翟二爷是位乐天知命的热心人，他坦诚厚道，笑口常开，一年四季总是充满欢乐……

翟二爷　（关掉收音机，喃喃地）杨老师，我现在真想告诉你，大爷我的心里在流泪，在流血，在哭哇……

三

［翟二爷独自一人坐在麻将桌前摆弄着牌，时隔一个星期，他的玩瘾又上来了，但又碍于脸面不好去叫，初山虎将翟二爷的陶瓷壶端到他面前。

初山虎　老爷子，东北的北芪神茶，我给您沏上了，您老还生我的气呀？

翟二爷 啊，没，我这辈子没生过真气，再说了，四合院要和。我得带头和。

初山虎 实际上我这么做吧，并不伤咱四合院的大雅。

翟二爷 你小子要光装窗户，我还能同意，可你把厕所整成坐便，我蹲到上边特别扭，紧慢的找不着感觉。

初山虎 习惯就好了，你得慢慢适应，它跟过去恰恰反着劲儿。

翟二爷 可别说了，我这一坐麻将桌前就想上厕所，一上厕所就想打牌。

初山虎 （哈哈大笑）这叫改革先从老翟头的屁股开始。大爷，你喝茶尝尝咱关东茶是味不？（将壶放在桌上）

翟二爷 哎哟嗬，轻轻搁，我说初山虎哇，您的心意大爷领了。

初山虎 啊，那我以后我天天给您沏茶。

翟二爷 别别，从现在打住，赶明儿可少摸我这个小茶壶。

初山虎 啊，怕我打了哇，打碎个瓷儿的，我给您换个不锈钢的。谁叫咱爷儿俩是满族一家人呢。

翟二爷 你呀，只是满族不是旗人，只懂满汉全席，还不懂这瓷器，真正的旗人得先说喝茶后说吃饭，喝茶先讲究……（敲壶）

初山虎 呀，瞅这小茶壶不起眼，还是宝贝蛋哪。

翟二爷 宫廷里的货，你不认识。

初山虎 大爷，我们家可真是新宾陵街镇的，那是大清朝十二个皇帝老祖宗的坟茔地。

翟二爷 可那还不是老祖宗的出生地，当年老罕王起兵打仗，怕让明军掘了祖坟，就把老爹的尸骨背在身上，哎背尸骨有讲究，不许沾地儿，一次老罕王连天征战，饿极了，把老爹的尸骨挂在树杈上就到陵西那个村找饭吃……

初山虎 陵西正是俺们堡子。

翟二爷 嘿，回来一看爹的尸骨从树上摔下来了，沾地儿了就得埋坟，于是就葬在了那棵树下。当年我娘在世还带我回新宾祭过祖坟。

初山虎 那你肯定吃过我爷做的饭，在早陵街就一家饭铺，我爷开的。我听爷讲老罕王到陵西找饭吃就进的俺们家，我祖宗爷一看是老罕王，贼的拉地热情，把火锅架到了炕头的火盆上，猪肉羊肉蘑菇腿可劲往里造，老罕王饿极了也顾不得舀到碗里，直接地伸筷子伸勺，吃得老罕王那个乐呀，哎，过后老罕王坐了天下就给这道菜起名：黑瞎子上炕。从此，“天下火锅”诞生了。

翟二爷 哎哟嗬，原来天下火锅是你们家发明的专利。

初山虎 这不含糊，翟二爷，我要把这段来由写在影壁墙上，叫人一看咱是正宗旗人，再叫服务小姐一码穿上旗袍。

翟二爷 这……（本能地一震）这院最好别站穿旗袍的人……

初山虎 说起旗袍，我倒想问问，大爷，当年那个穿旗袍的女人……您真不认识？我不相信。

翟二爷 （忙堵他嘴）我也正要跟你说说这事，看在咱都是老罕王的后代，大爷跟你说，那女人我认识，（悄声地）知道这件事的只有你和安春他爹，如今他爹死了，就你一人知道，今天大爷求你，往后千万别再提这码事儿了，说出去我对不起一个人哪。三年后她来找过我，可我……别说了，跟谁也别说了，啊。

初山虎 中。

翟二爷 话不传六耳，跟安春也不许说。

［外面汽车声。

翟二爷 你去看看，是不是柱子回来了，你跟他说大爷没生气，咱爷们儿还接着打牌。

［初山虎下，翟二爷伏上东屋窗台。

翟二爷 安春，安春，出来，别老搁屋里闷着，找工作的事，慢慢碰嘛，出来陪大爷玩几圈儿。

［安春愁闷地上。

安　春 翟二爷，您不是叫我出来陪您玩，您是有意陪我玩，翟二爷人真好，我知道您最近心里不好受，可您脸还老那么挂着笑，还老来哄着我，这……我太不争气了。

翟二爷　人都有走背时的时候，来，这俩钱装上。别叫他们看见。

安　春　翟二爷，我年轻轻怎么落忍花您的钱哪。

翟二爷　拿着，别这样，叫人笑话不是，坐下，等着打牌，坐呀。

安　春　翟二爷，今儿……牌打不成了。

翟二爷　咋着？柱子……也走了？（久久站立）怎么都不跟我言语一声啊？

安　春　都是怕您老伤心，柱子也知道不辞而别对不起您老人家，昨晚上他冲着您的窗台连磕了三个头哇，磕的我都……

翟二爷　（鼻子发酸）安春，等你再搬出这四合院的时候千万千万跟大爷言语一声，我就是流着老泪送你们，也比这么憋闷着……（说不下去了）

安　春　翟二爷，像我这么没出息，一辈子买不起楼房，我爹生前有话，哪儿也不去，叫我像儿子一样照看你。[初山虎领着江少慈上，江少慈怀抱一尊弥勒佛。

初山虎　翟二爷，柱子没接来，领进一位弥勒佛来。

江少慈　不敢冒犯神灵，我叫江少慈，小生意人，陶瓷匠儿。

翟二爷　哦，您是登门推销……卖弥勒佛的？

江少慈　不，我是西屋柱子的表哥，特意在周末赶来陪大爷打牌的，我听表弟介绍了这四合院，介绍了翟二爷，感到这院简直像个文庙，翟二爷像个善良的弥勒佛，因此特意为大爷送来一尊笑口常开的弥勒佛，请翟二爷笑纳。

翟二爷　这……谢谢，这柱子也真是的。

初山虎　别说哎，这弥勒佛越看还越像翟二爷。

江少慈　这是我亲手制作，我景德镇瓷器集团最新的一代产品。

安　春　哎不对呀，柱子表哥不是在陕西嘛，怎么你说是景德镇的人？

江少慈　说来话长，祖籍陕西，大清雍正年间迁居景德镇，民国初年搬回陕西，这改革开放，我又被招聘到景德镇，俩家，又想在北京安个家，岁数大了，来做点推销工作。

初山虎　哦，你是来北京卖瓷器的。

翟二爷　好好，人都齐了，咱们乐呵呵搓几把。老规矩，东西南北中，打个骰子谁做东。

[四人打骰，交换位置。

初山虎　哎，知道玩多大的不？

江少慈　表弟跟我讲了。啊诸位，我给大家特备了三个见面红包，每包六十六分钱，图个六六大顺，给给，拿着，如果有人告您受贿，我去通融。

初山虎　这南方大哥真会来事，真能整事，两块来钱买个人情，造得挺花哨，好，拿着，我还真没零镚儿了。

[四人码牌。

翟二爷　我说江少慈呀，我看柱子屋里家具一点没动，他……想咋办呢？

江少慈　哦，他全留给我用了。

翟二爷　那你是要在四合院……

江少慈　呀，我和了，自摸，天和。（亮牌）我赢了。（大笑）按我们那的玩法，天和就要加八翻。

初山虎　加八翻？

江少慈　加八翻，杠一翻，正好，每人给我六角六，拿钱，拿钱，快拿钱！

初山虎　我操，来这么个混儿，刚给个红包还没攥热乎，又收回去了。

安　春　（小声地）翟二爷，不是个溜子。

翟二爷　哎，天和的牌多年难碰，权当个乐呵，来，接着玩。

江少慈　你们怎么这样看我，我不是坏人，江少慈以慈善为本，我来北京也是发展慈善事业。

初山虎　啊，你来是为残疾人捐献？

江少慈　不，我出身慈善世家，弘扬陶瓷文化，我准备开办一个文庙般的瓷器店，专营菩萨、弥勒、财神……

[码盘重新开始。

翟二爷　（一直想问究竟）柱子他表哥，你来北京做买卖，是长住哇还是……？

［江少慈全然没听，只顾看初山虎的脑袋。

初山虎　你干啥老盯着我脑袋看？

江少慈　你这脑袋长得好啊！

初山虎　废话！脑袋不好我敢开满汉全席！

江少慈　（站起来围着初山虎转）像！这脑袋……真像！

初山虎　你……干啥？

江少慈　你这大头大脑的，我再给你剃个秃瓢，一看就是个和尚。好，兄弟，我这个事就求你了。

初山虎　求我？干啥？

江少慈　表弟说咱四合院的人有求必应，我想求你扮个假和尚，为我的文庙开光。

初山虎　啊，拿我这俗子当和尚招摇撞骗，你破摩托不着火——欠踹了吧。

江少慈　别别，不是开光，是开张。好多景点的和尚不都是假扮的吗？

翟二爷　那你不扯呢嘛，佛是一门学问，剃个秃头就当和尚了？剃了秃子就当和尚的话，监狱里那可都是佛了。

初山虎　你，再看我这脑袋，我可削你！

江少慈　好好，咱先不说这段。

安　春　这牌打得特没劲，翟二爷，咱不跟他们玩了，您还不如坐在屋檐下喝水呢。

翟二爷　别介，这是柱子表哥，应该给个老面子不是？来，江西瓷啊，出牌！

江少慈　哦，饼。

初山虎　不是个好饼。

安　春　翟二爷，喝水得了，我给您端壶过来。

江少慈　（趁机看牌）

翟二爷　我说江少慈，你开文庙在雍和宫边哪儿？

江少慈　（一眼瞧见瓷壶突然高叫）哎呀，天爷爷。

初山虎　啊。（吓一跳）你让蝎子蜇腚啦。

江少慈　翟二爷，这是我家的茶壶，这是当今少有的宝贝蛋蛋。

翟二爷　怪了，这是我祖上传下来的茶壶，咋说是你家的？

江少慈　这是我家祖上做的粉彩细瓷壶，那画上题字，江源，就是我太爷的爷。

安　春　你是说这壶是出自你祖上的手工？

翟二爷　这倒有可能。

初山虎　考古考古连蒙带唬，少忽悠人。告诉您，翟二爷可是正宗旗人，我们旗人先讲喝茶后讲吃饭，对瓷器贼拉有研究，你说这壶是哪年烧的？

江少慈　雍正三年，不信你看壶底的，准打着戳。

安　春　是呀，写着雍正三年制造。

江少慈　差矣，雍正三年造制。

翟二爷　呀，真是行家，你说说大爷这壶可贵在哪儿？

江少慈　在这粉彩上，彩分多种：有豆彩，五彩，珐琅彩，青花加紫，粉彩，新彩，三彩，三彩又分釉上三彩，釉下三彩，这粉彩壶属于釉上三彩，它的可贵之处在于它是第一把粉彩壶。虽说明朝天启年间就有粉彩，那都是民窑制造，粗陋得很，这把壶的可贵之处还在于它出自官窑，尤其是出自我祖宗江源的手艺，不妨我把家谱搬来你看，那全记载着：我家烧制的景泰蓝掸瓶那年被八国联军从圆明园掠到国外，故宫瓷器馆有十六件珍宝是我祖上亲手制造。

翟二爷　得得，我信。你们是越能耐，我是越害怕。江西瓷呀，我得先问问，你讲这四合院究竟想干啥？

江少慈　嗨，我刚没讲完这东北兄弟就火了，好，我重说。根据这个四合院，我按八卦摆了八门，八门上讲东北是生门，西北是开门，哎，当年毛泽东何以打败蒋介石，首先就是占了西北与东北两个吉门。

我今天要立足北京，首先立足四合院，目前已经通过表弟占了西厢房占了西门，如果老爷子开恩，我再把您北房的东北角打一个过堂门……

翟二爷　说了半天你想在四合院干什么？

江少慈　弘扬陶瓷文化，开办一个当代文庙，专卖祭礼瓷器，一句话，让这四合院天天像庙会。

初山虎　呀哈，他这比我想的更热闹。

翟二爷　（气愤至极）这，这是我的四合院，你给我滚！（将桌掀翻）滚！

江少慈　（强硬起来）滚？欺负外地人怎么着？法律面前，我江少慈是这儿的合法主人！我有房证在手，表弟已经把房权卖给我了。

翟二爷　这房照……这房票……（手捧房票心酸得手直发抖）这房票从根儿说不属于他柱子家，柱子他爹明白，这是我祖上的基业，我不想卖掉一砖一瓦……是那年我为了搭救一个落难的女人，只让柱子他爹掏钱买一张到广东的车票……40元，就把这房票给了他。我哪是卖呀，是找一个爱护四合院的人来看着这房。

安　春　翟二爷别说了，您把东房无偿地送给我们家，您把前门房自愿捐给学校并且指名叫历史教师来住，不都是为保护这四合院的老模样嘛。

翟二爷　可眼下，谁还替这四合院想，谁还替我老头子想一想呀！

江少慈　你这是情不是理，我持有合法证件，有关部门也批了条条，同意我把后墙打开做店门脸了。

［幕后传来锹镐声。

翟二爷　（昏迷欲倒）

江少慈　（急护瓷壶）哎呀，别砸着这把瓷壶。（抱着壶跑下）

初山虎　翟二爷，大爷，大爷昏过去了，妈呀！人够呛了，我爹就是这么一绷腿就吐沫了。

安　春　快送医院。

初山虎　我背老爷子去医院。安春，大爷有啥亲属得抓紧打电报，该做遗嘱就得让老爷子说话啦。

安　春　翟二爷，你说话呀！

翟二爷　我要不行了，东北虎你把我的骨灰背回咱满族老坟。

初山虎　中，我爹咋办您咋办，来，都上手，整着老爷子麻溜上医院啊！

翟二爷　慢着，安春，进屋把我的小包拿着。

初山虎　（背着翟二爷欲下，见江少慈跟着斥责）你回去！阴天下雨不知道，翟二爷膈应谁你还不知道嘛！（下）

江少慈　等等，那院老大娘来传电话，说你妈要从东北看你来了！

初山虎　你告诉我妈，说现在天下最重要的事是翟二爷！　（下）

［安春提包上。

安　春　哎哎你过来，翟二爷无儿无女，这个小包得咱俩四只眼一块儿看看。

［二人解包，一同提起那件旗袍……

安　春　（感叹）哎哟嗬！

四

［前场几天后。四合院多了一部电话。

［江少慈一人打电话。

江少慈　喂，景德镇集团公司嘛，是我，我没在陕西，正在北京。文庙还没开张，刚才接上电话，电话就安在四合院。对，这个瓷器店开办有阻力，四合院一个老头专挡道道，他不让开东北门。对，老头有病，刚从医院回来。什么？你在千里之外能透视到老头长了癌？真的？这可好，老翟头要是一死，那可是喜事一桩桩，我要想尽办法弄到他的继承权，不要说了，来人了！

［杨老师上，陌生地看着四合院。

江少慈 你……是来收电费的吧？

杨老师 哦不，我曾是这个屋的老住户，住这屋……

江少慈 哦，听说是教师，是看翟二爷的吧，上屋请。

杨老师 不忙，这几天我一直在医院照看翟二爷来着，今天来是找初山虎先生。

江少慈 哦，他好像又上医院看他妈去了，找他什么事？

杨老师 我得找他问问，给翟二爷拍的这个 X 光片好像有问题．老爷子怎么能是癌症呢？

江少慈 啊？！老爷子果真是癌症？（暗喜）

杨老师 你先别跟人讲，尤其不能告诉翟二爷，我去找初山虎盯问一下，哦，我准备再联系个大医院复查一下。（急下）

江少慈 （复打电话）喂，是我，刚才有人不方便，现在我决定认老爷子为干爹，只要他一死，我就是这四合院的合法继承人。那时我要重新规划这个四合院，对，我马上就运作这件事。

［初山虎上。

初山虎 喂，一个戴眼镜的老师来过没？

江少慈 来了，他说翟二爷的片子拍出来了，一切正常，啥事也没有。

初山虎 （笑）这我就放心了，老爷子德高望重，我妈还没啥事呢，老爷子能有事嘛！杨老师呢？

江少慈 早走远了。

初山虎 哎，我说江少慈，又是礼拜六了，老爷子是你气病的，你得想法把他哄乐喽，要不然，东北人出马一条枪，你要逋拉脑袋，我可真削你！

江少慈 我说东北虎，咱俩不应该内讧，别看咱俩刚认识，实际咱俩是双胞胎呀。中国文明两大特点，一个是吃在中国，一个是陶瓷中国，咱俩各占半壁江山。

初山虎 吃在中国，天下有名，你陶瓷有几个人知道？

江少慈 东北虎，你太少见了，外国人管中国叫陶瓷，China 就是中国。

初山虎 你说出个龙叫来也是吃在前，当年老罕王吃我老祖宗爷做的黑瞎子上炕压根没使盘子碗。和瓷没沾边儿。

江少慈 时代不同了，美食还需美器，你这满汉全席配上我这上档瓷器，保证能比对面肯德基有特色。

［对面传来建筑工地特有的声音。

初山虎 这外国人的建设速度真他妈的快，眼瞅挡得咱四合院没阳光了，哎，江西瓷，人家杨老师跟大柱子都上医院看老爷子了，你咋还不上前？我告诉你，你要真想破坏这四合院的团结，我可照样削你！

江少慈 嘿嘿，一会儿我就到上屋认错，这回我不但认错，我还要……

初山虎 干啥呀？蔫屁，不放了，哼！你瓷公鸡，一毛不拔！

江少慈 不信你看着，我这就到门口小铺去买东西。（下）

［初山虎与安春扶上翟二爷。

初山虎 老爷子，诊断出结果了，您啥事没有。身体良好一切正常。

翟二爷 你压根就不该给我拍片子，哎，听说你妈打东北来北京瞧病来了。老太太咋样？

初山虎 更啥事没有，她呀，也是来瞧瞧老亲戚，刚跟着我老弟弟上香山下边拉正红旗去了，那圪垯净新宾满族老乡。改日，我妈也要来看看您。

翟二爷 别别，我真得谢谢你们，大家待我太好了。

安　春 就江西瓷这小子不够意思。属瓷儿的，太凉。

［江少慈提着礼品上。

江少慈 翟二爷，从现在起我认错，我不但认错，我还要让您做干爹，（跪地磕头）干爹！我要给您养老送终。

翟二爷 起来起来，大爷可不收干儿子。

初山虎 要收，也收个满族的，轮不着你呀。

江少慈 翟二爷，您一定要收下我。

翟二爷 别介别介，说不收都不收，您听我说，当年安春他爹只会养鸟不会干活，那日子过得那真叫穷，在苹果园那边住人家农民的私房，交不上房租就叫安春给人家种菜，安春才这么高，我看着真可怜啊，心里一热，就把东厢房给了他们家，安春一家人给我跪下，让安春认我干爹，我说什么没干，安春，大爷说得对不？

安　春 对呀。

翟二爷 你们对我不错，可总还没到安春那个份儿吧。

江少慈 我，我祖上给您烧了这把茶壶哪。

初山虎 哎呀呀，别生贴乎了，打牌打牌。

翟二爷 哎哟呃，今儿个四家齐备，甭担心后来的再坐庄，老规矩，我坐这儿了。

［码牌，打骰，摸牌。

江少慈 等等，东北虎咱俩换一下，我坐在老爷子的上家（交换位置小声地对爷）大爷，缺啥牌递个话，我给您点炮。

翟二爷 （似没听见直看江少慈）

江少慈 直劲看我干啥？哦，又想认我当干儿子了？

翟二爷 不，我想问问你，大爷住院这几天你咋没扒房子的门？

江少慈 不扒了，一点不动，我建议都别乱动了，都再等等，看……

初山虎 嘿，你小子来了个爆炒鱿鱼卷，自个儿弯回来了。大爷，别听他忽悠，您还是有个思想准备的好。

翟二爷 在医院我还担心，这四合院要是扒一个过堂门，光上厕所的人就不能断溜儿。

初山虎 老爷子，我倒想个好办法，保证您看着缕缕行行的人不心烦。

安　春 连我那鸟儿都不得安生，翟二爷没个不烦。

初山虎 我给翟二爷找个小生意干干，厕所收费。你在门前摆个桌，摆上长手纸，摆上短手纸，你就在那守着，来的人你就可以收钱了，单上的自己带纸的两毛，不带的四毛。老爷子，你不出门就挣钱，这家用厕所收费恐怕咱是世界首创，哎对了，我得提醒你，有时你得仁义呀，遇到残疾人、军人，你可要免费。

翟二爷 得，这一说厕所呀，我就要尿，真得去一趟。

［翟二爷急走下，江少慈偷了张牌给翟二爷放上，被初山虎发现。

初山虎 哎，你咋给老爷子偷牌呀！

江少慈 我哪偷牌了，你别玩赖呀！

［翟二爷回来，一翻牌。

翟二爷 （高兴地）和了，和五万！

初山虎 你再上一次还能和，他使劲地供着你。

翟二爷 真的？

江少慈 哪能干那事呢，那不是小人之举了，还是你老爷子手气好。

［四人洗牌，接着打起来。

初山虎 老爷子，您这一上医院，我想起好多事来，这要是有个老伴该多周到，哪怕像我妈那样的……打。打妈。

江少慈 东北人太实在，为点利益把他妈都能打出去。

初山虎 我说我妈了嘛，打发，走，发财不认识呀。

翟二爷 你妈那身子骨挺硬朗。

初山虎 还中，CT 片子，都拍了，啥病没有，她知道我住你这四合院挺高兴的，她也挺喜欢四合院，尤其是你那北屋，坐北朝南，显着有威风。

［江少慈看出初山虎的动机，马上接话。

江少慈 老爷子，咱们打实说，您老光棍一辈子了，要找也不找老太太。我给你介绍一个绝对的年纪轻轻的，跟一年半载的就得，能吃鲜桃一口，不吃烂杏一筐。

翟二爷　你把我当成什么人了，我老翟头住了一辈子四合院，做人也得求个方正，哦，我也不是老脑筋，不想立什么贞节牌，这场病闹的，我还真有心思说一个老伴儿了。

初山虎　你这好哇！我给你介绍一个实实在在的，就是我妈。我妈身子骨挺硬实不说，作风问题我担保，检验这问题的唯一标准就是我小脚趾盖的分叉，跟我爹一丁不差：你老 66 岁了吧。我妈刚好 64 岁，你老爷子好好地想一想，我看中。

江少慈　老爷子，千万不能让步，反正您一辈子没结婚，莫不如和尚到底，你可以立地成佛，你给我当长老，我给你刮成个瓢，再给你扮上……

翟二爷　不成，那左右街坊谁不知道我呀！

江少慈　咱就说你是半路出家。

翟二爷　你这是要把我作践死呀。

江少慈　哪能！老爷子你穿上袈裟一坐，手拿素竦一放，那数啥呢，钱！

［幕后传来吆喝声：豆腐。

翟二爷　嗯，这真叫逗佛，佛教是文化，你这是亵渎文化，有辱佛门。

江少慈　呀，信佛有佛在，不信佛不怪，到时候你上班下班，吃肉喝酒打麻将一点不耽误。

翟二爷　不成，那不成花和尚了嘛。

江少慈　不是花和尚，只是假和尚，你看那故宫里的，女的穿上清服齐头寸子上班都干这个，抬轿的都扮上，都雇的。凯莱大酒店那门倌都戴总统帽，这和那道理一样，你该吃什么还吃什么，咱不忌口，你内包装归东北虎管，外包装归我，该干啥干啥。

翟二爷　我啥也不干，别逼我了，来，打牌！

江少慈　你不答应，这牌我不打了！

翟二爷　哎哟嗬，安春，你替大爷当和尚去得了，要不介咱爷儿俩都得叫人剃成秃瓢。

安　春　（突然地掀翻桌子，暴吼）姥姥！你们这是欺负北京人，我安春虽然家穷，但我绝不侍候你们一天！

初山虎　哎兄弟别嚷，我的 BP 机响了，我回个电话。

江少慈　哎，先交两角钱！

初山虎　（打电话）喂，谁呼我？什么？老妈马上要见我，好，我正要找她。我就去！翟二爷，他是他，我是我，你跟我妈的婚事等我回来定砣，对不起，我先撤啦！（急下）

江少慈　（感到不妙）哎，东北虎你听我说，你不能叫你妈定这门婚事哪……（追下）

安　春　丫挺的，欠揍。

［音乐。

翟二爷　安春，你别老发火，大爷知道你的心气，安春是不愿意给咱们北京人摔份，可人家逼到门口来了，谁也没法？北京有数的就那些钱，人家挣走了，就没你的份了！来，大爷再给你点儿。

安　春　不，我再也不跟你要钱了，翟二爷，安春不是养鸟玩的八旗子弟，我不是少心无肠的人，我就是哭，也不叫他们知道。

翟二爷　别难过，你跟大爷我学，不管心里多难过，脸上总叫它乐呵呵的。安春啊，四合院的老邻旧居就剩咱老爷儿俩了，有啥心里话，就常跟大爷唠咕着点。闷着，生病啊。

安　春　翟二爷，我有一肚子的话早要跟你说，可我……怕伤您老的心哪。

翟二爷　孩子，大爷看出来你有心事来了，说吧。（期待许久，突然地）是不你也想离开这四合院儿？

安　春　翟二爷……

翟二爷　走吧，大爷不哭……孩子告诉我，你上哪儿？到时候别总来看我，我也去看看你们。

安　春　他们进城上高楼，我却是要到乡下去，一个同学聘我到山区养殖厂饲养鸵鸟，我答应跟他干一辈子。

翟二爷　好，都是养鸟人，你比你爹强了，这回别跟他们似的偷着走，大爷我送你上路。

安　春　（抹泪）翟二爷，我爹临咽气之前让我跪地发誓，发誓守您身边为您养老送终，可我，就在您最需

要我的时候，我却要离开了，我对不起爹，对不起您呀！（跪地痛哭）

翟二爷　大爷不怪，起来，收拾吧，我没啥要求，只盼你在十一这天回来给我过六十六……

安　春　我一定回来，这房子是您送给我爹的，我无权卖它，也不想再叫谁来挖您的心头肉，您就留着它养鸟吧，那几笼鸟给您留下，我走了，让它们替我……跟您说说贴心话吧。

[安春提出鸟笼，鸟鸣声充斥舞台。

[翟二爷暗自抹泪。

[柱子与杨老师上。

杨老师　翟二爷别哭，您没得癌症，是那初山虎太马虎，把您的 CT 片子弄错了。

柱　子　翟二爷，我才听说您要找老伴，这下可要放心地喝您喜酒了。

[翟二爷无语，只闻鸟雀声声鸣叫。

五

[翟二爷坐在桌前，悉心地听着小收音机里京韵大鼓。

东西南北四间房，

打个骰子谁坐庄……

[江少慈来给翟二爷沏茶，精心打量小壶。

江少慈　翟二爷，你吃茶。

翟二爷　哎哟呃，谢谢江西瓷，哎，您的电话能跟东北虎联系上不？

江少慈　您老还惦记着他老妈哪，这可真是山丹丹开花红艳艳，女人的力节大无边哟！可惜我的电话和他联系不上。

翟二爷　别这样，不就是没让你认我干爹嘛，好，今儿对你破破例。

江少慈　我还不认了。

翟二爷　这为啥呢？

江少慈　（旁白）您不死了，我还认您啥劲嘛？（突然转念）翟二爷，您要有这个心思，我认您这把瓷壶当干爹，您老把它租给我当爹爹也成，我把它底冲上供在柜台上，叫人一看我这全是古董。

翟二爷　不成不成，我不能叫你拿它去骗人。

江少慈　哎，对面是肯德基，我是骗外国人的。

翟二爷　那也不成，来北京的都是朋友，咱得拿真心待承。

江少慈　唉，你真古董，现在是外国人骗中国人，南方人骗北方人，北京人相互骗。我骗，也是以骗攻骗，正当防卫。

翟二爷　哎哟嗬，这骗人也能找个理儿，找个说法儿。怪不得骗子这么多，这回我算领教了，来四合院的两人就有一个是骗子，按这个数估摸，来北京的骗子占一半。

[初山虎戴黑纱上。

翟二爷　哎哟嗬，你怎么了？

初山虎　啊，我妈她……我妈她……（哭号）

翟二爷　你妈？

初山虎　我把你们俩搞对象的事跟她说了，她一口气没上来活活……

翟二爷　气死了？

初山虎　不。乐死了。

翟二爷　（生气地）你看你小子干这事，叫我说你什么好！

初山虎　天火烧水窖——该着。老爷子，你属猴的，我妈属鸡的，你看鸡猴不到头。

翟二爷　什么不到头，这还没开头呢。

江少慈　我早算好了，不是你把她妨死，就是她把你妨死。

初山虎　不管咋说那你也是我爹，我妈这一走，你看我妈的后事怎么处理？
翟二爷　这跟我有什么关系？我哪知道怎么处理。
初山虎　爹，你看我妈走得早，往后的一切就由我来照应了。
翟二爷　哎哟嗬，你先回去，处理处理你妈的丧事。
初山虎　我就想在这四合院办，我这是给死人吊孝，是为了给活人看我还准备打上个幡，显得我对您也孝顺。
翟二爷　哎呀，太破费了！
初山虎　没关系，几桌席就下来了，我们那边讲扎纸塔。按着咱这圪垯的四合院给我妈扎一套，那辈子你老两口也住正房，然后，我就准备大办。这要是办不好，让人家笑话．我准备整个孙子来顶盆摔盆儿！
江少慈　（急切地）好，摔盆这你找我呀！
初山虎　你别跟着搅行不，我们家的内部事务，别人少管。
江少慈　我给你们赞助，免费提供。你办的时候不要求别的，你喊一声江少慈就行。
初山虎　小孩不睡觉——你欠悠，豆干饭不熟——你欠焖，你给我远点呆着行不！
江少慈　你看你，老爷子他没见过你妈，要不我给你妈烧一个陶瓷的塑像，放在老爷子北屋的炕上，当佛供。
初山虎　我们家在研究丧事知道不！
江少慈　这我晓得。
初山虎　我欠我妈的太多，我妈在有生之年教我孝顺我爹的唯一办法是，我妈说我第一位父亲临死之前给我娶个媳妇，为什么呢？为了孝敬我爹。当时是家里不进来儿媳妇，老人不能发丧，既然我对第一任父亲孝，你这第二个父亲更得孝。为了对我妈的孝心，当时我就答应了她，无论如何在发丧之前找一个老伴，所以说，我建议东北发丧，北京认亲，咱喜事丧事一块儿办。（突跪地）爹！
翟二爷　好好，就看你这份真诚劲，这门婚事我死也得认了。
［南海风上。
江少慈　你到这院找谁？
南海风　找我爹！
江少慈　呀，又来个认爹的。
初山虎　谁是你爹？
南海风　他是我爹。
翟二爷　什么？今儿个啥日子，咋都争着认我当爹呀！
南海风　不是争，你就是我的爹，亲爹！爹！
初山虎　慢，你干啥吃的，我先认的爹，你这不是侵犯我版权所有嘛，谁侵略我，我就跟谁玩儿命！
南海风　你们都没注册登记，全属盗版，我一来诸君就退位吧。
初山虎　呀，这小南蛮子口气还挺大，爹，他在你这四合院登记过户口嘛？
翟二爷　没有。（摇头）没这码子事。
初山虎　好哇，你冒认皇亲，是缺牌诈和，江西瓷，我俩把他打出四合院！
［二人将南海风打出门外。
翟二爷　慢着，叫他回来，我问问，孩子，你叫什么？在哪儿工作？谁叫你来的？
南海风　南海风，生在中国长在新加坡，现任海南风集团公司总裁，是我妈叫我来认父。
翟二爷　你妈？她……怎么没来？
南海风　妈妈她早就下世了。
翟二爷　嗬？那你妈她，为啥早没来？
南海风　听妈说，我三岁那年妈妈曾抱着我来这儿认过父，可当时父亲并没敢认我们这不太光彩的母子。
翟二爷　你，你是……你把鞋袜子脱下来我看看。

［南海风脱鞋。

翟二爷 （看脚一震）你妈还说什么？

南海风 她说如果父亲不认我，就叫我拿这件蓝色的工作服换回她的红色旗袍。

翟二爷 （泪下）孩子！我等了你妈一辈子。

［音乐。

六

［又是周末。

［翟二爷喂着鸟，南海风打着手提电话，时而说着外语。

［对面，外方建筑工地越发喧嚣。

翟二爷 对面这大楼一起，看着真有点心里犯堵。海风啊，打一起早你就对着那玩意儿嘀里嘟噜说话，累不累呀？

南海风 （全然未觉仍在指挥）喂，悉尼回话，长风号货轮务必于北京时间八点起航，绕马六甲海峡进印度洋，在科伦坡加油，由红海进地中海，到罗马港卸货。渥太华，我在China北京，告诉副经理，马上飞抵纽芬兰岛，速将小麦价格报给中心……

［初山虎和江少慈上。

江少慈 呀，老翟头这儿子瓷茶壶磕两半真是个碴儿呀！

初山虎 我们哥们儿都造一阵子，今天又是礼拜六，老规矩陪着我爹整两把。

翟二爷 不，不玩了，两家亲不犯财，一家人不赌钱，哦，一分也不赌，再说了，他忙。

南海风 爹。我忙完了，咱们玩。这是个愉快的周末，就算你们陪着我玩一盘。

［几人围坐。

江少慈 你后来是赢家，哦，今天不赌钱。

南海风 不赌钱，咱要赌气。

翟二爷 赌气？海风啊，这些年我可一直等着你娘儿俩，你不来认爹可别怪我……

南海风 这怪我。说真话，我倒不是怕叫人知道我是私生子，是怕我来有伤爹的形象。

初山虎 那你为啥又偏在这个时候来跟我争着认爹？

南海风 时代需要。

翟二爷 打牌打牌，海风，你打呀。

南海风 打它！（将一张牌打下，三人瞠目）

众 白板？什么意思？

南海风 告诉大家，我此番前来，是要铲平这四合院。

初山虎 不能，这四合院是要受到文物保护的。

南海风 我早问好了，这院不在保护之列，往下你们都不要再往四合院上投资，我已经拿到有关批文，南海风集团公司要在这块地皮上建一座超过街对面的大楼。

翟二爷 你不是开玩笑？你真要铲平这四合院？哎哟嗬小子，你要反天啦！

初山虎 （大叫）快过来，戗着爹点，别再弯过去。

翟二爷 不，我忍着，我忍住了。（深情地）孩子，这是咱祖上的基业，也是你们后辈的家产，你先等等，等等，等我死了再铲平这四合院……行吗？

南海风 不，爹，那就晚了。

翟二爷 我猜不透，你们为什么都来拆我的四合院呀？（哽咽）

南海风 爹，是这四合院太不适应竞争需要，你看对面，哥特式建筑，维多利亚式建筑，全方位开放，我们这围城式小院要想与它们竞争，必须得从封闭的围城里跳出来，把方城立起来。（以麻将做积木迅速地摆放着）

初山虎 哎呀，我看了所有麻将都是平着摆，立着玩的真没见过。

江少慈 （将牌推倒）我看你还是到别处去立！这四合院多扒两个门就挺好了！

初山虎 老爷子，我们哥儿俩手心手背都是肉，你要同意铲平，我卷包跟你走；你要不愿意搬，我在这儿跟你靠着！

翟二爷 我不搬，我不能搬！你们只知道平这四合院，可你们知道四合院怎么占到这儿的吗。打我一记事娘就和我说，这院里有老罕王的魂哪。八国联军打北京那年，娘立在房顶看圆明园的大火，哭得眼睛都瞎了……后来爹成八旗子弟不争气，要把这房卖给洋鬼子，娘死死不让，爹打娘，娘就拿剪子穿破自己的喉咙，说死也死在这院里，娘哭着求爹，说老祖宗给咱留的就这四合院了，如果卖了它，愧对祖宗不说，子孙后代在北京就没有立足之地了……娘临咽气的时候让我在她头前发誓，我发誓不叫这四合院少一块砖头哇……

初山虎 老爷子真把这院当命根子。

江少慈 那好，海南风你走！走吧。

南海风 不，经济大潮已经涌到咱们家门口，我们要再那小门小户的你争我斗，将是一事无成。你们听听街对面的节奏。难道就不感到着急嘛！

［节奏声渐强。震动着每个人的心。

南海风 （激情地）人家一来就是个集团，我们单兵作战，怎能打过人家集团军！我到过法国、意大利，见过罗浮宫和巴黎圣母院，走过塞纳河、地中海，它叫我明白一个道理，落后就要挨打，开放就有生机，爹，你是过来的人了，还不知道八国联军打北京的悲剧嘛！爹，我求你说句话，为后辈让条路，我们的推土机已经站到街口啦！儿给你跪下啦。

初　江 兄弟说得有理，我们也给你跪下啦！（齐跪地）

翟二爷 等等，等一天，哦半天，让我在这四合院里过最后一个生日，我也求你们啦。

初山虎 兄弟，明天是老爷子六十六大寿，让他在这四合院过这最后一次吧。

［几人退下。

［翟二爷深情地抚摸四合院的每块砖，而后将一瓶酒倒入瓷壶里，端起……

翟二爷 爹娘在天有灵，邻居在天有灵，咱这四合院要搬迁了，我要把这壶老酒深深地埋在地基里，就算我为你们永远的祭奠了。（复摘下鸟笼）听了大半辈鸟叫，品不出你们是笑还是哭，四合院里圈了你们一辈又一辈，今天我把笼子给你们打开，飞吧，全飞走吧！自个朝高处飞，朝亮处飞吧！（打开鸟笼，鸟儿鸣叫着飞走）

［翟二爷又从屋中拿出一面小国旗。

翟二爷 每年十一都是我第一个挂上小国旗，挂到今天正是四十九次每年挂国旗，眼里都闪泪花，今年我……（抹泪）

［安春上。

安　春 翟二爷，整个这条街的街坊邻居都要为您来庆六十六大寿哪！

翟二爷 谢谢街坊邻居，但今天我想实话告诉大家，我的实际生日不是十一，娘生我是在一个咱中华民族受辱的日子。娘不让我过那个生日，她要给我找一个扬眉吐气的日子。可她还没有等来那个日子就咽气了，是我自个儿打四九年才选到了这一天，国庆节这天我过生日，看到国旗就像看到娘，看到国旗总想说几句话，今天我提前半天谢了，娘！咱中华民族一天比一天强啦！

［众人依次向国旗敬礼，同时也是向观众谢幕。

——剧终

（与刘家声共同创作）

·音乐剧·

歌　儿

（为中国人民解放军建军90周年献礼）

时　间　现代。

地　点　黄土高原。

人　物　歌　儿：天生一副好嗓子，儿时说话有些语迟，性格害羞，但唱起歌来十分动人。她由放羊娃成长为解放军战士、文工团员、军旅歌唱家。七十年的军旅生涯，融入了她一生的情感，她的歌声伴随着战斗，伴随着牺牲，伴随着胜利。在她的血液中流淌着艺术家的气质，在她的性格中始终保持着革命军人的刚强。

土　根：歌儿的哥哥，他一直深爱着捡来的妹妹歌儿，杀匪闯祸，在逃亡的路上误入伪军，与歌儿重逢后投诚革命队伍，能打善战，最终成为我军的战斗英雄。他战场上刚烈如火，情感中却腼腆羞涩，年年岁岁，心中始终暗暗地爱着歌儿，但与歌儿的爱情终未修成“正果”，在夺取302高地的战斗中英勇牺牲。

吹破天：陕北放羊汉子，善良开朗，会吹唢呐，家境贫苦，一辈子没有成亲。土根和歌儿都是他亲手抚养大的。他对待两个孩子如同亲骨肉，后来在寻子的路上走进了革命队伍。一对领养的儿女结成秦晋之好，是他最大的心愿。最终，他牺牲在日本鬼子的炮火之下。

鲁一鸣：八路军指导员，为人正直，有良好的军事素养，也是对歌儿走进革命队伍后影响最大的人，他一直深爱着歌儿。虽说是政工干部，但也不失军事干部的血性，敢爱敢恨，忠于职守，在302高地战斗中奉献出自己年轻的生命。

司号员：歌儿与吹破天的救命恩人，为掩护歌儿和吹破天牺牲。歌儿接过他的枪，毅然投身于八路军队伍。

伪军中队队长：土根的上司、好兄弟，性格固执，观念偏执。

群众角色若干。

男女群舞：扮人、扮物、扮景，在舞台呈现中作为主要写实写意的表现手段，烘托气氛，推进剧情。

合唱团：作为主唱、伴唱，在台前幕后塑造群众、官兵等独特的音乐形象。

希望导演在二度创作中大量融入现代艺术的表现手段，使歌、舞、剧融为一体，增强表现力，满足当下观众欣赏舞台艺术的新需求。

序　幕

时间：现代

北京电报大楼的钟声——

幕起。

舞台上，金黄色的暖光从东方渐亮，象征着一轮红日即将冲破云霄冉冉升起，大屏幕背景随着太阳的升起开始呈现出庄严肃穆的天安门城楼，此时，背景亮起，隐隐的乐曲——《今天是你的生日，我的中国》。

音乐中大屏幕上一群雪白的和平鸽振动羽翼腾空而起。

一群身着盛装的群众从舞台深处走来，有老人，有青年人，有系着红领巾的少先队员。一位白发苍苍年过九旬的老妈妈，身着老式军装坐在轮椅上，没有佩戴领章、帽徽，她就是我们剧中的主人公歌儿，推着歌儿的是一位身着现代军装的年轻军人。

此时，舞台十分安静，人们在静静地等待着，随着一声号令，刚劲有力、整齐划一的正步步伐声由远至近，大地似乎都在震动。

由三十六名国旗护卫队员和六十二名军乐团队员组成的国旗护卫队英姿飒爽，来到舞台中央，庄严肃穆，在国歌声中，国旗迎风飘扬，缓缓升起。

歌儿跟随着音乐哼唱着国歌，直至结束，所有人都围了上来。

年轻战士：（拉着歌儿的手深情地说道）谢谢您，兵妈妈。

众：兵妈妈。

音乐起，《兵妈妈》主题歌。

歌儿唱：（歌词大意）

叫一声兵妈妈，
我不敢应答，
我也是跟随着这支部队在战火中长大。
党的培养、组织的关爱，
不是妈妈胜似妈妈。
叫一声兵妈妈，
我欣然接受，
有多少好兄弟在战场上倒下。
拉住了亲人的手就放下牵挂，
叫声妈妈就回到了家。
我们的军队日益强大，
有了强大的军队才有强大的国家。
伟大的祖国就是我们的母亲，
是母亲在苦难中把我们养大，
把我们养大——

一幕　黄土缘

时间：1922—1938

第 1 场　黄土高坡

幕起。

舞台灯光昏暗，苍茫的黄土高原上，云层厚重，风沙飞舞。男舞者扮演的风沙在舞台上狂舞肆虐，女舞者扮演的羊群在如此恶劣的环境下艰难前行，合唱团用低沉苍劲的歌声烘托艰难恶劣的环境。

合唱：（歌词大意）

天苍苍，野茫茫，
风吹黄沙万里扬。
抬头看不见晴天的日，
低头还是黄土黄。

这时天边传来了清脆明亮的喇叭声，只见吹破天头扎白头巾吹着唢呐出现在舞台上方的山坡上，风往北刮，羊往南走。七岁的土根浑身是土，看不出孩子模样，他不停地抖动着身上的沙土，赶着羊群继续前行。

土根唱：（歌词大意）

黄土坡黄又黄，
手拿鞭儿去放羊。
绵羊羊毛像棉絮，
山羊从小胡子长。
人家母羊下羊羔，
俺家羊儿生儿郎。

（白）：真的，我土根就是我家的羊生的，我大说的。

这时风越来越大，音乐的气氛也变得更加凝重。吹破天在风沙中寻找着羊群和土根。

吹破天：土根！土根！

他冲下山坡，将唢呐别在腰间。

吹破天唱：（歌词大意）

大喇叭吹破了天，
放羊人的脚板踩平了山。
都说咱黄土高坡路途远，
婆娘们不爱嫁进咱九道弯。
老天爷关照我这光棍汉，
送给我个儿子渡难关。

突然，土根儿抱着一个红包裹，从羊圈中兴冲冲跑出，大声喊叫。

土根：大大，快来看，咱家羊又生了一个娃！咱家的羊又生了一个娃！又生了一个娃！

吹破天接过红包裹，惊喜地端详着，这时，一束红色的暖光打在红包裹上，与周围白色的羊群形成反差，她就像是云海中的红日，冉冉升起，风沙渐渐地变小，一声婴儿的啼哭划破宁静的清晨。婴儿的啼哭与众不同，似乎带着旋律，如天籁之音，优美悦耳，就像一首无字的歌，一首可以听懂的歌。

音乐起，远处传来歌儿的歌声《人生的第一首歌》。

歌儿唱：（歌词大意）

天生了我，地接了我，
啼哭是人生的第一首歌。
风吹着我，雨打着我，
贫苦的生活也快乐。

随着歌声前景变暗，后景渐亮，从山坡的后边冒出一群洁白的羊，羊群后跟上一个亭亭玉立的少女歌儿，舞台色调逐渐一点一点从青草的绿色中苏醒过来——

哥哥数羊，妹妹有些语迟，总跟不上，每到这时，她就会涨红了脸，十分羞怯，哥哥不厌其烦地一遍遍教她，让她从心里克服语迟的障碍，让她由说着数到唱着数。

土根唱：（歌词大意）

妹妹、妹妹别着急，
羊儿耐心等待着你。
一二三四五六七，
七六五四三二一。
一字一字排好队，
谁也不许往前挤。
就像羊群队成序，

发号施令在心里。

歌儿幸福地唱。

歌儿唱:(歌词大意)

赶着羊群上坡坡,
那面有我的亲哥哥。
找哥哥,上坡坡,
哥哥你为啥总跟我转磨磨。

哥哥夸妹妹唱得好。妹妹又害羞了,妹妹跑着,哥哥追着。歌声继续,青年的土根头上扎着白头巾追赶着唱着歌的妹妹。

土根唱:(歌词大意)

我的妹妹长得美,
美得后生流口水。
我的妹妹歌声美,
美得百灵不张嘴。
听了歌声能鼓劲,
放羊不怕跑断腿。
听了歌声能解渴,
哪怕三天不喝水。
美妹妹,妹妹美。
哥哥我疼你一生不后悔。

土根唱完掏出了唢呐,对天吹响本剧的主旋。

土根吹着唢呐,歌儿抱着羊羔,随着音乐舞蹈,群舞扮羊,台上形成一片欢乐气氛。

歌儿掏出当年包她的红布给土根看,土根发现红包裹上多了一只手工绣的喜鹊。

土根:喜鹊?

歌儿:我绣上去的。哥,你说过我长大后就给我讲咱妈的故事,现在我已经成人了。

土根:好吧。那我就跟你说说咱妈。咱妈长得非常的美,你像咱妈;咱妈的歌声非常的动人,你像咱妈。

歌儿:那你怎么不像咱妈呀?

土根:我坚强勇敢,会吹喇叭,像咱爸!咱妈疼咱爸,咱爸疼咱妈,这才有了我和你,这才有了咱暖乎乎的家。

歌儿:你快给我讲讲咱妈!

土根:你要真想问咱妈,问它!(一指旁边的羊群,羊群发出咩咩的叫声)羊就是咱俩的妈!

歌儿:你又骗人!

音乐起。

男女对唱:(歌词大意)

歌儿: 哥哥你对天发誓不撒谎,
不然来世你变牛羊。

土根: 哥哥宁肯变匹马,
驮着妹妹走四方。
(唱着背起歌儿)
驮你到山外把歌唱,
驮你到城里上学堂。
驮你年轻驮你老,

一直守护在妹身旁。

歌儿： 驮着妹妹嫁出门，

妹妹我要把哥哥当嫁妆。

土根听罢一下子把妹妹放在地上。

土根：你把我当嫁妆啊！

妹妹又结巴了。

歌儿：嫁……嫁……

土根：别喊驾呀驾的了，旁边的马都跑了！

两人坐在地上笑得直不起腰来。

这时音乐突变，羊群受到了惊吓，四散开来。吹破天风风火火地跑上来。

吹破天：歌儿！快躲躲！山上的土匪下来抢亲来了！

土根：（拔出腰间的镰刀，怒斥）谁敢动我妹妹一手指头，我就跟他玩命！

土根迎着土匪跑下。

吹破天：土根！

歌儿：哥！

吹破天：你不能胡来！（与歌儿一起追下）

暗场，急促的鼓点，紧张、邪恶的音乐起，灯光忽明忽暗。

合唱：（歌词大意）

战事四起世道难，

城头无主旌旗换。

谁管百姓苦上苦，

不见正义难伸冤。

音乐延续，暗场，幕后同时传来了激烈的拼杀声，鼓点越来越密，最后终止在一声惨叫上。

土根不愧是放羊出身的孩子，生就了一双飞毛腿，闪电般从舞台上方跑过，土匪追上，聪明的歌儿和吹破天把羊群轰向土匪，拦住了土匪的追路，为土根争取了时间。台上在一片混乱中收场。

第 2 场　土地庙

破旧不堪的土地庙，画外时不时传来几声乌鸦的叫声，踉跄匆忙的脚步声由远及近，三人慌忙跑上，土根胳膊负伤，他手中的镰刀在滴血，歌儿搀扶着他。吹破天在一旁看着两个狼狈的孩子，良久没有说话，转眼见到残破的挂满蛛网的土地公神像，终于支撑不住，跪倒在像前。

吹破天唱：（歌词大意）

儿子闯下了祸，

苍天保佑我。

我曾向你许诺，

一生不作恶，

一生不作恶。

请你保佑我儿和女，

我们要平平安安地活，

平平安安地活。

吹破天：（唱完后情绪激动，冲着土根）快跪下，咱闯下大祸了！

土根：我不跪！是他们先动的手！不是我们作恶，是他们作恶！我不杀他，他就把歌儿抢走了，我不能眼看着妹妹往火坑里跳！我不能没有歌儿！

歌儿：（伸手按着情绪激动的土根）哥，别说了……

土根：不，我今天一定要说！别说是杀土匪，就算让我死，我也不能让歌儿掉进火坑！

吹破天：歌儿，你现在长大成人了，爸爸要在神龛的面前告诉你你的身世。

土根：大！你！

吹破天：歌儿你知道么，你哥哥土根一直爱着你。

歌儿愣住了，不解地望着吹破天和土根。

歌儿唱：（歌词大意）

听了大的一番话，
我一时不知咋回答。
是太心急说错了话，
还是我把话听岔。
我的心里乱如麻，
乱如麻——

吹破天：（缓缓起身一手拉住歌儿，一手拉住土根，叹了口气）孩子啊，你们是两个苦命孩子啊，咱西北风硬土薄，养不活太多的人，别怪你们的妈，把你们送到羊圈，就是为了让你们喝口羊奶能活下来。

吹破天唱：（歌词大意）

老汉我一生未成家，
羊圈里先后拾到了两个娃。
我发誓把你们兄妹抚养大，
对得起你们的爹和妈。
哥哥从小爱着你，
藏在心里不表达。
你从小哭着要妈妈，
爸爸的心里似刀扎。
只盼你将来过上好日子，
长大后能跟哥哥成个家。
让哥哥一生护着你，
闺女呀，哥哥爱你胜爸爸。

吹破天的这番话使歌儿的内心产生了剧烈的震动，她深情地看看爸爸，望望哥哥，对着神龛倾诉着自己的内心。

歌儿唱：（歌词大意）

我家住在土坡坡，
坡下有个暖窝窝。
风来时爸爸护着我，
雨来时哥哥挡着我。
天塌下来我不怕，

因为有爸爸和哥哥。
哥哥教我学认字，
哥哥教我学唱歌。
天多大来歌多远，
生活得自由又快乐。
（歌儿转过身）
谢谢爸爸收养了我，
从小给我了好品格。
爸爸呀，歌儿就是您的亲生女，
哥哥呀，你永远是我的亲哥哥。

歌儿唱完跪在吹破天和土根面前，从怀里掏出绣着喜鹊的红布，蒙在自己的头上。

歌儿：大，女儿听您的，我愿意嫁给哥哥。

土根一把拽下歌儿头上的盖头。

土根：不！我永远是你的哥哥！

这时，庙外响起了土匪的喊叫声。扮演土匪的群舞渐渐围了上来，把三人围在中间，三人想要逃走却无法冲出土匪的包围，舞团形成的包围圈在合唱氛围中被越收越紧，越缩越小，三人在圈中挣扎。

合唱：（歌词大意）
九道弯，九道沟，
道道如刀难行走。
往前走看不到路，
往后退又是悬崖鬼见愁。

歌儿：（把红布系在土根受伤的胳膊上）哥，快跑！

吹破天：土根，一直往南跑！脱身后我带着歌儿去找你！

土根：大，你一定照顾好歌儿！（转身跑向土匪，用镰刀杀出一条血路，众土匪向土根追去）

歌儿：（对土根高喊）哥，你一定活着，（这次不结巴了，脱口而出）我等着　你……娶我！

土根：（回身）不用管我！你和大要好好活着！

合唱：（歌词大意）
哥哥一直往南走，
唱着家乡的信天游。
哥哥一直往南走，
为了妹妹不回头。
哥哥一直往南走，
今天的走，为了明天的留。
哥哥一直往南走，
永远唱着《信天游》。

土根跳崖脱身，此时听到幕后传来一声枪响，舞台瞬间安静下来。

第 3 场　中原街景——中原抗日战场。

（舞台分为上下两区域交错进行，上区为战场；下区为街景）

幕起。

音乐起《追着炮声走》。

合　　唱：（歌词大意）

男声合唱：向南走，向南走，告别家乡不回头，就像当年走西口。

女声合唱：向南走，向南走，告别家乡不回头，妹妹追着哥哥走。

（1）街景

这里是中原地带的一个中小城市（大体在河南地段），从建筑和民俗上可以看得出显然不是歌儿的家乡黄土高坡。路上的行人匆匆走过，各种做小买卖的发出叫卖声，日本宪兵骑着三轮摩托通过街道，人们似看到瘟神一样停下手中的一切，显然这已是被日本侵略者占领的地方。吹破天和歌儿已把卖艺作为了一种生存方式，他们边走边唱上场，《追着炮声走》。

男女对唱：（歌词大意）

吹破天：向南走，向南走，告别家乡不回头，就像当年走西口。

歌　儿：向南走，向南走，告别家乡不回头，妹妹追着哥哥走。

吹破天：走了日出走日落，走了冬夏走春秋。

歌　儿：走过了风，走过了雨，枪林弹雨不低头。

吹破天：一路艰辛一路歌，找不到儿子不罢休。

歌　儿：听说哥哥当了兵，我们迎着炮声走。

合：我们迎着炮声走。

歌儿的歌喉婉转，吹破天唢呐迷人，父女俩精彩的演出，赢得无数掌声。（群舞表现）

这时一发炮弹落在附近，舞团扮演的群众往同一方向逃跑，歌儿却扶着父亲逆着人群而上。歌声起《闯虎口》。

合　唱：（歌词大意）

迎着炮声走，
哪怕是虎口。
迎着炮声走，
哪怕鲜血流。
为见亲人的面，
宁死不回头，
宁死不回头。

（2）下方表演区灯光渐暗，上方表演区灯光亮起

战场上，土根身着伪军军服，儿时放羊练就的一双飞毛腿加上投石头的童子功使他成为一位机动灵活的士兵。（以上用男子舞表现战争场面）

土根唱：（歌词大意）

土匪刀下逃了生，
稀里糊涂当了兵。
（掏出红布）

妹妹贴身保佑我，
我土根几次历险又逢生。

（3）炮火之后短暂的宁静，舞台上方灯光渐暗，舞台下方灯光亮起。前场的街景已换成铁道旁战壕的景致。

吹破天带着歌儿误闯阵地，来到了日本鬼子和八路军交战地带，吹破天在枪林弹雨中把歌儿拉进了土坑，躲在铁道边。

歌儿：大，这里太危险了！

吹破天：别出声！灯下黑，越危险的地方越安全，咱先在这躲一躲。

这时两个日本兵闻声而上，一个按住吹破天，一个扑向歌儿，歌儿挣扎着，吹破天奋力反抗。

吹破天：兔崽子！放开我闺女！你们比土匪还坏！

说着搬起了身边的石头，要和日本人玩命。日本人举起刺刀要扎向吹破天。就在这千钧一发的时刻，从八路军阵地飞来一颗子弹，击中了日本兵的脑袋，八路军年轻的司号员冲到铁道旁，与另一个日本兵进行拼杀，最终将刺刀插进了日本兵的胸膛。

司号员：（冲着歌儿和吹破天）这里太危险，我掩护你们，赶快离开！（说着站起身来）

这时，从日军阵地飞来数发子弹，穿透了司号员的身体，他应声倒下。吹破天和歌儿急忙把司号员抬到了一个安全地带。

歌儿：（拼命地摇晃着他的身体）醒醒，小兄弟，醒醒！

司号员紧紧地拉住了歌儿的手，在弥留之际说了最后一句话，妈……妈……我要回家……

歌儿紧紧地把司号员抱在怀里，潸然泪下。

吹破天：（目睹这一幕老泪纵横）孩子，为了我们普通老百姓让你献出了这么年轻的生命，真是对不起……

音乐起，《为了老百姓》。

合唱：（歌词大意）

为了老百姓，
我们参加革命。
为了老百姓，
我们英勇牺牲。
为你生为你死，
因为我们心连着心、命连着命。
你的幸福，是我的幸福，
你的平安，是我的使命。
为了老百姓，
为了老百姓。
因为我们来自老百姓。

此时鬼子又发起了一波猛烈的炮火攻势，远处八路军的冲锋号声响起，歌儿摘下牺牲战士的军帽戴在自己头上，吹破天解下牺牲战士腰间的冲锋号，他想学着远处传来的冲锋号节奏，把号吹响，却怎么也做不到，最终他取出唢呐吹响了冲锋号角，唢呐声响震天，八路军气势高昂地向鬼子冲去。

（4）整个舞台上下打通合二为一，舞台上红旗飘扬，锣鼓喧天。

战士们高唱雄壮的革命歌曲庆祝胜利，歌儿和吹破天身着军装也加入了队伍中间，指导员鲁一鸣把一支钢枪交给了歌儿，音乐起《歌声就是武器》。

鲁一鸣唱：（歌词大意）

用练琴的手去练枪，
枪声也会变得有旋律。
用握枪的手去握笔，
笔也会变成武器。
为战友报仇战场上英勇杀敌，
用勇敢的歌声鼓舞着我们军队的士气。
我们的军队就会所向无敌，
让我们的歌声伴随着勇敢，伴随着胜利。

歌儿接过钢枪，音乐继续《你给我力量》。

歌儿唱：（歌词大意）
接过你的钢枪，
你给我一份力量。
扛起你的钢枪，
肩上懂得了担当。
枪声告诉我，
前面就是战场。
歌声告诉我，
牺牲是最大的荣光。
接过你的钢枪，
我歌声有了力量。
死亡告诉我，
生命需要坚强。
向前，军队的歌声不可阻挡，
向前，我们的军队永远向着太阳。

随着歌声舞台的灯光大亮，天幕上显现出宝塔山和延河水，景致转换到革命圣地延安。在以下的段落，主要展现歌儿跟随着文工团一边学习艺术，一边学习文化。指导员鲁　鸣心中对歌儿充满爱意，直抒爱慕，歌儿回绝，并表示在没有找到自己的“亲哥哥”之前，什么都不考虑。

学员们为中央首长做汇报演出，毛主席、周恩来等中央领导出席。经过系统的学习，歌儿的演唱有了巨大的飞跃，那一首首革命现实主义和革命浪漫主义相结合的进步歌曲催人奋进，鼓舞人心，尤其是她把寻找哥哥的故事编成节目演唱出来，战友们深受感动，祝福她早日与哥哥重逢。在场的首长给予了这位战士歌手高度的评价，说在战争年代，一首曲子就是一支冲锋号，一首歌有时就能赶上一个团，一个师，一个军，歌声也是战斗力（此话陈毅同志说过）。毛主席称赞歌儿为军中百灵。

在歌声中，文工团跟随着部队奔赴抗日前线。

二幕　战火情

时间：1938—1941

第 1 场　抗日前线

舞台变为一片硝烟滚滚的战场，文工团在战斗中被一小伙日本鬼子包围，除鲁一鸣与吹破天两个男人外，剩下的都是歌儿带领的女兵，她们拿起手中的武器，面对着四面的敌人，英勇地奋战着。子弹越打越少，鬼子从四周渐渐地围了上来，包围圈越缩越小（像起初土匪包围土根那样），使文工团身陷绝境。鬼子指令抓活的。

鲁一鸣把生存的战友聚集起来，掏出所剩的手榴弹连接在一起，准备与敌人同归于尽。

鲁一鸣：来，拉起手！我们绝不能落在鬼子的手里！

歌　儿：我们要一起唱着歌。昔日，我们把歌声唱给战友，今天，我们唱给自己、唱给敌人！

说着领头唱起了雄壮的《大刀进行曲》，所有的文工团员应声附和，吹破天见此情景泪流满面，吹响了手中深沉的唢呐。文工团员在生死存亡的紧要关头唱响了生命的绝唱，她们如同一尊雕像屹立在那里，令鬼子望而生怯。就在鲁一鸣准备引爆手榴弹那一刻，鬼子的后方响起了枪声，一伙不明身份的武装打了过来。文工团员借此机会把所有的手榴弹投向了鬼子，她们亮出刺刀与鬼子展开了近距离的拼杀，鬼子遭到两面夹击，最终被斩尽杀绝，文工团员绝大部分也倒在了血泊之中。土根带领着几个弟兄上场，与鲁一鸣会合，此时，他们身上并没有穿着伪军的军装。

鲁一鸣：你们是哪个部队的？

土　根：山匪。

鲁一鸣：谢谢你，兄弟！

土　根：不，我们不是兄弟。

这时，一个日本兵在血泊中挣扎地站了起来，土根一枪将其击毙。

土　根：（冲着身边的几个弟兄）搜查一遍！不能留下一个活口！知道吗！

众伪军：知道！

伪军士兵在战场上进行搜索，土根掏出背囊里的伪军军装穿上，他的军衔已是小队长，鲁一鸣愣住了。

土　根：（对着伪军的弟兄）今天的祸是我闯下的，上面如果怪罪下来我一人承担，就说我们为了攻打八路的女兵，误伤了日本人。听懂了没有？

众伪军：听懂了！

土　根：兄弟们，我们都是爷们儿，我们都是中国人！（激动地）我们不能眼睁睁地看着他们残杀我们中国的女人。

音乐起，土根激动地唱起了内心独白《听着女人在唱歌》。

土根唱：（歌词大意）

战场上听到女人在唱歌，
就如同阳光洒进了俺心窝。
唱开了满山的花儿红，
覆盖上家乡的黄土坡。
战场上听到女人在唱歌，
就如同听见妹妹呼唤我。
哥哥快来救救我，
妹妹我不想进狼窝。
战场上听到女人在唱歌，
点燃我心中万丈火。
就如同土匪刀下救妹妹，
土根我不怕闯下捅天的祸。

土　根：（冲着部队）撤！

鲁一鸣深情地望着土根远去的背影，歌儿在血泊中撑起了自己的身体，扶起了身负重伤的父亲吹破天，就这样，他们与土根在战场上擦肩而过。歌儿告诉鲁一鸣刚才在恍惚中好像见到了哥哥。鲁一鸣告诉歌儿，不是哥哥，是伪军。吹破天坚信土根就在不远处，下定决心继续找寻。

指导员、歌儿、吹破天相互搀扶着，艰难地站了起来，他们望着血泊中倒下的战友，舞台渐渐地变成了红色。红色的地，红色的天，逆光下映出三个人的黑影，如同版画一般刻在那里，他们唱响了三人咏叹调《血不能白流》。

三人唱：（歌词大意）

告诉日寇，
血不能白流。
告诉日寇，
我们一定复仇。
要让你身背耻辱停下手，
要让你面对正义低下头。
……

第 2 场　伪军军营

伪军军营内正在进行战前动员会。

中队长：八路军日益猖狂，在杨家峪地带联合山匪杀害了我们的皇军。（土根看了看身边几个弟兄，会意地低下了头）我们又接到了新的任务，明天一早集中所有的兵力，一气拿下杨家峪，把这一带八路军彻底消灭。

土　根：中队长，我们的任务不是负责守卫么？怎么突然进攻了？

中队长：军人以服从命令为天职，没有为什么！明天一早向西开进！解散。

众人散去，土根不解地独自站在那里，望着杨家峪的方向。

旁边的卫兵：（轻声问道）小队长，我家就在杨家峪，我们攻打八路，我家人不也遭殃了么？

土根没有回答，默默地掏出那块绣着喜鹊的红布，唱起了一段思念歌儿的歌曲《妹妹你在何方》。

土根唱：（歌词大意）

妹妹你在何方，
我为什么当兵、
为什么打仗。
妹妹你在何方，
我拼死战斗是否为你带来荣光。
妹妹你在何方，
你要给我方向。
妹妹你在何方，
你要让我的心不再彷徨，
不再彷徨。

听着土根的歌声，战士们默默地围了过来。从他们的神情中可以普遍感受到一种厌战情绪。

第 3 场　杨家峪

舞台分为上下两个表演区，伪军和八路军对峙着，偶尔发动攻击，偶尔间息。土根带领部队在上区，歌儿与吹破天在下区，两区间离。

（1）伪军阵地

士兵一边听着对面八路军阵地的统战宣传，一边无精打采地战斗着，显得很没士气。音乐起（一段幽默演唱）。

中队长唱：为什么不敢拼来不敢杀，为什么今天上阵如骟马？
士　兵：……
中队长：子弹、手榴弹没有给你们发够吗？
士兵摇头：不是。
中队长：馒头、米饭没有给你们管够吗？
士兵摇头：不是。
中队长唱：为什么？为什么？
士兵唱：黄脸蛋黄皮肤都是黄土地上生的娃。
中队长：小队长的小名叫土根，大家都报报自己小名。
甲：我叫草根。
乙：俺叫树根。
丙：我叫水根。
丁：俺爹是个中医，俺姓葛，叫葛根。
中队长：你们知道我小名叫什么吗？
众摇头。
中队长：我叫根生。老子说过，天地与我同根，万物与我一体。

中队长唱：（歌词大意）
　　同一个祖宗叫炎黄，
　　同一个祖先叫女娲。
　　这兵没法带，
　　这仗没法打。
　　倒不如，听对面的姑娘唱山歌，
　　咱这边叫土根一唱一和吹喇叭。
　　（大家一阵叫好）

（2）八路军阵地
战友们都在静静地等待着。
歌儿：大，您给我们吹段“凤凰曲”吧（著名乐曲《百鸟朝凤》的前身）。
战士们围了上来。
吹破天：你们知道“凤凰曲”的故事吗？
大家都摇了摇头。
吹破天：从前有只小鸟，特别勤劳，把别的鸟扔掉的果实，都捡起来储藏好。别的鸟都嘲笑它。有一年森林里大旱，它把食物分给大家，大家为了感谢它的救命之恩，都把最漂亮的羽毛送给它，它就成了凤凰。从此就有了“凤凰曲”。
鲁一鸣：歌儿，你现在就是那只把爱带给指战员们的凤凰。
战士们：（众）对！指导员就是梧桐树！是不是啊，歌儿？
鲁一鸣不好意思地看了歌儿一眼。
歌　儿：要说我和爸爸心中的梧桐树，就是哥哥土根。
吹破天：是啊，为了寻找土根我们走了千里万里。
鲁一鸣：我看咱革命的队伍，才是真正的梧桐树，招来的都是金凤凰。
战士们听完不约而同地鼓起掌来。

（3）伪军阵地

土根：要论唢呐呀，我大吹得好。特别是“凤凰曲”，能把凤凰引来。

大伙：是吗？

土根：当然了。不然，人家怎么会叫我大——吹破天哪。我们家乡有个顺口溜：娶媳妇，坐花轿，吹破天，必须到。大花轿，破天吹，从天明吹到大天黑。

士兵：天黑之后干啥呀？

土根：洞房里就该吹蜡烛啦！

众人笑。

中队长：土根，你哪，你可是得到了老爷子的真传啊！

土根：我呀，嫁闺女，土根到，吹完喇叭我又抬轿，打杂的，随叫随到。

众笑。

众：吹一个，吹一个。

（4）八路军阵地

吹破天：好，我这就吹个“凤凰曲”。

二人吹“凤凰曲”，配合默契。

歌儿：大，我怎么听见对面的阵地上也在吹呀？

吹破天：这叫回声。

歌儿：回声？

吹破天：是啊，回声。女儿啊，回声就是，你怎样对待别人，别人也会怎样对待你。

（5）伪军阵地

土根：是大山的回声，这首曲子，是我大教给我的，和传统的不一样，就我们爷儿俩会吹。

中队长：回声就是，你怎样对待别人，别人也会怎样对待你。就像因果报应。

士兵：中队长，咱都是中国人，咱打八路，打自己人，会不会有回声，遭报应啊！

中队长：不许胡说。

这时，对面阵地又传来吹破天的唢呐声，土根愣了，先是左右观看，然后锁定方向，惊讶地向对面看去。嘴里轻声说道：大？！

大伙也愣了。

土根拿起唢呐，和对方合奏。唢呐声时高时低，时快时慢，时而高亢激昂，时而如泣如诉。

土根的唢呐停下了，对面吹破天的唢呐还在继续，土根再也控制不住自己的感情，双膝跪倒，喊道：大——

（6）八路军阵地

吹破天望着对面的阵地愣住了，他似乎听到土根的喊声。

吹破天：歌儿，你哥在对面！你哥就在对面！

这时，天空里几架日本鬼子的飞机呼啸而过，炸弹如雨，直接在八路军战壕里大规模爆炸，八路军伤亡惨重。只听见歌儿大喊一声。

歌　儿：大！

歌儿把父亲抱在怀里，吹破天奄奄一息。

吹破天：女儿，别难过，大够本儿了，土根就在对面，大遗憾的是没能亲眼看到你们团聚，你要坚定信念跟着咱老百姓自己的部队走，走到底（说完停止了呼吸）。（以上用吹破天《走到底》来表现）

指导员鲁一鸣（朝着伪军阵地愤慨地喊话）：你们看到没有！凤凰曲招来的不是凤凰，是日本鬼子的飞机！是日本鬼子的炸弹！日本鬼子已经踏入了我们的国门，可我们还在相互残杀。我们都是中国人，我们都是炎黄子孙！你们要掉转枪口一致对外，我们的子弹是打敌人的，不是打兄弟的……

这时又一发炮弹落到阵地前，歌儿接过指导员的喇叭，冲着对方的阵地唱起了家乡的信天游《我们都是一家人》。

歌儿唱：（歌词大意）

我们是这片土地生的人，
我们是这片土地扎的根。
我们根连着心，心连着根。
我们是血脉相连一家人。
……

歌儿勇敢地走出战壕，把战场变成了舞台，迈着坚定的步伐走向伪军的阵地。

听到歌声，土根确信唱歌的人就是他日思夜想的歌儿，心中充满了无比的激动。此时，伪军中甚至有人跟着哼唱，合唱渐起。伪军中队长依旧不为所动、歇斯底里的命令士兵干掉唱歌的女八路，却没有人动弹，中队长举枪对准歌儿，土根一把攥住了他的枪口。

土　根：我来，抓活的。（走出战壕）

两人在歌声中越走越近，土根望着歌儿，歌儿望着土根，久别重逢，激动万分。伪军中队长举起手中的枪，瞄准歌儿。鲁一鸣奋不顾身地冲出战壕，跑了过去。

鲁一鸣：歌儿！危险！

鲁一鸣一把拉倒歌儿，伪军中队长扣响了扳机，土根扑了上去，双方枪炮大作，土根用身体掩护着歌儿。鲁一鸣愣住了，土根也愣住了。

鲁一鸣：兄弟！

土　根：是你！

鲁一鸣：（冲土根）我掩护你们，你带着歌儿快撤！（说着要冲出战壕）

歌　儿：（一把拉住鲁一鸣）指导员！你一定小心！

鲁一鸣：放心，等我回来！（四只手紧紧地握在一起，鲁一鸣冲着土根）兄弟，拜托了！（一跃冲出了战壕）

土根从他们亲切的举动中似乎感觉到了什么，他拉起歌儿躲开激烈的火力。

第 4 场　战地附近土地庙

土根与歌儿相互搀扶着进入土地庙，似乎又想起了家乡土地庙逃生的情景。

土根：刚才我在对面阵地上听到了咱大的唢呐。

歌儿：我们也听到了你的声音。

土根：这些年还好吧？

歌儿：还好。

土根：咱大也好吧？

歌儿：……哥，你还好吧？

土根：还好。歌儿，快走。

歌儿：去哪儿？

土根：跟我去我们那边。

歌儿：那可不行！你还是跟我走吧……

这时，伪军中队长带着一小队人追到土地庙，他们被眼前的一幕惊呆了。

中队长：你们认识？

土　根：这就是我妹妹，歌儿……

中队长：好，既然是你的人，让她马上投降。

土　根：（走到歌儿面前）歌儿，跟哥走吧。

歌　儿：我不能。

土　根：不能就得死。

歌　儿：死了我也不会跟你走。

土　根：妹妹，你从小最听哥的话！你这不是要逼死我么！

歌　儿：我可以死在前头。

土　根：歌儿！你说过，只要我活着，你就嫁给我。

歌　儿：现在不能。

歌儿唱段《我不能》。

歌儿唱：（歌词大意）

我不能跟你去，
因为我们穿着不同的军衣。
我不能跟你去，
因为我们相互为敌。
我不能跟你去，
因为我们有着不同的追求。
我不能跟你去，
因为我们有着不同的目的……

中队长拔出一支枪递给土根。

中队长：你来执行吧。

土根接过枪对准了自己。

中队长：你要干什么？

土根又慢慢地放下了枪，走近中队长。

土根：我不是一个合格的军人，我当兵就是为了活下来，等我妹妹，今天等到了（摘下帽子，脱掉军装，把枪还给中队长），再加一颗子弹，你来执行吧，我要和我妹妹一起走。在我们走远之前，你们做出决定，可以放我们回家乡，也可以让我们上天堂。不管怎样，（伸出手与中队长和在场的士兵一一握手）来世咱们仍然是兄弟。

说罢挎起歌儿转身离去。

中队长：土根！

土根和歌儿坚定地向前走着，中队长举起了枪，瞄准他们。

土根唱着信天游《哥哥妹妹回家乡》。

土根唱：（歌词大意）

我们一起回家乡，
去看我的爹和娘。
为爹盛上一碗饭，
为娘端上一碗汤。
我们一起回家乡，
坐在坡上看太阳，
看完日出看日落，
还有那黄河岸边一群群的羊。

对天唱着信天游啊，
让妹妹躺在俺怀里等月亮。

众士兵满眼含泪地跟着哼唱，中队长望着远去的土根和歌儿，把枪抬起，指向天空，扣响了扳机。

三幕 生死恋

时间：1941—1949

第1场 某村八路军驻地连部

连部外，军民团结，一片祥和的景象。连部内，歌儿为指导员包扎着伤口。音乐起，舞台的景致和明快的音乐代表此时歌儿幸福和快乐的心情。歌儿一边为指导员捆绑着纱布，一边唱出内心与哥哥重逢的喜悦心情，《梦想成真》。

歌儿唱：（歌词大意）

从小我做过多少的梦，
幸福的梦儿不要醒。
梦见家乡天蓝蓝，
梦见家乡水盈盈。
梦见了黄土坡上花开遍，
梦见了家乡日头红。
梦见了飞，
梦见了跑，
梦见了跟随部队打冲锋。
梦见了生，
梦见了死，
梦见了战场上面当英雄。
心中的念想我都梦到，
却没梦到今天和哥哥又重逢，又重逢。

歌儿沉浸在幸福之中，鲁一鸣望着沉醉中的歌儿。
鲁一鸣：歌儿，想什么呢？
歌儿扭过头来，兴奋地看着鲁一鸣。
歌儿：没想什么，见到哥哥高兴呗。
鲁一鸣：你的脸上，从来没有过这样灿烂的笑容。
音乐起，《她比从前更美丽》。

鲁一鸣唱：（歌词大意）

她比从前更勇敢，
她比从前更美丽。
金色的凤凰在战火中涅槃，
华丽的羽毛变成了坚强的羽翼。

……

土根上。

土　根：报告！

鲁一鸣：进来。

土根走进连部，看到歌儿在，有些意外。

歌　儿：哥，你一定跟指导员好好谈谈。

土　根：好。

歌儿背着药箱下。

鲁一鸣：怎么样，这边和那边感觉不一样吧？

土　根：这边……那边……

鲁一鸣：留下吧，和妹妹一起打鬼子。

土　根：（犹豫地）我……

鲁一鸣唱：（歌词大意）

你不要感到自卑，
更不要为身世感到羞愧。
你为了生存才参加了伪军，
说明了当年的无知和愚昧。
你不要感到自卑，
欢迎你走进革命军队。
希望你认真学习反思，
相信你一定会痛改前非。
你不要感到自卑，
你的情感还是那样朴实纯粹。
杨家峪你冒着风险营救我们，
说明了你在正义面前无私无畏。
你不要感到自卑，
因为你有一个如此优秀的妹妹。
兄妹俩并肩作战，
你们的前程会更加光辉。

土根越听越觉得自己坐不住，他的情绪激动，但又极力地控制自己，噌地一下从板凳上坐起。

土根：你！……你让我再想一想。（说着转身走了出去）

第2场　土根宿舍

屋外传来八路军的练兵声，只有土根一人靠在床上，仰望着屋顶。音乐起《我要走》。

土根唱：（歌词大意）

我要走，不能留，
我在这里抬不起头。
我要走，不能留，
妹妹为我也抬不起头。
分别数年相思苦，
只盼妹妹无忧愁。
今天我妹幸福在，

土根啊，快点走，快点走，

你又何必在此留。

歌儿挎着小包袱上场。

歌儿：（兴奋地）哥，想什么呢？

土根：没想什么。

歌儿：我们部队好么？

土根：啊，好……歌儿，你们文工团，不仅唱歌，还管换药啊？

歌儿：那当然啦，在战场上什么都干。指导员要求我们，拿起喇叭能唱歌，背起药箱能抢救。我包扎的速度可快了。

土根：我妹长本事啦。

歌儿：（深情地望着土根）哥，你能跟我到我们的部队，真是太好了。当年我当着咱大承诺过，只要我们再到一起，我就嫁给你。

土根：不不不，哥……配不上你。

歌儿：（愣住了）谁说的，大家都夸你，在杨家峪那次战斗中，你打得特别勇猛。

土根：不提了，用指导员的话说，那是那边的事。

歌儿：到这边你会表现得更好，我们的部队可好了，官兵相爱，就像一家人一样。

土根：啊，看出来了。

歌儿解开包袱，拿出一套打着补丁的军装。

歌儿：哥，这是给你的。

土根：不，我不能留下。

歌儿：为什么？

土根：歌儿，这些年，哥的生活有……有……有些变化。

歌儿：哈哈哈，哥，你今儿是咋了？你咋也犯我小时候结巴的毛病？

土根：我有点慌乱。

歌儿：指导员说了，人只要心里坚定，言语就不会慌乱，我就是这样克服的。哥，就像你小时候教我数羊一样，你和指导员有些地方可像了。

土根：像吗？

歌儿：像。我有时候拿他当你，有时候拿你当他。

土根越听心里越别扭。

土根：（继续结结巴巴地说）但哥真，真的，真的要走。

歌儿：为什么？

土根：（痛苦地）因为哥有人了。

歌儿愣住了，她不敢相信自己的耳朵。

歌儿：哥，你说什么？

土根：妹，你是一只最美丽的喜鹊，是一朵最艳丽的鲜花，你一定要找一位战场上英勇杀敌的好汉，鲜花只能配英雄！

歌儿痛苦地望着土根。

歌儿：哥，你说这话是真的？

土根：真的，我不想在这里，就想回去过日子。

歌儿：哥，当年那块绣着喜鹊的红布还在么？

土根：（默默地摇了摇头）和喜鹊一起飞了……

歌儿的眼泪夺眶而出，像断了线的珠子，滴到手中的军装上，她抚摸着军装上新打的那块补丁。

歌儿：哥，不管怎样，我还是希望你能留下。这是咱大的军装。鬼子的炮弹，就是在这里，穿透了大的胸膛。

土根愣住了，歌声起，《你穿上爸爸的军装》。

歌儿唱：（歌词大意）

这是咱大的军装，
哥哥你一定要穿上。
你有咱大的血脉，
你有咱大的脊梁。
亲人的嘱托不能忘，
百姓的安危放心上。
咱大让咱跟着部队走到底，
一直走到大天亮。

歌儿将军装递给土根，痛苦地转身离去。
土根接过军装，音乐起《我穿上你的军装》。

土根唱：（歌词大意）

大呀大，
我穿上你的军装，
大呀大，
我接过你的钢枪。
我成了一名真正的军人，
我找到了新的方向。
大呀大，
我在地下你在天上，
大呀大，
有了你我就是顶天立地的儿郎。

第 3 场　八路军前沿

八路军准备夺回鬼子占领的 302 高地，组织 30 人突击队，战士们纷纷报名请战，土根也在其中，但遗憾的是未被选上。土根找指导员理论。

土　根：为什么我不能参加敢死队？

鲁一鸣：你们那边叫敢死队，我们叫突击队……

土　根：你别总这边那边的！我不爱听！我问你，我什么不能去打鬼子！

鲁一鸣：你刚入伍，还算新兵……

土　根：刚入伍不假，但我绝不是新兵，战场上的经验不比你少，我看你就是看不起我！

鲁一鸣：别急，以后还有机会。

土　根：没有以后！我只要现在！我要让我自己抬起头来，我要让我妹妹歌儿抬起头来！我要在战场上替我大报仇！如果我在战场上牺牲了，就不再给我妹妹抹黑了；如果我在战场上立功了，我要让我妹知道，我要让所有人知道，歌儿的哥哥不是狗熊，是英雄！

鲁一鸣望着土根没有说话。

土　根：如果你还在犹豫，我就会小看你，我就会看透你的心思，你怕我超过你，你怕我在战场上超过你，你怕我在歌儿心目中的地位超过你！

鲁一鸣：你被批准了。集合！

三十名突击队员跑上，一字排开，鲁一鸣排在队头，土根排在队尾。部队首长和文工团为他们壮行，队旗在三十名队员手中传递，最终传到土根的手里。鲁一鸣做战前动员。音乐起，《兄弟》。

鲁一鸣唱：（歌词大意）

我们都是好战友，
我们都是好兄弟。
为了共同的目标走到一起。
你帮助我，
我帮助你，
因为我们是兄弟。
你掩护我，
我掩护你，
因为我们是兄弟。
上阵父子兵，
打仗亲兄弟。
只要我们战斗在一起，
就可以消灭一切入侵之敌。
只要我们团结在一起，
就会迎来最后的胜利。

文工队员为壮士们佩戴红花，歌儿分别为鲁一鸣和土根戴上红花。
土根：歌儿，哥向你保证，我一定亲手把这面旗插到 302 高地的最高峰，我要让你为你的哥哥骄傲。
音乐起，土根深情地望着歌儿，唱出自己的心声《请你相信我》。

土根唱：（歌词大意）

妹妹我今天说声对不起，
哥哥我没有给你带来骄傲和荣誉，
今天出征去杀敌，
你等待哥的好消息。
待到红旗插上高地，
让我用生命拥抱你，
让我用生命拥抱你。

音乐起，歌儿紧紧地抱住了土根，唱着内心深处的独白《哥哥我多想嫁给你》。
歌儿唱：（歌词大意）

哥哥让我拥抱你，
从小我就喜欢你。
哥哥让我拥抱你，
妹妹多想嫁给你。
寻你走了万里路，
岁月经历了风和雨。
哥哥让我拥抱你，
拥抱你就是拥抱过去。
哥哥让我拥抱你，
拥抱你就是拥抱胜利。

妹妹我虽然不能拥有你，
愿我们生死永远在一起，
永远在一起。

鲁一鸣：出发！

第 4 场　302 高地战场

炮声隆隆，舞台逐渐被硝烟弥漫，日军顽固死守，八路军勇猛进攻，群舞饰演的士兵一个个倒下，伤亡惨重。土根带头冲锋（合唱声中），红旗在战士们手中接力般地传递，土根一直冲到最前面（集体舞表现），合唱声继续渲染战争激烈的气氛，土根连续消灭了高地上的数名鬼子，战士们备受鼓舞军心大振。

第 5 场　八路军前沿指挥部

紧张的电台联络声，前沿指挥部的指挥官们正在与突击队进行电台联络，歌儿带着文工团和卫生队的女兵走进来。

歌儿：报告首长，文工团和卫生队前来报到。

指挥官：战斗比想象的还要艰难，正在做最后的总攻准备，文工团，医疗队，你们时刻做好抢救伤员的准备！

歌儿：是！

这时一发炮弹落在指挥部旁边，烟尘覆盖整个屋。

第 6 场　302 高地主峰

鬼子在八路军的第一次进攻中阵脚大乱，阵地此刻安静下来，土根等人躲在距离主峰最近的战壕里，等待总攻的号令。

土根手中紧紧地攥着那面红旗，全神贯注盯着敌人的阵地。这时鲁一鸣发现土根的怀中露出了一块红布角，拽出一看，是一块绣着喜鹊的红布。

鲁一鸣：这是啥啊？

没等土根回答，战士甲发现了红布，抢了过来。

战士甲：土根哥，这块红布就像我们家乡娶媳妇用的红盖头！

土根没有说话。

战士乙：土根哥，听说你已经有心上人啦？

一个小战士抢过红盖头，顺手戴在头上。

小战士：土根哥，你就娶了我吧！

土　根：娶你个头！（把红布抢回）

战士乙：土根哥，等胜利了，咱的庆功酒就是你的新婚酒！

战士丙：土根哥，我只要囫囵着打完这一仗，不少胳膊不断腿儿，你结婚的时候，我给嫂子抬花轿，你自己吹喇叭！

众笑。

战士丁：土根哥，到时候我在你洞房窗户外边给你站夜班岗！

战士戊：我看你小子是想偷看新娘！

众乐。

土根手拿着红布，沉思片刻。

土　根：（压低声音，对鲁一鸣说）我想我应当告诉你歌儿的身世。

鲁一鸣一愣。

土　根：当年，我在家乡的羊圈里发现了一个弃婴，身上包着这块红布，那个弃婴，就是我妹妹，歌儿。

鲁一鸣（震惊）：你们不是亲生兄妹？

土　根：不是。

鲁一鸣：歌儿知道自己的身世吗？

土根默默地点了点头，鲁一鸣恍然大悟。

土　根：我知道你爱歌儿，但你必须向我承诺，你要一辈子对她好，不然我到了那面也不会饶过你。

音乐起。

土根唱：（歌词大意）

你一定要好好爱着她，
她从小善良又豁达。
苦孩子心中情更浓，
藏在心里不表达。
你一定要好好爱着她，
歌儿从小没妈妈。
风雨中漂泊多少年，
你要给她个幸福的家。
你一定要好好爱着她，
妹妹如今已长大。
你带兵爱兵是表率，
只有英雄配鲜花。
你一定像我一样爱着她，
肯用生命来回答。
为她生为她死，
这样的爱情才配她。

鲁一鸣如梦初醒，音乐起。

鲁一鸣唱：（歌词大意）

我明白了，
你们的爱是如此的真，
我明白了，
你们的情是如此的深。
我明白了，
她千里万里来寻亲，
就是在找心上人。
我明白了，
你与她失散多年两地分，
可从始至终心连着心……

此时响起了总攻的冲锋号，土根扛着军旗一跃冲出了战壕，鲁一鸣一把将他拉住。

鲁一鸣：土根！我来！歌儿还在等着你！

土根：不，歌儿在等着我胜利的消息，我答应过她，我一定亲手把军旗插在主峰上，你一定要好好活着！（说完向主峰冲去）

敌我双方展开了激烈的战斗，枪声越来越急，炮声越来越响，烟火弥漫了整个舞台。在深沉的音乐中唱响悲壮的男声合唱。

合唱:(歌词大意)

啊——啊——啊——
硝烟滚滚血飞扬,
落日金晖洒战场。
顶天立地迎风战,
多少英雄好儿郎。

枪炮声渐渐稀落下来,硝烟慢慢散去,阵地上一片寂静,一面残破的军旗在主峰之巅微微地飘扬。一束红光,投在军旗上,红光顺着山势慢慢地流淌,战士们的遗体像一道阶梯,铺向插着军旗的主峰。军旗的下面,一名战士半跪在那里,用肩膀和身体紧紧支撑着军旗,他的血液已经凝固,他的身躯像一尊雕塑一样与军旗融为一体,他就是土根。鲁一鸣和三十名突击队员无一生还,全部牺牲。

歌儿和战友们从硝烟中走来,越来越多的战士们聚集在山峰下,大家默默地注视着已经牺牲了的土根和战士们的遗体。歌儿缓缓走上主峰,她蹲下身轻抚着土根满是血迹的脸颊,在土根的怀里歌儿发现了那块儿绣着喜鹊的红布,她全明白了,极度的震惊和震撼(极度放大的心跳效果和极度痛苦的哽咽声),舞台上响起刚刚战友们跟土根在战壕里的轻松对话。

(画外音)

战士甲:土根哥,这块红布就像我们家乡娶媳妇用的红盖头!

战士乙:土根哥,听说你已经有心上人啦?

小战士:土根哥,你就娶了我吧!

土　根:娶你个头!

战士乙:土根哥,等胜利了,咱的庆功酒就是你的新婚酒!

战士丙:土根哥,我只要囫囵着打完这一仗,不少胳膊不断腿儿,你结婚的时候,我给嫂子抬花轿,你自己吹喇叭!

众笑。

战士丁:土根哥,到时候我在你洞房窗户外边给你站夜班岗!

战士戊:我看你小子是想偷看新娘!

众笑。

(画外音结束)

歌儿满眼泪水,她把红盖头轻轻地蒙在自己的头上,掩饰着内心的伤感。

指挥官:脱帽,向我们的英雄敬礼!

在场的所有战友向烈士们和新娘歌儿敬礼。唢呐声响,音乐起,主题曲《我终于等到这一天》。

歌儿唱:(歌词大意)

我盼了几十载,
等了多少年,
就是等待着这一天。
我走了多少路,
历了多少险,
就是等待着这一天。
这一天春风拂面,
这一天花开满园。
这一天张灯结彩,

这一天相伴百年。
在梦中多少次与你生死依恋，
在心里多少次与你幸福团圆。
我终于盼到了这一天。
这一天你顶天立地，
这一天你无比庄严。
这一天你是我的骄傲，
这一天我们相伴永远。
我们跟着队伍走到底，
我们高举军旗向前！向前！

合　唱：我们高举军旗向前！向前！

尾声

大屏幕上出现抗日战争的场面，群舞换上抗日战争时期的服装，展现那个时期的战况。

抗日战场上，战士们在冲锋。

歌儿唱：（歌词大意）

风啊，你不要叫喊！
云啊，你不要躲闪！
黄河啊，你不要呜咽！
今晚，我在你面前哭诉我的仇和冤……

合　唱：（宏大壮烈地）

风在吼，
马在啸。
黄河在咆哮，
黄河在咆哮……

大屏幕上出现解放军渡江的壮观场面，在《百万雄师过大江》的音乐中，群舞换上那个年代的军装，歌儿在音乐中演唱。

渡江曲演变成国歌，烈士们在庄严的国歌中站起，列队，演变成21世纪阅兵队伍方阵。

老年的歌儿与序幕时一起看升国旗的群众簇拥在舞台的一角，激动地观看着天安门广场的世纪阅兵。阅兵方队从天安门前走过，在他们中间展示各种现代化武器，各型号的新式飞机划过天安门上空。

歌儿跟随着参加阅兵的官兵们一起唱响了《强军战歌》，音乐中，大屏幕上推出六个鎏金大字：“能打仗、打胜仗”，把舞台的气氛推向顶峰，象征着我们的军队在新时期走进了新的辉煌。

——剧终

·电 影·

路 遥

时 间 当代。
地 点 某杂技团。
人 物 毛玲玲：杂技团演员。
毛芬芬：杂技团演员，毛玲玲的姐姐。
柏 柏：男，杂技团青年演员。
黄医生：陆军总院医生。
团 长：杂技团团长。
王教练：杂技团教练。

一、室外

一道闪电划裂长空，暴雨倾盆而下，紧接一声巨雷炸开一道十字电光。这道电光由大到小向前迈进。原来是救护车门上的十字标志。车顶报警灯急速旋转着。警报器发出了令人心惊胆战的怪叫声。这声音和电闪雷鸣交织在一起。在一道闪电下，有一只生风的大手猛力拽下墙上的雨衣。一双急促挪动的脚快步跑下楼梯。一辆自行车被人猛力推动，但车锁未开，后轮不转。车子被扔倒在地。一个姑娘的背影（*她就是毛玲玲*）破门急忙向风雨中拼命地跑去。（*音乐强起*）

毛玲玲脸上渗出的汗水，被暴雨冲洗急下。她神色紧张发狂地跑着。一扇医院的门被玲玲双手推开。（*随着开门的响声音乐急收*）她气喘吁吁、急步跑上楼梯，要闯进手术室，被门口一位白衣少女拦住。“同志请不要进去！”“我是……”“谁也不行！里边正在抢救！你瞧那位同志不也在外边等候吗？”玲玲回头望去，见长椅的那端站着姐姐毛芬芬：她浑身被雨水淋透，面色苍白，呆呆地站在哪里。玲玲惊讶地高叫“姐姐！！”（*定格*）

（*画外音*）你想知道这个故事吗？好，故事就从这对孪生姐妹说起。

二、女宿舍

面容俊秀的毛玲玲，头上卷满了卷发器。用力抿着小嘴，孤芳自赏地左照右照，舍不得放下手中的镜子。她从镜子中发现门开啦。姐姐芬芬出现在门前。她衣着朴素大方，乌黑粗长的两条长辫子垂落在胸前。辫子是用皮筋系着，但辫梢却烫着小碎波纹。芬芬手举着一封信，兴致勃勃地招呼：“玲玲，爸爸来信啦！”玲玲笑逐颜开地冲镜子中的姐姐催促地说：“姐姐快念念！”芬芬沉稳地拉开抽屉拿出剪刀刚剪开信封。玲玲性急地责备姐姐：“你这老蔫呀，太慢！”芬芬微微一笑。轻轻地把信剪开。玲玲一把抢过来，芬芬又是一笑。

玲玲迅速展开信纸。爸爸的声音从画外，亲切、和蔼地念道：“孩子！你俩知道今天是什么日子吗？”姐妹俩对视一下。芬芬脸上的笑容，玲玲却不解地看看手表上的日历，纳闷地又翻眼看了下姐姐的表情。继续看信，画外爸爸的声音变得低沉而缓慢：“今天是你们的生日！也是你们妈妈的忌日！二十五年前的今天你们哭出了第一声，你妈妈就咽了最后一口气。是部队这个大家庭给了你们母爱，抚育了你们。把你们培养成为一对优秀的杂技演员。三年前提升为干部，去年又双双晋了级。看到你们的进步，对爸爸是最大的宽慰。爸爸得知你们即将要代表十亿人民出国访问演出的消息更是喜出望外。还能有什么忧虑呢？！

没有！没有！不过爸爸还有件心事，始终放心不下。那就是你们的个人问题。不知你俩是否有所考虑？望在回信中谈谈，好使爸爸放心，也可先告慰你们那九泉之下的母亲。”爸爸的画外音随信尾结束。

姐妹俩默默地回味着爸爸的来信，渐渐由回味进入深思。玲玲叫了声“姐姐”，慢步到芬芬的身边坐下，把手搂在姐姐的肩上。温顺地注视着姐姐的表情，期待着姐姐的表态。芬芬内心很不平静。尽量控制着自己的感情不从脸上流露给妹妹。她抚摸着妹妹搂在她肩上的手。目视前方，沉默着，过了一会儿冲着妹妹微笑着说：“我们给爸爸回信吧！”“哎！”玲玲兴致勃勃地站起身来歪着头冲姐拿出一个撒娇顽皮的样子：“不过这封信都要自己写自己的，不准偷看！”芬芬像是猜到了妹妹的心思，抿嘴一笑：“你呀！”

三、镜头另为二

（左是芬芬、右是玲玲）俩人同时出现。搬起凳子各自来到桌前，背靠背坐下，同时执笔写信，芬芬和玲玲画外音随写信同时出现——爸爸：关于我的个人问题……（两个人同时住笔，同时将手托在腮下，脸转向镜头，又进入了深思。）

在她们俩之间出现了一个英俊男青年的肖像，他就是我团青年演员柏柏。芬芬、玲玲同时沉浸其中。玲玲突然从沉静的思绪中跳出，提起了笔，激情地写着。芬芬仍在深思，想着想着渐渐将眼帘羞怯地垂下。

四、排练场内

高大宽敞的排练场内，左右墙壁上有上下两排窗户。室内洒满了明媚的阳光，显得格外开阔亮堂。场内横幅上写“苦练三个月，大干一百天，坚决完成好赴欧、美访问演出任务”。身穿练功服的男女演员正在打扫着卫生，有的在窗台上擦着玻璃，有的在擦地板，还有几个小伙子悬吊在空中的保险绳上，各自悠荡着清扫着天棚。各个角落都布满了打扫卫生的人。人们干得热火朝天。大家说说笑笑格外热闹。一扇虚掩着的门被玲玲用背倚开，她端着满满一大盆水，缓慢地转过身子，吃力地往前移动。来到地中央将盆放开，用袖子擦了下额头上的汗水，便向四处窗台上正在擦玻璃的人招呼：“哎！谁投洗抹布？！”“给我洗洗！”“给我洗洗。”“给我投？！”传来一片嘈杂声。随声从四处飞来的一块块抹布，落在玲玲眼前的地板上。玲玲弯腰投洗着抹布。然后又以杂技演员独特的技巧准确地将抹布扔给原主。“好！”“好！真准！”传来一句句赞扬玲玲的声音。盆内清水变浑。玲玲弯下腰正要将盆端起，忽然传来一个小伙子的喊声：“玲玲！给我投投！”紧接着一声抹布落在盆中，玲玲迅速直起了腰，溅起来的污水珠滴在玲玲身上和她怒冲冲的脸上。“哈哈哈”窗台上的小伙子们笑得前仰后合。“玲玲成了小花脸啦！”玲玲更加生气：“好哇！你们要笑我！”说着她把脸上的水珠猛的一擦，便将盆中的水哗哗地朝站在窗台上的小伙子们撩去。小伙子们灵活地躲闪着身子。从窗台上跳来跳去。“玲玲，是我无意扔的。”玲玲住手顺声望去，见柏柏攀在最高的窗栏上，身穿背心短裤露出一身超美的肌肉。玲玲感到有些意外：“是你？”柏柏笑容可掬地忙说：“对不起！”玲玲的目光微微向两边环视一下，惊奇的神色马上消失了。故意气呼呼地说：“你！你也不例外，自己下来取吧！”靠近柏柏身边的芬芬叫着妹妹：“玲玲！”但玲玲毫不理睬。柏柏无奈要跳下窗台去取。芬芬忙把自己手中的两块抹布分给了柏柏一块。“谢谢！”他接过芬芬手中的抹布。玲玲目不转睛地盯着姐姐和柏柏，浮现出一副嫉妒和醋意的面孔。

五、洗漱室

劳动后的男女演员们正在洗漱，洗漱后人们纷纷离去。柏柏一人站在那里洗着自己的练功服。这时芬芬抱着一包要洗的衣服和十几双练功袜走进洗漱室，把衣服和袜子放入水中。柏柏用敬佩的目光注视着芬芬说：“芬芬！你又在为大伙服务啦！”芬芬微微一笑说：“这有什么，我现在是个魔术师啦，同志们都比我辛苦。我多做点是应该的。”柏柏的心像是被芬芬的话刺痛，他紧锁双眉沉痛地低下了头。过了一会儿他猛地仰起了头，激昂地说：“芬芬都是……”“好啦！柏柏！”芬芬微笑地阻止了柏柏的话，忙把柏柏的盆抢过：“这些都让我顺手带出来，你去练你的功吧！”柏柏急促地说：“不！不！不！”芬芬恳切地说：“柏柏！我受伤之后，你又换了新的对手，对你来说又是从头开始。要知道领导和同志们都在期待着你们的节目早一天搬上舞台呀！好参加赴欧美演出，你肩上的担子可不轻啊！练功去吧！同志之间这点小事互相帮助还不应该吗？”柏柏激动地：“你……”

六、楼梯

玲玲无情打采地上着楼梯，演员甲、乙迎面而来和玲玲热情地打着招呼，玲玲正心不在焉地：“嗯！啊！”应付过去。这时楼下有人喊：“毛芬芬电话！”玲玲顺声答音地将身子伏在楼栏上问：“老师傅，哪来的电话？”一位五十多岁的老师傅仰面喊道：“是陆军总院一位黄医生来的！”玲玲神色一愣，略有所思地一笑，便快步上楼向走廊跑去。来到洗漱室门前刚要推门，室内传来了姐姐和柏柏的谈话声，玲玲停住了脚步。

七、洗漱室

芬芬洗着衣服扭头冲着柏柏：“快去练吧！” 柏柏感激地说：“那就谢谢你啦！”芬芬微微一笑：“不要客气。”这时玲玲推门而入：“姐姐！”芬芬和柏柏顺声望去，见玲玲脸上没有一丝表情冷淡地站在门口。芬芬温顺地问：“玲玲有事吗？”玲玲语重深沉地一字一顿：“你的电话！是总医院来的！”“啊！”她感到意外，慌忙地放下手中衣服向室外走去。玲玲瞟了柏柏一眼急转身要走。柏柏忙喊：“玲玲！”玲玲立即站住。柏柏走上前：“玲玲走！我们练功去吧！”玲玲满意地点头微笑，二人高兴而去。

八、收发室

芬芬推门而进。桌上放着电话听筒。芬芬心慌意乱地来到桌前，慢慢抓起听筒。可有点心怕地轻声：“喂！”听筒中传出一个小伙子的清脆声音：“你是毛芬芬同志吗？”“嗯，是我。啊！黄医生吧？”“对！是我！芬芬同志！您好！”“好……好……”芬芬的声音有点发抖。“芬芬同志！王教练找过你没有？”芬芬急忙用手捂住了听筒。这时听筒里黄医生的话声模糊不清。芬芬的表情紧张而又严肃，丰满地胸脯起起伏伏地喘着粗气。过了一会儿，她稳定了一下自己的情绪，把捂听筒的手松开。听筒里立刻传出黄医生清晰的话声：“芬芬同志不知你有时间没有？我……我有点……有点小事儿想找你……找你谈谈。”“我没有时间。”她很礼貌地，“对不起！黄医生！再见！”她急促地放下听筒，中断了电话，她长长地舒了一口气，轻轻地捋了捋头发。

九、排练场内

身穿练功服的柏柏与玲玲正在练对手顶。柏柏满头汗水脚下稳如磐石，把玲玲单手举起，玲玲满头满身全是汗水。她几次单手起顶失误，但她顽强地一次再一次地从头做着动作。柏柏特别欣赏玲玲的倔强劲。他用简练有力的语言指挥、督促，鼓励着玲玲：“别慌！稳住！稳住！”但玲玲终于晃动着掉了下来。当她仍要顽强地再上时，柏柏随手把毛巾递给了她。玲玲擦汗时，柏柏又端来碗水给她：“玲玲别急，要稳中找到重心。光猛、勇不行，今天我陪你练，不好不下排练场。”“好！好，柏柏！”她虽说起身又要练。“不再歇一会儿？”玲玲喝着水忽然看到窗外整装外出的姐姐（自语）：“姐姐今天可真有意思，黄医生一个电话比集合号还管用，马上出发啦！” 柏柏问：“什么？”玲玲笑着说：“你还不知道，总医院的黄医生在追求姐姐。”“噢！”柏柏略有所思地点了点头。玲玲：“人家黄医生是大学毕业生……”玲玲还要往下讲，柏柏已拉好了架式：“来玲玲！练！”“好，练！”二人又练起对手顶来。

十、王教练家中

王教练虽然年过花甲，但看外表健壮，如果不是那花白的头发，很难使人相信他是个老年人。他在窗前做着广播体操，王师母看着老头那灵活自如，准确有节奏性的动作。露出欣慰的笑容。“老头子，看来你的病是痊愈啦！”王教练微微地有意加重了动作。“没问题啦。身体恢复了！”王师母上前一步：“这可多亏了黄医生。”王教练停住了做操，走到老伴跟前神秘地说：“老伴！黄医生那个小伙子，不但有手好医道，好心眼儿，而且还有副好眼力。”王师母不解地：“怎么回事？”“他选中了芬芬姑娘，还要任我当红娘哩。我住院时，芬芬天天护理在我床前，医生都认为是咱的女儿。有一天，黄医生看芬芬没在屋他对我说‘王老您这女儿可真孝敬您啊！’”“哈哈哈！”老两口乐得前仰后合，王师母忙问：“老头子您怎么回答他呀？”“我说，他不是我的女儿，是我的学生、同志，毛芬芬！”他学着黄医生尴尬的样子：“什么？什么？同志！这个同志可真好！”我说：“你喜欢她吗？她刚 25 岁，没有朋友。你猜怎么着，那黄医生的脸唰地下就红成大红布啦！”“老头，你真够呛！”说完就哈哈大笑起来。“没等我找姑娘谈，人家就主动进攻，他给芬芬打了电话……”“你呀这个红娘不称职。”王教练刚要接着讲，“当当当……”传来轻轻地敲门声。王师母：“请进来，门开啦！”芬芬出现在门前。她身着军装，辫子卷在帽子里，微笑着：“王教练！师母！你们好！”“好！好！快进来！”老两口一时辨认不出是芬芬还是玲玲。王师母忙问老伴：“是芬芬吧？”“不！你没有辫子！她是玲玲！”芬芬摘下帽子，两条辫子垂在前胸，“我是芬芬！王教练！”王师母拍着芬芬的肩膀！“嗨！这对双儿，可真叫人难分谁是谁？哈哈……”教练端茶，师母拿糖盒。一齐说：“喝茶吃糖吧！”三人一齐笑起来。师母不住口地称赞：“真是个好姑娘！真好！”王教练点燃了一支香烟，然后又紧张又严肃地问芬芬：“孩子，黄医生来过电话了吗？”芬芬难为情地低下了头：“来过！”“你是怎么答复的？”芬芬低头不语。王教练趁热打铁地：“芬芬！黄医生，人好，心好，医道好。”王师母马上帮腔：“是呀！三好！……三好……三好大夫。”（*她原想说三好丈夫，话到舌尖赶快改了口*）王教练偷着瞪了她一眼。王师母会意地伸下舌头。这时芬芬很有礼貌地向王夫妻施了个礼。二位以为是谢媒礼。就承受啦。“谢谢您二老一片热心。”“不客气！孩子！”“不过我目前不想考虑这个问题！”芬芬这句话像一盆凉水浇在王教练老两口心上，顿时室内消失了笑声。三个人都沉默不语。“姑娘吃糖！”还是王师母打破了僵局。王教练有点生气地对芬芬进一步介绍：“人家黄医生哪点不好？论工作！人品，可以说是百里挑一，人才出众啊！”他看芬芬仍微笑着不开口表态更加生气。像责备自己的孩子一样：“噢！你提了干，成了大演员啦就了不起啦？”芬芬仍微笑不语。王师母走到芬芬身旁。慈母般地抚摸着芬芬的肩膀冲王教练说：“姑娘不想考虑这个问题，那就以后再说呗！”“你呀！全是你惯坏的，你这个老太婆，专会拆台！”“对！不拆台，你这红娘也唱不成，帮你下台还不好？”她和芬芬不约而同地笑起来。芬芬将头依在王师母的怀里，浮现出孩子撒娇的姿态。

十一、室外

繁星缀空，明月高悬，微风轻轻地挽动着路边的垂柳。芬芬一人轻松兴奋地走着，她把手中玩弄的辫子往后一甩，随着辫子的甩动镜头透出柏柏的形象，柏柏的形象好似春雨润进了芬芬兴奋地心田。她欣慰地一笑。

十二、女宿舍

玲玲一人站在窗前，心神不定地，总看手表。她看看表瞧瞧窗外（*表盘和玲玲的动作重叠，表针转动到九点时，玲玲的声音在画外高兴地出现*）。“这么晚啦，还没回来，准是和黄医生……”玲玲喜悦地一笑。

十三、楼梯

芬芬上着楼梯。

十四、女宿舍

玲玲忽然听到姐姐的脚步声。惊喜地向门前走去。芬芬推门而进。“姐姐！”玲玲紧紧地将姐姐抱住。“玲玲你还没休息？”玲玲将姐姐放开，为姐姐去整理床铺。“人家在等着你哪。”芬芬高兴地：“是吗？好妹妹！”芬芬说着脱下了军外衣忙给玲玲铺好被：“天不早啦，快休息吧，明天还要练早功哪！”俩人相视一笑各自上了床，玲玲趴在床上双手托着腮装做神秘性地问：“姐姐你刚才到哪里去啦？”“哦……我去串了个门。”玲玲把嘴一撇：“你骗人！你准是和谁去轧马路去了！对吧？姐姐？！”“哎呀！小死玲玲！”芬芬不好意思地把脸捂上。“姐姐！黄医生可真是一表人才呀……”“玲玲你瞎猜个啥？不是那么回事？”玲玲一愣：“怎么，姐姐你不同意？”“玲玲！（*慢语声地*）黄医生是不错！可我们之间不是十分了解。再说我们的各人的工作性质也有所不同！”芬芬说着转脸自视着窗外的星空。语气深沉地：“真正的爱情，不是江畔、僻巷漫步游逛，更不是月下柳林的缠绵细谈！真正的伴侣应当是患难相扶的知己，攀登事业高峰携手并肩的战友，你说对吗？玲玲！”玲玲早已转脸避开姐姐的视线，痴呆呆地望着墙壁。芬芬轻声地又叫了几声：“玲玲！”玲玲仍没回答。芬芬以为玲玲已睡着啦，就轻轻地关灭床头的灯。淡淡的月光笼罩着玲玲那痛苦的面孔。她翻来覆去地折磨着自己。

[闪回（一）]

芬芬在窗台上把抹布扔给柏柏，柏柏表示回应地点着头。

[闪回（二）]

芬芬在水池前洗着柏柏的衣服，柏柏表示感激地点头。

[闪回（三）]

在排练场内，玲玲和柏柏练功，玲玲："姐姐的男朋友，人家还是大学生哪。"柏柏略有所思地点着头。

[闪回]

玲玲："人家还是大学生哪！"柏柏略有所思地点头。

（镜头回到玲玲床头）

玲玲紧锁双眉仍在苦思。

[闪回]

玲玲："人家还是大学生哪！"柏柏苦笑着点点头。

（镜头回到玲玲床头）

玲玲紧锁双眉苦思。

[闪回]

玲玲："人家还是大学生哪！"柏柏心碎地点点头。

（镜头回到玲玲床头）

在玲玲痛苦深思的头部特写镜头四周转动着一圈柏柏心碎点头的头像。玲玲心焦地双手抓起被子将头狠狠地一捂，头在被子里晃动着。

十五、梦境

深蓝色的天幕上有成千上万的彩星在闪闪跳跃，柏柏身穿西服怀抱鲜花，随着一片欢呼声飘飘然然地向台下挥手致意。剧场内观众席的外国朋友，都在呼唤着："柏柏！"观众的掌声像沸腾的海洋。一块块金牌向蝴蝶一样飞落在柏柏的前胸。

一列客车飞驰而来。芬芬和玲玲都穿着鲜艳的衣服手持鲜花，坐在软席车厢，面对面地等待着柏柏。柏柏怀抱大束鲜花，正从空中降落。芬芬玲玲起身相让，柏柏毫不理睬玲玲，一下坐在芬芬身旁。玲玲气呼呼地把脸所扭向窗外，她斜视着芬芬和柏柏靠在一起，这时火车忽然驰进山洞，她眼前一片漆黑。玲玲用力瞪大眼睛，但什么也看不清，她在黑暗中拼命地挣扎着。

十六、镜头回到玲玲床头

玲玲紧闭双目，死死地撕着被角在睡梦中拼命挣扎着。芬芬被惊醒，打开灯忙喊："玲玲！玲玲！你怎么啦？"玲玲猛然从梦中醒来，呼地一下坐起来。喘着粗气，环视了一下四周，芬芬又问："玲玲又怎么啦？"玲玲仍没回答狠狠地瞪了芬芬一眼，"呼"的一下躺下，把被子往头上一蒙。芬芬望着妹妹不解地摇摇头，把灯关闭。

十七、女宿舍

蒙蒙的晨曦，洒进了静静的卧室。人们还在酣睡着，一声长长的铃响，把人们从睡梦中唤醒。一个人起床穿上练功服。玲玲仍在床上蒙头大睡。芬芬晃动着玲玲："玲玲，练早功啦，快起床！"玲玲露出头来气冲冲地："我不练！"芬芬忙用手摸玲玲的头："怎么啦，不舒服？"玲玲把姐姐手推开："你别管我！"又蒙上了头。芬芬吃惊地呆望着妹妹。

十八、排练场

身穿练功服的演员站好方队。柏柏手拿点名册站在队前点名："毛芬芬！""到！""毛玲玲！"没人回答，柏柏重复地喊："毛玲玲！"仍没人回答。大伙惊奇地向玲玲的空位望去。柏柏焦急地看着点名册上玲玲点旁全是出勤的对号。柏柏严肃地问："请假没有？"无人回答。柏柏又问："毛芬芬！"芬芬抬起了头，为难地：

“没请假！可能是身体不太舒服！” 柏柏严厉地：“那也应请假嘛！”他无奈地在玲玲的名旁慢慢地画了个旷课的圆圈。然后面向大伙：“同志们，自己活动一下吧！”演员们各自就位练起功来，有的压腿、踢腿、拿顶。有的在耍着瓷坛、铁叉、棍棒。钢丝上的演员仙女般地徘徊。空中飞人像燕子一样灵活飞过。芬芬一人站在镜子前心不在焉地练着手上的红球。一声哨响。柏柏喊着：“集合了”人们迅速地站队。柏柏站在队前：“今天早训就进行到这里，解散！”演员们一哄而散。芬芬在后面闷闷不乐地走着。

十九、电铃

铃声长鸣，柏柏手拿点名册在队前点名。“毛玲玲！”无人回答。笔在点名册上慢速画圈。

电铃长鸣，柏柏手拿点名册在队前点名。“毛玲玲！”无人回答。笔在点名册上中速画圈。

电铃，点名册，画圈。（越来越快）

二十、男宿舍

“啪！”点名册狠狠地摔在桌子上。柏柏怒气冲冲地叉着腰。玲玲从门前一闪而过。柏柏急步追出门外，“玲玲！”玲玲站住了脚没回头。柏柏略迟一下说：“晚上我找你！”玲玲猛地将头转了过来。（音乐起）玲玲眼睛闪烁着希望和兴奋的光芒。

二十一、排练场

在音乐中身穿练功服的柏柏和玲玲，在排练场内交谈，柏柏边说边做着示范动作。然后俩人又一次练起对手顶，坚持很久才下。柏柏满意地露出了笑容。赞赏地看着玲玲。玲玲不好意思地低下了头。

二十二、女宿舍

芬芬放下了手中的道具。端起了盆，把自己的床单和妹妹的床单撤下放入盆中走出房门。

二十三、走廊

玲玲喜气洋洋地走着。嘴里哼着歌曲。来到屋门前。把笑容掩饰地收敛起来。板着脸将门推开，见屋内无人，又见自己的床单不见啦。她回头望着床头姐姐那微笑的照片。然后高兴地出门而去。

二十四、洗漱室

芬芬一个人在洗着衣服，门慢慢地被推开，玲玲内疚地望着姐姐，轻声亲切地：“姐姐！”芬芬惊喜地扭过头来，“玲玲！”玲玲急忙上前：“我的好姐姐！”俩人拥抱在一起。芬芬把脸紧紧地贴在妹妹的头上。

二十五、女宿舍

玲玲头上卷满卷发器，手里捧着一本《大众电影》，她聚精会神地盯着一对青年男女的合影照片。（画面一对青年男女合影照片下写着“一对出色影坛新秀”。画面渐渐模糊不清，后渐渐又变成柏柏和玲玲的合影。合影又还原）玲玲合上了《大众电影》拿出信纸铺好，微笑着低头写（玲玲画外音“柏柏同志：我正式提出想和你交个朋友，真心人玲玲”）这时忽然芬芬推门进来：“玲玲！”“啊！”她惊讶地用《大众电影》盖上了信纸。芬芬没注意到：“玲玲还没休息？”“就睡！”俩人上床关了灯。

二十六、排练场

电铃一声长鸣，演员们渐渐来到排练场。柏柏从衣柜里取出自己的衣服和袜。正准备换上。突然从袜中发现一张纸条。他急忙将纸条展开，一目了然。他慌忙地把纸条用手捂住。环视了下四周。把纸条偷偷地塞进兜里。演员们各自练着功。柏柏和玲玲练着对手段，柏柏内心极不平静地举着玲玲。玲玲低声问：“柏柏收到我的信了吗？”柏柏有点心慌“啊”了一声，手一晃，玲玲掉了下来。

二十七、江堤

碧波微浪，水纱轻舟，柳絮轻扬，抽着春水，夕阳西下，映出堤上一对青年伴侣的剪影。身着军装的玲玲与柏柏在堤上细语慢步地谈着什么。柏柏手中拿着一支钢笔，语气庄重地说：“玲玲，这是我 1973 年访问欧美时，一位华侨老人送给我的，他看到了来自祖国的杂技演出后，激动地在笔上亲手刻下了（笔特写镜头‘为国争光’四个字）‘为国争光’这四个字。（柏柏和玲玲四只手紧握住这支笔）玲玲！这是观众给我的荣誉！送给你吧！让它记录下我们的青春。”玲玲接过笔，重复地念着：“为国争光！”“是呀，玲玲！” 柏柏激动地说：“这次我们即将再次赴欧美进行访问演出啦，望你刻苦练功，把我们的节目在原来的基础上再提高一步。让我国的杂技艺术像这四个金字一样，闪闪照人，不辜负海外侨胞和那位年迈老人的希望。”玲玲神秘地说：“我也要送你一样礼物！把眼睛闭上！” 柏柏憨厚地一笑闭上了眼睛。玲玲：“好啦！”柏柏睁眼一看是一张芬芬和玲玲七年前给周总理献花的合影。“周伯伯！”柏柏十分激动地双手抢过照片，仔细端详。然后把照片双手贴在胸前，沉静地陶醉在幸福的回忆之中。柏柏、玲玲慢步地向前走动着，“玲玲！还记得当时的情景吗？”两人向那火红色的晚霞走去。

二十八、楼内

玲玲高兴地走进楼内，边走边回味着刚才的幸福情景，来到宿舍门前，轻轻地理了下头发，推开房门见芬芬正在跟广播学习外语。玲玲踮起脚尖轻步来到姐姐身后。猛地将姐姐抱住：“姐姐”。芬芬吓了一跳：“小淘气儿。”演员甲、乙：“玲玲什么事这么高兴啊？”玲玲一笑，拉起了姐姐：“来！姐姐，我有事告诉你！”

二十九、阳台

夜幕笼罩着这座美丽的城市，万家灯火汇成了一条彩色的“银河”。玲玲和芬芬披着月光伏在阳台的栏杆上，初春的微风吹拂着她俩那飘散、零乱的长发。芬芬：“什么事呀，玲玲！”“我想问你一件事！”“好！问吧！”玲玲略迟钝一下：“嗯！你说柏柏好吗？”芬芬不好意思地低了一下头。但好像马上意识到什么，赶快将头抬起：“你认为呢？”玲玲自我陶醉地：“我认为他很可爱！”芬芬猛然一惊！但她怕妹妹察觉到自己的神色，便掩饰地一笑。“他喜欢你吗？”“嗯！”玲玲点点头从兜里掏出来那支钢笔。“瞧！这是他送给我的！”“哦！”芬芬接了过来，看着笔上“为国争光”的四个金字，问：“玲玲！你喜欢他的事业吗？”“喜欢！”“你肯为他献出一生吗？”“肯的！”芬芬深深地点着头：“那！你们就一定会幸福的！”“姐姐！”玲玲兴高采烈地飞扑到芬芬的身上。芬芬却无动于衷地呆呆出神。

三十、女宿舍

静静的深夜，床前洒满了明亮的月光，像是铺上一层薄雾。芬芬双手枕在头下，呆呆地仰望着窗外的云月。一轮明月在云海中慢慢地游动。

三十一、回忆（一）

空荡荡的排练场内，柏柏在板凳上吃力地推着桩子。他练功服被汗水湿透。芬芬手捧着闹钟站在他身旁。嘴里数着数：“十七！十八！十九！” 柏柏使尽全力，晃晃悠悠艰难地推着。芬芬一旁勒令式地喊道：“坚持住！不准下来！”

回忆（二）

柏柏和芬芬练着对手顶。芬芬在上汗水如雨。她苦苦地哀求柏柏：“到了吧！柏柏！”“不行！还有半分钟！”

回忆（三）

光荣榜上挂着柏柏和芬芬的胸戴红花的大照片。（芬芬画外音）我们的进步总是在这样互相勒令下向前移动的。

三十二、回到芬芬床前

芬芬翻动一下身子。

三十三、回忆

黑漆漆的夜晚，窗外的星星还在眨着眼睛。芬芬看了看手表翻身下地，轻手轻脚走出宿舍，来到柏柏门前，轻声喊：“柏柏！练早功啦！” 柏柏走了出来，看得出他刚从睡梦中醒来。用手揉着眼睛：“几点啦？”“都五点半啦！” 柏柏赶快随芬芬来到排练场。空旷的排练场，窗户的玻璃上结满了冰花。柏柏用哈气烘暖着手。“柏柏给我看着表。”说着她在一条板凳上拿起了顶。柏柏把闹钟捧在手上（镜头特写，表盘）时针指在十一点半上。柏柏不敢相信自己的眼睛，把表翻来覆去地直看。“喂！芬芬，你的表几点啦？”芬芬下顶看表，惊讶地：“哎呀！我看倒了个啦，把 11 点半看成五点半啦！”俩人大笑。

三十四、床上

芬芬回味地摇头一笑，又将身子翻过，渐渐地皱起了眉头。

三十五、回忆（一）

柏柏站在二节人上冲着弹板上的芬芬。严肃地说：“上！”啪的一声弹板将芬芬猛地弹起，她在空中来了个抱腿转体。准备落在柏柏的肩上。但由于松腿过早一脚失空摔在地板上，疼痛得在地上翻滚。

回忆（二）

拄着双拐的芬芬，在吃力地走着。柏柏跟在她的身旁鼓励着芬芬：“芬芬，我相信你一定会重返舞台！”芬芬有疑问地说：“会吗？”柏柏语气十分坚定地说：“会！会！你还可以搞魔术嘛！”芬芬心血来潮地点着头。

三十六、镜头回到芬芬床前

芬芬在苦苦地想着，内心展开了激烈的斗争。（画外音）“芬芬，那是爱情不是爱，可那……爱情和友情的分界线在哪儿呢？为什么他那正直热情的心和他那健美的身影，总是环绕在我的心头。我和妹妹在生活的海洋里，携手度过二十五个春秋。在生活上谦让和照顾妹妹，那是姐姐应尽的职责，莫非在爱情上也要让步吗？可让出这步是多么难呀！（芬芬又翻动一下身子）谁让我是姐姐来哪，为了妹妹的幸福，我应当把这种朦胧的爱情立刻从心头赶走。”芬芬想到这里把眼睛闭上。走廊里响起了练早功的铃声。

芬芬穿上练功服，推了推正在熟睡的妹妹：“玲玲！练早功啦！”玲玲翻身从床上坐起：“哎！你先去，我随后就来。”芬芬和演员甲、乙一同出门。玲玲迅速地把电梳子插在电门上。然后从箱内找出一件崭新的练功服套头穿上。对着镜子前照后照的，自言自语地：“太大啦，真难看！”说着又将衣服脱下扔在床上。这时电梳子烧得升起了青烟。玲玲想抓起梳子，但因她手忙脚乱一把抓在前齿上，她哎呀一声把梳子扔掉。

三十七、排练场

柏柏焦急地看着手表，抬头向门口望去，门开了，玲玲出现在门前。她身穿一身鲜艳的练功服，头上烫着大波浪发纹，极不自然地走进排练场，来到柏柏的面前，柏柏严肃地说：“迟到了十分钟！”玲玲：“我……”“好啦！先不要说啦，别再耽误时间啦，练功吧！”随着柏柏拉好姿式，“上！”玲玲则跑上顶，俩人的手刚刚接触，玲玲疼得“哎呀”一声松开了手。柏柏：“怎么啦？”“烧手……”柏柏把她的手拿过翻开手掌一看：“哎呀！快去卫生所包扎一下。”玲玲抬头看着柏柏用关切的目光注视着自己，像是给了自己无穷的勇气。她从兜里掏出手绢紧紧地缠在手上。把头一甩坚定地说：“练！”柏柏从眼里透出了喜悦和敬佩的光芒。（音乐起）柏柏和玲玲用轻快、优美的舞姿塑出组组健美奔放的造型。玲玲像燕子一样，一次次地弹板上腾空而起，落在柏柏的肩上，柏柏和几个男演员搭起人梯，他们随着玲玲一次次起落节节增高。底座演员稳如磐石，柏柏站在三节人上，玲玲踏上弹板，铁架上准备砸板的演员，目不转睛地等待着柏柏的口令，（弹乐急收）紧张的空气便一切静止。柏柏短促而豁亮的声音：“玲玲别慌！上！”铁架上的演员用力踏坠在弹板上，玲玲被弹板射起，腾空直上，她在空中抱腿转体，准备落在柏柏的肩上。但由于松腿过早落点不正。地上的演员惊慌地呆住。柏柏的眼前突然出现芬芬摔伤的情景，他急忙伸手够空中遇险的玲玲，王教练迅速将保险绳拽紧，玲玲被悬吊在空中，但柏柏自己失去了重心，（慢镜头）他仰面朝天从人梯上摔落在地板上。

三十八、手术室

无影灯下输血瓶有节奏地滴流着，黄医生正为柏柏做着开颅手术。台上的助理护士，不时地为他擦去额上渗出的汗珠。

三十九、手术室外的走廊

芬芬和玲玲沉默无言地呆坐在走廊上。手术室的门开啦，黄医生走出来摘下口罩，芬芬大吃一惊，“黄医生！”黄医生转过脸来：“芬芬同志！”姐妹俩同时围过上去，“这是我的妹妹！”“噢！”黄医生略点了下头，“他由于颅骨骨折，压迫了运动神经，造成右侧瘫痪。”“啊？！”玲玲闻声感到眼黑屋转，她晕晃摔倒，芬芬一把把她抱住。另一只手拉住了黄医生：“黄医生求求您！给他治好，我们离不开他呀！”黄医生沉稳庄重地说：“这是我们的职责，望你们不要着急，事故既然发生啦，急又有什么用呢？你们的领导都在里边，我们尽全力抢救！你俩回去吧！”

四十、回去的路上

阴沉沉的天空，愁云密布，细雨随风阵阵洒下，芬芬和玲玲漫步在轻风细雨之中，默默无言地各怀心忧愁地走着，芬芬不时地观察着妹妹的表情，（画外音）“妹妹能经得住这样的考验吗？”玲玲时而望望姐姐的脸，（画外音）“姐姐为什么总是这样的看着我？”姐妹俩不约而同地停步张口要说什么，但话到嘴边又同时咽了下去。又各自默默走着。

（插曲起）

秘密。
装在心里。
秘密！
藏在心底！
请你不要把它询问，
因为你是折磨自己
互相心中。
彼此一样，
只有自己，
了解自己
秘密，秘密。
沉落心底，
秘密，秘密
永远的秘密。

芬芬和玲玲的背影消失在蒙蒙的细雨雾中。

四十一、阳台

雨在哗哗地下着，玲玲一人站在阳台上，望着远方，痛苦地流着泪水，她用力地撕裂着自己的脖颈，让风雨把自己吹击。她紧闭着双眼摇动着头（画外音）“爱情的种子刚刚发芽，又怎能经得起这样大的冰霜。天哪！我该怎么办？！”（一道闪电炸裂长空）

四十二、排练场

远空闷雷滚滚，窗前雨水顺着玻璃流下。静悄悄的排练场内，身着练功服的演员，呆坐着，没有一个人练功，时而会听到长长的叹息声，王教练更是愁眉不展，男演员甲突然站起身来，把板带狠狠地摔在地上，怒气大发地喊道：“说死也不能干这卖命的买卖！”王教练压制不住内心的气愤，他冲动地站起身来，语气沉重地说：“同志们！我们杂技是艺术，不是卖命的买卖，要说卖命那是在过去……”

四十三、回忆

地主土豪，老爷少爷们坐在台下，太太们油头粉面，洋洋得意地陪伴着。青年时期的王教练一手持四把飞刀，一把圆刀开山斧，王师母背靠在一扇门板上，王教练挥手下刀，剁在王师母身旁的门板上。紧接着两刀都剁在王师母的肋下的板上。王师母神色紧张，闭上双眼，头上冒出了汗珠，这时的王教练，手有点发软，一刀剁在王师母的右肩上。台下拍手叫好！挥动着手中银洋，交喊："飞斧子！正斧子！要不然大爷不赏钱！"王师母眼前闪出卖儿女的场面，她强忍住剧痛睁开眼冲王教练"飞！！！"王教练颤抖着手，扔掉了斧子，扑向王师母："孩他娘！……"

四十四、镜头回到排练场

王教练擦去了腮边的泪水，语重心长地："同志们！过去我们是用命换生存，可现在烈士们都是用生命保护了我们哪！"

四十五、回忆

战火纷飞的抗美援朝前线，王教练在战壕内正为志愿军战士表演着一人摔跤的节目，（他背上的两个木偶，一侧是志愿军战士，一侧是美国佬）逗得战士捧腹大笑。这时，一发炮弹落在战壕内，一个战士推出而出，扑在王教练的身上，王教练安全得救，战士却倒卧在血泊之中壮烈牺牲，王教练两眼含泪摇晃着战士的遗体："同志！同志呀……"

四十六、镜头回到排练场

"同志们！我们杂技不是卖命的买卖，它是沾染着烈士鲜血的艺术哇！"演员甲腮上挂满泪水，惭愧地："王教练……"

四十七、大街上

玲玲走出一家百货商场，手里提着各种高级营养食品，在街上"呼呼"地走着。

四十八、医院病房

医生们围在柏柏床前，柏柏头上缠满了绷带，渐渐从昏迷中苏醒。

四十九、医院院内

玲玲走进院子，看见身穿病服的患者都在院内活动。有的坐在轮椅车上，有的拄着双拐，玲玲恐疑虑看着，这时有一个年青的患者，被俩人搀扶迎面而来，玲玲胆战心惊地问："同志！他是什么病？""颅外伤！""多长时间啦？""都八年啦！""啊！"玲玲闻此言惊得目瞪口呆。然后向前缓慢地走去。

五十、病房

黄医生对柏柏说："这就是你的真实病情……"柏柏悲痛地问："黄医生！我能恢复吗？"黄医生，安慰地说："我们正在想办法！你不要多虑，否则对你脑子恢复不利！"门轻轻地推开，玲玲出现在门前，柏柏低声："玲玲！"他想坐起来，但无论怎么用劲也难坐起，他失望地把头猛地一扭，摔落在枕头上。黄医生赶忙一边扶住柏柏，一边招呼："请坐，玲玲同志！"然后又整了下柏柏的被子，冲玲玲点头示意转身离去。玲玲坐在床边，柏柏把头转了过来，两人相对无言，过了一会儿柏柏强忍着自己的痛苦说："玲玲，我残废啦！"玲玲含泪点头："我……我知道啦！"俩人又沉默无言。（画外音）"我该怎么跟她说哪？"他抑制着自己的感情："玲玲……我想告诉你，我们还应当是同志关系。""不！不！你不要说这些……"柏柏强作笑脸："不！我不能耽误你的……"玲玲："不！……"玲玲眼前出现，刚才在院里的轮椅、双拐，二人扶着患者场面，她轻声无力地重复着："不！"柏柏用左手狠狠地击打着偏瘫的右臂。

五十一、女宿舍

芬芬撕去了墙上几张日历，忽听走廊有人喊："毛芬芬！总院电话。"芬芬急忙向楼下跑去。

五十二、收发室

芬芬一把抓起电话听筒:“喂，黄医生吗?”“是我!柏柏的病情怎么样啦?”“我正是为这事找你呀!”芬芬急迫地问:“什么事?”黄医生把话放慢:“芬芬同志，听说你妹妹是柏柏的女朋友，可她现在薄情地离开柏柏，希望你劝劝妹妹，在这个时候这样做，无论是对柏柏的病，还是我们的医疗工作的配合都是不利的。”芬芬的脸渐渐沉下，她没有回话，慢慢地放下了听筒。

五十三、女宿舍

一扇紧关着的门被芬芬狠狠地推开，玲玲吓得身子一抖，芬芬的脸冷若冰霜，她站在门口一丝不动地盯着玲玲。“姐姐!你……”芬芬声音低沉而有力地斥问着妹妹:“玲玲，你还爱柏柏吗?”玲玲有些紧张，“姐姐……”“不爱啦!对吗?”“我……”“他成了残废，成了无用的人!成了你生活中的累赘，爱上他就不会实现你那所谓的幸福，对吗?可你忘啦，你过去是怎样求得他的信任和爱的啦!在这刹那之间你就可以出卖自己的灵魂吗?玲玲!要知道，亲人的安慰可以减轻病人的痛苦，亲人的冷漠也能刺痛人的心灵啊!柏柏为工作做出这么大的牺牲，难道就不可爱吗?不!他是更应该爱的柏柏，八年来我一直这样地爱他，可我由于女性的软弱不敢表露出自己内心深处的感情，我的感情就像深山流动的小溪在涓涓地流着，没能引起他的注意。你能够和他结成伴侣，你应该感到是幸福的，爱吧，玲玲，永远地去爱他吧!”芬芬脸上流下了泪水，玲玲却无动于衷地站起身来，“姐姐!你不要说啦!”说完向门外走去，芬芬痛心地咬着嘴唇在室内来回踱步。(画外音)妹妹这样的做法道德吗?姐姐能袖手旁观吗?可……(芬芬眼前迭出柏柏和玲玲在一起的镜头)我该怎么办哪?(又迭出王教练夫妇错认她的镜头)为了他精神上的安慰，对!芬芬拉开抽屉拿出剪子，剪断她那两条心爱的辫子。

五十四、病房

黄医生满头汗水正在给柏柏做着人工体操，传来轻轻敲门声，黄医生:“请进!”芬芬出现在门口，她留着玲玲的发型，黄医生高兴地喊:“玲玲!”柏柏急忙向芬芬望去。芬芬来到柏柏的病床前，黄医生满意地冲她点头一笑转身离去。柏柏闭上眼睛，芬芬没有说话，学着黄医生的样子，搬起了柏柏的腿，有节奏地做起人工操，为柏柏活动腿，(音乐起)柏柏眼角流下了两行泪线。(在他的脑子里闪动，玲玲一起练功的场面。)他睁开眼激动地:“玲玲，我们还会一同登上舞台吗?”“会!”又坚定地说:“一定会!”“你这是鼓励吗?”“不!我坚信会的!”“玲玲，我不敢展望未来，更不愿意去回顾过去，更怕现实的长久!”芬芬深有感触地说:“谁都有软弱的时候，可事业和理想就是人生的精神支柱，柏柏还记得吗?在芬芬受伤时，你不曾经对她说过这样一段话吗?伟大的胸怀，应该表现这样的气概，用笑脸来迎接悲惨的命运。用百倍勇气战胜一场不幸。我相信你一定会战胜这一场的。我相信你!”柏柏的心锁，一下被芬芬打开，他情不自禁地:“玲玲，你不要离开我!”“是!我一定好好护理你!”“玲玲，我的不幸，给你精神上带来痛苦，使你变得成熟多啦，越来越像你的姐姐!”芬芬难过地避开柏柏的视线，摸起扇子为他扇。柏柏看着芬芬那自如扭动的手自言自语地说:“人在生活中间不会被这微小动作而起注意，当你失去自由，你不会感到失去她的痛苦呀!”柏柏说着用左手抓抓芬芬的手，芬芬内心慌乱，(画外音)“不，我不能这样!”柏柏关切:“玲玲你手上的烫伤好些了吗?”芬芬迅速将手撤出，神色惊慌的芬芬(画外音)“她的神色为什么这样的不安?”柏柏刚要张口询问，黄医生推门走了进来，“柏柏换药!”芬芬看了看手表:“柏柏，我回去啦，明天再来看你!”柏柏仍用凝视的目光看着芬芬，“好，再见!”芬芬走出房门，柏柏回忆着刚才的情景，(画外音)她为什么这样的惊慌?是因为……

五十五、回去路上

稳流的江水，倒映着弯弯的月亮，芬芬在思索地走着，(画外音)决不能让他在这个时候发觉我不是玲玲，那样更会刺痛他那破碎的心。为了不让他痛苦。“对!”

五十六、女宿舍

电门插着插头，芬芬拿着一把生烟电梳子，伸出右手向梳子抓去，一股青烟漫掩了芬芬的面孔。她疼痛地闭上眼睛。

五十七、路上

黄昏，马路上左右通行的车辆，连续不断地鸣着喇叭，川流不息的人群边走边喧哗。芬芬在公共汽车内，焦急地看着手表。

五十八、病房

黄医生抱着柏柏的腿“抬——抬！抬！”柏柏左手紧紧拽住床栏用尽全力抬腿，腿却丝毫不动，柏柏目不转睛地注视着黄医生的表情。黄医生愁眉不展，又为柏柏做起人工操。柏柏泄气失望地把头猛地一扭。（画外音）“玲玲又快来啦！可我还是一点进展也没有啊！”

五十九、病房走廊

芬芬轻轻地推开病房门，见黄医生单腿跪在地下，为柏柏做操，他脸上流着汗水，芬芬的心被黄医生认真热情的表现，深深地打动。一股热流涌遍周身，她走到病床前，感激地说：“黄医生！你辛苦啦！”黄医生微微一笑掏出手绢擦汗：“这是我的职责！”柏柏感动地：“黄医生整天这样为我……”“柏柏！”黄医生中断了柏柏的话：“你不是病人吗？”芬芬换了一种喜悦的情绪：“柏柏，你猜我给你带来了什么？”“什么？”芬芬故意伸出烫伤的手，在柏柏面前晃了晃：“不要着急。”柏柏看到烫伤便高兴起来。芬芬：“你看！”说着从兜子里掏出一个小镜框，里边镶着玲玲和芬芬给周总理献花的合影。黄医生惊喜地抢过相片：“周总理！”柏柏：“是呀！那边那个就是芬芬！”黄医生猛然想起了什么：“对！我差点儿忘了，芬芬上午来电话说，时间紧张没能来看你，请你谅解！”芬芬在一旁低下了头，柏柏自语，“是呀，她是应当来的哎，黄医生！你们为什么没有相处哪？”芬芬在一旁强力地掩饰着自己内心的慌乱。柏柏问：“是因为工作不在一起？”黄医生声音有点低沉，“也许是吧！”芬芬猛然抬起头，一字一句地说：“不！咫尺之内不一定就有知己，千里之外也许会存在着友谊！”柏柏接着说：“是呀，黄医生，主要是芬芬对你还不够了解，不然她一定会爱上你的！”芬芬的心又一次被柏柏的话触动，她却内疚地闭上眼睛，黄医生爽朗地：“不！爱情是自由的，她应当有自己的选择。”芬芬深沉地望着黄医生。

六十、病房

黑夜中的柏柏从床边拿过周总理和芬芬、玲玲的合影，又从枕边拿起电筒把电筒推开，电筒的电光渐渐变成剧场的棚灯。

六十一、回忆

在掌声和音乐中，周总理走进会场入座，报幕员：“赴欧美杂技团审查演出现在开始！”在掌声中柏柏和芬芬在台上表演着跳板节目。每个动作都响起了热烈的掌声。周总理向身旁的玲玲：“小玲玲！他叫什么名字？”“柏柏！”在掌声中周总理健步走上舞台，和柏柏握手，“小柏柏！你表演得很好！可以说是杂坛的新秀！望你这次赴欧美访问多为祖国争光！”回音“为国争光！”

六十二、镜头回到病房

柏柏声泪俱下，他狠狠地摇晃瘫痪的右臂，发出了心碎的哭声。

六十三、病房的早晨

柏柏望着窗外枝头上的两只小鸟在咬逗，然后自由地向蓝天飞去。他自语：“飞！飞！”他的腿突然抽动了一下，他不敢相信自己的感觉，惊呆地望着自己的右腿。腿又动了一下。柏柏大声喊：“医生！医生！”医生们推门而进。“怎么啦，柏柏？”他激动地喊道：“腿！我的腿！”他泪水夺眶而出，黄医生急忙掀起他的被子，用针尖刺痛着他那瘫痪的腿，腿随针扎的疼痛一下下地抽动，突然猛地蜷起。（音乐强出急收）

六十四、路上

芬芬在汽车上焦急地看着手表。

六十五、医院

芬芬推门上楼，黄医生激动地喊叫着迎面跑来：“玲玲！玲玲！柏柏的腿！”芬芬忙问：“怎么啦？”“他的腿恢复了知觉！”“啊！”她惊喜地倚靠在楼梯的扶手上。表现出疲劳、松弛的样子。黄医生：“走！快去看看柏柏吧！”芬芬轻声和气地说，“不！我该回去啦！”“你……”“我……我回去把消息告诉大伙。”芬芬转过身去，默默地站了一会儿，把头转了回去，默默地站了一会儿，把头转了回来，深情地望着黄医生，温情慢声地说：“姐姐让我捎信儿给你，她晚上等你！”（音乐起）芬芬一步一回头地渐渐离去。

六十六、吉普车内

团长和王教练坐在车里，王教练：“没想到柏柏恢复得这样快！”团长说：“柏柏出了院再恢复恢复，就可以参加访欧美演出去啦！”俩人高兴地笑着。

六十七、医院

柏柏整装待发准备出院，护士：“柏柏，玲玲没来接你？”“还没到呢！”

六十八、院内

吉普车停下。

六十九、病房

柏柏、团长、王教练和医生们——握手告别：“感谢你们啦！”“感谢你们！”

七十、吉普车内

柏柏、团长，王教练坐在车内，团长：“柏柏！同志们都要来接你，可我这车容纳不下呀！”“哈哈哈！”三人大笑。

七十一、杂技团院内

男女演员们拥在大门口，群上“回来啦！”车停在人群中间，柏柏下车一一握手，“你好！”“你好！”柏柏环视四周（画外音）“哎！”他拨开人群向前走去。

七十二、院内小路上

柏柏一人急匆匆地走着，忽然在那树荫之下发现黄医生和芬芬，他俩面对面地挽手私语，柏柏急忙把头低下，“柏柏！”黄医生跑过来和柏柏握手，芬芬随着也跑了过来，“柏柏祝贺你呀！”柏柏惭愧地：“谢谢你啦！玲玲！”黄医生一旁大笑：“柏柏，她不是玲玲是芬芬！”柏柏惊奇地看着芬芬不解，黄医生上前介绍：“对！她是芬芬！她刚刚剪了头发！”“哎呀！你好！芬芬！”芬芬微笑地低下了头。柏柏忙问：“那玲玲哪？”“在楼上！”柏柏高兴地：“再见！我去看玲玲！”说着他向楼上跑去。

七十三、女宿舍

柏柏来到门前站住了脚，按了下自己激烈跳动的心区，对着门上玻璃中自己的影子，整理一下军装，举起手来轻轻地敲门。屋内静静地没人回答。柏柏慢慢地推开虚掩的门。见玲玲一人坐在窗前，手里拿着一支钢笔和一封信，望着天上飘浮的白云。轻轻地抽泣着。柏柏轻声地喊：“玲玲！”玲玲回过头来，泪水满面，她站起身来慢步走到柏柏的跟前，把笔和信塞入柏柏的手中，飞步跑出房。柏柏急忙打开信纸（玲玲的画外音抽泣出现）：“柏柏同志，我是生活中的弱者，是爱情上的叛逆！我没有尽到我的责任，在你最痛苦的时候离开了你，而姐姐芬芬……”柏柏情不自禁地喊道：“什么芬芬！！！”他快步来到窗前，用手猛地推开两扇高大的窗户。见芬芬和黄医生，漫步在花丛之中，（音乐起）（柏柏的画外音）这对孪生姐妹，外表上是多么相像啊！她们之间的区别？难道说就是那两条辫子吗？不！她们真正的区别是心灵！！！！

（插画）

清清的水呀，

浓浓的云，

是云是水不难分。
浓云密布难遮月。
清水十足能透针（真）。
你那默默无言冷漠的脸，
又怎能掩盖你那赤诚炽热的心，
火热的心。
一朵茂盛的鲜花，在随风轻轻地抖动。

——剧终

附言： 这是我的第一部电影作品，创作素材来自我工作过19年的沈阳军区杂技团，剧中有许多真实的影子。我想，也许每个文艺工作者都会有电影的梦想，我的电影梦是从那时开始的，那年20岁。

·电 影·

红 盖 头

时　间　20世纪30年代。
地　点　中国东北山区某村落。
人物表　根　　儿：劁猪匠，三十来岁。
香　　草：接生婆，苦命的寡妇，三十多岁。
西门一郎：日本队长，三十来岁。
东岛芳子：西门一郎的妻子，二十多岁。
黑 莽 子：杀猪的屠夫。三十来岁。
花　　儿：香草的妹妹，山里姑娘，二十来岁。

片头　日　外

崇山峻岭，峰峦叠嶂。怪石嶙峋，雾霭缭绕。溪水潺潺，鸟语花香。

20世纪30年代的东北山区，偏远僻塞。大山脚下，坐落着一个古老神奇的村落。令人惊奇的是，村前耸立着两尊天然的生殖石。一尊如男根，一尊如女阴，其形其状栩栩如生。

奇石不远处，正置乡村大集。骡马大市，人欢马叫。

兽医根儿挥刀行艺……他分别阉割猪牛羊驴，其手脚之利落，真可谓猫腰捡钱，在那猪羊的惊叫声中不时泛出人们对骟匠的赞叹与敬佩……

解说或字幕："这是一个古老偏远的北方村落，名叫落生门。传说盘古在这里降生，女娲在这里造人。由于这方水土崇尚生殖，接生婆便是一个备受尊重的职业。而以阉割为业的劁猪匠却显得不那么受欢迎，于是，在女人生孩子这天，便有了几多禁忌与避讳……"

公母石　日　外

劁猪匠刘根与众人正做着隆重的祈祷仪式。

他端着丰盛的祭品，捧着一个写有"祈求送子"的大红贺幛，从状如棒槌的公石下走来，径直地来到母石洞前，烧纸焚香，摆放供品，而后跪地祈祷。

根儿："女神在上，我媳妇要生孩子，小民根儿有求女神保佑哇，我根儿劁猪割蛋，断送了数不清的根苗，这……"

突然，一头硕大的公猪从母石洞中走出来，欲吃供品。

根儿拿起石头向猪打去，公猪咴地跑了。

根儿的老爹惊叫起来："打不得打不得，这是庙里的神猪，动不得呀，快跪下！"

根儿跪地："女神娘娘，求你保佑我媳妇生孩子平安。在这儿许个愿，我……割出钱大办，只求生个痛快，就像老母鸡下蛋……"

小弟笑起来，众人也笑起来。

突然，一群野鸡飞起，一架日本飞机轰轰隆隆地飞过来。

小弟："鸡！哥看，女神显灵啦！"

根儿惊奇地看着："是鸡，啥怪鸡，咋这么大个儿？"

老爹："根儿，你许愿说的啥鸡？"

根儿："我说……不好，这八成就是东洋鬼子的飞机。"

小弟："哥，是洋鸡，翅膀不呼扇。"

一人喊："哎！根爷看，母鸡，下蛋了。"

飞机投下炸弹，顿时一股浓烟，地动山摇。

山民们这才意识到大难临头，鸡炸窝般地逃散，小弟惊吓着跑进母石洞中……

根儿茫然不知所措。

另一座山坡上　日　外

一个摘豆角的大肚子孕妇被飞机炸弹惊得一下蹲在地上。

她手上的柳条筐顿然滑落，叽里咕噜地滚到山下，豆角撒了遍地。

母石洞前　日　外

人全跑了，只有根儿一人站着。远看仿佛英雄。

小弟出来："嘿！看咱哥，真不愧劁猪高手！临危不惧，英雄气概！"

小弟近看才知根儿是吓呆了，两条腿哆嗦着，裤子被吓出来的尿洇湿一大片。

烟雾中。黑莽子喊着根儿"大哥"跑过来。他肩扛杀猎工具，那是一个套猪杆子和一个铁杆挺杖，刮猪毛的刨子套在铁杆挺杖上，一路哗啦哗啦直响。

黑莽子跌跌撞撞跑到跟前："师哥，可不好了，你家嫂子正在后山摘豆角，鬼子飞机一扔炸弹，把嫂子吓了个屁股蹲……"

根儿："啊，她人……咋样？"

黑莽子："嫂子她，她，她……要生啦！"

根儿："啊，小弟，快麻利儿去请老娘婆！请最好的老娘婆！请香草嫂子！"

小弟答应着跑去了，老爹埋怨地看着根儿："哼，都怪你冒犯了那神猪，看，找上了吧。"

根儿："爹，那不就是一头老公猪嘛。"

老爹："那是猪龙！它从小叫人舍进了喇嘛庙，吃供果听藏经，没人敢劁它，没人敢杀它，早成凶神啦！得罪它，有血光之灾呀。"

根儿："那……可咋办？"

老爹想想："冲喜，用红盖头把家遮起来！"

山路上　日　外

根儿小弟牵着驴，香草挎包骑在驴背上，奔大宅门方向疾行。远处山坳里，孩子们又在喊着古老的歌谣。

张大嫂，李大嫂。
上南洼，摘豆角。
一把豆角没摘了，
肚子疼，往家跑，
卷炕席，铺干草，
生个丫头缠小脚，
养个小子叫来宝……

根儿家门　日　外

一栋半旧的门楼，对联已经撕得残缺不全，但横批却清晰可见：人丁兴旺。

根儿将两个红布条分别拴在两个门环上。并将一把小笤帚挂在门框上。

香草来到大门口，根儿上前迎接："香草嫂子，辛苦。"

香草进院，但见墙上，树上，房上，晾衣绳上挂满了红盖头，满院红盖头随风飘荡，构成一片火红的世界。

屋内传来孕妇的呻吟声，根儿关心地跟着香草向屋内跑去。

香草横住根儿："根兄弟，你不能进屋，劁猪匠……不避讳呀？"

根儿无奈地退出门槛，在大门外急得团团转。

骆家正房　日　内

孕妇痛苦地呻吟，一声比一声高……

香草指挥着几个打下手的女人："……要生，快把炕收拾收拾，一会儿好把炕席卷起来，你，去抱一捆干草来……要香草、星星草！"

香草扶着孕妇："蹲起来，把裤带解开。"

孕妇痛苦的呻吟变成了撕心的叫喊："哎哟，根儿，求神保佑我呀……"。

门楼下，根儿双手捧香，面朝远处的公母石祷告："女神保佑，仙家保佑……我根儿三十多至今没有一男半女，女神娘娘发发慈悲吧……"

日本，名古屋城郊一个小庄园　傍晚　外

一架飞机从上空飞过。

警察西门一郎将两只迎亲的大红灯笼挂在门上，满意地一笑，"哟西，昭和八年，值得纪念的一天……"

一辆送亲的马车或者汽车来到门前，车上走下漂亮的新娘东岛芳子。

西门一郎迎上前："芳子，本想花轿前去迎娶，可我报国参军，明早就要离开日本，让你坐马车来匆匆完婚……委屈了。"

芳子："西门君，我不怪。"

西门与芳子二人边说边向屋里走。

芳子："没想到你这服过兵役的警察又应征入伍。"

西门："圣战的需要，皇军已从中国奉天突进山海关，攻破了热河省会承德，长城以北全是皇军的后方，一批警察、教师也统统开往满洲。"

芳子："西门君，我真不愿意让你离开。"

西门一郎将芳子抱在怀里："慢慢你也会去中国的，北海道农民都带着家属去当开拓团了。"二人亲密地热望着……

根儿家门楼下　日　内

根儿遥望公母石祈祷着，耳听孕妇叫喊声声，他心神不宁。

香草着急地出来："根儿兄弟，不好了，你女人犯'子悬'，孩子不往下沉，难产啦。" 根儿慌了，忘情地奔屋而去。

香草拿一个红盖头盖到根的头上："忌讳着点吧。"

根儿："啊，啊。这可咋整？不行就用擀面杖往下擀吧，我妈说生我那时候就是用大擀面杖硬擀下来的。"

香草擦把汗："不行，那样女人太遭罪！听我的，套上牛车。"

大院里　日　外

两根牛角扎着红布条，根儿把牛车已经套好，孕妇身披大红棉被蹲在车上。根儿赶车在院里转起来。

香草在车上抱着孕妇，命令根儿："快点赶车走，跑起来！"

根儿："驾！"赶着牛车在大院绕圈。但牛太笨，跑不太快。

香草："快点赶，让车颠起来！"

根儿扔下鞭子，拿过烧火棍，噼噼啪啪地照牛打起来。

孕妇在香草怀中叫着，二人全是满头大汗。

香草："别叫，挺住点儿，孩子往下行了，赶车，蹽！再快点！打这个肉牛！"

根儿连呼带叫打牛："驾驾！驾！"他朝墙头一喊："黑莽子，你来赶车。"

黑莽子与两个弟子跳至院中，几个人上前齐打牛。

根儿跳上车，疼爱地抱住妻子。

根儿撩开被子一角，摸摸妻子肚子，问媳妇："咋样？"

香草："不行，颠！"

根儿："驾！"

黑莽子与二弟子帮着一块儿打牛，直打得棍子断作几截，木茬儿在空中飞溅……牛还是跑不起来。

根儿一急，急中生智："看我的。"

他跳下车，从腰中掏出劁猪刀，往牛眼前一亮，那懒牛顿时撒欢样地疯跑起来。

弟子叫好："哎？怪不，这懒毛牛咋这怕咱师傅？"

根儿："嘿嘿，它认识这劁猪刀，怕我再骟它一回。"说着把刀又晃了一下。

车轱辘飞转，时而被轮下的石头颠起老高……

突然，孕妇啊的一声。

香草："吁！妥啦，往屋抬人。"

老牛喘得口涎直流……

根儿家　日　内

卷炕席，铺干草。

孕妇的花裤子扔到了地上。

香草喊着："生！蹲起来，使劲……生！"

日本西门家　晚　内

芳子将一块洁白的贞节布铺在床单上。

西门将芳子抱起来，缓缓地放到了床上，甜蜜地点起两根红烛。

芳子搂着西门相亲相爱，依依不舍。

芳子："西门君，天亮我们就要分手了。我要把最最珍贵的礼物献给你。"

两门："芳子，最珍贵的……是……什么礼物？"

芳子："姑娘最圣洁的贞节。我的身子……"

西门感动的一个军礼："哈意！"

日本音乐中，二人浪漫地相互宽衣解带……

芳子把最后一件衣服扔到床下。

红烛高照，墙上映着芳子缓缓躺下的身影。既而，甜蜜地闭上眼睛。

屋内／外　日

根儿站在门外，隔着门帘，他看见妻子躺在草上，声声惨叫，直疼得手脚乱蹬，致使干草飞扬……

香草为她忙碌着："别乱蹬！咬住牙！手上攥点东西，使劲！……露头了……不好，孩子是个横生，先下来一条腿。"

根儿急问："啊？是丫头是小子。"

香草："小子。"

根儿兴奋地跳出门槛："是个小子，小弟，去告诉老爹，我根儿又有根啦！"

黑莽子："恭喜师哥！贺喜根爷！"

根儿屋里／外　日　内

孕妇的嘴唇都出血了，乱草痉挛地颤抖，气氛异常紧张。

几人齐看香草嫂子。

香草："拿根筷子，叫她咬上。"

一个女人拿一支筷子塞入孕妇嘴中。

香草："别哭！生，使劲……挺住，生！"她顾不得擦汗，急得眼睛都红了："孩子到这时候下不来……危险了。"她毅然放下孕妇，拉着根儿来到外屋。

香草顾不了许多："根儿兄弟，你也看见了，生到这个时候，我要听你一句话，要大人要孩子？"

根儿："都要。都要！"

香草冷冷地："只能要一个了，快说话吧。"

根儿如雷轰顶："这……我……要孩子，要小子，要种子！"

香草为难地看着根儿："你，你这小子不足月，难保，依我说……该要大人。一日夫妻百日恩，有地还愁不长庄稼嘛！"

根儿转了个圆圈，狠狠一跺脚："这……不不，要小子！要种子！留下老婆兴许让鬼子祸害了。留下个种子就有新庄稼！实话跟你说，我根儿有了种子就把脑袋别到裤腰带上，就敢跟他日本鬼子去扑棱扑棱！"

几人全惊呆了。

香草抬眼看见了根儿："好，别嚷了，去，给我撅一个秫秸秆来。"

根儿："用高粱秆子做啥？"

香草："用它断脐带，不得四六风。"

根儿屋内　日　内

孕妇已经有气无力。几双眼睛恐惧地注视着香草……

香草慢慢拿过剪刀，颤抖着手伸进炕上的草堆……

孕妇啊的一声惨叫，口中的筷子"咯噔"一声，一咬两断。

香草脸上顿时喷上一片血点……她把秫秸秆放在嘴中熟练地劈开，又麻利地为婴儿断脐带……

乱草堆不再抖动，孕妇的嘴渐渐张开，口中的筷子颓然滑落。

根儿傻呆呆地看着。

香草一下一下地叩打着婴儿后背。最后轻轻放在草堆里，自责地："孩子也不行了。"

根儿眼泪夺眶而出，扑通跪倒："儿子，他娘，是我对不起你呀！"

日本西门家　晚　内

西门渴望地上了床，含情脉脉地看着芳子，一回身看见新发的军装，他的脑海不由出现战争的恐怖画面：战火，硝烟，屠杀，死亡……

他喃喃自语："此一行也许有去无回，我要留一条根！"突然，他发泄地扑在芳子身上……

芳子一声疼痛的尖叫，咬住嘴唇……

床上，枕头滚落到床下。

西门擦去脸上汗水，感激地看着芳子。

芳子腼腆一笑，从身下轻轻扯出那块贞节布，只见一滴鲜血如梅花，越洇越大……

芳子吓得啊的一声，险些昏过去。

西门慌了："芳子芳子，你是见血才眩晕的，别看它……"

鲜血还在洇着，渐渐，梅花化作了太阳旗。

山口　日　外

一支马队黑云般地压过来。渐渐，显出一个红点儿，那是太阳旗。

骑高头大马的是鬼子队长西门一郎，他拿起望远镜远看。那公母石进入视野，令他为之一叹："哟西！鬼斧神工，天公造化，绝妙大大的。"

他把战刀向公母石方向一指，鬼子马队向前跑去。

公母石下　傍晚　外

根儿的面前摆放着一个纸扎的公猪。猪前放着供品。

小弟："哥，人家都烧纸车纸马，咱咋烧猪哇。"

根儿："爹说那天得罪了猪神，请凶神恕罪。"根儿失神地点燃纸猪，一抬头，见香草站在了面前。

香草："根儿兄弟，嫂子对不起你呀。有怨有气你就朝嫂子撒撒吧。"

根儿："不不，不怪嫂子，嫂子寡妇失业的，领着妹子过日子也不容易，我不怪。都是我劁猪割蛋得罪了这两个石神仙，该着让我断子绝孙。"

香草："别说丧气话，兄弟，都是嫂子道行不深，丢了手艺，害了你。"

根儿："马有失蹄，医有失手，再高的师傅也有丢手艺的时候，况且香草有言在先……都怪我盼子心切，害了大人。唉，我这辈子，认了。"

香草："根儿兄弟别难过，嫂子明白你盼望儿子的心情，等等，我给你说个媳妇。"

根儿："唉，都说我劁猪割蛋冒犯了这俩石神仙，没人会嫁我了。"

香草："有，我把妹子嫁给你！"

根儿心中一震。

根儿："嫂子，花儿妹子还是黄花闺女呀！不行不行，你可别逼花妹子。"

香草："你想错了，不是我逼妹子，是妹子逼我，她非要嫁给你。"

根儿："为什么？"

香草："怕让鬼子……"

突然，鬼子马队黑云般压过来。

香草："不好，鬼子来了，快跑！"

山坡　日　外

荒草，在风中摇曳。

山民们纷纷逃跑。一时鸡飞狗跳，混乱一片。

山口　日　外

日本兵用小炮轰击。一时硝烟迷漫。

西门一郎用望远镜看着，突然想起了什么。举旗下令："停！"

炮声停下来。

西门一郎："集合！"

众兵围拢前来，骑兵在西门面前围成了一个圈。

西门训话："打炮的不要了，据我观察分析，这公母石是这方刁民的祭坛，是他们参拜的神灵，是一方人精神寄托所在，就像我们的神明的富士山，不要轻举妄动！我们要在这里实行绥靖政策，宣扬王道乐土、东亚共荣，要把这里当作皇军大本营，明白不明白？"

众鬼子兵："哈意！"

母石洞前　日　外

鬼子马队来到母石涧前。

西门一郎："停！就在这里扎营！中国有句俗话，"兔子不吃窝边草"，注意，我们要征服支那，必先征服满蒙，要征服人心，必先尊重这里习俗，下马休息。"

西门一郎来到洞前："哟西，我的指挥部就设在这个母石洞中，好好，天然的一个子宫，住在这里就像回归到娘胎里，精神可以得到大大的慰藉，我要住进子宫，这里是人生最安全的宫殿……"

一个大院里　日　外

太阳旗高挂，鬼子把抢来的猪羊向里赶。那头誉为神猪的大公猪也被赶了进来。

黑莽子在一个日本兵的监督下为他们杀猪，他满肚子是气，仇恨地望着鬼子旗，将满肚子火气吹进猪腿里，直至把猪吹得滚圆。

西门一郎走来，一拍黑莽子："哟西。良民大大的。"

这时，那头特大公猪蹿过来，巨齿獠牙，横冲直撞，险些伤着一郎。

日本兵命令黑莽子："你的过来，先杀这个大猪，咪西咪西！"

西门一郎一摆手："慢，好大的公猪，哟西，公猪牛的一般。日本的不多见。不能杀，公猪不劁，吃着发臊，先把它劁了，养养再杀。去，找个兽医来。"

根儿家　日

香草与根儿正商量着婚事。

香草："我跟妹子啥啥都说好了，兵荒马乱的年月，早点把婚事办了，省得麻烦。你就准备吧。"

根儿："中，那我就听嫂子的，按着规矩，娶亲这个月不劁不骟，以免血光之灾，我这就把刀封起来。"

突然，门外有人喊："根儿，日本人让你去劁猪！"

根儿嘟哝："我的小弟不是去了嘛。"

鬼子大院　日　外

根儿怯生生地来到大院。

西门："你的，兽医的干活？"

根凡："嗯，骟猪匠。"

西门一指大公猪："你的，把它骟了，快快的。"

根儿后退："啊太君，这猪……我不能骟，实在是不能骟。"

西门："为什么？"

根儿："这是神猪，骟不得。我吧……我要娶媳妇啦，太君，这里吧，有老规矩，娶媳妇这个月不能骟骗，犯了忌，大不吉利。"

西门："啊，娶媳妇，迎新娘！好，哟西，我对你们的风俗大大地感兴趣，祝贺你，骟猪匠，我已奉命留下来管理这片区域，等你娶媳妇那天，我要亲自参加你的婚礼，研究这里的文化。"

根儿："谢谢太君，那我就回去啦。"说着转头欲走。

西门："回来，猪的没骟，不许走。"

根儿："我……真的不能骟，太君，那石神有眼，犯了天规，我怕再遭血光之灾呀。"

西门突然翻脸："狡猾狡猾的，你快快地骟！"

根儿："我……真的不能骟。说死不能骟。"

西门火了："八格牙路！你的这边看看。"他将根儿拉到墙角，用脚踢开两捆秫秸或用手扯开一块苫布，顿时露出两具中国人的尸体。

根儿吓得一哆嗦，急闭上眼睛。

西门："他们，统统的兽医，猪的不骟，死了死了的。"

根儿一听："兽医？"

他睁开眼睛再细看，原来这是他的老爹与小弟。根儿顿时扑过去："爹，兄弟，我的……亲人哪。"他哭了。

西门拎起根儿："你的不骟，同样的下场！"说着，拿着屠刀猛地刺入尸体心脏！

"别扎啦！"根儿紧张地求情："太君我骟，我骟你……猪。"

西门命鬼子兵："抓猪！"

几个鬼子上前，但全不敢抓那口特大公猪，纷纷后退，出丑了。

西门一看黑莽子："你的过来，杀猪匠的上前，抓猪的干活。"

黑莽子被迫上前，根儿有些着急。

黑莽子："太君，我一个人可抓不住，这猪少说也有三分龙性，一旦整躁了，伤人哪。"

西门有意让鬼子们看他热闹："你的，必须一个人抓猪。"

黑莽子无奈地拿起套猪杆。

根儿自语："鬼子真邪乎哇。"突然一声叫喊："师弟，你闪开。"他挽着袖子上前。

根儿："你往后站，我对付。不用抓，不用绑。把猪放出来。"

黑莽子怀疑地一立眼睛，小声地："不绑上咋骟？小鬼子可正要看这大公猪咋伤咱们哪。"

根儿："叫你放你就放，妈的，我得给他们露一手看看了。"

黑莽子打开圈门，大公猪跑向院来，顿时，把人们吓得纷纷跳窜。

两个带着短枪的日本兵护在了西门的身前。

黑莽子也本能地拿起杀猪刀护在根儿身前："师哥！危险。躲我身后！"

根儿："不用不用，师弟到门口那儿等着……"他小声地吩咐了两句，而后慢悠地掏出个酒葫芦，大大地喝了一口含在嘴里，之后绕到大猪身后，猛地掏出手术刀。

大猪仿佛意识到大事不妙，抖着鬃毛向门外窜去。可刚到门口，黑莽子将门一关，正把猪头夹住。只听大猪咴的一声惨叫。

再看根儿，他"扑"地将嘴里的酒全部喷向猪尾巴，等水雾消失，只见他已经将两个冒着热气的大蛋托在手中。

鬼子一片喝彩，西门伸出拇指："哟西。"

黑莽子恭敬地："师哥，我算服了你啦，一眨眼，完活。"

根儿："哼，这叫'走骟'！它一边走着，我就把它骟了。"

黑莽子："师哥，当初我咋学没学会这套手艺。"

根儿："亏你没学，学了今天也得死。"

西门把两块大洋放在了根儿手心。根儿装在怀里，再次伸出手……

西门："八嘎，工钱不是给了嘛？"

根儿："加一倍，太君，你这当家的应该知道这里的规矩，你的猪是个五爪！"

西门一惊，黑莽子也感一惊："你，你也没看猪蹄子呀？"

根儿："哼，没看？你来瞧！"说着撩开衣襟，但见白里衣衬上印着一个大大的五爪猪蹄印："劁猪的有忌讳，给多少钱不劁五爪，格叽！皆因啥呢，人才五个爪，猪长人形，这叫鬼！恶鬼缠身，得花钱免灾，要不然，我倒小霉你倒大霉，它变成死鬼先伤你。"

西门："不要说了。"他又将两个钱给了根儿。

黑莽子看着得胜的根儿，洋洋得意："师哥，走！"

西门："等等，你的，杀猪刀的留下。凶器的统统没收！"他又拿过根儿的小刀，在手上拭了拭。吹了一下，然后还给根儿："你的，手艺的不错，小刀的还给你，往后好好地劁。"

根儿放心地舒了一口气。

黑莽子："师哥，你不是定好的后天娶亲么？"他一指死尸："这可咋办？"

根儿："我想，喜事丧事一块儿办，先把媳妇娶到家，摘下红盖头就换白孝衫……"

香草家　日　内 / 外

唢呐声声，人头攒动。吹鼓手扬脖鼓腮，大红花轿来到门前。

根儿身穿新衣，胸前扎着十字披红的大花，骑着自己的大叫驴或大马候在轿前。

美丽俊俏的花妹子穿着红袄红裤等待出嫁。

屋里，香草为妹子忙碌着。她手中拿着一个刺绣精美的红盖头。

香草眼含热泪："妹子，兵荒马乱的年月，早点儿找个人家安生过日子吧，姐知道，你还小，找个填房亏了你。要怨，就怨我这当姐的吧。"

花儿一脸高兴："姐，谁也不怨，这门亲事我乐意呀，妹子愿意嫁根儿，他对媳妇好。他说敢跟鬼子扑棱扑棱。"

门外执客的高喊："天不早了，迎新娘子上轿哇！"

香草："妹子，来，姐送你……"

花儿："姐，妹子就要离家走了，有句心里话我想跟姐说说。"

香草："妹子，说吧。"

花儿："咱爹咱妈死得早，姐一直像个妈，我出嫁走了，姐，你就快点成个家吧。"

香草点头。将红盖头盖到妹妹头上，而后泪水盈盈。

门外，大红花轿撩开了轿门。

锣鼓震天，唢呐高奏。执客人一声："起轿！"

几个山里汉子把一团火红举过肩头，顿时，天地一片大红。

抬轿的黑莽子突然高喊："不好，鬼子来了！"

西门领两个日本兵走过来。

西门："不要怕，我跟新郎早就说过，特意前来参加你们的婚礼。你们照常地进行，我要全程地参加，做你们的保护神。"

根儿看看香草，小声地："嫂子，咋整？"

香草："没想烧香惹来拦路鬼，我看咱……今儿先不娶了。"

根儿："八成不行，家里都安排好了，再说，咱也惹不起带枪的。人都上了轿，就得硬着头皮挺啦。哪打铧子哪驻犁杖，中不？"

黑莽子不服地看一眼西门："起轿，走人哪！"

山路上　日　外

唢呐音乐中，迎亲的队伍在山路上行进。

根儿骑马在前，担心地回头直张望。

西门一郎跟在轿旁，他望着花轿，想象着自己与芳子的简单婚礼：芳子匆匆下车……

西门看着花轿下露着一双绣花鞋，使他再次向花轿靠近。

这时，花轿的窗帘轻轻打开了，花儿担心地向外望了一下。

西门看见了，不由一愣：呀？这新娘怎么如此酷似芳子？

西门一郎的眼前不断闪现芳子的身影，突然，他情不自禁地扑向花轿……

大花轿是由八个人抬的，后边的四个人里有黑莽子。

黑莽子抬着抬着感肩膀上一沉："哎，咋一下子沉了这么多。"

轿身不规则颤动，轿夫们的步伐乱套了……

队伍前面，根儿不时回头，突然不见了西门鬼子，他疑惑，他紧张……

根儿："吁——"他勒住马，掉过头，关心地向轿子走过来。

花轿里　日　内

花妹子见突然进来了一个鬼子，吓得蜷缩轿子里，瑟瑟发抖。

西门："新娘的别怕，我来，精神的体验。哇，花轿的感觉真真是天堂……没让芳子坐花轿太遗憾了。啊，红盖头，中国的红盖头。我的试试。"他摘下花儿的红盖头，盖在自己头上，眼前顿时一片火红，红色的蒙胧中，他看着花儿："花姑娘，你的漂亮大大的，芳子一样的漂亮……"

花妹子："啊！别碰我……"

西门摘下红盖头："别误会，我的色狼的不是，新郎的有……结婚不到一个月，新郎。"

花妹子："你下去！"欲推西门下轿。

西门却趁势一把拉住她的小手。

他回想着与芳子相依相抱的昔日，禁不住将手伸向花妹子……

轿外　日　外

轿身越发不规则地颤动。轿夫们的脚步越发零乱。

西门从轿帘探脑袋："慢一点，轻一点，停下歇一会儿，这样我太累了。"

一轿夫："累？不对呀，太君，我们抬轿的累，你坐轿的累什么！"

西门哼的一声放了轿帘。

黑莽子气得年摸杀猪刀："妈的，这也太熊人了吧，叫师哥来，咱得跟他说道说道。"

根儿骑马来到跟前。他明白了发生的事情。

黑莽子："师哥，咋整？"

根儿看着花轿倾斜，听着花轿噼里扑棱，又急又恨，却敢怒不敢言，一时手足无措。

轿杆大幅度颤动，突然，西门把轿子踩漏了。一下子掉了出来。摔倒在了地上。"

黑莽子忿忿地吐了一下："不理他，假装看不着，快走。"

根儿："对，对对，快走快走，快把媳妇抬到家，入了洞房就收成了。"

轿子飞快地往前跑，西门鬼子被甩在了后边。

突然，西门鬼子恼羞成怒，他掏出枪，连连扣动扳机："啪——啪——"

抬轿的乱了营。轿夫们，吹鼓手们纷纷地四下逃散。

马也毛了。

根儿吓得抱着脑袋趴在马背上，被惊毛了的马带出得更远……

花轿被孤零零地放在了山路上。花妹子吓得哭起来："姐——"

香草心急如焚，大喊："妹子，别慌，我叫他们来救你！"

山道前边　日　外

香草追上了根儿。气愤地将根儿从马上拉下来。

香草："你跑什么？熊蛋包！你媳妇眼看叫人祸害了你看不见哪！瞧你那熊样，又吓尿裤子了吧，又让鬼子吓破胆了吧，我真后悔不该把妹子许给你，你是个胆小鬼，你不是个男子汉！没种！堂堂关东爷们儿，别忘了你下生时老娘婆摸一把是个小子！是小子就得有小子种，你，纯是个孬种！给鬼子劁猪低三下四，眼看鬼子害了你媳妇，还不敢把腰挺起来。你……”

大花轿旁　日　外

花轿在山风中瑟瑟发抖，花妹子撩开轿门欲跑。

西门追上来了，花妹子又吓得缩了回去。

西门再次走进大花轿里，见花妹子正在发抖：“哟西，别怕……”他眼前反复闪起芳子床上的身影，西门一边忘情地脱衣。一边匍身上前……

花妹子惊叫：“别动我——”

西门一个愣怔，忽地想到了贞节布，伸手拿出来，忘情地铺在花妹子身下。

花妹子拿起那布朝鬼子打去。

西门恼了，他啊的一声狂叫，兽性地将花妹子的衣服全撕下来……

花儿本能在护着自己的前胸，求救地向轿外叫喊：“姐，根儿哥——来救我呀！”

西门一郎扑倒花儿。花儿又是一声尖叫，哭了。

西门色狼般地向前扑，突然花儿反抗，与之撕打。

西门面色狰狞：“花姑娘？良民的不是。”他猛地提过长枪，刷地插上刺刀，张着狰狞的面目，将刀刺向花妹子的下部。顿时，一股鲜血喷在了西门一郎的脸上、身上……

花妹子撕心裂肺的一声叫喊，随即赤身裸体跑出花轿，她迎着太阳长叫着疯跑，直至跑到悬崖尽头，奋然跳下百丈绝壁！

群山回响，飞鸟惊魂。

崖下　日　外

崖下是一水潭，随着飞溅的水花，顿时，潭水通红，溪水也通红。

根儿跑到崖边，他大叫一声：“花妹子！我的媳妇呀……”。

花轿不远的山坡上　日　外

黑莽子等人慢慢地从草棵子里站起来，直瞪瞪地望着眼前的血腥事件……

根儿跌跌撞撞返回来，流着泪扯下肩上的十字披红：“完啦，全完了，这可咋整，这可咋整……”

黑莽子呼地跳起来：“咋整，打吧！乡亲们，跟犊子们拼了！”

众：“对，拼了！打这个牲畜！”

轿夫，吹鼓手及亲友们操起石头，木棒等齐向鬼子打过去。黑莽子手持杀猪刀跑在最前面。

鬼子没料到山民们会如此快地冲上来，马上反抗。但被暴雨般的石头打得连滚带爬。黑莽子上前杀死一个鬼子。一个汉子捡起他的枪。

另一个鬼子向来人开枪，那拿枪的汉子向鬼子扎去。

鬼子逃跑，众人追赶。

沟里　日　外

一场连喊带叫的肉搏打斗，汉子们生擒了西门一郎。

根儿简直不相信自己的眼睛，但见那西门一郎分明已经被绑了起来。

壮士们愤怒地吼着：“杀了他，杀了他！”

黑莽子霍霍地在石上磨刀。但刀背却立着。

香草：“黑兄弟你咋这样磨刀，这不越磨越钝嘛。”

黑莽子举起满是豁牙的钝刀：“妈的，我就是用钝刀宰他！”

西门：“使不得使不得，你快给我来个痛快的吧。”

黑莽子：“哼，便宜了你？”说着举着钝刀逼向西门。

根儿大喊：“别杀他！”

香草：“你！”

根儿：“别杀呀！”说罢，他像高山滑雪般从沟顶一直沿土坡出溜到了沟底。挡在西门一郎前。

黑莽子："师哥你？"

根儿："你不能杀他。"

西门长喘一口气："哟西，不杀的对。你的良民大大的，当初我把他的刀没收，把你的刀还给你是对的。"

根儿："对对，要不然今天我就没啥用了？"

众："还啰嗦啥，快杀了他吧！"

根儿："不能杀不能杀，我要——骟了他！"

香草惊呆了，众人也全惊呆了。

根儿猛地拿出了手术刀，西门嗷嗷地惊恐地叫起来。

香草也来到了跟前："兄弟，你这真是要……骟人？"

根儿："对，骟这个贼种，断他命根儿。妈的，这小子八成是西门庆那枝子损人甩在日本的野种，不骟他还得闹圈，还得祸害妇女，把蛋挤出来，让他活遭罪儿！"

香草热血沸腾："根儿兄弟，你是个爷们儿！妹子嫁你不错！"

根儿："弟兄们，把这小子抬到棒槌石下，我要拿他祭男祖，祭老天！"

西门大叫。黑莽子扯过贞节布："再叫唤，把嘴给你堵上。"

西门不叫了。

公石下　日　外

几个汉子把西门一郎抬到石柱前.

黑莽子："师哥，咱杀猪骟猪的全忌讳五爪，这人，也算个五爪，我说给他一枪算啦，骟，不吉利。"

根儿："可他恨人哪！天下哪有这么当人的呀！我家三口子，全让他杀啦！全让他整死啦！妈的，我宁可倒八辈子血霉，今天也得要骟这个牲口，香草，你远点闪开。"他推走香草，大喝一声："兄弟们，把他裤子扯下来！"

几个汉了五马分尸般地将西门扯成个"大"字。

鬼子大叫："使不得，快快地，一枪杀了我，给我留个完整的身子吧！"

黑莽子："没那么便宜！哼，再不老实，别说我给你来个捶骟。用俩鹅蛋石捶你半天，让你发八个昏。哼！"

根儿："来，弟兄们，给他绑起来。"

西门被裸露地绑到了树桩上。他双腿叉开，双手上吊：透过夕阳，形成一个"人"字剪影。

根儿："骟大牲畜都得戴上蒙眼，这人也属于大牲畜，也得找个红布把他眼睛蒙上。"

黑莽子对西门："妈的，对你多仁义，好吧，把这个红盖头给他蒙上！"

两个汉子把红盖头蒙在了西门的眼睛上。

西门的眼前又变成了火一样的红色世界，只见那一个个中国汉子瞪着愤怒的眼睛向他复仇。

根儿又习惯地掏出酒葫芦，而后来到鬼子身前："小子，你看刀！"小刀只一闪，而后扑地喷了一口酒："完活，让他滚蛋吧。"

鬼子号叫得声嘶力竭，他扯下红盖头，只觉天旋地转。

众人："该，该，活该！这样的畜牲就该断子绝孙！"

根儿习惯地一撩长衫，但见这人的手印已经印在上边。细看有些异常："哎，这小子是个六指儿。"

人们不约而同心中一沉，脸上现出阴云。

香草："天，大祸临头啦！"

黑莽子："妈的，大不了一个死，我去参加抗日义勇军，豁出这条命啦！"

根儿："乡亲们，咱们跑吧！"

村里　日　外

人们赶着猪羊，带着儿女纷纷逃命……

炮火，硝烟……

山口　日　外

西门单腿跪在岭上，那对男祖女阴石令他心里妒恨，一时切齿咬牙，捶胸顿足："轰，轰，给我轰平这两个石头！”

炮声中，男祖石轰然倒塌，母石洞弹痕累累。

西门面目狰狞：“血洗这个村，抢光！烧光，杀光！”

战火将村子化为灰烬。

母石洞前　日　外

炮火已把它轰得面目全非。

村里，断壁残垣，瓦砾一片。没有一个人影，死一般寂静。

清冷中，根儿与香草踏着瓦砾来到了母石洞前，双双跪在洞前：“女神娘娘，都是我们两个惹来的灾祸，我们向你请罪来啦。”

香草双掌合十：“女神娘娘，香草曾经跟你发誓，说这辈子不想改嫁，说怕生孩子遭罪，现在我要重新许个愿，香草我今天就嫁给根儿，就在你怀里完婚！”

根儿感激地转过身：“香草！”

二人都还跪着，仿佛夫妻对拜。

绿草地　日　外

蝶儿飞舞，鸟儿鸣唱。

根儿与香草采着一束束香草与鲜花……

母石洞里　傍晚　内

洞中被各种花草装饰得如同一个花的宫殿。

香草头上戴满了红花。甜甜地坐在花丛中，她放开了发髻，显得风姿绰约。

根儿又抱着一束花草进洞来：“呀，香草，你像……天仙。今儿咋这么英俊？”

香草：“给你做新娘。”

根儿拿出一个红盖头蒙到了香草头顶上。

香草又把红盖头拉下来。根儿不解地用眼睛问香草这是为什么。

香草：“不戴它了，红盖头给咱没带来啥喜，全是灾星，你媳妇生孩子满院蒙盖头，大人孩子全死了，我妹子出嫁蒙盖头，满花轿全是血腥……”

根儿：“别说了，听你的，不蒙红盖头。把它揣起来。”

根儿抱起香草来到洞外。香草不解：“你给我抱这儿来干啥？”

根儿：“让你看看，我才用木炭写了一副对联，瞧，上联是：双手劈开生死路；下联是：一刀斩断子孙根。”

香草：“哟，这不是说的咱们俩嘛。”

根儿：“对呀，上联说接生婆，下联说骟猪匠，哎香草，听说这副对联是明朝皇帝朱元璋写的。没有横批，我给加了一个。”

香草：“你咋加的？”

根儿：“生拉硬扯。”

香草笑了：“你可真能生拉硬扯。”

根儿：“不对么？你我这活儿都是生拉硬扯，不拉不扯完不了活。”

二人爽朗地笑起来。

静静的山，静静的夜。

母石洞中　夜　内

红烛已经燃去大半，二人还在花丛上温馨。

根儿：“香草，你长得真俊，配我，有点亏了。”

香草：“唉，自古来红颜薄命，年轻轻就当了寡妇……算卦瞎子都说我命贱。”

根儿：“不，你命不贱，香草，在我眼里你比啥都金贵！跟了我，亏不了你。一招鲜吃遍天，只要我人在，你就有钱花。没听孩子们数歌谣嘛，木匠瓦匠凿一天，不如铁匠冒股烟，铁匠冒股烟，不如银匠沾一沾，银匠沾一沾，不如骟匠剜一剜。”

香草："你还想劁猪？根儿，那个西门鬼子下通缉令抓你哪，我们结了婚就远走高飞，得隐姓埋名过日子。"

根儿："那我就跟你学接生！香草你放心，就是要饭，我也先济你吃饱。"

香草："根儿……真好。"

根儿："你是说我人好？名好？"

香草："人好，名也好，根儿，爹娘希望你给刘家留条根。"

根儿："对，爹妈是那个心思，可你……却不想生孩子。香草，你每天给别人接孩子，为啥自己却不想生孩子。"

香草："唉，你又不是没看过，生孩子多遭罪……"

根儿："别说了，我保证不让你再遭那份活罪儿！"

香草："不，我才想了，为了你，我生！"

根儿："啊？"

香草："真的，我生。哪怕遭死那个罪，也给你生出个小根儿来！让他日本鬼子看看，咱中国人是杀不绝的！"

根儿感动："香草，我……稀罕你。"他一把抱住香草，二人吻起来。二人边吻边相互脱着衣服……

香草："听说总吃公牛蛋的人，贼拉有劲……你，是么？"

根儿："你……想知道么？"

香草含情脉脉："……想。"说着自己解下最后的兜肚，用它扇灭了红烛。

月光映入洞中，二人在花丛中激情地滚动……

冰封大地，万里雪飘。

银装素裹，寒风凛冽。

林海雪原中，一支抗日义勇军疾速前进，队伍中，走着斗志昂扬的战士黑莽子。

火车站　傍晚　外

站牌上，写着：南岭。

一辆日本军车开过来，突然，炮火连天，义勇军喊着杀声与敌血战。

黑莽子作战英勇，他射击，投弹，一展关东汉子的战士风采。

突然，一个敌人从包围圈中逃窜，黑莽子发现了，急忙追过去。渐渐，追上了那敌人。

黑莽子举起刺刀向敌人扎过去。只听那人啊的一声尖叫躺在地上，原来她是个女人。

黑莽子端枪的手犹豫了。

日本军营　日　外

西门一郎拼命地摇着电话机，但还是不通，赌气地扔在一边。他拿起一个来自日本的信封和芳子的照片，再问身边鬼子兵："我日本军车真的遭遇了共军？"

日本兵："报告队长，我男女将士全部阵亡。"

西门沮丧地坐在椅子上："完了，彻底完了……"芳子的照片从手中滑下来。他突然地站起来怒吼："八格牙路！一定活捉那个该死的劁猪匠，我要把他剁成肉酱！传我的命令，扩大通缉范围！所有劁猪匠，统统地杀！"

大小街头，村镇

贴满了通缉令。一个兽医模样的人被强行抓上军车。

"我不是劁猪匠啊……我是豆腐匠啊！"

小山村单　日　内

一个小屋是根儿的新家。香草正将根儿的劁猪刀秘密地缝在衣襟里。

香草："根儿，外面那么通缉你，你咋不尿裤子了。"

根儿："老尿还行？吓得啥也不怕了。再说咱不是隐姓埋名，改行接生了嘛。"

香草："唉，劁猪匠吓得全改行了。"

根儿："这可好，劁猪匠没了，猪羊乐了，一个个欢欣鼓舞！儿马子乱踢，公驴乱叫！"

香草："足啊，猪羊没人劁了。当街的牲口老掐架。"

根儿："这怨不着咱了，找西门鬼子算账去。咱是接生婆了。"

香草："你呀，干啥像啥。"

根儿："这不含糊，功夫不负有心人，当年学劁猪天天练蹲马步，左手捏着砖头练大拇指的劲，就是贼蛋也得把它挤出来，我看学接生跟劁猪也大同小异，都是往出挤。挤不出来就得生拉硬扯……"

香草笑了："你呀，啥事都往一块生拉硬扯。"

根儿："接生的手艺是学精了，可我还是没忘劁猪本行，憋得我老拿枕头练手艺，动不动就劁一炕荞麦皮。"说着又把枕头弄破了。

香草一看荞麦皮，禁不住呕吐起来。

根儿着急地跑过来："咋了？病啦？"

香草一笑："根儿，我……有了。"

根儿兴奋地："真的？妈呀太好了，你赶上老母鸡了，真添活人。进门就下蛋。香草，骡马要怀驹了吧，得少干重活，别惊着，养马比君子，这玩意儿跟人一样，老娘儿们怀孕也得少干重活别惊吓。"说着，下意识地拿出一个牛角做的灌角（灌药器具）："香草，我也给你灌一服保胎药。"

香草："去，净瞎说。生拉硬扯。"

山坡上　日　外

两头公牛顶架，两头公猪撕咬……

西门一郎与三个鬼子骑着马走进山来，西门对鬼子兵发号施令："有人看见那个叫根儿的劁猪匠就在这一带活动，你们要严加搜查，宁可错杀一万，也不放走一个！"

鬼子兵："哈意！"

突然，当地几匹无缰的公马与鬼子的战马撕咬起来。

西门一郎看到公马想到自己身残，他下意识地一撩裤裆，扯出马枪打向当地公马，顿时，鲜血染红雪地。

根儿屋里　晚　内

窗外大雪飘飘，北风呼啸。

屋内，大火盆暖意融融。香草躺上炕上，根儿抚摸着香草越来越大的肚子："摸出来了，头在这边，腿在这边。这样生顺出……"

香草："对对，我早说，你是个拔尖的接生婆。"

根儿趴在肚子上听："我听听，是丫头是小子。"

香草："丫头小子还能听出声来，快坐一会儿吧。"

根儿："香草，你怎么总打冷战，我给你做碗热面汤来。"

香草："不不，不是冷，我是一想到生孩子，身上就发紧，心就哆嗦。"

根儿："生孩子真是女人的鬼门关，唉，儿生日，娘苦日，我越来越明白，孩子真是当娘的拿命换的呀。"

香草："孩子落草为生，当娘的在草上生孩子那一刻，不如牲畜哇。"

根儿感慨："香草，我想打咱这改改，等你生孩子那天，咱不在草上生，你就在……在我身上生！"

香草："在你身上，你……真是个好爷儿们。"她甜甜在伏在根儿肩膀上。

香草："根儿，鬼子到处抓你，害怕不？"

根儿："不怕，就是有点舍不得你。香草，我恨不得盼着孩子立马生出来，看孩子一眼，我就去死。"

香草："啊？死？"

根儿："对，我去找西门鬼子自首，省得他老折腾乡亲们！"

香草："根儿，你越来越像个爷们儿了。"

根儿："用你话说，下生时老娘婆摸一把咱叫小子。"

香草感慨："嫁你……不后悔。"

根儿想起个事："香草，我想回公母石一趟。"

香草："到那儿干啥？"

根儿："那母石涧上有马粪包，晒了一冬的马粪包是上好的止血药，别看它丑了吧唧像蘑菇，学名叫马勃，用它止血比你用那灯草灰强多了，香草，你岁数大了，我把这药采来，留着你生孩子止血用。"

香草担心："根儿，可那里鬼子多呀。"

母石洞　口　外

根儿爬到了山顶上。

根儿家　下午　外

香草出门来抱些柴草，走近院中的大草垛，这是关东特有的那种干草垛。

她猫腰抱柴草，突然发现草窝里坐着一个女人，不由得吓了一跳："啊，你是人是鬼？"

女人吓得急站起来，这时才看清楚她是个大肚子孕妇。由于恐吓着急，她竟然说出了日本话："别伤我，中国大嫂，我是……好人！"

香草一愣："啊？你是日本人。咋到这来了？"

日本女人用笨磕磕的中国话说："……我走迷路了，又身怀有孕，听说这村有接生婆，我就奔这来了，可走到这儿，就再也走不动了。"

香草："啊，那你就算找对门了。我就是接生婆。来，日本妹子，进屋，我给你看看……"

日本女人："谢谢……"

香草屋里　下午　内

香草把火盆拨得通红，使日本女人放松了几分恐慌。

香草："来，妹子，解开裤带，躺下，我给你……瞧瞧。"

日本女人比画："检查检查？"

香草笑着点头。

日本女人感激："谢谢。"躺下了。

香草为其检查："你呀，是个头生，这孩子不小哇，按理说早该生了，你懒月啦吧。哎哟，胎位不顺当，随时都可能生下来，日本妹子，你可不能再遥哪地走啦。看都见红啦。"

日本女人一见血，啊的一声叫起来，紧张得欲晕倒。

香草："啊，你晕血。妹子别怕，我把眼睛给你蒙上就好了。"说着从怀中掏出那个红盖头："来，用这个蒙上，再看血就不红了。"说着将盖头蒙在了日本女人头上。

日本女人："天，我要生了，这可怎么办？"

香草："别着急，就在嫂子这儿生。我保你大人孩子全平安。"

日本女人感激涕零："谢谢，大嫂真好。中国人真好。"

山路上　日　外

根儿骑着大叫驴急向家跑，边跑边惊恐地回头看着。

远远的后边，是策马追赶的日本骑兵。

西门一郎放下望远镜："哟西，终于发现了劁猪匠的身影，给我追！"

马蹄嗒嗒。

根儿家　日　外

根儿匆匆进院。

香草感到事情不好，急迎出来："根儿，咋了？"

根儿："糟啦！鬼子认着我了，快，把我藏起来。"说着往屋里钻。

香草："不行，屋里有人。"

根儿："谁？"

香草掩饰："一个……生人。"

根儿："这咋整？"

远处，日本马队后边又上来一批人。

香草想想："来，藏到草垛里，鬼子不易找。快，快快。"说着把根儿拥到草窝窝里，而后盖好干草。

香草欲离开，根儿突然伸出一只手："香草，给，上好的马粪包让我采来了，放好了，留着止血。"

香草接过来："唉，你呀。"

鬼子马队越来越近。

日本女人从窗棂露出眼睛，她看着，眼中露出惊喜，矛盾……

草垛 日 外

根儿睁大眼睛从草的缝儿向外看着：

只见鬼子马队包抄过来，西门一郎拔出战刀指挥："将这院子团团围住！你们几个，进屋，搜！"

三个鬼子进屋，骑马的鬼子兵一字散开，铁桶般将小院围了个严严实实。

不一会儿进屋的鬼子出来："报告队长，屋里没有劁猪匠。只有他妻子和一个孕妇。这是他的妻子。"说着把香草推到西门面前。

西门一郎——看香草："啊，我的认识你，你的，新娘的姐姐，说，劁猪匠的藏在什么地方。"

香草："太君，根儿真的没在家。"

西门："八格！劁猪匠的不交，炸弹，燃烧弹的给，我要把这里烧焦，炸平！"

火把熊熊，直逼草垛。

突然日本女人一声日语叫喊："慢着！"

日本兵惊讶："啊，有自己人？"

跑来的大肚子是日本女人东岛芳子，她大喊着："西门君，西门一郎！我是芳子！"

西门："啊，芳子，真是芳子？"他忘情地跑上前，摘开红盖头："是芳子，你还活着！"

芳子："活着，看，我给你怀上孩子啦。"

西门："啊，天皇赐福，我西门氏的根没断，我的根没断哪！芳子，我用礼炮迎接你。我用礼炮庆贺你！预备——"

芳子："慢着，西门君，别开炮，这中国大嫂是好人，大大的好人。恩人！"

西门："不，这是我的仇人！芳子，你让我找得好苦，快，跟我回家！上马。"

草垛里的根儿长长地舒了一口气。香草也有所放心。

可芳子未能上马便抱起了肚子，疼得大汗淌下来："……西门君，不好，我要生。"

西门兴奋地："啊，太好了，我马上调军医来，勤务兵，快去请军医。"

鬼子兵："报告队长，军医上前线了。"

西门慌了："啊，这可怎么办才好？"

芳子："求中国大嫂，快救我。"

屋里 日 内／外

芳子一阵痛苦地呻吟，继而头上渗出汗珠。

香草挺着肚子为芳子接生。

芳子边疼痛地叫喊边致谢："谢谢，谢谢中国大嫂。好好为我接生，我给你钱，多多的钱。"

香草："先救人。别说别的，日本妹子，你这是个头生，不顺当，你得做一个最不好的准备。"

芳子吓得发抖，撩开红盖头求情："大嫂，求求你，不要破坏我。不要报复我，我是好人。"

香草："妹子你多心了，干我们这一行先讲德：行，不看大人也得看孩子。再说，凭你刚才说情，没烧我们家，我也会好生对你。"

芳子："谢谢……谢谢……哎哟。"她已痛苦至极。

西门关心至极："你的，好好地接生，大大地有赏。芳子，别怕。"他下意识地拿开红盖头。

芳子一见又惊叫起来："我晕血，你不知道哇。"

香草反感地对西门："快把红盖头蒙上，啊，别在这搅和我们，你去，上草垛抱干草。"

草垛 傍晚 外

草根看着西门无奈地走过来，正欲搬开挡自己的那捆草，不由惊慌。

香草从窗棂看着，忽地意识到不妙，着急地一叫："慢着，不用你了。"说着跑到跟前。

西门警觉："你的不接生，出来做什么？"

香草："这边草有雪，太湿，得用这边的干草。"

西门疑惑："不对，你出来……还有事。"

香草看出西门一郎已引起了警觉，急说："啊。有事，撅个秫秸秆来，我好断脐带。快进屋，照看你媳妇。"说着强把他推走。

香草一边撅秫秸一边小声告诫根儿："千万别动。一哆嗦草垛就响。"

西门一郎感到有情况，对草垛有了具体的疑惑。

屋内 傍晚 内

香草为芳子做好一切准备，芳子疼痛难忍地叫起来。

香草："日本妹子，你已经难产，孩子是个横生。"

西门："你的说谎！"他还要去看草垛。香草："慢走，你过来自己看。"

西门走过来："芳子，是真的嘛。"

芳子："我真的难产啦！"

两门："啊，怎么办？"

香草命令西门："跪下，别动，烧香求娘娘。"

芳子叫喊："西门君，为了我们的孩子，你听中国嫂子的吧。"

西门无奈地跪下来。

芳子越发疼痛："不灵，中国大嫂，我……要疼死了。快救我。"

香草："我这不正想法嘛，妹子，最后一招，你得豁出去遭点罪儿。"她在窗棂上拴一个绳套："你用双手抓住绳子，咱俩一块使劲，我把孩子给你扯下来。"

芳子："行行。"她用手抓住绳套。

香草："抓住，千万别撒手。我使劲啦。"她用力向后拉，不料芳子未能坚持得住，一松手，把香草闪了个屁股蹲……

香草哎哟一声，急捂自己肚子："不好，我也要生了……"她想站起来继续为芳子接生，可是自己已经很难站起来，捂着肚子，咬住嘴唇。

芳子："中国大嫂，这可怎么办？难道我就这样死在中国了嘛，救救我吧。"

香草："妹子，我实在是站不起来了。"

草垛里，根儿一直听着屋里的动静，听到香草临产，他忘情地欲出来，草垛动了一下，立刻缩回去。

芳子还在喊："天，哪怕让我死，我也希望留下这个孩子，这是西门家庭唯一的一条根啦。嫂子，给我剖腹吧！"

香草："不行。我站不起来了。"她激烈地想着："大人孩子……两条命啊，妹子，事到这份只有一个办法。"

芳子："快说。"

香草："请我丈夫来，他是接生的高手。"

西门芳子齐说："啊，快请他来。"

香草："可我的丈夫就是你们通缉的要犯，你得保证，决不能伤害他。"

芳子："啊……我答应，不伤害他，我用生命担保，快叫他来。快呀！"

香草："他就在草垛里。"

草垛 傍晚 外

根儿已经钻出来。西门一看，下意识地拔出枪："果真在这……"

香草："不许开枪！伤了他，你老婆孩子全完啦！"

屋里 傍晚 内／外

根儿径直跑入屋内，一下扑到香草面前："香草，是你要生嘛，来，我给你接生。"

香草："慢着，根儿，我叫你出来，是先给她接生。"

根儿："她？西门一郎的媳妇。鬼子，我不管！"愤恨地欲走。

香草："根儿，你现在不是兽医，是人医，不是劁猪匠，是接生婆，你得按着接生婆的规矩办事。根儿呀，我还有一招没教你——接生则生，接死则死。为了咱俩的孩子，必须先接他的孩子，根儿，听我的，先接这个孩子吧。"

芳子哀求："大哥，救救我，救救我们两个人吧。"

根儿："好吧，我接。"他一指西门："那……得叫他出去！"

西门欲怒，芳子急了："西门君，你快出去！"

根儿在香草眼睛的威逼下，为芳子接生。他一展高超技能，手到病除，孩子顺利降生。一声婴儿的啼哭响彻山村。

屋外的西门听到孩子哭声，兴奋地喜极而泣。

根儿："妈的，是个小子！"

香草："日本妹子，看，你的儿子，你在中国生下个儿子。"

芳子甩下红盖头："啊天，西门氏有根啦。西门君，快来谢谢中国大哥。"

西门一郎已经进屋来，却用冰冷的枪口对准了根儿的脑袋："劁猪匠，这回你可以死啦！"

根儿突然把孩子拎起来，怒火中，随手从怀中抻出劁猪刀，直盯孩儿小鸡鸡。

香草艰难地站起来，大喝："根儿，别毁孩子！我们可以恨他爹恨他娘恨他们的日本国，可不能恨这孩子，孩子没出满月，还不叫人，只是一条小命儿，生命是没有罪的，生命是无辜的呀。"

婴儿啼哭如声声哀叫，善良的根儿犹豫了。

香草抱过孩子，交给了芳子。

西门愤愤地看着根儿，回想着自己被阉割的一幕幕，忽地又愤愤地把枪举起来。

芳子大惊："西门君，放下枪，咱已经许诺不伤他！男人说话算话。"

西门："男人？可我……男人的不是啦！我！我……"愤恨地欲扣扳机。

芳子："你不要向手无寸铁的人开枪！"

西门："枪，是他下了我的枪！你看，我的枪……没啦！"他刷地脱下裤子。

芳子啊地一声惊叫，蒙上惊恐的眼睛。

西门狠狠地扣动扳机。

根儿在枪声中缓缓地倒下。鲜血从胸前喷射出来。

香草长叫着扑过去："根儿，根儿，你是我的命根呀。"她用手捂住根儿的伤口，而后拿出止血的马粪包，为根儿止血。

根儿制止了香草的手，抓住了马粪包，小声地："香草，给我……已经没用了，她，大流血……"根儿顽强地站起来，将止血的药粉缓缓撒在芳子身上……

西门震颤了。

根儿轰然倒地。香草撕心裂肺的一声哭号："根儿，你还没见咱孩子……"

西门的良知受到了无言的自责，他再次举枪，向天上连开数发："啪。啪啪啪……"

屋门哐地开了，狂风呼啸而入。

那个红盖头被风旋起，吹出门外。

山上　傍晚　外

红旗招展，抗日联军大队人马黑云压城般向鬼子兵扑过来。黑莽子勇猛地向鬼子开战。

原野　傍晚　外

炮火连天，杀声阵阵。芳子抱着自己的孩子在战火中手足无措。

屋里　傍晚　内

枪炮声中，香草临产了，她大汗淋淋地自己爬上草堆。

一阵响亮的婴儿啼哭。香草生了。

她用自己的手为自己接来自己的孩子……她高高地举过孩子，笑得泪从眼角流出来。

香草抱着孩子趴在根儿的尸体上，喃喃地："根儿……你有根儿了，看看咱的小根儿吧……孩子，这是你爹，你爹……死了，放声地哭吧。”

婴儿的哭声仿佛血泪控诉。

香草：“孩子，给你爹指路，三条大道奔西南，爹爹你要走中间……”

婴儿哭声，撕心裂肺。

天空

那个红盖头仿佛根儿的魂灵，忽而飞起，忽而落地。

原野　傍晚　外

两军交战；枪声大作。

草垛、军车等被战火点燃了，熊熊烈火，映得山野通红。

交战双方，异常激烈，一时尸横遍野，血流成河……

血红的焦土　日　外

芳子解开怀，袒出乳房，忘我地奶孩子。

西门与黑莽子接火了。二人相见分外眼红。黑莽子一枪打中西门一郎。

西门没有倒下，反手向黑莽子举枪。

黑莽子中弹倒地，他用最后的力气将子弹打向芳子。握着枪，瞪着眼睛死去。

芳子的血染红了孩子的棉被，她依依不舍地将孩子放在了地上……

屋内　傍晚　内

香草撩起衣襟欲奶孩子……

突然，外面孩子的哭声使她不安地站起来，香草踉踉跄跄在走出屋门。

荒野　傍晚　外

红盖头如同一只风中的蝴蝶，飞到了芳子的头上。

芳子的婴儿哭声震天。

芳子睁开眼，借助红盖头，她看见眼前一片火红的世界。

红色中，她看见香草抱着自己的孩子来到面前。

香草：“日本妹子……妹子！”

芳子抓住香草的手：“中国大嫂，我不行了，这孩子……拜托啦。”

芳子流着泪死去。

香草将红盖头平整地盖到芳子脸上：“妹子，放心地回家吧，天下的妈都会把孩子当宝儿的……”

香草坦开衣襟，将两个孩子抱起来，奶在胸前……

婴儿哭声停了，夕阳中，香草与两个婴儿成为了一尊雕像，一尊受难母亲的雕像。

静静地原野中，西门一郎醒过来，他用最后一口气抬起枪……

乌黑的枪口对准了香草，准星在香草与两个孩子之间晃动着，久久。

枪，轰然一声响了。香草山峰一样倒下，顿时，显出了身后那轮刺眼的太阳。

火红的焦土上，尸横遍野，血流成河……

血泊中。两个孩子向前爬着。前方是一轮没有颜色的太阳。

婴儿的啼哭，渐渐化作乡间童谣：

干草垛，插大刀，

我的兵马济你挑……

狂风中，那个红盖头又在空中飞舞起来，它像一团耀眼的火苗，飞过高山。飞过峡谷，越飞越远，越飞越高……

——剧终

（与刘家声共同创作）

·电影文学本·

红旗照相馆

时　间　当代。
地　点　北方某中等城市。
人物表　杜师傅：红旗照相馆摄影师。
杜师娘：杜师傅的妻子。
蔡　斌：杜师傅的徒弟。
小红旗：流浪孩子，后被杜师傅收养。
小海棠：弃婴，后被杜师傅收养。
马晓华：小海棠生母。
韩艳萍：红旗照相馆员工。
谷春阳：蔡斌的同学，群众演员若干。

20世纪60年代末，北方的一个中等城市，在市中心有一个国营照相馆——红旗照相馆。红旗照相馆处于市中心十字路口的一角，二层楼，俄式建筑，十分显眼。在计划经济年代，人们能在照相馆照上一张照片，是一种奢望，也可以说是一种仪式。出生时照上一张百岁照，上学时照上一张学生照，当兵时照上一张入伍照，结婚时照上一张新婚照，家人团聚照上一张全家福，甚至去世的也会在这里放大一张遗像。几张照片就打发了人生，现在想想，有些不可思议，但那时候就是那样。照相馆的门口有一个落地橱窗，如果谁的照片被选中放大摆在里面，就能成为小城的明星。那时能选中被摆出的照片，并不只是俊男靓女，还有一种人物，那就是劳动模范。

红旗照相馆的著名摄影师杜师傅的照片，就被摆在那里。他消瘦的身材，慈眉善目，胸前挎着海鸥牌相机，照片下面打着一行字，全国劳动模范，这张照片成了照相馆的金字招牌。

杜师傅是全国劳动模范，五八年曾进京参加全国劳模表彰大会，在北京受到伟大领袖毛主席接见，这成为他生命中最为难忘的时刻。但遗憾的是当年和毛主席合影的照片和底版都找不到了。这件事他逢人就说，见人就讲，形容那张照片的情景，由握手到亲切握手，每次说起来都绘声绘色，所有听过故事的人都为不能亲眼目睹这张照片感到深深地遗憾。

在杜师傅照片旁边，还摆着一张尺寸小一点的照片，上面写着“市劳动模范”，照片中一个穿着朴素的妇女胸戴红花笑容灿烂，她就是杜师傅的爱人，是隔壁菜市场的售货员，由于也姓杜，馆里的人都亲切地称她为杜师娘。据说这张照片是杜师傅亲手为她照的，并亲自用手工为照片上了色，嘴唇的颜色格外的红，从那时他们开始认识，以照片为媒恋爱结婚，俩人结婚多年没有孩子。

照相馆的后院有个十平米的小屋，那就是杜师傅的家，他跟老伴长年馆里吃馆里住。两个劳模组成的家庭，生活方式有些不一样，白天照相，晚上休息加值班。照相馆的青年人经常到他家里喝个水、蹭个饭什么的，这就是他们生活的常态。杜师傅有个徒弟，蔡斌，今年二十多岁，是馆里的正式员工，他兄弟四个，由于三个哥哥全都上山下乡，他被留城分到了照相馆工作。

蔡斌认为自己的家庭出身不太好，在填表时总是故意地把“中农”填成“下中农”，并经常跟人解释说其实我家的成分真是下中农，只因当年评定成分时，隔壁地主家里的一头老母猪带着八个崽儿跑到我家院里，算到了我爷爷的头上，为此戴上了中农的帽子。

蔡斌由于家庭出身不佳，因而对自己要求非常严格，很有上进心，尤其是拜杜师傅为师之后，他处处以师傅为榜样，经常把学习心得挂在嘴上，由于有点文化，常为师傅写发言稿，杜师傅总觉得他的稿子写得有点太革命，他却坚持只有又红又专才能更加完美地塑造出杜师傅的光辉形象。杜师傅经常被请去做报告，每一次做报告时，他都会脱开稿子，讲和毛主席合影的那张照片。蔡斌总是为杜师傅拎包倒水服务左右，他最爱听别人赞美他的一句话是红色接班人。

一天，杜师娘在菜场卖肉，听到有人喊抓小偷，一群人追着一个十多岁小男孩满菜场跑，最后把小男孩堵在了墙角，小男孩背靠着墙，脏兮兮的小脸蛋上一双大眼睛骨碌乱转，他当着所有人的面把偷来的烧饼塞进嘴里，菜场的执勤人员动手打了他。杜师娘制止了他们的行为，并自掏腰包把烧饼钱补上。

第二天中午，杜师娘刚打开饭盒，发现有双眼睛盯着自己，柜台外的小男孩正眼巴巴地看着她，杜师娘掰了半拉馒头给他，他不要，转身跑开。一天，杜师娘下班的时候，小男孩出现在照相馆门口，杜师娘问他，有家没有？小男孩闭口不答。杜师娘把他领到了家里，特意还炒了两个菜，拿起筷子来小男孩毫不客气，狼吞虎咽地吃起来。下班回来的杜师傅，看到眼前的一切惊呆了。他埋怨老伴儿，此事做得太冒失，小男孩吃完饭，一抹嘴扬长而去。阅人无数的杜师傅对这孩子的举动百思不得其解。

饭后杜师傅总爱到大院收发室与蔡斌的爷爷杀两盘。蔡斌的爷爷常年在大院收发室看收发，对每家每户的情况都很熟悉。那个年代的收发室也是是非之地，也算是有点特权的地方，来个电话叫不叫，黑板上通知怎么写，送奶的，送报纸的，送信的，送杂志的，都要由他分发。甚至自行车打气的气筒子都归他管。退休的、没事的、侃山的，全都集中在这个不足十平米的小屋内。蔡斌的爷爷也是一个特能侃的老头，张家长、李家短没有他不知道的，对于照相馆来了个野孩子他也有自己的看法，提醒杜师傅千万不要引狼入室。

一天早晨，还没上班，杜师傅就发现，有人在打扫院子。杜师傅赶紧起床，一看就是这个小男孩。杜师傅警觉地暗中观察着，见小男孩扫地、打水、擦楼梯，干起活来十分麻利。这位不请自到的不速之客成了照相馆一个话题。这个给块馒头，那个给块饼，人们开始接受他，并送给他一个好听的名字，小红旗。偶尔一天，没见到小红旗来照相馆，大家反而觉得少了些什么。人们由接受他到喜欢他，从此不再对他设防。值班室里有一张床，有时小红旗甚至还会睡在这里。尤其是一些老职工，拿来孩子不穿的衣服，给他换上。最搞笑的是没经过馆里允许，他经常把一个执勤的红袖标套在自己的胳膊上，那会儿显得格外神气。

小红旗虽然没有正经读过书，但非常聪明，对感兴趣的事情从来都是过目不忘。杜师娘非常喜爱他，形象地称他的眼睛就是照相机，大脑不仅能显影而且能定影，有用的事全能记得住，时常说这孩子将来肯定有出息。杜师傅对她的评价嗤之以鼻。小红旗到照相馆的第一天，就对照相产生了浓厚的兴趣，他经常躲在一边观看到杜师傅工作，盯着镜头瞪大了眼睛，眼神充满了惊奇与渴望。杜师傅为了启发顾客的笑容有时会背上一段毛主席语录，念上一段毛主席诗词，甚至跳段“忠”字舞，总之，小红旗每当看到这些都感到格外的新鲜。师傅不在的时候，他会摸进照相室，对照相机进行探密，最神奇的是他能把照相机各个机关和操作方式熟背下来，偶尔间，不经意的时候说出一句术语，令所有人感到意外。

一天傍晚，照相馆的员工都下班了，窗外飘起了小雪，小红旗一人正在照相室里摆弄照相机，屋外传来一阵敲门声，小红旗打开大门，见一位妇女站在那里，她戴着一个大口罩，昏暗的灯光下，只能看见她那双睫毛上挂满冰霜的眼睛，她怀里抱着一个孩子，想给孩子照一张百岁照。小红旗告诉她，今天下班了，明天再来。她说，杜师傅不就是住在后院吗？求他帮帮忙吧。你是小红旗吗？小红旗为被对方认出感到很有尊严，瞬间他像主人一样把这位妇女迎到屋里，告诉她，师娘住院了，杜师傅去医院陪她了不在。那位妇女求小红旗帮忙，今天一定要照上相，小红旗告诉她，开票的不在，照相的不在，照片肯定照不了。那位妇女说，开不了票，我来取照片的时候把钱再补上，你帮我请一位照相的师傅就行。小红旗看到她焦急的样子于是做了个大胆的决定，让那位妇女躲在毯子下，用手扶住自己的孩子，他也用照相机的黑布蒙住了自己的头，学着师傅的样子，开始了他平生第一次为别人拍照，他按下了快门。一切进展得顺利，当他从黑布里钻出来时发现，毯子下的妇女不见了，旁边还放着十元钱。孩子“哇哇”地哭着，小红旗焦急地抱起了孩子追出照相馆，马路上人去匆匆，早已不见那位妇女的身影，小红旗知道自己闯下了大祸。

照相馆里拾到了弃婴，这件事情在照相馆里炸了锅，有报警的，有向上级领导汇报的，有建议把弃婴送到孤儿院的，还有人建议，把弃婴和小红旗一起送到孤儿院，一时间小红旗成了众矢之的，尤其是上级机关，对红旗照相馆出现这样的事情十分不满，一天，机关派干事来到照相馆召集现场会议，见面才知道，他正是蔡斌的同学、班长谷春阳。蔡斌见到老同学由农村返回城市并调到自己的主管部门，格外高兴，他热情地跟谷春阳聊起了往事，可谷春阳的淡漠使两人之间产生了距离。会上首先杜师傅做了检讨。谷春阳听取了汇报，对小红旗这种做法进行了严厉批评，批评的是小红旗，实际上不满的是杜师傅。

为了寻找弃婴者，小红旗被叫到了会议室，领导盘问他，对方留下什么证据没有，小红旗掏出十块钱和一块包孩子的红布，红布上面写着两个字“深挖”。在场的公安干警说，这肯定是从标语上扯下来的，“洞”字被撕下去了，应该是“深挖洞”。杜师傅对毛主席语录倒背如流，他职业性地脱口而出，下一句应该是“广积粮”。领导急了，还广积粮呢，多一个小红旗吃得就紧张，这又多了一口。

警察问小红旗还有什么证据，小红旗拿出那张他亲手拍的照片，在场的人全都惊呆了，杜师傅问小红旗，这是你照的？小红旗告诉杜师傅，我照的，我洗的。你们不是要找证据么，你看这毯子下面就是那个女人的手。馆长更加恼火，指着杜师傅的鼻子说，老杜啊老杜，你看你把这孩子惯成什么样，从照相室到暗房，没有祸害不到的地方。馆长看了照片又说，不过这焦点比蔡斌照得还实。谷春阳接过照片，看了看，冲蔡斌说，你都学什么了？蔡斌觉得丢了面子，很郁闷，没说话。杜师傅气坏了，尤其是听说小红旗动了他的相机，他简直不能容忍，说这个照相机是我们照相馆的传家宝，它要是出现了问题，全馆的工作都得停止。杜师傅要求公安局必须要把小红旗送到他该去的地方。公安局把小红旗送到了孤儿院。临行前，杜师娘有些不舍，要求老伴儿给她和小红旗照张合影。

为了挽回面子，头脑灵活的蔡斌给报社写了一篇稿子，题目为《全国劳模收养弃婴》，他把坏事变成了好事，把事故变成了成绩。杜师傅和红旗照相馆的名字又一次引起社会热议。照相馆和杜师傅双双受到了表彰。照相馆添人进口了，组织上也为杜师傅解决了一点粮油补助，蔡斌由此在大家的心目中也提高了地位，杜师傅为有一个这样的徒弟也感到骄傲。

小红旗照的那张照片也被放进了橱窗，成为寻亲启事。从此，寻找孩子他妈成为照相馆的全体任务，每当有单身女人走进照相馆，他们都会投去疑惑的目光。

一天，照相馆新分来一个女员工，韩艳萍，此人眉清目秀十分漂亮，平时凡人不理、体弱孤傲，人们私下里给她起了个外号叫林黛玉。她被分配在前台收款、开票，是一个既重要又轻松的岗位，看得出她一定有家庭背景。蔡斌很欣赏韩艳萍，把弃婴的事情告诉了她，让她在开票的时候对单身女子加倍留意。

韩艳萍工作不久就告诉领导自己怀孕了，为保胎她经常请假，后来人们才知道，她是该市服务局副局长的独生女。

春节，蔡斌、谷春阳的同学臧国良从部队回来探亲，他把城里、农村的同学全都约在了一起，搞了一个同学会。聚会上蔡斌才知道，谷春阳与一起下乡的同学马晓华已经分手，而现在的爱人正是他的同事韩艳萍。他回城的名额，也是韩艳萍的父亲帮助办理的。这次同学会，马晓华成为中心，她学习好，对待自己要求严格，是青年点的小组长，几次把回城的指标让给别人，因此在青年点里有较高的威望。一个知青喝醉了，拉着谷春阳，拽着他的脖领子打了他，骂谷春阳，你这个狗东西，就是个白眼狼，就是个陈世美，为了回城，你娶局长的女儿，卖身投靠，出卖灵魂，你知道吗，马晓华为你得了一场大病，失踪半年，全青年点都找不到她，我们都以为她死了，最后她又坚强地活过来了。谷春阳私下里问马晓华得了什么病，马晓华神情闪烁，岔开话题。

孤儿院老师在为孩子们读报纸，学习蔡斌的那篇文章，小红旗越听越感到失落。他把他亲手照的弃婴的照片贴到了孤儿院的布告栏上，并和所有的孩子吹牛，这张照片是他照的。

蔡斌的媳妇刘一刀在菜市场卖肉，是杜师娘的徒弟，同时杜师娘又是她跟蔡斌的媒人。刘一刀身体好，能干，一人扛起半扇猪，一口气能登上五层楼，她看上去五大三粗，可为人处世实在、善良。她有个三个月大的儿子，每天中午都回家给孩子喂奶，自从照相馆拾到弃婴之后，她回家总会拐个弯儿到照相馆里看看杜师娘，帮她料理料理家务，有时赶上孩子在，她会毫不犹豫地撸起衣服喂上两口奶。刘一刀身体好，奶水足，有时还挤出半碗，留着晚上让孩子饿了喝。

从来没有过孩子的杜师傅和老伴儿，看着孩子十分喜欢，生活节奏完全改变，说是孩子出生了，不如说他俩获得重生。杜师傅时而会产生侥幸心理，如果孩子的妈妈不来认领，这孩子就归他了。

一天夜里，一个围着长头巾的女人，在照相馆门前放下了一箱奶粉，刚要离去，被躲在电线杆子后面的小红旗紧紧地抱住了她的腰。小红旗拼命高喊，来人呐，我抓住了扔孩子的女人。女人拼命地挣脱了，在挣脱的过程中，口罩掉在地上，露出面容，她就是马晓华。马晓华的形象在小红旗的脑海中深深地留下了影子。杜师傅杜师娘和值班的人员都跑了出来。杜师傅问小红旗，为什么没有待在孤儿院出现在这里？小红旗只冷冷地说了一句，替你姑娘找妈。说罢扬长而去。杜师娘十分理解小红旗此时的心情。

奶粉这件事为全馆寻找弃婴的母亲带来了新希望。馆长告诉值班人员，一定要加强监守，从那天晚上之后，小红旗几乎每天都出现在照相馆门前。寒冬腊月，北方天冷，深夜他会躲进门斗，通过门缝向外观望。最后他想出一个办法，用电阻丝自制了一个电炉子，拉到门斗里取暖，他开始在那里守夜。一天，他睡着了，电炉子燎着了草垫，几乎酿成大祸。照相馆的值班人员受到了处分，孤儿院的值班人员由于管理不严也受到了处分。

谷春阳私自来到了插队的青年点，找到了马晓华，他总疑惑在那半年里到底发生了什么。马晓华闭口不谈。谷春阳开始怀疑她有什么事情瞒着他。

小红旗成了孤儿院的孩子王。这里有一个患有先天性心脏病的小女孩，她听小红旗描述照相馆、相片等等事情的时候，眼神中充满了渴望。小女孩说，我从来没有照过相，如果我能照一张照片贴在这里，即使我死了，它也会等到爸爸妈妈来认领我。小红旗听完她的话，心中一阵酸楚。

小红旗做了个大胆的决定，他趁着夜色又一次翻出了孤儿院的围墙，来到照相馆。值班的蔡斌睡着了，小红旗从天窗跳进照相室，把杜师傅的一个德式蔡司 135 照相机偷了出来，带回孤儿院。更令他兴奋的是，相机里装着胶卷。

照相馆丢了相机，杜师傅向公安局报案，通过勘察，没有发现什么痕迹，奇怪的是，第二天，照相机又被放回了原处，杜师傅打开暗盒一看，胶卷没了。他开始怀疑小红旗。

蔡斌在暗房里发现一卷胶卷，照的是孤儿院的孤儿，可打头一张是杜师娘和小红旗的合影。他全明白了。一天孤儿院里的一个老师来取照片，被照相馆扣留。蔡斌为了师傅也为了照相馆，不想把事情弄大，他又写了一篇稿子《我眼中的师弟》，并配了几张孤儿院的照片，发表在报纸上，他把小红旗偷相机演变成一个动人的爱心故事，使孤儿院名声大振。当然在文章中也夸大了蔡斌自己的作用。孤儿院发现小红旗是个苗子，决定出资把小红旗送回照相馆，交给杜师傅培养。杜师傅面对这一切无语，小红旗就这样，又一次回到了照相馆。

自从小红旗回到了照相馆，杜师傅的家庭生活公私就更分不开了，说是杜师傅收养了小红旗，莫不如说小红旗找到了一个欢乐的大家庭。只是小红旗胆子大，性格野，经常不听话不服管，杜师傅对此很是头疼。老两口背着小红旗经常拌嘴，杜师娘希望杜师傅能再对小红旗好一点，而杜师傅认为小红旗身上有致命的毛病，很难成材。杜师傅看好蔡斌而杜师娘却始终看好小红旗。

杜师娘由于带孩子没有经验，女婴经常生病，小红旗在孤儿院里却学到了一些育婴的本事，有时做起事来比杜师娘还内行。小红旗时常会对听不懂话的婴儿讲，我知道你妈长啥样。所谓一个孩子看书养，两个孩子当猪养，小红旗回来之后，女婴也显得皮实多了。

春天来了，小红旗在杜师傅家门前种下一棵海棠树，杜师娘给弃婴起名海棠。杜师傅让小红旗抱着女婴站在树旁，给兄妹照了一张合影。

海棠树越长越高，十年的时间过去了。十岁的小海棠已上小学三年级，入学时，别人都交上一张六七岁的照片，只有小海棠把那张百岁照交了上去。小海棠虽说生在照相馆，但从不照相，不管谁来劝说，她都不给面子，杜师傅为此没少生气。人们越夸她漂亮，她越不照，有时会对着镜子跟自己说话，说笑容是留给自己的，不是假惺惺的照给别人看。别看她自己不照相，她却有一个古怪的习惯，把照相馆里没人认领的照片全都收集在一起，藏在一个鞋盒子里。韩艳萍知道她这个爱好，经常会把一些过期没人认领的照片悄悄送给她。

蔡斌的儿子菜包子是她的同学，韩艳萍的儿子谷亮亮早上一年，也是她的同学。一天放学路上，谷亮亮骂小海棠没爹没娘，惹来了蔡斌的儿子菜包子一顿毒打。事后韩艳萍带着孩子找到了蔡斌家，蔡斌的媳妇赶忙道歉，蔡斌当着韩艳萍的面，把儿子狠狠地打了一顿。蔡斌媳妇刘一刀心疼儿子，在韩艳萍走后和蔡斌吵了起来。

转天小海棠当着蔡斌的儿子和韩艳萍的儿子说了一番话，令两个男孩目瞪口呆。小海棠平时话不多，说话噎死人。小海棠问蔡斌的儿子，你知道你爸为什么当着他妈打你么？菜包子摇头说不知道。又问韩艳萍的儿子，你知道他爸为什么当着你妈打他么？韩艳萍的儿子也说不知道。小海棠说，因为他爸喜欢你妈。三个孩子的关系立刻变得复杂，也显示出小海棠不像两个幸福家庭的孩子心里那样单纯。回家后，两个男孩把小海棠说的事都告诉了父母。童言无忌，而大人却开始走心了。

十年后的小红旗已经长成大人样，人好技术好，为他提亲介绍对象的人越来越多，甚至有些女青年主动地来到照相馆照上一张照片，其主要目的是为了相人，见面。那个年代没有手机，更不可能互发短信，年轻人谈对象，照片成了主要的媒介，小红旗收到的照片足有一鞋盒子，其中有幼儿园阿姨，学校老师，医院护士。也许是职业的特点，每天下班后，小红旗都会为这些黑白照片涂上颜色，能退还的就退还回去了，找不着人的继续保留，从不联系。后来这些人都成了蔡斌的关系户。

小红旗在日常生活中发现小海棠越来越叛逆，小海棠平时很少与他人交流，只有和小红旗能保持沟通。红旗联想起童年时的自己，他下定决心帮助海棠。他经常挂在嘴边的一句话是，你的亲妈一定会找到，我知道她长啥样。杜师娘对这话并不那么敏感，而杜师傅则不同，他有时甚至怕有人来认领海棠，因为小海棠长得越来越可爱了。

1978年已经恢复了高考，许多青年人都有大学梦，蔡斌和韩艳萍也不例外，他们都跃跃欲试，为成人高考做准备。那时高考的话题多消息多，找同学通过关系划选题范围，非常活跃，为此韩艳萍和蔡斌经常通气，相互打听消息，夜晚一起复习，带来了双方家里很多的猜疑和不放心，不过蔡斌对韩艳萍也确实有些暧昧。韩艳萍为了避嫌，鼓动红旗也参加复习。可是红旗一开始没有那么多的闲余时间，因为最初小海棠刚上学的时候，杜师傅就把辅导任务交给了蔡斌，蔡斌根本没有心思去辅导一个孩子，于是把任务转嫁给小红旗，起初杜师傅还防着小红旗，怕小海棠跟着他学坏，后来他发现，小红旗辅导得十分认真。为了更好地指导小海棠，他把一年级到五年级的课程几乎全部背了下来，从中自己也受不少益。

蔡斌、韩艳萍通过跟小红旗一起复习高考题，发现了他惊人的记忆力，小红旗在自习的过程中，心里也渐渐地自信起来。那是一个知识改变命运的时代，哪个年轻人都不肯放弃这个机会，尤其是小红旗，他深知这些来之不易。他买了一箱面包，用热水器煮咸鸭蛋，经常是把自己往屋里一关，几天不出门。那时诸家刚刚有电视，日本电视剧也播出的十分火爆，全院一台电视，晚上播出时，男女老少围着很多人观看，小红旗在屋里强忍着性子不出去，直到听着人们散去，他才能安定下来，进行复习。

在农村青年点的马晓华也没有放弃这次机会，挑灯夜战、刻苦复习，准备迎接高考。

杜师傅看他们整天学一些跟业务不相关的事情，格外地着急，但对年轻人的志向又不好阻拦。高考就要开始了，需要单位推荐信，蔡斌和韩艳萍都顺利地报上了名，小红旗的推荐信遇见了麻烦，由于他不是照相馆的正式员工，组织上无法出信证明，杜师娘认为对待小红旗不公平，上下找遍了所有认识的领导，包括韩艳萍的父亲，但这个问题还是没有解决。小红旗十分绝望，蔡斌和韩艳萍考试并不顺利，那时文科必考的科目是语文、数学、政治、历史、地理一共五门，韩艳萍的政治不过关，蔡斌的地理是弱项，于是蔡斌有个大胆的想法，让小红旗代考，而这两门都属于死记硬背的，小红旗把范围内的考题几乎都能倒背如流。替考一事也正应了小红旗想自我实践走入考场的梦想。就这样，他们把想法大胆地付着实践，为蔡斌替考顺利过关，为韩艳萍替考当场被抓住，在监考老师的追问下，小红旗如实交代，俩人双双落榜。

马晓华却在这次高考中脱颖而出，她考上了全省重点大学，也成了“文革”后知识青年中的首批大学生。

杜师傅为了让蔡斌钻研业务，在家里举行了一个收徒仪式，准备正式收蔡斌为自己的徒弟。杜师娘建议杜师傅把小红旗也一起收下，蔡斌认为不妥，他觉得自己才是杜师傅的真传，而小红旗应当算自己的学生。小海棠向着小红旗说话，最后收徒仪式不欢而散。

杜师傅到大院收发室找到蔡斌的爷爷喝闷酒，他对老伴建议自己收小红旗为徒十分不满，老蔡头对此却有另一番解释。他认为，通过观察，这个野小子还真不错，比他的孙子蔡斌强。老蔡头经常提醒杜师傅，蔡斌这孩子不太实诚，教他的时候要留两手，别教会徒弟饿死师傅。杜师傅对老蔡头的看法总是不以为然。

1979年军人要去老山前线，三十多岁的臧国良在上战场之前与妻子结婚登记，他们来到红旗照相馆，想请杜师傅照一张新婚合影，杜师傅为了培养徒弟，把蔡斌推到了前面，说你们是同学，让蔡斌为你们照更有意义，我来做指导。蔡斌为他们照了一张结婚照，不料在暗房里小红旗因错开灯使整个底板曝光。

臧国良的妻子来取相片时才知道，照片报废了，可此时臧国良的部队已经向南开拔。臧国良的妻子大怒，韩艳萍在前台诚恳地向她道歉，并谈补照或退钱，对方不肯，并宣称什么全国劳模，我看你们对顾客一点也不负责。臧国良的妻子把事情告到了服务局，谷春阳得知了此事，严厉批评了照相馆馆长以及杜师傅，杜师傅几十年无事故的纪录被打破，成了照相馆的大事件。

小红旗自知闯了大祸，胆战心惊地去找杜师傅承认错误，杜师傅十分生气，他说从小到大你犯过多少错误我都能原谅，可这件事确实给照相馆抹了黑，因为这个新婚照不是一般的新婚照，新郎是即将走向战场的军人，事故无法弥补。你现在已经成人了，早该自立，为这件事情你必须主动申请离开照相馆。

小红旗写了申请，真的离开了照相馆。他用所有的积蓄，租了一架海鸥牌照相机，找到了臧国良的妻子，央求着为她进行补照。他想约臧国良的妻子跟他一同去云南前线，找她的丈夫，可这件事情，在当时简直就可以说是天方夜谭。要想到部队，而且去前线补一张照片是根本不可能的事情。

小红旗找到了韩艳萍，韩艳萍找到她的父亲，她父亲为此很感动，通过关系在部队找了一位老首长，最终同意他们搭乘后勤送给养的火车到云南去见臧国良。一路艰辛，一路感动，在去前线的路上，小红旗和臧国良的妻子加强了沟通，相互谅解。最终他们在云南昆明火车站的站台上，见到了臧国良，一身戎装的臧国良整装待发，见到妻子格外激动，当妻子扑向他怀抱的一瞬间，小红旗揿下了手中相机的快门。这张独特的结婚照，转日被刊登在全国各大报纸的首页。

这张新婚合影同样也摆到了照相馆的橱窗里。那时，市民非常关注前线的情况，在《十五的月亮》的歌声中，照相馆门前被拥挤得水泄不通，大家都来欣赏这幅著名的作品。小红旗被市服务局领导请了回来，还为他报销了这次补拍的所有费用，并正式批准他为红旗照相馆的员工。

副馆长要退休了，馆长提名让杜师傅接任副馆长，上面领导的意思还是希望有个年轻的接班人。于是蔡斌、韩艳萍、小红旗都成为这次副馆长的候选人，全馆大会画“正”字，蔡斌和小红旗遥遥领先、票数相同，难决胜负，最终，韩艳萍把手中的一票投给了小红旗，小红旗胜出。

可没过多久，当正式任命下来时，名字却变成了蔡斌。全馆员工不解，韩艳萍更是诧异，回家告诉丈夫谷春阳，最终在韩艳萍的父亲那里得知，让蔡斌担任副馆长是副市长的意思。因为一次副市长带着父母来照全家福，蔡斌抓住这个机会，毛遂自荐向副市长汇报，自己是红旗照相馆的员工，杜师傅的接班人，并把那幅前线新婚照说成了自己的作品，打动了副市长，副市长认为他是一个有情怀有责任感的年轻人，通过接触，蔡斌给副市长留下了极其深刻的印象。

杜师傅对蔡斌的这一举动十分生气，心里开始倾向小红旗了。他特意在橱窗里的前线新婚照下边，写上了摄影师的名字——小红旗。这也是杜师傅首次向蔡斌“宣战”。

杜师傅来到了大院收发室，气得脸色铁青，向老蔡头叨咕起蔡斌的事。老蔡头劝说杜师傅，这都是意料之中的事，还别说你是师傅，我这亲爷爷怎么样，想当年他入共青团的时候，就为个家庭出身差点儿跟我决裂。

蔡斌找到馆长，说如果要算作者，也不能只署小红旗一个人，应当算我俩的作品，没有当初他报废我的照片，也就没了后面的照片，何况臧国良还是我的同学，发表照片的文章也是我撰写的。馆长为了平衡关系，在红旗的后面加上了蔡斌的名字。师徒三人的关系开始紧张了。尤其是当上副馆长的蔡斌和所有人的关系都发生了微妙的变化，师傅感觉到了，小红旗感觉到了，全馆的员工都感觉到了。

师傅毕竟是师傅，他那一套照相的技巧，在改革开放初期确实显得有些落伍。小红旗在继承师傅技术的基础上，又发展了新的一套，蔡斌想用小红旗来打压师傅，为此制造了不少的矛盾。师傅起初认为小红旗的创新很好，但通过蔡斌的挑唆，他心里越想越不是味，对小红旗的成见日益加深，使小红旗感到格外地委屈，去找杜师娘诉说。师娘把这一切早已看透，并安慰小红旗，老老实实做人，踏踏实实做事，将来能接师傅班的人，只有你。蔡斌跟师傅的关系越来越紧张，他一边打压师傅，一边在业内树立自己的威信，到处讲课，到处收徒，结识了不少社会人。那时，社会上刚流行名片，他在自己的名片上除了印上职务，还印上了非常夺目的五个字，“著名摄影师”，让杜师傅看着很不舒服。

1982年改革开放初期，刚刚打开国门，在迎来新鲜空气的同时，苍蝇和蚊子也飞了进来。蔡斌因在暗房里偷看黄色录像被举报，并惊动了公安机关，蔡斌不知所措，最终他找到小红旗帮忙，希望小红旗能替自己把看录像的事情顶下来。蔡斌的回报条件是主动找师傅认错，恢复师徒关系。小红旗答应了，他只想为师哥顶雷，没想到顶了这么大一个雷，小红旗被公安机关拘留审查，最终在馆领导的帮助下以证据不足获得释放，但从此名声扫地。

小红旗的这个班房也没白蹲，他结识了几个公安局的朋友，因为他为小海棠寻亲的念头一直没有灭，经常会用业余时间到公安局去打听外来人口的消息。那时外来打工的人员逐渐多了起来，钉鞋的，弹棉花的各类人等，小红旗看到每个可疑的女人都不放过。一次，一个骗子走进照相馆，那个骗子说，自己就是小海棠的妈，被他当场戳穿。

在他的脑海中，总呈现出当年那个晚上，那个女人的形象。尤其是他了解到公安局里有一种画像破案的手段，他十分惊喜，向画像人讲述了抛弃小海棠的那个女人的形象，公安局画出了一个马晓华，蔡斌一看惊呆了，把这张牌紧紧藏在手里，因为他知道，这一定会牵扯到谷春阳和韩艳萍。他从此对小海棠的态度有了转变，但这件事情，他对任何人都没有吐露，包括他的媳妇刘一刀。

1986年蔡斌当上了馆长，劝杜师傅退休。这时服务局盖了新宿舍，要分房子，给了照相馆几个名额。杜师傅问蔡斌小红旗能不能参加分房，蔡斌的回答是不能，因为资历太浅。杜师娘给老伴出了个主意，把小红旗的户口落在自己的户口上，这样房子的面积就可以大一些，到时让小红旗跟我们一起住。考虑到杜师傅是全国劳模，事业上也需要有人继后，组织上答应了他的要求。杜师傅和老伴儿四处找人，正式地认小红旗为自己的儿子，并通过公安局为红旗补办了户口，在户口上小红旗改名为杜红旗。小红旗的名字登上了杜师傅家的户口本，户主“杜友才”，杜金凤，与户主关系夫妻；杜海棠，与户主关系父女；杜红旗，与户主关系父子。小红旗无比激动，从此真的有了家，也真的有了妈。从那天起，他叫杜师娘叫“妈”了，管杜师傅还是叫师傅。

已大学毕业的马晓华由县委调到市委工作。马晓华返城的消息没有告诉任何人，非常低调。

1986年全国开始普及身份证，照相馆照证件照片，忙得不亦乐乎。十八岁的小海棠已长大成人，她还是拒绝照相，把那张百日照又贴到了办身份证的证件上面，结果被退回。小红旗和她吵了一架，并告诉她身份证非常重要，小海棠还言道，身份都没有，要证还有什么用。

小红旗发现小海棠越来越叛逆了，他下决心帮助她从阴影中走出来。到了高考的年龄，菜包子和谷亮亮全部报考大学，只有小海棠不报，小红旗劝说她，两人发生了激烈的争执。小海棠甚至埋怨小红旗当年就不该捡她，我有现在的命运，你是罪魁祸首。小红旗告诉她，别人放弃我们，可以，我们不能自己放弃自己，否则你就会伤了所有人的心。小海棠开始与小红旗反目，开始与杜师傅和杜师娘反目。杜师娘十分伤心。

收发室的蔡大爷去世了，杜师傅退休后准备去接他的班。小红旗建议蔡斌在师傅退休前为师傅举办一次影展。蔡斌态度很不积极。小红旗当众顶撞了他。两人矛盾逐步升级。后来市里突然来了一个通知，要求照相馆为全国劳模杜师傅举办一个退休摄影展。蔡斌以为是小红旗背后告了他的状，其实小红旗并不知道事情的内幕。是马晓华得知消息后，暗地里支持了这项活动。

影展活动举办得很别致，地点选在照相馆门前的十字路口。小红旗把仓库里存放的所有照片都洗印出来，由于市政府提前在报上发布了消息，展览的当天许多有红旗照相馆情结的人都来到这里，其中包括红旗照相馆几代员工。

用笔上色的照片虽说没有那么好看，但带有明显的时代痕迹。一群中老年妇女在核对着自己年轻时的照片，她们其中有成功者，有普通人，看上去都生活得很幸福。孩子的一些百岁照吸引了一群男人的围观，其中一位中年人指着照片上露着“鸡鸡”的男孩说“这就是我”，并感慨地说，中国人的百岁照寓意很美好，预示着我们能幸福地活到一百岁，我今年才三十五，还有六十五年呢。参观的人都遗憾，没有看到杜师傅和毛主席握手的那张照片。杜师傅又兴致勃勃地讲起了当年的往事。

杜师傅办影展的同时，小海棠把她收集来没人认领的照片摆满了自己的房间。她对着这些照片自言自语，他们是人找照片，你们是照片找人，你们真可怜。她冲着一个学生模样的男孩说道，我听说你照完这张照片就被枪毙了，你的妈妈也没有勇气活下去。那你为什么还给这个世界留下一丝笑容？死很幸福吗？在那边等着我，有机会我嫁给你。她这自言自语的举动，让背后撞上的杜师娘毛骨悚然。杜师娘从此决定，一定要为小海棠找到她的妈妈。

八十年代中，因为日本人发明了傻瓜照相机，从此傻瓜也成了摄影师。来照相馆洗照片的越来越多，照相的越来越少。红旗照相馆开始亏损，作为曾经红极一时的国营单位，如今成为社会的包袱。

杜师傅到收发室去上班了，杜师娘开始四处寻找小海棠母亲的踪迹。杜师傅为了感谢市领导，掏钱做了一面锦旗，让小红旗送到市委。在市委，小红旗偶遇马晓华，他一眼就认出，她就是十八年前弃婴的那个女人。马晓华没有认出小红旗。小红旗看到马晓华后，心中翻江倒海，但表面上不动声色，没有声张。他要暗地里了解马晓华的身世。

小红旗到了农村，到了县城，了解到她和谷春阳的关系，也知道了他们都是蔡斌的同学，了解到马晓华的父母是老红军，了解到马晓华至今未嫁，单身一人。

蔡斌的儿子蔡包子追求小海棠，蔡斌的媳妇对小海棠也十分喜欢，可是小海棠没有一点感觉。小海棠不参加高考，蔡斌为了帮助儿子献殷勤，为小海棠办理照相馆的入职指标，没想到谷春阳坚决反对。理由是，杜师傅的儿女不能都安排在照相馆。蔡斌破例，让她作为临时工顶替了韩艳萍的位置，并把韩艳萍调到自己身边，作为秘书，想一手培养韩艳萍为副馆长。

谷春阳看透了蔡斌的用意，一天，以视察工作的名义来到馆里了解情况，中途与小海棠发生口角。蔡斌让小海棠向谷春阳道歉，小海棠不服，当场顶撞了蔡斌。事后谷春阳让蔡斌解除小海棠的工作，蔡斌按兵不动，与谷春阳较劲。

一天，小红旗找到了小海棠，要与她签订一份特殊的契约。小红旗问小海棠，你想不想见到你的妈妈？小海棠说想，但不是认亲，是复仇。小红旗说，好，我知道她在哪儿，但现在不能告诉你。咱俩讲个条件，只要你能考上大学，我立即带你去见她。小海棠说，只要你违约，我立即从这个世界上消失。小红旗掏出纸笔，咱们立字为证。

高考马上要临近了，小海棠复习的时间十分紧张。小红旗用了自己全部精力和陪同蔡斌、韩艳萍学习时得到的经验，全神贯注地帮助小海棠。小海棠的改变，令所有人摸不清头脑，不知小红旗使了什么招数，让她回心转意。

分房指标下来了，照相馆分了几套，但矛盾集中在第一名和第二名。第一名能分到二楼，第二名分到一楼，全照相馆职工打分，按资历打分，杜师傅排在第一名，按职务打分，蔡斌排在前面。在制定标准的时候，蔡斌暗箱操作，最终拿到了二楼。而杜师傅一家却被蔡家踩在了脚下。全家人憋了一口气，刘一刀也觉得不舒服。

一天酒后，蔡斌拿出红旗在公安局为马晓华画的画像，决定向韩艳萍捅破这件事。他问韩艳萍，你觉得小海棠长得像谁？韩艳萍觉得他的问题莫名其妙。他又问，你觉得她长得不像谷亮亮吗？韩艳萍更糊涂了。蔡斌说，我是说，她长得有些像我的老同学谷春阳。说着，蔡斌亮出了那张画像。据我了解，小海棠好像跟马晓华有些关系，马晓华在我们毕业的时候也来过这个照相馆。蔡斌又从抽屉里拿出同学的毕业照，马晓华和谷春阳坐在老师的一左一右。韩艳萍如五雷轰顶。

一天马晓华下班，发现后面有人跟踪，跟踪者就是小红旗。马晓华把他约到了茶室，要跟他谈谈。小红旗告诉她，自己就是十八年前为她女儿照相的人。马晓华惊呆了。她知道对面这个男人，了解自己最心底的秘密。马晓华要求小红旗此事不能声张，小红旗答应了。但同时也提出来一个要求，当小海棠考上大学时，你一定要见她一面。俩人定下了攻守同盟，发誓此事不能透露给任何人。

韩艳萍找到了马晓华，马晓华一口否认，小海棠是她和谷春阳的孩子。事后，马晓华找到了小红旗，小红旗以人格担保，此事不是他透露出去的。马晓华知道有麻烦了。她分析道，她和海棠的事情一定还有他人知道。为了在高考前不给小海棠带来任何打扰，她叮嘱小红旗，一定要小海棠全神贯注去复习。于是他们开始跟时间赛跑。

韩艳萍把离婚报告交给了组织，蔡斌很快把报告递到了局里。局长的女儿要和谷处长离婚，成了全局的新闻。

收发室里，人们议论纷纷，由谷春阳和韩艳萍议论到小海棠。杜师傅有些坐立不安，回家询问小红旗，馆里发生了什么事情？小红旗告诉杜师傅，都是谣言，唯恐天下不乱，并说要带着小海棠到杜师娘的娘家进行封闭复习。

为躲开这里的舆论，他向蔡斌请假。这也是分房后，两个人第一次说话。临行前，小红旗告诉蔡斌，我知道这一切都是你造成的，蔡斌当场否认。小红旗要求蔡斌把那张画像还给自己。蔡斌傻了。小红旗警告蔡斌，假如你在小海棠考上大学之前让事情败露，我就对你不客气。我是在道上混过的人，我的命还比你便宜。蔡斌真的紧张了，他知道小红旗说到做到，马蜂窝一旦捅开，不好收拾，于是他极力地维持着局面。

小红旗陪着小海棠在乡下复习，进展很快。

照相馆却出了麻烦。上级领导批准谷春阳和韩艳萍离婚的当天，韩艳萍割脉自杀，若不是蔡斌发现得及时，韩艳萍几乎丢了性命。由于蔡斌日夜陪伴着韩艳萍，刘一刀醋意大发，闹到医院、闹到局里。谷亮亮和蔡包子都是不幸的孩子，在父母家庭矛盾的面前，无法安心复习，最后在高考中双双落榜。出人预料的是，小海棠以高分被大学录取。最终谷亮亮继承他妈妈的工作，到照相馆开票。蔡包子继承了杜师娘的位置，在市场和刘一刀一起卖肉。

小红旗没有食言，当听到小海棠被录取的喜讯后，他就张罗着马晓华与小海棠见面的事。小海棠提出的条件是，一家四口全去，要到那个女人的家里，红旗告诉她，马晓华没有家。小海棠说没家就到单位。最后，马晓华还是在她的斗室里接见了他们四个。杜师傅还拿着照相机、三脚架，准备照一张全家福，小海棠根本不配合。出人意料的是，谷春阳来了，他的出现令杜师傅、杜师娘和小海棠都感到意外。杜师傅心想今天的事大了，都惊动了局领导，只有小红旗似乎明白相互之间的关系，没想到马晓华接下来的话令他意外。马晓华对谷春阳说，我知道你会来，可我和你爱人已经说过了，这件事和你没关系，请你出去。谷春阳走出房门。

母女见面，并没有出现想象中那种感人的场面，反而双方都十分紧张。按程序，马晓华感谢杜师傅夫妇的养育之恩，感谢小红旗对小海棠的帮助，最后，送给小海棠一本厚厚的日记，告诉她，这些年，我的生活都在这里。杜师傅望着她简陋的斗室，有些心酸，看得出这个女人打拼了半辈子，什么都没落下。小海棠把一个事先准备好的镜框挂在了马晓华家里的墙上，镜框里镶着那块红布，上面写着两个字“深挖”。小海棠指着墙上的红布说，这是你的女儿，我不是，今后我们不要母女相认，也不必再联系，我希望你用一生的时间守着她，挖出那些见不得人的东西。在场的人都很尴尬。

蔡斌与刘一刀离婚，净身出户，经常与社会人合伙做生意，据说他跟韩艳萍住在一起。头脑灵活的蔡斌看到了时代的商机，也尝到了下海的甜头。一天，蔡斌把小红旗叫到办公室，俩人语重心长地谈了一次，蔡斌自称这些年对小红旗关心不够，心中怀有歉意，为此他打算主动让贤，把馆长的位置让给师弟小红旗。

小红旗大感意外，蔡斌称小红旗根红苗正，在仕途上有发展，相信他在组织最困难的时刻一定不会推脱，一定会把这个重担承担起来。

小红旗被打动了，当天俩人在酒桌上了去了多年心中的恩怨。小红旗喝醉了，第一次喝了个酩酊大醉。当馆长的事遭到师傅的极力反对，一贯孝顺听话的小红旗最后还是自作主张了。

小红旗当上馆长。没几天接到上级通知，红旗照相馆开始实行自负盈亏的政策。其实蔡斌早已知道这个消息才金蝉脱壳。上级找小红旗谈话，给他定下了营业指标，他东跑西跑拉生意，还要照顾年迈的杜师傅和老伴，忙得不可开交。

照相馆生意下滑，负债累累，员工纷纷离去，最后只剩下馆长小红旗和两个清洁工人。这时小红旗听说了一个更可怕的消息，服务局要正式取消红旗照相馆的编制，为了保住这块牌子，红旗奔走游说，调动了一切可以调动的力量，进行了一场红旗照相馆的保卫战。最终的结果是牌子暂时保留，房子对外租赁，只给照相馆留了一间屋。

蔡斌摇身一变。以国际华贸公司董事长的身份又一次进驻红旗照相馆，令小红旗更加感到意外的是这个公司的总经理竟是韩艳萍。

红旗照相馆的牌子正式摘下，换上了华贸公司的金匾。当天蔡斌韩艳萍请来社会名流剪彩，杜师傅大闹现场，一气之下因病住院，杜师娘临床护理。

小红旗怀着十分复杂的心情在橱窗里取下师傅、师娘和小海棠的照片。由于照相馆解散得突然，很多事宜有待于处理，如照了相没来取，照相器材没地收，为此红旗向上级领导打了个报告，申请由自己临时保管这些东西。他把照相馆库房里一些放不下的东西搬回了自己的家一一分类梳理。

在整理资料的过程中，小红旗意外地找到了师傅与毛主席合影的那张底片。看着放大镜下的照片底版小红旗傻了，见与毛主席握手的人根本不是自己的师傅，而师傅只是露出一张脸被挤在后排的一个角落里。小红旗明白了，也许爱吹牛的师傅早已忘记事情的真相，为了圆师傅这个梦，为了圆师傅这个谎，于是他利用洗印技术把师傅的人头洗到了与毛主席握手的那个人身上，放了好大的一张照片，来到了师傅的病床前，他本想给师傅一个惊喜，没想到师傅看到照片老泪纵横，说，你是师傅心中的骄傲，你可不能像你师哥蔡斌那样虚伪。小红旗明白了师傅的意思，把原始照片的人头又重新归位了。

小海棠把马晓华送她的那本日记从头到尾看了一遍，也了解到马晓华的过去。日记中写道：谷春阳背叛我之后，我曾用女人最不应该的方式报复了他。实际报复的是我的自己，是我的一生，是我的女儿。生产队大队长郑元贵才是女儿的父亲。后来郑元贵为了补偿我，为我搞到了一个回城的指标，我拒绝了，因为我不能原谅自己。我要通过自己的努力，实现自己的理想，让我的女儿让所有人知道我是一个好女人。小海棠泪流满面。

小海棠在大学里成绩优异是校花，追求的男孩无数，其中有个师哥郑小龙最为积极，他是一个农民企业家的儿子，经常在小海棠面前炫富，但是小海棠没把他看在眼里。

单位虽然只剩了一间办公室，小红旗仍天天坚持到馆里上班，看着蔡斌、韩艳萍的公司红红火火，心里格外别扭。一天他接到了一份请帖，蔡斌和韩艳萍结婚了。请小红旗为婚礼拍照，小红旗还是用那个海鸥相机，为他们拍了婚纱照。韩艳萍很感激，事后正式聘请小红旗到公司就职，并给与较高的工资待遇，小红旗婉言谢绝了。

小红旗利用业余时间整理底片资料，从中发现了许多鲜为人知的事，有建国初期的、有“大跃进”的、有三年自然灾害的、有“文革”的。小小的照相馆与全市各种人、许多部门有千丝万缕的联系。一张底片也许会牵出一份情，一张底片也许会牵出一个事件，而这些定格的事件，都带有不同时代的痕迹。说是记录着红旗照相馆的过去，不如说是记录着这座小城在新中国进步和发展的历史。

小红旗把视线锁定在一张底片上，上面是1953年市政府成立的集体合影。他把照片洗印出来准备送给市政府，期盼着上边能有个别的老领导还能在位，通过他们使红旗照相馆起死回生。几次上门几次被拒绝，看门的老大爷告诉他，照片上的第一排基本上都去世了，第二排离休了，第三排就是我还在坚持上班，也是返聘回来的，现在看门儿也说不上什么话了。无奈，小红旗把照片留给了看门老人，上面写着一行字，“红旗照相馆，红旗永远不倒”。

几天后小红旗收到通知，通知他到服务局办理个体照相馆的营业许可。到了服务局他才知道，组织上考虑到他们师徒的摄影专业和生活状况，同时考虑到他们对红旗照相馆的情感和贡献，特批他们可以以个人名义申请私人营业执照并可以使用红旗照相馆的牌子。同时一些旧的照相器材通过评估按反扣退休金的换算转到个人名下。红旗喜出望外，杜师傅却无比的失落，为社会辛辛苦苦的工作了一辈子，如今变成了个体户，看不到亮点，迷失了方向，他心灰意冷。小红旗向师傅保证，我一定为你保住这块牌子，把红旗照相馆在群众中的威信重新树立起来。

经过师娘的同意，“私家红旗照相馆”准备在师傅的家挂牌营业了，小红旗把后窗改成门，那条胡同已变成了热闹的集市。小红旗把狭小的房间全部利用起来，既是住宅，又是照相馆，他把两个房间的床全都变成了壁床，掀起来床底就是照相的背板，放下来就是床。就这样，经过一阵忙活照相馆总算开业了，不幸的是一个顾客也没有。小红旗着急上火，这对于初步下海的他是当头一棒。

小海棠放暑假回家，看到了红旗照相馆的窘境，也发现了小红旗和杜师傅的低落情绪，她决定要帮助他们。一天早晨，小红旗刚一开门愣住了，见橱窗前围着许多人在观看着，议论着。起初他以为来生意了，仔细一看才知道，原来是小海棠自拍了一张半裸照摆进橱窗。在那个年代，人们对一些过激开放的举动很难接受，尤其是感受到妹妹不顾一切的在怜悯他。小红旗崩溃了，抄起板凳砸碎了橱窗的玻璃，砸碎了屋里的照相设备，任性的小海棠也不肯向小红旗低头，小海棠说，我百岁照的照片也赤裸着身体，为什么现在不能。照片不就是给人看的吗？小海棠指着趴在窗户上看的人说，我就让他们看看他们最想看的东西。小红旗第一次动手打了小海棠。小海棠离家出走。

小红旗为了寻找小海棠跑遍全城，找到学校，几天几夜没有音信，杜师傅病情加重。小红旗在晚报上发了一条寻人启事，字里行间流露出师傅病情加重。

小海棠在报上得知杜师傅病重，数日后赶往病房，没想到病房里除了杜师傅都是她不想见到的人。蔡斌、韩艳萍、马晓华、谷春阳。杜师傅重病在身，强作笑颜，非要拉着马晓华、小海棠和大家一起照个合影。当小红旗按下快门时，在取景框里发现师傅已停止了呼吸。

他们安葬了杜师傅。小红旗把师傅的遗像挂在正堂，使本来就不景气的照相馆更加萧条。所来的顾客都觉得有股阴气，开门红变成了开门黑，生意从此一蹶不振。甚至人们怕晦气，走到门前都绕道而行。

郑小龙毕业后跟随父亲南下做生意。小海棠对杜师傅离去十分痛苦，她告诉小红旗利用暑假出去缓解一下，小红旗没有阻拦。小海棠这次离家有了意外的收获，在南方商业化的影响下，她开始捣腾服装做起生意。郑小龙为人仗义。父亲是农民企业家，准备迁居澳洲。因为父亲在澳洲做粮食生意，目前郑小龙正替父亲在国内寻找投资项目。郑小龙始终追求小海棠，小海棠却只把郑小龙当成朋友。

小海棠把郑小龙带回本市，介绍给小红旗，并告诉郑小龙，小红旗是她的男朋友。小红旗大吃一惊，郑小龙也感到意外。小海棠告诉小红旗，我从小就爱着你，没有你就没有我的今天。你把前半生给了我，我把一生给你。这一生，我非你不嫁。马晓华出面阻止，小海棠告诉她，你根本没有这个资格。杜师娘也不能接受，因为小红旗比小海棠大了整整十五岁。小海棠告诉她，只有这样，你才能永远和儿子女儿生活在一起。马晓华和杜师娘成了亲家。在结婚登记的时候出现了麻烦，因为小红旗和小海棠在一个户口本上，不符合法律规定。最后小海棠坚持把她的户口落到郑小龙师哥家，因为她知道，他爸爸就是郑元贵。

郑小龙为了给小红旗报仇，一定要替他夺回红旗照相馆的租赁权，他不惜重金在竞标会上击败了竞争对手蔡斌、韩艳萍，准备在城市投资一家大型的 Romantic 婚纱摄影楼。小红旗建议，去掉婚纱摄影楼前面的外国字，加上两个中国字，红旗。

红旗婚纱摄影楼的牌匾正式地挂在了红旗照相馆的原址上。小海棠开始策划影楼的开业，开始策划自己的婚礼，她希望她和小红旗的婚纱照能成为这个摄影楼的标志。小红旗觉得自己配不上小海棠，于是为她照了许多单人穿婚纱的艺术照。小红旗不愧是杜师傅的真传，拍出的照片美轮美奂，令许多年轻人神往。

摄影楼开业变成了他们的婚礼，所有的朋友都到场了，杜师娘和马晓华来了，蔡斌和韩艳萍来了，谷春阳来了，臧国良和他的夫人也来了，刘一刀、蔡包子、谷亮亮也来了。据说谷春阳后来也下海了，他还在追求马晓华，不过在婚礼现场，他们站得很远。当揭下牌匾上的红布，在场的所有嘉宾发出一阵惊奇的尖叫声，小海棠把二十多年前杜师傅在海棠树前为他们兄妹照的那张合影放大后挂在那里，照片中，十几岁的小红旗抱着不满周岁的小海棠，笑容灿烂。小海棠告诉世人，照片里面的男孩女孩就是婚纱摄影楼的主人，他们也是今天的新郎新娘。

——剧终

·电 影·

二十五个孩子一个爹

时　间　当代。
地　点　长岭乡下沟村。
人　物　赵　光：农民，下沟村致富带头人。
村　长：长岭乡下沟村村长。
老蔫、蔫嫂：赵光的邻居。
刘桂清：下沟村村民，赵光妻。
刘　婶：刘桂清的母亲。
妞　妞：赵光收养的孩子。
黑　蛋：赵光收养的孩子。
小不点儿：赵光收养的孩子。
老太太：妞妞和小不点儿的奶奶。
林　琼：师范学院支教学生。
村民若干，赵光收养的其他孩子，县医院医生，警察，妇女主任，记者。

001. 赵光家屋顶　黎明　外
一只公鸡站在赵家院门上啼鸣。
002. 下沟村　晨　外
随着鸡鸣，画面由暗到亮。显现出下沟村全景，炊烟袅袅。
003. 村路　日　外
村长急匆匆地走向赵光家，看到刘桂清在羊圈喂羊，村长站住：桂清。
004. 山坡羊圈　日　外
刘桂清听到村长的喊声，放下手中的活。
005. 村路　日　外
村长：赵光当典型了，今天就到县里开会去。
006. 山坡羊圈　日　外
刘桂清低下头，喜悦中带着几分羞涩。
007. 村路　日　外
村长喜悦地走开。
008. 赵光家院　日　外
村长走进赵光家院：赵光，赵光。
蔫嫂和老蔫从隔壁院子探过头来。
蔫嫂：村长。
老蔫：走啦。

村长：你看，我还寻思嘱咐他两句呢。

蔫嫂：我替你嘱咐了，到那别说大话，嘴边得有个把门的。

老蔫：对，别吹。

村长：这我就放心了。（走开）

009. 县委表彰大会现场　日　内

鼓乐齐鸣。

舞台上挂着横幅——致富带头人表彰大会。（画外音）下面请来自长岭乡下沟村的致富带头人赵光同志发言。掌声中赵光披红戴花拎着一个大编织袋上场。他把编织袋放到台口处，走到话筒前：我不认字，也没有发言稿。我叫赵光，是个孤儿，是下沟村乡亲们把我拉扯大的，小时候没衣服穿人叫我赵光腚（众乐），到了岁数娶不上媳妇人又叫我赵光棍（众乐），现在靠劳动致富办了个全村最大的养鸡场，乡亲们又叫我赵光荣了。（观众大乐，在笑声中爆发出掌声）这不是吹，现在腰包比以前鼓多了。今天上午大会安排我参观了县里的福利院，我没想到国家给这些没爹没娘的孩子建了这么好的一个家，看完后我特别激动，所以我得表示表示。说着，赵光解开腰带掏出一万块钱送到县领导的手里。（全场大笑，在笑声中爆发出热烈的掌声）

010. 山坡上　黄昏　外

掌声中，刘桂清向村里跑去。

011. 小桥上　黄昏　外

掌声中，刘桂清跑过小桥，桥上鸡鸭四散。

012. 下沟村村委会　黄昏　内

村长、老蔫、蔫嫂、村民围坐在电视机前，边看电视里的赵光边议论。这时刘桂清跑进。

村民：哎，桂清，赵光一出名，整不好把你给甩了。

刘桂清：去你的，甩了就跟你。

村民：跟我我也养不起呀。（众笑）

蔫嫂：快看，又出来了。（由电视画面推至现场）

013. 表彰大会现场　日　外

记者们追随着赵光走出表彰大会现场。

记者：赵光同志，能接受我们采访吗？

赵光：我没啥说的。

记者：你包里装的是什么东西呀？

赵光：定亲的礼物。

记者：能看看吗？

赵光拉开包，拎出一件红色连衣裙：都是给她买的。（赵光收起）

记者：你靠劳动致富一定挣了很多钱吧？

赵光：现钱没多少，都存上了，（说着从上衣口袋里掏出存折）三万，留着娶媳妇用的。（众笑）

记者：你为福利院捐了一万块钱，孩子们肯定很感激你，你对着镜头跟他们说几句吧。

赵光：孩子们，没有父母不等于没有幸福，不等于没人关心你们，我就是这样被养大的。如果不嫌弃的话，我赵光愿意为所有的孤儿当爹。（赵光的这句话引来周围的掌声）

014. 村委会　黄昏　内

村民兴奋。

老蔫：赵光这下给我们村争光了。

蔫嫂：又吹，他这老毛病是改不了啦。

村长：吹啥，我看这话说得挺有水平。

刘桂清却格外冷静，对赵光的话略有所思。

015. 赵光家院　黎明　外

赵光家墙头上那只公鸡又在叫着。

016. 赵光家　晨　内

赵光从睡梦中睁开眼睛，得意地看着墙上“致富带头人”的那块奖牌和红绸子系成的红花。赵光起身，剪下一撇红绸走出。

017. 赵光家西屋　晨　内

炕上一群鸡雏，赵光穿上喂鸡的大褂，吹响口笛，小鸡向他扑来，他得意地喂鸡。

018. 赵光家院　晨　外

赵光吹起口哨，院里半大鸡围过来，赵光喂鸡。赵光把红绸子撕成一条条，一个个地系在鸡的脖子上。

蔫嫂从墙头上伸过脑袋：哎，我说赵光，你定亲，给它扎鼓啥呀？

赵光：家里人少，给它增加点儿人气。

赵光走进鸡舍。

019. 鸡舍　晨　内

鸡舍内都是下蛋的大鸡。赵光走进，吹哨喂鸡。突然在地上发现了一堆鸡毛和血迹，赵光立即感到不妙，他顺着血迹找到墙根，有一堆啃过的鸡骨头，旁边是一堆烧过的木炭和一个空酒瓶子，赵光警觉起来。

020. 赵光家院　日　外

赵光在桌子上摆下两个酒盅。

021. 老蔫家院　日　外

蔫哥蔫嫂从隔壁的院子递过来烧鸡和酒。

蔫嫂：赵光，赵光，快端过去。

赵光：蔫嫂，自打我办了养鸡场就没吃过鸡。

蔫嫂：定亲这没鸡没鱼的不成席。

蔫哥：对呀。

赵光：是吗？

村长忙着往门檐上挂着奖状和红花。他突然发现红花上的飘带少了一撇：哎，这怎么少了一撇啊？

赵光：我给鸡扎上了。

村长：你的光荣花给它们系上干啥呀？

赵光：没它们我也光荣不了哇。

村民走进院：怎么样啦赵光，新娘子什么时候来呀？

村长、赵光迎村民进院。

022. 村路上　日　外

一群扎着红绸子的鸡从赵光家跑出。

村民：这鸡咋系着红绸子呢？

另一村民：赵光定亲。

023. 赵光家院　日　外

一村民高喊：桂清来了。

刘桂清搀着刘婶走进，看得出她们娘儿俩为今天的事儿有所打扮。

蔫嫂：刘婶，你来了，你得坐上座呀。

大家纷纷落座。

蔫嫂：你看桂清扎鼓得多好看呀。

村长和刘婶坐到了一起，一个看热闹的村民起哄：村长你坐那儿干啥，是你定亲哪，还是谁定亲哪？

众笑。

刘婶：你说啥呢？好好说话。不高兴地和女儿换了个位置。

村长：我这就等下辈子了，来，静一下，今天是双喜临门，一是欢迎赵光归来；二是给赵光和桂清定亲。奏乐！

024. 山坡　日　外

在音乐和笑声中，一个七八岁的小姑娘从村外走来。（她就是妞妞）

025. 赵光家院　日　外

村长：下面请媒婆……

蔫嫂在一旁拉了拉村长的衣袖：介绍人。

村长：对，介绍人，蔫嫂说两句。

蔫嫂：我没啥说的，俩人都是自愿的。还是请刘婶说几句吧。

村民鼓掌。

刘婶：姑娘大了，有自己的主意，当妈的不拦着，咱村定亲的不少，可今天是最热闹的，感谢大家捧场，特别是蔫哥蔫嫂这些年你们邻里邻居的费的心最多。我是个老脑筋，我就指望他们俩能安安稳稳地过日子，别猫一天狗一天地让人笑话。

刘婶说完看赵光。

但赵光的座位已空了。

026. 赵光家院门口　日　外

门口站着一个七八岁的女孩（妞妞）。

赵光冲着村长：怎么啦？

村长指着妞妞：你问她。

赵光蹲下身：小姑娘，你找谁呀？

妞妞：爹！

赵光：爹？

村长：爹可不是乱叫的。

赵光：你从哪儿来的？

妞妞不语。

村长：你几岁了？

妞妞：七岁。

村长冲着赵光小声地：八年前你到城里打工，没扯过淡吧？

赵光：你扯哪去了，（冲着妞妞）谁让你来的？

妞妞从兜里拿出报纸：这上面说的。

027. 赵光家院　日　外

村民：这办着事呢，主角都跑了。

蔫嫂：赵光，我们这为你张罗，你这主角没了，快回来。

赵光：哎，来啦。

赵光精神恍惚地回到座位上。

刘桂清小声地：怎么啦？

赵光从桌子底下把报纸递给刘桂清。

刘桂清打开报纸，上写“赵光愿为孤儿当爹”。

028. 后山坡　日　外

一群孩子跑进画面。带头的是一个十几岁的孩子。（他就是黑蛋）

黑蛋：他家就在前边，跟我走。

众：噢！

孩子们向下沟村跑去。

029. 赵光家院　日　外

蔫嫂：来，赵光和刘桂清把酒杯端起来，俩人喝换盅酒。

一青年：真土，还“换盅”呢，那叫“交杯”。

蔫嫂：咱下沟村祖祖辈辈都叫“换盅”，没换盅能有你呀。

众笑。

蔫嫂：换盅开始。

锣鼓响、喇叭鸣，双方亲家在音乐声中交换酒杯，场面十分热闹。

院外传来竹板声，黑蛋带着十几个衣着不整的孩子，边打边唱走进院内：

吹喇叭，贴红字，这家肯定有喜事。有喜事，有人气，我们也来凑凑趣。

蔫嫂急了：哪来的要饭花子，跑这儿耍无赖来了，给我滚！

黑蛋：我们不是要饭的，我们是来认爹的。

蔫嫂：认爹？谁是你爹啊？

黑蛋指着赵光：他！

在场的人一片哗然，刚才的喜庆气氛顿时消失。刘婶更加感到意外。赵光看刘婶的脸色不对，急忙冲大家解释：大家别误会，我根本就不认识他们。

刘桂清站起：他们是从报纸上道听途说的。

黑蛋：不是，我们是在电视上看的。

黑蛋冲着赵光提高嗓门：爹！

众孩子：爹！

刘婶气得站起来：这太丢人了！

看热闹的一村民跟着起哄，丢啥人呢，好事，刚定亲就来了这么些外孙子。

众笑。

刘婶：桂清，回家。

刘桂清为难地：妈！

刘婶：你不走，我走。

刘婶转身走开。

蔫嫂在后紧追：刘婶。

村长急了，冲着孩子们：你们是从哪儿来的，跑这儿搅局来是咋的？（冲着赵光）赵光啊赵光，我跟你说过多少次了，嘴边得有个把门的，这下可好，吹到电视上去了，你以为你是谁呀，想说啥说啥呀。

赵光低头不语。

远处传来喊声：村长，乡政府电话。

村长：来了。（应声出门）

赵光、刘桂清愣在那里。

030. 赵光家院门口　日　外

村长跑出院门，前村几位妇女带着三个孤儿，敲锣打鼓地和村长走了个对头。

村长：你们这是干啥？

妇女主任激动地拉着村长的手：好村长啊，真没想到你培养出这么一个大典型来，我们村去年领养了三个孩子，不好管理，集中在一块多好。

村长：你好，我们受得了吗？跑去接电话。

妇女主任：走，咱们找赵光去！敲锣打鼓地走进赵光家院。

妇女主任：停停停，我给你介绍一下，这就是赵光！

赵光：你们是？

妇女主任：赵光，昨晚看了电视大家激动得一宿没睡着，这是我们连夜为你做的一面锦旗，（说着拿出锦旗，上写着“赵光为咱山里人争光”）把孩子交给你这样的好人我们放心。

赵光望着锦旗，难过得想哭。

妇女主任：大兄弟别激动，下次典型我们还选你。

赵光：谢谢！

妇女主任看见孩子们全都坐在餐桌前狼吞虎咽地吃着，激动地冲着赵光：大兄弟呀，我们这个典型没选错，你想得太周到了，这孩子还没到呢，席就摆上了。

赵光无奈地：没事，都是应该做的。

妇女主任：啥应该做的，这说明你有觉悟，说明你有爱心，说明你富了之后心里边没忘了父老乡亲。几句话把赵光说得又来劲了。

赵光：那倒是，忘了谁也忘不了父老乡亲，（冲妇女主任）几个孩子？

妇女主任：三个。

赵光：来！

赵光拉着孩子走到桌前：孩子们，既然来了，你们就放开造，千万别把自己当外人，如果不嫌弃的话，今后就把这儿当家。

孩子们高兴欢呼乱成一片。

031. 村委会　日　内

村长跑进抓起电话：乡政府，噢，马秘书呀。

马秘书：赵光这个典型不错，你们一定要好好扶持。

村长：啊……对！我们正在搞欢迎活动呢。

这时屋外又传来锣鼓声。

村长向窗外望去，村路上一群村民抬着锣鼓，领着几个孩子走过。

村长放下电话：糟了。（跑出屋）

032. 赵光家院内　日　外

孩子们全都坐在餐桌前狼吞虎咽地吃着，参加定亲宴会的乡亲们全都被挤到一旁。这时外村又来了好多看热闹的，其中也有孩子的父母，他们为了让孩子冒充孤儿，都没有暴露自己的身份，其中一个孩子边啃着鸡腿边凑到墙根，冲着墙外一村民：爹，你回去吧，这吃得挺好。

村民：千万别说你有爹，要不然人家就不管了。

孩子：我知道，我就说爹死了。

村民：说爹跑了就行。把那鸡腿给我（孩子不给），那不还有呢吗？

村民抢过鸡腿跑开了。刘桂清气呼呼地坐到门槛上。

赵光冲着院里打闹的孩子们：你们到这儿站个排，说说你们都叫什么名字。

孩子们乱成一片：我叫小三——我也叫小三。我叫小狗子——我也叫小狗子。

一村民：这乱的。

赵光无奈地看着。

刘桂清：集合！

孩子们还是不理。

村民笑。

赵光冲着刘桂清：我来。（转身进屋拿出一副扑克，赵光吹响喂鸡的哨）

孩子们立刻安静下来。

033. 村路　日　外

鸡听见哨声也安静下来。

034. 赵光家院内日　外

赵光：打扑克。

孩子们蜂拥而上，伸着小手要扑克。

村民：打起扑克来了。

赵光嗓子已经完全哑了：听我指挥，红桃、黑桃、方片、草花各站一队！

这句话还真管用，孩子们看着手里的牌，立刻排成了四队。

看热闹的一个村民：别说，他这副牌还真凑起来了。

妞妞指着赵光身后的房顶：上边还有一个。

赵光回头，见黑蛋正在房檐边躺着。

赵光：你，下来。

黑蛋坐起来，两条腿垂在房檐边，将手里的牌亮出来：我是黑桃A，就得在上头！

在场的人都乐了。

赵光挥动手里的牌：我是大王。下来！（众乐）

刘桂清气得扭头就走。

赵光：桂清。（追出）

村民：还当大王呢，娘娘都管不住。

035. 赵光家院门口　日　外

赵光追上：桂清，你怎么了？

刘桂清：又吹是不是，你当什么大王，你给谁当大王？

赵光：我还给你留张小王呢。

刘桂清：去一边待着去！（转身走去）

这时，村长走来。

赵光：村长，这咋整？

村长：都是自己惹的，先安顿下来再说。

036. 下沟村　夜　外

月亮挂在屋檐上。（叠画）

037. 下沟村　晨　外

一只公鸡在院门上打鸣。

038. 赵光家　晨　内

赵光醒来，他睁开眼看到孩子们横躺竖卧地睡了一片，小鸡崽在孩子们身上蹦来蹦去。赵光惆怅。

039. 刘桂清家院　晨　外

刘桂清拎着一桶热牛奶走出。

刘婶追出：干啥去？

桂清：都一夜了，我给他们送点吃的。

刘婶：和你有啥关系？

刘桂清：孩子没罪。

刘婶：这我能不明白吗，我说的是你那赵光，你那赵光办的啥事呀，我告诉你，他露脸越多，现眼越大。咱刘家丢不起那人，你听妈说一句，你别掺和他的事行不……

说完回头，刘桂清早已走了。

040. 赵光家院　晨　外

刘桂清把牛奶放在院子里。

孩子蜂拥而上，只有黑蛋没动。

黑蛋：小心点，说不定里面放农药了。

孩子们立刻停下手脚。

刘桂清听罢自己先喝了一碗，然后把碗一放，走开了。

孩子们争抢着喝奶。

妞妞：先给爹盛。

她盛了一碗向鸡舍走去。赵光趴在鸡食上睡着了。

妞妞：不好了，爹晕倒了！孩子们蜂拥而来。

孩子们：爹！爹！

赵光醒来：没事，我睡了一会儿。

妞妞：你去歇会儿吧，我们会喂鸡。几个女孩儿搀着赵光出门。

黑蛋指着笼子里的鸡：它们在窝里待着挺闷，放出来喂。

孩子们：好！

留在鸡舍的孩子争先恐后把鸡笼打开抓鸡。

鸡受惊吓到处乱飞，鸡舍一片混乱。上千只鸡从窗户和门飞出。

041. 老蔫家院　日　外

蔫嫂正在院里喂鸭子，突然从赵光家院墙头飞过来一群鸡，紧接着又跳过来一帮孩子。

蔫嫂：这是咋了？

孩子们冲散鸭群。孩子追鸡，蔫嫂追鸭子。

042. 刘桂清家院　日　外

几只鸡跑到村长家房顶上，几个孩子扒墙上房，踩得瓦片嘎嘎作响。

刘婶跑出来：快下来，房顶都踩塌了！

043. 庄稼地　日　外

孩子们在庄稼地里追鸡。

一个村民和大肚子媳妇在后追喊：

麦苗，我的麦苗！

044. 河边　日　外

鸡飞进河，孩子们入水抓鸡。

045. 赵光家鸡舍　日　外

跑散的鸡已经被圈回鸡笼了，比原来又多了一些。鸡舍内外都是人，一个个气呼呼地围着赵光，赵光站在中间不语。

——太不像话了，这不是坑害人吗！

——赶上日本鬼子进村了！

一个村民：我家的地都给踩踏完了，老婆还差点儿流产。

赵光：真对不起。

村民：说声对不起就完了？

村长：你干什么？赵光也不是有意的。

赵光调整气氛：没事儿。

蔫嫂气呼呼地挤进来，将一只死鸭子扔到赵光面前，啥也没说，气呼呼地走了。村长发现了什么，指着鸡笼子里的一只鸭子。

村长：那只鸭子是我的。

赵光钻进鸡笼把鸭子拿出递给村长。

村长：这帮孩子是带毛的就抓呀！

046. 刘桂清家院前小路　黄昏　外

赵光抱着一只芦花母鸡走到院门，刘婶从后面走过来。

刘婶：你干啥？

赵光：刘婶，桂清在家吗？

刘婶：啥事说吧。

赵光：这芦花鸡是你家的，我给它送回去。

刘婶：放开吧，它认家。

赵光：啊，对！

赵光把鸡放开，突然从兜里掏出一个红皮鸡蛋，冲着刘婶：对了，这鸡还在我那边下了个蛋。

刘婶：这鸡下白皮蛋。

赵光没趣地走开。

047. 村边木桥　夜　外

赵光等在桥上，冲着刘桂清家吹起喂鸡的口哨，没有动静又吹，直到吹个不停。

048. 赵光家院　夜　外

鸡听见哨声都精神起来。

049. 村边木桥　夜　外

刘桂清走过来：说吧，你是要我还是要孩子？

赵光：这还用问吗，肯定要你。我们摸了一下底，这帮孩子大部分有家，都是到这混吃混喝的，村长说了，明天一早我们就分头把他们送回去，完了咱自己生。

刘桂清：讨厌！

刘桂清跑开，赵光追上。

刘桂清：别追我，电视上有那么多城里漂亮的姑娘围着你。

赵光：是，那大姑娘、小媳妇儿的，长得太漂亮了，我都没稀得看……

刘桂清看着他不语。

赵光笑了：又吹了，啊？

刘桂清：有时候吹得挺可爱的。

赵光鼓足勇气抱住刘桂清。

刘桂清突然推开赵光：什么东西？

赵光从兜里掏出那个红皮鸡蛋：鸡蛋，骗咱妈的。

刘桂清把鸡蛋抢过摔到地下，鸡蛋没碎。

赵光捡起鸡蛋：熟的。

扒开皮儿俩人吃着。

050. 村口　日　外

赵光和村长各开一辆拖拉机，上面都坐着十几个孩子。

刘桂清煮了一篮子鸡蛋。

刘桂清：赵光，拿着路上吃。

村长：赵光，路上注意安全。

两辆拖拉机向不同的方向驶去。

051. 刘家沟　日　外

赵光开着拖拉机走出刘家沟，车上的孩子少了一些。

被甩下的孩子在车后追赶。

052. 李家店　日　外

又一群孩子被甩下了，赵光开车在前面跑，孩子在车后追。

车上的孩子越来越少。赵光停车回头一看，车上只剩下妞妞一个了。

053. 长途汽车上　日　外

赵光长长地出了一口气，抱着妞妞，久久地凝视着窗外，脑子里闪着刚才的镜头。妞妞从兜里掏出一条红绳，把绳撑到赵光的面前：你会翻吗？

赵光：会。

一条红绳在两个人手中翻出接连不断的花样。

054. 双井堡　黄昏　外

这是一个有几十户人家的小村。

赵光背着妞妞走来。

055. 妞妞家　黄昏　内

赵光钻进屋门，屋顶很低，光线昏暗。炕上坐着一位瘦弱的老太太在给孩子缝着衣服。有一个小男孩在炕上玩耍着，他就是小不点儿。

老太太：躺下。

赵光：屋里有人吗？

老太太：谁呀？

赵光指着妞妞：大娘，这孩子是你们家的吧？

妞妞扑过去：奶奶。

老太太：不争气的，把你送到多好地方都不行。

妞妞：不怪我。

赵光：大娘，是我不好。

老太太：她妈死了，她爹也是不争气的东西。把孩子扔给我就不管了，我给她吃饱饭还行，可总不能像我似的当一辈子睁眼瞎，我寻思着让她跟着你学点儿本事。

赵光：大娘，我也不行。

老太太：不行能上报纸呀？大兄弟，帮帮孩子吧，她的路还长呢，有力气呀就拉扯一把，你就当成自己的孩子。将来她有出息了会报答你的。赵光不语。

老太太：如果你嫌弃她是个丫头的话，把这个小子抱走吧。

赵光：大娘。

老太太：大好人啊，帮帮我吧，我的腿脚不好，我在这儿给你磕头了。

赵光：大娘，两个孩子我都抱走。说着把兜里所有的钱都掏出来放到炕上。

056. 公路上　黄昏　外

一辆长途汽车突然停下，听见售票员的声音：那三个没买票的下去。

赵光领着妞妞和小不点儿狼狈地下车。汽车开走了。

057. 日出（叠画）

058. 山路上　晨　外

赵光背着小不点领着妞妞走在山路上。

059. 赵光家院子　晨　外

赵光开着拖拉机拉着妞妞和小不点儿满面灰尘地进了院门。赵光愣住了。

没想到被送走的那群孩子比他回来得还早，全都站在门前等候着。

村长也无奈地望着赵光。

黑蛋带着这群孩子异口同声地：爹！

赵光也瘫跪在地下：你们是我爹呀！

060. 村委会　日　内

召开党员干部大会，赵光坐在一角，气氛沉闷。老蔫等七八个党员在场。

村长：今天把大家叫来，就是想让大伙帮着出出主意，都看见了，孩子是越退越多。

老蔫：我查了查，二十五个，这半大小子吃死老子。

一个村民：活该，要不吹牛，能惹这么大事吗！

一村民：赵光啊，你看把这村闹的，鸡飞狗跳的，你说这日子咋过？

一村民：光给自己脸上擦粉了，剩下屁股让大伙给擦。

一老者：当年我们养你一个行，这回整来二十五个。

另一村民：你这不是二十五，你整个是二百五呀！

赵光突然站起：我五百二，我赵光一人做事一人当，用不着你们跟我操心！（摔门而去）

大家都没话了。

村长：当年咱村都是二百五，现在这二百五是少了。

061. 赵光家厨房　晨　内

赵光在灶前忙得不可开交，一会儿往火里添把柴，一会儿切菜，锅里的水在哗哗地开着，赵光一看米盆没了，急忙向院里跑去。

062. 赵光家院内　晨　外

孩子们正拿着米在院里喂鸡。

赵光急了：住手，你们把这米都喂了鸡，你们吃啥？

黑蛋：吃鸡。

赵光一愣。

村长挑着一担馒头走进。

赵光迎上：村长你这是干啥？

村长：昨天会上定的，从我开始，挨家往下轮。

赵光：这钱我出，按馆子价都行，我先记账。

村长给孩子分着馒头。

赵光拿出小本记账，可馒头二字不会写，于是在本上画了五十个圆圈。

赵光：村长，你看这数对不，五十个馒头。

村长接过本一看：你这是馒头是饼啊？

赵光：成本都差不多。

063. 赵光家院　日　外

赵光和孩子们把鸡舍里的鸡搬到院里，院里屋里搞得乌烟瘴气。

赵光发现小不点儿躺在井台上，妞妞为他扇风。

赵光走来：怎么啦？

妞妞：没事儿，躺会儿就好。

064. 刘家院　日　外

刘婶在菜园子里弄菜，刘桂清牵牛走出。

065. 河边　黄昏　外

孩子站成一排，赵光一个一个地给脱鞋、脱衣服。

蔫嫂在远处洗澡。

赵光回头对蔫嫂：蔫嫂帮个忙，给女孩儿洗个澡。

蔫嫂：多余管你，没有金刚钻别揽那瓷器活。

回头冲着女孩儿：走，洗澡去。

赵光发现桂清从小桥走过。

赵光：桂清。

刘桂清没有理他。

黑蛋看在眼里。

赵光站在水中给小不点儿洗澡。

孩子们在水中打着水仗。

赵光：别闹了！

一盆水当头泼来，于是赵光也加入了这场战斗。

黑蛋与另一男孩追打着，男孩躲在蔫嫂家的牛肚下，黑蛋往他身上撩水。牛肚下的孩子急中生智，抓起奶牛的乳头滋奶还击。

蔫嫂嗷的一声蹿了过来：小兔崽子们，住手！

赵光：怎么了蔫嫂？

蔫嫂：他挤我的奶。

赵光故意逗趣地：是挤牛的奶，不是挤你的奶。

蔫嫂有些翻脸：你别给我玩浑的，我的奶咋地，我要生个孩子就能有，我看你一辈子就是光棍的命，想挤都挤不出来！

蔫嫂转身回家。赵光站在那里愣神。

066. 赵光家　夜　内

赵光拉开房门，发现地上一堆鸡毛，他不寒而栗，想起前些日子在鸡舍内出现的同样情景。

赵光：谁？

黑蛋从里屋走了出来：爹，吃饭吧。

二人进屋坐到炕上。

炕桌上摆着一只烧煳的鸡和一瓶白酒。

赵光：我就知道上次也是你干的。

黑蛋：我杀的都是公鸡。

赵光急了：那是种鸡，没公鸡就没种。

黑蛋：做人也得有种。

赵光：你说什么？

黑蛋：爹，你一个人挺好的，我们奔你来，就因为你是个光棍儿。

赵光：不许你这么跟我说话，我不爱听这个字儿。我是赵光荣，不是赵光棍！

赵光把一瓶白酒都干了进去。

067. 赵光宿舍　日　内

太阳已经老高了，赵光还在熟睡，炕上的雏鸡在他身边叨食。赵光被院内洗衣服的声音惊醒，他顺窗望去，见院子里搭满了刚洗完的衣服。

赵光惊喜地：桂清！他翻身下地跑到院里，见一个女人的背影在有力地搓着衣服。

赵光激动地：桂清！

一个陌生的女孩回过头来：起来啦！（转身进屋）

赵光吓了一跳。走到洗衣盆前，拎起自己的裤子：你把我裤子给洗了？（追进屋）

蔫嫂隔墙看到，转身出画。

068. 山坡刘桂清家羊圈　日　外

刘桂清正在打扫羊圈，蔫嫂跑来。

蔫嫂：桂清啊，赵光可真是学坏啦，家里找了个野女人，俩人进屋了。

刘桂清愣住。

069. 赵光家屋　日　外

那女人走进赵光卧室，拽过被子撕被面，赵光蒙了。

赵光：你干什么？

那女人：这都该洗了。

赵光：你是干什么的，谁让你来的？

那女人：你儿子在劳务市场把我找来的。说你这缺个帮手。

赵光：你走，你赶快给我走！

那女人：还没给钱呢。

赵光：多少钱？

那女人：三十！

赵光：洗几件衣服就三十？

那女人：说好了，侍候你、侍候孩子、侍候鸡一样十块。

赵光：这小兔崽子，败家玩意儿，三十块得多少鸡蛋啊……

赵光边说边掏钱，一抬头看见刘桂清已经站在院门口。

070. 赵光家院　黄昏　外

赵光搅拌着鸡食。

一个编织袋从院外扔了进来，砸在了他的身上。紧接着那件红连衣裙又落到他的头上，赵光摘下裙子望去，刘桂清已走远。

071. 村口：日　外

赵光开着拖拉机出村，车上装满鸡蛋。

072. 县农贸批发市场　日　外

工作人员把鸡蛋从车上搬下。

赵光冲着记账员：能不能给我结点现金？急着用钱。

记账员：合同订好了，年底结账，要是零算就不是这个价了。

赵光：对。（走开）

073. 储蓄所　日　外

赵光走出储蓄所，站在台阶上数钱。然后把钱装入兜内，走开。

074. 县农贸市场　日　外

赵光在鞋摊前停住脚：这胶鞋多买能便宜点不？

摊主：多少双？

赵光：二十五双

摊主：多大号的？

赵光拿出一沓儿白纸，递给摊主：这儿有样子。

摊主翻开，每张纸上都画着孩子的脚印。

075. 村口　黄昏　外

赵光开着车满载而归。

076. 赵光家院子里　黄昏　外

赵光的车还没有停稳，妞妞带着几个孩子跑出：不好啦，爹爹，黑蛋让公安抓走了。

赵光：什么？！

赵光转身跑去。

077. 派出所内　黄昏　内

两名警察在审讯黑蛋，警察冲黑蛋：就这些吗？

黑蛋：对！

警察：你到里屋待会儿。

两名警察开始研究审讯记录。

值班警察：看来这电缆是他爹偷的。

记录员：对，让孩子帮他卖的。

赵光满头大汗地跑进派出所：你们是不是从下沟村抓来一个孩子？

警察：你是谁？

赵光犹豫了一下：我是孩子他爹。

警察：蹲下！

赵光蹲下。

警察：没想到你还投案自首来了，我问你，你一共卖了多少斤？

赵光：怎么说呢，一天怎么也得六七十斤。

旁边负责记录的警察冲着审讯官小声地：对上了，净泡八十二斤。

警察：是净泡，还是毛泡。

赵光：毛泡？

记录警察：就是问你是带着皮卖的还是扒了皮卖的？

赵光：那玩意儿哪能扒了皮呀，都是红皮儿的。

警察：红皮儿的？

记录警察小声地：铜线。

赵光：唉，闹了半天你们是想要货，早说呀，要多少都有。不是我跟你吹，我那都是红皮儿的，个儿大，七个头就是一斤。

记录警察小声地：看来他是把电缆都给铰了。

赵光：卖给别人一块八，卖给你们一块七毛五。

警察：大胆！

赵光吓了一跳。

警察：你敢到公安局来推销你的赃货。

赵光：不脏，都是自己家鸡下的。

两警察对视一下。

警察冲着里屋：你给我出来。

黑蛋低头走出。

警察：他不是你儿子呀？

赵光：是，前两天大会上，我说了给孤儿当爹，结果，像他这样的来了一群。

记录警察：对了，报上登过。

警察从报架上拿过带有赵光照片的报纸。

警察：哎呀，赵光，赵光同志。

赵光：你们要鸡蛋啊？

078. 派出所外　黄昏　外

赵光推着自行车：你给我走。

黑蛋站着不动。

赵光：今天你别想跟我回去，我那还有二十多个孩子呢……（骑车就走）

黑蛋：你挺仗义，刚才为我交的罚款，我早晚还你。

赵光停下车子。

赵光：你还去偷哇？公安局有我的名，你再惹事，我得跟你一块儿进去。

黑蛋：一人做事一人当。（说完转身走）

赵光：站住，我怎么碰上你这么个活祖宗呀，上车！

黑蛋跳上车子。

两人消失在黄昏中。

远处传来狗叫声。

079. 男生宿舍　夜　内

黑蛋在炕上翻来覆去睡不着，突然发现炕下面有一丝亮光，起身钻到炕下，原来墙上有个圆洞，被一块砖头堵着，黑蛋挪开那块砖头，不料，滚出来几个鸡蛋。黑蛋从圆洞里望去，原来那边是一个鸡蛋道，蛋道上堆满了鸡蛋。

黑蛋：哎呀！

一孩子：黑蛋，什么呀？

黑蛋：这儿跟鸡架上的蛋道连着，给我一个盆。

080. 赵光家院　晨　外

赵光出屋吹哨，院里鸡听到哨声往前跑，赵光再一吹哨，孩子们从各屋里跑出，端着小红盆在院内站成一队。

赵光：刷牙、洗脸。

孩子们在井台前洗漱。

小不点脸上抹满了牙膏，把挤扁的牙膏皮给妞妞看。

妞妞：不能吃，快吐出来。

小不点：甜。

081. 赵光家厨房　日　内

赵光在为孩子准备着早饭，黑蛋端着盆鸡蛋走进来。

赵光：还知道办点儿人事儿。

黑蛋放下鸡蛋走开了。

082. 赵光家院　日　外

一村民担着一担子热气腾腾的馒头走进赵光家院子。

一村民：五十个馒头。

赵光拿出小本接着画圈：我给你记上。村长扛着黑板走进。

赵光：村长，你这是干啥？

村长：我向乡里汇报了，乡里说马上研究，我怕孩子出事，我看先用学习把孩子拢住。

赵光：你这不扯呢吗？我大字认不了两筐，你这拿鸭子上架吗。

村长：拢起来就比散着强啊。不管教啥，你先糊弄他们玩吧。

083. 男生宿舍　日　内

黑板挂在墙上。

赵光站在黑板前：今天我们上课，讲点什么呢？

妞妞：画画。

赵光：对，画画。咱下沟村山美水美，就画山水。这是山，这是水。

一女孩：爹爹，小不点儿在屋里撒尿。

赵光走过去一看，小不点儿在墙上尿出一幅山水画。

（自语）比我画得好啊。

084. 老蔫家　日　外

老蔫正在给牛挤奶，蔫嫂给牛拌料。

蔫嫂：听着没有，赵光还要办学校呢。

老蔫：他教出的孩子还不尽得鸡蛋呀。

085. 赵光宿舍　日　内

赵光从箱子里翻出几本古代小人书，觉得不合适。又从镜框后面抽出一卷科学种田的宣传画，觉得还是不行。突然看到箱子下垫着一本厚书，他用力搬开箱子，抽出来一看是一本《计划生育手册》。

086. 山坡上刘桂清家羊圈　日　外

离开你的鸡子，我照样做糟子糕！

087. 村口　日　外

赵光开着拖拉机向县城驶去。

088. 县城学校门前　日　外

赵光开着拖拉机来到一家小学校门前，停下车。

089. 小学校教室　日　内

老师正给孩子上课。

老师：同学们好。

孩子：老师好。

老师：今天学数学，一加一等于二，二加二等于四……

赵光在窗外探头偷听。

老师发现：那位同志，你有事吗？

赵光：没事！（偷偷摸摸走开）

赵光来到大门口，见墙上贴着各个年级的课程表，被学校里看收发室的老头盯上。他看了看四外没人，把课程表一把撕下。

老头高喊：你干什么？

赵光撒腿就跑。

090. 赵光家院　日　外

课程表已贴在赵光家的墙上。孩子们排队坐好。二十五个孩子纵向排开，每个孩子面前都摆着一盆鸡蛋和一个装鸡蛋的箱子。黑蛋站在队伍前点名。

草花 A：到！

方片 K：到！

转身面向赵光：报告爹爹，二十五个孩子全部到齐，一张不少。

赵光站在黑板前：同学们好，同学们好。说话呀，我问同学们好了，你们怎么不说老师好呢？

孩子们：老师好！

赵光：从今天起，咱们就开始上课了，这就是咱们的课程表。

孩子们看着课程表小声议论着：咱爹真有学问，字写得真棒。

赵光：不是跟你们吹，别看咱条件比城里差，但学的东西跟城里孩子一模一样，不信你看这课程表，就像在城里学校扒下来似的。

妞妞：爹爹，这些课咱们都学吗？

赵光：别急，一门门来。咱们今天先学算术。算术就是数数，非常关键，要不然鸡下多少蛋都不清楚。

赵光拿起两个鸡蛋在前示范：同学们，跟我来，先学加法，一加一等于二。

赵光把两个鸡蛋放入箱内。

孩子们跟着模仿：一加一等于二。

赵光又拿起两个鸡蛋：二加二等于四。

孩子们：二加二等于四。

赵光：四加二等于六。

孩子们：四加二等于六。

小不点一个鸡蛋没有拿好，掉到地上摔碎了，他吓得要哭。

赵光走过来：怎么啦？

小不点：摔碎了一个。

赵光：没事儿，摔碎了就等于减法吗，六个减掉一个等于几呀？

小不点掰着手指：五个。

赵光：真聪明。（冲着所有的孩子）六减二等于几呀？

黑蛋故意犯坏地拿起两个鸡蛋摔在地上，黑蛋：六减二等于四。

其他孩子也不示弱举起鸡蛋刚要摔。

赵光急忙制止：停！停！咱们今天不学减法！

091. 村口　晨　外

赵光拉着一车鸡蛋出村。

刘桂清在远处干活，目送赵光很远。

092. 赵光家院　日　外

妞妞拿着赵光的身份证跑进：大家快过来，我告诉你们个秘密，今天是咱爹的生日。

一孩子：你咋知道？

妞妞：身份证上写着呢。

093. **赵光家厨房　日　内**

一帮女孩子围着面板做面条。

妞妞：我听奶奶说面条越长寿命越长。

一孩子：那我们把面条接起来。

外屋黑蛋在捞鸡蛋：鸡蛋熟了。

孩子们从另一屋拥出，一孩子刚要拿鸡蛋。

黑蛋：别吃，一人写一个字。

094. **老蔫家院　日　外**

刘桂清进院：蔫嫂。

蔫嫂正在屋里洗衣服迎出：哎，桂清呀，你咋来了，快屋里坐。

刘桂清：不用，外面凉快。

刘桂清看着赵光家院里的课程表：咋地，那边还真上课了？

蔫嫂：还上课呢，鸡蛋摔了一地。

刘桂清痛苦地：蔫嫂，你说他这不是二百五吗，让全村人看热闹，我这脸都没处搁，蔫嫂你劝劝他。

蔫嫂：我劝他？一根筋，这不知跟谁较上劲了。

远处传来拖拉机的声音。

蔫嫂：回来了。

蔫嫂把刘桂清拉进厨房。

095. **赵光家院　日　外**

赵光开车进院，车上拉了不少的东西。

孩子们蜂拥而上：爹爹，快进屋歇会儿。

爹爹，洗洗脸。

爹爹，快吃饭吧。

赵光高兴地：不饿，咱们今天先讲课，后吃饭，集合！

096. **老蔫家厨房　日　内**

蔫嫂拉过刘桂清：快看，开始了。

097. **赵光家院　日　外**

黑蛋在队前点名：草花 A。

——到！

——草花 2

——到！

——草花 3。

赵光打断黑蛋：孩子们，扑克牌只是临时代号，你们都要有自己的姓名。我今天给你们买了本新书《百家姓》。《百家姓》就是一百个姓，你们喜欢哪个姓就自己挑。跟我念——

赵光：赵、钱、孙、李。

孩子：赵、钱、孙、李。

赵光：周、吴、郑、王。

孩子：周、吴、郑、王。

妞妞突然站起来：爹，我想姓赵。

另一个孩子站起：我也姓赵。

妞妞急切地：是我先挑的。

赵光：坐下，别争别抢，你姓赵你也可以姓赵，要不然那么多人，这一百个姓那不够分哪。大家都姓这一百个姓，所以又叫老百姓……

妞妞打断赵光：爹爹姓赵，所以我们都想姓赵。

赵光：那好，同意姓赵的举手。

——我。

——我。

——还有我。

孩子们都举起了小手，还生怕举得低了赵光看不见，都伸长了手臂。

赵光：我这辈子就盼着死了能有个抱罐摔盆的，这回有指望了。小不点似懂非懂地拿起边上的一个红塑料盆，使劲往地上摔。

赵光：别摔！我还没死呢，（说着将盆向空中一抛）这扔还行。孩子们都一起去抢盆。

098. 老蔫家厨房　日　内

蔫嫂也笑了：别说这孩子还挺疼人的……

刘桂清走开。

099. 赵光家院　日　外

赵光抬头看见刘桂清从自己家门前走过，急忙走了过去：桂清。刘桂清并没有理他，赵光猛一回身，将地上的红盆狠狠地踢了一脚。男孩子们顿时在院里踢起红盆，他们像足球运动员一样踢着、抢着、喊着。

100. 老蔫家　日　内

蔫嫂正在厨房内洗衣服，听到孩子的喊声，不耐烦地冲着老蔫：这帮崽子太能闹人，找他去。蔫嫂一开门，一个红塑料盆从头顶飞进。她顺手把门关上，捡起飞来的红盆投起了衣服。

101. 赵光家院　日　外

所有的孩子望着老蔫家方向等着红盆。

102. 老蔫家　日　内

蔫嫂仍用红盆投着衣服。

103. 赵光家院　日　外

赵光从屋里拿出编织袋：孩子们，你们看我给你们买什么啦？咱们今天上音乐课。说着赵光从袋里倒出一堆笛子和竹板。孩子们蜂拥而上，拿起竹板和笛子吹打起来，乱成一片。

104. 老蔫家院　日　外

鸭子被板声惊吓，蔫嫂爬上墙头：别打了，鸭子都吓毛了。孩子们根本不听。

蔫嫂指着黑蛋：说你呢，小花子！

黑蛋气得把板打得更响。蔫嫂又喊又叫地冲进了院子，一把抢过黑蛋手中的板摔在地上，用脚把竹板踹碎。黑蛋见跟随自己多年的竹板被摔碎，他急了，一脚踢在蔫嫂的脚背上。

蔫嫂妈呀一声：你敢踢我！（两人厮打到一起）

赵光拉过黑蛋：你干什么！

黑蛋的眼圈有些红了：她把我竹板踹碎了！

蔫嫂大声地嚷嚷：我就踹你这要饭的呱嗒板子，你能咋地！

说完蔫嫂转身走。

赵光强忍着怒火：走，咱到山上去练。

孩子们走出院。

105. 老蔫家　日　内

蔫嫂从屋外走进来，拿小镜子。

老蔫：你干啥玩意儿。

蔫嫂：我避邪！

106. 赵光家院门前　日　外

孩子们拿着竹板和笛向赵光家走来。一束阳光在妞妞的脸上闪动，她眯着眼望去，发现老蔫家的门上挂了个小镜子。

妞妞：照妖镜！

一孩子：这是冲咱家来的。

另一孩子：我拿个镜子给它反回去。

黑蛋：不用！

黑蛋从兜里掏出一个弹弓，捡起一粒石子，拉开皮筋，猛一撒手，小镜子被打了个粉碎，所有的孩子为他鼓掌叫好：好！太棒了！！

蔫嫂“嗷”的一声冲了出来：兔崽子！她光着脚冲进了赵家院子，把黑蛋按在地上。赵光跑进院子拉住蔫嫂：你别跟孩子一般见识。

蔫嫂：咋地，我打的就是你这个野种！

赵光：你说话怎么那么难听？！

蔫嫂蹦着高：我就骂了，你能把我怎么地。野种！你就是个野种！

说着用手一推，把赵光推了个趔趄。黑蛋像一头疯了的野牛冲上去，一头把蔫嫂撞翻在地。捡起地上的砖头高喊一声：走！砸她家去。（孩子们冲出）

107. 蔫嫂家院　日　外

所有的孩子冲向蔫嫂家开砸。

蔫嫂家门前打成一团，只有小不点没有动手，他从蔫嫂家拿回红盆顶在头上，躲来躲去。

赵光阻止：别打，别打。这时，刘桂清跑来。

老蔫从屋里跑出：别砸，别砸。砸着玻璃还行，千万可别砸锅。这句话提醒了黑蛋，黑蛋拾起块石头冲进屋内。

108. 老蔫家厨房　日　内

黑蛋冲进厨房，掀开锅盖，锅里正有半锅水，黑蛋举起石头狠狠砸下去，锅碎火灭。

109. 蔫嫂家院　黄昏　外

赵光从蔫嫂家屋把黑蛋和另一男孩拎出，蔫嫂在后边追打。

刘桂清气冲冲地走到赵光面前：赵光，堵烟囱砸锅是最缺德的事，你还当老师，你别给我猪鼻子插大葱——装象了，你这是误人子弟，照你这样下去，你早晚得把这帮盲流培养成流氓了。（转身离去）

110. 赵光家院　黄昏　外

孩子们耷拉着脑袋站在院内。

赵光走到黑蛋跟前：把弹弓给我！

黑蛋交出了弹弓。

所有的孩子都紧张地看着赵光。赵光从蛋筐里拿出一个鸡蛋，兜在弹弓的皮套上，拉开弓一松手，将鸡蛋抛向高空。鸡蛋在空中旋转着。（升格）赵光又从地上捡起一粒石子挟在弹弓上，拉开，猛一挥手，空中的鸡蛋被击了个粉碎。（升格）孩子们看傻了，连黑蛋也目瞪口呆。赵光把弹弓卷起扔出：以后别玩这个！（走出院门）

111. 村外林间小路　黄昏　外

赵光和村长在树林中来回踱步。村长：真没想到这帮孩子这么难带。你再坚持几天，乡里正在想办法。赵光：我坚持到啥时候是个头啊？我不干了。里里外外都冲我来，我成了猪八戒照镜子——里外不是人了，我招谁惹谁了。

112. 男生宿舍　夜　内

赵光进门愣住。屋里没有点灯，二十五个孩子每人都举着一支蜡烛，桌上放着一碗面条和一盘染着红皮的鸡蛋。妞妞吹起了笛子《祝你生日快乐》。黑蛋：爹，今天是你的生日，我不该惹你生气。

赵光：生日？

妞妞：身份证上写的。

赵光：我那就是随便填了个日子，我根本不知道哪天是我的生日。

一孩子：我也不知道我的生日。

一孩子：我妈妈说我是从石头缝里蹦出来的。

一孩子：我从来没有过过生日。

众孩子：我也没过过……我也没过过……

赵光有些难受：孩子们，我们都不知道自己的生日是哪天。以后今天这个日子，就是咱们大家的生日。

妞妞：爹爹，你许个愿吧！

赵光：我愿意让你将来比爹有出息……

一孩子：我将来要当科学家，学科学，科学养鸡。

一孩子：我将来要当大款，挣很多钱，孝敬爹。

妞妞：我将来想当医生，把我奶奶的腿治好，把小不点……（突然想起什么，没有说下去）

小不点：我将来到城里上学，学文化，回来教咱爹，让爹有了文化再教我们。所有孩子都乐了。

赵光：是呀，爹没本事把你们带好！

孩子们：爹好，比城里老师教得还好……

一孩子：吃鸡蛋，吹蜡烛。

二十五支蜡烛，一支支吹灭，只有赵光眼前的蜡烛还在燃烧着。

113. 师范学院　日　外

赵光开着拖拉机来到师范学校门前，停下车，从车上搬下一筐鸡蛋走进。

114. 校长办公室　日　内

鸡蛋摆在校长的办公桌上。

赵光：校长．您一定帮我们派位老师，多少钱都行，（掏出存折）你看，有！不是我教不了，关键是那帮孩子太聪明了！不是跟你吹呀，吹笛子、打快板样样全行。你刚教的加法，减法自己就会了。

校长：我们学校毕业生是不包分配的，他们都有自己的选择，回头我们研究一下。

赵光：谢谢。

115. 山坡　日　外

赵光吹着口哨在山坡放鸡。

村长风风火火地跑过来。

村长：赵光，你又到哪儿吹去了。

赵光：没有啊？没吹啊？

村长：你又跟人家说咱村办学校了是不？

赵光：我怎么啦？

村长：乡政府来电话了，让咱们好好准备一下，说这几天县里要来大学生夏令营参观团，学习你的办学经验！

赵光：我的妈呀！

116. 教室　日　内

孩子们在屋里画画。

117. 县大街　日　外

大街上人流不息。在远处有两个巨大的气球在人群中游动着。

118. 山路　日　外

村长和赵光紧紧地拽住气球在山路上走着，累得汗流浃背。

赵光：办热闹点，老师一高兴，兴许留下。

村长：那敢情好，你我都省心了。有一队担着担子的农民迎面走过，其中一农民看着他俩拽气球的样子觉得有点新鲜：哎，他们那活儿轻快呀。

赵光：轻快？一辈子干活都往上使劲，从来没往下使过劲。

村长身体有些坠不住气球，一步一跳地往前走着。

村长：我说，咱吃点儿东西吧，你就舍不得花钱！这肚子没食坠不住吧！赵光把买来的一袋子水果坠到气球下，轻松地推着气球往前走。

村长：你小子真会找窍门，快帮我拽会儿，手都麻了。

赵光接过村长的气球，不料两个气球将他一下子带起。

赵光在空中惊恐地：村长！

村长：快撒手，放开一个。

赵光越升越高：不行，咱那儿还有押金呢！

村长：你要钱不要命啦！撒手！

赵光恋恋不舍地将那个不带水果袋子的气球放开。

赵光缓缓地降了下来。

119. 下沟村小学　日　外

操场上一片沸腾，墙头、树杈上，挤满了看热闹的村民。

门前只有一个气球，下面挂着一条标语——“热烈欢迎师范学院的老师光临指导”。

另一条标语挂在树上——“热烈欢迎乡政府的领导来村视察”。

来宾们坐在临时搭建的主席台上。亭亭玉立的女大学生林琼坐在村长的身边。

后面坐着师范学院的同学们。孩子们身穿崭新的迷彩服，排成整齐的方队。

赵光也身着迷彩服，神情威武地站在队前。

黑蛋：报告校长，一分队十二人集合完毕，请指示。

赵光：按原定科目，继续操练！

妞妞：报告校长，二分队十三人集合完毕，请指示。

赵光：按原定科目，继续操练！赵光转身突然跑到老村长面前。

赵光：报告村长，全校学生二十五人集合完毕，请指示。

村长吓了一跳：啊——也按原来的，练！赵光发号施令：热烈欢迎师范学院应届毕业老师和乡领导来我校光临指导，下沟村自办小学的全体师生在此接受你们的检阅！正步走！

孩子们精神抖擞地正步走过主席台：“赵钱孙李，周吴郑王，冯陈楚魏，蒋沈韩杨……”在口号声中不断地变化着队形。迎来了大学生和看热闹的村民的阵阵掌声和笑声。

行进中，孩子们突然从袖中抽出笛子和口琴。

妞妞下令：军乐演奏！

在赵光的指导下，孩子们在行进中吹奏着《我爱北京天安门》，再次走过主席台。大学生们乐得前仰后合。

一村民乐得从墙上摔在柴堆上。

赵光下令：快板准备！

孩子们齐从兜里掏出快板，边打边唱：人之初、性本善、习相近、性相远、苟不教、性乃迁……

孩子们最后来到主席台前，热情地高喊：欢迎，欢迎，热烈欢迎！

林琼乐得直擦眼泪。

村长：林老师，咋样？

林琼：不错，不错，真没想到赵光把这些无家可归的孩子训练成这样。

小不点儿忽然坐在地下喘着粗气。赵光摘下帽子给他扇风。

林琼过来：病了？

赵光：没事儿，这孩子怕热，歇一会儿就好。

村长：我们教室里都添上新的桌椅板凳了，请老师们参观参观。

赵光：哎呀，村长，你张罗啥？见好就收吧。

120. 教室　日　内

林琼把拼音字母写在黑板上：孩子们，你们非常可爱，非常聪明，但是学习要从基础学起，这几个字母你们认识吗？

孩子们：黑桃尖、草花 Q。

大学生们笑。

赵光：林老师，这些孩子基础比较差，没学过外语。

大学生们笑了，林琼也笑了。

一大学生：赵校长，给我们讲讲课吧。

赵光：讲啥呀，连个鸡蛋都没有。

赵光走到黑板前。

村长马上接话：刚才林老师还夸你，说你把这些无家可归的孩子训练得挺好，那你就讲讲无家可归吧。

一大学生：对，就讲无家可归。

赵光紧张地走上讲台：无，就是啥也没有的意思。家，就是你家我家的家。可……老师们渴了就自己喝水啊。

大学生们都乐了。

一大学生：赵校长，你能给我们讲讲这些孩子的身世吗？

赵光犹豫一下拿出那个记账的小本。村长吓了一跳，小声地冲着赵光：别提馒头的事。

赵光：那好，今天我点一次名吧。

孩子们坐直了腰板等待着。

赵光：高建！

所有的孩子愣住了，相互寻找。

黑蛋站起：到！

孩子们一片哗然。

村长也有些意外。

赵光冲着黑蛋：你来这之前总是在长岭一带流浪，常睡在上坎老刘家，对吗？

黑蛋：对！

赵光：郭利斌！

另一个孩子：到！

赵光：你来之前给万堡刘宝才家放牛，全村都叫你牛娃。

郭利斌：是！

赵光：王平、王军！

妞妞和小不点儿站起来：到！

赵光：你爸王利本在外打工做木匠，妈妈是四川人，所以你俩比别的孩子都能吃辣的。

小不点哭了起来：妈！

在场的孩子都难过了：爹，我们不想走，不想回家。

乡里一位陪同干部看着赵光：没错，和我们乡里掌握的情况一样，剩下的大部分孩子都是有家而来上学的。

赵光：不管有家没家，想到我这儿来，这儿就是你们的家。现场爆发出热烈的掌声。

一名大学生：赵光同志能说说以前干什么的吗？

赵光：那四个真正没家的孩子加在一起就是我的过去。老师们，孩子们都没去过北京，他们知道你们要来，给你们画了一幅画。

说着把孩子们画的那幅天安门水粉画贴在黑板上。

在座的孩子用笛子吹起了《我爱北京天安门》的乐曲。

大学生们的歌声和笛声混在一起。赵光激动地看着。

121. 河边　日　外

歌声中，大学生们穿着艳丽的泳装和孩子们在河边游泳。河边的树杈上挂满了他们换下来的衣服。

刘桂清家的牛在河边吃草，正巧把林琼的内衣和裙子挂在牛角上。

122. 村路上　黄昏　外

林琼穿着艳丽的泳装带着一群孩子走在村间的小路上。

路两旁的村民惊呆地看着，连门前的狗都感到新鲜。

123. **刘桂清家院　黄昏　外**

刘桂清家的牛顶着林琼的内衣和裙子，晃晃悠悠地回来了。

刘桂清火冒三丈。

124. **赵光家院　黄昏　外**

二十五个红色洗脸盆一溜儿摆开，大学生们帮着孩子洗衣服，为孩子留着通信地址。赵光在井台上打水，冲着另外一名大学生：你们多留几天吧，看孩子们多高兴呀！

大学生：这次没准备，乍一到这连上厕所都不习惯，我们回去准备准备再说。

赵光：那你们可一定来呀！

一大学生跑过来：赵校长，能不能为林琼找身衣服？

赵光：能！

125. **村路　黄昏　外**

刘桂清拿着林琼的衣服，气冲冲向赵光家走来。

126. **赵光家院　黄昏　外**

林琼穿上刘桂清的红连衣裙，像模特一样从屋内走出，所有的孩子和大学生为她鼓掌：好，真漂亮！

赵光也赞不绝口：别说，你穿着比桂清还合身。

赵光发现林琼脸上的笑容消失了，回头一看，见刘桂清站在身后。

刘桂清手托衣服，面带微笑冲着林琼：这是你的。

林琼指了指身上的连衣裙：这是你的？

刘桂清：你穿着比我合适。

林琼：真不好意思，刚才我们急着要走……

刘桂清大方地：送给你了。（回头冲着赵光）别让老师再爬山了，开着拖拉机送送客人。

赵光喜出望外：哎。

127. **村口　黄昏　外**

孩子们为老师送行。

赵光开着拖拉机拉着老师远去。

孩子们跟着车向远处跑去。

刘桂清拼命地向家里跑去。

128. **刘桂清家　黄昏　内**

刘婶正在厨房做饭，刘桂清破门而入，跑到里屋趴到床上呜呜地哭了起来。刘婶就像什么事都没发生似的，继续做饭。

刘婶：快哭，哭完好吃饭。你就这么没出息呀，一个好吹牛的男人有什么好的，那年村长报产量的时候吹过一次牛，到现在我都不理他。

129. **赵光家院　黄昏　外**

孩子们拿着小碗眼巴巴地等在门前。

黑蛋：今天谁家派饭？

妞妞：刘桂清阿姨家。

130. **刘桂清家院　黄昏　外**

刘桂清眼睛红肿着，她拎着饭和汤走出家门。

刘婶追了出来：你干啥去？

刘桂清：今天轮到咱家送饭。

刘婶：不送，（*说着将一盆馊菜汤倒进桶里*）我就是扔了，也不给他们吃。

刘婶把刘桂清拽回屋。那桶饭菜丢在院里。

131. 赵光家门口　黄昏　外

小不点儿：姐姐我饿。

妞妞：喝点儿水行吗？

小不点儿：行。

黑蛋从院门口拎桶进来：我把饭给拎来了。

孩子们拥上。

132. 学生宿舍　晚　内

数名孩子在床上打滚，哭着喊着肚子疼。

133. 山路　夜　外

刘桂清风驰电掣地开着拖拉机，车后厢上铺着棉被，小不点等七八个孩子躺在车上。

134. 县医院　夜　内

刘桂清来到挂号室：我是下沟村的，有几个孩子可能是食物中毒。

医生递过来一个单子：先交押金。

刘桂清：我来得急没带那么多钱。

医生：赶紧回去取吧。

刘桂清：哎呀，医生，我们那路远呀，这几个孩子眼看就不行了，我求求你！

医生：我们医院有规章制度。赵光从外风火跑进。

刘桂清：赵光。

赵光：你混蛋！

刘桂清吓得不敢说话。

医生：小点儿声！能交押金吗？

赵光：（掏出兜内的存折拍在挂号台上）三万！（冲着刘桂清）我告诉你，今天要有一个孩子出事了，我跟你没完。

医生：看错了吧，三千。

赵光顿时没了底气：是呀，都花了，够吗？

医生：先看病吧。

135. 医院走廊　夜　内

医生推着孩子跑过。

136. 急救室　夜　内

紧张抢救着孩子。

137. 急救室　夜　外

赵光和刘桂清在门口焦急地等待着。

医生走出。

赵光：医生，怎么样？

医生：基本脱离危险，就那个小不点病情严重，由于食物中毒，引发先天性心脏病，需要到省城医院手术。

赵光：来得及吗？

医生：我们用药稳定住了，不过不能再拖了。如果再要犯病就危险了。

刘桂清：做这种手术要多少钱？

医生：起码得五万。

赵光愁眉不展。

138. 村委会院内　日　外

村长召开全村大会。

在场的人全都屏住呼吸，整个会场鸦雀无声，刘婶低着头坐在一角，赵光和刘桂清也都在场。

村长：一桶馊饭造成七个孩子食物中毒。

全场哗然，台下一片议论声。

村长：这要不是抢救得及时，就要闹出人命了，多危险，咱下沟村山变水变人不能变，缺吃缺穿不能缺德。

赵光站起：刘婶，乡亲们，是我连累了大家，我七岁来到下沟村，当时偷吃了老蔫他爹家的鸡食，老爷子看我可怜，把鸡杀了，把我留下。这些年我欠咱下沟村每个人的人情，说实话，我每次向大伙伸手的时候，脸上都是火辣辣的。人有脸，树有皮，我赵光也算是个爷们儿，我发誓从今以后再也不向大伙伸手了，我今天卖养鸡场。这突如其来的情况使在场的村民震惊了。

刘桂清也感到意外。

村长：赵光，你别胡来。

赵光：我都想好了。（冲村民）我估算了一下，一千只蛋鸡，外加年底批发站合同的结账，怎么也得六七万块，因为急用钱，所以起价五万。

村民议论。

一村民：这便宜就看谁捞去。

村长急忙解释：这就等于是拍卖，他说五万是起价，这拍卖就跟放“蹿天猴”似的，起价不能算数，一放手得噌噌往上蹿。五万起价，有涨价的没有？……

蔫嫂：四万五。

众笑。

村长：拍卖都是往上拍，哪儿有往下拍的吗？

蔫嫂故意赌气：往下才叫拍呢，往上那不成了捧了吗？

众笑。

一村民也跟着起哄：四万。

众乐。

另一个村民：还四万，就是四千你也拿不出来呀。

赵光：为了孩子，希望大家多多捧场。

村长：起价是五万，底价也是五万，低于这个数就不卖了。

蔫嫂：又不是你的鸡场，你跟着掺和啥呀，我就出四万五。

刘婶：五万块钱我要。但我有个条件，都知道鸡一挪窝就不下蛋了，五万块钱我连窝带院一块买。

在场的人全都感到意外。

刘桂清：妈。

刘婶：你少插嘴，这个家我做主，轮不到你说话的份儿。

蔫嫂：刘婶，桂清说得也对，都快一家人了，这又买又卖的，不是外道了吗，冲赵光四万六怎么样？

刘婶：今天，这个鸡场我买定了。五万。

赵光没表态。

刘婶：咋的，舍不得了？

赵光果断地：卖！

139. 舍　夜　内

孩子们没有睡，在炕上议论纷纷。

——刘婶太可恨了，这不是想占咱爹的便宜吗？

真没看出来她是这样的人。

——她姑娘要真跟咱爹结了婚，还不把咱爹给吃了呀。

黑蛋一直没说话，突然下令：都睡觉！灯关了。

黑暗中，黑蛋钻到床下，挪开墙上的石头，鸡蛋飞滚。没多大工夫接了一盆。

140. 刘桂清家　夜　内

刘桂清在收拾东西，刘婶进来：你干啥去？

刘桂清：我走，你不是我妈。

刘婶：你说啥呢，这还没过门儿就跟我作对了。

刘桂清：你也太过分了。赵光都快成什么样了，你还跟他过不去，占了他的便宜你就好受了？这不是落井下石吗？

刘婶：桂清啊，妈也看出来了，你跟赵光是铁了心了，你说赵光现在除了那几只鸡，还有啥呀？这鸡场再让别人买去，他赵光将来喝西北风去呀。现在他急着用钱，所以我把它买下来了，这常言说啊，嫁鸡随鸡，我呢，这叫嫁姑娘随鸡。刘桂清恍然大悟。

141. 刘桂清家鸡舍　晨　内

赵光家鸡舍虽卖给刘桂清家，但仍然放在赵光家院里。

刘桂清来到鸡舍捡鸡蛋，发现鸡蛋少了许多。

142. 男生宿舍　晨　内

黑蛋刚一睁开眼睛就钻到炕底下，又挪开砖头，奇怪的是这次没有鸡蛋滚出，黑蛋顺洞望去。正赶上刘桂清也向这边看，两人对视，半天都没看清对方。

黑蛋自语：啥玩意儿呢，鸡屁股？

洞那边传来刘桂清的声音：谁？

黑蛋吓了一跳，赶紧捡起砖头把洞堵上。

刘桂清的声音变小了。

143. 赵光家院子　日　外

刘桂清：黑蛋，你出来！

黑蛋出现在男生宿舍门口，不服气地看着刘桂清。

赵光从院外急匆匆走来，站到黑蛋的身后。

刘桂清：你刚才干什么呢？黑蛋不语。

刘桂清：你是不是偷鸡蛋了？

黑蛋：我偷了，你能把我咋地？

赵光愤怒地：混蛋！

144. 男生宿舍　日　内

赵光在用皮带抽黑蛋的屁股，黑蛋忍着，一声不吭。

赵光愤怒地：我让你偷！你个不争气的东西！我就是把命搭上，也换不回来你们点儿出息，我要你们有什么用啊！

孩子们站在屋里，都吓得不敢说话。

妞妞：爹，别打了！我们一定给你争气。

赵光：住口！今天我非打死你不可。说！鸡蛋都整哪儿去了？

黑蛋：卖了。

赵光：钱哪？

黑蛋从鞋里掏出一把零钱：我知道你没钱给小不点儿看病。

赵光愣住，转身走开。

刘桂清走到孩子身边，搂住黑蛋。

妞妞轻声地：妈……

所有的孩子：妈……

刘桂清流下了眼泪扑向孩子。

145. 赵光家　日　内

赵光抱着公鸡自语：我没本事，照顾不了你们。

放下公鸡，收起桌上的扑克牌。

妞妞和黑蛋进来：爹！

赵光转过身：爹要去省城，给小不点儿治病，这件事不许跟别人说。

妞妞：为什么？
赵光：有了钱本应该还账，我拿着钱一走，闹不好他们以为我携款逃跑了呢。

146. 赵光家院子　日　外

赵光神色紧张地出门，身后传来一声鸡叫，他停住脚，但又恋恋不舍地离开。

147. 医院病房　日　内

赵光气喘吁吁地跑进病房。见小不点儿的床上已经没人了，他立刻紧、张起来：医生！
护士走进：有事吗？
赵光：孩子呢？
护士：他妈带他办转院手续去了。
刘桂清从走廊深处背着小不点儿走去。

148. 村委会　晨　内

电话铃声响，村长抓起电话：喂，乡长啊！
乡长（画外音）：县里对赵光的学校有个安排方案，你到县里来，咱们研究一下。
村长：好！我马上动身。

149. 赵光家　日　内

孩子们都在翻箱倒柜地找吃的。黑蛋盯着那只公鸡发狠。
妞妞：黑蛋哥，你不能再杀鸡了。
黑蛋：没有，看看。

150. 赵光家院　日　外

一村民挑来一担子刚刚做好的饭菜。
村民：赵光。
黑蛋走出：爹忙着呢，你什么事？
村民：送饭来了。
所有的孩子趴在窗户的玻璃上看着。
黑蛋：啊，放下吧。
村民：放下行吗，得签字。
黑蛋：我签。
村民：你签，我跟谁结账去呀。
黑蛋：噢，那就不用了，我们有别的吃的。
村民不满意地挑起担子：有吃的你早说呀，下回让送也不送了。

151. 男生宿舍　日　内

孩子们一边啃着玉米一边商量着，大家的话互相交叠着，你一言我一语的。
——咱爹到底干什么去了？
——是不是扔下咱们不管了？
妞妞：咱们最好想个什么事儿，让大家给咱送点儿东西吃。
——结婚，一结婚肯定就有人送礼。
——那你就跟妞妞结婚吧。
大家哄笑起来，妞妞羞得满脸通红：讨厌。
——办丧事也送礼呀。那馒头都是蒸熟了供上去的。
——对，就说咱爹死了，给咱爹办个丧事。
——那不是咒咱爹吗？
——你懂什么，越咒越旺。
——前两年我爸死的时候办了个丧事，大伙送了好多礼，还说了好多好话，把我爸说得可好了。
黑蛋：好，就这么办，要把事做真。

152. 山坡上　日　外

山坡上，孩子们在采花。

153. 赵光家院　日　外

黑蛋在撕赵光喂鸡穿的蓝大褂。

妞妞走过来：你怎么把爹的大褂给撕了？

黑蛋：我让鸡给爹戴孝。

154. 村路　日　外

一群系着蓝布条的鸡从赵光家走出。

村民：这鸡咋系着蓝布条呢？

另一村民：不知道咋回事儿呢？

155. 小学校　日　外

喇叭里传出哀乐。

156. 下沟村　日　外

村民在忙着，听见哀乐吓了一跳，都停下手里的活仔细听。

157. 学校广播室　日　内

妞妞对着麦克风：爹爹他没有死，他永远活在我们心中。

黑蛋小声地：对，就说没死。要不然以后不好办。

妞妞又同样的腔调重复着：爹爹他没有死，他永远活在我们心中。

158. 老蔫家　日　内

老蔫一个人喝着闷酒，蔫嫂风风火火跑进。

蔫嫂：可他妈完了，赵光死了！

老蔫迷迷糊糊听着广播。

老蔫：你听，说没死呀？

蔫嫂：连这都听不出来，人家不愿意那么说呗，这能是真的吗？

159. 赵光家正屋　日　内

孩子们扒着门缝往外看。

妞妞：来人了，快站好。

被踩麦苗的村民进屋：你们这是闹什么，闹什么？

黑蛋：我爹他没有死。

众孩子：永远活在我们心中。

村民环视四周，赵光的照片摆在鲜花中，黑蛋守灵，妞妞和另一个男孩在桌前记账。

村民：孩子们，你们放心吧，赵光走了，还有我们，还有咱们下沟村的村民，我这就给你们拉粮食去。（说完走出）

一对外村的中年夫妇走进，含着眼泪走到礼账桌前：赵光兄弟！我们是外村的，孩子就在你这儿，我们骗你说孩子没爹没妈，就是想让孩子来上学，（女）我们对不住赵光兄弟，把他给累死了。（男）

我们拉来了一年的收成。（走出）

记账男孩冲着妞妞：这是我爹。

妞妞：记上一年的收成。

男孩：都是粮食，没副食呀。

妞妞：别急。

一中年男子走到礼账桌前：我是家农贸市场的，是赵光的好兄弟，拉了点猪肉和鸡蛋啥的都在院里放着哪，这二百块钱给赵光大哥买身衣服，让赵光大哥好好上路吧。

妞妞感激地：谢谢，回头让我爹还你。

中年男子吓了一跳：不用！不用！

男子躬也没鞠慌张走出！

蔫嫂冲进屋愣住：赵光兄弟！

妞妞胆怯地提醒：登记。

蔫嫂：登啥记，需要啥到家拿去。

黑蛋拉开抽屉，取出一封信：蔫婶，我爹留给你一封信。

蔫嫂接过打开，信封里装着一百六十元钱和一个账单．上写“欠老蔫家三十六块玻璃、一口锅、一个小镜子、一只鸭子，合计一百六十块钱”。

蔫嫂感动地看了看黑蛋，又看见抽屉里有赵光为孩子们画的一张张鞋样，她拿起鞋样，再也控制不住内心的难过，捂着脸跑出。

160. 省城医院病房　日　内

赵光和刘桂清陪着小不点儿打扑克。

小不点儿从赵光手中抽出一张黑桃 A：黑蛋！

刘桂清乐了。

161. 赵光家厨房　日　内

孩子们高兴地盘点着那堆积如山的礼品。

妞妞：这些东西一年都吃不了。

一个孩子跑进：不好了，外边人越来越多了。

孩子们都傻了。

162. 蔫嫂家院日外

蔫嫂从屋门走出，登上墙头见赵光家院里都是人。

蔫嫂：赵光兄弟，你不该死啊。

黑蛋在窗口高喊：不，我爹他没有死。

蔫嫂：对，他永远活在我们心中。

163. 赵光家屋　日　内

孩子们相互对视：这怎么办？

164. 赵光家院门口　日　外

一辆面包车停了下来。村长和几位乡、县的有关领导走下车。村长看着眼前的一切愣住了，匆忙走进赵家。

165. 赵光家　日　内

孩子们一拥而上。

——村长，我爹没有死。

——村长，我们是想弄点儿吃的。

村长冲着黑蛋：到底怎么回事？

黑蛋：村长，我错了。我们想弄点儿吃的，骗大家说爹真死了，没想到事儿整得这么大。

村长急切地：这不扯吗！（村长出屋）

166. 赵光家院　日　外

村长：乡亲们，听我说，赵光他没有死——

在场的所有人异口同声：他永远活在我们心中！

声音在山间回荡着。

村长被乡亲们那一张张真诚的面孔感动了。

他哽咽着：赵光没有死——

县领导站在一旁频频点头。

蔫嫂拿出赵光为孩子们画的那沓儿鞋样。

蔫嫂：赵光兄弟，你放心地走吧，你的事就是我们大家的事！

蔫嫂将手中的鞋样抛向人群。

空中飞舞的鞋样就像滚落的纸钱，在场的每个人都伸出双手去接。

二十五个孩子一起跑出：爹！

他们向空中抛起红盆，红盆和滚落的鞋样交织在一起。鞋样映红了，孩子们胸前的花也红了。

167. 山坡上　日　外

赵光和刘桂清背着小不点迎着红色的霞光从山坡走来。

孩子们向赵光和刘桂清跑去，孩子们把他们紧紧地围住。

赵光：你们看谁来了。

林琼出现在山坡上，孩子们向林琼跑去。

赵光和刘桂清幸福地望着，慢慢地收回目光。

刘桂清有些失落地：孩子们还是喜欢林老师。

赵光：不是跟你吹，我一吹哨，他们全都回来。

赵光吹响笛子，孩子们没有回来。

山下，一群鸡向赵光扑来。

孩子们围着林琼。

鸡围着赵光和刘桂清。

——剧终

附言：电影《二十五个孩子一个爹》取材于真人真事，故事中主人公的原型是河北邢台人。在采访时我发现他很有性格，文化虽然不高但很有智慧，是个极富喜感的人，凭借我多年的创作经验，觉得这是一个好故事。于是我创作了电影《二十五个孩子一个爹》。这个剧本几易其稿磨了三年，拍摄也很艰难。电影最难拍的就是动物和孩子，这两条我全占了。记得一次拍完夜戏拉着一车孩子回驻地，一上车孩子们就睡着了，山路难走又没有照明设施，为保证孩子们的安全，我在饭店要了一盆干辣椒，路上和司机打赌吃辣椒相互刺激，到了驻地，一盆辣椒吃完了，胃疼了三天。该电影获得“金鸡”导演处女作奖、“百花”最佳故事片奖、“夏衍电影文学奖”、伊朗儿童国际电影节“金蝴蝶”奖等20多项国内国际奖项。

·电 影·

让我们记住

时　间　二〇〇三年春天。
地　点　北京。
人　物　林　琳：某医院护士。
张天明：某医院院长，林琳的父亲。
林素芳：科学家，林琳的母亲。
宋　凯：电视台记者，林琳的男朋友。
奶　奶：张天明的母亲，林琳的奶奶。
周　莉：护士，林琳的同事。
小　刘：某居民楼住户。
刘　妻：小刘的妻子。
李学文：医疗器械公司经理。
李　妻：李学文的妻子。
陈　姐：某居民楼住户，离异。
老　常：陈姐的前夫。
其他群众演员若干。
村民若干，赵光收养的其他孩子，县医院医生，警察，妇女主任，记者。

001. 医院走廊　日　内

张天明疾步走过。

002. 电视台机房　日　内

宋凯坐在剪辑台前把一盘磁带放入机器内。

宋凯：2003 年春天，一种名叫 SARS 的病毒，使这本该花红柳绿的季节被那点点滴滴的白色覆盖了。

宋凯在接听着手机。

宋凯：我跟你说，林琳。你不是呼吸科大夫，知道吧？这事可不是开玩笑的，得尊重科学。

003. 医院院内小路　日　外

林琳和周莉走在医院的小路上，边走边跟宋凯通电话。

林琳：嗯，回头当着我奶奶别提这事儿。

004. 电视台机房　日　内

宋凯：行！知道了，知道了。好！好！好！蛋糕你甭管了，我订吧。

005. 医院院内小路　日　外

林琳挂上手机。

周莉：林琳，我觉得呀，你也不应该写什么请战书。如果领导让我们去，那咱们二话不说。你看你们家，妈妈吧在搞这个SARS病毒研究，整天不着家。爸爸是院长，天天都得在医院值班。家里呢，就剩下一个老奶奶。你看我们家，老公天天在公安局值班，我要是去一线，那孩子谁管？

006. 医院门前　日　外

两人刚刚走到医院门前。有一个病人疯了一样从担架上挣脱下来，要往外跑，几个医务人员试图拦住他。

林琳和周莉冲上去帮着拦住。

病人：我不治了！我不治了！我死也不治！我死也要跟家人死在一起。

林琳：怎么回事？不要激动！

病人：我不治了！

病人一边嚷一边挣脱，无意中把林琳的口罩抓下。

林琳没有退缩，继续阻止着。

林琳：您别激动！您别激动！我们现在只是给您另行检查，你要配合我们，你要相信我们。别激动！

007. 医院院内　日　外

上百名的白衣天使正在绿色的草坪上聆听着院长张天明的动员。

张天明：我们医院今天收了三例“非典”病人。“非典”是一种人类从所未知的烈性传染病，它正在威胁着我们的生命健康。谁来认识它？谁来破解它？谁来制服它？我们！作为医务人员，战胜病毒、挽救生命是我们的天职。也许有人会说，我们毕竟不是传染病医院，收这样的病人合不合适？合适！无论是传统道德和医务道德，使我们没有任何理由往外推脱。作为医务人员，选择职业那一天起，就意味着你选择危险、奉献和牺牲。林琳也坐在台下听着。

008. 街道　傍晚　外

宋凯开着车，看到行人、车辆都很稀少的街道。

009. 居民楼前　傍晚　外

宋凯车驶到楼下。

宋凯下车走向后备厢。

楼内的居民大包小包地往楼内搬运着各种食品。

010. 张天明家　傍晚　内

林琳和奶奶在厨房忙活着，张天明在客厅看电视，电视里播出北京当天新发病例、疑似病人、治愈出院和死亡人数。林琳端着菜从厨房走出，奶奶在餐桌旁忙活着。

林琳：来喽！奶奶，西红柿您给我放白糖了吗？

奶奶：放了，那不是你爱吃的吗？

奶奶：这病比天花、霍乱还厉害，叫什么毒？

林琳：SARS。

奶奶：杀死？

林琳：这个病啊，叫非典型肺炎，简称非典，学名叫SARS。

奶奶：哦，还俩名哪。

张天明：妈！一个是中国叫法；一个是外国叫法。

奶奶：怪不得电视上说要中西医结合呢。

林琳：哎哟，奶奶！您逗死我了！中西医结合。爸，您看我奶奶。

父女大乐。门铃响。

奶奶：快！

林琳：我开门去。

宋凯全身挂满了大大小小的塑料袋，里面装的都是从超市买的蔬菜和食品，刚刚出现在门前。

宋凯：生日快乐！

林琳：谢谢！哟，买这么多东西？

宋凯：是啊。奶奶！

一股雾状的消毒液喷到他的身上。

奶奶拿着消毒器对准他。

奶奶：消毒。

宋凯：我这现在走到哪儿都得挨这么一下，这刚进家挨一梭子。

林琳：我奶奶现在管得比护士长还严呢。

宋凯：是！是！是！

林琳：我给你拿衣服去。

电视里正在播放“北京新闻”画面中是各种食品及生活用品大量运入北京。政府官员在向市民保证不会出现物资短缺，请大家不要惊慌，不要抢购。

宋凯（冲张天明）：叔叔！那条新闻，我们拍的。

张天明：我正看着呢。你批评别人，我看你比别人抢得还厉害。

宋　凯：我倒不是怕这物资供应不上，主要是让家人少上几趟街，安全。

011. 军事科学医学院病毒研究室　傍晚　内

林素芳身着防护服，打着电话。

林素芳：妈妈祝你生日快乐！

012. 张天明家　傍晚　内

林琳在接听着电话。

林琳：谢谢妈妈！您什么时候回来啊？我都想您了。

林素芳：我也想你，宝贝儿。

张天明把蛋糕放在餐桌上。

奶奶：买这么大一个？

张天明：妈，现在这东西啊，都是包装看着大。其实里面呢……

奶奶：哟！

张天明：还可以。

奶奶：不是，这个……

张天明：妈！等您过生日的时候啊，我给您买这么大一个。

母子大笑。

张天明：你们两个快点儿啊。

林琳：爸爸、奶奶还有宋凯都在这儿呢。

宋凯：希望阿姨早日归来，回头我们给您过“母亲节”。

林琳：（瞟着宋凯，调皮地）我妈过母亲节，跟你有什么关系！

宋凯：叔叔，回头给您过“父亲节”。

张天明：这孩子会说话。

奶奶：那你过什么节啊？

宋凯：我呀！五一劳动节！

林琳笑，继续打电话。

林琳：（对着电话笑）妈，听见了没有？

奶奶问一旁的儿子。

奶奶：那我过什么节呀？

张天明：林琳给她妈过母亲节，我给您过母亲节！

奶奶恍然，脸上露出满意的笑容。

奶奶：那就对了。

林琳：爸！

张天明：来了。

张天明从林琳手上接过电话。

林琳：让我妈早点回来。

张天明：素芳，我给你提供点资料，供你来参考。根据我们临床分析，完全排除衣原体感染。

013. 军事科学医学院病毒研究室 傍晚 内

林素芳身着防护服，打着电话。

林素芳：这和我们的研究成果基本吻合。我们经过了三十六个小时的连续奋战，初步认定是一种病毒感染，这是一种新型的冠状病毒。

014. 张天明家 傍晚 内

张天明：对！对！对！好的，你多多注意吧！好！就这样。（挂上电话）好！开始了！

张天明坐到餐桌前为女儿点上生日蜡烛。

张天明：来，来，来，把它点上。

宋凯：下面由我未来的妻子——林琳许愿！

林琳趴在爸爸耳朵上说了句悄悄话。

林琳：爸爸，我的愿望能不能实现就看你的了。

林琳在桌下握住爸爸的手，两个人一起把眼合上。

奶奶：这许愿你还闭上眼睛干什么？（冲着正在录像的宋凯）你看他，也睁一只闭一只的。

大家都乐了。

这时林琳发现蛋糕上的蜡烛熄灭了。

林琳（有些异样）：宋凯，你怎么在我之前把蜡烛吹灭了？

奶奶：不是，风吹的。

林琳：哦，那你再给我点上呗！

宋凯：这现在的蜡烛什么质量？风一吹就灭。

张天明显得很沮丧。

宋凯把摄像机交给奶奶。

宋凯：奶奶，您给我拿着。对住了，按这个红的，您记住，按这个红的就开始了。

奶奶：知道，知道。

张天明：你奶奶成摄影师了。对这儿，对这儿。妈，往下 点儿。

林琳：拍进去了吗？

宋凯关上窗户，又点燃蜡烛。

林琳双手合十望着镜头，红色的烛光映照着她年轻、美丽而又充满幸福感的面容，调皮的语气像个孩子。

林琳：我希望……我永远是奶奶最宝贝的孙女，是爸爸妈妈最心疼的女儿，是宋凯最心爱的女朋友！我希望我永远二十三岁，永远长不大！一！二！三！

015. 居民楼楼道 傍晚 内

赵勇蹑手蹑脚地走上楼梯。

对门李学文家的狗汪汪地叫着。

016. 周莉家 傍晚 内

周莉在打扫卫生。

周莉女儿正在看电视。

电视里播放医务人员上一线的消息。

女儿：妈妈，你们医院有没有“非典”病人？

周莉：当然有了。

女儿：那您会上一线吗？

周莉：那不是妈妈说了算的事。

周莉"啪"的一声关上电视。

周莉：写您作业去！

这时，门外楼道传来狗叫声。

女儿：赵叔叔今天回来这么早啊？

周莉：现在谁还坐出租车呀。（不满地嘟囔着）还忙着挣钱，也不怕交叉感染！

017. 小刘家　傍晚　内

小刘一边看电视一边喝酒，电视里播放"非典"新闻。

刘妻在打扫卫生。

楼道传来狗叫声。

小刘：别喷了，我正吃着呢。

刘妻：连你这消化道一起给消毒了。

小刘：你看你这人。

刘妻：赵勇回来了。

小刘：（冲媳妇）咱们全楼就这个出租司机接触人多，千万离他远点儿。

018. 陈姐家　傍晚　内

陈姐听到赵勇回来，赶紧往门口喷消毒水。

电话铃响了，她接起电话。

陈姐：喂！咱俩都离婚了，你还来干吗啊？……你那点东西还不够烦的呢，谁稀罕呢。赶紧取走，搁这儿占地方！

陈姐挂断电话，楼道内传来狗的惨叫声，紧接着一个女人尖叫起来。

019. 赵勇家门前　傍晚　内

李妻正在冲赵勇大发雷霆。

赵勇：你说什么啊？我再不干净，我比它干净吧？

李妻：那可不见得，它最起码的，不满街地拉非典病人啊！

赵勇：（被堵得愣了愣，不择言地）谁拉非典病人了？

李妻：你啊。

赵勇：谁拉非典病人了？

李妻：你啊。

赵勇：你们家狗在我们家门口拉屎，你知不知道？

李妻：狗屎都比你干净。

赵勇：你王八蛋！

李妻：你怎么骂人你？

赵勇：我骂你了。

李妻：你骂谁？

赵勇：我抽你，信不信？

李妻：你敢？你真讨厌！你素质低！

赵妻冲出，拉住赵勇。

赵妻：别跟他一般见识，您是有学问的人。

赵勇：她有学问？你甭害怕她。她老公不就是经理吗？有什么了不起的？

李妻：你了不起！

赵勇：你甭老劝我！

这时，张天明从楼下跑上。

张天明：都是老邻居，有什么话不能好好说啊？消消气儿！（回头把赵勇和妻子推入房内）赵师傅，消消气！

赵勇：不是，没她这么说话的。

李妻：你素质太低！

赵勇夫妇回家。

张天明：李经理回来没有？

李妻：他来过电话了，恐怕就这两天。

张天明：我正等着他的呼吸机呢。

020. 张天明家　傍晚　内

宋凯和林琳在争夺一把剪子，奶奶在中间劝和着。

林琳：哎呀，人家长这么大还没留过短头发呢！

宋凯：结婚以后再剪不迟！

林琳：我结婚以后还要烫发呢！

宋凯：我跟你说，不行啊！

林琳：你给我！宋凯！

宋凯：别闹了，我再跟你说一次，你心里怎么想的我知道，就是不行！断了这念头！

奶奶：什么呀？什么？

林琳：宋凯！

宋凯：她要剪短发。

奶奶：不行！这头发你不心疼我还心疼，我从小就给你梳。我告诉你说啊，这么大的事儿，你得跟你爸爸、妈妈商量商量。

林琳（撒娇地）：哎呀，奶奶，我都长这么大了，剪个头发还商量什么？

奶奶帮着宋凯夺剪刀。

张天明推门进屋吓了一跳。

张天明：干什么呢？外面刚平息，怎么家里又打起来了？

奶奶：她要剪头发呢。

张天明心情复杂地望着林琳，没有马上说话。

张天明：（冲奶奶）妈，您孙女都多大了，您还管她一辈子啊？

奶奶：好，那我不管！给你！

奶奶生气地把剪刀交给张天明，转身离开。

张天明接过剪刀。

张天明：来，爸爸支持你！

张天明走近林琳。

宋凯：叔叔，我不同意！

张天明：我同意。

宋凯：叔叔，您知道她剪头干吗？她要……

张天明看了一眼奶奶关上的门，故意提高声音。

张天明：干什么？臭美呗！来，林琳，坐下来。宋凯，给我们拿摄像机录下来。

林琳：去啊。

宋凯无奈地拿起摄像机记录下这一时刻。

张天明：爸爸剪得好，年轻的时候就给你妈妈剪。

张天明为女儿剪断了头发。

林琳愣怔了一下，下意识地伸手去摸脑后。她顺手拿起一面镜子，看到镜子里的自己，她“哇”的一声哭了起来。

021. 医院走廊 日 内

林琳拿着请战书高兴地走过。

022. 张天明办公室 日 内

周莉正与张天明说话。

周莉（恳切地说）：院长，我老公每天都在公安局值班，孩子又小……

张天明：我非常理解，现在不仅你有困难，许多同志都有困难……你是呼吸科的护士，在这非常时期，我还是希望你克服一下。

周莉：那我请假行吗？

张天明：不行，起码现在不行。

周莉：……

这时有人敲门。

张天明：进来！

林琳推门走进。

林琳：爸！

张天明：（严厉地）叫院长！

林琳：院长。干吗这么凶啊？

林琳说着把一张纸递到张天明桌上，上写“请战书”。

周莉吃惊地看着林琳。

张天明没做任何表示。

林琳：希望领导能够批准！（摘下护士帽，甩动短发）这是我的决心。

林琳转身走出。

023. 医院更衣室 日 内

周莉正在跟一个护士发牢骚。

护士：今天发病率很高啊。

周莉：就是啊。咱们可得当心。今天啊，林琳也太不给我面子了。我跟她这么好的朋友，她也不事先跟我打声招呼。我去请假，她去交什么请战书，这不成心给我难堪吗？

周莉关上柜门，才发现林琳就在身边，两人都有些尴尬。

林琳：周姐，我不是那意思……

周莉没等林琳把话说完，把房门一摔，走出更衣室。

林琳委屈地站在那儿。

024. 居民楼楼道　日　内

电梯口，赵勇遇到正等电梯的陈姐。

赵勇：陈姐，出去啊？

陈姐：还出车啊？

赵勇：要不然不行，份儿钱都交不起。

小刘一路打着手机走过来，看见赵勇马上戴上口罩。

小刘：对呀，你也转产啊，你真是。我听说那乳罩厂都改成口罩厂了。（赵勇见他戴的口罩正巧是圆形的，忍不住地乐了一下）那消毒液你可别乱来啊，电视里我可看见好几家都罚了……你说那大斌子，你说你没事弄什么旅游啊，倒霉催的……好了，就这样啊。

赵勇和陈姐面面相觑。

025. 火车站　日　内

拥挤的人群全都戴着白色的口罩，少了以往的喧闹。宋凯扛着摄像机进行现场拍摄，一边小声描述所拍内容。

宋凯：大量人流正涌出北京，医务人员为他们仔细地做着身体检查……在这个非常时期，人们为了健康都戴着口罩。当然，在戴口罩当中的，也有这样的……

026. 医院院内　日　外

全体医护人员参加全院誓师壮行大会。

医院空地前，站满了白衣天使。

全体医务人员的白大褂在广场上形成了一片白色的海洋，十八位即将奔赴一线的医务人员胸前的鲜花，在白色的映衬下显得更加鲜艳。

周莉也在十八人的行列中。

院长张天明慷慨激昂地做着动员报告。

张天明：同志们！救死扶伤是我们的天职。我非常高兴，在这次抗击“非典”的战斗中，我们院有许多年轻同志向党委交了请战书。作为院党委书记、院长，在这里我向大家表示感谢！应当说明的是，有些同志家里确实有实际困难。我们院党委临时做出决定，呼吸科护士周莉暂时不作为第一批医务人员进入隔离区，由外科护士张林琳代替她的位置。

顿时掌声雷动。

周莉感到意外。

林琳走到周莉面前。

林琳：周姐！

周莉心情复杂地看着林琳。

正在现场录像的宋凯吃惊地放下肩上的机器。

张天明在队前举起右手带领全体医务人员宣誓。

张天明：我宣誓，我把自己的生命献给人道主义服务，我凭良心和尊严行使我的职业，我首先考虑的是我病人的健康，我将尽自己的一切能力维护医务职业的崇高传统和光荣。

林琳推着宋凯到一边。

林琳：你难道不替我高兴吗？

宋凯：我高兴，特高兴。

林琳：谢谢你的支持！

宋凯：不客气！向你致敬！可有一样，你来之前你跟我商量了吗？这不是小事。再说了，我要知道你今天来，我都不来。

林琳：为什么？

宋凯：单位里说闲话呗。哪有家属拍家属的？

宋凯把林琳搂在怀里。

宋凯：马上就要出发了。

这时，张天明走了过来。

宋凯：叔叔，我和林琳原定五一结婚，这是您同意的。林琳上一线，我有点儿想不通。

张天明：只有这样，我才好做别人的工作。

宋凯：是，这我知道，叔叔。可是，林琳毕竟不是呼吸科的护士……

林琳：宋凯！

张天明：在这个特殊时期，每个医院全都打破了常规。林琳，注意安全！

林琳：爸！（林琳搂住宋凯和爸爸）我希望你们高高兴兴地送我。

张天明：高兴！高兴！爸高兴！

宋凯：高兴！

027. 医院隔离区　夜　内

林琳等护士在护士长的带领下，一层一层地套上防护衣。在音乐中，这一套动作充满了神圣的仪式感。

护士长：大家抓紧时间，保持安静，迅速换上隔离服。把帽子戴好！把手套戴好！任何环节都不要出现疏漏。好！最后戴上防护罩。

林琳等人走进病区。

028. 街道　日　外

一辆奥迪车在街道上疾驶着。

车内，张天明在焦急地接听着手机。

张天明：李总，我是张天明啊。市政府刚刚召开紧急会议，要求全市的医院进入紧急战备状态，随时接纳“非典”病人，医疗设备必须有保障。我们订那｜台呼吸机怎么样？

李学文：没问题，张院长。我明天就发货。

张天明：好！好！李总，我们是多年合作的伙伴啊，事关重大，不能出现半点纰漏。

李学文：你放心！再见！

张天明：再见！

029. 南方某高级餐厅　日　内

李学文正陪着客户在一家高级饭馆用餐。

李学文刚挂上电话，同桌的客人问他。

客人：你那儿有呼吸机啊？我们这儿三倍的价钱都拿不到，干脆给我们得了。

李学文：（犹豫地）那合适吗？

030. 街道　日　外

赵勇开着出租车在显得空旷的街道上“扫街”。

一男子在路边招手。

赵勇一边将车停在男子身边一边戴上口罩。

男子拉门上车。

赵勇一边开车，一边问。

赵勇：您好！先生。去哪儿？

男子：往前开，右拐上三环。

男子边说边不停地咳嗽。

赵勇愣了一下。

赵勇：先生，您这么咳嗽，发不发烧？

男子摸了一下自己的额头。

男子：有点儿。放心！不是“非典”。

赵勇下意识地踩住刹车。

赵勇：您能不能打个120，去检查一下。

男子：我不是“非典”！

赵勇：这样吧，我给您打一个。

男子：我不是“非典”！

赵勇说着掏出手机。

男子气得摔门下车。

赵勇：先生！别走啊。喂，请问是急救中心吗？我是出租司机啊。对，我刚才有一个，拉了个……这个不是“非典”，就是有点儿发烧……在东三环边上……男子气得朝赵勇走来，将手伸进车窗，揪住赵勇。

男子：我跟你说了，我不是“非典”嘛。

赵勇：人家一会儿就来，您去检查一下吧。

男子：我跟你说了，我不是“非典”！你拉我不？拉我，你是英雄；不拉我，你是狗熊。

赵勇：不是，为咱都好！对不对？我们也是，不得已。

这时，远处响起救护车的声音。

男子转身要走。

赵勇一把拉住他。

赵勇：您别走啊。

两人撕扯着。

031. 医院会议室　日　内

张天明在开会。

张天明：现在医疗设备方面，有什么问题没有？

秘书：就缺呼吸机。现在全院只有三台，根本不够用。

032. 医院院内　日　外

张天明一边疾走，一边拨打着手机。

033. 医院隔离区病房　日　内

林琳在为一位重症患者打针。

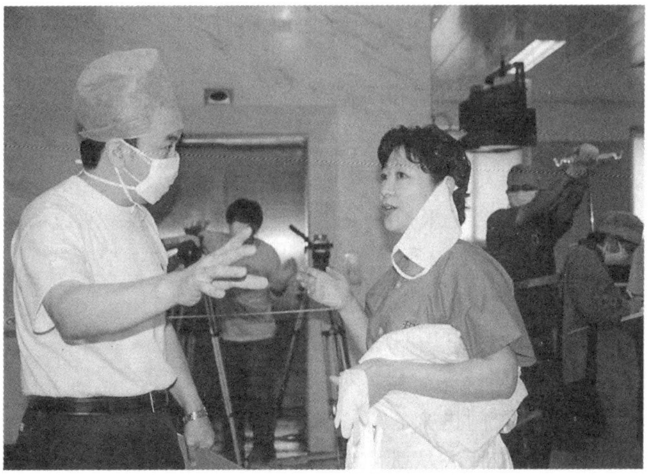

034. 周莉家　傍晚　内

周莉在收拾餐桌，周莉女儿在写作业。

周莉：发什么愣啊？赶紧写作业。

周莉女儿：妈妈，我这篇作文怎么写啊？

周莉：“空中课堂”怎么教，你就怎么写呗。

周莉女儿：可我上篇写你上一线！可你又下来了，同学们以为我吹牛呢。

周莉正要说话，坐在旁边看电视的周莉丈夫开口说话。

周莉丈夫：你说这事闹的，你找什么理由

不行？你非得说我在一线。领导把我从一线撤到二线了。你那边又没事儿了。这下好，都在家闷着吧。知道的，咱俩没沟通好，不知道的……不说了，丢人不丢人？明天一早我就找领导去。

周莉女儿：爸爸，您干什么去啊？

周莉丈夫：上一线。

周莉女儿：妈，那这回我可以写我爸了。

周莉：你爱写谁写谁！

周莉委屈地进厨房。

周莉丈夫：对，就写你爸。

035. 张天明办公室 夜 内

张天明在办公室拨打着电话。

听筒里传出电子留言："对不起，您拨打的电话已关机！"

张天明挂机再拨，仍然是电子留言。

张天明刚刚放下电话，电话铃声响起。

张天明急切地接起电话。

张天明：喂！素芳啊。我很好。非常忙。林琳上午进的隔离区。宋凯照顾奶奶。家里的事情你放心。这个李学文！本来说好了这两天呼吸机马上到货，可等到现在还没消息，而且打他手机全是关机。我知道，好，我再打。你也多保重！

036. 某疾病控制中心门外 夜 外

检查医务人员正向赵勇做着解释。

医务人员：病人的结果现在还没出来，您回家进门之前要脱掉外衣，最好能冲个澡。注意和家人保持距离。

赵勇连连点头。

赵勇刚刚起车又停了下来。

037. 赵勇家 夜 内

赵勇儿子在睡觉，赵妻陪坐在旁边，焦急地等着赵勇。

赵妻看了一眼桌上的表，已经是一点了。

楼道传来狗叫声。

赵妻赶紧开门走出。

038. 赵勇家门前 夜 内

赵妻闻声拉开门朝外看，没有人。

赵妻关门回屋。

039. 赵勇车内 夜 外

赵勇一个人躺在车内，一会儿摸摸头，一会儿看看表，孤独恐惧，焦躁不安。

040. 居民楼门口 晨 外

李学文戴着口罩和防护镜匆匆走进，他刚一进楼口，撞上正在为楼道消毒的小时工。

小时工：哎哟！

李学文：对不起！对不起！

小时工：您是来检查卫生的吧？里面我已经消过毒了。

李学文：那好，那好。

小时工：您过，您过！

李学文：谢谢！谢谢！

041. 李学文家 晨 内

李学文开门进来。

李妻穿着睡衣从卧室走出，突然看到身着怪异的李学文，吓了一跳。

李妻：你怎么进来一点儿动静都没有啊？

李学文：这不是不想让别人知道吗？

李妻：你怎么这身打扮啊？

李学文一边摘口罩和防护眼镜一边回答。

李学文：坐飞机，捂得严点儿好。

李妻：倒也是。

李学文：这北京的情况是太严峻了。

李妻：可不是吗？整天给我憋在家里，都快给我闷死了。

李学文：你赶快收拾收拾东西，咱们赶快走。

李妻：你怎么刚回来就要走啊？

李学文：我不是跟你说了吗？我不想让别人知道……

李妻正要问，屋里的电话铃响了起来。

李妻：喂！

张天明：我是张天明。李经理回来没有？

李妻：哦，是张院长啊。

李学文连连向妻子摆手。

李妻：（拿着电话）啊，他不是还没回来呢吗……

张天明：不是说好了，今天回来的吗？

李妻：那你打他手机吧。

李妻刚放下电话，李学文的手机就响了起来。

李学文：喂？哪位？哦，张院长啊。我还没有离开广东啊。你不知道，我病了。发烧啊。

张天明：是不是"非典"？

李学文：不是"非典"，不是"非典"。就是吃东西没吃好，肠炎闹的……

张天明：不是，我跟你说的那医疗器材到底怎么样？我们现在等着急用呢。

李学文：呼吸机啊？我早就安排好了。（假装手机听不见，对电话）喂，喂？不说话了，怎么不说话了？没电了……喂！喂！

张天明：喂！喂！

李学文把手机关掉。

妻子端来一杯茶，一脸疑问地望着李学文。

李妻：我真的不明白，你为什么老躲着人家？

李学文：医院的人，躲着点儿好。趁我们现在还能走，马上走，到郊区我妹妹家去。

李妻：现在就去？

李学文：给我司机打个电话。算了，你去看看隔壁的出租车在不在家，让他送我们去。

李妻有点为难。

042. 赵勇家门前 晨 内

赵勇一脸倦容，但又有些兴奋地走出电梯，李学文家的狗又叫了。

赵勇走到自家门口，还没敲门，赵妻已经冲了出来。

赵妻：（气急败坏地）你去哪儿啦？

赵勇：哎呀，累死我了。

赵妻：我问你呢。

赵勇：昨天啊，我拉了一个发烧病人。

赵妻：（吃惊地）你别吓唬我！真的假的？

赵勇：哎呀！排除了。

赵妻：瞎说什么呀？

赵勇：所以说我就昨天一宿在外面晃悠，我怕传染你们。我听说没事儿了，我才回来的。

赵妻：这话可不敢瞎说。

说完就拉着赵勇回家了。

043. 医院隔离区更衣室　日　内

刚离开病区的林琳一层一层地脱下隔离衣，内衣已经被汗水湿透了。

林琳敲了敲厕所的门。

林琳：小娜，小娜！好了没？

里面有人应声：等一下。

林琳：这么长时间啊？

护士长从林琳眼前走过，也敲了敲厕所门。

护士长：李小娜，一会儿出来打针。

里面有人应声：知道了。

林琳：（问护士长）护士长，小娜怎么了？

护士长：（非常职业化地）尿路感染。你怎么样？

林琳：我还行，挺好的。

护士长：一定要适量地喝水。

林琳：（摇头）不敢喝，怕上厕所。这太麻烦了！

护士长：没关系，捐赠的“尿不湿”明天就发下来了。

林琳：（瞪大眼睛）尿不湿？

护士长：（笑了笑）非常时期就得有非常的办法。

林琳做了个鬼脸。

林琳：小娜，听见没？这“尿不湿”都给咱们准备好了。

044. 高速公路上　日　外

赵勇的出租汽车行驶在高速公路上。

车内，李学文将一条“中华烟”放在挡风玻璃前。

李学文：赵师傅，辛苦啊！

赵勇：哎呀，您这是干什么？这是干吗啊？街里街坊住着，住对门，谁求不着谁啊？多谢啊！

后排李妻抱着的狗又叫了两声，赵勇有些扫兴。

李学文：（冲狗）别叫了，别叫了。赵师傅，你说这非常时期人心惶惶的，我那司机吓得跑回老家去了。你说啊，它有那么严重吗？

赵勇：唉。不得不防啊。您说是不是？

李学文：是！是！（干咳了几下）

李妻：哟，我得赶紧把这窗子摇上。

赵勇：对不起！不让摇啊。我们公司有规定，“非典”期间出车，必须开窗保持通风。对不起啊！

李学文：赵师傅，我们又不是外人，我们都不怕你，你还怕我们？

李学文把车窗摇上。

045. 鸿安医疗器械公司　日　内

嘴角起泡、嗓子嘶哑的张天明正在跟鸿安公司老总握手。

李学文的副总站在他身后。

张天明：老总！谢谢！

老总：不客气！

张天明：我们现在是一台不嫌少，两台不嫌多。

老总：没事儿，没事儿！

张天明：好吧，我到康安公司去看一看。

046. 张天明家 日 内

奶奶正在看电视，电视新闻中在报道有关世界卫生组织的消息。

宋凯端着饭菜走过来。

宋凯：奶奶！您尝尝我这红烧鱼！就是，就是有点儿煳。

奶奶：林琳不在家你可受累了。

宋凯：我不累。

奶奶：我老太太可真有福气，吃上孙女女婿给我做的饭了。

宋凯：（嬉皮笑脸地）奶奶，回头林琳把我给“娶”进门，她要是不讲理，您得向着我。

奶奶：行。

两人落座，宋凯用遥控器换台。

电视画面里出现胡锦涛等国家领导人视察军事医学科学院的新闻画面。

宋凯突然指着电视喊——

宋凯：阿姨！阿姨在里面呢。

奶奶：哪儿呢？

宋凯：那儿呢，那儿呢。您看看，过去了！

奶奶凑到电视跟前看着。

奶奶：林琳她妈在电视上干什么呢？

宋凯：阿姨不是那个病毒研究小组成员嘛！现在咱们国家领导特别重视这事。没事儿，奶奶，晚上还重播呢。

奶奶：这么重要的事也不多播点儿。

宋凯：奶奶，您尝尝我这鱼！您先尝尝！

奶奶：好！

宋凯：您尝尝，就是有点儿煳。

奶奶：是有点儿煳。

047. 李学文妹妹家 日 内

李学文头上顶着湿毛巾，不断地干咳。李妻为他测体温。

李妻：哟！还烧。

李妻打开电话。

李妻：喂，是赵勇吗？（手捂电话，冲李学文说）哟，坏了，赵勇他发烧了，准是他传染你的。

048. 康安医疗器械公司 日 内

张天明在跟康安公司老总握手。

李学文的副总：（为两人介绍）这位是张院长。

张天明：你好！你好！我们求援来了。

康安公司老总：哎呀，没问题，小黄都跟我说了。我们公司的那三台呼吸机全都给你们。

张天明：真是太感谢了！

康安公司老总：一方有难，八方支援嘛。

李学文的副总在旁边拨打着手机，面带惊喜地将手机递给张天明。

李学文的副总：我们老总手机开了。

张天明：对不起啊！

张天明接过电话，转向走开。

张天明：李学文，你跑哪儿去了？我那十台呼吸机跑哪儿去了？

049. 李学文妹妹家 日 内

李学文：别提了，呼吸机让我的副总高价给卖了。

050. 康安医疗器械公司　日　内

张天明：你放屁！你的副总跟着我跑好几天了。你见利忘义！竟敢发国难财，你迟早会遭到法办的！

051. 居民楼门口展　外

小时工背着消毒器，按门铃。

小时工：打扫卫生的。

老常进了楼门。

小时工：你不能跟我一块儿进。

老常：怎么不能进？我原来住这儿。

小时工：哦。原来住这儿？

052. 陈姐家　晨　内

陈姐正在喂鱼。

陈姐：大头！大头！

陈姐突然听到有人开门的声音，吓了一跳，赶紧把门反锁。

陈姐：谁？

老常：我。

老常：关着门干吗？

陈姐：你管我关门干吗？你来干吗？

老常：我电话里不是跟你说了吗？借了辆车，来拉点儿东西。

陈姐：现在这不是你家，进门之前得敲门，懂不懂？一点儿礼貌都没有？

陈姐把门打开。

陈姐：钥匙还给我。

老常将钥匙递给陈姐。

陈姐：换鞋！

老常：光换鞋？不换衣服？

陈姐闪开，老常进屋。

老常坐到沙发上，陈姐拿着消毒器冲老常喷。

老常：干什么？干什么？

陈姐：消毒！

老常：消什么毒？你不让我来，也不至于这样啊？

老常走到家里的鱼缸前，看着里面的两条珍稀的观赏鱼。

老常：（冲鱼）怎么样？挺好的吧？宝贝儿！想我了吧？在这儿也不容易啊，水深火热的。走！跟我住大房子去！

陈姐：（突然在他身后开口）这屋里其他的东西你随便动，鱼不许拿出门去！

老常：嘿，怎么着？你不是最烦我这两条鱼吗？

陈姐：我现在不烦了。

053. 赵勇家　晨　内

赵勇高烧畏寒，裹着被子发抖。掏出腋下的体温表看了看。

卧室外，传来妻子焦急的询问声。

妻子：大勇，大勇，你好点了没有？

赵勇：别进来啊！（门又关上了）

我说，给急救中心打个电话吧。

赵妻：你说什么？

赵勇：急救中心！

赵妻急忙推门进来。

赵妻：大勇，你怎么了？

054. 陈姐家　晨　内

老常端起鱼缸准备走。

陈姐：哎！听见没有？我跟你说话呢。你放手！放手！

老常：你轻点儿！干什么？

陈姐：我今天就把它吃了，一条红烧一条清蒸！你放下！你放下！

老常：（要发火）你这人怎么这样？你干什么呢？

陈姐：你放下，你给我放下！

在两人的争夺中，鱼缸掉在地上摔了个粉碎。

老常正想发作，突然听到楼下传来救护车的刺耳笛声。

两人互相看了一眼，脸上露出紧张的表情。

055. 居民楼下　晨　外

一辆救护车停在楼下。

所有的窗口都有人紧张地朝外面张望。

穿着隔离衣的医护人员迅速上楼。

056. 居民楼楼道　晨　内

正要下到这一层来的小时工看到全套防护的医护人员，吓得连忙又退回了上一层楼。

穿隔离衣的医护人员快速走进赵勇家。

穿隔离衣的医护人员将赵勇抬上担架。

赵勇的儿子躲在门边，胆怯地望着眼前发生的一切。

赵妻想上前，被医护人员阻止。

医护人员：你们去哪儿？

赵妻：我去看看我丈夫。

医护人员：不可以！

057. 医院隔离区病房　日　内

赵勇躺在病床上，张天明急急走进。

赵勇：张院长，没事儿吧？

张天明：放心！还好！最近拉过发烧病人没有？

赵勇：拉过一个，后来排除了。

张天明：哦，还有吗？

赵勇：哦，对！咱们楼上那李学文，当时在车上他还咳嗽呢。

张天明：李学文？拉他去的什么地方？

赵勇：郊区他妹妹家。

张天明思索着。

058. 医院会议室　日　内

张天明和医院几位领导在开会。

张天明：李学文刚从外地回到北京，他高烧不退，咳嗽不止，已经被确诊为“非典”病人。两天前他坐过赵勇的出租车，目前赵勇也被确诊为“非典”病人。这三个人呢，都住在我们家属三号楼，为了控制病毒，切断病源，我建议我们党委应当马上向市政府打报告，申请封楼。

059. 居民楼门口　日　外

居民楼下，楼门口都围起了警戒线，有城管和街道人员把守着。而楼里的人则拥在楼门口嚷成一团。

小刘带着妻子，一副举家外出的样子，在人群里嚷得最欢。

副区长：居民们，你们一定要相信政府！我们会每天派专人进楼为你们消毒，并且会测量和记录你们每一位居民的体温，我们会送食品和生活用品给你们。

小刘：一家出了问题，我们全楼跟着遭殃。凭什么拦上我们啊？我们又不是犯人？对不对？

众人应和。

周莉丈夫：什么都是犯人？这不警察还在这儿吗？

众人乐。

陈姐：不是，你们大家也都别着急，这不也是为了咱们自己好吗？（冲门外）我就想问问您，这得隔多少天哪？

老常：我说，你把我放出去行不行？我刚才就上楼拿了一趟东西，就是有“非典”，我也不可能这么快就能染上啊？

陈姐：捣什么乱呢？你！

小时工：我也不是这个楼的！

工作人员：你是哪儿的？

小时工：我是这儿的小时工，规定在这儿打扫一个小时卫生，时间到了，下个楼还等着我呢？

雷大爷：你送食品？你知道我们爱吃什么？

几位政府官员站在楼下，手里拿着扩音器，大声地向群众喊话。

副区长：你们一定要相信政府．要配合政府的工作，谢谢大家！这会给大家带来很多很多的不便，但是希望大家给予谅解，以大局为重！

宋凯扛着摄影机对准楼门口。

这时，张天明乘坐的奥迪车急速驶来。

大家小声议论着：“张院长回来了！”

小刘：来了，就是他！这馊主意！张院长！

宋凯从镜头里看到张天明走到几位政府官员面前，小声而短促地交谈了几句之后，张天明摇手拒绝了扩声器，转向居民们。

张天明：各位老邻居们，非常不幸，我们楼李学文一家和赵勇师傅被确诊为“非典”。为了控制病毒的传播，希望大家作一点儿牺牲。

张天明话音未落，楼内的群众再度嚷嚷起来。

张天明：隔离肯定会给大家带来生活上的不便，但是现在病毒传播非常严重，一个人可能会直接地影响上百人，间接地影响上千人甚至更多的人。为了我们个人和大家的身体健康，希望大家能够接受隔离。

小刘：（不服气地）你在那儿站着说话不腰疼，把我们都封起来了，对不对？你们全家都出去了。我听说你把女儿也折腾出去了！

周莉的丈夫听不下去了，忍不住说周莉丈夫：别瞎说！你知道林琳去哪儿了吗？她在医院的隔离区抢救病人，比这儿危险！

张天明制止了周莉丈夫。

人群中的周莉默默地低下了头。

张天明：作为医务人员那也是她自己应当尽的义务。我们作为每一个社会公民，都应当为社会尽自己的义务。尤其是我们院的职工，在这次隔离当中要起带头作用。

这时，楼上阳台上传来奶奶的声音。

奶奶：天明，你吵什么呢！街里街坊的，有比你大的，也有比你小的，你怎么这么吵呢！

张天明：（嚷）妈！我们这是在工作！您就别添乱了！

张天明扭身要走，在场所有的人都被张天明的气势震住了。

张天明走到车边，停下，仰头望向母亲。

张天明：（缓了一下）妈，您注意身体，厨房里有一箱方便面，您先凑合凑合，政府全都安排好了。

奶奶：我知道了，知道了！放心吧！这么大岁数了，你说妈怕什么呀？扛也扛过去了。我知道了！

张天明强忍心酸，上车离去。

周莉丈夫：大家回去吧！

宋凯的摄像机一直把张天明的车送出很远。当他转过身来准备拍摄楼门口时，发现所在的居民都不见了，只有小时工一脸茫然地站在那里。

宋凯扛着机器走近她。

小时工：我连个住的地方都没有。

宋凯：这样啊，你这两天到那个三楼二号，那有个老奶奶，这两天你负责照顾。拿着。三楼二号！那家姓张！

宋凯的手将两百块钱递到小时工手里。

060. 周莉家　夜　内

周莉正和丈夫生着闷气。

周莉：你干吗怪我呀？

周莉丈夫：我不怪你怪谁啊？你要不打着我的旗号，我能从一线被调回来吗？我要不回来，能被封在这楼里面吗？

周莉：就你一个人封到楼里了？我不也封到楼里了？那全楼的人不都封到楼里了？

周莉丈夫：我有事啊！

周莉：谁没事啊？

周莉丈夫：你这是强词夺理！

周莉：我看你是疯了！

周莉女儿：爸，妈，别吵了。电视上都说了，在隔离区的人都能上班，你们不能上班吗？不过，我这作文怎么写啊？上篇我写爸爸上一线了，这回他又下来了，同学们又该说我吹牛了。

061. 陈姐家　夜　内

老常独自枯坐在沙发上看电视。

一床褥子突然被丢在了他面前的地板上。

老常回头看了一眼，蹲下来把褥子铺平。

还没等老常躺下，灯已经黑了。

062. 居民楼下　日　外

一根绳子从楼上垂下去。

宋凯把一个掌中宝摄像机系到绳子上。

楼上小时工将绳子拉了上去。

063. 街道　日　外

宋凯一边开车一边打电话。

宋凯：奶奶，我是宋凯。您让小妹听个电话，就那小时工。小妹啊，我是宋凯。我跟你讲啊，你让奶奶教你怎么使那个录像机，你帮我把楼里的情况拍下来。对！怎么拍都行。好！谢谢啊！ Bye-bye！

064. 张天明家　日　内

小时工扛着摄像机给奶奶录像。

奶奶正襟危坐。

小时工：奶奶，准备好了吗？

奶奶：准备好了！

小时工：那行！预备，开始！

奶奶：那个，老话说得好啊！“天下兴亡，匹夫有责”，我现在就是那匹夫。这是现在啊，要是在旧社会他不管你有病没有病，他说你有病，那就把你活埋了。（对着小时工）我说得行吗？

小时工：（在导演）行！奶奶，您别总坐着啊！

奶奶：那怎么着？我躺下？

小时工：不是，您站起来活动活动。

奶奶：站起来！好！活动活动！

小时工：（用解说语气）这位老奶奶一个人被撇在了家里，可她并不孤独，她经常地做活动。老奶奶除了向窗外看，还到门口去看看，（一边录像一边向门口走着）她走到门口，看见一位小姑娘正在打扫卫生，那个小姑娘就是我。（突然发现了什么）哎，你谁呀？

透过摄像机，小时工发现走廊里有个穿得很严实的人正在消毒楼道。

小时工：哎，这是我干的活儿，你干吗呀？抢我饭碗呀？

那人拿下口罩，是周莉。她走了过来。

周莉：张奶奶！

奶奶：哎，是她周姐呀。

周莉：家里没什么事儿吧？

奶奶：没事！都挺好的。

周莉：现在林琳不在家，万一您哪儿不舒服，您就言语一声。我不还是护士吗？

奶奶：没有，哎呀，就是闷得慌，她周姐啊，你快……快进来坐会儿。

周莉：这……

奶奶：快进来吧！

奶奶让进周莉。

奶奶：来！吃水果！

周莉：别客气！别客气！

电视里正在播放上前线的护士剪头的画面。

奶奶看着新鲜。周莉心情复杂。

奶奶：你说现在这女孩都剪了短头发，（问周莉）是不是兴这发型啊？

周莉：（躲闪地）那也不是。

小时工：（快嘴地）哎呀，奶奶！现在进隔离区的医务人员都得把头发剪短了！怕被感染！

奶奶：（心惊）什么？林琳也剪头了，她是不是进隔离区了？哎，她周姐，你和林琳在一个单位，你知道她上哪儿去了？

周莉：我不跟您一样被隔离这么多天了吗？外面的事，我也不知道。

奶奶：那倒是。她说她出差了。唉！

065. 隔离区病房 夜 内

穿着防护服的护士长在给病床上的赵勇挂吊瓶。

赵勇情绪不安。

赵勇：这要得了“非典”，就没治了。我还能好吗？

护士长：你会好的。其实啊，我们院大部分病人都治愈出院了。

赵勇：您说，我怎么这么倒霉啊！

护士长：你别着急，心情很重要，只要你好好配合我们治疗，就一定会好的。这时，穿着防护服的林琳走了进来。

林琳：赵哥，赵哥，我是林琳。

赵勇：（惊喜地）林琳！你在这个医院啊？哎呀，林琳！对！你嫂子和孩子怎么样？

林琳：放心吧，嫂子和小龙都已经排除了。

赵勇：谢天谢地！其实你赵哥我得了这病，死了都不怕，我就怕连累你嫂子和孩子！你说，我怎么这么倒霉啊？

赵勇哭出声来。

066. 居民楼门口　日　外

周莉丈夫正在楼外巡查各家。

周莉丈夫：大家注意！把门都锁好啊。门都锁好！

小刘从楼上探着出来。

周莉丈夫：雷大爷，喝了？把门锁好啊。咱们大家把门都锁好。

雷大爷：放心吧！我那门早就锁好了！人民警察为人民，就在这隔离区里面，你们还巡逻，好样的！

周莉丈夫：应该的。

小刘：锁啥门啊？那大门都封了。

雷大爷：你别在那儿瞎添乱，人家那意思是不让咱们互相串门，政府不提倡这个。

周莉丈夫：非常时期嘛，多理解。门锁好！

雷大爷：辛苦！辛苦！喝口？

067. 居民楼外　日　外

一条巨幅标语挂在居民楼前，大意为："今天的隔离，是为了明天的欢聚。"

栏杆上系满了中国结、插满了鲜花。

周围若干辆小货车，工作人员忙着从上面卸下各种食品、物品，体现了"一方有难，八方支援"的气氛。楼前摆着一张桌子，街道主任守着专线电话正在为楼内各户登记体温（免提电话）。

街道主任：体温多少啊？今儿您？怎么着？听我说话不清楚？我听您挺清楚的。我这，嗨，我这戴着口罩，这听不清楚。（摘下口罩）这会儿清楚了吧？就是啊，我问您今儿体温多少？

男人声：三十六度八。

街道主任：您媳妇呢？

女人声：三十六度五。

街道主任：好。都正常！放心！好好的。（又拨电话）张奶奶，查一下今儿您那体温是多少啊？

奶奶：三十六度……

小时工的声音：三十六度八。

奶奶：三十六度八。

街道主任：怎么还有一人啊？

奶奶：那是小时工小王？

街道主任：住您那儿了？

奶奶：哎。

街道主任：她那体温呢？三十六度八，是吧？三十六度八是她的体温吗？

小时工声音：三十六度七。

奶奶：三十六度七。

街道主任：哎，行嘞。正常，放心！

（又拨号）陈丽华吗？

陈姐：是！

街道主任：你今天体温多少？

陈姐：三十六度三。

街道主任：你家里就你一人儿吧？

068. 陈姐家日内

陈姐正接电话。

陈姐：（犹豫一下）啊，是。哎，你！

老常：（冲她小声地说）政府是不是要送饭啊，别报一个人啊，俩人。要不咱俩不够吃！

陈姐：（连忙纠正）哎，我们家俩人！

069. 居民楼下日外

街道主任：俩人？那人谁啊？叫什么啊？

陈姐的声音：常培玉。

街道主任：常培玉？哟，这不是跟她离婚那老公吗？你这个，不是上个月你们刚在我们街道办事处办的离婚手续吗？

陈姐的声音：他，他体温三十六度八。

陈姐挂断电话。

陈姐：说什么？说？

街道主任：这好，现在这年轻人离婚都不离家。（叮嘱街道干部）小王，想着啊，陈姐她们家一共俩人，回头送饭别给人家少送一份。记住了！许多工作人员正忙着将成箱的蔬菜和食品搬进楼门。

一工作人员向站在二楼阳台上的老大爷喊——

工作人员：雷大爷，这羊肉片是您的不是？

雷大爷：我的！我的！

工作人员：我给您扔过去啊！您接得住吗？

雷大爷：接得住！

工作人员：走！

雷大爷从阳台上接过羊肉片。

雷大爷：哎呀，谢谢啦，感谢政府！北京人啥都不怕，我愿意为政府隔离！工作人员：雷大爷，您有锅子没有啊？

雷大爷：有！有！谢谢！

小刘从楼上阳台上探出身来，喊工作人员——

小刘：小王，你给我买个松仁小肚。

工作人员：（拿不准地）什么小肚？

小刘：就是一掰开能看见松仁的那种。不过，你别掰啊。现在外面太脏，您一闻就知道了。

工作人员：哎，好了，好了。都有卖的啊？松仁小肚。

工作人员答应着，同时点上一根烟。

工作人员：快点儿，哥儿几个。松仁小肚？松仁小肚。

雷大爷发现，急忙制止。

雷大爷：小伙子，别抽烟哪！

工作人员：雷大爷，人说了，抽烟防“非典”。

雷大爷：谁跟你说的？掐了！掐了！

工作人员：得了，我不抽了，我不抽了！不抽了。

工作人员听了，赶紧把烟扔在地上，踩灭。

070. 医院隔离区抢救室　日　内

张天明在护士的帮助下急速地穿上隔离服。

护士长：院长！

张天明：他情况怎么样？

护士长：情况不好！呼吸很急促，每分钟二十六次，心率一百二十八次。

张天明：哦，我进去看看。

病床上躺着的是李学文，张天明正在抢救他。

护士长进来汇报。

护士长：张院长，二号患者的病情已经趋于平稳，是不是可以撤出 ICU？

张天明：可以！

护士长：好！

病床上的李学文吃惊地望着张天明。

张天明继续为他做着各种治疗。

李学文：（不安地）张院长，我是李学文。

张天明：（平静地）知道。

李学文：我没想到你能来抢救我。

张天明：你是病人。

李学文：我也没想到我能染上了 SARS 病毒。

张天明：你把赵勇也染上了，你所去的地方都要一一排查！

李学文：我更没想到 SARS 病毒这么厉害。

张天明：（停顿了一下，语重心长地）社会病毒更危险。为了那几个钱值吗？

李学文：别说了，我的公司执照已经被吊销了，也罚了款。张院长，我求求你！法院调查的时候，你能帮我开脱几句吗？

张天明：我现在只能抢救你的生命……

李学文呼吸急促。

张天明：（对护士）上呼吸机！

护士为李学文装上呼吸机，李学文呼吸趋于平稳。

071. 小汤山医院　日　外

已经竣工了的小汤山医院，迎来了四面八方的军车。来自祖国各地的军队医务人员云集于此。院前广场站满了军人。

各路人马向小汤山医院院长报到。

“院长同志，沈阳军区医疗队向您报到！”

“院长同志，解放军总医院医疗队向您报到！”

“院长同志，济南军区医疗队向您报到！”

“院长同志，北京军区医疗队向您报到！”

小汤山医院院长在队前作战前动员。

小汤山医院院长：同志们，请稍息！我们要以北京为榜样，以北京医务工作者为楷模，以小汤山的精神为动力，在这场没有硝烟的战斗中，我们一定要打赢抗击“非典”这场战争。大家有没有信心完成任务？

众人：坚决完成任务！

军人的吼声惊天动地。

072. 电视台机房　日　内

几位记者正聚在剪辑台前剪辑一条新闻：市委领导验收小汤山医院（刘淇等领导的真实画面）。

073. 小汤山医院　日　外

张天明带着慰问品站在操场上。

小汤山医院院长热情地迎上。

张天明：一夜之间神兵天降，这样给我们医院减轻了不少的压力。

院长：小汤山医院的建成离不开党中央政府的领导，离不开首都老百姓的大力支持啊。

张天明：我代表我们医院向解放军表示慰问！

院长：谢谢张院长！

张天明对身边的秘书轻声感叹。

张天明：看着那些女兵，个个都像我的女儿。林琳有两个愿望：一是当护士；一是当兵。

秘书：是啊，如果林琳真当了兵，今天有可能也在小汤山。

张天明深深点头。

074. 医院隔离区　深夜　内

张天明正在查房，他问身边的护士长。

张天明：体温情况怎么样？

护士长：都下来了，一床是三十六度八；二床是三十七度二。

张天明安慰病人。

张天明：好多了，别着急！安心养病！

张天明和护士长离开病房。

只有林琳留在病房里为病人打针。

林琳：阿姨，来，打个针吧。

患者：打针有用吗？

林琳：怎么没用啊？好多病人都康复出院了，您没瞧见啊？

患者：我听说好像没有这种药能杀死病毒似的。

林琳：不会，现在正在研制这种药呢。告诉您吧，我妈就是研制这种药的。

患者：（眼中露出一线希望）真的吗？

林琳：真的！

患者：（急切地）那得什么时候？

林琳：……很快。

患者：快要多久？

林琳语塞。

护士长走过来。

护士长：林琳，你该休息了。

林琳：没事，护士长。我不累，我把这针打完吧。

护士长：你都工作三十六个小时了。休息！

075. 医院隔离区走廊　夜　内

林琳筋疲力尽地走出病房，抬头看了看墙上的挂钟：差十分十二点了。

林琳拿起旁边的 IP 电话。

林琳：妈。

妈妈的声音从话筒里传出。

林素芳：林琳。

林琳：今天是母亲节，我在这儿祝您节日快乐！

林素芳：我都忘了。谢谢你！孩子，累了吧？我听你的声音怎么这么疲劳啊？

林琳：我没事儿。对了，妈，您那边的研究工作进行得怎么样了？还顺利吗？

林素芳：还好！我们正在研制抗病毒的干扰素。

林琳：那得研制到什么时候啊？

林素芳：我们正在努力。

林琳：（情绪激动地）努力！努力！什么时候是个头啊？妈，我从小就觉得您特别伟大，不过，我现在一点儿也不觉得因为有您这个妈妈而光荣！这飞船都上天了，人类基因也都破译了，连一个小小的病毒都研究不出来吗？

076. 军事科学医学院病毒研究室　夜　内

林素芳身着防护服，打着电话。

林素芳：我也和你一样着急。我们全体科研人员正在跟时间一分一秒地赛跑。可是，我们现在急缺的是病人的血清和肺部组织的标本哪！

母女相对无语，都很无奈。

妈妈看看桌上闹钟正好十二点。

妈妈：林琳，现在已经是护士节了，妈妈祝你节日快乐！

077. 医院隔离区走廊　深夜　内

林琳：谢谢，妈妈！

护士：护士长！

林琳：先这样吧！

一群医务人员跑向病房。

林琳挂上电话，跑向病房。

078. 医院隔离区病房　夜　内

赵勇躺在床上急促地呼吸着，昏迷中一声一声地叫着——

赵勇：林琳！林琳！

床边的医务人员都在应声：我们在这儿呢。

赵勇：快去找林琳！

林琳拨开人群，握住赵勇的手。

林琳：赵哥！我是林琳！

赵勇：林琳。快去跟你嫂子和小龙说，让他们好好地……我没事儿。

林琳：赵哥，你放心吧！护士长！

护士长：别紧张！别紧张！放松点儿！放松点儿！

这时张天明穿着防护服走进。

张天明：怎么样？

护士长：情况不好。

张天明：小汤山医院条件各方面都比我们好，马上转院！

在场所有的医护人员都为自己的无能为力感到遗憾。

林琳双手合十，为赵勇祈祷。

079. 隔离区浴室　夜　内

水柱从水龙头里喷下。

林琳站在水龙头下，任凭水柱冲着

自己，眼泪顺着面颊不断地滚落下来。

林琳终于忍不住抽泣出声。

林琳的抽泣声感染了在场所有的护士，引起了一片抽泣声。

镜头拉开，淋浴的一排护士都在哭泣。

080. 隔离区内生活区　夜　内

走廊上，护士们披着湿漉漉的头发走过。

突然有人喊道：林琳，你快看！

所有的护士朝窗外望去，见黑夜中楼下的草坪上，无数支蜡烛组成一个心形图案。

护士们发出惊叹声。

心形图案顶端站着宋凯，他挥舞着手中的仙女棒向楼上的护士们致意。楼上的林琳望着宋凯，充满感情地喃喃低语。

林琳：宋凯……宋凯！

081. 居民楼下　日　外

一群政府官员及张天明站在楼下空地的麦克风前，宣布居民区隔离解除。副区长：居民们！居民们！经过这十五天的隔离，我们三号居民楼的隔离工作正式解除了。我代表区委区政府感谢你们对政府工作的支持。

楼上及楼下欢呼一片。

宋凯用摄像机记录下这一切。

到处是鲜花和祝福，大家互相握手祝贺。

奶奶出现在门口，张天明迎上去。

周莉女儿和丈夫拥抱。

尤其引人注目的是，老常当众将陈姐抱起来，原地旋转。

众人大声喝彩。

小时工挤过人群，将小摄像机和一盘录像带交给宋凯。

082. 电视台机房 日 内

宋凯和几个同事正在看隔离时期居民楼内的录像。

083. 小刘家 日 内

小刘一本正经地坐在沙发上对着镜头慷慨陈词。

小刘：感谢党！感谢政府！感谢我们的国家！感谢我们的人民！让我度过了这非常不寻常的日子，使我感觉到了人世间的温暖。吃的、喝的什么都有，人家还特意给我送来了松仁小肚。

摄像机后传出刘妻的声音：停！

小刘：这就是社会主义的好啊！

刘妻：小肚你就别提了，又提你那松仁小肚，丢不丢人哪！

小刘：这丢什么人哪！我说的都是真的！真的，我现在觉得人与人的友谊真是太珍贵啦！平时，你看这帮朋友给我发的都是些乌七八糟的笑话，你看这几天发的这段子，我都舍不得删了它！你看这段（读手机短信）：五一佳节到，"非典"不停闹，不能去上班，信息报个到！

刘妻：还真关心你啊？还真不错。

小刘：你看这条："非典"期间不与他人亲密接触，要做到：同居不同床……

084. 电视台机房日内

宋凯和同事们在机房里爆发出笑声。

宋凯：这好啊，这真实，咱这专业的都拍不成这样。

同事：你这主意不错嘛。

画面快进，进入录像。

085. 周莉家日内

周莉正在对着镜子自己剪头，镜子里出现拿着摄像机走来的女儿。

周莉突然回头看见镜头吓了一跳。

周莉女儿的声音：妈妈，您剪头干什么呀？

周莉：哎，你干什么呀？

周莉女儿：我给您录像啊。

周莉：（冲着镜头）你不许录！

周莉起身和女儿争夺着摄像机。

周莉女儿：您剪短头发挺好看的。

周莉：你住手你！

在争夺中摄像机被倒置，镜头里出现周莉女儿倒置的画面。

086. 陈姐家 日 内

摄像机转圈地拍摄着这个窄小的房间，画面后是老常的声音。

老常的声音：过去我一进这个家就烦，可以说就没待过一个整天，这次一下待了半个月，没想到还真待出感情来了。

镜头转到浴室门口，正赶上陈姐裹着浴巾从浴室走出，她吓了一跳，急忙抱着肩膀对着镜头尖叫。

陈姐：你怎么什么都拍啊？

087. 电视台机房 日 内

屏幕出现黑画面。

剪辑台前，宋凯和同事哈哈大笑。

088. 张天明家　日　内

张天明疲倦地坐在沙发上，奶奶逼问着。

奶奶：林琳是不是进隔离区了？

张天明：对。

奶奶：你让她去的？

张天明：……

奶奶：你整天在医院，她妈去搞研究，这我不管。可你怎么也应该把林琳给我留下啊。

张天明：妈，这是林琳自己的选择。

奶奶：她不懂，你也不懂啊？你是院长，你得把林琳给我弄回来，你不给我弄回来，我就跟你没完……

张天明：妈！现在都什么时候了？

咱们楼上李学文一家和赵勇全在医院里。

您需要您孙女，医院里的病人更需要她！救死扶伤是她的天职啊！

奶奶颓然坐下。

桌上的电话骤然响起，张天明接过电话，听了两句，如遭雷击。

张天明：喂，什么？！好的。

089. 医院走廊　日　内

张天明疾步走过。

090. 隔离区病房　日　内

林琳穿着病号服，躺在病床上。

许多医务人员都围在病床前。

林琳：大家都出去吧！我没事儿的。

可是大家都没有离开。

林琳冲护士长。

林琳：护士长，让大家都出去吧。

护士长也没有言语。

林琳急了。

林琳：你们都快出去啊！都离我远点儿！

护士长：大家都去工作吧！都去吧！

大家恋恋不舍地离开。

护士长准备为林琳输液。

林琳：护士长，让我自己来打吧。

护士长：你自己打？

林琳：我怕你打得疼。

护士长愣住了。

林琳：你忘了，我得过第一，就是在自己身上练出来的呀。你要是不信的话，你站在门口，我打给你看。快去吧！

护士长退后两步。

林琳动作娴熟地兑药、消毒、扎皮管，最后将针头插入自己的血管。

门外，透过玻璃，张天明心疼万分地望着女儿做的一切，强忍住泪水。

液体的滴落仿佛是张天明心中的眼泪。

091. 电视台机房电梯前　日　内

宋凯正在剪片子。

这时隔壁的剪辑台上传出解说的声音。

解说的声音：广大医务人员不顾个人安危，日夜抗战在“非典”第一线，他们把安全和幸福留给患者，把危险和痛苦留给自己，护士张林琳在护理病人中被感染，成为“非典”病人，目前正在抢救……

宋凯迅速地凑到剪接台前。在屏幕上看到了林琳躺在病床上的画面。

宋凯急忙跑出机房。

092. 电视台走廊 日 内

宋凯在长长的走廊里跑过。

093. 电视台的电梯门前 日 内

宋凯急促地按着电梯，电梯迟迟不下来，宋凯急急走开。

094. 电视台楼梯 日 内

宋凯焦急万分，从楼梯飞奔而下。

095. 电视台门口 日 外

宋凯手里拿着介绍信，飞快地冲出电视台大门，跳上自己的汽车。

汽车驶出。

096. 小汤山医院隔离区外 傍晚 内

宋凯正在医护人员帮助下，快速地穿着防护服，并且将摄像机也包裹起来。

宋凯：麻烦你快点。

097. 抢救室 傍晚 内

林琳生命垂危，呼吸急促，医护人员在用各种方法抢救着她。

宋凯扛着机器冲了进来。

宋凯扛起了手中的摄像机。只是，他没有像往常一样，通过取景框去看林琳，而是将机器扛在肩上，同摄像机一起瞪大眼睛看着垂危的女友。

林琳看到了摄像机，眼睛一亮，仿佛能够感觉到站在眼前穿着厚厚防护衣的人就是自己最想念的宋凯。在场的医护人员感到意外，然后默默地给宋凯让出一条通道。宋凯一直走到林琳床前。

林琳费力地抬起手和宋凯的手握在一起。

098. 医院隔离区走廊 日 内

隔离区的医务人员在为林琳送行，每个人都强做着笑容跟林琳告别。

“林琳，你早点回来呀！”

“我们会想你的。”

躺在担架车上的林琳也笑着面对大家。

张天明疾步赶到。

张天明：林琳！

林琳：爸！

张天明：你要坚强！

林琳：放心好了，我一定会坚强的。

张天明：这才像爸爸的女儿。

林琳：但你要答应我，别告诉宋凯。我知道他的性格，他一定会想尽办法来看我的。

张天明：（俯在林琳的担架旁）爸爸答应你。林琳，你的脸形像你妈妈，还是剪短头发好看。

林琳：等我回来的时候，头发可能都长长了。

张天明：爸爸再给你剪。爸爸推你，好吗？

099. 赵勇家 日 内

赵勇的妻子、儿子在看电视，赵妻难过地捂住了嘴。

100. 陈姐家 日 内

陈姐和老常坐在一起看着电视．两个人的手紧紧地握在了一起。

101. 小刘家 日 内

小刘一家在看电视，小刘的眼泪无声地流了下来。

102. 周莉家　日　内

周莉和女儿在看电视。周莉难过地搂住女儿。

103. 医院院内　日　外

张天明推着担架车走出隔离区，才看到大门前全体医务人员远远站在那里搭起一座白色通道为林琳送行。

护士长：院长，林琳是我的病人，由我来送她上车，好吗？

护士长接过担架车，推向救护车。

看到这个情景，林琳有些难受，她极力地控制眼中的泪水。

林琳被抬上救护车，当车门"啪"的一声关上，她再也抑制不住，"哇"的一声哭了出来。

林琳：护士长！

护士长急忙拨打手机。

护士长：林琳，我们不是说好不哭的吗？啊？

104. 救护车　日　内

林琳：护士长，对不起！我伤心不是为了我的身体，我是觉得这个时候离开你们，我像一个逃兵。

105. 医院院内　日　外

护士长强忍悲痛。

护士长：林琳，你不是逃兵！你不是逃兵！

全体医护人员：林琳，你不是逃兵！

全体医护人员失声痛哭。

张天明看着远去的救护车。

106. 张天明家　日　内

小时工看着电视，下意识地回头望向沙发上的奶奶。

奶奶颤颤巍巍地站起身来。

小时工：奶奶？

奶奶：这不是真的，这电视里演的是假的……

奶奶离开，仿佛一下子苍老了许多。

107. 医院院内采血车　日　外

一只细嫩的小胳膊伸过来。

医生：你还小，不能抽血。

周莉女儿：（含着眼泪）叔叔，你就让我献吧。我是为林琳阿姨献的，我妈妈为了我没上一线，是林琳阿姨顶替我妈妈的名额。现在她病倒了，电视上说她需要血。你就让我抽吧！

医生：那也不行！

周莉女儿：叔叔，你就让我抽吧。不会哭的，我不怕痛！我妈妈今天也上一线了，我希望她早点回来，把林琳阿姨一起带回来。

周莉女儿伤心地哭。带着周莉女儿的小时工伸出自己的胳膊。

小时工：大夫，我替孩子献血。抽我的血吧！

众人：抽我的血吧！

108. 抢救病房　傍晚　内

生命垂危的林琳躺在病床上拨通了手机。

林琳：爸！

张天明：林琳！林琳！林琳！

林琳：爸，我想您……您在哪儿呢？

109. 小汤山医院外的山坡上　傍晚　外

张天明站在山坡上，望着远处林琳病房的方向。

张天明：爸爸现在就在你身边，在你窗外的山坡上看着你呢。

110. 张天明家　晨　内

张天明走进。奶奶一人独自在沙发上哭着。

张天明：妈！妈！妈！

奶奶见到张天明，搂过儿子拍打着。

奶奶：都是你惹的祸呀！都是你惹的祸！你要是不让她剪头发，她怎么能进隔离区；她不进隔离区，怎么能够啊？

两人抱头痛哭。

111. 街道　夜　外

张天明独自一人行走在路上，从夜晚走到天明。

耳边一直回响着女儿的临终留言。

林琳：奶奶，林琳真的出差了，走得很远。我知道您会想我的，但是您放心，无论我走得多远，我都会是快乐的。爸爸，我知道您在窗外一直看着我，就像小时候您守在我的床边。在您的注视下，我总能睡得特别香甜。妈妈，好久没见到您了，那天跟您通完电话，我有点后悔。其实您在我心里永远都是伟大的。我知道，您现在的科研最需要“非典”患者的肺组织标本，这回我能帮您了……为了挽救更多的生命，我想您会这样做的。

112. 电视台机房　日　内

宋凯的手轻轻地敲击着键盘。

113. 长长的医院走廊　日　内

穿着防护服的母亲手里提着保温箱，朝着走廊深处走去——

宋凯：按照女儿的遗愿，这位科学家母亲在那个春天里，采取了女儿的肺组织样本……

——剧终

（与冯俐、梁巨才共同创作）

“非典”期间创作随笔

记 住

记住，某年某月的某一天，
我们接受了一个新的名词——“非典”。
记住它的凶猛，
记住它的残酷，
记住它给我们人类带来的灾难。
记住它让我们生活停顿，
记住它使我们精神苦闷。
记住，在那个非常时期人与人之间不敢直接面对，
即使是亲朋好友也要疏远。
记住满大街的口罩，
记住整个城市的萧条。
记住憋在家里的恐慌，
记住迈出家门的胆怯。
记住从那时我们似乎才开始学会讲究卫生，
记住从那时我们好像刚刚懂得珍惜自己的生命。
其实生活很容易被改变，
一个小小的“非典”昼夜之间就把我们闹得地覆天翻。
记住我们不敢去乘车，
记住我们不敢去逛店。
记住我们不敢去聚餐，
记住我们不敢轻易地去吸一口不熟悉的空气。
记住人类的许多灾难都是我们自己造成的，
受有科学的态度，
没有科学的秩序，
我们又有多少心理准备面对这突如其来的挑战。
据说SARS的冠状病毒小得可怜，
比纳米还要小上几倍，
在显微镜下也很难看见。
看不见的病毒固然可怕，
更可怕的是我们可以看见的恐慌心态。
记住我们的脆弱，
记住我们的无奈。

记住我们的孤独，
记住我们的胆战。
在那时，友情格外亲近，
在那时，亲情更加温暖。
在那时，我们才知道金钱并不是可以买到所有想要的东西。
真正的生活也只不过是柴米油盐。
记住朋友的一杯茶，
沏开的是友谊，品味的是情感。
它不是平时的大鱼大肉，
此时的一杯清茶超过以往的生猛海鲜。
记住那句亲切的问候——多保重，
一条信息在手机里存上几天，
在心里留下几年。
记住你第一次为家人买回的那筐菜，
记住妻子天天为你做的那顿饭。
记住女儿亲手为你折的千纸鹤，
记住千里之外父母寄来的那张偏方药单。
记住床头的体温表，
记住安全的警戒线。
更要记住那些应该记住的人，
是白衣天使用生命为我们屏障住病毒的侵犯。
记住我们的党、我们的国家、我们的军队，
记住，在那危难之际新一代领导人的韬略和果断。
万众一心，众志成城。
记住，中国人总会为人类创造奇迹。
在二十一世纪的初叶，
中国一定会给世界一份满意的答案。
可有时人的弱点却是容易忘记，
忘记过去真的等于背叛。
记住痛苦等于积累了人生的财富，
忘记伤痛就预示着还要面对新的灾难。
也许我们很快就会过上往日的正常生活，
疫情一过社会就会变得一片井然。
朋友会祝贺。
社会会庆典。
马路会塞车，
酒店会爆满。
酒上来还会推杯换盏。
“非典”在那时也许就会变成席间的笑谈。
或许人们还会自责。
自责自己过于敏感，
为了否认懦弱还会表现出从未表现过的勇敢。
该吃的还会大吃，
该喝的还会大喝。

该玩的还会狂欢，
该寻求刺激的还会铤而走险。
该争的还会争，
该吵的还会吵，
该不洗手的还会不洗手，
今天摘下口罩也许明天就会随地吐痰。
讲究卫生爱惜生命会变成阶段性的任务，
兵来将挡，水来土囤，
切不要把生命当成筹码，随意地押上赌博的轮盘。
记住吧，朋友！
记住那些我们应该记住的东西
不是记住一个小小的“非典”，
是要记住一个良好的生存习惯。
一个好的习惯靠着一朝一夕养成，
一个民族形象的树立是靠着我们每一个人的努力去实现。
我想，在这次抗击“非典”的战斗中，
我们每一个人都应当记住一点点应当记住的东西，
也许这才是最重要的。

2003 年 5 月 12 日于北京家中

附言：2003 年，“非典”袭击首都北京，情况紧急，甚至有些恐慌，大街小巷几乎没有人，都憋在家中。我向组织申请去小汤山医院慰问，得到的回复是：这次不同于抗洪抗震，目前还没有安排慰问任务。看着电视中的医务人员和患者，心中十分感慨，憋在家里开始写东西。先是写了一首歌《你比从前更美丽》，又写散文诗《记住》发表在《人民日报》并获得二等奖（附上），数日后接到去小汤山慰问的任务，创作小品《情系小汤山》。回来后我把小汤山的经历创作成电影《让我们记住》，七天创作剧本，七天拍摄，约请 20 多位艺术家共同参演，在央视 6 频道播出，成为“抗击非典”首部影视作品。我被评为首都“抗击非典”先进个人、北京形象大使、总政优秀党员。那段特殊的记忆，我永远难忘。

·电 影·

阳光天井

时　间　当代。
地　点　北京。
人　物　田玉敏：邮局职工，田妞妞的父亲。
田妞妞：小学生，田玉敏的女儿。
小　常：邮局职工，田玉敏的同事。
张　红：邮局职工，田玉敏的同事。
爷　爷：独居老人，田玉敏家的邻居。
群众演员若干名。

001. 胡同外　夜

北京的夜晚景色宜人，田玉敏骑着自行车穿过安静的胡同。

手机响了，他接听电话。

田玉敏：喂，小常啊？

小　常：老田，你太不像话了。

田玉敏：我不是晚上送快件吗？

小　常：你再忙也得把棋下完再走啊。

田玉敏乐了。

小　常：现在我把棋都摆好了。该你了。

田玉敏：卒七进一。

小　常：我炮二平五。

田玉敏：车一进五。

小　常：象三进五……哎，等会儿。

田玉敏：不许悔棋！卧槽。

田玉敏挂上手机，他来到一家门前按响门铃。

田玉敏：快件。

002. 小常家　晚　内

小常对着棋盘自语。

小　常：我就这么死了？

003. 胡同　晚　外

田玉敏骑车走出。手机又响。

田玉敏：喂，张红。

张　红：老田，女方那边回信儿了，人家说你哪点儿都挺好，就是有个孩子。

田玉敏：没孩子我找她呀？找她就是带孩子的嘛。

张　红：你是找老婆啊，还是找保姆？

田玉敏：先当保姆。什么时候妞妞接受她，什么时候再谈我们俩的事儿。

张　红：没人管你这破事儿。

张红说完挂上手机。

田玉敏看见胡同口有几个老头正在下棋，他停下车子凑了过去。刚刚蹲下，手机又响了。

田妞妞：爸爸，你什么时候回家啊？

田玉敏：这就回去。

004. 田玉敏家　晨　内

这是一个极为普通的家庭，一室一厅，装饰简单。

卧室，田玉敏和田妞妞正在安静地睡着，田玉敏的一只手抚在女儿的脸旁，像雕像般一动不动，田妞妞手中攥着一只鸡蛋。床头闹钟响了，叫醒了田玉敏和田妞妞。田玉敏的胳膊有些僵硬，他活动着。

田玉敏：妞妞，起床。

田妞妞：嗯。

田妞妞把那只鸡蛋放到厨房的平台上，走进卫生间。

005. 田玉敏家卫生间　晨　内

父女俩一起刷牙洗脸，动作一致，看上去有点滑稽。

田妞妞：牙要竖着刷！洗脸的时候洗洗脖子。

田妞妞拿起一瓶擦脸油。

田玉敏：擦脸用这个。（田玉敏给田妞妞换了一瓶擦脸油，随手放下马桶座圈）拉屁屁。

田妞妞坐在座便器上。

田妞妞：爸爸，每天晚上上厕所，你都把马桶圈给我放好了。

田玉敏：没心没肺的，我怕你坐在马桶里。

田妞妞：（乐了）我每次上完厕所，都给你掀起来。

田玉敏：好孩子！

田玉敏走出卫生间。

006. 田玉敏家厨房　晨　内

田玉敏在厨房煎鸡蛋，卫生间里传来田妞妞的声音。

田妞妞：爸爸，我拉不出来。

田玉敏：拉不出来也得拉，要不然到学校谁给你擦屁股？（看到盘子里的剩鱼）爸爸给你做的鱼你总是不好好吃，你现在是长身体的时候，吃鱼聪明。

从卫生间传来田妞妞的喊声。

田妞妞：爸爸，我拉完了……

田玉敏：来了。

田玉敏走进卫生间。

007. 爷爷家窗前　晨　外

院子里的一只野猫跑到爷爷家的窗台上，爷爷拉开窗户，把一碗剩饭放在窗台上，那只猫香香地吃着。

008. 田玉敏家客厅　晨　内

田妞妞趴在窗台上看着。她从抽屉里拿出几块饼干，拉开窗户向猫扔去。猫不理睬，她有些失落地看着。爷爷用手指在玻璃上写下“猫爱吃鱼”，田妞妞脸上露出惊喜的神情。

009. 田玉敏家厨房　晨　内

田玉敏在做饭。

田妞妞把那盘剩鱼悄悄地从爸爸身后端出。

010. 田玉敏家客厅　晨　内

田玉敏把早餐端到餐桌上，看到盛鱼的盘子空了。

田玉敏：(吃惊地）你空着嘴把一盘凉鱼都吃了？

田妞妞：你不说吃鱼聪明吗？

田玉敏：快喝点奶，别齁着。爱吃明天爸爸还给你做。

吃完饭，田玉敏对着镜子扎领带，田妞妞对着窗子扎红领巾。爷爷看着乐了。

田玉敏　快！妞妞，到点了。

田妞妞拿起那只生鸡蛋。

田妞妞：爸爸，我穿牛仔裤这鸡蛋塞不进去。

田玉敏：那就不带了。

田妞妞：不行！老师说，离开人时间长了，小鸡就孵不出来了。

田玉敏：哎呀，你们学校尽扯淡，赶紧换那条绒裤！

011. 田玉敏家门前　晨　外

田玉敏急急忙忙地带着田妞妞骑车远去。

田妞妞坐在后座上，看着那只正在吃鱼的野猫。

012. 长安街　晨　外

早晨上班的车辆缓缓地在马路上行驶着，自行车道上黑压压的一片。

田妞妞：爸爸，我们同学家长开的都是好车。

田玉敏：再好的车也不如自行车。四轮不如仨轮的，仨轮不如俩轮的。

田妞妞：为什么？

田玉敏：灵活。

田玉敏钻出自行车道，带着女儿在机动车道上灵活地穿来穿去。

田妞妞坐在后座，她突然发现那只生鸡蛋忘带了。

田妞妞：爸爸！

田玉敏：什么事？

田妞妞急中生智地解下脖子上的红领巾塞进书包。

田妞妞：我……我红领巾忘戴了。

田玉敏下意识地摸了一下自己的领带。

田玉敏：刚才你好像扎上了。

田妞妞：那是昨天。

田玉敏：没戴就没戴吧，到时候跟刘老师说说。

田妞妞：不行，今天是星期一，升旗。

田玉敏：你这孩子，自己的事不记着点儿？(他无奈地掉转车头）一样想不到都不行，跟你说多少回了，每次摘下红领巾放到书包里，你就是记不住。学习也是稀里糊涂的，马上就要期末考试了，考不上重点班就上不了重点中学，上不了重点中学就上不了重点高中。上不了重点高中，你还怎么上大学呀？你还怎么出国见你妈妈去？我马上就让你妈给你打电话……

田妞妞：爸，红灯！

田玉敏刹车来不及了，自行车停在十字路口当中。

警察走过来冲着田玉敏敬礼。

警　察：你好！

田玉敏急忙下车。

田玉敏：警察同志对不起，孩子忘戴红领巾了……

警　察：忘戴红领巾就可以闯红灯吗？还逆行。来，把背心穿上。

田玉敏：这得罚到什么时候啊？

警　察：什么时候抓到下一个违反交通规则的就换你。

013. 邮局前厅　晨　内

早晨来上班的工作人员在刷卡机前一一刷卡。张红也在其中。小常在刷完自己的卡后，又抽出一张卡在刷卡机上刷了一下。

014. 邮局　晨　内

员工们在紧张地工作着，张红机械地往邮件上盖着章．小常准备着外送的邮件。

只有田玉敏的位子是空着的，桌上堆着一堆没有分发的邮件。

张　红：老田怎么还没到？

小　常：让警察扣住了。

张　红：警察？

小　常：交通警。送孩子上学闯红灯了。

张　红：得，又迟到一天。

小　常：没事儿，我给他刷卡了。

张　红：（有些吃惊）你别满处说去。回头让领导知道了，你们俩都跑不了。

小　常：张姐，你把我当成什么人了？这个月我都替他刷了三次了，我一次都没说过。

015. 十字路口　晨　外

田玉敏穿着黄色的马甲，田妞妞手拿小旗，父女俩在协助警察维持交通秩序。田玉敏突然发现一个违反交通规则的骑车人。

田玉敏：站住。总算把你给抓住了。来，把这衣服换上。

骑车人：对不起，同志。我妈住院了，我这是给她送早饭去，要不然汤就凉了。

田玉敏：那……走吧。（回头又发现一个）你！你的前轮过黄线了。

那　人：哎呀，孩子上学来不及了。

田玉敏：哪个学校的？

那　人：文林小学。

田玉敏：（指着田妞妞）把这个孩子带上，三年二班的，一定送到啊。

那　人：一定！一定！

那人骑车把两个孩子带走了，田玉敏显得轻松了许多。

016. 学校操场　晨　外

孩子们在操场上做着各种游戏。几个女孩围在一起，每个人手中拿着一个生鸡蛋。她们用课本卷成纸筒，对着太阳看鸡蛋。

一个同学：真好看！蛋黄就像黄昏的太阳。

一个同学：我的蛋黄上有一个黑点儿。

一个同学：刘老师说那是小鸡的心脏。

一个同学：我的也有。

田妞妞凑了过来。

田妞妞：让我看看。

一个同学：你不是自己也有吗？

显然同学们对田妞妞都有些冷落。

一个同学：咱们班五十四个同学，到时候再孵出五十四只小鸡来，多热闹呀！

田妞妞：（抢先地）五十四加五十四就是九十了。

一个同学：又整反了，五十四加五十四等于一百零八。

田妞妞：哎呀，我又把五十四算成四十五了。

几个同学都笑了。

田妞妞有些不好意思，她急忙为刚才的错误辩解。

田妞妞：五十四个鸡蛋也不一定就孵出五十四只小鸡。

说完用书本卷成纸筒对着太阳看着自己的鸡蛋。

田妞妞：我的鸡蛋就是双黄的，而且每个黄上都有一个黑点。

同学们都愣住了。

李亚军：你骗人！

一个同学：你是双黄蛋？

一个同学：哎呀！那可是双胞胎呀！

所有的孩子都围了过来，争抢着要看，田妞妞死死地攥着手中的鸡蛋。

田妞妞：你们不让我看，我也不让你们看。

田妞妞在跑着，同学们追赶着。

017. 邮局　日　内

张红正在替田玉敏分信。

小常送完邮件回到办公室。

小　常：老田还没回来？

张　红：就是啊，不会出什么大事儿吧？

小　常：一个自行车能出什么大事儿？你看现在老田忙的，连个下棋的工夫都没有。

张　红：也好，省得你们整天不干正事儿。

小　常：知道吗？张姐。老田每天下班之后还为快递公司送快件呢。

张　红：一个人带着孩子真不容易。

小　常：他和他爱人离婚的事，他一直没告诉孩子。

张红有些异样。

张　红：他怕伤害孩子吧。

小　常：张姐，其实我觉得你俩挺合适的。一个单身一个光棍……

张　红：你要闲得难受就多干点儿活。

张红把一堆邮件扔到小常的桌子上。

这时田玉敏风风火火地跑进来。

张　红：怎么扣这么长时间？

田玉敏：现在这警察的招太绝了，开车的违章了扣分，骑车的违章了扣人，抓着下一个违章的才能走。我抓着一个比我困难，抓着一个比我困难，后来警察都换班了，才把我放了。

小　常：要是遇着个女警察你就合适了。

田玉敏：那就说不定谁扣谁了。

张　红：没看出来就你这胆儿还敢找女警察呢。

众笑。

小　常：老田，你的活儿张姐可替你干了。

田玉敏：我来。（从张红的手中接过信件）谢谢老婆。

小　常：别光嘴甜，发了奖金请客。

张　红：就他那抠门儿，这么多年你见他请过谁啊？

田玉敏：两口子之间哪有这么客套？

张　红：告诉你吧，全世界的男人都死光了，我也不会嫁给你。

田玉敏：我跟你不一样，全世界只剩下你一个女人，我也会把你让给警察，治治他们。

众乐。

张红把一封信盖完章后，扔到田玉敏的面前。

田玉敏看了一眼，把它揣进兜里。

018. 小学校大门前　黄昏　外

学校门前等着接孩子的家长人山人海。

这时，田妞妞拿着鸡蛋边走边看走出校门，一辆轿车在她身边戛然而止。田妞妞吓了一跳，转身就跑。对面司机猛一打方向，两辆汽车撞在一起。

一个警察骑着摩托车风驰电掣驶来。

出事现场被人群围得水泄不通。

警察发现田妞妞。

警察：又是你。

019. 十字路口　黄昏　外

田玉敏一边风风火火地骑车一边打着手机。

田玉敏：马八进七……象三进五……

不料，被一个穿黄背心的拦住。

黄背心：你闯红灯了。（说着就要脱背心）

田玉敏：对不起！对不起！我接孩子。

警　察：（冲着田玉敏）你过来一下。

田玉敏：对不起！又见面了。我接孩子。

警　察：我给你接来了。

田玉敏见田妞妞正在警察休息处喝着饮料，愣住了。

田玉敏：这……

警　察：孩子放学跑到快车道去了，司机为了躲闪孩子造成两车相撞，两车都没上保险，三方都有责任。

田玉敏：什么车？

警　察：一辆奔驰，一辆宝马。

田玉敏几乎晕了过去。

020. 街道　黄昏　外

田玉敏骑车，田妞妞坐在后座上。

田玉敏：车过来你没看见呀？你想啥呢？我跟你说过多少回了，我到大门口里去接你，你就没这个记性。一千五赶上我一个月工资了。

妞妞不语，她从兜里拿出那只生鸡蛋。

田玉敏：考不上重点班就上不了重点中学，上不了重点中学就上不了重点高中。上不了重点高中，你还怎么上大学呀？你还怎么出国见你妈妈去？你妈来信了。

田玉敏说着从兜里掏出那封信递给田妞妞。

田妞妞接过信没有任何表情。

田妞妞：爸爸，我劳动课得了个优星。

田玉敏：劳动优星有什么用？

田妞妞：你不说得了优星给买礼物吗？

田玉敏：……

021. 商场　黄昏　内

田玉敏和田妞妞来到卖鞋的柜台。

田妞妞：我想要这双皮鞋。

田玉敏：（气愤地）一个劳动优星还想要皮鞋，穿上它能干活吗？（冲售货员）来那双布的。

服务员：先生，这双鞋比皮鞋还贵。

田玉敏：那就来这双人造革的。

田玉敏交钱。田玉敏从鞋盒子拿出一只鞋塞在自己的包里，把另一只递给田妞妞。

田妞妞：一只怎么穿啊？

田玉敏：你什么时候主课得了优星，我就把两只都给你。

田妞妞：那上回我语文还得了优星呢。

田玉敏：关键是数学，你现在还瘸着腿儿呢。语文、数学都要过关，必须两只脚走路。懂吗？

服务员找钱。

田玉敏：这双鞋六十五，我给阿姨一百块钱，应该找我多少钱？

田妞妞：四十五。

田玉敏：三十五！张嘴就来，过脑子了吗？就这还想穿皮鞋呢。

妞妞拿着一只鞋无奈地站着。

022. 卖鱼的小摊前　黄昏　外

田玉敏带着田妞妞来到鱼摊前。

小　贩：来了？田师傅。（说着在活鱼池里捞鱼）

田玉敏：别！来条刚死的吧！

小　贩：没有，您是老客户，我不能骗您，最新鲜的也是昨天死的。活的多新鲜，一斤差不了多少钱。

田玉敏：今天不行。（田玉敏看到活鱼池里有一条翻白儿的）那就来这条半死不活的吧。

小　贩：这可不能算死的。

田玉敏：那也不能算活的。活鱼四块九，死鱼三块六，一斤差价一块三，取个中间数。一块三除二，（冲着妞妞）等于多少？

田妞妞：五毛五。

田玉敏：（冲小贩）每斤加价五毛五。

小　贩：（称鱼）这孩子是聪明，比我脑子转得都快。

田玉敏交钱，拿着鱼带着田妞妞离开。

小　贩：（自语）不对吧，好像少收了。

023. 街道　黄昏　外

田玉敏骑车带着妞妞。

田玉敏：你张嘴就来，一块三除二是等于五毛五吗？你差了一毛钱，你知不知道？

田妞妞：一毛……那咱多给还是少给了？

田玉敏：甭管多给少给，反正你算得不对。

024. 田玉敏家　黄昏　内

田玉敏来到电话前，翻查着一天的未接电话，随后来到厨房手忙脚乱地做饭。窗外传来小常的喊声。

小　常：老田！

田玉敏拉开窗子。

田玉敏：哎，常儿。

小　常：你今天必须把这盘棋下完，要不我心里别扭。

田玉敏：你等我下去。

025. 田玉敏家楼前　黄昏　外

田玉敏扛着煤气罐走下。

田玉敏：你来得正好，你有车，你帮我把煤气换了。

小　常：你不下完这盘棋，我不给你换。

田玉敏：下不了了，吃完饭马上就要加班。妞妞放了学乱跑，司机为了躲她把车给撞了，我得赔人家一千五。

小　常：你怎么这么倒霉啊？

田玉敏：没办法，点儿背。

田玉敏说着把煤气罐放进小常汽车的后备厢里。

小　常：这煤气你急着用吗？

田玉敏：不急。我那罐刚换上。

小　常：那好，哪天我路过这儿再给你带来。

026. 田玉敏家　黄昏　内

田玉敏和妞妞在吃晚饭，窗台上的猫在看着桌上的鱼。

田妞妞：爸爸，你做的鱼真好，闻着就特别香。

田玉敏：好就多吃！

这时，田玉敏拨打手机。

田玉敏：王总，你给我来电话了吧。好，你说一下地址。我马上去。

田玉敏挂上电话。

田玉敏：爸爸有几个快件，吃完饭抓紧时间写作业，写完作业练琴。我送完快件就回来。

田妞妞：嗯。

田玉敏匆匆吃了几口，就走出家门。

田妞妞：爸爸，再见！

田玉敏刚刚走出家门，田妞妞迅速地拉开窗子，把那条鱼整个地倒给窗外的野猫。

没等窗子关上，家里的电话铃响了。

妞妞接听电话，话筒里传出爷爷的声音。

爷爷：妞妞，爸爸刚刚做好的鱼，你怎么就给喂猫了？

田妞妞：我不爱吃鱼。

爷爷：不爱吃鱼，也不能把整条鱼喂猫啊。拿鱼汤泡点饭就行了，大不了喂个鱼头鱼尾。你这样多浪费啊？

田妞妞：（故意转移话题）爷爷，我妈来信了。

爷爷：写什么了？

田妞妞：没看。

爷爷：为什么？

田妞妞：跟鸡蛋一样，隔着皮儿我就知道里面写着啥，除了讲道理就是讲道理。

爷爷：说话。

田妞妞：爷爷，告诉你一个秘密吧。今天我跟我们同学说我的鸡蛋是双黄的。

爷爷：你的鸡蛋是双黄的吗？

田妞妞：不是。

爷爷：那你为什么这么说？

田妞妞：（委屈地）谁让他们不理我来的？我一说双黄的，他们都追着抢着跟我玩。

爷爷：（乐了）那……那明天你还这么说。

田妞妞：他们要是看出来怎么办呢？

爷爷：隔着皮儿看不出来。

田妞妞：能！对着太阳一照，看得可清楚了。

爷爷略有所思。

027. 某居民区楼　夜　内

田玉敏穿着快递公司的制式服装走上楼梯，听见楼内传来“汪汪”的狗叫声，他来到三楼的一家门前敲门，门开了，一条大狗噌地蹿了出来，田玉敏转身就跑。屋内的老太太用绳子把狗拽住。

老太太：同志，你是快递公司的吧？

田玉敏：对，你们不是要快递东西吗？

老太太：（指着狗）就是它！

田玉敏：（愣住了）电话里不是说玩具吗？

老奶奶：对，玩具。这条狗就是我孙子的玩具。我儿子外出了，孙子在家里哭着闹着要这条狗。

田玉敏：我们公司是不送活物的。

（转身要走）

老奶奶：同志，求求你了！加点钱行吗？

田玉敏站住。

田玉敏：往哪儿送？

老奶奶：这是地址。今天这狗要不送到，我孙子就能一宿不睡。

田玉敏：这地方我根本就不认识。

老奶奶：（指着狗）它认识，让它牵着你就行了。

田玉敏：（勉强地）这狗咬人不？

老奶奶：不咬人。

田玉敏：万一呢？有嚼子没有？

老奶奶：没有。对了，闹“非典”的时候我这儿还剩了一些口罩！

028. 街道　夜　外

那条狗戴着圆形口罩在前面跑着。

一条绳子拴在田玉敏的车把上，田玉敏拼命地蹬着自行车跟在后面。

029. 爷爷家　晚　内

桌上、床上都摆满了鸡蛋，爷爷正对着台灯找着双黄蛋。

030. 田玉敏家　晚　内

餐桌上摆满了鸡蛋，田妞妞把家里的鸡蛋全部搬了出来，也对着台灯找着双黄蛋。

田玉敏走进家门。

妞妞吓了一跳，急忙站起身，不料把桌面刮起，一桌子鸡蛋像瀑布一样滚到地上。

田玉敏：你干什么呢？

田妞妞：找双黄蛋。

田玉敏：我把你关在家里，是为了让你好好学习的，不是让你鼓捣这些玩意儿的。

电话铃响了。

田玉敏接起电话，听筒里传来爷爷的声音。

爷爷：妞妞．我给你找了个双黄蛋。

田玉敏向爷爷家窗口望去，见爷爷拿着鸡蛋兴高采烈地愣在那里。

田玉敏没有说话，把电话重重地扣上。

田玉敏看到桌上的盛鱼的空盘子，他气愤地拿起空鱼盘敲打着。

田玉敏：照这样下去，你吃多少鱼都没用。你想不想考重点班了？你想不想出国见你妈了？　我现在就让你妈给你打电话。

田妞妞：（“哇”的一声哭了）你总说见我妈妈，我到现在都没见过我妈妈。同学们都说我没有妈妈。

田玉敏：胡说！你妈不是经常给你来电话吗？

田妞妞：只有过年过节才打一个电话，平常都没个电话。

田玉敏：她不是在美国吗？不是打电话不方便吗？

田妞妞：我想妈妈！我想妈妈！

田玉敏显得有些无奈。

031. 学校操场　日　外

李亚军等几个男学生要抢看田妞妞手中的鸡蛋，田妞妞说什么也不肯，她猛地一推，李亚军趴在地上，顿时他的裤兜湿了一片。

一个男生：快看李亚军尿裤子了。

李亚军从兜内掏出破碎的鸡蛋。

李亚军：我也让你尿裤子！

几个男孩乱成一团，滚打在一起，相互碎着对方兜里的鸡蛋。

032．教室　日　内

几个女孩子在议论着。

一个同学：李亚军的鸡蛋碎了。

一个同学：萧斌、王永民的也碎了。

一个同学：多可惜啊。

话音未落，刘老师带着几个男同学和田妞妞走进了教室，他们都提着湿漉漉的裤子，只有田妞妞的鸡蛋是完整的。

刘老师：今天发生的事情是我们班的耻辱。要知道，你们手中的鸡蛋已经不是普通的鸡蛋了，它是生命。我们从小要懂得尊重生命，爱护生命。你们几个都要写检讨。

田妞妞把自己的鸡蛋紧紧地握在手里。

033．田玉敏家　傍晚　内

田妞妞在写检讨，台灯下摆放着那只鸡蛋。

田妞妞拨通了爷爷的电话。

田妞妞：爷爷，“检讨”两字怎么写啊？

爷　爷：你为什么写“检讨”啊？

田妞妞：我把李亚军的鸡蛋碰碎了。

爷爷在玻璃上写下“检讨”两字。田妞妞照葫芦画瓢在本上写下“检讨”。（音乐中，爷爷教着，妞妞学着）爷爷家的那扇窗户成了透明的黑板。

034．田玉敏家楼前　晚　外

田玉敏骑车回来，看到窗前爷爷正在教妞妞写字，心里充满感激。

035．爷爷家　日　内

门开了，田玉敏出现在门前。

爷　爷：妞妞她爸，快进来，快进来。

田玉敏走进。

田玉敏：感谢您对孩子的关爱，有您这么一个好邻居我心里挺踏实的。

爷　爷：客气啥？常言说，远亲不如近邻，近邻不如对门，对门不如对窗户。

田玉敏：大爷，妞妞喜欢你，跟你无话不说，她越来越大了，这孩子又特别敏感，我和她妈的事不想让孩子知道。

爷　爷：我明白。她妈又来信了，她看都不看。

田玉敏看到爷爷玻璃上的“检讨”。

田玉敏：这孩子越来越不像话了。

爷　爷：别总批评她，好孩子是夸出来的。还是让她妈多给她打打电话，多跟她聊聊。

田玉敏站在那里听着。

036．邮局办公室　日　内

午休时间，田玉敏和小常在下棋。

张红走进。

田玉敏：（小声地）张红。

张　红：什么事？

田玉敏：中午有时间吗？我想请你出去坐坐。

张　红：（有些吃惊地）你没事吧？那天开个玩笑你还当真了？

小　常：田哥，我可听见了啊。你单约张姐可不对。

田玉敏：去你的！（冲张红）我想跟你商量点事儿。

张　红：肯定没什么好事儿。

037. 小餐馆　日　内

田玉敏和张红在一张桌前坐下，田玉敏拿起菜单询问服务员。

田玉敏：有什么特色菜？

服务员：我们店的红烧鼋鱼不错。

田玉敏：多少钱？

服务员：一百八。

张　红：简单点儿。

田玉敏：还有什么特色的？

服务员：桑拿龙虾。

田玉敏：桑拿龙虾？

服务员：就是把小龙虾拿到桌上现给您蒸。

田玉敏：多少钱啊？

服务员：一只八十，要是鸳鸯浴就是一百六。

田玉敏：（急了）你这不是宰人吗？让你介绍点儿特色菜，你就往贵的上面点。你以为我请客吃饭不好意思说，是不是？我告诉你，我们是多年的老同事了，一点都不外道。来盘土豆丝。（冲张红）你还要主食吗？

张　红：（乐了，冲服务员）来盆汤面，再来个青菜就行了。（冲田玉敏）你拿人家撒什么气？

田玉敏：我最烦这种服务员，职业道德有问题。

张　红：行了。看来你送快件也没挣多少钱。

田玉敏：挣钱？孩子学费都不够。钢琴、舞蹈、英语、奥校，想起来脑袋就痛。

张　红：少学几样不行吗？

田玉敏：别的孩子都学啊。不是比吗？

张　红：妞妞这次怎么没写回信啊？

田玉敏：我找你就这事儿，根本不好使，连看都没看。这次期末考试特别重要，只有两个重点班，考不上还得多拿钱。我想来想去，还得麻烦你，再给她打个电话，我现在说什么都没用，你还是以她妈的身份吓唬吓唬她。

张红对田玉敏的话显得特别敏感，刚才那种轻松玩笑的状态顿时消失了。

张　红：老田，我毕竟不是她妈妈，我起不到这个作用。我早就跟你说了，你应该把你们离婚的事儿告诉孩子。

田玉敏：她太小。

张　红：过去小，现在还小。你等到什么时候才能跟她说实话呢？你总认为不说是为了她好，可你想过没有，这种隐瞒会对她造成更大的伤害。

田玉敏：这不马上要考试了吗？我想……

张　红：今天不管你怎么说，这个电话我是不会再打了。

田玉敏：（急了）张红，你怎么能这样啊？咱们可是十几年的老同事了，不就是打个电话吗？

张　红：那时候妞妞小，过年了，你说跟她妈联系不上，让我装扮成她的妈妈打个电话，给孩子个安慰。我打了，当妞妞在电话里第一次叫我妈妈的时候，我这心里别提多难受了。说实话，这么多年每次打完电话心里都不是个滋味。过年打、过节打，这考试还打？老田，别的忙我都可以帮你，这个忙我无论如何不能再帮你了。你另请高明吧。

田玉敏：不打，你早说啊？这么多年，孩子对你声音都熟悉了，再换个人也接不上啊。起码你先帮我把这次考试对付过去，你不能见死不救吧？

张　红：你有她妈的电话吗？

田玉敏：没有。听说找了老外又生了个杂种。我们好几年没有联系了。

张　红：这女人心也太狠了。

张红沉思了半天。

张　红：那好，我再打最后一次。

038. 邮局办公室　日　内

张红在忙碌着，田玉敏和小常都不在。她处理完手头的工作，拿起电话。看得出她有些犹豫，最终还是拨通了田玉敏家的电话。电话那端传来妞妞的声音。

田妞妞：喂。

张　红：妞妞。

田妞妞：（兴奋地）妈妈！

张红调整了一下内心的情绪。

张　红：妞妞，听你爸爸说你们要期末考试了。

田妞妞：嗯。

张　红：有信心没有？

田妞妞：还行吧。

张　红：妞妞，你要好好复习。不能让你爸爸失望，你爸爸一个人带着你多不容易啊！你是大姑娘了，应当懂事了。

田妞妞：妈妈，你什么时候回来啊？我特别想你。

张　红：我现在忙，不能去看你。也许很久都不会再给你打电话了，你大了，要自立。有妈妈在身边当然好，没有妈妈的时候，你就是家里的女主人。不仅要照顾好自己，还要学会照顾你的爸爸。

田妞妞：知道了。

张　红：妞妞真乖。我相信你会成为你爸爸最优秀的女儿。

田妞妞：嗯。

张　红：妞妞，再见！

田妞妞：妈妈再见！

张红放下电话，平复着心情。

这时小常送完信回来了。

桌上的电话响了，张红拿起电话。

张　红：找哪位？

电话的那端传来妞妞的声音。

田妞妞：妈妈。

张红愣住了。

张红：你……你怎么知道我的电话？

田妞妞：咱们家换新电话了，是来电显示的。

张　红：什么？

田妞妞：妈妈你回北京了吧？你的电话号码怎么跟爸爸一样啊？你现在是不是在爸爸单位啊？

张　红：（语无伦次地）啊，对，我刚刚回来。

田妞妞：（兴奋地）真的？我想去找你。

张　红：（慌忙地）不不，千万别来，我马上出去办事，办完事我去看你。

张红急忙挂上电话。小常发现张红有些异常。

小　常：张姐，谁啊？

张　红：啊，没事儿。老田呢？

小　常：在前台呢。

张红转身走出。

039. 田玉敏家　日　内

田妞妞兴奋地将窗子拉开，冲着爷爷家高喊。

田妞妞：爷爷！爷爷！

爷爷不知道发生什么事情，急忙把窗子打开。

爷　爷：怎么啦？妞妞。

田妞妞：我妈妈回来啦。

爷爷不敢相信自己的耳朵。

爷　爷：什么？

田妞妞：我妈妈回北京啦。马上就回来看我。

爷爷有些惊喜。

040. 大街上　日　外

张红气呼呼地在前面走着，田玉敏一边追着一边解释。

张　红：我说不打，你非让我打，怎么样？出事了吧？

田玉敏：真是做梦都没想到的事。

张　红：你们家换了来电显示的电话，你为什么不告诉我？

田玉敏：怪我，怪我，忽视了。我怕耽误送快件，刚安上的。没想到她也会看。

张　红：这怎么办？她知道我的电话就会不停地给我打，要是我接到还好说，万一让小常接到怎么办？就他那嘴一夜之间全局都得知道。闹不好人家还以为我在外边有个私生子呢！

田玉敏：不可能，你是咱邮局的工作标兵，十几年一直坚持工作，连请假都很少，不可能有这个怀孕过程啊……

张　红：别废话，你说怎么办吧？

田玉敏：（掏出手机）这样，我马上跟妞妞说，说你明天就回美国，没有时间去看她。

张　红：可是电话里我已经答应她了。

田玉敏：你也是，怎么连个孩子都糊弄不过去呢？

张　红：当时小常不是在吗？再说了，我也没有精神准备啊。

这时，田玉敏的手机响了，电话里传来妞妞的声音。

田妞妞：爸爸，我妈回北京啦。

田玉敏：（没加任何思索）知道啦，我们正商量去看你呢。

话一出口，两人目瞪口呆。

041. 爷爷家　日　内

爷爷拿着电话，正在指挥着妞妞。

爷　爷：火点着了吗？

田妞妞：点着了。

爷　爷：把油倒上。

田妞妞：倒上了。

爷　爷：油冒烟了吗？

田妞妞：冒了。

爷　爷：炝锅！

042. 田玉敏家　日　内

田妞妞把葱花倒进锅里，顿时屋里油烟四起，火苗蹿射。妞妞迅速躲避，对着话筒。

田妞妞：不好了，爷爷，着火了！

爷　爷：锅里着了？锅外着了？

田妞妞：锅里锅外都着了。

爷　爷：别慌！把火拧小点儿。

043. 发廊　日　内

张红在烫发。田玉敏翻阅着一份发型画报。

田玉敏：（冲美发师）师傅，我看这种发型好点儿。

理发师傅：这种……她的脸型不太适合。

田玉敏：这种发型洋气。

张　红：什么洋不洋气的？你就凑合点儿吧。你还真以为我跟你上门相亲呢？

田玉敏：不是跟我相亲，关键是孩子。我一直说你在美国，你别整得土了巴唧的不像啊？

张红急了。

张　红：不去了。

田玉敏：别，别。我就那么一说。

044. 街头闹市　日　外

张红穿着入时，头发烫得很夸张，看上去就像变了一个人似的，极不协调。

田玉敏跟在身边不停地鼓励着。

田玉敏：这回行了，一看就像是从美国回来的，有点儿像克林顿夫人——莱温斯基。

张　红：你说什么？

田玉敏：不是，……希拉里。

045. 田玉敏家楼前　日　外

一辆出租车停在田玉敏家楼前，田玉敏抢先下车，为张红拉开车门，极有仪式感。

046. 爷爷家窗口　日　外

爷爷好奇地看着。

047. 田玉敏家门口　日　内

田玉敏拿出房门钥匙，张红一把拉住了田玉敏。

张　红：老田，算了吧，我有点紧张。

田玉敏：没事，见一面就走。再说了，你这从头到脚多少钱哪？不进去不白花了吗？

田玉敏和张红鼓足勇气推开家门，屋里的场面使他们惊呆了。妞妞扎着围裙，脸上蹭满了污垢，正趴在地上擦着地板。

窄小的客厅里打扫得干干净净。餐桌前多了一把椅子，椅背上写着“妈妈专座”。

张　红：妞妞。（田妞妞没有说话，瞪大眼睛上下打量着张红）

田玉敏：妞妞，妈妈回来了，你怎么不叫啊？

田妞妞仍然没有开口，她不好意思地把写着“妈妈专座”的椅子搬到张红面前，然后拿出许多自己的小食品放到餐桌上，最后跑进厨房，端出一盆已经坨了的面条。

张红心里有些难受，她把田妞妞搂到怀里。

张　红：好妞妞。

田妞妞“哇”的一声哭了出来。

田妞妞：妈妈！

田玉敏不忍看到这种场面，他转身走进厨房，见炉子上的火还在着着，上面是一口烧干了的煳锅。他急忙关掉火，又接了碗凉水倒进锅里，厨房里顿时浓烟四起。他恼火地回到客厅。

田玉敏：谁让你动的火？

田妞妞呆呆地看着爸爸。

田玉敏：我不是跟你说过吗？不许动火、动电。尤其是大人不在身边，多危险啊。

田妞妞：我打电话问的爷爷。

张　红：妞妞想给咱们个惊喜。
田玉敏：我有惊没喜。
田玉敏拨通爷爷家电话。
田玉敏：大爷您怎么能看着她动火呢？
爷　爷：我寻思这么简单个事……
田玉敏：简单？对您简单，她是个孩子。真要着了火，您就是纵火犯！
田玉敏说完就挂上电话。
张　红：老田，你怎么这么跟长辈说话呢？
田玉敏：妞妞八岁，他八十，妞妞不懂事，他也不懂事啊？
张　红：（冲妞妞）来，咱们洗洗脸。
张红为妞妞洗脸。
田玉敏在一旁很不习惯地看着她们。
田妞妞：爷爷会生气吗？
张　红：不会。
田妞妞：妈妈，美国好吗？
张　红：还可以。
田妞妞：美国有全世界最高的楼。
张　红：对，让飞机撞塌了。
田妞妞：妈妈，“9·11”的时候你在哪儿？
张　红：邮局。
田妞妞：美国也有邮局吗？
张　红：当然有了。
田妞妞：什么样啊？
张　红：跟你爸爸那儿差不多。
田妞妞：老师说哈佛大学是全世界最好的大学，将来我也想考那儿。
张　红：好。
田妞妞：妈妈，前两天电视里说美国停电了，我特别担心你，那时候你在哪儿啊？
张　红：我……我们那儿没停。
张红为田妞妞梳头，把她打扮得特别漂亮。
田玉敏惊喜地看着女儿。
张红从皮包里取出一个单孔望远镜。
张　红：听说你每天都趴在窗台看爷爷，是吗？我给你带来一个礼物，它能让你看清爷爷的胡子。
田妞妞：嗯。爷爷还教我生字呢。谢谢妈妈！

田妞妞高兴地接过望远镜，对准了爷爷家的窗口，见爷爷躲在窗户的一角冲田妞妞做了一个鬼脸。田妞妞笑了。

张　红：（冲着田玉敏）今天天气挺好的，咱们就别在家里闷着了，出去玩玩吧？
田玉敏：好！
田妞妞：我想带着爷爷一起去。
田玉敏：胡闹！爷爷腿脚不好，行动不方便。
张　红：一起去吧。我来一次……我回来一次不容易，再说了，你也为刚才还一个不是。
田玉敏：那好吧。
田妞妞：Yeah!

048. 天安门广场　日　外

（音乐中）广场上布满了节日的鲜花，爷爷坐在轮椅上，妞妞兴奋地推着爷爷奔跑。田玉敏、张红紧跟其后。

049. 广场喷泉　日　外

（音乐中）妞妞抢先踏上喷泉的发射开关，一股清泉由地而升，张红和田玉敏也踏了上去，顿时间喷泉四射犹如盛开的礼花，他们在水花中追着、跑着。望远镜后的爷爷看得心花怒放。

这时，张红的手机响了。她停下来接电话。

张　红：喂！是我，刚才太闹，没听见。晚上吧，三里屯酒吧见！ Bye！不知啥时，田玉敏已经站在他的身后了，他显得有了些醋意。

田玉敏：谁啊？

张　红：朋友。

田玉敏：男朋友？女朋友？

张红急了。

张　红：男朋友、女朋友和你有什么关系？

050. 立交桥　日　外

（音乐中）妞妞推着爷爷跑上立交桥，爷爷兴奋地冲着妞妞高喊。

爷　爷：就在这儿。

田妞妞：这儿也没有四合院啊。

爷　爷：拆啦。

田妞妞拿着望远镜，对准了桥下的田玉敏和张红。他们一副争吵的样子，但听不见声音。妞妞站在桥上高喊。

田妞妞：爸爸妈妈，你们干什么哪？

田玉敏和张红急忙变换表情，但仍然僵持着。

田玉敏：注意点表情。妞妞拿着望远镜呢。

张红皮笑肉不笑。

张　红：知足吧，对你这种表情就不错了。你别搞错了，我这是帮忙。

田玉敏急忙解释。

田玉敏：你别误会，我只是怕影响孩子的情绪。

张　红：我的情绪你管不管？

051. 出租车　日　内

出租车停在路边。

张红带田妞妞下车。

田妞妞：爸爸再见。

田玉敏：听阿姨话啊。

妞妞愣了一下，田玉敏马上改口。

田玉敏：跟你妈好好上课，（张红瞥了田玉敏一眼）我把爷爷送回家就来找你们。

田妞妞嘲笑爸爸，跟着张红走了。

出租车继续前行，爷爷心情渐渐地沉重下来。

爷爷：你应当把真相尽早告诉孩子。

田玉敏：她太小，我怕她受不了。

爷　爷：瞒的时间越长，越受不了。

田玉敏：……

爷　爷：我儿子在一次意外事故中遇难了。老伴身体不好，我就瞒着她。可是大杂院，人多嘴杂，瞒不住啊。到了年根底下，她从邻居那儿听说了，又是心疼儿子，又是怪我，结果就没过去那个年儿。

田玉敏：是吗？

052．超级商业城　日　内

田妞妞领着张红踏上了商场的滚梯，从一层到四层都是琳琅满目的商品。田妞妞带着张红穿过人群，来到了四层拐角的一个房间，闹中取静，这里是一家外语辅导班。十几个孩子在听一名外教老师教英语。家长们坐在门外的长椅上吃着各种快餐。张红把田妞妞送进屋，也坐在门外的长椅上。

一家长：哎呀！你是田妞妞的妈妈吗？

张　红：不是，是她阿姨。

一家长：阿姨？

另一家长：就是保姆。（语气里带着几分蔑视，张红有些不爱听）

外教在教孩子读英语单词：chicken。

孩子们：chicken。

一家长：chicken 啥意思？

张　红：（指着她手中的肯德基）就是你吃这玩意儿。

田妞妞在鸡蛋上写下“chicken”，举起鸡蛋。

田妞妞：老师，chicken。

外　教：No! egg（鸡蛋）。

孩子们：egg。

一家长：egg 是啥意思？

张　红：（指着另一位家长手中的茶鸡蛋）就是她吃的这玩意儿。

一家长：哎呀，你这保姆水平不低呀！一个月得多少钱呀？

张　红：别问了，你雇不起。

一家长：家教我们都能请，还雇不起保姆？

053. 舞蹈课排练场　日　内

田妞妞换上紧身练功服，一手扶着把杆，一手握着那只鸡蛋。

舞蹈老师：同学们，挺起胸膛，把手张开。

没办法田妞妞只好把鸡蛋塞进自己的胸前。田玉敏拿着摄像机为田妞妞录像. 从取景框里发现田妞妞体形不对，他急忙抬头，正巧田妞妞随着音乐转身。田玉敏接着录像，在取景框里又出现了那只鸡蛋的角度。又一抬头，田妞妞的身子又转了过去。反复几次，最后田妞妞随着结束的音乐把胸前的鸡蛋握到手里，没出一点纰漏。

张红在旁边看着乐得前仰后合。

054. 钢琴课老师家　日　内

钢琴老师在指导田妞妞弹琴，田玉敏在旁边记录，张红觉得有些新鲜。

钢琴老师：左手也要鼓起来，就像右手这样，对，就像手里握着个鸡蛋一样。

田妞妞露出右手的鸡蛋给钢琴老师看。

钢琴老师：（意外地）还真的拿个鸡蛋来。

田玉敏：是，总拿着。

钢琴老师：这孩子够用心的。

张红笑了，田玉敏也苦笑了一下。

张　红：来，我帮你拿着。

田妞妞：不用。

张　红：我会小心的，我知道这是双黄蛋。

田妞妞会心地一笑，把鸡蛋交给了张红。

张　红：双黄蛋是孵不出小鸡来的。

田妞妞：这是个秘密。

055. 游泳馆　日　内

游泳教练把田玉敏和张红都拦到门外。

教练：所有的家长都在门外等候。不然孩子是练不出来的。孩子们穿着游泳衣站在游泳池的边上，田妞妞手里仍攥着那个鸡蛋。

教　练：今天咱们增加一个练习项目，跳水。

随着教练的口令孩子们纷纷跳下水池。田妞妞拿着鸡蛋有些胆怯，田玉敏在门外焦急地喊着。

田玉敏：妞妞，有老师看着，别怕！

张红冲了进去，抢过妞妞手中的鸡蛋扔到水中。

田妞妞不顾一切地跳了下去，潜入水中把鸡蛋捞起，孩子们纷纷游来，争抢着、嬉戏着。

田玉敏：你心够狠的。

张　红：像你这么瞻前顾后的，带不出好孩子来。

056. 游泳馆更衣室　日　内

张红为妞妞换着衣服。

张　红：你表现得挺勇敢！

田妞妞：你把鸡蛋一扔，我就什么都不顾了。妈妈，我想上厕所。

张　红：去吧！

田妞妞：你得陪着我，我想拉屉屉。

张红有些吃惊地望着妞妞。

057. 洗手间门口　日　内

田玉敏和张红等在门外。

田妞妞：爸爸，我拉完了。

田玉敏：真不好意思，你去帮她擦擦屁股。

张　红：都多大孩子了？

田玉敏：平时都是我帮她，她自己擦不干净。

张　红：你这不是疼她，你这是害她。

田玉敏：这么多年就是这么过来的，一下子能改变吗？

张　红：现在不改什么时候改呢？你能给她擦到 8 岁，还能给她擦到 18 呀！要去你去，我不管！

田玉敏：这女厕所我怎么进去啊？

田妞妞：爸爸！爸爸快点儿！

058. 田玉敏家　夜　内

田玉敏给妞妞洗着内裤，张红闷闷不乐地坐在沙发上。

张　红：你再这样下去就把孩子给毁了！

田玉敏：毁了我也不让她有后妈。看来不是自己的怎么也不行啊。（张红很不爱听，但没有说话，她来到卧室）

张　红：妞妞，今后你要听爸爸的话，我该走了。

田妞妞猛地一下从床上蹦了下来，死死地抱住张红。

田妞妞：我不让你走，妈妈，你别走。这么多年你都不回来看我，刚回来你就走。我不让你走。

田玉敏：妞妞，怎么这么不懂事呢？妈妈陪你一天了，多辛苦啊！

田妞妞：（委屈地流下眼泪）我就不让妈妈走，我从来都没跟妈妈一起睡过觉，我想让妈妈留下陪我。妈妈，今后我一定自己擦屁股，我一定好好学习。

张红心里有些难受。

田妞妞：妈妈，求求你了。

张　红：……好。我今天陪你。

田玉敏感激地看着张红。

张　红：我搂着你在卧室睡，让你爸爸睡在客厅里。

田妞妞：不，我要睡在你们俩中间。

同学们都说爸爸妈妈不睡在一起就是要离婚了，我不让你们离婚。

张红和田玉敏都愣住了。

田玉敏：（有些无奈地）这孩子，怎么那么……不懂事呢？那么窄的床能睡下三个人吗？

田妞妞：能，我在中间我不怕挤。我要左面挨着爸爸，右面挨着妈妈，我觉得那样特别幸福。

田玉敏：（冲张红）既然孩子有这要求……

张红猛地蹬了田玉敏一脚，不料被妞妞看见，张红急忙解释。

张　红：不行，我睡觉蹬人。

田妞妞：我睡觉也蹬人，爸爸都习惯了。

田玉敏：没事，蹬吧。

059. 田玉敏家卧室　夜　内

三人穿着睡衣躺在一张床上，田妞妞在中间，田玉敏、张红显得特别尴尬。

妞妞手里没有拿着那只鸡蛋，她一手握着爸爸，一手握着妈妈，幸福地睡着了。

这时张红的手机响了。

张　红：喂，真抱歉，今天晚上我去不了了……我在一个朋友家里。……（气愤地）男朋友！

张红挂上电话，田玉敏偷偷地看了张红一眼。

张红转身把灯关上。

田玉敏：张红，我没想到你能留下。

张　红：我这是冲妞妞。

田玉敏：说实话，这么多年你就对我没有一点儿，哪怕是一闪念的想法？

张　红：一丝都没有。我说实话你别伤心，我就没把你当过男人。

田玉敏：没关系，我也没把你当女人。

张　红：我发现你这些年真不容易。老田，找个人吧，好好过日子。

田玉敏：这么多年我没接受过任何女人，我总认为我能给她父爱，也能给她母爱，用我的爱能给她一切。可是今天看到妞妞那高兴的样子，我才意识到，这么多年我愧对了孩子。张红，谢谢你！今天晚上，我一辈子也不会忘记。

张红默默地流下眼泪。

060. 爷爷家　晚　内

爷爷没有一点睡意，在灯前用毛笔写着什么。

061. 北京市景　清晨　外

朝霞映红了北京，爷爷家的窗户上多了一幅横幅，上面写着“合家欢”。

062. 田玉敏家卧室　清晨　内

田玉敏和妞妞还在熟睡着，像以往一样．田玉敏的手仍然抚在妞妞脸旁。张红轻轻起床，她轻手轻脚地来到厨房，准备为田玉敏和妞妞做一次早饭。她摸索着厨具，点火，热油，顺手拿起平台上的鸡蛋，磕在油锅里，顿时愣住了，油锅里是一只基本成形的小鸡。这才发现鸡蛋壳上的英文。她慌忙地来到卧室，推醒田玉敏。

张　红：坏了，我把妞妞的鸡蛋煎了。

田玉敏急切地来到厨房，看到油锅里的小鸡。

田玉敏：你怎么不小心点儿呢？

张　红：我不知道妞妞把它放这里了。

田玉敏：等会儿。

田玉敏从鸡蛋筐里拿出一个类似的鸡蛋，模仿妞妞的笔迹在鸡蛋上写下英文。

张　红：你干什么？

田玉敏：考试前这事绝对不能告诉她。

张　红：你这种蛋是孵不出小鸡来的。

田玉敏：考完试再说。

张　红：（急了）你不能总糊弄孩子！

田玉敏：（也急了）我不糊弄行吗？这鸡蛋她已经精心呵护半个多月了，这就如同是她的孩子，你这会对她造成多大伤害，你知不知道？

张　红：你不能总不让她面对现实啊？你不能总这样教育孩子。

田玉敏：我怎么教育孩子你别管，这是我的事儿。七八年我们都是这样过来的，本来是想让你来帮忙，结果你越帮越忙。你来了，看这儿别扭，看那儿别扭，待一天你走了，我们还得正常生活……

突然门铃响了。两人全都愣住。

张　红：谁啊？

田玉敏：这么早不会有人来呀。

田玉敏轻手轻脚地来到门前，透过门镜看到小常扛着煤气罐站在那里。

田玉敏：（回头冲张红）坏了，小常。

张　红：他怎么来了？

田玉敏：送煤气罐来了。

张　红：等一下开门。

张红躲进厨房，田玉敏看她把门关好。

田玉敏：（冲门外）谁啊？

小　常：田哥，是我。

田玉敏打开房门。

田玉敏：哎呀，你喊我一声不就行了，你还给我扛上来了？

小　常：我看你窗帘没打就知道你还没起床呢。

田玉敏：来，给我。

田玉敏要接煤气罐，小常不肯。

小　常：我都给你扛上来了，你就别换手了。我给你送厨房去。

田玉敏：不用！你放这儿就行了。

你看你连鞋都没换。

小　常：穷干净，我脱了不就完了。

小常说着把鞋脱掉，继续往前直走。

田玉敏：别！那厨房里太乱。

小　常：你还怕我看啊？你家哪儿我不熟悉……

小常说着推开厨房门，不由得愣住了。

张　红：（尴尬地）来了？

小　常：（尴尬地）来了。

小常扛着煤气罐转身走出。

田玉敏上前把煤气罐接下。

田玉敏：来来来！小常，坐。

这时妞妞醒了。她还沉浸在昨天晚上的幸福之中，她来到厨房一头扑进张红的怀抱。

田妞妞：妈妈！

小常见此情景几乎晕了过去。

063. 邮局前厅　晨　内

上班的员工依旧在一一刷卡。

小常到得很早，他注视着张红和田玉敏的神情。张红的脸上没有任何表情，但看得出她内心的沉重。田玉敏不敢抬头，时而用眼角扫视着周围的同事。

大厅里的人员交头接耳。

064. 小餐馆　日　内

田玉敏拉着小常坐下。

田玉敏：小姐，来个红烧鼋鱼，再来个桑拿龙虾，要鸳鸯浴那种的。

小　常：哈哈！田哥，我发现你现在挺开放。说实话，这些年真为你着急啊。总以为你离婚后一个人带着个孩子苦哈哈的不容易，没想到你蔫萝卜更辣啊。你一定给我说说，你是怎么把张红整到手的？

田玉敏：小常，你可千万别误会，我俩根本没那事儿。

小　常：你还嘴硬？我都看见了。我早就说你俩合适。

田玉敏：什么合适啊？我俩真没那事儿，将来也不可能走到一块儿。

小　常：将来到不到一块无所谓。现在人们都想开了，领不领那张纸就是个形式，同居的不有得是吗？

田玉敏：我俩不是同居也不是恋爱，人家看着我一个人实在太困难了，来帮帮忙。

小　常：帮忙？

田玉敏：我告诉你吧。孩子她妈没有了音讯之后，我就求张红装扮着她妈给孩子打电话。没想到我们家新安的来电显示电话把这事儿给整漏了，没办法，张红就装扮成她妈上门见面，我俩也是假扮夫妻睡在一起，什么都没发生。刚起床，你来了。

小　常：看来我来得不是时候。

田玉敏：我告诉你，人家张红是好女人，你不能委屈人家。

小　常：田哥，我委屈人家还是你委屈人家？男子汉大丈夫，好汉做事好汉当，你不能背着人跟人家睡在一起，当着人还不承认这种关系。

田玉敏：（急了）我们什么关系都没有。我知道今天早上一上班全局的人都火辣辣地看着我。我一个光棍汉子无所谓，人家张红是大姑娘，你必须向全局同事给我解释清楚！

小　常：好好好。田哥你别急。今天下午在班组会上我就向大家解释。我跟大家说，孩子她妈没了联系之后，张红装扮成她妈妈给她打电话，事情漏了之后，张红又假扮成妈妈上门见面，你们是假扮夫妻睡到了一起，什么都没有发生。田哥，我这么解释可以，可是谁信啊？

065. 邮局办公室　日　内

小常没在。

田玉敏来到张红面前。

田玉敏：对不起！张红。是我给你带来的麻烦，我跟小常说了，让他给你恢复名誉。

张　红：（急了）恢复什么名誉？给我恢复什么名誉？

田玉敏：你小声点儿，别让别人听见。

这时小常走进，见两人正在说话，迅速躲出。

张红猛地站起。

张　红：小常，你干什么鬼鬼祟祟的？我张红心胸坦荡，我什么都不怕。

张红说完趴在桌上委屈地哭了起来。

066. 麦当劳　黄昏　内

田玉敏带着刚放学的妞妞走进麦当劳店。妞妞手里仍然握着鸡蛋。

田妞妞：妈妈到底去哪儿了？

田玉敏：美国。

田妞妞：什么时候才能回来？

田玉敏没有回答。

田玉敏：你想吃什么？

田妞妞：猪柳蛋汉堡。

田玉敏：坐这儿等着。

过了一会儿，田玉敏把快餐端了过来。

田玉敏：拿五十块钱买快餐，还剩二十三块，花了多少钱？

田妞妞：（脱口而出）二十七。

田玉敏：吃吧。

田妞妞：妈妈会不会像以前那样一去又不回来了？

田玉敏：好好吃，麦当劳还堵不住你的嘴啊？今后你别总妈妈、妈妈的。两人闷闷不乐地吃着。

田妞妞：你要不让我提妈妈，你得答应我一件事。

田玉敏：什么事？

田妞妞：你先答应我。

田玉敏：我得知道什么事才能答应你！

田妞妞：是好事。

田玉敏：那好，我答应你，你说吧。

田妞妞：我平时特别讨厌我们班李亚军，他今天要看我的双黄蛋，我不让他看。他就求我，说明天他过生日要请我。

田玉敏：过生日？

田妞妞：平时他们一过生日就请好多同学和家长一起到麦当劳，AA制一家五十元钱，可他们从没请过我，我没好意思跟你说过。其实每次我心里都特别想去，今天，李亚军请我，我特别的高兴，爸爸，你一定答应我，我一定好好考试！我就不提我妈妈了。

田玉敏：……

田妞妞：爸爸，你就答应我吧。就这一次，我就想尝尝那种感觉，我就觉得特别的幸福。

田玉敏：好，爸爸答应你。

田妞妞：Yeah!

067. 田玉敏家　晚　内

（音乐中）田妞妞把家里所有的玩具摆在地板上，挑了一个最漂亮的娃娃，写上“李亚军”。她拿出彩纸和工具在桌前做了一个精美的生日贺卡，上写：祝李亚军生日快乐！

068. 市区马路　清晨　外

田玉敏骑车送田妞妞上学。田妞妞坐在后边把书包里的书掏了出来，装进早已准备好的塑料袋中，又把布娃娃塞到书包里。田玉敏把车停到了学校门前。

田玉敏：俩人五十块钱，咱们家只去你一个，五十减半等于多少？

田妞妞：二十五。

田玉敏：这回算对了。（从兜里掏出二十五块钱递给田妞妞）给同学过完生日，和李亚军家长一起回来，下午好好上课。不然．下回爸爸就不再答应你了。

田妞妞：知道了。

她狠狠地在田玉敏脸上亲了一口，然后拎着塑料袋向学校跑去。

田玉敏：田妞妞你怎么把书包里的书都掏出来了？

田妞妞：我要给他一个惊喜！说着妞妞跑进学校。

069. 邮局　日　内

田玉敏、张红和小常都在闷闷不乐地工作着。

070. 学校教室　日　内

下课的铃声响了。

刘老师：今天中午不在学校吃午饭的同学请举手。

田妞妞看着李亚军高兴地和十几个同学把手举起。

刘老师：有家长来接吗？

孩子们异口同声：有！

刘老师：好，你们可以离开教室了。其他的同学在座位上自由活动。

十几个孩子高兴地跑出教室。田妞妞背着装着娃娃的书包，紧跟在李亚军的身后，李亚军突然停住。

李亚军：田妞妞，我妈说不让带你去了。

田妞妞愣住了。

另一个孩子跑过来：为什么呀？为什么不让田妞妞去呀？

李亚军：我妈说她没有妈妈陪着，怕担责任。

田妞妞：我妈妈刚走。我爸爸给我带钱了。AA 制，五十减半，我爸爸给我二十五。

李亚军：我说了不算，我妈妈说了算。

田妞妞无奈，她拿出鸡蛋。

田妞妞：给你看看我的双黄蛋？

李亚军：不看。

说完和几个孩子一起跑出了校门。

田妞妞一个人站在长长的走廊里，显得十分可怜. 眼睛里含着泪。她想要返回教室，刚走到门口，见刘老师正给座位上的孩子分饭，她害怕同学看见自己狼狈的样子，怯生生地躲在门后。过了一会儿，掏出爸爸给的二十五块钱，勇敢地向学校大门走去。

071. 学校门前　日　外

田妞妞手里攥着二十五块钱走出校门。从神态中可以看出. 她是第一次一个人走上这人潮如流的马路，心慌、紧张。她刚想走进学校旁边的麦当劳店，透过窗子，看见李亚军等同学正在里面聚餐，田妞妞犹豫了，怕同学们看见她可怜的样子，躲进隔壁的花店，这家花店不大，但布置得却十分温馨，在买花人和卖花人的脸上都洋溢着幸福的神情。一个孩子和一个年轻的母亲手捧鲜花走出花店。田妞妞目不转睛地看着眼前的一切。

服务员：小朋友，你买鲜花吗？

田妞妞：不！我想买吃的。

服务员：隔壁就是“麦当劳”。

田妞妞：我不爱吃“麦当劳”。

服务员：马路的对面有“肯德基”。

田妞妞走出花店，一个更大胆的想法出现在脑海中，那就是穿过马路，到马路对面的“肯德基”店。

一次次鼓起勇气，又一次次被来往穿梭的车辆打消了。最后她闭上眼穿过三道行车线，走到马路中间，站在那里再也不敢前进了。两侧的车辆在她身边接连不断地哗然而过，田妞妞退却了，放弃了自己的选择。她又闭着眼跑回马路这边。

072. 学校大门前　黄昏　外

田玉敏骑车来到学校门前，放学的学生早已走光，只有田妞妞抱着布娃娃呆呆地站在那里。田玉敏下车。

田玉敏：（不解地）妞妞！

田妞妞不语，脸色红红的。

田玉敏：怎么了？妞妞，快跟爸爸说！

田妞妞没有开口，把手中二十五块钱递给田玉敏。

田玉敏：你为什么没去？

田妞妞：他们不带我去。

田玉敏：为什么？

田妞妞：（泪水夺眶而出）他们说我没妈妈陪着。

田玉敏：……

田妞妞：我要妈妈，你让妈妈回来！

田玉敏的眼圈也红了，他抱住妞妞。

田玉敏：等你过生日的时候，我把同学都请到咱家来。

073. 某五星级酒店　晚　内

田玉敏抱着布娃娃走进二楼宴会厅。硕大的宴会厅内，高朋满座。舞台的横额上写着：庆贺宝宝三周岁。

田玉敏找到主人。

田玉敏：您的快件。

主人：谢谢！（转身冲着台上）宝贝儿。又有人送礼物来了。

田玉敏向台上张望着。那里，气氛热烈而温馨，屋顶上悬挂着各种颜色的气球，鲜花礼品应有尽有。男女老少正在给一个三岁的孩子过生日。点蜡烛，切蛋糕，三岁的孩子跌跌撞撞地分别把蛋糕送到爷爷、奶奶、姥姥、姥爷、爸爸、妈妈和来宾的手上，每到一处都赢来笑声和欢呼声。田玉敏站在远处呆呆地看着。

074. 市区　夜　外

夜晚，长安街上显得格外宁静，田玉敏骑着车回忆着刚才的情景。不知为什么，他的眼泪流了下来。他掏出手机拨通了小常的电话。

田玉敏：小常，把棋摆上，我要跟你杀一盘。

075. 农贸市场　日　外

田玉敏来到买鸡蛋的摊前。

田玉敏：大爷，有那种能孵出小鸡的鸡蛋吗？

老　头：啊，种蛋啊？

田玉敏：最好是基本长成，就要出壳的那种。

老　头：啊，那叫毛蛋。前面小摊有，毛蛋吃着有营养。

田玉敏：我不是吃，我是想孵出小鸡。

老　头：你费那劲干吗呀？前面就有买小鸡仔的。

田玉敏：我要那种没出壳的。让孩子用手把它孵出来。

老头不解。

田玉敏：培养孩子爱心。

老头：那你得到养鸡场去找了。

田玉敏：谢谢。（转身离开）

老　头：城里人真逗，孵个鸡蛋就爱心啦。

076. 市郊　日　外

田玉敏骑着自行车在雨中行驶着，

不慎摔倒，身上沾满了泥水。他整理一下继续前行。

077. 养鸡场　日　内

田玉敏来到养鸡场的雏鸡房，见到一位工作人员。

田玉敏：同志，文林小学是在这儿买的鸡蛋吧？

工人：对。他们搞的“护蛋”活动。

田玉敏：我想再买一只很快就能孵出鸡的鸡蛋。

工　人：那位也要买雏蛋。

田玉敏顺着方向望去，见张红手拿着一只鸡蛋站在那里。

078. 商场门前　日　外

田玉敏拎着蛋糕边走出商场，边打着手机。

田玉敏：李亚军的妈妈吗？我是田妞妞的爸爸。明天妞妞过生日，想请亚军到我们家来。

079. 某学校门口　日　外

李亚军妈妈正领着李亚军急匆匆地走进一家学校，她边走边接听着电话。

李亚军妈妈：哎哟，真不好意思，亚军明天上奥校，下午、晚上都有课。

080. 商场门前　日　外

田玉敏：哦，那你们现在在哪儿？我赶过去。让亚军给妞妞写个贺卡行吗？好，我马上就到。（挂上电话，接着又拨通一个电话）喂，王丹雪的妈妈吗？

081. 田玉敏家 晨 内

墙上的挂钟已经指到八点了，田玉敏和妞妞还在卧室熟睡着。田玉敏的手抚在妞妞的脸旁，妞妞的手里攥着那只新鸡蛋。田玉敏懒懒地睁开眼睛，显得有些疲惫。他起身来到客厅拉开窗帘，一束明媚的阳光射在他的脸上。爷爷家窗子上的一幅剪纸映入了他的眼帘："祝妞妞生日快乐"。田玉敏被这份祝福感动着，他拨通爷爷家的电话。

田玉敏：大爷，谢谢您还记得妞妞的生日。

爷　爷：她张红阿姨今天来吗？

田玉敏显得有些吞吐。

田玉敏：啊，她忙。

082. 田玉敏家卧室 晨 内

田妞妞还在熟睡着，田玉敏一边用红领巾的一角搔动着妞妞的眼睛，一边唱着"祝你生日快乐！"妞妞醒了，她发现爸爸的情绪与往日不同。

田妞妞：爸爸。

田玉敏：宝贝，今天是你的生日。

田妞妞呼的一下坐起身来。

田妞妞：你答应我请同学的。

田玉敏：请了，都在客厅等你，快起来。

田妞妞：都谁来了？

田玉敏：王丹雪、梁妮、李亚军好几个呢。

田妞妞听到李亚军的名字，顿时沉默了。

田妞妞：你请李亚军来干什么，我最讨厌他。

田玉敏：妞妞，你要学会宽容。

田玉敏为妞妞换上那双新鞋。

083. 田玉敏家客厅 日 内

田玉敏用红领巾蒙住田妞妞的眼睛，随着"生日快乐"的乐曲，把田妞妞领到屋内的餐桌前，田妞妞隔着红领巾看到眼前隐隐的烛光和围在桌前的十几位同学。她十分兴奋，又有些不好意思。

田玉敏：妞妞想跟同学说点什么吗？

田妞妞：……谢谢大家来为我过生日。我特别高兴，请大家吃我的生日蛋糕。

田玉敏：不想跟李亚军说点什么吗？

田妞妞从兜内掏出那只鸡蛋。

田妞妞：给你看我的鸡蛋吧！不是双黄的。

田妞妞见对方没有反应，她慢慢地摘下蒙在眼睛上的红领巾，不由得愣住了。围在桌前的同学变成了一圈布娃娃，每个娃娃胸前都挂了一个贺卡，只有田玉敏在为她录像。

田妞妞：你骗人！

田玉敏：宝贝，爸爸没骗你，我都请了，可他们都有课。你看，每一个人都给你写了一张贺卡。

田妞妞看着每个贺卡上的祝福，不知是高兴还是难过，她默默地看着用心良苦的爸爸。

田玉敏为了调整女儿情绪，急忙打开录像机，他事先为女儿制作了一段录像。田妞妞从小到大的镜头都显示在屏幕上。田妞妞被吸引了，一直放到她舞蹈课胸前塞着鸡蛋的镜头，两个人都乐了。

门铃响了。田玉敏急忙开门. 一个快递员正拿着一个精致的礼品盒出现在门口。

小　王：老田，这是你要的快件。

田玉敏：谢谢。（故意大声地）妞妞。妈妈从美国给你送礼物来了。

田妞妞走过来，见盒内是一个精致的电动娃娃，娃娃的嘴上还叼着奶瓶。田妞妞拔下奶瓶，娃娃哭了，边哭还边叫着"妈妈，妈妈，我要妈妈。"田妞妞再也抑制不住眼中的泪水，她"哇"的一声哭了起来。

田妞妞：我想我妈妈．我想我妈妈！我要妈妈回来给我过生日。

田玉敏：妈妈不是回美国了吗？

田妞妞：那怎么连个电话都不来呀？

田玉敏无奈地来到阳台的一角，掏出手机拨通了家里的电话。客厅里的电话响了。妞妞来到电话前，见话机上显示的是田玉敏手机的号码，她拿起话筒没有说话。话筒里传来田玉敏装扮张红的声音。

田玉敏：喂？妞妞吗？我是妈妈。

妞妞拿着话筒走到阳台，见爸爸正在捏着鼻子有声有色地说着……

田妞妞：爸爸！

田玉敏回过头来，妞妞哭了，田玉敏也流下了眼泪。这时门铃响了，田玉敏上前开门，张红出现在面前。

田玉敏：你……

田妞妞：（吃惊地）妈妈！

田妞妞疯狂地扑向张红，张红从兜里掏出那只鸡蛋。

张红：再过一个星期它就出壳了，希望你用自己的手把它孵出来。

田妞妞：谢谢妈妈！

张　红：妞妞，今后你就叫我张红阿姨吧。

田妞妞愣住了。

田玉敏想阻止张红。

田玉敏：今天是妞妞的生日！

张　红：是呀，妞妞今天八岁了，应该告诉她了。我不是你的妈妈。六年前，你爸爸就跟妈妈离婚了，你爸爸怕伤害你，所以这些年来一直让我装扮你的妈妈给你打电话。你不会怪罪阿姨吧？

田妞妞木然地听着。

田玉敏：从小我就教你诚实不要撒谎，可是妈妈这件事儿我一直在瞒着你。我不想让你觉得你跟别的孩子不一样。为了让你跟别人的孩子一样幸福，爸爸下班之后去打工，就想着多挣些钱供你学钢琴，学舞蹈。爸爸逼着你考高分，就是盼你将来有出息。我这辈子无能，但是爸爸看不得别的孩子比你强。

田妞妞的心情显得反而有些平静。

田妞妞：爸爸，你为什么不早告诉我？你为什么不再找一个人呢？

田玉敏和张红都愣住了。

084. 街道　日　外

田玉敏和张红走着。

田玉敏：真没想到，妞妞这么平静。她为什么这么无所谓？

张　红：你藏着掖着整整六年了，值吗？

085. 田玉敏家　黄昏　内

田妞妞一个人在默默地流泪，她拿出那个单孔望远镜对准了窗外的天空。

（特写）望远镜的焦点由模糊到清晰，看见了天空的白云，树上的落叶，秋天的景色美中带有几分凄凉。望远镜的焦点对准爷爷家的窗口，最后落在爷爷的脸上。电话响了，爷爷接听。

田妞妞：爷爷，我告诉你一件事儿，我爸爸和我妈妈离婚了。

爷　爷：（一惊）你，你知道了？

田妞妞：嗯。

爷　爷：孩子别难过。

田妞妞：我不难过。过去我想我妈妈，我知道他们离婚了我就不想了。反正大人的事儿我也管不了。爷爷，这件事儿你别告诉别人，好吗？

爷　爷：为什么？

田妞妞：我不想让同学知道。我怕他们看不起我，我还跟他们说我妈在美国。

爷　爷：好，爷爷不告诉别人。

爷爷难过得流下眼泪。

望远镜又由清晰变得模糊了。

086. 学校走廊　日　内

田玉敏从深处走来，李亚军的妈妈正在训斥自己的儿子。

李亚军妈妈：你怎么一直跟我撒谎。你跟我说你们刘老师是优秀党员，为了减轻学生负担不留作业。你跟你们老师说我是优秀党员，为了减轻孩子负担，不让你写作业。

田玉敏走进刘老师办公室。

刘老师正与一个家长谈话。

田玉敏：您好！

刘老师：请坐。

另外一位家长：刘老师，那我就走了。

刘老师：让孩子好好保持，争取把终考考好。（冲田玉敏）我们进行了测验，田妞妞的数学有很大进步。

田玉敏：是，我总给她吃鱼！

刘老师：语文出现了问题。作文想像力和情感都很丰富，就是写了许多奇怪的生字。

087. 爷爷家　黄昏　内

门铃响了，爷爷打开房门，田玉敏站在门前，手里还拎着一兜水果。

爷　爷：（热情地）快来快来，屋里坐！

田玉敏走进。

田玉敏：听说您也跟妞妞上火了。

爷　爷：没事儿。妞妞好些了吧？

田玉敏：大爷，您教了她许多生字吧？

爷　爷：对，这孩子挺爱学的。

田玉敏：大爷……

爷　爷：你说。

田玉敏：您在玻璃上写的字，在她那边儿看着都是反的。

爷　爷：反的？

田玉敏摘下自己的眼镜，在镜片的这边写下一个“猫”字，然后递到爷爷的跟前。

爷　爷：（恍然大悟）我怎么这么糊涂啊！

田玉敏：她最近语文考试成绩下降了，今天，刘老师把我找去了。

爷　爷：真对不起，是我耽误了孩子。

田玉敏：也不能那么说，还是这孩子有毛病。学习精力不集中，管不住自己。大爷，我给您买了个窗帘，是纱的，挂上它您可以看到外面，田妞妞看不到里面。您不介意吧？

爷　爷：不介意，不介意。

田玉敏为大爷挂纱帘。

088. 爷爷窗口　黄昏　外

纱帘挡在爷爷家的窗户上。

089. 田玉敏家　黄昏　内

田妞妞：（对田玉敏命令的口气）你去把爷爷家的窗帘给我摘下来……

田玉敏：越顺着你越不行，哭吧！阴天、下雨，你今天打雷都没用。

田妞妞：我给爷爷挂电话。

电话拨通了，爷爷没有接听。

田玉敏：（抢下电话）今后你再打电话，我就把电话掐了。

田妞妞：掐吧！等你上夜班时我自己去。

田玉敏：（气愤地）我哪都不去了，从今天开始我就天天盯着你。

田玉敏的手机不停地响，他一次次地挂掉，最终将手机关机。田妞妞在餐桌上写作业。眼前放着盘刚刚做好的鱼，田玉敏坐在对面盯着田妞妞。窗台上那只猫盯着桌上的鱼，田妞妞抬头看着爸爸。

田妞妞：这道题我不会。

田玉敏：甭想问我，自己想。

田玉敏起身走进厨房。田妞妞迅速地把那条鱼头摘下来递给窗外的野猫。田玉敏端来米饭。

田玉敏：你怎么又空着嘴吃鱼？我不跟你说过了吗？齁着。

田妞妞：这道题我不会，吃完就想出来了。

田玉敏：就你这脑子吃啥都没用。

田玉敏突然发现地上的鱼汤，顺着洒落的鱼汤一直找到窗台上，看到窗外那只野猫正在吃鱼，他终于明白了。田妞妞吓得不敢抬头。田玉敏拉开窗子，将手中的饭碗向猫打了过去。

田玉敏：我让你吃！田妞妞吓得把头垂得更低。

田玉敏拿起地上的扫把跳到窗外的车棚上，他不顾一切地向猫扑去。田妞妞躲在窗后看着，爷爷也在纱帘后看着。

田玉敏像疯了一样抓住了那只野猫，他把房门反锁上，把猫装进口袋里。田妞妞趴在窗台上。

田妞妞：爸爸，你要干什么？

田玉敏：我把它扔了，远远地扔了。

我把它扔到八达岭去！田玉敏说完骑车离去。

田妞妞：爸爸！

爷爷拉开窗帘，在窗前焦急地看着，他在玻璃上写下“猫认家”。

田妞妞哭着。屋里的电话在不停地响着。

她突然想起什么，拿起存钱罐重重地摔在地上，罐里的硬币撒落满地。

090. 爷爷家　日　内

爷爷发现妞妞要往下跳，爷爷开窗高喊。

爷　爷：妞妞，危险。

随着喊声，妞妞跳到窗外的车棚上。

爷　爷：你干什么去？

田妞妞：找猫。（她从车棚跳到地下，头也不回向远处跑去）

爷　爷：妞妞，妞妞！

爷爷拿起电话，迅速地拨打110。

091. 小常车内　日　内

小常和田玉敏焦急地坐在里面。

小　常：扔猫之前，你跟她说过什么吗？

田玉敏：一气之下，我说我要把猫扔到八达岭。

小　常：上八达岭。（汽车马上掉头）

092. 楼道　日　外

爷爷吃力地将轮椅挪出，不慎滚下楼梯。

093. 爷爷家门前　日　外

一辆救护车停在爷爷家门前，张红和数名医务人员把爷爷抬上救护车，呼啸而去。

094. 郊外公共汽车站　日　外

一辆公共汽车进站，田妞妞手拎着一条鱼走下车。

095. 医院急救室　日　内

张红焦急地在门口等待，医务人员正在全力抢救着爷爷。荧光屏上的心电图渐渐地拉成一条直线。

096. 八达岭　日　外

田妞妞拎着一条鱼，在山坡上寻找着。

田妞妞：（举着鱼）咪咪，咪咪！

097. 八达岭　日　外

小常的车停在八达岭脚下，田玉敏和小常下车，向路边的行人询问着什么。

田玉敏突然发现了山坡上的妞妞。

田玉敏：（高喊）妞妞！

田玉敏不顾一切地向妞妞跑去。紧张恐惧的妞妞看到爸爸，疯了一样向田玉敏扑来。

田妞妞：（高喊）爸爸！父女二人拥在一起痛哭着。

098. 田玉敏家门前　黄昏　外

小常的车停在田玉敏家门前，田玉敏抱着妞妞走下车。

田妞妞：（惊奇地）爸，猫。

田玉敏朝爷爷家的窗口望去，见那只野猫趴在窗台上叫着。玻璃上仍写着那三个字“猫认家”。

099. 爷爷家　黄昏　内

田玉敏把爷爷的遗像摆在桌前，下面放有供品。

门开了，田妞妞扎着围裙，端着一条刚刚做好的鱼走进。她来到爷爷的遗像前。

田妞妞：爷爷，这条鱼是我做的。

田妞妞把鱼头鱼尾取下，来到窗前，拉开窗子递给窗外的野猫。猫没有理睬，继续趴着。

100. 田玉敏家　夜　内

田妞妞已经熟睡了，手中握着张红的那只鸡蛋。田玉敏伏在床前，久久望着熟睡的女儿。

田玉敏：妞妞，爸爸向你道歉，爸爸不该伤害你，你长大了。

101. 爷爷家窗外　夜　外

那只猫趴在那里已经不动了，玻璃上仍是那三个字“猫认家”。

田玉敏带着妞妞急匆匆地骑上自行车，车远去。田妞妞一直回头注视着那只猫。

田妞妞：爸爸，那只猫怎么了？

田玉敏：睡着了。

田妞妞：它在等爷爷。

田玉敏流下眼泪，田妞妞也默默地流下眼泪。

田妞妞从怀里掏出那只鸡蛋。

102. 学校教室　日　内

考试开始了，孩子们都在写着作文《护蛋》，安静的教室里不时从窗外传来汽车通过的声音。

103. 学校门前　日　外

所有的家长们手拉着手，在马路的两端拉起了横队。田玉敏手中举着报纸，上写——谢谢你，司机同志，孩子正在考试请绕行。

104. 出租车　内　日

乘车长者：哎呀，这些家长真不容易呀……

出租司机：怎么着，老爷子，我给您绕了。

长者：我这眼看就要到了。你得绕多远呢？

出租司机：那我没办法。

长者：算了，我下去自己走吧。

出租司机：得了，我给您绕。这段路不收钱了，谁家还没孩子呢。（开车离去）

所有的车辆开始绕行，警察对此也视而不见。

105. 教室　日　内

教室内安静了许多，孩子们都在静静地答题。田妞妞突然尖叫一声。所有的学生吓了一跳。

刘老师：田妞妞，要保持安静。（田妞妞激动得说不出话来）

田妞妞：……老师，我的鸡蛋破了。

李亚军：我的鸡蛋早破了。大伙哄的一声笑了。

刘老师：安静！（田妞妞激动得说不出话来）

田妞妞：不……不是。是小鸡的嘴在里面叨破的。

所有的同学都围了上去，刘老师也感到格外新奇。蛋壳里的小鸡用那尖嫩的小嘴啄开蛋壳，渐渐地从蛋壳中伸出一只毛茸茸的小脑袋。

刘老师和同学们都很激动。

刘老师：田妞妞，说说你现在的心情吧。

田妞妞：母鸡是小鸡的妈妈，没有母鸡的时候，手也能把小鸡孵出。因为血是热的，它是从心里流出来的。我就是它的妈妈。

（歌声起）当你那尖嫩的小嘴啄开天洞，迎接阳光，也要接受电闪雷鸣。

当你第一次在巢穴中站起，你要知道，把天撑起，把地踩平。

经历了风雨你的翅膀才会变硬，你那温暖的翅膀还要呵护新的生命。

106. 街道　日　外

（音乐中）田玉敏骑车来到现代化居民社区，按照快件地址，按响了一家门铃。门开了，张红出现在门前。

田玉敏：你的快件。

张红莫名其妙地打开纸盒，盒内是一只毛茸茸的小鸡，小鸡脖子上系着一根红色飘带，上写：我想请你做我的妈妈！

张红幸福地流下眼泪。田玉敏也被感动了，他递过签收单。

田玉敏：签个字吧！

张红掏出章重重地盖在邮单上。邮戳抬起，邮单上留下红色的印章。

——剧终

附言：这个剧本的创作初衷源自我一段触景生情的感受。我住在北京胡同深处，每天都会在胡同口看见一位老大爷和一个七八岁的女孩儿，老人喝茶，孩子写作业，他们没有更多的交流。在交谈中得知老人的儿女在国外工作，也了解到很多有趣的事。小女孩儿是单亲家庭的孩子，一直跟着爸爸，她和老大爷是邻居。我感受更多的却是他们内心的孤独。胡同里充满着阳光，有些人却只能感受到天井的那一束。

·电 影·

鸳 鸯 板

时　间　当代。
地　点　某城。
人　物　唐学斌：山东快书表演艺术家。
郭瑞珍：唐学斌的师妹，后为妻子。
唐　煌：唐学斌之子，商人。
唐　果：唐煌的女儿，小学生。
苗得雨：民间艺人，唐学斌的师傅。
师　娘：苗得雨妻子。
苗光普：苗得雨之子，唐学斌的小师弟。
常维润：唐学斌的邻居，评书老艺术家。
万福来：志愿军小战士，后为师政委，军区副政委。
王柱子：唐学斌家乡的农民，后为乡文化站站长。
老　罗：唐学斌的老战友，曲艺演员。
大　郭：唐学斌的老战友，曲艺演员。
小　何：唐学斌的老战友，杂技演员。

序

某电视台，演播室楼前。

一辆轿车开来停下。开车的唐煌下车，到后门搀扶唐学斌下车——他满头白发，一身朴素的便装，戴着副大号墨镜。老伴郭瑞珍跟着下车，手里提着个装上衣的袋子，俨然一派明星派头。

聚集在门口等着入场的观众们悄声地指点议论着——

"嘿，这谁呀？"

"眼生。瞅着倒也像是个腕儿似的。"

"演电影儿的吧？"

"不像，八成是唱戏的。"

"甭猜了。是腕儿也过气了，没戏。"

唐学斌缓缓走过——他扶扶墨镜，又冲人们点头、微笑、招手——可惜观众们仍是认不出他，反应冷淡。

演播厅内走廊，观众已经开始入场。

长椅上，参加录制的年轻演员们在候场，有的聊天，有的对词儿。唐学斌坐在那里，和周围气氛显然格格不入。

两名年轻歌手坐到他身边，练起"Rap"。

唐学斌主动搭讪："小同志，辛苦啦！"

歌手："好说，老爷子心不苦，嘴苦。"

唐学斌："中！说你们这个跟俺小时候练功一样，嘴皮子得有劲。'吃葡萄不吐葡萄皮'，讲究的是个脆生劲儿。"

歌手："老爷子，您也懂这个？"

唐学斌："咋不懂咧？你们是洋快书，俺的是土快书。隔行不隔理……"

老伴捅了捅他："得了，说起就没完。"

此时，演播厅里传出一阵掌声。

唐学斌起身走去，又回头对两名歌手说了句："拜！"

歌手："嘿！这老头儿，还挺时髦。"

另一歌手："老黄瓜刷绿漆，装嫩呗！"

导播室外，唐煌正跟剧组的制片主任争执，有些气急败坏："……不行不行！你们这不耍人吗？说不录就不录了，开玩笑呢！"

制片主任："唐先生，实在是台领导临时安排了人，您跟老先生解释解释，下次咱一定……"

唐煌："下次？说句不该说的话吧，我们老爷子都七十六了，谁知道他哪天……"

主任："唐先生唐先生，您要这么说我们可担当不起。这么着吧，一会儿您直接跟导演说。"

唐煌："你们那位黄导干什么去啦？还不出来？"

主任："您别急呵，他这不抓紧跟女主持人说戏呢吗？"

演播厅里布置成某综艺栏目的录制现场。观众席已经坐满了人，一名副导演正指挥大家鼓掌，几台摄像机在提前抓拍观众的反应画面。

副导演："……好，掌声还要热烈一点儿！我知道，咱们今天来的都是最热情的观众朋友，好，开始了。鼓掌，笑！"

观众们鼓掌，摄像师拍摄。

副导演："停停！我说朋友们，你们怎么不笑呀？瞧，镜头可对着你们了，到时候在电视上放出来，一个个都绷着脸，那怎么成？来，咱们再来一次，开始！"

唐学斌走进来，看着——这一次观众的反应更冷淡了，连掌声都稀稀落落的。

副导演："停，停！哎哟，我说诸位，你们这哪儿是笑呀！我求你们了，怎么连笑都不会……"

唐学斌走过去，拍拍他的肩膀："小同志。"

副导演："干什么呀？我这儿忙着呢！"

唐学斌："你这么忙不中！"

副导演："不中？"

唐学斌："对。要让大家伙笑，得看我的。"

副导演："你？你是谁？"

唐学斌挤挤眼睛，从老伴手里接过上衣——这是一件老式的黄呢子军礼服，缀着一排排的勋章、奖章。唐学斌拿上包，又从衣服口袋里掏出那副鸳鸯板，拉开架式叮当打了两声——此刻，他顿时容光焕发，好像换了一个人似的。

副导演好奇地看着他，观众们的情绪也被调动了。

唐学斌开始说起山东快书：

眼怕花，耳怕聋，鼻子就怕气不通。

小孩子最怕娘不在，俺说书就怕你不听。

——大实话！

观众们一阵笑声。

摄像也笑了，对副导演说："这老头儿是谁呀？挺逗的。"

副导演："嗨，你管他是谁呢，快拍吧。"

摄像端起机器拍摄欢笑的观众。

观众的反应画面出现在导播台的监视屏幕上，伴以唐学斌的说书声。

唐煌拉着导演在据理力争，“……你看，黄导，老百姓对我们老爷子的艺术还是欢迎的嘛！你们怎么能……”

导演：“没有人说老先生艺术不行。这不都是钱闹的嘛，我有什么办法？”

唐煌：“咱话说清楚，我也是有赞助的。”

制片主任在一旁小声地：“嗨，就您那点儿卫生纸……”

唐煌：“卫生纸怎么了？你们……”

导演：“好好，咱不吵了。唐先生，看在老爷子的面子上，今天咱录像照原计划，播出时我剪着用，怎么样？”

唐煌：“成吧，您可手下留情。”

导演：“我尽量，尽量还不成吗？”对手下人，“好了，准备吧！”

演播厅里，唐学斌仍在说着快书：

……自由主义怕纪律。
个人主义怕批评。
纸老虎，就怕捅，
战争贩子怕和平……”

此时，观众们已经失去兴趣，有些无精打采。

忽然灯光亮起，一名女主持人走到台前，观众们一阵掌声。

唐学斌吃惊地看着主持人。

主持人：“观众朋友们，晚上好！今天来到我们栏目现场的这位老同志，年轻的朋友们可能还不太熟悉。他就是著名的山东快书表演艺术家唐学斌唐老。大家给些掌声。”

观众鼓掌，唐学斌鞠躬致意。

主持人：“唐老，今天我们的话题，就从您拿的这个道具说起，好吗？”

唐学斌：“好啊，可它不是道具。”

主持人：“不是道具？那它是什么？”

唐学斌：“旧社会，它是俺养家糊口的饭碗；参军后，它是俺为战士们服务的武器；到如今，这老伙计跟了俺快七十年了，它是俺的命根子呀！”

主持人带头鼓掌，“唐老，您说得真好，您的这个命根子叫什么名字呀？”

唐学斌：“它叫鸳鸯板。”

主持人：“鸳鸯板？多好听的名字。在它的身上，一定有许多感人的故事吧？”

唐学斌：“有啊，故事多着呢！小孩儿没娘，说来话长啊……”

他轻轻地敲击着鸳鸯板，那悠扬的叮当声把思绪引向遥远的过去……

片名：鸳鸯板

鸳鸯板的叮当声继续着。

一只孩子的手敲着鸳鸯板——天冷，小手冻得通红，那副板儿也显得格外硕大沉重。

叠入——做旧的老照片，不到十岁的唐学斌和他的师傅、师娘的合影。他剃着光头，傻乎乎的。师傅长袍马褂，正襟危坐。师娘怀里抱着小师弟。

叠化——打鸳鸯板的手变换着，少年、青年、壮年，那敲击声也变得更加激越、清脆。

叠入一系列的老照片——

青年的唐学斌和小师弟苗光普戴着“参军光荣”的大红花，与师娘、师妹郭瑞珍合影。

一位志愿军首长向唐学斌颁发赴朝参战纪念章。

唐学斌和郭瑞珍的结婚照。

唐学斌在海岛哨所、雪山营地等处为战士们演出的照片……

——以上画面叠印片头字幕。

1. 唐学斌家的客厅　晚

我们看到，上述的照片都像光荣榜一样挂在墙上，还有各种的奖状等，形成了这个布置朴素家庭的主要装饰物。

此刻，唐煌正带着几名工人把一台大屏幕的背投电视搬进来，打开包装，接线调试。

唐学斌和他的老战友兴奋地看着，张罗指挥着——老战友两男一女，年纪比唐学斌略小，也都是离退休的文艺兵。此时他们忙前忙后，比唐学斌本人更加兴奋。

郭瑞珍把唐煌拉到一旁，小声说："你呀，还真给他买啦？这一万多块……"

唐煌："嗨，花钱买一个乐儿呗，我看值。"

郭瑞珍："哎，也是啊。这老头子，好几年都没这么高兴了……"

外面一个大嗓门在叫："学斌！学斌呐！"

唐煌："这谁呀？怎么叫我爸……"

郭瑞珍："还不是楼上的老常头，除了他，谁还这么叫？"

常维润坐着轮椅进来——这老爷子身体还硬朗，就是耳朵聋。所以说话声音大而夸张，老像在台上。

众人围了上去。

小何："哎哟，常老爷子，怎么把您也给惊动了！我真是替我们师哥过意不去呀！"

常维润："哈哈！我说学斌，今儿你这儿可真热闹啊！应了那句老话——那可真是'高朋满座，胜友如云'呐！"

大郭："好啊！常老爷子，不愧是老艺术家，进门就开书呀！"

常维润："这是谁呀？学斌，介绍介绍，这都是三山五岳哪一路的英雄啊？"

唐学斌："中！您听好了——

让俺说，俺就说，

今天的朋友来得多。

这三位是俺老战友：

老罗、大郭还有小何。

常维润："谁？姓啥？"小何凑到他耳边："何！想当年踩钢丝的！"

她做了个动作。

老罗忙搀住她："行了，别亮相了，看扭了腰。"

众人大笑。

此时，工人摆好背投彩电，屏幕亮了，伴音也响了。

唐学斌看表："快，对到十五频道，节目快开始啦！"

唐煌用遥控器调着电视。

众人正襟危坐，聚精会神地盯着屏幕上播出的各种广告。

常维润打了个哈欠："唉，这广告也太多了……"

小孙女唐果悄然过去，拿起遥控器转台——屏幕一跳，成了日本动画片。

大家都叫起来。

唐煌："果果，你干什么呢？"

唐果："'机器猫'开始啦！"

唐煌："这孩子……果果听话，今天爷爷他们要看重要节目，'机器猫'咱明天再看好吗？"

唐果："不嘛！"

老战友小何："唐果最听话了。家里的电视每天大人都让你看，可今天呢，电视里有爷爷的节目。果果不是最和爷爷相好了吗？一会儿，咱们一块儿看爷爷表演好吗？”

唐果：“不好，看‘机器猫’！”

唐煌：“这孩子欠揍！我……”

唐学斌拉住他，掏出鸳鸯板，叮当敲了一声。

唐果立刻被吸引了：“爷爷，您的板儿！”

唐学斌：“对啰，果果喜欢吗？”

唐果：“喜欢！”

唐学斌：“想玩吗？”

唐果：“想！”

唐煌：“爸！您别……”

唐学斌：“你甭管。果果，给你，回自己屋里玩去。”

唐果接过鸳鸯板：“哎，谢谢爷爷！”

她朝外跑去。

唐学斌：“果果！？

唐果回头：“爷爷。”

唐学斌：“果果，玩一会儿再还给爷爷啊！”

唐果：“知道，这是您的命根子！”

众人笑了。

唐果跑出去。

唐煌忙用遥控器调回原先的频道——节目已经开始了，屏幕上是那位女主持人的特写。

大郭：“开始了，开始了。”

常维润：“把声音开大点儿，让我听听她怎么说咱唐学斌啦？”

唐煌把声音调大了。

屏幕上，主持人：“……现在，请让我们以热烈的掌声，欢迎这一对后起之秀出场！”

常维润：“不对呀！你这头发都白了，怎么还成了后起之秀啦？”

小何：“老爷子，您看着吧，听人家还是听你的呀！”

屏幕上，随着一阵音乐，那两位小影星出场，向观众问好，开始演唱。

大家叫起来——

“不对，怎么改流行歌曲啦？”

“老唐，怎么回事呀？”

唐学斌的眼也直了：“不对呀，一开始明明就是主持人采访俺的呀！俺唱完了《打虎》，轮着这两个小青年出场呢。这没错呵。”回头问，“唐煌，你说对不对？”

唐煌：“对呀，爹。”

唐学斌：“那这是咋的个事儿呵？”

唐煌：“我哪知道呀！爹，您瞪着我干啥？”

唐学斌：“这件事儿不从头到尾都是你小子办的吗？俺不找你，找谁去呀？”

唐煌：“这……呵，也许，也许呀，他们把演出节目的顺序换了，把您调到后边了。”

老罗：“准是这么回事！咱老唐当然得压轴了，腕儿嘛！”

唐煌：“对对，大伙别着急，等着，咱先喝点茶，好饭不怕晚。”

他溜了出来。

2. 唐家厨房　晚

唐煌走来，对收拾着的郭瑞珍：“妈，您把我上次买的碧螺春找出来。”

郭瑞珍在柜子里找着：“在这儿呢，都拿去给他们喝呀？”

唐煌：“甭舍不得了。今儿呀，能好好混过这关就不错了。”

郭瑞珍拿着茶叶和开水走出去。

唐煌用手机打电话："喂！电视台吗？我找一下黄导……对对，我有点儿要紧事儿，请您务必让黄导亲自通话。……好，谢谢了……"

3. 客厅　晚

屏幕上，歌星的演唱结束了，又换成一群幼儿园的孩子跳舞。

常维润打着哈欠："我说学斌，你是拿我们寻开心吧？怎么还不是你呀？"

唐学斌："俺也不清楚，好饭不怕晚……"

大郭小声嘀咕："还好饭呢！再晚，就该馊了。"

常维润："啥？啥馊了？"

唐学斌："没啥没啥，大家伙喝茶，碧螺春……"

郭瑞珍为大家冲茶。

4. 厨房　晚

唐煌在打电话："……我说黄导，这到底是怎么回事儿？你们可不能这么拿人寻开心，说好的事情怎么……不不，这不行，我没法解释。现在我们老爷子请了一屋子的人，等着看自己的演出。你让我……什么？你们这可是违约行为，要承担法律责任的……啊！这，你怎么能这么说？……当然，我也就是这么说……好好……"

郭瑞珍走来，悄声说："怎么回事儿啊？你爹的节目怎么……"

唐煌："我这不正为这个着急了吗？"

郭瑞珍："你快去看看吧！你爹他，他有点儿……"

唐煌连忙朝外跑去。

5. 客厅　晚

屏幕上正在播出综艺栏目照例结束时的多人歌伴舞。

那些老先生个个表情严肃地盯着唐学斌不说话，感觉出气氛异常。

屏幕上女主持人走到镜头前，高声说："观众朋友们，今天的栏目就要和您说再见了。祝各位晚安……"

老战友们个个面面相觑——

"完了？"

"完了！"

常维润叫起来："学斌，今儿你这唱的是哪一出啊？看着我们大家伙儿上当，你在那儿偷着乐是不？"

大郭："老爷子，您这是朝哪儿说起呀？师兄他是那种人吗？他说那天录了像，那一准是录了。老罗，你说对不？"

老罗："对！录了三段呢！除了《打虎》，还有小段《怕》，还有……"

常维润："得了得了！别说三段，三句我都没听见。"

小何："常老爷子，您先别着急……"

常维润："怎么是我着急呢？我没听见，我没看着。你们看见啦？啊？"

老战友们一起摇头："没……"

常维润："那这怎么回事儿呀？"

老战友们："不知道……"他们忽然一齐转过头来："师哥，你说——"

他们怔住了——

唐学斌此时呆呆地坐在那里，两眼直勾勾地盯着屏幕，半天一动不动。

唐煌和郭瑞珍发现情况不对，忙跑过去。

唐煌："爹，你这是咋了？你说话呀？"唐学斌慢慢转过头，看着他："你说啥？"常维润还在一旁嚷嚷："录了像，那顶什么？电视台的节目，那得播出给咱看了才算数，对不对呀？我说学斌呀？我明白你的想法。咱们这些老玩意儿，如今不行了，没有人听了，咱们这些老家伙，那都是秋天的蚂蚱，没几天的蹦跶了，咱就想开点儿，折腾啥呀……"

唐学斌的眼睛又直了："不，不对，你说得不对。"

常维润："怎么我又不对了？"

唐学斌抓着唐煌的手："儿子，你告诉他们：那天，大家伙儿对俺的快书欢迎啊，鼓掌啊，他们认可唐学斌！你看着了，对不对？你说呀！还有你，老伴，你也都瞅见了。"

郭瑞珍："老头子，对，对！"

唐煌："爹，您听我说……"

唐学斌："不！这一定弄错了，错了……走，你们跟俺上电视台去，走，这就走……"

他猛地站起来，踉跄地走了两步，身子一晃，倒了下去。

唐煌忙扶住他："爹！"

众人叫喊着，一阵大乱……

6. 一组短镜头

闪着蓝灯的救护车急驶而来。

几名军医和护士拿着急救器械跑上楼梯，进入唐家房门。

唐煌等把老战友和更多看热闹的邻居等劝出房间。

医生为唐学斌检查，诊治。

医生向唐煌等家属解释病情。

唐学斌插着氧气袋，吊着输液躺在卧室床上，他大睁眼睛，痴呆呆地望着天花板。

老伴郭瑞珍在一旁抹着眼泪。

唐学斌被人扶起来喂水喂药，像个木头人……

伴以常维润评书风格的画外音——

"嗨！您瞧这事儿闹的，这不叫乐极生悲吗？可话说回来，你个唐学斌六七十年岁的人了，怎么还把这破事儿看得这么重呢？早知道——你那说了：早知道？早知道尿炕还睡筛子呢！——得！咱不抬杠行吗？你倒好，闹了半天，把大伙儿吓得够呛，可也不是什么要命的病。大夫说了，你是脑子里有个扣儿解不开，啪！一下子短路了，死机了。人呢，就像是傻了。你自个儿说，怎么还有得这种病的？新鲜不新鲜呀！其实呢？那算个啥呀，不就是电视上录个像，露个脸儿呀？你呢，大小也算个腕儿，至于的吗？"

7. 唐家　唐学斌卧室　日

唐学斌独自躺在床上。房间里拉着厚窗帘，床头一盏小灯灯罩压得很低，光线昏暗。

他睁开眼睛茫然地四处看着，喃喃自语："……这是谁跟俺说话呢？常老爷子？你也录像来啦……不对，咋这么黑了？俺不是演得好好的吗？说了个小段儿，欢迎，接着就是俺最拿手的'打虎'……"

插入Ⅰ

电视台演播厅，衔接序幕。

唐学斌在演出——这一组镜头的画面和声音都要做虚化处理，用不断的分切叠化，制造一种意识模糊中的主观印象——他卖力地打着鸳鸯板，表演着《武松打虎》。

叠入观众们很投入地看着演出。

女主持人笑着、说着，带头鼓掌。

摄像师傅忙碌着——扛着相机跑动抓拍的，坐在升降机上忽上忽下的，操纵着摇臂机把镜头呼地推到表演者面前拍特写的。

那位副导演在观众席中卖力地"领尖"。

随着他的鼓动，观众们又热烈地鼓起掌来。

突然，灯光一下子熄了，一片漆黑……

8. 唐家卧室　日

唐学斌在自语着："……大家伙儿欢迎呀！巴掌拍得真响，真是'暴风雨般的掌声'呀！那都是假的？不能，不能。打死俺俺也不信！可一下子全毁了，没了……这是咋回事呢？不明白，不明白呀……"

昏暗中，唐学斌吃力地活动着身体。

他自语："……我这是咋啦，动动胳膊腿儿都这么费劲儿？……这是哪儿呀？黑，闷气，身上像压了个百十斤的粮食口袋……坑道？对啦！上甘岭，灯火管制，坑道，抗美援朝……我又做梦了？对，准是做梦了……"

插入Ⅱ

五十年代初，朝鲜，通往前线的土路上，黄昏。

一辆没有篷布的志愿军卡车在行驶。车上，坐满赴朝慰问演出的文工团员。由于一路颠簸，演员们都在昏昏欲睡。

土路两侧，到处是敌机轰炸后的巨大弹坑、烧焦的树木以及残垣断壁……

唐学斌感觉一双眼神在注视他，定神一看，原来是坐在对面、负责接送他们的小战士——万福来。

看见唐学斌的目光。万福来不好意思地："首长，您是说武老二的？"

唐学斌笑了："听口音，咱俩是老乡？"

万福来脸色一红，腼腆地点点头，"……在连里，我也说过：嘿嘿嘿，说不好，瞎说。"

唐学斌看着小战士认真的样子，笑道："你瞎说，俺瞎听。来，说一段我听听。"

说着，他从上衣口袋里摸出一副鸳鸯板儿，递给对方。

万福来涨红脸，低着头，半天没敢伸手去接鸳鸯板儿："……在师傅面前，我张不开口……腿肚子打哆嗦！"

唐学斌一副认真的表情："想学艺哪能怕张口哇！旧社会，这就是饭碗哪！俺跟俺师傅腚后边转了三年，磕了九叩十八拜，人家才肯教给俺！来，说一段，让大伙儿都精神精神！"

万福来还是不肯接对方手里的鸳鸯板："您答应收我这个徒弟，我真说。"

唐学斌固执地："你说完了，俺就收！"

"真的？"万福来"磨"不过唐学斌，不好意思地接下对方手里的鸳鸯板儿，吭哧半天开口说起来——

"板凳宽，扁担长，
板凳没有扁担宽，
扁担没有板凳长……"

听到万福来说的山东快书，醒来的文工团员笑起来。

万福来："哎哟！错了错了……"

唐学斌："不要紧，接着说。"

万福来："俺，俺都忘了！"

大家哄笑，万福来更不好意思。

唐学斌接着替他说——

"……浅的是盘子深的是碗，
再深就数是大水缸。
买了个小驴儿四条腿儿，
尾巴长在后腚上……"

大家鼓掌。

突然，一架敌枪突然钻出云层，掠过汽车上方呼啸而过。与此同时，飞机上的机关炮响了。"嗖嗖嗖"的炮弹落在卡车旁边的土地上，激起一片尘土。卡车猛然加快速度向前冲去……

卡车上的人立时慌了神，有人尖声喊叫起来……

刚才还腼腆得像个姑娘的万福来此时"腾"地站起身，像一座铁塔矗立在文工团员面前，大喊："别乱！跟我进前面坑道……"

队员们崇敬地看着他……

插入Ⅲ

坑道里。"墙壁"上点着一盏马灯，微黄的光线照在休息的文工团员身上，他们脸上还残留着演出时涂抹的油彩。

年轻的唐学斌睁开了眼睛，好像是突然发现了什么一样在身上摸着，一副焦急的样子.

他向周围看看——那些文工团的战友们都在睡着。

他悄然起身，向黑洞洞的坑道口爬去。

外面，不断有远远近近的枪声和爆炸声传来。唐学斌迟疑了一下，又下决心朝前爬去。

坑道口。他探出头，吸了口夜间清新的空气——外面夜色朦胧，远处有爆炸的火光闪动——他定了定神，向坑道外爬去。

一只手拉住了他。

唐学斌吓得叫出声来。

师弟苗光普在身后捂住他的嘴："别喊，是我。"

唐学斌："小师弟？你吓死俺了。"

苗光普："师哥，你干啥去呀？"

唐学斌："俺的板儿丢了，去找找。"

苗光普："你不要命啦？这外面的枪响得跟爆豆儿似的……"

唐学斌："不行呀！师傅说过，这板儿是咱的命。丢了，咱拿啥唱武老二呢？"

苗光普："那你回去，俺替你找去。"

唐学斌："你不成。别忘了，瑞珍妹子还在家里等着你呢！"

苗光普："师哥……"

唐学斌："啥也别说了。光普，俺要真的这回'光荣'了，你替俺……"

苗光普拉住他："师兄，飞机！"

敌机的声音由远而近，刺耳的俯冲声。

突然，一道光照得一切都白花花的……老年唐学斌的声音切入——"哎哟，照明弹！"

9. **卧室 日**

老伴郭瑞珍正拉开窗帘，一道强光射到唐学斌的脸上。

唐学斌叫着，翻身要爬起来。

郭瑞珍忙跑过去扶住了他："老唐，你喊啥呢？"

唐学斌看着她，摇摇头，揉揉眼，好像是明白过来了。

郭瑞珍："你咋坐起来了？刚才你要干啥？说什么蛋，来着？"

唐学斌又是痴痴的样子瞪着眼，一下躺下了："啊？蛋？"

郭瑞珍："要吃蛋呀？煎蛋还是煮蛋？"

唐学斌瞪着她："照明弹。"

郭瑞珍："啊？唉，你呀，真是傻了……"

唐学斌又闭上了眼睛。

10. **唐家客厅 日**

郭瑞珍陪着老战友们，他们面前放着一堆水果、营养品等。

郭瑞珍脸上还残留着泪痕。

老罗心情沉重地："唐哥他真不见好？"

郭瑞珍："唉，还不是那个老样子。昨天滴水没进，嘴里一直说着胡话。"

大郭："老嫂子，我看，该给他准备后事了——"

小何："呸呸！你咋这丧气呢！"

老罗："大郭说得在理，心里有个准备，不是坏事！"

这时唐煌走进，屋里竟没有一个人注意到他。

唐煌面色紧张地："……爸咋啦？"

郭瑞珍摆摆手："给你爸准备后事吧！"

唐煌扭头向卧室跑去。

11. 一组空镜头

宿舍楼前，唐煌请老战友们坐进自己的轿车。

一名工作人员捧着一个很大的纸盒子走来，对正要开车的唐煌打听什么。

唐煌随手朝楼上指指，开车离去。

工作人员按响了唐家的门铃。郭瑞珍开门，他把大纸盒递了进去。

郭瑞珍把纸盒放在唐学斌卧室的桌上.

唐学斌一直瞪着眼睛，看着……

伴以常维润评书风格的画外音——

"无巧不成书，那天呐，正赶上文联派人给我送东西。那位新来的工作人员也不知道是哪一省的口音，说话是'常''唐'不分。打听'常老'，让人给支到他们老唐家去了。这要放到别人身上什么事儿也不会有，可谁叫唐学斌这会儿脑子短路了呢？一眼瞅见那个玩意儿，可就了不得啦……"

12. 唐家卧室　日

郭瑞珍放下纸盒，转身要走。

唐学斌在床上欠起身来，伸手指着那盒子，口齿不太清楚地问："那，那是，啥？"

郭瑞珍："不知道，文联刚送来的。"

唐学斌："给我，瞧，瞧……"

郭瑞珍有些不耐烦地："你要啊？给你，别摔了。"

她把纸盒放在床头，走了出去。

唐学斌支撑起身体，吃力地解着纸盒的包装。

13. 厨房　日

郭瑞珍提着菜篮子走出来，她到卧室门口张望一下，走出了房门。

14. 卧室　日

唐学斌打开纸盒，掀开一层红绸——一个奖杯，上面醒目的大字是"终身成就奖"。

他好像不相信自己的眼睛，用手使劲地揉着，仔仔细细地反复看着。

他抚摸着奖杯，泪水从眼里流了出来。

他激动地叫着："老伴，瑞珍！你快来瞧呀！这是啥，这是啥呀！组织上没忘了俺……瑞珍！俺的板儿呢……嗨，这老婆子，跑哪儿去了？俺的板儿她给收哪儿了……"

他好像病一下子全都好了——放好奖杯，翻身下床，大手大脚地拉开抽屉翻找着，直到把抽屉里的铁皮盒子弄到地板上，里面的军功章散落一地。

唐学斌顾不得理会，又来到高大的书架前。他取下一本本书籍摞在一边，歪着脑袋去看书后藏着什么。由于书摞得过高，"呼啦"一声，掉在地上。

他打开衣柜门，在叠得整整齐齐的衣服堆里摸着。猛地，他看见上台演出时经常穿着的那件大褂，一下子怔住了……

小孙女唐果出现在唐学斌的身后，伸手蒙住了他的眼睛，粗着嗓子说："爷爷，你猜我是谁？"

唐学斌笑了，故意："是谁呢？俺猜猜？猜猜……是，奶奶？"

唐果："不对！"

唐学斌："是爸爸？"

唐果："也不对。"

唐学斌："又不对？俺猜不着了，那一定是大老虎吧？"

唐果笑了，松开手拍着："爷爷真笨，是果果呀！这都猜不着。"

唐学斌："爷爷笨，爷爷哪有果果灵呀！"

唐果："爷爷，您找什么呢？把奶奶的东西都翻乱了，她回来准得斥责您！"

唐学斌："爷爷找鸳鸯板儿呢，也不知你奶奶把它藏到哪儿去了……"

唐果："爷爷，您那天不是把那板儿给我玩儿了吗？怎么忘了？"

唐学斌："嗨，你看俺这个记性，快给爷爷拿来！"

唐是答应着跑了，到门口又回头："对了，爷爷，那天您不是病倒了吗？怎么一下子好了呢？"

唐学斌："好啦，爷爷真的好啦。快点吧！"

唐果跑出去。唐学斌慢慢取下大褂，"套"在身上，关上大衣柜门——镜子中的他笑了笑。他用山东快书的语调说道：

"你好呀，老战友，

几年没见拉拉手（吧）。

脸还是脸，眉还是眉，

就是胖乎乎的像老头（了）。"

唐果出现在他身后，笑着："爷爷，您干啥呢？"

唐学斌："啊，没，没干啥。快把那板儿给爷爷。"

唐果把鸳鸯板儿给他。

唐学斌接过来，陶醉般地敲击几下："果果，好听吗？"

唐果："好听。"

唐学斌："好，爷爷这儿还有个好东西呢！"他打开纸盒，"看，好看？"

唐果："好看。

唐学斌："认得这是几个啥字吗？"

唐果一一指点着："终、身、成、就、奖。对吗？"

唐学斌："对。果果，知道啥叫'终身'吗？"

唐果："不知道。"

唐学斌："终身就是一辈子。"

唐果："那啥叫一辈子呢？"

唐学斌："一辈子呀，一辈子就是从果果这么大，长呀长呀，一直长到爷爷这么大。"

唐果："噢，是这样……爷爷，那你从果果这么大，就有成就了，对吗？"

唐学斌笑了："果果，你可真有意思。俺像你这么大时，有啥成就呀，俺还不如你呢！"

唐果："不如果果？那您是上学不及格，让老师批评吗？"

唐学斌："傻丫头，爷爷那时候家里穷，哪儿上得起学呀！认识这几个字，还是参军之后在部队扫盲班上学的。可是爷爷倒是也有一个老师，那时候兴叫师傅……"

唐果："师傅？您的师傅厉害吗？批评您吗？"

唐学斌："他不批评我。"

唐果："是吗？那您多幸福啊！"

唐学斌："幸福？"他轻轻地笑了，"他是不批评，我要是错了一点儿，师傅呀，那铜袋锅儿，啪的一声，直接就敲过来了……"

唐果吐了吐舌头，扮了个鬼脸："哇！敲您吗？敲哪儿呢？"

唐学斌："头上，手上，逮着哪儿敲哪儿。"

唐果抚着他的手："爷爷，您疼吗？"

唐学斌："疼，到现在，想起来还疼呢……这就是一辈子，疼一辈子，记着一辈子……"

他的手又情不自禁地轻轻敲起了鸳鸯板……

插入Ⅳ

【重复片头中画面】少年的唐学斌敲打着鸳鸯板，镜头从他那双通红的小手拉开——这里是北方农村的一个小庄稼院。清晨，枣树枝上挂着残雪。

师傅穿着棉袍，站在挂着冰溜子的房檐下抽着长烟袋，看着站在院中央打板的徒弟。

唐学斌一边打板，一边抽吸着垂下来的清鼻涕。

师母抱着柴火走来，对师傅努了努嘴，小声说："练了半天了，该暖和暖和吃饭了。"

师傅嗯了一声，对她挥挥手。

屋里传来小孩的哭声，师娘进屋去。

唐学斌偷眼看着，手里的节奏慢下来。

“啪”的一声，师傅的烟袋锅敲在了他的手背上，鸳鸯板当地掉在地上。

唐学斌疼得抽了口凉气，他强忍着不敢哭出声，用衣袖抹了把鼻涕眼泪，弯腰捡起板来。

师傅咳了一声：“知道该干啥吗？”

唐学斌：“俺知道，师傅。”

他走过去，咬了咬牙，把双手插到了院中央的雪堆里.

师娘听到声音，抱着个四五岁的男孩从屋里出来，埋怨地：“他爹，你这是做啥呢？孩子小，细骨头嫩肉的，看冻出个好歹的……”

师傅：“你甭管，做你的饭去。”

师娘嘟哝着：“俺心疼，这没娘的孩儿……”

师傅：“老娘儿们懂个啥！俺这是教他本事哩，要想人前显贵，背后得吃苦受罪。这年头兵荒马乱，你以为吃这碗开口饭容易吗？”

唐学斌听着，眼泪忍不住流了下来。他咬紧嘴唇，把手又朝雪堆里深深地插了进去。

师傅看着点了点头。

唐学斌抽出手来，又用几乎僵硬的手指捏着鸳鸯板打起来。

插入Ⅴ

叠入短镜头师傅指导他下腰，踢腿，站马步。唐学斌对着窗户纸练绕口令。师傅走来，数着纸上几个口水溅的湿点儿。唐学斌乖乖伸出手，师傅用戒尺在手心上一下下打着。唐学斌含着眼泪，对着窗纸继续练着……

画外插入的声音——

唐果：“……真气人，纸上有几个水点儿就打几下，凭什么呀？”

老年唐学斌的声音：“哈，你哪懂得，这是基本功。你想啊，演员在台上说书，要是唾沫星子乱飞，台下观众还不得打雨伞啊！”

唐果的声音：“嗯……可打人反正就不对！爷爷，您师傅每天打您，您恨他不恨呀？”

唐学斌的声音：“恨，俺恨过。那时候小，不懂事儿啊……”

插入Ⅵ

田野，夏天中午。

少年的唐学斌和比他小一些的师弟苗光普一起奔跑着。

唐学斌爬上一棵大树，大鸟窝里掏出一只小鸟来。

他们看着那只毛茸茸的小鸟。唐学斌凑在师弟身边说了几句，两人拍着手笑起来。

他们跑进村子，跑到自家小院前，蹑手蹑脚地溜进去。

正房中，师傅躺在竹躺椅上睡午觉。

兄弟俩凑在窗口张望，唐学斌把小鸟塞到台阶下的夜壶里。唐学斌对师弟耳语。苗光普悄悄进屋，把夜壶放在躺椅边。他们在篱笆边偷窥——突然，屋里传来师傅的惊叫和夜壶破碎声……

15. 居家卧室　日

唐果拍手笑着：“哇噻！……后来呢？”

唐学斌：“挨揍呗！那次，要不是小师弟顶杠，师傅得把我的屁股打烂了。唉，他呀，哦，就是你光普爷爷，他可是好人啊！可惜了，当年俺们一起参军，起到了朝鲜前线，俺回来了，可你光普爷爷……”

唐果用手捂住耳朵：“不听不听！苗爷爷的故事你讲过好多好遍了，果果听腻了！”

唐学斌：“这孩子！不听不行。这是革命传统教育，懂不懂呀你！”

唐果：“就不听就不听！”

唐学斌假装生气，唐果撒腿就跑，冲出卧室。

16. 客厅　日

郭瑞珍买菜回来。她刚推开房门，就被跑来的唐果一头撞上，蔬菜水果撒了一地。

郭瑞珍："这孩子！跑什么呀？"

唐果："爷爷追我，非要给我讲故事！"

郭瑞珍："胡说，你爷爷要有那本事就好了……"

话音未落，唐学斌已经追了出来，还叫着："站住！我看你往哪儿跑！"

郭瑞珍大吃一惊："老唐！你，你这是怎么回事儿？"

唐学斌："啥怎么回事？俺跟孩子玩了。"

郭瑞珍："你，你的病……"

唐学斌："啥病呀？俺没病，好啦！哎，对了，唐煌那小子跑哪儿去了？"

郭瑞珍："你叫他干什么？"

唐学斌："叫他快去买火车票，俺要回老家！"

郭瑞珍："怎么想起一出是一出。回老家干啥呀？"

唐学斌："俺要去看俺师傅，俺这一辈子是师傅给的呀！俺可不能忘本呵！"

这时唐煌走进来，看见站立着的父亲大吃一惊，手中的寿衣滑落在地上。

唐学斌："你们说，俺说得对不？"

母子俩不置可否地点点头。

这时唐学斌发现掉在地上的东西。

唐学斌："这是啥？"

唐煌掩饰地拾起寿衣："给，给同事捎的。"

17. 一组短镜头

郭瑞珍忙着收捡衣服、行李，准备上路。

唐煌一边开车，一边打手机约人。

医院中，唐煌和主治医生说话。

唐煌扶着父亲登上火车软卧车厢。

列车开动了。

车窗前，平原的景色掠过。

唐学斌兴奋地看着车窗前……

伴以常维润评书风格的画外音——

"古语说，天有不测风云，人有旦夕的祸福。这个唐学斌人怪得的病也怪，没想到那个错送到他们家的奖杯，竟成了治他的病的灵丹妙药！可咱们把这事当笑话，他自己家的亲人心近而不托底呀！去问大夫，大夫也说不太清楚。就是嘱咐他们说，老人这病不能再反复，注意别受刺激。什么着急生气，大伤大悲什么的，那都不成。要是不留神再犯上一回，后果可真就难说了。他儿子回家跟大伙儿一商量——没法子，老爷子他说什么就是什么吧！都顺着他点儿，千万不能惹着。想办法让他顺心、高兴，不就完了？所以你瞧呀，这不说是回老家，立马就上路了……"

18. 行驶的列车　软卧车厢　日

唐学斌指点着窗外，对唐煌说着："……你看见了吗？那边那片大山，就是梁山泊，过去还有阳谷县，景阳冈，就是武老二回家打虎，三碗不过冈的地方……这条道啊，当初还是俺参军那年，上朝鲜前线头一遭走的。那时候，坐的是闷罐车。那闷罐车可真叫闷呐！大家伙呢，闷得厉害了，就唱歌——'雄赳赳，气昂昂，跨过鸭绿江……'"

突然，列车广播响了起来，一个女声说着："亲爱的旅客朋友们，现在是点歌时间。请听由五车厢一位姓刘的先生，为他的女朋友点播的歌曲，《没收你的爱三十天》……"

唐学斌："关了关了！这叫中国话吗？"

唐煌起身，关了广播小喇叭.

唐学斌："爱有没收的吗？还三十天，那到了三十一天了怎么办？"
唐煌："爹，我哪知道呀？"
唐学斌："俺知道你不知道！哼，这种破词儿就是让人越糊涂越好，什么玩意儿……"
唐煌："爹，您别朝我嚷嚷，这词又不是我编的。"
唐学斌也笑了："你？你要能编了这个还不赖呢！哎，俺刚才跟你说到哪儿啦？"
唐煌："您好像说……"
这时车门一开，两个乘客走了进来。男的是个胖子，一副土大款派头，女的明显是个"小蜜"。
那个小蜜一进门就噘起了嘴唇，跟男人小声嘀咕："哟，怎么还有人？"
大款："没空地儿了，我问了。"
小蜜："人家想跟你单独待会儿嘛！"
大款亲了她一下："一会儿就到了，等下了车，把你……"
小蜜打了他一下："坏死了你！"
唐学斌使劲咳嗽了一声。
大款冲唐学斌笑笑，挽着小蜜坐在对面铺上。
唐学斌对唐煌："你去找列车长提个意见，坐软卧包厢不是有级别的吗？怎么什么人都进来了？"
唐煌："爹，您这是什么时候的规定啦，早改啦？"
唐学斌："改啦？"
大款插话："老同志，不常出门吧？这年头，还有拿钱办不成的事吗？"
唐学斌被顶得又在使劲咳嗽。
唐煌看着这场面，灵机一动，起身出去了。

19. 车厢走廊　日

唐煌拉住一位列车员，问："小姐，列车广播室在哪儿？"
列车员指了指："就在隔壁车厢。"
唐煌道了谢，朝前走去。

20. 包厢中　日

大款和小蜜挤在铺上，想搞点儿小动作，一看见对面虎视眈眈的唐学斌，顿时没了兴致。
小蜜打个哈欠，伸手扳了广播喇叭按钮。
流行音乐响了起来。
唐学斌皱起眉头，他冲对面笑了笑，伸手关了喇叭。
小蜜撅起嘴巴，对大款："嗯，你看他。"
大款干笑两声"嘿嘿！"伸手把喇叭开了。
唐学斌犯了犟脾气，伸手使劲关了喇叭，挑战地笑着："哈哈！"
大款想发作，冷笑："哼哼！"
唐学斌不甘示弱："呵呵！"
小蜜看着挺好玩："嘻嘻！你们干什么啦？斗鸡呀？"
唐煌一脚走进来："爹，快听广播。"
唐学斌正没好气："不听！那玩意儿吵得脑仁儿疼。"
唐煌："爹，您听听就知道了。"
他去开了广播，唐学斌正要阻止，喇叭里传出山东快书的声音——

闲言碎语不要讲。
表一表英雄好汉武二郎。
那武松学拳到过少林寺。
功夫练在八年上……

唐学斌的眼又直了，半天他在自己手背上掐了一下："小子，俺不是又做梦了吧？"

唐煌："不是呵，外面太阳那么亮——"

这时，小蜜皱着眉头："真土。这是什么呀？"

她伸手又要关喇叭。

唐学斌拦住她："这叫山东快书，是咱们的传统曲艺，主要流传在山东、河北一带。它的特点是……"

小蜜理也不理："什么呀这是，难听死了！谁唱的呀？"

唐学斌："嘿嘿！姑娘，这是俺唱的。"

小蜜："你？"

唐学斌："不信啊？你听着……"

他跟着广播一起唱起来——

> ……有父母，从父母。
> 没有父母从兄长。
> 咱们的父母老家都不在，
> 有话先跟你商量……

大款拉着小蜜起身，对唐学斌："大爷，我服您了，成吗？"

他拉着小蜜走出去。

唐学斌长出了一口气，舒服地倚在铺上："唐煌，这真是列车上的广播呀？"

唐煌："您听啊，这错得了吗？"唐学斌："好，好，还是俺山东老家，就是不一样啊！"他闭着眼睛，跟着广播哼着——

> 大哥金刀叫李贵，
> 二哥花枪叫李刚，
> 三弟就叫铁笊篱，
> 四弟就叫……

突然广播停了一下，接着又变成了流行歌曲。唐学斌一下坐起来："哎哎，这怎么回事？"唐煌："是啊，也许是串线了？"唐学斌："去呀，问问去呀！"唐煌朝外走去。

21. 列车广播室外的走廊　日

唐煌匆匆走来。

迎面那个大款挽着小蜜，跟着广播哼唱着流行歌曲，示威似地走过去。

唐煌拉开广播室的门："小姐，我的点播怎么停了？"

广播员："对不起先生，不是我们不播，是因为有不少乘客反对，说不爱听什么快书。这录音带，您还是拿回去吧。"

唐煌："小姐，我刚才不是说了吗？这位老先生有些毛病，这是他治疗的一部分。请您帮忙吧！"

广播员："我们很愿意帮忙，可旅客们确实有来抗议的。"

唐煌："这样吧。您播您的，要有人反对，我在这儿替你解释。小姐，求您了……"

广播员叹了口气，又把那盘带子插了进去——

22. 一组短镜头

坐在包厢里生气的唐学斌一下子笑了，又跟着广播哼唱。

那个大款刚拉开包厢门，见此情景转身又走了。

广播室门前，唐煌对不断走来抗议的旅客解释着，央求着，就差痛哭流涕了。

旋转的车轮——列车掠过齐鲁大地……

伴以常维润评书风格的画外音——

"唉，您说这当儿子的容易吗？可有啥法子呢，不是想让老头儿高兴吗？他们难受的日子，可是还在后头了，您就一幕一幕地往下瞧吧！哎，您还别笑，常言道，三月床头无孝子，这事儿到了最后，还不一定闹成啥样儿呢！"

23. 山东老家墓地　黄昏

这是山林间的一小片墓地。一座坟前的石碑上刻的是“民间艺人苗得雨之墓”；另一座前刻的是“烈士苗光普之墓”。这里显然是不大有人来，显得有些荒芜。

唐煌扶着唐学斌走来，后面跟着乡文化站的王站长和一名女“站员”。

他们恭恭敬敬地带来的糕点水果摆在坟前，点起蜡烛。唐学斌斟酒，向坟前祭洒，又吃力地跪在师傅坟前磕头。

人们在他身后肃立默哀。

唐学斌喃喃地：“师傅，徒儿唐学斌来看您来了！师傅，俺来晚了，俺早就该来呀！……师傅，您老人家在天有灵，看着您这个徒弟，徒弟没给您老人家丢人。”

他回头向唐煌示意，唐煌打开随身带出的纸盒，把那个奖杯放在坟前。

唐学斌：“师傅，您看见了吧，这是组织上给俺的。俺忘不了。俺这一辈子的成就，都是您老人家给的呀！”

他久久看着那酒渗入坟前的泥土中……

插入Ⅶ

老家，师傅家的上房。

师傅此时已在弥留之际，唐学斌和苗光普跪在床前，师娘带着幼年的郭瑞珍站在床头。

师傅喘息着：“……学斌，这么多年学艺，师傅天天打你、骂你，你记恨师傅吗？”

唐学斌抽泣着：“不，徒儿不记恨师傅。”

师傅：“那就好……学斌，师傅早就看出你是个好苗子，是能走红成腕儿，人前显贵的材料。师傅打你、骂你，是为你好……”

唐学斌：“俺明白，明白。”

师傅挣扎着起身，把那副鸳鸯板放到唐学斌手里：“学斌，我这个儿子没你有出息，以后你要照顾他。光普，给你师哥磕个头。以后，他就跟你的师傅一样……”

苗光普给唐学斌磕头，唐学斌搀扶。

师傅看着，笑了笑，闭上了眼睛。

师娘叫着：“老头子！你、你睁眼啊！”

唐学斌扑到师傅身上，痛哭失声……

唐煌的声音插入：“爹，起来吧……”

24. 墓前　黄昏

唐煌和王站长把唐学斌搀扶起来，此时老人已泪流满面。

唐煌：“您看您，这么多年了，我看您也对得起师爷他老人家了。”

王站长：“对着哩！有您这样的徒弟大老远地跑来上坟，他老人家高兴还来不及呢！”

唐煌：“爹，天不早了，咱走吧。”

唐学斌：“不忙，不忙。我再坐会儿。”

那位女站员把旁边一块石头扫了扫：“唐老，您坐这儿。”

她扶唐学斌坐下。

唐煌把王站长拉到一边，悄声说：“王站长，不瞒您说，我爹最近脑子有了点儿毛病……”

王站长：“啊？唐老……”

唐煌：“嘘——小声点儿。其实也不要紧，就是一会儿他要是问起什么事儿来，您就尽量顺着他说，图他个高兴就行。”

王站长点头：“中！这咱明白，人老了，就得哄着他点儿，老小孩老小孩的嘛！”

唐学斌坐在那儿，对着苗光普的石碑出神，喃喃自语：“——师弟，光普，哥看你来了。瑞珍她没来，腰腿不好……咱的小儿，哦，他叫唐煌，也来了。你瞅见了吧？他混得不错，可惜没干咱们这一行……兄弟，是哥对不起你，你呀，走得太早了……”

插入Ⅷ【衔接插入Ⅱ】

坑道口，亮起的照明弹把周围映成一片惨白色。

唐学斌："快，借着这亮光，咱们快去找吧。"

他们刚要出坑道，小战士万福来出现，拦住他们："喂，防空警报，你们干啥去？"

苗光普："俺师哥的板儿丢了，想去找找。"

万福来从怀里掏出唐学斌的鸳鸯板儿："首长，是这个吗？"

唐学斌："是，是呵。"

万福来："那您收好啦。"

唐学斌："送你啦！"

万福来珍惜地将鸳鸯板放进自己上方口袋："师傅，您打算收我这个徒弟啦？俺……"

话音未落，一阵炮火袭来，随着地动山摇般的几声巨响，坑道口被震塌了，几方泥土、石块和圆木劈头盖脸地砸下，将唐学斌埋了起来……

弥漫的尘土中，传来声嘶力竭的喊声："快！快扒人——"

昏暗的坑道里，分不清谁的手、谁的腿，只见十几双手和脚在镜头前晃动。于是坑道外的枪炮声与坑道内的喊叫声、咳嗽声、扒石声混成一片……

插入Ⅸ

通往后方的山路上，夜。

急匆匆的脚步被忽明忽暗的照明弹闪烁地时快时慢。不时有炮弹在山脚下爆炸，发出橘黄色的火光，映得弯曲的小路更加崎岖不平……

苗光普在前，万福来在后，两人一前一后抬着担架。担架上躺着负伤的唐学斌，浑身上下一片尘土，脸色就像刚出窑的煤矿工人。

苗光普流着泪急呼道："……师兄，别闭眼！挺住！……只要不睡过去，你就还有一口气！……"

唐学斌慢慢睁开双眼，似乎笑了一下："……谁说……还有一口气？两口气，都有……"

苗光普破涕为笑地对万福来："他活了！活着呢！"

唐学斌有气无力地："啥话呀？本来就没……咋的。"

突然，一发炮弹袭来，在担架不远处爆炸，随着火光一闪，人和担架一起倒下了……

插入Ⅹ

野战医院。

唐学斌醒了，首先映入他眼帘的是一根长长的输液管，透明的管子一头吊在铁架子上，一头连着自己的右臂。接着，他看到几十张病床摆在巨大的篷布下。

头上缠了绷带的万福来出现在他面前："师傅，你醒啦？"

唐学斌："醒啦，你没事吧？"

万福来："没事儿，有一块弹片打到了这儿。"他指指胸前，"要没有师傅给的这鸳鸯板，那就悬了！"

他拿出那副板儿——中间已被弹片打出了凹痕。

唐学斌："嘿嘿！好，你命大。也对呀，你还得跟俺学说武老二呢，哪能就这么'光荣'了呢？哎，俺师弟呢？他跑哪儿去了？"

万福来低了头。

唐学斌："哎，你咋不吭气了呢？他咋啦？啊？你，你可别吓唬俺呀……"

万福来："师傅，你别难过，师叔他，他……"

他的眼泪流下来。

唐学斌："什么？光普他……不！你哄俺，哄俺……"

万福来："师傅，那颗炸弹离得太近，师叔他扑到您的身上，他……"

唐学斌喊了声："光普啊！"

他猛地拔下自己身上的吊针，抱头痛哭……

空袭警报又响起来。

万福来和医院的医生、护士们跑出帐篷，进入战斗岗位。

病床上的伤员们纷纷咒骂……

插入Ⅺ

布篷外，战士们举枪对着盘旋飞来的敌机。

唐学斌一瘸一拐地出现在万福来他们身边。

敌机向下俯冲，越来越近……

万福来等举枪射击。

敌机绕了一圈，再次俯冲扫射时，万福来端起冲锋枪向敌机开火！

不远处，志愿军的高射炮响了……

唐学斌抬头向敌机破口叫骂。他叫骂的方式与众不同，用得竟是山东快书的段子——

西门庆啊，狗杂种，
你这个做事丧天良！
俺的兄长你害死，
霸占俺嫂潘氏娘。
谁杀人，谁偿命，
今天叫你来抵偿！
隔着窗户扔出去，
“咣”地声摔倒大街上。
西门庆头朝下来脚朝上，
来了个王八跳大江。
只摔得七窍流血蹬跶腿儿，
再吃东西也不香（了）……

鼓掌声和口号声由远而近地进入……

25. 墓地　黄昏

唐学斌坐在墓前，眯着眼睛，仍然沉浸在回忆中。

唐煌走过来：“爹，走吧，天都快黑了。”

唐学斌如梦初醒地：“走？啊，走，走……”

王站长也过来搀扶：“唐老爷子，您慢点儿……”

唐学斌看着他：“这个人是谁呀？”

唐煌：“爹，刚才不是介绍了，这是乡文化站的王站长啊！”

唐学斌：“王站长……”

王站长：“您不记得啦？我是王柱子，当年，您还一个人给我唱过武老二呢！”

唐学斌恍然大悟地：“哦，对啦，有这么当子事儿。你是偷……”

王站长忙拦阻：“老爷子老爷子，您口下留德！”

唐学斌：“好好好，俺不说那个字儿，你是‘嗯嗯’了生产队的一筐青棒子……”

王站长：“嗨！老爷子，您这还不如直接说出来了！”

那个女站员在一旁偷笑。

唐煌：“爹，你们俩这是打的啥哑谜呵？”

唐学斌：“你别打听。那还是‘文革’中的事儿了，没啥意思。”

王站长：“其实说就说。肚子饿呗，也不算啥丢人的事儿。”

唐学斌：“那俺可就说啦。”

王站长：“说呗。”

唐学斌长出一口气：“……那时候，俺军装也让扒啦，遣送回老家改造。生产队的老少爷们对俺好，照顾俺，让俺在大田搭个棚子看青。有那么一天，天下着雨……”

插入XII

“文革”年代。一望无际的玉米地。雨。

摄影机在玉米棒子中穿行。随着掰玉米棒子的响声临近，镜头前出现年轻时的老王。他正在掰玉米棒子，脚下一只补着补丁的口袋，里面已经鼓鼓囊囊地装了不少了。

突然，一只大手拍在他肩膀头上：“干啥呢！”

老王浑身一抖，慢慢转过身。

唐学斌戴着一顶破草帽，浑身湿透地站在那儿。

老王：“没……没干啥！肚子里，闹饥荒……”

唐学斌不容商量地：“跟我上队部去！”

老王紧张得脸色儿都变了，但尴尬的笑容始终在脸上“堆”着：“嘿嘿嘿，掰够吃喽，我就走。这就走。”说着，伸手拨开对方搭在肩上的大手，“都是乡里乡亲的，低头不见抬头——”

唐学斌提起老王的口袋，掂了掂分量。

老王依然在“笑”：“嘿嘿嘿，雨水打湿了，添分量。”

唐学斌注视着老王：“你得亏犯在我手里。说吧，你是认打，还是认罚？”

老王脸上的笑容突然不见了：“认打，怎么个认法？”

唐学斌严厉地：“带你去见民兵！”

老王：“……认罚呢？”

唐学斌：“跟我上窝棚！”

老王扛上口袋，毫不犹豫地：“认罚！”

两个人冒雨向田头儿的窝棚走去……

插入XII

窝棚里。唐学斌走进，向角落一指：“把口袋搁那儿，坐下。”

老王听话地放下口袋。唐学斌用毛巾擦了两把，随手扔给老王：“擦擦，省得浑身刺痒！”

老王接过毛巾，边擦边心虚地：“是，是。你说，怎么个罚法？见面分一半？还是全搁下——”

唐学斌：“听我说一段山东快书！”

老王愣住，似乎怀疑自己听错了。

唐学斌也不管对方爱听不爱听，伏身从铺底下抽出一副鸳鸯板，“噼里啪啦”地敲起来。他一边敲一边解释道：“二年没上台了，怕是气短了，你对付着听！”

老王从怀里掏出用塑料布包着的烟袋锅，装烟，点着，深吸一口：“这个罚法好，两不耽误！”

唐学斌运足底气，开口唱道——

> 闲言碎语不要讲，
> 表一回武松打虎景阳冈。
> 这一天武松来到了张秋镇，
> 照着街上一打量。
> 照着路北留神看，风刮酒幌乱晃荡。
> 这边写着“三家醉”，
> 那边写“开坛十里香”。
> 门旁立着个大牌子，
> 上写着“三碗不过冈”……

插入XIV

通往窝棚的土路。唐学斌的老伴郭瑞珍打着油布伞，提着午饭走在两块大田中间的土路上……

土路两侧的庄稼经不住雨水的抽打，垂着“肩膀”默默肃立……

泥泞的土路上到处挤满积水的水坑……

插入XV

窝棚里。唐学斌说得格外投入，赤裸胸膛油光闪亮——

“……这武松打死猛虎为民除了害，

下一回，阳谷县里再接上。”

听罢一段，老王在石块上磕磕烟袋锅，站起身准备“散场”。

“坐下！”唐学斌大吼一声，放下正在喝水的军用水壶，一指角落，“这才哪儿到哪儿呀？下一段是《武松血溅狮子楼》。”说着再次敲响鸳鸯板——“闲言碎语不要提，表一表英雄豪杰住在哪里……”

插入ⅩⅥ

田头。离窝棚还有一段距离，老伴便听见唐学斌演唱山东快书的声音。她心头一紧，加快脚步向窝棚走去……

来回摆动的裤脚上溅满泥水……

插入ⅩⅦ

窝棚里。唐学斌情绪昂然——

……这一回武松杀了西门庆，

把俺累得了不得。

他左手一顿，收住铜板。姿势挺帅，还下意识地鞠了躬，转身取水壶喝水。

老王再次磕尽烟灰，收起烟袋锅，站起身。

唐学斌闻声转过身：“坐下，坐下，才听了几段就想走？这一回是《武松大闹十字坡》——”

他说着扬起左手，敲响鸳鸯板。

老王低声地：“说话就晌午了，这些棒子，还等着下锅呢！”

唐学斌头上的汗水也顾不得去擦，继续说下去：

“闲言碎语咱不说，

表一表好汉武二哥……”

插入ⅩⅧ

窝棚外。雨中，老伴提着午饭收住脚步。

屋里传出两个人的说话声：

“……我说，武松在那又吃肉、又喝酒的，我这肚里早闹饥荒了，就罚到这儿吧？”

“咦——？刚才可是你自愿挨罚的——”

“再愿意不得填饱肚子呀？”

窝棚门“呼啦”一响，走出扛着口袋的老王，看见唐学斌的老伴，机械地笑了一下。

唐学斌一个箭步窜出窝棚，伸手拉住对方肩上的口袋：“人走可以，但得把赃物留下！”

老王：“赃物？嘿嘿！我也问你一声，认打还是认罚呀？”

唐学斌愣住：“什么意思？”

老王：“你说了一晌午了，哪一段说的不是‘封资修’？别忘了，你现在是‘黑线人物’‘反动权威’，我好歹还算个贫下中农！闹到队部去，有你的香饽饽吃？”

一声霹雷，震得唐学斌呆若木鸡！

老伴拉住老王：“俺们认罚，认罚！你千万别……”

老王：“别害怕，她大嫂。乡里乡亲的，俺也不能难为他是不。”

说着，他扛着玉米，坦坦然然地钻进青纱帐。

唐学斌站在雨中，傻了一般！

雨水顺着他的脸庞，小河似地流到胸前……

老伴拉着他的双臂，哭声劝道：“学斌，你唱了一辈子武老二，唱到今天连军装都被人扒了，还封不住你的嘴呀？……这年月，天大地大，不如‘祸从口出’的罪名大！你就不能收起下半辈子当回哑巴？”

唐学斌紧咬着嘴唇，一言不发，鸳鸯板从他的手中滑落了。

老伴：“对，这就对了……万一你哪天憋不住了，你就搁自己肚里唱，给自己，给俺们留条活路呀！……”

她捡起两片鸳鸯板扔到雨里。

一道闪电，从唐学斌眼窝深处滚过。接着，一声霹雷，在他头顶上炸响。

突然唐学斌像是醒了，叫着："不，不对。俺的板儿呢？俺的板儿在哪儿呢……"

他一下扑到地上，在泥水里不顾一切地寻找着。

郭瑞珍流着泪看着他。

他终于找到了他的鸳鸯板……现实中人们的笑声融入。

26. 村路上 傍晚

那个女站员已经笑得直不起腰来了。

唐学斌："唉，闺女，你们这会儿笑了，当时俺们可是哭都来不及呢！俺，还有俺那老伴……"

唐煌："爹，走吧！"

唐学斌："走，走……哎，老王啊，你好啊？想不到，你还当了文化站长了。"

王站长："当不好瞎当，这还不是您老人家给我唱快书，影响的吗？"

唐学斌高兴起来："也不能这么说。不是俺唱得好，是这山东快书它本来就是老祖宗留下的宝贵财富，它就是好！老王。"

王站长："啊。"

唐学斌："你说我说得对不对？"

王站长："对。咋不对呢？"

唐学斌："武二郎你喜欢不喜欢？"

王站长："喜欢呀。"

唐学斌："乡亲们呢？全都喜欢不？"

王站长："乡亲们嘛……"

唐煌在一旁对他挤眉弄眼地示意。

王站长："喜欢，乡亲们都喜欢。好多人都说，少吃顿饭没啥，不听武老二不成……"

唐学斌："好，好啊，还是咱山东的乡亲们好啊！老王啊，乡亲们那么喜欢，有会唱的没有啊？"

王站长："会唱的嘛……"

唐煌又在示意。

王站长："有啊。这快书是咱山东的土产嘛，谁还不会两句呢？"

唐学斌："好好。老王啊，你给把乡亲们找到一块堆儿，咱们大家伙一块唱唱，乐和乐和！"

王站长："这个……啊，其实呢，说都会唱两句，也就是只会两句，多了不会……成本大套会唱的呢，啊，也有，有……可也都七老八十的了，全都没了牙啦……"

唐学斌："唉，那可不中。得培养接班人哪！老祖宗传下来的宝贝，可不能在咱们手里让它失传了。老王，你这文化站长，有责任啊！"

王站长："有，是有责任。谁说没有呢！"

唐学斌："有啊，那你们培养了吗？"

王站长："培，培养了……"

唐煌见老爹认真起来，想过来岔开话题："爹，咱们……"

唐学斌："你别打岔，一边去！老王，你们咋培养的？这事跟踢足球一样，这得从娃娃抓起呀！"

王站长："是，是，得抓娃娃……"

他一边说一边对唐煌打手势，唐煌也打手势鼓励他。

唐学斌似有察觉："哎，你们俩人这是啥毛病啊？"

王站长："没，没毛病。我们这儿呢，是培养孩子们唱快书，还办了个班儿。叫，叫啥哩？啊？"

唐煌紧接："叫'武二郎艺校'吧？"

王站长："对，'武二郎艺校'。"

唐学斌："好，这名儿起得好！快，带俺瞅瞅去！"

王站长："啊？您要去瞅瞅？"

唐煌："爹，天不早了……"

唐学斌："一边去，俺们说正经事呢！"

王站长："啊，瞅瞅，好啊，欢迎啊，热烈欢迎啊！可是……那艺校嘛，它这两天，呵，放假了。"

唐学斌："放假啦？多会儿开学呀？"

王站长："明儿，啊，后儿，大后儿……"

唐学斌："好啦！咱们说准了，后儿前晌。成吗？"

王站长："成……"

唐学斌："好！到时候俺去讲课，咱一言为定。"

他朝前踉跄地走去。那位女站员赶紧扶住他。

王站长和唐煌落在后面，小声嘀咕——

王站长："怎么办？"

唐煌："什么怎么办？这不是你说的吗？"

王站长："我可都是听你的，为让老爷子高兴。"

唐煌："那你也得悠着点儿呀！"

王站长："这不说顺嘴了吗？我说唐先生，这要露了馅儿……"

唐煌："不行！你说有艺校，那就抓紧办一个。应应急就成。"

王站长："我的老娘啊！你说得容易，拿啥办？这个文化站今年的经费还欠着呢！"

唐煌："得得，别跟我哭穷。钱我出，可人跟地界儿得你负责找。"

王站长："中！有钱，别的啥都好办！"唐学斌在前边喊："哎，你们俩在那儿磨蹭啥呢？"两个人答应着赶上前去。

27. 一组短镜头

王站长连夜找人，把文化站的办公室腾空。

他们从小学校拉来桌椅，找来黑板。

木匠忙着做牌子。

粉刷、油漆，不亦乐乎……

以上伴以常维润评书风格的画外音——

"瞧瞧瞧瞧，你说这叫什么事啊！这不纯粹是欺负老爷子吗？虽说也算是一片好心——可那谁说了：这算啥呀！有那胆儿大的，连联合国派来的大官还照骗不误了。那年——哎哎，打住打住。咱就说唐学斌的事，别扯远了……"

28. 文化站　日

这里很快地被改造一新——新油漆的牌子上五个大字"武二郎艺校"，屋里一边挂着黑板，一边不知从哪儿弄了块大镜子。还贴着"热烈欢迎老艺术家唐学斌爷爷光临指导！"的大标语。十来名小学生都穿着印着校名的新T恤衫，坐在小板凳上，挺像那么一回事儿的。

唐学斌被王站长等陪同走进来，外面还聚了些看热闹的乡亲。

女站员临时当了教师，指挥学生起立、敬礼。

同学们："唐爷爷好！"

唐学斌乐得合不拢嘴："好，俺好着哩。小朋友们好……坐下坐下。孩子们，今天啊，俺特别高兴，俺得谢谢你们，谢谢家乡的父老乡亲。谢啥呢？俺感谢你们办了这个学校，让咱民间艺术后继有人，发扬光大。俺，俺给你们大伙鞠躬了……"

他恭恭敬敬地站立鞠躬，自己已经激动得热泪盈眶。接着，他亲自从随身带来的纸箱里捧出那个奖杯放到讲台上。

唐学斌："孩子们，俺来了，也没啥表示的，我把这个奖杯送给你们了。你们看，这杯上写的什么呀！"

同学们："终身成就奖。"

唐学斌："对，这是组织上给俺的鼓励。终身，就是一辈子，俺这一辈是过去了，你们的一辈子才刚开始。看着这个奖杯，你们得记住，干这一行，学说武老二，有出息，有前途，有成就。孩子们，你们说对不对呀？"

同学们："对——"

唐学斌："要说俺这一辈子，那可不容易呀……"唐煌的手机响了，他取出来，朝外走去。

29. 文化站外　日

唐煌在打手机："喂，是我。哦，妈呀，我爹挺好的……什么，您说什么？错啦？"

30. 北京唐家客厅　日

郭瑞珍在打电话："……对对。是给楼下常老爷子的，送错了……不，不是他要，是文联来人了，道歉，说要把杯收回去……啊，我跟他们说了，可你们也得快回来……什么？他把杯送人啦？这老头子……"

31. 文化站外　日

唐煌在打电话："……好，事到如今，您埋怨有什么用？好，我知道了，想办法呗。"

他收了电话。

王站长走过来："唐先生，出了什么事啦？"

唐煌："没，没什么。"

王站长："唐先生，老爷子讲得真好。哎，我说，就冲着老爷子赠送奖杯的这份情意，我们这个艺校还真该办下去……"

唐煌："办，办！倒上酱油醋好好拌吧！"

王站长大瞪着眼看他。

32. 文化站　日

唐学斌仍在跟小学生讲话："……孩子们，你们知道爷爷唱了一辈子的武老二，最难忘的是哪一次吗？"

同学们："不知道。"

唐学斌："嘿嘿！可不是不知道，俺还没说呢！那是在抗美援朝的前线上。首长说，部队马上就要开上去跟美国鬼儿真刀真枪地干啦！让俺们给战士们说上一段带劲儿的，就当是政治动员呢！说句心里话，说书俺从来没怯过场，可做政治动员？俺的娘哎，这责任可就大啦！……"

插入 XIX

抗美援朝前线，简易舞台的后台。

唐学斌年轻的脸。一双手在为他涂脂抹粉。画外是震耳欲聋的口号声，集体唱歌声……

镜头拉开，唐学斌正在简易的露天舞台一侧准备登台演出，一位女文工团员为他补妆。也许是第一次在"万人大舞台"亮相，他显得非常紧张。

苗光普在一旁为他打气："……首长让你战前动员，那是对你的信任。只要你把武松打虎的'精气神'演出来，就算成功了一多半！"

唐学斌的双腿微微抖动着："另外一小半靠谁？"

苗光普："靠气氛呀！你听，这口号喊得，地动山摇。"说着，伸出双手，小心扶住唐学斌的腿，"打住！别跟踩着电门似的。"

负责催场的同事跑来："快快，开始了！"

唐学斌伸手："板儿！我的板儿！"

苗光普急忙把板儿递过去。唐学斌朝他笑了一下："……看得出来是笑吗？"

苗光普认真地："猛一瞧是。"

唐学斌："仔细瞧呢？"

苗光普："仔细瞧不如猛一瞧！"说着，双手用力一推，将唐学斌推向舞台。

插入 XX

舞台上。唐学斌大步登台，刚才的紧张感一扫而光。多年的舞台实践使他养成一亮相便兴奋的状态。尤其是面对"人山人海"的志愿军战士，一股钦佩之情油然而生。他敲响鸳鸯板儿，用目光和战士们交流。

掌声。

唐学斌开始表演

闲言碎语不要讲，
表一表好汉武二郎！
那武松学业拳到过少林寺，
功夫练到八年上……”

插入XXI

舞台一侧。苗光普和团员们专注地向舞台看去，低声议论着。

插入XXII

舞台前。镜头从战士们脸上——滑过……唐学斌的声音——

……这只虎高着足有六尺半，
长着八尺还硬棒。
前蹿八尺惊人胆，
后坐一丈令人忙。
身上花纹一道挨一道，
一道黑来一道黄。
血盆口一张簸箕大，
俩眼一瞪像茶缸。
脑门上边有个字——
三横一竖就念‘王’！……

插入XXIII

舞台上。唐学斌大汗淋漓地在表演：

……那武松抡起哨棒他就打，
哨棒担在树杈上。
就听“喀嚓”一声响，
手里还剩尺把长。
这只虎一连三下没有扑着人，
只听得“喀嚓”一声响耳旁：
(白)怎么？要揍我呀！我要吃不了他，倒叫他揍了我，这多不上算……
这只虎往前猛一蹿，
大转身又奔好汉武二郎。
这武松急中生智往后退，
老虎扑倒地当央。
这只虎离武松还有尺把远，
武松一见喜得慌。
这武松八步赶蟾忙按住，
两只手掐住虎脖腔。
两膀用上千斤力：
“嗯！”把老虎摁倒地当央。
这只虎一扑没有扑着人，
就觉摸着脖子上边儿压得慌。
(白)老虎没吃过这个亏呀，它不干啦！把前爪一按地——
老虎说：“我不干啦！”
武松说：“你不干可不行啊！”
老虎说：“我得起来呀！”

武松说："你先将就一会儿吧！"
老虎说："我不好受哇！"
武松说："你好受我就完啦！"

插入XXⅣ

台下。军长、政委和战士们开怀大笑……

插入XXⅤ

舞台一侧。苗光普和其他演员兴奋地鼓掌。

插入XXⅥ

舞台上。唐学斌的表演临近尾声——

……好武松拳打脚踢这么一阵，
这只虎鼻子眼里淌了血浆。
武松打死一只虎，
留下美名天下扬。
美国鬼儿他也是一只虎，
咱志愿军就是打虎的武二郎。
打虎就要往死里打，
缓过气来它把人伤！
俺唱到这里算一段，
下一回咱庆功大会再接上！

话音刚落，会场上响起雷鸣般的掌声。上万名战士起立、欢呼……唐学斌频频向战士们鞠躬、谢幕……气壮山河的口号声……现实中的掌声融入。

33. 文化站教室　日

孩子们的鼓掌中，唐学斌又像当年演出时一样兴奋了。

唐煌走过来，把一杯水递给父亲，小声地："爹，悠着点儿。"

唐学斌瞪了他一眼，喝了口水："孩子们，俺说得不少了，现在请听你们的了。你们谁给爷爷唱一段听听啊？"

小学生们你看我，我看你。

"女教师"指了一个男孩，让他演唱。

男孩站起来鞠了一躬。他显然是临时学了这么几句，结结巴巴地："当叮个当，当叮个当！闲言碎语不要讲，表一表英雄好汉武二郎。当叮个当。二武松……"

唐学斌："等等。孩子，你的板儿呢？"

男孩大瞪着眼睛："啥板儿？我不知道。"

唐学斌："不知道？怪不得你拿嘴在那儿'当叮个当'呢？老王……"

王站长尴尬地："唐老，我们，我们这艺校才开始办……"

唐学斌怔了片刻，叹了口气："没啥，没啥。开始了，就好啦，有今天这个开始，就不愁没有明天……"他从怀里掏出板儿来，"孩子们你们看，这叫鸳鸯板，是咱唱武老二的命根子。这板儿是这么拿，这么打……"

他认真地对孩子们示范着。

一位老乡亲走来，对唐煌低声说："唐先生，那还有几位老同志来找您。"

唐煌又是一怔："天哪！又出什么事儿了……"

34. 文化站的另一间办公室　日

唐煌匆匆走进——原来是那三位老战友风尘仆仆地赶来了，坐在那里。

唐煌："是你们呀！我说三位大叔大婶，你们怎么也来啦？"

老战友们争先恐后地嚷嚷开了：

“老唐得了奖杯，怎么不告诉我们一声儿？这就不对！”
“还一个人跑到老家躲起来，这更不对。”
“对！这是……”
“哎，你怎么跟我抬杠？他哪点儿对？”
“别打岔。我说你对，不是他对。”
“那你说清楚点儿呀。”
“我说啥呢，让你一搅，都忘了。”
唐煌忙插进来：“叔叔们，你们听我说。这事啊……”
老战友们又一齐说起来——
“你呀，就不用替他解释了。”
“其实这事儿我们都明白。他得奖，我们大家都光荣。”
“没错，他是我们的代表，旗帜！”
“对！咱部队曲艺工作这杆大旗，还得他给撑起来。”
“所以，我们一商量，就赶了来。”
“毛主席说，只争朝夕。”
“对，这大奖赛要办，就得快点儿办……”
唐煌叫起来：“停！我说，错啦！……”
老战友们一怔：“错啦？我们怎么错啦？”
唐煌：“不是您几位错了。这事儿啊，从根儿上就错了……”
突然，唐学斌的声音在他背后响起来：“咋啦，你小子说谁错了？”
唐煌一回头看见他爹，张口结舌地：“这……爹呀，谁都没错，是，是我错了……”
老战友们一起叫着围上来。
唐学斌：“哈哈！你们都来啦？刚才俺怎么听见说，要搞啥大奖赛啦？”
老战友们仍是争先恐后地——
“是啊，咱这快书要发扬光大！”
“借你终身成就奖的东风，把这杆人旗举起来！”
“我们琢磨着，得把你天南地北的那些徒弟们都找来，咱们好好地造一造声势……”
唐学斌：“好好，这个主意好。咱们好好商量商量……”
他们凑到一起热烈交谈，只有唐煌抱着头蹲在一边。

35. 一组短镜头

转动的汽车车轮。
汽车上，唐学斌和他的老战友们热烈地讨论。
转动的火车车轮。
列车上他们仍在讨论，一直沉浸在兴奋之中。
开动运转的印刷机。
一张张的“唐学斌杯山东快书大奖赛”的海报。
海报贴在唐学斌的客厅墙上。这时屋里的人进出忙碌着，俨然是一派大赛筹备处的气势……
伴以常维润评书风格的画外音——

“乱啦，全乱了套啦！大奖赛，还唐学斌杯！就那个杯呀？他老伴还来找我解释，怕我硬要把杯抢回去。我说，放心吧，我才不稀罕那玩意儿呢！终身成就奖，那就是说你这辈子到头了，再没戏了，没给你们老唐，那是他还没坐轮椅呢！没用，人家不听。最有意思的是他那几位老战友，嚯，比他本人还兴奋呢！你看他们那个忙乎劲儿吧……”

36. 唐家客厅　晚

老战友小何在用免提拨电话。

铃声后，响起一个女声："主人不在家，听到嘀的一声……"

小何挂机，气愤地："哼，又是这套。烦！"

老罗："那你就再给他留个言。"

小何："没用！上礼拜我就留过了，到今儿都没信儿。"

老罗："唉，如今这些腕儿啊，都这样。"

大郭："啥腕儿啊！当初不就是个流清鼻涕的小破孩儿吗？没咱老唐教他，能进部队文工团？好，如今演过俩小品，了不得啦！一个个的都牛逼得……"

小何："你少说两句吧！咱们搞这大奖赛，没有几个他们这种脸儿熟的撑着，还真不成。"

老罗："是啊，你再打他手机试试。"

大郭："没用，准是又关机。"

老罗："试试呗，万一……"

小何拨号，电话接通了。

小何："嘿，还真通了！"

电话中传来一个女声："喂！"

大郭："错了吧？怎么成女的啦？"

女声："请问您是哪位？"

老罗："我们找牛大腕儿呀，您是——"

女声："有话请讲，我是牛先生的经纪人。"

大郭嘟哝："牛啥呀，还经纪人……"

老罗忙示意他住口。

小何："哦，我们是唐学斌杯山东快书大奖赛。想请牛先生……"

女声："对不起，你们传真的文件我们看了。牛先生非常支持你们的活动，不过根据他安排好的档期，实在是抽不出时间出席。只能抱歉了……"

小何："哦，是这样，你们能不能……"

大郭按断了电话："甭跟他废话了！缺了他这个臭鸡蛋，咱还不吃打卤面了！"

老罗取出一张表，又在一个人名下画了个记号——可以看到这样的记号几乎都快画满了。

他摇着头说："瞧瞧，你说缺了鸡蛋能打卤，可你看哪，要是黄花菜、木耳、香干、猪肉，什么都缺，咱这打卤面可就悬啦！"

小何："唉，你说如今这人怎么都这样呢？"

唐学斌和老伴走了进来，接过话茬："怎么啦？如今的人都怎么啦？"

小何："没什么，挺好。你们回来啦？大褂做好了吗？"

郭瑞珍："得了。本来还得两天，这不使劲催人家师傅，硬是给赶出来的。"

大郭："快穿上试试，看合身不？"

众人忙乱着帮唐学斌换上新大褂，又前后打量着，评头论足。

这时，传真机上响起信号，小何过去接收。

大郭过来问："谁来的？"

小何摆摆手，把传真递给他看。

大郭："得，又一个臭鸡蛋！咱这打卤面……"

唐学斌在一旁："你们想吃打卤面啦？瑞珍，快买面条儿去！"

郭瑞珍："哎呀，你就别跟着操这份心啦！"

老罗："对对。老唐，快到里屋歇着吧，养精蓄锐，你现在是咱的重点保护对象。"

唐学斌："哈，俺成大熊猫啦？"

唐煌也走进来，接着说："差不多吧。爹，您回屋吧。"

他们扶着唐学斌进了卧室。

37. 卧室 晚

唐学斌在床上翻来覆去的，嘴里喃喃地数着段子。

外面响起隐隐的雷声。

他翻身起来，到窗前张望着——天阴欲雨，黑沉沉的天空不时有闪电划过。

他关上窗户——外间屋里的议论声传了进来。

他向外走去。

38. 客厅 晚

人们都聚在这里，压低声音说着。

小何指着那份名单："……你们看，这些都是老唐的徒弟们。除了找不着影儿的，一共是二十三个。这三个出国了，这个、这个、还有这个，说是在拍情景喜剧，实在抽不出时间。这位说病了，住院呢。这两家的电话一直没打通……"

郭瑞珍："嗨，你就说，能来的有几个？"

小何："不多。这几个画圈儿的，说尽量来参加，到时间再定。这个、还有这个，说一准能来。"

大郭："嗨，他们可不是能来。自从跟老唐学完了就改了行，没上过台。如今下岗了，闲着没事儿……"

郭瑞珍："哦，那么说，凡是出了点儿名的都不能来？"

老罗："差不多吧。他们都忙……"

大郭："忙，忙！都钻到钱眼儿里忙去了！"

唐学斌在门口听着，神情黯然。他想走过来说什么。又停住了脚步。

唐煌："唉，你也别怪他们，大伙儿都不容易。"

老罗："你联系场地的事怎么样？"

唐煌："也没戏。一张嘴就是钱，场租、水电……"

郭瑞珍："你没跟他们说，咱这不是商业演出。"

唐煌："我能不说吗？弘扬民族文化，促进……"

大郭："他们怎么说？"

唐煌："人家说，这些跟他们无关，你拿出红头文件也没用。"

一片唉声叹气……

唐学斌听着，转身回了卧室。

39. 卧室 晚

唐学斌坐在床头，喃喃自语："……咋回事儿呢？俺这点艺术真就过了时了，没人要了？不能，不能啊！"

插入 XXVII

【衔接插入 XVIII】老家的田间，雨。

郭瑞珍搀扶着浑身泥水的唐学斌，沿着乡间土路走来。

一辆军用吉普车开来，停在他们面前。

唐学斌站住了。

三四名军人下车，为首的像是一个职位很高的人。

那人迎着唐学斌一步一步走来："唐老师？"

唐学斌眯着眼睛，仔细辨认着……

来人摘下军帽："师傅，我是小万！您的徒弟——万福来呀！"

唐学斌吃惊地张着嘴，半天才挤出一句话："……你——还活着？"

插入 XXVIII

师部大礼堂。傍晚。

观众席里黑压压坐满指战员……

此时已是师长的万福来站在话筒前，向全师官兵介绍着唐学斌："……我能活到今天，全靠师傅送我的一副鸳鸯板儿！我把它珍藏在这儿。”指心口，“要不然，前胸早叫敌人的炮弹打穿了！”转脸向唐学斌敬了一个军礼，“您就是我的救命恩人哪！”

全场爆发出热烈的掌声……

唐学斌想还礼，右臂刚刚抬起，想起自己已经脱去军装，急忙鞠了一躬：“……不敢，不敢！我现在是——”

万福来抢先说道：“您过去是我的师傅，今天同样是我的师傅，将来，仍然是我的师傅！”

礼堂里再次响起热烈的掌声。

万福来：“下面，就请我的师傅——山东快书大师唐学斌同志，为我们表演节目，好不好？”

掌声，上千人同时喊出“好”字。

唐学斌嗓音嘶哑地：“我……能说哪段？满肚子都是‘封资修’……”

万福来：“就说《武松打虎》！现在战士们最需要一不怕苦、二不怕死的打虎精神！”

唐学斌双目直直地盯着万福来：“你敢肯定，《武松打虎》不会给你带来麻烦？”

万福来肯定地：“武松连死都不怕，还怕麻烦？你是说武老二创下的牌子，这块牌子啥时候也不能躺下！”

唐学斌深吸一口气，稳了稳情绪：“打虎就打虎！”

说完，唐学斌走到话筒前，深鞠一躬，从容地敲响鸳鸯板儿。

突然，“叭”地一声响，舞台上的灯光全部熄灭。

一名参谋跑来：“师长，停电了！”

万福来果断地：“点蜡烛！”

参谋：“那扩音器——”

舞台上传来唐学斌现抓的包袱：“听说武松要打虎，吓得灯泡儿都憋了！”

台下“轰”地响起一片笑声……

黑暗里再次响起鸳鸯板儿清脆的击打声

……这只虎“哞儿”地一声扑过来，
直奔好汉武二郎。
武松喊声：“好厉害！”
急忙闪身躲一旁。
武松闪身躲过去，
老虎扑倒地当央。
老虎一扑没扑着人儿啊，
心里不住暗思量：
（白）耶！人儿哪去啦？
往日里吃人没费这么大的劲儿，
今天为的哪一桩？
它以为来的还是平常人哪！
哪知道来了好汉武二郎……

说书声中，观众席里亮起一片烛光。

战士们手举蜡烛，聚精会神地看着唐学斌表演。温暖、摇曳的烛光，照亮了一张张战士的脸庞……

40. 卧室 晚

唐学斌一拍大腿，站了起来：“对，俺找他，找他！他是俺的好徒弟，他准有办法……”他拉开拉屉翻找着，找到一个电话本，翻着，“万福来，万师长，万副政委……哪儿去了？这个……咳，不对！”

他把电话本儿扔到一边，开始凭记忆拨打电话号码：“……万副政委吗？……什么？八一剧场。”放下电话，认真地想了想，又开始拨号码，“福来，俺是老唐——错了？你是哪儿？”又放下电话，自言自语地，“剧场后台……82……？83……？对！”再次抓起话，拨号码，“对了，这回没错！福来在家了吗？是俺，老唐呵。俺想求他一件事……什么，走了？去哪儿了？去哪儿你们也得找找啊！……不回来了？不——”猛地，他举着电话，张着嘴，一动不动地僵住了，“……对不起，俺不知道。真的，刚刚才听说！”

他无力地放下电话：“走了？怎么说走就走了？也没人告诉俺……”

他起身，猛地推开窗子。

室外，电闪雷鸣，大雨倾盆……

一阵雷声，唐学斌的眼泪流下来。

他的目光直勾勾地望着风雨……

41. 客厅　傍晚

小何：“……说了半天，到底怎么办呀？”老罗：“你问谁呀？这不……”忽然，卧室传来“咣当”一声。众人起身跑去。

42. 卧室　傍晚

唐学斌瞪着眼睛正在那儿运气，脚下有一个摔破的茶杯。

唐煌：“爹，您这是……”

唐学斌吼着：“怎么回事情？万福来，万副政委去世了，为什么没人告诉俺？啊？……俺问话呢，听见没有？当俺是聋子？是废人？……好吧，骗吧！蒙吧！俺现在声明，俺绝食啦！”

43. 餐厅　晚

全家人围坐在餐桌前，都耷拉着脑袋，默不作声。

片刻，唐煌慢慢站起身：“唉，这事儿是我做的决定，我去赔不是吧。”

44. 卧室　晚

唐学斌背对房门，望着窗外出神。

唐煌走进来：“爹，都是我的错。你想骂，就骂我两句吧，扇耳刮子都行。”

唐学斌仿佛没有听见，一动不动。

唐煌把一封唁电放在父亲身边：“爹，我们也是为您好！万叔叔离休后身体就不好。上个月……爹，我们真是怕你心脏承受不了……”

唐学斌依旧不语。

唐煌：“……接到消息，我们当天就送去了花篮、花圈。追悼会那天，妈妈领着全家人都去了……”

这时，郭瑞珍端着一碗热汤面走了进来：“吃吧！趁热……”

唐学斌转过身来——他的脸上挂满泪痕。

一时，屋里人不知道说什么好了。

45. 卫生间　傍晚

唐学斌来到洗脸池前，摘下毛巾，打开水龙头，开始擦脸上的泪痕。

唐学斌喃喃自语：“……又下雨了。这才几年啊？那年的雨下得真大，长江、淮河都发了大水，惊涛骇浪啊！俺这个老兵上了前线，那是你——小万，万福来，万副政委，亲自派直升飞机把俺接去的。那阵势，千军万马，真动人啊！咱们真像又回到了抗北援朝的枪林弹雨啊……”

水龙头开得很大，水流落到池子里，唐学斌的衣服溅湿了。

镜头向飞溅的水花推去……

插入XXIX

抗洪前线，夜，风雨中。长江堤防上的前线指挥部前。

直升机在帐篷前的空地上徐徐降落，发出震耳欲聋的轰鸣。螺旋桨掀起的巨大旋风，把四周的积水搅得漫天飞舞……

风雨中，战士们迎上来，在他们身后的标语牌上，写着：“誓与大堤共存亡”等口号。

在郭瑞珍的搀扶下，唐学斌出现在机舱门口。

披着雨衣的万福来将军迎上，伸手去接唐学斌。

战士们纷纷跑至机舱门前，争先恐后地向唐学斌敬礼、握手。

万福来和唐学斌的头凑到一起，吃力地交谈……

直升机的巨大轰鸣掩盖了一切。我们听不见他们说什么，只看见一双紧握的手，唐学斌使劲点头答应。

直升机又起飞了……

插入XXX

飞行的直升机上，唐学斌打着鸳鸯板，充满激情地演唱着——

画外，唐学斌的声音——

"……那天，你说了，唱吧，师傅。这大堤上成千上万的战士，都看着你，都想听你的武老二呢。俺说，俺唱了一辈子，还没有在飞机上唱过呢！这回俺唐学斌的腕儿呀，可真算是扬到天上去啦……"

长江大堤上近万名雨中站立的解放军战士，他们举着火把，仰看着空中缓缓飞过的直升机。

直升机上演唱的唐学斌热泪盈眶。

千里堤防，军民并肩抗洪的战斗场面气壮山河……唐学斌的声音："对，就这么干，就这么干……"

46. 客厅 晚

唐学斌跨着几乎是检阅的步伐走了进来。

老伴、儿子和老战友们都吃惊地看着他。

他咳了一声，语气严肃地："咳！你们都听好了，俺现在要做出一个重大决定。"

众人互相看看。

唐煌："爹，有什么事儿，你说。"

唐学斌："你们，给俺那些没出息的徒弟们，发、唁、电……"

人们一吓，炸了："什么！唁电？谁死了？"

唐学斌："俺！"

郭瑞珍跑过去："老头子，你，你又……"

唐学斌推开她："俺啥事儿没有，好着呢！……他们不是都忙吗？大赛来不了，告诉他们，俺死了！看他们来不来？"

47. 一组短镜头

邮局的自动出检机，一大叠白色信封快速划过——

电视剧拍摄现场，化妆成县官的唐学斌徒弟接到唁电。

电视台的排练厅，正在排练小品的唐学斌徒弟接到唁电。

饭店包间，正在与人碰杯的唐学斌徒弟接到唁电。

家庭，正为孩子辅导功课的唐学斌徒弟接到唁电。

海滨沙滩，正在晒太阳的唐学斌徒弟收到唁电。

他们各自的表情——惊讶、悲痛、歉疚……

伴以常维润评书风格的画外音——

"我说唐学斌啊唐学斌，你可真有出手的绝活儿啊！你还别说，这招儿还是真灵，那些什么星儿啊、腕儿啊的，这回都有空儿了，齐齐地都到了。还都是痛心疾首，悲恸欲绝，个个都是孝子贤孙的样子。哎，您可千万别误会，他们可百分之二百是真情实感，没一个是装出来的——那位说了：得了吧！真有这份儿心，早干什么去啦？——您还真别这么说。一码是一码，要不老话儿怎么说，活着不孝，死了孝呢？"

48. 小礼堂门前 日

一大片各种牌号的轿车停着，蔚为壮观。与此相媲美的是更多的花圈、花篮，一律都是鲜花。

唐煌在门前迎接。来吊唁的徒弟们一个个低着头，鱼贯入场。他们挨个跟唐煌握手，真挚地说着——

"真想不到，师傅他老人家……"

"节哀，保重啊！"

"师娘没事吧？有事找我，别客气。"

"没想到，真没想到，这怎么话儿说的！"唐煌一律是点头致意，哑着嗓子说："谢谢，谢谢……"

49. 礼堂内　日

舞台上深色的幕布拉得严严实实，只见一条横幅，黑底白字：“怀念老艺术家唐学斌同志”。

场上没有座位，所有人都站着。在稍显昏暗的光线中，人们缓缓移动，握手寒暄。说话的声音都压得很低，只能在一片模糊的声音中听到叹息和偶尔的抽泣。

50. 礼堂外　日

门前，人流已稀。

小何走来，对唐煌：“人到得差不多了吧？”

唐煌：“嗯，该来的都齐了。”

小何：“那就开始吧，老头儿都不等不及了。”

唐煌：“好。我爹他怎么样？这两天，我看他整宿地睡不着，怕他身体顶不住。”

小何：“他说没事儿。今天，我看他像特别精神……”

51. 礼堂内　日

一束追光亮起，唐煌出现在幕布前。

议论声停了，全体肃静地看着他。

唐煌对大家深深地鞠了一躬：“非常感谢诸位光临。在座的大多是我父亲的学生和朋友，您们都很忙，我们不想多耽误大家的时间。现在，我父亲有几句话要跟大家说……”

台下的人们互相看看，惊疑地交头接耳。

唐学斌的声音从紧闭的幕布后面传出来：“你们都来啦？……”

台下有人吃惊地低呼，接着鸦雀无声。

唐煌消失在幕布中。

唐学斌的声音：“……来了好啦，咱们都好些年不见了，你们之间八成也不常见面。借这么个机会，大家伙聚一聚，也是好事嘛！……”

台下的人听着，表情各异的互相观望。

唐学斌的声音：“……那个大奖赛嘛，其实也就是这个意思。你们都忙，俺知道，俺理解，理解万岁么！忙啥呢？演出、生意、挣钱。挣钱也没啥不对的，可就是别把不该忘的给忘了。啥是不该忘的呢？那就是咱的快书，咱老祖宗留下的传统艺术，好玩意儿。还有就是老百姓，咱的衣食父母，咱的观众。要忘了他们，就不是俺的徒弟，俺不认他。照老年间说，你那叫欺师灭祖呢！”

台下的人听得耸然动容。

唐学斌的声音：“你们别烦，俺说的这都是大实话。俺这一辈子没别的，说了一辈子快书，当了大半辈子兵，成就呵啥的，那都没有用。俺就一句话，俺这一辈子活得值了。要是再活一辈子，俺还要当兵，还要说武老二！”

台下有人叫着：“师傅！师傅！”

唐学斌的声音：“好，俺听见有人叫俺了。俺没旁的，再给你们说段儿书吧。还是打虎，咱掐头去尾。就唱最精彩的……”

鸳鸯板的声音又响起来。

所有的人一下子全都呆若木鸡……

52. 舞台　日

大幕一下拉开，唐学斌精神抖擞地站在舞台的灯光中。

惊叹，静默，接着是一片掌声。唐学斌演唱起来

这只虎往前猛一蹿，
大转身，又奔好汉武二郎。
武松一看这次来得更是猛，
心里话再躲恐怕被它伤。
这武松急中生智往后退，

“噔噔噔”退出十步不让。
武松退了十几步，
老虎扑倒地当央……

53. 舞台侧面　日

唐煌、郭瑞珍、老战友们还有王站长等人都在这里。他们不错眼珠地盯着台上，兴奋透着些许紧张。

54. 舞台　日

唐学斌表演继续，精彩异常——

这只虎离武松还有尺把远，
武松一见喜得慌。
这武松八步赶蟾忙按住，
两只手掐住虎脖腔。
两膀用上千斤力：
“嗯！”把老虎摁倒地当央。
这只虎一扑没有扑着人，
就觉摸着脖子上边儿压得慌。

55. 台下　日

徒弟们聚精会神地听着，一派深受感动的神情。

56. 舞台　日

唐学斌正演到那段著名的精彩道白——

老虎它没吃过这个亏呀，它不干啦！老虎把前爪按地，它往上一拱，哞——它说：“我不干啦！”武松两膀用力，往下一压，“嗯！”他说：“你不干可不行啊！”……

这时他已经是满头汗水，真的气喘吁吁。可他仍坚持演着，所以显得异常的生动——

老虎说：“我得起来呀！”武松说：“你先将就一会儿吧！”老虎说：“我不好受哇！”武松说：“你好受我就完啦！……”

突然，他脚一软，跪在了地上。嘴里喃喃地：“……我就完啦，就完，就完啦，完啦……完……”

人们先后反应过来，叫着扑了上来。

众人搀扶下的唐学斌已是气息奄奄，手颤抖着，鸳鸯板发出轻微的叮当声。

人们纷纷呼唤着。

鸳鸯板从唐学斌的手里滑落下去。

静。一切音响消失。

一个鸳鸯板翻滚着向下滑落……

另一个鸳鸯板也在翻滚着滑落……

一个鸳鸯板落地，又弹起……

另一个鸳鸯板落地，弹起……

两块鸳鸯板缓慢地落地地板上，静静躺着……

以上伴以常维润最后一次评书风格的画外音——

“唉——也不知道是假戏真做呢，还是真戏假做，反正是一个弄假成真了……哎，等等。这个唐学斌，他真的能就这么走啦？不对吧，你听，这鸳鸯板怎么又响上啦……”

轻轻地，鸳鸯板的声音又响起来，由远而近，由远而近……

——剧终

（与王承友、李平分共同创作）

·电 影·

在那美丽的地方

时　间　当代。

地　点　某城。

人　物　王实：男，新闻摄影记者，四十多岁。
千鹅：女，月湖村村民，三十多岁。
村长：男，月湖村村长，五十多岁。
娥儿：千鹅女儿，十岁左右。
哑女：月湖村村民，三十岁左右。

01. 高速公路　日　外

一辆吉普车飞速地行驶着，这是一辆改造后的越野吉普，车内有办公桌、床等简易的生活设施。看得出这是车主王实生活、工作的特殊空间。王实今天心情十分焦躁不安。高速两旁的路牌、路标一闪而过。他时而看表，时而在倒车镜中看看自己。

王实从药瓶中取出几片药，用矿泉水喝了下去了。车刚刚驶过人字路口，他一脚踩住刹车，抬头看看路牌，辨认出自己走错了方向。急速倒车，险些与后来的一辆卡车相撞。

卡车司机将头探出车外大呼。.

司　机　高速路上倒车，你他妈不要命了！
［王实没有理睬，倒过路口，加大油门，向前驶去。

02. 公路　日　外

吉普车离开高速公路，在崎岖的山路上盘旋着。王实显得极度疲倦，神情带着几分恍惚。他看到前方急转弯标志，脚下并没减速，也没打动方向盘，在汽车轮距山崖只有一步之遥时，他踩住了刹车。

王实紧握方向盘，直勾勾地盯着悬崖。（闪回）汽车翻下山崖，王实的主观视线天翻地转。直至栽到沟底。从破碎的车窗外探进一个农民，他手中拿着带路的牌子。随后，被一片红色淹没了整个画面。

（闪回闭）

农　民　您需要带路吗？
［王实的回忆被话打断，他转头望去，看见手举引路牌的农民不知啥时爬上车窗。
王实盯着农民没有马上回答，过了一会儿他推开车门。农民兴奋地上车，王实倒车上路。

农　民　你这车开得够悬的，这儿经常出事。（王实没有理睬）开长途车就得有个说话的，要不然犯困。（王实看了一眼农民手中的牌子。上写“引路五元”）

王　实　过去带路不是两元钱吗？

农　民　现在啥不涨价啊，花五块钱买条命，值！

［王实对他的话，有些反感，他加大油门汽车下了土路。

03. 农村土路　日　外

农　民　我看你对这里的路比我还熟呢。（王实没有说话）那你的五元钱花得多冤啊。（王实仍没开口）你去大丘镇哪个村啊？

王　实　月湖村。

王实月湖村三个字刚出口，农民就显得十分惊慌。

农　民　那……那不是人去的地方，现在正闹瘟疫呢。

王　实　什么瘟疫？

农　民　闹不清，得了病就发烧，喘不上气来，就像瘟鸡、瘟鸭一样，死不少人了。前边就到了，停车，让我下去！

王　实　你怎么也要把我带到村口啊。

农　民　不行，今天是东南风，村头正是下风口，万一传上就麻烦了，停车！

王实把车停下掏出五块钱。

王　实　这钱你不挣了。

农　民　宁可不赚钱我也不送命去。

农民急忙跑下车。王实把钱扔出窗口。农民在风中边追钱，边嚷嚷着。

农　民　你看，我说是东南风嘛，今天风力还不小呢。

王实在倒车镜中看着那位农民在沸沸扬扬的尘土中匆忙逃去。

04. 月湖村村口　日　外

村民们聚集在村口，站在上风处注视着远方向的出殡队伍。没有更多的议论，惊慌中带着几分忧郁。树下几位老人。其中一位年过八十的长者，人送外号：棺材板儿。

棺材板　今年他多大年纪了？

甲　　　三十六。

棺材板　本命年啊。

乙　　　他老婆千鹅克夫，听说她嫁给大力前在别的村就克死一个。

甲　　　她不仅克夫，她简直就是个丧门星。自从她嫁到咱村，咱村就没得好。

棺材板　这是今年咱村走的第五个年轻人了。

甲　　　还都不如您棺材板能活啊。

［王实车停在村口，村民对于一个外乡人的到来感到十分惊奇，连家禽和狗都定神注视着。王实主动与村民打招呼，所有的人对他都十分漠然。王实来到树下两位老人面前。

王　实　大爷，我想打听个人？

［老人没有理睬。

王　实　赵大力家在哪儿？

［老人愣住了。

老　人　你找谁？

王　实　赵大力。人们听到赵大力的名字都有些异样，孩子们一哄而散，还边跑边喊。

孩　子　快跑啊，有人来找赵大力啊……

王　实　（自语）见鬼。

棺材板　你今天真的见鬼了。（他指着出殡的队伍）那席子里卷的就是赵大力。

［王实这才发现出殡队伍。

王　实　啊，谢谢！他上车追去。

05. 后沟　日　外

在通往后沟的小路上，四五个村干部戴着手套、口罩，抬着席筒，妻子千鹅和女儿娥披麻戴孝地跟在后面，她们没有哭声，没有眼泪，脸上只有无奈和惊慌。王实驾驶着吉普车从起伏不平的小路上赶来，他将车横在路前，拦住了送殡的队伍。王实下车。

王　实　哪位是村领导？

［村长不情愿地摘下口罩。

村　长　你有啥事？

王　实　请问死者是不是叫赵大力？

村　长　是，咋了？

王　实　他是怎么死的？得的什么病，去医院检查过吗，医生怎么说？

村　长　人都死尿了，医生还有啥用！

王　实　我是他的朋友，我希望你们告诉我他是怎么死的。

村　长　朋友？病的时候不来，人死了你来劲了，让路！

［王实没有闪开。千鹅，拉着女儿娥走到王实面前。

千　鹅　俺是他女人，这是他娃，俺不认识你。

王　实　请你告诉我，他到底得的什么病？

千　鹅　闪开，发丧的路上遇到拦路鬼不吉利。

［王实没躲，娥有些害怕，他拉着村长，轻轻地叫了声。

鹅　　村长爹。

［村长推了王实一把，发丧队伍绕车而行，看得出村长对千鹅母女非常呵护。

王　实　你们不能这样拿席子一卷就把人埋了。王实风风火火地跑到后沟，跳入刚刚为赵大力挖好的坑内。几个村干部把席筒也放进了坑。

王　实　我告诉你们，今天不告诉我他的真实死因，就别想入土！

村　长　这城里人真胆大，谁的坑都敢占。

［人们拿着铁锨站在那里不知所措地看着千鹅。

千　鹅　埋。千鹅的话音一落，在场的村干部像打了鸡血一样，把土埋在王实的身上，越埋越深，直到漫过胸口。王实站在那里仍是面不改色。村长拦住了村干部。

村　长　停。

［村干部放下了手中的铁锨。王实放声大笑，村长站在那里进退两难。千鹅抢过铁锨，发疯似的往王实身上填土，村长拉住她。

村　长　千鹅，埋过胸口，人就没气了。

千　鹅　我埋的是我丈夫，我管他有气没气。

［村干部们把王实强行拉了出来，王实取出相机，用镜头记录着下葬的过程。

王　实　我是记者，我要把你们的举动在媒体上曝光。

［王实驾车而去。

村　长　追！

［人们追赶王实，娥冲着赵大力的坟墓自语。

娥　　爸爸，你认识他吗？

06. 月湖村　日　外

王实的车被全村的村民紧紧围住。

村　长　今天你不交出照片，就别想离开月湖村！

［有人高喊：把他车胎的气放了，卸了他的车轱辘！人们一拥而上。

07. 月湖村山坡　日　外

山坡上尘土飞扬。王实的车胎成为孩子手中的玩物。轮胎在尘土中旋转地向山下滚去，孩子们在尘土中追赶。

08. 月湖村王实停车处　黄昏　外

王实的吉普车变成了三轮车，静静地停放在月湖村的村中央。虽说没有围观的人，可村民们都在自家的门前注视着。

09. 村民家院内　黄昏　外

村民丙　有动静没有？

村民丁　没有。

村民丙　他不吃不喝的，一个人在车里别再憋死。

10. 村民家墙头　黄昏　外

村民甲　出来没有？

村民乙　没，我一直盯着呢。

村民甲　白天还好说，晚上万一跑了咋整？

村民乙　跑得了和尚跑不了庙，三个轱辘咋跑呢。

11. 千鹅家　黄昏　外

千鹅在鹅圈中喂鹅，娥趴在圈门前注视着王实的吉普车。

12. 王实车内　夜

夜色降临，车外时而传来几声狗叫。王实透过车窗发现几个村民鬼鬼祟祟的在说些什么，然后顺着小路向村子的延伸走去。王实觉得有些蹊跷。

13. 村路　夜　外

王实在漆黑的小路上向村长家摸去。

14. 村长家　夜　外

村长家门紧锁着，王实在那里等了许久。村长回来了，他对王实的出现没有一点精神准备，两人进屋。王实发现村长脸色苍白，手背上有刚打完针的针眼和棉球。

王　实　身体不舒服？

村　长　啊，……感冒了。显得有些慌张，他扯下手上的棉球扔掉。王实看到了村长老婆的遗像。

王　实　这是大嫂吧？

村　长　啊，对。

王　实　你是村长，你一定要帮助我查明赵大力的死因。

村　长　人都入土了，怎么查？

王　实　破土验尸。

［村长急了。

村　长　胡闹，咱这里的老百姓最怕破风水，老祖宗的坟都不能轻易地挪，还验尸，你不是找死吗？

［王实从兜里掏出胶卷，放到村长面前。

王　实　你不是要这个吗，给你，我保证这件事不向外声张。只要你不站出来反对，家属那边我想办法。

15. 棺材板家　日　内

王实从“棺材板”床下掏出一口棺材。做工精良，用料讲究。木板又光又亮。

王　实　这棺材做得真讲究。

棺材板　我五十岁那年就把它做好了。每年往上擦一遍猪油。一擦就三十多年，他们都笑话我。给我取了个外号叫棺材板。

王　实　人家都存钱防老，你咋存口棺材呢。

棺材板　这你就不了解了。这才叫真正地存财呢。

王　实　哦，存财。

棺材板　有它放在床地下睡觉都踏实，万一有个三长两短地，就不抓瞎啊。你知道三长两短是啥意思吗，（它指着棺材的底板和侧板）这是三长（指着两头的堵板）这是两短。王实望着眼前的“棺材板”，有些肃然起敬。

王　实　说个价吧，多少钱。

棺材板　不卖，这是我的命。

王　实　用上它命就没了，不用才长寿，五千元够不够。（说着掏出一沓钱，放在棺材板面前）

棺材板　（显得有些犹豫）我活这么大岁数，从没见过你这样的。

［王实微笑无语。我有急用。

16. 千鹅家　院　内

王实雇人把棺材抬到千鹅家门前。许多围观村民来看热闹。千鹅强压怒火走出房门。王实讨好地对着千鹅。

王　实　大嫂。

千　鹅　谁是你大嫂。

王　实　弟妹。

千　鹅　你别套近乎，我不认识你。

王　实　我和大力是朋友，不能看着他就那么埋了，我为他买了口棺材。

千　鹅　用不着，拉回去你自己用吧。

王　实　别误解，我是真心实意的。

17. 村口　日　外

一群人风风火火地走进村子，他们是大力外村的远房亲戚。

18. 千鹅家门前　日　外

千鹅家门前围得水泄不通。村民们对王实的无礼十分愤怒。

甲　送钱送礼没听说给人送棺材的。

乙　赶紧抬走吧，摆在这里多丧气。

众　抬走。

［大力的远房亲戚冲进院内，带头的是一个中年男人。他手持棍棒，气势汹汹的。

中年男人　不能抬。空财出门，必定死人。这不是咒我们老赵家吗？拿柴来，今天我就地把它烧了。

［不料王实一步跨进棺材。

王　实　要烧可以，连我一起。

［说罢，躺进棺内。在场的人被王实的举动震住了，中年男子一时也不知怎么才好。

千　鹅　闪开。（抬过棺材盖，狠狠地扣在棺材上）有种的，你就永远别出来，我守着你。

［这时村长赶来。

村　长　千鹅……

千　鹅　这是我家的事，我自己解决，没事的都请出去。

［这风水不好，人们渐渐离开了。娥在屋内趴在窗户上，注视着这口棺材。

19. 千鹅家门前　夜　外

天空电闪雷鸣，那口棺材静静地平放在那里。

20. 村长家　夜　内

村长翻来覆去睡不着觉，他穿上衣服，拿着雨伞，走出家门。

21. 千鹅家门前　夜　外

村长在雨中蹑手蹑脚地来到千鹅家门前，轻轻地敲动着棺材。里面没有反应，他挪开木盖，见王实在里面睡得正香。他又恨又气，推醒王实。

村　长　起来，快起来。到我家睡去。

王　实　我哪儿都不去，这儿挺好。

村　长　起来。

［王实仍然没动。村长有意识地把棺材盖掀掉，自己撑着伞站在一旁等着。过了一会儿，棺材进水，王实实在躺不住了，坐起身来。

王　实　你想干什么。

村　长　你不要知道大力的病情吗？

22. 村长家　日　内

村长和王实坐在炕上，王实换上村长的衣服，村长为他沏了一壶茶。

村　长　你真是个拧种。

［王实没有说话。

村　长　你这个人也是，和大力到底有什么关系。你怎么能追根问底咬住不放呢？

王　实　我就是为这事来的，拿不到结果我决不罢休。

村　长　（无奈地）你必须给我保密，不许让第二个人知道。

王　实　你说吧。有了结果我马上走人。

村　长　过去我在村里当过兽医，不管人还是牲口，有个大病小情的都来找我。乡下人皮实，有时吃点土药就没事了。这次大力病得很重，临终前，我带他去了躺正规医院，这就是它的最后诊断。（说着拿出一张诊断书）艾滋病。

［王实对这个结果似乎没有感到太大的意外，无望地接过化验单，自语。

王　实　真是这样。

［王实坐在那里发呆。门开了，千鹅手拿着铁锹，一身泥水地站在门前。门外雨下得很大。王实和村长似乎都意识到千鹅干了些什么。

千　鹅　（冲着王实）你不是想掘坟吗，我给你挖出来了。是报仇还是解恨，你随便吧，大不了你再杀他一次。

［雷声和闪电交织在一起，王实望着眼前的千鹅，感到她是一个不寻常的女性。

23. 大力坟前　晨

雨过天晴，月湖村的景色十分秀丽。王实一人默默地站在大力的坟前。坟包高了许多。

王　实　大力，我走了……

娥　　　昨天我梦见我爸爸了。他说你是个好人。

［不知啥时，娥出现在他的身后。

王　实　他还说什么了。娥摇摇头。

娥　　　后来他就拉着我妈妈走了。

［孩子这句话仿佛给了王实强烈的暗示，他的心里猛然一动。

24. 千鹅家　日　内

王实站在千鹅家的门口，千鹅在忙着家务。显然对这位客人很不欢迎。

王　实　你最好到医院检查一下。

千　鹅　我没病。

王　实　没病更好，查一下放心。大力的病传染性很大，尤其是夫妻。

千　鹅　传上更好，也省得人说他是我克的。

王　实　（吞吞吐吐的）你们平时怎么避孕？

［千鹅停下了手中的活。

千　鹅　你说什么。

王　实　就是说，你们夫妻性生活采取什么措施没有。

千　鹅　滚！

王　实　你别误会……

千　鹅　滚出去。

［千鹅把王实推出房门，没料到看热闹的村民早已候在门前，这使千鹅感到更无面子。

千　鹅　臭不要脸，滚……

［王实在众人面前无法辩解。

王　实　这是科学，你不查出结果我决不会离开月湖村。（说完离开）村民们议论纷纷。

甲　　　他到人家干啥去了？

乙　　　看人家爷儿们不在了，耍流氓呗。

25. 千鹅家　屋　内

千　鹅　（冲着娥）记住，他不是你爸的朋友，他是咱们家的仇人。

26. 村长家　日　内

村　长　（冲王实）你不是答应我知道结果就走人吗！

王　实　千鹅是离大力最近的人，有必要进行一下检查。

村　长　这是你干的事吗？你知道人家怎么说你吗？掘人家坟，踹寡妇门。你缺德呀！收拾东西赶快走人。

27. 千鹅家门前　日　外

王实在远处打手势招呼娥过来，娥没有理睬。王实在哑女小卖部买了一包糖果，试图吸引娥过来，娥仍然不为所动。周围的一些孩子蜂拥而上，把王实手中的糖果抢光。娥转身离开。

28. 村民家　日　内

轮胎顺着小路撞向吉普车。王实不知轮胎是从哪儿冒出来的，山坡上的孩子在笑着。

孩　子　滚蛋吧。

［王实有些无奈。

29. 千鹅家门外　日　外

王实在树干上系上了一根绳子，他推过那条轮胎，把轮胎吊到树上，做成了一个秋千。他坐在秋千上荡来荡去，秋千荡过墙头时，他可以看到娥在注视着他。

30. 千鹅家　夜　内

千鹅铺开被子，娥钻进，恋恋不舍地望着窗外的秋千。

31. 王实车内　晨　内

一缕晨光射入车内，王实从睡梦中醒来。车外传来娥的笑声，他顺声望去，娥正坐在秋千上开心地荡漾。王实拿出相机，用长焦拍下那张开心的笑脸。全村的孩子们好奇地看着。千鹅也欣慰地看着女儿。

32. 千鹅家鹅圈　日　外

鹅在哦哦地叫着，千鹅在喂鹅，村长走进。

村　长　千鹅。

［千鹅停下了手中的活。

千　鹅　村长。

［此时传来娥的笑声，村长和千鹅望去。见娥正荡着秋千。

村　长　这个城里人可真是个死皮缠，还把轮子挂树上了。他要不走咱村就没个消停。你可得多提防他点。

33. 月水湖畔　黄昏　外

风光秀丽，景色宜人。一群人手持猎枪在追打着天鹅。

34. 千鹅家门前　黄昏　外

王实和娥坐在秋千上，听着远处的枪声。

王　实　有人在打猎。

娥　　　打天鹅。

王　实　是啊，原来这儿天鹅很多。

娥　　　你去过月水湖吗？

王　实　去过。

娥　　我教给你一个儿歌吧，“天上有个鹅，地下有个鹅，鹅飞鹅跑鹅碰鹅”。王实跟着娥学着，儿歌由弱到强，和秋千一起在小村的上空荡漾着。

35. 千鹅家　日　内

王实带着两位医生走进，千鹅很意外。

王　实　这两位同志是县防疫站的，对不起，我代表大力为娥做了检验，很不幸，她得了和大力一样的病，千鹅愣住了。

医　生　这是检查结果。我们还要对孩子进行进一步治疗。

36. 村委会　日　内

千鹅发疯似地跑进村委会，一把抓住村长。

千　鹅　我求求你们，救救娥，救救我的孩子。

[千鹅跪在地下，不停地向村领导磕头。王实和医生追进。

医　生　你不要悲观失望，得了病也不是百分之百的没救，你要相信科学，正确面对，现在重要的是你也要去排查。

[千鹅歇斯底里地发泄着。

千　鹅　我不查，不查！

[转身跑去。

医　生　我们要求对患者要保持绝对的隐私权，我希望在座的不要把今天会议的内容透露出去，以免引起不必要的恐慌。

委员甲　这种病传染吗？

医　生　艾滋病是罕见的一种传染性疾病，它的主要传染渠道有三种：血液、体液、母婴传染。

[委员们坐在那里不知道该说些什么。

村　长　散会吧！

[委员们纷纷离去，只有王实、村长和医生没动。

村　长　唉，千鹅恐怕在这村里是待不住了。

王　实　不会，不是说好让大家保密吗？

村　长　你不了解俺村委会的特点，越是不保密的事传得越慢，越是保密的事传得越快。

37. 村路　日　外

一村委会委员离开村委会，顺着小道飞快地往家里跑，从自家后窗跳进屋里。老婆正在厨房做饭，吓了一跳。

老　婆　咋又跳窗户呢，村委会有啥新消息咋的？

委　员　快，把门关上。

[老婆急忙关门。

委　员　查出来了，赵大力和他女儿得的都是那种叫艾……的病。

老　婆　啥叫爱的病？

委　员　就是男女在一起胡来的那种最厉害、最丢人的那种怪病。

老　婆　这玩意传染吗？

委　员　传！闹不好，都是千鹅给他们传染上的。告诉孩子，千万别跟老赵家接触，另外保密啊，你的嘴别跟款灯似的，村委会不让往外说！

38. 村口　日　外

村民们聚集在村口，三人一堆两人一伙地议论着。

村民甲　咱村死了这么多人，闹了半天，这根在千鹅身上。

村民乙　这病叫个啥名字？

村民甲　爱的病，就是男女在一起得的病。在外国很多，千鹅是外村的，弄不好是她带来的。

村民乙　这玩意传染吗？

村民丙　咋不传染呢？据说不光人传染，连东西也传染，沾上死，碰上亡。

二　牛　那咋整的，我跟他住邻居。

村民甲　那你可得小心点，不是吓唬你，这东西穿墙都能过。

二　牛　我这不完蛋了吗？

39. 学校　日　外

同学们在教室内议论着。娥背着书包走进教室。

同　学　她来了。（同学停止了议论）

［娥要坐进自己的座位，遭到同桌男生的拒绝。她换了个位置坐了下来，同桌的女生挤到另一个座位上。同学们交头接耳。

同　学　你别挤我呀。

同　学　那她传上我怎么办？全班同学都挪桌搬凳与她拉开距离。

娥　（怯生生地）王叔叔说不传染……

同　学　胡说，你就是你爸传的，你爸就是你妈传的（同学一哄而起），走吧，你快走吧！我们不想和你在一起，你要是不走，我们就不上学了！

［娥委屈地哭了，她站起身向教室外跑去。

40. 村长家　日　内

王　实　丈夫是，孩子是。千鹅一定是。要尽快地向上级部门汇报，对千鹅进行检查。

村　长　查个尿。

王　实　你怕丢了官帽子。

村　长　群众选出来的村长算个屎，本来人们见到月湖村就绕着走，要是再声张出去我们就更没活路了……［这时窗外传来千鹅的喊声。

41. 村口　黄昏　外

千鹅撕心裂肺地在村外喊着女儿。

千　鹅　娥，你在哪里啊。娥，你听妈妈喊你没有。娥，你在哪里啊，妈妈都快急死了！娥……

［王实和村长从闻声赶来。

千　鹅　村长，俺的娥不见了！村长也急忙跟千鹅一起喊着。

村　长　娥，你在哪里啊……

［王实思索片刻，向月水湖畔跑去。

42. 月水湖畔　黄昏　外

水波荡漾，芦苇随着轻风哗哗作响。在芦苇中穿梭呼喊。

王　实　娥，我是王实叔叔。你听见没有。娥，是王实叔叔对不起你，原谅我吧，娥（王实似乎在哭诉着）

［娥在芦苇中委屈着：她终于放声痛哭。

娥　　王叔叔！

［王实寻声跑去，两人相拥在一起。

43. 荒野　黄昏　外

村长和千娥已疲惫不堪，他们仍在呼喊着。

千　鹅　娥，你在哪里啊，娥，你在哪里……

［远处王实背着饿走来，二人屏住呼吸注视着。千娥瘫坐在地上，娥扑进妈妈的怀抱。

娥　　妈妈，我不想得这个病。

［村长和王实无奈地站在旁边。

44. 千鹅家门前　日　外

村民们把千鹅家围了个水泄不通，他们喊着叫着，让千鹅母女离开这个村，邻居二牛叫得最欢。

二　牛　你带着孩子，赶紧离开这个村子，省得搅得我们家家户户不得安宁。

一村民　（在人群中呼应）对，逮着个台阶就赶紧下吧，现在是请你走，等我们赶你走，就更难堪了。

众村民　走，快点走吧，快点离开这个村子。

45. 千鹅家　日　内

娥恐惧地缩在妈妈的怀里。

46. 千鹅家门前　日　外

王实从远处赶了过来，他走到院中央对大家解释着。

王　实　大伙听我说，我们要冷静，常言说得好，远亲不如近邻，咱们乡里乡亲的不能伤了和气，艾滋病是传染，但不像想像的那么可怕，我们要科学地面对……

村　民　你站着说话不嫌腰疼，还科学面对，说完你走了，我们怎么办？

［村民们七嘴八舌乱成一团，这时，村长坐着拖拉机从远处赶来，村长的出现使大家安静了许多，看得出他的威信。他走下拖拉机，脸上没有表情，一人走进千鹅家。

47. 千鹅家　日　内

村长推门走进，千鹅母女见到村长如同见到亲人，委屈地哭起来。

村　长　千鹅啊，你是个好媳妇，当年是冲着大力嫁到我们月湖村，如今大力走了，咱这个缘分也到了，不是我撵你走，带着孩子回娘家吧，趁着年轻再嫁个好人家。

娥　　（抱着村长）村长爹，俺不想走。

［村长的眼睛湿润了，他哽咽着。

村　长　娥，你村长爹没本事，咱月湖村风水也不好，跟上你娘奔好日子去吧。

［千鹅无奈地哭着。

48. 千鹅家门前　日　外

人们在门前焦急地议论着，等待着。门开了，村长陪着千鹅母女走出了房门，他们提着包裹铺盖，准备上路。顿时，现场安静下来。王实也愣住了。千鹅母女走到邻居哑女面前。

娥　　（抱住了哑女）哑巴妈……

千　鹅　哑嫂，我家的鹅交给你了。哑女用哑语告诉千鹅，放心地走吧。千鹅和娥坐上了拖拉机。

王　实　（拉住了村长）村长你怎么能让她们走呢？

村　长　这是我们村的事，跟你没关系，开车！

［拖拉机也开动了，村长转身离去，王实不知所措，他急忙向村长追去。

49. 村委会　日　内

村长走进村委会，王实跟进，几个村委会委员也随之走了进来。

王　实　（愤怒地）你有什么权力这么做？

村　长　我是村长。

王　实　村长也不能胡来呀，人家的家在这里，地在这里，你凭什么把人家撵走？

村　长　作为村长我只知道一点，要考虑大多数人的利益。你说过，赵大力是艾滋病，孩子是艾滋病，她肯定也是艾滋病。

王　实　如果要是，你就更不能让她走了，这样就会使病毒更加广泛地扩散。

村　长　那我不管，作为村长，我只知道管好自己这一亩三分地。我跟你不一样，尽爱管闲事。

王　实　你必须把千鹅找回来，对她进行检查，查清病因，切断病源。要不然我就把你们的所作所为捅向媒体，在全社会曝光。

村　长　你捅吧，我早就看出你不是个省油的灯！

一委员　（站出来打圆场）村长，王记者说得对，咱毕竟是一级组织，这样做确实不合适，还是把千鹅找回来吧。

村　长　要找他找去，我不去！

王　实　好，你这就算授权了。

50. 千鹅娘家　夜　内

娥已熟睡了，千鹅与母亲密谋着。

母　亲　赶快找个人家嫁了算了，你们村一找上门来，咱村也得乱。

千　鹅　大力的七期还没烧呢，我哪能这么做呢。

母　亲　哎呀，都啥时候了，还是为活人想想吧。

千　鹅　家里这事人都知道，往哪儿嫁呀？

母　亲　刘家窑，越远越好。

51. 刘家窑刘秃子家　日　内

千鹅带着女儿坐在光棍刘秃子家的外屋。刘秃子，六十多岁，看上去老实厚道，憨厚中有些窝囊。他笑眯眯地坐在里屋。

介绍人　（隔着门帘冲着刘秃子）千鹅今年刚满三十，你已经活过她一倍了。

刘秃子　是，六十一，我等于老牛吃嫩草了。千鹅很反感。

介绍人　她带个娃，你就别嫌弃了。

刘秃子 不嫌弃，有个娃我也就省事了，说实话，到了我这个年龄也不一定能有那个能力了。

介绍人 千鹅的丈夫是个负心人，在城里打工甩下她母女。但你看千鹅这长相多好啊，在杨村里也是人见人爱的一朵花啊。娥越听越生气。

娥 你胡说，俺们不是杨村的，俺爹也不是甩下俺们，俺爹是病死的。

［千鹅拉了她一把。

介绍人 这孩子尽说些气话。

刘秃子 嘿，别跟孩子一般见识，（冲娥）来，进来，让爸抱抱。

娥 呸，你像我爷爷！

［刘秃子脸上有些不悦，这时，王实和一名村委会委员来到这里。

王　实 千鹅。

［千鹅愣住了。

千　鹅 你们怎么来了？

王　实 我们来接你回去。

刘秃子 （从里屋走出）唉，等会儿，你们怎么回事？

王　实 我们是她们村里的，准备接她们母女回去。

刘秃子 那不行，我都看好了，我马上就娶她，你这不是拆散我们夫妻吗？

王　实 没登记算什么夫妻。

刘秃子 我们村没登记在一起过的多了。

王　实 这事不能一厢情愿。

刘秃子 我这见面礼都买了，一千多块呢。

王　实 我给你。

刘秃子 我要人不要钱，我六十多岁好不容易遇上一个称心的，容易吗？

［说着他把房门关上。

刘秃子 我告诉你，进了我的门，就是我的人。我不让她走！

王　实 你这不是抢婚吗？

刘秃子 我就抢了怎么的，今天你就是打死我，我也不让她出门。

王　实 （把刘秃子拉到一旁）你知道他爱人得的什么病吗？

刘秃子 啥病我都不在乎。

王　实 （小声地）艾滋病。刘秃子一听艾滋病，从凳子上吓了个倒仰，爬起来又回到里屋。

刘秃子 算了，算了。想走就走吧……我他妈还不如打光棍呢！

介绍人 彩礼给你放这儿了。

刘秃子 不要了，都拿走。

王　实 （回身对千鹅）千鹅，对不起了，没想到给你带来这么大麻烦，走，回去吧。

千　鹅 不回。

村委员 回去吧，我们是代表村长来请你回去的。

千　鹅 人有脸，树有皮，这么多年来没干过一件伤天害理的事，没想到全村老少一起撵我们出门，俺还哪有脸回去啊！

王　实 回去吧，我代表村长来请求你的谅解。

娥 （拉住千鹅的手）妈，我想去上学。

村委员 千鹅，冲着孩子，你也该回。

52. 村口　日　外

王实抱着娥，陪着千鹅坐着拖拉机进村。刚进村口，娥机敏地在车上叫了起来。

娥　　妈，咱家着火了。

［王实、千鹅望去，只见千鹅家的房子火光四起，院里站满了人，村长冲着大伙喝斥着。

村　长　这是谁干的，你们知不知道这是犯法，人家人有病，房子也有病吗？你们真是伤天害理啊！

［千鹅发疯似地跑到家门前，冲着村长。

千　鹅　你赔我房子，你得赔我房子，赔我的家！

村　长　千鹅，你先别着急，他们也不是成心想烧你房子，他们是想消毒。

千　鹅　那我不管，你是村长，你要不赔我房子，我就住你家！

村　长　（小声地）那不合适，你嫂子刚走了一年，这寡妇光棍的，还不让人笑话？

千　鹅　我不怕！（指着村民）我告诉你们，我千鹅今天也不要脸了，今后你们谁也别想撵我走，我生是这里人，死是这里鬼。宁死我都不会离开月湖村！

村　长　（冲着一委员）那就住在村委会，先给她腾出一间。

千　鹅　我不去！

［这时，哑嫂从人群中走出，把千鹅母女拉进自己的家。

53. 哑女家　日　内

千鹅母女和哑女刚刚坐下，村长推门走进。

村　长　千鹅，住下来我不反对，有几句话俺得向你交代一下，你千万要提防点那个记者，他这次把你接回来就是为了查你啊，万一查出个好歹，村里的传言可就应了验了。

54. 王实车内　夜　内

王实带着一身疲倦，刚要躺下，无意透过车窗又看见村路上三个一堆两个一伙、神神秘秘的村民。他看到了哑女与千鹅在说些什么。然后拉着千鹅沿着小路，向村子纵深走去。王实感到有些不妙。他悄悄下车，尾随其后。

55. 卖血场　夜　外

这是村东最隐蔽的一个院子，王实悄悄地爬上农家院的院墙，被眼前的场面惊呆了。这是一个从未见过的地下卖血场，血头在里里外外张罗着，有两个看上去极不正规的采血者，带着简单的医疗器械为卖血者抽血，他们是单采，分离后，又把红细胞废血输回了卖血者体内。院中央摆着几张简易床，床上躺着输血的人，王实拿起相机，他的镜头在卖血者的队伍中搜寻着，队伍中有几个熟悉的面孔，他们是月湖村的村民。王实不停地按动快门，突然他在镜头中发现了千鹅，他放下相机，王实风风火火地冲进院内，一把拉住千鹅。

王　实　走，你不能卖血，跟我回去，

千　鹅　撒手，人家都能卖，我为什么不能卖？

王　实　你绝对不能卖，必须跟我走。

［两人争执着，王实无意中从卖血的人群中发现了村长。

56. 村长家　日　内

王　实　你身为一村之长，竟然带领全村去卖血。

村　长　献血。

王　实　献血是国家的正规医院，他们是地下血头。

村　长　啥血头医院的，没屌两样。咱村落后，人又发木，不卖血吃啥，一伸胳膊就来钱，卖一年血等于干两年农活。

王　实　我敢断定卖血是你们村艾滋病的根源。

村　长　怎么可能呢，人家卖血也是有安全措施的。

王　实　要对全村进行排查。

村　长　查一个千鹅就这么费劲，如果排查全村，那不得折腾个底儿掉啊。

王　实　你配合我，卖血不就为挣钱吗，我给钱。

村　长　给钱？

王　实　对，你让大伙来抽血，我按人头给钱。保证比血头给得多。

村　长　那呼啦一下子都来了，你给得起啊？

王　实　人越多越好，不过有一点，村领导得带个头。

57. 村委会大院　日　内

高音喇叭里传出通知：各家各户注意了，村里现在开始收血，不分老少，不分性别，按人头算份，为了让大家恢复身体补充营养，抽血者每人应得人民币一百元整，不能轮流排队，每人只有一次机会。村委会大院里挤满了人，人们在议论着“过去这事都偷偷摸摸地干，现在公开了”，“怪不得这个记者赖在咱村不走，原来是个血头”，县医院的护士们在忙着抽血，村长第一个撸起了胳膊。

58. 千鹅家鹅圈　日　外

千鹅听到广播感到不安，她拉着娥从后院溜走。

59. 村委会大院　日　外

高音喇叭在继续广播。王实的目光在人群中搜寻着，找着千鹅。

60. 空镜

医院的检测仪在工作、报社的油印机在印刷。印刷机高速滚动，各大报纸纷纷刊载，重要新闻，“血头被捕，月湖村发现了众多艾滋病携带者”。

61. 车内　日

鸡蛋、鸭蛋、鹅蛋像雨点般向王实车砸来，村民们边打边骂。

村　民　你丢了我们的脸，断了我们的财路，快滚吧！风玻璃挂满了蛋清，蛋黄。车内昏暗了许多，王实不敢出去，听到村长在远处大声地呵斥着。

村　长　你们吃饱撑的？日子过好了，是不是？有种拿石头砸，拿鸡蛋砸个屎！村长的出现如瘟神一般，人们渐渐离去，并小声议论着。

村　民　快走，他也是艾滋病，离他远点！家家户户关门关窗，村长失落地走近吉普车。

62. 车内　日

王实心惊胆战地听着，觉得外面安静了许多。村长冲着车内。

村　长　求求你，给我们点活路行不行啊？你快走吧。

［村长的脚步声渐渐远去。王实用雨刷器清扫着车窗上的污垢，模糊中呈现出村长远去的背影，王实又在倒车镜中看了看自己，脑海中再次浮现出翻车的景象。（闪回同前）

63. 村长家田间　晨　外

村长一夜没睡，在田里抽了半条烟，踩平了半亩地。他痛苦地徘徊着，王实出现了。

王　实　村长，一夜没睡吧？

村　长　我想起孩子他妈了。

［王实也蹲了下来。

村　长　你风头出尽了，快走吧！

王　实　国外有些国家的艾滋病主要来源于吸毒和性，我们来源于卖血，调查表明，由于血头进行了单采，分离后，又把红细胞和废血输回卖血者的体内，分离机没有清洗，因此形成了大量的交叉感染。

村　长　我老伴半年前可能也死于这个病。

王　实　千鹅又回娘家了，我们对她还得继续查。

［村长大怒。

村　长　你查个屌，你搅和得还不够吗？我告诉你，我最讨厌的就是你们这帮记者。有难了政府能给钱，医院能给药，你们能给什么，就会揭人短。你没来之前，我们稀里糊涂活得挺好。这查那查，你给我们查那么明白对你有什么好处？

王　实　疫情不查清，会引起更大的灾难，会死更多的人。

村　长　死算个屌，自古以来，黄泉路上无老少。俺现在，活着比死了还难受。过去全村老少都尊重我，孩子们都叫我个村长爹，现在我连个孙子都不如。我身为一村之长，人家见了我像见了瘟神一样，真想死屌算了。

王　实　我以为你是个汉子，懦夫！人死是一时的勇气，活下来是需要一生的勇气。遇到灾难和面临死亡，用什么来战胜自己。就是没死没活的忙活，用工作填补空白，用希望战胜恐惧。你是村长，你要站起来，你要成为全村的顶梁柱，成为病人的主心骨。在这个最困难时期要发挥组织作用，明天就召开村委会，告诉大家特殊时期，要做好自我保护……

村　长　我他妈的不干了！

［村长说罢扬长而去。

王　实　你现在还是村长，这是你的责任！

［王实站在那里，望着村长的背影，有些心灰意冷。

64. 村路　晨

王实提着水桶，来到一村民家讨水。村民往外扫着地，遭到拒绝。他又来到第二家，还没等开门，一盆脏水迎面泼来。

65. 村民甲家　日　内

在月子里的妻子要给孩子喂奶，丈夫死活不让，他抢下孩子。

丈　夫　（哭着）孩他妈，你的奶不能喂！

［孩子在哭，妻子也在哭。

妻　子　我宁可让孩子病死，也不能让孩子饿死！

［两人在争执着。这时防疫站医务人员送来奶粉。

66. 村民乙家　日　外

父母把十几岁男孩赶出家门。

孩　子　爸妈，我不走。

父　　　你走吧，到你舅舅那儿去，逃条生路吧。

母　　　孩子，爹妈对不起你，这么小就让你出去闯荡，没办法，爹妈重病在身……

孩　子　爸妈，你们有病，我可以伺候你们。

母　　傻孩子，这个病不能伺候。

［村委会的干部在劝说着父母。

67. 哑女小卖部　日　内

哑女小卖部贴出一张广告，上写：购买商品者，免费赠送避孕工具。

68. 哑女小卖部前　日　外

买烟买酒的男人络绎不绝。买东西是假，凑热闹是真。有的脸上带着坏笑，临走都要上一个安全套。而且都点大号。

69. 村路　日　外

众孩子们手里拿着“白气球”在玩耍。王实赶来。

王　实　这不是气球。这不是你们玩的玩具。孩子们毫不理睬，王实无奈地走开。

70. 王实停车处　日　外

一个硕大的氢气球拴在王实的吉普车上，吸引了全村的孩子。他们手持白气球，潮水般地蜂拥而至。王实剪断气球的绳子，氢气球顺风飘向空中。

王　实　看到了吗，这才是气球呢。孩子们把手中的白气球向空中扔去，最后全都纷纷落地。

孩　子　王叔叔，我们的气球为什么飞不起来啊。

王　实　回去问你爸去。

［这时，高音喇叭里传出村长的声音：“月湖村的村委会委员注意了，马上到村委会开会。”王实喜出望外。

71. 村委会　黄昏　内

王实走进村委会，会议室里传出村长的声音。

村　长　咱月湖村从古至今好几十代人，家家沾亲带故，这么多年风风雨雨沟沟坎坎地骨碌过来不容易啊，如今把村长的担子压在我的肩上，这是乡亲们对我的信任，可我……我是上对不起祖宗，下对不起儿孙哪！

［王实推开会议室的门，愣住了，见屋内只有村长一人。村长看见王实，冲着那几个空板凳说：散会！放声痛哭。

72. 哑女家　日　内

从外地打工回来的丈夫发疯一样抽打着哑女，边打边骂。哑女跪在地上，一动不动，任凭丈夫的打骂。

丈　夫　谁让你干这个，谁让你干这个。你得了这丢人病，还干这丢人事．全村人都笑话我。

［王实破门而入。

王　实　住手！（王实拉开哑女夫）这不怪她，要打你打我吧，她卖血也是为了这个家。

丈　夫　这个家我不要了！

［哑女夫摔门而去。

73. 公路 日 外

乡政府的一辆轿车向月湖村驶来。

74. 月湖村村委会 日 内

乡里副书记主持召开村委会，邀请王实列席参加。

副书记 我代表乡政府感谢王实记者对月湖村的帮助，听说千鹅又跑回娘家了，找回来，一定要排查。另外，村里马上要把千鹅的房子恢复起来，村长，你先表个态。

村 长 我自从检查出这个病来，身体和精神上都承受不住了，工作起来也不方便。今天是你来了，如果是我的话恐怕人都召集不齐了。所以趁今天这个机会我要求辞职，希望组织进行考虑。昨天晚上我想了一宿，在离职之前还有点情况向组织交代，（说着从兜里掏出一张纸）我们村还有包括哑女丈夫在内的7个壮劳力在外打工，这是他们的名单和地址，希望也能对他们进行排查。

副书记 辞职的事以后再说，你先配合王记者把这几个人找到。

村 长 我不想和他一起去，我去找千鹅。

王 实 书记，我自己去。

75. 王实停车处 日 外

王实与一名村干部把备胎取下来安上。

村 干 王记者，怎么不把树上那个轮子拿下来啊。

王 实 那是娥的乐园啊。

［俩人上车向县城驶去。

76. 千鹅娘家 日 内

村长来到千鹅家，彬彬有礼。

村 长 婶子，千鹅在吗？

千鹅母 哎呀，你个村长，过去都叫嫂子，啥时改口叫个婶子了。

村 长 我是从千鹅那边论的。

［千鹅从屋里走出来。

千 鹅 村长来了。

村 长 千鹅，回去吧，乡里来人了，你要再不回去，他们就该动用乡政府找你了。

千鹅母 就是啊，嫁也嫁不出去，总东躲西藏的，时间长了也不是个事。

村 长 婶子，我和千鹅单独谈谈。

［千鹅母走开。

村 长 千鹅回去吧，差不多家家都摊上了，谁还嫌弃谁啊。再说我是村长，查不查的，我也给你盯着。

千 鹅 那个讨厌的记者不依不饶怎么办？

村 长 他走了，去县城了。

［娥跑进院子，冲着村长。

娥 村长爹！村长搂过娥。

村 长 我已经辞职了，以后就叫爹吧。

77. 县医院检测中心 日 内

7个身着工作服，头戴安全帽的民工坐在医院长椅上等待检测结果，哑女的丈夫也在其中，每个人轮流被医生叫进屋内，单独告诉他们检查结果。出来后，大家的脸上都带着轻松的喜悦。最后轮到哑女的丈夫。

王　实　（冲着哑女的丈夫）哑女是携带者，今后你们夫妻生活要注意。（他掏出一盒避孕套递给他）一定要采取措施。六位民工大乐，其中一位拍打他头上的安全帽。

民　工　你小子这安全帽今后不光戴头上了。民工哈哈大笑。

［哑女的丈夫，心里很不是滋味。

78. 村口　日　外

王实的汽车刚刚驶进月湖村，被一群外来的村民围住。他们手持棍棒，带头的是哑女的弟弟，他手里拿一把猎枪。

哑女弟　（冲王实）出来，滚出来！

［村长从远处跑来。

村　长　你们是哪个村的？你们想干什么？

哑女弟　这个外乡人搅得我姐夫要和我姐离婚，俺姐的孩子死了，丈夫跑了，今后的日子怎么过啊，全是他搅的！

［话音未落大打出手。娥疯狂地跑向哑女家，边跑边喊着。娥：哑巴妈，哑巴妈……村长试图制止，但寡不敌众。最终他们将王实连人带车翻到沟里。哑巴从家中跑出，阻止了弟弟的行为，她用哑语告诉弟弟，王实是个好人。

79. 车内　日　外

被掀到沟里，王实躺在车内，伤口已被包扎，他从昏迷中渐渐醒来。整个世界开始倾斜。村长不知啥时已坐在驾驶位上，他的脸上也被打得青一块紫一块。

村　长　醒过来了？

王　实　就像做了一场梦。

村　长　噩梦，胳膊腿都不碍事吧？

王　实　还好，（他突然发现自己的身上有伤口，还被包扎过，急切地）谁干的，是谁给我包扎的伤口？

村　长　我，我没破皮不会传染给你。

王　实　（王实脸上掠过一丝异样的表情）那我就放心了。

村　长　闹了半天你也怕呀。

王　实　（王实答非所问，故意把话题岔开）包得还挺在行的。

村　长　我不是跟你说过吗，当过兽医。王实一乐，拿出几片药吃了下去。

村　长　不舒服？

王　实　没事，你也受伤了？

村　长　我有今天没明天的，没事，住我家去吧。

王　实　不用，这么多年习惯了，我就睡在车里踏实。

村　长　那我叫人把你车抬上去。

王　实　算了，放在明显的地方，说不定谁还折腾我呢。

村　长　这个车和你差不多，自从来到这个村就没得消停。你在这儿这么折腾，家里人也不惦念你。

王　实　我早就离婚了，老婆带着孩子在国外。

村　长　没联系？

王　实　有事会联系，我们还是朋友。

村　长　城里拿离婚不当回事……

［车外突然传来千鹅的喊声。

千　鹅　村长，哑巴服毒了！

村　长　（一拍腿）可孱坏了！他开门跑出。

王　实　村长，叫人来，把车给我抬上去！

80. 高速路　日　外

王实开着那辆破烂的吉普，在高速路上疾驶着，车后坐着村长等人，他们抱着哑女，情况十分危急，哑女的生命危在旦夕。

81. 医院病房　日　内

哑女躺在急救室，她苏醒了。村长和王实守在她的身边。

村　长　你怎么这么糊涂啊，要没有王记者你就没命了。

［王实用哑语和哑女交流着。

王　实　对不起，是我给你带来了不幸，你要振作起来。我们都会帮助你的。

［哑女看着伤痕累累的王实，不由得热泪夺眶而出。

82. 学校操场　日　外

王实拆掉吉普车的车棚，把自己拍的一些照片挂在车外，吸引了所有孩子，包括老师的目光，他给孩子们讲解着外面的世界，其中最抢眼的就是那幅曾在大赛中获奖的《鹅》。王实从包里拿出大小各种相机发给娥和其他几个得艾滋病的孩子，教他们拍照。王实驾驶着这辆敞篷的吉普车在操场上兜风，娥跟王实学开车。孩子们高兴地欢呼着，令那些旁观的孩子十分羡慕。其中有个小胖子急不可耐地跟在车后奔跑着。

小胖子　王实叔叔，我也想得病。

［王实乐了，停下车。

王　实　好，全部上车。

［孩子们一拥而上，欢乐地融在了一起。

83. 车内　傍晚　内

王实显得十分疲惫，他收起照片在倒车镜里看了看自己，他铺好被子，准备在这个露天的车里过夜。娥打开了吉普车门。

娥　　　王叔叔，去我们家住吧。妈妈说住在这里会着凉的。

王　实　叔叔哪儿都不去。

［千鹅走来。

千　鹅　去吧，床都铺好了。

84. 千鹅家　晨

千鹅家房子已重新搭建起来，看上去有些简陋，但基本恢复原貌。王实静静地躺在千鹅家的床上，千鹅母女在厨房里忙活着。村长风风火火地赶来。推门而入，见王实躺在床上酣睡，小声嘀咕。

村　长　还睡在车里踏实呢，我看睡在这儿比哪儿都踏实。

［千鹅走进来。

千　鹅　村长有事啊？

村　长　千鹅，你怎么能这么办呢。这孤男寡女的，一旦传出去，多难听啊。

千　鹅　他伤这么重，我们不能看着不管啊。

村　长　你让他住这儿也行，那你和娥搬到我那儿去吧。

千　鹅　不用。

村　长　你当时不是说过要搬我家去吗？

千　鹅　我那是气话，你还当真了。

村　长　去吧，再怎么着咱也是本村的。

千　鹅　村长，你想得太多了，我和娥昨晚住在哑女家了。

村　长　那……好吧。我是为你考虑啊，对了，我这份药给娥吃吧。（村长掏出药来，冲着千鹅）。你也吃上几粒，是不是的先预防着。

［村长说罢转身出了门。

娥　　爹，再见。

村　长　（有些醋意地）我还没免职呢，以后把村长加上。

85. 麦场上　日　外

村民们在劳动。人们看见村长急匆匆地从千鹅家走出。

村民甲　村长是条汉子，在哪里跌倒哪里爬起来。最近工作很积极啊。

村民乙　他不是积极，是急啊！你没看记者都住千鹅家去了吗。他一天往人家出溜好几趟，不放心啊。

村民甲　女人长个好脸蛋是管用啊，千鹅还成了香饽饽了。

村民乙　为一个女人能有那么大劲儿？

村民甲　一看你就不懂历史，书上说为一个女人都能引起世界大战。

86. 月湖村　晨　外

天色晴朗，万里无云，王实的伤好多了。他回到车内，意外地在被窝里发现一只受伤的天鹅。

87. 千娥家鹅圈　日　外

王实抱起天鹅来到千鹅家，和娥一起为天鹅包扎着。他们将受伤的天鹅放进鹅圈，天鹅比家鹅高出一头，所有的家鹅都在注视着这个陌生的客人。

88. 千娥家　夜　内

王实一人趴在被窝里，用笔记本电脑写着，娥端着一碗鹅汤走了过来。

娥　　王叔叔，喝汤。

王　实　谢谢你。

［娥凑过去，看电脑。

娥　　王叔叔，这上面怎么还有我的名字呢？

王　实　叔叔在做一个表，对了，那个得病的小胖子叫什么？

娥　　王长乐。这上边的人是不是都是我们村得病的啊？

王　实　对。

89. 村路　日　外

还是那个村委会委员顺着那条小道，风风火火地跑着，从自家后窗跳入屋内，老婆正在厨房忙活，吓了一跳，她急忙关上房门。

老　婆　又有啥消息？

委　员　（气喘吁吁地）王记者把所有得艾滋病的人全部登记注册了。可能是有啥行动吧！

老　婆　能有啥行动啊？

委　员　驱逐呗，我告诉你，可别出去乱说去！

90. 村委会大院　日　外

村委会大院人山人海，他们紧紧地围住王实，义愤填膺。

村民甲　你为什么把我们登名注册？你要把我们迁到哪去？

村民乙　人都说你要把我们迁到大西北去，让我们在渺无人烟的沙漠上自生自灭。

棺材板　你好狠毒啊！我们月湖村和你有什么世代冤仇，求求你放我们一条生路……

村民丙　你丧尽天良啊，（冲着村民）他让我们走，我们让他先走！

众　滚！指责声此起彼伏。

王　实　谁说要把你们迁走，迁到哪儿去呢？迁出中国版图吗？迁出地球吗？我有这个权力吗？不仅我没有，任何人都没有这个权力！（指着村委会上空的国旗）国旗上写着我们每一个人的生命，你们可以不相信我，但不能不相信她，我们每一个人都有在国旗下生存的权利。是，我是把你们的名字登记注册了，而且非常详细，可不是要把它迁到大西北，县医院已经把你们的名字传到北京，要通过网络对你们进行远程治疗，我可以告诉大家，治疗的具体措施和每个人的对症药品马上就要到了，千鹅离开月湖村，是村长亲自把她请回来的。我们不是让你们走，是怕你们走。

[在场的村民情绪振奋，千鹅也被感动了。

91. 千鹅家鹅圈　日　外

那只天鹅伤好了，没有飞，它与家鹅融在一起。王实与娥在喂鹅。

娥　叔叔，天鹅怎么不飞了。

王　实　它喜欢这儿。

娥　和人一样，喜欢这儿就不愿走了。

[王实笑了一下。

王　实　叔叔在等你妈妈。她没有结果，我是不会走的。

[千娥在无意中听到这番对话，她略有所思。

92. 县医院　日　内

千鹅一人坐在医院的长椅上，焦灼不安地等待着结果，医生打开窗口。

医　生　月湖村的千鹅，请进来一下。千鹅忐忑不安地走进去，

千　鹅　有事吗？

医　生　阴性。

千　鹅　阴性啥意思啊？

医　生　你不是查艾滋病吗，没事。

[千鹅不敢相信自己的耳朵，她接过化验单，扭头向门外的电话亭跑去。

93. 电话亭　日　内

千鹅拨通村委会的电话。

千　鹅　村长，我来医院检查了，阴性，完全正常，你把这个消息马上转告给王记者。

94. 村委会　日　内

村长拿着电话，激动地冲着身边的王实。

村　长　千鹅自己去医院检查了，阴性，完全正常。

［王实愣住了。

王　实　不可能！他接过电话。

王　实　千鹅，你在哪里？

千　鹅　县医院。

王　实　等着我，我马上过去。

95. 县医院　日　外

王实的吉普车停到了县医院门前，他下车来到大厅。千鹅正站在那里等待着。

千　鹅　这是化验单。王实拉着千鹅找到了主治医生。

王　实　医生，这个结果是不是有误差啊。他爱人是，孩子是，她怎么可能正常呢？

医　生　检查的结果我敢保证，但这种现象却有些蹊跷。（冲千鹅）女儿是你亲生吗？

千　鹅　是。

医　生　那孩子也许是后天有外伤，接触感染的。

千　鹅　不能啊，我孩子是，我怎么能不是哪？

王　实　不是还不好吗？千鹅，祝贺你！

96. 公路上　日　外

在回村的路上，王实车内的音响放着抒情的音乐，千鹅扭头问王实。

千　鹅　王记者，我真的没事吗？

王　实　应该没事，要相信科学。

［千鹅高兴地拿起王实的画册，冲着那张《天鹅》。

千　鹅　这张照片真美。

王　实　你有眼力，这是获奖作品。

［千鹅深情地看着王实。

千　鹅　王记者，对不起，我以前态度不好。

王　实　没事，都过去了。

千　鹅　我就这个脾气，也许命不好，所以就不信命。其实检查完心里还是挺踏实的。

王　实　你性格里也有坚强的一面。

千　鹅　你这回该回家了，也省着家里人惦记。

王　实　我没家，这辆车就是我的家。

［千鹅内心的激动涨红了她的脸，她鼓足了勇气。

千　鹅　你是个好人，女人要摊上你就是福分啊。

［王实笑了一下，他故意把车内的音响拧大了许多。

97. 村口　黄昏　外

村长站在村口焦急地张望着，看到王实和千鹅高兴地驾车归来，显得有些失落。王实车停在村口，村长迎了上去。

村　长　怎么样？王实和千鹅走下汽车。
千　鹅　（高兴地）村长，我没事，正常。
村　长　哦，哦……那就好。
千　鹅　谢谢你王记者，村长，俺走了。
　　　　［千鹅转身回家，村长心有余悸地冲着王实。
村　长　男人是，娃是，她咋能不是呢？
王　实　医生说娥也许是后天外伤或什么引起的感染。
　　　　［王实虽然这么说，他也在心里画了个问号。

98. 千鹅家　夜　内

千鹅烧了一大锅热水，拽出床下的木盆，将水倒进木盆。灶坑里炉火正旺，屋内灯光柔和，雾气缭绕，母女俩坐在木盆里洗澡。娥显得格外兴奋。

娥　　　妈妈，鹅在水里是不是就这种感觉啊？
千　鹅　是。
　　　　［娥一边戏水，一边情不自禁地哼起了儿歌。
娥　　　天上有个鹅，地下有个鹅，鹅飞鹅跑鹅碰鹅。
　　　　［千鹅坐在那里有些愣神，娥端详着眼前漂亮的妈妈，下意识地用小手触摸千鹅的乳房。
千　鹅　这孩子，转过去，妈给你搓搓背！
娥　　　妈妈，你的奶挺大的，我小的时候怎么没奶啊。
千　鹅　你怎么知道没奶啊？
娥　　　你不是说，我是吃哑巴妈奶长大的吗？
　　　　［千鹅突然醒悟，她拽过单子，裹住身体，跨出木盆。

99. 村路　夜　外

千鹅着装不整，边跑边穿着衣服。

100. 村长家　夜　内

王实与村长在喝酒。

村　长　王记者，你这个人还真是没架子。一个健康人，在我们中间吃吃喝喝的，也不嫌弃。
王　实　有什么嫌弃的，这很正常嘛！
村　长　嫌不嫌弃我们心里都明白，说句心里话，得了这个病，再受别人白眼，心里可不是滋味啦，要都是病人，心里还挺平衡的，一旦知道别人不是，自己是，就觉得自己比别人矮半截似的。
　　　　［千鹅推门闯进。
千　鹅　王记者，我知道了，村长也知道，我女儿是吃着哑女的奶长大的。
　　　　［两人都愣了。
王　实　哦，那是母乳传染。

101. 月水湖畔　晨　外

村长陪着王实散步。

王　实　你这儿的空气真好，吸一口都是甜的。
村　长　王记者，事都有了着落啦，是不是打算回去？
王　实　你这是撵我吗？
村　长　我倒是希望你住下，你肯吗？
王　实　我还真想在湖边盖个房子，常年在这拍天鹅，能行吗？
村　长　行！材料费你自己拿，我不收你地钱。
王　实　说话算话。
村　长　算话！

102. 县城建筑工地　日　外
王实找到哑女的丈夫，他对王实依然耿耿于怀。

哑女夫　该查的都查了，你还找俺干啥？
王　实　我想找你谈笔生意。
[哑夫有些不解。
王　实　我要在月湖村盖座房子，你是行家，你把本村的那六个弟兄给我带回去，五万块钱，包工包料。（从兜内掏出图纸）这是图纸，房子一定要保证质量，剩下的钱你们分。
哑女夫　行。

103. 月水湖畔建筑工地　日　外
王实新建的房子已初具规模，哑女为几个民工送来茶水。

哑女夫　（自言自语地）大力是，千鹅不是，看来夫妻也不一定就传染。
工　友　王记者不都给你帽子了吗？
哑女夫　去个屌的（他望着哑女远去的背影），真想回家去抱抱她。

104. 王实吉普车内　傍晚
王实在整理着车内的东西，有人敲门。

王　实　进来。哑女夫拉门上车，他看到王实的房车感到新鲜。
哑女夫　有这么好的车，还盖房子干啥？王实乐了，哑女夫好奇地拿起王实的电动剃须刀剃胡子。
王　实　（严厉地）放下，别乱动别人的东西！
哑女夫　（愣了一下）王记者，平时看你挺大方的，没想到这么小气。
王　实　你得懂规矩，有事吗？
哑女夫　王记者，我想搬回去跟媳妇和好。
王　实　那不行，你现在要搬回去那是非法同居。
哑女夫　你不是希望我们复婚吗？
王　实　你说搬回去就搬回去，不公平啊，离的时候大张旗鼓，回去偷偷摸摸，那我那顿打不白挨了吗？
哑女夫　那咋整啊？
王　实　你挣钱了，请客办婚宴。
哑女夫　二婚多丢人哪。
王　实　你这个二婚更光彩。

105. 哑女家院内　日　外

院内摆上若干桌子，村民们各自从自家端来不同的饭菜，村长和王实在张罗着。有的村民还是不愿意和艾滋病患者同桌共餐。

村　长　（大声地骂着）：二柱子，你跑个屎？就你那身子骨金贵啊，说八百遍了，同桌吃饭不传染，过来，坐我旁边。［二柱子无奈地坐了过来。音乐中大家推杯换盏，一片和谐气氛。

106. 月水湖畔　黄昏　外

那只天鹅展翅飞过，地上的笨鹅望星长叹，天鹅落回到月水湖畔。在这里，人们围起了白桦木栅栏，天鹅和家鹅圈养在一起，王实的红顶瓦房坐落在湖畔，吉普车停在门前。王实在船上撒网捕鱼。千鹅和娥手持着长长的芦苇，沿着月水湖畔的草地往湖中圈鹅。

107. 王实新房　夜　内

王实病倒了，他一人在屋内痛苦地忍受着折磨。他从药瓶里倒出一把药吞进，又从床边摸出吉普车上的倒车镜，看着镜中的自己，王实的脸色十分憔悴，他的咳嗽声传到月水湖面。

108. 月水湖畔　晨　外

月水湖畔朝霞满天。远处传来千鹅和娥的唤鹅声，王实强打精神坐了起来，他走出房门，倚靠在门框上，看着千鹅母女。千鹅今天打扮得格外漂亮。娥端着篮子跑向王实，从里面拿出千鹅为王实做的早餐，摆在桌上。千鹅走了过来。

千　鹅　快趁热吃吧。

王　实　不吃了。

千　鹅　你今天脸色怎么不好？

王　实　可能是感冒了。

千　鹅　那快上医院吧。

王　实　不用，我这有药。［娥推着王实进屋。

娥　　那快进屋躺着吧。

109. 王实屋内　日　内

娥端着碗，一勺一勺地喂王实喝粥。王实有气无力地哼唱着儿歌。

王　实　天上有个鹅，地下有个鹅……［娥看着王实，情不自禁地叫了声。

娥　　爸爸！［千鹅在屋外听到娥叫爸爸，手中喂鹅的勺子啪地落在了地上。娥手中的汤匙也吓得掉在地上。王实冲着娥。

王　实　娥，你叫我什么？

千　娥　我叫你爸爸。我爸爸死前也是这个样子。

千　鹅　你胡说啥呢！千鹅冲进，一把将娥推了出去。

千　鹅　这孩子不懂事，她是喜欢你，她一直说你像她爸爸。王实无语。千鹅平整了一下自己的情绪，转过身去。望着月水湖面。

千　鹅　俺也感激你，俺也觉得你像孩子的爸爸。王记者，你这样的好人，身边不能没个人照顾啊。（她鼓足勇气）如果你不嫌弃我们母女的话，俺带着娥跟你一起过。

［千鹅站在那里等了很久，王实一直没有回答，千鹅望着湖面上那只天鹅和笨鹅，默默地流下了眼泪。

千　鹅　你别笑话俺，这话算俺没说。俺知道俺配不上你……［千鹅说罢要走。

王　实　你别走。千鹅，听我给你讲个故事。（王实强打精神坐了起来）三年前，有个外乡人来到月湖村。意外地出了车祸，当他醒来才知道，是带路的农民为他输的血。（说着从包内取出一张报纸）这个无私献血者就是你丈夫，那个受伤的外乡人就是我。千鹅接过报纸，看到上面自己丈夫与王实的合影。她急切地追问着王实。

千　鹅　几年前？

王　实　三年前。

千　鹅　那时候大力已经开始卖血了……

王　实　对，从那天起我就得了和大力一样的病。千鹅愣住了。她痴痴地看着王实，不知所措。

千　鹅　你有病为什么不说啊！

王　实　我也是个普通人，我也受不了别人的白眼。自从我得了这个病，人们说三道四，讲什么的都有。我受不了生活突然的改变，受不了那种歧视和猜疑的目光，我曾想到了放弃生命，想到了死。来到月湖村，就是为了找到你的丈夫，找到传给我病毒的人，找到无私给我献血的人，我在他面前不知是应该报仇还是报恩。我就是想通过他证明我是无辜的受害者。月湖村，我生命中的缘分。我在这里成名，在这里遇难。今天我又在这里找到了生命中最真挚的爱。

［千鹅突然用双手拽着王实的肩膀摇晃着。

千　鹅　不，不，这不是真的！王记者，我对不起你，我们赵家对不起你，对不起你这个好人！

［千鹅起身冲出门外，发疯似地追赶着那只天鹅。

110. 月水湖畔　外

王实和娥吃力地追赶着千鹅。

娥　　　妈妈，你不能这样……

王　实　千鹅，你不能……

［娥死死抱住千鹅的腿。王实竭尽全力追到千鹅身边，将她抱住。

千　鹅　人都说吃了天鹅能治百病。

王　实　你不能，天鹅是我们月湖村的天使，它会为所有不幸的人带来福音。三人相拥在一起。

111. 月湖村　夜　外

夜夜很静很静，那个秋千在月光下随着轻风微微摆动。

娥　　　（画外音）妈妈，我冷，我特别冷。

妈　妈　（画外音）把药吃了，睡一宿觉就会好的。

112. 月湖村　晨　外

一缕晨光照亮秋千，王实搂着娥坐在秋千上，娥披着王实的外衣，月湖村在他们的视线中又一次飘动复活了。他们望着湖边的那座红顶瓦房。

王　实　娥，你喜欢这个房子吗？

娥　　　喜欢。

王　实　是给你盖的。

娥　　　我想和王叔叔一起住。王实没有回答。

娥　　　王叔叔抱紧我，有了你和妈妈我就什么都有不怕了……

［空旷的月水湖面上回荡着娥的童谣：天上有个鹅……成群结队的天鹅飞向蓝天，那就是月湖村的梦。

——剧终

·电 影·

倾 城

时 间 二〇〇八年。
地 点 四川某城。
人 物 刘 川：逃脱的银行盗窃犯。
刘苗苗：幼儿园的孩子，刘川女儿。
秦肖雄：出走女孩，后爱上刘川。
王老石：老街派出所警官。
范主任：干部。
群众演员若干。

1. 市区 日 外

这是一座中国西南小城，五月春光，风和日丽。蜀北市商业区广场，竖起了巨大的广告牌，上面一位男青年春风得意地捧着鲜花，一旁的女青年含情脉脉，牌下搭起了简易舞台，舞台上几位身着婚纱的模特款款走动。舞台一侧，一位其貌不扬能说会道的主持人声嘶力竭地忽悠着。

主持人：想要爱情甜蜜、家庭幸福，人生美满，拍一张新潮婚纱照吧。留下美好的记忆……快来参与，全场五折，多拍多照少花钱，来吧，超级爱情写真，美好祝福送给你。祝你们爱情甜蜜，家庭幸福，人生美满！（音乐大奏）

刘川入画。他帽檐压得很低，戴着墨镜，背个简易的旅行包，看着广告牌略有所思。婚纱秀还在继续，但观者稀少，刘川转身离开，他走过繁华的街道，穿过市区。

2. 老街 日 外

商业区后面是一条热闹狭窄的老街。青石铺地，建筑古朴。街两旁是一些老店摊铺，餐馆门前挂着辣椒腊肉板鸭等具有地域特色的食品，时而会从茶馆里传出川剧的旋律。一双脚走在石板路上，穿着一双又黑又亮的皮鞋。

镜头摇起，他就是老街派出所片警王老石。他警装不整，但皮鞋很亮。街两旁的小贩们殷勤地向王老石打着招呼，他不屑地敷衍着。

刘川从老街的另一端走进，来到报摊前。

刘川：有本市地图吗？新版的！

报摊主：有！

刘川交钱接过地图。

刘川：附近有小旅店吗？

报摊主：穿过老街右拐，有个“五洲大酒店”。

警官王老石在老街的另一端溜达，路边的一个擦鞋匠，拿出一管鞋油熟练地甩到王老石的皮鞋上。

王老石：昨天刚刚擦过。

擦鞋匠：鞋就是男人的脸，天天都要擦。

说着给王老石擦起了皮鞋。这时刘川低头走过，俩人擦了一下肩膀，王老石不满地回头看着刘川。

王老石：路是窄了点，我看你也不至于宽到那个程度。

刘川没有回头，继续向前走去。

3. 胡同　日　外

刘川按照墙上的指示牌拐进胡同。

4. 老街　日　外

王老石来到一家卖雪糕的摊前。摊主腿脚有些不利索。

王老石：刘瘸子，有化了的没有？

刘瘸子：有！有！你要是不来我都没法处理。

刘瘸子说着拿出一支雪糕，看上去一点没化，还带着冰碴儿。

王老石：你小子又想让我犯错误。化了的半价，我给你五毛钱，你我都不吃亏。没化的半价，这叫贿赂人民警察。（掏出五毛钱拍到柜台上）下不为例！

王老石吃着雪糕来到茶馆门口，门口一侧挂着一张川剧海报，小舞台上正在表演川剧《白蛇传》。秦肖雄也坐在茶客中间兴奋地看着川剧，她举起手机录着台上的表演。

王老石倚在门口一家店铺的柜台上看着，店铺老板热情地端过一杯热茶。

掌柜的：王警官喝茶，我这个生意也帮不上你什么忙。

镜头拉开，露出两个人身后的花圈。

王老石看了一眼花圈苦笑了一下。

王老石：早晚用得上。

这时茶馆里传出川剧帮腔——“美美满满过一生啊……”

王老石也哼着这几句川剧离开。

5. 大杂院　日　外

这里是一座典型的大杂院，一些很有年头的老房子加上私自乱盖的临时建筑，显得杂乱无章。修电脑的、做鞋的、打字配钥匙的，挂着不同的招牌。刘川穿过杂院的长廊，看到一个大堂里挂着横匾，上面歪七扭八地写着“五洲大酒店”几个大字，刘川走进。

6. 小旅店　日　内

这里房屋矮小，光线昏暗。只有几间简易的客房。一位中年妇女坐在大堂桌前无精打采地织着毛衣。

刘川：有单间吗？

妇女：没有。

刘川：一间都没有吗？

妇女：只有一间，让女娃娃住下了。

刘川：单间多少钱一宿？

妇女：十块。

刘川掏出一百块钱，拍在桌子上。

刘川：我就住一天。

中年妇女放下水烟台，似乎精神了许多。

7. 寺庙　日　外

秦肖雄游览到寺庙，烧香拜佛。一位尼姑正在一旁浇花，秦肖雄上前搭话。

秦肖雄：师傅，我能给您照个相吗？

尼姑点头答应，继续浇花。

8. 商业街派出所　日　内

所长在衣柜前脱下警装。王老石已经换上便装大裤衩和拖鞋，他搅和着电锅里的担担面，热气腾腾、香味扑鼻。年轻所长的警衔比王老石高了许多，刚进来的户籍警员小李子在一旁的桌子上收拾着材料。

所长：到点就吃，把自己照顾得不错。

王老石：我除了保养身体别的就不想了。现如今年龄高职位高，是管事儿的，年龄低职位高，是干事儿的；年龄高职位低，是混事儿的。

所长：那些街道上帮咱们干活的老头老太太还没职位呢。

王老石：那是找事儿的。

所长离开。

王老石继续忙活着晚饭，看得出这里已是他长期的居所。

小李子：好好表现，争取在我这个档案柜里把你那个处分给拿掉。

王老石：你小子天天蹭饭。

小李子：这海椒是我买的。

王老石看了一眼墙上的表，时针指到了6点，他熟练地拿出泡好的老酒倒上一盅，一饮而尽。

小李子：领导一走你就喝酒，你时间卡得好准喽，一分都不差。

王老石：这是原则。

说着哼起了川剧。

小李子：老王，你一个人逛荡好多年了，我看唱川剧的那个寡妇不错。

王老石用筷子使劲地敲打了一下小李子的头。

王老石：你肚子里尽是花花肠子。

小李子抹了一把嘴，放下碗筷。

小李子：老王，我晚上有个约会，反正你也住着，替我值个班吧。

王老石：这个点，你还不约着一起出去吃个饭？

小李子：破费。

王老石：狗日的破费我。

小李子：王大哥，拜托了。

王老石：要耍可以，别耍出娃儿来。

小李子：老王，你说啥子噢。我走啰。

小李子离开，王老石继续哼着川剧

王老石自语：那寡妇确实不错。

9. 小旅馆秦肖雄房间　夜　内

小旅馆客房内，空间狭小，只能放下一张上下床。下铺上堆满了秦肖雄的东西。秦肖雄正在对着中年妇女发火。

秦肖雄：你凭什么把我东西搬过来！

妇女：来了新客人。

秦肖雄：那也得有个先来后到吧！

妇女：是一对新结婚的，帮帮忙吗！今天不收你钱了，你睡下边。

秦肖雄：我嫌脏。

说着把自己的东西扔到上铺。戴上耳机唱歌。（*边换睡衣边唱歌*）房东好奇地看着。

秦肖雄发现房东的目光，她怨气未消。

秦肖雄：看什么！

说着把灯关上。穿上睡衣爬到上铺，她顺着窗户向隔壁望去。

10. 小旅馆刘川房间　夜　内

刘川打开电工刀用力地扎在一盒铁皮罐头上，他撬开罐头，边吃边看地图，地图上新老市区变化很大，很多老地方已经消失得无影无踪，他叹息着放下地图，拿出一个粉红色助听器，陷入沉思。打开手机，屏幕上显现出一家三口的合影照片。

11. 小旅馆秦肖雄房间　夜　内

秦肖雄收回视线冲床下的房东。

秦肖雄：什么结婚的，无耻！

她照墙上狠狠地踹了一脚，刘川房间的灯马上就关了。

12. 老街麻将馆　日　外

位于街边的麻将馆，摆着一溜望不到头的麻将桌，一些老住户和闲杂人员在这里打着麻将，哗哗的洗牌声格外刺耳。门前有个鸟摊，王老石走来。

八哥：辛苦了，辛苦了！

王老石冲摊主：这只鸟还没卖出去？

摊主：舍不得，就它懂事儿，见到穿制服的就问好。

八哥：辛苦了，辛苦了。

王老石冲八哥：为人民服务！

王老石站在那里放开嗓门。

王老石：我说两句！

麻将声立即消失。

王老石：还是那句话，玩玩可以，不能打得太大，超过一定的金额就是赌博。说着摘下帽子对着众人，帽内是一张皱皱巴巴的通缉令，刘川的头像十分触目。

王老石：见到这个人立即报告！奖金一万。你打一辈子牌也挣不着这个数。

群众们人小声地嘀咕着。

众甲：像个魔怔一样说了好几年了也不嫌烦。

众乙：妈的，他一来我就相公！

王老石：知情不报者我要追查你们的责任。老子不想沾你们的光，你们也不能给老子抹黑，不管是老住户还是打工的，你们都要严格守法。尤其是进城打工的，必须要办理暂住证。

王老石正说着，路边的小鞋匠又甩过一滴鞋油，王老石有些不耐烦。

王老石：还有你，暂住证早过期了！

王老石拿过鞋刷擦去鞋油，扔给小鞋匠，回身对众人。

王老石：耍吧。

说完离开。

13. 小旅馆　日　内

房东大嫂一脸不耐烦地敲着刘川的房门。

房东：起床了，12 点之前必须退房。

刘川听听外边没有杂人，便把房门打开洗脸。

刘川：我晓得。

房东看着刘川的侧脸，总觉得有点面熟，刘川洗完脸从兜里掏出 100 块钱递给房东。

刘川：帮我打听个人。这上边写着原来的住址。

房东接过钱看了看上边的地址。

房东：没问题。那一片我都很熟悉。

刘川：单身女人带着 8 岁的女孩。如果问不到新住址，知道孩子在哪个学校也行。

中年妇女：行行！下午我一定给你准信。

说着走出。

14. 大杂院　日　内

秦肖雄还在熟睡，外边的动静把她吵醒。

秦肖雄：安静！

说完又蒙头大睡。

15. 老街面馆　日　内

这家面馆门脸不大却生意红火，屋内热气腾腾座无虚席。刘川低压着帽檐，戴着墨镜在排队买饭。

16. 老街面馆旁理发摊 日 外

理发匠正在往地下撒碎头发，头发撒在了路过的王老石鞋上。

王老石：又搞这一套！

理发匠：嘿嘿，金融危机，买卖萧条，招揽一下生意。理个发吧。

王老石：刚理过没几天。

说着摸了摸下巴，理发匠马上明白了。

理发匠：头发不用天天理，胡子还是要天天刮的。

他不由分说把王老石摁到椅子上，围上围布。

这时刘川端着一碗担担面，故意避开人群，蹲在门外的马路牙子上吃了起来。正巧，他蹲在了王老石身后，王老石通过镜子发现了身后的刘川。他不敢相信自己的眼睛，王老石端过镜子仔细端详，镜子反光射在刘川的脸上，刘川被强光一晃，下意识地一扭头发现了理发摊挂着的警帽，刘川有些慌张，他迅速地站起身，若无其事地进屋，王老石跟上。

17. 老街面馆 日 内

王老石戴着围布冲进面馆，刘川不见了，他警觉地看着每一张脸。大家不知发生了什么，这时一位女性浑身发抖地指了指桌下，王老石发现一双男人的脚。王老石掏出手铐，动作敏捷地将那只脚腕扣住。刘川猛地起身掀翻桌子，碗筷横飞，面汤四溅，顿时间面馆里一片混乱。王老石紧追不舍。理发师拿着王老石的警帽来到门口，王老石一把将他推开，他边跑边扯下围布抛向空中。围布随风飘舞，理发师手忙脚乱，把警帽扣在了自己的头上。刘川撞开人群向外奔去。撞倒一溜麻将桌，麻将四射散落到地上。一颗溅起的麻将落入邻桌的火锅盆里，主妇捞肉正好捞起了麻将，她气哼哼地骂了一句！

18. 老街 日 外

王老石和刘川在大街小巷激烈地追逐着，刘川疾速地跑着，“咚”的一声撞倒了骑车的中年男子，他就是范主任。

范主任的眼镜被撞掉。眉骨处渗出了血迹。

还没等他捡起地上的眼镜，王老石如同跨栏一样从范主任头上飞过。

19. 某学校操场 日 外

有些学生在操场上出操，教学楼内传出朗朗的读书声和歌声。苗苗一人拎着水壶从教室里走出。老校工迎面走来。

老校工：苗苗你怎么不上课啊？（他提高声音）

苗苗：音——乐——课，我——不会——唱歌。（看得出她有语言障碍）

老校工：水还没开呢，你得在水房等会。

苗苗点了点头离开。

刘川翻越围墙，跳进学校操场，王老石在身后紧追。

学生：快看！警察在抓坏蛋啊！

学生们要迎上。

刘川：让开！反恐演习！

学生们立即闪开，兴奋地欢呼起来：加油！加油！

王老石紧追不舍。

20. 郊外池塘 日 外

刘川飞奔，他穿过河边一排钓鱼的人。

王老石紧追。

刘川撞翻了鱼桶，一位钓者甩竿，鱼钩正好挂在刘川衣背上，刘川拖着一个鱼竿奔跑。

王老石踩住鱼竿。

刘川的衣服被鱼钩撕裂，随风飘起。

21. 废弃工厂　日　外

刘川和王老石跑进废弃工厂。

他们跑过厂区大路，掠过纵横的管道高塔，穿过一处厂房的廊柱。

两人都累得喘不过气来。

刘川跑上楼梯，王老石追上。

刘川越过楼梯从平台跳下，“当啷”一声脚上的铐子锁在了铁管子上，他身体失重像蝙蝠一样倒挂起来。

王老石扶着楼梯护栏弯腰喘着粗气，走下铁梯，用枪指着刘川。

王老石：龟儿子五年了，没想到你又落到老子手里！

刘川：你——认错人了！

王老石发疯一样：胡说八道！我就是认错了我爹！我也认不错你！来，打我一下！

刘川没有反应。

王老石歇斯底里地：你打我……

话音未落，刘川一拳把王老石打倒在地，他的嘴角流出鲜血，王老石有些兴奋。

王老石：龟儿子，你终于给了我一个理由！

说着举起右手狠狠地一拳打在刘川的脸上。顿时，山摇地动，两个人一时不知发生了什么，房梁断裂，沙石滚落，随着“轰”的一声巨响，整个画面变成黑场。

22. 废弃工厂　日　外

烟尘继续飘落，画面渐显。厂房变成了一片废墟，王老石不见了，只有刘川倒挂在废墟高处的铁管子上。他被灰尘呛得咳嗽着睁开眼，他挣扎了一下，发现脚上的铐子还锁着。他用力蜷身抓住铁管，顺着铁管断口退出铐环。

刘川落地后四处寻找。刘川在废墟中发现了一只脚，他顺藤摸瓜地把王老石从废墟里拖出。王老石已经昏迷，刘川在王老石的兜里翻找着什么，他摸到了手铐的钥匙，打开，脱去身上的破烂衣服。

23. 废墟　日　外

刘川穿着王老石的警装跑上废墟的高处，看到眼前的景象他惊愕了，8.7级的地震让这座小城瞬间消失。刘川一时失去听觉，无声的画面也渐渐地失去色彩。房顶的瓦片如同开锅一样炸开着，地面裂开的口子冒出青烟，楼房倒塌已无路可走，刘川面色苍白。

片刻声音从远处滚来，震耳欲聋，越来越大。

刘川急促地喘着，紧张，不安，恐惧，他不知所措地喊着。

刘川突然回过神来：苗苗！苗苗！

他立即撒腿向市区跑去。

24. 市区中心　日　外

商业大楼没有完全倒塌。玻璃贴面，碎得如同马赛克一样挂在楼上。刘川跑来，玻璃碎片中映出了无数个跑动的刘川，四周安静得令人恐怖。整个市区变了模样，一时让他难以辨认方向。突然听到一群孩子的哭喊声，他迅速向哭声跑去。

25. 幼儿园　日　外

楼房倒塌，孩子哭叫。乱成一团。

老师们在竭力地抢救着孩子。

刘川跑进，见一位老师和十几个孩子困在三楼的平台上，楼梯断塌无法下来，孩子们哭着喊着。

刘川一脚踹倒楼前的旗杆，旗杆正好搭在三楼的平台上。

刘川：像打滑梯一样，顺着旗杆往下滑！

孩子们反应过来，一个个顺着旗杆滑下。刘川在下面接着，他盯着每一张孩子的脸，仔细辨认。

幼儿园老师跑近：警察同志快，那边还有几个孩子！

刘川这才发现自己身上穿着警装，他边跑边问。

刘川：这里有叫苗苗的孩子吗？

幼儿园老师：没有。

26. 大杂院废墟　日　外

刘川跑来，他耳边响起房东声音。

房东：（内心独白）下午一定给你准信。

刘川在废墟上翻找着。突然，从废墟中发现五洲大酒店的门匾。他断定下边就是小旅店。于是他开始在废墟里翻找。清除杂物，掀去碎石乱瓦，当他掀起一块顶板时，看到了高低床空间下边萎缩着年轻女子秦肖雄。

突然光亮，晃得秦肖雄睁不开眼睛。她的视力渐渐恢复，显像出眼前穿着警装的刘川。刘川把她救出，秦肖雄只穿着内衣呆滞地坐在那里。刘川拽出一条被单为她披上。

刘川：房东在下边吗？

秦肖雄：在！

刘川急速翻找。

27. 废弃工厂废墟　日　内

王老石还在昏迷，上身光着。那双皮鞋已经没了模样，水珠一滴一滴地在敲打在王老石的额头上。他渐渐醒过，一抬手，发现自己被铐在水管上，摸了一下腰间，发现枪也不在了。王老石立即拨打手机，但没有信号。王老石使劲地拽了拽手铐，无法挣脱。他捡起块石头用力砸着水管，水花四溅。

28. 派出所废墟　日　外

王老石穿着刘川那件破衣服，拖着疲惫的身体跑来。他手臂上缠着毛巾，覆盖着手铐。派出所已经倒塌，空无一人。

王老石：所长！小李子！有人吗？！

王老石在一堵残墙上，看到了所长的留言：大家全力抢险救援，注意安全……

王老石转身离开。

29. 大杂院废墟　日　外

刘川和秦肖雄从废墟下扒出房东大嫂，她已经停止了呼吸，手里还攥着刘川的那一百块钱。刘川打开，上面写着刘川留的地址。刘川失神地看着，秦肖雄不解……

一个受灾群众跑来。

群众：警察同志！

刘川没有反应，秦肖雄提醒他。

秦肖雄：喊你呢。

群众：警察同志，我们那栋楼好多人都没出来。

刘川与秦肖雄起身跑去。

30. 废墟　日　外

一只母鸡钻出废墟的顶端，咯咯嗒嗒地叫着。在废墟的深处有一个刚下的鸡蛋，一缕晨光穿过废墟的缝隙照在鸡蛋上，鸡蛋玲珑剔透。

一只孩子的手抓住鸡蛋。

31. 某废墟　日　外

屏幕特写，闪现出一组刘川抢险救灾的镜头拉开，秦肖雄在翻看着数码相机中的照片。

刘川瘫坐在地上。

秦肖雄自语：太棒了，等恢复通信，我就把它发到网上。

刘川一惊：我看看，（他接过相机翻看）你能帮我找点水喝吗？

秦肖雄：好！

秦肖雄离去，刘川把相机里自己的照片全部删除。他回头望着秦肖雄远去的背影，微风吹起她飘逸的长发，在废墟中显得那样不同。刘川举起相机按下快门。

32. 另一处废墟　日　外

刘川疾速地穿过废墟，寻找学校。途中遇上几个干部模样的人正在组织救援。其中指挥者就是范主任，他眉骨处贴了一块创可贴，眼镜上的一块镜片布满了裂纹。而另一块却完好无损。刘川上前。

刘川：同志问一下，这附近有小学校吗？

范主任：你是参加救灾的吧？

刘川有些紧张。

刘川：啊……对！

范主任：太好了！我是民政局的。（对着现场的几个人）这里有没有科级以上的干部？（大家沉默，范主任看了看刘川的警衔）那好，我来牵头吧，我是县民政局办公室副主任。我建议咱们几个组成一个临时救助小组，组织大家进行救援。

众：好！

刘川：对！咱们先去学校吧！

范主任：学校已经派人了，咱们先去医院。

刘川：啊……

刘川犹豫，却又无可奈何。

范主任边走边问：我看你有点面熟啊！在哪见过，你是哪个单位的？

刘川：……市局的。

范主任通过那块布满裂纹的镜片看了一眼刘川。镜片像万花筒一样，幻化出好几个刘川。

范主任感叹了一声：警力再多点就好了。

33. 老街废墟　日　外

一群众：来人哪！下面压了个警察，我看见帽子了！

王老石闻声赶到，秦肖雄也跑了过来。

王老石奋不顾身扒开废墟，压住的人正是理发匠。他神志恍惚，手里还紧紧地抓住那顶警帽，王老石伸手要拿过自己的警帽，但理发匠已经认不出王老石，他就是不撒手，王老石从帽子里拿出通缉令装好，手腕上的镣铐哗啦一声坠落下来，秦肖雄一惊，王老石掩饰地收回手来，理发匠被其他人员抬走。

34. 市医院废墟　日　外

范主任带着刘川等人来到市医院，住院处六层楼几乎全部倒塌。

很多医务人员和病人埋在废墟下，救助人员正在忙碌着，现场气氛紧张。警戒线已经拉了起来，病人家属和非救助人员被拦在外边。

刘川等人跟着范主任爬上废墟，几位救助人员围在一个洞口商量救援办法。

甲：不对啊，刚才还有动静。

乙：把楼板抬起来。

众：抬！

大家刚要动手。

范主任：不行！楼板搭接处不到五公分，万一塌方全都完了！

刘川在旁边显得有点心不在焉。

刘川：过来时我发现废墟下边有一个汽车修理厂，我去看看有没有千斤顶。

范主任：咱俩不能动，让他们去找。

刘川只好留下，他敷衍着。

刘川：这要是下去就别想上来。

这时千斤顶拿来了。范主任用千斤顶把楼板支住。

刘川故意地冲范主任：您一定要注意安全！

范主任：好。

另一个人：我下吧！这里的情况我熟悉，如果安全门没有完全堵死，清理开可以从下边出去。

刘川听罢眼珠一转。

刘川：我来！

说着拿起工具把绳子系到了自己的腰上。

范主任：万一遇到困难晃晃绳子。

医生对范主任小声地：三十九床病情很重，癌症晚期。就是救上来……

范主任看了看刘川。

刘川：有希望就不能放弃！

医生：好，这是盐水，让她先补充一下体力。

刘川接过盐水瓶，他刚要钻进。

范主任：兄弟，留个姓名吧。

刘川看了看范主任和周围的人。

刘川：……警察！

说完刘川进洞。

洞外人都屏住呼吸。

35. 洞内　日　内

刘川在爬行，果然发现了另一个出口。他向出口爬去，没注意已经接近了患者，患者是一个双目失明的年轻女子，她仰卧在床上，床头撑住了下沉的楼板。下半身被杂物死死地压住。她听到刘川的声音。

女子：谁？

刘川吓了一跳：啊……救你的。

患者紧紧地拽住刘川：谢谢！

刘川：先别急。（把盐水递了过去）你先补充一下体力。我去想想办法。

女子：别走，我怕！

刘川用力地挣脱着。

刘川：别急！

他推开患者，向安全门爬去。用工具拼命地扩大洞口，不慎工具触到了女子的床头，床头倒塌，瞬间整个楼板塌了下来，把女子全部埋住。（黑场）

36. 某居民楼　黄昏　外

一座居民楼浓烟滚滚，火光四起，王老石从远处赶来，警官小李子拎着两个煤气罐一脸油灰，踉踉跄跄地一头栽倒在地上。

群众们围上：“警察同志！”

王老石拨开人群冲进。

王老石：“小李子，我是王老石。”

小李子微微地睁开眼睛，拽下嘴上的毛巾。

小李子：楼内还有好几个煤气罐，一旦爆炸附近群众非常危险！

说完晕了过去。救护人员将小李子抬走，王老石系上毛巾奋不顾身地冲进火海。

37. 德利超市废墟　黄昏　外

超市的楼板已经断裂，但是地下一层的货架上还完好如初地摆放着各种商品。刘川在喝酒，看上去他已经喝了很多。他打开手机，看着屏幕上一家三口的照片。秦肖雄趴在洞口一直看着刘川，刘川发现秦肖雄，收起手机，没有理睬。秦肖雄从洞口钻进，她顺手拿了一盒创可贴，扔给刘川，刘川撕下一片贴在伤口上，继续喝酒。

秦肖雄：警察也偷酒喝呀？（故意逗他）

刘川：抓住算偷，没抓住算拿。

秦肖雄：你不像警察。

刘川：你别总跟着我。我有任务！

秦肖雄：什么任务？

刘川：……抓逃犯。

秦肖雄：那他死定了！

刘川突然大怒：放屁！

秦肖雄吓了一跳，也急了。

秦肖雄：你有病啊！

刘川意识到自己有些失态，但醉意正浓。

刘川：你会打麻将吗？

秦肖雄：不会。

刘川：看来你不是本地人，地震就像和牌。推倒了就得重新洗。

秦肖雄看着刘川半天：你心理有问题。

刘川：什么问题？

秦肖雄没有回答。

这时，超市内传来动静，似乎有人影一闪，刘川一把摁下秦肖雄，只见一个男人蹑手蹑脚地钻进超市，来到银柜钱，刚要下手。

刘川：别动！

刘川用手枪指着男人。

男人一哆嗦：对不起！警察同志。我什么都没干。

刘川：走几家了？

男人害怕地：第一家。

刘川：这叫趁火打劫。

男人：地震后家里什么都没了，平常我从来没干过这事。

刘川：一看你就是个雏。下手前也不踩踩点！

男人点头：您说得对，下回一定注意！

刘川：怎么说话呢！

男人：我错了！

刘川：滚！

男人转身就走。

刘川突然：站住！

男人又是一哆嗦，停了下来。

刘川：跳两下！

男人一愣。秦肖雄也愣住了。

刘川：跳！

男人哆嗦着：我跳！

他跳了两下，从身上掉出一个手机。

刘川：接着跳！

男人又跳了几次，噼里啪啦地掉出一大堆手机。

秦肖雄在一旁惊呆了。

刘川：见过笨贼，没见过你这么笨的。

刘川扫了一眼地上的手机。

刘川：还有。

男人：没了。

刘川：在地上打滚！

男人：大哥，我错了。

男人从裤裆里掏出手机，放在了地上。秦肖雄惊奇地看着刘川。

刘川：我告诉你，再让我看到你别怪我不客气。

刘川一挥手"啪"的一声枪走火了。

男人吓得屁滚尿流地往外跑。

男人：大哥，多大个事你还开枪呀？

刘川立刻从醉意中清醒过来。

38. 居民楼废墟　黄昏　外

王老石刚把最后一个煤气罐放到地上。

突然听到枪声，他猛一回头。

39. 德利超市废墟　黄昏　外

刘川警觉地：快走。

秦肖雄好奇地：你怎么知道他裤子里还有一个？

刘川：走！

刘川冲出超市，秦肖雄跟到出口，突然发现手机柜台里有十二个手机托架是空的。

秦肖雄：神了！

40. 老街茶馆废墟　黄昏　外

刘川跑来，路过一处还没有完全倒塌的茶馆，秦肖雄追近。

秦肖雄：等等我！

刘川回身看了一眼，秦肖雄旁边废墟上倒着一幅巨大的川剧海报，上边的女演员非常引人注目，剧照前的玻璃已被震裂，生动的脸谱上布满了玻璃裂纹，刘川呆呆地看着，他走进茶馆，碰到了挂在残壁上的一面铜锣，铜锣发出沉重的响声，久久不息。

41. 德利超市废墟　黄昏　外

王老石蹑手蹑脚摸进超市，闻了闻还没有完全散去的火药味，他看到地上的空酒瓶，突然发现旁边还有一颗子弹壳，捡起仔细查看。

王老石：龟儿子，你跑不掉！

42. 老街茶馆废墟　黄昏　内

刘川和秦肖雄在废墟下拖出一个身着戏装的遇难者。先看到的是他的彩靴，然后是裤子和长袍，当露出脸时，俩人惊呆了。只见那人面戴川剧的假脸，看上去喜气洋洋。刘川拽住袖口刚想将他拉起。假脸突然连续地变出几张不同颜色的笑脸，弹起灰尘，最后露出遇难者平静的面容，他已停止了呼吸。

秦肖雄：我看过演出，他是许仙。

刘川：魏师傅。

秦肖雄看着刘川。

刘川顺着许仙的手在废墟下又发现了一只女人的手，两只手紧紧地攥在一起。他扒开废墟，露出白娘子，她也停止了呼吸，她就是刘川的前妻。

刘川看着他们，不敢相信自己的眼睛。他试图想把许仙和白娘子的手分开，可是两只手却攥得很紧。

秦肖雄：不要，这是命中注定。

刘川默默无语。

秦肖雄：你认识他们？

刘川：我是她的粉丝。

秦肖雄：她真漂亮。（指着许仙）这是她老公吗？

刘川：不，她丈夫是剧团里的舞美工……起初他们非常相爱。

秦肖：后来呢？

刘川没有回答，他撕下一块红色幕布将他们盖上。

刘川：他们成仙了。

43. 老街　傍晚　外

刘川疾步地走着，他更加急迫地要找到女儿，秦肖雄紧跟。

秦肖雄：等等我！

刘川：别跟着我！

秦肖雄：我一个人害怕。

刘川站住扔给她一个手电筒，显然是刚才在德利超市顺的。上面还有价格的标签。

刘川：去找你家人。

秦肖雄：我家不在这，这就我一个。

刘川继续朝前走。

秦肖雄：你是男人，这里像座死城，你就这样把我扔下吗？

刘川站住，发现旁边正是一个音像店。刘川钻进。拎出一个音乐播放机，又抓过喇叭，结上插头，三下五除二地忙活了一通，然后按下了播放机的按钮。

舒缓优美的音乐立刻弥漫在朦胧的夜色中。音乐渐变，转换成川剧柔婉深情的旋律。

秦肖雄看到旁边的鲜花店，门虽已被震碎，但鲜花依然在那里开放。

落日的余晖，在地平线上洒出最后的余光，秦肖雄把一枝枝鲜花插在废墟上，晚霞映出两个人的剪影。

秦肖雄：这场灾难夺走了多少生命。你心情不好，那两个人是你的朋友？

刘川：是以前的同事。

秦肖雄：当警察之前？

刘川：对。

秦肖雄：以前你也是演员？

刘川：舞台工作人员。

刘川从地上捡起几张装碟片的盒子，他的目光停在了一张有小女孩画像的盒上，他的神色严峻起来。

44. 芙蓉小学废墟另一处　傍晚　外

这里正在组织大规模的救援，获救的儿童、等待的家长、医务人员、救援人员等挤满了现场。刘川和秦肖雄也赶到这里，刘川在人群中寻找着苗苗。

刘川：苗苗！苗苗！

刘川翻找着地上的书包，秦肖雄找到一个书包，上面布满了鲜血，书包盖上写着宋苗苗。

秦肖雄：苗苗！宋苗苗！

刘川接过书包看了看。

刘川：不是。

说着放下书包，这时校长走过，刘川上前。

刘川：你是老师吗？

校长：校长！

刘川：我想跟你打听个孩子！

校长推开刘川：等一等！（说着推开刘川继续往前跑）

刘川又一次将校长拉住急切地：我要找孩子！

校长大发雷霆：你没看见我在救人吗！亏了你还是个警察！

医务人员接走校长怀中的孩子。校长走近刘川。

校长：什么名字？

刘川：苗苗！

校长：叫苗苗的有好几个，姓什么？

刘川焦急地：姓刘，刘苗苗！

校长翻找着手中获救者的名单。

校长：刘苗苗……没事，受了点轻伤，被救护人员接走了。

刘川：接到哪儿去了？

校长：不清楚，我只能告诉你孩子没事。（转身离开）

刘川如释重负地松了口气，他无所顾忌地冲向废墟，奋勇救援。和他一起的秦肖雄似乎听到了什么。

秦肖雄，安静！这底下有动静。

刘川：听我指挥，把车灯打开。

周围的车灯瞬间把废墟照亮。

刘川：静一静！安静！

现场所有的人一时都屏住了呼吸，一片人趴在废墟上静静倾听。

刘川：在这里！

刘川扒开废墟，从里边掏出几个幸存的孩子。他刚把最后一个孩子拖出，楼板塌陷，压住了他左手的中指和无名指，无法撤出。秦肖雄见此要去营救刘川。

刘川：别过来！

秦肖雄继续往前。

刘川：别管我！

秦肖雄用力地推着楼板，刘川使劲一拽左手，一只手指永远地留在了石板下。另一只手指也被压断，只是连着点皮，刘川咬牙一拽，把手指扔到一边，秦肖雄呆呆地看着眼前的一切。

45. 一座座残破的民房内　夜　外

秦肖雄正在为刘川包扎伤口，他们在一个没有屋顶的废墟内，里面有沙发茶几等生活用品，两人坐在沙发前，他们用破玻璃瓶罩着点燃了几支蜡烛。

刘川：震前这里可能是新房。

秦肖雄：也不知道主人怎么样了，但愿他们平安。（少顷）苗苗是你女儿？

刘川：不，朋友的。

秦肖雄：她的家人呢？

刘川：不在了。

刘川看了一眼身边的秦肖雄。

刘川：你是来旅游的？

秦肖雄：离家出走。

刘川：……多久了？

秦肖雄：不到半年。

刘川：一个人在外日子很难熬。

秦肖雄：恰恰相反。

刘川：逃避感情？

秦肖雄：逃避父母！我是学心理的，可是越来越觉得自己心理有问题，他们的期望太高，我活着累。我就是想试试，离开他们我能不能生存。

刘川：你在折磨你最不该折磨的人。

秦肖雄：出门时身无分文，现在我置下了一块地产。

刘川：靠什么挣钱？

秦肖雄：给网站写东西，我还准备在你身上挣钱。

说着，秦肖雄打开电脑，屏幕上显现出开满鲜花的山坡大海。

秦肖雄：这是我为自己买的墓地，那里面朝大海，春暖花开……

刘川：从明天起做一个幸福的人……

秦肖雄：人总是会死的，这里山明水秀我非常喜欢，我就觉得和自己有缘。将来我在这立块碑，上边刻上出生的时间和死亡的时间，出生的时间父母决定，死亡的时间我自己掌握。

刘川：你年纪轻轻怎么会有这种想法？

秦肖雄：留着呗，弄不好还能升值呢，早晚能用上。地震的一刹那我真的以为生命到此结束，其实死亡比想象的简单多了。

这时余震开始，墙皮瓦块从俩人的身边落下，他们没在意，目不转睛地看着对方。身后的残墙呼的一声向外倒下，露出了漫天的星光。清风吹起了秦肖雄的长发，此时她更加美丽。

刘川：没事，这房子没顶，很安全。

秦肖雄：和你在一起我不害怕。

秦肖雄举起刘川那失去中指和无名指残手。

秦肖雄：你知道在哑语中这个手势代表什么吗？

刘川看着秦肖雄。

秦肖雄：我爱你！

两个人紧紧地抱在一起，他们互相支撑着、相互温暖着。

46. 废墟某处　晨　外

旭日爬上山梁，晨光中一只母鸡在废墟上咯咯嗒嗒地叫着，废墟下，一只孩子的手，又一次抓住了鸡蛋。

47. 一座残破的民房内　晨　外

秦肖雄醒来，发现身边的刘川不见了。她没有感到更多的意外，打开电脑，打上了几行字：（心里告白）也许他是个有家的人，也许那个苗苗就是他的女儿，也许他不想面对这一切，他消失了，其实我已想到……

秦肖雄站起身，晨风吹动着的她的长发，她看到不远处的青山格外秀丽。

48. 临时救助点　日　外

这里显然是小城最大的救援中心，几十座帐篷绵连成片，等待救治的、寻找亲人的络绎不绝，刘川把警服反过来穿在身上，他在帐篷区里查找着女儿苗苗，经过寻亲墙，看到了登记人员。

刘川：同志，有刘苗苗吗？

登记人员查看了一下登记簿，摇摇头。刘川继续寻找，这时范主任风风火火地迎面走来，他眼镜上的那块碎裂的镜片已被清除。明显可以看出一只眼有镜片，一只眼是空的。因此他的主观视线一半虚，一半实。

范主任看到刘川

范主任：警察同志！你这是……

范主任看着刘川反穿的警装。

刘川笑了笑：啊，匆忙穿反了。（说着将衣服翻了过来）

这时有人慌张地赶来。

那人：范主任！银行废墟下发现了幸存者！

范主任：快！

刘川无奈，坐在范主任车上。

范主任：这家银行的情况比较特殊，你应当比我清楚，五年前发生了一件震动全城的大案，金库 80 万现金被盗，案子至今未破，罪犯在逃，办案的警察也受到了降级处分，听说老婆也跑了。

刘川看了一眼自己肩膀上的警衔。

刘川：……对，知道。

49. 银行救灾现场　日　外

废墟四周拉起警戒线，几个保安把无关人员拦在外边。

范主任和刘川走来。

范主任：警察来了！

银行负责同志握住范主任的手。

银行负责人：地震发生时，我们大家都往外跑，一位职员为保护现金往里跑，一直没有出来。几十个小时过去了，没有一点音信。金库在地下营救起来困难很大。

范主任冲着银行负责人：好，我介绍一下，这位……

刘川打断了范主任。

刘川：别多说了，抓紧时间。

范主任：好！这位警察同志对现场救助很有经验，大家听听他的建议。

在场的人不约而同地鼓起掌来，大家把期待的目光投向刘川。

刘川：金库很坚固！墙壁一米多厚啊！不能硬来。地下金库有三处薄弱环节可以进入，一、通风管道；二、下水道；三、员工通道，但员工通道绝不可取。不戴胸牌从那一过，警铃马上会响……

范主任：停电了，都停电了。

大家听得摸不着头绪。刘川也意识到自己失口了。

刘川：不多说了，我来吧。

他戴上安全帽，拿过绳子系在腰上，把另一头递给范主任。

刘川：跟上回一样，我一动绳子你们就拽。

说罢钻进洞内。人们屏住呼吸小心翼翼地往里顺着绳子。这时王老石从远处赶来。

王老石：需要帮忙吧？

范主任：等等。

50. 洞内　日　内

刘川艰难地向前爬行着。

51. 洞口　日　外

洞口的人们屏住呼吸，小心翼翼地将绳子一点点拽出。被困人渐渐地露出洞口，他手中紧紧地抱着现金口袋。范主任接过口袋递给银行负责人员。

范主任：拿好现金！

他们把受困人员迎出洞口。王老石伸手去拉后边的刘川。

王老石：辛苦了……

刘川抬头，四目相对，刘川立即掉头，他失魂落魄地往回爬。王老石刚要追进，被范主任拽住。

范主任：进去后一定要听警察同志的指挥！

王老石：好好！

范主任：一定注意安全！

王老石：一定！

范主任：千万别……

王老石：行了！

说完钻进洞去。

52. 洞内　日

刘川与王老石一前一后在洞内磕磕绊绊地爬着，不时有沙石滚落，他们越来越靠近，突然几块砖石在王老石眼前砸落，溅起烟尘，烟尘散去，一支枪口顶在了王老石的面前。

刘川：出去！我一开枪咱俩全完！现在我死在这是英雄，你就不好说了。

王老石：等一下，有一件事必须要办。（他不慌不忙亮出腕子上的手铐，趁刘川不备，抓住他的脚踝猛地一拧，顺势把刘川压住，手铐的另一端锁住了刘川的另一只脚。）就是死，我也让所有的人都知道我抓到了你！

53. 洞外　日

人们在焦急地等着。

范主任：警察同志，里面情况怎么样？

银行负责人：没动静？

范主任：看来里面情况很复杂。

54. 洞内　日

王老石用枪指着刘川的脑袋。

王老石：老子毙了你！

刘川：开枪吧，我早晚一死。

王老石：想得美！你必须接受法律的审判！

王老石从刘川的身上摸出手铐的钥匙，打开自己的一面，把刘川双手背着铐上。

他抽出弹夹看了看。

王老石：你是不是又多了条人命！

刘川：绝对没有！我抓小偷的时候枪走火了。

王老石：你抓小偷！？真他妈贼喊捉贼！你胆大包天！拒捕、偷枪，还冒充警察！

刘川：我没给你抹黑。（说着亮出左手残指）你看！我一直在救人。

王老石：少废话，跟我走。

刘川：去哪儿？

王老石：去你应该去的地方！

刘川：都垮了！

王老石愣住。

刘川：现在最重要的是救灾！

王老石愣了半天。

王老石：……特殊时期，可以给你个机会，必须在我的监督下，不许离开半步。

刘川：我也有个请求。

王老石：你没资格给我谈条件！

刘川：别暴露我的身份，免得造成新的恐慌。

王老石犹豫了一下，打开刘川的手铐。

王老石：你狗日的，你从哪儿爬进来的再从哪儿爬出去。

刘川：……？

王老石：那边都在等着你呢。

刘川欲走。

王老石：等等。

说着伸手扔过安全帽，刘川感激地看了他一眼，回头往洞外爬去。

55. 银行废墟洞口　日　外

刘川从洞口爬出，人们激动地将他抱起，抛向空中。王老石随后爬出，人们并没有注意到他。范主任走过来拉住王老石的手。

范主任：谢谢！在警察同志的鼓舞下，我们变得都英勇了！

王老石：啊啊……

说着王老石掏出纸笔在写着什么，这时秦肖雄从人群后挤来，她发现刘川，举起相机，按下快门，一只手突然捂住镜头。

秦肖雄：你干吗？

王老石：别照，我是警察。

秦肖雄上下打量着王老石。

秦肖雄：有病！

王老石尴尬地站在那里。

56. 废墟一座没有屋顶的房子　日　外

救援人员穿梭不息，人们正在废墟中搜寻生命。

王老石和刘川一前一后地搜寻着，他们来到坍塌的居民区，王老石听见楼板下有动静。

王老石：有人！

他和刘川使尽全身力气，共同用肩膀艰难地将楼板的一头扛起，发现楼板下的空隙处趴着一只小狗。

两人眼看着就要支撑不住了，他们大呼小叫让小狗出来，但小狗哆嗦着就是不动。刘川看了一眼身旁的王老石，豆大汗珠顺着王老石的脸滚下。

王老石：你得挺住，你一撒手我就完了。

刘川：你也得挺住。

王老石的话启发了刘川，他一咬牙，一闭眼，瞬间撤出。突然良心发现，他下意识地一把将王老石推开。刘川想象的情景并没有出现，只见一根铁管神奇地支住了楼板。

刘川：？

王老石：我怕撑不住，顺手支了个铁管。

这时远处有人喊警察，王老石起身离开。刘川出了身冷汗，他偷偷往袜子里掖进电工刀，正欲溜走，不远处的王老石转身叫住了他。

57. 临时救助点　日　外

刘川和王老石排队领饭。

王老石：你在前边。

刘川：我不跑。

刘川站到了王老石的前边。没想到前边紧挨着的就是秦肖雄。她扭过头来看着刘川，刘川一愣。

秦肖雄：别紧张，你可以不认识我。

刘川小声地：还记得我说的那个逃犯吗？

刘川回头看了一眼王老石。秦肖雄立刻明白了。

秦肖雄警觉地：我早就看见了，他手上还带着铐子。

刘川：你知道就行了。

秦肖雄：他怎么还穿上警装了？

刘川：你不觉得在这特殊时期最难跑的就是警察吗？

秦肖雄：你太鬼了。

58. 帐篷外一角　日　外

秦肖雄端着饭盒盯着远处的王老石和刘川听不见他们的对话。刘川察觉，作出一副若无其事的样子。他故意地指挥着王老石。

刘川：坐近点！

王老石：干吗？

刘川：省得我跑了。

王老石莫名其妙地看了一眼刘川。

王老石：我的警牌呢？

刘川：救人时扯掉了，听说你为了抓我，把我的头像放在帽子里。

王老石：不仅如此。（王老石脱下鞋子给他看，里面也有一张印有刘川头像的通缉令）

这时身边传来半导体里播音员的声音“据有关部门统计，截至今天12时，这次大地震已确认35280人遇难，9862人失踪，8731人受伤……”

刘川看了一眼王老石。

刘川：算我遇难或失踪，我永远离开这座城市，不给你找任何麻烦。

王老石：你已经失踪五年了。（话里有话）

59. 临时救助点　日　外

秦肖雄打开电脑，屏幕上出现两幅照片，一幅是王老石戴着手铐，一幅是刘川拿着手枪。秦肖雄用电脑特技为王老石穿上警装，手上的手铐变成了手枪。刘川的手枪变成了手铐。秦肖雄在屏幕下方打出“……哈……哈……哈”。

60. 一处废墟　日　外

救灾现场。

群众们自发地在废墟中搜寻。

刘川和王老石一前一后地在挖着。

王老石不时地抬头看看刘川。刘川穿着T恤，戴着草帽。不时地回头看着王老石。刘川见周围人都光着膀子。他也把上衣脱掉，光着膀子。王老石继续盯着刘川的草帽。刘川趁王老石不备，把草帽戴在了旁边的男人头上。

男人：谢谢！（继续干着）

王老石开始盯着戴草帽的男人，那人要上厕所，王老石随即放下手中的活跟上。

61. 简易厕所　日　内

两人并肩小便。

王老石：我看你是懒驴上磨屎尿多，这一上午你上几回厕所了？

那人冤枉地：憋一上午了，我就尿了一次。

王老石傻了，扭头跑出。

远处的秦肖雄发现王老石，悄悄追上。

62. 一处街道废墟　日　外

四周有三三两两的救助人员穿梭着。刘川回头看见远处的王老石和秦肖雄，转身撒腿向城外跑去。

63. 寺庙废墟　日　外

刘川气喘吁吁跑到这里，眼前的景象让他惊呆了，寺庙倒塌，佛像倾斜，有的还在念经，有的仰天长笑。看上去十分凄凉。有两个老人还在那里拜佛烧香。刘川回头看见王老石从远处向这里赶来，他迅速躲在一尊雕像的后边，王老石追过，秦肖雄尾随在王老石的后边悄悄地追过。刘川钻出，看见他们远去的背影，他双手合十，离开。

64. 临时救助点　日　外

刘川在临时帐篷间穿行，他不时地掀开帐篷帘朝里张望。

刘川：苗苗！苗苗！

他看到一位小女孩，赶紧过去，旁边的家长让他明白了这不是苗苗，刘川继续寻找，可是没有一点女儿的音信。

王老石跑来，在人群中焦急地找人。秦肖雄寸步不离地紧盯着王老石。她下意识一回头，发现了擦肩而过的刘川。

她一把拉住王老石冲着刘川高喊。

秦肖雄：他在这！

三人愣住！

65. 废墟一角简易棚　日　内

王老石：我让你不老实！

王老石狠狠地把刘川铐在废墟的钢筋上。

王老石：龟儿子你还敢耍老子。

他上前从刘川脚下摸出那把电工刀。

王老石：我早就发现了，这东西要是变成了凶器，你就没得救了！

刘川央求着：我就是想亲眼看一下女儿，老师说她得救了，只要让我看一眼女儿，怎么都行！

王老石：知道安全就可以了，见面不是时候……

秦肖雄拎着丰盛的食物从远处走来，地上发现了刘川掉落的手机，她悄悄地打开，屏幕上出现了一家三口的合影，秦肖雄愣住了。顺着板缝看见刘川被铐在那里，她关上手机，放到原处，故意咳嗽了一声。

秦肖雄在棚外的石板上摆上火腿肠、牛奶、面包、方便面等食物，还有一瓶白酒。

秦肖雄：吃饭啦！

刘川跟随王老石若无其事地走出。

刘川：哪来的？

秦肖雄：超市。

刘川警觉地扫了一眼王老石。

王老石头都没抬：德利超市吧？

秦肖雄：对！抓住算偷，抓不住算拿！（秦肖雄故意地）

刘川：你别在这胡说。

刘川从兜里掏出100块钱拍在石板上。

刘川：把钱交上。

秦肖雄看了看那100块钱，上面写着刘川留下的地址。

秦肖雄心情有些难过。

秦肖雄：收起来吧，我请客。

说完转身离开。

刘川吃着东西，王老石紧紧地盯着刘川。刘川打开酒瓶盖递给王老石。

刘川：没那么严重，喝一口。

王老石没说话也没接酒。

刘川：累一天了，也该歇会了。警察的规定我知道，休息时间可以喝点儿。

王老石抢过瓶子。

王老石：特殊时期没有休息，这时候喝酒就是犯罪！（说着把酒瓶摔了个粉碎）

66. 简易棚外　日　外

秦肖雄闻声站住。

67. 废墟一角简易棚　日　内

王老石：你活得脏，别把人家姑娘给害了！

刘川：你干净？穿上警装人五人六的，我告诉你，脱了这身皮，你什么都不是……

话音未落，王老石一拳打在刘川脸上。

这时秦肖雄已经赶到。

秦肖雄冲王老石：你凭什么打人？

王老石：我不打好人。

秦肖雄：你打什么人都犯法！

王老石：他是你什么人哪，你这么替他说话！

秦肖雄：他是我爱的人。

刘川抬头看着眼前的秦肖雄。

秦肖雄冲刘川：看什么！和你没关系。（说着转身离开）

68. 废墟一处　日　外

秦肖雄心事重重地走着，她来到一个僻静之处，站在那里平静着自己的心情。她打开自己的手机，看着屏幕上的川剧画面。这时从空中掉下一支钢笔，砸到了她的头上，她抬头望去，见一个本子又从窗口飞了出来，她神色紧张地跑回到刘川和王老石的所在之处。

秦肖雄：快！有情况！

69. 某废墟的斜楼　日　外

一座五层高的居民楼已被震酥，楼梯歪斜摇摇欲坠。三楼阳台一只狗被甩出吊死在半空。三人仰望，此时没有任何东西掉下，楼上一片寂静，秦肖雄指着楼顶的一个窗口。

秦肖雄：就那个窗口。

刘川像是听到了什么，他把耳朵贴在墙壁上，这时隐约听见楼顶传来断续的钢琴声。

刘川：楼上有人弹琴。

王老石听着。

秦肖雄高喊：楼上有人吗？

楼上的琴声急促响起。

王老石：上！

刘川：上去就得死。

王老石看着刘川。

王老石：我还以为你是条汉子呢……两条路，要么跟我上，（看了一眼秦肖雄）要么把你铐在这儿。

刘川急了：去你妈的！你以为我比你怕死啊，这边上！

说完两人从倾斜的坡面爬向危楼顶部。这时楼顶的钢琴声越来越响，他们在音乐中艰难地向上攀登着。刘川脚下一滑，险些跌落。他顺手抓住窗框。

刘川：快！拽我一把！

王老石：抓住我的脚。

刘川的手怎么也够不着王老石的脚腕，就差一点！王老石从腰间取下手铐，铐在自己脚腕上，把腿伸向刘川。刘川抓住手铐用力地向上攀登。王老石满头大汗地扣住砖缝，鲜血顺着他的指缝流出，楼下秦肖雄提心吊胆地看着。他们来到楼顶，很多楼板已经塌陷。他们循着琴声找到了那个房间。只见一个五六岁的男孩仰面朝天地压在钢琴下，他看见楼顶上的刘川和王老石，激动地张大嘴巴却发不出声音。两只小手不停地敲击着键盘。刘川跳进房间，王老石跟下。

两人刚将钢琴的一头抬起，另一端震酥的墙壁已支撑不住钢琴的重量，顺势坍塌。钢琴穿过墙壁，从六楼坠落。钢琴在空中翻滚，落地的一刹那，数十根琴弦在一声巨响中绷断！黑白相间的键盘在空中飞溅。

王老石和刘川把一条条床单撕开接起，将男孩子从窗口顺下。秦肖雄在楼下接住。

王老石拽回绳子冲刘川：你下。

刘川：不行，你拽不住我。

说着把绳子系在王老石的腰上，王老石抢过绳子。

王老石：少废话！下！

刘川：下去你不怕我跑了吗？

王老石：你跑不过我的枪。下！

这时楼顶不断有碎片坠落。刘川感激地看了一眼王老石，顺绳而下。

刘川落地后，王老石收回绳子，把绳子系在自己的腰上，另一头系到窗梁上欲下。

秦肖雄在楼下大喊：不行。窗框外的墙砖已经酥了。

王老石轻轻一拽，窗框哗的一下倾出墙外。楼顶开始松动，碎物不停地坠落。

王老石在屋里四处搜寻，只有一张孩子的铁床是坚固的，他在床梁上系了几个死结，翻身而下。身体刚刚离开窗口，铁床猛地被拽出，卡在窗口上。王老石瞬间坠落到三层，眼看铁床要带倒墙壁，秦肖雄疯狂地喊着。

秦肖雄：快！楼要塌了。

由于打了几个死结，绳子不够长，王老石无法解开腰中的绳子，他吊在空中不能着地。

刘川跑上：快！切断绳子，我接着你。

王老石：闪开！

这时楼顶的砖石不断坠落。

刘川：快！弄断绳子！我接着你！

王老石：滚！不然咱俩全都完了。

刘川无奈地缓缓后退。

王老石掏出那把电工刀，割断绳子跌落下来，落地后，他拼命地向外奔跑，身后的危楼瞬间坍塌，腾起漫天烟尘，他似雕塑一样浑身布满了灰土……

70. 老街废墟内　黄昏　大雨

大雨滂沱，一座废屋，四周还留着残墙断壁，墙上镶有瓷砖，这里曾是震前一户人家的浴室，雨水从天而降，刘川和王老石赤身露体地在洗着，刘川转过身背对着王老石，能看到背上刺着“苗苗”两个字，王老石看了看没有说话，刘川用一条破毛巾搓着后背挡住了字，镜头拉开才看出房顶已被掀去，他们是在雨水中沐浴。

71. 残破民房　傍晚　雨

这里曾经也是一户人家，能看到许多生活用品。秦肖雄用一个木盆接着雨水在擦洗着。

72. 残破民房隔壁　雨夜　内

雨还在下着。

镜头缓缓地移动着。

由于地震屋子已经半露天，在房间里还能隐隐约约地看见梳妆台和花盆等东西，一片凄美的温馨。王老石从地上端起一盆有些干枯的花，放到窗台上，雨水滋润着花瓣。他掏出笔和纸在写着什么，刘川从地上拿起一个镜框，里边镶着一张三口之家的全家福。镜框的玻璃碎裂成不规则的裂纹，他摘掉玻璃碴儿，把照片立在柜子上。

王老石盯着那张全家福又看了看刘川。

王老石：想家了？

刘川：五年了……

王老石：你小子还挺有本事，你说川剧团当家花旦当初怎么能看上你呢？

刘川：我当初也不错，我们结婚那天晚上，我把床布置成了舞台，她在幔帐里给我唱了好多好多的戏……

王老石：你说你要啥没啥，是不是就在那方面有点功夫？

刘川：你不行的我都行。

王老石笑了笑：听说了没有，她后来跟演许仙的那个同居了。

看得出刘川对他的话极其反感。

刘川：我只听说你老婆跟人跑了。

王老石停了一会儿。

王老石：不过你小子还算有良心，（指了指后背）没忘了女儿。

刘川：我最对不起的是女儿。女儿两岁那年，他妈去外地演出，孩子发高烧，为了赌，我两天一夜没开手机，不然孩子不会落下终身残疾。五年来，我跟她们没有一点联系，就是怕连累她们。我不止一次地想过，和她们重逢的情景……

过了一会儿，刘川摸起一张地上散落的麻将牌。

刘川：我这辈子毁在它身上了！

王老石：四十不到还谈不上一辈子。

刘川：人活着没啥意思，你觉得你这辈子活得有意思吗？

王老石没有回答。

刘川：我替你说，没啥意思……我知道，为我你受了处分，不然你不会成为现在这个样子。

王老石：我现在挺好，由刑警到民警，我要求调到这个派出所，就是为了堵你的老窝。当初我是为了贪功让你跑了，今天还是为了贪功。你放心，我一定要亲手把你送进去。

刘川笑了。

刘川：咱俩不做哥们儿真可惜了，都认死理。你是个失败的警察，我是个失败的赌徒。

说着抓起一个麻将，啪地扣在地上

刘川：赌一把！你能摸出来这张是什么牌我就跟你走。

王老石：七饼。（又摸了一张）南风。（又摸了一张）发财……

刘川用钢钉，在一张二万的牌上偷偷划一下，递给王老石。

王老石摸了摸：二万！但是牌上有一道划痕。

说着把牌翻过，刘川傻了！

刘川：牛逼。

王老石：我抓赌的时间比你赌龄都长。

73. 残破民房　夜　内

秦肖雄听着隔壁刘川和王老石的对话，这时屋外的雨小了许多，秦肖雄突然听到废墟中传来钟声，她掀开杂物，看到了柜子上的座钟正在打点，钟声当当地响了十一下。

74. 残破民房隔壁　雨夜　内

隔壁的王老石和刘川听着钟声对视了一下没有说话……

75. 残破民房　夜　内

秦肖雄摘去钟表上的玻璃碎片，擦去灰尘，用钥匙给钟上满了弦，钟摆在嗒嗒地摆着。

76. 残破民房隔壁　晨　内

清晨。雨还在下着，刘川睡在里头，王老石睡在外边，雨水已将他彻底淋透。他醒来，刘川还在睡着。

王老石打开手铐站起，觉得头晕眼花，险些摔倒。

刘川醒了：你怎么了？

王老石面色苍白，头上有豆大的汗。

王老石：没事儿，可能没睡好。

刘川摸了摸王老石的额头：这么烫？得去医院！

王老石摆摆手：没大事。

他刚要穿上衣服，仰面摔倒。

刘川喊：王警官！

77. 灾区临时医院帐篷　日　内

帐篷内的十几张病床上躺满了伤员，王老石躺在帐篷一角的病床上，护士们在身边忙碌着。

王老石缓缓地睁开了眼，四下打量了一下。他吃力地起身。

刘川凑到他的眼前。

刘川：躺好了。我在这儿呢。（明显是话里有话）

护士：病人身体虚弱，别多说话。

护士离去，王老石闭上眼睛。

八哥：（心里告白）辛苦了！辛苦了！

不知谁把老街的鸟笼子挂到了帐篷里，王老石这才看清旁边的病床上躺着的是老街上那个擦鞋匠，他格外惊喜。

王老石：是你？

擦鞋匠：王警官你还活着！

王老石笑了笑：活着。你怎么样？

擦鞋匠：没啥子大事，命是保住了。

王老石：活着就好！

擦鞋匠低头看了看王老石地上的那双皮鞋。

擦鞋匠：王警官，你那双皮鞋要不得了。

说着拿过来一双新皮鞋。

擦鞋匠：咱俩的脚一般大，这双皮鞋送给你，我用不着了。

王老石这才发现擦鞋匠的双脚已经没了。王老石和刘川对视了一下，这时几位医务人员走进，“二十三床手术”说着用担架将擦鞋匠抬走。王老石望着擦鞋匠留下的那双皮鞋。

刘川：真惨！

这时半导体广播里播放救灾的消息。同时插播全国人民为灾区捐款的新闻：“一对年轻夫妇一次捐出100万，他们没有留下自己的名字。”

刘川有些感慨。

刘川：真有钱。

王老石：那叫爱心。

刘川：这100万是个什么分量？

王老石：分量？

刘川：我是说从量刑上。

王老石：要是盗窃银行就是死罪！

刘川：那救出100万能不能将功补过？

王老石：那是两码事。你的赃款都挥霍了吧！

刘川：没有。我想给女儿留着。再过几年医学发达了，这些钱也许会救她。

王老石：你还是先救你自己吧。

刘川掏出兜里的助听器。

王老石：给你女儿买的？

刘川：如果我没记错的话今天是她八岁生日。

王老石：孩子挺争气，虽然听力有障碍，但宋苗苗一直是全校的优等生。

刘川：宋苗苗！还片警呢，连姓啥都没搞清楚。刘苗苗！

王老石：……我比你清楚，你老婆办完离婚手续，改了户口本，让孩子跟她姓了。

刘川呆住了。他耳边立即响起校长的声音。“刘苗苗没事，受了点轻伤被救护人员接走了。”

刘川越想越害怕，面色苍白。

王老石：你怎么了？

刘川：没事，我想透透气。

说着走出帐篷。

78. 灾区临时医院帐篷外　日　外

刘川走出帐篷犹豫着，他看看帐篷，看看远处，一咬牙转身迅速跑开。

79. 废墟中　日　外

刘川拼命地奔跑着。耳边不停地响起校长的声音。“刘苗苗没事，受了点轻伤被救护人员接走了。”

80. 芙蓉小学　日　外

刘川气喘吁吁地跑进学校的废墟。

空无一人的废墟里没有一点声音。看得出这里的救援已经结束。

刘川跑进废墟当中，四下搜寻着。

刘川嘶喊着：苗苗！苗苗！

这时王老石赶来，刘川满脸怒气地看着他，两人走近。刘川挥手狠狠地一拳把王老石打倒在地。

王老石：你疯了！

刘川咆哮：你个王八蛋！要不是你天天盯着我，我女儿就死不了！

王老石：你不在，别人也会救她。

刘川：救不了，她听不见！她喊不出！她是个聋子！

话罢，刘川转身就走。

王老石：你去哪？

刘川不理。

王老石：站住！

王老石强忍着站起，从腰间抽出枪，对准刘川。

王老石：不站住我马上开枪。

刘川像没听到一样继续向前走着。

王老石：我数到三，一……二……

刘川停下，回身看着王老石。

刘川：开枪！你不打死我你是个王八蛋！说完转身继续朝前走去！

王老石头昏眼花，一头扎在了地上。刘川看了一眼，理也没理，继续向前走着。

81. 一处废墟　日　外

一只母鸡从废墟中咯哒咯哒地叫着出来。秦肖雄很好奇，凑上前去，发现废墟下有一只孩子的手握住了鸡蛋。

秦肖雄惊恐地：谁？

82. 医院附近的废墟　日　外

刘川没有目的地在前边走着，手里拿着助听器。

范主任跑来。

范主任：我可找到你了，快走！

范主任抓起刘川的胳膊。朝医院废墟跑去。

83. 医院废墟　日　外

废墟下围着很多人，几个遇难家属胸戴白花，范主任带刘川走近。

范主任：这位就是奋不顾身钻进洞内救助你女儿的那位英雄。

老人深深地给刘川鞠了一躬。

老人：谢谢！在我女儿生命最后的一刻，是你给了她安慰。当我们把她遗体解救出来的时候才发现，她的手里还攥着你的胸牌。

说着把那枚胸牌交给刘川，刘川看着胸牌极度内疚。

刘川：不！不是……

84. 一处废墟　日　外

秦肖雄瘫坐在废墟上喘着，一个女孩已被成功救出。她脸色苍白惊魂未定。

秦肖雄：你叫什么名字呀？怎么一个人在这里？

孩子没有反应。

秦肖雄：你叫什么名字？（秦肖雄提高了声音）

女孩：苗——苗。（很明显她语音有些障碍）

秦肖雄：苗苗！宋苗苗？

小女孩点点头。

85. 医院废墟　日　外

刘川手里攥着王老石的胸牌。发疯似地朝王老石被困的方向跑去。

途中遇到秦肖雄。

秦肖雄：快！苗苗得救了！刚上救护车，正往城外走呢。

刘川：宋苗苗？

秦肖雄：宋苗苗！

刘川撒腿就朝城外跑去。

秦肖雄：等等我！（追去）

86. 芙蓉小学废墟　日　外

虚弱的王老石找到一处废弃的水管，水珠在一滴滴地往下滴着，王老石拼命上前抓住水管，不小心碰到了已经松动的墙壁，一块砖石瞬间落下。

87. 废墟的道路上 日 外

刘川急速地掠过。

发疯地奔跑。

88. 另一处废墟的道路上 日 外

远处是救护车，刘川情急之下翻过废墟，飞快地跑向救护车。

人和车像两条线一样飞快地会合了。

刘川与车并行，边跑边大声呼喊着苗苗。他一跃跑到车前，将车拦在山路上。车门开了，老师下车。

刘川：苗苗，宋苗苗！

老师把苗苗领下车，刘川望着眼前的女儿不敢相认。

刘川：苗苗，我是爸爸。

苗苗站在那里没有反应。

刘川：我是爸爸。

苗苗仍没有说话，刘川为女儿戴上助听器。

刘川一字一句地：爸——爸！

苗苗语言有些障碍冲着刘川：爸——爸！

刘川一把把女儿搂在怀里，泪水决堤。

刘川：爸爸爱你……

苗苗向老师举起爱的手势，刘川举起失去中指和无名指的残手。

老师站在车门口：上车啦，孩子要去体检。

刘川放开苗苗，苗苗上车。

救护车重新发动。刘川望着远去的救护车，如释重负，这时他想起王老石，从兜内掏出那个胸牌，突然发疯似地朝王老石方向跑回。秦肖雄刚刚赶到，刘川与她擦肩而过，秦肖雄有些摸不着头绪。

秦肖雄：哎，你……

刘川顾不上回答，秦肖雄转身追去。

89. 芙蓉小学废墟 日 外

王老石头部负伤，奄奄一息，鲜血顺着前额流下，刘川赶来，愣住，扑向王老石。

刘川：王警官！

王老石慢慢睁开眼睛。

王老石：龟儿子，我知道你会回来的。

刘川：我不回来谁陪你耍呀，苗苗得救了。

王老石：好，没事就好，好好活着……（故作轻松地哼着川剧）——美美满满过一生……

王老石一口鲜血涌了上来，他用最后的力气指了指上衣口袋，头一歪，停止了呼吸。

刘川打开他手指的兜，取出那张通缉令，王老石的血已把刘川的头像染红，在通缉令的背面写着这样几行字：

"地震第一天，犯罪嫌疑人刘川救助警察一名，女青年一名和多名幼儿园的孩子。

第二天，参加救助队，在原盗窃现场救出银行出纳员和大量现金。

第三天，抢救群众若干。在救助楼顶被困儿童时，表现英勇。

刘川在这次抢险救灾中有重大立功表现，并对盗窃事实供认不讳。如能投案自首，交回赃款，我建议法庭量刑给予考虑。

办案人：王老石。"

刘川的眼泪落在通缉令上。他把那枚胸牌重新别到王老石的胸前，用袖口把王老石的那双皮鞋擦得干干净净，为他整理好布满灰土和划口的警服……

刘川抱起王老石。

刘川：王警官，你赢了，我跟你回去。

他抱起王老石朝城里走去！

秦肖雄迎面走来，又一次与刘川擦肩而过。

刘川抱着王老石向那座残破倾斜的城市走去……

——剧终

（与王金明共同创作）

《倾城》工作照

附言：2008 年 5 月 12 日汶川发生强烈地震，我随总政歌舞团到一线慰问演出。创作单人小品《一个志愿者的自白》。回来后创作电影剧本《倾城》。地震一周年，电影在汶川正式开机，全剧组人员在废墟上向遇难者默哀。所有的拍摄都是在废墟上完成的，拍摄过程中偶有余震，常有危房断裂倒塌，大家同心协力克服心理障碍，顺利完成拍摄。本片获得“金鸡”奖原创最佳编剧奖、“夏衍”电影文学奖、法国“红水晶”电影节奖、中美电影节奖等多个奖项。

·电 影·

玉 秀

时 间 现代。
地 点 东北。
人 物 玉 秀：女，19—49岁，原名秀子，日本姑娘。
何镇江：男，22—52岁，小学教员。
何镇海：男，25岁，何镇江的哥哥。
狗 嫂：女，27—57岁，韩大狗的妻子。
韩大狗：男，30—60岁，复员军人。
疤瘌蛋：男，20—50多岁，村民。
何老六：男，40—50多岁，村支书，何镇海的父亲。
六 婶：女，40—70多岁，何老六的妻子。
翠 花：女，20多岁，村民。
何 平：男，7岁，玉秀的儿子。
南宫弘治：男，14岁，日本军人，玉秀的弟弟。
南宫一郎：男，40—70岁，关东军某部军官，玉秀和南宫弘治的父亲。
日本少佐：男，20多岁。
老院长、男医生、女军医。
民工、村民、护士等若干。

1. 远山 冬日 外
白雪皑皑的大山，身披银装的森林。
阵阵寒风吹来，卷起雪花。还不时发出怪兽般的嚎叫。
镜头在山林里穿越，时而急匆前行，时而隐藏躲避，时而翻山越涧，时而惊恐不前。令人疑惑，神秘莫测。
【推出片名 玉 秀
2. 草丛 秋日 外
一条蛇一样的东西在爬行，发着窸窸窣窣的声音。
青草、野花、灌木。
3. 军用仓库 日 内
这是一个仓库，隐蔽在山洞内。各种印着骷髅标志的物品排得满满当当。个个都编着奇怪的号码。
日本军人穿行的脚步，咚咚作响。
灯光忽明忽暗，气氛压抑，让人紧张得透不过气来。
4. 山上 日 外
云在飘、在飘……，地上的花儿不见了，草黄了、枯了，树叶子飞舞着落满老林，一会儿竟然飘起了雪花。
天空、大地顿时寒冷起来。
5. 山下 夜 外
大雪过后被雪覆盖的大山。

遥远的山脚下，一个村落。暮色苍茫的时候，有微弱的灯光，一闪一闪地飘过来，像天上的星星。

深夜俯瞰，白雪皑皑的小村落，被群山环抱显得静谧安详。

6. 村头　冬日　外

“野人”一样的女人造访了山脚下的这个村子，她衣衫褴褛，枯瘦如柴。面色苍白，好像是病了。但是目光里却隐藏着掩饰不住的机敏。

村子里的人围过来观看，越聚越多。

有人说：“傻子吧？”

翠花摇头：“不像，眼睛忽灵忽灵的，不傻。”然后对姑娘，“你叫什么名字？哪个村的？”

女人不说话，用提防的眼神看着每一个人。

人们七嘴八舌。

“躲开躲开。”

说话的男人叫疤瘌蛋，小时候长了一头烂疮，好了以后落下密密麻麻的疤，村里人都叫他疤瘌蛋，真名早就忘了。

疤瘌蛋来了，人们自觉地闪开一条“路”。

女人见来了一个不怀好意的男人，本能地缩紧身子。

疤瘌蛋伸手就扒女人的头发，女人躲。

疤瘌蛋：“我又不是老虎。”乘机想占便宜，一只手向女人的胸脯伸去。

女人急忙用双手护住胸口。

这时，疤瘌蛋的耳朵被人提溜了起来。疼得他龇牙咧嘴，正要发火，见是狗嫂，又一脸无奈。

疤瘌蛋：“哎哟哟，狗嫂，你轻点。”

狗嫂：“轻点能把你提溜起来？”

众笑。

疤瘌蛋被狗嫂提溜着耳朵拎出人群。

翠花笑道：“这就叫狸猫捉老鼠，一物降一物。”

疤瘌蛋揉了揉被提溜疼的耳朵：“打是亲骂是爱，狗嫂天天想男人，乘机摸摸我。”

狗嫂呸了一声骂道：“疤瘌蛋，老娘晒干了也不找你。”

小孩子们起哄道：“都来看、都来看，俺村有个疤瘌蛋。疤瘌头上长疤瘌，疤瘌捂着不让看。我说给他治疤瘌，他说长着怪好看……”

疤瘌蛋过来抓捕孩子们，孩子们作鸟兽散。

狗嫂蹲到女人面前，仔细问道：“姑娘，你是哪个村的？”

姑娘不说话。

狗嫂：“说话呀，啊，你是哪里人？要到哪里去？是不是病了？”

姑娘依旧不说话，

翠花：“是不是日本女人啊，落下的？”

狗嫂：“日本鬼子打跑两年多了，现在见个日本人，比见三条腿的蛤蟆还难哪。”

翠花：“也是哈。”

狗嫂：“姑娘，你倒是说话呀！”

女人确实不知道该怎么回答，也许是急中生智，“啊啊”起来。众人这才明白了，面前的女人原来是个哑巴。

狗嫂：“是个哑巴。”

翠花：“十哑九聋，说也白瞎，听不见。”

一会儿，哑巴的眼睛迷糊起来，狗嫂急忙摸摸她的额头。

狗嫂：“哟，这么烫。翠花，来，搭把手。”

翠花等人上前，将哑巴扶在了狗嫂背上。

狗嫂将女人背走了。

人群刹那间散去。

7. 狗嫂家　夜　内

哑巴半躺在床上，狗嫂一勺一勺地喂水，女人仍然用惊惧的眼神看着面前这个女人和陌生的环境。

翠花将鸡蛋面端来："就两个鸡蛋，打完了。"

狗嫂："两只母鸡都落（lao）窝，用水洗了好几遍，不顶用。"

翠花："尾巴上绑个小旗，跑几天就好了。"

狗嫂对哑巴："试了，没用。姑娘，吃吧，吃饱了扛病。"

哑巴看着香喷喷的鸡蛋面，警惕的目光看着狗嫂。

狗嫂："吃吧。"

哑巴将碗捧在手里，吃了起来。

8. 狗嫂家　晨　内

一缕阳光从外面照进门窗。

哑巴从香甜的梦中醒来，悄悄从嘴里掏出个什么，原来是个手绢。

狗嫂："醒了？起来吧。"说完自己笑了，对方是个哑巴，是听不到的。

狗嫂掂了两件衣服，说道："我原来在娘家的时候穿的衣服，我穿上瘦了，你试试。"

哑巴没敢动，仍然警觉地看着狗嫂。

狗嫂："穿上吧，你那衣服像个叫化子，脱下来洗洗。"说着，拉扯了一下女人的衣领。

女人再一次护着胸口。

狗嫂笑道："我又不是爷们儿。"言毕，将衣服放在女人身旁。

哑巴这才接过来，抱在怀里。

狗嫂："穿上吧。"

哑巴穿衣服。

9. 学校　日　内

黑板上写着百家姓：赵钱孙李，周吴郑王……

何镇江一字一句地教着："赵钱孙李。"

学生们学着："赵钱孙李。"

何镇江："周吴郑王。"

学生："周吴郑王。"

外面，哥哥何镇海一瘸一拐地走来，手里掂着一个陶罐。

何镇江赶忙迎了上去："哥。"

何镇海："狍子肉炖粉条，咱娘做的。"

何镇江："哥，我一会儿出来吃，教完这几个字。"

何镇海："先吃，你吃完，我听你教书。"

何镇江点头："好。"

何镇海给弟弟盛了满满一碗，递给弟弟，看着弟弟大口地吃着，一脸幸福。

学生们一下子围了一圈，眼巴巴地看着。

何镇江："去去去，看啥看。打车轱辘，打三个换块肉。"

男孩子们笑，马上开始打车轱辘，孩子们满院子里翻跟头，然后跑过来吃肉。

镇海憨憨地笑着给孩子们喂肉。

镇江边吃边笑。

欢乐祥和的气氛。

10. 狗嫂家　日　内

哑巴已经穿好了衣服，很合体。

狗嫂高兴地："合身，我当年也是你这身条，哎，老了。"

哑巴点了一下头，这是典型的日本礼节，她暗自一怔，好在狗嫂转身，没有看见。
狗嫂拿来一个梳子，递给哑巴，说道："梳梳头。"
哑巴点头。
镜子里的女人渐渐靓丽起来。
狗嫂走过来："真好看，美人坯子。"而后问道，"你打算去哪里？"
女人没有说话。
狗嫂连说带比画："你去哪里？"
哑巴似乎听懂了，一脸的犹豫。
狗嫂自言自语："这怎么办哪。"

11. 学校 日 内

何镇海在窗外羡慕地看着教书的弟弟。
何镇江："冯陈褚卫，蒋沈韩杨。"
学生一字一句地学着："冯陈褚卫，蒋沈韩杨。"

12. 何老六家 日 内

何老六在吧嗒吧嗒地抽烟。
六婶："是个哑巴。模样长得俊着哪！"
何镇海从外面走来。
六婶："吃完了？"
何镇海："嗯。"
六婶："我去给你盛饭。"
何镇海："我去吧，娘。"
六婶："我去我去，你等着。"言毕，接过来陶罐走向厨房。
何老六："你娘说，村里来了个哑巴。"
何镇海："嗯。"
何老六："你见了？"
何镇海："见了。"
何老六："也不知道是啥身份。"
何镇海："是个要饭的，病了。"
何老六："前两年，日本投降的时候，来不及走的，都装哑巴，还有装傻子的。"
何镇海："现在哪儿还有，就那一阵子。"
六婶将饭菜端了上来。

13. 狗嫂家 日 内

狗嫂在搓麻绳，哑巴在旁边看。娴熟的动作让哑巴羡慕不已。
狗嫂也很得意，近乎于表演。
这时，门外有人喊她。
翠花："狗嫂。"
狗嫂："哎，翠花，在屋里哪。"
翠花："大狗哥来信了。"
狗嫂显得非常激动，急忙放下手中的活计。

14. 学校 日 外

狗嫂拉着哑巴来到学校。
狗嫂大声地喊道："镇江，镇江。"
何镇江匆匆跑来："嫂子，你来了。"
哑巴低着头，站在狗嫂后边。

狗嫂："你大狗哥来信了，你给我念念。"

何镇江："好。"

哑巴偷偷看了一眼文质彬彬的何镇江，目光正好和他对在一起，哑巴赶紧低头躲避。

何镇江接过信，撕开。

狗嫂迫不及待地："写的啥？"

何镇江笑了："嫂子，好消息，大狗哥要回来了。"

狗嫂："啥？真的？"

何镇江："嗯，转业了，年前就回来。"

狗嫂："这个狗东西，总算要回来了。"然后催促，"念呀。"

何镇江："媳妇，全国解放了，我要转业了，首长已经同意，年前到家。韩大狗。"

狗嫂："就，就这些？"

何镇江又正反面看看，确定地点头："就这些。"

狗嫂接过信，也翻过来掉过去地看了一遍，嘴里骂道："狗东西，一点也不想我。"

何镇江又悄悄地看了一眼哑巴。

狗嫂："漂亮吧？"

一句话，何镇江一下子不好意思了。

狗嫂："她也没地方去，怪可怜的，就住下吧，多双筷子多个碗，也和我做个伴。"

何镇江点头。

狗嫂："镇江，你是老师。给起个名字，老是哑巴哑巴的，难听死了。"

何镇江："起名？"

狗嫂点头。

何镇江："你知道她姓什么吗？"

狗嫂："我哪知道？就起个名，叫着顺口就行。一个女人，姓啥不姓啥无所谓。比如我吧，都喊我狗嫂，有时候我想半天不知道自己叫啥来着。"

何镇江："好吧，我想想看。"

狗嫂："想什么？现在就起。"

何镇江："现在？"

狗嫂："就现在。"

何镇江想了想："她长得白，很漂亮。叫玉秀吧。白玉的玉，秀丽的秀。"

哑巴心头一怔，暗暗吃惊。

狗嫂："玉秀，好听。玉秀，玉秀。不愧是老师，没有白喝一肚子墨水。"

玉秀的头，低得更狠了。

狗嫂："走了。"说着，拉起玉秀就走。

何镇江站在那里，一直看着她们走远。

15. 狗嫂家 日 内

玉秀在烧火，狗嫂做饭。

浓烟滚滚，把狗嫂呛得一脸泪水。

狗嫂："人要实、火要虚。柴火不能放进去太多，这样，这样。"说着将柴火退出来一下，嘴里嘟囔着："在家肯定是个娇闺女，啥也不会干。"

一笸子窝窝头热气腾腾，放在桌子上。

两个人吃着，拿着葱蘸着酱，脸上挂着笑。

看得出来，玉秀渐渐地融入了这个家庭。

狗嫂："玉秀。你大狗哥说着说着就该回来了，等他一回来，这住就成问题了，你一个大姑娘，长得天仙似的。在一个炕上怎么住啊。傻丫头，就知道笑、笑。你说这咋整。"

玉秀还是笑。

狗嫂亲昵地摸了一把玉秀的脸蛋。

16. 路上　日　外

玉秀背着一捆子柴走过来，额头上沁着一层汗珠。

远处传来孩子们的读书声。

玉秀突然停在那里。

何镇江的声音："慈母手中线，游子身上衣。临行密密缝，意恐迟迟归。谁言寸草心，报得三春晖。"

孩子们跟着读："慈母手中线，游子身上衣。临行密密缝，意恐迟迟归。谁言寸草心，报得三春晖。"

玉秀聚精会神地听着。突然，自己的屁股被人抓了一把。回头一看，原来是疤瘌蛋。

玉秀急忙背着柴火走开了。

疤瘌蛋心满意足地贱笑，闻了闻自己的手："这小屁股蛋儿，真瓷实。"然后满足地哼着小调：

正月里呀啊是新年啊，
小寡妇坐在房中啊雨泪涟涟。
像人家有郎的巧梳又打扮，
脱衣又换衫。
……

17. 大狗家　日　外

玉秀背着柴火回到院子里，狗嫂迎出来。

狗嫂："秀，一次别砍那么多，多累啊。"说着，又是给玉秀擦汗，又是拍打身上的土。

玉秀看着狗嫂，笑着。

狗嫂连说带比画："以后别砍那么多。"

玉秀好像懂了，点头。

狗嫂突然愣住了，眼睛直愣愣地望着玉秀的背后。

玉秀以为是看自己，很是紧张。马上意识到是看自己的身后。

一个面带微笑的男人站在院门口，穿着一身很旧的军装，背着背包，洗脸盆用网兜兜着。

狗嫂和玉秀出现在同一个画面，表情却是大相径庭，一个激动地笑，一脸幸福；一个本能地缩紧身子，一脸恐惧。

狗嫂冲了过去，一把抱住了自己的男人，竟然高兴得流下泪来："你可回来了，回来了。"

男人不好意思地一直推狗嫂。

狗嫂这才反应过来，拉着大狗走到玉秀面前，说道："秀，来，这就是我男人，你大狗哥。"

玉秀朝大狗点头，幅度还是大了一些，这礼节让韩大狗心里咯噔一下。

玉秀也感觉到了这一点，急忙点头掩饰。

狗嫂哈哈大笑："我捡的，漂亮吧。"

大狗疑惑地看着玉秀，不知道该怎么回答。冲玉秀点了点头。

狗嫂："可惜是个哑巴。"言毕，从大狗身上接下来背包，走向屋子，"秀，赶紧的，生火做饭。"

18. 何老六家　日　外

狗嫂和大狗走来。

狗嫂："六叔在家吗？"

六婶迎了出来。

大狗："六婶。"

六婶："哎哟，是大狗回来了？"

何镇江听见大狗的声音，迎了出来。

大狗："镇江？长成大人了。"

何镇江："大狗哥，你回来了！"

何老六："大狗回来了。"
大狗："六叔，我回来了。"
何老六："镇江说你来信了，赶到年前回来。"
大狗："是，转业了。"
何老六："回来得好，回来得好。解甲归田过太平日子。"
狗嫂将两瓶酒、一条烟放在桌子上。
何老六："还拿东西干啥，那老远。"
狗嫂："他孝敬您还不是应该的，命都是六叔给的。"
何老六："酒留下，纸烟我抽不惯。"
大狗："这可是我的老首长专门给批的，就一条。"
何镇江："大狗哥，你家现在不大方便，住我家吧。"
狗嫂："嗨，我家怎么就不方便了？小崽子，我脖子抻那么老长，把你大狗哥盼回来，你成心呀你。"
何镇江："就一个炕，我怕你家不方便。"
狗嫂："你是想让玉秀搬到学校和你住吧？小样。"
何镇江脸一红，立马不言语了。
狗嫂："说真的，还真得赶紧给玉秀找个婆家。"
六婶马上点头附和道："那么大个姑娘，又不是一家人啊，是不太方便。"
狗嫂："六婶，我看呀，就给你当儿媳妇吧。"
六婶："啊？好啊，我一百个乐意。"
狗嫂笑着故意看了何镇江一眼。
狗嫂："有人那心里头啊，比你还满意哪。那小仙女，别说男人看着眼馋，我都喜欢。"
何镇江赶忙躲开狗嫂的眼光。
何老六："弄俩菜吧，我和大狗喝几盅。花生米还有吗？"
六婶："有，有。"

19. 狗嫂家　夜　内

灯光摇曳，玉秀坐在炕上，低着头。
狗嫂摸了摸炕，说道："热了，秀，脱衣服睡觉。"
玉秀一脸难为情。
狗嫂："胡琢磨啥哪，睡觉。"说着就脱玉秀的衣服，玉秀护着衣服，连衣服带人钻进了被窝。
狗嫂："不脱衣服了？这丫头。"
大狗也不好意思地坐在炕的另一端。
狗嫂见状，咧嘴一笑。一口气将灯吹灭。
窗外，明月如盘。静谧的天空，挂满了星星。
玉秀缩在被窝里，虽然闭着眼睛。但是乱动的眼皮，显示着她根本就没有睡着。
狗嫂："快点。"
大狗："你小点声。"
狗嫂："当几年兵还文化了？"
韩大狗："是文明。"
狗嫂："别跟我扯犊子，秀是哑巴，她听不见。"
玉秀挤着眼，吐了一下舌头。
韩大狗："听不见还能感觉不到。"
狗嫂："我不管。"
韩大狗："等几天吧，我好歹是个军人。"
狗嫂："都退了。"

韩大狗："人退，心不能退。"
狗嫂："放屁。我得争口气，你知道村里有人说什么？说我是不下蛋的落窝鸡。你怎么了？"
大狗："真不行。"
狗嫂："我都说了她听不见。"
大狗："……不行不行。"
狗嫂："打仗没有打出毛病吧？"
大狗："没有。"
狗嫂："你原来像走窝子公狗似的，现在怎么了？看那点出息。"
大狗尴尬地一笑。

20. 狗嫂家 晨 内

狗嫂睁开眼睛，看见炕的另一头空空如也，急忙穿衣服下炕。
狗嫂走进厨房，果然，玉秀蜷曲着身子，睡在了草堆里。
狗嫂好一阵心痛。

21. 何老六家 日 内

六婶吃惊地："你说啥？"
狗嫂："真的六婶，镇江看见玉秀，眼珠子都是直的。"
六婶："他狗嫂，你上次有一句没一句的，说的是镇江？"
狗嫂点头。
六婶明显地生气了，说道："你？你也不想想，咱家镇江是在城里念过书的人，就不说长的，咱这七里八村祖宗八代也没有出过教书的先生。你让他娶个哑巴？"
狗嫂理亏地不住点头。
六婶："我一直认为你说的是镇海。"
狗嫂："按说，玉秀如果会说话，配给镇江可真是郎才女貌，可惜了……，你这一说，我倒认为，和镇海倒也般配。"
六婶："其实，俺家镇海也不是生就残疾。"说着抹起泪来。
狗嫂："这我知道，我知道。"

22. 狗嫂家 日 内

玉秀头摇得像拨浪鼓。
狗嫂："哪有姑娘不嫁人的？"
玉秀摇头。
狗嫂："连个住的地方都没有，住炕上不方便，住在厨房的草窝里，三九天，会把你冻死的。"
玉秀还是摇头。
狗嫂："摇头也不行，姑娘大了就得嫁人。你无亲无故的，我不给你操心谁给你操心？"
玉秀急得要哭。
狗嫂："不行，这事由不得你。"说着转身就走。
玉秀上前一步，拽住狗嫂的胳膊，怎么也不松开。
狗嫂急了，说道："你怎么这么不懂事？我家能是你长住的地方？"说完一把甩开玉秀的手，扬长而去。
玉秀焦急地看着狗嫂的背影，委屈的泪水夺眶而出。

23. 山窝里 一座坟前 日 外

玉秀趴到坟上无声地哭泣。
玉秀从胸口上拿出一个吊坠，原来是一块玉雕，是个白鹿。
玉秀看着这个玉雕，泪水像断了线的珠子，两个肩膀在一耸一耸地抖动，像似有万千委屈。

24. 狗嫂家 日 内

狗嫂拉着玉秀的手，未曾说话，眼圈子先红了。

狗嫂："秀呀，咱俩有缘，我把你当亲妹妹看。六叔家是个好人家，镇海是个有血性的男人，他肯定能对你好，肯定——能。别哭，这可咋整。"

狗嫂泪流满面，玉秀哽咽不止。两个女人抱在了一起。

25. 狗嫂家　夜　内外

狗嫂四处寻找，不见玉秀。

狗嫂从家里跑出来。

韩大狗："怎么了？"

狗嫂："玉秀不见了。"

韩大狗一怔。

狗嫂："她那身破衣服也不见了，一定是走了。"

韩大狗："这黑灯瞎火的去哪儿找？"

狗嫂惊恐万状，说道："别喊，你小点声。"

二人跑出村口，停下了。

前边就是无边无际的山林。

狗嫂焦急地："都怪我，都怪我。"

狗嫂："她就是从这里出来的，就是从这里。"说完，呜呜地哭了起来。

26. 山林小路　夜　外

玉秀匆匆前行。

越往里走，越让她心惊肉跳。

突然，前边一个黑影，是个男人。

玉秀大惊失色。

男人（日语）："你要去哪里？"

玉秀听见日语，百感交集，说道（日语）："你是谁？你是日本人吗？"

男人（日语）："我是镇江。"

玉秀一惊非小，惊得半张着嘴巴。

何镇江（日语）："我知道你不愿意嫁给哥哥，你难道还走进这片森林吗？你会死在大山里。"

玉秀犹豫不决。

何镇江走过来（日语）："你为什么从大山里走出来？不就是想活下去吗？"

玉秀突然哭了："太难了，真是太难了。"

27. 何老六家　日　内

狗嫂拉着玉秀走进来，正好和何镇江打个照面。

狗嫂、玉秀、何镇江表情各异。

狗嫂也在躲着何镇江的目光，像是做了什么亏心事。

何镇江热情地招呼，搬凳子倒水。

六婶："他狗嫂，来了。玉秀，闺女，来，坐，坐。"

狗嫂："镇海呢？"

六婶："翠花家的桌子坏了，让他去修修。刚出去，一会儿就回来了。"

狗嫂："媳妇给他领来了，我还以为害羞躲出去了。"

六婶："一个村里住了小半年了，镇海和玉秀互相也都见过。"

狗嫂："你和镇海说了吗？"

六婶："说了说了，高兴着哪。"

何镇江慢慢地走了出来。

玉秀和镇江的眼光对在了一起。

28. 学校　日　内

何镇江正在改作业，大狗推门走进来。

何镇江：“大狗哥。”

大狗：“路过，到你这坐会儿。”

何镇江：“我这屋里乱，你坐这儿，我坐床上。”

大狗：“你一个人又当老师又当校长，大忙人啊。就不能再找一个老师？”

何镇江：“不好找。好的不来，这山沟沟。差的不能用。年前乡里推荐一个老师，代了几天课，老是读错别字。把取水念成求水，qu 求，求水。孩子们跟着学，qu 求，求水的求。

大狗哈哈大笑：“咱们东北的土话。”

门外，何镇海远远地掂着陶罐蹒跚走来。

大狗：“你嫂子说，你喜欢玉秀？”

一句话，何镇江尴尬万分，不知道该怎么回答了。

大狗：“玉秀是个好姑娘，漂亮就不说了，明摆着哪。你嫂子说，你喜欢玉秀，我琢磨几天了，今天才拿定主意来找你。这事应该说出来呀！一家人有什么不好说的？”

何镇江仍然不说话。

大狗：“我虽然比你哥大几岁，我俩可是一起光屁股玩大的。你不好说我去给你哥说。”

……

大狗：“等他俩结了婚就晚了，你倒是说话啊。我去说。”言毕站起身要走。

何镇江一把拦住韩大狗，笑了笑，没有说话。

何镇海一瘸一拐地推门进来，见大狗也在，乐呵呵地说道：“大狗哥，你也在，正好，你俩一块吃。”

韩大狗要说话，何镇江瞪了他一眼。

29. 何老六家　日　内

何镇海在收拾房子。

六婶在贴窗花，她亲手剪的双喜字。

狗嫂抱着一床被子走进来。

狗嫂：“俺娘家陪送我的新被子，没有挨过身。我送给玉秀，就当陪嫁了。”

六婶：“家里有被子，你留着用吧。”

狗嫂：“六婶，你就别和我客气了。我可是玉秀的娘家人，以后，咱们也是一家人了。”

六婶笑：“咱们原来也是一家人。”

二人笑。

30. 狗嫂家　日　内

狗嫂忙前忙后地张贴喜字。

狗嫂：“秀啊，你总算有了个家，镇海那人，真心不错。”

狗嫂走进里屋，说道：“别在这愣着呀，一会儿就要过门了，来。”说着把玉秀拉到桌子旁边，为她打扮起来。

玉秀面无表情，透着窗户，看着天空。

一行大雁呈“人”字形向南飞去。

雁叫声在空中回荡着。

31. 何老六家　日　外

鞭炮声声，热闹非凡。

何镇海和玉秀结婚了，何老六人缘好，院子里摆了十几桌。

狗嫂忙前忙后，不亦乐乎，大声地喊着：“男八桌女八桌，一个萝卜对个窝儿。”引得众人哄堂大笑。

韩大狗并不在乎，笑道：“老娘们儿，天天瞎呱唧。”

何镇海身披红绸布，一桌一桌地敬酒。

韩大狗端起酒杯："六叔，恭喜。"

何老六："好好。"

二人一饮而尽。

疤瘌蛋："我敬何书记一杯。"

何老六："喊六叔吧，喊六叔亲。"

疤瘌蛋："咱现在成立初级合作社，您是书记。不能再六叔六叔的了，得叫何书记。"

韩大狗："六叔，喝点。"

疤瘌蛋："喊书记。"

韩大狗："滚犊子，我喊六叔习惯了。"

何老六接过酒碗："喊啥都一样。前几天，我去乡里开会。平原地区已经开始成立农机站了。耕地不用牛，点灯不用油。楼上楼下电灯电话，我听着啊，好日子就要来到了。"

韩大狗："在后头，好日子在后头哪。"

何老六一仰头，把酒喝完了。

疤瘌蛋："好，我也干。"

韩大狗站起身："老少爷们，俺镇海兄弟今天大喜，高兴，我走一圈，先干三碗，你们每人一碗。整。"

疤瘌蛋倒酒，大狗连干三碗，农村那种小黑碗，很浅。

众人端起碗，一饮而尽。

32. 新房（玉秀家） 夜 内

何镇海走进屋子，见玉秀已经躺在了床上。他走到桌子旁边，吹灭油灯，脱衣上床。

玉秀急忙躲避，用被子将自己裹严。

何镇海这才发现，被窝分的是两个，玉秀是和衣而眠，他马上明白了。

何镇海呆坐了片刻，钻进了自己的被窝，下意识地摸了摸自己残疾的腿。

（闪回）

33. 山路 日 外

多名民工被押着往前走。

人群里的何镇海和大家一样莫名其妙，不知道要到哪里去。

越往前走，越觉得阴森森的。

民工们越走越觉得恐惧。

山岗上，一架机关枪正瞄准着他们。

民工甲左顾右盼："这是让我们去哪里？"

民工乙："不知道。"

日本兵大喊："不许说话。"

少佐："快走。"

民工甲："活干完了，不是要杀我们吧？"

民工乙立马吓得面如土色。

其他民工也一个个惊恐万状。

日本兵大喊："混蛋，不许说话。"

何镇海："这是要害我们，大家一会儿要分开跑。"

日本兵开始偷偷地用目光交流。

少佐："散开。"

日本兵哗的一下散开。

几乎同时，何镇海大喊一声："快跑。"

大家闻言，马上四处狂奔。

枪响了，步枪、手枪、机关枪一起向民工们射击。

刹那间，民工们一个个被打死。

民工们在前边跑，日本士兵在后面追，一边追一边射击。

何镇海和几个人跑到悬崖边，下面是万丈深渊。

日本兵看见民工们恐惧的样子，哈哈大笑。

他们举枪射击。

何镇海一闭眼，跳了下去。

其他几个民工也先后跳进山涧。

34. 山涧　傍晚　外

何镇江站起来，突然钻心的疼痛。

原来，他的脚摔断了，脚掌歪向一边。

他咬着牙走了几步，疼得难以忍受，坐在地上。

何镇海泪流满面。

（闪回毕）

35. 何老六家　日　外

玉秀将一家人的碗筷收拾起来，开始洗刷。

六婶高兴得合不拢嘴，一个劲地看镇海，替儿子高兴。

镇海尬笑。

36. 学校　日　外

玉秀背着一捆子柴火，路过这里。

教室里仍然传来朗朗的读书声。

玉秀不自觉地向教室观看，不同的是，脚步虽然慢了，却没有停下来。

疤瘌蛋远远地看着玉秀，色眯眯的眼神。

37. 狗嫂家　日　外

玉秀在洗衣服，何镇海掂着一桶水走过来，放在玉秀洗衣服的大盆边。

狗嫂走了进来："镇海，怎么还不走啊？"

何镇海："等玉秀洗完衣服。"

狗嫂蹲下身子就帮玉秀洗衣服，连洗带涤，一会儿工夫晾了一绳，然后拉起玉秀就走。

玉秀啊啊了两声。

狗嫂："你在家闲着也没事，和嫂子一起去玩玩。镇海，走了。"

何镇海答应着。

38. 扫盲班　傍晚　内

村子里的男男女女陆陆续续地走进屋子。

狗嫂、翠花等人已经坐下了。手里还纳着鞋底。

墙上，是何镇江用黄表纸写好的八个大字：母亲、父亲、爷爷、奶奶。

屋子里好容易才静下来。

何镇江不自然地干咳了几声："国家号召我们要扫除文盲，咱们村响应国家号召，办扫盲班。今天是第一天，我给大家当老师，希望大家不要说话，仔细听讲。先看前两个字，母亲。"

何镇江："母亲，子女对生养自己的女子的称谓。俗称娘，也称妈妈。

何镇江："大家和我一起念，母亲……"

玉秀看着何镇江，何镇江的嘴一张一合……（闪回）

39. 秀子家　日　内

秀子正在缝衣服。

弘治背诵唐诗："慈母手中线，游子身上衣。临行密密缝，意恐迟迟归。谁言寸草心，报得三春晖。

秀子："我是姐姐，不是母亲。"

弘治："姐姐既是姐姐，又是母亲。"

秀子："母亲要是活着，会更疼你。"

弘治突然拿出一个红色的纸张，递到秀子面前。

秀子一怔："这是什么？"

弘治："我应征了。"

秀子惊讶："什么？你说什么？"

弘治："我要当兵了，这是通知。"

秀子的脸色突然大变，喊道："怎么会这样？怎么会这样？啊？"

弘治对姐姐的反应，也很惊讶。

弘治："姐姐？！"

秀子歇斯底里地："谁让你辍学的？"言未毕一把夺过来通知，转身快步走去。

弘治："姐姐，不要去打扰父亲，不要。"

秀子头也没回，径直而去。

（闪回毕）

镇江的声音，把她拉回到现实。

镇江："父亲，父亲。"

40. 路上　夜　外

扫盲班下课了，大家纷纷走出屋子。

玉秀走在路上，满腹惆怅。

41. 玉秀家　夜　内

玉秀已经睡着了，何镇海却难以入眠，妻子玉秀那鼓鼓的胸脯，让他想入非非。他的手哆哆嗦嗦地伸了过去，又缩了回来。

平时塞嘴的白手绢拿在秀子手里。

突然，玉秀喊了一声，竟然开口说话了。

何镇海吓了一跳。

（玉秀梦境）

（闪回）

42. 军用仓库　日　内

一辆辆军车开进军用仓库，带着人头骷髅标志的一个个木箱从车上卸下来，一排排摆在了山洞的仓库里。

14 岁的南宫弘治等人检查登记，忙得不亦乐乎。

43. 军用仓库　日　外

南宫弘治拉着秀子，拼命地奔跑。

南宫弘治不断地喊着（日语）："姐，快、快。"

二人跑进兵营，来到一个操场旁。

四五十号日本军人在收听收音机，那是日本天皇的声音，他正在宣布《投降诏书》。

日本天皇（日语）："朕深鉴于世界之大势于帝国之现状，欲以非常之错置，收拾时局，兹告尔忠良之臣民。朕已命帝国政府通告美、英、中、苏四国，接受其联合公告……"

现场渐渐混乱起来，愤怒！喊叫！疯狂！

所有的人歇斯底里。

这时，桌子上的电话铃响了。

日本少佐几步跨进屋，拿起话筒。

话筒里传来了一个男人那歇斯底里的声音，这声音振聋发聩，他是南宫将军。

南宫一郎（日语）："我们没有战败，大日本帝国不会战败。为了严守机密，保护特仓，我命令你们全体军人玉碎，以谢天皇陛下！我们一定要赢得这场战争，执行吧。”

日本少佐（日语）：“是。”

南宫弘治听到电话里的声音：“父亲。”

秀子也听到了父亲的声音，急忙过去想接电话。

秀子（日语）：“父亲，父亲。”

日本少佐推开秀子。

南宫一郎的声音在回荡（日语）：“为了严守机密，保护特仓，我命令你们全体军人玉碎……”

秀子喃喃自语：“不，不。”

秀子从少佐手里抢回电话，里面已经是嘟嘟嘟的声音。

少佐的面部开始扭曲，秀子吃惊地看着他的表情变化。

少佐（日语）：“我现在传达南宫将军命令，效忠天皇，保护特别仓库，集体玉碎。”

南宫弘治亦是惊讶地看着少佐。

少佐大骂（日语）：“混蛋，还不执行吗？”

秀子大声喊道（日语）：“不，不！战争结束了，天皇陛下的声音。你们不要，不要。回到日本，过我们自己的日子。”

少佐大骂（日语）：“混蛋，我毙了你。”

南宫弘治擦去秀子的眼泪：“姐，你不用死，你不是军人，你要坚强地活下来，回到日本。答应我，答应我啊！”

秀子：“不，不。不要留下我一个人，不要，不要啊。”

这时，一个日本兵，将手枪对准了秀子的脑袋。正要扣动扳机，说时迟那时快，南宫弘治挥起军刀，手起刀落，日本士兵的胳膊被砍了下来。

南宫弘治跪在日本少佐面前（日语）：“大佐阁下，秀子不是军人，她不用玉碎，您接的电话，您是知道的。她不是军人，她应该回到日本，继续为天皇陛下效力。”

日本少佐举起手枪，对准秀子。

南宫弘治和秀子吃惊地看着少佐。

少佐开枪了，子弹却打在了被南宫弘治砍掉手臂的士兵头上，帮他结束了痛苦的呻吟。

玉碎开始了，有人切腹，有人饮弹，有胆小的开始哭泣。

少佐举起手枪，一枪一个，动作慢一点便被击毙。

秀子紧紧抱着弟弟，阻止他自杀。

少佐将玉秀一把甩开。

秀子哭喊着：“弘治，弘治，不要死，不要。”

南宫弘治拔出军刀。

秀子哭着跪了下去，声声哀求：“弘治，不要死，不要死。战争结束了，战争结束了。弘治，妈妈让我保护你，你不要死，父亲他疯了，你才十四岁。不要留下我一个人，不要，不要啊。”

南宫弘治将钢刀反转，对准自己的腹部。

秀子：“不，不。”

南宫弘治：“姐姐，不要责怪父亲，一定好好活下去。”言未毕，南宫弘治双手用力，切开了自己的腹部。

护身符从弘治的脖子上滑落。

鲜血喷溅了秀子一脸，秀子“啊”的一声愣在了那里，渐渐昏死过去。

44. 山林里　夜　外

玉秀独自在深山老林里，惊恐地望着四周。

深山老林里的她，衣衫褴褛，孤苦伶仃，虎豹为伍，蛇虫为伴。

突然，一阵阴森森的叫声，让她毛骨悚然。

玉秀爬上一棵大树，把自己用绳子拴在大树的枝杈上。

（闪回毕）

45. 玉秀家　夜　内

梦中的玉秀痛苦扭曲的面孔，大汗淋漓，叽里呱啦地说着日本话。

原来玉秀是日本人，何镇海毛骨悚然，吓坏了。

何镇海手足无措。

何镇海拿定主意悄悄出门。快步走向父亲住的房子，正要敲门，手却停下了。他不能敲，不能。

何镇海渐渐冷静下来，慢慢转身，回到自己房间。

何镇海闩上门。灯光下看着泪流满面的妻子，玉秀还在噩梦中。

何镇海轻声呼唤："秀，秀……"

玉秀"啊"的一声从梦中坐了起来，房间的灯却是亮的。

何镇海端着开水站在床前："做梦了吧，来，喝口水。"

玉秀看了看手中的白手绢，紧张地看着他，见丈夫一脸憨厚的笑容，放下心来。她接过碗，大口地喝着。

46. 学校　日　外

何镇海鬼使神差地来到了学校。

何镇江："哥？你怎么来了？"

何镇海这才发现自己已经站在了弟弟面前。

何镇江："有事吗？"

何镇海："没，没有。真没有。"说着转身慌忙地离开了。

何镇江看着哥哥远去的背影。

47. 何老六家　日　内

何镇海嘴张了半天："爹。"

何老六："啥事？"

何镇海话到嘴边又咽了回去："没啥事。"

六婶："你最近怎么了？丢了魂似的。"

何镇海突然紧张起来："真的吗？啥事也没有，真没有。"

48. 狗嫂家　夜　内

何镇海："嫂子，我们走吧，半夜了。"说着站起身。

狗嫂："就在这儿住了，让你大狗哥和你一块睡去，我想玉秀了。"

何镇海："嫂子，不行。"

狗嫂："嗨，我都留几次了，就留不下。你小子成心呀。"

何镇海："嫂子，真不行，她睡生地方不行，睡不着。"

狗嫂："小样，说瞎话都不会。她是在我这里睡小半年才嫁给你的。你那才是生地方。分开一晚上也舍不得呀？！"

何镇海嘿嘿笑了。

狗嫂："好吧，你们回吧。嫂子也是过来人，成全你们。"

49. 玉秀家　夜　内

玉秀睡着了，嘴里塞着手绢。

镇海悄悄地在解玉秀的扣子。

镇海的动作越来越快。

玉秀醒了，惊恐地看着镇海。

何镇海扑上去，压住秀子。

玉秀极力反抗，何镇海的脸色开始扭曲。

玉秀跳下床逃开，何镇海一把抓住秀子，举起拳头。

玉秀恐惧万分，看着何镇海。

何镇海好像一下子恢复了理智，放下拳头，非常自责，慢慢贴着墙壁蹲了下去，低声抽泣，泪流满面。
玉秀看着异样的镇海，不知所措。

50. 村子　秋日　外

虽然树叶还是绿的，天上却飘起了雪花，这一年的秋天特别的寒冷。

51. 何老六家院子里　夜　外

广播里放着歌曲：

雄赳赳、气昂昂，跨过鸭绿江，
保和平、为祖国，就是保家乡。
中国好儿女，齐心团结进，
抗美援朝打败美帝野心狼……

院子里点着几盏汽灯，照得院子里白光光的。
狗嫂、六婶、玉秀、翠花等十几个妇女纺花的纺花，织布的织布，纳鞋底的纳鞋底。忙得不亦乐乎。
筐子里，一双双军鞋堆得满满的。
正在纳鞋底的玉秀想起了当年的自己。
（闪回）

52. 屋内　日

秀子质问父亲："为什么？"
爸爸："为天皇陛下效力，是我们南宫家的骄傲。"
秀子："他才十四岁。"
南宫："十四岁怎么了，十四岁已经不是孩子了。"
秀子："你要亲手害死你的儿子吗？"
南宫："混账。"
秀子："我说错了吗？不是吗？你已经害死了我们的母亲，她病死在工厂里……"
南宫狠狠打了秀子一记耳光。
（闪回毕）

53. 何老六家院子里　夜　外

传来鸡叫的声音。
狗嫂："三更天了，大家回去睡一会儿，天明起来再干吧。"
一双双军鞋放进另一只筐子。
这时，何镇海掂着个瓦罐走来，笑吟吟的。
狗嫂说："又给你老婆做的啥好吃的？"
何镇海厚道地："抓了只兔子，野兔肉炖萝卜，大家都吃，都吃。"
狗嫂说："你的腿脚要是好使，能上天抓老鹰。"
何镇海："不是抓的，是套的。熬了大半夜了，都吃点。娘，你的我焖在锅里了。"
六婶："好。"
狗嫂："秀，来，吃点。"
玉秀手上全是血泡。
何镇海心疼地拿起针，一个一个的为玉秀挑破，然后用手绢沾干净。雪白的手绢如同开满了桃花。
玉秀突然觉得肚子疼。
六婶："秀，怎么了孩子？"
玉秀捂着肚子，一开始还能坚持，一会儿竟然疼痛难忍，大汗淋漓。
何镇海、狗嫂、翠花围在旁边，急得团团转。

54. 学校　夜　内

睡梦中的何镇江一下子从床上折起身来，一头虚汗。

他听听窗外，狂风吹打着窗户。

何镇江又重新躺了下来。眼睛却瞪得大大的，怎么也睡不着。

55. 何老六家院子里　夜　外

玉秀疼痛难忍，啊啊啊地喊叫，一阵接一阵。

狗嫂为玉秀又是掐又是按，累得满头大汗。但是，丝毫不起作用。

狗嫂急得快哭了："肚子疼，胃疼，我都掐好过。秀啊，你这是咋的啦？！这可咋整啊！"

六婶："快，快去找镇江。"

翠花点头："唉！"

刚转身，何镇江却急匆匆地来到了面前。

狗嫂："镇江，你来得正好，玉秀肚子疼，一阵一阵的，越来越厉害，脸都发青了。"

何镇海："快，你懂得多，快给你嫂子看看。"

何镇江指着上腹，比画着问道："一开始在这？"

玉秀点头。

何镇江指着右下腹："现在在这？"

玉秀点头。

何镇江："快，去医院。"

六婶："啥病呀孩子？"

何镇江："我有个同学，就是这么没的，急性阑尾炎穿孔。快！"说着要抱起玉秀，被玉秀本能地推了一把，力气很大。

何镇江稍微一愣。

这时，狗嫂、镇海、翠花七手八脚地把玉秀托到何镇江背上，何镇江背起玉秀，拔腿就跑。

56. 山路　雪夜　外

何镇江背着玉秀，在山路上奔走。

早就大汗淋漓的何镇江不住地呼唤着："坚持，坚持住。"

57. 下坡道　夜　外

由于下坡太陡，背着玉秀的何镇江转过身子，跪着往下下山。

膝盖磨破了，鲜血浸了出来。

玉秀渐渐地，有些感动。

58. 医院　晨　内

何镇江背着玉秀来到医院，嘴里喊着："医生，医生。"

医生甲闻喊声走出来："来。这里。"

何镇江急忙走过去，将玉秀平放在床上。

医生甲稍一检查，便对何镇江说道："病人是急性阑尾炎，要马上手术。"

何镇江点头。

医生甲开住院单，交给何镇江："我安排手术，你去交费，20块钱押金。"

何镇江顿时愣在了那里。

医生甲："还愣着干什么？"

何镇江："我。"

医生甲："急性阑尾炎很容易穿孔，引起弥漫性腹膜炎等严重合并症，一旦耽误，死亡率很高。你还等什么？"

何镇江："我，我来得太急了，忘带钱了。"

医生甲："什么？看病不带钱？脑子冻坏了？"

何镇江："同志，我打借条，我一定还，一定还。"

医生甲为难地："不行呀，同志。"

何镇江哀求道："同志，我求求你，救救她，救救她。我一定还，一定还。"

医生甲："我不是院长，也做不了主啊！"

何镇江："院长在哪？"

医生甲："在后院，院长办公室。"

何镇江拔腿就走。

医生甲："等等。你背着病人，让院长看看，很紧急。这样吧，我陪你一起去。"

何镇江二话不说，背起玉秀就走。

医生在后面紧跟。

59. 院长办公室　晨　内

何镇江来到办公室。

院长："哎，你怎么到这来了？"

医生甲："院长，病人急性阑尾炎，他忘带钱了。"

院长："小伙子，看病不带钱？"

何镇江："院长，求求您救救她。我是大营子村的，离这 20 多里山路，太急了。我打欠条，我以一个教师的名义，打欠条。"

院长："你是教师？"

何镇江点头。

院长："好。"说着拿出一张处方本，找笔。

医生甲："我去拿。"

何镇江伸出手，原来手指头已经烂了特别是食指在浸血。

何镇江也不用笔了，干脆又咬了一口，用血写下了欠条：欠 20 元，何镇江。

院长激动不已，连连点头，说道："走，上手术台，我来做。"

何镇江："谢谢！谢谢！"

在何镇江背上的玉秀，眼睁睁地看着这一切。

60. 病房　日　内

手术已经做完了，玉秀静静地躺在床上。

钢筋做成的简易架子上，吊着吊瓶和血浆。

何镇江趴在床边睡着了，他太累了。

玉秀的脸色渐渐地红润了，慢慢地睁开了双眼，看看上面的血浆，看看身边的何镇江。

这时，何镇江也激灵一下醒了。

玉秀一只手拉何镇江的胳膊。

何镇江知道她要干什么，就把双手亮了出来，十个指头已经全部包扎了。

何镇江一笑："没事了，都包好了。"

玉秀指指血浆。

何镇江笑着点了点头。

玉秀一下子流下泪来。

何镇江："没事，我身体可棒了，真的……"

玉秀越哭越委屈，动情地一下子抱住了何镇江。

尽管何镇江非常喜欢玉秀，但毕竟是自己的嫂子，还是脸色尴尬。

一脚门里一脚门外的何镇海正好看到这一幕。

何镇海瞬间脑子蒙了，身子晃了几晃。

61. 医院门口　日　外

何镇海蹲在墙角处，失声痛哭。

他的一只鞋已经磨烂了，是那条瘸腿，血从里面浸出来。20 多里山里对他来说是多么的艰难。

何镇海狠劲打着自己的腿。

62. 病房　日　内

一个护士走来，将交费单子递给何镇江。

护士："这是20块钱押金的单子，放好喽，出院的时候要用它来结算。"

何镇江："交费？谁交的费？"

护士："你们的人啊，是个男的，腿脚有些不大方便。"

何镇江怔住了，是哥哥。

护士："这是剩下的钱。"说着，将白手绢交给玉秀，那个带血的手绢。

何镇江急忙跑出来。

何镇江四处寻找。

到处空空如也，没有哥哥的影子。

63. 山路　日　外

何镇海一瘸一拐地走在山路上，是那么的艰辛。

厚厚的积雪，寒冷的北风。

突然，他脚下一滑，险些摔倒。

何镇海继续前行，他擦干了泪水，走得很坚定。

64. 玉秀家　日　内

玉秀坐在床帮上，低着头，呆呆地坐着。

何镇海走了，离开了家。

房子里空空荡荡，窗户上的双喜字已经斑驳，被风吹得摇摇晃晃。

65. 何老六家　日　内

何老六不住地抽烟，六婶在一旁抹泪。

66. 学校　日　内

何镇江六神无主，批改作业，一会打对号，又改成错号。

何镇江干脆将笔丢在一边。

67. 玉秀家　日　内

玉秀家的门咣的一声开了，狗嫂推门进来。她怒气冲冲，指着玉秀的鼻子。

狗嫂："你，你怎么这么不要脸？你不但丢你自己的人，丢老何家的人，连我的人你也丢尽了。何镇海那么好的男人，那么疼你，瘸着个腿上山给你套兔子、抓山鸡、捡蘑菇。自己舍不得吃舍不得喝，恨不得都塞到你嘴里。村里多少女人眼馋，你却不知道好歹，给这么好的男人戴绿帽子。你还算个人吗？现在他走了，连个招呼都没有打，走了。你说，你告诉我，你还是个人吗？"

玉秀哇地一声哭了起来，像似受了天大的委屈。

狗嫂一下子心软了："你还哭，你还有脸哭。你自己不要脸，勾引小叔子，你还有脸哭？"

玉秀哭得更加伤心，呼天抢地。

狗嫂自己抹起泪来："秀，妹子，别哭，不哭啊。他走就走，他有手艺，到哪儿也饿不死。秀，别哭。你的病刚刚好，不哭啊……"

玉秀趴在狗嫂身上越哭越痛，狗嫂也跟着哭了起来。

狗嫂："秀，别哭了。我知道你委屈，你和镇江才是真正的般配，金童玉女，郎才女貌。我知道，镇海配不上你，我早就知道。"

玉秀还是一直哭，泪人一般。

狗嫂也呜呜地哭了起来："咋整，这可咋整啊。"

68. 何老六家　日　内

玉秀将大半碗粉条白菜端给六婶，六婶摔在桌子上，转身走了出去。

玉秀心头咯噔一下。

何老六看了妻子一眼，并不认同她的表现。又接着抽烟。

69. 路上 日 外

玉秀背着柴火从坡上走下来。

耳畔传来读书声。

玉秀加快了步伐，向下面走去。

疤瘌蛋嬉皮笑脸地追上来。

疤瘌蛋："唉，唉唉。小娘们儿，我告诉你，兔子不吃窝边草，两条腿的男人有得是，比如，你找我。咱大营子村方圆几十里谁不知道我疤瘌蛋？晚上，晚上，给我留着门，好吧？"

玉秀突然停下了，恶狠狠地看着疤瘌蛋。

锐利的目光吓得疤瘌蛋连连后退，又看见玉秀手里握着斧头。

疤瘌蛋心虚地："闹着玩，闹着玩哪，你看看，别当真呀。"拔腿跑了。

70. 工地 日 外

何镇海在和一个木工师傅拉大锯。

一根树桩子立在中间，他们一人站一头，来回地用力拉着。

一旁，几个泥工师傅在画线、定点、撒灰角。

穿着志愿军军装的军人们来来回回地走着，让人一看就知道，这是部队的基建，是一个仓库。

71. 军营医院 日 内

一个女军医正在为病人看病。

何镇海伸伸头向里观看。

女军医："同志，你找谁？"

何镇海："我，我找你。"

女军医："找我？"

何镇海点头。

女军医："你进来。"

何镇海小心翼翼地走了进来。

72. 工地 日 外

何镇海在刨木头，不时地用眼吊线。

泥工们轮着镬头，在挖地基。

砰的一声响，何镇海吓了一跳，转身看去，原来是泥工那边出现了情况。

一个工人的镬头把一个锈迹斑斑的罐子砸烂一个小豁口，小豁口从里向外哧哧地冒气。

何镇海听到有人摔倒的声音，很弱。他感觉不对，扭身再看。两个刨地基的工人已经躺在了地上。

何镇海本能地放下手中的刨子，急忙跑过去。还没有跑到地方，就觉得不一样的味道。他急忙用手搀扶地上的工友。他拽走一个，又拽第二个，再走几步，眼睛一黑，摔倒在了地上。

罐子还在哧哧地冒气。

73. 玉秀家 日 外

狗嫂慌慌张张地跑来，嘴里喊着："秀，秀，玉秀。"

玉秀迎了出来。

狗嫂二话不说，拉起玉秀就走。

玉秀有点懵懂，直觉告诉她，一定是出了什么大事情。

74. 山路 日 外

何镇江、玉秀、韩大狗、狗嫂等人急匆匆走在山路上。

何老六、六婶远远地跟在后面。

何镇江一路小跑，把其他人远远地拉在后头。

75. 医院　日　内

何镇江跑来。

玉秀、韩大狗、狗嫂等人随后跑来。

76. 医生值班室　日　内

何镇江跑到值班室，正要开口，见值班医生原来是院长。

何镇江："院长。"

院长："你？看病？"

何镇江："我哥哥，芥子气……"

院长马上明白了："小何老师，坐，坐。"

何镇江坐了下来。

院长："看来你已经知道了，你哥哥的中毒事件。不错，是芥子气，日军撤退后遗留下来的。短短几年，我们县已经发生了十几起。政府非常重视，县长要求全力抢救你哥，部队也来人了，专家，主治医生。"

何镇江："现在怎么样？"

院长："病人中毒很深，抽搐、呼吸困难，已经开始大量便血。我实话告诉你，别说咱们县医院，就是专医院、省医院，芥子气中毒也根本无法救治，病人随时都有生命危险，你们还是提前准备后事吧。"

何镇江顿时觉得天旋地转。

玉秀、韩大狗、狗嫂也赶来了。

77. 病房　日　内

玉秀、大狗、狗嫂、何镇江走进来，围在何镇海床头。

何镇海看着大家，看着自己的亲人，一阵欣慰。

何镇江抓住哥哥的手："哥，会好的，一定会好的。"

何镇海笑了笑："那两个当场就死了，我不知道是毒气，就慌着去救他们。要是不去就好了，白搭上一条命。"

何镇江："会好的，一定会好的。"

何镇海看着弟弟，一脸慈祥："弟弟，咱爹咱娘就交给你了，替哥哥多尽孝，养儿防老……"

何镇江点头。

何镇海："有你这么一个弟弟，识文断字，是哥一辈子的骄傲。"

何镇江热泪盈眶。

何镇海："我干活那个地方，旁边有个医院，有个看耳朵的女军医，会扎银针。弟弟，你一定要带玉秀去看耳朵。我做了一个梦，玉秀被女军医看好了，会说话了。这是上天给哥托的梦，一定能成。答应我。"

何镇江含泪点头："我答应你，答应。"

狗嫂、玉秀在一旁擦泪。

何镇海看着玉秀，仍然是一脸幸福："大狗哥，你们先出去一会儿，让玉秀留下。"

韩大狗、何镇江、狗嫂走出屋。

何镇海拉住玉秀的手，附在耳朵上说："咱们夫妻一场，却没有说过一句话，其实有很多心里话想对你说。我娶了你这么一个如花似玉的老婆，打心眼里喜欢。只要一看见你，就高兴。"

玉秀珠泪潸然。

何镇海："我都是梦中才能听到你说话，我一句也听不懂。我才知道，你为什么总是用手巾塞上嘴，你怕说梦话。"

玉秀心头一震。

何镇海："一开始，我很害怕，怕你害我的家人。后来，我自己把疙瘩解开了，你那么贤惠、善良。玉秀，记住，我心里知道，你有一肚子的事。一定要说话，别再憋着了，会说话的人不说话，心里该有多苦呀。人活一辈子不容易，别太委屈自己。"

玉秀含泪点头。

何镇海："给我说句话，好吗？"

玉秀："谢谢！谢谢你！"泣不成声。

何镇海抚摸着玉秀的手，微笑着闭上了眼睛，走完了他善良的一生。

玉秀失声痛哭，韩大狗等人走进病房。

何镇江俯下身子，流着泪水深情地轻声呼唤："哥，哥，你醒醒呀哥……"

78. 玉秀家　日　内

脚穿白鞋的玉秀坐在床边。

何镇海的遗像放在桌子上，挂着黑纱。

何镇海微笑着看着自己。

何镇海（画外音）："我都是梦中才能听到你说话，我一句也听不懂。我才知道，你为什么总是用手巾塞上嘴，你怕说梦话。"

何镇海（画外音）："一开始，我很害怕，怕你害我的家人。后来，我自己把疙瘩解开了，你那么善良。玉秀，记住，我心里知道，你有一肚子的事。一定要说话，别再憋着了，会说话的人不说话，那该多苦呀。人活一辈子不容易，别太委屈自己。"

玉秀的泪水夺眶而出，将照片紧紧地抱在怀里，失声痛哭，嘴里说着："对不起！对不起！对不起……"

79. 医院　日　内

女军医在为玉秀扎针。

何镇江在一旁守着。

80. 路上　日　外

二人走在路上。

何镇江心疼地看着玉秀，小声说道："委屈你了，扎得疼吗？"

玉秀微微摇头。

何镇江："看来，我哥哥早就知道，你会说话。"

玉秀点头。

81. 学校　日　内

何镇江在教玉秀认字。黑板上写着：北京，上海……

何镇江："北京。"

玉秀："北京。"

何镇江："上海。"

玉秀："上海。"

玉秀一字一句地学着。

镇江凑到玉秀身边，小声说道（日语）："汉语，不好学吧？"

玉秀笑。

镇江笑。

玉秀小声（日语）："我会努力的。"

镇江（汉语）："我会努力的。"

玉秀（汉语）："我会努力的。"

何镇江满意地点头。

82. 狗嫂家　日　外

何镇江带着玉秀过来。

玉秀用生硬的中国话说着："嫂子，大狗哥。"

狗嫂高兴地抱住玉秀，眼圈子都红了。

韩大狗却转身走了，门摔得"咣当"一声。

玉秀、何镇江一怔。

狗嫂："他那狗脾气，一会儿一个样。不理他。"

对于韩大狗的举动，玉秀心里却忐忑不安。

83. 学校　日　内

玉秀坐在教室的最后面，和孩子们一起学习。

何镇江耐心地教着。

何镇江在读课文："屋檐上的雨水，一点一点滴在石阶上，想把石阶滴出洞来。石阶笑着说，你那么软弱，看你怎样把我滴出洞来。雨水说，只要功夫深，铁杵磨成针……"

何镇江两只眼睛直直地看着玉秀，全班的孩子顺着他的目光，向玉秀看去。

玉秀被看得不知所措。

84. 狗嫂家　夜　内

狗嫂和大狗发生了激烈的矛盾。

韩大狗："当初一进家门，我就怀疑过她。你听听她说话的后音，肯定是个日本人。小鬼子我见多了，磨盘压住驴耳朵，出口就不是人腔。"

狗嫂："你喊什么，她就是个日本人，也是一个日本好人。"

韩大狗："放屁，日本人还有好人？"

狗嫂："咋没有？秀就是个好人。"

韩大狗："你一点觉悟都没有？"

狗嫂："你有。"

韩大狗："何镇海死了，村里留下一个日本寡妇，万一破坏生产，拔腿跑了，到哪儿找她去？"

狗嫂："破坏什么生产？破坏种玉米？还是破坏种地瓜？"

韩大狗一时语塞了："反正是祸患。"

狗嫂："好呀，你去告。玉秀是我救活的，是我把她养在家里的，是我给她找的人家。玉秀是日本人，我是汉奸，是反革命，你去告发吧。这个家散伙，不过了。"言毕呜呜呜地哭了起来。

韩大狗一下子慌神了，急得左劝右劝，原地踏步。

韩大狗："别哭了姑奶奶，你一哭我两腿发软。"

狗嫂："你软什么？玉秀是特务，你老婆是汉奸，六叔、六婶、镇江都是反革命，都抓起来。你是功臣，我们都是坏蛋。"

韩大狗："姑奶奶，我也没说报告呀。"

狗嫂："你敢去我就敢上吊，吊死也比枪毙强。"

韩大狗："别胡说了好不？你想想，要是这个事抖搂出去，会牵连一大堆人，我韩大狗不是傻子。"

狗嫂这才止住哭声。

韩大狗："现在镇海不在了，她一个寡妇，丝毫没有个牵挂，万一整个什么事。即便啥事都没有，跑了，你想想，咱这一大帮子人也脱不了干系呀。"

狗嫂皱起眉头，感觉大狗这话有道理。

门外响起敲门声，狗嫂吓了一跳。

狗嫂："谁？"

何镇江："我。"

狗嫂擦了擦眼泪，将门打开。

狗嫂走进里屋。

韩大狗吃惊地抬头看着镇江，问道："你？"

何镇江点头。

后面还有一个人，是玉秀。

何镇江一只手，将玉秀的手紧紧地握在手里。

韩大狗和狗嫂相互看了一眼，一阵子无措。

85. 何老六家　日　内

六婶："不行。村里风言风语，传得有鼻子有眼儿。你俩成亲，不就证明——这事是真的。"

何镇江："娘，人家不相信你的儿子，您也不信吗？"

六婶："那也不成，她是你嫂子，这像什么？"

玉秀突然跪了下来："娘，您不要信传言，镇海知道，我不喜欢他。"

众人一怔。

六婶："你说什么？"

玉秀："对不起，真是对不起！"

六婶："你！"

玉秀："娘，请您原谅，请原谅！"

何镇江也跪了下来。

86. 乡民政所　日　内

何镇江与玉秀办理结婚登记。

出门的时候，玉秀从口袋里掏出一个东西，是一张处方，那张带血的借条。

玉秀情深意切地看着何镇江，说道："我真是太幸运了。"

两个人的手扣在了一起。

87. 山路上　日　外

山上的积雪好像没有了，风儿吹过来，似乎没有那么寒冷。

玉秀看着熟悉的道路，熟悉的环境，说道："第一次走出这座大山，是你背着我走的。"

何镇江："你就没有想过，离开这里，回日本？"

玉秀："想过，我知道，我做不到。"

何镇江点点头。

玉秀："我想让你，再背背我。"

何镇江弯下腰："来。"

玉秀慢慢地趴在何镇江背上。

何镇江背起玉秀就走。

玉秀紧紧地搂住何镇江，两滴热泪滴在何镇江的脖子上。

88. 狗嫂家　日　内

狗嫂一把抱住韩大狗，亲了又亲。

韩大狗莫名其妙："干什么，别闹，你干什么。"

狗嫂："韩大狗，王八犊子，你要当爹了。"

韩大狗一愣："真的？"

狗嫂："我怀上狗仔了。"

韩大狗一把抱住妻子，亲了几口。

狗嫂突然地："学狗叫。"

韩大狗："为什么？！"

狗嫂："你说的，我要是怀上孕，你就学狗叫，围着咱村转三圈。"

韩大狗："开玩笑的。"

狗嫂："开玩笑？我可没有跟你开玩笑，愿赌服输，走。"言毕，硬拉着大狗走出屋子。

韩大狗边走便叫："汪，汪汪。"

狗嫂得意扬扬。

韩大狗不叫，她就用手拧。

迎面碰上疤瘌蛋。

韩大狗急忙直起身子，大模大样。

和疤瘌蛋擦肩而过的时候，狗嫂手上一使劲。

韩大狗："汪。"

疤瘌蛋吓了一跳，前后看看，啥也没有，一脸迷茫。

狗嫂捏着鼻子，差点儿没有笑出来。

89. 玉秀家　日　外

狗嫂和大狗走过来。

狗嫂："秀，秀！"

玉秀答应着迎出来

狗嫂："庆贺一下，让你大狗哥去割肉，咱们炖肉吃。"

听到"肉"字，玉秀呕的一声，急忙蹲在门旁边。

狗嫂："咋的啦？啊？"

玉秀不好意思地笑了。

狗嫂马上明白过来："行啊何镇江，枪法够准的，比当过兵的还厉害。"

玉秀幸福地笑着。

90. 狗嫂家　夏日　内

狗嫂边剪裁衣服边教玉秀："小孩的衣服，剪肥了浪费，瘦了不好穿。"

玉秀："孩子还没有生出来，你怎么知道肥瘦啊？"

狗嫂："嗨，大差不差呗。"

玉秀："我不学。"

狗嫂："不学也得学。你生孩子，我凭啥给你包做衣服？小样儿。"

玉秀："我笨，学不会，就得你做。"

狗嫂："好吧，衣服我包了。生了孩子要是一男一女，咱们结亲家。要是两个儿子，或者两个丫头片子，就得叫我干娘。"

玉秀："行。"

二人大笑。

91. 何老六家　秋日　内

孩子出生了，屋子里传来孩子哇哇的哭声。

六婶从屋里走出来，笑得合不拢嘴。

六婶："男孩，是个男孩，白胖白胖的。"

何镇江高兴地直搓手。

何老六点着烟袋，吧嗒吧嗒地抽着。

92. 玉秀家　日　内

狗嫂抱着女儿走过来，嘴里喊道："我女婿呢？"

玉秀："刚喂过奶。"

狗嫂把女儿递给玉秀，伸手抱起玉秀的儿子。

狗嫂："小何平呀，我的乖女婿，又长胖了。来，吃两口。"

玉秀："他刚吃过。"

狗嫂："再吃两口。"

玉秀逗女儿："腊梅，笑一个。看你妈妈多偏心，重男轻女，笑一个。"

狗嫂："我就喜欢带把的。"

玉秀："我喜欢女儿。"

狗嫂："丈母娘疼女婿，来，抱抱。"

93.（六年后）山林　夏日　外

玉秀来到山中的坟前，拔去坟墓上的荒草，添了添土。

玉秀："弘治，我来看你来了，你还好吗？啊。"

玉秀："何平上学了，他长得可像你了，也和你一样的聪明。"

玉秀再一次看了看身边这个无边无际的深山老林。

94. 何老六家　日　内

何老六："再吃点。"

何平："爷爷，我吃饱了。"

何老六："来，爷爷喂。"

何平笑了，撒娇地："好吧，再吃点。"

何老六喂孙子。

何平突然问道："妈，人家都有姥爷姥姥，我怎么没有？"

正在收拾东西的玉秀对儿子说："有啊，你和别人一样，有姥爷、姥姥，还有舅舅。都有。"

何平："我们去看他们吧。"

玉秀无措地点头："好。"

95. 街头　日　外

墙上出现了很多大字报。

疤瘌蛋戴着袖标，指挥着写标语。

96. 玉秀家　日　外

疤瘌蛋带着几个人闯了进来。

疤瘌蛋指着何镇江："何镇江，现在都革命了，你为什么不革命？"

何镇江："我什么时候不革命了？"

疤瘌蛋："你革命？呸。我问问你，人家背语录，倒着背，你会吗？"

何镇江："己不正不能正人，你会吗？"

疤瘌蛋："我，我不认字。"

何镇江："国家号召办扫盲班，你怎么不参加？"

疤瘌蛋："我。反正你天天搂着老婆在炕上睡觉，就是不革命。你必须赶快革命，彻底革命，不然，我们就砸烂你的狗头。臭老九，我们走。"

几个戴着红袖标的人跟着疤瘌蛋扬长而去。

97. 狗嫂家　日　内

韩大狗："你说什么？"

疤瘌蛋："你想想，她为什么不回娘家？原来吧，聋、哑，不回去算是找不着。现在呢？不聋了，也不哑了，为什么不回去？只有一个理由，她不是中国人，是日本鬼子。"

韩大狗："唉，疤瘌蛋，这可不敢瞎说啊。"

疤瘌蛋："我瞎说？这是事实。"

韩大狗："事实？你的证据呢？"

疤瘌蛋："我现在没有。"

韩大狗："疤瘌蛋，你在咱大营子村可是单门独户，姓徐的就你们一家。我警告你，你可不敢胡来。何镇江会和你玩命的。"

疤瘌蛋："他敢！一个臭老九，我根本不怕他。只要你支持我，你是村长，革命功臣，为革命出过生、入过死。"

韩大狗："没有证据，我不支持。"

疤瘌蛋："证据好办，我找几个人，把玉秀捆起来吊到房梁上，要不了一晚上问什么说什么。"说着站起身子。

韩大狗："坐下。"

疤瘌蛋不解地看着大狗。

韩大狗严厉地："坐下。"

疤瘌蛋一屁股蹲在床帮上。

韩大狗："我告诉你，你要是有证据，属于敌我矛盾，怎么处置我都不问。在没有找到证据之前，属于人民内部矛盾，你要是敢动我亲家一个手指头，疤瘌蛋，我把蛋子儿给你挤出来当泥蛋踢。"

疤瘌蛋套近乎："咱们才是阶级兄弟。"

韩大狗："少给我舔腚，滚。"

疤瘌蛋碰了一鼻子灰，悻悻地走出去。

狗嫂从里屋出来，冲大狗伸出大拇指。

韩大狗得意地："从小就是我打败的鹌鹑斗败的鸡。"

狗嫂："那是，进屋，我腰疼，给我按按腰。"

韩大狗听话地："是。"

狗嫂："你得找个机会收拾收拾疤瘌蛋，治服他。要不然，他还会找玉秀的麻烦。"

韩大狗："没事。"

狗嫂："你听我的，一次治改他，不能让他像疯狗一样咬人。"

韩大狗："行，我咬他。"

98. 玉秀家　夜　外

外面咣咣的敲锣打鼓声将何镇江和玉秀惊醒。

他们欠起身子听着外面的声音。

"中央文件，中央文件。"

"起床了，起床了。"

何镇江、玉秀披上衣服起床。

灯笼火把把山村照得通红，远远俯瞰，山村像游动的火龙。

99. 一棵大树下　夜　外

敲锣打鼓，还有敲盆子的。

疤瘌蛋指挥着点着几个汽灯挂在树枝上。

村里人越聚越多。

何老六、六婶也来了。

大狗和狗嫂走来。

狗嫂感觉很冷，抄着手。

疤瘌蛋："乡亲们，不要说话了，静一会儿。"

狗嫂："狗戴眼镜——充人。"

韩大狗："嗨，骂他呢还是骂我？"

疤瘌蛋清了清嗓子。喊道："大营子村的乡亲们，最高指示——到了。大家欢迎。"言毕带头鼓掌。

下面人跟着鼓掌。

疤瘌蛋："我现在是革委会主任，革委会就是革命的委员会，我代表革命委员会宣布，对伟大领袖毛主席的最高指示，我们要执行执行再执行，鼓掌。"

大家鼓掌。

疤瘌蛋："作为革命群众，我们要百分之百地执行，千分之百地执行，万分之百地执行。鼓掌。"

大家鼓掌。

韩大狗听着不对劲，扭身问何镇江。

韩大狗："错不？"

何镇江："错。"

韩大狗："我也觉得哪里不对劲，给我讲讲。"

何镇江与韩大狗耳语。

韩大狗明白了，小声骂道："敢把伟大领袖毛主席的指示兑那么多水。我代表革命群众宣布，这狗日的疤瘌蛋彻底栽了。"

何镇江噗的笑了。

100. 山林里　夜　外

疤瘌蛋被带了过来。

疤瘌蛋："干什么？你们干什么？"

韩大狗："干什么？今天革你的命。"

疤瘌蛋："你，韩大狗，你虽然是村长，你看清楚了，这都是革命小将，是我的革命战友。"

韩大狗："疤瘌蛋，你也看清楚了，他们哪一个不姓韩？打。"

几个人恶狼一样地扑上去劈头盖脸一顿胖揍。

疤瘌蛋："（鬼嚎）打死人了，打死人了。韩大狗，仗着你是功臣，也得杀人偿命。"

韩大狗："杀好人偿命，杀反革命不偿命？"

疤瘌蛋："谁？谁反革命了？"

韩大狗："你把毛主席他老人家的最高指示，要千分之百地执行，万分之百地执行。"

疤瘌蛋："怎么了？"

韩大狗："疤瘌蛋，我让你死个明白。百分之百，就是100斤酒没有掺假兑水；千分之百，就是一百斤酒兑一千斤水，万分之百，就是一百斤酒兑一万斤水。你疤瘌蛋敢把老人家的最高指示兑那么多水。这还不是反革命？你都反成啥了？"

疤瘌蛋"啊"的一声，两腿一软跪在地上。

韩大狗高声断喝："你还能活吗？"

疤瘌蛋磕头不已："饶命，饶命。韩村长，我真的不知道，我没有文化，我没有上过学，我不会算账，我真的不知道啊。"

韩大狗："带走，送公安局，毙了这个王八蛋。"

疤瘌蛋磕头如捣蒜："村长，村长饶命。我以后啥都听你的，啥都听你的。"说着，呜呜地哭了起来，"我都三十多岁的人了，连个媳妇也没有混手里，就饶了我吧。"

韩大狗想了想，觉得差不多了，说道："好吧，看在乡里乡亲的分上，先把这个案子压下。疤瘌蛋我告诉你，你以后只许老老实实，不许乱说乱动。一旦不老实，我立即报告公安局。"

疤瘌蛋："我老实，我老实，你说啥我听啥。"

韩大狗："滚。"

疤瘌蛋赶紧跑了。

101. 何老六家　日　内

何平趴在爷爷背上："爷爷。"

何老六："唉。"

何平："别吸烟了，对身体不好。"

何老六："好，不吸不吸。"

何平："说话得算话。"

何老六："算话，算话。"说着将烟袋锅放在一边，抱起孙子。

102. 何老六家　夜　内

何老六翻箱倒柜地找东西。

六婶："找啥呢？"

何老六："烟袋。"

六婶："放哪啦？"

何老六："知道就不用找了。"

六婶也帮着找，越找越急。

何老六急得额头冒汗。

六婶："老头子，别急，别急啊。"

何老六："废话，能不急吗？"

六婶急得要哭，竟然在烧炕的洞子里找了出来。

六婶破涕为笑："何平，一定是您孙子给你藏的，这么严实。"

何老六点上烟，也笑了。

103. 玉秀家 日 内

何平在背诵诗词："慈母手中线，游子身上衣。临行密密缝，意恐迟迟归。谁知寸草心，报得三春晖。"

正在给小何平缝衣服的玉秀笑了，说道："你舅舅，也特别喜欢这首诗。"

何平："是不是你教给舅舅的？"

玉秀点头。

何平："妈妈是不是想舅舅了？"

玉秀点头。

何平："姥姥怎么死的？"

玉秀："生病。"

和平："姥爷在哪里？"

玉秀："很远的地方。"

何平："我们为什么不去看他？"

玉秀："太远了。"

何平："我攒钱，等有钱了，我们一起去看姥爷。"

玉秀没有说话，不置可否。

104. 学校 日 外

何平和同学们在打四角。

你一下我一下，他们玩得非常认真卖力。

105. 山林里 工地旁边 日 外

小伙伴们在一起玩，捉迷藏，打打闹闹。

突然有人喊："这有两个铁疙瘩。"

何平等人跑了过去，果然有两个铁疙瘩。

何平："像棒槌。"

男孩甲："棒槌是木头，这是铁的，能卖钱。"

几个孩子突然你抢我夺，最后何平和男孩甲一人抢到一个，抱起来就往家跑。

二人一前一后，越跑越快。

何平跑在前面，男孩甲在后面紧跟，其他孩子在后面紧追不舍。

何平边跑边喊："妈妈，妈妈。"

106. 玉秀家 日 内

玉秀似乎听到了儿子急促的喊叫声。她放下手中的活，慌慌张张地往外走。

何平："妈妈——妈妈——"

玉秀大吃一惊，儿子竟然抱着一枚迫击炮的炮弹。

玉秀惊恐万状，大惊失色："何平，不要跑，别动，别动。"她喊着，疯也似的迎了上去。

何老六、六婶从家里跑了出来。

韩大狗、狗嫂听到了玉秀凄厉的喊声，跑了出来。

何镇江似乎预感到了什么，疯也似的往家跑。

107. 工地 日 外

何平听到了母亲的喊声，喊声特别的瘆人，他停了下来，抱着炮弹原地不动。

奔跑中的玉秀长出一口气，以自己的冷静安慰儿子："对，别动，站在那里别动。"
这个时候，后面传来"轰"的一声巨响，原来是往另一个方向奔跑的男孩甲绊倒了，引起了炮弹的爆炸。
何平扭头看到被炸死的男孩甲，血肉模糊。他吓坏了，下意识地看了看手中的铁疙瘩。
玉秀紧张起来："别动，何平，不要动，儿子。"
何平的手开始发抖。
玉秀急忙往前跑："不，不！"
何平再次用余光看着血泊之中的伙伴，他一抬手，将铁疙瘩扔了。
玉秀愣住了，半张着嘴。
何平扔开炮弹，急忙奔向自己的妈妈。
来不及了，炮弹响了，火光一闪，巨大的爆炸伴随着冲击波从身后将何平掀了起来。
玉秀两腿一软，昏死过去。
何平死了，鲜血流淌在地上，血浆一点点地向外扩散着。
护身符从何平的脖子上掉落，鲜血顺着绳子淌了下来……

108. 玉秀家　日　内

玉秀在屋里，反锁着门。
院子里，韩大狗、狗嫂等人一个个满脸的痛苦。
狗嫂："天天守着儿子，不吃不喝，也不说话。咋办呀？"
韩大狗走到何镇江面前："镇江，你嫂子说的是，这样下去，玉秀哪能受得了啊。"何镇江点头。
韩大狗："孩子入土为安，这样实在不是办法。"
何镇江："知道，知道。"说着泪如雨下。
韩大狗撬开屋门，狗嫂哭着抱住玉秀，将孩子从她怀里"抢"了过来。
玉秀这才一声长哭："啊——"
众人抱着孩子的尸体，走了出去。
何镇江紧紧地把玉秀搂在怀里，自己的泪水像断线的珠子。

109. 山地　日　外

一个小坟头矗立在人们面前。
何镇江、韩大狗、狗嫂在烧纸钱。
何老六一声长哭："何平呀，小孙了呀，你可疼死爷爷，疼死爷爷了啊！"
哭喊声在天地之间震荡。

110. 玉秀家　日　内

玉秀从床下找出来当年的烂衣服，然后将衣服一条一条撕成碎片，裹在一根柳木棍上，倒上煤油。
何镇江、韩大狗、狗嫂在一旁看着，不知道她要干什么。
玉秀走出家门，径直向大山走去。

111. 大山　军用仓库　日　外

玉秀像一头愤怒的母狮，砍荆棘，搬石头。
少时，手指头就磨出血来。
何镇江、韩大狗、狗嫂等人一脸茫然，以为玉秀是不是疯了。大家在茫然中也帮着玉秀，拉树枝搬石头。
一个洞口出现在眼前。
洞越来越大，这就是"军用仓库"。
众人钻进山洞，山洞的硕大，令人吃惊。
走进山洞，走进军用仓库，玉秀停下了，惊愣在那里。

昔日威严宏大的军用仓库，早已经面目全非，布满蜘蛛网的各种木箱，画着骷髅的箱子显然已经沤烂，满地乱爬的潮虫，成群结队的老鼠。

军用仓库像一个垂暮的老人，早已经褪去了往日的辉煌。

玉秀站在那里，丢下了手中的火把，她不相信这就是他们拼死保护的军用仓库。

112. 监狱　日　外（多年后）

监狱的大门开了，40多岁的玉秀走出监狱，她已经两鬓如霜。

何镇江、狗嫂、韩大狗等人早就站在了这里。

一个领导模样的男人领着玉秀、何镇江走到一辆吉普车面前，拉开车门，三人陆续坐了进去。

吉普车向前行走，走进了一个宾馆的大门。

大堂的沙发上，坐着一个人，玉秀一眼就认出来了，是父亲南宫一郎。

113. 一个小客厅内　日　内

南宫一郎和玉秀对面坐着。

玉秀："本来，本来我不想见您，请您原谅我这么无礼、不孝。"

南宫一郎："你受苦了。真不敢相信你能活下来。"

玉秀："有一件事情我至今不明白，战争已经结束了，天皇陛下诏书，无条件投降，您为什么还要守库人员玉碎？为什么还要守住这个该天杀的仓库？它还有什么意义？"

南宫一郎老泪横流："荒唐，很荒唐。"

玉秀听到"荒唐"两个字，端茶的手哆嗦了一下。

南宫一郎："广岛、长崎的两颗原子弹，使我们蒙受了巨大损失。天皇陛下宣布无条件投降，军中一时难以接受。我喝了很多酒，就发疯似的命令保护特仓。其实，那不是大本营的命令，不是。"

玉秀："荒唐，您说荒唐？！"

南宫一郎："我第二天就后悔了，一直在忏悔，一直……"

玉秀呆呆地看着南宫一郎。

114. 山岗上　坟前　外

山岗上，南父趴在儿子的坟前，喃喃而语。

南宫："弘治，儿子，爸爸来看你来了，看你来了。"

115. 何老六家院子里　日　外

何老六、六婶、大狗、狗嫂、疤瘌蛋、翠花等，全村人几乎都到了。

十几桌酒菜已经摆好。

何老六拉着南宫一郎坐到正位上："儿媳妇的娘家人到了，咱们这里的规矩，娘家人是上宾，坐上首。"

南宫一郎连连点头，表示感谢。

几句寒暄，大家推杯换盏，畅所欲言。

韩大狗连续碰了好几碗，有点飘飘然。喝多了，掀开衣服。

南宫一郎："您是军人吧。"

韩大狗："老先生好眼力啊。当年就是不愿意给你们日本人卖命，修军用仓库。我跑了，参加了抗联，落下了这一身的伤疤。"

狗嫂："别喝了，多了。"

韩大狗："我没有喝多。"

狗嫂："耶，长胆了？"

韩大狗吼道："一边去。"

疤瘌蛋阴阳怪气地："吃吃喝喝不是小事，筷子头上有阶级斗争。"

韩大狗："滚犊子。"

疤瘌蛋吓得不敢吱声了。

韩大狗越说越激动，"六叔为了保护我，帮我逃跑，被日本鬼子吊打，肋骨被打断两根。我们村30多条汉子，修建特仓，小鬼子为了保密，全部灭了口。镇海命大，逃了出来，捡了半条命。你们杀了我们多少人？算得过来吗？战争结束20多年了，到现在还在杀。芥子气毒死了镇海，迫击炮弹炸死了小何平，你们造的这些孽，该天打五雷轰！"

这时，天空真的隐隐传来雷声。

何老六含着泪说道："大狗，都和好了，建交了，以前的事都过去了，就别提了。"

韩大狗胳膊一甩："别来这一套。我没有和好，我没有建交。和好了？建交了？我身上这子弹就白打了？刺刀就白捅了？疤痕就长平了？您的儿子、孙子，还有全村 30 多条人命，能活过来吗？啊？啊？啊？"

一刹那，雨点落下来，噼噼啪啪地砸在人身上。

南宫一郎缓缓起身，走到院子中间，对着人群，双膝跪地。

玉秀也走过去，跪在了地上。狗嫂上前去拉。

韩大狗一拍桌子，高声喊道："别拉他们，让他们跪着！"韩大狗呜呜呜地哭了起来。

狗嫂等人也抹起了眼泪。

116. 玉秀家　夜　内

南宫："你就不能喊我一声爸爸吗？"

玉秀看着儿子的照片，不语。

南宫："真的不能原谅我吗？"玉秀开始流泪。

南宫："我给你跪下，求你原谅我。"说着，就要下跪，被何镇江拉住了。

南宫："我已经七十多岁了，也活不了几年了。我唯一一个心愿，就是有生之年能见到你，你能原谅我，原谅一个行将就木的老人。"

南宫："秀子，爸爸求求你，求你原谅我，我不想把这遗憾带进棺材里。"

玉秀依旧不说话，泪水如断线的珠子。南宫看着背对自己的女儿，心里明白，女儿是不会原谅自己的。他苦笑了一下，转过身子，缓缓地走了出去。

117. 路上　秋日　外

光秃秃的大山，光秃秃的森林。

阵阵寒风吹来，卷起树叶。

南宫一郎走在路上。（闪回）

118. 南宫家　日　内

刚刚满月的弘治像一个银娃娃，胖胖的，非常可爱。

妈妈抱着弘治，南宫在逗儿子。

弘治发着咯咯咯咯的笑声。

南宫将脖子上的护身符取下来，戴在儿子脖子上。

妻子幸福地看着丈夫。

119. 日本军营　日　外

南宫弘治将钢刀反转，对准自己的腹部。

秀子："不，不。"

南宫弘治："姐姐，不要责怪父亲，一定好好活下去。"言未毕，南宫弘治双手用力，切开了自己的腹部。

护身符从弘治的脖子上滑落。

鲜血喷溅了秀子一脸，秀子啊的一声愣在了那里，渐渐昏死过去。（闪回毕）

120. 路上　日　外

南宫看着手里的护身符，老泪横流。

南宫躲在一块石头后面，放声大哭。

121. 村口　日　外

南宫走远了，越走越远。

玉秀急忙走到更高的山岗上，父亲的背影越来越小，越来越小，渐渐地消失在山路上。

已经快 50 岁的玉秀一个人站在那里，风吹动着她花白的头发、衣角，岁月一下子让她苍老了很多……

——剧终（与李海江共同创作）

·电 影·

越来越好

时　间　当代。

地　点　某城市。

人　物　耿山喜：某村企业老板。

耿富贵：耿山喜的父亲。

耿　直：文艺青年。

耿老汉：耿直的父亲。

孙向成：职业粉丝头儿，美莲的儿子。

美　莲：村民，孙向成的母亲。

谢德发：村里的包工头。

刘淑芬：谢德发的前妻。

周大厨：北京某四星级酒店的厨师。

周一楠：周大厨的女儿。

孙果树：北京某四星级酒店服务员，想做厨师。

工人、群众若干人。

1. 剧场　日　内

群舞——气势磅礴，美轮美奂。

央视导演组和有关领导们坐在第一排，时而相互交流着，时而拿起笔，记些什么。

观众饶有兴致地看着演出。

2. 剧场门口　日　外

一群拿着“我爱你”“顶你”“加油”之类彩灯牌子的粉丝坐在台阶上，个别的脸上还画了点油彩。

孙向成坐在他们中间，左顾右盼。

经纪人老杨疾步走来。

孙向成急忙迎了上去，掏烟：是经纪人杨老师吧？您抽烟……

杨经纪人摆手拒绝。

杨经纪人：你是？

孙向成：职业粉丝头儿——孙向成。我这帮人特别专业，什么活儿都能干，普通活儿——追着偶像跑、高潮部分喊声好儿，那都不用说，还有VIP高难的，见着偶像就死翘翘——装晕，偶像表演哭得五迷三道，偶像结婚要上吊，这一般团队都干不了，我们都行。我寻思捧捧王鹏，您给个机会。

杨经纪人：你是不是搞错了？王鹏是杂技演员，你看过哪个杂技演员搞这套吗？

孙向成：就是没有过，才得搞嘛，要做第一个吃螃蟹的人，你等别人都搞完了，那王鹏再搞就落伍了。

杨经纪人：王鹏正在里面表演节目，接受春晚导演组审查，你可别在这添乱了。

孙向成：那更得搞了，搞好了，他就上去了。

杨经纪人还有些犹豫。

孙向成：咱试一下，我送您一场，不要钱，您见着好儿了，回头再找我们，咱再商量价儿。

3. 剧场　日　内

王鹏在舞台上表演《顶缸》。

孙向成坐到最后排，紧张地看着，双手时刻准备。

缸飞到空中。

孙向成双臂扬起，领彩儿：好！

“职粉”们瞬间沸腾——跟着喊好，鼓掌。

王鹏吓一跳，一个晃神——大缸砸下来。

王鹏惊恐。

孙向成在远处看见缸落下来，砸向王鹏。

孙向成吓得闭上了眼睛。

再睁开眼时——只看到王鹏的身子和上面的缸，看不到王鹏的脑袋。

孙向成：坏了，这是脑袋砸大脖腔里去了——出人命了……

孙向成仓皇逃离。

4. 耿山喜办公室　日　内

耿山喜戴着金项链、金表、手上两个大金戒指，穿着貂皮坐在老板椅上正在给手下员工开会——

耿山喜：咱村要办个春晚，我想把这事儿接下来，由咱企业出钱。

副经理老王：厂长，这广告做得太好了，我觉得非常有必要……

耿山喜：做啥广告？今年发大水，要不是村里乡亲们帮衬着，把咱囤的货抢救出来，咱得损失多少呢？给钱，乡亲们还不要……我是想借机回报一下父老乡亲，不能让人在背后戳我脊梁骨，说我耿山喜忘恩负义。

5. 村广场　日　外

村民王二扮老太太，拿个烟袋边扭边走。

村民二狗：老二，你这咋还扮上了呢？

王二：不是要办春晚嘛，我报名去，听说山喜还要给发劳务呢。

村民刘三牵着自家的老母猪，手里拿着馒头走过来：我也报名去。

王二：你这是去报名还是去配种啊？

刘三：你懂啥？我家这大花可厉害了，扔馒头给它，它会接，不让吃还不敢动，我喊口令才敢吃，我寻思到时候演个训猪，这节目绝不绝？

村民金锁带着大头娃娃走过来。

刘三走到金锁背后，猛地把大头娃娃的脸转到后面。

金锁看不见路了，撞在树上，摔倒。

金锁：闹啥呀？耽误我报名呢。

美莲和老刘太太在旁边看着。

老刘太太：就这样的，还想上春晚呢，看他们，我都怕过不去年，美莲，你儿子不在北京演艺圈干得不错嘛？让他回来给指导指导，可比这么混蛋玩意儿弄得强。

美莲想了想：是哈……

美莲拿出手机拨号码。

6. 北京一破地下室　日　内

孙向成正在睡觉，被铃声惊醒，懵了，想跑。

他看手机缓过神来接电话：喂，老妈呀？

美莲：向成，咱村想办个春晚，我一看这节目也不行啊，你回来给指导指导呗。

孙向成：妈，我现在挺忙的呢，哪有时间啊？

美莲：没时间你硬挤也得回来，你可别给妈掉链子。

美莲把电话挂了。

孙向成无奈，猛然间似乎又想明白了：总在这躲着，也不是个办法，回去挣点儿钱也行……

7. 美术社　日　外

工作人员拿做好的“春晚导演组”胸牌给孙向成看，孙向成点头。

美术社工作人员给孙向成的面包车做喷绘“春晚专用车”。

孙向成把“春晚导演组”胸牌挂在脖子上，开车走了。

8. 山坡　日　外

耿富贵摆着“杨子荣打虎上山”亮相的造型。

美莲拿着个大本子对着耿富贵画着。

耿富贵：画好看点儿——我就拿你这画当我儿子办春晚的宣传海报了。

美莲：要我看，你还是别让山喜折腾了，那些节目根本不行，上不了台面，乡里领导都来看呢，弄不好了，不丢全村人脸嘛。我已经给向成打电话了，让他回来。

耿富贵：这事你可别让向成插手，山喜办春晚是为了回报乡亲们。向成他俩本来就不对付，你这不激化矛盾吗？

美莲：谁有能力谁干呗，山喜哪懂艺术啊？

耿富贵：向成要搞明年再搞，山喜都投不少钱了。

美莲：艺术跟钱有啥关系？村里也不差钱，是山喜自己要加棒儿……关键是这春晚办得——既露脸，还得让乡亲们满意。

耿富贵坚持不住了，过来看，见美莲把自己画成了“功夫熊猫”。

耿富贵：你这不折腾人吗？我腿都站麻了……

美莲：酸脸猴子，和你闹呢，我再画，行了吧？

耿富贵：另外，你画得也太艳了……

美莲：艳咋了？我就喜欢艳，我还想把咱整个村都画艳了呢……赶紧站好。

耿富贵接着摆造型，美莲画画。

耿富贵：我琢磨……你还是别让向成回来了，山喜干劲挺高，这春晚他要办不上，得上多大火呀？

美莲一边示意耿富贵往后站一边说话：到时候搞砸了，山喜更得上火，还不如不让他办，想回报村里，修修村小学校舍啥的也行啊，非逞这强干啥？

耿富贵单腿向后跳着：校舍去年新建的还咋修啊？往破了修啊？

美莲已经发现富贵后面有沟，忍着不说，还是挥手示意耿富贵再站远点。

耿富贵单腿又往后跳，一下子摔进沟里。

美莲笑着跑过去。

耿富贵晕过去了。

美莲怕了，急忙凑过去：富贵！富贵！

耿富贵一把抱住美莲，在美莲脸上狠狠亲了一口。

美莲羞得直捶耿富贵。

9. 美莲家　日　外

孙向成开着“春晚专用车”回村，一群小孩子跟着奔跑。

一帮排练小合唱的村民和一些闲人都过来迎接，看热闹。

孙向成下车，打开后备厢，给村民发自己和明星的合影照、粉丝举的各种牌子、演唱会粉丝用的闪灯、荧光棒，戴的古怪头饰……

村民们热热闹闹抢了起来。

美莲母凭子贵，美滋滋的。

耿富贵在远处看着。

美莲看到富贵，拿过一个明星签名的礼帽，绕开村民，过去，偷偷塞给耿富贵。

10. 耿富贵家　日　内

耿山喜往屋里搬一面大鼓。

耿富贵戴着礼帽进来，照镜子。

耿山喜：爹，你这帽子在哪儿弄的？

耿富贵：向成回来了，给村里人发礼品，给我一个，最好的。

耿山喜琢磨着：……他这是摆明了想跟我抢着办春晚——收买人心呢。

耿富贵：山喜，你想多了吧？

耿山喜：我和向成打小就不对付，见面连话都不爱说，他咋能对你这么好呢？

耿富贵欲言又止。

耿山喜：他就是跟我下战书呢。

11. 村广场　日　外

美莲一身“辣妹”打扮，牵着一只哈士奇。

村民们觉得稀奇，围着看，议论——

村民王二：向成也太有钱了，给他妈买个狼！

美莲：这是哈士奇……

村民王二：外国狼啊？

耿富贵在旁边看着，觉得丢人，捅咕着，使眼色，把美莲带到没人的地方。

耿富贵：你做啥呀？穿得跟个妖精似的。

美莲：向成说，这叫休闲，外国人都这么穿。

耿富贵：还休闲，我都想休你了，快回家换了……

美莲：不换，孩子一片孝心……干吗呀？

美莲拧身走了。

耿富贵愤懑、无奈。

12. 耿富贵家　日　内

耿富贵在家生气，也不吃饭。

耿山喜：这回咱爷儿俩可想一块儿去了，孙向成给他妈倒饬成这样，就是变着法儿告诉大伙，他能鼓捣洋事儿，还是奔抢我这春晚来的，我还就不信了，我干不过他？

耿富贵：你想拧了，向成没那意思。

耿山喜：爹，你别管了，你就等着吧。

13. 村广场　日　外

耿富贵穿得跟老地主似的，牵只“熊猫”。

美莲还是一身“辣妹”打扮，牵条“狼”。

正排练集体大秧歌的村民们哪见过这场面，都炸开锅了。村民二狗：山喜这也太有钱了，给他爹买个熊猫。

村民王二装明白，很认真地：那不光有钱的事儿，还得有人，山喜备不住认识安南，不然国宝咋还能弄来呢？

村民金锁：不知道别瞎白话，安南早下去了。

美莲和耿富贵走远了。

美莲：你儿子跟哪弄的熊猫，尾巴咋这么长呢？

耿富贵：啥熊猫？山喜把松狮给煽油了，改的。

美莲：死老头子，可能出洋相了。

耿富贵：那咋办？说丢人，不让你牵那畜生，你还不听，我就寻思整个洋事，跟你一起寒碜，帮你分担点儿嘛——好像劲使大了，更寒碜了。

14. 树林　日　外

耿富贵：山喜现在就跟得了红眼病似的，向成做啥他都寻思针对他，我解释都没用……要我说，你这段时间就别出屋了，省得山喜看了再误会，还接着折腾。缓和缓和矛盾，过了这阵子，兴许俩人就好了。

美莲：不让我出屋，你好跟老刘太太她们扭秧歌去？你想得美……

美莲：你不想我啊？

耿富贵：想你我就给你打电话呗。

美莲：那让山喜听着……不得误会我儿子使反间计……把你策反了，当卧底啊？

耿富贵：你脑袋瓜子咋那么死呢？咱俩不会定点儿打电话？每天 10 点，我准时给你打，打电话我也不出声，不出声他知道给谁打的？咱俩谁都不说话，就在心里查 10 个数，知道都想着对方呢，就行呗。

美莲：你个骚老头子，咋想这么个花花招儿呢？是不是跟别的老娘们儿使过？

耿富贵：你行了！

15. 村口　日　外

耿山喜和孙向成走个对面儿。

孙向成：山喜，听说咱村办春晚这事你想接下来？

耿山喜：对啊，怎么的？

孙向成：你排那些节目我都看了，不行啊，都是村民表演……搞春晚，你得码腕。

耿山喜：你不也张罗要跟我抢着办春晚吗？你有实力，你把腕儿请来，我看看。

孙向成：我肯定请，关键你那节目风格都不统一，土不土洋不洋的，一看你就是外行……办春晚那都得找一个撰稿人，由撰稿人写串联词，定出统一风格来，再研究演什么节目……

耿山喜：你说这事倒是帮我忙了——不就撰稿人嘛？我请一个不就得了……别老装，好像就你明白似的，我有钱还愁办不明白事？

孙向成：土豹子开花——有钱，有钱你都花不到正地方……我在娱乐圈混这么多年了，我还干不过你？

16. 村委会　日　内

村主任连升：我给春晚撰稿？

耿山喜：啊，咱村数你最有文学了。

连升晃头：你可错了，过去你这话，我敢认，现在——不敢了。

耿山喜：咋了？

连升把山喜拉到电脑前：你看看——

海外网站主页——头条——耿直入选 HNB 文学奖。点击进入专题——

耿直各时期照片、作品，以及入选诺贝尔文学奖的各种报道、评论由上至下滑动着。

连升：这个 HNB 文学奖，据说仅次于诺贝尔，高密出个莫言，咱这出个耿直。

耿山喜惊讶：这狗日的耿二蛋，成大文豪了。

村主任连升指着网页上的日期：这消息在国外出来好久了，老小子怪低调的。

耿山喜：老小子在北京混得可以啊……

连升：小时候，我还老揍他呢，上学那会儿，他作文可写不过我，谁承想呢……

耿山喜：嗯，要是把他接回来，给咱春晚撰稿，可牛大了。

17. 地下室　日　内

文学中年耿直蓬头垢面，叼着烟，在电脑前打字。

烟缸里的烟蒂已经冒尖、外溢，旁边的小盆里泡的方便面已经馊了，小袋榨菜散落出几根，大罐头瓶改的茶杯里，茶叶占了四分之一，很浓。

床上的被褥和要洗的衣服凌乱地堆成一坨，还杂拌着各种书、报、杂志……

蜗居里堆满了成摞的没打开捆的小说——《钢的门》《好运大白菜》《枣树的呼吸》《蓝皮肤》——作者都是“耿直”，几乎没落脚的地方。

墙上贴着耿直在各个小报上发表的“豆腐块”文章，密密匝匝的。

18. 村路　日　外

耿直他爹松开捆柴火的一根粗绳，柴火散落一堆，他收起绳子，单脚侧着脚帮儿倒退着，围柴火划了个圈，吐了口唾沫。

耿老汉夹着绳子被耿山喜请进候在一旁的轿车。

众人伺候活祖宗似的——耿老汉受宠若惊。

19. 地下室　日　内

短信：据我调查，老刁过去是做网站的，根本没有海外关系，估计您给他的钱，

他花小部分给您做了个虚假入选 HNB 文学奖主页，余款他扣下了，这个骗子。

耿直在电脑前，看了短信，若有所思，有些郁闷。

有微信进来，接听——

“二蛋兄弟，听说你获大奖了，家乡人民都很高兴，我是山喜，想在村里办个春节晚会，邀请你给撰稿，我现在要和老爷子去北京接你衣锦还乡呢，把你地址发给我呗。”

耿直：我操。

耿直写不下去了，坐卧不安。

20. 村庄　日　外

轿车在山村里转。

耿老汉从车窗伸出脑袋，舞着绳子，和练节目的人打招呼：我上北京，接二蛋去！

耿老汉一直在——“上北京，接二蛋去！”

21. 地下室　日　内

耿山喜和带来的两个人并排坐在床上。

耿老汉喝着耿直的茶水，坐在电脑前。

耿直靠墙站着。

耿老汉顺手抓起一捆耿直的著作扔过去：坐着。

耿直心疼地看了眼书，摆到一旁，蹲下来：我……真没时间回去。

众人齐刷刷地看着耿直，又都望向耿老汉。

耿老汉：儿啊，爹不绕弯子，莫说你拿了洋奖，就是你变成洋人，你也是庄稼人儿，那是根，你可有些年不回家了，多少人都以为你死外面了，这下回去……说实在的，也让爹跟着光彩光彩不是？还要爹求你？

耿直：这就是个入选，还不一定得奖呢，不准成的事……

耿老汉又看大家。

大家很恳切，很焦急。

耿山喜：二蛋，你咋还谦虚了呢？乡亲们都等着呢。我叔……可都通知全村了。耿老汉有点尴尬，横了一条心：最后问你一句，回是不回？

耿直：不回！

耿老汉把怀里的绳子摔到桌子上。

耿直嘀咕：有备而来？

耿老汉：回不回？

耿直想了想，咬咬牙：不回。

耿老汉气呼呼地站起来。

耿直转身就跑。

22. 楼道、楼梯　日　内

耿老汉带领众人围追堵截，把耿直逼到死角。

耿老汉：回不回？

耿直委屈地摇头。

耿老汉：我看你是不想认我这个爹了！？捆回去！

大家犹疑。

耿老汉：捆！

耿直还想跑，被大家摁住。

大家用抓猪的方法，把耿直捆个结实。

耿直嚎叫：这是犯法！

耿老汉：爹就是法！

耿老汉果断而迅速地脱下袜子把嘴给他塞上了。

23. 村口　日　外

耿直刚刚被松了绑、掏出袜子，车停下来。

车门打开，一片闪光灯把耿直差点儿晃回车里——记者们蜂拥上来。

看热闹的老乡也围得里三层外三层的，树杈、房顶都上了人。

一条“热烈欢迎 HNB 文学奖得主耿直回家”的大红条幅悬挂在两株大树之间。

耿老汉挤到耿直的身边，眉开眼笑地蹭镜头。

记者：请问耿老师，您是什么时候收到入选诺贝尔文学奖这个消息的。

耿直应付着，四下搜寻突围逃跑的可能路径：刚刚，不，不长时间……

记者：耿老师知道入选的消息，激动吗？最想做的是什么？

耿直：想跑……不是，想，想跑回家乡来，跟乡亲们分享……

连升拨开众人，引着乡长、副县长过来：二蛋！得这么大个奖也不给我打电话……来，我给你介绍一下，这是咱们县主管文化的副县长顾大局，这位是咱们乡胡颖杰乡长。

耿直一一与领导握手。

顾大局：你可是给咱们县做出巨大贡献了。

耿直：谈不上，谈不上……

胡颖杰：家乡人民欢迎你回来！

耿直：谢谢，谢谢……

耿老汉悄悄拽耿直胳膊，干咳，暗示他介绍自己，耿直尴尬、无奈。

顾大局：这位……

耿老汉：我是他爹——耿凤友，今年 69 了……

耿直：爹……

耿老汉：你爹不爹，我也 69 了，属猴的。

顾大局：感谢您老给我们县培养了一位大文学家呀！

耿老汉：哎哟，啥培养啊，棒子粥喂大的，棍棒底下出孝子，他小时候，那家伙让我揍的，吊房梁上抽，扫帚疙瘩打稀碎，哇哇哭……

耿直：爹……

耿老汉：别爹、爹的，现在不服，一样打！

胡颖杰：大叔真实在，这样，我和顾县长还有个会，就先回去了，你们乡里乡亲好好聚，过两天，乡上请大作家，也请顾县长再来给捧场。

耿老汉：到家吃口饭再走呗？

胡颖杰：不了，不了，晚走，开会就迟到了。

一辆轿车开过来，顾大局、胡颖杰上车，大家纷纷过来送。

耿直趁大家都送领导，倒退着，偷偷往后撤，闪出人群，开跑。

耿山喜和村主任连升目送轿车驶远，回头发现耿直不见了，耿老汉也傻眼了：二蛋！二蛋！

树杈上的一个农民指着远方：往那边跑了！

人群开追，刚跑了几步，树杈上的指挥官又喊：经老于家往东了，得从这边堵！人群又紧急掉头朝另一路口跑去。

24. 村路　日　外

耿直奔跑着。

远处树杈上，那位指挥官在叫喊：老七！耿二蛋朝你家跑了，堵他！

耿直掉头跑向另一边，一个擦着红脸蛋正练节目的农民追过来。

耿直玩命地跑，农民疯狂地追。

耿直跑着跑着，被一农妇一伸脚给撂倒在地上，摔了个狗吃屎。

农妇上来就挠，耿直反抗、挣扎，明显没有农妇凌厉。

农妇被农民拽起来：你干啥呀？

农妇：我看你追他，不是他偷咱家东西了？

农民：屁！

农妇：惹你了？

农民：屁！

耿山喜、连升以及耿老汉等一群人跑过来。

耿直已经被挠得不成样子，委屈得想哭。

25. 老耿家院　日　外

村主任连升从老耿家走出来，在门口立了块牌子——

“和耿二蛋照相 10 元和二蛋他爹照 5 元，送签名。”

耿老汉笑逐颜开，比画着“二”和一同样比画着“二”的村姑合影。

村姑谢过耿老汉，又走到坐在折叠椅上的耿直身边，比画“二”。

耿直一脸苦大仇深。

耿老汉准备着和下一个照相，顾及着这边，严厉地：笑一个！——把刚到他身旁的人吓了一跳。耿老汉解释着：我说你二哥呢……笑！

耿直笑得很牵强。

耿直的双脚脚踝被一根细铁丝捆在折叠椅的腿儿上，双手手腕也被绑在椅背的两根管子上，折叠椅又被细铁丝拴在院子里的一棵树上。

村姑打开个本子：大爷，我想让二叔签个名？

耿老汉看了眼耿直绑着的手：我替他签吧。

耿老汉在本子上画了两个圈。

村姑：这是啥呀？

耿老汉：二蛋嘛！

耿直：爹你就饶了我吧。

耿老汉：奶奶个后脑勺的！跟你沾点儿光，咋就这么费劲呢？

耿直：爹，不是不让你沾光，我那个奖真没谱儿呢，它是怎么回事儿呢，我呀……

耿老汉：别废话，照相！

耿直欲言又止。

耿老汉：认真点儿笑！

耿直和另一个人合了影，那人刚要走，耿老汉话跟上了：你得对得起消费者，你知道吗？

那人急忙从兜里掏出20块钱给耿老汉：不好意思，大爷……

耿老汉拿出5元找给消费者，嘴上还客套着：我不是那意思，骂二蛋呢，你还多心了，完蛋玩意儿。

照相的人走了，院子里只剩下耿老汉和耿直。

耿直：爹，我真得给你好好说清楚了，我吧……

耿老汉：什么跟我说不清了？就是把你美的！

耿直：不是美的，这奖啊，它……

耿老汉：它有你的一半也有我的一半，县长都说了，我培养的，没听见吗？

耿直：它不是你一半我一半的事儿……

耿老汉：啊，都是你的，没爹的事儿，对吧？你小子我算白养了！我，我……

耿老汉找家伙要揍耿直的样子。

耿直挣扎着：爹，爹，你别……都是你的，行不？

耿老汉：你还别不服，连你都是我的！

耿直：对，对，我承认……但是……

耿老汉：你还但什么是？

耿直：我说这个……

耿老汉：你别说话了，让你干啥你就干啥吧！

耿直：我想……

耿老汉：别说话了！

耿直：我……

耿老汉给了耿直一大嘴巴：还说？！

耿直嘎巴了两下嘴，又把声音咽了回去，憋得不行不行的。

26. 村庄　日　外

村委会的大喇叭在放广播：最新消息，本年度 HNB 文学奖奖金约合人民币 8000 万元，HNB 文学奖评奖委员会将于 21 日在英国首都伦敦公布最终获奖人员名单。村里人在排练舞蹈，听到消息纷纷鼓掌：耿二蛋发财了！

27. 老耿家　日　内

折叠椅后面的细铁丝拴在一个大柜子的柜脚上。

耿直还被绑在折叠椅上，嘴上被粘了块膏药。

耿老汉从外屋进来，手里拿着一摞泛黄的本子，放到桌子上，一本一本地翻：你看看，咱家一直都记着账，从有你，到现在，花了多少钱？那都是你爹我汗珠子掉地上摔八瓣儿挣的，一分一厘从牙缝勒出来的，现在你翅膀硬了，就把你爹扔一边了？你个白眼狼！

耿直被封着嘴巴捆着身子，很难受。

耿老汉翻过一个账本的正面，是个作文本，封面上歪歪扭扭写着“耿二蛋”：还是你小学时候的作文呢……

耿老汉翻开作文本，举出很远，虚着眼睛，念：我的家乡——我的家乡有一条小河，河边有一排小树，河里经常有几只大白“圈”在玩“需”……

作文本上——“鹅”字因为不会写画了个圈，玩耍的“耍”字写白了，成了“需”。

耿老汉：人哪，真是没处看去——就你这作文，我都不信你能出息成大作家……

一个小孩敲门进来。

小孩看见耿直嘴上粘着膏药，有些诧异：我二爹咋了？

耿老汉：他嘴受风了，给他治治病。

小孩：我还想给我二爹道喜呢，恭喜二爹拿大奖了！

耿老汉：表示！

耿直乌拉乌拉地挣扎。

耿老汉急忙把耿直的手松开：打赏……

耿直在老爹的逼视下，无奈地摸出钱包，抽出 100 元，给了孩子。

耿老汉：……少吧？

耿直：爹……

耿老汉瞪耿直。

耿直自己把膏药粘嘴上了。

耿老汉突然有些难为情，嘟囔：那个……那什么……孩子他姥，跟我关系不错……

耿直笑了，拽下膏药：我哥说你要找那后老伴，就是他姥姥呀？

耿老汉尴尬。

耿直急忙又拿出一百元给孩子。

28. 村庄　日　外

小孩开心地在村子里跑。

见到正在排节目的人就告诉：给二蛋道喜，赏我 200 块钱！

29. 老耿家　日　内

又一小孩：为啥你给他钱不给我钱？是不是因为你爸看上他姥了？我也有姥！

耿直看他爹：……家喻户晓啊。

耿老汉：别瞎说！……赶紧给，赶紧给……

耿直给钱。

小孩拿着钱飞快地跑了。

30. 村庄　日　外

俩小孩满村乱跑散播耿直打赏的消息：给二蛋道喜赏 200 块钱！

排练春晚节目的村民们纷纷赞扬耿直：致富不忘了乡亲们哪！

打大鼓的哥们儿把大鼓雷得山响，比自己发财了还激动。

31. 老耿家　日　内

不知道是第几个孩子兴奋地叫唤了一声，领钱转身跑了。

耿直向他爹展示空钱包。

老耿头叨咕着：咱都要有八千万了，也不差这点儿。

老耿头转过身，从裤裆里掏出个手绢小包裹，打开，里面有一摞钱，塞给耿直：

估计这些够了。

又有人敲门。

耿老汉掀开门帘，惊住了——门外站排的孩子排到了院外，看不见头儿。

耿老汉撂下门帘：二蛋，跑吧……

32. 耿山喜办公室　日　内

耿山喜放下电话，看了眼桌上的书——《钢的门》。

连升进来，耿山喜站起来：主任来了。

连升：耿直不见了？

耿山喜：我已经发动所有人去找了，你放心，一定能把这小子找到。

连升：我觉得他的跑，说明了一个问题。

耿山喜：啥？

连升：咱们做得不够，没让他感受到老家的热乎劲儿。

耿山喜琢磨着点头。

连升看了眼耿山喜桌上的书：钢，的，门——那不就是屁股吗？

耿山喜：你在网上没注意呀？这是耿直的小说，他得奖，据说就是因为这书。

连升：他写得咋样？

耿山喜：看不懂啊……

连升：说实话，我也看不懂。

耿山喜：还有什么《枣树的呼吸》《好运大白菜》更迷糊，尤其那本《蓝皮肤》，说这人皮肤是蓝色的，种地能长出鱼，我就更弄不明白了……他种地要种出鱼，我放屁就能崩出大象

连升：土鳖了吧？那叫后现代——不过……蓝皮肤……这个想象力还是很有诗意嘛，可以发扬，可以发挥，咱村要拿他搞旅游，我觉得这是个点。

耿山喜：是哈，主任这项目你别给别人，我来。

33. 村口　日　外

鞭炮声中，鼓乐齐鸣。

数百名小学生举着花环夹道雀跃欢迎。

条幅——“热烈欢迎世界文豪耿直再次回家”。

轿车开过来，停下，耿山喜带着耿直下车。

连升疾步过去：二蛋，你咋这样呢？还挑理了？咱村这帮人都备战春晚呢，没及时招待，你就跑啊？不够意思！这样，接下来，我好好安排你。

耿直灰头土脸的，明显是被押回来的。

一辆罐车开来，停下，耿山喜跳下车。

耿山喜：主任，我把颜料和方法都找到了……

一群孩子围过来看热闹，看新玩意。

连升打量着罐车有些奇怪。

耿山喜：你不是觉得耿直小说中的"蓝皮肤"概念不错，能开发旅游吗？我特意到省城找了这种颜料，蓝色的，无毒无害，到时候旅游搞起来了，就让几个老乡，喷上它，种地得鱼……

孩子打开了罐车上的一个阀门。

耿山喜：你看……

一股蓝色的雾气从管子里喷涌而出——耿山喜瞬间被喷成了蓝色。

众人惊愕，大笑。

耿直：这喷得跟阿凡达似的……

耿山喜尴尬，自我解嘲，干笑着：这回我种地就能种出鱼了。

连升：还是希望你放屁能崩出大象啊。

34. 村委会大门口　日　外

在耿山喜的指挥下，村委会门楼上方立出了拱形的铁艺大字——"中国文学之乡"。

35. 村广场　日　外

村主任连升在看几个工人给耿直塑雕像。

36. 酒楼　日　内

在耿山喜的带领下，耿直被一群乡干部模样的人簇拥着，祝贺、灌酒。

耿直几次想解释什么都被打断，罚酒。

37. 村小学　日　外

在耿山喜的指挥下，村小学的牌子换成了——"耿直小学"。

38. 小学教室　日　外

学生们正在上课，教室墙壁贴着爱因斯坦、托尔斯泰、契诃夫的照片，这回也有了耿直臊眉耷眼的照片。

39. 农家　日　内

连升和村干部、老乡摆了两桌酒，耿直喝得面红耳赤。

耿直大着舌头：我装？装什么装？！都是自己人，我关上门……说家里话，我这奖，我自己心里都没底……我他妈托人了！花钱了！

连升笑了：吹！往死吹！在外面混明白了？都认识诺贝尔评委会主席了，是不是？都能给外国人送钱了？牛大了？是不是？吹大牛吧你！你忘了小时候了？让我追着打，吓得满村跑，因为啥，因为你吹牛我不爱听！告诉你，你得奖了，成大文豪了，在我这儿，还一样！——我不爱听，照打不误！不就得个奖吗？你至于这样吗？

耿直一屁股坐下：我是说不明白了。

耿直沮丧地端起一杯酒，一饮而尽。

40. 村委会　日　内

连升在写《申请500亩土地种鱼、300亩地种大白菜、200亩山林该种枣树的报告》。

连升在写《发展文学旅游申报荷花乡改名为耿直乡的可行性报告》

连升在写《加急——关于注册各种产品耿直、耿二蛋、二蛋等商标的请示》

41. 老耿家　日　外

几个偷老耿家大白菜的人被耿老汉抓住。

耿老汉手持九齿钉耙，满面怒容。

偷菜人：大爷，我们都是耿老师的粉丝，看了他写的《好运大白菜》特别受启发……

耿老汉：他那书是写偷菜的？

耿山喜和民兵连长带着两个老娘们儿进来：叔，这俩撅你们家枣树枝的，逮着了！

老娘们：凶什么呀？我们就是想沾沾文曲星的仙气，保佑孩子考上大学。

连升（进来）：你们怎么就这么急呢？叔，不好意思啊，这都是我媳妇家亲戚，城里的，本来让我先打个招呼，我还没来得及，他们就动手了。

42. 老耿家　日　内

耿直坐在炕沿上，呆呆发愣。

43. 老耿家　日　外

耿山喜带着人把老耿家里里外外贴着白瓷砖。

耿直望着这一切有些焦心。

耿老汉拿着茶壶杯子过来：愣着干啥，赶紧给大伙倒点儿热水喝。

耿直有苦难言。

44. 村委会　日　内

连升接电话：都搞好了，行，我这就去看看。

45. 老耿家　日　外

耿山喜引着连升来检查，耿老汉出来迎接。

老耿家的门额上悬挂了牌匾——“耿直旧居”。

两边对联写着“一世耕耘成小康人家，十年苦读获国际大奖”。

老耿家的两扇房门不知被哪个多事的孩子用红笔分别写了“男”“女”两个大字——老耿家的房子俨然是个大公厕。

耿山喜：王八羔子！谁家孩子写的？有人管没人管？！

连升：还怪人写？这也太像了。

连升：……把瓷砖起下来？那贴什么呀？

耿山喜：别贴了，要我说，最好的办法，就是把房子拆了，重建，找个城里的设计师给好好设计设计……

耿山喜：那得不少钱呢……

连升：不行，村里出，不过，我觉得最好你来，你那企业，说实在的，少文化味儿，你给二蛋办这么大个事儿，将来请他当文化顾问……你说呢？

耿山喜：房子啥时候拆？

连升：你觉得呢？

耿山喜：马上！

连升：我就佩服你这魄力。

耿山喜指挥贴瓷砖的工人：抄家伙，上房！

大家快速抄起杵在院子里的镐头、锄头上房。

耿老汉：连升，屋里东西还没倒腾出来呢。

耿山喜：您老放心，都给你换新的。干！

耿直从屋里冲出来，拦在房前：不能拆！

耿山喜：咋了？二蛋？

耿直：我要是没得奖呢？

耿山喜看着耿直笑了：把你脑袋拧下来当球踢！瞎打什么比方？

耿直：不是打比方……

耿山喜看耿老汉：叔，这可又得您老劝了。

耿老汉：二蛋，别犯浑！

耿直：爹……

耿老汉指挥大伙：别管他，拆！

烟尘中——耿直像伤员一样，被架出了小院，灰头土脸的。

老耿家的房子、院墙都扒倒了，剩下一堆残垣断壁。

46. 村庄　日　外

穿着胶皮围裙的屠夫提刀追着猪跑。

村里人张灯结彩，有人把大鼓搬了出来，有人开始悬挂长长的鞭炮。

耿直的雕像被蒙了红布。

村广场堆积了劈柴，准备篝火……

一群妇女喜气洋洋地包饺子。

连升立了一块 HNB 文学奖获奖者公布倒计时的牌子。

一个粗糙的汉子提着大锣站在一旁，一分钟一敲锣——距离公布诺贝尔文学奖获奖消息还有 5 小时 53 分钟——“当——”！

耿直走过来，仿佛被锣声震了一下，打了个激灵。

耿直冲敲锣的汉子喊：大壮啊！

汉子：你不就是想说你得不了奖吗？别说了，没人信！

耿直还想要过去说什么，忽然发现几个记者扛着摄影、录像设备朝他跑过来，他急忙溜掉。

47. 村委会　日　内

这里搭了床铺，成了耿家父子的临时住所。

耿直气喘吁吁跑进来，关门，向外张望了一会儿，回身，低头叹气。

耿老汉：咋得个奖还把你愁这样呢？晚上就正式公布了，多好啊。

耿直：爹……

耿老汉看耿直。

耿直摸了摸脸，有些心虚：爹，得奖这事……

耿直抽了自己一嘴巴：我自己来。

耿老汉被儿子搞愣了。

耿直一咬牙，一口气说了出来：我一朋友说是认识 HNB 文学奖评委会的主席我就拿了 3 万块钱给他让他帮我通融，后来我就看见那评奖的官方网站上有我得奖的消息，可有人告诉我说那小子花小钱做了个假官网，就是糊弄我的，剩下钱他赚了，说完了，你揍我吧。

耿老汉：这事查实了？

耿直：拿我钱那小子好久不接我电话了，我上当这事是定死了，要不然……我怎么不想回来呢。

耿老汉：你咋不早说呢？

耿直摸着脸，委屈地：你给……打回去了。

耿老汉：这脸可丢大了。

耿直：哪还有脸呢。

耿老汉：跑吧？

耿直：我观察一圈了，出村的所有路口都被记者堵下了。

耿老汉：挨家挨户跟大伙解释。

耿直：没人信。

耿老汉急得直转圈：这可怎么办？

48. 农户家　日　外

一个巨大的鸡笼。

耿家父子铺了棉门帘，蜷缩在鸡笼下面。

耿直：爹，能行吗？

耿老汉拍身边的大行李包：放心吧，干粮和水都备着呢，够咱爷儿俩待几天的。

耿直：这也不是长久之计啊？

耿老汉：起码把这两天躲过去呀，大伙消消气，你一回北京，事儿就过去了。

俩人憋屈地望着外面，有人经过，爷儿俩连忙往里缩。

一张由于弯腰憋得通红的大脸：在这儿呢！在这儿呢！

耿家父子被几个村民从鸡笼下拽了出来：你们爷儿俩怎么跑这来了？……是不是躲记者呢？太低调了。

耿家父子狼狈不堪。

49. 村广场　日　外

一台大屏幕液晶电视被挂在大树干上，正播放着节目。

村里的人都聚集到这里。

彩带挂满了村子。

长长的鞭炮等待燃放。

人群爆发出掌声和欢呼声——

耿直和耿老汉被带了过来。

几个电视台的记者扛着机器迎过去。

耿家父子深一脚浅一脚的。

摄影记者的相机闪光灯频频闪烁。

记者：耿老师，马上就要公布您获奖的消息了，能谈谈您此时此刻的心情吗？

耿直窝囊地说出实话：反正不太平静吧……

记者：听说您刚才是被从鸡笼子下面发现的，您是又在体验生活吗？

耿直看了眼他爹，委屈地：我是想忘记生活……

爷儿俩被簇拥着带到电视前，双双蹲下。

连升和耿山喜赶忙去搀扶，将他们拉到摆在前排的椅子上：干吗呀？坐，坐。

电视上的《午间新闻》开始了，大家很快安静下来，纷纷盯着屏幕。

耿直起身：我去个厕所。

连升轻声地：憋一会儿。

耿直：憋不住了……

连升：关键时刻，别，别……早想到你会这样了——上设备！

几个小伙子迅速拿来一个尿盆，一个四面的布帘，把耿直套了进去，其中一面还能露出头，看到电视。

耿直尴尬地看四周：算了吧，算了吧……

小伙子们又飞速地把“设备”撤走。

大家忽然屏住了呼吸。

几个村民站到爆竹礼花前面，举着打火机准备燃放。

电视上——“本台最新消息，英国文学院今天宣布，2012 年 HNB 文学奖授予德国作家阿道夫·坎德尔，阿道夫成为有史以来首位获得该奖的德国籍作家”。

空气仿佛凝固了。

大家都一动不动的，只有眼神在相互交流。

记者们动作很快，收起了设备，转身离去了。

耿山喜站起来，看了眼傻坐在原地的耿直走了。

村主任连升欲言又止，也走了。

村民们退潮一般散去。

耿直和耿老汉呆呆的，椅子已经被搬走了，爷儿俩蹲在空荡荡的广场，很凄凉。

50. 村庄　日　外

彩旗彩带成了孩子们的玩具，被拖在土路上半死不活地飘荡。

倒计时牌子不知被谁推倒了。

耿直的白色大理石雕像被顽皮的孩子画上了跨栏背心和花裤头，看起来有些落寞和滑稽。

耿直蹲在自家的残垣断壁上，很失落。

耿老汉走到耿直身旁，蹲下来：没多大个事，别往心里去，回北京，接着写，你不是跟我说过出一本书能赚十来万吗，生活也能挺好。

耿直：爹，我过去没敢告诉你，那些书……是我自费出的。

耿老汉有些愣怔。

耿老汉：没事，慢慢来，无论你咋样，爹都支持你。我呀，其实也没求你出名、大富大贵，只想要你个平安，只要你身子骨结实，我就高兴。

几个老乡走过来：二蛋，你和我叔还没吃饭呢吧？到我家去，赶紧的，我媳妇包饺子了，韭菜馅的，可香了……

耿直：不吃了，一会儿，我回北京。

耿山喜过来：二蛋，要我说，你就别回去了，还是去北京接你时那想法，你给我办这春晚好好撰撰稿儿，过完年，你到我厂子来，我请你当文化顾问……我可能不明白，胡说啊——我觉得写东西不一定非在北京，听说那房子还死贵的，吃啥用啥也没老家方便，就留在家写得了。

随着他们的谈话，围过来的人越来越多。

耿直：还写不写都不一定了……

连升：二蛋，这说的啥话？你还是咱老家人不是？遇这点儿事就狗熊了？必须还得写！说实在的，你能在北京坚持十多年，吃糠咽菜写下来，我还挺佩服你呢，不管外国人认不认，反正我们认你，在我们眼里，你耿二蛋就是大文豪。

耿直：什么大文豪呀，我到北京这十年，开了很多会，认识了很多人，好像也学会了他们那一套，可写的东西越来越找不到根据，离生活越来越远了，第十年还不如第一年写的……现在，我都不知道自己写的是啥。

耿老汉从怀里拿出作文本：那天，我是故意寒碜你，我觉得你小时候写得就挺好的。

耿山喜接过作文念：我的家乡——我的家乡有一条小河，河边有一排小树，河里经常有大白鹅在玩耍……

美丽的村庄。

安静的小河。

静逸的农家小院。

追逐奔跑嬉戏的孩子们。

老人的笑脸。

……

大家朗诵：村子里，有石头房子和小院，有好多的牛羊，成群的鸡鸭。赶牛的孙大爷见到我就笑，满嘴里找不到几颗牙。会讲故事的三奶奶还会剪窗花，她剪的窗花可好看了。杀猪的大满叔很胖，婶子说，远远看见他从猪圈直起身，以为猪站起来了。小玲姐洗衣服的时候爱唱歌，好像听她唱歌的时候山上的小花就开了……

51. 村委会　日　内

村姑小辣椒在唱歌。

一旁，小辣椒的家人紧张地关注着屁股对着他们的两张并排转椅。

村主任连升跷着二郎腿，眯着眼，很享受地斜倚在一把破转椅上，听着。

孙向成斜身坐在转椅上，侧耳听，压抑着跟着高音使劲，像被人攥住了睾丸似的——龇牙咧嘴，面容扭曲，狰狞，下身还不敢大动。

小辣椒的歌接近尾声。

孙向成与连升无声比画着，交流着，像白捡了金矿，很惊叹，很相见恨晚。

孙向成宛若遭了当头棒喝——狂拍了下转椅扶手，闪电般转过身来，高举竖起大拇指的右手，满面庄严。

小辣椒家人雀跃起来，双手握拳，撼动。

连升也果断地拍了转椅扶手转身，动作利落，一气呵成，很大气。

孙向成：祝贺你——直接进入春晚！

52. 耿富贵家　日　内

耿富贵在家练“打虎上山”。

耿富贵看到挂钟表针指向十点，急忙拿起座机打电话。

53. 美莲家　日　内

美莲放下手中的画笔，听电话——老太太很甜蜜。

孙向成走进来。

美莲放下电话。

孙向成：妈，你这都多长时间不出屋了？出去转转啊。

美莲：没意思，不想出去……

美莲接着画画。

孙向成似有所悟：该给我妈找个伴儿了。

54. 耿富贵家　日　内

耿富贵正在练习《打虎上山》。

他抬头看了眼挂钟，走向电话。

55. 美莲家　日　内

美莲看着腕上的表。

指针还有一分钟就到十点了。

孙向成带着王树林进。

孙向成：妈，这是我王大爷……你俩好好唠唠。

孙向成做个鬼脸，转身走了。

美莲：向成，你什么意思啊？

王树林看美莲，有些害羞：自我介绍一下……

美莲：不用了。

王树林：你都知道了，我一寻思你就得打听。

美莲：我打听什么呀？

王树林：你没打听，我告诉你，其实，我也喜欢艺术，还报名参加你们村春晚了呢。

电话响，美莲接起电话。

56. 耿富贵家　日　内

耿富贵把电话贴在脸上，笑。

57. 美莲家　日　内

美莲听着电话，看王树林，有些烦躁和着急。

王树林见美莲接电话不说话，表情复杂，很奇怪：谁啊？你咋不说话呢？

58. 耿富贵家　日　内

耿富贵由浪漫中惊醒：这咋有男的声呢？谁啊？

59. 美莲家　日　内

美莲听见电话里的富贵急了，更慌了，急忙示意王树林别出声。

王树林见美莲害怕，以为有人欺负美莲：怎么了？美莲。

60. 耿富贵家　日　内

耿富贵又听到一句男人的声音，更加怀疑起来。

耿富贵：到底是谁啊？美莲？

61. 美莲家　日　内

美莲见耿富贵急了，急忙掩饰。

美莲：我儿子……

62. 耿富贵家　日　内

耿富贵更加怀疑了。

63. 美莲家　日　内

美莲着急冲王树林摆手，示意王树林别说了。

王树林更加误会姜莲是真的怕了，抢过电话：你谁啊？我跟你说，你少欺负老太太啊……她不是一个人，还有我！……我保护她。

王树林撂电话。

王树林：放心吧，美莲，摆平。

美莲：我都想把你摆平了！

64. 美莲家　日　外

孙向成在门口擦车。

耿富贵怒气冲冲过来往院子里闯。

孙向成急忙拦着：干吗呀？耿大爷？

耿富贵：你起开，我要见你妈。

孙向成：耿大爷，我妈现在不方便……

耿富贵气得火冒三丈，一把推开孙向成，冲了进去。

65. 美莲家　日　内

美莲吓得脸煞白，坐在椅子上，双手抱拳，嘴里不断叨咕着：这回可完了。

王树林想安慰美莲，上去一把拉住美莲的手：有我保护你，怕啥呀？

耿富贵闯进来看到了这一幕，气得脸都绿了。

耿富贵浑身直哆嗦：光拉手有啥意思？有放哨的，你来点激情的！

美莲：富贵，你误会了……

耿富贵转身就走。

孙向成：什么情况啊？

66. 耿富贵家　日　内

耿山喜正在晾晒一堆彩衣。

耿富贵怒气冲冲进。

耿富贵：山喜，你要是我儿子，你就给我介绍个老太太……条件就一个——比老孙太太强就行。

耿山喜听到这话眼睛一亮：爹，你提这要求可真是撞枪口上了！

67. 耿山喜厂子会议室　日　内

窗帘都已经拉上，会议室内一片昏暗。

两旁分别摆了五张桌子，十个打扮得花枝招展的老太太站在桌子内，每人手上都举个手电筒，手电筒亮着。

耿山喜剃个秃头，一身主持人打扮。

耿山喜对面放两个沙发。

副经理老王拉着妇女主任李金花进。

李金花：山喜啊，我是妇女主任，但我主抓是计划生育，你让我演情感专家，我哪是这料啊？我跟你哥都离了呢……

副经理老王：金花，你将就点儿吧，咋说我们厂长不也是为村里办春晚排小品嘛，不都得做贡献，我为这事还剃秃子了呢。

耿山喜：我没剃啊？总强调你这点事儿……

副经理老王：厂长，你以前不也斑秃嘛，多少有点底子，我这冷丁剃，冻脑袋……

耿山喜：别磨叽了，开始排小品吧——各位村民大家好，欢迎收看本期的《农村版非诚勿扰》有请男嘉宾——

《非诚勿扰》音乐起，耿富贵一身牛仔打扮走上台。

众老太太手中的手电筒都灭了。

耿富贵：电池是假的啊？这咋都灭了呢？

耿山喜：婶子、大娘，你们不能这样啊？咋刚上来就灭灯呢，这还咋演了？

老太太甲：长得太刺激了……不灭还留着他啊？

耿山喜：说啥呢，大娘，这是我爹……

老太太乙：谁爹，这都一辈子的事，也不能照顾你面子——强扭的瓜不甜。

孙向成和美莲走了进来。

美莲：行啊，老耿头，挺招风啊，弄这些老太太……

耿富贵：兴你州官放火，不让我百姓点灯啊？

老太太甲：老耿，你别误会，我们可都是灭灯。

孙向成：山喜，你可真行，这节目办的，还给你爹相上亲了，口口声声为村民，你是为村民还是为你爹啊？

耿富贵：少说我！你还吹要给咱村春晚请腕儿呢，腕儿在哪儿呢？弄个“好声音”在哪选，糊弄谁呢？咋选不也是村里人嘛，那是腕儿吗？你要真把腕儿请来，我给你磕头！不然，你给我磕一个！

孙向成：你还别激我……不就是腕儿吗？我现在就回北京，请去！你就等着给我磕头吧！

68. 北京街边　日　外

健哥狂奔，时而回首，左冲右突——谢德发猛追，脚步飞快。

健哥一拐弯，不见了。

谢德发追过来，判断健哥消失的方向。

孙向成戴着墨镜有些神秘，左右寻找着走过来，猛然发现谢德发，笑了。

谢德发并没看到孙向成，却盯到健哥从藏身处出来，回头张望。

健哥与谢德发突然四目相对。

健哥拔腿就跑，谢德发再次开追。

孙向成刚喊了声“谢德发！”却发现谢德发跑了，孙向成一愣，拔腿开追。

三个人形成了一幅螳螂捕蝉黄雀在后的有趣画面。

69. 高档小区　日　外

谢德发几乎摸到健哥肩膀，却被孙向成一把拽住了衣服后领！

谢德发挣扎间，健哥已经溜进一小区。

谢德发喘息着回身，刚要发作，孙向成摘下墨镜。

谢德发：你咋冒出来了？

孙向成松开谢德发的衣领，也是上气不接下气：你跑什么呀？

70. 装修施工房　日　内

谢德发站在落地窗边观察着对面的楼和小区门口。

工人老三：你前两天给我们发的钱，不是健哥给的？

孙向成：德发怕你们过两天回家过年空手，跟哥们儿借的。

谢德发白了眼孙向成。

孙向成：我刚才看他见我就跑，还以为他躲朝我借那 2000 块钱呢。我直纳闷——我俩这关系，我也不至于因为那俩钱追，他也不可能躲呀，闹了半天，是他追那小子欠你们工钱！你们老大不容易呀……

工人大驴顺着谢德发视线往对面看：你看准健哥那王八犊子进那小区了？

谢德发不眨眼地盯着：嗯。

71. 小区外　口　外

刘淑芬一身名牌，优雅地走在前面，超市理货员手推堆满了食物的送货车尾随。刘淑芬从挎包里拿出门卡，轻轻一划，小区的小门开了。

刘淑芬拉着门，让手推送货车进。

72. 装修施工房　日　内

谢德发突然看见刘淑芬有些惊讶，一动不动，眼睛不眨。

孙向成注意到谢德发脸上的变化，凑过来，顺着谢德发视线观望——

73. 小区外　日　外

刘淑芬以及送货车已经消失。

74. 装修施工房　日　内

谢德发推开孙向成，往外跑。

75. 小区门口　日　外

保安往外推谢德发：不行，联系不上业主肯定不行。

谢德发：兄弟，这样，你跟我一起进去，行吧？

保安犹豫了一下：那你也得说清是哪个楼、几单元、几号吧？

谢德发：我……

孙向成走过来，指令保安：开门。

保安：先生……

孙向成不屑地：就这楼的，没带卡，快点儿。

保安急忙划卡、开门：好的，先生。

谢德发也要进，身子夹在要关的铁门缝：他能进，怎么我就不能进呢？

保安：人家穿的什么，什么派头儿？你赶紧回去照照镜子吧。

孙向成：他和我一起的……请进，董事长。

保安懵了，谢德发急忙挤进来。

谢德发刚冲进去，就扯开嗓子喊：淑芬！淑芬！刘淑芬！！

孙向成想拦，发现拦也来不及了，也跟着喊：刘淑芬——！

两人被保安推出大门外，保安呵斥：当是你们村呢？这是北京！

铁门“哐当”一声关死了。

76. 刘淑芬家　日　内

刘淑芬将衣服整齐地叠放好，换了家居服，做家务。

77. 城市街道　日　外

孙向成边走边打电话：喂，经纪人王老师吗？我，向成——粉丝头儿，哎，哎，那个，我有个项目啊，想请咱家大腕儿捧个场，出场费就市场价，不用给面子不用打折……啊，就腊月三十儿吧，我们村办个春晚……啊？啊，没档期啊……行，行，那以后有机会再说吧。

孙向成撂电话，有些失落。

78. 装修施工房　日　内

谢德发走到落地窗前，拿出望远镜，望向对面的楼，试图搜寻刘淑芬或健哥。

79. 楼下小广场　昏　外

刘淑芬带领一群大妈、大婶、大姐跳《最炫民族风》。

80. 装修施工房　昏　内

谢德发在落地窗前吃着大包子举着望远镜。

谢德发在望远镜里看到刘淑芬跳舞，包子叼在嘴上不动了。

工人大驴放下活儿，过来：发现健哥那王八犊子了？

工人老三也急忙过来，往下看：那不是淑芬吗？

谢德发包子、望远镜都丢下了，跑出去。

工人大驴：也不是健哥咋还急这样呢？

工人老三：你懂个屁……那是他前妻。

工人大驴：咋了？

工人老三：德发这两三年一直找她呢。

81. 楼下小广场　昏　外

刘淑芬跳舞转身之际，看见了远远跑过来的谢德发。

谢德发直勾勾地奔向刘淑芬，险些被一个轮滑青年撞倒，待他站稳，再次要奔向刘淑芬，发现刘淑芬不见了。

刘淑芬躲在角落里观察着急得团团转、四处搜寻她的谢德发，刘淑芬眼神复杂。

82. 装修施工房　日　内

谢德发失神地站在落地窗前。

工人大驴工作着：德发，我怎么觉得健哥那王八犊子不住对面呢？你给他又打电话没？

工人老三手里忙活着，替德发解释：还打个尿啊？那犊子手机都是空号了……

孙向成戴上墨镜要出去的样子，看德发落寞，走过来：欠你们工钱那王八蛋是不是住这附近真不一定，但按你们昨晚说的，淑芬是一定住在对面，我琢磨吧……

工人大驴：你琢磨啥？没你德发都逮着健哥了。

孙向成：大驴你咋就惦记那点儿钱呢？

工人大驴：我出来干活不惦记钱惦记啥？像你似的？四处混吃混住去？

孙向成：你怎么说话跟上大粪了似的？——我不是之前出点儿事，没法儿回我原来住的地方也不能住旅馆吗？要不是跟耿山喜杠上了，要给村里办春晚，非得回来请腕儿，你当我还愿意回北京呢？我还混吃混住了，我混你的了？

谢德发：行了，行了，你想跟我说啥？

孙向成：我记得当初你俩好上，是她爱看你跳霹雳舞，会学杰克逊，我觉得你可以拿出点儿老东西，刺激她，帮助她找到点儿过去的感觉……

谢德发琢磨着。

83. 咖啡馆　日　内

孙向成正在和周经纪人谈“村晚”的事。

周经纪：你这不开玩笑吗？吴老师是偶像路子，演出得有所选择，必须是利于品牌形象的，要到你们农村折腾一圈，再让狗仔队报道出去，给弄得跟活土鳖似的，那就算砸牌子了，以后还怎么接活儿？

孙向成：行，我通知他们不许报道。

周经纪：微博、微信呢？没有不透风的墙，不行。

孙向成无奈。

84. 装修施工房　日　内

老式录音机的键子被按下，磁带转起来，《荷东》音乐响起——

谢德发在落地窗前跳起了霹雳舞。

85. 居民楼下　日　内

郝经纪人：这事儿你电话里说就行了，还大老远跑来一趟……

孙向成：必须的。

郝经济：嗨，不用……说实在的，刘老师有事你没少带人站脚助威，要的费用还低，你的事我能不管吗？

孙向成：那可太好了，刘老师要能出马，这春晚就算成了。

郝经纪：向成，给大腕们捧场的活儿干多了？怎么也学会戴墨镜了？

孙向成：哪有，我这不是躲事吗。

郝经纪：我听说你跑了，我还没信……什么情况啊？

孙向成：哎，别提了——想带我们粉丝团开发一下新领域，捧捧杂技演员——表演顶缸的，结果，我喊好没喊到点子上，把演员吓一跳，失手了——大缸把丫脑袋砸大脖腔里去了。估计，人家以为我故意的呢，肯定得索赔，报警，我现在看见警察，一听见警车声，后脑勺都发麻……

警笛声突然响起。

孙向成要跑，郝经纪去拽。

郝经纪：干吗呀？别走啊，到楼上坐会儿，这么长时间没见了……

警笛声越来越近，孙向成与郝经纪撕扯：你骗鬼呢？跟警察设埋伏抓我？还楼上坐会儿，你是想让我上监狱躺会儿吧？！

孙向成拔腿就跑。

一个小孩拿着玩具枪走过来，枪上的灯一闪一闪的，发出警笛的声音。

86. 装修施工房　日　内

音乐换成了杰克逊的《真棒》。

谢德发在模仿杰克逊的样子跳舞。

87. 刘淑芬家　日　内

刘淑芬躲在窗帘后，透过缝隙看谢德发跳舞。

刘淑芬脸上时而划过微笑，时而有些忧伤和埋怨——泪水悄然滑落。

88. 北京街头　日　外

孙向成翻手机号码，走着，打电话，显然对方没答应，挂断。

孙向成走到地下通道，一个流浪歌手抱着吉他在唱歌。

孙向成站着听了一会儿，和流浪歌手搭讪，聊了起来。

孙向成把电话贴在耳朵上，走在过街天桥上，又沮丧地放下电话，伏在栏杆上，看车水马龙。

89. 装修施工房　日　内

谢德发满头大汗，还在跳舞，眼睛看着对面的楼——

刘淑芬在窗前一晃而过。

谢德发趴到窗户上，再看，刘淑芬已经不见了。

谢德发根据刘淑芬出现的地点——分析刘淑芬住的楼层，单元号、门牌号。

孙向成进屋，谢德发正要往外跑，俩人撞了个满怀。

孙向成：干吗，德发？

谢德发激动地：我知道淑芬住哪了——就在对面！就在对面！

孙向成拽住谢德发：冷静！德发，冷静！越是关键时刻越要冷静！

谢德发：我他妈能冷静得了吗？

孙向成：德发，我是担心你呀，淑芬现在啥情况，咱根本不了解，你想想——高档小区住着，名牌穿着，你再看你这造型——压根就不对等，你过去那就叫自取其辱！再说了，她凭啥能过成这样？是不是又有新……生活了？你贸然前往，搞不好就是血流成河！

谢德发：那你说咋整？

孙向成：既然咱掌握她地点了，就不着急了，跑了和尚跑不了庙，咱要去，就得去得惊艳！去得意气风发！去得压倒一切！

谢德发有些泄气：万一人家……我有啥呀？

孙向成：你有我呀！

90. 小区外　日　外

谢德发一副鸟叔打扮，孙向成戴着墨镜陪在身旁。

孙向成小声：怎么样？我给你设计这造型，把她砸晕了吧？

刘淑芬有些迟疑，跟在后面。

孙向成：嫂子，快点儿。

刘淑芬稍微加快了点儿步伐：……叫淑芬就行。

谢德发尴尬。

孙向成：你说多巧——你俩买这房子——前后楼，德发……不是，对不起啊，董事长，你说我这嘴，小时候叫惯了，现在还总秃撸，但是我们董事长，大度，包容我……

谢德发瞄了眼刘淑芬：你家客厅里摆那照片是……？

刘淑芬：我们家先生。

谢德发沮丧。

孙向成：你们家先生也是做生意的？

刘淑芬：IT 行业的。

孙向成：有机会得让先生和我们董事长会会呀，董事长有可能能帮上他。

孙淑芬：你不是说他搞房地产吗？

孙向成：集团——下面好多分公司呢，上回比尔·盖茨来，和我们董事长喝完酒拜的把兄弟，说“中国这边有事儿吱声”。

刘淑芬：美国人也这样啊？

孙向成：入乡随俗呗。

91. 谢德发所在小区门口　日　外

保安甲立正站岗，谢德发、孙向成、刘淑芬走过来。

保安甲一看谢德发的穿戴懵了。

保安甲：德发，你今天不干活呀？

谢德发：啊？我……

保安甲：啊——家出事儿了！节哀顺变哪，德发……

孙向成：你小子是不是忘吃药了？你家才出事儿了呢？跟谁俩德发德发的？那名也是你叫的？你啥时候见过我们董事长干活？瞎开什么玩笑，再嘚瑟告诉你们队长开除你。

保安甲又懵了：不是，我……

孙向成：我什么我？

保安甲：你……

孙向成：你什么你？你别说话了！

谢德发：向成……

孙向成：对不起董事长，我监管不力，我请求你回头批评我，你先带嫂子去家里，这事我处理。

刘淑芬：向成，这兄弟也不容易，就开个玩笑……

孙向成：嫂子你不用安慰我……

刘淑芬：保安也都是出来打工的……

孙向成给自己一嘴巴：嫂子你再劝我，我就抽死自己，你赶快跟董事长走，我肯定解决好，这个管理漏洞我一定堵上！

孙向成作势又要抽自己，刘淑芬急忙和谢德发离开。

保安甲看着谢德发和刘淑芬的背影，问孙向成：大哥，你这唱的是哪一出啊？

92. 装修施工房　日　内

谢德发和刘淑芬有些尴尬地坐着。

工人大驴跑到后窗边，伸出胳膊。

外面窗沿上放着一排小罐装的油漆桶。

93. 楼下　日　外

孙向成和老三在下面，仰头观望，看到大驴的胳膊。

孙向成连忙掏电话：我一寻思德发进屋就得懵，自己肯定吹不好，得亏有准备……

孙向成拨了谢德发的号码。

94. 装修施工房　日　内

谢德发手机响。

谢德发：我接个电话。

大驴帮腔：是不是300万那单子又催你收钱？收了就得了，别不好意思，哥们儿是哥们儿，生意是生意。

谢德发：喂……刘总啊，我不跟你说了嘛，咱俩之间300万不是钱，你拿我当哥们儿，你自己就留着花，啊？王总要给他私人飞机安倒挡啊？行，让他先开我那个，我那飞机倒挡都装完了，一脚离合就挂上……

95. 楼下　日　外

孙向成边听电话边笑，对老三：德发也行啊，给梯子都能爬上飞机。

工人老三：先挂了吧，他自己说就行呗，要不两头浪费电话费。

孙向成挂断电话。

96. 装修施工房　日　内

谢德发看刘淑芬有些惊讶，更来劲了：给松花江全线安装栏杆这个工程啊，我们必须要接下来，这是利国利民造福子孙万代的好事啊，不需要国家拨款，我们集团自掏腰包，公益事业匹夫有责……

刘淑芬看着谢德发有些狐疑。

一个电话打进来，把正吹得风生水起的谢德发吓了一跳，谢德发有些尴尬。

刘叔芬更加怀疑。

谢德发：那个……我这手机双卡双待的。

谢德发接电话：喂，健哥？！

谢德发一下站起来，大驴也跑到跟前。

谢德发：健哥，我们……喂，喂！这狗东西，咋又挂了呢？

工人大驴：给他打回去！这回咱工钱可有希望了……

谢德发看刘淑芬发现要露馅，一边回拨一边找补：这小子骗了我们三个亿的工程款。

谢德发放下电话：关机了。

谢德发和刘淑芬又陷入尴尬。

大驴再次悄无声息地溜到后窗边，看着刘淑芬，向窗外伸出胳膊，一不留神把油漆桶碰了下去。

97. 楼下　日　外

油漆桶飞下来正好砸在孙向成的脑袋上，孙向成一动不动。

工人老三：向成，太爷们了！这都没喊疼，我服了。

孙向成“扑通”一下栽倒在地上。

98. 装修施工房　日　内

刘淑芬四处走看装修。

谢德发：还行吧？

刘淑芬：说实话吗？有点儿……俗。

谢德发：是吗？我觉得还不错呢……

刘淑芬：你看我们家先生把那屋子设计的，又简约又大方。

谢德发：（酸了吧叽地）要不，把你家先生请来给指点指点？

刘淑芬怒视谢德发。

谢德发：我，我没别的意思，向好的方向和目标学习呗。

刘淑芬：……我家先生半年前就去世了。

谢德发：是吗？

谢德发有些惊喜，但又觉得喜得不是时候，急忙收敛：我，那，那你可真不容易……淑芬……我不知道这情况……

99. 楼下　日　外

工人老三在给孙向成掐人中。

工人大驴含口水一气儿喷到孙向成脸上，孙向成晃了一下，又晕过去。

工人大驴：人工呼吸吧！

工人大驴的大嘴唇刚要碰到孙向成，被孙向成一把推开。

工人老三：醒了？

孙向成：大驴这大嘴唇子切下来能炒两盘菜……

工人大驴：卸磨杀驴——刚缓过来就糟践我？

孙向成抹着脸上的水珠：刚才喷那一下就醒了，但那口水一过你嘴——太味儿了，又把我熏过去了。

100. 装修施工房　日　内

谢德发发愁。

工人大驴：德发呀，你入戏也太深了，这是咱干的活儿，不是咱自己的房子，这装修风格要按淑芬说的样子改了，那房主不得找咱赔钱？

孙向成：我支持德发，改吧，实在不行，让淑芬看一眼，完事儿再改回来。

101. 步行街　日　外

商家纷纷打出“末日甩卖”的广告。

刘淑芬走在街上。

有人推着成箱的压缩饼干诚惶诚恐；

一对年轻男女肆无忌惮地热吻，有人给塞了枚安全套：“赶紧找地儿吧！”

一个大冷天穿着吊带儿的妖艳姑娘在接手机，牙齿打颤声音哆嗦：“姐妹儿今儿死也要死得漂亮！”

旁边有人很认真地悄悄评价：“选择冻死这种自杀方式还是蛮特别的。”

一小伙子在街边给人鞠躬道歉：“我不是人我傻逼我缺大德我王八蛋，你就原谅我吧……我不能留遗憾呀……”

随着经过的人，刘淑芬手里买的东西也越来越多。

102. 刘淑芬家　日　内

刘淑芬在洗澡、吹头发、化妆、戴首饰，试衣服。

刘淑芬仪态万方地坐在沙发上，电话拿起来又放下，最后还是拨了出去。

103. 游乐园　日　外

刘淑芬坐在一儿童秋千椅上，晃悠着。

谢德发过来，递给她一支棒棒糖，谢德发也含了一支，谢德发目光柔软，坐到旁边的秋千上晃悠，顷刻间，秋千架塌了！——两人爬起来，笑着逃跑了。

谢德发做着骑马的动作，热闹地讲着儿时的游戏。

两人来到旋转木马旁——彩灯闪烁起来，两人并排骑在两只木马上，旋转起来……

谢德发突然发现健哥的身影，忙不迭地从还在飞转的木马上跳下来，疯狂追逐，但抓捕未遂。

104. 装修施工房　日　内

刘淑芬提着大包和谢德发走进门。

刘淑芬：德发，把衣服脱了。

谢德发听到这话激动得不行，飞速脱衣服，越着急越脱不下来，有些手足无措刘淑芬看着谢德发面带笑意谢德发终于把全身的衣服都脱掉了，只剩下大裤头，气息变粗朝刘淑芬走过来。刘淑芬：去洗个澡。

谢德发：啊？是！

105. 浴室　日　内

谢德发飞快地抹肥皂，冲水，嫌水流慢，放到最大，水一下子射出来，谢德发被淋一激灵，摔得翻蹄亮掌的。

106. 装修施工房 日 内

谢德发穿着浴巾兴奋地走到刘淑芬面前。

刘淑芬弯腰从口袋里拿出给谢德发准备的新衣服。

刘淑芬：换上。

谢德发：别换了，该揉出褶子了……

刘淑芬：你换不换？

谢德发：换……

谢德发穿好了衣服，刘淑芬看着谢德发，表情复杂。

谢德发去抱刘淑芬。

刘淑芬闪开，看了眼外面：……我想，安静地坐会儿。

谢德发：不用等天黑……

谢德发要去拉窗帘。

刘淑芬起身要走。

谢德发：淑芬，淑芬，你别……我，我……我好好坐着。

谢德发规规矩矩地坐到一旁。

刘淑芬也坐了下来，突然有些伤感。

谢德发轻轻打开录音机，舒缓的音乐流淌出来。

刘淑芬闭上了眼睛，谢德发深情地低下头，想吻刘淑芬。

孙向成敲门。

孙向成：怎么不开灯呢？停电啦？

谢德发和刘淑芬尴尬。

孙向成：不好意思……我不知道你和嫂子在屋呢……那，那我走了……

谢德发：别呀，向成，你去哪儿啊？

孙向成：我在这儿耽误事。

谢德发：不耽误，啥事也没有……

孙向成：我还是走吧。

孙向成走了。

刘淑芬又闭眼睛，谢德发刚要吻刘淑芬，孙向成又回来了

孙向成把谢德发拽到门外。

孙向成：德发，你不说啥事也没有嘛……

谢德发：对呀，很纯洁。

孙向成：是，我知道，但我琢磨，你心里肯定想有……我有个招儿……

谢德发：你别说了兄弟，你哥什么人品你还不了解？我跟你嫂子毕竟没复婚呢，不好。

孙向成：哥，真是好招儿……

谢德发：你再说我急了啊。

孙向成很遗憾地转身离开。

刘淑芬：向成可真有意思。

谢德发：放心，他肯定不能回来了。

刘淑芬又闭上眼睛，谢德发又要吻刘淑芬。

孙向成又回来了。

谢德发急了：你想怎么的啊，你？

孙向成：德发，我就知道你得急，但我还是得劝你，女人心似海深，你琢磨不透啊，你就得把生米煮成熟饭……当然了，她已经是熟饭了，但放凉了啊，你必须得回锅，把她炒热乎了，那才能稳当……我跟你说，我那招儿真行……

谢德发：你赶紧给我走！再敢回来，咱俩就断交！

孙向成：德发，你这人太正了，我服了。

孙向成真走了。

谢德发回过头才发现刘淑芬已经进卧室了，谢德发激动得直哆嗦，给自己加油。谢德发进卧室。

谢德发把刘淑芬扑倒在床上。

刘淑芬挣扎开，从床边拿出个防毒面具给谢德发。

谢德发：淑芬，你至于吗？我没吃葱。

刘淑芬自己也戴上防毒面具。

谢德发：淑芬，你学坏了——是不是一会儿还得给我置办一身美国警服啊？做IT。那损犊子没教你好东西呀……

刘淑芬：德发，你知道吗？我挺恨自己的……

谢德发：算了，没事儿，IT那老小子都死了，我跟他争啥，我就当是自行车让人借去了，那人摔死了，自行车又骨碌回我身边了……

刘淑芬：说什么呢？我是恨我自己没记性！当初你把我伤成那样，我怎么还理你呢？到了这样的日子，我最后怎么选择的还是你呢？

谢德发：什么日子？这不挺好吗？

刘淑芬：德发，今天是世界末日……

谢德发：你别开玩笑……

刘淑芬：我也想是个玩笑，可是……

谢德发面色凝重、失落、无奈。

谢德发：我这点儿咋这么低呢？刚好……就末日了？

刘淑芬：德发，不管怎么样，我们在一起呢——也许再有人类的时候，咱们已经变成化石了。

谢德发：你说，要是咱俩不挨得紧点儿，能在一块石头上吗？

刘淑芬：……我们拉着手吧，也许，下一秒，这个世界就不存在了。

谢德发和刘淑芬拉着手躺在床上，很安静。

刘淑芬眼角的泪流了出来。

天亮了——一切安好。

刘淑芬看身边的谢德发还睡着。

刘淑芬不知道自己是该庆幸还是失落，起身走了。

107. 街头　日　外

孙向成很激动：王大腕后面没安排演出？也不上春晚？

李经纪人点头。

孙向成：太好了，她出嫁了也没事儿，我们村那晚会还得一阵子才开呢。够她度蜜月的。

李经纪人：什么呀？不是出嫁，她出家了！

孙向成傻眼。

108. 装修施工房　日　内

刘淑芬进来，显然有些女主人的感觉了。

谢德发：满意吗？

刘淑芬害羞：又不是我住，我满不满意能怎么的？

孙向成：嫂子你这话可伤人啊——大驴和老三还准备在那床头雕对鸳鸯呢！

工人老三：嫂子你说，要不喜欢鸳鸯，雕别的也行。

工人大驴：我喜字儿都买了。

刘淑芬：你们干吗呀？

孙向成：再吃你一回喜糖呗！

孙向成三人簇拥着谢德发和刘淑芬：新郎新娘入洞房——！

房主进来，打量屋子的装修，很生气。

孙向成：你干吗的？

房主：你是干吗的？！

谢德发拉住孙向成：张老师……

房主：入洞房？你们要干吗？这屋子怎么搞成这个样子了？啊？

谢德发：那个……我介绍一下，这是张老师，这位是孙向成，这位是……

房主：少来！我不想认识！我在问你问题！不要避重就轻好不好？

谢德发：我们觉得这个之前的风格啊，不大合适，就改了……

房主：我让你们改了吗？我允许你们改了吗？

刘淑芬：德发，他……

谢德发：没事我……张老师，咱借一步说话……

谢德发想把房主拉出去商量，房主急了：你干吗？想动粗吗？

谢德发：没有，没有，咱出去说……

房主：我的房子，我干吗要出去？

刘淑芬看谢德发，大家都傻眼了。

房主：今天你必须给我个说法，否则，没完！——鸠占鹊巢！

刘淑芬：对不起，这位老师，德发是按我的意思改的，我……

房主：什么？按你的意思？你是我妈妈吗？

谢德发：那个……她，她是我媳妇……前妻……但……

房主：啊，不用说了，我明白了……你是在冒充，在和前妻玩一个叫吹牛皮的小游戏！今天我来了，“嘭”牛皮爆炸了！对不对？对不对？！

刘淑芬也明白了，转身就走。

谢德发追出去。

109. 刘淑芬家　日　内

刘淑芬堵着门，谢德发挤着要进来。

刘淑芬没拗过谢德发，谢德发闯了进来：淑芬，我真不是有意骗你，自从三年前，你和我离婚，我就一刻没停地想你，我已经戒赌了，你可以问任何人，这三年我从来都没耍过，一直在找你，一边干活一边打听你的下落，我是怕你瞧不起我，才，才干这蠢事的……淑芬，你一定再给我个机会，我现在干装修也还挺好的……

开门声，女主人进来：淑芬，怎么了？

刘淑芬：姐，没事儿，老家来个人……

女主人打量谢德发。

谢德发：大姐，真没事，你先出去吧，我这着急……

女主人：你这人真逗，到我家了，让我出去。

谢德发：你家？

女主人：啊，你以为呢？难道是你家吗？

刘淑芬：德发，一直没跟你说，这是赵姐，我在她家做保姆。

谢德发呆住了。

女主人：淑芬……他是不欺负你了？你别怕……有我呢。

谢德发：我还欺负她，她不欺负我就不错了，保姆？……刘淑芬，你真行……

谢德发拂袖而去。

刘淑芬急忙去追。

110. 街边 日 外

谢德发不理刘淑芬疾走，刘淑芬赶了上来。

刘淑芬：德发，事情不是你想得那样……

谢德发：别解释了，我失忆了行吗？我脑袋让驴踢了，发生啥都不记得了，你还是阔太太……名牌穿着、小包背着、香水喷着，装修俗了……你多好啊，咱村数你出息……太能演了你，一个泼妇还演上富婆了，你演她有什么意思啊？你应该演慈禧……那你更能给我砸懵了，我都得给你磕头——老佛爷！

刘淑芬：我没想演……那衣服和包是赵姐送我的，我不想要都不行……

谢德发：哎呀，那赵姐可太伟大了，不要不行？他老爷们都成"我们家先生"了，是不是不这么叫也不行啊？

刘淑芬：对呀，我刚开始也不习惯，是赵姐让叫的，我以为你能明白呢。

谢德发：是，怨我瓷我是大傻子，我不懂事，我不应该戳穿你，我应该配合你，来，重演！你选择富婆还是慈禧？

刘淑芬：你别过分谢德发，你没演吗？谢德发董事长——300万都不是钱了，开飞机能挂倒挡……还给松花江安栏杆……你接着是不是要给长城贴瓷砖，给赤道镶金边儿啊？还房子是你的，问我想咋装……让人房主这顿寒碜，我都替你丢人……谢德发，你别以为你心里打的什么小九九我不知道——你是不是又欠了赌债了？不就是看我穿得像个阔太太，故意讨好我，想骗两个钱吗？

谢德发：说我是骗子，你就是好人吗？我要不装有钱人，你能对我这么好？刘淑芬，咱俩都离三年了，你以前咋没正眼瞧过我呢？你不就是以为我有钱了想回头吗？又给我买新衣服又回忆过去的，还他妈世界末日——想跟我变化石？！骗子！刘淑芬你就是个骗子！你眼里就有钱，为了钱你啥都不要了，感情算个屁啊？！

刘淑芬：行，我是骗子，我对你的好是假的，我为你流的眼泪也是假的，我整个人都是假的，行了吧？咱俩没有回忆没有感情——什么都没有！有的就只有恨！谢德发，你给我记住了——我刘淑芬，就算一辈子都嫁不出去，我也不会再跟你的！

谢德发：你想得美，你以为就你这赝品富婆我还能要吗？

刘淑芬愤然离去。

谢德发有些愤怒又有些怅然若失……

111. 装修施工房 日 内

谢德发发疯似的破坏着屋里的装修。

谢德发拼命喝酒。

谢德发提着酒瓶跳霹雳舞，学杰克逊。

孙向成走进来一把抢下谢德发手中的酒瓶。

孙向成：德发，刘淑芬要跟别人结婚了。

谢德发愣住了。

孙向成：我看你这几天闹心，就想劝劝她和你和好，到那才知道，那家主人把房子卖了要去国外呢，还给她介绍个对象，现在淑芬正收拾东西，等人家接她呢。谢德发彻底傻了。

谢德发看着刘淑芬的窗口，想起了许多过去的画面——

112. 闪回——乡村——少年谢德发与少女刘淑芬嬉戏，玩闹。

113. 闪回——乡村——少年谢德发与少女刘淑芬坐在墙头，少女刘淑芬看着夕阳，很美，少年谢德发痴痴地看着她，凑过去，迅速亲了一口。娇羞的少女刘淑芬推了一把少年谢德发，谢德发摇晃着、惊恐着从墙头掉到了墙后面。

114. 闪回——乡村——少女刘淑芬在生气，少年谢德发做着鬼脸哄她，最后学起了白龙马，让少女刘淑芬骑到了后背，少年谢德发背着她学着骑马的样子抖动着跑起来——

115. 装修施工房　日　内

谢德发在落地窗前癫狂地学着骑马的动作……

116. 小区门口　日　外

刘淑芬拉着箱子走出小区，抬眼看见谢德发的动作，有些愣怔。

117. 装修施工房　日　内

谢德发还在激动地向刘淑芬比画着骑马的动作。

孙向成：德发，你这……比“鸟叔”牛啊！

孙向成将录音机的键子按下，放起音乐。

老三、大驴等兄弟们过来，跟着谢德发学，居然跳起了《江南 style》：房东、保安、警卫都来了，跟着谢德发一起跳，各个阳台上都出现了跳舞的人，从各个门洞、角落里出现的人都在跳舞……

118. 楼下　日　外

一群黑色西装的男子向这边走来——原来是过来迎亲，接刘淑芬的——带头的居然是健哥——他们跳起了《最炫民族风》！

《最炫民族风》的舞群与《江南 style》的舞群当街 PK，你来我往，好不热闹……

健哥的队伍被包围了——健哥发现谢德发和他的民工兄弟，似乎明白了什么，犹豫着，舞动着，终于一跺脚，拿出工钱，传递给谢德发们！

舞蹈着的包周圈并不散去，而是越围越紧，终于将他和刘淑芬隔开，越隔越远。健哥只得带着弟兄败兴而去……刘淑芬被舞动的人们推到了谢德发的身边，人潮在起伏，刘淑芬也跳起了《江南 style》……

满世界都是开怀舞蹈的人……

119. 街边　日　外

谢德发和刘淑芬站在一起，牵着手。

孙向成：你们这一跳舞吧，我还真挺受启发的，正好，德发的工钱也要回来了，你俩也该回村看看，其实村里人挺惦记你俩到底咋样的。村里今年还办春晚，我看你俩这身手，不回去到舞台上给大伙展示展示，你们还真对不起江东父老……

谢德发：行，等我把人家房子重新弄好了，我和淑芬就回去。你呢？你啥时候回去？

孙向成：我留在这儿，再找两天腕儿，我必须把咱村春晚办得大腕云集活色生香！

120. 山坡　日　外

耿富贵有些愧疚地看美莲。

耿富贵：美莲，我混蛋，让你受委屈了……

美莲：你能明白就行。

耿富贵：美莲，说实话，我现在心里挺害怕的，山喜和向成这么闹下去……咱俩还咋到一起啊？他们肯定都不能同意……

美莲想着，看着远处：富贵，你能放得下吗？

耿富贵愣了一下：你吗？——我放不下。

美莲：除了我，其他的……

耿富贵：那就没有放不下的了。

美莲：我想和你……去一个别的地方——谁都不认识咱俩，过咱自己想过的日子……

耿富贵：你那意思……私奔？

美莲很坚定地看着耿富贵。

121. **耿山喜办公室　日　内**

耿山喜带领职工排练“村晚”小品。

职工二老肥走到前面：下面请欣赏，根据耿山喜厂子真实感人故事改编的小品——《还人情》，作者——耿直；表演者——耿山喜、邓洪洋、李海兵、赵东东、二老肥等。

二老肥搬把椅子坐在台前，耿山喜、邓洪洋、李海兵、赵东东拿着礼品上。

耿山喜送上礼物，动作夸张，台词抑扬顿挫：兄弟，你帮我们厂挽回了损失，这是我们的一点心意，你就收下吧。

二老肥一脸严肃，大幅度摇头。

耿山喜：早就料到你不会要我的礼物了，说要就要，那还叫舍己为人吗？哼，不怕，我早有准备——同志们，准备好了吗？

众人：准备好了！

耿山喜：听我口令，来——挽起袖子露出手啦，听我口令手就走啊——1、2、3、4！

耿山喜带头，歪着脖子喊口令，用左手扇自己四个嘴巴子。

众人跟着耿山喜齐刷刷地一起扇。

二老肥还是一脸严肃，摇头。

耿山喜：来——咬紧牙，劲别松啊，再扇两下他准发懵啊！

众人跟着耿山喜喊口号齐刷刷扇嘴巴子。

二老肥还是一脸严肃摇头，耿山喜做发愤拼了的表情。

耿山喜：再加把劲吧，使劲扇啊，不要咱礼物咱心不甘啊！

众人跟着耿山喜喊口号扇嘴巴子。

耿山喜：来，一二三四，　二二三四换个小手再来一次。

众人跟着耿山喜换右手扇嘴巴子。

二老肥还是一脸严肃摇头，耿山喜抓头发，发狂。

耿山喜：坚持到底都挺住啊，不要咱礼物咱不让步啊！

二老肥忽然疯了一样双手抡，扇自己嘴巴子。

二老肥非常冤屈的样子：扇嘴巴子寒碜我，非逼英雄变弱者！

耿山喜面向观众，激动状：活雷锋，你们的恩情，我该怎么报答呀？！

122. **小河边　日　外**

美莲背着包裹在前面走着，仿佛自己突然间年轻了。

耿富贵提着老式旅行袋，脚步慢下来，越来越磨蹭。

美莲站下来，等耿富贵。

富贵也停下来。

两人相隔挺远的。

美莲向耿富贵招手。耿富贵左顾右盼。

美莲走回来：你个老死鬼，还怕啥？离村远了，快走啊。

耿富贵：我，我茶缸落家了……

美莲：再买吧。

耿富贵：我想把枕头也带上，荞麦皮的，睡惯了。

美莲：哪来那些毛病？你是不是后悔了？

耿富贵：没，没有……

美莲：那你还絮烦个啥？走吧？

耿富贵：早上吃了隔夜菜，好像坏了，我这肠胃呀……

美莲：大冬天的，菜能坏了？老耿头子，你别给我来这弯弯绕，要不想和我一起走了，你直说。

耿富贵：你说……咱这一走，村里肯定炸锅了，你儿子在北京，倒也没啥，这山喜就在村里办厂子，跟大伙低头不见抬头见的，我，我真怕他抬不起头啊……

美莲：你还是不想走了呗？

耿富贵：要不，咱再想想？

美莲：爱想你想，反正我是不想在这么下去了。

耿富贵：慎重点儿好。

美莲：行，你慎着吧，我走。

美莲转身就走了。

耿富贵：美莲，美莲！

美莲头也不回。

耿富贵追了两步，停住了。

美莲越走越远了。

123. 耿富贵家　日　内

耿山喜拿着一身杨子荣的行头进来：爹……

耿富贵蜷坐在炕沿上看了眼山喜。

耿山喜：试试，咱村春晚，你穿上这身——那就叫闪亮登场。

耿富贵接过行头放在一旁。

耿山喜：咋了？都惦记多长时间了，可做回来了，怎么还不穿了？

耿山喜到灶间看了一眼，锅里，早上给他爹留的饭，没动。

耿山喜：爹，你这不大对头啊？是不是嫌我给你找老太太找得慢了？

耿富贵：别胡咧咧。

耿山喜：那因为什么呀？

耿富贵：饭菜没滋味儿。

124. 孙果树家　日　外

果树娘在晾刚洗好的衣服。

耿山喜：果树不是在北京的大饭店上班吗，我琢磨着，让他帮我介绍个好厨子来咱村，一来呢，是给我爹做几顿好饭，让老爷子乐呵点儿；二来呢，咱村春晚的时候，请他给咱全村做顿年夜饭。哎，婶子，你说果树能帮上这忙吧？

果树娘：能，果树现在就在北京呢——

125. 北京某四星级酒店人事部　日　内

孙果树面对一排考官，坐在一把折叠椅上。

他的后背和脖子、脑袋挺成了一根线，溜直。

人事部主管张娜：你为什么想当服务员？

孙果树紧绷的脸笑了：能吃好吃的。

与张娜坐成一排的考官全“喷”了。

张娜：这有什么关系吗？

孙果树：我看电视上演的《舌尖上的中国》，介绍全国各地好吃的，都馋死了。我分析，它们都得进北京，进了北京，就都得进大饭店，我要到了大饭店不就都吃到了吗？

张娜：……要是不让你吃呢？

孙果树：想招儿吃呗。

考官们又乐了。

孙果树觉得大家很认可他，有些得意。

张娜翻看手里的应聘表格，不再瞧果树：好吧，你回去等消息吧。

孙果树：中，那你哪天给我信儿？

张娜：你就等吧。

孙果树：啊，谢谢啊……

孙果树起身，往外走。

张娜对旁边人嘀咕：就这样的还想当服务员？哪儿来的自信呢？

小李凑过来对着张娜耳语：招来那个大刘又跑了，不如……

张娜点头，喊果树：你等等。

孙果树停下，转身走回来

张娜：愿意服从分配吗？

孙果树：愿意。

126. 男卫生间门口　日　内

孙果树站在卫生间门口，打量着里面，百思不得其解。

孙果树：这也不是吃好吃的的地方啊？吃的到这儿，一般都到终点了……

张娜的背影已经远了，她似乎和两个等待客人的服务员小声说了什么。

服务员在远处看着果树笑。

“厕所西施”周一楠背着手走过来。

周一楠：知道我是谁吗？

孙果树笑：……他们管你叫“厕所稀屎”。

周一楠：“西”——“施”——“厕所西施”。

孙果树：那听着也不像好话呀。

周一楠：取笑我呢，是吧？你别不知道大小——咱们这酒店的卫生间都归我管，也就是说，我是你的领导……

孙果树：领导好。

周一楠：一会儿男厕擦完了，上女厕擦擦去啊。

孙果树：你这么大特权吗？——擦女厕所客人不得揍我？

周一楠：谁让你擦里面了？擦外面……

孙果树：行。

周一楠背着手走了。

周一楠：好好干啊，以后有发展……

周一楠冲远处偷看的服务员们挤眼睛。

服务员们笑了。

127. 男卫生间　日　内

孙果树扶着一醉酒的男客人摇摇晃晃步履蹒跚从蹲位出来。

孙果树晃悠着，把毛巾递过去，给男客人擦脸。

男客人醉眼迷离，斜睨孙果树，从口袋拿出100块钱，拍在洗手台上。

孙果树：老板，这干啥？我不要。

男客人：怎么的？瞧不起我？是不是？

男客人又拿出100块钱塞给孙果树。

孙果树：我真不能要……

男客人：跟我犟是吗？我还犟不过你？……

男客人把金项链摘了，递给果树：这回够不够？

孙果树：说了不要不要嘛。

男客人：还犟……老子有的是钱！

男客人把手表摘了，丢在洗手台上：这回呢？

孙果树：你这是干啥？我就是个管厕所的，没啥实力，你咋送这么大礼呢？这都够盖厕所的了。

男客人：还犟是不是？……我非让你看看我的诚意不可！

128. 男卫生间门口　日　内

男客人穿着跨栏背心、大裤头从厕所里出来。

孙果树穿着男客人的衣服，有些肥大，站在男卫生间门口，被男客人凶狠地给指了回去。

周一楠走过来，背过身，敲男厕所门。

孙果树从里面走出来。

周一楠背对着孙果树，抬起一只手，摊开。

孙果树把擦手毛巾放到周一楠手掌上。

周一楠转过来：装糊涂呢，是不是？把那男的给你的钱和东西交出来。

孙果树：不交。

周一楠：我是不是你领导？

孙果树：不是，我都问了，你就是管女厕所的。都是管厕所的，咱俩平级。

周一楠有些尴尬，犹豫了一下，冲孙果树面带桃花：见面分一半行不行？

孙果树摇头。

周一楠：行，你等我当上服务员了，把客人都往这领，我累死你。

孙果树：你也想当服务员啊？

周一楠走了：废话，谁想干这个？怪味儿的。

孙果树痴痴地看着周一楠的方向：跟我一样有理想……还怪好看的哩。

129. 男卫生间　日　内

孙果树正在擦地。

男客人脸被挠得一条一条的，朝孙果树走过来。

男客人一把抱住孙果树，哭了起来：兄弟……你把我给你那东西、钱什么的，还给我吧，我后悔了……昨天我是喝多了，装呢，其实我没钱，浑身上下值钱的就那点儿……

孙果树不知所措。

男客人：你就还给我吧，你不给我，我都回不了家了，你看我这脸，让我媳妇挠的，我今天要是要不回来，她说还往死收拾我——要让我跪暖气片呀……

孙果树遗憾地：怎么还后悔了呢？

130. 酒店总经理室　日　内

墙上挂的锦旗还有些晃动，上面写着四个烫金大字——“给钱不昧”。

总经理转过头，看孙果树：不错，挺给咱们酒店争光，我得好好奖励奖励你。

孙果树笑了：不用奖励，让我当服务员就行。

总经理：怎么？嫌打扫卫生间累？

孙果树：不是，当服务员是我的理想。

总经理一愣，又笑了：行，就让你当服务员。

孙果树要走，转身又走回来：我还有个请求。

131. 后厨与餐厅连接走廊　日　内

一份精致剔透的菜肴在托盘里，前行。

端托盘的周一楠穿着一身整洁的服务员服装，很精神地进了餐厅。

端着一摞空盘子的孙果树看周一楠傻笑。

周一楠对孙果树莞尔一笑。

孙果树好像融化掉了。

132. 厨房　日　内

一团大火升腾而起——周大厨利落地掂勺、炒菜、出锅、盛盘。

周一楠走了进来，端菜，看着周大厨笑。

周大厨似乎没看见她。

周一楠端着菜走了。

孙果树夹着托盘，在门口，探头看周大厨炒菜咽口水。

周大厨转身发现孙果树，立马板起脸来。

孙果树缩头。

133. 某酒楼包房　日　内

餐桌上，菜已经上了大半。

孙果树和厨师小刘、服务员小王喝茶等人，说着悄悄话。

孙果树观察了眼门外，有些紧张，低眉顺眼地：一会儿，一楠回来，两位哥一定帮我好好说说，就靠你俩了。

厨师小刘：求爱呀？你怎么连花都没准备呢？

孙果树：花？一般不都是死人了送吗？多不吉利呀。

小王：你当是花圈呢？献花——玫瑰。

周一楠擦着手走进来，后面跟着一脸严肃的周大厨。

孙果树看到周大厨，有些惊愕。

小王和小刘也有些蒙，站起来，寒暄、让座。

孙果树：周厨师长？你怎么来了？

周一楠：刚好碰见的，我一直也想请周大厨吃饭，正好借答谢你这个机会，一并了，没问题吧，果树？

孙果树赔笑：啊，没，没事。

周一楠：那就都请坐吧，咱们边吃边聊。

孙果树着急，看厨师小刘，使眼色。

厨师小刘根本没看他，冲着周大厨：师傅，这是微服私访民间菜馆吗？

周大厨淡然微笑一下，不语。

周一楠：吃菜，吃菜……服务员，菜快点儿上！

孙果树在桌子下面踩厨师小刘的脚。

厨师小刘恍然大悟：……果树啊，这人其实不错，除了嘴馋点儿、说话土点儿，没啥别的毛病。

孙果树眼睛都直了。

厨师小王：落一个——果树还不爱洗脚！果树，这毛病你得改，你那脚多味儿啊，一脱鞋——直辣眼睛……

小刘：还齁嗓子呢！

小王：我都不敢点火抽烟——怕爆炸，你这得改……

孙果树满脸尴尬。

周一楠：让不让人吃饭了？你俩这么讨厌呢？不许欺负果树……周师傅，我先敬您一杯。

周大厨和周一楠碰杯，对饮。

孙果树冲厨师小刘耳语：我不说让你帮我说好话吗？

厨师小刘：果树，我觉得骗人不好，该怎么回事就怎么回事，你就是不跟一楠说，她以后也得知道，到那时候，再因为这事跟你闹分手，那你不更伤心？

周一楠疑惑地看着孙果树、厨师小刘：你们嘀咕什么呢？

厨师小刘：果树生气了……

孙果树又笑：没，我没……

服务员端上来清炒油麦菜。

小王：周厨师长，这菜炒的，跟您可没法儿比，您给讲讲怎么回事呗？

厨师小刘：对，师傅讲讲……

孙果树急得愁眉苦脸的。

周大厨：我想，小王那么说，是看出这油麦菜的叶子有些发黄了，对吧？这就是问题，怎么才能让油麦菜炒完叶子不发黄呢？

周一楠认真地听着。

孙果树碰了下周一楠：一楠，我有话想跟你说……

周一楠：等会儿，听得正来劲呢。

周大厨：你最好在炒的时候放点小苏打……，

孙果树：一楠……

周一楠：别捣乱，好好听。

孙果树满脸无奈。

周大厨：因为蔬菜在炒的时候会分泌叶酸，叶酸会使蔬菜变黄，放小苏打就和叶酸中和了，炒出的油麦菜就不黄了，品相也好看。

周一楠：周师傅，您讲得真好，没想到一盘小小的油麦菜，竟然有这么多学问，您研究得简直太透彻了。

周大厨：其实也没什么，这些都是基本常识。

周一楠：您觉得没什么，但在我眼里这可太了不起了，在咱们酒店，我最佩服的就是您，有涵养、有品位，又那么帅……

小王起哄：哎哟喂！一楠“花痴”了！

周一楠：花痴怎么了？花痴怎么了？我就喜欢周师傅了！

转而，对周大厨：其实，您在我心里真的……

周大厨尴尬：一楠，咱们就不开玩笑了。

周一楠：没开玩笑，真的。

周一楠突然抓起杯子干了一杯啤酒：周师傅，今天话都说到这儿了，我也不怕他们笑话——您在我心里就是全部！

孙果树彻底蒙了：这……这……一楠，你……

周大厨要走，周一楠拽住周大厨：周大厨，你别走，你还没回答我呢，我能不能是你心里的全部？我觉得是，你敢不敢承认？

厨师小刘、厨师小王跟着起哄：师傅，别怵她！厨师长加油！

厨师小刘拉孙果树：喊啊，你咋不跟着喊呢？

孙果树嘟囔：我，我多大心啊？这都淘汰出局了，还给人加油？

厨师小刘正色：果树，真正爱一个人就应该希望她幸福……你不希望一楠幸福？

孙果树：我……

小王：爱她就成全她，有一种爱叫作放手嘛，大度点……加油！喊！

孙果树：我，我喊不出来……

134. 员工卫生间　日　内

周大厨正坐在马桶上，看报纸。

孙果树忽然开厕所门，周大厨急忙用报纸挡住自己：你要干什么？

孙果树：周师傅，我求你了，你走吧，行吗？你行行好——你要是走了，那就剩我了，一楠就能喜欢我了。

周大厨：等我出去再说，好吗？

孙果树：不行，就得在这说，不然你躲我，我抓不着你。周师傅，就您那手艺在哪干不行啊……您就走吧。

周大厨：我在这已经干了很多年了，挺稳定的，我要走，老板也不能同意，再说我合同也没到期……我是不会走的。

孙果树：你不走……也行，那你就当着全酒店的人，宣布你不喜欢一楠，那一楠就能死心了。

周大厨：你开什么玩笑？我也不是老总，我凭什么召集人，跟人家讲话，人家会以为我脑袋有毛病的。

孙果树急坏了：这也不行，那也不行，那我跟一楠不就没希望吗？

周大厨：有啊——除非你变成我。

孙果树：变成你？变成你……啊！我明白了！谢谢周师傅点拨！

孙果树转身跑掉了。

周大厨：喂！孙果树！我点拨你什么了？！

周大厨差点起来追，又慌忙坐下。

周大厨郁闷地：这个傻瓜！

135. 员工通道　日　内

周一楠看见周大厨和孙果树一前一后走过来。

周大厨走在前面，孙果树在后面学步态；

周大厨甩头发，孙果树也跟着甩头发；

周大厨打哈欠，孙果树跟着打哈欠；

周大厨打喷嚏，孙果树也跟着打喷嚏；

周大厨发现孙果树学自己，瞪了孙果树一眼，孙果树也瞪了他一眼；

周大厨的手机响，周大厨接电话，孙果树急忙摸电话想学，发现手机忘带了，脱下鞋，拿起来，在耳边听，假装接电话；

周大厨见孙果树拿鞋装电话，笑了，用手指指自己手机的翻盖：

孙果树把鞋垫掏出一半来，用手指了指鞋垫；

周大厨无奈。

周一楠看着他们，偷笑。

136. 后厨与餐厅连接的走廊　日　内

周一楠端着菜正往餐厅里走。

周大厨走过来，孙果树在后面跟着。

周大厨走到周一楠面前。

周大厨：周一楠，你是个大坏蛋，我不喜欢你。

周大厨说完走了，朝孙果树努嘴。

孙果树走过去，突然想到什么：你当我傻呢，我才不学呢。

周一楠看周大厨，笑得前仰后合。

周大厨很尴尬。

孙果树在后面跟着。

137. 客房走廊　日　内

周大厨走到一个房间门口，敲了两下门，走了；

孙果树也走过去敲了两下房间门；

一个男人衣衫不整慌乱地开门出来，给孙果树跪下：大哥，不怨我，你媳妇主动的。孙果树蒙了。

138. 酒店拐角　日　内

周大厨在前面走，孙果树在后面学。

周大厨走到一维纳斯雕像后面，用手摸雕像的左屁股，拿出一个大力胶水，趁孙果树还没跟过来，将胶水抹在维纳斯雕像的右屁股上。

周大厨潇洒地托着维纳斯的左屁股，假装休息。

孙果树朝维纳斯雕像走过来，果断地把手放在右屁股上，似乎也很潇洒。

周大厨活动脖子、扇风，孙果树也都跟着一样不落地学；

周大厨向孙果树摆了摆手，得意地走了，远远地还在冲孙果树挥手再见。

孙果树发现手粘上了。

很多人看孙果树，孙果树摆造型，冒充在准备照相。

孙果树看到总经理走过来，急忙假装用左手擦维纳斯雕像。

总经理：这小伙子不错，爱店如家呀！

139. 酒店员工宿舍前操场　日　外

穿着各种制服的员工们正在做操。

孙果树艰难地扛着维纳斯雕像从酒店里走出来，右手还粘在维纳斯的屁股上。

员工们哄笑。

孙果树看见周一楠也笑得不行了。

孙果树尴尬，扛着维纳斯雕像朝医院方向走去。

140. 街边　日　外

周一楠和孙果树在走。

周一楠还在想象孙果树抱维纳斯的情景里，不敢看孙果树，一看孙果树就忍不住笑。

孙果树尴尬。

周一楠：不笑了，不笑了。

周一楠假装一本正经，忍不住又笑了起来。

孙果树满脸失落。

周一楠：真生气了？

孙果树：一楠，我，我要回老家去了……

周一楠不笑了：怎么了？

孙果树：北京跟我想的一点儿都不一样，北京太大了，大得我心里发空，我想说话都没人认真听，他们只会笑我。在我们老家，不管我说什么，都没有人笑我傻，他们会拿我当朋友，会跟我玩，会帮我，我想吃苹果了，就去嘎子家果园摘，我想吃玉米了，就到大山叔家地里去掰，没有人会说我，他们都怕我吃不饱呢。我想回去吃我妈做的水芹菜馅的菜包子、芥菜疙瘩拌香油、烙饼卷鸡蛋，北京吃的虽然多，但都没我妈做的好吃……我想让我妈跟我絮叨，虽然烦，但心里可热乎呢，我真想热乎热乎，我心里可冷了。你不会笑话我吧？

周一楠摇头：我能理解你……有时候我也会有这样的感觉，觉得很孤单、很冷，我从小妈妈就去世了，我爸爸管我管得很严，从来不让我和小朋友们玩，每天上班都把我锁在屋里，让我练钢琴、练舞蹈，我只能从窗口看楼下的小朋友们踢毽子……

孙果树：你爸怎么这样啊？

周一楠：我爸爸……其实你也认识——就是周师傅。

孙果树：啊？

周一楠：我知道你心里很疑惑，为什么我和我爸在酒店里会装作同事，为什么我爸是大厨我会去看卫生间？……我爸是我唯一的亲人，我非常渴望和他一起工作，一起上下班，我很怕一个人待在家里……可我爸想让我有更大的发展，不同意我来酒店工作。我去看卫生间，其实就是为了气他，和你一起当服务员也是想向我爸证明，没有他的帮助我也能干得很好。

孙果树：那吃饭时你说那些话干啥？

周一楠：也是为了气我爸，谁让他担心我还不说，整天跟踪我，我就想问他一句话，我在他心里那么重要，他为什么不肯直接跟我说出来？果树，其实我挺感谢你的，你人很真诚，也是真心对我好，甚至我从小到大除了我爸，没人真心对我这么好过，你让我挺开心的。

孙果树：那，我，我能一直让你这么开心吗？

周一楠：现在说这个还有用吗？你不是要走了吗？再说了，你不怕我爸？

孙果树：我……

141. 厨房　日　内

周大厨看着孙果树满眼的匪夷所思：你有什么资格跟我女儿在一起呢？

孙果树看了看自己的左右双肩和下身：我也不少啥呀？

周大厨：少——能耐！你懂吗？你个小小的服务员拿什么养家？

孙果树：你当厨师不也养家了吗？

周大厨：我这叫手艺。

孙果树：不就是炒菜嘛，我也能炒，在家我妈都教过我。

周大厨：你妈？我是厨师。

孙果树：那不也是炒菜吗？真的，我妈教我做的菜可好吃了，我偷吃过你的菜，就是样子好看……

周大厨被孙果树气得无语，直晃脑袋。

孙果树：你还别不信，我给你炒俩尝尝。

周大厨：这是酒店，不是你家的灶台！好不好？这火你会点吗？

孙果树：看你干活，早都看会了。

周大厨：厨房操作间不让无关人员乱进乱动，这是规定，你懂吗？

孙果树：你要是不敢比，就说不敢比呗。

周大厨：你小子……好，好，来来来，你来炒，我让你心服口服。

孙果树扎上围裙、切菜、点火、倒油、炒菜，把菜一道道盛出来，放在周大厨面前，颜色样子很难看。

孙果树：一共八个，要嫌少，我还有呢，咋样？

周大厨：你做这些菜，人家需要来酒店吃吗？再说，这一个个哪有品相？

孙果树：好不好看有啥用？菜做了就是给人吃的，好吃就行呗。

周大厨：这菜谁能吃啊？喂狗，狗都不吃。

孙果树：谁说的？我家里就吃！不信，我给客人端上去，他们肯定说好吃。

孙果树端着菜向餐厅走去。

周大厨：哎……你怎么还真端上去了呢？

142. 酒店包间　日　内

孙果树把菜摆在桌子上。

孙果树走出包房，蒋大鹏和刘总走进来。

刘总：我们金总真是临时有急事，来不了，只能派我来，他特别不好意思，让我必须跟您解释。听说您为请这顿饭，提前一个星期就做了准备，还钦点的特级大厨做拿手菜……

蒋大鹏：最尊贵的客人嘛，您来也一样，刘总能够赏光，我也非常高兴……来，刘总坐。

蒋大鹏和刘总坐下

刘总一看桌子上的菜，脸立马板了起来。

刘总：蒋总，这就是你所谓的特级名厨做的拿手菜？您就想这么招待我们金总？您太瞧不起人了吧？

蒋大鹏一看桌子上的菜，汗都下来了：不对呀……

刘总：不用解释了，您的良苦用心我一定带到。请服务员打包，我要让金总好好看看你的诚意，哼，还想签单呢？

刘总走出包房，蒋大鹏气得直拍桌子：一亿六的大单啊！这回彻底完了，这是谁做的菜？把你们经理给我找来！

143. CBD　日　外

风雪中的高楼大厦鳞次栉比。车水马龙。人们行色匆匆。

孙果树、周大厨、周一楠艰难地寻找着什么。

孙果树边走边打电话：好，明白了，好好，一会儿见！……周师傅，前面向东拐个弯就到了，我没坑你吧？咱们被四星级酒店开除了，我就能给你找五星级的酒店当厨师长。

周大厨不理孙果树，倔强地往前走，周一楠紧紧跟着。

一座正在修建的大楼，横在周大厨、周一楠、孙果树面前。

周大厨、周一楠、孙果树望着工棚上摆着的牌子“五星级大酒店”发呆。

周大厨：这就是你说的“五星级大酒店”？

周一楠：果树，你是不是找错地址了？

孙果树：没错啊，就是这儿啊。

民工头刘亮跑过来：果树！

孙果树：亮子，你不是跟我说五星级大酒店嘛？就这个呀？

刘亮：我说的是要建五星级大酒店。

孙果树：我还以为五星级大酒店名叫“要建”呢。

周大厨：我就说他不靠谱吧，你非让我来……

周大厨要走。

刘亮急忙走过去：这位就是周师傅吧，我听果树说了，您是星级酒店的特级大厨，所以就想把您请来，给我们民工兄弟做个饭，您可不能走啊，大家伙都等着呢。

周大厨：让我给民工做饭？开什么玩笑？

周大厨要走，刘亮拦着：周大厨，多了我不求您，您就帮我们做一顿，行吗？实话实说，今天我们老总要来，这厨师还跑了，要是平时我自己就将就做了，今天您要不帮我，老总知道了，就得把我开了。

周大厨：那是你的事，跟我无关。

周一楠：爸，将心比心，你就忍心让别人也丢了饭碗吗？

周大厨：我丢饭碗是有倒霉鬼给催的！

孙果树解围：周师傅要是不做，那我做吧……你们老总要是问了，好歹我也是星级酒店出来的。

刘亮：我都跟老总说是周大厨了。

周一楠看着周大厨：反正你们老总也不认识“周大厨”，就说果树是周大厨呗。

周大厨气得浑身发抖：你是真不想当我女儿了？他在酒店糟蹋我，你还嫌不够？又想跑这毁我名声来了？

周一楠：爸，这是为您好，省得您还给民工做饭了，他们哪够得上您的档次啊？

周大厨：你个混蛋丫头！你……

刘亮、孙果树、周一楠看着周大厨。

周大厨：孙果树，我可真是欠你的。

144. 工地伙房　日　内

周大厨板着脸做菜——

菜板上零零散散地放着被剁得只剩下尖儿的鸡翅膀，斩了两头的小段排骨，去头去尾去鱼刺的燕鱼……

刘亮和孙果树端着盆往里捡碎料。

周大厨：捡它干什么？这都不能用了，扔掉。

孙果树：这都能吃呢……

周大厨：你懂什么？糖炒凤翅尖就得用最嫩的翅尖，燕鱼豆腐的燕鱼必须是燕鱼的精肉段，多一块都变味道，都像你们那么糙，还用我干吗？

孙果树：这……浪费呀。

周大厨板着脸看孙果树。

周一楠在背后掐了把孙果树。

孙果树：你掐我干啥？我说的不对吗？本来就是浪费嘛。

周大厨要急，周一楠对着周大厨满脸堆笑。

周大厨白了周一楠一眼，接着备菜。

145. 工地　日　外

周一楠看着吃完饭，刷完饭盒的民工，开心地：怎么样？好吃吧？

民工甲蹲下抽烟：说实话也就一般，还真不如我媳妇做的虾米炖白菜，我媳妇那白菜炖的，先搁大骨头棒子熬汤，汤熬得跟牛奶一样，虾米放进去，再闷锅，“咕嘟、咕嘟”炖它半拉钟头，一揭锅盖，满屋香，菜能吃出螃蟹味儿来，能把你小辫儿吃丢了。

民工乙：我妈做的红烧肉，那才叫好吃呢，五花三层，拿筷子夹起来，照太阳，跟玛瑙似的，一筷子，呵——甜里带咸，咸里带香，那肉咬一口，顺嘴丫子流油，剩那肉汤我都能吃三碗饭，咱这……唉……就那么回事吧。

民工丙：他到底是不是大厨啊？咋就这水平呢？

周大厨一直在后面听着，气得满脸通红。

周一楠：我爸给你们做顿好的，你们得了便宜还卖乖，太欺负人了。

刘亮：哎呀，兄弟们就是说话实在……咋还能说欺负人呢？要说欺负人，周大厨还欺负我们呢。我们那可是一个月的伙食材料，他一顿饭就给我们祸害光了。

周一楠：你那意思，我爸还得赔钱呗？

刘亮：我没那意思……

民工乙：一天天累得跟王八蛋似的，不就为吃口饭吗，可就吃不明白了……

周一楠：你们太过分了！

周大厨：算了，一楠，一群民工，跟他们有什么好说的，走，回家。

周大厨拽着周一楠要走。

孙果树：一楠……

周一楠：孙果树，都是你办的好事！还不给我爸道歉？

孙果树：我也不是故意的……他们不爱吃，也不能怪我呀。我道啥歉呀？

周一楠：行，孙果树，我不怪你！以后你也别来烦我，咱就当从来不认识！

周大厨和周一楠头也不回地走了。

孙果树追了几步，停住了，不知如何是好。

146. 村庄　日　外

夕阳西下，孙果树孤独的身影回家。

孙果树丢了魂似的在田野间行走着，很小，很孤单。

孙果树坐在大门槛上，眼神空洞。

闪回：周一楠的一颦一笑。

民工乙：天天累得跟王八蛋似的，不就为吃口饭吗，可就吃不明白了……

孙果树拍拍屁股站起来。

147. 农家灶间　日　外

老奶奶边做蒸肉边给孙果树讲：蒸肉要想好，就必须得用当天杀的猪，隔夜的就不香了，在蒸之前，你得先整块煮一下，煮完撒上大粒盐，精盐不行啊，用猪血、花椒、葱段煨上小半天，滋养它，肉上锅，你得用咱村这种土陶的大碗盛着，碗底还得铺上新鲜的玉米叶子……

孙果树不住点头。

148. 农家院内　日　外

孙果树帮老大爷晾白菜干。

老大爷：你可别小看这晾菜干，它可是有时辰的，就得是上午九十点钟，中午不行，日头太毒，做出的菜发干没味，下午呢，又潮，也不行，千万不能让太阳暴晒着，那可就全糟蹋了，等菜水分全晾掉了，你就等着吃吧，炖肉、炖豆腐，水发了炒虾酱，尤其是炒黄花菜——那，绝了。

孙果树拿笔记录。

149. 村庄　日　内

孙果树走在村子里，挨家挨户地收集菜谱和食材。

150. 乡村小路　日　外

孙果树边走边看笔记本，一抬头看到周一楠站在远处，瞪着自己。

孙果树愣住了，继而有些慌乱，想跑又迈不开步子。

周一楠板着脸向孙果树走过来。

孙果树不知所措。

周一楠站到孙果树面前，瞪着他，忽然笑了，推了一下孙果树的头。

孙果树也轻轻推了一下周一楠的头。

他们相互推着，渐渐变成周一楠追打孙果树。

151. 乡间田野　日　外

他们在田野间漫步，交谈，孙果树给一楠讲了许多童年和村里的趣事，听得一楠时而瞪眼时而大笑……

孙果树带着一楠在小河上滑冰车、打冰猴……

孙果树在炉箅子上烤地瓜片，给一楠吃……

孙果树和一楠一起剪纸窗花，贴在窗子上……

孙果树教一楠骑驴……

152. 工地伙房　日　内

孙果树在备菜，周一楠帮着他擦汗。

周一楠看着笔记本上的记录：放酱油，放酱油。

刘亮进来：果树，明天我们老总要过来检查，估计中午得在这儿吃饭……

孙果树：行，我好好准备一下。

刘亮：不是……那个，你做那……家常菜，老总不一定能爱吃……

孙果树：我也不会做别的。

刘亮：老总上次吃周大厨那“燕鱼豆腐”说还不错，要不，你再把周大厨请来做一顿？

孙果树有些为难：这……这不坑人吗？

周一楠：你们怎么这样啊？用不上了就寒碜人家，用上了又求人。

刘亮：实在对不住，我也知道这事挺难为你们的，可我真找不到厨师啊，周大厨要不来……我弄不好就得……帮帮我，好不好？谢谢你们，我给你们鞠躬……

153. 周大厨家　日　内

周大厨被孙果树气得面红耳赤：你要我一次还不够是吗？

周一楠：爸，果树不是那意思。

周大厨：你少帮他说话，这些天你都不回家，我还没跟你算账呢，你就自甘堕落吧你！

周一楠把脸转向一边，一脸不忿。

周大厨：摆那脸色给谁看？……行，我去做，但我有条件，我要做了这道燕鱼豆腐，你以后就别再骚扰我女儿，好吧？就这么定了。

孙果树：你要不爱去也行，你教我燕鱼豆腐怎么做，我去做。

周大厨：我凭什么教你？你是我什么人啊？

周一楠嘀咕：他是你女婿。

周大厨：你少把这狗皮膏药往我身上贴，他要是我女婿，我得少活十年！

周大厨穿上衣服，风风火火地往外走。

周一楠瞪着孙果树，眼泪都要掉下来了。

孙果树：我没答应他呀……

周一楠：你敢答应？

154. 工地伙房　日　内

周大厨气呼呼地做燕鱼豆腐。

孙果树帮忙拿配菜，周大厨不用，自己拿配菜。

周一楠在后面看着，瞪眼比画掐周大厨脖子。

周大厨转身，周一楠急忙又对周大厨笑。

155. 工地休息间　日　内

孙果树、周大厨在椅子上，周一楠坐在他们中间。

周一楠剥橘子，本来想给郁闷的孙果树，见周大厨回过脸，急忙把橘子塞到周大厨嘴里。

刘亮兴高采烈地走了进来：太好了，老板这回可吃美了，嘴里直念叨，这是他吃过最好吃的菜呢。

周大厨：能做的我都做了，孙果树，你可得信守诺言，走吧，女儿。

周大厨拽着周一楠要走。

周一楠：我不走……

周大厨：你……

孙果树：她要走，我就跟着。

周大厨：我们不是说好的吗？

孙果树：说啥了，我根本都没吱声。

周大厨：那就等于默认。

周大厨拽着周一楠要走，孙果树跟着。

刘亮：哎，果树你不能走啊，老总还要见你呢。

孙果树满脸疑惑。

刘亮：老总吃了燕鱼豆腐，还没上回吃得高兴呢，都想走了，看见工人们吃得挺香，非要尝尝，这一尝可把老总给吃高兴了，吵着嚷着要见你呢。

周大厨：你说什么？老总吃我的燕鱼豆腐没怎么样，吃他做的破菜反倒吃出好来了？

刘亮：是啊。

周大厨气得脸都绿了，穿上衣服就走。

周一楠急忙追了出去：爸，你不觉得这是好事吗？

156. 工地办公室　日　内

孙果树一进经理室见老总是蒋大鹏，吓傻了，想走，还不敢。

蒋大鹏见到孙果树激动坏了，一把抱住孙果树：小伙子，我可找着你了。

157. 闪回——酒店包房　日　内

蒋大鹏大吵大闹，餐厅经理不断地赔不是。

158. 闪回——金总办公室　日　内

刘总生气地打开盒饭给金总看。

金总饶有兴趣看着菜，拿起筷子吃了两口，不住点头。

刘总疑惑地看金总，也拿起筷子吃了几口，笑了。

蒋大鹏进来，金总看着蒋大鹏指着菜，笑。

蒋大鹏吃着菜不住点头。

金总和蒋大鹏签合同、握手。

159. 闪回——城市街道　日　外

蒋大鹏领着一群人四处张贴寻找孙果树的“寻人启事”。

160. 工地　日　外

蒋大鹏和朋友们围坐一桌，吃着菜、喝着酒，很畅快。

蒋大鹏的朋友又带着各自的朋友来吃了……

朋友们的朋友们又带着朋友们来吃了……

161. 工地伙房　日　内

孙果树忙得不可开交，正在炒菜。

周一楠在一边配料。

周大厨面带微笑走了进来。

孙果树看见周大厨，紧张起来，用身体挡住周一楠。

孙果树：你要怪就怪我，是我让一楠来的。

周一楠：不，是我主动来的，和果树没关系。

周大厨：我就那么可怕吗？放心，我不是来带她走的。孙果树不解。

周大厨：你本事不小啊，现在几乎全北京都知道你做的家常菜了。孙果树愣住。

周大厨：我这辈子的理想就是做全世界最棒的厨师，没想到，没出北京，就让你灭了，你比我强，我就要向你学，你不会不教我吧？

周一楠：他敢？他要不教你，我就揪他的耳朵。

周大厨：那可不行，谁欺负他都不行，他现在是我师傅了，将来可能还是……

周一楠：你姑爷呢，对吧？

周大厨：你怎么这么急呢？

162. 工地　日　外

一队衣着得体的男女戴着安全帽穿过沟壑、深一脚浅一脚地走进未竣工的大楼，小心翼翼地沿着还露着粗糙水泥的楼梯扶墙而上，好不容易到了二层，发现太多彩色的安全帽在低头吃饭，又到三楼，这里也是人满为患，他们从楼上望下去——

孙果树、周大厨、一楠忙得热火朝天。

民工们也在工棚里吃着和食客们一样的饭。

工地上，还有无数找不着小饭桌，将就着蹲在墙根下吃民工伙食的戴着安全帽的体面人。

围墙外，各种名车排成长长的一排……

163. 孙果树家　日　外

耿山喜笑了：果树可真行！咱村有这人才，还让别人做啥呀？咱村春晚那天，这顿年夜饭就包给果树和他媳妇了。

果树娘：那你爹怎么办呀？

耿山喜：我先派人到城里大饭馆给他做俩菜带回来，就等果树回来了。

164. 外村美莲姐姐家　日　内

美莲住的屋子成了她的个人画展——墙上贴满了她的彩色蜡笔画，格外缤纷。

电视上正放着《打虎上山》——“杨子荣”恍惚间变成了身穿戏装的耿富贵。

美莲的眼里泪光闪烁。

165. 耿富贵家　日　内

耿富贵拿着当初美莲画的“耿富贵打虎上山”，不禁老泪纵横。

耿富贵：这画得也太艳了。

美莲：艳怎么了？我就喜欢艳，我还想把咱整个村都画艳了呢……

耿富贵抹了抹眼睛，直起身。

166. 村庄　日　外

排练春晚节目的村民发现耿富贵在刷墙。

几个练习小合唱的孩子奇怪地看着耿富贵在刷墙。

孙向成默默地走过来，看着耿富贵刷墙。

孙向成也开始刷墙。

村民们交头接耳，指点着刷墙的耿富贵、孙向成，似乎明白了什么。

村民们也都加入到了刷房子的队伍……

整个山村焕然间绚丽起来。

山村寂静，空荡，只留一片色彩。

美莲独自回来了，走到山村里，看着彩色的墙，有些伤感，有些开心，有些惊喜，有些无助，很复杂。

村里人躲在各家的门后看着美莲走过。

在一个路口，美莲看到了让她又爱又恨的耿富贵……

两位老人四目相对，百感交集。

167. 外村美莲姐姐家　日　内

美莲和孙向成在收拾行李。

美莲姐姐：妹子，墙上这些画你必须给我留下，我大孙女忒喜欢……

美莲：行，喜欢就都给孩子。

美莲姐姐：你们娘儿俩慢慢收拾，我得抓紧给家里那几个孽种做午饭，你俩也吃完再走，啊。

美莲姐姐出去。

美莲停下手：向成啊，这次，妈跟你回村，无论如何你得答应妈一件事。

孙向成看美莲。

美莲：我和山喜他爹也好了有几年了，妈不想再偷偷摸摸下去，妈知道你和山喜总杠着，咱们老孙家和老耿家也一直有疙瘩，但妈不管这些了，妈必须得和山喜他爹在一起。

孙向成直勾勾地看了美莲好一会儿。

美莲：咋？我这就是通知你——你答不答应都得答应。

孙向成：我也没说不答应啊，您急啥呀？我觉着您这奇货可居的，我等着哄抬物价呢，您这儿都大甩卖了？

美莲：拿你妈当玩意儿卖呢？你妈这叫——爱情。

孙向成笑了：妈，其实，我挺佩服您这勇气的，我知道，啥事情压在心里，其实挺不好过的……

美莲看着孙向成琢磨：你也有啥心事？

孙向成：……妈，一直不敢告诉你，我，我实际上不是啥导演，在北京混这些年，也没混出啥头绪来，跟哥们儿凑热闹，组了个“粉丝团”，就是给那些明星大腕的站脚助威，人家给钱，我们就去捧场，结果我回村之前，干出个事故，我给杂技演员喊好，没喊对地方，人家吓一跳，大缸掉下来，把脑袋砸大脖腔里去了……我不是荣归故里，纯是回家避难。

美莲：这难你能避得了吗？你身子是躲开了，你那心哪，永远得在油锅里煎着。

孙向成点头。

美莲：大老爷们儿的，你得敢担当。要不然，妈不容你。

孙向成想了想，拿出电话，拨通：喂，杨老师……对呀，我吓跑了，什么？他还活着呀？！太好了！……好，好，我过完年回北京，我去看你们！

孙向成激动地挂了电话。

美莲：咋回事？

孙向成：虚惊一场！缸是掉下来了，刚好套进那杂技演员的脑袋上了！没事！是我在远处看错了！

168. 耿山喜办公室　日　内

耿山喜狠狠地给了孙向成肩膀一巴掌，乐了：你把我看得也太小气了？我前些日子就看出你妈和我爹有情况了，这下我省事儿了，不用再帮我爹介绍对象了。告诉你，今天让你主动来找我，我又失误了，这事谁先低头谁大度，你小子又赢了！

孙向成：咋还比呢？咋俩以后可算亲兄弟了。

耿山喜：那是，这回咱哥儿俩联手办这台春晚，我就不信翻不出个花儿来！

169. 村庄　日　外

耿山喜指挥谢德发和装修队搭建舞台。

孙向成也在带着村民们忙碌着，张灯结彩，杀猪宰羊。

几辆城里的面包车、越野车、厢车开来。

他们下车比画着告诉山喜和向成，听说了这个彩色的村庄和将要举办的特色春晚，特意过来拍摄、录制的。孙果树和周一楠围着一口大锅在给村里人准备年夜饭……

城里电视台的人架起了摇臂，支起了机器……

大喇叭里传出村主任连升的声音：播送一条通知——播送一条通知——今晚，我们村将给耿直同志，也就是耿二蛋，颁发奖杯，获奖名称是——“山村有可能获得 HNB 甚至诺贝尔文学奖”！

170. 村晚舞台周围　夜　外

山村被成串的火红灯笼照亮了。

篝火熊熊燃烧。

浓艳的舞台透着热烈和喜庆。

人群笑语喧哗。

烟花爆竹前站着乐呵呵等待接受指令就点捻的小伙子。

耿山喜拿着对讲机：5、4、3、2、1——开始！

烟花绚丽绽放。

孙向成像个激情四射的指挥家，面对乡亲们双臂打开，向上扬起——

村民们爆发出热情的欢叫。

晚会开始了——

在谢德发和淑芬以及众人的舞蹈中，耿直上台，举起了奖杯和证书。

穿着杨子荣服装的耿富贵被美莲推上了舞台，

一场别开生面的“村晚”上演了……

——剧终

（与王宏坤、刘英学、王金明共同创作）

·电 影·

母亲的抗战

时 间 现代。
地 点 某乡村。
人 物 邓妈妈：五十多岁，有五个儿子。
三儿：邓妈妈的三儿子（简称“三”）。
小四：邓妈妈的四儿子。
小五：邓妈妈的五儿子。
巧儿：邓妈妈的儿媳，三的妻子。
壮壮：小三和巧儿的儿子。
老六：男，五六十岁，邓妈妈儿子们的六叔。
乡亲、参军青年、日本兵若干人。

1. 古北口长城 春日

茫茫大山，粗犷而冷峻，似一幅凝重的画，令人感觉到一种质朴、坚毅和正直不阿的力量。

蜿蜒的长城趴伏在山上，多处已经断裂，斑斑驳驳。

邓妈妈背负着一捆柴火向山下走去，虽然很沉，步履却显得很沉稳。她五十多岁，头发已经苍白，是一位五个儿子的母亲。

母亲愣了一下，停住脚步。

隐隐约约的枪炮声传入耳鼓，若隐若现。

推出片名：母亲的抗战

[依次出演职员表。

2. 山村 日

邓妈妈走进村子。

村子很冷清、很破败，也有人在走动，谁也不和谁打招呼。

母亲在家门口，下意识地停了下来。

（闪回）

3. 堂屋 夜

母亲：“三儿，你就别去了，你已经结婚了，再说，巧儿也有了身孕。”

小五：“三哥，你就别去了。替咱爹咱哥报仇，有我和四哥哪。”

三：“咱爹咱哥都没了，现在这个家里我是老大。报父仇打鬼子，老大不去，当缩头乌龟，我丢不起这个人。”

母亲：“你不是已经结婚了吗！”

三：“那就更得去。弟兄五个，就我一个人有了后代。我觉得，还是让小五留下吧。”

小五头摇得像拨浪鼓：“不行，我和四哥一分开就心慌。”

小四："我也是。"
母亲："都去吧，家里有娘哪。"
（闪回毕）

4. 家　日

邓妈妈走进院子，刚进门，就听见西屋传来"砰"的一声关门。
她怔了一下，下意识地朝西屋看了一眼。然后迈步走到墙根处，将柴火放了下来。
母亲擦擦汗，解开绳子，从柴火捆上拿出一串蚂蚱。大小不同的蚂蚱穿在一根长长的草秆上。
还没等母亲召唤，那只母鸡已经撅着屁股跑来了。
母亲从草秆上把蚂蚱拽下来，喂鸡。母鸡狼吞虎咽地吃着。

5. 厨房　日

母亲在做饭，拉着风箱。
炉膛里蹿着火苗，照着母亲的面孔。尽管已经苍老，也能让人一眼看出，她当年是多么的秀丽。
母亲往锅里打了一个鸡蛋。

6. 西屋　日

门开了，巧儿从屋里跑出来，在墙根处蹲下，哇哇地呕吐。
巧儿怀孕了，反应得非常厉害，吐着酸水。
母亲走过去，递上一碗水。
巧儿并不领情，躲避瘟神似的走开了。
巧儿走进西屋，关上门，用身子挡在门后面，泪水一如断线的珠子。
（闪回）
门外，已经穿上八路军军装的三儿在敲门："巧儿，巧儿。你开开门，开开门好吧？"
巧儿挡在门后面，执拗地不开。
三在门外央求着："巧儿，我这一走，不知道什么时候才能回来。也许……"
这时，传来了集合的号声。
三儿更急了："巧儿，吹号集合了，你开开门啊。"
小四、小五跑了进来。
小四："三哥，快点吧，集合了。"
小五走到门前："嫂子，我是小五。你开开门，三哥站在这儿大半天了，你就和三哥说几句话，告个别吧。"
小四："是啊嫂子，俺这一走，不知道何年何月才能回来。"
小五："嫂子，你平常最疼我，开开门，和五弟告个别总行吧？"
巧儿无论怎么说，还是执拗地不开门。
集合号再一次响起。
小五："嫂子，兄弟知道你的想法。"转身看见母亲，兄弟三哥走过去，"三哥四哥，给咱娘磕个头吧。"
兄弟三人扑通跪倒，磕了几个响头。
母亲鼻子一酸，险些流出泪来。
三个人站起来，母亲一个一个地抚摩着他们的脸庞，然后催促地："走吧，走吧。"
集合号又响了。
兄弟三人转身跑去。
巧儿将门哐当打开，追了出去。

7. 村子　日

巧儿发疯似的跑着。
巧儿追出村口。

8. 山岗上　日

巧儿跑到山梁上。

这时，她看着山路上有一群小人儿，越走越远。那队伍里有自己的丈夫，四弟、五弟。

巧儿拼命地招手，冲着远方。

（闪回毕）

9. 西屋　日

巧儿热泪盈眶。

门外，母亲在敲门。她一手端着碗，碗里一个荷包蛋。一手端着馍筐，里面两个煮熟的山药蛋。

10. 山坡　日

母亲把手拉犁放下，拴上绳子。

巧儿走过去，一把把绳头挽在手里，绳子搭在肩膀上。

母亲走过去，说道："巧儿，让娘拉，你肚子里有孩子。"

巧儿也不答话。

母亲看看巧儿，知道拗不过，扶起犁子。

手拉犁艰难前行，只一会儿，巧儿便汗流浃背。

下午时分，一块地已经犁了一大半。

母亲将一个黑釉色的罐子拿过来，倒了一碗水，递给巧儿。

巧儿接过来，咕咚咕咚地喝着。

母亲看了一眼天空，说道："巧儿啊，钩钩云、雨淋淋，咱娘儿俩还得加把劲，把地种上。"

巧儿仍然不答话，起身向地里走去，操起绳子。

11. 堂屋　夜

母亲点燃三炷香，插在案几上的香炉里。

案几上摆着三个灵牌。中间那个大一些，是丈夫的。旁边一左一右各一个。一个上面画着一个黑圈，另一个画着两个黑圈圈。分别代表大儿子和二儿子。

外面突然打了几个闪电。

母亲走到院子里，将衣服收进来，又往厨房抱了一些柴火，果然，噼里啪啦地下起雨来。

雨，越下越大，夹杂着电闪雷鸣。

12. 西屋　夜

巧儿怕打雷，用被子蒙住头。

13. 堂屋　夜

母亲呆呆地看着灵牌。

（闪回）

14. 家　日

老六呜呜地哭。

母亲："知道是怎么死的吗？"

老六："喜峰口，都死在了喜峰口。"

15. 山坡　日

这里是战场，已经是尾声。

日本人的坦克冲入战壕，如入无人之境。

我军官兵怕被坦克轧死，跳出战壕漫无目的地乱跑。人群中，一位老人，是个炊事员，也在奔跑逃命。身上背着一个伤兵，血流满面，奄奄一息。他就是父亲，背着的是儿子。

坦克车上的日军尖叫着射击；

我军纷纷毙命。

一辆坦克车突然停在那里。

父亲显然知道了自己的凶险，渐渐地转回头，果然，鬼子的坦克车就在他们身后。

父亲慢慢地转身，坦克慢慢地调转炮口。

当父亲把身子转过来，炮口也正好对准了他们。

儿子也睁开了眼睛。

他们并没有开炮，而是开动了坦克车。

父亲背着儿后退，后退，再后退。一直退到战壕边上，没有退路了。

坦克车突然加油，将父子俩推进战壕里。然后在上面原地转了一圈，将父子两个活埋在战壕里，然后扬长而去。

一个烟袋露出半截，另外半截埋在土里。

（闪回毕）

16. 家　晨

雨过天晴，山村雾蒙蒙的。

母亲抗着一篮子草走进院子。

母亲拿草喂羊，下意识朝西屋看了一眼，见西屋的门还关着，就觉得不对劲，就急忙走了过去。

母亲走到巧儿房门口，敲门："巧儿，巧儿。"

许久没有听到应声。

母亲大声地呼叫："巧儿，开开门。你怎么了？啊？"

17. 西屋　屋内

巧儿病了，脸烧得通红。

母亲为她降温，冰额头、擦脚，脖子上捏出一道道红红的印子，红得发紫。巧儿任凭婆婆摆布着。

母亲嘟囔着："这是土法子，老辈子传下来的，不知道有什么道理，反正很管用。退烧，降火，治头痛。"

巧儿忍着痛，坚持着。

18. 山坡　日

山壁上长出一大坨子蘑菇。母亲看见后欣喜万状，那个兴奋劲，像一下子回到了少女时代。

母亲找到一根长长的棍子，用棍子捣，怎么也捣不下来。她搬来一块石头垫在脚下，跳起身子一用力，蘑菇捣下来了。

母亲将蘑菇宝贝似的捧在怀里，向家里走去。

19. 家　日

她给儿媳妇熬了一大盆蘑菇汤，上面飘着鸡蛋。

母亲欣喜地看着巧儿在大口大口地吃着，看着儿媳妇微微隆起的小肚子。

母亲忙碌着，熬的面糊糊，盛在一个斑驳的瓦盆里。然后将面糊糊抹在案板上，一个个布条子均匀地粘在上面，粘成和案板一样大小的"褙子"。

母亲将刷锅水端到羊圈里喂山羊。

20. 家　日

母亲对巧儿说："明天清明，烧前不烧后。给你爹他们，烧个纸吧。"

巧儿放下手中的活计，在门的外面，点燃黄表纸，口中念叨着："爹，大哥二哥，清明了，给您送点钱……"

母亲在丈夫和两个儿子的灵位前上香。

21. 山坡上　日

母亲和巧儿在地里拔草，玉米已经长得很高了。

一块长城的大砖掉在了一旁，母亲搬起来，很沉，仔细地码在了长城上，又拍了拍结实。

突然，母亲愣了一下。

22. 山下　日

一个五六十岁的男人在行走。

是六叔。

23. 山坡上　日

母亲："巧儿啊，我有点头晕，是不是我的晕病犯了，我想回家歇歇。"

巧儿也不说话，继续拔草。

母亲扰起一篮子草下山了，她心里很急，但是步子却很慢，她怕巧儿看出来。

24. 家 日

六叔的脸色很难看，低着头向前走，六叔是八路军的交通。

母亲把六叔迎进屋里，点上烟袋。

六叔一袋一袋地抽烟，不说话，母亲也不敢问，就这么坐着。

最后还是母亲开口了，问道："他六叔，说吧。是福不是祸，是祸躲不过。"

六叔仍然抽烟，嘴张了几张。

母亲直接问道："是五？"

六叔摇头。

母亲有些紧张："四？"

六叔不说话，母亲好像是放下心来。

母亲："没了就没了吧，打仗哪有不死人的？就是太快了，还不到三个月，再有两天三个月。"

六叔从嘴里蹦出几个字："是三儿。"

母亲一下子愣住了，眼泪夺眶而出："三儿啊，怎么是三儿啊？我最怕他出事，怎么还偏偏是他？三儿啊，你咋就这么狠心，你可是个要当爹的人啊！"

六叔擦着眼泪。

母亲："老六，你赶紧走，赶紧走。不是嫂子撵你，一会儿儿媳妇就回来了。走，走走。"

六叔仓仓皇皇地走了。

母亲慌忙擦干泪水。

25. 堂屋 日

母亲正在纳鞋底，一双虎头鞋的模样已经成形。

她不像以前那么爱说话了，只是默默地做活。

母鸡咯嗒咯嗒的叫声。

母亲放下手中的伙计，走到鸡窝旁，将鸡蛋捡出来。走回堂屋，把鸡蛋放在一个挂在房梁上的篮子里。

26. 西屋 日

巧儿肚子里的孩子突然动了一下，她欣喜若狂，抬腿想去把这个消息告诉母亲，刚走两步又停下了。

巧儿慢慢地摸着自己的肚子。

母亲端来了一碗玉米粥，里面有两个荷包鸡蛋。

巧儿接过来，大口地吃着。

母亲看着儿媳越来越大的肚子，打心眼里高兴。

27. 山梁上 日

巧儿独自站在山梁上，摸着肚子，望着远方。

巧儿（画外音）："三儿，你有儿子了，肯定是个儿子，乱蹬乱踹，一点也不老实，像你！"

巧儿说完，自己笑了。

28. 堂屋 日

母亲正在院子里洗衣服。

巧儿一声惊叫，从屋里跑了出来："娘，娘。"

母亲被这久违了的叫声喊愣了，站在那里一时不知道如何是好。

巧儿惊慌失措地跑出来，一把抓住母亲的胳膊，嘴里喊着："蛇，屋里有蛇。"

母亲这才回过神来，从院子里拿上一根又长又细的棍子，冲进屋子里。

一条蛇趴在房梁上，把鸡蛋当成了它偷袭的目标。母亲一点也不怕，把蛇从房梁上挑落在地，又让蛇缠绕在棍子上，把它挑了出来。

母亲走出院子，将蛇放回到院子后面的山坡上。

蛇，不甘心地爬走了。

巧儿捂着胸口，余悸未消。

29. 西屋　夜

母亲将已经做好的虎头鞋，和几件孩子的衣服放在炕头上，嘴里唠叨着："男孩子好动，不省心。怀三的时候啊……母亲突然不说了。"

巧儿用询问的眼神看着她，希望她说三儿的故事。

母亲却说："天不早了，睡吧。"说完就走了。

巧儿失望的眼神望着走出去的母亲。

30. 西屋　夜

月光从窗户上透下来，照在巧儿漂亮的脸蛋上。

（闪回）

三儿一下子翻到巧儿身上。

三儿："你咋一上床，就像变了个人儿？"

巧儿不让他说话，而是悄悄穿上棉衣，走到门后边，猛的一下子拉开门闩。小四、小五像两个肉球一样滚了进来，摔倒在地上。

巧儿看到两个人的狼狈相，哈哈大笑，说道："等你俩娶了媳妇。看我怎么收拾你们。"

巧儿左手掂三，右手掂四，一人一只耳朵，把两个人掂了出去，还朝屁股上每人打了一巴掌。

院里传来小四和小五嘻嘻嘻嘻的笑声。

（闪回毕）

月光里的巧儿幸福地回忆着。

31. 山坡上　日

母亲和巧儿在掰玉米。

母亲将篮子盛满，背着下山。

32. 家　日

母亲将玉米剥皮，晾晒起来。

33. 山坡　日

母亲背着玉米秆下山。

巧儿也累坏了，腆着大肚子在后面跟着。

34. 家　日

老六又来了，还是先抽了一口烟。

母亲这次却很坦然："哪个？"

六叔说："五。"

母亲点点头："嗯，知道了。"

突然，西屋里的巧儿一声长哭。

母亲起身走过去，六叔也跟来了。

母亲："巧儿啊，不能哭啊，动了胎气，早产了可了不得啊！"

六叔也劝道："是啊，不为别的，为了肚子里的孩子。"

巧儿突然不哭了，指着老六，杏眼圆睁："你走，走！"

老六尴尬地不知如何是好。

巧儿："丧门星，你来一次，我们家死一个，来一次，我们家死一个。丧门星，你就是个丧门星。你滚，滚！"

老六落荒而逃。

母亲有些责备地："巧儿啊，不该这样对待六叔，他是长辈。"

巧儿："八竿子打不着，他是谁的长辈？"

母亲："他是交通，他不报信谁给咱报信啊！"

巧儿大声喊道："你没有资格教训我。你把丈夫送上战场，丈夫死了。把大哥二哥送上战场，大哥二哥也死了。这还不算，你又把剩下的三个小儿子送上战场，现在小五也没有了。另外两个还不知道能不能活下来。你怎么这么狠心？老任家怎么得罪你了？你就这么想让老任家断子绝孙？啊？"

母亲愣在那里。

巧儿："三儿是你的儿子，也是我丈夫，你凭什么把我的丈夫送走？你凭什么？"

母亲被儿媳妇骂得张口结舌。

35. 堂屋　夜

母亲呆呆地看着台子上那三个灵牌。

突然，她听到了身后面喊娘的声音。

（幻觉）

小五在看着自己笑。

三儿也来了，喊了一声："娘。"

母亲的泪水模糊了眼睛。

母亲又新做了两个灵牌，一个上面画了五个黑圈圈，一个是光板。

她含着泪，双手颤抖，不想把三儿的"名字"画上去。

36. 西屋　夜

巧儿趴在床上呜呜地哭着。

（闪回）

37. 山坡　日

巧儿一扭一扭地从那边走来。

小五正在刨土豆。

巧儿喊着："四，四啊。"

小五把脸一沉："嫂子，你看准喽，我是五。"

巧儿笑了，说："你俩长得像一个模子刻出来的，我真认不出来。"

小五："咱娘从来就没有认错过。"

巧儿赖皮地："你是咱娘生的，又不是我生的。"

小五："敢胡说八道，看我收拾你。"

巧儿拔腿就跑，小五哈哈地笑。

38. 家　傍晚

三儿和巧儿并肩向家里走来。

刚进家门，巧儿看见小五，笑着说道："四儿，刚才在地里，我把你当成小五了，真是的，你俩也太像了，分不出来。"

小五把眼一瞪："还是我，五。"

巧儿愣了，不好意思地一伸舌头。

（闪回毕）

39. 西屋　夜

巧儿从屋里走了出来。

（闪回）

巧儿从西屋里出来，刚站到院子里。

小五跑过来，喊着："嫂子，嫂子。"

巧儿："叫魂哪！"

小五："兔腿哪？小五一个，总得有我小四儿一个吧？"

巧儿："有，两个后腿，你俩一人一个。小五那个馋猫，先吃了一个。"说着，拿出一个兔后腿，递给小五。

小五接过来，差点没有笑出来。

这时，小四匆匆忙忙地跑了过来：“嫂子，小五又骗你！他吃俩，我一个还没有哪。”

巧儿这才发现上当了：“小五，你给我站住。”

小五拔腿就跑，嘴里喊着：“给他前腿。”

（闪回毕）

巧儿看见堂屋里还亮着灯，知道母亲还没有睡觉。突然觉得今天对母亲的发火太过分了，有些自责，便迈步朝堂屋走去。

巧儿看见，母亲坐在凳子上，看着台子上的灵牌发呆。

40. 西屋　夜

巧儿要生了，母亲充当着接生婆的职责。

母亲：“他孙嫂，开水烧好了吗？”

孙嫂在厨房答应着：“好了好了。”说着，端一盆开水跑向西屋。

巧儿第一次分娩，吓得连哭带叫，死死地抓住母亲的手。

孙嫂：“啊，这怎么先出来一只胳膊呀？”

母亲：“别一惊一乍的。”

孙嫂：“这是难产呀。”

母亲：“巧儿，孩子，忍住。”

巧儿：“娘，我没劲了，一点劲也没了。”

母亲：“有娘在，没事。我得把孩子的胳膊推进去。”

巧儿哭着说：“娘，一定要保住孩子，保住孩子。别管我死活，这是咱家的根。”

“哇”的一声长哭，孙子出生了。

母亲欣慰地露出了笑容。

孙嫂：“白胖大小子。”

母亲说：“又是一条汉子，嗓门比一般人的都大。”

孙嫂将孩子抱到巧儿面前，巧儿用疲惫的目光看了一眼自己的儿子，竟然掉下泪来。

母亲打了一大碗荷包蛋，小米，红糖，热腾腾地端到巧儿床前。巧儿端起碗，狼吞虎咽着。

41. 羊圈　日

母亲在挤羊奶，奶水吱吱地挤进瓦盆里。

母亲走出羊圈。

母亲从巧儿怀里接过来孙子，嘴里说道：“壮壮，喝奶了。”然后一勺一勺喂着孙子。

小壮壮白白胖胖，突然抿嘴一笑。

母亲和巧儿都笑了。

42. 堂屋　日

母亲将一把木头手枪递给巧儿，然后就开始给小壮壮套棉袄。一针一线地缝着。

巧儿接过来，说道：“小壮壮，奶奶给你做的小手枪，真好看。娘，你要是个男人，肯定是个好木匠。”

母亲：“我爹就是一个好木匠，不但打家具，还会雕刻。微雕、圆雕、浮雕、透雕。”

巧儿惊讶地看着母亲。

母亲：“我家里一件家具也没有。我出嫁的时候，陪送的是我娘当年的嫁妆，一个柜子。还没有抬到家里，柜子散了。我一个劲地哭，你爹乐。”

母亲：“我嫁过来，第一件事就是把脚放开了，要是在娘家，我爹死活也不会同意。”

巧儿：“我娘就是小脚，脚趾头压在脚下面，一走三晃的。哪像您，上山下山我都撵不上。”

母亲：“幸亏放了脚，不然的话，这五个儿子真养不活。”

巧儿：“娘，孩子多了，是不是就不疼了？”

母亲看了巧一眼，说：“有一年啊，咱这山上着了一场大火，火灭了以后，在一棵大树的树根下面，有一只山鸡活活被热气蒸死了。你六叔说，这是一只傻鸡，着火了，怎么不飞哪？他拿起来才看见，山鸡的翅膀下面，有三只雏鸡。”

母亲将针和线递给巧儿，巧儿帮母亲纫针。

（闪回）

43. 山梁上　日

正在地里干活的巧儿愣愣地站在那里。

44. 路上　日

有一个人坐在路边的一个石头上，吧嗒吧嗒地抽烟。

45. 山梁上　日

巧儿看清楚了，是六叔。

她吓坏了，掂着锄头背着壮壮疯也似的跑回家。

46. 家　日

六叔擦着泪走了。

跑进家门的巧儿正看见婆婆往台子上摆放灵牌，上面画了四个黑点，是四弟没了。

巧儿的泪水夺眶而出。

母亲虽然没有回头，也知道是巧儿回来了，说道：“巧儿啊，你的奶水本来就不够吃，不哭啊！”

巧儿的泪更如断线的珠子。

母亲把她推出门，然后把门掩上。

巧儿推门进来，擦了一把泪水。让怀里的壮壮朝着灵牌磕头，一下、两下、三下。很是悲壮，说道：“壮壮，快点长，长大了，给你爷爷，大伯、二伯，四叔、五叔，给他们报仇。”

小壮壮哭得一塌糊涂。

47. 上坡上　日

母亲和巧儿在种玉米。

巧儿掌锄头，母亲一手背着孙子，一手丢玉米种子。

48. 家　日

壮壮已经六个月了，会坐了。

巧儿在厨房里做饭，忙前忙后。

母亲摇晃着壮壮，唱着儿歌：

小壮壮、娇疙瘩，
壮壮要听娘的话。
吃饭不掉馍花花，
和人不能说假话。
墙上不能胡乱画，
出门不和人打架……

壮壮咯咯咯地笑着。

巧儿端饭进屋，见儿子开心的样子，自己也笑了，随口说道：“娘，不让打架，您还把他们都送走？”

母亲停顿了许久，声音很轻地说道：“那是打仗。”

巧儿将馍饭放在炕上，然后接过壮壮，给儿子喂奶。

母亲对巧儿说：“昨天晚上，你爹托了个梦，说他和孩子们想回家。”

巧儿：“你说咋办，我听娘的。”

母亲说：“在山上给他们挖个墓，把灵牌放进去，也算是入土为安。将来壮壮长大了，也能给他们烧烧纸，上上香。”

巧儿点头：“行。”

母亲：“叫你六叔请个人，看个日子。”

巧儿：“行。”

母亲："壮壮也能吃点馍饭了，把那只羊宰了吧，请全村的老少爷们过来帮帮手，这是咱家最大的一件事了。"

巧儿："行。"

49. 家　日

家里一下子热闹起来，老人和孩子一下子充斥着这个院落。

巧儿和孙嫂忙前忙后地打理，端茶倒水。

堂屋里，几个长者在商议着。

长者："要是按老规矩，没有结婚成人的孩子不能入老坟。"

六叔："这可不能按老理，孩子们是抗战牺牲的，是英雄。"

老人甲马上赞同地："是啊，这可是一门忠烈，是当年的杨家将。"

长者点头："那就破破规矩。"

六叔："规矩是人定的。"

长者："三儿有信没？"

母亲一愣神。

六叔偷偷看了一眼邓妈妈。

母亲："没有。"

长者："一个男丁都没有，谁打幡呀？"

母亲和六叔相互看着。

长者："孙子辈太小，也不能行礼呀。"

母亲坚定地："能，让巧儿抱着他，再小也是个男人，也是老任家的一条根。就这么定。"

六叔："不是办法的办法。"

长者："成。"

老人甲附和："成，成。"

长者一锤定音："就这么办吧。村里没剩几个年轻人了，有几个算几个。打一口棺材，百年以后还有你哪。其他的棺材就省了，坟不能省，按照顺序定好方位，携子抱孙，把灵牌埋进去。"

母亲点头。

50. 村庄　晨

天还没有亮，村子里突然响起了枪声。

51. 邓妈妈家　晨

枪声将巧儿惊醒。

巧儿吓坏了，喊着："娘，娘。"慌乱地收拾着，手忙脚乱。

母亲推门进来，一把抱起孙子，用小被子一裹，拉起巧儿就往山上跑。

巧儿看见母亲的果断和从容，打心眼里敬佩。

52. 山洞　晨

她们躲进一个山洞里。山洞内在半山腰，非常隐蔽。

洞外。枪声、杀声、哭叫声，交织在一起。

突然一声爆炸，把睡梦中的小壮壮吓醒了，他张嘴大哭，从此便止不住了哭声。

巧儿急忙给壮壮喂奶，一开始喂奶还管用，后来奶水也不吃了，一个劲儿地哭，而且声音越来越大。

53. 山路上　日

几个鬼子顺着哭声摸了上来。

54. 洞内　日

母亲听到了哇里哇啦的叫喊声。

母亲和巧儿这才发现，山洞里藏满了乡亲们，老人、女人、孩子。

他们一个个惊恐万状，恐惧得瑟瑟发抖。

万般无奈，巧儿狠狠心一把捂住了儿子的嘴巴。

哭声没有了，瞬间，小壮壮被捂得脸色发紫。

这时，母亲一把拉开巧儿的手，抱起小壮壮跑出山洞。巧儿不知道从哪里来的勇气，也和母亲跑了出去。

55. 山路上　日

小鬼子发现了他们，开着枪追了上来。

56. 一块巨石旁　日

母亲实在是跑不动了，躲在一块大石头的后面。

巧儿紧紧依靠着母亲。

小壮壮突然不哭了，露出憨憨的笑容。

母亲看了一眼儿媳妇，说道："记住，母亲的命，啥时候也没有儿子宝贵！"

巧儿被这句话惊呆了，看着母亲。

三个鬼子围了上来，端着明晃晃的刺刀。

母亲从容镇定地逗孙子，小壮壮咯咯咯地笑着。

母亲将孙子交给儿媳妇，自己缓缓站起来，面对着荷枪实弹的鬼子。

57. 山路　日

鬼子押着母亲和巧儿向山下走着。

突然，小鬼子看见了山洞。哇里哇啦地叫着。

一个鬼子掏出哨子，想召唤村子里的鬼子。

母亲一下子扑了上去，和鬼子扭在了一起。

另外两个鬼子们举起枪，刺向母亲。

千钧一发，砰砰两声枪响，两个鬼子应声倒地。

原来是六叔。

六叔正准备开第三枪，自己被击中了，一下子倒在了地上，鲜血直流。

小鬼子扑了上去，发狠地连续将刺刀刺进六叔的胸膛。

巧儿不知道哪里来的勇气，高高地举起枪，狠狠地砸在了小鬼子的头上。

母亲喊着："老六，老六。"

老六勉强睁开眼睛："嫂子，把我和他们爷儿几个，埋在一块。"

母亲："成，成。"

六叔安详地闭上了眼睛。

58. 村子　日

村子里的日军听到了山上的枪声，立即组织，向山上运动。

59. 山洞　日

母亲、孙嫂和乡亲们一起，将六叔的尸体拉进山洞。

60. 村口　日

突然，村口出现了八路军的身影。

枪声大作，小鬼子遭到袭击。

三也在八路军的队伍里。

61. 家　傍晚

三儿跑回家中，喊着："娘，娘。巧儿……"

三儿先到西屋，又到堂屋，家里一个人也没有。

突然，他看见了台子上小四儿和小五儿的灵牌。泪水夺眶而出。

三儿看见了儿子的棉衣，棉衣的旁边，那只木头手枪。

三儿拿起手枪，从自己的挎包里掏出自己给儿子准备的玩具，一个子弹壳做的拨浪鼓。

外面有人喊："一排长，集合了。"

三儿应了一声，将拨浪鼓放在儿子的衣服旁边，将木头手枪揣进怀里，转身跑出家门。

62. 山坡上　傍晚

棺材里放着六叔，母亲把丈夫的灵牌放在棺材里。

四个儿子的灵牌也按照辈分长幼摆放好。

母亲拿起铁锨，准备填第一把土。

巧儿："娘，把三儿的灵牌也放进去吧，您就别天天装着了。您不能那么狠心，让三孤零零的一个人。"言未毕，泣不成声。

母亲大吃一惊，怔在了那里，呆呆地看着巧儿。

巧儿："娘，我早就知道了，我怕娘担心我。"

母亲的泪一下子出来了，她哆哆嗦嗦从怀里掏出三儿子的灵牌。

周围的乡亲们，无不热泪盈眶。

乡亲们开始掩埋灵牌。

一会儿工夫，山坡上出现了六座坟茔。

乡亲们陆陆续续地走了，只剩下母亲和巧儿。

母亲对巧儿说："你先回去吧，我在这儿坐会儿，和他们爷儿几个说说话。都走了，老的、小的，都走了。"

63. 墓地　傍晚

巧儿抱着壮壮，一步三回头地往山下走去。

母亲点燃黄表纸，焚烧着。

（闪回）

64. 家里　傍晚

小五调皮地："我给娘蒙上眼睛。"说着跑进屋里拿出一条黑色的棉布，然后系在母亲头上。

三："小五，别系太紧。"

小五："老三，我这个儿子也是亲的。"

大家笑。

他们一个一个在母亲面前走过，母亲一个一个地说出儿子的名字。

小五调皮，把脸凑到母亲的鼻子前。

母亲："小五，不用贴这么近，我也知道是你。"

小五扮着鬼脸。

父亲在一旁抽烟，笑眯眯的。

（闪回毕）

65. 墓地　日

火光摇曳，照在母亲脸上。

身后突然有三的声音："娘，娘。"

母亲以为是幻觉，喃喃说道："三儿啊，我知道，你放不下娘。当娘的说一句最不该说的话，你和娘啊，心是最通的。巧儿，我会把他当成亲闺女，你知道，娘这辈子没闺女。壮壮啊，我们娘俩会把他养大，养成大小伙子……"

三儿泪流满面，又喊了一声："娘！"

母亲这才回过神来，站起来扭头向身后看去。

三儿和几十号人站在自己身后。

母亲："三儿？！"

三儿："娘！"

母亲："三！"

三儿扑向母亲："娘——"

母亲仔细地端详着儿子。

几十号人突然跪在地上："娘——"

母亲连声应着，擦着泪水。

声音由弱变强，传来当年母亲为儿子唱的童谣：

娇儿子、娇疙瘩，我儿要听娘的话。

吃饭不掉馍花花，和人不能说假话。

墙上不能胡乱画，出门不和人打架……

（儿子的声音）：娘啊娘，记住了。

吃饭不掉馍花花，和人不能说假话。

墙上不能胡乱画，出门不和人打架……

——剧终

（与李海江共同创作）

·电 影·

天 河

时 间 当代。

地 点 长江沿岸。

人 物 董望川：男，剧中年龄五十岁左右，南水北调中线工程水源地丹阳市槐树村人，在长江边长大，清华大学水利系毕业，丹江大坝加高工程总指挥兼技术总工，后任国家南水北调中线工程副总指挥兼总工程师。意志坚定、执着，事业心强，工作狂，最大的问题就是不会说小话，不会哄老婆。内心情感丰富，但从不轻易表达。

周晓丹：女，剧中年龄四十八岁左右，董望川妻子，周思源女儿，北京人，北京大学化学系毕业，北京市南水北调工程办公室副主任，后挂职丹阳市副市长，主管移民、治污工作。书香门第，大家闺秀，清高自负，工作上有能力，拿得起放得下，属于事业和家庭都要兼顾的人。看似大女人，但在内心深处有细腻、浪漫的一面，如小女人一般地对情感非常依赖。小事不让步，大事明事理。对一心扑在事业上、不顾家庭的老公不满，她常说："当你的老婆，不如做你的朋友。"

江 浩：男，剧中年龄四十岁左右，在黄河边长大，农民的孩子，武汉大学水利系硕士，德国慕尼黑理工大学水利工程学博士。原丹江大坝加高工程副总工程师，董望川的得力助手，后受聘于河海水利建设工程公司，担任"穿黄"项目部经理兼技术总监。才华横溢，精明干练，有原则，有性格，自尊心极强，既有孝心，又有抱负，但又不循规蹈矩。

林子彤：女，剧中年龄三十岁左右，北京姑娘，北京大学化学系毕业，北京市南水北调工程办公室建设管理处副处长，后任处长。周晓丹的师妹，后为江浩的女友、妻子。性格开朗大方，知性前卫，有些玩世不恭，自己定位单身主义，一般男人不入她眼，一旦找到真爱，非常执着。她能爱上江浩，不仅江浩没有想到，她自己也没有想到。

周思源：男，剧中年龄八十岁左右，周晓丹之父、董望川岳父。曾任国家水利部副部长，参与南水北调工程的勘查、论证等工作，系中国科学院院士、中国工程院院士，新中国培养的第一代水利工作者。

董忆川：男，剧中年龄四十五岁左右，董望川的堂弟，丹阳市著名企业家，土豪级的老总。学历不高，能力很强，有商人奸诈狡猾的一面，也有对朋友豪爽仗义的一面。

董明德：男，剧中年龄八十岁左右，董望川之父。曾经两次移民外地，后返乡，最后移民至冠州。

宋根生：男，剧中年龄三十五岁左右，复员军人，丹阳市槐树村村委会主任，后在移民工作中因劳累过度突发心脏病殉职。

董富川：男，剧中年龄五十岁左右，丹阳市槐树村村民，董望川的发小。

江思思：女，剧中年龄十八岁左右，黄河岸边长大，江浩之女。

溥元春：女，剧中年龄七十五岁左右，周思源之妻，周晓丹之母，董望川岳母。

董若水：女，剧中年龄二十岁左右，董望川、周晓丹之女。

群众演员若干。

1. 国务院南水北调办公楼茶水间至会议室　日　内

黑底画面中，有开水倒入暖瓶的水声。

国调办主任：我们中华民族的发展史，就是一部治水、抗旱，与水作斗争的历史。南方洪涝，北方大旱，是我们几千年来面对的困境。新中国成立后，一代领袖毛泽东提出了南水北调的伟大构想——调长江水解决南涝北旱，缓解北方水资源短缺和生态恶化的现状，是我们几代水利工作者必须攻克的难关。（一个女服务员提着暖瓶，通过长长的走廊，走进会议室。一组服务员为茶杯添水的镜头。一只手端起一个茶杯，带出国调办主任。）

国调办主任：经过半个世纪的勘探研究论证，现在形成了西线、中线、东线三条调水线路方案，建设周期 40—50 年，投入资金 5000 亿元人民币。现在，东线和中线的方案已经基本成熟，很快就要开工，东线工程上次论证会已经讨论过了，今天我们主要谈中线工程。（镜头拉开，宽敞明亮的大会议室摆放着硕大的会议长桌，屏幕上打着：南水北调工程专家论证会。桌子两侧坐满了人，国家水利部门主要负责人及周思源等重量级科学家都坐在两侧，东线、中线和西线主要负责人也在其中，董望川作为丹江大坝加高工程的总指挥坐在一角。）

专家 1：我们只喊口号，“人定胜天”的年代早就过去了。这么重大的工程不能光凭着热情和干劲，要按科学规律办事，必须要先论证后决策。

周思源：从 1952 年到现在，我们已经进行了半个世纪的论证，包括今天，还在继续，你能说我们没论证过吗？而且我要告诉你，我们分析比较了 50 多种方案，才形成了今天的东线、中线、西线三条调水方案，在座的很多人都是亲历者。

专家 2：这么大的调水量，一旦通水，长江下游断流了怎么办？

专家 3：作为水利工作者你应当知道，即使长江水不北调，也会有 94% 的长江水白白地流进大海，何况我们的调水量只占长江总流量的 1/20。

专家 4：长江的水质没问题，但是沿线治污问题和中线上千公里明渠水质维护的问题怎么解决？

周思源：中线千里明渠，我们决定采取封闭式管理，24 小时监测水质，两边还将建设百米宽的绿化带。至于治污问题，我们已经决定关闭沿线 3000 多家污染企业，只要我们把好每一个点，再长的水路也不会污染一滴清水。

专家 5：调水方作出那么大的牺牲，他们的利益我们也得考虑。

国调办主任：这次调水，应当说调水方和受水方都是受益者。丹江大坝加高之后，可以使南方 70 多万人消除洪水灾害隐患，还会使长江流域防洪标准由 20 年一遇，变成 100 年一遇。引江济汉工程，会带动沿线的经济发展，并因此增加了一条新航道。

专家 6：移民都是故土难离，怎么保证他们顺利搬走，怎么保证他们人走心顺？这可是个大问题。

专家 7：我们国家富强了，能从物质上确保移民到新的地区比以往的生活条件更好；至于乡愁的问题，只要政府真心为他们解难题、办实事，从情感上慰藉他们，就一定会共同建设起一个美好的新家。

专家 8：我们都知道，北方水硬，南方水软，水质差别很大，会不会造成水土不服，有没有生物入侵的问题。

专家 9：我们已经在水源地模拟了北方的制水工艺，做了大量管网适应性研究，设计了多种配水方案，不会出现水土不服的情况。至于生物入侵的问题，京杭大运河的历史早已做出了回答。

专家 10：我们的大坝加高工程与美国加利福尼亚州圣弗朗西斯大坝非常相似，在 1928 年他们的大坝倒塌，造成 450 余人死亡，我们怎么保证？

国调办主任：正好，今天大坝加高的技术总工董望川在这里，请他来回答。

董望川：美国人做不到的事情我们不一定做不到。他们的航天飞机爆炸了我们就不飞天了吗？我们正是总结了美国人的教训，才采取了穿衣戴帽的加固工程。他们（做手势，拳头顶拳头）是这样平缝接的。我们这次（做手势，十指相插）是这样插缝接的。关于新老混凝土、新老坝的结合和温控问题，都充分地吸取了美国的教训，从技术上我们可以保证。

国调办主任：大家的意见非常好，今天我们进行了非常好的讨论，许多探讨有助于我们进一步完善最终方案。常言道，“开弓没有回头箭”。只要深刻把握这样六个字，在工程上认识到“险”和“辛”，在移民上理解好“情”和“痛”，在治污上不畏惧“艰”和“难”，我们就一定能够迎接挑战，完成党中央国务院交给我们的历史使命。（*历史视频资料*）时任国务院总理的朱镕基在人民大会堂庄严宣布。

朱镕基：我宣布，南水北调工程正式开工！在礼炮声中，音乐起。

推出片名：《天河》

2. 一组特技和实拍镜头的组合通过镜头从太空遥望地球，慢慢推入中国版图，雪山、海洋、丛林、沙漠，最后推向祖国南方的丹江水库。水在流淌中慢慢变实，镜头跟着水走向大坝，沉底。贴着水面仰望大坝，雄伟的大坝如同悬崖峭壁。镜头摇向大坝右侧山包的祭水图腾。山坡上有一群羊，草地上坐着两位老人在对话，一条牧羊犬蹲在一旁。镜头推向两个老人，我们这才看清，一位穿着打扮像个知识分子；另一位却看得出是当地的农民，他们就是剧中的水利专家周思源和亲家丹阳市槐树村农民董明德。

3. 丹江大坝附近山坡高处　日　外

董明德：周部长，这次你从北京大老远儿得来丹阳就是为了看这个大坝啊？

周思源：是，几十年了，就像自己的孩子。

董明德：你都当这么大的官了，还惦记这点事儿。

周思源：亲家，这事儿可不小，我也不是什么大官儿，就是个研究水利的，一辈子就干了这一件事儿，还没干完。现在就指望着你儿子望川了，希望他把我没干完的事儿干完，所以我对这个姑爷啊，比儿子还亲呢。

董明德：姑爷就是儿啊。

周思源：亲家，你今年有八十吗？

董明德：小你一岁，整八十，风吹雨淋的，咱农村人显老，不像你显得少相。

周思源：还少性呢？我外表看着还可以，内部零件都老化了，内伤。

董明德：你要是内伤，我这就是外伤了。

二人哈哈大笑。

4. 丹江大坝　日　外

爆破工作一切准备就绪，坝体清场，四周拉起警戒线。水库加高工程总指挥董望川的对讲机里传来各个爆破区的回应：“1 号区准备完毕”“2 号区准备完毕”“3 号区准备完毕”……

董望川：各个区域再复查一遍是否有人进入爆破区，起爆之前要确保万无一失。

5. 丹江大坝高处　日　外

董明德：周部长，这次来了就多待些日子，咱这儿空气好、水好，养人。

周思源：就是因为你们这儿水好，才到这儿来取水啊。

董明德：大坝又要加高了。

周思源：这回坝顶要从 162 米加高到 176. 6 米呐。

董明德：树有年轮，大坝也有年轮啊。树的年轮是圆的，大坝的年轮是一层一层的，每一层我都记得是哪年加的。

周思源：加高后，你可不能在这儿放羊了。

董明德：还放啥羊啊，听说家都要搬了。周思源停顿片刻。

周思源：哎亲家，你这回是第几次搬迁啦？董明德伸出三个手指头。

周思源：不得了，向你致敬……这回你不会怪你的儿子吧？

董明德：怪他干啥咧，他是给国家干事啊。北方渴啊，坝加得越高，水流得越远，受益的人就越多。周思源赞许地望着董明德。

周思源：你还是当年的老样子，没变。

董明德犹豫了一下：……可是，这祖坟……

周思源：祖坟不能动？董明德叹了一口气。

董明德：咳，咱农村人的规矩。周思源望着董明德没有说话。

6. 北京　周思源家　日　内

董若水在电脑前上网，溥元春和周晓丹在忙着家务。

董若水：姥姥，我姥爷到底去哪儿了，好几天没动静？

溥元春：我才听说，跑到丹江大坝去了，这回不是又要加高了吗！

董若水：我搜搜，（电脑上输入）"大坝加高"。哇塞！快来看！大坝决堤了！溥元春和周晓丹都跑到电脑旁。

董若水：是美国人 1928 年水库大坝决堤的视频！

溥元春：你吓死我了！

董若水：我爸他们的工程怎么跟美国的工程是一样的？搞不好……

周晓丹：关上！吃饭！董若水把电脑关上。

7. 丹江大坝　日　外

大坝爆炸工作基本就绪，各区段回应：1 号区检查完毕。3 号区检查完毕。

董望川：2 号，2 号，2 号回应。2 号对讲机里突然传来一阵嘈杂声。

2 号：2 号报告，有人闯入爆炸区，不能起爆。

董望川对身边的高工江浩。

董望川：江浩。

江浩：我在，老师。

董望川：马上去检查一下。江浩急忙前往 2 号区。

8. 丹江大坝一侧　日　外

董明德为了追一只羊，跑进警戒线，江浩跑到大坝一侧。江浩不认识他，上前厉声训斥。

江浩：你干什么老头儿？！你不想活了？！

董明德：我的羊钻进来了。

江浩：羊重要还是命重要！？马上要爆破了，快走！这时董望川从远处跑来，发现是董明德，十分意外。

董望川：爸，您怎么跑这儿来了？

江浩愣住了。

9. 丹江大坝全景　日　外

随着一声炸坝的命令，整个大坝的顶层炸成狼牙锯齿，轰轰烈烈的大坝加高工程开始了。

10. 北京，周思源家　日　内

一片很有北京建筑特点的胡同区。面向胡同的一座座院门，散发着古色古香的味道。周思源的车停在胡同口，秘书陪同下车。

秘书：部长，这次辛苦了。

周思源：我还好，你回吧。周思源来到一个朱红色大门前叩门，一个气质典雅、头发花白的七十来岁的女人为他开门。她就是周思源的夫人溥元春。

溥元春：哎呀！你跑这么远也不打个招呼？好几天没动静了。

周思源边走边说：大坝又加高了，当年我们加了一截，今天望川带着一帮年轻人又加了一截。不放心，我去看看。

溥元春：你真是咸吃萝卜淡操心，当年你干这个事儿的时候比他还年轻呢。

镜头随着周思源进了正房堂屋。屋内是古老和现代相间的装修风格。客厅的一面墙上，挂着一幅南水北调东线、中线和西线工程全景式规划图。规划图上方，挂着一张照片，十分显眼，是毛泽东主席 1952 年视察黄河时与老百姓的合影。屋里传出女儿周晓丹在与丈夫董望川通话。

周晓丹：你不回来就算了，怎么还把老爷子弄去，你可以不要命，他这么大年纪了，万一出点意外怎么办。你太过分了！周晓丹挂掉电话，走出。

周思源：和望川没关系，是我自己去的。我这不好好的吗？这时，董望川和周晓丹的女儿放学归来，身为大学生的董若水背上背着书包，手里拎着蔬菜，自嘲地喊道：小保姆回来啦！

周晓丹自语：看你这点追求。

周思源：哎哟，过来跟姥爷拥抱一下。这样的小保姆，姥爷花多少钱都雇不到啊。

董若水：小保姆开始工作了。董若水说着放下书包，走进厨房。周晓丹看着女儿，有些心疼，也跟进了厨房。

溥元春：这次回去，没到村里看看亲家？

周思源：村里没去，亲家倒是见了。我估计望川面对着乡亲，日子好过不了。

11. **丹江水库　日　外**

江浩驾驶一辆摩托艇载着董望川从水面驶来。董望川情绪不平。

江浩：老师，师母还是那么厉害啊。有时候你该说点儿小话就说点儿小话。

董望川没有回答。

江浩：有人管，总比没人管好啊。

董望川：江浩，你爱人去世有几年了，你应该找一个了。

江浩：一个人自由，没人骂。

这时，江浩接到女儿一条信息："爸爸，爷爷最近身体不太好，能回来一趟吗？"

董望川：谁啊？

江浩：女儿。

董望川：有事儿啊？

江浩：没大事儿。

董望川：你把孩子送回老家总让你爸带着，也不是回事儿啊。

江浩：老师，大坝的工程设计方案已经交给施工队开始实施了，没事儿了我想请几天假。

董望川：没事儿了？江浩，咱们是项目的总负责，每个环节都不能放松，你说一个人能力高能高多少，关键是看你能不能把百分之百的精力放在一件事儿上。所以完工之前，我们每时每刻都不应该离开现场。江浩不悦。

江浩：不怪师母烦你，有时你的要求过于苛刻。

董望川：对，晓丹经常说，做我的老婆，不如做我的朋友。

江浩：你朋友在你身边待长了也受不了。董望川把视线转向开阔的水面。

董望川：小的时候啊，我们都在水库里光着屁股游泳，水特别好，游完了泳，身上能滑溜好几天。

江浩：我们老家在黄河边上，游完泳总是一身泥。

董望川：所以要给你们调水啊。

江浩：哎老师，你这高枝儿攀得好。你是先认识师母的，还是先认识周部长的？

董望川：我 11 岁就认识了老丈人。上一次加高大坝的时候，他就是我今天这个角色，我学水利也是受他影响。我 31 岁才认识晓丹，但那时候我还不知道她是周部长的女儿。

江浩：缘分啊。

12. **槐树村　日　外**

槐树村风光如画，绵延起伏的群山身上披着薄薄的云纱，水光潋滟的湖水像是绿色的彩带在大自然中飘洒，水溪边水车在缓缓地转动。槐树村的高处，突兀地长着一棵千年古槐，成了槐树村的一个标志。

此时，槐树下，每家搬出一张饭桌，桌上摆着丰盛的酒菜。

三排桌子形成一个"川"字。看似无意，却暗藏玄机。江浩感到乡亲们的欢迎仪式非常新鲜，董望川却感到今天有些异样。董望川和江浩一起走到槐树下。

董望川：这么热闹。

董富川：今天大人物回来了嘛。

众村民集体鼓掌。

董望川抬头望望槐树，见槐树上系着几十个红布条在风中飞舞。董望川知道，这是家乡的一个习俗。每年，家里有考生的家长都会在树上系上一个红布条，为孩子送上一份祝福。

董望川不解地问大家：咱们村今年有这么多考生？

群众甲：不全是咱们村的，当年你开个好头儿，挂个红布条，考上了清华大学，又当了个比县长还大的官，这古槐树这几年名气越来越大，方圆百里的孩子，考大学了，都跑来挂个红绸布条，许个愿。你看，还有人烧香呢。

董望川伸手拍拍树：真是棵神树。俗话说，人挪活树挪死，这棵树跟咱们转移了这么多地方，还活得这么好。

群众乙：要没这棵树是不是你连家都找不着啦？

董望川：是啊，家乡变化太大了。

这时，董富川站起。

董富川：望川哥，咱们槐树村大部分都姓董，今天在座的都是“川”字辈的，咱俩是发小，下面我就代表“川”字辈的兄弟姐妹说几句。咱农村人都知道，人有高低，水有短长，望川哥就是咱村儿走出去的大人物。今天在座的呢，都是平平常常的老百姓，既然你今天回到家乡了，咱就是肩膀一般齐的兄弟了，就不论高低了。

董望川：你就别绕圈子了，想说啥就说。

董富川：唉，我要的就是你这句话。我先问你，这次加坝蓄水，能不能淹到这棵树？

董望川：应该淹不到。董富川掏出一张皱巴巴的报纸。

董富川：这报上写着呢：中线工程丹江大坝加高蓄水工程正式动工，2010 年 54 个坝段全部加高到顶，2012 年库区移民全部完成，丹江大坝由 162 米加高到 176. 6 米。

董望川：你们了解得很详细啊。咱们村都在淹没区，恐怕都得搬迁。

现场安静了。

群众 A：那咋补偿啊？那得补偿多少啊？

群众 B：补偿啥啊！给多少钱都不搬！

群众 C：我听说咋地，将来引水渠还要穿过咱槐树村的祖坟地？董富川噌地一下站了起来。

董富川：我把话撂这儿，谁敢动咱祖坟地，我就跟他玩命！现场乱了。

群众 D：望川兄弟，听忆川说，在设计上你说了算？你得给咱村说话啊！

群众 E：你是管事儿的，你得替咱家乡人着想啊。

群众 F：对呀，家乡水把你养成这么大，你不能忘本呐。

群众 G：是不是你选的这地方啊？大坝建得越高，是不是你官当得越大啊？

群众 H：就是！降低点儿不就行了吗？

现场一片嘈杂声。

董望川的堂弟董忆川坐在角落里，一直没有吭声，他是当地远近闻名的企业家，坐在农民堆里，穿着打扮显得有些格格不入。

他也是今天这个活动的幕后策划者。

董望川：哎哟，今天这个百家宴很讲究啊，村委会宋根生主任怎么没在啊。忆川，是你赞助的吧。董忆川脸上没有任何表情，把目光移到别处。这时，董富川的媳妇站了起来。

富川妻：董望川，咱们是老同学，你是我的班长，我从小就崇拜你……

群众 I：富川媳妇儿，你还暗恋过他呢！（众人笑）

富川妻：滚！还暗恋他呢，我看他今天要暗算我。（众人哄笑）董望川，今天，我跟你把话说白了。你当这么大的官儿，就这么芝麻大点儿的事儿，你都给村里办不了，今后你就别回咱们这个村，槐树村没人认你！

在座的没人说话，都在注视着董望川，江浩起身解围。

江浩：我说几句。南水北调这个事儿啊，可不是董望川能决定得了的，也不是哪个人能说了算的，这是国家行动。说句到家的话，五十多年前就定下来了，你们生活在这儿，不了解北方，那儿是地好水少，咱们这儿是地少水多，如果不利用起来，94%的水都白白地流进大海，所以这是百年大计、千年大计……

群众 A：你是干什么的？这儿哪有你说话的份儿？

江浩：我是董望川老师的学生。

群众 B：啊，小字辈儿啊！论起来我是你大爷！滚！

江浩：就你们这素质，不请我都不惜的来！

众：谁请你了！我看你是不请自到！

江浩还要开口，被在座的乡亲给了一大哄，江浩脸上挂不住了，转头离去。

董望川：你们干什么？！他是我请来的客人。

他的一声高吼，现场鸦雀无声。这时，村委会主任宋根生骑着自行车风风火火地从村外回来。

宋根生：哎哟望川大哥，你什么时候回来的？快到家坐会儿。

董望川：不了。

宋根生：我去县里开动员会刚回来。

董望川：啊，辛苦了！

董望川又一次把视线转向坐在远处戴着墨镜的董忆川，董忆川把头垂得很低。

董望川追上江浩：对不起，大家都在火头上，你别往心里去。

江浩：对不起，我要向你请个假，我想一个人静一静，请你批准。董望川没做回答，江浩扭身就走。

远处，董明德赶着一群羊走来，父子相遇，面面相觑。

董望川：……爹，前一阵儿工作忙，这么近也没回来看您。晓丹还说呢，希望你和我妈能到北京去守着你孙女安度晚年。

董明德：一辈子在农村待习惯了，到大城市住着不自在……望川啊，乡里乡亲的，你多担待点儿，咱村的老百姓移民都移怕了，舍不得走，金窝银窝不如自己的狗窝。回吧，没事儿别再回来了，这边儿我替你顶着。（欲走，又站住）望川啊，如果能关照一下忆川，就关照一下。他爸对咱家有恩啊，当年如果不是你大伯忍饥挨饿接济咱家，你早饿死了。董明德赶着羊群朝村里走去，后面跟着那条牧羊犬，董望川望着父亲的背影心中百感交集。

13. 大坝工地指挥部　日　外

董望川到大坝上四处寻找江浩，打电话关机。

董望川问张工：江浩在哪？

张工：走了，卷铺盖卷儿走的。

董望川：去哪了？

张工：没说。

14. 北京南郊永定河畔　日　外

周晓丹带领北京市南水北调办公室征地拆迁工作组在阻止搬迁群众私搭乱建违章建筑，场面混乱，甚至搬迁群众与工作人员发生肢体接触。周晓丹体力有些不支，上百个村民围住了周晓丹和建设管理处副处长林子彤闹个不停。

群众甲：这么大个北京城，干吗非拆我们这儿啊？

群众乙：要拆迁也行，你们得给个说法，在长安街边上给我几套房子。

周晓丹：南水北调是惠及北京的工程，咱们是受益者。

群众丙：跟我有什么关系啊？有南水北调我们喝水，没有南水北调我们照样喝水。我不相信这么大个城市还能被渴死？

林子彤：哎这位大哥，你还别来劲，我也是北京人，您年龄比我大，我今天跟你较个真儿，我问你，旁边这条河叫什么河？

群众丙：这还用问吗？永定河啊！打小我就在这儿光屁股游泳！

林子彤指着干涸的河床：你现在再游一个我看看？还永定河？我告诉你，原名叫无定河，就是因为常年发大水，康熙皇帝才赐名“永定河”，意思是从此永定，不发大水。当年，拒马河、永定河、北运河、潮白河、洵河五大水系，二十几条河流环绕北京，现在都干了几十年了。你知道吗？全世界规定人均1000立方米水以上最适合人类居住，人均300立方米水就不适合居住了。知道北京多少吗？人均才100立方米水，是极度缺水城市。你现在打开龙头就见到水，我们是靠着超采地下水在维持生活。

周晓丹：就是因为超采地下水，北京城的地面每天都在下沉。

说着，从地下拎起一个铝水壶，不停地敲打，从壶中倒出一堆水垢，拿起一块半公分厚的水垢。

周晓丹：大家看到没有，这就是我们每天喝的地下水，地下水，水垢多，喝了对身体没好处。所以，如果不抓紧解决水的问题，北京就会从地球上消失。南水北调，刻不容缓……周晓丹越说越激动，说着说着用手捂住了胸口。

15. 北京，董望川、周晓丹家　夜　内

周晓丹家的客厅里与众不同地立着一块留言板，看着很像办公室。抬头是董望川写下的一句话：“老婆、女儿：我不是在工地，就是在去工地的路上。老公、老爸下面是女儿给老爸画了个嘲笑的鬼脸儿，上下不搭，看上去有些滑稽。林子彤把一碗刚做好的热汤面端到周晓丹面前。

林子彤：好点儿没有？

周晓丹：还好，就是胸口有些发闷。林子彤望着客厅的留言板。

林子彤：姐夫也太拽了，把工地的事儿都整到家里来了，是做事儿还是作秀啊？

周晓丹：我最受不了的就是他这一点，被窝里都要跟你谈工程。

林子彤：哈哈，今天本小姐陪你谈生活，我住这儿了。

说着脱衣上床。

周晓丹：唉？你不用跟家人打个招呼？

林子彤：跟谁打招呼？这就是光棍的好处。周晓丹望着林子彤。

周晓丹：我想离婚。林子彤忽的一下坐了起来。

林子彤：别胡说八道了，就你这个年龄，离了以后找谁去啊？再说了，姐夫多好啊。我告诉你，这种有事业、有成就、有地位的“三有”男人，撒手就没，不撒手还抢手呢。

周晓丹：喜欢让给你。

林子彤：不要不要，谢了姐，吓死谁呀？打死我都不会找一个同行。不瞒你说，姐，我有时候都替你发愁，老天保佑，我将来的生活千万别像你。

周晓丹坐起，郑重其事地对着林子彤。

周晓丹：说老实话，子彤，我们夫妻间原本根本没有那么大的隔阂，就是因为南水北调。我是先被调到北京市南水北调办公室工作的，他在机关挺好的，本来我们的时间可以错开，这样我们公私还能兼顾一下。他可好，没跟我商量就毛遂自荐了，主动要求调到南水北调工作，两口子都在第一线，后院根本没人管。

林子彤：姐夫搞水利的，很难得的这次机会。

周晓丹：那也不能不要家庭啊。如果说他先到南水北调，我绝不做这个要求，有一个代表就可以了。

林子彤：姐，你就幸福吧，当年大禹治水新婚四天就离家了，十三年三过家门而不入，比照大禹的媳妇儿，你可强多了。

周晓丹：将来你要找一个"大禹"，你就知道什么滋味儿了。

林子彤：我要是找个大禹，我就成了"大愚"了。你放心，这辈子我就把光棍儿进行到底了。

周晓丹：光棍也不一定就是好事儿。

林子彤：为什么？

周晓丹：你没看前两天电视里有个栏目，采访两个老太太，一个是一辈子单身，一个是儿女满堂，问她俩对婚姻的认识，结果是一个答案，你猜她俩咋说？

林子彤：咋说？

周晓丹：俩字儿——都说后悔。结婚的后悔一辈子没单身，单身的后悔一辈子没结婚。

林子彤：那不就咱俩吗？不过我不后悔自己单身。

16. 高铁上　日　内

董望川接到总部通知，说工作另有安排，令他马上返京。

返京高铁上，董望川不停地拨打江浩的手机，对方一直关机。

17. 江浩家乡　日　外／内

江浩回到老家，这是黄河边的一个村落。身体欠佳的老父亲一人带着刚上初中的女儿思思过着艰难的日子。一家人围坐在一起吃晚饭。江浩掌厨为爷孙俩好好的改善了一顿，父亲和女儿都很高兴，江浩把身上仅有的钱都交给了父亲，把一桶甘甜的丹江水交给了女儿。

江浩：思思，这就是爸跟你说过的丹江水。思思倒出一杯，喝了下去。

思思：爸，真甜。

江浩：用不了多久你就可以天天喝上这样的水了。

父亲讲起南水北调兴奋不已。

江父：儿子啊，你们干的是个大事儿啊，真要成功了，咱家乡可受了大益了。自古黄河富宁夏，到了咱这地界上，不是旱就是涝。我从小挖河，挖了一辈子，水越来越瘦，眼看要断流了。咱这十里八乡的都知道你在工程上管事儿，爹都跟你沾光啊……

江浩打断父亲的话。

江浩：爹，多吃点。将来如果发展好了，我就把您和思思都接到北京去。

思思：爸，你给我找个新妈妈吧。江浩一愣。

江浩：你是想找个阿姨照顾爷爷？

思思：照顾你。江浩摸了摸女儿的脑袋。

江父：该找了。

江浩：爹，思思还小，我担心将来关系不好处。

18. 北京，北京市南水北调指挥部　日　内

北京市政府在北京市南水北调工程指挥部办公室的硕大沙盘前召开协调会，背景墙上悬挂的横幅写着"南水北调争分夺秒，节水用水一点一滴"，国家南水北调办公室建设管理司侯司长及与工程相关的北京各单位负责人全部到场。

市领导：根据国务院南水北调办公室的部署，我们北京段工程要抓好推进实施，由于工程涉及单位部门多，问题多、难题多，今天，市政府在这里召开南水北调工程建设协调会。下面，请国调办建设管理司侯司长把具体情况介绍一下。

侯司长：大家请看，中线工程一期总调水量是95亿立方，河南37.7亿、河北34.7亿、天津10.2亿、北京12.4亿。

现场一阵骚动。

大家议论：咱北京只占总调水量的十分之一多一点啊？

市领导：对，虽然北京只占总调水量的十分之一，但是北京是纯粹受益方，我们要始终心怀对水源地和沿线人民，尤其是移民搬迁群众和广大工程建设者的感恩之心、感激之情。滴水之恩当涌泉相报，北京作为受水区，节约每一滴水就是最好的回报；作为建设者，一流的工程质量就是我们最好的回报。北京段的工程复杂，施工难度也不小。我在这里提出一个要求，施工期间一不断路，二不断交通，三不扰民，不能干扰北京正常的交通生产和市民日常生活。

侯司长：南水北调中线工程有1276公里长，北京段也只占80.4公里，虽然短，但是很关键，除团城湖880米明渠外，北京段的其他输水工程，包括配套工程完全采用地下管涵，施工时让地面上的市民根本感觉不到我们在施工，确实提出了一个相当高的要求，有大量的协调工作要做。

北京市南水北调办主任：大家有什么困难和想法今天都可以提出来，我们一起研究解决。

一镇长：880米明渠修在我们镇，光搬迁户就要几千人，在寸土寸金的四环边上，很难做通思想工作。目前虽说大部分的居民都签了字，还有少数的钉子户我们还需要继续做工作。排水、热力、电力、通信、燃气等负责人也纷纷提出了面临的困难，也表达了各自的决心。

排水甲：地面儿上的事儿复杂，地下的事儿更复杂了。

一镇长：比我这儿复杂？我告诉你，人的工作是最难做的。

排水甲：南城的地下排水管线非常复杂，牵一发动全身，哪一根弄断了，整个就瘫痪了。

北京市南水北调办主任：原来，南城的地下管线预计有290多条，经过进一步勘查，确定有上千条。

热力乙：地下水复杂，我们供暖管线压力更大。尤其是入冬后，全程加压上水，真要出点儿问题，很难在短时间内泄水维修。

电力丙：我那儿要是出点事儿，整个黑了半拉城。为了以防万一，我们启动了两套备份供电方案。

通信丁：我们的通信线路在南城河西四环虽然密集，但为了保证工程建设，所经之处我们都可以改道让路。

燃气戊：我们看了施工方案，施工期间要断气一个月，有20万人受到影响。我们已经准备了100台槽车，保证在施工断气期间断气不断火，家家吃上热乎饭。

周晓丹：谢谢大家。工程直穿快速路，开挖出这么长距离这么大规模的输水隧洞，在国际上也是第一

次。管涵的上边是公路、铁路、立交、地铁，下边是纵横交错的排水、热力、电力、通信、燃气等地下管线，时不时还会撞上拦路的桥桩，要做到“井水不犯河水”的确不容易，非常感谢大家对南水北调工程的支持。

市领导：今天，大家都谈了很好的意见。我的意见是，北京段工程刻不容缓，不但不能拖南水北调总工程的后腿，而且主体和配套工程都要提前完工。我们只有步调一致、齐心协力，才能打好北京段的攻坚战。掌声中周晓丹的手机响起提示音，是丈夫董望川发来的信息：“晓丹，总部调我今天回京，可能工作有变动，也许我们分居两地的生活就要结束了。”周晓丹立即给丈夫回了一个笑脸。

看得出，她心情有很大的改变。

19. 北京，CBD 商业圈高端写字楼　日　外／内

江浩走进高端写字楼，来到河海水利工程公司，总裁在办公室接见了他，副总在一边作陪。

总裁：为什么选择离开？

江浩：我的一些想法和目标很难在那里实现。

总裁：你的简历我看过了，非常满意，我们河海水利工程公司急缺你这样的人才。有什么条件，跟副总谈，希望你早日成为我们的伙伴。

江浩站起：谢谢。

江浩与总裁握手。

20. 北京，国家南水北调办公室沙盘模型室　日　内

一个巨大的中国局部地区沙盘模型放置在房间左侧，右侧放着回型会议桌和椅子。房内，投影仪等设备应有尽有。国务院南水北调工程建设委员会办公室主任站在模型一侧，注视着巨大的沙盘模型。模型上，有三条由红灯缀成的线不停地闪着，一个又一个小圆圈和写着城市名称、工程名称的小牌子点缀在三条线上。主任在沙盘旁边思索边散步，他拿起一杯水轻轻地倒入了中线工程模型的渠首，水顺流而下，经过渡槽，穿过黄河，流过明渠，进入管涵，流出团城湖水闸，他饶有兴致地用杯子在出水口将水接住。这时，董望川从大门进来，主任迎上前握手。

国调办主任：望川，这次大坝加高工程进展顺利，辛苦了。

董望川：主任辛苦。

国调办主任：不过蓄水前，一定要做好工程的检查和监测。

董望川：请主任放心，工程进行的每一个步骤我们都能实时掌控。

国调办主任：这次调你回来，是有重要的任务交给你。东线、中线大部分工程的论证、勘察、设计，你都参加了对吧？

董望川：是，十几年了。

国调办主任：抛家舍业的，不容易啊。不过恐怕你还得继续抛几年家。

董望川愣住了，脸上瞬间出现了一丝难以捉摸的表情。

国调办主任：怎么样？是不是还要做做夫人的工作？

董望川：不用，晓丹这个人您了解，跟她商量，没有同意的时候，做出决定，她也不会不支持。再说了，一辈子能遇上这么大的一件工程，作为水利工作者来说，也是千载难逢。

主任点点头：说的是实话。现在南水北调中线工程已经进入到关键阶段，党中央、国务院把任务交给了我们，也把压力交给了我们，我们共同努力，2014 年汛后必须通水。目前，无论是工程建设、移民搬迁，还是环保治污，都面临着极大的困难。这次调你回来就是要告诉你，经过组织研究决定，任命你为中线工程副总指挥兼总工程师。在这紧要关头，组织选择了你，我也选择了你。我想听听你的意见。

董望川思索片刻，语气凝重地说：感谢组织信任，中线工程长达 50 多年，党和国家几代领导人都亲自推动，无数建设者倾注了毕生心血，70 多万群众为此失去家园。与他们的奉献和牺牲相比，我个人这点儿付出算不了什么。

国调办主任：关于工程呢？

董望川：工程关键在于人，既然让我当中线副总指挥，我希望给我考察推荐使用人选的权力。

国调办主任：就这些？

董望川：就这些。

国调办主任：没了？

董望川：没了。

国调办主任：你没漫天要价，我也不就地还钱了。你想调谁，我支持你。但有一点，中线的整体工程，2014年汛后必须通水，这个大限不能动，我不管你克服什么困难，必须完成。

董望川：主任……我争取。

国调办主任：不是争取，是必须！

董望川：好，我坚决完成任务。

21. 北京，董望川家　夜　内

周晓丹心情格外地喜悦，在客厅的留言板上写上这样一句话："欢迎老公回家！"她边哼着歌曲《北京欢迎你》，边在厨房忙活着，为迎接董望川在准备一桌丰盛的晚饭。

22. 北京，董望川家门口　夜　外

董望川刚走到家门口就接到了江浩的短信："老师，我已向公司递交了辞职报告，今天正式加入河海水利工程公司。感谢您多年的栽培和帮助，保重！学生江浩。"董望川让司机立即掉转车头。

23. 北京，董望川家　夜　内

夜深了，周晓丹一直在等待董望川回家，这时接到林子彤发来的一条短信："祝贺姐夫履新，走马上任中线工程副总指挥。"周晓丹接到信息不但没有惊喜，反而非常郁闷，因为她知道，中线副总指挥意味着什么，意味着更多的责任和担当，意味着分居两地生活由不定时变为常态。

周晓丹拨通董望川的电话，怒斥道：你在哪呢？！

董望川：我和江浩谈事儿呢。

周晓丹：看来，做你的媳妇儿真是不如做你的朋友啊！这么长时间不回家，你到北京第一面居然先见朋友？！你心里还有没有这个家？！就是个宾馆招待所你也得放下行李再走啊！

董望川：我这儿有急事儿。

周晓丹：什么事儿那么急啊！？你工作有这么大的变动，你都不跟我说一声！还是别人告诉我的，你心里还有没有我！？

24. 北京世贸天阶广场　夜　外

周晓丹：这么多年对老人你尽过孝吗？对孩子你负过责吗？孩子从小学到大学，你开过一次家长会吗？把老婆一个人扔在家里，把孩子扔给老人，你就那么心安理得？！董望川边听着电话，边看着坐在对面的江浩，他心绪烦乱，焦头烂额，再无心向妻子做更多的解释。

董望川：晚上回去，我跟你细说。

25. 北京董望川家　夜　内

说罢，周晓丹挂上电话夺门而出。

26. 北京世贸天阶广场　夜　外

董望川与江浩僵持着，看得出两人已经谈不下去了，相互都未妥协。

董望川：在这个时候你做出这种选择，你这不是拆我的台吗？

江浩：老师，南水北调人才济济，不少我一个。

董望川：但我需要你。

江浩：可我需要生活。

董望川：江浩，我对你有点失望，你选择生活没错，但是你要知道什么才是真正的人生价值。

江浩：老师，也许你的想法和我的想法不太一样。

董望川：那我们就没法再谈下去了。

江浩：董老师，我认为这是我人生最务实、最不装的一次选择，如果说内心深处还有点愧疚的话，那就是对待老师你的这份感情。

董望川：我不跟你谈个人感情，我只想告诉你，为了个人，你可以选择离开；为了事业，我希望我们还能一起干。

江浩：老师，我和你一起干，你能把我父亲接到北京来吗？你能让我的孩子到北京来上学吗？你能给他们最好的生活保障吗？你能在北京给我一套房子吗？你不能！所以我只能这样选择。

董望川：我是给不了你这些东西，但是我能给你一个平台，让你通过个人努力实现你所追求的东西。

江浩：你追求半辈子了，我也没看到你得到什么东西。

董望川：我得到的是心里踏实，问心无愧！

董望川扭头就走，走了几步回过身来。

董望川：江浩，记住，从今天开始你不是我的学生，也不许再叫我老师。

董望川转身离开。

27. 北京，董望川家　夜　内

深夜，董望川用钥匙轻轻地拧开门锁，蹑手蹑脚地走进客厅，屋里一片漆黑，他打开灯时，看到留言板上还未完全擦去痕迹的："欢迎老公回家！"旁边的餐桌上摆着一桌已经放凉了的晚餐。

他推开卧室，妻子和女儿都不在。他坐在沙发上许久，拨打周晓丹电话，关机；拨打女儿电话，关机；最后拨通了周晓丹的同事林子彤的电话。

28. 北京，林子彤单身宿舍　夜　内

周晓丹为躲避，在林子彤处借宿。手机响起，二人被吵醒。

周晓丹：哎呀，单身女人太招人了，大半夜还有人骚扰。

林子彤接起手机：谁啊？

董望川：小林，我是董望川。

林子彤捂住话筒，踹周晓丹一脚。

林子彤：董总有事儿吗？

董望川：晓丹没在你那儿吧？

周晓丹在一旁急摆手，林子彤故意把电话扬声器打开。

林子彤：哎呀，都说小别胜新婚，你刚回来，她哪能舍得往外跑啊，会不会到她爸爸那儿？

董望川：不可能，他爸爸生活特别规律，睡得早，她一般不会这么晚打扰他。好了，就这样吧……唉……

林子彤小声对周晓丹：我靠，心挺细啊！

林子彤：怎么，董总还有事儿吗？

董望川：有件事儿我憋了很长时间，一直没有好意思跟你开口。

身旁的周晓丹立即警觉起来，林子彤也有些诧异地看着周晓丹。

董望川：今天太晚了，改天我单约你吧，晚安。

林子彤挂断电话。

林子彤：姐，什么情况？

周晓丹：不会有什么情况。

周晓丹立即起身边说边穿衣服。

周晓丹：我跟你说过，做他的老婆，不如做他的朋友。

林子彤：你也没说女朋友啊。

周晓丹：去一边去。（转身离开）

29. 北京，周思源家　晨　内

董若水为外公、外婆端来早餐。

周思源：若水，你爸爸回来，而且还有好事儿……

董若水：真的？这时，周晓丹无精打采地走进家门。

董若水：妈，我爸回来了？

周晓丹：啊。（在她平淡的表情上，看不出任何的情绪）

周思源：望川怎么没来啊？

周晓丹没做回答，脱下外衣。

周思源：我听说，组织上任命望川为中线工程副总指挥了。

周晓丹有气无力地：是吗？

溥元春：望川这孩子有出息，我看将来比你爸强。

这时，董望川走进家门。

董望川：爸妈，我回来了。

董若水：爸爸，恭喜高升。

董望川苦笑了一下，像自己犯了什么错误似的低头坐在沙发上。董若水凑了过来，小声调皮地对着董望川耳语。

董若水：又惹夫人生气了？快去哄哄。

董望川看着可爱的女儿，没有说话。最终，还是周思源打破了僵局，他到里屋沏了一壶茶端了出来。

周思源：没吃早饭吧？若水拿点点心去。我今天请全家吃一顿你家乡的茶水宴。

周思源把茶水分别倒进五个茶杯里。

董若水喝了一口：姥爷，你的茶真香啊。

溥元春：三分茶叶，七分水，不是茶好，是水好。这是你姥爷这次从你爸爸家乡拎回来的丹江水。

周思源：哎呀，望川啊，还记得吗，过去你跟晓丹谈恋爱的时候，每次探亲回来，我都让你拎上一桶丹江水。

董望川：是啊，别人都给老丈人送酒，我给老丈人送水。

周思源：对我这个老水利来讲，水浓于酒啊，我主要是想能时刻监测丹江水质的变化，可现在我得自己往回拎了……

董望川：爸，用不了几年，等南水北调一通水，您在家里一拧水龙头就能喝上丹江水了。

周思源：想到这一点，你妈为你们辛辛苦苦带孩子就值了，你们就是天天不着家，我们也不会怪你们啦。坐在一旁的周晓丹听出父亲话中有话。

周晓丹气不顺地说：喝上好水，不如过上好日子。

董望川：没有好水，哪有好日子。

董若水：不愧都是搞水利的，听着音儿感觉水很深呐。

在座的全家都笑了，周晓丹没有理睬，转身进了里屋。

周思源小声地对董望川：你得向我学习，女人得哄啊。

董望川：爸，我心里有，做不出来。

周思源：怎么样，这次回到家乡面对父老乡亲，不大好受吧？

董望川苦笑了一下没有说话。

周思源：水渠一定要经过槐树村的坟地吗？

董望川：规划是这样做的。

周思源：用不用我跟上面说说。

董望川：我跟主任汇报过了，要改变工程规划不是件容易的事。

周思源：是啊。

30. 北京，后海某酒吧 夜 内

七夕这一天，江浩与河海水利建设工程公司副总在后海酒吧喝酒。

副总：江浩，你看看除了工资待遇，还有什么其他要求，你尽管提，民营公司比国企最大的优势就是咱自己说了算。

江浩：我什么要求都没有，只有一个，女儿来北京上学。

副总：没问题，公立学校保证不了，私立学校我们想办法。总而言之，不能耽误孩子的前程。

江浩：谢了，如果孩子问题解决了，我老爹也就省心了。

江浩的语气显得有些沉重。

副总：行了，问题都解决了，别总心事重重的。

江浩：哎！有得有失啊。

副总：失什么了？

江浩：我失去了一个良师益友。

江浩和副总都喝多了。酒吧服务员问他们需不需要代驾，两人回绝。

江浩：找代驾不如找朋友。

副总：对！咱俩做个游戏，都发朋友圈，看谁的朋友先到。今天是七夕，希望能来个美女代驾。

二人分头发朋友圈，没多久，林子彤出人意料地出现在江浩面前。江浩对林子彤并不是十分熟悉，只是见过几次面，一时想不起她的名字。

江浩：林……林……

林子彤：林子彤！名字都叫不上来了，还给我发信息呢！

江浩：对，加过好友，很长时间不联系了，真不好意思，把你给圈来了。

林子彤：咋的？失望啊？

江浩：不失望，因为从来就没有过希望。

林子彤架起江浩：你别臭美了，我对你也没来过电。

副总：不管来电不来电，绝缘不等于绝交。

林子彤：要不是看你们醉成这德行，谁理你啊，怎么的？走不走？

江浩：走！我跟你走，你可别……乘人之危啊。

林子彤：别自作多情了！

说罢，林子彤搀着江浩往外走，不远处站着董望川。

林子彤：董总？

江浩愣住了。

江浩：老……董总，你怎么来了？

董望川：你不是在朋友圈发求助了吗。

江浩有些愧疚：还把我当朋友啊？

董望川：当成一个不够格的朋友。江浩，你看看你这个样子，让我失望！连个家都找不着了，你还找生活的新方向？！我告诉你，喝醉了你可以找代驾，但是人生的路上没人替你代驾！

董望川气急。

江浩：对不起，你把我从朋友圈拉黑吧。

董望川：拉黑是肯定了！但是我希望你别给水利人抹黑！

林子彤：董总，别生气了，我送他回去，你跟嫂子好好团聚团聚。董望川望着二人离去，司机走了过来。

司机：董总，咱回吧。

31. 北京，长安街　夜　外

董望川坐在车里心事重重地望着前方。

司机：董总，其实南水北调的人才济济，还差一个江浩吗？

董望川：人才越多越好，江浩确实有过人之处。

32. 北京，林子彤住处　夜　内

这是一个既简单又温馨的单人宿舍，林子彤把醉得不省人事的江浩扶到床上，用温毛巾为他擦脸，江浩的手机响个不停，手机屏幕上显现出他俊俏女儿的照片。林子彤看到来电显示上写着“女儿思思”，于是她接起电话。

林子彤：喂？你是思思吗？

思思：是啊，你是谁？

林子彤：你爸爸的同事，林子彤阿姨。

思思：阿姨好，我爸爸呢？

林子彤：他……不方便接电话，有事儿跟我说。

思思：爷爷住院了，能不能让他回来一趟？

林子彤：好，我一定转达。

33. 北京，PCCP管集放地 日 内

周晓丹与北京PCCP管研制人员从一排巨大的PCCP管前走过。

研制人员：周主任，这是咱们的自主知识产权，也是国内首次研制这么大口径预应力钢筋混凝土管。

周晓丹：看着就让人高兴，应当让外国人知道，我们不依靠他们，照样可以攻克这个难关。还有什么其他技术问题吗？

研制人员：没有了。

周晓丹：抓紧时间批量生产，确保56.4公里的铺设保障。

周晓丹上车离去。

34. 北京，四环路 日 外

周晓丹乘坐的车堵在四环上，前面有不少警察在维持秩序，她问身边的司机。

周晓丹：什么情况？是不是前面出事儿了？

司机开门站起身望去，见一台台液化石油气车远远驶来。

周晓丹：哦，对，为了咱们暗涵施工，今天城南居民将停止两天的供气，市政府调动了100台槽车，为每家每户保障送气。

一台台液化石油气车从身边驶过，场面十分壮观。

35. 北京，电影院售票处 黄昏 内

董望川要请周晓丹看电影，影院售票处前排队的都是年轻人。

周晓丹：你今天怎么那么神经啊？怎么想起请我看电影了？

董望川：明天就要走了，陪陪你。

二人来到售票口。

董望川：电影票怎么卖？

售票员：八十。董望川看了一眼周晓丹，递上一百块钱。

董望川：来两张。

售票员：一张八十。

周晓丹诡秘地笑着，看着董望川。

周晓丹：还看吗？

董望川：看。

这时电话响起，董望川接电话。

36. 丹江大坝 黄昏 外

丹江大坝一期工程基本完工，工人们正在做表层的加固和“戴帽”工程。

张工：董总，我们统计过了，老坝的裂缝长达两万五千米，要把每一个裂缝都处理好了，得增加一倍工期。

董望川：增加三倍工期你也得给我整利索，否则针鼻儿大的眼，就能透过斗大的风，一旦水压过大，大坝都有可能崩塌。

张工：明白明白！

37. 北京，电影院 黄昏 内

董望川挂上电话，周晓丹抢回一百块钱扭头就走，董望川跟出。

董望川：不看了？

38. 北京，CBD 黄昏 外

董望川：不是看不起，买张电影票也太贵了，咱们看电影的时候才一两块钱一张。

周晓丹：我还记得呢，上次你请我看的是印度电影《流浪者》，你现在还在流浪呢。

董望川：哎晓丹，跟你说点正事儿，林子彤她妈不是在教委吗，能不能求她帮个忙？江浩的女儿想到北京来借读，孩子成绩不错，一个没妈的孩子也不容易。

周晓丹：做你的老婆真是不如做你的朋友，咱若水你都没管过。

39. 北京，国家南水北调办公楼前　日　外

一辆辆中巴车集结在国家南水北调办公楼前，车上张贴着“南水北调工程建设招标调研考察团”字样的标志。一声令下，董望川带领队伍从这里出发。

40. 江浩家乡，县医院　日　内

江浩回到家乡，到医院看父亲，父亲查出尿毒症。他交上了所有的检查和治疗的费用，但下一步十万元左右的透析费还没着落，让他一筹莫展。

41. 多场景音乐段落一组考察镜头，考察团分别来到古运河遗址、丹江大坝、陶岔渠首、沙河渡槽、漕河渡槽、黄河南岸、太行山脉等地考察，最终来到红旗渠。

42. 红旗渠分水闸处　日　外

红旗渠分水闸处立着硕大的LED屏幕，考察团所有成员在屏幕前就座，他们议论纷纷，不知道董望川葫芦里卖的什么药。这时，屏幕上播放着当年建设红旗渠“千军万马战太行”的壮观场面：1960年春，红旗渠首拦河坝工程，95米的坝体只剩下10米宽的龙口尚未合龙，河水奔腾咆哮，500多名共产党员、共青团员跳进冰雪未消、寒气逼人的激流中，排起3道人墙，臂挽臂，手挽手，高唱“团结就是力量”，挡住了汹涌的河水。在座的考察团成员看到屏幕上激动人心的场面，不约而同地鼓起掌来。播放结束，董望川走到屏幕前。

董望川：同志们，今天到场的都是各个标段的投标方，在宣布中标结果前，我先给大家啰嗦几句。可能有人会问，你董望川带着我们绕了上百公里，专程来红旗渠干什么呢？我就是想让大家来感受当年建设红旗渠的壮观场面。

这时，大屏幕拉开，露出后面雄伟壮观的红旗渠。

董望川：大家看，红旗渠上，每5米刻着一个名字。他们不是想为自己树碑立传，更不是让后人记住他们的功绩，这是什么？这是当年安全质量的军令状，这是一种担当，这是一种承诺，这是一种责任。

董望川指着其中的一个名字。

董望川：刘金柱，在哪里？

“到！”我是刘金柱的孙子，我爷爷早就去世了，现在这段儿水渠的责任人是我。

在座的经理一阵骚动，无不震惊。

董望川：我们今天也是一样，你们每个人拿到标书的那一刻起，就意味着拿到了一份责任，一份终身的责任。凌水水利建筑公司。

凌水公司：在这儿呢。（领取标书）

董望川：江源土建工程公司。

江源公司：来了。（领取标书）

董望川：河海水利工程建设公司。江浩走到台上，董望川愣住了。

董望川：是你？！你是代表……？

江浩：河海水利工程建设公司。

董望川：（董望川迅速翻阅着标书）穿黄工程？！

江浩：对。董望川感到有些意外。

董望川：这可是南水北调的关键工程，你们能行吗？

江浩：我们已经进口了国际上最先进的盾构机……

董望川咄咄逼人：我问的是人！再先进的机器，落到不同人手里会有不同的结果。

江浩：我们公司早已做了功课，而且是有备而来。无论是采用的设备还是操作的技术人员我们都已经做好了充足的准备。穿黄工程是整个南水北调最具挑战的工程，黄河河底修建内径7米、长达9公里的涵洞，在国际上也没有先例。如果挑战不大，我们也没兴趣！

董望川：说得挺好，我到时候看你做得怎么样。我现在是中线工程的副总指挥，一旦出现问题，我可对你不客气。

董望川把视线转向大家。

董望川：同志们，标书拿到了，挑战刚刚开始，当年建设红旗渠的时候，勤劳勇敢的十万林州人民，仅仅靠着一锤、一铲、两只手，在太行山悬崖峭壁上修成了这全长1500公里的红旗渠，结束了十年九旱、水贵如油的苦难历史。建渠没钱了，怎么办？他们只能出去给人扛活儿挣钱，挣完钱回来接着干，就这样整整苦战了十个春秋。今天，我们改革开放了，国家富裕了，祖国强大了，可以说是要钱有钱，要人有人，要物有物，如今我们什么都不缺，缺的就是当年那种“自力更生、艰苦创业、团结协作、无私奉献”的红旗渠精神。

大家听完董望川的讲话，心潮澎湃，热烈鼓掌。这时，董望川电话响起，来电话的是妻子周晓丹。

43. 北京，周思源家院内　日　外

周思源半躺在摇椅上看报纸，溥元春在给花草浇水。周晓丹一脸不高兴，在院子边踱步边打电话。

周晓丹：董望川，你是不是官大脾气涨了，你在外面忙，我得管家，我得管老人管孩子，你凭什么安排我？把我调到千里之外，家里谁管？

电话那头的董望川一时不知说什么。

董望川：我……我只是做了一个建议……

周晓丹：今天领导跟我谈，说你推荐我到你老家做挂职副市长，你征求我意见了吗？！你凭什么这么做？！

周思源坐直身子接道：有火冲我发吧，举贤不避亲，是望川推荐的，但是，是我促成的。

周晓丹挂上电话：爸，为什么？

周思源：你知道，南水北调工程，难点在移民，关键在工程，成败在水质。你懂水利，又有丰富的移民经验。晓丹，在中线调水的关键时期，去帮帮望川，他经常在水源地，你调过去，俩人也能近点。

周晓丹：哼！都说南水北调，我们可好，“北人南调”。

周思源：晓丹，你是学治污专业的，去水源地工作会在根上对水质有保障。

周晓丹：爸，若水大学就要毕业了，关键时期，我走了，谁管她呀？

周思源：我和你妈呀。

周晓丹：你们谁管啊？

周思源：晓丹啊，一定要珍惜工作，珍惜机会。人这一辈子工作的时间并不是很多，年轻的时候不觉得，到退下来的时候你才会感到，时间太快了。工作的时候认真工作，该休息的时候好好休息，这才是多彩的人生。让你去挂职副市长，是组织对你的信任，你一定要好好珍惜。咱家都是搞水利的，我想既然当初你选择望川，你就应该知道，聚少离多是水利人的常态。

周晓丹：也许当时的选择就是一种错误。

周思源：丈夫你可以选择，父亲你无法选择。你从事水利工作之前，我可是充分征求了你的意见。

周晓丹倔强地：我不去！我坚决不去。万事开头难，我在北京刚刚打开局面，到那里人生地不熟，遇着问题我找谁哭去！？我一个人守在北京，望川回来还能有个短暂的团聚，两人都漂出去，这还叫家吗？小的时候我听你的，现在我都快50岁了，我自己的事我自己决定！

周思源：你！（他激动地从摇椅上坐起，也许因为动作过猛，当即昏了过去）

周晓丹：爸！（扑向父亲）

44. 黄河岸边　日　外

黄河岸边，江浩接到林子彤发来的短信。

林子彤：听说你们进口的盾构机已经使用了？性能如何？我们打算派人去了解一下。

江浩：性能很好，进展顺利。

林子彤：开盾构机可不同开汽车，千万别醉驾呦。

江浩：需要代驾的时候再找你。

45. 北京，医院　日　内

周晓丹和女儿若水在照顾着恢复中的周思源。

周晓丹：爸，我下周一就去报到了。

周思源：哎呀，都说是知女莫如父，我看是知妻莫如夫，还是望川了解你，只是嘴硬，语言上从没服过软儿，行动上从没耽误事儿。

董若水：那我这次是不该叫你周副市长了？

周晓丹：调皮！

46. 北京，北京市南水北调办公室　日　内

周晓丹清理了自己的办公室，将一摞资料交给了已经是北京市南水北调办公室建设管理处处长的林子彤。

周晓丹：组织上决定，我挂职期间，由你代理我工作，有些问题我跟你交接一下，目前，PCCP 管材料的研制已经基本完成，可是运输遇到了新问题，北京京石高速沿线桥梁限高 5 米，但 PCCP 管直径就达 4 米，加上车体根本过不去。中线工程 2014 年年底通水刻不容缓，如何把每节 76 吨的两万两千节管运进北京，是现在的难题。为此，我们特意研发了一种特制驼管运输车，也就是把管子套在车上，这样就减去了车体的高度，顶部最高到 4.8 米，通过 5 米的限高是没有问题的。

林子彤：知道了，我会组织抓紧生产驮管运输车。说着，拿出一个批件递给周晓丹，周晓丹在自己的名字上画了个圈。

47. 北京，某体检中心　日　内

周晓丹在做任职前体检，CTA 检查发现异常，心血管医生找她单独谈话。医生把 CTA 图像卡在灯箱上，图像上清晰地显现出动脉、静脉、支脉密布交织的血管脉络。周晓丹看得出神，那一刻，在她的头脑中显现出的是南水北调沙盘的水流图和北京城区的配套工程及供水管网。

周晓丹：太像了，和我们的沙盘太像了。

医生：你是搞什么工作的？

周晓丹：水利。

医生：哦，那你就好理解了，你看，你心血管这里出现狭窄，血流不畅，一旦出现堵塞……

周晓丹：下游就干涸了。

医生：就致命了，所以，建议你多休息，生活要规律，千万不要激动，另外也要注意清淡饮食。

周晓丹：需要怎么治疗？

医生：最好的效果是支架。

周晓丹：可我现在工作脱不开。

医生：可以观察一段时间，我给你开一些疏通血管的药，每天都要坚持吃，定期检查，三个月后再来全面复查一次。

周晓丹：半年可以吗？因为我要去外地。

医生：最好按时检查，在当地的医院也可以做常规检查。

周晓丹：好。

48. 北京，机场高速　日　外

周晓丹乘车驶向首都机场。

49. 北京，首都机场　日　内

董望川从外地返京下机，周晓丹从北京赴任登机。董望川突然看到玻璃挡板墙外传送带上的周晓丹，周晓丹也看到了董望川，两人走近玻璃墙。

董望川：你怎么不等我回来？

周晓丹：也让你尝尝等人的滋味儿。传送带把周晓丹送得越来越远，董望川诧异地望着周晓丹的背影。董望川拨打周晓丹的手机，电话无人接听。

50. 飞机上　日　内

周晓丹的电话还在响着，空中乘务员催促她关机。

周晓丹：马上。她在屏幕上急速地为丈夫写了一条信息："过去，总向你抱怨我一人守在家里多么难，今天要出发才知道，离开家更难……"周晓丹犹豫一下，又把写好的信息删除，关上了手机。机场外，董望川还在拨打周晓丹的电话，对方传来关机的提示音，他抬头望着远去的飞机。

51. 穿黄工地　日　外

工地繁忙的景象。

在工地的一侧，逆光中有一个身影在打电话。从剪影的动作来看，电话内容使剪影中的江浩非常急躁，父亲病重无人照看，一直冲击着江浩。正在这时，工地上突然响起了警报声，有人高喊：井下透水了！江浩急忙挂掉电话，拼命地向洞口跑去。

52. 穿黄工地，洞内　日　内

穿黄盾构机刚刚推进十几米，洞门 8 点钟方向上的钢环螺丝崩断，泥浆渗漏，泥浆在巨大的压力下沿着渗漏处一点点突破。现场操作的技术人员见此情景，毛骨悚然，因为他们知道这样下去，穿黄隧道随时会被泥浆吞噬、崩塌。工程组组长立即提醒大家。

组长：大家注意！盾构机出现险情，如不马上排险，北岸 70 多米深的竖井，这个穿黄工程唯一的运输通道将毁于一旦，价值数亿元的盾构设备将变成一堆废铁。

工人甲喊道：组长，里面还有 200 多个工友呢。

组长：立即下令，马上撤出，错过时机就晚了。

53. 穿黄工地指挥部　夜　内

穿黄工地指挥部响起了警报，指挥人员在指挥 200 多名工人迅速逃生，危急时刻，江浩带领抢险突击队冲了上去。

江浩：听我指挥，立即切断电源，打开急救灯，大家抓紧堵漏，洞壁一旦崩塌，后果不堪设想。

说着，与工人们一起跳进齐腰深的泥水中，洞内仍在不断涌进水和泥沙。

江浩：把止浆塞打入洞眼，让止浆塞在洞眼内部迅速扩大膨胀，将涌水堵住，然后再用水泥灌浆，在洞眼周围形成一块坚固的帷幕，我们要抓紧时间，我们要跟汹涌的黄河水赛跑。

抢修队紧张地抢险，经过大家的努力，涌水终于止住，他们把积水抽出洞外，险情解除，江浩和工友们累得瘫坐在地上，终于松了一口气。

54. 丹阳市，周晓丹办公室　夜　内

周晓丹坐在桌前给董望川打电话，电话一直无人接听，后传出电话留言提示：我不在工地，就在去工地的路上。周晓丹挂断电话，慢慢走到窗前，抬头看向这个中原大地上的城市夜景。她来到办公桌前，端详着摆在办公桌上的全家福，那时的若水看上去也就四五岁，她心里一阵难过，这时电话铃响了。

董若水：妈！你心脏有病为什么也不说一声啊！

周晓丹：你怎么知道的？

董若水：你诊断书放家里了，我看不懂，就让姥爷看了，姥爷说这个问题很严重。

周晓丹：没事儿，我带药了。

董若水：带药有什么用啊！心脏病！那可是说好就好，说了就了的病。

周晓丹：别瞎说！

董若水：妈，姥姥姥爷都很担心你，你可千万别大意。

周晓丹：放心吧，我会照顾好自己的，你可千万别告诉你爸，别叫他分心。周晓丹挂上电话，陷入沉思，打开随身的药瓶吃了一片保养心脏的药。

55. 穿黄工地洞内　夜　内

董望川率领技术人员查看洞内险情，突然转头询问身边工作人员。

董望川：江浩呢？

技术人员甲：不知道去哪了，我们也在找他。

董望川非常生气。

董望川：一个工程的负责人，当事故没有处理完就擅自离岗，不配做一个工程段的领导，马上找到江浩！话音刚落，一个工人跑来，伏在一位负责人耳边说了几句悄悄话。

负责人甲：董总，江浩找到了。

董望川：带我去。

56. 穿黄工地外工棚　夜　外 / 内

董望川一行人来到工地临时宿舍，一个技术人员向内指了指。董望川向屋内看去。宿舍内的一个临时床上，躺着一个老人，江浩满脸泥沙，穿着全身湿透还没来得及换下的衣服，在给这位老人递水喂药。董望川和所有人看到这个场面，董望川愣住了。江浩突然转头看到了门外的董望川等人，放下手中的药碗，走向董望川。

江浩：父亲尿毒症，医院里无人陪护，我只好把他背到这里。

董望川没有说出话。

江父：您是江浩的领导吧？医生说了，透析还得半年以后呢。在医院等着花销大，我在哪都是躺着，药也带来了，我在医院他还得挂着我，分心。

在场的人都被感动了。

57. 槐树村董明德家院里　日　外

村主任宋根生手中拿着一摞村委会通知走进院里，发给了董明德。

宋根生：明德叔，动员会马上就要开了，您了解一下移民的方针政策。您老是个开明的人，给咱村带个好头，我就不多说了。

董明德“嗯”了一声接过通知，宋根生转身离去。董明德低头嘬着烟坐在马扎上。

董母：儿媳妇儿真到咱丹阳当副市长了？

董明德：说是。

董母：那她咋不回来看看呢？

董明德：忙呗。

此时董忆川走进院子，手里拎着一些给老人买的保健品。

董忆川：还得是你侄子来看你们，人家看你们干啥，我嫂子现在是党的干部，只能为党尽忠，没工夫向你们尽孝。

董母：你们见过面啦？

董忆川：还用见吗？丹阳市政府的网站上，贴着她的大照片，现在是丹阳市分管移民、环保、旅游和文化的副市长。你说这嫂子，还嫌我哥得罪人不多啊？

董明德：她是吃皇粮的，身不由己，你也要支持她啊。

董忆川：我肯定支持，关键是你们要让嫂子多关照我啊。

58. 黄河岸边　黄昏　外

黄河岸边，夕阳西下，董望川和江浩在岸边散步。

董望川：1952 年，毛主席就是在这儿说出了“南方水多，北方水少，必要的时候借点水来也是可以的”，这个梦我们做了五十多年，穿黄工程是南水北调的咽喉工程，穿黄不通，千里无功啊。

江浩：半个多世纪的梦想，就要在我们手上实现了。

董望川：常言道“一方水土养一方人”，我是长江边上长大的，你是黄河边上长大的，江浩，我发现你很有性格。

江浩：很惭愧，我要向董总学习，多多磨炼。

董望川：年轻人有点性格好，你爸爸的病过去你没提过啊？

江浩：提了有什么用？你比我还艰难，我不想因为家里的事儿再让你分心。你不是说过吗，工程的质量是否能保证，在于你是不是百分之百地投入精力。我只好把我爹背到这儿来，这样既不耽误工程，也可以照顾父亲，就算是忠孝两全了吧。

董望川感动地：我作为南水北调中线工程的副总指挥，谢谢你！江浩站住了脚，郑重其事地对着董望川。

江浩：董总，你知道我为什么选择离开你吗？

董望川：为什么？

江浩：因为我不想成为你这样的人。

董望川一愣。

江浩：对，你没有听错。你为国家，为水利事业贡献了大半辈子，可你得到了应有的尊重了吗？！

董望川没有说话。

江浩：全家指不上你，你夫人怪你，你得到相应的回报了吗？可怕的是，我发现自己这些年越来越像你了。你看，你照顾不了家庭，我照顾不了老爸，你照顾不了孩子，我顾不上女儿，可我们在一起，还会以此为荣来麻醉自己，我们这是为了什么呢？

董望川：很简单，就是为了大家喝上水，喝上好水。

江浩：大家喝上好水了，你喝啥？为了事业就不要生活了吗？你可以这样说，我却不这样认为，我不想成为你。如果我坚持继续留在你身边，将来我顶天了能成为你现在的样子。何况说，我还没有你这种出息和毅力。可以说，在你的身上我已经看到了我的未来，一个未必能达到的未来，我不希望这个样子。

董望川问江浩：那你为什么这次还来到了穿黄工程？

江浩：两码事，我今天选择穿黄工程，明天公司可以选择其他工程，这是一阵子，而不是一辈子，我现在可以有我的选择，可跟你一起干，只有克服、坚持，再克服、再坚持，说白了，我想尝试一个丰富多彩的人生。

董望川笑了笑：时代不同了，人的想法真不一样，我年轻的时候就想做我岳父那样的一个水利人，到现在还想，我相信，到死那天都不会改变。

江浩：所以我敬佩你，但我成不了你。

59. 丹阳市，董忆川皂素加工厂　日　内

周晓丹一行从黄姜加工车间出来，取下口罩，走过一个很大的污水处理池，村主任宋根生也跟在周晓丹的一旁。

宋根生：周市长，我是复员兵，村里有啥事儿您就直接跟我说，乡长让我为您做好服务工作。

周晓丹：怪不得呢，做事雷厉风行，一看就像个军人。

这时，董忆川急匆匆走过来。

董忆川：嫂子，不，尊敬的周副市长，别看我董忆川生意的规模不小，但是规矩我懂，我这里绝对经得住检查。污水处理池从建厂那天开始，每天都在工作。

周晓丹：董总，虽然你这里闻不到硫黄与黄姜水发生化学反应生成污水的臭味，但是也得关闭。南水北调沿线的绿化工程早已开始，要在一千多公里的沿线形成一个生态旅游带来保护水土和水质。作为水源地的源头，仅有污水处理是远远不够的，像你这样有影响的企业，我希望能带个好头。

宋根生：忆川，全乡的人都看着你呢。

董忆川没理宋根生，追上周晓丹。

董忆川：市长，这个我懂，但是你得给我点时间。丹阳移民，不，水源地人民，靠水吃水的好日子不多了，请市长高抬贵手，睁只眼闭只眼，让我们再挣几个养家钱吧。

周晓丹：去年，你生产皂素四十七吨，一吨皂素毛利三十万元，你可不缺养家钱。

董忆川：你可以去问问，我去年给县里上了多少税，解决了多少人就业，你们不能光看着贼吃肉，不看贼挨打，那样不厚道。

周晓丹：这些数字，我都清楚。我去看看你的钒矿。

60. 槐树村大槐树下　日　外

董明德坐在树下抽烟，村委会主任宋根生和董富川等几个村民走了过来。

董明德：咋样？

宋根生：新的移民点那边，一马平川，比咱这儿富多了。

村民甲：一家一院，二层楼房，每家都是小别墅。房柱、房梁、钢筋都是这么粗的，说是八级地震都没事。掏出一截钢筋递给董明德。

董明德看看钢筋：十级地震都没事。

董富川怪声怪气地：地震是没事儿，水灾就扛不住了。

宋根生：你别总说怪话，这次移民政策非常好，我们了解过了，不能再好了，整村整村集体迁过去，村名都不变，邻居还是原来的邻居，真的叫以人为本。

村民乙：分房抓阄，（看着旁边的董富川）不知还能不能跟你做邻居。

董富川：我希望离你远点儿。

村民乙：我是怕离你太近，你以为我愿意挨着你呢。我听说那房子离县城只有五里地，离高速路口不远。

61. 丹江水库中心水面　日　外

一艘改成餐厅的大游轮，停在中心水面上，周晓丹和董忆川漫步走向观光平台，村主任宋根生也跟在一旁。

周晓丹：现捕现做的鱼真鲜呀。这条船，你也是大股东吧？听说沿岸几个码头，都有你开的农家乐，还很高档？

董忆川：这是市长问话？还是叔嫂拉家常？

周晓丹：都有吧。

董忆川冲着宋根生。

董忆川：不好意思主任大人，请回避一下。

宋根生：好，（冲周晓丹）市长，我在车里等你。

说完转身走开。

董忆川：嫂子，我也高调一回吧。钱对我来说，也仅仅是数字了。这艘船，实际只我一个老板，农家乐嘛，也有几家。

周晓丹：生意做遍，不如卖饭，你还是个餐饮大老板呐。忆川，你的皂素厂，你的钒矿，还有你的餐饮，关一年，你到底会损失多少钱？

董忆川：净利两千万，只多不少。嫂子，你，你不会拿我祭你的刀吧？

周晓丹不语。

董忆川：我知道，水源地治污，计划用三年。由嫂子给我罩着，我最后撤，少说我还能挣五千万。嫂子，五五，四六，甚至三七，我三你七，都行，你也就睁只眼闭只眼的事。

周晓丹：五五开，就是两千五百万，对我可是天文数字。

董忆川兴奋起来：嫂子真是明白人，你一个挂职副市长，待不长，就这么定了。

周晓丹笑了：规则，潜规则，你都门儿清，生意，潜生意，你已经炉火纯青，你不发财，真是天理难容。

董忆川：嫂子过奖了。

周晓丹：中线工程沿线各省市，涉及注册大小污染企业，近四千家，仅丹阳一市，就有九百一十四家，下游的情况更严峻。水质坏掉了，这工程就失去了意义。真难！

董忆川：你是挂职的，做好做不好，能把你怎么样？

周晓丹：忆川，告诉你吧，嫂子是个较真的人。我到丹阳挂职，不是来镀金的，是来干事的，不然抛家舍业的不值得。

董忆川：你为移民争了不少利益，咱老董家因为你当了能干事的副市长，腰杆都直起来了，都说你比望川哥会办事。

周晓丹：先别夸我，忆川，我希望你能成为水源地治污的一面旗帜，今年就把你所有涉污的企业全部关了……

董忆川：等等！

周晓丹：你等我说完，中线水源地治污，国家出台了系列政策。你这些企业，早晚都得关掉，早关，你体谅了政府的难处，政府一定会关照的。忆川，你该想想转型的事了。

董忆川恨恨地：周副市长，我要是不听你的，不配合你，拖到最后呢？你会怎么办？你又奈何得了我？

周晓丹艰难地说：嫂子需要你的帮助，全丹阳的近千家水源地涉污企业，都在看我怎么对待你。办公室交给我一摞搬迁污染企业的档案，把你们公司的档案放在第一个，我把它理解为顺序。忆川，我不拿你开刀，丹阳水源地治污，根本无从谈起！

董忆川：真够清醒，真够狠！你准备怎么杀我？开膛破肚，还是千刀万剐？

周晓丹：这家水上餐厅，污水是直排库里的。明天，环保局和卫生局来个联合执法，它就停业了。你的皂素厂虽然有排污系统，但是这么大的规模，将来也是水源地水质的最大隐患。你的钒矿，用水量很大，如你不配合，我们马上以市环保局的名义给你们河道管理局发个文，你的矿不停也得停，因为你没水可用了。

董忆川骂道：妈的！老子怎么会摊上你这么个六亲不认的狗屁嫂子。

周晓丹：骂吧！骂一辈子，我也认。选择拿你开刀，不仅仅因为你是望川的堂弟，大义灭亲给别人看，更重要的是你是全县污染大户，再说你早就完成了原始积累……

董忆川吼道：够了！你，还有董望川，他娘的都是什么人！操蛋透了你们！

周晓丹：忆川兄弟，合作吧。你主动关掉这些水源地涉污企业……

董忆川继续吼道：别叫我兄弟！

周晓丹：董总，这样做，你虽然损失不少钱，但政府会按政策给你一定的奖励和补偿。嫂子求你了，你得支持我。

董忆川愤怒地踢翻一个空塑料桶，走了。周晓丹闭上眼睛，摇着头，突然间憋屈地大吼一声。

62. 北京，火车站　日　外

江思思走下火车，手里举个牌子："子彤阿姨，我是思思"，林子彤从远处跑来。

林子彤：思思，我是子彤阿姨。

思思警觉地看着林子彤，偷偷拨通了林子彤的手机。林子彤手机响了。

思思：阿姨好！

林子彤：思思太聪明了。

林子彤一下子喜欢上了这个孩子。

63. 丹阳市，周晓丹办公室　日　内

周晓丹在办公室里处理完公务，显得有些疲倦，拿出随身带的药瓶吃了一片保护心脏的药。这时，董明德推门走了进来。

周晓丹：爸，您怎么来了？

董明德：我……路过，来看看你。

周晓丹对老公公的来意心知肚明，但她没有给他开口的机会。

周晓丹故意地：嗨，我还以为您是来给忆川兄弟说情呢。（一边倒水一边说）望川总夸爸爸正直无私，我想也不会为这点事儿来求私情啊。

董明德：啊，啊，没事儿我就回了。

周晓丹：我爸还特意给您带了点茶叶，一直没时间送过去，您带上。

董明德：哎呀，我喝不了这么高级的茶叶。

周晓丹：我爸说了，只有咱老家的水才能配上这样的茶。

董明德：好好，亲家总是想着我。

转身走了，周晓丹把董明德送下了楼。董明德站住了脚，显得心事重重。

董明德：晓丹啊，忆川的事儿，咱就不说了，但有件事我还想唠叨唠叨，全村迁移我们可以帮助你做工作，但祖坟的事儿可动不得呀，你得上上心啊，我代表全村老少求求你了。

周晓丹：爸，别这样说。

董明德：人可以走，祖宗不能搬家，这是咱农村的规矩。

说完转身离开，周晓丹望着董明德的背影没有说话，她深知这句话的分量。

64. 城边小路　日　外

董明德一个人走出了市区，默默地走在乡间小路上。

65. 槐树村坟地　日　外

坟地上不知啥时打出一条白色的横幅：谁敢动槐树村祖坟，我们就奉陪到底。上百乡亲拿着铁锹镐把站在坟地的入口，领头的是董富川。这时，董明德从远处走来，他望着眼前的景象，不由得表情严肃起来。

董明德：干什么！？你们想干什么！？有话好好说，你们这是跟谁示威啊？

董富川：明德叔，这事儿你别管！这不是你一家的事儿，这也不是咱这几代人的事儿，咱姓董的，得对得起祖宗！

董明德：你们这么干，就是破了祖宗的规矩！

说着，上去把白横幅扯下，在座的没人再敢说话，以此也可以看出董明德在村民心目中的威信。大家注视着董明德，见董明德一个人默默地来到自家祖坟的跟前跪下，片刻，他站起身来，从身边的一位村民手中接过一把铁锹，一人默默地为祖坟培土。他这一举动，感染了大家。在场的乡亲都为自家的坟头除草填土，看得出他们捍卫祖坟的决心更加坚定了。这时，村主任宋根生骑着自行车风风火火从县里回来，望着眼前一切，显得有些茫然。

宋根生：哎？！

66. 北京，林子彤单身宿舍　夜　内

林子彤的单身宿舍，林子彤和思思在打理着房间，林子彤发现了思思拎来了一桶清水。

林子彤：思思，这是什么？

思思：我爸爸送给我的丹江水。

林子彤：思思，你爸爸把你交给我了，阿姨这儿条件虽然差点，但是也算学区房，对门就是你们学校，好好读书，但是不能死读书，不能像阿姨似的，读完硕士读博士，最后成了"圣斗士"。说得思思笑出声来。林子彤从行李箱内拿出了许多新买的东西。思思久久地看着年轻漂亮的林子彤。

思思：阿姨，你有孩子吗？

林子彤：没有，阿姨单身，以后你就是我的女儿了。思思，这是给你新买的换洗衣服，这是你需要补看的一些课本，城里车多，过马路的时候一定要注意，这个纯牛奶可以直接喝的，每天早晨要泡上一杯燕麦粥……

早已失去母爱的思思此时心情十分激动，她情不自禁地喊了一声：妈！林子彤吓了一跳，脸一下子红到了脖子。

林子彤：思思，你说什么呢？

思思：我想管你叫"妈"。

林子彤：不能乱叫。

思思此时有些尴尬。

林子彤安慰地说：叫我干妈吧。

思思：干妈？

林子彤：对，干妈是咱俩的事儿，跟你爸没关系。

思思兴奋地：干妈！

林子彤：明天是周末，干妈带你去香山看红叶。

思思：我还想去水立方。

林子彤：好，咱都去。

67. 北京，水立方、香山　日　外

林子彤带着思思到水立方游泳，到香山观看红叶，有说有笑，其乐融融。

林子彤：思思，你知道红叶为什么红吗？

思思：秋天太阳照的。

林子彤：还有，红叶发红是因为它根部缺水。

林子彤摘下一片红叶送给思思。

68. 丹阳市，市政府大会议室　日　内

市政府、建管局、水利设计院领导召开关于移民工作协调会议，周晓丹在会上发言。

周晓丹：2014 年年底，中线工程必须通水。目前，移民工作遇到了许多困难，但是我们国家富强了，面对移民提出来的一些困难，在物质上我们有条件去解决，但是在精神层面上我们应当给予更多的人文关怀。

我是槐树村的儿媳妇，也许我下面的话会受到质疑，关于槐树村祖坟的问题，我们政府应该考虑，如果往东绕200米就可以避开。

水利设计院领导：往东移可以，但是牵扯到要动烈士陵园的问题。

民政部门领导：烈士陵园我们正准备明年重修，完全可以上移300米，如果这个方案能确定，我们就可以把烈士陵园重修工程由明年提前到今年。

建管局：这个方案我们要上报国家南水北调办公室。

69. 穿黄工地现场 日 外

穿黄工地有数十辆车从不同的方向驶来，他们急停在穿黄指挥部门前，周思源以及众多水利专家和河海水利工程公司副总、德国盾构机公司代表纷纷下车，董望川和江浩等人在门口迎接。

他们在指挥部前召开了现场论证会，大家表情都十分凝重。董望川向大家介绍情况。

董望川：我们中线工程渡槽建设的难关都攻克了，膨胀土的问题也得到很好地解决，但是没想到穿黄工程却出了这么大事故，这是我们都不愿意看到的，今天，穿黄盾构机的生产厂家代表也在这里，我希望他给我们一个合理的解释。

德国公司代表：大家都知道，你们的穿黄工程是在泥沙、淤泥等复合沉积地层中，在饱和水位下，埋深最大的穿越黄河的输水隧道，地下复杂的情况事先我们也是想象不到的。

专家甲：你曾向我们保证，此设备开掘这项工程是没有问题的，现在出现这种问题责任在谁？

德国公司代表：责任在地下复杂的地质结构。

江浩公司副总：你们不是承诺这台机器的刀具遇到什么样坚硬的石头都不会出现问题吗？

德国公司代表：话不能这样说，我们德国有一句俗语，你的牙啃骨头不一定出现问题，也许咬到桃核儿就会崩断。

董望川：今天也有地质专家在场，对黄河地域地质情况比较熟悉，我想听听你们的意见。

专家乙：黄河河底30多米深的地方，有沙石，也有树木、石块，更重要的是沙石里石英含量很高，对刀片的磨损非常大。

专家丙：事先我们已经考虑到了这一点，提出过严格的技术要求，但是就盾构机的实际施工磨损情况还难以预计。不是我们困难没有想足，是我们对盾构机的技术依赖过大。

周思源：我曾经主张在黄河上架渡槽，就是考虑到隧道施工的风险。

专家丁：周部长，你这话我不同意，渡槽方案，不仅后期维护需要大量的物力财力，前期投资数额也过大，说白了，就是在黄河上做了一个景观。

周思源：我是科学家，考虑问题没那么虚荣。隧洞虽然投入小，但风险大，一旦出现问题，就是致命的，就像今天这样。

董望川：今天不是讨论渡槽和隧洞的问题，更不是谁对谁错，追究责任的时候。

周思源：那你叫我们来干吗？！周思源起身离开，走了一半转回头。

周思源：董望川！我告诉你，穿黄工程不是小事，如果这个问题解决不好，就无法通水，你也别回来见我！无难不胜，难胜才胜……转身离开。

专家丙：老周！老周！董望川没有去追岳父，对着大家说。

董望川：这是周部长对我最严厉的一次批评，他的话说得也有道理。我们当务之急是让盾构机尽快转起来，保证穿黄工程如期完工。（对德国公司代表）厂家有什么解决方案？

德国公司代表：我们可以从本部调技术人员来更换刀盘刀具。

董望川：费用多少？

德国公司代表：由于时间紧，操作艰难，风险大，每人每月最少20万美元。

江浩公司副总急了：多少？！

董望川：你多长时间能保证修好？如果合理的话，总公司可以承担一部分。

德国公司代表：不敢确保时间。

江浩公司副总：一人一月20万美元，十个人就200万，时间还无限期，你这不是狮子大开口吗？

德国公司代表：没有办法，就是这样我们也不能确保能够修好。如果要更换机器，还得一年以后，代价更高。

董望川问副总：国内有没有其他的公司可以解决这个问题？

江浩公司副总：没有，全世界只有荷兰、日本和德国三家公司能生产，但每家又各不相同。

德国公司代表：要想解决这台机器的问题，我们是唯一。

大家面面相觑，这时江浩站了起来。

江浩：董总，我想试试。

董望川：你？有把握吗？

江浩：我在德国学习期间，研究过大型盾构机的原理，为此还专门写过论文。

德国公司代表：No，你们要尊重科学，这样做风险太大，你们不能拿生命开玩笑。

江浩用德语说道：我不跟你开玩笑，我不需要一月二十万，打个对折，整个完工，你给我十万就可以，而且是人民币，我只缺十万。

江浩公司副总：他说什么？

江浩：我向他要十万人民币。

江浩公司副总：我来解决，我知道你是给你爸要的，你是我们公司的员工，我们有责任尽这个义务。

德国公司代表：我不相信他们能解决，出了问题谁来承担？

董望川：我是工程副总指挥，出了问题我来承担！

江浩：董总，我带领抢修组马上进入，如果我顺利出来，啥也不说了，如果我出不来，我父亲和女儿就拜托你了。

董望川：放心。董望川紧紧地握住江浩的手。

董望川：我们在外面等你的好消息！

70. 穿黄工地，隧洞内　日　内

修复盾构机的工作开始了，为了抵消水下 35 米的沉重压力，修复区域需要注满高压空气。修复区域内空气让人难受，连呼吸都困难，说话声音变得自己都听不出来。江浩带着抢修组在修复空间待上半个小时左右就大汗淋漓，筋疲力尽，回到减压舱休息 3 个多小时才能慢慢恢复体力。由于刀盘被黄河黏土完全糊住，江浩的抢修组只能用风镐、工兵铲将黏土全部铲去才能更换刀具。一把滚刀 300 斤、齿刀 150 斤左右、五六个小时才能挖出一把刀。艰难施工的同时，江浩嘱咐抢修组的工作人员。

江浩：我们联系要依靠对讲，一旦对讲失联，以敲打通风管为号。

江浩又一次率先爬进高大的盾构机。

71. 黄河岸边，隧洞　外／内

工地指挥棚　日　内

众人连续多日守候在对讲机旁，工程指挥手中的对讲机传来了江浩的声音。

江浩在隧洞内：我们又到达指定位置。工程指挥在指挥棚内向身边的人下令加氧。

72. 北京，林子彤　宿舍　夜内

思思正在挑灯夜战，备战高考，一旁的林子彤在为思思细心辅导。

73. 丹阳市，冠州新堰乡一块农田　日　外

乡长拿住皮尺的盒子，董富川拽住皮尺的一端朝远处走去，村主任宋根生拿出土地登记注册表在记录着。山羊胡老者和几个移民代表瞪大眼睛，看着皮尺。周晓丹带着几个人进了地里。

宋根生跑上前：市长，乡长正带领我们测量土地。

乡长：行了，行了，别扯了！董富川还在用力拉皮尺。

宋根生：富川哥！你悠着点儿。乡长把皮尺盒子放在一块白灰上用脚踩住。

乡长：行了——皮尺被董富川硬生生拉断了。

乡长骂道：你小子，太过分了！坟头给你去掉，路边的水沟也不算了，你还不知足？把皮尺都扯断了。

董富川拿着断掉的皮尺走过来。

董富川：不扯断皮尺，我那口子就把我扯了。

周晓丹拿起皮尺问：扯这么紧干什么？

宋根生乐了一下：这皮尺有弹性，他想多搞点地。

周晓丹笑道：明白了，乡长要多考虑当地老百姓的利益，可以理解。省长发话了，四年移民工作，要争取两年完成……

乡长打断道：周副市长，这地，也是农民的承包地。我们冠州的农民，为接收杏花岭的两千七百移民，牺牲够大了。路边沟要去掉，地里的坟头要去掉，要求已经够多了。周副市长，你听没听说过农民有两不出让吗？

周晓丹：老婆不让，土地不让，我刚听说。

乡长：调完这三块地，新堰的原住地农民，人均土地不到一亩三，比移民人均一亩四都少一分了。我不扯紧这皮尺，新堰人也会把我撕了。

周晓丹：都不容易，相互体谅吧。

一个小伙子拿着两个大盘跑进地里。

小伙子：乡长，乡长，钢尺买到了，钢尺买到了。乡长把钢卷尺抽出一截。

乡长：父老乡亲们，我是这新堰乡负责移民的乡长，这手心手背都是肉，就让这伸缩性不大的钢卷尺，量这地吧。董富川，你可别把这钢尺也拽断了。拿住！

董富川抓住钢尺的一头，边走边嘟囔着。

董富川：这还有啥量头啊。

周晓丹：看来啥事儿都这样，要想没弹性必须有刚性。

周晓丹走到一旁接听林子彤电话。

周晓丹：什么？你们到了穿黄工地了？！在排险？！老董在吗？一定注意安全啊。

74. 穿黄工地指挥部　日　内

董望川接起周晓丹电话。

董望川：是，他们都到了。江浩他们已经苦战几十天了，现在已到了最后的关键时刻。你放心吧，应该没问题……

董望川话音未落，远处传来喊声：董总，抢修组说，江浩联系不上了！

董望川：好了，这边有事儿，不多说了。放下电话，奔向现场。

75. 高铁上　日　外

林子彤带着思思坐在正在开往思思家乡的高铁上。

76. 穿黄工地，隧洞内　日　内

董望川飞速赶到隧洞，拿起对讲机喊。

董望川：江浩，江浩，我是董望川，听见没有？听见请回答！

对讲机仍然没有动静。

董望川把对讲声调到最大，喊道：江浩江浩！听见没有！

旁边技术人员：董总，失去联系已经两个多小时了。

董望川：敲打通风管！

77. 穿黄工地，盾构机内　日　内

浑身沾满污泥的江浩已看不出原本的模样，他一人爬到了盾构机最深处，昏挂在盾构机顶端，对讲机不时传来呼叫声。他使尽全身力气，用脚踢了两下通风管。

78. 穿黄工地，隧洞内　夜　内

隧洞内鸦雀无声，突然听到通风管传来的微弱回声，人们兴奋不已。

董望川对身边的工作人员：加大氧量！指派救护组排除一切困难也要把江浩救出来！

音乐中，一组感人救援的镜头。最终，江浩被众人抬了出来，隧道口围观的工人们爆发出热烈的掌声。江父、女儿思思和林子彤都出现在隧道口，董望川拉住江浩的手。

董望川：江浩。

江浩慢慢睁开眼睛。

江浩：老师！

董望川：江浩，你永远是我的学生。

江浩眼角流下了一滴热泪。

董望川：江浩，你看看谁来了？

思思上前。

思思：爸爸！

江浩睁开眼睛，看见思思和林子彤，嘴角上露出一丝笑容。老父亲轻轻地拍了拍江浩的脑门。

江父：还是黄河认亲呀，不轻易收咱自己的孩子。

79. 穿黄工地，隧洞内夜　内

董望川按下掘进按钮，庞大的盾构机刀盘又一次开始旋转，盾构机迅速恢复掘进。穿黄工程，攻克了7项在国内外具有挑战性的技术难题，如同蛟龙在渊，顺利推进。董望川拨通了周思源的电话。

董望川：爸，你听。

董望川把电话伸向盾构机。

80. 北京，周思源家　夜　内

周思源听着盾构机的轰鸣声，心领神会地露出笑意。

81. 穿黄工地，工棚内　夜　内

林子彤用热毛巾为江浩擦着脸，江浩睁开眼睛。

江浩：你怎么有时间来？

林子彤：思思考上北京的大学了，北京那边派我来穿黄工地取取经。

江浩：谢谢你。

林子彤：别谢我，你应当谢董总，不，你的老师。

江浩：（*感叹地*）哎呀！跟上次喝醉了一样，一睁眼就看到了你，真好。

林子彤：不一样，上次你是醉的，这次你是累的。

说完，伏在床前，仔细地端详着江浩。

林子彤：江浩，你在工作的时候特有魅力。

江浩微微一笑。

江浩：思思还叫干妈吗？

林子彤：你的意思是？

江浩：把“干”字去了，叫“妈”呗？

林子彤：你不是对我不来电吗？

江浩：不是不来电，是不敢，我带个孩子，又比你大那么多，怕拖累你。

林子彤：别说了。

两人拥抱在一起。

82. 冠州新堰乡居民安置点　日　外

冠州县委赵副书记和新堰乡乡长陪着周晓丹一行在查看移民安置房，槐树村村主任宋根生也跟随着周晓丹。

周晓丹：赵书记，冠州可以说是迁入移民的第一大县，是不是一下子有点儿吃不消啊？

赵副书记：别说一下子，两下子都吃不消。

乡长：周市长，说句心里话，有时累得呀，死的心都有了。

周晓丹：你可不能死，没做完移民工作咱都得活着，再难也得挺住！要实现“移得出，稳得住，能发展，快致富”这个总目标，还有许多工作要做，移得出很难，稳得住更关键。这次移民，咱们要搞好对接，保证库区不落下一人，途中不伤亡一个，迁入不冷落一家，移民到新家，当天能入住，当日能开火。

赵副书记：您放心，我们都按要求做了安排。

周晓丹手机响起，看屏幕显示是董望川。

周晓丹：我在冠州。什么？你在丹阳？

董望川：我在丹阳考察，你们的报告国调办批准了。

周晓丹：好，见面聊吧。

83. 丹阳市，丹江码头　日　外

董忆川和几个助手、保安面对规模很大的忆川董家渔庄站着。渔庄四周拉着警戒线，四角各有一个保安值守。董忆川的身后，是二三十个穿着制服的男女员工，看上去表情都很悲壮，右侧排起一排铲车，在那里启动等候。

女秘书：董总，确认过了，里面没人了。

这时，一辆越野吉普车驶来。

董望川下车急走到董忆川身边：忆川？

董忆川没理他，一挥手。

董忆川：推！

一排铲车轰鸣着冲向渔庄，眨眼的工夫，渔庄变成一片废墟。

董望川：忆川，蓄水还得好几年，好端端的饭店……

董忆川：你不是不认亲吗，你就认官儿，那我就成全你这个官。只有把我的饭店推倒了，你的政绩才能树得起来，你再把咱祖坟掘了，你就万古流芳了。

董望川：咱们谈谈。

董忆川：滚！

董忆川一挥手，一拳打在董望川的脸上，董望川的嘴角立即流出血来。

董忆川：董望川，我最后叫你一声大哥，这一拳，你是替你老婆挨的，天下好女人都死绝了，你给咱老董家娶了这么个玩意儿！明显犯规的人不去管，先拿我这守规矩的人开刀，什么东西！

董望川捂着嘴角没有说话，董忆川转身上了宝马车走了。

84. 丹阳市，丹江渠首取水处　日　外

董望川用手擦了一下嘴角，血又流了出来，周晓丹跟了过去。

周晓丹跟过去：怎么了？

周晓丹掏出纸巾为他擦拭。

董望川：没事儿。

周晓丹：谁啊？

董望川：忆川。

周晓丹自责地：你是替我挨的打。其实当初我不愿意回来，到你的家乡当这个副市长，就是考虑到这些，面对着你的亲人、乡亲，怎么样才能摆平？市长和儿媳这两个角色天天在我脑子里打架，让我非常痛苦。

董望川：最后市长战胜了儿媳，你做得对……

周晓丹眼泪流了下来。

董望川：哭吧，哭出来吧。

周晓丹：太难了，真的太难了。

周晓丹抱住董望川号啕大哭。

周晓丹：你为什么要推荐我？为什么？

董望川紧紧地抱住周晓丹。

董望川：对不起！对不起！

周晓丹：我讨厌我自己……真的讨厌……

董望川轻拍着妻子的后背，拍着拍着，自己也流下了眼泪。

85. 丹阳机场候机厅 日 外

董望川准备踏上回京的航班，他一边过安检一边给大坝工程指挥部打电话。

董望川：大坝蓄水的水位，到没到新老大坝接口的连接处？

张工（*在丹江大坝*）：已经超过1米。

这时，安检人员要求董望川把手机放在安检的托盘里。

董望川：你先别挂，我在安检。

董望川把手机放在托盘里，接受安检。安检完，他迅速地拿起手机。

董望川：张工，你听我说，现在是汛期，水位上升很快，水压会迅速加大，一定要密切监视，有情况随时向我报告。

86. 飞机上 日 外

在返京的飞机上，董望川打开小桌板，展开北京五棵松地铁站暗涵工程图，详细地在上面勾画着。

87. 国务院南水北调办公室会议室LED显示屏前 日 内

国务院南水北调办公室为北京西四环暗涵工程召开专家论证会，主持会议的是董望川，周思源等专家组也在现场。对面坐着林子彤等北京市南水北调办公室负责人员以及施工单位领导。

林子彤：北京暗涵工程沿西四环由南向北贯通，全长12.64公里，从沙窝桥到四海桥，纵贯整个西四环，沿途经过32座桥梁和4条河流，目前（*在LED显示屏上一指*）难点就在五棵松。

专家A：五棵松暗涵上面有立交桥、长安街和地铁一号线，简直就是个三明治，如此复杂的状况，我们还要在地铁站底下穿过去，暗涵距离地铁站基底的安全距离不能少于6米，而我们现在只有3.67米，稍有不慎就会影响安全运营。

专家B：在运行的地铁车站下修建大口径有压输水隧洞，国内还没有先例。经测算，地铁线一旦下沉超过5毫米，整个线路全要停运。

周思源：首都的交通压力很大，地铁一号线每天运载一百多万人次。一旦停运，就会造成整个北京交通瘫痪。如果出现这种问题，谁来承担这个责任？

现场顿时安静了，这时，董望川轻声说。

董望川：我来承担。请相信我们，也相信科学，只要我们严格按照方案，精细测算，精心施工，就一定能控制在安全范围内。

周思源：土木工程是按照厘米计算，你这5毫米可是按照机械工程来要求的。

董望川：可以达到这个要求。

周思源：望川啊，这可是人命关天，我对你有信心，可你也要把困难想得更充分一些。

董望川：您放心，我会一直坚守在现场。

88. 丹阳市，市政府小礼堂 日 内

"受水区与水源地对口协作签约启动仪式"在丹阳市政府小礼堂举行，北京市领导和丹阳市领导坐在台上，周晓丹也在其中，台下坐着上百名建设者和企业代表，董忆川在企业代表队伍中。

丹阳市委领导：北京对我们的对口帮扶协作，必将极大地促进丹阳生态经济和各领域的发展与转型。我们水源地人民有决心搞好移民搬迁，全力保障工程建设，抓好水污染防治工作，确保一江清水永续北送。

周晓丹：下面请北京市领导讲话。

台下热烈鼓掌。

北京市领导："君住长江头，我住长江尾"，饮水思源，北京感谢水源地人民将一江清水送北京，实现长江与长城的拥抱，使北京和丹阳以及沿线人民情感更加密不可分。在这里我们要向为工程建设作出巨大奉献和牺牲的搬迁移民及广大建设者致敬，向伟大的南水北调工程致敬。

在热烈的掌声中，北京市领导与丹阳市领导共同在对口协作协议上签字。这时，从门外传来了吵闹声，秘书上来通报。

秘书耳语：周副市长，槐树村的村民们来闹事了。

周晓丹：什么原因？

秘书：可能是祖坟的事儿。

周晓丹：走。

89. 丹阳市，市政府大门外　雨　外

槐树村的父老乡亲几乎是全村出动，让周晓丹没有想到的是，领头的竟是她的公公董明德，村主任宋根生也在其中。乡亲们一脸凝重，干部们不知发生了什么事。周晓丹冒雨迎了上去。

周晓丹：爸，干什么呀？北京市的领导都在这儿。这时，北京市的领导和与会代表全都走出小礼堂。雨还在下着。

周晓丹急切地：爸，有什么事儿咱回家说。

董明德：不，我就在这儿说。晓丹啊，我听说，你们为了让我们的祖坟，要动烈士陵园？这怎么能行呢？

说着流下两行热泪。

董明德：我是跟你说过，祖坟不能动，可烈士陵园更不能动啊。那里边躺着我们的英雄，解放咱槐树村的连长就躺在里面，我们建设丹江大坝牺牲的烈士躺在里面，我们槐树村的第一位共产党员也躺在里面，这片土地是他们打下来的，也是他们亲手建设起来的，可他们没有享受到今天的好生活啊。我们的子孙也许不会年年到祖坟上上坟，可孩子们年年都会到陵园去扫墓，每一位烈士的名字都记在他们心里，我们不能让孩子没有寄托啊，我们槐树村的乡亲们也不能没有念想啊！

宋根生：周市长，全村父老乡亲们听说这个消息之后，纷纷向我表态，纷纷来央求我。

董明德：我们的祖坟可以迁，我们的烈士不能搬家啊，他们才是这片土地真正的主人。

周晓丹再也抑制不住内心的激动。

周晓丹：爸，谢谢你！（冲众乡亲）谢谢乡亲们……

周晓丹说不下去了，她泪流满面瘫跪在董明德面前，董明德也跪下了，全村的父老乡亲都跪下了，在场的领导和与会人员激动地上前把他们一个一个扶起来。（音乐起）雨在下着，泪在流着……

90. 北京，某工艺品加工厂　日　内

思思拿着一桶丹江水和香山红叶在和加工厂师傅交流。

思思：师傅，能把我这个丹江水和红叶放在一起做一个水晶球吗？

师傅：可以，不过单独做一个球价格很高的。

思思：我求求您了，我是个学生，我没有那么多钱，能不能给我个成本价，我这不是一个普通的工艺品，这关系到两个人的幸福。

师傅：幸福？

思思：对，让这片红叶永远浸泡在这汪清水里。

91. 槐树村墓地　日　外

长长的一串鞭炮围着槐树村墓地响着，包着红布的骨灰罐摆成一片，前面摆有鲜花和祭品，众乡亲跪在供桌前。

董明德：各位先祖，不孝子孙董明德率全村董姓乡亲，今天惊动你们了，咱家乡又有好事儿了，我们带上你们就要搬新居了。众乡亲向先人叩头，场面壮观，按着当地的习俗举办了最隆重的迁坟仪式，每家抱起一个瓷罐子，依次离开，天空中散落下片片纸钱。董明德夫妇正在为先人烧纸，这时，一个村里的小伙子拿着一叠纸在发通知，取一张递给董明德，见董明德没有抬头。

小伙子：明德爷，这张可别烧啊，这是明天你家的乘车车号。

董明德把车号交给妻子，默默地捧起一抔黄土包起，又灌了一罐丹江水。在董明德的带领下，村民们都做着一样的事情，看得出，所有的人都难舍难离。

董明德走到老槐树前，用手抚摩着，久久不愿离去，身后跟着那只牧羊犬。

92. 丹江水库　日　外

夕阳渐渐落山，夜幕笼罩着波光渐退的水面。远处我们可以看到，董明德仍然伫立在槐树下，旁边蹲守着牧羊犬，槐树、人影、牧羊犬，在夕阳下形成一幅剪影，就像一座雕塑。

93. 冠州，新堰移民安置点　日　外／内

周晓丹和槐树村村主任宋根生在赵副书记、乡长等人的陪同下，查看一家移民住房。几个人从客厅到厨房，再到客厅。

赵副书记介绍说：周市长，每家一罐煤气、一桶油、一袋米、一袋面、一套油盐酱醋调料等十个一，都到位了。乡长他们细致，又给每家多配了个暖水瓶，还配了个热得快。

周晓丹：这个细节好，你们想得很周到。尤其是暖水瓶，一定让他们下车就喝上热茶，因为他们最离不开的就是家乡水，我们常说那句话："细节决定成败。"我刚从北京来丹阳挂职时，心里也不适应，你们知道是什么细节打动我了吗？就是为我接风的第一顿饭，接待人员为我准备了一碗老北京炸酱面，虽然没有做出北京的味道，但是我已经感觉到他们工作的用心了，那一刻特别温暖。

这时，村主任宋根生等村干部提着锅碗瓢盆，扛着大米白面，累得满头大汗地走进屋里。

宋根生：市长，安排得差不多了，当地政府想得特别周全，还有几个特殊移民没向您汇报。

周晓丹：看，我们宋主任不愧是转业军人，这些油盐柴米的扛在身上就像全副武装的战士。

宋根生：嗨，扛炮弹出身。

周晓丹：你说，什么特殊移民？宋根生放下身上的东西，拿出小本子，向周晓丹汇报。

宋根生：我们村德川媳妇儿和万全大叔的闺女是两个孕妇，一个想吃酸，一个想吃辣。

周晓丹拿着纸看看：你们想得很周全。根生主任，照着这个单子，再做些特殊安排，孕妇家，添一箱鸡蛋，一袋小米，爱吃酸的，加十袋杨梅，爱吃辣的，添几罐辣椒酱。

宋根生把周晓丹说的都记在本子上，撕下一张交给身边的村干部。

宋根生：马上去办。

赵副书记：周市长，明天咱们到高速路口去迎接，一定让他们有一种到家的感觉。

周晓丹：好，赵书记，你在高速路口接，我去丹阳接。

赵副书记：去丹阳？！往返几百里呢，您还来回折腾啥啊？

周晓丹：我的公婆都在槐树村，作为儿媳我回来后就没有顾得上他们，这关键的时候我也得尽尽孝表现表现。

赵副书记：哎呀，谁家这么有福气啊，找你这么个儿媳妇。

周晓丹：还福气呢，不骂我就好。

宋根生：市长，我把手下的活儿安排一下，陪你回去。

周晓丹：算了，这些日子你太辛苦了。

宋根生：没事儿，在车上就是睡觉呗，您一个人跑这么远的路我们也不放心啊。再说了，我也得回家安排安排家里的事儿。

周晓丹：好，咱们一起回。

94. 高速公路　夜　外

一辆越野车在高速公路上行驶，周晓丹和村主任宋根生疲惫地坐在后座上。

司机：周副市长，您睡一会儿吧，您已经三天没合眼了。

周晓丹打开随身带的药瓶，刚要吃，突然发现身边的宋根生有点儿不对劲，宋根生的头歪到了一旁，嘴角流出了口水。

周晓丹：根生主任，根生主任！（冲司机）停车！快停车！

周晓丹在呼唤着宋根生，宋根生没有任何反应。周晓丹从药瓶中取出一粒速效救心丸，塞进他的嘴里，也无济于事。

周晓丹大声呼喊着：根生主任！根生主任！你可不能走啊，我们说过，一个人都不能落下呀……

95. 槐树村移民集结点　晨　外

几十辆大交通车，连成串，排在弧形公路上，各村的移民们扶老携幼，手里拿着车号表，开始登车。路边设有医务站，民警在维持秩序。几家电视台的主持人和摄影记者，都在进行现场采访。移民干部准备给移民们胸前戴上光荣的红花。董富川谢绝。

董富川：要走了，也没时间给根生主任送行了，我们表个心意吧。

说着，从兜里掏出自己制作的一束白花戴在胸前。移民干部放眼望去，槐树村的父老乡亲，陆续地在胸前都戴上白花，神情肃穆。周晓丹搀着公公婆婆也在队伍中。他们准备登上最后一辆车，董明德身后还跟着那条牧羊犬，执勤人员用手挡住了董明德，董明德这才发现狗在自己的身后，他恋恋不舍地把牧羊犬圈进栅栏里，栅栏里已经有十几条被留在这里的遗弃狗了，上面挂着个牌子，写着：抱歉，长途行车动物不能同行，我们会为你们做好善后工作。周晓丹搀着公婆上车，她和村民们坐在一起。车队启动了。这时，栅栏内的十几条狗蹿出栅栏疯狂地追向车队，追着，追着，也不知道追出多远，村民们不忍回头观望。

周晓丹紧紧地挽着身边的婆婆。

96. 公路上　日　外

公路上，狗越追越少，到最后只剩下董明德的一只爱犬，它还在艰难地跑着。

97. 北京，地铁一号线五棵松站　夜　内

南水北调领导和工作人员、北京市领导、董望川、林子彤、侯司长等十几个人在月台上站着。已过子夜，地铁已经停运。

侯司长：北京市的输水配套工程建设你们动工早，抓得实，但主体工程还要抓紧。现在五棵松暗涵是重点中的关键。

市领导：暗涵穿过这里，施工需要多少时间？

林子彤：大约二十四小时，我们建议连续施工，地铁每天停运只有不足六小时，如果分成四至五天施工，再赶上下雨，风险会更大。

市领导：涵洞顶部，距地铁路基底部只有三米多，地铁经过的震动会不会造成松土塌方。

董望川：我们计算过了，每天在地铁运行的18个小时内，只要采用潜埋暗挖的施工工艺，做好支护，是能够保证施工安全和交通安全的。

市领导：望川，我听说你立了军令状了？

董望川：如果把这地铁站挖塌了，我就长眠在五棵松。

市领导：干吧。

98. 冠州高速路出口　日　外

冠州领导和群众在高速路口敲锣打鼓，举着横幅迎接远道而来的移民车队，横幅上写着“舍小家，割舍故土；顾大家，远徙他乡；为国家，抛却私情；建新家，发奋自强”。

99. 冠州新堰乡移民新居　日　外

董明德的新居内，周晓丹屋里屋外地忙活着，先把公婆安顿下来，又进厨房为他们做饭。这时，好久没见的董忆川拎着水果来看望叔婶，董忆川剪了个平头，看上去变化很大，黑瘦黑瘦的。

董明德：忆川啊，好久不见了。

董忆川：这段时间尽忙活转型了。

董母：这孩子都瘦了。

董明德望到董忆川内心感到十分歉疚，他鼻子一酸把视线转向窗外，无奈地叹口气，眼圈湿润了。

董忆川问董母：我叔这是咋的了？

董母：哎，没事儿，可能是想老槐树了，想那条狗了。

董忆川思索片刻，周晓丹走出厨房。

周晓丹：爸，我知道您是为忆川伤心，是不是觉得对不住他？我没事先告诉您，其实政府这次对忆川的补贴相当丰厚，给了他两千多亩的生产建设用地，帮助他转型发展生态绿色环保企业。

董忆川：是啊叔，这次要是发展起来，比以前做得还要大，而且长远。

董明德夫妇望着儿媳。

董明德：谢谢啊，孩子，真是难为你了。

这时听到门外有动静，董明德把门打开，愣住了，那条牧羊犬不知跑了多远，浑身脏兮兮的，四肢无力瘫坐在家门口喘着……董明德眼含热泪，抱起自己的爱犬。

100. 高速公路 日 外

董忆川驾车驶向槐树村。

101. 槐树村 日 外

董忆川把车停到了槐树村村口，一眼望去，村里已变成一片废墟，只有那棵古槐树矗立在那里。他望着老槐树，沉浸在往日的思绪里。许久，他掏出手机，拨通了号码。

董忆川：喂，园林公司吗？我想让你们帮我移棵古树。我有一个要求，出多少钱都可以，必须保证移活。

102. 北京，南水北调管涵施工现场 日 外

大型吊装机械吊着超大型 PCCP 管在进行对接安装，林子彤在现场督阵，发现 PCCP 管管口怎么也对接不上，安装起来非常困难，却找不到原因。PCCP 管几次对接发出"咣咣"的碰撞声。

现场指挥者：停！（*冲着身边的林子彤*）根本对接不上。

林子彤：是施工的问题还是 PCCP 管的设计制造问题？

现场指挥者：施工肯定没问题，还是管口的事儿，做得太紧了，一天都没对上一个，照这样下去根本干不了。

103. 北京，昆玉河靛厂路 日 内

董望川开车急速驶过。

104. 北京，南水北调管涵施工现场 日 外

PCCP 管的设计、制造、运输、施工单位及国调办、北京南水北调办公室的工作人员和专家针对 PCCP 管安装问题召开了现场会。

林子彤：PCCP 管已经开始了批量生产，现在对接不上。如果这个问题解决不了，两万多个管全部变成废品，损失巨大，而且会直接影响南水北调北京段的工程进展。今天我们召开论证会，请每个单位都查找一下原因。

设计 A：我们的设计没问题，技术都是参照国际最先进的标准，所有参数都是一致的。（*说着拿出一块国外的 PCCP 管标本*）请大家比照。如果生产单位严格按照我们的技术指标生产，不会出现任何问题。

生产 B：我们是严格按照参数和工艺流程制造的，这一点我们可以负责任。

运输 C：我们在运输方面可是想尽了办法，从车载到套装，沿途上不敢磕不敢碰，卸载的时候轻拿轻放的，连个碴儿都没掉过，跟运恐龙蛋似的保护它。

施工 D：我们试着安装了二十多套，一个都对不上，这批管都有问题，可能是管口做得过紧过严，没有给安装留下缝隙，应该松一点。

设计 A：如果做松了，即使安装上了，也会漏水。

施工 D：关键是安装不上啊。

大家都不吭声了，现场一个安装工人蹲在旁边自语。

老工人：什么这个问题那个问题，（*指着管子*）我看是它的问题。

说着拍了拍 PCCP 管。

林子彤：老师傅，你说什么？

老工人：你们看，这玩意儿往这儿一放，七十吨重，生产出来往那儿一躺就变形了，不信你量量，都是椭圆的，你肉眼看不出来，椭圆的运到工地上方向一变，到死你也套不上。

董望川：有什么办法？

老工人：定住了方向就套上了呗。

林子彤：对啊，从生产出来往那儿一放就定好上下左右，运输的时候也不改变方向，到现场肯定套得上。

董望川：真是实践出真知啊，智慧永远在劳动者手里。

105. 北京，京石高速公路 日 外

一辆辆拉着 PCCP 管的驼管运输车排成一条长龙穿过每一座桥梁，驶进不同的工地，场景蔚为壮观。林子彤在现场指挥若定，上千名警察在维护秩序，吸引了许多路人的目光。

106. 北京，南水北调管涵施工现场　日　外

（资料镜头）PCCP 管顺利安装对接。

107. 北京，五棵松地铁站　日　内

最为艰难的五棵松地铁下的暗涵穿越开始了，四环路上车如流水，下面的五棵松地铁站行人如织，再往下——离地面 20 多米，是热火朝天的施工现场。林子彤带领施工人员采用潜埋暗挖法。大型机械下不去，每隔一段，要挖掘一个十几米深的竖井，林子彤与工人一起下到井里，用铁镐、铁锹小心翼翼地挖洞、铲土，用最原始的方法和工具，每隔 15 公分就做一次支撑，边开挖边浇筑，一米一米地推进。

108. 冠州，农产品加工厂　日　外

槐树村的那棵千年古槐移到了农产品加工厂的中心广场，槐树村的乡亲们在这里举行了盛大的迎树移栽仪式。百余乡亲拿着装有丹江水的不同形状的家用容器，把里面的水倾倒在大槐树下面的大坑里。

董明德双手合十伸向空中，高声喊道：都说人挪活，树挪死，咱这古树都挪两回了，越挪越旺，越长越壮。

众人拜树，涌到古树前，在树枝上纷纷系上寄托美好愿望的红布条。大树迎风招展，红布条在微风中飘荡。

109. 冠州，农产品加工厂厂区内　日　内

董忆川陪同周晓丹和县领导视察农产品加工厂。

周晓丹：忆川，我就知道，只要你用心，什么事都能干好。这么大个加工厂，不到半年就已经初具规模了。照这样的发展速度走下去，只要你坚持走绿色生态环保的路，年产 5000 万没问题。

董忆川兴奋中显得有些不自在。

董忆川：谢谢……周副市长。

周晓丹：什么副市长啊？（冲着县领导）我是他堂嫂。关闭你企业的时候，我没有顾及亲情关系，扶持你企业的时候，我也不回避亲情关系。再说了，这都不是我给的，记住，这是党和政府给你的。让移民在南水北调工程建设中得到实惠，是国家倡导的方针政策。

董忆川：从下周开始，员工们就会从外地陆续赶回来。

赵副书记：到外地找啥啊？咱这儿这么多移民，让他们在本地就业，多好的资源啊。

周晓丹：你以为他说的外地是外人啊？他把这些年在外边打工的乡亲都叫回来了，加上本地的移民，他手下笼络了几千人呢。

董忆川：这也算肥水不流外人田吧。这回我让全乡大部分乡亲都入股了，有钱大家挣，有难大家帮。

赵副书记：好，希望你带着大家走出一条新路。

董忆川：周市长，借着咱们今天这个迎树移栽仪式和加工厂开工，你给大家说几句吧。

赵副书记：好！大家欢迎周副市长讲话。

在场的所有村民报以热烈的掌声。周晓丹盛情之下，快步走上台阶，刚刚站稳，身子一晃，栽倒在地。

董忆川：嫂子！

众人扑了上去。

110. 北京，五棵松隧洞内　日　内

二十来个戴红色安全帽的工人、四五个戴着蓝色安全帽的技术人员在洞内紧张地施工着。他们的头上时而会传来地铁驶过的声音和松土动荡的脱落。

111. 特技画面一组暗涵、地铁、西四环、长安街纵横交错、川流不息的特技画面。

112. 北京，五棵松地铁站　日　内

董望川在地铁站内，林子彤在暗涵隧洞内，两人通过纽扣对讲机进行联络。董望川揪起领口话筒，向林子彤下达任务。

董望川：子彤，你在下面待了多久了？

林子彤：5 天。

董望川：我们在上面陪着你们。

林子彤：我在下面陪着大家，要出现问题我们也在一起。

董望川：不会，照顾好大家，一、二、三班，定时轮换施工，不要搞疲劳战。告诉大家，你们在执行的一个艰巨而又光荣的任务，尤其要注意施工安全，一个人都不许出现意外。你们都是优中选优的战士，我不想把你们称作敢死队员，因为我希望你们每个人的家人都能听到你们从现在起二十四小时所经历过的精彩人生。

113. 北京，五棵松暗涵洞内　日　内

林子彤和工友们全副武装，既像井下的矿工，又像整装待发的战士。林子彤把对讲器的音量调到最大，施工人员都清楚地听到董望川的动员。

林子彤：您放心，董总。您说过，一个工程的完美，需要我们指挥者每时每刻都坚守在岗位上。

董望川：我现在就在你的头顶上，我会一直陪伴着你们。

林子彤：这种感觉真棒！

董望川：祝你们成功！

林子彤带领工人们开始向前掘进。

114. 北京，五棵松地铁站　日　内

董望川在站台等候，见到那些在地铁站上重步跑着的，他担心，看到上下搬运重东西的，更担心，甚至上前帮助人家轻拿轻放。这时一个妇女带着一个两三岁的小男孩因内急来不及上厕所，只好在站台上撒尿。董望川饶有兴致地看着小男孩，（特技动画）想象小男孩的尿水化作滴滴清泉，穿过地表层，穿进暗涵洞内。妇女发现董望川一直关注着她的孩子。

妇女：对不起，孩子实在憋不住了。

董望川笑着，调侃道。

董望川：他在为地下储水做贡献。

妇女听不懂他在说什么，笑了笑，领着孩子走了。

115. 北京，五棵松地铁站监控室　日　内

董望川的图像出现在监控屏幕上，时而徘徊，时而焦急，时而扯着衣领在诡秘地说着什么。

保安甲：这个人在这儿出现好几天了。

保安乙：只等车不上车，行迹非常可疑。

保安队长：立即上报。

116. 北京，五棵松地铁站　日　内

董望川的手机突然响起，来电的是他的岳父周思源。

周思源：望川，你在哪里？

董望川：我在五棵松。

周思源：太巧了！你马上来 301 医院心外科手术室，我在这儿。

董望川：您怎么了？

周思源：不是我，是晓丹在做心脏手术。

董望川：啊！？我马上到！

117. 北京，五棵松地铁站监控室　日　内

保安盯着监控屏，屏幕上的董望川三步并作两步跑出地铁站。

保安甲：跑了跑了！

保安乙：哎呀！报晚了！

保安队长：没事儿！等着，他可能还回来。

118. 北京，301 医院心外科手术室　日　内

周晓丹正在接受心脏搭桥手术。

119. 北京，301 医院心外科手术室门前　日　内

董望川匆匆跑进 301 医院，他来到心外科手术室门前，见到坐在长椅上的周思源、董若水和丹阳市的工作人员，还有董忆川，董忆川见到董望川马上站起。

董忆川：望川哥！董望川问周思源。

董望川：爸，怎么回事儿？

周思源：晓丹在外地突发心脏病，多亏忆川在现场送来得及时，所有的费用都是忆川垫付的，现在正在接受心脏搭桥手术。

董望川：怎么会呢？！

董忆川：嫂子太累了。

周思源：你的手机一直打不通，我替你签的字。

董望川：这几天我一直在地下涵洞。再过几个小时，五棵松暗涵就要贯通了，我没敢离开，就怕有万一……

周思源：我懂，这儿有这么多人盯着呢，你快去吧，有事儿我给你打电话。

董望川：不用，我在这儿守会儿。

周思源：去吧，手术要做五个小时，你在这儿守着也没用，现场离不开你，有事儿我给你打电话。

董望川歉疚地看了看女儿，又拍了拍身边的董忆川。

董望川：受累了。

董忆川递给董望川一瓶矿泉水。

董忆川：哥，你也得多保重啊。

董望川咬牙离开，董若水突然高喊。

董若水：爸，你早点回来，我害怕！董若水眼泪夺眶而出。董望川狠了狠心，径直走了。

120. 北京，五棵松地铁站监控室　日　内

屏幕上又一次出现了董望川的身影。

保安甲：回来了！回来了！

保安乙：手里还拿着一瓶液体。

保安甲：通知大家，马上动手。

121. 北京，五棵松地铁站　日　内

五棵松地铁站内，董望川刚刚拧开手中的矿泉水，忽然四个保安从不同的方向窜出将他按倒在地，夺下矿泉水。

董望川挣扎着：干什么？！你们干什么？！

保安甲：干什么？你想干什么？

保安队长从后面蹿出。

保安乙：就是他，盯你好几天了。

保安队长：带走！

122. 穿黄工程工地　日　外

修复后的盾构机工作正常，终于打通了黄河隧道，江浩和攻坚组的队员欢呼雀跃，整个穿黄工地沸腾了。

123. 北京，五棵松暗涵隧道　日　内

林子彤和施工人员成功完成了五棵松地铁站的穿越工程。林子彤通过对讲器兴奋地呼叫着董望川。

124. 北京，五棵松地铁站警卫室　日　内

保安队长正在煞有介事地审问董望川。

保安队长：哪个单位的？

董望川：南水北调办公室。

保安队长：南水北调？南水北调你跑地铁里干什么……

这时，董望川领口上的对讲机响了，传来了林子彤的声音。

林子彤：董总，董总，林子彤向你报告，五棵松地铁下的暗涵已按时打通，地面只下沉了3毫米，一切正常。接着传出工程队集体欢呼的声音。保安队长和几个保安都听傻了。

125. 北京，301医院ICU重症监护室　夜　内

周晓丹的心脏搭桥手术做得非常成功，屏幕上显现出心脏的血流图贯通。（特技画面）化成长江，化成黄河，化成通水的管涵隧道，化成城市密密麻麻的供水管网，化成南水北调四横三纵的水流总体布局图。周晓丹从昏迷中睁开眼睛，看着爸爸和女儿。

周晓丹问董若水：你爸呢？

董若水调皮地学着爸爸：他不是在工地，就是在去工地的路上。

这时，董望川、林子彤和江浩一同走进病房。董望川怀里捧着一束玫瑰花。董望川伏在病床前，轻轻地拉起妻子的手。

董望川：晓丹，你吓死我了，我以为再也没有机会和你说说心里话了。爸爸、妈妈、女儿、同事都说我拙嘴笨舌，都说我不会表达感情，其实在我的内心一直感谢上天赐给我这么好的一个老婆。你说我抬腿就走，从来不管家，之所以我走到哪都踏实、都放心，就是因为家里有你，有我最心爱的妻子晓丹。晓丹，你辛苦了。等我退休了，我一定好好陪你，还上我这一辈子的债。

周晓丹：我知道了，你别说了，留着点儿，让我去感受……

林子彤：姐，你太幸福了，我也决定像你这样告别单身了。

说着把江浩拉到身边。

周晓丹：祝福你们。

江浩：师母，我们的穿黄工程全线贯通了。

林子彤：我们的五棵松暗涵也通了。

周晓丹指着自己的心脏：我这儿也通了。

周思源感慨地：好哇！都通了。

音乐起。

126. 北京，某PCCP管存放工地　日　外

参加南水北调工程的建设者为江浩和林子彤在工地举行了一个特殊的婚礼。女儿思思为他们二人送上了用丹江水泡着香山红叶的水晶球。工友们起哄：夫妻对拜！进洞房。他们的洞房非常别致，是用PCCP管改造的。工友们晃动着PCCP管，上演了一出别出心裁的闹洞房。江浩在洞房里突然传出喊声。

江浩：大家都进来！大家涌入PCCP管入口，见电视上正在播放习近平主席和李克强总理在南水北调东线工程通水仪式作出批示的新闻报道。

（报道画面同期声）工地沸腾了，大家欢呼雀跃。

127. 加高后的丹江大坝一侧　日　外

大坝一侧的平台上，停着一架直升机，董望川望着水库水位上涨至170米，他登上直升机。这时，耳机里传出开闸放水倒计时的声音（5、4、3、2、1）。

董望川：开闸！

128. 丹江大坝全景　日　外

丹江渠首开闸，一汪清水喷涌而出，向着北方滚滚流去。直升机追随着奔腾不息的水流，向北飞行。随着董望川的视线看去，长江水流过向北的明渠，穿过黄河的隧道，流向中原大地，流向华北平原，流向首都北京。（一组航拍镜头）

129. 北京，团城湖水库　日　外

国务院南水北调办公室、北京市委市政府、北京市南水北调办公室在团城湖水库举行了盛大的迎水仪式，相关领导、北京市民代表为南水北调的建设者和移民代表披红戴花。周晓丹、江浩、林子彤、周思源、董明德、董忆川、溥元春、董若水、江思思等所有的剧中人物都在迎水庆典的队伍中。董望川乘坐的直升机来到仪式现场，在空中悬停。长江水穿过暗渠、流向团城湖明渠。只有周晓丹安静地在注视着飞机上的丈夫。董望川凝视着周晓丹，二人激动落泪。

130. 直升机航拍镜头　日　外

直升机盘旋升空，飞向远方。飞机上的董望川深情地俯瞰着大地……干涸的河床不再干枯，戈壁沙漠

变成了绿洲。北方大地山川纵横、水草丰茂，一片生机盎然的景象。

歌声起：主题歌《人间天河》

从前有人对我说
天上有条古老的河
七夕鹊桥来相会
浩瀚苍穹不寂寞
今天我要对你说
地上有条年轻的河
清泉倒映两岸花
迷醉彩蝶水中落
天上的河地上的河
天地大爱谁懂得
一个是神仙的故事
一个是英雄的传说

字幕升起：在歌声中展示南水北调工程建设的纪录片画面和一组组数据：

工程历时多少年
工程总耗资多少
工程建设总里程
跨越多少省市县
调配多少水资源
沿线多少人受益
多少建设者参与
多少施工土方量
关闭多少排污企业
搬迁移民有多少
多少人为此献出生命……

——剧终（与柳建伟共同创作）

·电影文学本·

生死签证

时　间　现代。
地　点　维也纳。
人　物　艾瑞克：17 岁，犹太男孩。
何凤山：中国驻维也纳领事馆工作人员。
艾　米：犹太人，艾瑞克的姐姐。
卡　尔：指挥官，何凤山在德国的大学同学。
群众演员若干人。

希特勒下令对犹太人下手，德国军人换成便衣半夜出动，手持木棍斧头，打砸犹太人商店。刹那间，刺耳的撞击声和玻璃的破碎声传来，街道上碎玻璃满天飞舞，在闪烁霓虹灯的照耀下，发着七彩的光芒。人们在睡梦中惊醒，先是出去观看，而后急忙躲避，关紧门窗。男人女人都惊恐万状，不知道发生了什么。

一场针对犹太人的大屠杀从此拉开帷幕，这一夜，被称为“水晶之夜”。

打字机噼啪作响，各国大使将这一突如其来的消息发往国内，何凤山也不例外。迫害逐步升级，德国吞并了奥地利。

奥地利是欧洲第三大犹太人聚居地，犹太人总数约 18.5 万人。纳粹欲将这里的犹太人赶尽杀绝，他们建立集中营，开始一批批抓人。

对奥地利的犹太人来说，人人面临生死抉择。离开就是生存，否则就意味着死亡。犹太人为避免被抓进集中营，只有离开维也纳，离开欧洲，但要想逃离就必须获得外国签证。于是，成千上万的犹太人奔走申请签证，求生的欲望使他们每天奔走于各国领事馆之间，但都没有结果，50 多家领事馆全部亮起了红灯。17 岁的艾瑞克把驻维也纳的领事馆都跑遍了，一个签证也没有拿到。天黑下来，他心灰意冷，走在街道上，他觉得死亡正在一步步逼近。中国大使馆在他身边闪过，因为这里太小，太不显眼，以至于他走过去都没有发现。他下意识地停下脚步，抬头看了看中国国旗，折返回来。身材瘦弱的何凤山却主动和他答话，问他是不是想得到签证，并且毫不犹豫地给了他一张填写的表格。他愣了，拿着表格激动地双手发抖，高兴地近乎于疯狂。

艾瑞克将带来的十几张签证申请表格给了姐姐艾米，爸爸、妈妈以及亲戚邻居。大家惊呆了，欣喜若狂。

晚饭，艾瑞克一家坐在一起，开始祷告。他们今天做了很多好吃的，饭前虔诚地祷告着。特别是他们的爸爸妈妈，头上顶着一个盒子一样的东西，胳膊上缠着皮带子。

天刚亮，打开房门的何凤山愣住了，门前不知道什么时候，聚集了上百人，他们自觉地排成了长长的一队。

何凤山赶紧办公，一一签字盖章，艾瑞克是一号，排在最前面，当鲜红的印章盖在上面，拿到签证，艾瑞克捧在手里亲吻着，像是亲吻他失而复得的生命。爸爸妈妈也都笑了。父亲在祷告的时候告诉拉比，中国人可以签证。拉比要他们快走，他要和犹太人在一起。他让艾米、艾瑞克帮助何凤山，尽可能地帮助犹太人，逃出魔窟般的奥地利。

艾瑞克刚要离开，何凤山说，你能不能留下来，帮帮自己，签证的人越来越多，他实在是忙不过来。艾瑞克稍有迟疑，看了看长长的队伍，看了看和他一样需要逃生的犹太同胞，点头答应了。姐弟二人帮着发放表格，指导填写，忙得不亦乐乎，连饭也没有顾得上吃。

天渐渐黑了下来，艾瑞克又累又饿，让大家明天再来。犹太人是一个很懂规矩的民族，他们虽然渴望签证，但是还是依依不舍地离开了使领馆。

何凤山和艾瑞克、艾米一起吃饭，他征求艾瑞克的意见，能不能留下来，因为办理签证的人会越来越多。艾瑞克一下子蹦了起来，凭什么？凭什么让我留下？他死活不同意。没有想到的是，艾米当场答应，自己愿意留下来。艾瑞克睁大眼睛，看着艾米。

拉比在教堂诵经：我虽然行过死阴的幽谷，也不怕遭害，因为你与我同在。你救我的命，免了死亡，我要在耶和华面前，行活人之路……

德国人血洗教堂，一位老嬷嬷手戴祖母绿戒指，一名德国士兵去抢，争夺中他退后一步，一梭子子弹打过去，在血泊中拽下戒指。

德国军官在打拉比，他们的目的很简单，让拉比屈服。拉比挺着脊梁，任棍棒打在身上，嘴里念着：我是一名信徒，此生不渝，直至身死……

中国能办证的消息在犹太人中迅速传开，中国总领事馆门前每天从早到晚排着长龙，许多求助无门的犹太人在这里拿到了去上海的“生命签证”，从而逃离欧洲去了中国，或转道上海去了美国、巴勒斯坦等地。

7月6日（38年）在法国Evian召开的国际难民会议上，与会的美国、加拿大、澳大利亚、爱尔兰和新西兰等32个国家均拒绝接受犹太移民。

何凤山成批地给犹太人发放签证，引起了纳粹当局的强烈不满。纳粹以中国总领事馆的房子是犹太人的财产为借口，没收了房子。

没有了立锥之地，无法办理签证，艾米和艾瑞克告诉了爸妈，将自己家的房子交给了何凤山使用。全家要走了，要去中国，和生命比起来，房子又算得了什么？艾米却说，她要留下来，要救更多的人。弟弟死活不愿意，你疯了，疯了？其他人和我们有什么关系？人又不是我们杀的。

最终，艾米留下了，艾瑞克也留下了，他是家里的男孩子，是男人。男人必须照顾家里的女人，这是责任。男人就要成为一个勇敢的男人，好丈夫，好父亲，犹太人祖祖辈辈都是这么教育男孩子的！

何凤山迅速把领事馆搬到了这个很小的房子里，坚持发放签证。

希特勒转动地球仪，在不同的国家标注着不同的数字，那是犹太人的数字，他要把生活在各个国家的犹太人，赶尽杀绝。

进入十一月，大规模的血腥屠杀开始了。到处是枪声，哭叫声。

卡尔是指挥官，是何凤山德国慕尼黑大学的同学。他戴着金丝眼镜，一副学者气派，从里到外透视着贵族特有的绅士风度。他办事一丝不苟，他有个爱好，就是一有时间就把手枪子弹从弹匣里卸下来，一个一个地摆在桌子上，变换着花样反复摆放。

卡尔来到中国领事馆，大家瘟疫似的避开了。卡尔走到艾瑞克面前，掏出他的鲁格手枪，对准艾瑞克的脑袋。

艾瑞克吓得瑟瑟发抖，闭着双眼。何凤山和艾米也站在一旁呆呆地看着这一幕。卡尔扣动扳机，空枪。卡尔不屑地看了艾瑞克一眼，把枪放进枪套，转身非常友好地拉着何凤山的手，走进里屋。

二人老同学见面，谈论着德国，谈论着慕尼黑。

艾瑞克继续着他的工作，手一直打颤，他吓坏了。艾米走到弟弟面前，抚摩着弟弟的头发，还在发抖的艾瑞克泪流满面。

艾瑞克看着手里签证的编号，已经309号了，说明他们已经救了308人。

教堂里，犹太人在祷告，在祈祷。他们虔诚地诵经，希望度过这场灾难，祈祷平安！

愿我们永远不会太自满，
以致忽略了世上的不义。
愿我们永远不会因为在自己家中太舒适，
以致忘了那些无家可归的人。

愿我们永远不要以为自由是理所当然的，

以致忘记了那些不自由的人。

……

德国外交部照会中国驻德国大使馆，对何凤山大量救助犹太人，提出抗议，措辞非常严厉。

蒋介石和希特勒关系非同一般，儿子蒋纬国在德国留学，希特勒大量的军事装备支援中国抗战。何凤山捅这么大的篓子，使得驻德国大使陈杰暴跳如雷。恰恰此时，大使馆也接到举报，何凤山这么卖力地为犹太人办理签证，是通过办理签证，收敛大量钱财。

陈杰大使决定，严厉查处。对这种有辱国家尊严，发难民财的恶劣事件，绝不姑息。

鉴于事情重大，陈杰大使亲自前往，带领武官突然出现在何凤山的住所，翻了个底朝天。哪有什么珠宝钱财，除了小半袋大米，几颗烂菜，别的什么也没有。

检查人员竟然流下泪来。陈杰大使眼圈一红，低着头走了。

集中营里，屠杀还在继续。

焚烧尸体的火炉工不停地向焚尸炉里填僵硬的尸体。

德国人开着汽车，一车车把犹太人拉向集中营。艾瑞克不知道从哪里搞到了一辆三轮摩托，他开着摩托，艾米坐在一侧，向犹太人发放表格，和德国人在争分夺秒，尽可能地拯救生命。

新到集中营的人，会遭到严格的搜身，不时地有珠宝、钻石从他们身上搜出来，特别是鞋底。大部分鞋底有夹层，里面藏着最值钱的东西，比如钻石。德国人特别“看不起”犹太人的这种小伎俩，发现这种情况，抬手就是一枪。以至于大队犹太人走过，路上丢弃了很多钻石，在太阳光的照耀下，闪耀着耀眼的光芒。

何凤山累倒了，发高烧，迷迷糊糊地说着胡话，艾米心急如焚。艾瑞克请来一名犹太医生仔细诊断，救治何凤山。姐弟两个更是给何凤山细致的照料。

艾瑞克仍然骑着摩托发放表格，卡尔坐着军用轿车，正好路过这里。卡尔看见这一幕，彻底被激怒了。他一扫他的贵族风度，几乎是跳下轿车，边走边将平时玩的子弹一发发塞进弹匣，走到艾瑞克身旁，将他像掂小鸡一样从摩托车上拎下来，让他跪在地上。卡尔用枪对着艾瑞克的脑袋，扣动扳机。一枪，两枪，三枪……卡尔拉着枪栓，扣着扳机。一连把手枪里的六发子弹全部打完，竟然全是臭子。卡尔气得将枪插进枪套里，疯子似的走到一个德军士兵身边，拿过他的冲锋枪。艾瑞克见状拔腿就跑，卡尔恼羞成怒，将枪口对准了路边正在拿表格的无辜的人群。枪响了，路人纷纷中弹，卡尔一直把子弹打完。

艾瑞克失魂落魄地回到使领馆，蹲在墙角无声地抽泣，耸动着肩膀。哭了一会儿，他站起来，继续工作。编号已经是500多了，他知道，已经从魔鬼手中救出了500多人。

夜里，何凤山在酒吧喝酒，他的压力太大了，他想释放一下。德国的男男女女在这里喝着，叫着。六个金发碧眼的摩登女郎跳着舞，人们觥筹交错。令何凤山没有想到的是，他居住的街区开始被清洗，犹太人用各种办法藏身，但是，谁也无法阻挡具有超强穿透力的子弹。到处是鲜血。

半夜时分，何凤山走出酒吧，走在阴冷的街道上，长长的身影是那么的孤单、无助。突然，他听到了枪声，枪声来自他居住的街区。他加快步伐，后来一溜小跑。他刚拐过来，就看见一车车犹太人被赶上汽车。

何凤山急忙回到自己的住处，拉着灯才看见，他的住处藏满了老老小小、男男女女的犹太人。他们用恐惧的目光看着何凤山，何凤山同时看见，艾米和艾瑞克是安全的。他赶紧关灭了灯。

何凤山点燃一根蜡烛，开始油印签证表格，一张一张地印着，夹杂着枪声、喊声、哭声。艾米说，能不能不填表格，直接发放签证，会节省一些时间。何凤山说不能，中国政府没有给他这个权限。

在买纸回来的路上，艾瑞克被带走了，拉上了去集中营的汽车。

艾米发疯似的寻找，喊着艾瑞克的名字。

在一个拐弯处，艾瑞克见德国士兵不注意，一下子从汽车上跳下来，拔腿就跑。几名德国士兵跳下车，追到胡同口，朝着艾瑞克逃走的方向，突突突突就是一梭子，艾瑞克倒在了血泊之中。

艾米终于看到了“弟弟”，她追上去，喊着艾瑞克的名字。等她拉着弟弟，那男孩子一转身，咧嘴一笑。不是艾瑞克，是一个智障的大男孩，和艾瑞克长得很像。

艾米转身想赶紧离开，大男孩却拉住她，不让走。她想挣脱，被德国士兵发现。这时，有几个逃跑的犹太人被当场打死，大男孩冲他使眼色，艾米这才明白，大男孩不让她跑原来是为了自己好。艾米无奈，只得跟随人群，被赶进汽车，拉到火车站，塞进一列闷罐火车，准备运往集中营。

何凤山跑向火车站，亮出大使身份进入站台。在士兵的带领下找到军官，然后亮明身份和德国官员交涉。德国军官允许他找人，非常认真地帮着他。

何凤山一个车厢一个车厢地呼喊，呼叫着艾米的名字。何凤山从后头喊到前头，转身又往后，边跑边喊。

艾米被挤在一个角落里，没有听见。

随着汽笛一声鸣叫，火车开了，带着艾米驶向死亡，驶向犹太人集中营。

何凤山沮丧地走回住处，呆呆地坐在那里。他的心被撕裂了，他好像爱上了这个姑娘。

集中营里，各种对犹太人的折磨。有的时候，不知道从哪里飞来一颗子弹，一个鲜活的生命瞬间结束。

艾米搬石头，一群男女老少搬运石头，从一个地方，将大大小小的石头搬到另一个地方。一天的劳动，使她疲惫不堪，她还没有干过这么繁重的活。

晚上，艾米瞪着大眼睛，看着窗外。她也在思念着弟弟和何凤山，不知道他们在干什么。

第二天，德国军官下令，把昨天搬过去的石头再搬回到原来的地方。大家听到这个指令，愣住了。德国军官拔出手枪，大声喊叫，难道你们没有听到命令吗？说着，朝人群里开了两枪，顿时，两个人倒在地上。人们赶紧跑过去，抱起石头，将石头搬到原来的地方。

艾米这才看见，人群里还有一个他见过的人，那个为何凤山看病的医生。

大家周而复始地搬运石头，谁跑得慢就随时会被打死。

何凤山继续寻找着艾米和艾瑞克，他找到了他的同学卡尔。

卡尔为他举行晚宴，喝法国红葡萄酒，庆贺德国又在战场上取得了辉煌的战绩。

十几名德国军官，听着巴赫音乐，喝着高档的红酒，在美丽的夜晚，频频举杯，享受着美好的夜晚。

一个女孩为卡尔倒酒，由于紧张，洒到了卡尔手上。卡尔拔出手枪，对准小女孩的脑袋，扣动扳机。还是老样子，手枪里没有子弹。这时，一个醉醺醺的军官走来，说道，我来。一枪将小女孩击毙，鲜血溅了一地。

卡尔告诉何凤山，犹太人是恶魔，是邪恶的化身。他从你身边经过，你会感到有一股邪恶的气息吹动你的衣角，这种邪恶像风一样无处不在，有的时候会扑面而来，让你感到恶心。

集中营里，艾米和大家一样，还在搬运着石头。手上、脚上都磨烂了，流着血。这种毫无意义的劳动，无谓的重复，使他们的精神受到了难以忍受的折磨，十几天下来，一个个达到了崩溃的边缘。而且动作稍微一慢，就会遭到枪杀。

医生突然停了下来，掸了掸身上的土，一步步走向德国军官。他走过去，跪在德国军官面前，看了一眼蓝天，而后闭上眼睛。他受够了这种精神上的折磨，他在求死。

德国军官掏出手枪，对准医生的后脑勺。

这时，大家纷纷走过来，跪在地上，只求速死。

空旷的场地上，只有一个人，还在笑呵呵地搬着石头，就是那个智障的大男孩。

德国人这才发现，艾米是个女人。

艾米被脱光衣服关进一个黑暗的筒子房，她们一个个屏住呼吸，胆战心惊。突然灯光亮了，吓得她们一声尖叫。有水枪喷向她们，为她们冲洗。

艾米分配了新的工作，在一个很大的锅炉房里，吹玻璃。一个老女人教给她，吹灯泡的方法，很好学。艾米这才发现，车间里的女人，全部是裸体的，因为里面的温度很高，50 多摄氏度。

艾米开始工作了，她也和别人一样，脱光了衣服。就这样，一会儿的工夫她就大汗淋漓了。

一个十岁的小姑娘，推着车子负责给她们送水。她很漂亮，也很勤快。把每一个灌满水的瓶子放在每个工人的旁边，同时把空瓶子拿走。小姑娘来到门前，穿上棉衣，推着车子到外面灌自来水，把每一个空瓶子灌满。然后把车子推进厂房，掀开棉帘子，脱光衣服，将每一个注满水的瓶子放在工人们身边，再把空瓶子拿走。

艾米和其他人一样，一直流汗，像水洗一样。

收工了，艾米弯下腰摸了摸小姑娘的脸。

一批男人被推向毒气室，这些都是老弱病残，德国人不养活“废人”。艾米看见，拉比和他们在一起。他大声地喊着：在总共613条诫命当中，我们还剩下一条去完成，我在以色列人中，要被尊为圣。以主之名，放弃我们的生命……来吧！兄弟们，让我们欣然地完成它，以色列，你要听。耶和华我们的神是独一无二的主……

毒气室里，人们开始和拉比一起诵经，他们彻底安静下来了，似乎不再恐惧。

毒气打开了开关，在毒气室里弥漫，伴随着朗朗的诵经声。

又要被转移了，要把犹太人全部送往奥斯维辛集中营。

枪声、喊声、哭叫声交织在一起。

德国人永远是那么的认真，喊着编号。德国狼狗也一直保持着旺盛的食欲，瞪着眼睛，龇牙咧嘴，随时可以扑向他们。

德国人只要发现老人和孩子，可以随时处死。在登上火车的时候，他们发现了那个送水的小姑娘。

这怎么有个孩子？一名德国军官像拎小鸡一样从人群里把她拉了出来。

艾米上前阻止，她想救她。

小女孩挣扎着喊着：我能做工，我不吃闲饭，我一直在送水。

啪的一枪，子弹打穿了小女孩的头颅。

艾米再也控制不住自己的情绪，呜呜地哭了起来。

德国军官一步步向艾米走来，抓住艾米的头发，他这才发现，这个犹太女人长得是那么的美丽。

放开她，这时，卡尔走了过来。卡尔说到做到，将艾米交给了何凤山。

艾米离开了这里，离开了这地狱一样的地方。她的目光在寻找，寻找那个长得像艾瑞克一样的智障男孩。

艾米还要回到领事馆，和他一起办理签证。何凤山摇摇头，他说我答应过你的爸爸妈妈，保证你的安全。现在我觉得我做不到，德国人疯了，他们是魔鬼、恶魔。我不能让你留在这个魔鬼出入的地狱里，不能，不能。艾米突然看见，何凤山泪流满面。

艾米一下子抱住了何凤山，失声痛哭：太可怕了，我们像绵羊一样，面对杀戮，竟然没有了喊救命的力气。

许久，何凤山从口袋里将签证掏出来，交给艾米。并且告诉他，艾瑞克已经死了，这是艾瑞克的签证，上面写着1号。

第二天，何凤山将艾米送上了轮船。艾米又将弟弟的签证交给了何凤山，让何凤山收藏好，留作纪念。无论天涯海角，不要忘了自己，还有艾瑞克。

何凤山继续着他的工作，使领馆门前仍然排着长龙。

艾米来到上海，被日本人关在一个避难所里，她在父母的安排下，与一名犹太男人举行了婚礼，同时结婚的有十几对，他们接受着大家的祝福。谁都知道，这是犹太民族在延续自己的生命，顽强地生存繁衍。他们也许没有爱情，但是，他们很庄严。

外交部将这一事件报告蒋介石，蒋介石一拍桌子站了起来。

何凤山被调离维也纳。

天降大雪，雪却是黑颜色的，那是从集中营飘来的骨灰。

日本和德国是同盟国，他们要把这批犹太人“处理”掉。如果直接杀了，会引起国际社会的谴责，日本人决定，不给饭吃，不给水喝。先饿死、病死一批，剩下的再做处理。

饥饿给他们带来了空前的灾难，老弱病残很快就不行了，每天都有死人。艾米已经怀孕了，腆个大肚子。爸爸妈妈和丈夫尽力呵护着她，艾米也是坚强地吃着根本不是食物的食物，包括墙上的广告纸。

危难之时，奇迹发生了，空中飞来了食物，像有飞机在空投。大米、馒头等各种食品从天而降。原来，是上海市民省吃俭用，用布袋装上食品，从外面向难民所里抛。

有救了，犹太人有救了，他们喜极而泣。

艾米的孩子出生了，是个男孩。十几个孩子先后出生，有男有女。

艾米抱着儿子，交给父亲。大家聚集在一起，很庄严地给孩子举行男孩“割礼”，这是犹太人古老的习俗，一直延续着。

德国投降了，苏联红军攻进柏林，恶魔希特勒自杀。

广岛上空升起了蘑菇云。

举国上下万民欢腾，庆祝胜利。

上海码头熙熙攘攘，艾米一家人和数以千计的犹太人走向码头，他们要返回故乡。

黄浦江上，轮船来了，渐渐靠岸。这时，人们不是争着上船，而是回望上海，深情地看着这座给他们生命的城市。

艾米抱着孩子，突然跪了下来。

呼啦一下，人们纷纷跪倒，黑压压一片，伴随着呜呜的哭声。他们恋恋不舍，他们其实不愿意离开。

这时，艾米突然看见了何凤山，他穿着风衣远远地站在那里。艾米把孩子交给母亲，疯也似的跑过去。

何凤山也看见了艾米，迈步迎了上来。

二人相见，久久对视，何凤山微笑着，艾米却是泪水充斥着眼睛，刹那间像断线的珠子。

何凤山掏出手绢，为艾米擦泪。然后笑着朝旁边努了努嘴。

艾米惊呆了，朝思暮想的弟弟艾瑞克竟然站在那里，他竟然还活着。

不是弟弟，是幻觉。眼前这个人，是那个智障的大男孩。艾米一下子将他抱住，嘴里说着，你还活着，你还活着。

何凤山再一次将艾米送上轮船，分别的时候，何凤山将一样东西交给艾米，艾米低头一看，是签证，弟弟艾瑞克的一号签证。

轮船起航了，艾米和大男孩不住地向何凤山挥手，上海越来越远，何凤山的身影越来越小……

——剧终

（与李海江共同创作）

·电 影·

战火中的芭蕾

（纪念中国人民抗日战争暨世界反法西斯战争胜利70周年）

时　间　现代。

地　点　中苏边境。

人　物

主要人物　鹈　儿：苏联红军上尉安德烈的恋人，生长在中国东北中苏边境的一个小镇，中苏混血，抗联烈士遗孤，被马大铲子夫妇收养。片中年龄19岁，受过伪满教育，熟悉俄语，极具舞蹈天赋，天生丽质，勤劳善良，性格内敛，含蓄羞涩，被动地卷入了这场战争，是这场战争的受害者，也是这场战争的幸存者。

安德烈：苏联红军上尉军官，片中年龄26岁，受命前往中国边境小镇搜集日军情报，是苏联红军打入东北战场的关键人物。精明干练，深爱着女主人公鹈儿，在黑土地上的对日最后一战中牺牲。

马大铲子：鹈儿的父亲，剧中年龄50岁，蒸汽火车司炉工，正直、善良、性格暴烈，为苏联红军和抗联部队之间的沟通起到了至关重要的作用。在黑土地上的对日最后一战中牺牲。

翠　喜：鹈儿的母亲，片中年龄40岁，典型的中国妇女，勤劳、善良、隐忍、大度，是战争的受害者，也是一位伟大的母亲。战前收养了烈士遗孤鹈儿，战后收养了日本遗孤纯美，丈夫马大铲子和亲生儿子小六子都死于日军的枪口之下。

索伯涅娃：年轻时是苏联芭蕾舞演员，片中年龄48岁，苏联红军烈士家属，安德烈的生母，小镇面包房老板娘。丈夫在1939年中苏边境对日作战的诺门罕战役中牺牲，远离伤心之地来到中国小镇，遇到了心中喜爱的鹈儿，也是鹈儿的芭蕾舞启蒙老师。

王成友：火车司机，马大铲子的密友，实为抗联地下组织成员，片中年龄48岁，为了获取日军“玉碎计划”的重要情报壮烈牺牲。

张大憨子：小镇面包房的伙计，片中年龄22岁，性格有点窝囊，执着、善良，暗恋鹈儿。为了救出鹈儿的爸爸马大铲子，慷慨赴死。

赵德春：片中年龄55岁，鹈儿的舅舅，小镇兽医。性格懦弱，胆小怕事，但关键时候敢于挺身而出，在黑土地上的对日最后一战中牺牲。

小六子：鹈儿的弟弟，片中年龄12岁。顽皮可爱，死于日军枪口之下。

加藤荣男：日军驻小城最高指挥官，大佐军衔，日军“玉碎计划”的组织者，片中年龄45岁，严肃严谨，老谋深算，平时少言寡语，经常释放善意，但关键时刻心狠手辣，酷爱中国文化，在日本宣布无条件投降后他带着日军部队负隅顽抗，在黑土地的最后一战中被马大铲子铲死。

鸠山幸之助：日军驻小城火车站调度长，少佐军衔，片中年龄35岁，手中掌握小镇整个军队的调度以及“玉碎计划”日军要塞毒气弹的调运和藏匿，因企图强暴鹈儿被王成友处死。

香川真司：日军驻小城曹长，上尉军衔，片中年龄22岁，热爱音乐，战争使他的人性扭曲变形，在黑土地的最后一战中被安德烈击毙。

左树冈崎：日军小队长，片中年龄20岁，戴眼镜的胖子，在苏联红军解放东北时被俘，顽固不化。

青木裕子：日军大佐加藤荣男的妻子，纯美的妈妈，片中年龄35岁，跟随丈夫来到中国东北，典型的日本妇女，日本战败之时难产而死。

纯　美：加藤荣男和青木裕子的女儿，片中年龄6岁，日本遗孤，后被翠喜收养。

其他人物 中方角色：

麻秆儿：男，12岁

菜拌饭：男，10岁

抗联队长：男，35岁

苏方角色：

苏联上校瓦西里：男，40岁

苏联女护士：女，20岁

苏联琴师：男，60岁

被俘的苏联人：男，30岁

中国、苏联、日本群众演员若干

1. 序

一片羽毛从空中缓缓飘落，伴随着纷飞的雪花。冰雪湖面上，一群天鹅腾空而起。一块古老的怀表被掀开，怀表盖内镶嵌着一个跳芭蕾舞的女人照片，照片中的舞者开始转动，转到了冰面上。身着芭蕾白天鹅服装的鹅儿从冰面上旋转而来。一副足尖立在光亮如镜的冰面上，冰面倒映出鹅儿所扮演的白天鹅形象。怀表的指针在倒影中随着音乐逆时针旋转。

鹅儿画外音：那是1945年，这里就是我童话般的家乡，中国东北的一个小镇，在这里度过了我难忘的青春……随着鹅儿的旋转，历史倒转，回到70年前，一列火车呼啸而来。

推出片名：《战火中的芭蕾》

2. 雪里　日　外

东北小镇银装素裹，到处是富有俄式风格的尖顶房屋，虽然在中国的边境，但是也能感受到异国的风情。我们还可以看到，新架起的铁丝网和日本炮楼、兵营，一辆插着日本军旗的三轮摩托车从镜头前驶过，车上坐着鸠山、香川和冈崎。镜头跟随着三轮摩托车，走进小镇中心教堂旁的俄式面包房，面包房内传出苏联手风琴声。

3. 面包房　日　内

面包房内，客人们正在吃着面包香肠喝着酒，现场有俄罗斯人、朝鲜人和日本军人。火车司机王成友和司炉工马大铲子坐在一角喝着小酒。老板娘索伯涅娃在吧台前边忙活边随着留声机里传出的音乐扭动着，不时会引来一些醉汉的笑声。这时，鸠山、香川和冈崎三个日本军人走进。

4. 面包房后厨　日　内

后厨过道，放着一个椭圆形的俄式落地镜，一个亭亭玉立的少女端着托盘倒映在镜中。她冲着镜子轻轻地立了一下脚尖，在欣赏着镜中的自己。这时，传来索伯涅娃的声音。

索伯涅娃：鹅儿，快把东西端上来。鹅儿托着盘子应声走出。

5. 面包房　日　内

6. 面包房后厨　日　内

尺八声传到了面包房的后厨，鹅儿边洗玻璃杯边压腿，这时索伯涅娃走进，鹅儿迅速地把腿放下。

索伯涅娃：没关系，继续，这里没有外人。鹅儿又把腿放上，问索伯涅娃。

鹅儿：索伯涅娃大妈，为什么把刚才那个苏联人带走了？索伯涅娃冲着鹅儿“嘘”的手势。

7. 面包房外　日　外

一双花棉鞋踩在麻秆儿和菜拌饭的背上，镜头拉开，可见小六子正扒着窗户向面包房内张望，看着鹅儿摆弄着刚刚出炉的面包，口水滴到了菜拌饭的脖子上。

8. 面包房内　日　内

鹅儿抬头看见弟弟小六子可怜兮兮的眼神，心里有些酸楚，迅速用帘子把面包盖上。只听见窗外“哗啦”一声响，小六子不见了，院子里养的大鹅发出“嘎嘎”的叫声。

9. 面包房外　日　外

两只大鹅狂奔而出，正在面包房后院劈柴的张大憨子，两手捏着仨耳朵把小六子、麻秆儿、菜拌饭从地上提溜出后院，小六子的鼻子已经流血了。在后院一角，正在为索伯涅娃钉马掌的小六子舅舅赵德春，看到这一幕一乐。

10. 日军要塞　日　外

日军驻小镇最高司令长官加藤荣男大佐带领鸠山、香川等军官沿着要塞工事视察要塞防务，所到之处都展示了日军戒备森严。

加藤荣男走到一个观察孔，用望远镜瞭望铁丝网、中苏边境线界碑。

11. 教堂内　黄昏　内

在斑驳的光影下，一群装束各异的孩子在唱圣歌，镜头缓缓移动。

12. 面包房后院　黄昏　外

张大憨子在面包房后院的菜墩子上剁菜，在“卫哒罗”（洋铁筒）里为大鹅拌食。

张大憨子：鹅鹅鹅鹅鹅……

13. 面包房内　黄昏外／内

客人离去，鹅儿正在关窗板（打烊）。

镜头推近面包房的窗户，鹅儿关上一扇扇木板。

索伯涅娃：鹅儿，关板了吗？

鹅儿：关了。

索伯涅娃从箱子里拿出一双白色的芭蕾舞旧舞鞋，鹅儿兴奋地脱下自己的棉鞋。

14. 面包房后院　黄昏外／内

张大憨子透过门缝在窥视着，通过椭圆形的俄式落地镜，看见在镜子中倒映出鹅儿修长的身材，那肥厚的棉裤腿下，一双秀气的芭蕾舞鞋立在地板上。

15. 面包房　黄昏　内

随着教堂圣歌的高潮，鹅儿的舞蹈也到了高潮，画外远处一声枪响，舞蹈骤停。

16. 面包房后院　黄昏　外

张大憨子吓了一跳，匆匆离开。

17. 火车站编组场　黄昏　外

一个小贩模样的人胸前挂着的褡裢袋急晃着、慌乱地在枪声中奔跑过铁路编组场，无数的铁轨，无数的一道道寒光，两个日本兵紧追。车厢之间，无路可逃的小贩从高高的路基上跳入外面的庄稼地，滑倒，日本兵连开数枪，小贩背后的米袋撒出白花花的大米，落在黑土地上，最后一枪毙命，鲜血染红了白花花的大米。咽气前的小贩，抓起一把大米塞到自己嘴里。

18. 日军秘密洞库外　黄昏　外

寒风中，众多中国外地劳工在这里用钢钎、镐头、锤子艰难地凿着山洞。周边，几个端着枪的日本兵来回巡视着。这时，送饭的来了，日本人吃的是大米和炒菜，而中国劳工只能吃高粱米和咸菜疙瘩。中国劳工们一个人分上半碗饭、半个咸菜疙瘩，他们一个米粒都舍不得糟践，最后连碗都能舔得跟没用过一样。这时，一个年轻的中国劳工，眼巴巴地看着日本人吃着大米，趁人不注意，抓了一把桌上吃剩下的半碗米饭狼吞虎咽地塞到嘴里。被一个日本值日官发现，把这个年轻劳工拉到吃饭的人群前，指着他对大家说。

值日官：（日语）这个中国劳工在偷吃大米，你们看，他的嘴还没有擦干净。

年轻劳工的嘴角上挂着几粒大米。

值日官用戴着手套的一只手在他嘴角上擦下了几粒大米，对所有的人说。

值日官：（日语）这个，中国人是不允许吃的，在满洲国，苏联人、朝鲜人吃小米，（指着高粱米）中国人只能吃这个。他违犯了条例，犯了严重的经济罪，你们是外来的，都要记住这一点。

说着，掏出手枪，看也没看，将身边的年轻劳工击毙。鲜血溅在石头上，一位正在吃饭的中国劳工见此情景，一阵恶心，把口中的饭吐在手里，最后舍不得扔掉又吃了下去。

19. 面包房　夜　内

透过雾气蒙蒙的玻璃，看到鹅儿在洗澡。门外，索伯涅娃收起舞鞋，把鹅儿的棉鞋放在门口。

索伯涅娃：（俄语）不仅是鞋码，包括你的身材，和我年轻的时候一样。鹅儿披上浴巾腼腆一笑。

鹅儿：（俄语）唉，索伯涅娃大妈，我听说上次抓走的那个苏联人，他弟弟是苏联红军……

索伯涅娃忽的一下拉开门，生气地：（俄语）这些事情不能谈论，包括我们跳舞，不然我就不再教你。鹅儿愣然。

20. 面包房后院　夜　外

张大憨子在喂着两只大鹅，对着大鹅说着心里话。

张大憨子：你也叫鹅，你咋长那么丑呢？鹅儿，我稀罕死你了。

21. 马大铲子家　夜　内

这是一个普通的东北平房，虽然很破旧，但屋内还算宽敞，上棚举架很高，下带大菜窖（地下室）。回到家中的鹅儿将小六子拉进地下室。

22. 马大铲子家地下室　夜　内

鹅儿悄悄将篮子里的碎花布打开，鼻孔还塞着棉花的小六子眼神一下亮了。鹅儿将一块烤煳了的面包塞进了弟弟的嘴里，六子从嘴里取出，一分为二，一半悄悄放兜里一半放嘴里，然后双手捂住嘴狼吞虎咽地吃着面包，一松手，嘴角黑了，鹅儿笑。

这时母亲翠喜走了下来。

小六子赶紧把剩下的面包都塞进了嘴里，翠喜上前夺下面包。

翠喜：不要命了！？这时，传来敲门声。马大铲子带着醉意回来了，翠喜赶紧关上房门。

翠喜：他爹，鹅儿把面

包带回来了，咋整？

马大铲子：在哪？翠喜手指地下室，二人走下。

马大铲子手拿着面包：面包不同大米，快吃！小六子把面包赶紧咽下去。马大铲子看着鹅儿。

马大铲子：还有吗？鹅儿害怕地又从身后掏出又一个糊面包来。

鹅儿：老板娘说，煳面包不能卖给客人，就让我带回来了……一家人紧张地看着鹅儿，鹅儿给面包掰成两块，递给母亲和父亲一人各半块，马大铲子和翠喜不接。

鹅儿：只此一次，尝尝吧。

马大铲子接过面包，一块给翠喜，一块给小六子。

小六子咽着唾沫将面包给了姐姐，鹅儿推开。

鹅儿：我吃过。

这会儿工夫翠喜的面包也早塞回到了马大铲子的手里。小六子也将那半块面包还与父亲，父亲又将面包给了妻子和女儿。一块煳面包在一家人手里流动着，马大铲子压抑地吼一声：再推来推去的我都给扔大街上去信不信？

一家人相视，都掩不住地笑了。

那盏小油灯，暖暖的光。

全家人吃完后，熄灭灯，打开门窗通风放味儿，小六子积极地拿大纸板子当扇子扇。

23. 火车站外山坡　晨　外

阳光下，闪亮的两条铁轨伸向远方，几个孩子在捡煤核儿，小六子将耳朵贴在铁轨上，远处传来火车的轰鸣声。

小六子：来啦！几个孩子在一条铁轨上齐刷刷地摆满了钉子。火车呼啸而过，车轮不断碾过，我们透过转动车轮的缝隙，可以看到他们兴奋的表情。火车远去，一排钉子已经变成了刀片儿。紧接着，孩子们又在铁轨上摆上了一排钉子，等着下一辆火车。

24. 火车站　晨　外

随着一声汽笛，火车进站。今天火车站的气氛壁垒森严，远处拉着警戒线，宪兵牵着军犬在来回巡逻。火车头内，火车司机王成友拉上手刹，司炉工马大铲子关上炉门刚要下车，被日本兵拦住。

日本兵：物资没卸完，你们不能下车。马大铲子懒散地蹲在一旁卷起了旱烟，王成友透过缝隙偷偷观察搬运情况。

马大铲子："小鼻子"今天抽什么风啊？过去运枪运炮，人咱都运过，今天怎么连车都不让咱下？

王成友：今天收工后你就跟着我。

马大铲子：还喝啊？王成友表情凝重，没再接话。

25. 面包房　日　内

小镇面包房内，一只手将面包烤炉门打开，鹅儿手脚麻利地从面包烤炉中拿出一个个面包放进面包篮里。刚出炉的烤炉架烫到了她的手，不小心把面包滚落一案板，鹅儿惊叫一声。门外劈柴的张大憨子急忙跑进帮着鹅儿捡面包，无意中张大憨子碰到了鹅儿的手，张大憨子像触电一样显得极为尴尬，窘迫地站在一边，鹅儿没有任何感觉，继续忙着自己的事。此时，教堂钟声响起。

索伯涅娃在里屋用俄语对鹅儿喊：钟都响三遍了，赶快走吧。鹅儿也用俄语答应一声，围上围巾、戴上手套，挎着装满面包的面包篮走出。

26. 面包房外　日　外

张大憨子急忙推出自行车交给鹅儿，鹅儿骑上自行车向教堂方向，张大憨子看着远去的鹅儿。

27. 教堂内　日　内

教堂内，苏联琴师弹着管风琴，不同国籍和身份的孩子们衣着参差不齐，有的穿着小西服，有的破衣烂衫，排成两排正虔诚地唱着圣歌，他们神情都十分专注，只有小六子在摆弄着手中的飞刀，那压扁的钉子后边已经拴上了红穗儿。鹅儿提着面包篮缓缓走进，将面包交给牧师，远远地站着，用羡慕的目光注视着唱圣歌的孩子们。鹅儿边听音乐，脚尖下意识地轻轻立了一下。

28. 日军军营外　日　外

成群结队的日军从军营内跑出。

29. 教堂外　日　外

送完面包的鹅儿从教堂走出，看见一队日本兵急速跑过，奔向火车站方向。鹅儿看了一眼，继续骑车向前。

30. 小镇街道　日　外

鹅儿骑车经过街道，到车站门口，亮出送面包的许可证，日本哨兵放行。

31. 车站站台　日　外

火车站调度长鸠山少佐和曹长香川上尉往车站门口方向走着。迎面碰上从调度室走出的鹅儿，鸠山盯着鹅儿扫视，鹅儿惊慌走开，来到机车库旁，张大憨子正扶着自行车等着鹅儿，张大憨子接过鹅儿手中的面包篮挂在车把上，鹅儿骑上自行车远去。鸠山看着鹅儿的背影，冈崎赶上来。

冈崎：（日语）少佐阁下，零号列车马上进站。鸠山掏出笔记本看了一下，又看了看手表，在本上记着什么，之后把本子插回兜里，系上扣子。

32. 火车站外铁轨旁　日　外

小六子、麻秆儿、菜拌饭把耳朵贴在铁轨上听着。

小六子：来了来了！三个孩子迅速跑开，躲在路基坡下等着。

菜拌饭：咋不往这边开了呢？见那辆列车在远处缓缓地停下，列车周边戒备森严，车上走下几个戴猪脸面具的日本兵。三个人爬上路基拿自己的钉子，好奇地往列车方向看着，远处的日本兵冲他们摆手。这时，后面伸过来一只手拉住小六子，是鹅儿，她拉着几个孩子转身跑开。

33. 火车站　日　外

火车头内，马大铲子靠在一旁睡着了，王成友却透过后窗一直远远地观察着那辆停在站外的火车。

34. 车站外铁轨旁　日　外

戴着防毒面具的日本兵在搬道岔，火车重新开动，向另一个方向驶去。

35. 小镇街道　日／雪　外

一辆日式吉普车行驶在小镇街道上，日军驻小镇最高指挥官加藤荣男大佐坐在车上。

36. 加藤荣男家　日／雪　内

这是一座比较讲究的苏式小楼，屋内收拾得干净整洁，青木裕子在厨房做家务。书房里，6岁的女儿纯美不断地念着中国的唐诗，那是一首张继的《枫桥夜泊》。

纯美：月落乌啼霜满天，江枫渔火对愁眠，姑苏城外寒山寺，夜半钟声到客船。加藤荣男披着满身雪花走进屋，摘下帽子，青木裕子为他拿来拖鞋，加藤荣男卸下战刀。

青木裕子：（日语）外面的雪好大呀，这个季节我们的家乡北海道也是这样。

加藤荣男：夜半钟声到客船……（日语）中国的诗，美在意境啊！

纯美：（日语）爸爸，为什么让我学唐诗而让中国孩子学日语呢？

加藤荣男：（日语）你学唐诗是为了了解中国文化，让他们学日本话是为了让他们更听话。青木裕子为加藤荣男端上大麦茶和寿司。

37. 小镇街角　日　外

小六子、麻秆、菜拌饭在做飞刀比赛。小六子走到一关着的木门前，在上面用石子画了三个圆圈，三个孩子“钉”“杠”“锤”决定先后顺序。麻秆儿第一个飞，他对准木门，一刀剁在了中圈上，菜拌饭一刀飞到了大圈，小六子三刀全部扎在靶中心。麻秆儿顺从地脱下帽子，主动地把脑袋伸向小六子，小六子从兜里掏出顶针儿偷偷地戴在手上，在嘴里“哈”了一下，在他头上弹了个脑瓜锛儿，把麻秆儿弹得满脸是泪。

麻秆儿：你还真弹啊！

小六子：你上回弹我也这么弹的。

麻秆儿：那我也没戴顶针啊！你玩赖！大小伙子穿花鞋，马大铲子是你爷。

小六子：你再骂一句我把麻秆儿给你撅折了。

菜拌饭：来来来，弹我，把顶针摘下来就行。小六子在菜拌饭的脑袋上弹了一下，菜拌饭又把脑袋伸向了麻秆儿，麻秆儿狠狠地在他脑袋上弹了一下，总算解气。

38. 马大铲子家　夜　内

翠喜在厨房做饭，热水不小心烫到鹅儿的脚，鹅儿脱鞋处理被妈妈发现脚趾盖脱落。

翠喜：鹅儿，脚怎么了？

鹅儿：没事儿，鞋顶的。

翠喜：这脚越长越难看，还不如小时候给你裹上。鹅儿穿上袜子，把炖的酸菜和高粱饼子摆在桌子上，一家三口摆好了碗筷等待着马大铲子回家。小六子已经等不及了，伸手要去抓饼子，鹅儿用筷子敲打了一下小六子的手背。

鹅儿：等爸回来！这时，远处传来一阵枪响，紧接着响起了警报，狗叫声四起，全家人顿时紧张起来。小六子想出去看热闹，被翠喜一把抓住，关了灯，带着两个孩子躲进地下室。

39. 马大铲子家地下室　夜　内

一家三口在黑暗中等待着，远处的枪声越来越弱。

小六子：妈，我饿。翠喜刚要爬上楼梯，这时门外传来急促的敲门声。

翠喜：你们待在这儿别动。

40. 马大铲子家　夜　内

翠喜把门打开，发现马大铲子竟背着一个腿上血肉模糊的苏联人（他就是安德烈），马大铲子直接把安德烈背到了地下室里。鹅儿和小六子看到陌生的苏联人有些惊恐。两人闪身走向楼上，在楼梯上与安德烈擦肩而过，血蹭到了鹅儿的胳膊上。鹅儿刚上楼梯，发现自己胳膊上的血，翠喜急上前用湿毛巾把鹅儿胳膊上的血擦净。随后，翠喜迅速到自家院里寻找血迹，没发现什么，这才松了口气插上房门。

马大铲子吩咐鹅儿：鹅儿，去后街把你舅舅叫来。

翠喜冲小六子：六子去。小六子应了一声，跑出。

41. 火车站铁轨旁　夜　外

铁轨旁，躺着一个日本兵和两个抗联战士的尸体，日本人正在打扫战场。一个日本军官在向日军大佐加藤荣男汇报。

日军官：（日语）大佐阁下，我们已把敌人全部消灭。

加藤荣男：（日语）有没有苏联人？

日军官：（日语）没有，两个全是中国人。加藤荣男从地下捡起一张卢布。

加藤荣男：（日语）这是什么？旁边的日本兵从一个抗联战士尸体的口袋里也掏出几张卢布递给日军官。

日军官：（日语）大佐阁下，这些人一定是从苏联过来的。

加藤荣男：（日语）零号列车刚刚抵达，就发生了这样的事情，恐怕不完全是巧合。加藤荣男若有所思。

42. 马大铲子家　夜　内

鹅儿和小六子趴在楼梯口听地下室里大人在吵架。

翠喜：你赶紧把他背走。

马大铲子：我往哪背啊？！

翠喜：你从哪背来的你把他送到哪去。

马大铲子：我还能把他扔到大街上啊？

翠喜：那我不管，你不能因为他把全家的命都搭上。

马大铲子央求着：哎呀，就是个三五天的事儿，没人知道，肯定没事儿。二人听着正入神，地下室的门"哐"的被推开，鹅儿和小六子吓了一跳。翠喜又气又急，哭着走进里屋，"哐"的一下把门摔上。

43. 马大铲子家地下室　夜　内

马大铲子央求着孩子的舅舅赵德春。

马大铲子：他舅，赶紧给他弄一下，咋的也得让他挺过这一宿啊。

赵德春：这是枪伤，我一个兽医可治不了。这时，安德烈从兜里掏出一把钱，冲着小六子舅舅。

44. 面包房 日 内

鹅儿：(俄语) 索伯涅娃大妈，哪里能找到麻药？索伯涅娃很警觉地看着鹅儿。

索伯涅娃：麻药？！

鹅儿：对，麻药。

索伯涅娃：(俄语) 你要这个干什么？家里出什么事儿了？

鹅儿：(俄语) 没有，我们家什么事都没有，我只是随便问问。

索伯涅娃有点疑惑和担心地望着鹅儿。

45. 马大铲子家院外 日 外

翠喜一个人坐在自家院子里盯着院门口。

46. 马大铲子家地下室 日 内

赵德春：麻药实在是搞不到，伤口已经开始发炎了。

马大铲子：那怎么办？

赵德春：再拖下去恐怕这条腿保不住。

马大铲子：那行，你先上去，我跟他说几句话。

赵德春离开。

马大铲子冲鹅儿：你告诉他，那两个人的尸首已经被挂在广场上了。

鹅儿翻译给安德烈，安德烈痛苦地闭上眼睛。

马大铲子：让他想想办法离开这儿。

鹅儿：(俄语) 你想想办法离开这儿。鹅儿犹豫了一下，又加上一句。

鹅儿：(俄语) 这里很危险。

安德烈：(俄语) 我知道了，打扰你们了。

47. 面包房 日 内

王成友和马大铲子坐在一起喝着酒，王成友从兜里掏出一个纸包递给马大铲子。

王成友：这儿有几片盘尼西林……马大铲子按住药包，打断王成友。

马大铲子：这都好几天了，伤口都烂了，能不能换个地方。

王成友：现在他可动不了，你再忍几天。

48. 马大铲子家 夜 内

鹅儿听到地下室有动静，蹑手蹑脚地走进地下室。

49. 马大铲子家地下室 夜 内

安德烈满头大汗，手里攥着一把钢锯，满手是血，鹅儿转身要跑。

安德烈：(俄语) 帮帮我。鹅儿站住。

安德烈：(俄语) 拿根绳子来。鹅儿拿一根绳子走近安德烈。

安德烈：(俄语) 把我的腿捆在那根柱子上，压住它。鹅儿按住了安德烈那只受伤的腿，把脸扭到一旁。安德烈咬住毛巾，浑身颤抖，柱子一斜，屋顶的一坨土掉了下来，柱子旁已经裂开一道缝隙，可以看到外面的天。

50. 马大铲子家 夜 内

翠喜和马大铲子在睡梦中同时睁开了眼睛，二人对视着。

51. 马大铲子家地下室 夜 内

安德烈忍着痛取出了腿中的子弹，“当啷”一声扔在脸盆里。鹅儿知道身后发生了什么，不敢回头，喘着粗气。

安德烈使尽最后力气：(俄语) 谢谢。鹅儿回过头，发现安德烈已经昏了过去，鹅儿扯过一条白布为他裹住伤口，又拿起热毛巾为他擦拭着。安德烈在迷迷糊糊中望着鹅儿。

安德烈自言自语地：(俄语) 谢谢。我叫安德烈，你叫什么名字？

鹅儿犹豫了一下：(中文) 鹅儿。鹅儿刚要转身离开，扭头冲安德烈。

鹅儿：（俄语）不是说取出子弹就走吗？

安德烈：（俄语）是，我还在等个人。

52. 马大铲子家 晨 内

鹅儿将一勺咸盐倒在铁盆里，用水冲开。

鹅儿冲小六子：跟我下去。

53. 马大铲子家地下室 晨 内

安德烈躺在地下室。

鹅儿冲小六子：按住他的腿。小六子猛地一跃，“噌”的一下骑在安德烈腿上，把安德烈疼得一咧嘴。鹅儿用盐水为安德烈清洗着伤口，小六子回过头去见安德烈虽然疼得满头大汗，但还向小六子做了个鬼脸，小六子冲安德烈傻傻地一笑。

54. 吉普车内 日 外

加藤荣男、青木裕子和纯美坐在吉普车上，青木裕子突然呈呕吐状，加藤荣男一脚踩住刹车。

加藤荣男：（日语）怎么了？

青木裕子：（日语）加藤君，纯美可能要有弟弟了。加藤荣男复杂的表情。

加藤荣男：（日语）你还是带着纯美回国吧，这里已经不安全了。

青木裕子：（日语）不，就是死我们也死在一起。

纯美：（日语）爸爸，我也想吐。

加藤荣男：（日语）你是晕车。说着，汽车重新启动。

55. 马大铲子家 黄昏 内

赵德春从地下室一人走出。

赵德春冲翠喜：这老毛子太生猛了，我给牲口都下不了这手。鹅儿端着两个饼子一碗菜粥从里屋走出。

赵德春：光吃这个不行啊，伤口很难恢复。鹅儿把这话听在耳朵里，走向地下室。

56. 教堂内 黄昏 内

在斑驳的光影下，一群装束各异的孩子在唱圣歌，镜头缓缓移动。

57. 马大铲子家 黄昏 内

翠喜自顾自洗着衣服，马大铲子一人坐着叼着烟袋犯愁。

翠喜：你可说了三五天就走，这日子眼瞅可就要到了。

马大铲子：好好好，知道了，你小点儿声，（指着地下室）让人听见。翠喜顿时拔高了嗓门。

翠喜：我就想让他听见，就是想让他早点走。

马大铲子：你喊啥啊！外国人，听见也听不懂，你再把别人招来。

58. 面包房 黄昏 内

面包房已经关板，里屋索伯涅娃在洗澡，还哼着一首苏联歌曲。后厨房，鹅儿面对着一堆面包神情紧张，犹豫着。她忐忑地拿起一个面包又放下，又拿起，转身就走，没想到与张大憨子撞了个满怀。面包滚落在地上，二人尴尬对视，又都看着地上的面包。张大憨子捡起面包递给鹅儿，转身离开。

张大憨子自语：我什么也没看见。鹅儿将面包揣起，匆匆离去。

59. 马大铲子家地下室 夜 内

安德烈大口大口吃着面包。

安德烈：谢谢，这么好吃的面包让我想起了童年的味道。鹅儿没有搭腔，用盐水帮安德烈擦着伤口。安德烈一回头，见小六子已经走下楼梯，眼巴巴地看着自己手中的面包。

60. 马大铲子家 夜 内

翠喜也闻到面包的味道，来到地下室门口，看到鹅儿和安德烈。

翠喜呵斥着：鹅儿，上来！

鹅儿走了上来。

马大铲子冲翠喜：有话好好说，别喊。

翠喜：以后你不许下去。

鹅儿：为什么？

翠喜：这事儿跟你没关系。

鹅儿：怎么没关系啊？他都伤成这样了，咱们还不该照顾照顾他？

翠喜：面包哪来的？！鹅儿无语。

翠喜：是不是你把这个事儿已经跟索伯涅娃说了？！鹅儿无语。

翠喜：你不要命了？！鹅儿还是没有说话。

马大铲子：鹅儿，这事儿半点都不能漏。

鹅儿小声地：爸，我没说。

翠喜：鹅儿啊，你五岁到咱家，妈可是把你当成亲闺女呀。

马大铲子：说这些干啥！？

翠喜：我就要说。（冲鹅儿）鹅儿，妈疼你超过了六子，从小到大，就怕你出事儿，你这要是出了点儿事儿，你爸和我都受不了啊，你不能往这里卷，你离他远远的！说着，流下两行热泪，鹅儿也哭了。

鹅儿：妈，对不起。这时，小六子啃着半个面包，从地下室走了出来，翠喜上前就是一巴掌。

61. 小镇中心广场　日　外

小六子、麻秆、菜拌饭躲在教堂外的角落里，每人攥着一把飞刀片。

小六子：看谁能把绳子砍断。绳子很粗，只在接口处有一小段比较细。麻秆儿先扔，飞刀从绳子旁边飞过。菜拌饭也没有砍到绳子。小六子连扔三把，终于砍断了那段细绳子，三个孩子撒腿就跑。镜头拉开，这才看到原来绳子上吊着的正是牺牲的两名抗联烈士。现场执勤的日本兵捡起了一把用钉子压出的拴着红穗儿的飞刀。

62. 面包房后厨　黄昏　内

面包房关板，鹅儿在收拾操作台，张大憨子匆匆走进，从怀里掏出两个面包鬼鬼祟祟地塞给鹅儿。鹅儿拒绝，两人推让之际，索伯涅娃走进，两人傻眼。

索伯涅娃：这不是第一次吧？二人不语。

索伯涅娃：憨子，你出去。张大憨子灰溜溜走出房门。

索伯涅娃冲鹅儿：（俄语）鹅儿，你的品行一贯很好，你怎么能背着我干这种事儿？

鹅儿低头不语。

索伯涅娃：（俄语）你不想解释一下吗？鹅儿委屈地流下两行眼泪，默默地摇着头。

索伯涅娃：（俄语）如果不解释清楚，你以后就不要再来了。

鹅儿哭出声来。

鹅儿：（俄语）……家里来了一个亲戚……他病得很重。索伯涅娃更急了。

索伯涅娃：（俄语）病得很重那就能偷吗？！鹅儿，你告诉过我，在我给你烟面包之前，你弟弟都不知道面包的味道，平时我不让你动你都不吃一口，我不是心疼一个面包，我是担心你学坏了。

鹅儿：（俄语）对不起，索伯涅娃大妈，我跟你说实话，你千万不要说出去。我们家里来了一个伤员，病得很重，他是个苏联人。索伯涅娃警觉地向窗外看了一眼，见张大憨子正在后院劈柴，她压低声音、严厉地对鹅儿。

索伯涅娃：（俄语）那你更应该远离。我已经跟你说过，日本人对苏联人的戒心比对中国人还要大。

鹅儿：（俄语）索伯涅娃大妈，我知道了。

63. 教堂内　黄昏　内

在斑驳的光影下，一群装束各异的孩子在唱圣歌，镜头缓缓移动。

64. 面包房　晨　内

面包房恢复了往日的平静，窗外传来教堂的钟声。

索伯涅娃：钟声响了……

鹅儿：我这就走。鹅儿挎起面包篮走出房门。

65. 面包房外　晨　外

张大憨子早已把鹅儿的自行车推到了前门，破旧的自行车没有把套，他殷勤地用自己的手边哈着气，边用手捂着车把，歉疚地看着鹅儿，鹅儿眼睛仍然红肿着。张大憨子想对昨天的事做一个解释。

张大憨子：我……我……

鹅儿：外边冷，快进屋吧。

鹅儿接过自行车，张大憨子呆呆地看着她的背影。

66. 火车站机车库　日　内

火车司机王成友调整着火车方向，马大铲子掏出卷烟的纸，撕了一块，贴在自己的右眼皮上。

王成友：咋的了？

马大铲子：这两天我右眼总跳。

王成友：他伤势好点儿没有？

马大铲子：好点儿。远处，调度长鸠山从站台上走过。

王成友盯着鸠山，低声冲马大铲子：我这儿有点事儿，你先回吧。马大铲子听后跳下车就往家走去。

67. 马大铲子家　日　内

摩托车声起，小六子从自家窗口看到几辆日本吉普和摩托还有一队日本兵迅速包围了小六子家。小六子透过门缝，看到吉普车上下来了加藤荣男，还有香川、冈崎等带着日本兵和警犬。

小六子冲翠喜：妈，鬼子来了！

翠喜：快把门顶上！

说着她回手把地下室的门紧紧关上。

这时日本人破门而入，小六子急忙躲在门后，加藤荣男微笑地冲着翠喜。

加藤荣男：为什么关上这扇门？地下室里有人吗？

68. 马大铲子家地下室　日　内

安德烈立即警觉地拿起钢锯攥在手里。

69. 马大铲子家　日　内

翠喜：没有没有。

加藤荣男：没有？不可能！你的儿子小六子在哪里？

翠喜；啊？！找六子？！六子！快出来！

小六子从门后怯生生地走出，香川一把把小六子提溜到加藤荣男面前。

香川：他是头儿。

加藤荣男：呦西！

一挥手，车上走下了已被绑起的麻秆儿和菜拌饭。

70. 火车站　日　外

鹅儿送完了面包，向一个检道工问着什么。检道工给她指了一个方向，鹅儿朝机库走去。远处的鸠山发现了鹅儿，跟了过来。王成友盯着鸠山的一举一动。

71. 火车站机车库内　日　内

鹅儿走进机车库，见机库内空空荡荡，鹅儿有些紧张，她刚要转身离开，鸠山已经站在她的背后。

鸠山：外面冷，来，我给你捂捂手。鹅儿扭身要跑，鸠山一把把她揽在怀里，捂住嘴拖进机库，撕扯着她的衣服。这时，鸠山被身后的锤子击倒，王成友出现了。

半开库门透出的光，映照着王成友高大的身躯，鲜血顺着锤尖向下滴落。鹅儿惊恐地望着躺在血泊中的鸠山不知所措。这时，半掩着的库门“哗”的一下被拉开了，王成友和鹅儿都吓了一跳，回头望去，原来是张大憨子。

张大憨子惊呆了：鹅儿！

王成友：我处理尸体，你们赶紧把这儿收拾一下。王成友迅速翻找鸠山的口袋，掏出记满调度计划的小本，揣在怀里，扒去鸠山的衣服擦干了地上的血迹，

扛起尸体卷起衣服，回头冲鹅儿和张大憨子。

王成友：快跑！鹅儿系上衣服，慌忙跑出机库。张大憨子发现了鸠山落在黑暗角落的一把枪。他犹豫了一下，捡起枪慌忙离去。

72. 马大铲子家　日　内

加藤荣男又一挥手，一个日本士兵把一把飞刀递了过来。

加藤荣男：你们三个，是谁把广场上吊人的绳子砍断的？翠喜一惊，这才知道儿子惹了多大祸。

三个孩子互相指着：他！他！他！

加藤荣男：不要客气，一定是刀法最好的那一个。我看过中国的杂耍，十分精彩。（冲着贴在门前的翠喜）你配合一下，继续站在那里，让他们飞刀。

73. 马大铲子家地下室内　日　内

这时，安德烈已经爬到了地下室的门口，他轻轻地推了一下门。

74. 马大铲子家　日　内

翠喜用后背紧紧地把地下室的门靠住。

75. 马大铲子家地下室　日　内

安德烈透过门缝观察着，手里紧紧握着钢锯。

76. 马大铲子家　日　内

加藤荣男冲着麻秆儿：你先来？麻秆儿不肯接。

加藤荣男冲菜拌饭：那你来？菜拌饭刚要接，小六子冲上前抢了过来。

小六子：我来。说着，他两手发颤，哆嗦着一咬牙一闭眼，第一片飞刀飞了出去，飞刀贴着妈妈的头皮剁在了地下室的门上。小六子第二片飞刀飞出，剁在翠喜右肩旁。小六子飞出第三片飞刀时，翠喜快速地向左挪动了一下身体，飞刀扎在了她的左肩上，鲜血流出。

加藤荣男冲翠喜：呦西！伟大的母亲，不然也不会培养出这么优秀的儿子。加藤荣男掏出手枪对准小六了，翠喜一下子跪在加藤荣男面前。

翠喜：孩子不懂事，求你放过他，你也是个有孩子的人。“啪”的一声枪响，小六子应声倒地，那只露脚趾头的花棉鞋滚落到墙角。麻秆儿和菜拌饭吓傻了，翠喜当即瘫倒。香川看见眼前的一切，紧紧地闭上眼睛。

77. 马大铲子家地下室　日　内

安德烈紧握着钢锯的手已经攥出了血。

78. 马大铲子家　日　内

加藤荣男带着人转身离去，马大铲子冲进屋内，望着眼前的一切，鹅儿也跑了进来……

79. 小镇火车站　黄昏／雪　外

警报响起，小镇火车站戒严。日本人把所有当天当班的工人全部抓来，向站台集中，王成友和马大铲子也在其中。王成友顶着满天的雪花，边走边叮嘱身边的马大铲子。

王成友：知道你失去儿子的痛苦，鹅儿永远是你的亲生女儿。说着，用手紧紧地攥了一下马大铲子的手。

王成友：今天我本不应该跟你说这些，但是情势危急，我凶多吉少。马大铲子满脸泪流地站住，望着王成友，王成友头也没回地继续往前走着，马大铲子追上。

王成友：我现在可以告诉你，我是抗联的，牺牲了的鹅儿的父亲就是我的引路人，当年我把鹅儿托付给你，今天要托付你一件更重要的事。七号信号灯的石头下压着个小本子，尽快转给你们家那个苏联人，最晚不能晚于大年三十儿，大年初一一早，就会有人来接他。拜托！

说完，王成友故意加大步伐，与马大铲子拉开距离。

远处，冈崎镜片后的眼睛洞察着眼前的一切。

80. 火车站站台　黄昏/雪　外

站台上，日军曹长香川一个立正，向加藤荣男大佐汇报。

香川：今天当班的所有工人已经全部集中在站台上了。煤场那边确定尸体为鸠山调度长，死亡时间不过8小时，第一现场就在我们这个车站。

81. 火车站站台上　黄昏/雪　外

雪越下越大，加藤荣男的身后一排全副武装的日本兵。加藤荣男手里拿着那只铁锤，举起冲站台上的工人们。

加藤荣男：这个，谁的？前排的几个工人恐惧地摇着头。加藤荣男冲列队的士兵一摆手，士兵们举起枪，子弹上膛，准备射击。

加藤荣男：如果没人承认，全部杀掉。

工人们一阵骚乱。

王成友分开人群，走到加藤荣男面前，二人对视着。

王成友从兜里掏出一只血手套。

王成友：我干的。马大铲子惊愕的表情。加藤荣男端详着王成友。

加藤荣男：为什么？

王成友：就是想杀了他。

王成友举起血手套：这个上面还沾着那个牲口的血。

加藤荣男：谁让你这么干的？

王成友：我想这么干。说着，王成友把手伸了出去。

加藤荣男：干什么？

王成友：把锤子给我，我告诉你他是怎么死的。

加藤荣男：八嘎！加藤荣男挥动手中的锤子，猛地向王成友砸去，王成友没有躲闪，一头栽到雪地里，雪地顿时染红。马大铲子低着头，痛哭无声地颤抖着双肩。

82. 火车站出站口　黄昏　外

日本兵把放走的工人和扣留的工人分成两拨，马大铲子被放走了，刚刚从加藤荣男面前走过，又被冈崎叫了回来。

冈崎冲马大铲子：你，回来！

83. 马大铲子家地下室　夜　内

鹅儿极度痛苦地呆坐在那里，眼泪不住地往下流着，安德烈愤怒地抄起斧子，一瘸一拐地冲出地下室。

鹅儿急忙追出。

84. 马大铲子家院内　夜　外

鹅儿：你想干什么？！

安德烈：（俄语）我想跟他们拼命，一切都是我造成的，我就是个丧门星，跟我联络的人不在了，我已经没有任何价值，我要和日本人一对一地拼命，死个痛快。鹅儿上前紧紧地将安德烈抱住。

鹅儿央求着：（俄语）我求求你，我爸还在日本人那儿关着，真要被日本人发现了，我们全家人就都没命了。安德烈一愣，捶胸顿足，仰望着天空。

85. 日军秘密洞库门外　夜　外

冈崎：（日语）大佐阁下，工程已经完工了，这些外地的劳工怎么处置？

加藤荣男：（日语）把他们集中起来，搞一个庆祝。

86. 日军秘密洞库劳工山洞宿舍　夜　内

劳工宿舍是一个单独的山洞，今天，日本人把所有的外地劳工集中在一起，为他们摆上庆祝工程竣工

的酒宴。酒宴正酣，大门突然关闭。几个戴猪头面具的人从事先布置好的通气孔中向山洞内释放毒气，洞内的喧哗声渐渐平息。

冈崎：（日语）大佐阁下，看来毒气的威力很大，比预期的时间还要迅速。加藤荣男一挥手，一辆推土机从山坡上推下松土，将山洞口彻底掩埋。加藤荣男回过身来，对香川等说。

加藤荣男：（日语）鸠山死了，“玉碎计划”可能泄露，一定要加强这里的警备。“玉碎计划”是我们为天皇尽忠，破釜沉舟之举，一旦有苏军进犯，如若不敌，我们就在这里引爆毒气弹。你知道这意味着什么吗？百里之内连一只蚂蚁都不会是活的。

香川：嗨！信号灯中，装有毒气弹的火车开进洞库。香川指挥日本士兵很快用树枝和枯草将洞库口覆盖上伪装，拐向山洞的铁轨也瞬间被遮蔽。

87. 马大铲子家　夜　内

翠喜躺在炕上，头上敷着白毛巾，旁边柜子上放着一包没有开封的点心包，张大憨子坐在炕沿儿上，痛苦地抱着头。

88. 马大铲子家地下室　夜　内

安德烈恢复了平静，两人静静地坐在地下室。鹅儿向安德烈讲述着自己的故事。

鹅儿：（俄语）我不是爸爸妈妈亲生的，听说我的生父是中国人，生母是苏联人。我5岁那年，爸爸妈妈收养了我，在之前他们有四个孩子都没有活下来，收养我后才有了弟弟小六子。家人都说福音是我带来的，可今天弟弟又走了……

安德烈：（俄语）对不起，是我勾起你的伤心事了。我有一个朋友叫伊凡，从小就有一个幸福的家庭，他有一位引以为豪的父亲，有一个会跳芭蕾的漂亮母亲。从小他母亲就希望他成为舞台上的王子，在这样寒冷的天气里，他们一家三口会围坐在火炉前听柴可夫斯基，战争夺去了他们的一切。他父亲在1939年的诺门罕战役中牺牲，他的母亲带着他离开了伤心之地。伊凡20岁那年，像他父亲一样也当兵了，从此跟母亲失散了，至今不知道彼此的下落。

鹅儿：（俄语）伊凡，他还活着吗？

安德烈：（俄语）不……已经死了。说着，安德烈掏出怀表，打开表盖，见表盖里是一张年轻女子跳芭蕾舞的剧照。

鹅儿惊喜地（俄语）：太美了！

安德烈（俄语）：这是著名舞剧《天鹅湖》。古老的城堡里举行盛大的王子成年舞会，王后为他挑选未婚妻，而王子却未相中任何人，他期待的是真正的爱情。天鹅湖边，王子和朋友们在打猎。突然一只高贵的天鹅在他面前变成了娇媚的少女，向他讲述悲惨的身世，原来她是一位公主……鹅儿听得入迷，眼中噙着泪水。

鹅儿：（俄语）我好羡慕那只天鹅。

安德烈：（俄语）你不是鹅，你是天鹅，你是那只白天鹅。两个人都没有意识到，此时，张大憨子已经站在地下室的楼梯处。

89. 日军兵营门口　晨　外

张大憨子死灰一样的脸，手里拎着鸠山那支枪，直勾勾地走向日本兵营。

90. 小镇大街　晨　外

一群日本兵走进民房区，几个日本兵拎着绳子，拿着砖头来到马大铲子家门外。

91. 马大铲子家　晨　内

翠喜紧张地从床上坐起。

92. 面包房　晨　内

鹅儿和索伯涅娃在烤着面包，赵德春跑进。

赵德春：快！鹅儿，日本人去你家了。鹅儿围裙都没解，撒腿就往外跑。

索伯涅娃问赵德春：她们家里收留的到底是个什么人？

赵德春压低声音：苏联人，枪伤，可能跟前两天广场上吊的那两个人有关系。索伯涅娃在胸前画着十字，为鹅儿祈祷。

93. 面包房门外大街　晨　外

鹅儿慌张地往家跑着。

94. 马大铲子家院外　晨　外

一个日本兵举着一个小喇叭喊着。

日本兵：这是满洲国臣民的福音，政府为了大家能过个好年，特意组织慰劳队，为各家各户清理烟道，多有打搅。

95. 马大铲子家院外　晨　外

鹅儿跑来，远远地看到几个日本兵搬着梯子用绳子拴住砖头，顺着邻居家的烟道通烟囱，下面还有几个日本兵在门口进进出出。

96. 日军兵营内　晨　内

张大憨子把鸠山的手枪双手交给日本军官。

97. 马大铲子家　晨　内

日本人已经离开，鹅儿跑进家门，发现母亲坐在屋里低头不语，正在补着小六子的那双花棉鞋。她又赶紧跑进地下室，安德烈不在。鹅儿迅速跑出地下室，来到母亲身边，母亲依然缝补着小六子的花棉鞋。

鹅儿：妈，人呢？翠喜没有回答，还在补着花棉鞋。鹅儿再次跑向地下室。

98. 马大铲子地下室　晨　内

鹅儿在地下室四处寻找。

鹅儿着急地喊着：安德烈！安德烈！绝望之际突然发现脚下的地板有敲击声，她马上让开，安德烈从地下推开地板露出自己。

鹅儿：你？！安德烈微笑着从地下堑槽中起身。

安德烈：你没发现我，怎么样？我的手艺还不赖吧？我为自己做了个“棺材”。鹅儿赶紧捂了一下安德烈的嘴，安德烈刚要去扶鹅儿的肩膀，鹅儿转身离开。

99. 面包房　日　内

索伯涅娃用一张俄文报纸把两个面包和一盒奶油包起，塞进了鹅儿的包里。

索伯涅娃嘱咐鹅儿：那个人要赶紧送走，现在日本人越来越疯狂了。鹅儿点点头，感激地看着索伯涅娃。

100. 马大铲子家地下室　日　内

安德烈发现包面包的竟然是一张俄文报纸，打开认真地读着。

101. 马大铲子家厨房　黄昏　内

翠喜从中药罐里倒出中药汤，鹅儿在旁边看着。翠喜把药碗放到了鹅儿的面前，转身离开。鹅儿心领神会，高兴地走向地下室。

102. 马大铲子家地下室　黄昏　内

安德烈显得格外兴奋，鹅儿端着药碗走进。

安德烈感慨地说：（俄语）面包太香了，让我想起了我的家乡，想起了我的祖国，如果再有杯咖啡就更美了。

鹅儿有些调皮地：（俄语）给，中国咖啡。安德烈捏着鼻子把中药喝了下去，表情十分痛苦。

安德烈：（俄语）中国咖啡比我家乡的咖啡还好喝……

鹅儿：（俄语）你今天怎么这么兴奋？安德烈拿起俄文报纸，递给鹅儿。

安德烈：（俄语）你看，上面写的什么？

鹅儿：（俄语）我只会说，但我不认识。

安德烈：（俄语）我读给你听。（读报纸）1945 年 2 月 4—11 日，就是昨天，苏、美、英三国领导人在苏联克里米亚的雅尔塔签订了《雅尔塔协定》。会议决定美国、英国、法国、苏联、中国五国为联合国安理会常任理事国。鹅儿听到了自己的国家，疑惑地问。

鹅儿：（俄语）中国？

安德烈：（俄语）中国好日子快来了！（继续念报纸）欧洲战场形势发生根本变化，苏联承诺，欧战结束后两三个月内参加对日作战……读到这里，安德烈激动万分。

安德烈：（俄语）也就是说，我们的部队快要打过来了。

鹅儿：（俄语）真的吗？

安德烈：（俄语）真的！日本人就要完蛋了。二人激动地抱在一起，突然又意识到什么，两人分开，鹅儿羞涩地转身离开。

103. 马大铲子家院外　黄昏　外

一群孩子拉着一挂点着的鞭炮跑过。一辆日本军车来到马大铲子家门口，从车上走下马大铲子，翠喜和鹅儿透过玻璃，看到这一切。翠喜不知所措地站了起来，鹅儿也愣在那里。日本军车离开，马大铲子推门进屋，看见老婆和女儿，蹲在地上，抱头痛哭。

翠喜：放你回来了？

马大铲子：是憨子替我去死了。

鹅儿：憨子死了？！

马大铲子：憨子主动去宪兵队自首，救了我。

鹅儿惊呆了。

104. 教堂内　黄昏　内

在斑驳的光影下，一群装束各异的孩子在唱圣歌，镜头缓缓移动。

105. 马大铲子家厨房　夜　内

鞭炮声时不时地传来，翠喜在小六子的花棉鞋前放了几块儿杂拌糖。翠喜和着馅儿，鹅儿擀皮儿，马大铲子一个人抽着烟袋，一家三口谁也没说话。马大铲子耳边响起了王成友的画外音。

王成友：最晚不能晚于大年三十儿，大年初一一早，就会有人来接他。

马大铲子站起冲翠喜：孩儿他妈，你和鹅儿先包着，我出去一趟。

翠喜：饺子马上下锅，你去哪啊？

马大铲子：我去给憨子妈磕个头去。说着，拿起手电，披上大衣走出家门，翠喜和鹅儿默默无语。

106. 小镇街景　夜　外

小镇上张灯结彩，鞭炮此起彼伏，除夕夜晚比平时热闹了许多。马大铲子从街上走过。

107. 马大铲子家　夜　内

翠喜和鹅儿坐在桌前，一桌年夜饭已经等凉了。这时，马大铲子披着满身的雪花，急匆匆地走进家门，显得有些兴奋。

翠喜起身：我这就下饺子。

马大铲子：鹅儿，（指着桌子上的菜）咱到下面吃去，把酒拿上。鹅儿兴奋地往地下室搬着酒菜，马大铲子掏出笔记本，拿出一张红纸包了起来。

108. 马大铲子家地下室　夜　内

饭菜都摆在地上，大家围坐在一起。

马大铲子：过年了，咱们好容易坐在一起，按着中国人的习惯，在家过年就是客。马大铲子从兜里掏出一个“红包”，递给安德烈。

马大铲子：有一个朋友，让我把这个转给你。安德烈刚要打开，马大铲子按住他的手。

马大铲子：红包不能当面打开，这是我们的习俗。安德烈摸了摸红包，马上明白了，感激地望着马大铲子。

安德烈：（俄语）我给你们添了不少麻烦。鹅儿在他们中间当着翻译，翠喜欣慰地看着女儿。

安德烈端起酒杯：谢谢！（一饮而尽）

鹅儿：我在饺子里包了一个铜币，谁吃到谁有一年的好运，我希望我妈吃到。

翠喜：让你爸吃。

马大铲子：让安德烈吃吧。话音未落，鹅儿从嘴里拿出铜币，有些失望。

鹅儿：呀，让我吃到了。大家会意地一笑，安德烈深情地望着鹅儿。

安德烈由衷地：（俄语）祝你好运。他的眼睛里似乎闪着泪花，因为他知道他们在一起的时间不多了。马大铲子把铜币拿了过来，冲安德烈。

马大铲子：中国人为什么爱吃饺子，因为它像元宝，“出门饺子回家面”，就是希望路上平平安安。（拿起铜币递给安德烈）这个，还是你拿着。安德烈接过，攥在手里，鹅儿看看安德烈，幸福地低下了头。

109. 马大铲子家　夜　内

翠喜搀着带有醉意的马大铲子回到房间。

110. 马大铲子家地下室　夜　内

两个年轻人还留在地下室。

鹅儿：（俄语）今天是除夕，这个年过得太不平静。

安德烈：（俄语）新年来了一切都会好的。鹅儿，振作起来，你们中国人说的，初一拜大年，十五闹花灯。就是为了欢欢乐乐过日子。

鹅儿惊讶：（俄语）没想到你对我们中国这么了解？

安德烈：（俄语）我曾经跟很多中国同志一起工作过。这时，屋外传来零零星星的爆竹声。

鹅儿：（俄语）我们中国人过年都穿新鞋新衣服，可热闹了，要能带你出去看看就好了。

安德烈：（俄语）闭上眼睛，我带你出去。安德烈拉着鹅儿坐下，鹅儿闭上眼睛。安德烈来到柱子前，抽开一块木板，那道裂缝，已经成了一个天窗。顿时，地下室里吹进一股清风。

鹅儿：风？雪花从外边洒落进来，落在鹅儿的脸上。

鹅儿：雪？

安德烈：（俄语）把手举起，睁开眼睛。鹅儿把手举向空中，慢慢地睁开眼睛，见压抑的地下室终于打开了一扇天窗，窗外的飞雪在风中急速地向后滑过。风吹起了鹅儿的长发，安德烈也把手伸向空中，二人流泪，一起迎接着缤纷的雪花。顿时，他们觉得自己在飞翔，窗外的烟花和雪花在风中交相绽放。烟花在空中无声地化开……（黑场）

111. 马大铲子家　凌晨　内

天还未亮，马大铲子家传来轻轻的敲门声，马大铲子打开房门，东方露出鱼肚白，马大铲子把人悄悄地引了进来。安德烈已整理好行装坐在那里，马大铲子刚要去叫鹅儿，被安德烈制止。几人静静地走出房门。

112. 马大铲子家　晨　内

天色渐渐地亮了起来，鹅儿起床，倒了杯水来到地下室，见地下室没人。

鹅儿：安德烈，安德烈！鹅儿蹑手蹑脚、调皮地走向暗槽，猛地一下掀开地板，见暗槽里也是空的，那块怀表摆在那里，下面压着一张纸条。鹅儿打开纸条，见上面写的是俄文，扯过围巾，跑出家门。

113. 小镇街道　晨　外

鹅儿疯狂跑过，跑向小镇街道，见街道空无一人，转身又跑向面包房。

114. 面包房　晨　内

索伯涅娃正在给炉子生火，鹅儿“咣”一声闯了进来。

索伯涅娃：鹅儿？

鹅儿急喘着粗气：他不见了！

索伯涅娃：（俄语）就是住在你们家那个苏联人？

鹅儿：（俄语）对，你看看这上边写着什么。

鹅儿递上纸条。

索伯涅娃读纸条：（俄语）天鹅，我会回来的，你一定等我——安德烈。（冲鹅儿）安德烈？鹅儿什么话也没说，递上怀表。索伯涅娃打开表盖，吃惊地看到年轻时穿着天鹅服的自己。（音乐重起）

索伯涅娃急问鹅儿：（俄语）他在哪！？

鹅儿气喘吁吁：（俄语）我不知道，早上起来就不见了。

索伯涅娃：（俄语）他有可能已经坐上了第一班回苏联的火车。（说着拉起鹅儿）快走！

115. 小镇火车铁轨　晨　外

一列列车驶向远方，索伯涅娃和鹅儿远远地追来。（升格）

116. 教堂内　黄昏　内

在斑驳的光影下，一群装束各异的孩子在唱圣歌，镜头缓缓移动。

117. 面包房　黄昏　内

音乐背景下，鹅儿穿着白天鹅舞裙在面包房跳着芭蕾，索伯涅娃站在旁边指导着。

118. 叠画镜头

鹅儿不停起舞、旋转，由冬转到春、由春转到夏、由夏转到秋。

出字幕：1945年8月，苏联红军150万部队在我东北抗日联军的配合下，分东、北、西三个方向挺进中国。

119. 小镇城外　日　外

天际线一片坦克剪影，烟尘升起，坦克装甲车滚滚而来，履带碾过日军钢盔和刺刀挑着的日本旗。坦克滚动的履带，碾压路面的尘土。烟尘散去，显现出身着苏军上尉军装的安德烈。他半个身子露在坦克车外，格外帅气。坦克车队隆隆开进。

120. 小镇城外　黄昏　外

安德烈正与苏军上校瓦西里和几个军官在阵地前展开作战图。

安德烈：（俄语）这是敌人的第一道城防部署，总共驻守1500人。

抗联队长：（俄语）这儿是指挥部，有300多人，后勤补给在火车站附近……

安德烈指向地图：（俄语）这个地方就是日军藏匿毒气弹的洞库，我们应该先派出小分队从山后迂回到这里，占领之后，方可总攻。瓦西里上校开始布置。

瓦西里上校：（俄语）我们分两路，一路攻城，一路迂回至洞库，无论如何不能让敌军“玉碎计划”得逞。

121. 日军秘密洞库前　夜　外

战斗打响了，安德烈带领小分队攻到秘密洞库前。安德烈在电话里向瓦西里上校汇报着。

安德烈：（俄语）上校同志，我们已经成功控制了秘密洞库，可以发起总攻。

122. 小镇外　夜　外

战火硝烟已经把小镇全部覆盖。

画外枪炮声响成一片。

123. 面包房　晨　内

枪炮声化成缝纫机的转动声。缝纫机特写，一只手在摇着缝纫机的手轮，索伯涅娃缝制着一条大红色的“布拉吉”。

索伯涅娃：（俄语）鹅儿，快过来。（拿起长裙）穿上试试。正在擦拭着桌上灰尘的鹅儿跑过来。

鹅儿：（俄语）是舞裙吗？

索伯涅娃：（俄语）不，这是我专门为你做的“布拉吉”。鹅儿惊异的眼神看着索伯涅娃。

索伯涅娃：（俄语）今天是我们的节日，穿上这个，你会成为这个小镇最美的姑娘。

124. 小镇街道　晨　外

索伯涅娃拉着身穿新缝制“布拉吉”的鹅儿风一样地跑上小镇街道，她们边跑边寻找着，成为街上的一道亮丽风景。这时，苏联红军的入城仪式开始，如同一股洪流滚滚而来。坦克编队进入老城门的拱顶下，日本旗在履带下碾压而过，后面是骑兵和马队，浩浩荡荡。城楼前，百姓和苏联人又跳起了跪脚舞，中国人的高跷和龙船，朝鲜人的甩帽带，蒙古人的马头琴……人山人海中，鹅儿拉着索伯涅娃在寻找着，突然在入城的人群中看到了身着军装、坐在坦克车上面的安德烈，安德烈也发现了鹅儿。

安德烈：鹅儿！此时的鹅儿顾不上索伯涅娃的存在，挤过人墙，扑向安德烈。安德烈纵身跳下坦克车，两人紧紧拥抱在一起。坦克上的红军战士们高呼“乌拉！乌拉！乌拉！”他们把安德烈和鹅儿拥上坦克，二人被推到坦克的最前头。

索伯涅娃站在人群中看着一切，幸福地笑着，慢慢湮没在人群中。突然，鹅儿想起索伯涅娃，拉着安德烈，在嘈杂的人群中兴奋地高喊。

鹅儿：（俄语）我要告诉你一件最开心的事。

鹅儿回头寻找索伯涅娃，发现索伯涅娃已消失在人群中。

安德烈抱着鹅儿跳下坦克，转头冲瓦西里上校敬礼。

安德烈：（俄语）上校同志，我已经找到我最心爱的姑娘，向你请假。

瓦西里上校：（俄语）尽情地欢乐吧，上尉同志。

125. 小镇街道　日　外

鹅儿拽着安德烈风一样地跑向面包房。

126. 面包房　日　内

面包房的门“嘭”的一声被推开，安德烈和鹅儿出现在门前，安德烈的目光中涌现出无比的激动，鹅儿把视线扭向安德烈，安德烈看到他失散多年已经苍老的妈妈索伯涅娃。索伯涅娃再也支撑不住了，张开双臂叫了声“我的小伊凡”，瘫坐在椅子上。

安德烈：妈妈！

安德烈扑向索伯涅娃，跪在了索伯涅娃面前，母子俩抱头痛哭，鹅儿一切都明白了，她已是满脸的泪水，转身离开。

127. 日军兵营　日　内

苏联红军在接受日本兵成建制的缴枪投降，可以看得出，苏联红军中有不少中国人，他们就是转战到苏联境内的抗联战士。日本兵排着队把枪堆在一起，马大铲子和一些百姓推着小推车在拉着收缴的武器弹药。安德烈在向瓦西里上校做着汇报。

安德烈：（俄语）上校同志，经过清点，俘虏1266人，击毙234人，还有200多人下落不明。

瓦西里上校略带醉态：（俄语）加强戒备，继续搜索，不过小股残敌，也不足为惧，在我们强大的苏联红军面前，任何敌人就是钻到地狱里也会发抖的。这时，有个苏联红军军官在吉普车里喊。

苏军军官：快来听，日本天皇宣布投降了。众人一起涌向吉普车。吉普车收音机中传来用中文、俄文、英文、日文向全世界发布的《日本无条件投降告白书》。

吉普车收音机：兹命令日本帝国大本营，即刻命令日本的一切武装及不论驻在何地的日本控制下的武装部队的指挥官，他们自己及他们所率领的武装部队，无条件交出枪支弹药及其他武器……现场“乌拉乌拉”一片欢腾，人们疯狂了。

128. 白桦林深处　黄昏　外

白桦林深处聚满了战场上溃散下来的日本士兵，他们衣衫破烂，形容枯槁，有几百人，有日军在低低地哭泣流泪。一台老式收音机里天皇的日文投降命令，天皇的声音：（日文）“我们谨奉日皇、日本政府与其帝国大本营的命令，并代表日皇、日本政府与其帝国大本营，接受美、中、英三国元首7月26日在波茨坦宣布的，以及由苏联附署的公告各条款，我们兹宣布日本帝国大本营及在日本控制下驻扎各地的日本武装部队，向同盟国无条件交出武器……”现场炸窝了，他们不敢相信、不敢正视战败的现实，他们的争吵声甚至把收音机里日本天皇念着投降诏书的声音都完全湮没了。有的日本兵如中了魔似的，目光一下子呆滞了。一声尖叫，有人敞腹把军刀刺入自己的腹中并用力剖开，肠子流出。香川演奏起了日本传统乐器尺八，伴着尺八的音乐，几个士兵跳了起来，那是死亡之舞，很快，很多人都加入到了舞蹈之中，舞之整齐，舞之恐怖，舞之绝望、悲伤。舞曲中，加藤荣男跪地用白手帕拭着指挥刀上的寒冷锋芒。

一个士兵在喊：（日语）我们可以回家了！我们终于可以回家了！香川将尺八在石头上砸碎，对那个士兵喊。

香川疯狂地：（日语）住嘴！这是谣言，谣言！天皇不会这样说的！他用悲愤沙哑的声音一遍遍鼓动着众人的斗志。

香川：（日语）大日本帝国太阳永远不落，大日本军人以战死疆场为荣，大日本军人要战斗到生命最后一刻。加藤荣男将战刀收回，转而刀锋直指香川咽喉。

加藤荣男：（日语）你以为“玉碎计划”让苏联人彻底摧毁了吗？不，每一个日本军人都可以是一枚毒气弹！炸开，炸开……加藤荣男眼里，流淌着两道涌动出来的眼泪，泪中混合着溅在上面的猩红的鲜血……

129. 火车站机车库　黄昏　内

曾经的火车站机车库已被苏军改造成临时的战俘营。

战俘营戒备森严，苏军架着的DP轻机枪、波波沙冲锋枪，对准机车库库门，安德烈穿着苏军马靴来回巡视着。赵德春正给几个上吐下泻的日军俘虏配药，机库里满是日本俘虏绝望的脸。苏军士兵扔过去的烂西葫芦和发芽的土豆，饿急了的众日本俘虏抢着，赵德春抢出来两个。赵德春着急地制止发食物的苏军士兵。

赵德春：这东西不能吃，牲口吃了都受不了，拉稀会死人的。

苏军士兵：对付法西斯我们比你有经验。安德烈走过来，制止士兵发放。这时，鹅儿和几个村民抬着一筐馒头走进。赵德春急着上前帮助发馒头。冈崎带头挑事，他环视着拿着馒头的日本士兵，对安德烈说。

冈崎：（日语）我们要饭团，不吃这个。说着，把馒头扔在地上，鹅儿和赵德春看着十分气愤。

鹅儿：我们都吃不上，你们还给扔了。安德烈上前把闹事的冈崎揪起，塞进了旁边的小铁笼子里，小铁笼子里早已有一个快饿死的日本士兵还在那里瞪着眼，紧紧咬着牙。安德烈锁上小笼子。

安德烈：（俄语）你可以不吃，你看着他们吃。一群日本兵狼吞虎咽地往嘴里塞着馒头，噎得直干咳。

冈崎在笼子里疯狂地喊：（日语）不能吃！我们要以死效忠天皇！以死效忠天皇……

130. 火车道旁　日　内

火车道旁停着几辆破旧的闷罐车厢，苏联红军把这里当成了临时难民营，一些日军家眷都被集中在这里。一个苏联女护士正在为青木裕子助产，难产的青木裕子满头大汗，痛苦呻吟，纯美在旁边抓住妈妈的手。

苏联女护士扭过头冲着正在帮忙服务的中国妇女求助。

苏联女护士：（俄语）你们谁会接生，来帮帮她。几个中国妇女谁都没动，翠喜也在其中，大家把视线投向翠喜，翠喜仍然不动。青木裕子仍然在呻吟着，直至没了声音。苏联女护士把白单子盖在青木裕子的脸上，纯美拉住裕子的手死活不放，喊着。

纯美：妈妈！妈妈！但裕子已经撒手人寰，翠喜咬牙转过头，流下两行热泪。

131. 日军秘密洞库门口　夜　外

苏联红军一个连的兵力把守着日军毒气弹洞库，门口十几个卫兵戴着防毒面具严阵以待。瓦西里上校带着一群军官前来视察，安德烈也在其中。瓦西里上校视察后，冲着安德烈说。

瓦西里上校：（俄语）我们将随着大部队继续推进，这里由你负责，守住洞库，肃清残敌，我现在正式通知你，你已被上级正式授予少校军衔。安德烈一个立正，向瓦西里上校敬礼。

安德烈：（俄语）放心吧，上校同志。

132. 马大铲子家　晨　内

索伯涅娃带着一筐面包和香肠，还有一个像脸盆一样的“大列巴”，走进马大铲子家。

索伯涅娃：（俄语）按照中国人的习俗，我这是下聘礼来了。我的儿子和我一起看上了你们的宝贝女儿鹅儿，她像天仙一样美丽。战争结束了，天下太平了，请你们允许你的宝贝女儿嫁给我的儿子，成全这对年轻人吧。

马大铲子：老伴儿，舍得吗？

翠喜：我舍不舍得有啥用啊，咱就依着闺女吧。三人沉浸在欢喜之中。

133. 白桦林　日　外

秋日的桦树林色彩斑斓，一匹枣红色的大洋马拴在桦树林中，一个吊床在左右摇荡，鹅儿坐在吊床上，安德烈像个孩子似的躺在鹅儿的腿上，仰望着鹅儿，尽情地享受着这秋天静谧的美丽。鹅儿今天格外漂亮，修饰了发型，头上别着一朵小花。

安德烈：（俄语）你今天格外地漂亮。

鹅儿羞涩地一笑。

安德烈：（俄语）谁给你梳的头发？

鹅儿：（俄语）索伯涅娃大妈。

安德烈：妈妈。

鹅儿：妈妈。

安德烈：（俄语）我的天鹅，我此时无比幸福，我想叫你妈妈。鹅儿兴奋中又有几分不解地望着安德烈。

安德烈：（俄语）我妈妈年轻的时候和你一样地美，我现在才感觉到当年我爸爸有多么的幸福。落叶时而从上飘落，在安德烈和鹅儿眼里想象成一片片洁白的羽毛。鹅儿不知何时换上了那双舞鞋，她跳到地上，足尖在厚厚的落叶中立起。

安德烈：（俄语）舞鞋？

鹅儿：（俄语）妈妈送的。说完，舞动起来，鹅儿在音乐中不停地旋转，安德烈深深地陶醉在她那优美的舞姿中。看着——看着——安德烈的目光不动了。他透过鹅儿看到对面的白桦林深处伸出一支黑洞洞的枪口正在对准他们，此时不知情的鹅儿还在舞动着，舞蹈进入高潮。

134. 白桦林深处　日　外

日本曹长香川瞄准安德烈和鹅儿。

135. 白桦林　日　外

安德烈冷静地起身，为鹅儿的精彩舞蹈鼓掌，握住鹅儿的手，把她紧紧地揽入怀中。

安德烈：（俄语）太美了！说着，把她抱上枣红马，解开马的缰绳，解开系在树上的吊床，从容地叠起，放入背囊中，轻轻地翻身上马，挡在了鹅儿的后面，这才松了口气。

136. 白桦林深处　日　外

这时，白桦林深处，一只手压下了香川的枪口。镜头摇起，衣衫褴褛、胡子拉碴的加藤荣男拦住香川。

加藤荣男：我们已经在这儿坚持一个月了，不能因小失大，影响“玉碎计划”。

137. 白桦林　日　外

安德烈轻轻地拍马前行，显得很从容，鹅儿慢慢地闭上眼睛。

鹅儿：（俄语）刚才我都转晕了，好像在林子里看见了鬼子。安德烈安慰着鹅儿。

安德烈：（俄语）你那是幻觉！说着，双胯紧夹马肚疾驰而去，枣红马飞一样向白桦林外冲去。

138. 面包房前　日　外

安德烈把鹅儿交给索伯涅娃。

安德烈：（俄语）妈妈，我把鹅儿交给你，你要保护好她。

索伯涅娃：（俄语）我的小伊凡，你要去哪里？

安德烈：（俄语）我有一项紧急任务。

鹅儿：（俄语）你一定要平安回来。安德烈从上衣口袋掏出那块铜币，抛向空中，一把抓住，冲鹅儿一笑，拨马便走。

139. 白桦林　日　外

白桦林中传出枪声，安德烈带领一个连共 100 多名苏联红军已经和日军交火，枪声越打越急，鬼子越打越多，十个、几十个、几百个，很快把安德烈他们包围。安德烈奋力和日军拼杀，他命令身边的通信兵。

安德烈：（俄语）一定突围出去，通知瓦西里上校，下落不明的鬼子都在这里，请求增援，绝不能让鬼子接近毒气洞库。通信兵突出重围，安德烈率领众苏联红军士兵与敌人进行了惨烈厮杀。

140. 面包房　日　内

音乐中，鹅儿在索伯涅娃的指导下翩翩起舞。

141. 白桦林　日　外

音乐中，安德烈带领苏联红军与日军拼杀。

142. 一组叠画镜头

鹅儿飞速转动。叠出马大铲子、赵德春等众乡亲拿着锹镐冲向战场。叠出苏联大部队向小镇开拔。叠出安德烈与日军肉搏。叠出马大铲子与加藤荣男绞杀在一起。叠出赵德春中弹身亡。叠出安德烈用石头把香川砸死。叠出马大铲子与加藤荣男同归于尽。叠出一枚炮弹炸起尘土落叶，一枚铜币从空中翻滚着坠落下来，砸在日军的一个钢盔上。硝烟遮蔽了整个战场……渐渐淡去，显现出鹅儿穿着那件红色“布拉吉”从远处走来。

143. 白桦林　日　外

静静的白桦林弥漫着硝烟，战后一片凄惨景象。

弥漫的烟雾中，看到一个红裙子，鹅儿正向这里走来，她的脚下是尸横遍野的战场。在其中看到了日军士兵香川，看到了舅舅赵德春。看到了父亲马大铲子和加藤荣男的尸体扭在一起，手中的铲子穿进加藤荣男的身体。她看到钢盔旁落在地上的那枚硬币，她弯腰拾起。

鹅儿呼喊：安德烈！安德烈！白桦林中回荡着鹅儿的呼喊。奄奄一息的安德烈听到了鹅儿的呼喊，弥留中睁开眼睛，使尽了全身力气。

安德烈：天……鹅……鹅儿发疯似的跑向了安德烈，安德烈浑身是血，到处是伤，鹅儿紧紧地把他抱在怀里。

鹅儿：安德烈……安德烈！安德烈再也没回答。鹅儿举起手中那枚硬币。

鹅儿自语：你为什么不保佑他！你为什么不保佑我的安德烈！

鹅儿放声痛哭。

这时，索伯涅娃、翠喜、纯美从远处走来。

镜头从白桦林战场摇过，字幕起。

字幕：这是日本天皇宣布无条件投降后的第 28 天，发生在黑土地上的最后一战，124 名苏联红军战士和 71 名当地百姓牺牲。

144. 回到片头

一片羽毛从空中缓缓飘落，伴随着纷飞的雪花。冰雪湖面上，一群天鹅腾空而起。一块古老的怀表被掀开，怀表盖内镶嵌着一个跳芭蕾舞的女人照片，照片变成了鹅儿，鹅儿开始转动，转到了冰面上。身着芭蕾白天鹅服装的鹅儿从冰面上旋转而来。一副足尖立在光亮如镜的冰面上，冰面倒映出那块怀表，指针变成了顺时针旋转。

鹅儿画外音：后来，索伯涅娃妈妈回到她的家乡列宁格勒（一个老太太拄着拐棍的背影走在列宁格勒的大街上），我的妈妈一直生活在我们那个小镇，她收养了日本遗孤纯美（翠喜把小六子的花棉鞋穿在了纯美的脚上）。我成为了新中国第一代芭蕾舞演员……

145. 中国北京的舞台 / 小镇烈士墓　日　内 / 外

灯光璀璨的舞台上，正上演着中国版芭蕾舞剧《天鹅湖》，鹅儿扮演的天鹅在不停地旋转，旋转中叠画出剧中一幕幕难忘的景象，最后转到 2015 年，落到了小镇苏联红军烈士墓上……镜头，从 124 个年轻士兵的墓碑上摇过，最后落到安德烈的墓碑上，一个苍老女人的手在刻着的名字上抚过……

——剧终

（与龚应恬共同创作）

《战火中的芭蕾》工作照

·电 影·

墙

“门在你手边，墙在你心里。”——《宋史·吴玠传》

时　间　当代。

地　点　某城市。

人　物　林局长（林森林）：53岁，“正人君子”，为人和善。

盛科长（盛嘉鹏）：30岁，谨小慎微，唯唯诺诺。

曹副处：50岁，性格内向，消极深沉。

民工范俊山：55岁，老奸巨猾，爱财如命。

民工苑可乐：25岁，性格莽撞，头脑简单。

林的妻子封筱梅：50岁，精力过盛，神经过敏。

林林：林、封的女儿，19岁，留学在即，甜水中泡大，任性单纯。

盛的妻子陈燃：27岁，爱慕虚荣，世俗精明。

哑巴：8岁，先天不足，单身饥渴。

序

“接着！”画外一声中年妇女的急喊！

黑场。陈燃的旁白起：“运气这东西有时候说来就来，比如说天上掉馅饼！”

急显，一个白乎乎黑乎乎的东西从天而降。

镜头急甩急晃，视觉上变形变焦。

“嘭”地，直接砸在了刚抬头的陈燃头上，塑料袋炸开，里面的馅饼模糊了她一脸。在旁的姑娘一声“妈呀！”的叫声里，镜头急仰急摇，一个楼上阳台抛下馅饼袋的母亲，和楼下接饼的中学生女儿。背着皮包刚出楼门要去上班的陈燃，模糊的主观视线。陈燃的旁白继续，“还有，比如说捡红包这种事儿。”另一姑娘的一声惊叫声插入“呀，这一红包嗨！”急显，又有一声，“我这也有一个耶！”那是大街上，镜头急摇向不可思议的陈燃，看着捡了红包的同行闺蜜们各自拆开了百元的毛主席头像的纸币。“从那天开始，我就走路往地上看，不信了，俺就永远遇不着一次？！俺就不信，俺的运气就永远没她的好？终于！”

显，地上躺着一个鼓鼓的钱包，还是大街上，陈燃抬起头，盛嘉鹏也是惊喜的眼神。十张一千元数着，陈燃举钱包说：“交给警察叔叔吧！丢钱的人一定急坏了。”

嘉鹏：“好孩子！我代交吧。”

陈燃：“干吗你代交啊，前面就有个交警。”急奔过去。

嘉鹏大喝一声：“回来！”

陈燃：“你喊什么呀！”

嘉鹏：“那是我的钱！”骤黑。传来陈燃歇斯底里的惨叫，“盛嘉鹏你个挨千刀的，你毁了我多大个梦啊！（疼哭道）——不就是一千块钱吗……”电钻声急起，紧接陈燃的画外音：“你确信这次不是跟我演戏？！”

这是在陈燃家里，背景是一脸凶相的陈燃的母亲，母亲阳台正浇花急看过来，盛嘉鹏喜极不泣：“我演什么戏啊，你看——钥匙都在这儿呢！”一个明晃晃的钥匙在镜头前晃动着。

电锤的钻头疯狂钻墙的镜头。陈燃惊喜的旁白，“也就是说，在全中国停止货币分房的今天，我们的盛嘉鹏分到了最后半套集资房。”“什么叫半套，有卫生间有厨房还有卧室就是完整的一套。”这是盛嘉鹏的回答。

镜头从钻头仰起，是两个装修民工（范俊山和苑可乐）正在一起使大力气推着一台大电锤，钻着一堵新砌的墙，房间其他部分是粗装修过的，美丽任性的陈燃在规划着房间布置，“这儿放餐桌，这儿放沙发，这儿放床，早晨阳光能从窗帘缝里透进来，我躺在你怀里，那叫个浪漫。”“早上你不上班？”盛嘉鹏有些难为情地看着那两个打钻的民工，巨大噪声里民工们根本听不见。

“你也太实际了吧！”陈燃说，

盛嘉鹏回答，“但我相信奇迹！”

噪声大，陈燃指着那堵打钻的墙大声叹：“要没有砌这墙就好了，那边一间也是我们的，以后我们小嘉鹏房就有了。”

盛嘉鹏赶紧捂住陈燃嘴，贴耳小声地：“拉倒吧，要不是林副局长提成正局，补了那一间，这房就是曹处长的，能轮到我一个小小小小科长吗妹妹？！”指甲尖上弹出一小泥球来——

陈燃：“所以我知足，只掏个鞋柜。”

盛嘉鹏对民工：“两位师傅可别太大劲儿，可千万别把隔壁掏透了，那可是我们局长。”陈燃也紧要叮着，“还是那句话，只许上午九点以后干，下午五点以前收，必须必须收，万不可让隔壁知道啰！三天必须完工，提前一天奖两百，一千元工钱，这是定金三百。”放在他们吃剩了方便面盒子里。电钻震得范俊山和苑可乐舅甥俩那两顶宽大的安全帽乱颤，噪声里他们大喊着回答，“中！中！”“你不奖我一个？”陈燃紧跟着说。

盛嘉鹏看着两个河南民工：“奖什么？”

陈燃：“为我悉心的设计和无缝的安排呀！”说着一把揪着盛嘉鹏的领带已将嘉鹏牵引着甩进了卫生间，一屁股把他蹾在了坐便器上，陈燃已敏捷地骑在了嘉鹏的腿上，张嘴就亲，呢喃着！“我们，太走运了啊小盛科长，啊！……”

电钻声突然停了。

停止钻动的电锤。民工范俊山和苑可乐惊奇地看着钻头带出来的那些粉红纸屑。卫生间内陈燃和盛嘉鹏也停止了亲吻，听动静。范俊山迅速将几小片粉红纸屑拼出了个毛主席头像，身体背向一脸懵懂的外甥苑可乐，同时范俊山一下抬头惊惧地向卫生间那边看去。卫生间内，隔着墙，听不到外面动静的盛嘉鹏和陈燃也意识到了什么，迅速站了起来，再听着，正要跨步。电钻声又响了。两人又一个屁股坐下来，随着疯狂的钻声疯狂地接吻。全黑屏。电钻声里出片名。

1. K 城，广场　夜　外

斯特劳斯舞曲起。黑屏字幕：第一章　这次是真掉馅饼。

陈燃的旁白：“老林，我们背后叫他老林，是受人尊敬的环保局局长，从无官架，与民同乐，对自己老婆好。”

急显。广场上，众人翩翩起舞，气氛和谐。

2. K 城，某机关大楼　夜

陈燃的旁白：“每晚林局长加完班，都会路过吴山夜广场接夫人封筱梅。”

从楼外看，大楼的灯，一盏一盏地变黑。舞曲再起，“封筱梅封大姐是广场舞组织者、领舞，虽然她所在的地方戏剧团不景气，但在广场舞上她绝对是佼佼者。”掌声起——

3. K 城，广场　夜　外

掌声里和蔼可亲的林森林局长和气质优雅的封筱梅相执进入舞场最中央。“两人临走前的双人舞是保留节目，人们都说局长和夫人是广场的明星。”陈燃也在众崇拜和围观的人群里，手牵着盛嘉鹏，眼里是无法掩饰的羡慕，陈回头一看，人墙外长椅上坐一个捧书却走神的小姑娘，“只有他们十九岁的女儿林林表现出不屑。”“其实，广场上还有一个保留节目，就是收垃圾的哑巴。”

广场外围，哑巴正翻着垃圾桶，“他会把广场周围的垃圾桶挨个翻过来敲干净，动作都在广场舞音乐中进行，敲垃圾桶的节奏也都在鼓点上。”

林局长指着哑巴说：“劳动者才是真正的明星。”

“啷啷恰啷啷！”哑巴拍桶的节奏。众人鼓掌。

4. 工棚　夜　内／外

舞曲继续着，工棚里住着城里最底层的打工者。工棚外的编织队临时搭的帐篷里住着哑巴，把工地垃圾及街道上收来的垃圾分类，撕下美女画报珍藏起来。放美女的动作也和着节拍。

陈的旁白：“林局长在单位也一样，不管有没有事儿，从没按正常点下过班。”

5. 机关大楼内　夜　内

林局长关掉走廊上的最后一盏灯。骤黑。嘉鹏说：“他每天都是最后一个走，尤其在廉政方面要求特别严！”空旷的喇叭声传来——

6. 市机关大会堂　日　内

台下几百干部，台上一行官员就座，林森林谈笑风生地发言：“自从有了斧头，森林就吓得发抖，风告诉森林。”

喇叭里传出的声音更加有磁性：“别怕，只要你不提供它把柄，它就伤害不了你，所以为官做事必须要律己，惧法朝朝乐，欺公日日忧。”掌声里，老林一身正气。台下盛科长对他敬畏有加的表情。画外传来他女儿林林的声音：“装的！”

7. 林局长俭朴的家　夜　内

林局长爱抚地捏捏女儿那张噘起的小嘴，笑容里充满了一个父亲的慈爱。一声炸雷响起，“在这样一位局长手下工作，是幸福的。且不说他还体恤我们的困难，给了嘉鹏房子。”

8. 广场　夜　外

这是一场急雨，一老太宁可自己淋着也要把伞撑给林局，林局哪肯，执意还伞于民。这一点连妻子封筱梅也感动了。钦佩的眼神。

老林仰天看着，雨珠挂在下巴上滴着说：“雨的味道变了，我这个局长不称职啊！”林局长自责的声音里，电钻声急起。

9. 某间精装房　日　内

正在改造装修，电钻在墙上先是钻出白色粉末，后带出红色纸屑，两个乡下来城里卖力气的民工舅舅范俊山、外甥苑可乐见此，不约而同地停下了手，关了钻。舅舅背着外甥端详那些纸屑，拼成了毛主席的半张脸，外甥装得一脸的懵懂。

范俊山警觉地一抬头向卫生间方向看去——

现在我们明白了，这是单位刚调剂给盛嘉鹏的那个一居室。发生的正是片头那一幕！

10. 帐篷　夜　内

哑巴在漆黑的角落里借着板缝中射进的一道光芒偷看着美女画报，如痴如醉。帐篷外，盛嘉鹏和陈燃经过，把喝完的两个可乐空罐子放在哑巴门口的麻袋里，“当”的那一声，吓了哑巴一跳，急忙害羞地把画报藏在床下的麻袋里。

11. 盛家一居室／隔壁林家四居室　内　半夜

摸黑中，范俊山一人潜入一居粗装房，没想到有人捷足先登，两人演起“三岔口”，最后发现是外甥苑可乐。

两人心照不宣，一个手势，不约而同开始扒墙。

这是后半夜，电钻不能用，只能用手扒。

四居室这边，林森林和封筱梅睡熟了，却传来窗外楼下哑巴敲垃圾桶的声音。

镜头横移，一居室这边，外甥苑可乐在敲桶的节奏中用皮锤砸墙。

镜头移出窗外，拉到楼下，原来楼下垃圾桶边，敲垃圾的是舅舅范俊山，学的哑巴的节奏。“哗”地一声。镜头急回楼上一居室内，墙内“哗”地倒下来一片红色（手机光），不是砖头，竟是大堆的人民币（五百万元）。

隔壁局长妻子封筱梅激灵翻了个身：“打雷了？”

林局转个身：“哑巴收垃圾。”

封筱梅嘟囔着：“太讨厌了，这才几点，你到窗台上喊一嗓。”

局长又转个身说：“他们也要生活嘛，门关紧点，别吵醒了林林。”

那边，舅舅和外甥把墙恢复，两人留了个纸条压在桌上。

两人小声地离开一居室。

12. 楼道　夜　内

头上套着女人破丝袜的舅舅鼓励外甥：“不要害怕，这肯定是赃钱，这种钱谁不拿谁是大傻蛋！”

同样头套丝袜的苑可乐看着舅舅，他们各背着一水泥袋的钱下楼，为避一楼的挂顶上的监控，他们从后窗溜出，驾上停在后院的一辆拉货的小面包车，慌里慌张地推着发动了起来，跑了。

他们身后，路灯下有个身影一闪，看着那辆小面包的背影，不用说，有人盯上了他们。

13. 车内　夜

开车的苑可乐说：“我觉得有人跟着俺们！”

坐车的范俊山扯下丝袜，说：“心理作用。”

苑可乐说：“俺真觉得有人！”

范俊山说：“你有点文化好不好？你说警察吗？哪有连这破车都追不上的警察？你也太低估政府了。”

苑可乐脚上一加油。面包车影儿消失在夜色里了。

14. 林家　晨　内

封筱梅起床发现书房书架上掉下来几本书，地板上有灰。透过书架缝隙往里看，不得了！书架后壁纸裂开了一道缝！

封埋怨道：“新砌的这面墙质量不行啊，进口墙纸都撕坏了。”

林局长趿个拖鞋进来，见状心里咯噔一下。

他的表情一瞬间极度复杂，画外传来“嗞”地一声，吓他一个激灵，原来那是封筱梅在厨房煎鸡蛋，林局长一腿跪在地上，开始查看那面墙。

他对厨房的妻子喊：“你下楼买几根油条吧。”

封说：“油炸的你少吃。”

林又催：“林林也该起来了！”

封说：“她早走了，今天新东方的外语培训。”

外面传来开门和关门声。

林森林出书房看，叫了声“筱梅！”果无动静，又推开女儿房，见乱糟糟的房间内被子未叠，到处都是外语书。他赶忙地又跑回到书房，用力地扒开了某层书架上的一排书，进一步查看！

15. 小平房　晨　内

小盛和未婚妻陈燃正在简陋的出租屋里亲嘴，

陈燃捏住面前的马猴长脸说：“疼吗？”

年轻的小盛科长说：“疼！”

陈燃：“疼就对了，说明不是梦——怎么老觉得在梦里似的，知道吗？刚才睡着你一直笑眯眯的，到现在我也不敢相信这是真的。”

盛嘉鹏说：“惊心动魄啊！”他一脸劫后余生的表情，“是梦，我等于梦里又分了次房，林副局长按规定是 90 平米，可就在这个节骨眼上林扶正了，正局应分 110 平米，办公室的老王会办事，把曹副处长分到的房子抠过来一间；曹副处长由 80 平变成了 60 平，这馅饼就落我头上了。”

“这不是梦！”

“可是……”

陈燃：“可是什么？是林局又提拔了，咱这一间又抠过去了？”

小盛：“这是梦！不是，一方面我得感激局长吧；另一方面又总觉得对不起曹副处长，正纠结。被你咬醒了。”

画外传来一个妇女的声音：“接着！”画面一闪一黑。

16. 一幢楼下　晨　外

那个中学生模样的女孩这次妥妥地接住了楼上母亲抛下来的馅饼塑料袋子！

陈燃紧追上两步拉上盛嘉鹏戴绷带的手：“香，这个馅饼太香了。心情高兴，干什么都香。”两人嘴对嘴地又亲了一下。

17. 小平房晨内　倒叙到刚才

床上，小盛和陈燃黏在一起，规划着未来。

盛：“要个儿子，叫小鹏。”

陈燃：“要俩！一个儿子，一个闺女，一个叫香甜，一个叫美美。”

盛嘉鹏：“你以为卖香瓜呢！一个叫朋朋，一个叫鸟鸟。”

陈燃：“咱俩谁说了算？”

盛嘉鹏：“当然你！”

两人继续讨论着，一动，床塌了，盛科长的手被压在床板下。一声痛叫。

18. 盛家一居室　晨　外

敲门声。林局长怎么敲盛嘉鹏那间屋也不开门。

19. 林家　晨

几根新鲜油条放在碗里。封筱梅说：“昨儿还看见有民工偷偷摸摸地出入，一准是私装了。”

林局克制着自己，对封说：“一墙之隔的，你就不会装没看见？”

封筱梅：“我知道你护着他，你把我支开我就猜到了，有些事儿完全不必背着我。”

林说：“没有，就是想让他们动静小点，林林的托福进入冲刺阶段，你挑了一个月的墙纸也不能再弄坏了。”

封筱梅：“等等，你想说没有什么呀？说说我没有小盛妻子来得年轻，没她漂亮是吗？”

20. 林局长办公室　日　内

林森林坐立不安，问：“曹副处长，你比我跟小盛科长打交道时间长，你觉得他的人品和表现怎么样？”

瘦猴儿似的曹副处不知用意，想了想说：“好！”

林：“最近工作呢？”

曹副处：“挺好。”

局长问：“今天小盛为什么没有按时上班？”

曹副处：“刚才来个电话说手受伤了。上医院包一下晚一会儿来。”

“手伤了！”林心中一惊！画外广场音乐起——

21. 广场　日　外

广场音乐中，封筱梅在组织大家学新舞。示范身段。

22. 盛家一居室　日　内

陈燃来到新房，见两个砸墙民工不见了。墙上两个眼儿，一张纸条压在方便面盒下，上面写了五个字——邻居不让干。

23. 三天前，盛家一居室

陈燃在比画新买的一个三合板鞋柜的摆放位置。

鞋柜放到门口宽了点，开门不便，苦恼。

24. 大街立交桥下　日　外

身前摆着瓦匠家伙，坐地上盘着腿街头蹲活的俩民工，范俊山和苑可乐张大嘴一脸苦逼相，听着对方说话。

陈燃说:“挖墙掏个鞋橱干不干。”

范俊山说:“给钱啥都能干。”(一口的河南话)

陈燃:“这楼不让自装，周围住的都是领导，要速战速决，三天，决不能惊动别人，利用广场舞音乐最嘈杂的时候动工具，千万不能大意，记住没?”

苑可乐口音更重:“记住没问题，就是大半天你没说钱嘞?”

范俊山一把拉回就要走开的陈燃。舅骂外甥说:“一个钱字是你能提的?你好好干，人大姐能吃亏了你?”

范俊山:“他娘也就是俺姐病情在恶化正等钱上手术台哩，手术费有一个是一个你说是不是，大姐?”

画面回到现实。陈燃看完“邻居不让干”的字条，出了身冷汗，她知道惊动了局长，试探地敲敲那堵墙，又到门前通过猫眼观察局长家有没人，有没动静。越没动静她越慌，她急忙将鞋柜拽出房间摆在门口，回屋见刚磨好的墙还没干透，找了个钉子钉在墙上，打开一轴便宜买的《梅花傲雪》的中国画，哗地抖挂下来。画面骤黑。

25. 林局长办公室　日　内

黑屏字幕:第二章 不是捡钱包的事儿

显。盛科长一只手绑着纱带，另一只手推开了局长的门:“局长您找我?”

林森林局长看着他，沉着气，问:“手怎么了?”

科长心虚，说:“受了点伤。”

局长明显声音低了下来，问:“怎么伤的?”

科长有些吞吐，更加引起局长的怀疑;科长说:“干，干了点活……”

局长:“干什么活?”

科长有点紧张了:“私，私活。”

局长问:“什么私活?”

小盛害怕了，看看局长，不知深浅在哪儿，低下头去，不再往下说了。

局长那双擦得很亮的皮鞋，咯噔咯噔在地板上响着，到了盛科长的面前，和蔼地问:“你家，是不是违反规定，私装了?”

科长惊慌:“绝对没有。”

局长说:“一墙之隔，我们家的壁纸裂了。”

科长不说了。

局长看着科长，很长时间。科长偷偷看一眼局长，局长的目光如炬，直逼着他。

科长说:“可能是我老婆……不不不，她叫了民工后是让我去看过的……鞋柜，实在是搁不下，我反复反复叮嘱过那几个民工的，一定要小心一定要小心。局长，墙纸的钱和修理的钱我出，真对不起了，真对不起了，那个掏的鞋柜我马上让人填回去，马上……”

局长依然目光如炬。

科长慌极:“局长……?”

科长:“局长，我，我写一份检讨，我我……”

局长:“就这些?”

科长:“那……局长，我我，我还能做些什么，不不，我还要做哪些?”

局长看了眼门口，压低声地:“你是要跟我玩心眼儿吗?”

科长吓坏了:“没没，我怎么敢……”

敲门声。两人都不说话。局长一按铃铛。

曹副处长进来:“局长，市委办公室陈主任来电话，在我办公室。”

局长惊:“谁?”

曹看了一眼紧张、失态的局长。

局长问:“哪儿?!”

曹副处长："可能是工作上的事想直接跟你说几句，我让他打到您办公室来？"

局长明白过来："不不不，我过去，马上过去。（即出门，不忘叮嘱科长）想起什么，随时找我！"

科长跟着局长处长出，带上门。回自己办公室的走廊上，盛科长百思不得其解的表情，心里翻江倒海起来。

26. 乡村公路上

车飞速地跑着，"没有"范俊山大喝一声往方向盘上拉一把，小面就直接往前面路边的电线杆撞过去了。

苑可乐说："总觉得有人盯着！"

范俊山说："你这就叫做贼心虚。"电话响起。

是包工头靳秃驴打来的："什么意思你们这是？"（显。繁忙的工地上一秃顶的包工头在扯着嗓子喊。）

范俊山说："我姐，可乐他娘，病情突然恶化，这孩儿孝顺，非让我陪他回家看看，把你车一用，病重我们就送她上医院，不行了就拉她去火葬场，可怜可怜孩儿吧，两天就回来，不耽误你用——"

苑可乐："你咒我妈干吗？"

范俊山："编哪儿算哪儿，你还跟我急了你还，好好开车——哇操——"前面一黑，一个急打轮躲过了拉着大山般苞米秆的一辆驴车。"你会不会开车你——你龟孙子故意的，你撞死我独吞你啊，你妈子宫肌瘤五年了，一直在长，不手术，一直会恶化，不是个事实啊？"

有花枝招展的妖艳的农村柴火妞在路边招手，反光镜"呼"地划过，一家饭店甩在了车后……

27. 路边饭店　日　内

外甥点了一桌子饭菜，舅舅左右看了一下，悄声地："俺签字，你记账。"强调地："今后咱谁花的钱谁在发票上说明用途，（更低声地）以后分钱好算。"

苑可乐："这公平。"

但两人心事重重，面对一桌子饭菜谁也吃不下，两人不时地都关注着门外的小面。谁也不动筷。

28. 饭店门口　日　外

两人上车，两人继续推理。

苑可乐："舅，你说，钱是谁的？"

范："当然咱俩共同的！"

苑可乐："俺是说，那女的会不会发现？"

范："接着说。"

苑可乐："——钱是她家的还是隔壁当官那家的，要是她家的，就是老公避着她藏的，要是隔壁的，就不好说了——那隔壁会不会发现——墙没透，隔壁咋发现？"

范俊山："——咦，想得美！告诉你，没有不透风的墙知道不？之前是胆，之后就得是智慧。有舅哩！"

29. 环保局办公楼　日　内

盛科长拿着一颗钉子，气喘吁吁地跑到林局长办公室，铃铛声响，盛科长开门见山深刻检讨："对不起局长，我专门再次去核对了，墙，我们确实动了（局长一惊），我老婆，挂了一轴《梅花傲雪》，在墙上钉了这根钉子。"

林局长用那么一种要哭的眼神看着他。

科长硬着头皮表示："我老婆，也一再让我表达歉意，一定要把局长家壁纸补好，承担一切经济损失。她要当面道歉。"

林局长静静地听着，半天才问："指天说地……？"

盛："……句句是实，局长。"

林："又完了？"

小盛科长说："没完，我负责到底，我已经向封阿姨打听了进口墙纸的专卖店，保证同一个牌子同一个颜色，贴上看不出任何痕迹！"

林局长看着盛科长没说话，继续用那种眼神看着，看得小盛发毛，局长一直没有态度，只静静地看着，看得盛科长心惊胆战。

30. 高速路服务区　日　外

范俊山："乐，舅憋，上个厕所，你一起去。"

苑可乐说："俺肾好，憋得住，舅舅先去，俺看着钱，舅回来换俺。"

范俊山："说一块儿去就一块儿去。说白了，俺就是对钱不放心。"

苑可乐看着舅："理解！"

两人扛着麻袋去方便，惹人侧目。

路上，舅舅小声对外甥说："你别往心里去，咱家乡有老规矩，爷俩盗墓，老的先下，出来的时候老的先上，因为老的不可能对不起小的，小的有可能对不起老的。"

外甥说："理解、理解、理解，现在还啥老的小的，你要会开车，你一人守着钱我也不放心。中不？！"

31. 高速路收费站前　日　外

警察查车。舅甥两人胆战心惊。

警察见后车厢除了个破座椅什么都没有，放行。

来到收费口，范俊山从座位下的麻袋里拽出一张百元大钞交给服务员，作派宽绰。撕票放行。

苑可乐一口气儿缓过来，感慨："咦，真麻利，啥时候换的。"

范俊山说："干咱这行，不麻利点就麻烦了。"说完觉得这话不对味儿，忙解释道："咦，咱这可不算偷啊，顶多算拿，钱藏在墙里，肯定不是好来的，真理不？"

苑："真理！"

32. 会议室　日　内

散会后，林局长找曹副处谈话，问："小盛今天有什么反常吗？"

曹副处说："正常啊，喔，他这人胆小心事重，可能是怕破伤风，我劝他去医院打一针放心，我了解他，上次狗咬，一个月没笑过。"

局长把话题一转："你们处长的位置一直空着，有人建议用年轻人，我还是认为你更合适。遗憾没做成邻居，不过对小盛有些话你要参考着听，我怕他住在我隔壁，有的没的乱说。"

曹副处："小盛虽然年轻，但从不撒谎，说出来的话一般比较靠谱。局长放心吧。"

林局长听罢头都大了，挥挥手，让曹退下。

33. 局长的奥迪车上

司机平缓地开着车。

后座的林局长内心慌乱，表面上不动声色。广场舞曲起。

34. 广场　黄昏　外

局长和夫人封筱梅依然是吴山广场的红人，依然万众瞩目的双人舞，只是跳舞的时候局长有些心不在焉，旋转中眼睛一直盯着那个窗口，让人看着非常像职业舞者的留头旋转。

他没有猜错，窗后的纱帘里一双眼睛也一直注目着他，镜头急速长距离推进——那就是小盛的妻子陈燃。

35. 小盛的一居室　黄昏　内

陈燃羡慕地窥视着局长陪着老婆起舞的温情场面，对局长崇拜得五体投地，说："你们局长太帅了！"

沉思的小盛打了个冷战。

陈燃："等我老了你也要这样对我。"

小盛一边为那面裸墙贴墙纸，一边感动地说："局长是我的楷模，调进机关那天起，我就下定决心一辈子要做他那样的人，墙不让咱补，墙纸不让咱买，只是意味深长地看了看我——今天的眼神是不太一样嗨，可能知道我们这几天就搬过来，又多了份关爱吧！（肯定地）这就是从基层上来的干部，最体贴咱底层人的辛苦，我只能用工作回报他的恩德了。"说这话的时候小盛几乎含着热泪。

此时陈燃也热泪盈眶说："不比不知道，一比真害臊，我居然掏鞋柜这种贪小便宜的事也干得出来！咱别这几天了，明天周六就彻底搬，有点胶水味怕什么，早早地向林局长看齐好吗，亲。"

小盛说："好，我等的就是你这句话，咱和局长住得这么近，就一墙之隔，从此我算有了个榜样。"

陈燃说："拆了墙咱们就是一家人，不拆墙咱们也是一家人，咱们对他们要像对长辈一样，好好伺候他们两口子，今后我就是保姆，你就是保安。"

广场上传来掌声——林局长夫妇的双人舞太精彩了！

小盛心有余悸，他又想起了局长在办公室的眼神，那真的是意味深长。这种眼神延伸到第二天小盛和陈燃的搬家，叠——

37. 林、盛单元，电梯门口 日内

满头大汗指挥着搬家公司工人们搬家的小盛又看到了开门出来林局长看过来的这种目光！

小盛尴尬地迎上去，说声："局长，抱歉！打搅到您了。"

林局长由表情肃穆到灿若桃花，一下子堆起了笑容说："哪里哪里，祝贺啊！"说完门"砰"地关上了。

急冷急热，让小盛不明悲喜，一下冒出一头大汗，刚松下神经一回头，竟惊叫起来。

搬家工人也吓着了，失手一下子将大衣柜蹾在了地上。

身后跑进来刚放学回来的林林，说："叔叔你是怎么了？这么紧张？"

陈燃也从门里声音先跑了出来："地震了吗？！"

38. 局里，走廊 日 内

林局长见左右没人，拍着小盛科长的肩膀说："这次，让你到省委党校去学习，是组织对你的重点培养。你有什么想法？"

小盛短暂激动后惊恐，摇头。

局长："曹处长早上没把表格给你？"

小盛科长："局长，……我怎么也不能这么干，准确地说不敢这么干，局长，因为论能力论资历论工作论成绩老曹样样比我强，我怎么可以让领导如此为难？！万难从命。"

林局又是那样一种眼神看着他。

小盛科长心虚地坦白："因为，因为，——我不是怪老曹，老曹比我确实是早了这么多年……早上老曹将表格交到我手里的时候，老曹那张脸黑的，就像他是坦桑尼亚的。"

小曹像个求救孩子似地看着这两天一味关爱他的局长。

39. 盛家一居室 内

这是小盛科长晚上回家，进门即闻到了香味儿。

陈燃在厨房说："今天我多炒两个菜，我们闹个新房。"

小盛科长却将药店刚买的两盒酸枣安神丸桌上一放，半天不说话。陈燃在围裙上擦着一手的油从厨房出来。

盛说："我不想在环保局干了，再干下去我得疯，以前我不得宠吧很失落；这两天被百般宠爱，我怎么觉得领导搭理你比不搭理你日子还难过！"

陈燃说："什么意思你？"

盛："怎么着就觉得这么的不踏实呢？！"

陈燃："撒哪门子娇呢？你能让煎熟了的鸭子让它给飞了呀，我这保姆当的容易啊？你知道你们局长那汗脚有多臭吗？"

小盛科长："你怎么知道我们局长脚臭？还汗脚？"

陈燃弹了他一手指："有些话我不便跟你说，别小心眼儿了。"

小盛科长叹了一声，说，"我怎么觉着分了房后，生活质量反而下降了呢，我没了放松，你努着劲儿奉献笑脸，我这颗心怎么就老绷着呢。"

陈已回到锅边烧鱼，将一条泥鳅放煎锅里，刺啦地一声："咱一个小泥鳅、小蚂蚁、小蛐蛐儿给人家局长一个笑脸，接个来，送个去的有什么呀，熬啊嘉鹏，你懂吗？那天我做了个梦，你成了比局长还大的官，这墙又打通了，把他家的面积全都扩成咱家的了。"

小盛突然意识到了什么，说："我寻思，不简单……我和林局长之间一定发生过什么，不是现在也是前世。"

陈燃玩笑着说，“你们能发生什么呢？你们要发生了什么还不如我豁出去发生点什么呢！“说着打开油烟机。

在油烟机巨大的噪声里，小盛制止道：“别胡说，我们局长可是个正经人！”

40. 河南小镇　日　外

锣鼓喧天。迎面是好几支、一长溜的系着红布的农用车和一长溜的送嫁妆的人，这天估计是嫁娶的好日子，苑可乐开着车一点点地靠边挤过去，后座上躺着裹被包头的重病母亲范青花。

从挡风玻璃看出去，前面就是镇医院。

41. 镇医院门口，车上　日　外

苑可乐灭了车，手里拎过个真皮的拎包，将原来插在劣质西装里的两沓厚厚的百元币又塞进了皮包，撑得皮包满满的，一拉开拉链一合上拉链，就很容易看出他的实力。

42. 医院大堂　日　内

里头空空的，没什么人。

苑可乐大喊着：“给俺娘住院。有人吗？给俺娘办住院了！”

挂号房里没人。

苑可乐：“还有活口没有，给俺娘办住院的没有？”

传达室的老头快行两步地从露天厕所那边颠过来。扯着苑可乐长出西装一截的破衬衣：“娃，住院也是你敢喊的？多少钱知道不，一宿一头猪仔一日一宿一对猪仔，住上一个星期十天半月的好几窝猪仔加老母猪就全搭进去了，我不是笑话你，我是心疼你妈养上一窝猪不易啊。”

苑可乐眯着眼看他：“现在俺可以买下一个屠宰场的全部猪肉信不信。”说着“呲”地跷指拉开拉链，那包钱一下像松了劲儿的胖子肚皮儿似地“呼”地凸鼓了出来。

——和传达室老头一下鼓出来的眼珠子一样！

43. 苑可乐家　夜　内

黄豆似的昏黄的电灯下，苑可乐哭着说：“……可是妈，全糜烂了……”

范俊山问：“医院有啥要求？”

苑可乐：“医院提出要5万押金。”

舅舅阻止，说：“乐，数额太大，这钱不能动。”

苑可乐：“为了救俺娘俺什么都不怕。”

范俊山说：“我怕！咱俩现在是一根绳上的蚂蚱，你犯了法我也得进去，没有不透风的墙！”

苑可乐说：“舅，你太自私哩！”

舅舅说：“俺自私？那是你妈也是我姐，我是怕，我是怕咱俩都进去你娘咋办？！”

从平房窗外看去，舅甥两人谁也说服不了谁，吵了起来，苑可乐一意孤行，甩门而去。

44. 镇医院收费口　夜内

窗口里，有人将五万一捆的押金从窗外递了进来。

窗外，舅舅一把抢过发票将苑可乐拉到一边的桌子上，递上一支地上拾起来的笔，逼着苑可乐：“在发票上标注清楚了，后果自负。”

手机响，范接电话，喊声：“秃驴……”，驴字没完，传来电话里的声音：“啥时候回来哩？咱整哩急用车哩！”（靳秃驴死乞白赖地大喊大叫）

范俊山：“不耽误用车，就回！就回！”

苑可乐抬头看了眼舅，果断签字。

45. 镇医院手术室门口　夜　内

苑可乐母亲范青花被护士们送进了手术室去，抬上了手术台。

门外，舅舅叹口气，压低声说：“你等着吧，咱俩要现在被抓，瘤子不切就能给缝上。”

46. K城　空镜

太阳升起于地平线的那一下跳动，城市一片曙光。

47. 林、盛单元楼道　晨　内

陈燃起得早。一大早她就勤快地把楼道打扫得干干净净，尤其是对局长家的鞋架更加上心，皮鞋擦亮，布鞋摆好。

她拎起局长跳舞时喜欢穿的那双爵士舞鞋，闻了下，近距离接触才知道这鞋有多臭，几乎把陈燃熏了个跟头。

陈燃自语地感叹道："身体真好，这岁数还有这臭味儿。"

她为他晾鞋垫，甚至跑进自己单元里把自己的最好的香水取来喷到局长爵士鞋和白丝袜里。

林家的门开了。林林感觉到了什么，她单纯无忌，冲屋里说："妈，爸这鞋里香臭混着太难闻了。"说着，下楼去了。

48. 林家卫生间　日　内

封筱梅吸溜着鼻子，不动声色，借给局长洗白丝袜子，悄悄把袜子收起。

49. 盛家　晨　内

盛科长贴在自家门内的猫眼上窥探，发现对面局长家没人，这才拎起包出门而去。

50. 林、盛家单元电梯　晨　内

陈燃正要关电梯门，发现封筱梅要进来，急挡住要关的电梯门。

陈燃："早啊封姐！"

封筱梅："不早了，姐妹们早等着了，你上班呢？（边搭讪，边吸溜着鼻子）买个车多好，让小盛科长捎一段，就不用这么赶了。"

说着，封筱梅的脸色已变了。她看到了陈燃脚上竟也穿的一双白色的袜子。到一楼了，陈燃让封先走，却发现封筱梅有点走神。

封筱梅冷冷地看着她，挥挥手。

陈燃："怎么了封姐，您没不舒服吧？"

封筱梅不自然地一笑，说："哦，我忘了东西了。"

51. 林家　洗衣机前　晨　内

回到屋里的封筱梅翻出那双白丝袜，闻着。

52. 环保局办公楼　走廊　晨　内

小盛急匆匆地上楼来，抬头却见到了楼梯口的林局长。

小盛："林局早！"

林局并无态度，只是看着他。

小盛尴尬地一笑，急忙进了自己的办公室。

53. 林家　日　内

封筱梅在洗衣机前发呆。

她不相信地又闻了闻局长袜子上的香水味，估计是封筱梅确定了陈燃的香水与爱人袜子的味道是一个牌子，开始焦躁不安。

54. 广场　黄昏　外

广场音乐中，一辆白色的本田 CRV 车开了过来。

开车的竟是陈燃。

这正是小盛科长骑着自行车下班从广场边经过的时间。陈燃把车开到广场，从天窗上冒了出来。小盛惊呆了。局长也惊呆了。

55. 林家　夜　内

封筱梅唠叨说："对门的小骚货怎么这么爱出风头啊，买个破车还开到广场上炫耀，谁给她撑腰呢。"

林局长说，"年轻气盛，要在大众面前证明自己嘛，谁没年轻过。"

封筱梅提高嗓门："我看你现在也没老！"说着翻出一双袜子，拍到桌子上。

林局长不解："你什么意思？"

封筱梅说：“对面的小骚货给你喷的。”

林局长说：“你神经病啊！”

封筱梅气道：“这事没完，让我抓到证据，她怎么搬进来的我让她怎么搬出去！”

林林从屋里出来，说：“小盛叔叔多胆小个人，妈你又要对他怎么样嘛？！”

56. 盛家　夜　内

小盛科长说：“这么多钱，你说买就买了？！”

陈燃亲了他一口：“本来我爹妈攒着支援我们买房的，现在分了这房了正好我们买个车，以后有机会我也可以送送你送送封姐，你懂的。”

小盛科长：“我懂个屁啊，你没见局长看到车时的表情吗？”

陈燃：“我买车碍他什么事儿啊，他天天奥迪的公车坐着——哎你怎么说话呢，屁还，（委屈地）我买车还不是为你轻松一点？”

小盛科长搂过生气的陈燃，说：“对不起，可能是我不愿去党校局长生气了，你别这么惊讶地看着我好不好，这事我没提前跟你说，我是这么想了，我们不能抄老曹的后路是不是，我也知道林局长培养我，……难怪啊，他老那种眼神看我呢！”

“哪种眼神啊？”陈燃好奇地问。

57. 林家餐厅　早　内

林局长低头喝粥。

封筱梅说：“我头一天早上说了小陈你买个车，第二天人家就开一辆三十多万的在你面前，你说这小丫头什么意思？”

林局长：有完吗？人家有钱，爱怎么花怎么花。

说到这儿的时候他意识到了什么，“那笔钱小盛已经开始花了，说明钱的去路可以确定了，就在小盛手里，不然哪来的 30 多万的车钱。“他在碗里挑粥的筷子慢了下来。

封：“你说什么？”

林：“想起单位里个事儿。”

封：“要我说，她是肆无忌惮地向我挑战！不是你撑腰呢吧？”

林局长：“你神经病啊。”

封：“我可咽不下这口气，这墙还没倒呢，他们就开始推，你必须采取行动，先下手为强。”

林的那碗粥，轻轻地，却妥妥地蹾在了桌子上。

58. 一组高速、快进、变速镜头组合

a. 大会堂，林局长在台上讲话（无声动态处理），台下几百人，他瞟眼只注意盛科长一个人，盛科长低头看手机，

b. 走廊，局长问曹副处长：“过去他这样吗？”

c. 小办公室会上；林局发言，盛科长打瞌睡，局长心里更没底。曹副处长要上前捅醒他，被局长一把抓住了。低声说：“看来他并不在乎我们这个工作。”局长敲敲桌子，小盛惊醒，林局提高嗓门：“……自从有了斧头那一天，森林就吓得发抖……”

d. 高铁商务舱，林局长在工作，镜头拉开，小盛侍立在一边。这是林局长外出开会，没带秘书，只有小盛在身边。（因为把他放在家里不放心。）

e. 南方风景胜地，林局长喝茶，小盛在他对面坐着，两人聊着。

f. 高档餐厅，两人一起吃饭，局长谈笑风生。

g. 远远的，一球从天外徐徐飞来。那是风光无限的海边大型高尔夫球场、草坪车、球童。林和盛白衣白裤，一起打球。

59. 盛家一居室　夜　内

空荡荡的卧室，小盛一个急欠身从床上坐起入画。他这是又让梦给惊醒了。他难过得自言自语地说：“我盛嘉鹏，何德何能，让林局长如此厚爱，如此无微不至，真是伴君如伴虎，这太痛苦了！”

陈燃却在他边上睡得香甜，磨着牙。

盛嘉鹏冲着熟睡的陈燃说："我不值得他如此器重啊！我该怎么办？努力工作吗？可分明曹副处最近对自己远没有以前信任了，这可怎么办？"

陈燃说："优胜劣汰，能上能下什么怎么办？！"

小盛惊："你没睡着啊？！"

陈燃坐起："要不以前书上说，秀才造反，十年不成呢！"

小盛："问题是我无论如何也无法直面曹副处长那双可怜又执着的眼睛，更无法直面局长那殷切期待的面容，我自己怕。"

陈燃："前怕狼后怕虎的，你懂不懂'丛林法则'？有了林局长，何惧曹副处？弱智啊你！"

60. 盛家　卫生间　夜　内

小盛科长正在洗澡，肥皂涂得像个泡沫人儿似的，正打开喷洒要冲一下，卫生间门从外面被拉开了，陈燃递手机说："对门有信息！"

小盛科长顾不得冲水，打开手机一看，局长名下一长排的微信，却是二十分钟时间里不同的钟点同几句话："晚八点，广场东面300米，魅力地中海，一起洗澡。""我已到，速来！""速回话！"

足见迫切！

61. 盛家小客厅　夜　内

小盛科长着急地穿戴完毕，心里却诚惶诚恐很是不安，开了门临行，又把门关上，他问陈燃："局长对我这是什么意思？为什么要请我洗澡呢？"

陈燃："我就不喜欢你这扭扭捏捏的劲儿。"

小盛："你说不止捏脚？不会吧？"

陈燃："我说我不喜欢你扭扭捏捏的这个样子。"

小盛："不是捏不捏的事儿，是去不去的问题，你说不去吧，不合适；去吧，更不合适。（越想越严重）我怎么能当着局长的面脱光衣服呢？我怎么能看着局长当着我的面脱光衣服呢？

陈燃说："这有什么啊，你就把局长当成我。"

盛科长说："那我也不能让局长把我当成你啊！"

陈燃说："坦诚，这就叫坦诚相见，哪个单位的领导能放下这身价？他这是看得起你，毫无保留地跟你做朋友呢。"

62. 魅力地中海，大澡堂里　夜　内

一长排喷洒喷出热乎乎冒气儿的水，一长排裸体的男人。

小盛科长像刚发育的少女般拘谨地抱着两小点胸肌，林局长则对小盛更像个父亲："小盛，你什么时候见胖了啦！哎，你没来过这大澡堂啊，看你不好意思的样儿！"

局长就笑了，说："你来帮我后背抹个肥皂——小心地滑啊！"

小盛无奈也得给林局抹肥皂。小盛真有些受不了。

林局长说道："我在你这个年龄的时候，老局长——就是去年刚退的老局长，老局长看我一个人住集体宿舍连个洗澡的地方都没有，就亲自带我来这儿洗了一次，那时候还不叫地中海，叫爱民澡堂呢，那天，我真的是深深感到了组织上这种（转过身来，正对盛，盛更尴尬）无微不至的关心、关爱、关怀！到了今天，历历在目。"

小盛的肥皂在往下走，小盛的表情。林局长画外声音继续："不说念恩吧，不说他的这种培养吧，人，起码得知道别人对你的好！"

小盛的肥皂滑落在地，肥皂滑出老远。小盛去捡了回来，林局长一把夺了过去。局长说："我帮你擦擦！"

小盛科长："不不不，千万不，我自己够得着的。"

林局："你手比我长？你比我能干？"

小盛科长："不不不！局长我不是那个意思……"

林局提起肥皂就扳过小盛的后背往上抹："公平，帮忙都是相互的，你帮了人，人拒绝你，也是一种不公平。”

小盛闭眼、咬牙，享受着这份公平。

林局长边抹肥皂边说：“下一步不仅处级干部要财产登记，科级干部也要登，在这个节骨眼上，你买车是不是有点招摇啊？”

盛科长解释：“买车钱是过去存着买房子的，才30万。”

局长说：“这口气，才30万！”

盛科长：“这30万还是陈燃父母支持我们的。”

局长：“一对退休的老夫妇靠工资存30万，别人可不这么看。能拿30万买车，就说明家里面有三百万，五百万，（局长紧紧盯着小盛的反应）五百万！人家会想，你那钱是怎么来的？”

小盛懵在那里，说：“哪来的五百万啊？！局长我有点胸闷，我出去喘口气儿。”

63. 魅力地中海　总统休息室　夜　内

暗暗的光线，在几个姑娘捏脚的时候林局长醒来，看到了隔壁面对着位置前小电视屏上的综艺节目发呆的小盛（也有一个姑娘在给他捏脚），说：“小盛，我是不是说梦话了？”

姑娘：“先生太辛苦了，要不再加个钟，解解乏嘛？”

局长：“明天还工作呢！”

小盛：“局长确实是太辛苦了，睡得很香。”

林局长问盛：“我都说了什么？”

小盛发呆，不知怎么回答。

姑娘：“您梦话里含含糊糊的，说到了墙，钱，什么的。加个钟没多少钱，办个卡便宜啦……”

盛科长：“你不懂，我们局长满脑子那都是工作。局长，您梦里都在为局里的资金缺口操心呢！”

局长又用那种眼神看着盛，又转向姑娘，说：“姑娘，我小看你了，你不简单，你城府不浅啊。哈哈哈！”

局长苦笑着，盛科长尴尬又莫名地跟笑着。

64. 镇医院　医生办公室　日　内

医生告诉范俊山：“病人送来太晚了，直面现实准备后事吧。”

65. 镇医院病房　日　内

范青花在病床上醒来。

可乐急问：“妈还疼吗？”

妈说，“疼，你花这么多钱我心里疼。（背过身去，问）花了多少钱？”

可乐轻松地说：“几千块钱，不贵。秃驴哥这回大方一把，欠俺和舅的工资一股脑全给了，付了药费还有余呢。”

隔壁床的病友（一个老实大叔）接茬儿了，说：“你们是认识院长老猴咋地了，俺割个痔瘘还花两万八呢，你们也忒便宜了，好好做了吗？！”

娘转过身来，看着儿子——这回瞒不住了。

娘说：“你不告诉俺实话俺现在就拔针头信不信。”

可乐就拍胸脯说：“是向秃驴哥借了点，绝对没有超过一万，你看你看。”

说着苑可乐拉开那个小拎包，果然一大沓没动过的百元面值的大钱。娘多少有些安慰。

娘撵他：“早回工地吧，不要对不起你秃驴哥。”

可乐说：“哎呀妈，俺和舅是顺带给秃驴哥招工来的，人还没招上呢？您急什么急啊！”

娘的脸上露出了开心神色：“俺儿得信任哩！”盯着儿子，美美地看，艰难地伸出一手，握住了儿子的手，眼里是幸福的光芒，有些颤抖地说：“要不你开个后门，娘好了后把娘也招上？”

“妈你乱说甚呢！”

娘她有些气喘地，坚持着说下去：“娘，烧个饭，炒个菜，娘没准还凑合，省得，省得你一人为娘还债哩！”

可乐一阵心酸，猛地一拍胸脯本想说出句惊天地、泣鬼神的大话，张了嘴，又吞下去了。

66. 机关大楼，街对面　黄昏　外

本田车内，陈燃心情大好，等着小盛科长下班。

看得出，她把新车精心布置得温馨荡漾，后座玻璃上吸满了一个个或俯冲，或单臂回环，或蒙眼闭耳的各显神通的猴子。

67. 路上、车上　日　外

盛科长疲惫地坐在车上，后车窗玻璃上那些个猴子左荡右晃着。

陈燃把车拐进了一个小公园，停进了汽车电影院。

68. 汽车电影院、车上　夜　内

陈燃跟着影片的情节对着老公一顿热吻，两人开始缠绵。盛科长脑海中突然浮现出局长臃肿的裸体，看到车上的小猴挂件晃动，想起了局长的警告。他立刻不行了。

陈燃正在兴致上："你怎么了？"

小盛："——我……我想起局长了。"

陈燃恼怒："滚！"

一脚将盛科长踹出了车门外。

69. 河南山水小镇　夜　外

这是在小镇医院外，小镇繁华地段，夜晚。

范俊山和苑可乐他们的车停在路边，不停地晃动，四只脚在车窗外时而闪过，时而落下。路过的人指指点点看着车震。

执勤人员再也看不下去了，上前查看。

透过玻璃发现是两个男的，不解："你俩弄啥嘞？"

范俊山说，"锻炼身体，咋了？"

说着两人分别做起仰卧起坐和俯卧撑，看到执勤人员离开，两人继续撕扯，"——你撒手！""——你撒手！"

苑可乐说："我今晚看护俺妈，这钱俺必须带在身边。"

范俊山说："那你妈更起疑了，带进医院，也太危险，你去看护你妈，俺在这守着。"

苑可乐问："你要跑了呢？"

范俊山反驳："俺不会开车！"

苑可乐说："这破车值几个钱，你要是把车扔了人跑了呢。"

范俊山不说话了。

苑可乐："咋不说话嘞？"

范俊山："无话可说，这儿，痛！"指了指胸，"俺好歹是你舅吧，乐？你这是将俺当贼防哩！你说，这几天，咱两个，过得啥日子？"

说这话的时候我们发现，范俊山的胡子长得韭菜茬儿一样。范俊山说："这种相互防备的日子，过得还不如你妈哩，俺觉得自己也长瘤子哩，是长在这儿，（指脑子）一分钟也不得安宁。"

苑可乐说："咋赖俺哩，舅话说这么没意思哩——俺让藏家里你跟我抢，俺让二一添作五分了，你说一份一个目标，两份就两个目标，连俺给我妈救命你都不让，那俺弄钱弄啥嘞？！你痛苦俺还想一头撞墙上哩！"

范俊山："不赖，不赖，不赖你啊。赖舅无能，想不出一个好道道。哎，以前是没钱日子难过，现在有钱了日子咋更难过哩。"范俊山是真痛苦："俺现在成了个有家不能回，有觉睡不死，连个澡澡都不能洗洗的人嘞，成啥人嘞！？"

苑可乐："舅，既然有钱那样苦，不如钱都全都先放俺这儿，俺向舅保证绝不多拿一分钱！"

范可乐："现在是钱的事儿啊？现在是一旦被追上，绕墙根跑步，坐牢，吃枪子儿，没收财产，一辈子白混的事儿了！"

苑可乐一下子没了刚才的嬉皮笑脸，身体僵在那儿了。

70. 小镇医院病房　夜　内

可乐的娘范青花有些回光返照，冲镜头断断续续说着话：“你回家，把装豆子的青缸打开，可劲儿往底儿下掏，有个塑料袋，能还多少你把债还上，“范青花脸上有了红光，”本来是准备着给你娶媳妇来着，看俺这败家子都给败了家了。”

可乐坐在隔壁病床上，低着头，说：“娘你说甚哩，你大门不出二门不迈的哪来的钱。”

娘范青花看了眼背对着他们，站在窗前，看着窗外的范俊山，说：“不怕你舅笑话，娘清闲下来，就给你代销店的七叔剥瓜子仁，三毛钱一斤，十几二十年下来，不少呢！”……

画外，嘭的一声响起。

71. 林家卫生间　夜　内

林局长正洗澡，被这一声震吓着了，一个激灵！

72. 盛家一居室／林局长家　夜　内

刚才是陈燃使劲撞的门。盛科长追在陈燃身后几步，撞着了鼻子。

盛科长只好自己开门，陈燃不让进，里面顶着门，她是真生气了。

进了屋，陈燃大闹，说：“盛嘉鹏听着，要是不爱了现在分手也不晚！”

盛科长唯唯诺诺地解释：“局长都说了，不要张扬，咱这时候买车确实不是时候。”

陈燃听了更是生气：“买一辆三十万的车就张扬了？我表姐长得还不如我呢，人家老公给她买了一辆宾利，五百万！”

镜头急移至隔壁林家卫生间，林局长在隔壁听到“五百万”三个字，当即将花洒关了，贴到墙根上开始偷听。

卫生间外的封筱梅发现卫生间内没了动静，就担心地推门进去，看到林局长这一幕，觉得恶心，甩门而去。

林局长来不及穿裤追出，说：“听我说……”

封筱梅说：“听墙根多刺激啊，干吗呀，把墙挖个洞，把头伸过去，看得更清楚，我看（提高嗓门）那墙纸不是人家整坏的，我看就是你扒的！”

镜头急横移回隔壁盛科长家，竖着耳朵的小盛科长忙用手势阻止陈燃，轻声说：“别闹，局长夫人还记恨咱们呢！”

陈燃：“少来这套！”

盛：“嘘——，没听见刚才隔壁说墙纸啊？……”

73. 苑可乐家　日　内

青缸倒扣了过来，里头滚洒出一地的黄豆粒儿，溜圆的黄豆满屋角地乱滚，豆堆子里是一个用皮筋绑得严严实实的塑料袋，

苑可乐震撼了。

74. 搭在村口的灵堂帐篷　日　外

大黑棺材。放在“母亲大人范青花灵位”牌子前，苑可乐披麻戴孝抱头痛哭，“妈，儿子对不起你啊。”

范俊山一旁安慰着，“也算尽孝了，钱给猛了，刀拉深了，你妈、俺姐也算解脱了。”

75. 乡下，山岗上　日　外

送葬的队伍里。苑可乐从麻袋中掏出纸钱，一把一把的撒到空中。

范俊山提着沉沉的袋子，悄悄的耳语说，“别掏深了，下面是真的！”

可乐把纸钱狠狠地砸在了舅的脸上

76. 曹副处长办公室　日　内

曹副处正和盛科长谈论工作，封筱梅突然驾到。

盛科长有些惊恐，站起来笑脸相迎，曹副处长跟没看见一样头也不抬继续忙着公务。

封筱梅拿出一瓶香水放到桌子上，冲着盛科长笑着说：“送你瓶香水。”

盛科长一阵惊恐：“阿姨，您这是？”

封筱梅说："阿姨喜欢你，小鲜肉，但这瓶香水不是送给你的，是还给你爱人的，她把自己的香水喷在我老公袜子上了，你替我谢谢她。"说完走出办公室，

小盛科长尴尬无比，曹副处长就像什么事情也没发生似的，在桌上一直写着，但表格已经填错了行。

77. 广场舞会上　黄昏　外

舞曲中，局长与老婆悄悄理论："你这不是毁我的名声吗，这么多年我是不贪、不沾，你这瓶小小的香水在我们单位就是一颗原子弹。"

有人向局长打招呼，局长努着一脸的笑容应付着，应付完继续和封筱梅说着，局长说："这原子弹将会把我、把你、把咱们全家都炸得粉碎知道吗？我已经够烦的了，你以后千万别……"

封："你烦什么呢？你要让我抓着什么把柄咱俩还有以后吗？"

说着，封狠狠地甩开林森林的手，顾自撤出了舞场。全场震惊。

连翻垃圾打鼓点的哑巴都被这对恩爱夫妇的翻脸惊着了，高高举起的一只手，就是没往垃圾桶上拍下去。

78. 小火锅店　黄昏　内

小盛科长已经喝醉，说："我与陈燃分居了……"

他打着嗝，手中仍握着那瓶香水，揪着对面曹副处长的衣服领子说，"……不怕处长笑话，我从没认真地闻过我媳妇身上的味道，但我知道，香水跟袜子混在一起，肯定不是个味儿……"

曹副处长说："谁认真闻过老婆味道啊，谁闻得见老婆味道啊？啊，不信，你问问这一屋子的人。"

小盛："要问也只能问局长啊……不，局长不是那样的人，我老婆是那样的人吗？世界真的如此不可靠了吗？"

79. 小镇饭馆　夜　内

范俊山与苑可乐也喝了个大醉。

舅舅说："什么事不能你一人背着，这瓶二锅头记在俺的账上。"

苑可乐说："舅，妈也没了，事也办完了，跟秃驴请的假也到点儿了，走到这一步，也没法回头了。"

范俊山打断他说："舅辈分高，钱不要高，俺表个态，就按你说了，咱俩二一添作五一人一半扣下你已经花销了的，这都有账，分完了从此不认识，是福是祸都自己背着。"

苑可乐说："放在一起是一个目标，分开就是俩目标了，出事率整整高出一倍。这话可是舅说的，说得多好啊，你忘嘞？！"

80. 大荒郊坟地　夜　外

小面的车灯灭了，马达也关了，舅甥两个人继续谋划。

范俊山说，"按照农民的土办法，还是埋在土里踏实，但点儿要选好，你知道舅舅俺出身不好，当年俺爷爷，也就是你太舅姥爷，在院里埋了两坛子银元，后来被挖了出来，定成地主给斗死个屌嘞，所以啊，俺历史不好，容易被盯上，你爷爷出身雇农，你根红苗正。"

苑可乐说，"那你意思是埋俺家？俺家是土墙，埋不住，一场洪水就给冲了。"

舅舅："你不是一直抢着跟我盯钱吗，这会儿咋往外推了呢？"

苑可乐："说这话有意思吗，大半夜的坟堆里，是吵架的时候吗？咱现在商量的是这两麻袋咋办？必须解决啊！"

范："那你提什么墙啊——就哪有不透风的墙啊，不能埋墙里，城里人脑子太简单。"

苑可乐问："那你说埋哪儿安全？"

舅舅说："盖棺定论，埋在你娘坟里最安全。"

可乐说："不干，不能吵着我妈吧！"

范俊山火了说："你要出事儿了才吵着你妈呢，天底下还有比自己妈替你看钱看得更牢的吗，她都能想出来把钱藏豆缸里，谁想得出？！"

81. 坟地、范青花墓穴　夜　外

范俊山和苑可乐摸黑开棺藏钱

范俊山在钱的表面学哑巴，裹上美女画报。苑可乐开手机灯想看个清楚，范可乐鼓起腮帮就吹灯，没吹灭，这才想起伸手去打掉手机，说声：“找死你，乐！”

苑可乐：“这是作甚哩？”

范俊山抖着“中国好声音”那英团队的众媛图片说：“俺这是让十八位贞身少女为你娘陪葬哩。”范俊山一边藏钱一边念叨着：“俺们孝敬你啦，老姐姐，（说着留下两行热泪，对苑可乐说）乐，如果安全，这钱咱俩还是一人一半；如果俺死了还没派上用场，这钱就都是你的，到时你儿也大啦，记住，下来取钱的时候一定你先上啊！”

范说这番话的时候可乐一直在走神，同时，另一双眼睛在暗处直勾勾地注视着他们，不是别人，正是哑巴。

苑可乐惊恐地揉揉眼再看，坟地空荡荡，只几页残幡无声飘动。

82. 林、盛单元楼道间　晨　内

陈燃又打扫楼道。为局长擦不擦鞋犹豫不决，最后还是拎起了一只时，封筱梅正好开门出来，抓了个正着。

林家屋里林森林急往外冲，顾不得穿着睡衣、没穿拖鞋，因为他听见了外面封筱梅在破口大骂：“破鞋。”

局长向陈燃道着歉：“对不起，对不起小陈，她是抑郁症！”把封筱梅强拉进了屋里，嘭地关上门。

林家屋里，封急了，说：“你心里虚着是不是，向她道歉把我打压你还是个人吗，林森林！”大闹，摔碗砸盆。

楼道里，陈燃听见了屋里一声声使出武旦的所有功夫糟蹋家的封筱梅。欲敲门，又犹豫，最后也愤愤地回了自己家，把门死撞上。

林林的门哗地开了，背着包就要离家，林森林赶紧说：“林林，没事儿没事儿，妈妈马上没事儿……”

林林哪理这些，开门就跑出去，电梯都不坐，直接跑下楼去了！

林森林追到楼梯间，喊着：“你还没吃东西呢！”

83. 楼下　晨　外

气恼地跑出楼道的林林听见楼上一声喊，“接着，林林！”那声音带着哽咽和霸道，当然是封筱梅。

一道黑影直冲镜头砸下来，林林没理，跑出了画。

塑料袋里的面包直直地砸在了地上。

84. 林家　时间同上

封筱梅急了，说：“找不着女儿我跟你一头撞死，你是好日子过腻了！”

局长没有急，他平静地关了房门。

85. 林、盛家楼道　时间同上

林家屋里一下子显得十分安静，安静得让人窒息……

86. 林家书房里　时间同上

封筱梅那张震惊、失望的脸，说：“原来你是这样的人！？”

林局长一下子冲上去把封筱梅拉进更隐秘的卧室，说，“我是一夜之间成这样的人了吗？我还不是为林林留学的费用？还不是为了满足你的物质需求，这满屋的意大利家具、法国名包、土耳其地毯，包括你荒唐的让人从维也纳邮寄来的昂贵墙纸。”

封筱梅何其明白之人，她一下子成了哑巴，想想，说：“你不是挺能的吗，这么久，你就一点办法都没有？”

林森林压低声音说：“有什么办法你说，明说摆开说，他们不承认你有什么办法？跟小盛讲道理讲渗透，他跟你装糊涂，你还不能逼，逼急了市纪委一个电话，我们什么结局？”

封筱梅：“你怎么现在才告诉我？”

林：“不告诉你你没事儿，现在，你知道你自己的结果吗？要出事儿的话……”

封：“这可是五百万啊！”

林：“你还扎在钱眼里呢！现在他们要是能踏踏实实把钱收下，已是最好的结果了！”

87. 楼下垃圾桶上　日　外

有人将林局长的爵士舞鞋扔了下来。鞋飞到了楼下的垃圾桶上，

不见楼下那个哑巴，哑巴看来真没在。垃圾成堆，美人含笑。

88. 马路边辅道　本田车上

车上，盛科长与陈燃大吵。

陈燃她觉得十分委屈，说："我这一切还都不是为了维护你！"

盛科长也委屈："结果呢？！"

陈燃："结果我拼命巴结他们巴结你，却什么好也没落下，我讨厌你，搬家布置，从想办法放鞋柜到砸墙掏鞋柜，从准备砸墙到满大街地讨价还价找民工，民工跑了，我又找人给你挂梅花傲雪挡上那个墙，你隔壁不乐意我又找人给他们封上那个墙。"

盛科长说："等等……线索终于理清了！"盛科长不敢相信自己的耳朵，头脑里急跳闪过局长对自己的一系列反常举动和表情，他问陈燃，"那两个民工的后来呢，不干以后上哪儿干了？"

陈燃说，"我不知道我也不想知道。"开了车就走了，只让目瞪口呆的小盛还一直傻傻地站在原地，一动不动。

89. 林、盛楼梯间　日　内

楼道里传来地方戏的唱腔和念白。

原来是封筱梅手持宝剑在楼道里挥舞，口里念着《捉放曹》的台词，"来来来，你这等没有良心之人，看是如何的结果……"

90. 盛科长办公室　日　内

小盛科长坐立不安，站起，坐下，站起，再坐下。他的眼前再次闪过林局长的种种表情和画面，现在站在他面前的是曹副处长。

闪回今天班上，小盛科长拎着包上班，楼道上遇上了曹副处长，表情一直硬硬的曹副处长突然柔和起来，问："和局长做邻居怎么样？"这天上掉下来的一句话，明摆着是有原因的，尽管他听出了处长的幸灾乐祸，那是一张忽变长，忽变宽、走形的脸。

"这里头一定有内容！"小盛科长自语着。

"是的科长，桥头村的镀锌厂确实是有问题的。"小盛科长的部下员工向他汇报着："所有内容我都写在报告里了！"

小盛科长捏捏对方小年轻的脸，这才晃过神儿来。

91. 工地　日　外

一个秃顶的包工头（还是靳秃驴）说，"我还找他们呢，他们俩开着我的车回了老家，说是他妈死了。"

小盛科长掉转自行车头，骑上车急急离开工地。

92. 高铁上　日 / 内 / 外

急驰的车上，小盛科长看着窗外急速闪过的乡野，目光急切。

高架上的高铁飞驰而去，前方是一个隧道。也就在进入隧道的一瞬间，画面一下子暗了下来……

93. 魅力地中海　总统休息室　夜　内

黑场字幕：第三章　谁动了我的墙

显。暗暗的光线，两个捏脚姑娘刚离去，门带上。上次小盛科长在电视屏上看综艺节目发呆的位置，现在发呆的是林局长；另上次林局长躺的位置躺着另一个人，大逆光，我们只看清他满头的白发，只是能感觉出是一个比林局长更年长、级别更高些的人。

白发的老人沙哑低沉，从容不迫地："……我怎么相信你呢，你怎么证明我的东西确实是被别人盗了呢？这事儿我听着就坐蜡、不好办，可我印象里，你是能干的人啊，——先喝口茶吧！"

在对方夸张的喝烫茶的吸水声中，林局长如坐针毡。

94. 小盛科长一居室　内 / 外　黄昏

从屋里往外看，门的猫眼那儿似乎一黑。

95. 林、盛楼梯间　时间同上

盛家猫眼外，林局长正悄悄往陈燃这边打探消息。急一回头，外面回来的封筱梅就在后头，正用鄙夷的眼光看着他。

封死人般的表情，说："莫非你铁了心了？"

96. 林家　时间同上

林要解释，封说："你们俩在一块儿就要解决问题我一百个支持，可惜啊，可惜。"

林急："我是问林林怎么样了，她同学也不知道她去了哪儿？"

封："少来猫哭耗子这套林森林，你攒钱真是为林林？林林眼看要花钱你把钱藏墙里，还非砌在这堵墙里？你把我当傻子。"

封筱梅流泪不语，拿起剑在家里继续舞起，舞得林局长呀呀呀霸王一样绝望、烦躁又感慨。

98. 林局长办公室　日　内

小盛不见了，女儿出走了，林局长精神垮了，脱相了。

在纸下画着那堵墙，比画着，坐也不是站也不是，似乎又豁然开朗，他急不可耐地打了个电话，谦恭又急切地：" 老领导老领导，我想到个办法了——只有这样了，也就是毁掉现场，把那面空墙扒开填实，这样即使被人发现了也有说辞……"

话没完呢，对方挂了。林局长突然意识到了什么，自责地想抽自己一巴掌，结果，这一巴掌抽在了桌上的铃铛上。

曹副处长推门进来，问："什么事，局长？"

林局长一慌："找你了吗？——哦，无故旷工一般怎么处理？"

曹副处长爽快地答道："您说的小盛这样的？开除啊！这是国家明文规定的。我马上办！"

林局长更慌了："站住。你怎么能这么轻而易举地开除一个干部呢，国家培养一个人花多少心血，你作为主管领导你尽到责任了吗？"

曹副处："好，我马上安排人扩大范围寻找，您放心，活见人，死见尸！"

曹副处退出后，这次林局长真的是狠狠打了自己一嘴巴。

99. 林家　日　内

书房里堆着一袋袋的沙子、水泥。掏墙掏出的破砖块直往下掉。

原来趁着隔壁上班时间，趁封筱梅到外面找女儿的时候，林局长像农民工一样亲自下手，正在掏墙。

谁知客厅那边，心情轻驰下来的封筱梅正紧紧地牵着女儿的手开门进来，进了家门，发现地上脏乱的水泥粉脚印。而书房里专注的林局长并未听见门响，封见林局长正撅个屁股扒墙。

封筱梅崩溃，说："林林你看，你爸还是个东西吗，趁别人老公不在家，他还真扒人家的墙，森林啊森林，何不大大方方的。"

她打开房门冲着楼道大喊，"快来看啊，林局长扒人家墙啦。"

林林挣脱开林森林的手再次跑下楼去，林局长也急了，一个嘴巴把老婆抽到屋里，无奈又痛苦地和封筱梅说出了，"这可不只是我一个人不只是我们一家的命，（自知说漏了嘴，无力地继续说下去）你，懂吗？！"

封急关上门，张大嘴，"五百万！还不是咱的？"

不知封筱梅是被这比她想象还要大得多的五百万吓到了，还是别的刺激在先，她彻底懵住了。

100. 晚上，地点同上　客厅

林林死死地看着父亲，就像林局长当时看小盛科长时一样，孩子的单纯，直看得林不敢面对，百感交集。

林林对封说，"妈，留学我不去了，我要搬出去住，你们都变了，我再也不要看你们这个样子。"

面对这个破家，林森林心酸之极。

101. 河南乡下　夜　外

苑可乐意识到了什么，奔命地在奔跑，他跑过村子、跑上山，一直跑到了坟地，跑得喘不过来气，跑得精疲力竭。

果然发现了什么，不敢相信自己的眼睛——母亲的墓被盗了。看到母亲的坟地被挖成了这样，可乐愧疚难当号啕起来。

范俊山从另一座坟包后探出个脑袋来。

苑冲过去，看到了范俊山身后草丛里的那两只水泥麻袋，一下揪起范的衣领子恨不得要撕了他。范先说话了。

范俊山脸如死灰，说，“与其魂飞魄散地天天等着，不如你一把把俺撕了。（指指那两只装钱的水泥麻袋）这里面有钱，还有咱两人的花销记录和签名证据啊，一旦败露，彻底完蛋啊。”

苑也奇怪：“你居然没跑？”

范：“现在你了解舅了吧，俺的原则是，有乐可以不同享，这是人的特点，有难那是必须同当的，这是你舅的真心话。乐！”

102. 乡下村庄　日　外

盛科长坐着顺风的拖拉机来到河南乡下，苑和范的老家村里。

一张张因焦距太近或因镜头急晃而变形的脸，一群裹棉裤裆的乡亲，纷纷反映，甲说，“两人这次回来可不正常嘞！”乙说，“苑可乐的妈突然有钱做手术了嘞！”“两人有家不回，有炕不睡睡在车上，昨天又突然不见嘞。你说怪不？！”

盛科长越听越觉得可疑，天旋地转起来。

103. 曹副处长办公室　日　内

工作人员将一封信递给曹副处长：处长，刚才一个姑娘给您送过来的，让务必亲自交给您……”

104. 乡下小镇　县城，一组镜头　日　外

写在纸上的，虚焦的车牌号码。

小盛科长开始按着村民提供的车牌号，在小镇里、在小县城里寻找。医院、街巷、坟山、树林。

终于在一个僻静的路边盛科长发现了那辆小面车，车胎两个轮子是瘪的。车上也已是人走车空。

105. 建筑工地　日　外

K城。憔悴的小盛科长最后又回到了城里，找到了秃顶的包工头，靳秃驴。

靳一脸的苦相，滑头地说：“报告政府我真不认识这俩人，这些年我痛心改造，说真话，您想啊，要熟人开走了我车我能报案吗？……”

106. 曹副处长办公室　日内

曹副处长正在与那天交他信的下属交谈，压低声地：“那天送信的，到底是个什么样的人呢？”

“死活不肯进来。”部下欠过身来，更悄声地：“我怎么觉着，像咱们林局长家的……”结果对方曹副延长大喝一声：“胡说！”

部下正发懵，一回头，这才发现林局长就在自己身后。

局长看到这一幕越发没底儿了，“说什么呢？”他怒了，“上班时间交头接耳，有什么话不能摆桌子上明着说？”他大发雷霆，情绪过激，“这都是什么工作作风？该上班的不上班，不上班的不好好上班，曹副处长你是怎么抓纪律的？！”他警告曹副处长，“不惜代价也要查出科长的去向，作为一个干部，无故旷工，组织要对他进行处理，这不是国家明文规定的吗。明摆着他们家属也不配合嘛。”

部下报告：“家属说他们正闹离婚……”

曹副处：“领导说话时能不插嘴吗？”

林局长说：“局里领导组成立个临时专案组，我亲自挂帅，一个员工失踪一周了，我必须掌握事态的发展。”

曹副处长：“我有责任局长，但也容我说句大实话，我觉得您这么一说我们都有干劲儿了，（回头他对手下）刚才我说了吧，不要议论领导，我们局还是有希望的，局长是有原则的。是不是啊？”

明白不明白这件事的都鼓起了掌，局长感到了失态，回屋。

趁这会儿工夫，曹副处长赶紧地将桌上那封信放回抽屉里。但我们的镜头分明看清了信的落款是“林林”。

107. 曹副处办公室　黄昏　内

光迅速暗，灯渐渐亮起，一屋子人渐消失，只留曹副处长一人还在发呆。他的桌上又放着林林的那封信，上面写着，“……我对我爸爸最近的不正常非常担心，但我爸爸是个无私的人，一定是哪儿出了问题，希望叔叔们多关心帮助。……”沉着的曹副处长沉思着，敲门声。

刚才送信的部下又进来了，这次什么也没说，这次还是一封信。

信上写着，“请曹副处长下班后速到魅力地中海私密包间一娶，不要告诉任何人，我在门口等着你。”落款竟是陈燃。

“一娶？”曹副处长看看左右无人，这回他真懵了，自语道，“地中海，……这个陈燃不是盛嘉鹏老婆吗？什么意思这是……”

画外，广场舞曲响起……

108. 广场　黄昏　外

像往常一样，林局长下了奥迪车，向每天跳舞的地方赶去，跳舞的地方一堆人聚集着，广场音乐如平时一样回响着。没人跳舞。

封筱梅正在那里发疯，说，“现在你们知道了吧，我家的墙是钱摞起来的。一点不是吹的。……”

林局长照样那么绅士，挽起媳妇回家。

送伞的那个老太太们心疼林局长，说：“局长这是怎地了？”

林局长痛心疾首地说道：“哎，病人，我对不起她，家里越缺啥，她就越念叨啥啊。”

老太太们在局长他们身后感慨，“局长真廉政！现在上哪儿找这样的好干部去啊，因为没钱把媳妇穷疯了。”

109. 林家　夜　内

回到家中的林局长看着那面刚刚填补过的墙，对着装疯的封筱梅说，“我羡慕你，如果我装疯了。恐怕明天就完蛋，我是多么希望我们都真疯了啊！”

封筱梅：“你是谁？我不认识你！”

连林局长也闹不清她是装的还是真疯了……

110. 哑巴帐篷　夜　内

哑巴背着大大小小的垃圾袋回来了，他打开一只麻袋后，挑出那些有美女的画报和图片，挑着放好。

这时我们才看清，那些美女画报按年代排列，早有数年前的杂志挂历，近有摩登女郎，着装暴露，光棍哑巴痴迷地看着自己的成就，左搂右抱，幸福地躺在“美女”中间，却没想到自己的破脏床上早坐了个人，吓他一跳。

那人正是小盛科长。

哑巴转身慌乱地逃了出去，

111. 魅力地中海，长走廊　夜　内

小姐领路，描眉画眼的陈燃和曹副处长一起，被小姐带进了走廊尽头的最隐秘的包房……

112. 工地材料房　夜　内

面对突然闯进屋内的小盛科长，范俊山与苑可乐都傻了。

盛嘉鹏：“你们是不是拿走了不该拿的东西？”

苑可乐死扛，“怎么可能，舅，你说怎么可能呢？”

盛科长问他，“你给你妈看病的五万块钱是哪儿来的？”

范俊山灵机一动，“乐啊，还是说实话吧！”他光着腚跪在床上给盛科长磕头说软话，我们对不起你啊大恩人，手头紧，他妈妈病重，正赶上你媳妇让我们去砸墙，我们是见财起意，就把你藏在墙里的钱给全拿走用了。乐啊，还不求人家放咱们一马！”

盛科长问：“多少钱？”

范俊山老奸巨猾，他玩了个倒推驴，“你藏得你还不知道？ 5万块钱。”

盛科长追问，“就5万？”

范俊山瞬间断定，“就是5万，莫非是你老婆藏的不成？”

113. 魅力地中海包房　夜　内

屋里传出陈燃有些羞涩的声音：“人家是慌的么……”

“慌什么呢？”屋里，曹副科长哈哈大笑道：“你这一字之差可把我转糊涂了，‘一聚’就是一聚怎么就写成了‘一娶’了呢！——对了，嘉鹏怎么还不来，再不来，咱俩可真出事儿了。”

门猛地被推进来，小盛科长手里一个黑塑料袋、黑着脸匆匆闯了进来，说，“你们俩走，快走，什么也不用说了，就当一切都没发生过。”说完转身又急匆匆地离去。

这下倒把曹副处长和陈燃也弄糊涂了。

114. 魅力地中海　大水池里　夜　内

小盛科长在这个巨大的洗浴中心一路奔跑，前台取牌、后场衣帽间脱衣、换衣，趿着拖鞋急匆匆地进了蒸气弥漫的热水池，透过迷雾他辨认出了林局长早在水池里等着了。

局长臃肿的身体坐在一个小池边，双脚浸入凉水池中，里头有一群小鱼，正撕扯着他的脚皮。

而此刻，小盛科长像个海边久别的恋人般，朝对象踏浪奔过去。

局长也看见了小盛，放下一贯的稳重，主动迎了上来。他们像电影里那样，迎面向前，水溅左右，在他们中间的大池子里，终于会合了，一时双方都有些不自然、不好意思。

小盛科长，愧疚有加又激动地，“对不起局长，真不该怀疑局长！”他难过地不敢直面局长一贯和蔼的脸，他把头低下去，继续激动地说，“我真是没想到啊，5万块钱，您背着封姐藏在墙里——这是我万万没有想到了。什么叫以小人之心度君子之肚，在我身上体现了，我真是一万个的对不起。”他不敢看局长，只把黑塑料袋交到局长手中说：“5万！您收好。局长……”他都有些哽咽了，“您对我这么好，我却以为您是在怀疑我，您培养我，我当成收买人心，您一个领导为了顾及我面子，为了不伤我，那么用心地谆谆教导我竟理解为试探，作为一个下级一个邻居一点也不能领会您作为一个男人的苦衷，而是阴暗心理作怪，把您往不该想的地方去胡思乱想，狗咬吕洞宾不识好人心这样的话，对我而言都骂得太轻太轻了，（他感觉到了局长的手放在了他的肩膀上）局长你别安慰我让我把话说完，总之您的大恩大德我不会忘，总之你大人不记小人过，总之……”

“啪”地一声，一个嘴巴子扇了过去，把盛科长打懵了。

局长逼视着他，小盛科长甚至觉得自己该打。他现在终于可以抬起头来了，却看到的是他出乎意料的局长不再掩饰的凶相。

局长说：“你这是公开侮辱和挑衅吗？”局长恼道，“盛嘉鹏你耍我，把我逼急了，我什么都干得出来！”

局长大怒，将那个塑料袋狠狠地砸入池中。

局长：“你现在就够开除的了，我现在就开除你。”

局长目光中透出杀气——事实上这只是林局长的精神想象，实际上见到小盛科长检讨那一秒他又燃起了希望。

他关爱地将手放在小盛科长的肩膀上，小盛科长谦卑地说着最后那几句话，“局长你千万别安慰我让我把话说完，总之您的大恩大德我是不会忘记的，总之您大人不记小人过，总之……”

局长，“总之一家人不说两家话。”

局长和蔼地打断了小盛科长发自肺腑的排比句。

局长把那包钱交还小盛手里，“这你先收着！”

局长把他拉到有落水瀑布景观的一边（为了噪声能增加话题的隐私性），“这对我有意义吗？对你也没意义。总之，你的态度我看到了，今天开的这个头很好，我看到了好的开端，看到了你对我这老哥的诚意，也让老哥看到了希望！”

这下让小盛科长懵逼了，怎么回事儿？

“我早就看出，你是局里最有头脑最有才能的年轻人。”局长完全换了一副面孔，“你真的是最棒的！趁这个机会我有个要求，不，请求，（几乎屈尊卑膝地）我请求你盛科长，看在咱俩邻居的份上有些事网开一面，我不会亏待你的。”

盛科长像当时局长看他时那样看着他，对眼前的林局长他感到了陌生和憎恶，他怕被局长看出来，把头扭向一边。

115. 工地材料房 夜 内

范俊山已收拾停当，扛起那麻袋在催外甥："你还磨叽什么呢？还不赶紧地溜！"

苑可乐把扛起的麻袋又放下了，颓丧地，"又能溜哪儿去呢，又能往哪儿跑啊！舅？"他绝望地，干脆放下他扛着的另一麻袋钱，"俺做梦都想着哪天我有个十万八万的大钱，能治好俺娘的病。现在有钱了，娘没了，这些个日子当了富人，可是舅咱过的是什么富人日子啊——舅，俺不跑了，要跑你跑，钱，俺也不要嘞，光有钱有啥用，都归你了！"

范俊山，"噫，你以为归我你就没事嘞？露了马脚了，你偷人家还骗人家了，自首都不算自首嘞。"

苑可乐说："爱咋咋地了，俺不要你管，俺也管不了你了，反正把俺花的那些填上，心里先不欠人家的，娘要知道俺钱是偷人家的，早拔了针头嘞！"

范俊山还在顽抗，"那叫拿！"

苑："从小俺娘说过，拿也不能白拿！"

范："咋才想起呢，看把舅害的！"

说着，苑可乐将那包曾藏豆缸里的塑料袋也掏了出来，打开，足足有百多张百元币，中间还夹杂着好几颗黄豆。

这回五味杂陈的是范俊山。终于舅甥抱头大哭，"就依你，乐！不管这钱是谁家的，都不能还给当事人，必须还给他们的领导。"

苑可乐抹把泪，沙哑地，"中！"

116. 小盛科长家 卧室 半夜 内

小盛科长一个欠身从床上坐起，入画，"有事！局长还是有事，有大事！"

陈燃半醒不醒地也欠身坐起，"你说咋办，只要不退房……"

小盛科长称："退不退得听组织的，但是我们必须先搬出这个房子，保留现场！"

陈燃，"你要动房子我就真跟你离婚！"

小盛科长坚决地，"那就离婚！"

陈燃，"什么？！"

小盛科长，"我是说，要演就把戏要演足了，否则凭什么贴封条保全财产？！"

117. 小盛科长家 客厅 晨内 外

光渐亮。镜头横移，餐桌上，先是那份"离婚协议书"，再是他们自己写的封条，摁着两人的手印。

小盛科长让陈燃在"离婚协议书"上签字，盛科长签了，把笔递给了陈燃。最后，陈燃把它撕了。

"演个戏咋了？！"

"就不！"

盛科长抬头，看到陈燃一脸的泪水。小盛科长感受到了陈燃对自己那份深深的爱，但他们开始行动了，电影的节奏快起来！

一组家里家外的镜头——

a. 他们在房门上贴了封条，保护现场。

b. 他们斗志昂扬地下楼道。

c. 他们故意分开一段路走，小盛科长看到妻子往楼下的垃圾桶走去，将一样东西扔进桶内。那是香水。小盛心疼的！

d. 小盛逆向而行，夫妻奋起开战了。

e. 音乐快节奏中，高空大俯拍镜头——另一道上，范俊山、苑可乐舅甥也开始行动了，也上路了。两组人，三条道。

急急的步伐，各自的方向。

118. 局长办公室 日 内

秘书进来说："局长，有两个农民求见？"

局长正在烦恼中，"农民来找？不会是桥头村污染源的纠纷吧？"他走到窗前，撩起百叶窗向楼下大门外看，果见两个背着麻袋的农民在铁栅栏外等着，还四下张望。

局长，"不见！"

119. 楼下，大街转弯处 日 外

一辆警车鸣笛着，舅甥俩急闪到大街转弯处。

苑："不见怎么办，舅？"

范俊山思虑着，决绝地，说："那就只有用最后一招儿了，乐！"

120. 魅力地中海 包房 内

曹副处长推门进来，说："又让我到这种地方，违反八项啊！"

"我家属私人请客！"小盛科长迎上说，"洗澡，因为通过上次洗澡感悟到，在澡堂子里赤身谈话是最直接的，我想把掌握的情况向组织汇报。"

这些显然没有出乎曹副处的预料，"你电话里说的这些情况，恰恰与林林信里提到的内容有了很好的印证。但是物证依然没有啊！"

小盛科长；"处长不妨先听听我的想法。……"

121. 林局长的一组镜头

大家在加紧行动的时候，林局长也在加紧动作。强劲的广场音乐舞曲中，他打开一辆越野车后备箱，把一些行李往车上搬。

a. 他亲自驾车，一根树枝、一个点滴瓶支出天窗，后座上躺着挂了点滴的封筱梅。越野向山林里驶去。

b. 精神病院门口，林局长没有慌，他给林林手机里转存了一笔钱，并微信文字告诉她，"这是爸爸的工资所攒，是清白的。"

c. 走廊铁栅栏门口，他对封筱梅悄声说，"这是我能为你做的最后的安排。请你理解！"说着把她带进栅栏内的精神病隔离区。面对一组组的精神病人，封筱梅露出了难以琢磨的那种笑……

122. 住宅小区 夜 外

范俊山和苑可乐背着麻袋摸进家属区，后面还跟着个人，竟是秃顶的靳秃驴。靳秃驴不干了："我现在是守法公民，你们要毁我前程啊？再说天底下哪有钱往回送的道理？"

苑可乐说，"所以我舅才想起您这专业人士啊，换成我们舅甥怎么可能完成这么高难度的动作？"

范俊山："再说你不帮这忙，你也是帮凶啊，当初是你提供的小面啊，作案工具啊！"

靳秃驴，"狗日的，玩阴的，倒让你们俩小家雀拿了一手！不过就凭刚才那几句中听的，我再亮回手艺。"

123. 林、盛住宅楼上 夜 外

半夜了。镜头抬升中发现林、盛两个家庭窗口的灯都是黑的，镜头一直升到楼顶，看见三个黑夜从楼顶顺着绳索爬进科长家后窗户。

他们打算在两家中间的位置开墙。

可是打开很不容易，范俊山说，"咦，记得清楚啊，当时封墙只是在墙面上堵了层立砖，怎么把墙给填满了！"

苑可乐，"那看高手的了！"

被绳子五花大绑的靳秃驴，说："少给糖吃，我不是为你们，我也得为自个儿，自新一次。"他从背包里掏出一套老工具，有凿子，有神仙铲，有皮锤，悄声说，"看来业务确实生疏了，那也亏了我来。要你们，一百个也白瞎！"

他摆出大师架式，哈气，砸锤。林局长家屋里的灯亮了！

三个黑影的绳子一下子滑下去好几层。

又传来锤击声。

那是哑巴在锤垃圾桶。哑巴自娱自乐，击得有节有点。林家的灯灭了。三个黑影在哑巴砸垃圾桶的嘈杂声中艰难地进行着，突然垃圾桶的声音停止了，三人胆战心惊，停下了动作。

原来是垃圾桶前，哑巴又从中发现了一张美女画报，看够后藏起美女，把垃圾桶敲得更加欢快。

在敲桶的欢快节奏中，在靳秃驴的亲自操刀下，在范俊山与苑可乐配合下几个人终于把钱塞好，把墙抹平了。光渐亮了起来，天亮了，仍可见那块湿湿的墙……

124. 林、盛两家共用墙　日　内

“轰”的一声响，墙被推倒了，数百万人民币从墙内滚落。

对面的房间看过来，这边的人看过去。摄像机、照相机闪成一片，记录下这一瞬间。——事实上这些只是小盛科长和曹副处长、陈燃的浪漫想法，烟尘按刚才散开来的样子收了回去，时间倒流，渐渐地露出盛科长和林局长的身影，他们四目相对，墙内空空，一分钱也没有。林局长踏实的目光，小盛科长焦虑无比，现场的一群纪检人员却没有沉不住气。为头的指挥着现场的人，“继续挖！”

几名工人继续推墙，最后一截墙倒下的时候，仍不见钱。

只有一张纸条从墙里飘落下来，上面清楚地看到范俊山和苑可乐的笔迹：“今还清四百九十八万，还欠两万为母亲割瘤钱，瘤割晚了，命没保住，钱先欠着，放心欠债总是要还的……”

音乐起，字幕：自从有了斧头的那天，森林就吓得发抖，风对它说，别怕，只要你不提供它把柄，它就伤害不了你。

画外音，坚决果断地撞，“再挖，挖到底！”

镜头超现实深入墙体，黑黑的墙原来是空心的，直直的，镜头一直下行，下行，最后听见了下水道里耗子的嘶叫声。

光显。一群耗子，黑黑的密密麻麻数不胜数的地下耗子，成群成灾地撕咬着成堆的人民币，原来那四百九十八万全落到了这座房子的根基上。

有五角星碎片、有大会堂碎片，有毛主席破碎的脸，众鼠争抢撕咬着，汹涌而来，汹涌而去。

光渐暗。片尾字幕徐徐无声……

——剧终

（与龚应恬共同创作）

·电 影·

春 天 里

时　间　当代。

地　点　侯庙村。

人　物　马胜利：男，58岁，绰号马走日，是信访局副局长，精准扶贫包村干部。性格开朗，幽默多谋，善良智慧，有时认死理爱较真。

侯聚财：男，40岁，贫困户，好吃懒做，嗜赌如命。媳妇多年前走失，一人带着儿子混日子。

江憨聪：男，46岁，侯庙村村长，会唱涡河憨腔，是马胜利的师弟。他高度近视，为人厚道，工作踏实认真。

马青馨：女，24岁，马胜利的女儿，研究生毕业自谋职业，后到侯庙村当支教老师。她性格开朗，聪明任性，独立好强。

江　帆：男，26岁，江憨聪的儿子。文化不高，聪明精干，和马青馨青梅竹马，后成为恋人。

侯小博：男，12岁，绰号猴子，六年级学生。他调皮顽劣，油嘴滑舌，爱好下象棋，极其聪明。

吴　越：女，55岁，马胜利的妻子，某医院医生。性格温柔善良，落落大方。

宋　凯：宋富贵的儿子，35岁，因车祸而残疾。

宋乐乐：宋富贵的孙子，12岁，学生。

肖局长：信访局局长，男，42岁。

韩春花：女，38岁，侯聚财妻子，离家出走，被拐卖，后被解救。

宋富贵、宋奶奶、抓羊人、村民、医务人员等群众若干。

1. 原野　日　外

春暖花开，花红柳绿。山川河流，青山绿水。

一组美不胜收的镜头。

鸟在唱、虫在鸣，牛在叫、驴在笑。

远远的，传来涡河憨腔的演唱：

唱得是新时代人的觉悟高，

咱百姓的生活水平真不孬。

个别人好吃懒做他不地道，

梦想着天上它能掉面包……

推出片名：春天里

2. 办公室　日　内

马胜利：什么？不批？

肖局长：嗯。

马胜利：啥理由？

肖局长：全市扶贫攻坚战，十月份省里来检查验收，在这期间，一个干部也不动。

马胜利：我到站了，腊月的生。

肖局长：档案上有日期，组织部门清楚。这不是人事冻结了吗。

马胜利：那我就在家休息，等他们审批。

肖局长：那可不行，精准扶贫派你去包村。可是嘞？

马胜利：侯庙村的情况我比谁都了解，我是在那里长大的。侯聚财那种人，天生的羊肠子，扶不起来。

肖局长：所以才派你去。

马胜利：派我去本身就不合适，他告了我六年。

肖局长：哎呀，子虚乌有，领导上上下下都知道。

马胜利：我不去。想起来侯庙我就来气，换人吧。

肖局长：哎，老马，咱们配班子六年了，一直处的血得。可是嘞？你现在就撂挑子，到时候完不成任务，萝卜肯定得我这个一把手坐，你于心何忍？

马胜利刚要说话，被肖局长拦住了。

肖局长：啥也别说，看咱们兄弟的情分，站好最后一班岗，完成精准扶贫任务。（突然压低声音）哎，退休的时候我给你跑正科级待遇，按正科级退下来。

马胜利：我原来就是正科，是被侯聚财告下来的。

肖局长：好了，我不和你说了，我还有个会哪。

马胜利看着肖局长走出去的背影，一脸无奈。

3. 马胜利家　傍晚　内

一家人正在吃饭。

马胜利：江帆是怎么回事？

马青馨：什么怎么回事？

马胜利：你们眉来眼去的，别以为我没看见。我眼不瞎。

吴越劝道：不能好好说话呀。

马胜利：不能。我们辛辛苦苦培养了一个研究生，天南海北地学了一大圈子，又偃旗息鼓地回来了。早知道，花那么多钱供应你干啥？

马青馨：我回来发展，不是一样吗？

马胜利：是不是江帆那浑小子勾着你的魂哪？

马青馨：是，怎么了？

马胜利一摔筷子站了起来，向卧室走去。

马青馨：都什么年代了？我自己谈对象还要你们管？

马胜利：什么年代我也是你爸爸。

说完咣的一声把门关上了。

吴越：快吃饭吧，你爸心里头不高兴。

马青馨：不高兴就摔东西，拿我出气？什么事儿呀，简直了。

吴越拉拉女儿：少说几句。

4. 侯聚财家　晨　外

江憨聪将大包小包的材料卸下来，放在树旁边。

江憨聪：老侯，老侯。

侯小博：老侯不在。（说着，走了出来。）

江憨聪：猴子，你爸爸干啥去了？

侯小博：垒“长城”呗，还能干啥。

江憨聪：一夜没回？

侯小博：嗯。

江憨聪：你去喊他去，有几张扶贫表，他得填填。

侯小博：我才不想去挨骂嘞，喊一回骂一回，喊一回骂一回。

江憨聪：你给他说，想领扶贫款，就赶紧来填表。

侯小博：（还是不愿意动。）

江憨聪：去吧，发了钱让你爸爸赶紧给你买双鞋，脚指头都出来了。

侯小博不好意思地把烂鞋往后隐藏。

5. 马胜利家　晨　外

吴越为丈夫收拾东西。

吴越：你住哪儿呀？

马胜利：把老院子收拾收拾。

吴越：哎哟，能住人吗？

马胜利：我是在那儿长大的。

吴越：你心里不痛快，我就不惹你了。十几年没住人了，你愿意住你就住吧。

马胜利掂着皮包就往外走。

吴越：你怎么去呀？

马胜利：骑车。

吴越：不和你闺女打个招呼？

马胜利：懒得理她。

吴越张了张嘴，没有说什么。

马胜利“哐当”带上房门。

吴越又追了出来，问道：你今天回来吗？

马胜利：回。

6. 侯聚财家　日　外

江憨聪打开包，将一摞一摞的表格拿出来。

侯聚财：恁多？

江憨聪：死沉，我的膀子都快掉了。

侯聚财：填一次填一次，可徐？

江憨聪：你以为我愿意，一遍一遍地来找你。

侯聚财：扶贫款啥时候能下来？

江憨聪：这我可说不准，乡里就通知让填表。

侯聚财：我都填过十几遍了，钱毛还没有见着哪。

江憨聪：不填表，更没有。

侯聚财：有没有头，不填了。

江憨聪：侯聚财，话可不能这么说。这表格不是我非要让你填，是上级领导的要求。

侯聚财：不填了不填了。

江憨聪生气地：不填不行。

侯聚财：咦，江大主任，你愿给钱给钱，不给钱拉倒，见过黄虎、白虎，没见过黑虎（黑唬）。我侯聚财也不是吓大的。

说着，向院外走去。

江憨聪：聚财，聚财。精准扶贫，马局长今天就到，你是他的帮扶对象。

侯聚财一下子站住了：啥？

江憨聪：不是冤家不聚头，我收拾不了你，交给他吧。

侯聚财：马胜利来了我也不怕，我愿意穷，他爱扶不扶，从古至今穷还犯法呀？

侯聚财言毕，气哼哼地走了。

7. 村口　日　外

一群老人在下棋，讨厌的猴子多嘴给一边支招。

对面的老头急了，脱下鞋要抽他，猴子东躲西跑，把老头甩了几个趔趄。

最后猴子爬在树上，老头回到树下继续下棋。猴子坐在树杈上嘴还不闲着，继续支招。谁拿他都没辙，老汉掀翻棋盘，拿鸡蛋大小的棋子砸他。

马胜利骑着自行车从山路上走来，一个棋子重重地落在了他的头上，他看了看是“炮”。人们不欢而散，猴子从树上跳下来。

侯小博捡棋子儿，马胜利帮他捡。

马胜利：你叫什么名字？

侯小博：侯小博。

马胜利：博士的博？

侯小博：赌博的博。

马胜利：（笑）这棋是你的？

侯小博：人都走了剩下我在这捡棋子儿，肯定是我的。

马胜利：油嘴滑舌。你喜欢下棋？

侯小博：当然了。

马胜利：下得怎么样。

侯小博：村里没对手。

马胜利：侯庙村？

侯小博：嗯。

马胜利：我正要去你们村，几个村民组都转转看看，你给我带路怎么样？

侯小博：给多少钱？

马胜利：（一怔）

侯小博：不给钱，不得闲。

马胜利：侯聚财是你爸爸？

侯小博：嗯。嗯？你怎么知道？

马胜利：咱俩赌一把。

侯小博：赌啥？

马胜利：你输了免费给我带路，十几年没来了。

侯小博：你输了哪？

马胜利：自行车归你。

侯小博：三打两胜？

马胜利：不用。一盘定输赢。

侯小博：好。

8.　路上　日　外

侯小博高兴坏了，推着自行车不住地看。

猴子好奇地问：你不傻吧，我赌力气，你赌自行车。

马胜利不语。

他一会儿摇摇铃，一会儿捏捏闸。

侯小博：这是个什么自行车，和我见过的不一样。

马胜利：变速自行车，会变速。

侯小博：你们城里人真大方。

马胜利：不是大方，是愿赌服输。

9. 山路 日 外

猴子推着自行车汗流浃背。

马胜利也是气喘吁吁。

10. 村口 日 外

侯小博：累死我了。

马胜利：走，咱们去宋富贵家。

侯小博：还跑啊？

马胜利：刚才是转村，现在是入户。

侯小博：你知道他家吗？

马胜利：现在不知道了，村子变化太大了。

侯小博一脸懵懂，看了马胜利一眼。

11. 宋福贵家屋内 日

屋内光线昏暗，宋富贵、宋奶奶在忙活着家务。

马胜利进门，心里咯噔一下。不单单是家徒四壁，还有宋富贵和宋奶奶两个人的穿着，非常地搞笑，不但色彩斑斓，而且非常地不合体。一看就知道，他们穿的是城里人捐赠的衣服。

宋富贵：来了。

马胜利（心里不是滋味）：富贵哥，是我呀。

宋富贵：胜利？

马胜利：是我。

宋奶奶：是马局长，你这是瞎喊啥哪。

马胜利：嫂子，还是叫我胜利吧，这样亲切。

宋奶奶：那不行，不行。

（宋奶奶急忙倒水。）

宋福贵：有几年没回来了吧。

马胜利：十几年了，这次回来就安营扎寨了。恐怕，得个半年十个月的。

宋奶奶：好啊，太好了。

宋福贵：住哪儿呀？

马胜利：我给憨聪说了，让他安排人把我的老院子收拾收拾，下周一我来，就不走了。

宋奶奶：还能住吗？

马胜利：收拾收拾，能。

宋奶奶：好，好。

宋福贵：好啥呀，还不都是我们给拖累的。人家在城里过得好好的，来帮我们。

宋奶奶：是，是啊。

12. 路上 日 外

侯小博骑自行车，一帮孩子撵着看热闹。

眼看撞树，侯小博一捏闸，自行车立刻停在那里，小猴子来不及反应，一下子从自行车上摔了下来，摔的龇牙咧嘴。

孩子们大笑，其中就有宋乐乐。

猴子不服输，爬起来再骑。

马胜利从宋奶奶家走出来。

马胜利：是不是摔了？

猴子：都怪你，不让我捏闸。

马胜利：捏后闸。前闸不要捏太死。
猴子：知道了。
马胜利：前边就是你家吧。
猴子：去吧，我家特别好认。
马胜利笑了。

13. 侯聚财家　日　外

两间破败的房子，残垣断壁的院落。
马胜利和侯聚财坐在院子里。
马胜利：没想到啊，你家比宋富贵家还干净。
侯聚财看着一地垃圾，纳闷。
马胜利：我说的不是卫生。
侯聚财一咧嘴说道：贫困户就得有贫困户的样子。
马胜利：你主要是懒。
侯聚财：还有赌。
马胜利：就没有想过找找致富的门路？
侯聚财：天天想，想也是瞎想。
马胜利：为什么？
侯聚财：想发财的人多，那条道上——堵。
马胜利：咱们村，就咱俩打交道时间长，从我当上民政局副局长，就接你的访。
侯聚财：对呀，我告了你师弟六年。
马胜利：还有我。
侯聚财：你们官官相护，一个鼻孔出气。好赖我也把他的村书记给告下来了。
马胜利：人家还是村长，你咋不告了？
侯聚财：村长是民选的，告不下来。
马胜利：你没有任何证据，证明你妻子走失和江憨聪有必然的关系。
侯聚财：我媳妇听他唱戏，就没回来。就是他拐跑的。
马胜利：江憨聪我了解，那是个老实人。拐卖妇女不可能。
侯聚财：不能看外表。他儿子看着也老实，不照样把你闺女拐回来了。他们家祖传。
（马胜利被噎得好长时间没有说出话来。）
侯聚财：六年了，我现在也没那么恨他了。你正科变副科，是不是特别恨我？
马胜利：你为什么就一直没有找找？
侯聚财：去哪儿找？你给我钱呀。这话咱俩都说过多少遍了，你还是这么虚。
马胜利：赌博怎么有钱。
侯聚财：有钱就赌，没钱就看。
马胜利：破罐子破摔。
侯聚财：我连罐子都没有，摔什么呀。
马胜利：你有儿子。
侯聚财：各有各命，就我这样，儿子也出息不了。慢慢活吧，好赖都是一辈子。
马胜利：我真想给你两巴掌。
侯聚财：你是派来的领导，不能打人。
马胜利：在侯庙村我不是领导，你该喊我表爷。
侯聚财：哎呀！邻居辈，一表三不亲。
马胜利：邻居辈就不是辈分了？我丑话给你说前边，我来帮你脱贫致富，你得积极配合我的工作，要不然，我可不客气。

侯聚财咽了咽唾沫，没敢说话。

猴子推个自行车走进院子，一身泥。肯定是又摔了。

侯聚财：谁的自行车？

猴子：我赢的。

侯聚财：赢的？赢谁的？

马胜利：赢我的。

侯聚财：（一怔）

猴子：爸，我饿了。

侯聚财：泡方便面。

侯小博：家里没了。

侯聚财：没有不吃。

侯小博：我饿。

侯聚财：天马上就黑了，一会儿睡觉。

马胜利：小博。

侯小博：弄啥？

马胜利：咱们再赌一把。

侯小博：赌啥？

马胜利：我输了，给你买箱方便面。

侯小博：好。

马胜利：你要输了呢？

侯小博：你的棋太臭，我输不了。

马胜利：你输了把自行车还给我。

侯小博：我可没坑你，你自找的。

马胜利：愿赌服输。

猴子：一箱方便面二十五，你输不改，不怪我。来吧。

14. 江憨聪家　日　内

江憨聪：真的？

江帆妈：嗯。

江憨聪：他不来，我能怎么样？

江帆妈：毕竟是师兄弟。

江憨聪：你没看，就是不愿意见我。

江帆妈：这不是来了吗。

江憨聪：精准扶贫，他是没办法，不来不行。

江帆妈：哎呀，你别恁叫劲中不中，孩子们还谈着对象哪。

江憨聪：就是因为这，他才不搭理我。啊，孩子们谈对象，怪我吗？我又没有逼着他们谈。

江帆妈：去吧，去请请试试。

江憨聪：下次吧，我怕他。

江帆妈：还有你怕的人？

江憨聪：他是师哥，我从小就怕他。他一瞪眼，眼珠子像铜铃，吓人。

15. 侯聚财家　日　外

侯小博抓耳挠腮。

侯聚财：救不活了。

马胜利：自行车我就推走了。

侯小博：你的棋真厉害。

马胜利：还行。

说完，马胜利从口袋里掏出五十块钱，递给猴子：谢谢你给我推自行车，五十块钱算奖励，买方便面去吧。言毕，推着自行车离开了。

侯小博这才明白，说道：爸，他故意输的，让我给他推自行车，累死我了。

侯聚财对儿子说道：你和他赌象棋？

侯小博：嗯。

侯聚财：你知道他有个外号叫什么吗？马走日。天明下棋，天黑回来，一走一天，马走日。

言毕，侯聚财一把从儿子手里夺过来五十块钱，猴子正要说话，侯聚财从口袋里掏出一元钱，递给儿子。侯聚财：买一包，吃完睡觉。

侯小博：爸，给我买双鞋吧，脚指头都出来了。

侯聚财：马上夏天了，脚指头出来凉快。

侯小博无语。

16. 马家门口　夜　外

皓月当空，马青馨和江帆在月光下亲热地拥在一起。

老马骑着自行车突然出现，两个人愣了。

江帆：大，大伯。

马胜利：谁是你大伯？滚。

马青馨：爸爸，你干什么！

马胜利：这么大的闺女，不嫌丢人。

马青馨：我谈恋爱丢什么人了？

马胜利：回家。

江帆很尴尬地离开。

马青馨生气地匆匆回家。

17. 江憨聪家　夜　内

电话突然响了，坐在床上的江憨聪两只眼睛趴到手机屏幕上，看见是（师哥）两个字，吓得一下子扔到被子上。

江帆妈不解，拿起手机，看见师哥两个字，也像烫着手的山芋一样把手机撂给丈夫。

江憨聪无奈，接电话。

江憨聪急忙说道：师哥。我已经把房子打扫好了，铺的盖的也都预备好了，来了就能住……

马胜利的声音：你还知道我是你师哥？

江憨聪：师哥，发这么大的火，谁惹您了？

马胜利：还能有谁？你儿子。别让那个浑球儿子再缠着青馨。

江憨聪：师哥，俩孩子从小就好。

马胜利：你要是不管，我就替你管。

江憨聪：孩子大了，谈恋爱的事，青馨你不是也管不了吗。可是嘞？

马胜利：可是个屁。你不管是吧，小心我连你一块打。

言毕挂断电话。

江憨聪尴尬地看着妻子，说道：我是他打败的鹌鹑、斗败的鸡，从小就怕他。

江帆妈笑。

18. 马胜利家　夜　内

马青馨走到爸爸面前，说道：爸爸，我想和您谈谈。

马胜利：不得闲。

马青馨：你不能这么霸道。

马胜利：你从小长这么大我霸道过吗？你让我所有的梦想全部破灭了。

马青馨：我为什么非要完成你的梦想？上名牌大学，在大城市生活，考个公务员，最好十年八载弄个一官半职。这是你们想要的，不是我想要的。

马胜利：你想要什么？就想要那个江帆？那是个混混。

马青馨：他从小调皮捣蛋，不是混混。

马胜利：他从一年级到高中，就没有考过 60 分。

马青馨：爸，我们这一代人的追求和你们不一样，您就饶了我吧。我今年二十四岁，不是四岁。

马胜利：你八十四也是我的女儿。

马青馨：正好，作为您的女儿，我向您报告一下。我要去支教。

马胜利：去哪儿？

马青馨：侯庙小学，和您并肩战斗。

马胜利彻底火了：我不允许！

马青馨当仁不让：你不是教育局长。

马胜利气得喘着粗气，像一条热狗。

19. 马胜利老院子　日　内

马胜利在江憨聪等人的簇拥下走进院子。

马胜利感慨不已。

江憨聪：师兄，一转眼十几年没回来过了。

马胜利瞟了江憨聪一眼，径直走进屋子。

江憨聪一转眼不见了师兄，四下寻找。

干部甲：进屋了。

江憨聪并不领情，说道：我看见了。

江憨聪站了半天，鼓足勇气说道：师哥，青馨来支教，其实，这事我原来一点都不知道，乡里通知我……

马胜利吼道：你爷儿俩八只眼睛盯着我闺女，她能跑得了？

门外的村干部闻言扑的笑了。

马胜利：别老是跟着我，干你的事去吧。

20. 侯聚财家　日　内

江憨聪还是背个大背包，手里还一手提着一个小包，满满的报表材料。

江憨聪还没有进院，就听见侯聚财家的门“哐当”关上了。

没有办法，江憨聪只得硬着头皮走进院子，艰难地将背包放在地上。

江憨聪：老侯，老侯。

侯聚财：不在家。

江憨聪：我给你保证，这是最后一次了。填完这次，钱就该到了。

侯聚财：你保证十几回了，这不是又来了。

江憨聪：上级要求很认真，得保证扶贫款落实到每一家每一个人，不许涂改，不许遗漏，填错一个字，就得重来。我也没办法。

侯聚财：我年年领扶贫款，从来没有这么麻烦过。

江憨聪：现在是精准，啥是精准？就是点对点、一对一，精准到人。

侯聚财：你走吧，不填。

江憨聪：我背上背个大包，手里掂俩小包，你都不知道有多沉。

侯聚财：你怎么不让马胜利背。

江憨聪：这是我的活。

侯聚财：说一千道一万，你们是师兄弟。

江憨聪：我实话告诉你吧，老侯，他都是要退休的人了，就为了你和宋富贵，来到咱们村，住那老房子，晚上老鼠乱扑腾，够难为他了。

侯聚财：比我的房子好多了。

江憨聪：我知道你不领情，你的良心早让狗吃了。

侯聚财：我感谢党，感谢政府。钱是政府给的，不是你，也不是他马胜利。

江憨聪：知道知道，我是工作，本分，也不是为了让你领情。

这时电话响了，是马胜利。

马胜利：填完了吗？

江憨聪：还剩老侯，关着门不让进，正做工作哪。

马胜利：你来一下，我在你地里。

江憨聪：好好，我马上就来。

21. 田埂边　日　外

马胜利站在田埂上。

江憨聪受宠若惊地跑到马胜利面前，说道：师哥。

马胜利：你这一块地没有种药材？

江憨聪：种不成。这一大片地地势低洼，下雨就淹，也就适合种一种水稻。

马胜利：这样的地有多少户？

江憨聪：家家都有，当年分地就是这么分的，高的低的、好的差的。

马胜利：现在市场上啊，那个小龙虾的价格很高，它们就是生活在水田里。

江憨聪：我听说过那东西，没吃过。

马胜利：一只能卖好几块，有的大城市一只十几块。

江憨聪惊讶地：可是嘞？

马胜利：水稻和小龙虾混合种养，小龙虾能吃掉稻田里的寄生虫，排泄物也可以是天然养料。不用化肥不洒农药，水稻和小龙虾都是有机产品，现在的城里人比较在意这个。

江憨聪：是。

马胜利：过去吃的是温饱；现在吃的是健康。

江憨聪：是，是。

马胜利：可以试试吗，养一养？

江憨聪：我听师哥嘞，动员大家，买虾苗。

马胜利：你先实验，养成了再推广。老百姓没有养过，不敢担风险。

江憨聪：（为难地）我一家养？

马胜利：你先做试验。

江憨聪：好，好。

马胜利说完，径直向其他地方走去。

22. 学校　日　外

马青馨和孩子们在一起做游戏。

看得出来，猴子，乐乐这些孩子很快喜欢上了新来的老师。

23. 操场　日　外

江帆在挖坑埋柱子。

这里将是一个足球场。

江帆非常卖力，大汗淋漓。

马青馨看着江帆，说道：你现在是越来越可爱了。

江帆：我就喜欢你这样没有见过世面的女人。

马青馨：嗨，贫吧，你。那你不喜欢什么样的女人？

江帆：最不喜欢女导演，总是喊，停，再来一次。

马青馨：江帆，你跟谁学的？越学越坏，不理你。

说完扭头向教室走去。

江帆冲着马青馨的背影：我是自学成才。

马青馨边走边偷笑，她打心眼里喜欢这个男人。

24. 宋福贵家　日　内

马胜利正在和宋奶奶说话。

宋奶奶：小凯大学刚毕业，到处找工作，晚上被车撞了，一条腿就给轧断了。司机跑了，到现在也没有找到人。我们是到处借钱，都看我们两口子残疾不容易，这家三十那家五十，总算把儿子的命扒回来了，欠了一屁股的债。唉，人哪，想开点，哪有事事如愿的？孩子的命保住了，比啥都好。给我个金山银山我都不换。我还有了孙子。

马胜利：儿媳妇再也没回来过？

宋奶奶：没有，儿子出车祸，儿媳妇正怀孕。生完乐乐刚满月，扔下孩子就走了，12 年了，连个音信都没有。

马胜利：小凯经常回来吗？

宋奶奶：不经常，舍不得路费。擦皮鞋，也挣不了几个钱。没办法，残疾，大事也派不上用场。

马胜利：您很乐观，你们老两口子都是乐观派。

宋奶奶：乐观，现在这日子，比我年轻的时候好多了，一个天上，一个地下。还有就是，高兴也是一天，生气也是一天。生气过一天不如高兴过一天。今天脱鞋明天不穿，一辈子就过完了。活一天高兴一天，乐观。

马胜利：老嫂子，你越这么说，我这心里越难受。我的扶贫工作没有做好呀。

宋奶奶：别这么说，我们穷和你也没有关系。再说了，人多地方大，国家也顾不过来，哪个地方没有穷人呀，古时候，皇上还有三门子穷亲戚哪。

马胜利点头，很沉重。

马胜利：你们的情况，我已经跟扶贫办联系了，给你们老两口找了个包粽子的活，挣得少点。不过，不用出门，风刮不着雨淋不着。

宋奶奶：好啊，那好啊。

25. 侯聚财家　日　内

猴子在爸爸的指挥下，在两张二维码上，分别写上“微信”“支付宝”字样。

侯聚财将两张二维码分别贴在左、右两扇门上。

26. 宋奶奶家院内　日　外

江憨聪（一脸赔笑）。

江憨聪：师兄。

马胜利：咱俩现在是工作关系。

江憨聪：马局。你都到家门口了，不到家里吃顿饭，传出去我没脸见人。

马胜利：扶贫办有要求，不许以工作餐的名义给村两委增加负担。

江憨聪：我是你师弟，在家吃。

马胜利：我说了，咱俩是工作关系。

江憨聪（赔笑道）：现在是 12 点半，下班了，不是工作时间了。

（马胜利张了张嘴，没有答上来。）

江憨聪：师兄，千错万错都是我的错，我没有把孩子教育好，拖了青馨的后腿。师兄，青馨也是我看着长大的，和我的闺女差不多。这样，我给你一个骂我的机会，到我家吃个饭，好不好。搞扶贫工作你也得让我这个村主任搞好配合吧，论私论公咱俩都得坐下来说说。可是嘞？

马胜利无奈，看了江憨聪一眼。

江憨聪如释重负：师兄，请请。

27. 江憨聪家　日　内

马青馨和江帆正在吃饭。

江帆妈匆匆走进来。

江帆妈：你们快点吃，来了。

马青馨：啊，真请来了？

江帆妈：嗯。

马青馨：我爸爸这是要举白旗呀。

江帆：只要请来，咱俩的事就有戏。

马青馨：请不来也有戏。

江帆：你这点我喜欢，吹牛特别有底气。妈，好话多说、好话多讲。加油妈妈，看您俩的了。

江帆拉着马青馨，逃也似的从后院溜走了。

江帆妈急忙收拾碗筷，刚端出屋门，正和马胜利打了个迎面。

江帆妈张口说道：俩孩子刚吃完。

说完就后悔了，看见丈夫正在瞪自己。

果然，马胜利看见她手里端着两双筷子两个碗。

江帆妈更紧张了，说道：俩孩子说，您只要来了，就有戏。

马胜利狠狠地瞪了江憨聪一眼，说道：给我摆“鸿门宴”。

言毕，气哼哼地转身而去。

江帆妈：看我这张笨嘴。

江帆妈追悔莫及，打了自己一个嘴巴。

28. 操场　日　外

江帆领着孩子们踢足球，练习基本功。

猴子，乐乐，认真地练着。

孩子们有的顶球，有的带球，叽叽喳喳，不亦乐乎。

江帆接电话，沮丧地一屁股坐在地上。

马青馨：怎么了？

江帆：你爸没吃饭，走了。

马青馨：我就说嘛，这才是我爸。要是轻而易举地就举白旗，我看不起他。简直了。

江帆：你哪拨的？

马青馨：我是马胜利的亲闺女，你说哪拨的。

说完笑了。

29. 宋奶奶家　日　内

老两口热情地给马胜利和乐乐、猴子拿粽子吃。

马胜利：嗯，味道不错，我还是喜欢咱们本地粽子，枣，栗子，青红丝。

（宋奶奶笑。）

宋福贵：小博，乐乐啊，好吃吗？

乐乐：好吃。

猴子着急说话，一下子呛住了，咳嗽半天，许久说道：真好吃。

宋奶奶笑着：慢一点，慢点吃。

马胜利：以后就这么包，扶贫办和各大超市签了合同，包多少要多少。

宋奶奶：我们包的，行吗？

马胜利：行，就这么包。

宋福贵：不用出门，就能赚钱了。

宋奶奶：谢谢马局长，谢谢。

乐乐天真地说道：谢谢马局长。

大家一下子乐了。

30. 马青馨住处　夜　内

马青馨在上电脑。

侯小博和乐乐趴在窗户上看。

马青馨和他们打招呼：小博，乐乐，进来。

猴子和乐乐走进屋子。

马青馨：知道这是什么吗？

乐乐：电脑。

猴子：手提电脑。

马青馨：知道的还挺多。

猴子：电视上看到的。

乐乐：广告。

猴子：那也是电视上。

马青馨：会玩吗？

猴子摇头。

马青馨：来，我教你们。

马青馨给他们认真地讲解。

31. 稻田　日　外

江憨聪在往水稻田里放养小龙虾。

旁边围满了看热闹的人们。

马胜利：憨聪，你怎么没带个技术人员过来。

江憨聪（嘿嘿一笑）：不用。

马胜利：那你给大家多讲讲，你这是第一次养，只许成功不许失败。你养成了，大家才能跟着学。

江憨聪：好。大家听好了，我简单地说吧，利用稻田套养小龙虾，龙虾可起到除草除害的作用，它在稻田里游动，还可以增加稻田水溶氧量，它排出的粪便，又起到了增肥的效果。

马胜利：不错嘛，头头是道。

江憨聪：我这也是现学现卖。

32. 马青馨住处　夜　内

猴子和乐乐玩手提电脑。

一会儿，两个人争抢起来。

手提电脑砰的掉在地上。

两个孩子慌了，拔腿就跑，离开现场。

33. 马胜利老院子　日　内

马胜利：你自找的。

马青馨：不就是换个屏吗。

马胜利：打碎了就跑，这是道德问题，人品问题，不是小问题，你应该严厉地批评他们。

马青馨：是穷、穷，和道德人品没关系。

马胜利：穷，弄坏了就跑？冻死迎风站，饿死挺肚皮。

马青馨：爸。那是孩子，不是仁人志士。

马胜利：仁人志士也是从小培养的。好孩子从小就好；坏孩子从小就屃。

马青馨：电视剧看多了，我不和你理论，我和江帆回城一趟，您照顾好自己。

说完，转身走了。

马胜利气哼哼地冲着女儿的背影说道：教他们电脑，就不如教他们放羊，养猪，那才是温饱问题。踢足球、玩电脑，搞花架子，华而不实，不切实际。

马胜利突然想到，自己也要回城，喊道：等等我，我也回城。

34. 曹操运兵道景点　日　外

马胜利走到一个残疾男人面前，他就是宋凯。

宋凯：擦鞋吗？

马胜利：你就是宋凯吧。

宋凯：嗯，是我。

马胜利：我叫马胜利。

宋凯这才明白过来：马局长啊，我小时候见过您，怪不得觉得眼熟。

马胜利：我也不敢认你了，好多年没见了。走。

宋凯：去哪儿？

马胜利：去医院，你婶子在医院上班，等着你哪。

宋凯有些茫然。

35. 医院　日　内

吴越和几位专家医生，给宋凯看腿。

马胜利等在门外。

36. 医生办公室　日　内

马胜利：怎么样？

吴越：订假肢。

马胜利：行吗？

吴越：行，他这种情况，最适合做假肢。

马胜利：太好了。给这孩子订最好的假肢。

吴越：这钱扶贫办能出吗？

马胜利：能出多少出多少，剩下的我出。

吴越：你一个月多少工资呀？还不够你喝酒的。

马胜利：我戒酒。订最好的，啊。

说完，走了出去。

37. 马胜利家　傍晚　内

吴越点头：你爸说了，要给宋凯订最好的假肢。

马青馨：善良的小老头。

吴越：脾气暴的人，大部分都是热心肠。

马青馨：就是对我太苛刻。

吴越：那也是心疼你。

马青馨：妈，帮我吹吹风，江帆真不错。您的风肯定好使。这个世界上最厉害的风不是台风，不是飓风，也不是龙卷风，是枕头风。

吴越：你还不知道你爸爸，什么风都没有用，他得自己看。

马青馨：咱俩真倒霉，摊上这倔老头。

吴越：最倒霉的是我，你摊上一个，我摊上俩。你俩一样，谁别说谁。

马青馨：不用验 DNA，马胜利肯定是我亲爹。

吴越：滚一边去，这么大丫头什么话都敢说。

马青馨突然明白了，大笑。

38. 侯聚财家　日　外

江憨聪在敲门。

侯聚财：别敲了，你把门敲坏了，扶贫项目又多一项。

江憨聪：老侯，你听我说……

侯聚财：你看你嘞，我门上有二维码，为了配合你们扶贫，微信、支付宝都贴门上了。给钱，你就扫码，不给钱，你就走人。

江憨聪：老侯……

这时，猴子兴奋地赶着十只山羊进院，马胜利在后面跟着。还有看热闹的孩子们。

听见羊叫，侯聚财吱吅一声打开房门。

江憨聪：老侯，这回不让你填表了，给你送羊来了，两只公羊八只母羊，一共十只。

侯聚财：你们搞什么名堂？我以后光吃羊啊。

马胜利：再给你送几车粉条白菜。

侯聚财纳闷：真的假的？

江憨聪：美的你。

马胜利：你就惦记着吃。这些羊是让你养的，你敢吃一只，我抓你的典型。

江憨聪：这是扶贫办给你批的，十只羊就算你家的了。好好养，所有的收入都归你。小博，高兴吗？

侯小博：高兴。

侯聚财：高兴个屁，让我养羊，我怎么养？我都吃了它。

马胜利：你敢。

侯聚财：江大主任说了，这些羊以后就是我们家的了。我家的羊我不能吃？我想吃就吃。

马胜利：侯聚财，你敢吃试试？我马胜利破着背处分，我打碎你的后槽牙，怎么吃的怎么给我吐出来。

江憨聪：你要亡羊补牢。知道什么是亡羊补牢吗？你敢吃了羊，就让你坐牢。

侯聚财：反正我不养，我继续当我的贫困户。我要钱，不要羊。

猴子：我养。

侯聚财：养你妈的头。

侯小博眼圈子一红，竟然哭了。

马胜利：你看看，孩子都比你有自尊心。小博，好好养。这不单单是一群羊，这是咱们脱贫致富的希望。

侯小博点头。

39. 侯聚财家　日　外

侯小博背着一篮子青草，汗水和草叶粘在脸上。

侯小博将草撒在羊圈里。

山羊们吃着青草。

侯小博很高兴，用手抚摩着山羊的脑袋。

40. 课堂　日　内

马青馨正在给孩子们朗读课文。

马青馨：曹操是亳州人，《龟虽寿》是他《步出夏门行》四章中的最后一章，表现了诗人老当益壮、积极进取的人生态度。下面我把这首四言乐府诗给同学们读一遍。龟虽寿，曹操，汉。神龟虽寿，犹有竟时。螣蛇乘雾，终为土灰。老骥伏枥，志在千里。烈士暮年，壮心不已。

……

41. 山涧　田间　日　外

马胜利在观测，在思考，在攀登。

他挥汗如雨，但是步履坚定。

江憨聪紧紧地跟在马胜利的后面。

42. 宋福贵家　日　内

宋奶奶：我听江主任说，您还不愿意让马老师来，唉，城里的人，谁愿意让自家的孩子去农村呀。

马胜利没有说话

宋奶奶：马老师教得好，孩子们喜欢她。小博和乐乐特别贪玩，现在也知道用功了。这都是马老师的功劳呀。

宋富贵：侯小博养羊，可卖力了。放羊、割草，天天早出晚归的，这孩子行，比他爸爸有出息。

马胜利：侯聚财还赌吗？

宋富贵：狗改不了吃屎。

这时，宋凯突然走进院子，出现在了眼前。

宋凯：爸，妈。

宋富贵和宋奶奶都愣了，急忙走出来，来到院子里，看着既熟悉又陌生的儿子，愣了。

宋凯：爸，妈。

宋奶奶：你的腿。

宋凯：妈，马局长给我订的假肢，我的腿接上了，您的儿子，又站起来了，你们看。

说着，来回走了几步。

宋凯：爸妈，您两条腿的儿子，又回来了。

宋奶奶哇的一声大哭，宋凯急忙上前，抱着母亲。

宋福贵也和儿子抱在一起。

乐乐也呜呜地哭了起来。

宋凯走到马胜利面前，说道："谢谢您，谢谢。"

说完深深地鞠了一躬。

此情此景，所有的人都流泪了，但是，那是幸福的泪水。

43. 侯聚财家　夜　内

马胜利走进来，侯聚财和小猴子正在吃饭。

马胜利：吃饭哪？

侯聚财非常紧张：嗯。

侯聚财急忙将小龙虾盖了起来。

侯小博：我还吃哪。

侯聚财偷偷瞪了他一眼，说道：来客人了等会儿在吃嘛。

侯小博：马局天天来咱家，就不是客人。

侯聚财：找揍啊你。

侯小博：我端着去外面吃。

侯聚财：你饿死鬼托生的？

马胜利：吃的啥呀？

侯小博：虾。

侯聚财：瞎、瞎凑合，贫困户能吃啥呀。瞎吃。

马胜利：我怎么闻着小龙虾的味道哪。

侯小博：就是。

侯聚财：舅死舅死，你舅死那么多年了。你妈都丢六年了，就别提你舅了。

马胜利：侯聚财，你这是硬往我眼里推石磙哪……，你盖着捂着，我眼睛看不见，鼻子还闻不见呀。

侯聚财：表爷，要不，咱一块吃点？

马胜利一把揭开盖子，露出还没有吃完的小龙虾。

马胜利：你这是油焖大虾呀。

侯聚财尬笑。

马胜利：这是江憨聪稻田里养的小龙虾吧。

侯聚财：是。

马胜利：侯聚财，这还没长成哪。还要再蜕一遍壳。

侯聚财：不花钱的小龙虾，凑合着吃吧。

马胜利：你捞小龙虾，江憨聪知道吗？

侯聚财：那哪儿能让他知道。

马胜利：你怎么就不干人事哪？

侯聚财：马胜利，羊不让吃，虾也不让吃，你想把我们爷儿俩喝西北风呀？

马胜利：是你养的吗你就吃？

侯聚财：那也不是你养的呀。

马胜利再一次语塞。

马胜利突然笑了，问道：侯聚财，虾在稻田里，到处跑，你是怎么捞上来的？捞这么多。

侯聚财：简单，弄个脸盆，套个网子，里面放上个面团。肚子大口小，小龙虾爬进去就出不来。你尝尝，麻辣味的，咱山上的野花椒。

马胜利：没想到你抓虾还有一套，能耐。

侯聚财：我也就是瞎能。

马胜利：你什么时候把这些个能耐用到正经地方，就好了。

说完，气呼呼地转身走了。

44. 马胜利家老房子　夜　内

江憨聪端着一盆子小龙虾走了进来。

江憨聪：小龙虾来了。吃啥补啥，吃虾补瞎。

马胜利：还没有长成哪，就这么吃了？

江憨聪：长成就到不了咱们吃了。

马胜利：你可以在稻田边上搭上一个庵子，看着呀。

江憨聪：就我这眼神，能见度不足一米。

马胜利：这都糟蹋了。

江憨聪：一开始我就知道弄不成。

马胜利：那你为什么还养？

江憨聪：师兄说出来了，您的面子我哪能掉地上。来，吃。

这时，江帆走进来，将一瓶酒和两个杯子放在桌子上，笑了笑算是打招呼，转身离开了。

二人边喝边聊。

马胜利：你就不能让江帆、弟妹，去看着点？投资两三千块钱哪。

江憨聪：没法看，他想吃你看不住，还能因为这动手打架呀。

马胜利：你就是太窝囊。

江憨聪：这不是窝囊，是睁一只眼闭一只眼，都是乡里乡亲。比如种西瓜，要种大家都种，你要是一家种，那就等于是给大家种的。养虾也一样。全村养各吃各的，一家养都吃你的。

马胜利：农村工作，不容易。

江憨聪：来一个能人，选几个好项目，一年两年老百姓富得流油，那是电视剧。

马胜利：我现在对农村一点也不了解了。农村的事，农村的人。

江憨聪：你都脱离农村几十年了，这要不是上级要求干部扶贫，师兄也难得回来一次。

马胜利看了江憨聪一眼。

江憨聪：我要是说多了，师兄你可别在意啊。

马胜利：你说。

江憨聪：政府号召扶贫，说实在话，这事儿做得，让老百姓打心眼里赞成，得民心。其实吃饱穿暖很容易，心里这个贫，不好扶。比如我，我就很贫穷。

马胜利：别给我绕弯子，你穷啥。

江憨聪：没绕啊，我心里就是觉着你们城里人，高我们一等。

马胜利：哪有的事？

江憨聪：早些年，城里人吃商品粮，我们农村人吃的是农业粮。我就觉得自己低城里人一头，两只脚一上柏油马路，就觉得矮三分。

马胜利：那是啥年代。

江憨聪：是啊，现在我觉得啥农村城市呀，吃的穿的用的，你们有的我们都有。反而我们有的，你们未必有，比如新鲜空气，新鲜蔬菜，新鲜水，我们喝的是山泉。

马胜利：所以，农村人和城里人现在没差别，你看看农村姑娘走在大街上，谁能看得出来。

江憨聪：是啊，小伙子也分不出来呀。

马胜利：新时代了，城乡都一体化了。别看不起自己。

江憨聪：是师哥看不起农村人。

马胜利：你这是吃着虾说话，瞎说。我自己就是农村人。

江憨聪：那你为啥不同意孩子们在一起谈恋爱，不就是俺江帆是农村人吗。

马胜利：不喝了。

江憨聪：说好的不生气。

马胜利：不喝了，走你的吧。

江憨聪：好好好，算我没说，我给你赔不是。

马胜利不说话。

江憨聪：喝吧，师哥。

马胜利这才端起酒杯。

45. 操场　日　外

马青馨：江老板说了，大家一定好好练，我们要和少年宫足球队的同学们打一场比赛，选进足球队的，江老板给大家买球衣，每人一套。

众同学鼓掌。

马青馨：什么也不说了，同学们，练球。

孩子们嗷嗷叫，开始练球。

侯小博对准足球，抬腿就是一脚，露出来的大拇脚趾头踢在足球上，疼得他瞪着眼张着嘴，许久才啊出声来。

乐乐：怎么啦？

侯小博：我可怜的脚指头，疼死我了。

乐乐：找个东西垫上。

侯小博点头。

乐乐捡来一个塑料袋，小博接过来，塞进鞋里。

二人跑向球场。

大家练习踢球，猴子和乐乐练得尤其认真，一会儿的工夫，汗流浃背。

江帆当教练，在一旁给孩子们讲解、指导、加油。

46. 教室　日　内

马青馨给孩子们量身高，尺寸。

马青馨：选进足球队的同学，把鞋子的号码写过来，写上自己的名字，放学的时候报给老师。

47. 操场　日　外

侯小博换上新鞋，爱不释手，兴奋不已。旧鞋没有舍得丢掉，装进了新鞋盒子里。和乐乐一起跑进球场。

操场上的孩子们换上了球衣，一个个精神抖擞。

他们开始打比赛。

猴子和乐乐打前锋。

江帆吹着哨子当裁判。

孩子们你来我往，认真地踢着。

马青馨：同学们加油，下个礼拜就要打比赛了，加油。

孩子们激烈争抢，生龙活虎。

马胜利走过来。

马青馨迎了上去：爸。

马胜利：又出啥风头了？

马青馨：我们要和市少年宫，踢场比赛。

马胜利：就你们?

马青馨：嗯。

马胜利：胡闹。

说完转身走了。

48. 村口　日　外

一辆大巴车开进村口。

少年宫足球队的孩子们依次从车上走了下来。

走下车的，还有江帆和几位老师。

49. 操场　日　外

操场上热闹非凡，村民们集合全都来了，大人孩子，鸡飞狗叫。

少年宫足球队一看就很专业，训练有素。从热身开始，一招一式就很老练。

时间到，随着一声哨响，侯庙小学足球队与少年宫足球队的比赛正式开始。一上来，两队就进行了激烈的对抗。

江帆和马青馨坐在那里，充当着教练。

少年宫足球队准备充分，特意组成了啦啦队，为少年宫足球队加油。

江憨聪以及村民们临时组成啦啦队，为孩子们加油。

孩子们挥汗如雨，尘土飞扬。没有几分钟，少年队首先破门，1∶0。猴子作为场上的队长，带领小伙伴们死拼、死磕。但是，技术动作明显不如对方。猴子和乐乐几次积极配合，眼看到对方的门前，又被抢断。

少年宫队再进一球。场上比分2∶0。

村民们急了，连侯聚财都站进了啦啦队。让人更加感动的，是宋富贵、宋奶奶，

他们滑稽搞笑，像一对老小孩，一直在呐喊，为孩子们加油。

马青馨喊叫着为孩子们指导。

对手再进一球，3∶0。

侯庙队的守门员，简直被踢懵了。

侯小博走过来问自家的守门员：你怎么把的门？进三个了。

守门员：有本事你们也进一个呀。

少年宫足球队聘请的解说员手里拿着一个大喇叭，即兴解说着。

少年宫队员再一次攻破对方球门。

……

场上比分 6：0，村民们开始泄气、摇头。

乐乐和猴子再一次组织进攻，几经险境，起脚一踢，足球打在柱子上，弹了回来，猴子气得吹胡子瞪眼。

时间越来越紧，少年宫队再进一球，紧接着哨子响了，少年宫球队 7：0 大胜侯庙队。

大家都走了，村民们也陆续离开。

乐乐突然哭了起来，像传染一样，十几个孩子哇哇大哭。

侯小博也是如丧考妣。

马胜利要过去安慰孩子，被马青馨拦住。

马青馨对父亲摇头。

50. 马胜利家老院子　日　内

马胜利：你这是唱的哪一出啊？

马青馨：什么哪一出啊？

马胜利：你这极大地伤害了孩子们的自尊心。少年宫的孩子，经常练足球。农村的孩子，恨不得不知道足球长啥样。

马青馨：我就是让他们知耻而后勇，知弱而图强。

马胜利：别到时候培养出来一堆侯聚财，自暴自弃，破罐子破摔。

马青馨：我是老师，你别管。

马胜利：这是我的扶贫点。

马青馨：我和江帆也在扶贫，精神扶贫。

马胜利：让孩子们哭得一把鼻涕一把泪，你们这贫扶得好，精神崩溃疗法。

马青馨冲爸爸扮了个鬼脸。

马胜利：你支教多长时间？

马青馨：一年啊。

马胜利：一年之后干什么？

马青馨：还没有想好，要么应聘当老师，要么和江帆一起开公司，或者啥也不干，在家里相夫教子。

马胜利：看你那点出息。

马青馨：哎，老马同志，我的人生我自己做主，好不好。

马胜利：就不能有点上进心？

马青馨：老爸，您老人家辛辛苦苦当公务员，一辈子弄了个副科级，这就叫上进心是吧？简直了，这条路我不走。

马胜利：爱去哪儿去哪儿。

马青馨：当然，你闺女不走寻常路。

说完，扭头走了。

马胜利：我是正科。

马青馨：告下来了。

马胜利看着女儿的背影，突然笑了。

51. 山坡　日　外

侯小博在放羊。

马胜利向侯小博走来。

马胜利：小博，羊长得挺好。

侯小博：都长大长胖了，还有只母羊怀孕了。

马胜利：是啊？

侯小博：你看，肚子多大。

马胜利乘机表扬：成绩太大了。

侯小博得意地笑。

马胜利：足球踢输了，有什么想法？

侯小博：没想法。

马胜利：嗯？真没有想法？

侯小博：踢不过人家呗。

马胜利：我看你们都哭得挺凶。

侯小博：可丢人。

马胜利：哎，有痛点就会有想法。

侯小博：我要喂好多好多羊。

马胜利：然后呢？

猴子：卖好多好多钱。

马胜利：然后呢？

侯小博：娶媳妇、生儿子。

马胜利：嗯？然后呢？

侯小博：让我儿子也放羊，然后再卖好多好多钱再娶媳妇再生儿子再放羊再卖好多好多钱……

马胜利吃惊地看着猴子。

侯小博（哈哈大笑）：骗你哪，这是马老师给我们讲的笑话。

马胜利也笑了。

侯小博：我长大了，也要当城里人。

马胜利：为什么？

侯小博：我要当像你这样的人。

马胜利：是吗？我有什么好的？

侯小博：你可厉害了。

马胜利：是吗？

侯小博：是。

马胜利：这是我这几年听到的最舒服的话了。我告诉你呀，一定不要虚度人生，要奋斗。人哪，一辈子很快，眨眼就过去了。从幼稚到成熟，从成熟再到衰老，人生三个阶段，很快的。所以，一寸光阴一寸金。

侯小博：人生就三个阶段呀？

马胜利：可不，就三个阶段。第一个阶段，能憋住尿，憋不住话，知道什么事张嘴就说出去，这叫幼稚。

侯小博笑：我就是，憋不住话。

马胜利：既能憋住尿，还能憋住话。叫成熟。

侯小博笑。

马胜利：第三个阶段就是衰老，比如我，能憋住话，憋不住尿喽。

侯小博大笑。

马胜利：慢慢你就懂了，每个人都是这么过来的。走，找你爸爸去。扶贫办把羊给他，他打麻将当甩手掌柜的，让你割草放羊，这样会耽误你学习的。

侯小博：别找他了，我学习不耽误。

马胜利：你是怕他揍你吧。

侯小博：嗯。

马胜利：我问你，你记得你妈妈吗？

侯小博：记得。

马胜利：你爸爸打你妈妈吗？
侯小博点头。
马胜利叹气，问道：你家里，有你妈妈的照片吗？
侯小博：没有。
马胜利掏出手机，说道：我这里有一张照片，你看看，是不是你妈妈？
侯小博看手机，惊慌地说道：是，你怎么有我妈妈的照片。
马胜利：咱俩商量个事，这件事你能不告诉别人吗？包括你爸爸。
侯小博：能。
马胜利：你要是告诉别人，就是憋不住话，幼稚。要是不告诉别人，能憋住话，就是成熟了。
侯小博急忙说道：我成熟。
马胜利点头。

52. 侯聚财家 傍晚 外

侯小博将羊赶进羊圈，然后进屋学习。
乐乐抱着足球跑进来。
乐乐：猴子，侯小博？
侯小博：唉。
乐乐跑进屋：走，踢球去。
侯小博：我写完作业。
乐乐：写完作业天就黑了，走，回来再写。
侯小博：我还没吃饭哪。
乐乐：回来再吃。
侯小博：好，走。
说完，换上他心爱的球鞋，和乐乐走出屋门。
突然，一个男人走进院子，走向羊圈。
侯小博：你干什么？怎么像到你自己家似的？
男人：你爸爸输给我一只羊，我来牵羊。
侯小博：羊是我的。
男人：你的命都是爸爸给你的。
男人不说三四，从羊圈里拉出一只羊，抱起来就走。
羊咩咩乱叫。
侯小博上去抢夺，被男人狠狠地一把推倒，再抢夺，再推倒。
乐乐：猴子，接球。
侯小博接过来乐乐的传球，飞起一脚，足球不偏不倚打在男人头上。
男人疼得龇牙咧嘴，丢掉羊扑向侯小博。
乐乐再一次将球传给侯小博，侯小博又是一脚，足球再一次打在男人头上，男人被砸懵了，原地转了一圈，眼冒金花。
男人还要抓侯小博，突然看见足球正在侯小博脚下。一阵胆怯，拔腿就跑。
乐乐急了：踢呀。
侯小博：拐弯了。
乐乐：香蕉球。
侯小博点头：好嘞。
言毕飞起一脚，一个香蕉球流星般追着男人飞去，重重地砸在男人的后脑勺上。男人被砸得像喝醉酒似的，蛇行。

（乐乐高兴地大笑。）

侯小博将山羊抱在自己怀里，亲昵地用脸爱抚着。

53. 村娱乐室　日　内

这里烟雾缭绕，很多人在打麻将。

侯聚财烟卷都烫着嘴唇了，依然聚精会神地摸着牌。

江憨聪在一旁劝说：老侯，你不能这样。

侯聚财：哎呀，可徐？

江憨聪：那些羊是给你养的，不是给猴子的。

侯聚财：那是我儿子。

江憨聪：我知道是你儿子。

侯聚财：知道不就得了，还在这徐啥。

江憨聪：你是大人，你负责脱贫。他是孩子，他得上学。只有好好上学，考大学，才能有出息。

侯聚财：宋凯不是大学生？擦皮鞋。

（大家笑。）

江憨聪：那是他的腿被轧断了，现在不是好了，在药材公司上班哪。

侯聚财：要不是你们帮他，他上班，上屎。

江憨聪：那也得先有文化，才能帮他。

侯聚财：你让马胜利先给我扶个老婆，我现在啥都不缺，缺老婆。

江憨聪：人家欠你老婆？

侯聚财：你欠我。

江憨聪：老侯，你别胡搅蛮缠好不好。

侯聚财：看看你徐嘞，耽误碰了，你走吧你走吧。

江憨聪：我不走，就因为放羊耽误你儿子的学习，马局长批评我好几次了，说我的工作没有做好，不到位。

侯聚财：你做的可好，别徐了，你嘟噜噜嘟噜噜，烦死人了。卖葡萄好样的，怪好的嘟噜。

江憨聪：你和他们不一样，人家有吃有喝，有穿有戴。

侯聚财：我也没有光屁股，也没有饿死。我求求你，你走吧。

江憨聪：我不走，我是村主任，扶贫也是我的工作。

侯聚财：我不让你扶。

江憨聪：你不当家，我得听政府的。

侯聚财：你这个人真徐，徐屌。

江憨聪：你要是脱贫了，我才懒得搭理你。

侯聚财：我已经脱贫了，你走吧。

江憨聪：老侯，你真不能这样，你不替自己想想，也替你儿子想想。

侯聚财（快哭了）：江憨聪我求求你，我脱贫了，我现在富得流油。你看看，这一伸手就是九万。你走吧。

江憨聪：我不走。

侯聚财：政府现在不给钱了，给羊。还不让吃，还不让卖。

江憨聪：年年给你钱，你年年吃干花净。

侯聚财：给得少，给我个千儿八百万，看看我还贫困不。

群众甲：那也得赌没喽。

（大伙笑。）

54. 侯聚财家　日　外

马胜利、江憨聪忙前忙后。

乐乐跑到羊圈旁边，问道：你家母羊下崽了？

侯小博高兴地脸色赤红，点头。
马胜利高兴地说道：出来了，出来了。
猴子和乐乐站在外面看。
江憨聪：猴子，成绩不小啊。
侯小博：公的母的？
江憨聪：我没看清楚。
马胜利：母的，小母羊。
侯小博非常高兴。

55. 山坡　日　外

侯小博抱着小羊羔。
羊羔撒欢儿，咩咩地叫着。
小羊羔跪着吃奶。

56. 娱乐室　日　内

侯聚财刚刚坐在那里，江憨聪又来了。
侯聚财气嘟嘟地开始起牌。
江憨聪：老侯，我和你谈谈。
侯聚财不语。
江憨聪：你天天打牌，这样下去啥时候能脱贫哪。
侯聚财不语。
江憨聪：你不脱贫，我们的任务就完不成，上级领导就会追究我们的责任。
侯聚财不说话。
江憨聪：要想公道打个颠倒，你得换位思考，我们也有家有口，上有老下有小……
侯聚财说道：碰。
突然一嗓子，把江憨聪吓一跳。

57. 侯聚财家　日　外

侯小博：爸爸，江叔叔来找你了。
侯聚财：嗯。
侯小博抱起足球，对侯聚财说道：今天星期六，我们几个同学约好的踢球，爸爸，你去放羊吧。
侯聚财：我放羊？我放屁还行。
侯小博：爸。
侯聚财：我一个大男人去放羊，你让我出洋相。
侯小博：我要去踢球。
侯聚财：踢个屎。
侯小博不得已，重新换上那双旧鞋，将球鞋放好，向羊圈走去。
侯小博：爸，你以后打牌，不能输我的羊，谁再来牵羊，我就和他拼命。
侯聚财：找揍是吧，敢教训你老子。
侯小博刚要出门。
侯聚财：别慌，给我写几个字。
侯小博：写啥？
侯聚财进屋里拿出墨水和毛笔。
侯小博：写啥？
侯聚财：我说你写。
侯小博接过毛笔，蘸上墨水。

侯聚财：各位领导，我已脱贫，请勿打扰。
侯小博看了爸爸一眼，在墙上开始写字。
各位领导，我已脱贫，请勿打扰。

58. 路上　日　外
侯小博赶着羊群，向山上走去。

59. 山坡上　日　外
侯小博一边放羊，一边把石子儿、土块当足球踢。
侯小博准确无误地将石块踢到不听话的羊身上。

60. 侯聚财家　晨　外
一缕阳光照进院落，照进羊圈。
突然羊群一阵子骚乱，原来有人抓羊。
还是那个男人，羊群咩咩乱叫。
侯小博从屋里跑出来，见状一下子扑了上去，和男人抢夺。
这时，他的耳朵被人掂了起来。
是侯聚财。
侯聚财：滚一边去。
侯小博：你干什么？
侯聚财：这是公羊，又不会生，要它干什么？
侯小博：我不。
男人：你爸爸欠我四百。
侯聚财：三百七好不好，多说三十干啥？
男人：好好，三百七。
侯聚财：这只羊又肥又大，差不多七十斤，少说值五百。
男人：你又不是不吃，我还搭酒哪。
两个人掂着羊扬长而去。
侯小博望着两个人的背影，眼泪像断线的珠子掉了下来。

61. 马胜利家老院子　日　外
侯小博来到马胜利面前。
马胜利：猴子，来，我闲着无聊，教你下棋。
说完，他看见侯小博眼泪汪汪的。
马胜利：怎么了？是不是侯聚财又打你了？
一句话，侯小博眼泪噼里啪啦地掉了下来。
马胜利：告诉我，怎么回事？

62. 男人家　日　内
一大锅羊肉已经炖好。
侯聚财和几个男人端着酒杯，连吃带喝。
哐当一声，门被踢开了。
马胜利出现在眼前。
一群人一下子紧张起来。
侯聚财将一块肉从嘴里拿出来，笑着说道：表爷，来，坐坐。您是长辈，坐中间。
男人：马局，本来想请您。
马胜利：侯聚财，你还真敢吃呀。
侯聚财：养大不就是叫吃的吗？

马胜利：我什么时候说养大了让你吃的？

侯聚财：那干啥？

马胜利：你可以卖钱，可以发展养殖。

侯聚财：按您说的，养大了，卖钱；卖了钱，发展。那我有钱了，富了，吃顿羊肉总可以吧？

马胜利：当然可以。

侯聚财：那我养大了，不卖钱，直接吃羊肉，不是一样吗。

（众人笑。）

马胜利：这是我给你的羊。

侯聚财：你给的怎么了？那也是羊呀。

马胜利：我给的你就不能吃。

侯聚财：你给几只呀？

马胜利：十只。

侯聚财：你去我们家看看，十只，一只也不少。

说完，坐下来连吃带喝。

马胜利再也控制不住，拿起棍子上来就打。

江憨聪跑过来，一把抱住马胜利。

江憨聪：你们还愣着干什么，还不快跑。

一句话提醒了大家，侯聚财几个人看马胜利动了真格的，赶紧跑了。

马胜利举起一块大石头，向大铁锅砸去，哐的一声，大铁锅被砸了个大窟窿。

63. 侯聚财家　日　内

侯聚财：我要告他。

江憨聪：你告他啥？

侯聚财：他拿着棍子打人，搬石头砸锅，哪像一个扶贫干部？土匪。

江憨聪：他是你表爷。

侯聚财：别和我套近乎，他是国家干部，是副局长。

江憨聪：老侯，马局长不知道，我知道。你们吃一只羊不算啥，但是，你是赌博赌输的。这要是追究起来，事就大了。

侯聚财一下子心虚了。

江憨聪：还有，这十只羊，是他自己花钱给你买的。

侯聚财：我不信。

江憨聪：信不信由你，买个烧鸡不吃，你思思（撕撕）想想，十只羊好几千块，人家凭什么帮你。

江憨聪说完，转身走了出去。

侯聚财似乎有些感动，瞬间把手里拿着的西瓜忘了，西瓜一下子掉在地上，摔烂了。他突然很生气，照着西瓜踢了一脚，却被西瓜滑倒了，摔了个仰八叉。

64. 马胜利老院子日　内

江憨聪：这就走啊？

马胜利：我给肖局长说了，这扶贫工作，我干不好。

江憨聪：这不是师哥的做派。

马胜利：啥派也不讲了，我早就说过，侯聚财就是一堆羊肠子，根本扶不起来。

江憨聪：不就是杀了一只羊吗？

马胜利：那是让他养的，不是让他吃的。

江憨聪：说过来倒过去，还不是个穷吗？他要是一个富裕户，比如说是我，吃了一只羊，您会发这么大的火吗？

马胜利一下子不说话了。

江憨聪：师哥，您的脾气得改改，您在侯聚财那里，不是他表爷，您是精准扶贫干部，民政局副局长。要是传出去，扶贫干部掂棍子打人，搬石头砸老百姓的锅，那还了得。

马胜利一下子愣了。

江憨聪：师哥，您来侯庙村这几个月，做了很多具体工作，大家都看着哪，全村人可以说是看在眼里记在心里，特别是宋福贵一家，逢人就夸……

马胜利掂着皮包往外走。

江憨聪：您还走啊。

马胜利：侯聚财他老婆有消息了，我到市公安局去一趟。

江憨聪心头一震，立马眼前一亮，赶紧点头。

65. 侯聚财家　傍晚　外

一群山羊回到了院子里，咩咩乱叫。

羊群回来了，却不见了羊的主人。

羊们却很懂事，自觉地走进了羊圈。

66. 山坡　傍晚　外

侯小博在寻找，嘴里喊着：咩……咩咩……

侯小博抬头，天阴得厉害，一场大雨就要来临。

侯小博到处寻找，不断地呼喊：咩……咩咩……

豆大的雨点噼里啪啦地砸了下来。

67. 娱乐室　雨夜　内

侯聚财正在打麻将，热火朝天。

雨越下越大，雷声越来越响。

68. 山上　雨夜　外

电闪雷鸣。

侯小博深一脚浅一脚地走着。

侯小博借助闪电的光，继续寻找着。

这时，他听见了小羊的叫声，他顺着声音找去，终于看见了他要找的羊羔，在一个峭壁上，小羊羔试图爬上来，但是每次攀爬都无济于事。

侯小博：咩咩……咩咩咩……

小羊似乎听见了主人的呼唤，开始努力攀登。

侯小博：咩咩咩咩咩……

侯小博和小羊相互呼唤着。

小羊再次攀爬，却掉了下去。

侯小博大惊失色，赶紧四下寻找。

侯小博再一次发现了小羊，他连滚带爬，跑了过去。

侯小博一趔一趄，艰难地来到小羊身旁。

侯小博将小羊紧紧地抱在怀里。

小羊咩咩地叫着。

69. 侯聚财家　雨夜　外

江憨聪和村干部甲冒雨来到侯聚财家。

江憨聪进屋，打开灯。

屋内好几处漏雨的地方。

两个人赶紧收拾屋子，将被子叠起来，用盆子接漏下来的雨水。

江憨聪：他们人呢？

干部甲：还用问吗？

江憨聪：侯小博呢？

干部甲：到同学家玩去了吧。

江憨聪：我看见他放羊了。

干部甲：羊在，我看见了，在圈里。

江憨聪：你帮他们收拾一下，我去找找老侯。

干部甲：他去打麻将，我们帮他检查危房。

江憨聪：别抱怨了，哪个村没这样的人。现在这干部，越来越没法干。

70. 山上　雨夜　外

侯小博紧紧地抱着羊羔，艰难地往上爬着。

雨越下越大，一个个响雷在他耳边炸开，吓得侯小博打了个冷颤，他开始害怕了。伸手不见五指，闪电像魔鬼一样在身边炸开，孩子的精神开始崩溃，嘴一撇哭了起来。

侯小博脚下一滑，摔了下去，跌进了深沟。

侯小博哭着，喊着：爸爸，爸爸。

侯小博再次找到羊，抱在怀里。

侯小博大喊：爸爸，爸爸，快来救我，快来救我呀……

侯小博艰难地向上攀爬，那只烂鞋不跟脚，陷在了泥里。侯小博去捡拾鞋子，

好一阵子找。这时，一阵异样的声音传来，这时，通过闪电侯小博发现，山沟里的水越来越多……

侯小博一会儿鞋掉了，一会儿羊羔从怀里掉落。

他哭着、喊着、攀爬着，爸爸，马老师……

沟里的水越积越多，这里越来越危险。

71. 娱乐室　雨夜　内

江憨聪匆匆进来。

侯聚财看见江憨聪，一脸的不耐烦。

江憨聪：老侯，我怎么说你哪，你家里都漏成河了。

侯聚财：我都写墙上了，我脱贫了，别来烦我了。

江憨聪：你儿子是不是放羊去了。

侯聚财：是啊。

江憨聪：羊回来了，人没有回来。

侯聚财：肯定是玩去了，你别徐了。

江憨聪：有人看见羊群是自己回来的，没有看见你儿子。

侯聚财一怔。

江憨聪：我刚才问了，确实没见小博回来。

侯聚财一下子站了起来，冲进雨里。

江憨聪：大家都别玩了，有手电筒的都拿出来，都各自回家找找，还有邻居家，

找到了在咱们村微信群里说一声。

大家纷纷起身，冒雨走了出去。

72. 马胜利家　雨夜　内

马胜利的电话响了，是江憨聪打来的。

马胜利：喂，憨聪。

江憨聪：师哥，出大事了。

马胜利：谁出事了，出什么事了？

江憨聪：侯小博出事了，去山里放羊，没有回来。
马胜利：找了吗？
江憨聪：全村人都在找，找不到人。
马胜利：再找。
江憨聪：知道，我怕是……
马胜利：怕什么？说呀？
江憨聪：山洪，山洪下来了，是不是被山洪冲走了。
马胜利大吃一惊。
江憨聪：师哥，师哥。
马胜利：我马上赶到，你带领大家再找。
江憨聪：好，我再找。

73. 公司楼下　雨夜　内外

马青馨和江帆跑步下楼。
马青馨着急地打着电话：爸爸，你就在院门口等我，我和江帆马上就到。
江帆和马青馨坐上汽车，江帆发动引擎，汽车箭一般地冲了出去。

74. 路上　雨夜　外

汽车在路上行驶。
马青馨：江帆，注意安全，一定要注意安全。
江帆没有说话，还是不住地踩踏油门，车速越来越快。

75. 院门口　雨夜　外

吴越打着雨伞，嘱咐着丈夫。
吴越：孩子太苦了，老天爷会眷顾这个可怜的孩子。
马胜利：帮我想想，我现在该做什么？我脑子是懵的，特别乱，帮我想想。
吴越：你刚才说山洪？
马胜利：嗯，漫山遍野都找遍了，他放羊也不会走太远，就怕被山洪冲走。
吴越：赶紧给领导汇报，让涡河下游两岸，派人寻找。
马胜利：对对，我马上给肖局长打电话。
这时，江帆的车到了，马胜利快速钻进汽车。

76. 路上　雨夜　内

汽车在路上行驶着。
肖局长接电话，很惊讶：什么？老马，你别急，慢慢说。
马胜利：侯聚财的儿子侯小博不见了，去山上放羊，经扶贫办批准不是给了他们家十只羊吗，孩子不见了。
肖局长：我们的手续有问题吗？
马胜利：手续没有问题。
肖局长：那我们就没有责任哪？
马胜利：我们当然没有责任，每一步都是合规的。
肖局长：那就好。
马胜利：肖局长，我不是说的责任，是孩子有可能被山洪冲走，现在关键的是，请你马上向市委市政府领导汇报，动用一切可能动用的力量，沿涡河两岸寻找孩子。
肖局长这才恍然大悟：噢——，好好，我马上联系。

77. 山坡　晨　外

天亮了，雨已经停了。

人们还在寻找，满山都是喊声：小博……，侯小博……

但是，连个人影也没有。

每个人都是一身泥，一身水。

马青馨流着泪说道：爸，没有，都找遍了，找遍了，没有。

江帆跑来，手里掂着一只鞋。

江帆：聚财叔，我们找到一只鞋，你看看，是不是小博的？

侯聚财：是，在哪儿找到的？

江帆：在沟里。

侯聚财：是他的，这有个洞。

马胜利突然说道：侯聚财，你老婆找到了。

侯聚财大吃一惊。

马胜利：你老婆是被你吓跑的，你赌博把她输了，让她和别的男人睡觉，她吓跑了。她身无分文，举目无亲，被人贩子卖了。这些年她想儿子，眼睛都快哭瞎了，想想你干的事儿，你还是个人吗？

人们一个个惊讶地听着这一切。

78. 山路　日

江憨聪背上背着侯小博，怀里抱着小羊羔，向前走着。

侯小博手里拿着断了腿的眼镜，为江憨聪指路。

侯小博：往左，左拐。

江憨聪往左拐。

侯小博：你不戴眼镜，能看多远？

江憨聪：鼻子以外，全是马赛克。三米以外分不清男女，五米以外六亲不认。

（侯小博笑。）

江憨聪：有一年冬天，我的围巾被风刮跑了，我就追。追呀追呀，怎么也追不上。我老婆问我，你干啥哪？我说围巾，我的围巾。我老婆哈哈大笑，你的围巾在你脖子上哪，你追的是咱家的老母鸡。

侯小博哈哈大笑。

79. 山坡　日　外

一阵阵笑声，夹杂着小羊羔的叫声传来。

大家缓缓站起，惊讶地朝一个方向看去。

江憨聪背着侯小博，一步步向这里走来，他们浑身是泥，说着笑着。

马青馨哭了，喊着小博的名字，跑了过去。

马胜利激动得热泪盈眶。

侯聚财蹲在地上号啕大哭，嘴里骂道：我不是人，我不是人哪。

80. 村口　日　外

一辆警车缓缓开过来。

一个女人走下车来，是韩春花。

马胜利蹲下来，对侯小博说道：小博，你妈妈，你妈妈回来了。

侯小博看见妈妈，泪水像断线的珠子。

侯小博轻轻地呼喊：妈？

韩春花咯噔一下，看见儿子，一下子扑了过来：小博——

侯小博：妈——

两个人抱头哭了起来。

81. 江憨聪家　日　内

酒菜已经备好了。

马胜利和江憨聪推杯换盏，喝了起来。

马胜利看着江帆和女儿问道：你们拿定主意了？

二人点头。

马胜利：我们这一辈人想方设法往城里跑，进城工作叫走出大山，考上大学叫鲤鱼跃龙门。你们倒好，又回来了。

江帆：我们要搞土地流转，种药材。

江憨聪：师哥，孩子们的路，让他们自己走吧。

江帆：第一步，我要竞选村主任，力争书记村长一肩挑。

马胜利和江憨聪同时愣住了。

马青馨：我全力支持。

马胜利和江憨聪都笑了。

江帆妈端着菜走来，说道：应了那句老话，闺女大了不可留，留来留去结冤仇。师哥挡过来挡过去，也挡不住他俩在一起，俩孩子对你还一肚子意见……

大家都愣了。

江帆妈知道，自己又说错话了，打了自己一个嘴巴。

大家都笑了。

82. 操场　日　外

这里正在打比赛，仍然是少年宫队对侯庙小学。

侯小博和乐乐踢前锋，他们在积极配合。

侯小博接到传球，临门一脚，球进了，1：0。

侯小博激动不已，在场上直翻跟头。

乐乐和其他队友跑过去拥抱猴子，叠罗汉。

对方教练焦急地大喊：不要轻敌，你们不要轻敌。

比赛继续进行。

83. 侯聚财家　日　外

侯聚财家在翻盖房屋。

侯聚财满脸是汗。

韩春花端着一碗水走过来，递给丈夫。

侯聚财大口喝着，一脸的满足。

侯聚财：我一定让你住上新房子。

韩春花：不漏雨就行。

侯聚财笑了，有些尴尬。

84. 宋奶奶家　日　内

房子已经是新的了，他们正在包粽子。

马胜利夫妇和江憨聪夫妇在宋凯的引领下走了进来。

宋奶奶：贵客来了，快坐。

马胜利：我可不是贵客，我是常客。

宋奶奶：你媳妇是。

吴越：您千万别客气。

江憨聪：名字都起好了，叫“老伴粽子”。

马胜利：不要麻烦老人，让镇上的超市自己来取。

江憨聪：我都给他们说了。

马胜利：我在省里开表彰会，吃了一种水饺，叫皮皮什么？

吴越：皮皮虾。
马胜利：对，皮皮虾水饺，咱们可以做小龙虾粽子，肯定好吃。
江憨聪：嗯，这个主意好。

85. 马胜利家老院子　日　外

马青馨带着十几个男男女女，向这里走来。
马青馨喊着：爸，爸爸。您看看谁来了？！
马胜利从屋内走出来。
马胜利和十几个人，都站在那里，愣了。
马胜利激动不已：啊，是你们，是你们，你们怎么来了？太意外了。
十几个人这个叫师哥，那个叫师弟，呼呼啦啦围在一起。
马胜利：三十多年没见面了，是憨聪联系的吧？怎么没说一声？
马青馨：是小博，在网上给您联系的，他让我保密。
马胜利激动地把侯小博拉到身边，说道：谢谢，谢谢。
侯小博：我是不是成熟了？
马胜利点头。
侯小博咧嘴笑了。

86. 院内　日　外

大家一起喝酒，一起聊天，好不快活。
江憨聪：咱们憨腔剧团解散，一转眼三十多年了。
师妹甲：三十二年。
江憨聪：我敬师兄师弟、师姐师妹一杯。
大家举杯喝酒。
江憨聪：下面，有请我们的大师兄给我们讲话。
一阵热烈的掌声中，马胜利站了起来，他依然很激动。

87. 侯聚财家院内　日　外

马胜利抚摩着侯小博的脑袋，说道：好样的，考上重点中学了，那可是你马老师的母校。
侯小博：我一定好好学习，为马老师争光。
马青馨微笑着，很欣慰：好，好。
马胜利：我送你一样礼物，咱俩算是忘年交，留个纪念。
侯小博抬眼看去，是那辆变速自行车。
侯小博百感交集，流下泪来。
马胜利：好好走，你的路很长，你一定能成才。
侯小博向马胜利深深地鞠了一躬。

88. 村外　夜

台上正在唱戏，憨腔。
江憨聪和师兄师弟们在演唱。
台下，马胜利、马青馨、吴越、江帆、侯聚财、宋福贵、宋奶奶等人坐在下面看着演出。
江憨聪唱道：
春天里来话春天，
精准扶贫来攻坚。
各界人士齐参战，
咱要把贫困彻底来推翻。
……

89. 旷野　日　外

稻田鱼虾，花红柳绿。青山绿水，美不胜收。

90. 学校　日　内

马青馨在课堂上讲课。

孩子们在聚精会神地听讲。

91. 村口　日　外

江帆在收购药材。

侯聚财大包小包地扛着。

92. 田边　日　外

马胜利、江憨聪走在田埂上。

人们喜气洋洋，又是一个丰收的季节。

——剧终

（与李海江共同创作）

·电 影·

一切如你

时　间　当代。
地　点　某城市。

出发吧，单车

人　物　老　彪：老年人，喜欢骑自行车，渴望环游世界。
彪　子：老彪的儿子。
乔三爷：坐轮椅的老人。

1. 公园　日　外

《年轻的朋友来相会》音乐断断续续响起，一个老旧的半导体，在沙沙地唱着。老彪眼看它没声音了，还拿手敲敲。继续唱，但还是沙沙声很大。老头索性给关了，旁边的老友们盯着他。

老彪：都老啦……买菜去啦。

老头起身，走出公园。

老友甲：走啦？

老彪：嗯。

一个妙龄健身女郎跑过，众老友齐刷刷扭头看去。

2. 自由市场　日　外

走过自由市场，自己买了点菜。接着往家走。一队专业打扮的骑自行车手从他旁边骑过去。他闪在一旁注视着，还上下打量着这些骑手，若有所思。最后一个骑手差点儿撞着他。

骑手：你笑啥？！

骑手语气很不客气。老彪向旁边更闪了一下。看人走远了，他才絮叨一句。

老彪：你蹬不动，赖我干什么。

3. 家楼下　日　外

老彪在家门口看到收破烂的正在拾掇废品。猛的瞅见一辆破自行车。定睛看了又看，离开后又折返回来。

老彪：伙计，你这个自行车是怎么回事啊？

收废品的：没人要了，才捡来的，车轱辘都没了。

老彪：给我怎么样？

收废品的：50。

老彪：呵呵，你呀……（转身就走）

收废品的：诶，20！　10块！扛你家去！

4. 院门口　日　外

彪子下车，锁好车门，走进院。院门口坐着晒太阳的老头乔三爷，坐在轮椅上。

彪子：三爷，待着哪，您？

乔三爷：等死哪！

彪子脚步没停走了过去，进了院。

5. 家　日　内

一个黑色的自行车架子，老头正在擦洗，上油。桌上饭菜已经吃了一半。

彪子进院。

彪子：鼓捣啥呢？

老彪：彪子，我呢，想到咱么祖国各地呢，去看一看，转一转。

彪子：吃饭，先吃饭。

老彪瞥了他一眼，没说话，自顾自地擦油。

饭桌前，彪子给老彪倒酒。

彪子：就这么多，不许再要。

老彪：呵呵，我先闻闻。

彪子：您就打算骑着那破玩意周游列国啊？到时候是您骑它呀还是它骑您啊？

老彪：我呀，就骑它，周游中国！

6. 家　夜　内

彪子在外屋看电视，老彪把自行车扛进自己屋，继续捣鼓。

7. 自由市场　日　外

父亲又来到公园遛弯，听着沙沙响的破半导体，自由市场买了一个铰钉底的球鞋，买了点菜，又到卖旧货那抄了条旧车链子。

8. 家门口　日　外

回家的时候，乔三爷还在坐在轮椅里。

老彪：乔三，干吗哪？

乔三爷：等死哪。

9. 家　日　内

一台自行车健身器，彪子正在安着（就是那种假自行车，干蹬不走的那种）。老头从后面进门。

彪子：爸，回来了您？

老彪：你鼓捣什么呀？

彪子：您不是喜欢自行车么，我索性把这玩意儿搬到家里来，让您蹬得动。

彪子得意地看着自己的杰作，老彪也面带微笑的若有所思。

10. 家　夜　内

老彪看电视，彪子在身后原地蹬着健身自行车。

彪子：你就一边骑一边看电视呗，比如您看环法，您就等于到法国玩一圈；比如您看环湖，那就等于到了青海了呀，比如您看环上海，那就等于您到了浦东。这多好！

11. 家　日　内

老彪准备着自己的各种装备，调试自行车、穿上新鞋、背上为人民服务的斜挎包、戴上绿色的钢盔，一切就绪，却发现自行车少了两个轮子。老彪探头窗外，看到乔三爷坐着的轮椅，开心地笑了起来。

12. 院门口　日　内

先前骑自行车被老彪嘲笑的小伙子，扛着摔坏的自行车路过，看到乔三爷坐在健身自行车上。乔三爷看见小伙子的狼狈相。

乔三爷：轱辘，给我轱辘！

彪子下班回家，看见了乔三爷，坐在眼熟的健身自行车上，有些疑惑。

彪子：三爷，嘛哪？

乔三爷：等死哪。

彪子：这不是我那……健身器么？

乔三爷：没轱辘！

彪子边说边走过去，进了院。

彪子：（惊慌）我爸呢？

乔三爷：找死哪！找死去了。

彪子马上又跑了回来！跑出了院。

13. 马路上　日　外

大笑声中，老彪骑着车，开心而自由，把骑车的小伙子们都甩在了背后。

摔　不　起

人　物　儿子：幼时顽皮、淘气，考上大学后离开家。

妈妈：悉心照顾幼年时的儿子，年老时被门槛绊倒。

1. 室内　儿童房　日

朦胧中传来幼儿啼哭的声音。

妈妈来到了竹子编的儿童床跟前，抱起了啼哭的孩子。

妈妈：哎呀，怎么啦？不哭，不哭。（举起孩子）飞起来啦，是不是！好棒呀，说什么呢……

妈妈给孩子哼唱着《听妈妈讲那过去的事情》。

孩子甜甜地睡去，妈妈又到“牡丹”牌缝纫机那里去给孩子做衣服。

2. 室内　日

儿子（大了点儿）手上缠着毛线，妈妈在这边一圈一圈地缠线团。儿子伴随着妈妈缠线团的节奏唱歌，很合拍。

儿子：我们坐在高高的谷堆旁边，听妈妈讲，那过去的事情……

缠到最后，儿子故意抓住了毛线头，妈妈缠不过来，妈妈扯了一下。

妈妈：哎呀，淘气，快！松开。

儿子（笑得咯咯的）：不给！

妈妈：一会缠一块儿了，快来，给我。

儿子：就不给！

儿子说着就跑。

妈妈：给我！还给我！

儿子故意扯着毛线不给妈妈，开始拉扯，妈妈笑了，孩子围着桌子转，妈妈追着孩子。

妈妈笑得哈哈的，儿子又一跑，绊倒了，妈妈丢掉手里的毛线球，赶紧跑过去，把孩子拉起来，儿子还是不给毛线。

妈妈：起来，小笨蛋。

毛线被扯开了，儿子自己原地转圈卷起了毛线，妈妈，扯来扯去也被毛线缠起来了，两个人笑得咯咯的，缠在一起，抱在一起。

3. 室内　客厅　日

妈妈掀开了锅盖，里面是丰盛的红鸡蛋，还有小米粥，小青菜。

妈妈：儿子，快来了，赶紧吃饭了，一会儿迟到了。

儿子过来打开了收音机，里面在播报："听众朋友们大家好，再有一周将迎来建国三十五周年的大喜日子，也是国内外华夏儿女翘首期盼的伟大时刻。

妈妈狼吞虎咽地给孩子加菜，剥鸡蛋，而自己夹着老咸菜吃。

孩子吃完了就背上书包。

孩子转身不小心被门槛绊倒了，重重地摔倒了。这一跤很疼，孩子委屈地想哭，看着妈妈，妈妈把儿子扶起来。

妈妈：疼不疼啊？站起来。

妈妈给孩子掸了掸土。

妈妈：你是男子汉是不是。真勇敢。小花猫一样啊！

妈妈掸掸土，抱了抱儿子，而后看到了儿子身后，桌子上一张彩色照片，那是一个俊朗的军人，已经过世的孩子的父亲，照片模糊。妈妈送走儿子。

妈妈：去吧，听话啊。小心点。

4. 室外　日

儿子大了，拿着大学录取通知书看着妈妈傻笑，因为高兴，而热泪盈眶。

再抬眼的时候儿子背着行囊要离开家了，儿子深情地看了一眼妈妈。门慢慢关上了。

这时一个毛线球慢慢滚过来，滚到了坐在门口藤椅上的妈妈脚下。妈妈低头看了看毛线球，艰难地捡起来。妈妈已经是满头白发，站起来回屋。

收音机里传来声音：听众朋友们好，今天是"九九"重阳节，在此，一首《听妈妈讲那过去的事情》送给全天下的父母，祝愿老人们幸福安康。

5. 室内　客厅　日

妈妈坐在沙发上听着收音机。收音机里面是《听妈妈讲那过去的事情》，妈妈跟着哼唱。

6. 院子　客厅　日

妈妈在院门口向外张望，以为是儿子回来了，却发现什么人也没有，缓慢地回屋。

妈妈拿起小布袋，从里面拿出用塑料袋包裹的零钱，准备去买点菜，跨过门口的时候，脚绊在了门槛上，那是曾经羁绊儿子的地方……

7. 医院走廊　夜

医生在走廊里和儿子说话。

医生：还好送来得比较及时，不过你要做好心理准备，很可能她以后的生活都需要别人照顾。

儿子（拿着片子）：这么严重啊……

医生（意味深长）：60 岁到 80 岁的老人是这样，最怕摔跟头，有的一摔，就可能再也站不起来了……不过你放心，我们会尽力治疗你母亲的。你呢，你先去办住院手续。

医生转身离开，儿子若有所思……

8. 室内　妈妈的家

儿子打开了家门，还是那些熟悉的声音和故事。小时候的他和妈妈在包饺子（现实和现在的叠化）。

妈妈：这是个什么东西哈哈这是个？面皮儿！

儿子：假包子。

妈妈：假包子呀。你会包吗？

儿子：会。

现实，儿子眼泪汪汪的，突然意识到手里有东西，低头看，看到了儿时手里攥着的毛线，"嗖"就抽离出去了。儿子泪水夺眶而出。

挂起的记忆

人　物　高大爷：悉心照顾自己年迈的母亲。
老奶奶：高大爷的母亲，受过高等教育，斯文端庄。

1. 菜市场　晨　外

清晨，高大爷拎着菜篮子走在回家的胡同里，篮子里放着新买的桃酥。

2. 厨房　日　内

高大爷哼着京剧在厨房里忙碌，先放了大米、小米等五颜六色的主食蒸上，又把鸡蛋打成蛋羹和南瓜放到小蒸锅里，玉米放小水锅里，牛肉切丁胡萝卜土豆切成小块，高大爷忙碌的脸上渗出点点汗珠，他随便用胳膊蹭一下。胡萝卜和土豆也放好调料放进煮的锅里。

饭熟了，他盛到碗里，又将蒸好的鸡蛋和南瓜逐个拿出来。将近中午，他端着饭走进客厅。

3. 客厅　日　内

一个围兜挂在脖子上，镜头拉开是一个白发苍苍的老奶奶，她衣着整洁，斯文端庄，虽说岁月夺去了她青春的年华，但看得出她是一个受过高等教育的年迈老人。

高大爷推着她到饭桌跟前。

高大爷：妈，吃饭咯，这是买的土鸡蛋，特别新鲜。

高大爷一勺一勺地喂着妈妈。

高大爷：妈。吃完了呀，我带您出去遛遛弯儿，在胡同口啊我还碰着王婶了，那老太太可硬朗了，93 啦还打麻将呢，说三缺一，就等您了。

老奶奶笑着继续吃饭。

高大爷：好吃吗？

老奶奶：谢谢啊。

高大爷继续一口一口喂妈妈吃饭，一边喂一边看这老奶奶两鬓斑白的发。

高大爷：您的重孙，幼儿园放假，上午打电话说晚上过来看看您！

老奶奶边吃边点头。

高大爷：您的孙子还能想起来吗？

老奶奶：孙子？怎么想不起来，想得起来。

高大爷：您这是偏心眼儿，您能想起来孙子您想不起儿子来啊，我是谁呀？

老奶奶看着他微笑：谢谢你，同志。

5. 厨房　日　内

高大爷在刷碗，听到客厅有动静。

6. 客厅　日　内

高大爷打开客厅门，见老奶奶坐在茶几边抱着饼干盒子，干果撒了一地。高大爷赶紧过去收拾。

高大爷：妈，您这是干吗呀，不是刚吃了嘛？

高大爷说着，把一些零食收敛起来。

老奶奶滚着轮椅打开冰箱门，拿出桃酥吃了起来。

高大爷扭头看到。

高大爷：哎，妈，这冰箱里的东西呀，不能马上吃，得缓一缓，要不吃着胃疼。

老奶奶有些委屈。

高大爷无奈地把冰箱和柜子里所有的食品收敛起来装进篮子挂到高处。
高大爷：刚吃过午饭，您又忘啦？妈，您看着点儿表，五点钟，咱们开晚饭。
高大爷回厨房收拾，老奶奶一人呆呆地看着那个挂起的篮子。

7. 客厅（闪回） 日 内

菜篮子叠合旧篮子，篮子上贴了个“福”字。
（鞭炮声起，春节氛围）
凳子摆在桌子上，一双小孩的脚踩上凳子，镜头上摇，小孩吃力地够着挂在房梁上的篮子。
篮子掉到地上，撒了一地的点心糖果。
孩子吓哭了。
母亲的声音：你干吗呢？摔着没有啊？下来！
母亲说着把孩子抱下。
母亲：谁让你动那篮子的？看把你能耐的，还爬上去了你！这孩子咋这么皮呢！
儿子：妈！
母亲收拾着地上的狼藉，看到孩子哭，有些不忍，掰了一块桃酥，塞到儿子嘴里。
母亲摸着他的头：儿子，别哭，吃桃酥。

8. 厨房 日 内

小风扇呼呼转着，高大爷正在厨房低头扒饭。
客厅又传来乒乓声。

9. 客厅 日 内

高大爷推开门吓了一跳，见老奶奶已把凳子放到了桌子上，吃力地想从轮椅上站起。
高大爷：哎哟妈，妈，您这是要干什么呀？哎，您坐您坐。
高大爷扶着老奶奶坐回轮椅。
高大爷：您坐下啊。来来来来。
高大爷取下篮子，端到妈妈的跟前。
高大爷：您刚吃完午饭，您还想吃啊？吃饭得有点儿，要不然就吃坏胃了。就吃一点点啊，一点点一点点。
老奶奶拿起一块桃酥，掰下一半，塞到高大爷嘴里。
老奶奶：儿子。
高大爷的眼睛湿润了。
老奶奶：别哭，吃桃酥。
高大爷边嚼边流下两行热泪，老奶奶看着眼前的儿子，看着，看着……
老奶奶：别哭，儿子，吃桃酥……
儿子喜极而泣……

父亲的花

人　物　老人：喜欢养花，搬花盆时不小心摔碎花盆。
儿子：老人的儿子。
儿媳：老人的儿媳，买了塑料花盆给老人。

1. 老人卧室 晨 内

阳光从斑驳的老式窗棂中透入，晨曦若隐若现。

鸟笼中的八哥伸了伸翅膀，旁边有兰花、相框等。 外屋传来五声钟表声。

一只布满皱纹的手摩挲在床头的老式眼镜。

一个老人的微驼背身缓慢地从床上撑起来，戴上眼镜。

桌上放着一杯水以及降压药等各种应急药。

老人慢慢从远处挪到桌前端起水服下药。老人把剩下的水倒进花盆，又倒进八哥水壶。老人拎起鸟笼慢慢走出房间。

2. 院子　晨　外

鸟笼被挂到架子上，老人又慢慢地走进屋子。

八哥在左右张望，突然屋内传来哐当一声。

3. 客厅　晨　内

地上一片狼藉，老人弯下身子，儿子儿媳从卧室走出来。

儿子着急：爸！说了多少遍了呀，您招呼我们一声就行了！这么大岁数逞什么能啊这是！

儿媳拉住儿子胳膊：怎么这么说话呢？

儿媳抢上收拾。

儿媳：爸，您别管。

儿子：不就是一盆花吗，搬来搬去的，你摔着怎么办呀？

儿子扶着父亲往沙发处坐。

儿子：我这不是怕您摔到吗？坐好了。

儿媳妇拿着扫把来打扫：爸不就是想让花透透风吗。

儿子：透风，有什么好透的呀。

老人坐在椅子上没抬眼，没说话。

孙子抹着眼睛没睡醒从卧室走出来。

孙子：谁摔的土啊？

儿子：儿子，赶紧再回去睡会啊。

儿媳妇拿着扫完的出去，儿子拉着孙子准备进房，又回头看了一眼父亲，客厅只剩下坐在那里一动不动的父亲。

4. 院子　日　外

笼子的八哥在院落的阳光下晒得昏昏欲睡。

院子里种满辣椒、海棠等作物。

5. 老人卧室　日　内

儿子给老人打扫房间，铺床、墩地。无意中看到父亲和自己年少时的照片，父亲竖起大拇指鼓励自己。

6. 院子　日　外

阳光透过枝叶斑驳洒落在地上，落在老人背上。老人弯着背坐在院子里看着兰花，整理了一下花茎上的小夹子。儿子走到窗前，打开窗户。儿媳妇此时拿着一个塑料花盆走进来。

儿媳：爸！我给您买了个花盆，塑料的，这个花盆又轻又结实，咱把这花装进这花盆里吧！

儿媳妇和老人开始一起将花挪出来装花盆。

儿子站在窗后默默看着。

儿媳：轻一点轻一点，这是您的宝贝。

最后一勺土，装好。儿媳妇刚想端起来，被一只手挡住，儿子已经站在俩人旁边，儿子跟儿媳使了个眼色，然后鼓励地看着老人。老人微一错愕，随后起身端花盆，两人赶紧帮忙。老人端着花盆在两人搀扶下往屋里走。

儿子：爸，您真棒，怪不得街坊大娘夸您年轻呢！

老人抬眼看着儿子。儿子儿媳看着他。

老人：张大娘李大娘啊？

笼子里的八哥叫着“张大娘、张大娘”。

儿子和儿媳搀着老人快乐地进屋。

逆 生 长

人 物 中年女子：随时把爸妈放在心上。

妈妈：外出参加同学Party、做拉皮手术的潮妈。

爸爸：攀岩、做面部拉皮的老爸。

1. 北京现代化场景，用节奏感很强的动感音乐。

2. 家里 （古朴干净的北京小康之家）

中年女子做饭，摆了一桌子的美味佳肴。时钟走到五点、六点、七点，女子发微信语音。

女子：宝贝，在哪呢？赶紧回来吃饭吧，饭好啦。

电话打来，屏幕显示“宝贝儿”。女子接上电话。

女子：跑哪儿去了？都几点啦还不回来吃饭？（一副大人训小孩的语气）

3. 聚会现场

电话的那一端是聚会现场，摆着一大堆的水果和饮料。一堆老头老太太围坐草坪，一个老太太一脸幸福地举着手机。

妈妈：我们小时候同学在一块开Party！

4. 家中

女子：男的女的啊？发哥呐？

5. 聚会现场

妈妈回答：那个……都没带老伴。

女子：哦哦哦，那你玩儿吧，那你玩儿吧，那个，早点回来啊，晚上回来别坐地铁啦，打个车啊。

妈妈：我知道，你放心，我跟你说，顺风车都订好了，拜拜！

女儿放下电话：哎。

老人回到众人中开心地唱歌：没吃桃子少了桃子，箱——箱子里面有洞，老鼠偷吃。

妈妈：老鼠偷吃啦！

众人开怀大笑。

6. 攀岩场

一只手入画扒在石头上，一个老年背影在攀岩。

7. 家中

女儿端着菜从厨房走向餐桌，手里还拨着电话，对方不接。她又一次拨通手机，上面显示“发哥”，对方一直无人接听，最后终于通了。

女儿急切：哎哟，可接电话了，你在哪儿呢，怎么不接我电话啊？

爸爸的脸入画，吊在室内攀岩的半山腰，举着手机一脸亢奋。

爸爸：我这手腾不出来啊。

女儿：腾不出手来……你干吗呢？

爸爸：我在攀岩！

女子：你又去攀岩啦？！爸，你腿不疼啦？爬上去没有啊？

爸爸：你别跟我说了好吧，再说，我要掉下去了！

说完挂掉了。

女子：你注意安……怎么这么不省心呢。

8. 飞机起飞空镜

9. 某商业地带

女儿边走边打电话。

女儿：爸？怎么样，那边暖和吧？

爸爸（有点迟疑）：嗯……

女儿：爸，你们干吗呢？

电话那头传来爸爸声音：我们……在医院呢。

女儿急切地问：在医院呢？！怎么了谁病了？

爸爸支支吾吾（画外）：没事。

女儿：什么没事，我妈呢？

爸爸（画外）：她躺着呢。

女儿：你让她接电话！

话筒里传出母亲含糊不清的声音：唔……

女儿急迫地：妈！妈！你怎么了？

妈妈（画外）：不方便说。

女儿：不方便说话？你生什么病了，不方便说话？我现在挂了电话你赶紧接视频！要不明天我就飞过去了！

视频接通，屏幕上出现了老太太缠着纱布的脸。

女儿：妈，你怎么了？

10. 医院（手机视频内）

妈妈眼上贴着绷带布条，不好意思地笑着。

女儿：你怎么了？

妈：我就是……在那个美容医院……给脸上做了个拉皮儿。

女儿：你们去整容去了？哎哟，妈，那个能随便做嘛！你们怎么……

老头凑到屏幕前，这才看出他也做了手术，下眼袋还贴着美容胶布，老头道：哎呀姑娘，没事儿，我们都是微创，嘿嘿，微创。

女儿：算了，我明天到，我明天去接你们啊，不许乱跑了啊！

挂掉电话。

女儿：什么呀！

11. 医院

爸爸放下电话。

爸爸：下回你同学聚会可得带上我了，现在我拿得出手了。

老太太：那你攀岩也得把我带上。

老头：不行，你刚拉完皮儿，容易崩开！

妈妈笑出了声，但是又不敢使劲笑只能发出，吭吭吭的声音。

老头：别笑别笑！崩了，崩了。

妈妈一下绷住不笑了。爸爸憋不住哈哈笑起来……阳光从身后的窗户进来，两个温暖的老伴依偎在一起。

母亲的生日

人　物　张奶奶：盼望儿子回家给自己过生日的老人。
小伙子：邮政快递员，上门送鲜花。
穿西装的男子：保险公司工作人员，上门送鲜花。
外卖小伙子：火锅店外卖员，上门送火锅，还帮张奶奶拍照。

1. 城市　日　外

城市，一座现代化公寓楼。

2. 屋内走廊　日　内

一只手撕去挂在墙上的日历，露出日期 × 年 × 月 10 日。

张奶奶打开衣柜，拿出一件红色外套和纱巾，来到镜子前，她白发苍苍，看得出心中有喜事，精心打扮着自己。

3. 客厅／门口　日　内

张奶奶坐在沙发上等待着，门铃声响起，她兴冲冲地走向门口。门开了，邮政快递员抱着一束鲜花出现在门前，花里插着“生日快乐”的卡片。

张奶奶愣了一下。

小伙子：快递。

张奶奶：麻烦您，这谁送的？

小伙子：银行送的。来，您签一下字。

张奶奶：哦，好好好。

4. 镜子前　日　内

张奶奶签完单，小伙子离去，张奶奶捧着鲜花又一次来到镜子前，觉得花跟自己的衣服很般配，满意地笑了笑，把花放在条案上，看着自己年轻时的照片出神。

电话铃又响了。

5. 沙发　日　内

张奶奶接起电话。

张奶奶：老王啊，啊，啊，对，对对，不行，今天不行啦，今天我儿子给我安排得满满当当的，又吃火锅又逛商场又看电影……哎呀不行啦不行啦，不行啦我得收拾收拾了，啊，对不起，不说了，不说了啊，再见，再见。（挂电话）

张奶奶取出鞋盒中的新鞋摆弄，试了试，（门铃响）张奶奶去开门。

6、门口　日　内

张奶奶兴冲冲地拉开房门，门缝里露出张奶奶的脸，从她微细的表情变化中可以看出一些失落。

一个身穿西服的男子，戴着胸牌，手捧鲜花，一脸笑容。

男子：老奶奶，祝您生日快乐！

张奶奶：您是？

男子：我是保险公司的。我们送鲜花就是送健康，祝您身体健康、寿比南山，我们公司最近推出好几种合适老年人的险种，请您帮忙，向亲戚朋友推荐一下，有事可以直接找我。（递上名片）奶奶，来（递花）。

张奶奶强笑着。

男子：生日快乐！寿比南山！身体健康！

张奶奶：啊，啊，谢谢啊，谢谢。（缓慢地关门）

张奶奶站定了一会儿。

7. 沙发　黄昏　内

时钟走到了五点，张奶奶靠着沙发打瞌睡，两束鲜花放在茶几上，外套已经脱掉，搭在沙发扶手上。

一只手按响了门铃。

张奶奶惊醒，听着门铃声，没有马上起身，心里有些忐忑。（门铃继续响）最后起身慢慢走向房门。

张奶奶（小心翼翼地）：谁呀？

男声 O.S.：外卖。

张奶奶打开房门，愣住了，外卖小伙子手提肩扛大包小包，一堆东西。

小伙子：您好！

张奶奶：这是？

小伙子：火锅店的，你儿子点的。

张奶奶：哎哎哎，你别……哎哟。

直接往里进，张奶奶没拦住。

张奶奶一听儿子，探头往外看，却什么人都没有。小伙子来到桌前，指着饭桌。

小伙子：今儿您的生日，您儿子给您点的火锅。铺这儿行吧？

张奶奶：啊……哦……哦。（一脸疑惑，又有些失落）

8. 餐桌　黄昏　内

铺桌布、放锅、摆盘、肉和菜、支垃圾桶，小伙子把餐食摆了一桌子。张奶奶一直呆看着。

小伙子从包中掏出一个毛绒熊猫，摆在张奶奶对面。张奶奶走上前。

张奶奶：怎么……啊？

小伙子：您不一个人吃嘛，这是我们餐厅新推出的人性化服务，它陪着您吃啊。

小伙子继续忙活，往锅里倒底料，碗里放调料。

张奶奶心凉了。

9. 沙发　黄昏　内

茶几上的手机响了，屏幕上显示儿子来电。张奶奶走去接起电话。

张奶奶：儿子。

儿子：妈，生日快乐！（唱）祝你生日快乐！祝你生日快乐！祝你生日快乐！祝你生日快乐！

张奶奶：快乐……

儿子：妈，今天外面风大，单位还有点事，我就不回去陪您啦。我点的都是您最爱吃的，高兴吗？

张奶奶：……高兴……

儿子：妈，你看到那个小熊了吗？那就是你熊儿子，就等于我陪你啦。别忘了拍一张照片给我，啊。好了妈，挂啦。

张奶奶：哎，好。

张奶奶拿起那件衣服不由自主地来到镜子前。张奶奶心不在焉地系着衣扣，并没有看镜中的自己，还是忍不住流下眼泪，最后一抬头看到了摆餐的小伙子，调整了一下情绪，面带微笑，转身向桌子走去。

小伙子从包里取出一块大蛋糕，拿出来摆好，蛋糕上写着“妈妈生日快乐”。

张奶奶：小伙子，请你给我照张相好吗？（递上手机）

小伙子：好嘞！

小伙子插上“86”形状的蜡烛，接过手机。手机画面中，张奶奶站在桌前，抱起那只可爱的小熊。

小伙子：好了啊，预备！

快门声，画面一闪。

10. 镜子前　黄昏　内

一张纸巾被抽出，镜子中张奶奶失落地擦去口红。

11. 餐桌　夜　内

光影变化，由黄昏变为夜光。一只手入画，点蜡烛，蜡烛的火苗着得正旺，蜡油静静地流下。

一桌的饭菜，张奶奶静静地坐在餐桌前，对面坐着那只熊。

门铃声再次响起。

老　伴　儿

人　物　老头儿：喜欢听京剧和评书。

老太太：做饭、收拾家务，为遛弯在街上和老头儿争执。

1. 客厅　日　内

镜头摇过桌子上两张照片，一张狗，一张是老两口。

电视播放着京剧，老头和狗坐在沙发上看得有滋有味。

京剧《萧何月下追韩信》唱段：……洪福广，一路上得遇陆贾、郦生和张良。一路上秋毫无犯军威壮，我也曾约法定过三章。项羽不遵怀王约，反将我主贬汉王。今日里萧何荐良将，但愿……

老太太打扫卫生，回手用遥控器把电视关上，冲着沙发上的狗说。

老太太：欢欢。

老头回头，狗回头。

老太太冲着欢欢：没看我干活吗？抬屁股！回窝去！

老头急忙站起，狗也跳下沙发，老太太打扫沙发坐垫。

2. 厨房　日　内

老太太在厨房做饭。

3. 餐厅　日　内

老头坐在餐桌前，狗在餐桌下。老头几次忍不住想动筷子，又有些不敢，看得出等得十分着急，急中生智，把半碗热粥倒在狗食盆里，抬眼看了下厨房，低头冲着狗喊。

老头：再不吃就凉啦！

4. 厨房　日　内

老太太闻声，解下围裙，走出。

5. 餐厅　日　内

收音机里传出说书的声音。

说书：上回书，说道奸相秦桧……

两人坐在餐桌前默默地吃饭，狗对着那盆热粥还是下不去嘴。

6. 客厅　夜　内

电视机里播放着京剧，老两口和狗对着电视坐在沙发上打盹。电视里，一阵锣鼓声把老太太惊醒，她瞥眼看看老头和狗，又看了看墙上的时钟，起身出画，电视里的京剧仍然在继续。老太太端来洗脚水，

重重地往地上一放，老头和狗都被惊醒。

老太太冲着狗：洗爪子！

老太太抓起狗爪子，撩了两把水。老头迅速脱下鞋，把脚放在盆里，老头哼着京剧，享受着。

京剧《萧何月下追韩信》唱段：我主爷起义在芒砀，拔剑斩蛇天下扬，怀王也曾把旨降，两路分兵进咸阳……

咔嚓一声灯关了，老头继续唱着。

7. 街道　晨　外

深秋，风吹树叶。

8. 门厅　晨　内

清晨，老头老太太准备出门，狗在前面蹲在门前等着，老头刚要开门，老太太冲着狗。

老太太：回来！变天啦不知道啊，就知道往外跑，来，戴上！

老太太给狗戴上脖套，老头自觉地回到衣架前取下围脖戴上，看得出老头和狗的脖套是一种毛线织的，出门。

9. 街道　晨　外

岔路口，老太太牵着狗要往东，老头要往西。

老头冲着狗：走，遛弯去。

老太太冲着狗：吃饭去。

狗在中间左右为难。

老太太冲着狗：这边。

老头冲着狗：这边。

老太太冲着狗：这边！

老头冲着狗：这边！

老太太冲着狗：天这么冷，你肚子里没食，你能遛好弯么你！走！

老太太说完扭头就走，狗最后还是跟老太太走了。老头犹豫了一下，转身向老太太方向走去。

10. 大雪中的空旷街道

11. 客厅　黄昏　内

老太太头发白了很多，标志着已经过去了一段岁月，电视旁边放着老头的一张黑白遗像，老太太怀中抱着那只狗在沙发上一个人发呆。影片由彩色变成黑白，前面老太太让狗回窝、老头洗脚、出门戴脖套、街道争执等一幕幕再现。背景为萧瑟苍凉的弦乐。

老太太脸上露出幸福的笑容。

守　候

人　物　肖奶奶：不相信老伴儿已故，每天来医院看望他。

张阿姨：每天推着肖奶奶来医院“看望”老伴儿。

护士长：每天帮肖奶奶把保温桶带进 ICU。

1. 街道　日　外

深秋的上午，阳光明媚，老阿姨推着肖奶奶，走过便道，穿过广场，肖奶奶怀中抱着保温桶，幸福地盼望着，披肩上的胸针闪闪发光。

2. 医院长廊　日　内

医院长廊，医生和患者都在忙碌着。走廊的一端，老阿姨推着肖奶奶来到 ICU 监护室外，老奶奶坐在门口静静地等候，老阿姨有些无奈。

这时，门开了，一位年轻的护士走了出来。

肖奶奶：护士，我想进去一下。

护士：怎么啦，奶奶？

肖奶奶：给我老伴儿送点吃的。

护士：这是ICU病房，家属不能送饭的。

肖奶奶有些急切：他最喜欢吃这个了。

护士：那也不行，您先生叫什么啊？

肖奶奶：他叫徐玉章。

年轻护士有些惊讶。

护士：啊？啊……

3. 家 日 内

肖奶奶精心挑选了胸针，要出门的样子，老阿姨无奈地帮她打扮，又往保温桶里装进馄饨，推肖奶奶出门。

4. 医院长廊 日 内

老阿姨推着肖奶奶来到ICU病房前等待，护士长看到。

护士长与老阿姨沟通。

护士长：张阿姨，你们……你们怎么又来啦？

老阿姨：没办法，她不相信老伴儿走了，非要天天来看他，拦都拦不住啊。

这时病房内推出一床病人，肖奶奶焦急地探身前看，张阿姨赶过来把肖奶奶推走，护士长看着她们的背影怅然若失。

5. 家 日 内

肖奶奶又在镜前打扮，老阿姨又往保温桶里装进馄饨，推肖奶奶出门。

6. 街道 日 外

老阿姨推着肖奶奶，走过便道，穿过广场，来到公交站。肖奶奶抱着保温桶，满脸幸福。

7. 医院 日 内

护士长从ICU监护室推门出来，又看到肖奶奶一脸期待的神情，平复了一下情绪，上前询问。

护士长温柔地：肖奶奶，又给老伴儿做好吃的啦？

肖奶奶：他就喜欢吃这个。

护士长：肖奶奶，是这样的，重症监护室呢，家属是不能进去的，这样，我帮您带进去，好吗？

年轻护士和老阿姨一脸茫然地看着护士长。

肖奶奶：……好，谢谢。热，叫他吃得慢一点。

护士长：知道啦。

护士长抱着保温桶转身走向ICU监护室大门，心情激动。

8. 护士站 晨 内

护士长捧着保温桶，将自己的饭盒拿了出来，把热腾腾的馄饨倒进去，把老奶奶的保温桶洗了又洗，看得出对老人之举心中充满敬意，心情难以平静。

9. 医院长廊 晨 内

肖奶奶的轮椅向相反的方向离去，她怀中抱着空保温桶，一脸幸福，看得出十分满足。

10. 街道/医院 晨 外/内

一组镜头：

肖奶奶抱着保温桶，披着不同颜色的披肩，戴着不同的胸针，在公交站前等候着——

肖奶奶手中的保温桶交给不同的护士——

护士们一次又一次把保温桶里的馄饨倒进自己的饭盒里——

保温桶在医生、护士、患者手中传递着——

肖奶奶抱着保温桶，幸福地来，幸福地离去——

玫瑰余香

人　物　欧阳大爷：教师，打算为边疆教育做力所能及之事。
　　　　司　　机：出租司机，欧阳大爷朋友的儿子。

1. 城市车水马龙的空镜　日　外

2. 马路　日　外

老人手里有一捧美丽的玫瑰花。

老人走到路口伸手召出租车。

出租车没有停。

老人很着急。

这时一辆出租车行驶在对面马路上，司机看看路边焦急的老爷爷，掉头转了过来。

老人看到一辆出租车开了过来赶紧招手，出租车缓缓停下。

欧阳大爷上车：您好！去万福广场。

3. 出租车　车　内

司机通过后视镜打量着大爷，见老人头发修剪得整齐，满面红光，白色的衬衣打着灰色的领带，怀中抱着一束盛开的玫瑰，显得既绅士又整洁。

司机：万福广场很大，您是去——万福咖啡？

欧阳大爷摇了摇头。

欧阳大爷：不，不是。

司机：万福酒吧？

欧阳大爷：也不是。

司机：您不会是去万福夜总会吧？

欧阳大爷乐了。

欧阳大爷：我是去万福小区。

司机：您住哪儿？

欧阳大爷：我是去看一个朋友，一个初次见面的朋友。

司机瞟了一眼玫瑰花：初次见面，还带着玫瑰？

欧阳大爷探头：我是在互联网上认识的。

司机一愣，透过反光镜看到欧阳大爷正数着怀中的玫瑰。

司机：老爷子您真棒！万福小区挺大的，您是东门？西门啊？

欧阳大爷：哦，我是西院，7号楼。

司机：您说您没去过，您倒是挺门儿清的啊。

4. 出租车　车　内

司机：老人家，一看您就是个做学问的人。

欧阳大爷：我就是一名教师。

司机：那您那位朋友呢？

欧阳大爷：她是我们市重点中学的模范老师，如果，这回我要是跟她真有缘，我们走到一起，我们就商量好啦，把我们学到过的那些知识啊，为边疆的教育事业做些力所能及的事情。

司机看着欧阳大爷，沉默片刻。

司机：老人家，您这些话让我挺感动的。

出租车行驶空镜。

5. 小区门口　黄昏　外

出租车停到了万福小区西门。大爷掏出手机。

欧阳大爷：我微信付款。

司机：哎，大爷，您的钱呐，我不能收。

欧阳大爷：为什么啊？

司机幽默地说道：向您学习，我也算是贡献一次。哎，这样，您就算是搭了一次顺风车。

欧阳大爷：哎呀！你这个小伙子啊。

欧阳大爷从花束中抽出一枝玫瑰。

欧阳大爷：我送你一朵玫瑰花，送你的爱人，干你们这行，可真不容易啊。

欧阳大爷下车，司机追出。

司机：哎哎哎，大爷，那您这花不就缺一朵嘛。

欧阳大爷：我买的 22 支花，那是成双成对的意思，现在呢，成了 21 朵，也不错，这说，你是我的最爱。哈哈哈哈。

司机看了看手中的玫瑰，又把花插回欧阳大爷捧着的花束里。

司机：大爷，怎么称呼您呐？

欧阳大爷：我叫欧阳晨。

司机：好啊，希望下次还能拉到您。

欧阳大爷：好，谢谢啦师傅，祝你平安。

司机：祝福您！祝福您。

欧阳大爷：再见。

司机：再见，再见。

司机：妈，欧阳叔叔已经上去了，人挺好的，祝福您啊。

6. 家　黄昏　内

一个端庄美丽的老太太正精心修剪着自家的花，表情幸福。

7. 电梯口　黄昏　内

欧阳大爷走到电梯口，打开电梯，走了进去，电梯门合上。

门旁的电子显示器显示 1，2，3……楼层数一格一格上升，最终停到 6 楼的位置上。

8. 某户门口　黄昏　内

房门打开，女主人打扮得非常漂亮，站在门内，逆光映出她那美丽的身影。

爷爷奶奶我爱你

人　物　小强：男，喜欢电脑游戏，常出国在外。

爷爷：小强的爷爷，为联系孙子方便，学习用微信。

奶奶：小强的奶奶，在为小强缝被子。

1. 客厅　日　内

一只老年的手滑动着手机屏幕；另一双老年的手挥动针线缝着被子。

阳光明媚的下午，年迈的爷爷坐在书架前的轮椅上摆弄手机，看上去风度翩翩，很有气质。

奶奶戴着花镜在床上缝着被子，时而抬眼看一下老头。

阳光洒在地面，显得格外的温暖宁静。

2. 卧室　日　内

一双年轻的手在流利地操控着电脑键盘和鼠标，电脑传出游戏声音。

小强在电脑前奋战，一脸焦急。

爷爷：小强。

小强：啊？

爷爷：小强。

3. 客厅　日　内

爷爷正在摆弄手机，有些弄不明白，小强匆忙跑出。

小强：怎么啦，爷爷？

爷爷：这……这微信在哪儿，怎么又找不着了？

小强接过手机：我给您放桌面了。

爷爷：好。

小强把手机递给爷爷，转身走，见奶奶戴着花镜认针总认不上，奶奶举着针线。

奶奶：帮帮奶奶。

小强接过针线帮奶奶认上，回屋。

4. 卧室　日　内

小强回屋继续玩电脑，手机铃响，小强一边接电话一边打游戏。

小强：诶，翔哥，对对对，下午的飞机，不用送不用送，暑假就回来了……哎呀……哈对对对，在打游戏，行，翔哥那回聊啊，诶诶。

小强放下手机继续打游戏。

5. 客厅　日　内

爷爷摆弄手机，越来越迷茫，突然来条微信。

爷爷：小强？（没有回应）

奶奶看了一眼爷爷，又看了一眼屋里。

爷爷：小强？……小强？

小强：哎。

爷爷：这条微信怎么接啊？

小强从屋里走出。

小强：哎呀，这微信跟电话不一样，您放着一天不接也没事。

小强走到爷爷跟前，接过手机，给爷爷操作着。

小强：你这是新闻啊。

爷爷：哦，这微信怎么找人呐？

小强：怎么找人？你看这，比方说我，输入，我的名字，然后点，这不有了么。

爷爷：哦，哦，好好好好。

小强转身回屋，看见奶奶还在缝被子。

小强：奶奶你别缝了，谁还盖这被子。

奶奶：到冬天你就知道这有多暖和了。这孩子……

爷爷继续摆弄手机。

6. 卧室　日　内

小强飞速敲击着键盘，嘴里还念念有词。

爷爷：小强啊……小强？

小强：啧，这什么猪队友……

爷爷：小强？

小强：啊？

爷爷：小强！

游戏失败，小强往后一推。

小强：啊！

小强一脸烦闷，起身走出。

7. 客厅　日　内

爷爷：这微信……怎么发图像啊？

小强：不是，您用得上么？

爷爷没说话。奶奶看了一眼爷爷。

小强走近。

小强：这，这！

小强转身，见奶奶又举着针线等着，一脸慈祥的笑容。小强接过奶奶的针，扯了一段长线认上，进屋关门。爷爷盯着卧室门。

奶奶：（转头对爷爷）学会了吗，老头？

爷爷：学会啦！你看！其实啊，这个很简单！

爷爷摇着轮椅靠近床边。

爷爷：（得意地）这是第一步（点了加号），这是第二步（选中一个视频），然后点“发送”！就这么简单。

奶奶：那你给孙子啦？

爷爷：还没有呢，等他走了以后，编好了再发给他。

爷爷把手机放下，屏幕特写视频发送中。

8. 卧室　日　内

小强用行李带捆着箱子，手机响了，显示出“你收到一条消息”……

9. 小区门前　日　外

爷爷坐在轮椅上，奶奶站在旁边，小强和爷爷奶奶道别。

小强：（轻松地）爷爷奶奶你们赶快回去吧，我先走了。

奶奶：到那来封信。

小强：好。

小强微笑着摆手，转过身去走远，箱子上绑着奶奶做的被子。此时小强已是泪流满面……

10.（闪回）卧室　日　内

小强用行李带捆着箱子，手机响了，显示出“你收到一条消息”……

小强一看是爷爷发来的视频，有些意外，点开，爷爷出现在手机屏幕上，小强看着手机，表情复杂。

【录像画面】

爷爷：小强啊，我和你奶奶学习微信，就是为了你出国，跟你联系。把我们想要说的话呀，把它录下来，你在外面想家的时候啊，你就打开看一看。

画面给到奶奶缝被子。

爷爷：你奶奶，操劳一辈子，这手都弯了，为了你她要做被子，她说棉花是最暖和的。

爷爷把手机放到手机架上。

爷爷：来老伴啊，咱们……你也来说两句。

奶奶：老伴……

奶奶走来，坐下刚要开口就哽咽了，爷爷把手机一扣。

爷爷：哎，你别哭啊，让孙子看见多难受啊。

奶奶：对对，别录上吧？

爷爷：没录进去。
爷爷又把手机摆到原来的位置，两人恢复笑容。
爷爷：孙子，你……
奶奶：说点什么？
爷爷：在外边别熬夜，不要打游戏机……
奶奶：对，好好学习……
爷爷：好好……
奶奶：天冷了加点衣服……（二人持续嘱咐着，声音渐弱）
画面渐暗，黑场。
【录像结束】

11. 小区门前　日　外

小强拖着行李走着，泪流满面。

12. 客厅　日　内

卧室门被拉开一条缝，奶奶在床上缝被子，一点点捯线。
爷爷坐在轮椅上，还在认真地操作手机。
夕阳洒在他们身上，显得格外慈祥温暖。

13. 小区门前　日　外

小强泪流满面。
爷爷奶奶看着小强远去。
黑场。
字幕：爷爷奶奶，我爱你们！

片尾

1999 年，中国 60 岁以上的老年人口 1.26 亿，占人口总数的 10%，标志着我国开始进入老龄化社会。
2017 年，2.41 亿，占比 17.3%——
2030 年，预计将达到 3.7 亿，意味着每 4 人中就有 1 位老年人。
2050 年，4.8 亿，每 3 人中就有 1 位老年人。
积极应对人口老龄化已成为我国的长期战略任务。
【主题音乐起】

一切如你

有一天
我从蒙昽中醒来
看见了你
我的生命因你美丽
有一天
我开口第一次叫你
你喜极而泣
幸福在脸上洋溢
爱，一切如你
是我一生骄傲的
你的给予
让我在乘着风的翱翔里

丰满了羽翼
我，一切如你
是我一生追求的
伴你老去
让爱包围着你触手可及
最近的距离
有一天
你会偶尔忘记时间
忘记从前
我会为你讲着当年
有一天
也许有一天
不留下遗憾
我会陪在你身边
爱，一切如你
是我一生骄傲的
你的给予
让我在乘着风的翱翔里
丰满了羽翼
我，一切如你
是我一生追求的
伴你老去
让爱包围着你触手可及
最近的距离
有一天
当我老去
我为之骄傲的她
一切如你
我为之骄傲的她
一切如你

——剧终
（与李希萌、刘玚、黄兆函共同创作）

《一切如你》工作照

《一切如你》领衔主演：
张勇手、杨静、于洋、于蓝、谢芳、秦怡，田华、刘江、许还山、牛犇、李明启、彭玉、雷恪生、吕中、管宗祥、郑毓芝

附言：2013 年父亲得了脑中风，病卧在床，从不能交流到不能认出，你会觉得亲人正在慢慢地离你远去。我 13 岁离家当兵，陪父母的时间太少了，总觉得有些愧疚，正所谓子欲养而亲不待，同龄的很多朋友也都有这种感受。2016 年中国已进入老龄化社会，每个家庭都会面临这样的问题，家家有老人，人人会变老。我在政协会上提案——“把敬老院变成敬老园”，像当年长辈爱我们那样去爱他们，得到了 47 位委员的签名支持。这也是我参加 15 年政协会议的最后一个提案。 党的十九大提出“爱老、敬老、孝老”的社会风尚，我带领四位年轻人创作拍摄电影《一切如你》，得到 16 位老艺术家和数十位中青年艺术家的鼎力支持。拍摄过程异常艰辛，有的是在家中、有的是在医院完成的。拍摄期间老母亲的突然离世，使我对影片的主题有了更加深刻的理解。这部作品从创作到拍摄的整个过程，参与的所有人员都被感动着。作为文艺工作者，社会担当应该时刻放在首位。

·电 影·

等儿的湿地

时 间 当代。
地 点 中苏边境。
人 物 晓 涵：城市少女。

（片头）空镜 日 外

壮丽的三江湿地航拍景色，水天相接。

1. 晓涵家 日 内（春）

阳光正好，温柔地透过落地窗洒在木质地板上，晓涵端着咖啡坐在桌前，似乎在对谁诉说着什么。

晓涵：我第一次跟姥姥来这里的时候，9岁，那个时候对这里没有太多的感受，只知道这里有一片水，零零散散的村落，还有既熟悉又陌生的人，新鲜感过后就是厌倦，我讨厌这里的蚊虫，不喜欢这里的旱厕所和不卫生，而姥姥则不然，年轻时，她在这里下过乡，回城后，这里就成了她的第二故乡，她每年都会来一次，我也每年都跟着姥姥过来，但是我每天都躲在阁楼上做自己的事，直到姥姥喊我下去吃饭。这次不同，这次是我一个人来了……

夏

2. 万亩大地 日 外

晓涵走过万亩大地。

3. 湿地 日 外

大江开着带着晓涵行驶在公路上，湿地间。

4. 村中 日 外

巡护车驶进村落，能看到带苔藓的民居。

5. 晓涵家 日 外

巡护车停在栅栏外，大江帮晓涵拿行李，铁柱爷爷和李大娘正在为晓涵收拾院子，小院内花、菜满园。木栅栏上挂着一个老旧的信箱。

晓涵：爷爷、奶奶，辛苦。

李大娘：回来了。

晓涵：嗯！回来了。

铁柱爷爷：以前院里每年都种豆角，你姥姥爱吃，今年换换，种花，这样地有劲儿。

晓涵：好，好。

铁柱爷爷：那我们就回去了，再见。

晓涵挥手。开门进屋。

6. 晓涵家　日　内

晓涵放下行李，环视屋内，目光在墙上的白鹳画停留了一会儿。

她掀开铺在桌上的防尘布，推开窗户，一股清风扑面而来，站在窗前触景生情。

晓涵突然想起什么，登上阁楼，通过望远镜，看到人工巢上的白鹳已经孵出四只幼鸟了。

晓涵：一，二，三，四，五。

7. 晓涵家　日　内／外

晓涵开始大扫除、擦玻璃、擦地、洗衣服、晾衣服、沐浴。

8. 晓涵家厨房　傍晚　内

晓涵在厨房磨咖啡豆、煮咖啡。

9. 晓涵家院子　傍晚　外

晓涵端着咖啡来到门口的平台上，一个人安静地独享。

天空露出金色的彩霞，黄昏下的三江湿地水光潋滟，显得格外漂亮。晓涵望着美景静静地发呆……

晓涵：姥姥，我想把这里的房子卖了，这个地方我也不想再来了。

画面突然变成望远镜的寻像画面，落在她的身上，具有窥视感。

10. 晓涵家门前　晨　外

一辆摩托车开到门前。

大叔：快递。

晓涵出门取快递。

11. 晓涵家　日　内

晓涵：为了感谢乡亲们对这所房子的照料，我学着姥姥的样子和他们告别。

晓涵做点心、采野花，最后用包装绳和精致的纸袋把制作好的点心打包，并在每个包装上插上一支野花。

晓涵：姥姥是上海知青，每次来都做些小点心送给乡亲们。

12. 村中一家 A　日　外

晓涵把两袋点心送给正在干活的大婶。

晓涵：当我把点心交到他们手上时，并没有看到他们接到姥姥礼物时的那种喜悦，甚至把我精心制作的小花丢在地上，根本没有在意，也许我们就是两个世界的人，无须相互懂得，也好，这样我可以坦然离开。

（延续至下一场）

13. 村道上　日　外

晓涵碰见两个大叔，送了两袋点心，大叔们表示感谢，但没怎么在意。

14. 村中一家B　日　外

晓涵见家中没人，将点心挂在栅栏上，一只小狗过来闻着。

15. 河边　日　外

晓涵和铁柱爷爷来到三江湿地深处，上了船，远处的夕阳把渔船衬得很美，晓涵用手机拍着照片。

晓涵给铁柱爷爷点心。

铁柱：人家来看房了，说给五万。

晓涵：嗯，行。

晓涵把手中的点心捏碎，撒在水里。

16. 晓涵家　日　内

晓涵把衣物、日常用品放进箱子，最后，要去摘挂在墙上的白鹳画，突然发现墙上挂着的小钥匙，想起了院门口的信箱。

17. 晓涵家院子　日　外

晓涵来到院门前，见信箱上面爬满了藤蔓，看得出很久没有开启过，她打开生锈的锁，愣住了，信箱里竟然有很多明信片，都是姥姥生前寄来的。

18. 晓涵家　日　内

晓涵仔细地翻看着姥姥的明信片，从屋外回到屋内。

姥姥：晓涵，当你看到这些信的时候，姥姥也许就不在了，姥姥得病了，电话中没有告诉你，我时日不多了，本想你圣诞节放假的时候，让你陪我再来一次三江，可放下电话我就后悔了，知道你学业忙。你在电话中说，暑假的时候，你一定会来，所以我把信寄到这里，你答应姥姥，一个人在这里待满一个假期，这也是姥姥对你最后一个要求。

19. 晓涵家　夜　内

晓涵拿着那摞明信片靠在床上，彻夜难眠。

透过房顶的窗户看着天空。

晓涵：姥姥，您为什么这么要求我呢？

20. 晓涵家阁楼　日　内

晓涵在窗前眺望。

晓涵：姥姥，昨晚我梦到您了，对不起，我还是想离开。自我父母分开后，我就跟着您，您走了，我一个人在这里太孤单了。

21. 树林内　日　外

晓涵采蘑菇，雨后的蘑菇千姿百态。

晓涵：姥姥，离开这里之前我想给您做顿饭，我们还在那只木船上，您最喜欢的地方。

晓涵的视线从一只艳丽的蘑菇前收回。动物们隐约出没，一只小松鼠吸引到晓涵，在树上蹦来蹦去，很有活力。晓涵看着它，它看着晓涵。

22. 晓涵家　晨　内

晓涵在厨房做早餐，煎培根，做蘑菇汤。

23. 晓涵家院内　晨　外

晓涵摘西红柿。回屋。

24. 晓涵家　晨　内

晓涵把西红柿洗净、切开、掏空，用外皮摆成心的形状，放在煎锅里，把鸡蛋摊入其中。随后她开始烤培根、拌沙拉。

25. 船上　晨　外

小村住户房前屋后都摆着一些破旧的渔船，晓涵家前有一个旧船搭成的平台，晓涵将食物摆在船台上，对面的位置给姥姥摆了一双筷子。这时一只蜻蜓落在姥姥的筷子上，晓涵愣住了，静静地看着，看着……

晓涵：这只蜻蜓也在我梦中出现过，姥姥，我知道您舍不得离开。我该怎么办？

26. 晓涵家　夜　内

晓涵从雷声中醒来，下楼插门，看到窗外飞虫围绕着院里的灯飞舞，她把灯关上，飞虫散去。

27. 晓涵家院子　夜　外

院内一盏孤灯，密密麻麻的蚊虫飞舞。

28. 晓涵家　夜　内

窗外下起了大雨，看着外面电闪雷鸣，晓涵有些害怕。

29. 湿地湖边　黎明　外

晓涵躺在小船中，让船在水中任意漂荡。

30. 晓涵家门前河堤　清晨　外

晓涵在湿地水边漫无目的地走着，荒野中，意外地发现了一只受伤的白鹳，她试着走过去，白鹳没有力气飞起，它的腿和翅膀受伤了。

晓涵：姥姥，您告诉过我，东方白鹳是国家一级保护动物，如今全世界仅剩下3000多只了。

31. 晓涵家门前河堤　日　外

晓涵把受伤的白鹳抱到家中，为它疗伤。（这一幕被某处的望远镜看到）

晓涵带着白鹳坐在水边的船上，十分亲昵。

晓涵：你是受伤了，飞不了了吗？

32. 晓涵家　夜　内

晓涵把白鹳放到桌子上，静静地看它吃鱼，透过白鹳的身影，看到墙上姥姥画的那张白鹳画，陷入沉思。

白鹳用嘴梳理着自己的羽毛，一支羽毛落在桌面上。

夜深了，鸟睡了，晓涵也趴在桌子上睡着了。

33. 晓涵家门前河堤　清晨　外

一阵清风从屋外吹来，吹起了桌上的羽毛，吹醒了晓涵，她发现受伤的白鹳不见了，她走出房间四处张望，听着遥远的啼鸣。

34. 晓涵家门前河堤　日　外

晓涵骑着自行车驶过，寻找白鹳。

35. （幻觉）栈道　雨　外

晓涵想象着自己在雨中做瑜伽，任凭雨水淋在自己的脸上和身上，享受着与天地和自然的融合。湿地上的植物也在享受着雨水，一些水珠晶莹剔透，在水面的浮萍上溅落。（其中穿插着晓涵四处寻找白鹳）

晓涵：白鹳来了，又走了。我找她找了好久，它的消失让我不安，它的伤还没有好。姥姥，我答应你，我留下来。

36. 晓涵家　日　内（春）

晓涵坐在桌前诉说。

晓涵：当时确实很犹豫，我觉得我留下来没有什么意义，我参加了巡护之后，我才知道巡护工作有多重要。他们每天往返于草甸子和河道之间。为了维护生态平衡，他们禁止捕捞小鱼，为了保护塔头，禁止放牧，甚至连一朵小花都不许采。

37. 湿地 日 外

晓涵穿着巡护员服装，开着巡护车载着大江在湿地中巡逻。

大江发现湿地里有人放牧，几匹马在啃着塔头。晓涵将车停住，大江翻身下车，跑去把马牵出，顺手捡了几支被马踩断的野花。

大江：这里禁止放牧。

大江把花递给晓涵。

大江：马踩断的。你跟我走吧。

大江在前面牵着马，晓涵开车跟随。

38. 江上 日 外

铁柱爷爷开着巡护艇带着晓涵行驶在湿地的河汊中。

铁柱爷爷：人家问啥时候来看房？

晓涵：嗯？

铁柱爷爷：看房！

晓涵：不着急。

铁柱爷爷发现水下的“绝户网”。

铁柱爷爷：哎？前面好像有网！

巡护艇在水面上打了一个圈掉头。铁柱爷爷掏出工具，利落地捞起绝户网剪断，晓涵帮着铁柱爷爷捞网、剪网。大鱼小鱼全部带了上来，他们一边剪网一边放生。

铁柱爷爷：“绝户网”太缺德了，大鱼小鱼都不放过。

晓涵在网中摘下一条受伤的小鱼，赶忙把它放进了矿泉水瓶内。

39. 巡护站 日 外

晓涵和铁柱爷爷驾艇归来靠岸。

晓涵整理着绝户网，铁柱爷爷与巡护员交接，“立正、稍息、点名”等半军事化管理的机械动作，显得十分滑稽。

40. 山坡 日 外

晓涵骑着自行车回家，享受着湿地河边凉爽的微风。

41. 晓涵家 黄昏 内

晓涵用采来的蓝莓和天天豆等野果，酿成特制的酸梅汤，放进冰箱冰镇。

42. 晓涵家院子 黄昏 外

晓涵打理小院。晓涵又被框进他人望远镜的寻像器。

晓涵剪苗、架秧，舀来湿地的水灌溉菜园，大汗淋漓。

43. 晓涵家 傍晚 内

晓涵从冰箱里拿出带着霜的冰镇酸梅汤，大口大口地喝着。

44. 江边湿地某处／晓涵家 晨 外

凌晨两点，东方的地平线已经开始泛白。一轮红日渐渐涌出地平线。

晓涵：（对着鱼缸内的小鱼）这里是三江湿地，黑龙江、松花江、乌苏里江在这里汇合，这里也是太阳升起的地方，被称为“华夏东极”“淡水鱼都”。姥姥，我又想起了在这个窗口和您一起看日出。

镜头由透过鱼缸的太阳，摇到透过鱼缸的晓涵，晓涵看着那条鱼，眼角挂着一滴泪水。

小鱼回到了江中，自由自在地游着。

45. 晓涵家 日 内（春）

开篇镜头。晓涵坐在桌前诉说。

晓涵：我九岁就跟着姥姥来这里，但对这里了解得并不多，有些事情你不做就不会知道，姥姥曾经跟我说，这里的鱼类就有几十种：大马哈鱼，鲟鳇鱼，鳌花鱼，鲤鱼，草根等等。蘑菇的种类也很多：猴头菇，元菇，榛蘑，马勃，白桦茸，太多太多……当时我对这些并没有什么兴趣，也不觉得跟我有什么关系，这次不一样，当你的汗水滴进泥土，你吃到的果实味道就不同。只要你把心静下来，你会发现万物都有根，距离变了一切都变了。

46. 空镜

三江的秋色绚丽斑斓。水底的鱼成群结队地游来游去，五花山色彩斑斓，候鸟在天空盘旋。

晓涵：大马哈鱼的归来，意味着三江进入秋季。

秋

47. 晓涵家院子

晓涵看着候鸟离开，怅然若失，从笔记本中拿出白鹳留下的那根羽毛，在太阳下观看。

48. 稻田　日　外

铁柱爷爷一家在万亩大地上收割，晓涵也参与其中。

这时晓涵耳边响起了口琴声，循声望去，一个俄罗斯小伙子出现在不远处的草垛上吹琴。

49. 晓涵家　日　内

晓涵在家中看鸟，鸟巢中的白鹳飞来飞去。

50. 晓涵家　黄昏　内

晓涵收拾玉米，放入锅中。门外传来口琴声，晓涵循声走出房门，见那个俄罗斯小伙子站在栅栏外。

俄罗斯小伙子向晓涵打招呼。

俄罗斯青年：我可以进来吗？

晓涵：请进。

小伙子环视房屋，目光落在白鹳画上，周围镶满了明信片。

俄罗斯青年：这房子很独特。

晓涵：是姥姥布置的。

俄罗斯青年：这个是你写的？（指着墙上的明信片和白鹳画）

晓涵：这个，是我姥姥画的，这些明信片，也是她写给我的。她现在已经不在了。

俄罗斯青年：Sorry… 我叫安德烈，俄罗斯人。

晓涵：我叫晓涵。

安德烈：晓涵，你不是本地人。

晓涵：你怎么知道？

安德烈：我还知道，你在院子里喝咖啡，在那个船上用餐，在阁楼上看鸟，我还知道你救助过一只受伤的白鹳。（晓涵愣住了）我送给你一个礼物。（打开背包）可以吗？

晓涵：可以。

安德烈爬上阁楼，晓涵跟上。安德烈卸下晓涵的望远镜，从包内取出一个更大倍数的望远镜安上。

安德烈：（转了一下望远镜，镜中露出江对面的白房子）这个看得更清楚。

晓涵趴上望远镜看。

安德烈：那就是我家。你在这里看鸟，我在对岸看你。

晓涵笑了一下。

51. 晓涵家院子　黄昏　外

晓涵和安德烈坐在院子里的船台上啃玉米。

安德烈：那是我爷爷的房子，我在这里出生，小时候总想出去，离开之后才知道，这里最好。

晓涵：是啊，很多事情，距离改变了，感受就会不一样。

安德烈：是的，在望远镜里看你有些忧郁，近距离看不一样。

晓涵故意把话题岔开。

晓涵：你们那边的鸟很多。

安德烈：现在你们这边也一样，很美。

52. 村路　黄昏　外

安德烈背着包离开。

晓涵：安德烈离开了，要回城里工作，约我明年春天还到这里看鸟。

53. 晓涵家　日　内

晓涵看着墙上的白鹳素描画。

晓涵：姥姥，这个假期我就要待满了。

54. 晓涵家院子　日　外

成千上万的鸟儿还盘旋在三江上空，吱吱叫个不停，晓涵打开窗户，声音更加响亮，她从阁楼探出身去，群鸟飞舞的光影投射在她的脸上，忽明忽暗。晓涵再次将望远镜对准人工鸟巢，鸟巢仍然是空的。

55. 晓涵家　日　内

晓涵整理杯盘，准备迎接客人。

晓涵：每年秋收之后，乡亲们都要聚在一起，我听姥姥说过，这是当地的习俗。今年我把他们请到我这里，但是没告诉他们，我要走了。这次离别我心里真有点不舍，我感受到姥姥每一次离开这里的忧伤。

铁柱爷爷，李奶奶，大江，村民们每家端着酒菜来到晓涵家，举行丰收宴。

铁柱：晓涵，人家问这房子还卖不卖了？人家要交定金呢。

晓涵：不卖了，就这样留着吧。

大家满脸喜色，铁柱爷爷举杯。

铁柱：吃吧！

晓涵：听到这个消息，铁柱爷爷脸上流露出的喜悦，让我感到温暖。

众人吃得兴高采烈，晓涵起身。

晓涵：饭好了，我去盛饭。

晓涵：这次是真的要离开了，我却舍不得这份甘甜。他们会记得我吗？

56. 晓涵家　晨　内

晓涵一个人默默地收拾着行装，望着屋里的一切。最后把信箱的钥匙挂回原处。

晓涵拉起箱子，推开房门，愣住了，那只受伤的白鹳不知什么时候已经站在门口信箱旁的栅栏上，风吹乱了它身上的羽毛，它显得那样无助，晓涵手中的行李掉到地上，激动不已。

晓涵：你怎么来了？你怎么这个时候来了？

57. 晓涵家　日　内（春）

晓涵坐在桌前诉说。

晓涵：到现在我也没想明白，你怎么又找回来了，人们都说你惧怕人类，只在孤木上筑巢，其实人与动物之间有太多的未知，这也是一种神奇，万物之间都有很奇妙的联系，解释不通，但又确实存在。我一直有种感觉你会回来，从你离开的那天起，我就在等你，我给你起了个名字，叫等儿。

58. 晓涵家　日　内

晓涵抱着白鹳回家，给它在玻璃缸中倒了水，锁门出屋。

59. 村路／白桦林　日　外

晓涵骑着自行车经过满目秋色的村路。

60. 鱼市　日　外

晓涵推着自行车在鱼市买鱼。

61. 杂货铺　日　外

晓涵推着自行车买了一个大号红色洗衣盆。

62. 万亩大地　日　外

晓涵推着自行车，车后架上绑着洗衣盆，秋风中艰难地向前推行。

63. 晓涵家 黄昏 内

晓涵夹着盆拿着鱼推开家门，发现屋里空荡荡的，她焦急地寻找，没想到调皮的白鹳站在阁楼的栏杆上向下张望着，晓涵松了口气。

晓涵刚要爬上阁楼，白鹳飞下，晓涵哭笑不得，宠溺地把鱼倒在碗里，看着它吃。

64. 白桦林 日 外

秋风萧瑟，晓涵抱着白鹳穿过白桦林，行走在冷风中，四周落叶飞舞。

晓涵 O.S：保护区把你交给了我，等儿，我陪着你，陪你在这里过冬。

65. 晓涵家（一组准备过冬镜头） 日 内

晓涵从仓库搬出烟囱，装上炉子；

晓涵在院子内劈柴。

晓涵拽出铁架子，在铁柱爷爷的帮助下用塑料布在落地窗外搭起暖棚。接着打扫房间，擦拭火炕，晓涵更像一个家庭主妇，在白鹳面前又像一个年轻的母亲，干活时，她时不时地看一眼客厅里悠闲踱步的白鹳。

晓涵烧火炕，抬头一看，不知何时，白鹳已站到了火炕上，看得出它喜欢温暖的地方。

晓涵在墙上钉了一个钉子，为白鹳挂上温度计，又在浴盆里注水，测试着水温要给白鹳洗澡，谁知白鹳却跳了出来。

晓涵从江边挑水，一下失足，水桶跌落，晓涵不甘心，再次挑水，给白鹳洗澡。

换了江水，白鹳主动踩进了浴盆里，还顺从地让晓涵为它擦拭身体，从此这个硕大的红盆变成了白鹳房中的湿地。

晓涵在船台上腌制酸菜、雪里蕻，白鹳在一旁亲密地陪伴着，时不时叼一下菜盘子，看得出她们亲近了许多。

晓涵坐在江边树杈，看着白鹳在独木桥上发呆。她们眺望远方，几只候鸟从天边飞过。

冬

66. 晓涵家 雪日 内

晓涵与白鹳安逸地坐在火炕上，眺望窗外的秋色。镜头从晓涵和白鹳开始移动，再露出窗口，窗外已是雪花飘落。

晓涵：那时候，气温开始下降，冬天就要来了，水面就要变成陆地，等儿因为受伤没法迁徙，其实东方白鹳是可以在这里过冬的，之所以不能存活，是因为它们自己找不到食物。在这里过冬对当地人而言可能是件极平常的事，但对于我和等儿，不知道意味着什么。

67. 晓涵家门前空地 雪 外

雪还在下着，北国的三江冰天雪地，一切变得那样安静，像是一张铺在桌面上的宣纸，等待着春天的笔墨。那只船静静地冻在江面上，它就像湿地的守望者，那座老屋在雪中矗立着。

68. 晓涵家 日 内 / 外

晓涵从院子里抱了些柴火添进炕头和客厅的炉火，拿起围巾出门。

晓涵在院内扫雪，似乎远处有人通过望远镜在观察，晓涵突然看到窗门缝往外窜烟，感到事情不妙，她扔下扫把冲进屋里。

69. 晓涵家 日 内

晓涵进屋，发现屋内烟雾弥漫，白鹳在房内不安地跑动。晓涵迅速推开窗门通风，发现烟是从火炕的炉灶倒灌进来的，她顺着灶口拍打了几下，发现不行，一边咳嗽一边跑出房外。

70. 晓涵家后院 日 外

晓涵来到房后，搬过梯子爬上烟囱。

71. 晓涵家门口 日 外

白鹳从虚掩着的房门走出。

72. 晓涵家房顶　日　外

晓涵在房顶上费劲地捅着烟囱，满脸烟灰。烟囱终于冒出了白烟，晓涵低头一看，见白鹳等在边上，心中扬起温暖。

晓涵收起晾在屋旁冻硬的衣物进屋。

73. 鱼市　日　外

晓涵骑着自行车出门，来到小镇的鱼市，打听着什么，摊贩摇头。

晓涵买了几条冻鱼。

74. 路上　日　外

晓涵骑车穿过冰雪路面，路旁树挂晶莹，凛冽的寒风吹过她的脸庞。

75. 晓涵家　日　内

晓涵在厨房剁鱼，透过窗户上的霜花能看到树挂与雪原。

晓涵将切好的鱼块拿给白鹳，白鹳吃着，但不是很情愿。

黄昏下晓涵家安逸地立在雪中。

76. 晓涵家客厅　晨　内

晓涵把热水倒进脸盆，洗漱，突然发现白鹳在屋内一角萎靡不振，晓涵感到一丝不妥。

77. 村路　日　外

晓涵用毯子裹着白鹳从医院回家，顶着寒风走着。

晓涵：等儿得了肠炎，是因为吃了冻鱼。

78. 晓涵家　夜　内

火炕上，等儿虚弱地趴在晓涵一旁，晓涵心中暗自下了决心。

79. 晓涵家　晨　内

白鹳站在玻璃前，眺望着屋外的雪景。

80. 鱼塘　日　外

晓涵和铁柱爷爷两个人扛着工具，在白茫一片的雪原上行走着，他们选好了一处位置，铲开积雪，底下是冻得硬邦邦的冰面，江水早已冻透。

晓涵：等儿爱吃活鱼。

铁柱爷爷：这玩意儿嘴刁，这时候这种鱼市场上不好买，得自己来捕。

一阵有节奏的冰面撞击声打破了冬日的宁静，晓涵开始凿冰，铁柱爷爷用铲子移走冰屑，一番努力后，江水从冰窟窿里涌出。

81. 晓涵家客厅　日　内

晓涵把刚打回来的江水注入大浴盆，等儿兴奋地喝了起来，把桶都不小心打翻了。晓涵拎着桶再次出门。

82. 鱼塘　日　外

晓涵与铁柱爷爷拽出一网小鱼。

铁柱爷爷：这鱼，多放水就能多活几天。

晓涵：我准备了个大盆。

晓涵细心地把鱼装入带着自制棉套的桶里，抱着离开。

83. 晓涵家　日　内

晓涵拎着鱼回家，发现白鹤已经站在了大浴盆内，晓涵把鱼倒进了浴盆。

几个土豆在炉台上已经烤熟，晓涵拿起土豆倒着手走到白鹤前，白鹤正在吃着鲜活的小鱼。晓涵吃着土豆会心地笑了。

84. 晓涵家　昏　外

落日为茫茫雪原涂上了瑰丽的色彩，晓涵家屋内的灯光已经点亮。

85. 晓涵家　夜　内

宁静的夜晚，晓涵用剪来的柳条编织着什么，白鹤安静地陪在一旁。

晓涵：我要为你搭一个人工巢，春天的时候你一定要落在那里，我每年都会来看你。

86. 冰面　雪　外

铁柱爷爷和村民帮晓涵把木料搬下车，用绳子捆住。

冰面上，三人拉着原木艰难地前行。

晓涵：我们要在湿地中心地带，给等儿搭建人工巢，只有在冬天水面结冰的时候，才能走进去。

大江跑来，帮着晓涵运送木头。

87. 三江湿地　雪　外

大雪中，晓涵在铁柱爷爷、大江和村民的帮助下搭建人工鸟巢，搭木头、绑铁丝、起架子。

架子起到一半，大江把鸟巢放上架子中央。

晓涵抱着自己亲手用柳条编织的鸟巢，向里面郑重地装满了雪，放到架子上。

架子一点点被拉起，他们的眉毛和鬓角都挂满了雪霜，时时吐着哈气，鸟巢中的雪花在上升中洒下片片雪花，似乎是姥姥对晓涵的应答。

晓涵：姥姥，今天是你的忌日，三江天白了，地也白了，我们给等儿搭了新家，等着春天的到来。

88. 湿地人工巢　雪　外

全景，三角支撑的人工鸟巢迎着漫天的风雪，高高耸立在三江湿地上。

家中的白鹤似乎全都看在了眼里。

89. 湿地　日　外

一阵引擎声打破寂静，大江骑着雪地摩托载着晓涵驶去，在雪地上划出一条弧线。

雪地摩托驶过林海，驶过雪原，塔头上覆盖着厚厚的白雪，近看像跌宕起伏的丘陵，远看像一望无际的云海。

两人越开越快，突然下坡一个急转弯，摩托驶进一个雪坑，掀起一蓬雪雾，晓涵跌落。

90. 晓涵家　日　内

白鹤焦躁不安，晓涵跌落时仿佛感觉到了什么，用嘴推开门走出屋子。

91. 湿地　日　外

晓涵帮大江推动着陷在雪中的摩托，大江狠狠加着油门。

晓涵：还得多久？

大江：别急，马上就好了。

晓涵：等儿在家还没吃饭呢。

92. 晓涵家　黄昏　外／内

晓涵脸上沾满污垢，拖着疲惫的身躯回到家门前，突然发现门开了一道缝，她预感事情不妙，急忙走进屋内，等儿不见了，晓涵在屋内四处寻找，焦急地喊着“等儿”。

晓涵推门出屋，看到雪地上有一排白鹳的脚印，晓涵顺着脚印一直找到旧船台的船头，脚印断了，她断定等儿从这里起飞。晓涵走出院门沿着白鹳起飞的方向继续寻找，向茫茫雪原走去。

93. 湿地　黄昏雪　外

茫茫雪原上，天空开始下雪，晓涵焦急地寻找着，呼唤着。

晓涵：等儿——等儿——！

94. 湿地另一处　黄昏雪　外

等儿在雪中孤独的踱步，似乎也在寻找着什么，它的身影在风雪中时隐时现。

95. 湿地某处　黄昏雪　外

晓涵艰难地走在没膝的雪地里，她被雪堆绊倒，艰难地爬起来继续寻找。

晓涵：等儿——等儿——

晓涵一个踉跄，从雪坡上滑倒，滚落……

96. 湿地某处　黄昏雪　外

等儿似乎听到什么，向前奔去。

97. 湿地某处　黄昏雪　外

等儿，看到雪地上一个人影，身上落满雪花。

等儿张开翅膀艰难地在风雪中向晓涵扑来，用嘴触碰着她，晓涵终于醒来，热泪盈眶，等儿用翅膀搂住晓涵，晓涵抱住等儿。

98. 三江空镜　日　外

一声巨响，江面的冰被撕开。开江的场面十分壮观，冰面崩裂，冰排顺流而下。三江交汇向东方流淌。

春

99. 晓涵家　日　内

房前的冰溜子慢慢地滴水。

屋内，晓涵安静地给等儿梳理羽毛，最后在等儿的腿上系上了一个红绳儿。

100. 晓涵家院子　日　外

晓涵将等儿放在栅栏上，摸了摸它的头作为告别，然后坐在船头上，背对着等儿的方向，等着它离开。

许久，等儿几度回头，晓涵依旧坐在那里，等儿拍了拍翅膀，准备起飞。

晓涵潸然泪下，却依然背对着它。

等儿飞远了。

晓涵回头望着等儿远去的方向……

101. 晓涵家　日　内

晓涵把白鹳画取下来放在桌上，坐在桌前对着画诉说（同片头）。

晓涵：你走了，我心里空落落的，想跟你说说话，我第一次跟姥姥来这里的时候，9岁，那个时候对这里没有太多的感受，只知道这里有一片水，零零散散的村落，还有既熟悉又陌生的人，新鲜感过后就是厌倦，我讨厌这里的蚊虫，不喜欢这里的旱厕所和不卫生，而姥姥则不然，年轻时，她在这里下过乡，回城后，这里就成了她的第二故乡，她每年都会来一次，我也每年都跟着姥姥过来，但是我每天都躲在阁楼上做自己的事，直到姥姥喊我下去吃饭。这次不同，这次是我一个人来了……

晓涵把那根羽毛别在画框上，重新挂回墙上。

102. 晓涵家　日　内

晓涵拉开抽屉，里面是她落满灰尘的手机，早已没电。晓涵插上电源给手机充电。

晓涵收拾妥当，拉着皮箱离开，手机疯狂地响了起来。

103. 村落小路　日　外

晓涵走在乡间的小路上，镜头闪出春、夏、秋、冬的画面……麦子绿了，麦子黄了，下雨了，下雪了，结冰了，开江了……

主题曲《等·待》

等　待
到美丽的地方发呆
接受着生活的无奈
等　待
到美丽的地方发呆
那里风吹花开
人归来 鸟归来
心归来 情归来
鸟儿归来又走
鱼儿走了又来
让心自由地飞翔
享受慵懒的自在

（晓涵家、人工鸟巢的春、夏、秋、冬全景空镜）

——剧终（与李希萌、刘玚、黄兆函共同创作）

《等儿的湿地》工作照

附言：2017年，黑龙江国家级自然保护区三江湿地管理局约我拍摄环保题材的影片。常年的都市快节奏生活，几乎失去了对大自然的感知，我先后几次到黑龙江抚远深入生活，在那里与自然相处、与动物相处，在亲密接触中对大自然产生敬畏之心，并重新认识了自己，心慢慢静了下来……电影《等儿的湿地》讲述了一个城市少女和一只东方白鹳的故事，影片原计划在一个月完成拍摄，我们却拍摄了四季，因为舍不得、因为春夏秋冬在这里都有不同的气质。在拍摄的过程中，你会觉得人在大自然面前就是一个孩子、一个学生，静下心来慢慢感受，你发现自己有很多未曾读懂。在这里能闻到童年的味道、会发现每一朵花都有自己的表情，你用镜头和它对话，它对你的回应是美妙无比的。于是我们放慢节奏心无纷扰地去讲述这 个故事。这是一个慢故事，影片慢而不失韵味，在慢中潜心听世界行走，闻草动花开，感受心灵的复苏。简简单单，90分钟，经历一场心灵回归。这种状态是一个艺术工作者时刻应该葆有的状态，让我们带着一颗纯粹的心去感受生活去创造艺术。

出版社让我写篇后记，
一直没有想好。
此书整理完稿交付出版时，
正逢我 59 岁生日，
就把这篇生日感言作为后记，
以飨读者。

黄宏

十年·悟

如果说十年是个节点，人生可以分成不同的阶段。十几岁是少年，这个阶段在意的是成年人，不希望他们把我们当成孩子。嘴巴上长出绒毛也不愿剪去，证明着已经成熟，身高几公分、脚大几号鞋，不仅是父母的喜悦、也是自信的底气。我感激成年人在那时给予的尊重，哪怕是一个眼神，至今想起依然感动，感动着拉近的距离，感动着不平等的平等。十几岁的关键词是——成长。

二十几岁是青年，到了这个阶段开始在意异性，外表的修饰，内在的装点，看本名著都会选择公开场合，带着一点给人看的成分，总之希望自己形象完美。我感激那些清高、挑剔的女生，她们的优秀培育了我的目光，我幸运地选择了忠爱的人！她征服了我，我们征服了青春。二十岁的关键词是——成人。

三十几岁是成年，这个阶段在意的是身边同龄人，一起奋发进取，谁也不肯落在后边，选择奋进的目标，挑战有力的对手，勇敢地去超越，包括自己的父亲。父亲是男孩子人生路上的第一个榜样，第一个目标，第一个渴望追上的人。他也是被超越后唯一为你开心的人。三十岁的关键词是——成功。

四十几岁是壮年，从这时起开始在意社会了，社会的评价、社会的地位，渴望得到社会的认可、认同。事业大了、天地宽了、结识有为的人多了，你的自身本领成了交流的资本，资本可扩大你的资源，资源可铸就你新的资本，听起来有些世俗，可现实社会就是这样，被尊重需要足够的理由。四十岁的关键词是——成就。

到了五十岁，在意的逐渐多了起来，有时会变得敏感多虑，甚至开始在意自己的年龄。五十岁生日可称大寿，承受大寿需要足够的心理准备。五十岁就像横在人生路上的一座山，跨过山顶再走一步就是下坡，无法停下，正面阳光明媚，背山会有阴冷。五十岁是人生路上必须迈过去的坎儿，不必惶恐不安，不必妥协退却，只要心有阳光，落日也似朝阳。人生五十知天命，天命如此才从容。五十岁的关键词是——成熟。

眼下，我就要跨入人生的第六个十年，到了这个时候反而在意的却不多了，其实，这个阶段最该在意的是自己，自己的身体，自己的心情，放不下的家人，忘不掉的朋友。六十岁，是我年少时见了面就想鞠躬的年龄，可我现在却不愿意接受这份恭敬。记得年轻时，我去搀扶一位长者，他很不情愿地将手甩开，当时我不理解，现在明白了，这叫不服老。是啊，还未成熟就老了，总觉心有不甘。其实老了就是老了，不必在意，年龄是客观存在的无法改变，心态是自我调整的可以把控。万事都有个平衡，欲望少了，风险也少了，需求少了，顾虑和胆怯就少了，不再计较得失，不再憎恨曾伤害过你的人。再也不想拼着命地去改变命运了，因为一切都是过眼烟云。年轻人求变，年长者求稳，对我们现在而言不变才是幸福的根，安稳才是快乐的本。六十岁应该是我生命中最美好的季节，金钱不再对我有诱惑，权利不再对我有吸引，名利淡了一切都变得清爽起来。让童心、童趣、童真占据心灵，作为艺术家，只要“真”在，一切都在，一切都不会虚假。真诚地感悟世界，你会发现不一样的美；真实地面对家人，体会从未有过的温馨。在夫人面前犯个小错儿，听她唠叨唠叨；在孩子面前要要霸气，倚老卖老享受天伦。我会和老伴拉着手等孩子下班回家。有一次，我忽然问她，你每天都是这样等吗？她说是。我说你是两代人的“母亲”。再晚也有等候的门，再困也有提起的神。听孩子们讲讲工作的快乐、烦心，你会发现我们在意过的，他们正在意着，这就是生活，这就是生命的传承。我和老伴尽力对他们讲着我们的感受，尽管知道他们听进去的不多，因为他们这个年龄不太会在意我们的在意。但此时，我的说比他们的听更重要，因为我在意。说出来就是一种幸福，听不进去证明他们心中有更在意的东西。

我真的喜欢我现在的生活状态，真的感激生活给予我的幸福。其实，人生就是为了受累的，大汗淋漓之后享受清闲，如果一味地追求清闲，清闲也会变得很累，但清闲的累真的很幸福。闲时我会力所能及地搞点创作，现在比从前写得好，因为心态放松了，功利心减少了，心回到了正确的方向，坦然地面对生活，收获着每刻的感受，创作着每刻的快乐。如果说六十岁也要总结出一个关键词，我想用“成己”，活回自己。

今天永远是生命中最年轻的一天，最自在的一天，自在得好像回到了我十岁前，无拘无束，无忧无虑，享受着好奇的好奇，感受着新鲜的新鲜。如今我不懂的东西比儿时还多，我会认真去听年轻人的指教，因为我知道他们在意我的态度，像儿时我期待的那种尊重。我爱看年轻人得意洋洋的样子，我们经历过的，他们正在经历。面对生活永远不必回头，因为我们不曾虚度，向前，继续向前，只要不失那颗好奇的心，世界永远都是年轻的、崭新的、彩色的……

2019年5月21日

作品年表

（1975—2019）

时　间	作　品	类　别
1975 年	《姜大叔保猪场》	山东快书
1975 年	《立此存照》	快书小段
1975 年	《站排》	快书小段
1976 年	《雨夜查棚》	山东快书
1976 年	《夺旗》	快书小段
1976 年	《不学无术》	快书小段
1977 年	《战歌嘹亮》	山东快书
1977 年	《傅科长》	快书小段
1977 年	《考试》	快书小段
1978 年	《新的起步》	山东快书
1978 年	《约会》	快书小段
1978 年	《智斗猴头》	快书小段
1979 年	《铁窗烈火》	山东快书
1979 年	《赶牛》	山东快书
1979 年	《洋呼噜》	快书小段
1980 年	《英雄坦克兵》	山东快书
1980 年	《刘主席抚育红松苗》	山东快书
1980 年	《大老高教子》	快书小段
1980 年	《路遥》	电影
1981 年	《刘柏林参军》	山东快书
1981 年	《情满车厢》	山东快书
1981 年	《跳舞》	快书小段
1981 年	《自来水的思考》	相声短剧
1981 年	《让贤》	相声

时间	作品	类别
1982年	《孙县长开会》	山东快书
1982年	《买茅台》	快书小段
1982年	《吃请》	相声
1982年	《钢盔里的兰花》	话剧
1983年	《高连长劝妻》	山东快书
1983年	《看电影》	快书小段
1983年	《罚款》	相声
1983年	《火的研究》	相声
1983年	《眼睛》	小品
1984年	《三排长探亲》	山东快书
1984年	《丁红军送信儿》	山东快书
1984年	《抽烟“好”》	快书小段
1984年	《经理的中山装》	相声
1984年	《死角》	相声
1985年	《献嫁妆》	山东快书
1985年	《算盘珠》	快书小段
1985年	《五迷三道》	相声短剧
1985年	《理发》	小品
1986年	《巧接连长》	山东快书
1986年	《卡油》	快书小段
1986年	《卖鱼》	相声短剧
1986年	《拍电视》	小品
1986年	《大学门前的鞋摊》	小品
1986年	《两把雨伞》	小品
1987年	《拜年》（一）	快书快板对唱
1987年	《卖挂历》	小品
1987年	《赶集》	小品
1988年	《信任》	山东快书
1988年	《拜年》（二）	快书快板对唱
1988年	《招聘》	故事
1988年	《六号包厢》	故事

时　间	作　品	类　别
1988年	《招聘》	相声
1988年	《两尊雕像》	小品
1988年	《相逢在前线》	小品
1988年	《并非虚构的童话》	小品
1988年	《找对象》	小品
1988年	《“家庭杯”智力大奖赛》	小品
1988年	《卖猪》	小品
1988年	《夜审金瓶梅》	小品
1989年	《子弹的对话》	山东快书
1989年	《拜年》（三）	快书快板对唱
1989年	《招聘》	中央电视台春节联欢晚会小品
1989年	《自闹洞房》	小品
1990年	《祸从何来》	相声
1990年	《超生游击队》	中央电视台元旦晚会小品
1990年	《难兄难弟》	中央电视台春节联欢晚会小品
1990年	《招生》	小品
1991年	《夸书记》	快书对唱
1991年	《考女婿》	相声
1991年	《敬酒》	相声
1991年	《小保姆与小木匠》	中央电视台元旦晚会小品
1991年	《手拉手》	中央电视台春节联欢晚会小品
1991年	《演讲》	全军“双拥”晚会小品
1991年	《零点哨》	小品
1991年	《两个垃圾箱》	小品
1991年	《捐献》	小品
1992年	《婚礼》	中央电视台元旦晚会小品
1992年	《秧歌情》	中央电视台春节联欢晚会小品
1993年	《农老板》	小品
1993年	《擦皮鞋》	中央电视台春节联欢晚会小品
1993年	《小站》	全军“双拥”晚会小品
1993年	《请假》	小品

时　间	作　品	类　别
1993年	《等电》	小品
1993年	《提意见》	小品
1994年	《打扑克》	中央电视台春节联欢晚会小品
1994年	《夜练》	全军“双拥”晚会小品
1994年	《送金牌》	小品
1994年	《缘》	小品
1994年	《开饭店》	小品
1995年	《找焦点》	中央电视台春节联欢晚会小品
1995年	《俺爹来特区》	全军“双拥”晚会小品
1995年	《青海姑娘》	小品
1995年	《拍闹剧》	小品
1995年	《文体明星大串联》	小品
1995年	《哎哟喂，四合院》	话剧
1995年	《红盖头》	电影
1996年	《今晚直播》	中央电视台春节联欢晚会小品
1996年	《歪打正着》	全军“双拥”晚会小品
1997年	《鞋钉》	中央电视台春节联欢晚会小品
1997年	《照相》	全军“双拥”晚会小品
1997年	《拐棍》	小品
1997年	《蒸桑拿》	小品
1997年	《化装旅游》	小品
1997年	《朋友多了路难走》	小品
1997年	《红旗照相馆》	电影
1998年	《回家》	中央电视台春节联欢晚会小品
1998年	《三峡情话》	全军“双拥”晚会小品
1998年	《坝上情》	小品
1998年	《巡堤》	小品
1998年	《送别》	小品
1998年	《北京时间》	小品
1998年	《鸡毛蒜皮》	小品
1998年	《城里人·乡下人》	小品

时　间	作　　品	类　　别
1999年	《打气儿》	中央电视台春节联欢晚会小品
1999年	《找卓玛》	小品
1999年	《门神》	小品
1999年	《打长途》	小品
2000年	《小站故事》	中央电视台春节联欢晚会小品
2000年	《茶馆》	中央电视台春节联欢晚会小品
2000年	《对手》	全军“双拥”晚会小品
2000年	《老人与狗》	小品
2000年	《老房东》	小品
2001年	《家有老爸》	中央电视台春节联欢晚会小品
2001年	《种子》	全军“双拥”晚会小品
2001年	《审夫》	小品
2001年	《双喜临门》	小品
2001年	《买地卖瓜》	小品
2002年	《花盆儿》	中央电视台春节联欢晚会小品
2002年	《泄密》	小品
2002年	《西部西瓜》	全军“双拥”晚会小品
2002年	《心明眼亮》	小品
2002年	《二十五个孩子一个爹》	电影
2003年	《足疗》	中央电视台春节联欢晚会小品
2003年	《下棋》	全军“双拥”晚会小品
2003年	《为祖国干杯》	全军“双拥”晚会小品
2003年	《师傅与徒弟》	小品
2003年	《让我们记住》	电影
2004年	《兄弟》	中央电视台春节联欢晚会小品
2004年	《今夜神舟飞过》	全军“双拥”晚会小品
2004年	《保险》	全军“双拥”晚会小品
2004年	《情系小汤山》	小品
2004年	《来电话了》	小品
2004年	《大过年的》	小品
2004年	《红色经典》	小品

时间	作品	类别
2004年	《洗浴中心》	小品
2004年	《阳光天井》	电影
2004年	《鸳鸯板》	电影
2005年	《装修》	中央电视台春节联欢晚会小品
2005年	《背影》	全军“双拥”晚会小品
2005年	《带着小偷见老婆》	小品
2005年	《在那美丽的地方》	电影
2006年	《邻居》	中央电视台春节联欢晚会小品
2006年	《追星》	全军“双拥”晚会小品
2006年	《对门儿》	小品
2006年	《一诺千金》	小品
2007年	《考验》	中央电视台春节联欢晚会小品
2007年	《父女深情》	全军“双拥”晚会小品
2008年	《开锁》	中央电视台春节联欢晚会小品
2008年	《甜水》	全军“双拥”晚会小品
2008年	《喜从天降》	小品
2008年	《当啥别当爹》	小品
2008年	《志愿者的自白》	小品
2008年	《家乡情》	小品
2009年	《黄豆黄》	中央电视台春节联欢晚会小品
2009年	《俺是航天人》	全军“双拥”晚会小品
2009年	《倾城》	电影
2010年	《两毛一脚》	小品
2010年	《美丽的尴尬》	中央电视台春节联欢晚会小品
2010年	《山村喜事》	全军“双拥”晚会小品
2010年	《一家人》	小品
2011年	《聪明丈夫》	中央电视台春节联欢晚会小品
2011年	《村晚直播》	全军“双拥”晚会小品
2012年	《荆轲刺秦》	中央电视台春节联欢晚会小品
2012年	《老街坊新邻居》	全军“双拥”晚会小品
2013年	《越来越好》	小品

时　间	作　品	类　别
2013年	《玉秀》	电影
2013年	《越来越好》	电影
2014年	《母亲的抗战》	电影
2014年	《天河》	电影
2015年	《歌儿》	音乐剧
2015年	《生死签证》	电影
2015年	《战火中的芭蕾》	电影
2017年	《墙》	电影
2018年	《春天里》	电影
2018年	《一切如你》	电影
2018年	《等儿的湿地》	电影